# William Gaddis

# Letzte Instanz

Deutsch von Nikolaus Stingl

Roman · Rowohlt

Die Originalausgabe erschien 1994 unter dem Titel
«A Frolic of His Own» bei Poseidon Press, New York
Redaktion Thomas Überhoff

Der Übersetzer dankt Claus Sprick
herzlich für seine Hilfe bei juristischen Fachfragen

1.–11. Tausend September bis Oktober 1996
12.–31. Tausend November 1996

Umschlaggestaltung Walter Hellmann
(Foto: Gruner + Jahr Fotoservice; T. Shimada)
Satz Sabon und Univers (Linotronic 500)
Gesamtherstellung Clausen & Bosse, Leck
Printed in Germany
ISBN 3 498 02474 4

Für Muriel Oxenberg Murphy

Sein halbes Leben lang begehrt man es vergeblich,
und eines Tages erlebt man es dann tatsächlich, die ganze Familie
bei Tisch. Man begehrt es wie einen Traum, und kaum ist es
eingetreten, fällt man ihm zum Opfer.

*Thoreau an Emerson*

**Gerechtigkeit?** –Gerechtigkeit gibt's im Jenseits, hier auf Erden gibt's das Recht.

–Und natürlich will Oscar beides. Schon wie er immer von Ordnung redet. Sie zog den Fuß vor einem bedrohlich nah im Rollstuhl vorbeipaddelnden Alten zurück, –daß es ihm nur um eine gewisse Ordnung geht.

–Daß die Züge pünktlich verkehren, so hat er's ...

–Ich rede nicht von Zügen, Harry.

–Und ich rede von Faschismus, dahin führt das nämlich, dieser Ordnungswahn. Alles andere ist bloß Schmierentheater.

–Ach was, aber weißt du, was er wirklich will?

–Die Leute, die vor Gericht gehen und Gerechtigkeit fordern, sind doch bloß aufs große Geld aus.

–Es geht nicht einfach ums Geld, nein, was sie wirklich wollen ...

–Es geht ums Geld, Christina, es geht immer ums Geld. Alles andere ist nichts als Schmierentheater, du hör mal ...

–Was sie wirklich wollen, deine Faschisten, und Oscar, überhaupt jeder, mal im Ernst, worum geht's denn wirklich? Sie klopfte trotzig mit dem Fuß gegen die klimpernden Marimba-Rhythmen an, die drüben bei den Vorhängen ins Wartezimmer rieselten, wo der Rollstuhl gegen einen Heizkörper gestoßen und zum Stillstand gekommen war. Züge? Faschismus? Darum geht es mitnichten, auch nicht um «die Üppigkeit samtweicher Pfühle, glänzendes Spektakel und herrlichen Gesang», es sei denn, sie versuchen auf diese Weise einfach, auch ein bißchen ernst genommen zu werden, –das Geld ist nämlich bloß die Meßlatte, oder? Es ist der einzige gemeinsame Bezugspunkt, den die Leute haben, um andere dazu zu bringen, sie so ernst zu nehmen, wie sie es selbst tun, mehr verlangen sie doch gar nicht, oder? Denk mal drüber nach, Harry.

–Ich habe darüber nachgedacht, du hör mal, wie lange müssen wir eigentlich noch warten, ich muß nämlich in einer Stunde bei Gericht sein.

–Er wird gerade behandelt, hat es geheißen, dürfte eigentlich nicht mehr lang dauern. Die Schwester hat gesagt, er ist in hochgradig erregtem Zustand.

–Hast du ihn je anders erlebt?

–Ja mein Gott, kannst du ihm das verdenken? Sie wühlte tief in der Einkaufstüte, die zwischen ihnen auf dem Boden stand, –immerhin ist er von einem Auto angefahren worden.

–Sieht so aus, als hätte er vor, sich hier häuslich einzurichten.

–Natürlich wollte er seinen eigenen Morgenrock und seinen Schlafanzug, der Rest ist Post, Notizen, Papiere, wie er sich das allerdings hier mit dem Arbeiten vorstellt ...

–Wahrscheinlich genauso wie sonst auch.

–Mußt du ausgerechnet jetzt davon anfangen? Deshalb hab ich dich schließlich gebeten, hier vorbeizuschauen und ihn zu besuchen, oder? Ein bißchen familiäre Anteilnahme für ihn zu zeigen. Vielleicht kannst du ja sogar so tun, als wärst du selber draufgekommen, hier ... die Hand förderte etwas grell Eingepacktes zutage, –das kannst du ihm geben.

–Was ist denn ...

–Bloß ein Glas Ingwermarmelade, so was ißt er morgens gern auf seinem Toast. Hier kriegt er bestimmt nur dieses widerliche Kraft, mit Weintrauben, es ist nämlich lila.

–Du denkst doch nicht, daß er das glaubt, oder? Daß ich losgezogen bin und ihm Ingwermarmelade für seinen Frühstückstoast gekauft habe?

–Ich denke, er wird finden, daß du sehr aufmerksam warst.

–War ich ja auch. Ich habe ihm eine Kopie dieser Entscheidung im Fall Szyrk besorgt.

–Das war sehr aufmerksam von dir, Harry, nur leider völlig daneben. Du weißt doch, daß er und Vater sowieso schon in kaum einem Punkt derselben Meinung sind, glaubst du etwa, da hilft es, daß diese blöde Geschichte mit dem Hund in sämtlichen Zeitungen breitgetreten wird?

–Und dann noch was über diesen großen Bürgerkriegsfilm, vielleicht interessiert ihn die ...

–Mein Gott, das willst du ihm doch nicht etwa zeigen! Ich habe dir doch gerade gesagt, er ist in hochgradig erregtem Zustand, oder? Ist es nicht so schon schlimm genug? Als ich zu ihm rausgefahren bin, um seine Sachen zu holen, war der Rasen nicht gemäht, die Südveranda ist immer noch nicht repariert, mir ist schleierhaft, wieso sie noch nicht zusammengekracht ist, die Garagentore wollte er streichen lassen, da hat sich auch nichts getan, seit Monaten redet er davon, die Zündung von diesem schrecklichen Auto richten zu lassen, und dann kam natürlich Lily angefahren, die hatte mir gerade noch gefehlt. In einem BMW. Würdest du bitte aufhören, so mit den Fingern zu trommeln, und kannst du nicht mal was wegen dieser schauderhaften Musik unternehmen? Seine Hände hielten sich an dem auf seinem Schoß liegenden Attachékoffer fest, und sie nahm die Knie zusammen, wie zur Verteidigung gegen das Tum, tum, tum, tum, tum, tum, das ohne großen Erfolg von Gefuchtel aus dem Rollstuhl begleitet wurde. –Ein neuer BMW, wahrscheinlich wird sie jeden Moment hier sein. Ich wollte ihr nicht sagen, was passiert ist, aber ich wußte natürlich, daß Oscar dann fuchsteufelswild würde, es ist doch immer dasselbe. Ich dachte, es wäre diese Immobilienmaklerin, die da angefahren kommt, aber wie sich herausstellte, hat er sie noch nicht mal angerufen, allerdings ist das auch besser so. So wie das Haus heute morgen aussah, kann man sich kaum vorstellen, daß es jemand kaufen will.

–Genau.

–Was heißt hier genau. Schließlich ist es Vater, der ständig davon redet, es zu verkaufen.

–Und Oscar will verhindern, daß es verkauft wird.

–Das weiß ich auch, Harry, mein Gott, das kauen wir doch jetzt schon seit hundert Jahren durch. Früher haben wir immer davon geredet, daß der eine den anderen auszahlt, wenn wir erwachsen sind, aber wenn Vater etwas zustoßen würde und alles an mich fiele, würde er rabiat werden, weil das Haus seiner Mutter gehörte, als Vater sie geheiratet hat, und er hat immer gesagt, dann würde er mir als Gespenst erscheinen, und damit ich sehe, wie das ist, hat er mir hinter Türen aufgelauert und sich auf mich gestürzt und mich gekitzelt, bis ich geschrien hab, bis ich keine Luft mehr gekriegt hab, bis, bis jemand gekommen ist, bis Mutter gekommen ist und ihn weggezogen hat, oder Vater. Das war der einzige, vor dem er Angst gehabt hat. Vater.

–Hört sich ein bißchen abartig an, wenn du mich fragst.

–Ich frag dich aber nicht. Ich meine, schließlich waren wir bloß Kinder.

–Genau.

Die Musik hatte etwas südländisch Pulsierendes angenommen, belebt von willkürlichem Rucken, Stoßen und abruptem Händehochreißen im Rollstuhl, dem sie, in ihrer Ungeduld ein ungelenkes Bein stehenlassend, den Rücken zukehrte, wie gleichsam auch der ganzen Schmierenkomödie «Wahre Liebe trotzt dem Familienhaß», dieser «tragischen Geschichte von Familienbanden und Aberglauben», während der zurückgebliebene Fuß hinter ihr weiterklopfte, –wo er allerdings das Geld hernehmen wollte, wenn er nicht gerade welches heiratet wie Vater damals ... also, man kann schon verstehen, wieso Lilys Eltern es aufgegeben haben, er hat mir erzählt, ihr Vater überschreibt sein ganzes Vermögen ihrem Bruder, um die Erbschaftssteuer zu umgehen, falls er stirbt, deshalb stellt sie sich natürlich vor, sie heiratet Oscar und zieht gleich dort ein, falls sie je ihre Scheidung über die Bühne kriegt, aber das schafft sie natürlich nie. Wo willst du hin?

–Hör mal, er ist wahrscheinlich noch eine ganze Weile hier, soll ich nicht lieber zum Wochenende hin wiederkommen, wenn's ihm ...

–Du kannst zum Wochenende hin ruhig noch mal kommen, Harry, immerhin habt ihr durch die ganze Sache die Möglichkeit, euch ein bißchen näherzukommen, euch einfach mal ein bißchen zu unterhalten? Ich glaube nämlich immer noch, er hat ihren ersten Anwalt ausbezahlt, als sie zu dieser Anwältin gewechselt ist, halb so alt wie Oscar und hat schon eine verkorkste Ehe hinter sich, dann diese verkorkste Scheidung und ihre verkorkste Familie, und jetzt diese verkorkste Geschichte mit ihrer gestohlenen Handtasche. Natürlich kriegt sie von denen keinen Penny, nein, nein, aber von Oscar schon, der leiht ihr Geld, als könnte sie's je zurückzahlen, dabei redet er seit Monaten davon, die Zündung von diesem Auto richten zu lassen, mit seinen Zähnen ist es genau dasselbe, ob das Auto allerdings so lange hält, daß es sich lohnt, neue Reifen zu kaufen? Zweitausend Dollar für neue Zähne, aber nein, er gibt es lieber Lily, anstatt sich ein paar neue, o mein Gott! Was ist denn jetzt schon wieder los?

–Die Frau da ist aus dem Fahrstuhl gekommen und mit der Schwester mit den Blutproben zusammengerasselt, und Moment mal, Christina, Moment, bleib doch sitzen, geh nicht...

–Aber es ist Trish! Schon war sie aufgesprungen. –Trish!

–O Gott. Teen, wie lieb, woher wußtest du, daß ich hier sein würde, nun sieh dir das an. Überall Blut und Glasscherben auf dem Boden, genau wie zu Hause.

–Aber was, warte mal, dein ganzer Mantel ist bekleckert, warte doch mal, Schwester?

–Schwester! Was für Blut ist das, nein, nicht anfassen, Teen, sonst holst du dir noch Gott weiß was, Schwester? Können Sie nicht mal was unternehmen?

–Gleich, Ma'am, Sie müßten nur eben hier rüberkommen, Jim? Wo ist Jim? Sag ihm, er soll einen Mop mitbringen, ich muß mir die Hände waschen, und er soll Handschuhe anziehen.

–Geht das Blut überhaupt von meinem, wo ist sie denn jetzt hin? Nein, am besten verbrenn ich ihn einfach, genau wie bei dem oberen Dielenboden damals, das geht auch nie mehr raus, so schlimm wie Rotweinflecken auf einem Marmortisch, die Leute können aber auch so verdammt unvorsichtig sein, schon daß ich dieses grinsende Luder in der Reinigung noch mal ertragen muß, cela va devenir une habitude, Madame?, wird sie fragen und es überall auf der Upper East Side herumtratschen, aber wie lieb von dir, daß du hergekommen bist, Teen. Immer denkst du an andere.

–Nein, es ist wegen Oscar, ein Autounfall, er ist von einem Auto angefah...

–Nein, wie geschickt! Da kann er ja jetzt Millionen einklagen, liest man doch jeden Tag in der Zeitung, was für phantastische Summen sie den Leuten zuerkennen. Ist er eigentlich immer noch mit dieser faden Schreiberei oder Unterrichterei oder was immer es war zugange? Jetzt hat er jedenfalls ausgesorgt, ich weiß noch, wie er uns damals alle an den Strand zu Bailey's mitgenommen hat, und dann verliert er plötzlich, o Gott, nun sieh dir das an! Sie stieß die Spitze eines übergroßen Schuhs aus malvenfarbenem Peau-de-soie vor, –nun sieh sie dir bloß an!

–Aber sie sind wunderschön, einfach exqui...

–Siehst du das denn nicht? Da vorn auf der Spitze, das Blut?

–Das ist doch bloß ein Tröpfchen, man käme gar nicht...

–Glaubst du etwa, bei Gianni würden sie mir je wieder welche verkaufen, wenn sie das sehen könnten? Sie griff nach der Schulter neben ihr, –halt mich mal eben...

–Ist doch bloß ein Tröpfchen, warte, faß es nicht...

–Du glaubst doch nicht, daß ich die jetzt noch trage und Gott weiß was für eine Krankheit in der Stadt verbreite? Sie schleuderte zuerst den einen, dann den anderen von sich, –überhaupt waren die Schuhe passend zum Mantel ausgesucht, vielleicht hat Oscar ja auch so kleine Papierpantoffeln gekriegt wie der Spinner da drüben im Rollstuhl, der mit seinem Gefuchtel die Musik mitdirigiert, guck jetzt nicht hin, Teen, aber ein ziemlich öliger Typ drüben an der Tür glotzt dich ständig an.

–Wo, was für ein, ach so, das ist Harry. Harry? Harry, das ist Trish, wir sind zusammen zur Schule gegangen.

Und als er in Reichweite kam, –Ach! Sie ergriff seine Hand, –und das ist dein Arzt?

–Das ist mein Mann, Trish, Harry Lutz. Er ist Anwalt, wir...

–Teen, ich hätte ja nicht im Traum gedacht, daß du verheiratet bist!

–Bis vor einem Jahr hätte ich das auch nicht, wir...

–Nein, wie geschickt von dir! Daß du gleich einen in der Familie hast, da schickt er dir wenigstens nicht solche albernen Rechnungen und verklagt dich dann, so wie meine immer, ich muß nämlich gleich Bunker anrufen, wenn ich nach Hause komme. Natürlich würde ich wegen dieser Schweinerei hier nur sehr ungern klagen, aber er sitzt schließlich im Aufsichtsrat der Klinik, oder?, und außerdem hab ich schließlich Jahr für Jahr diese stinkvornehmen Wohltätigkeitsbälle veranstaltet, bis sie mir damals nachts im Aufzug die Diamanten vom Hals gerissen haben, und Bunker haben sie seinen Geldclip geklaut, der Ärmste, den Geldclip von seinem alten

Daddy, wie ein kleines Häuschen war er geformt, er hing furchtbar dran, wochenlang hat er annonciert, und deswegen geht's jetzt eben ein bißchen dezenter zu, und wir nennen es schlicht Winterparty, damit es nicht so aus dem Rahmen fällt, dabei ist es doch einfach abwegig, oder?, Harry Winston zieht einen schließlich nicht für ein Kirchenessen in Kalamazoo an, und bei Gianni würden sie mir nicht mal mehr ein Totenhemd schneidern, wenn sie den Mantel jetzt sehen könnten mit Gott weiß was für Blut dran, von dem man sich Gott weiß was holen kann, diese neue Seuche, die sie aufgetan haben, um sich an uns zu rächen, und wir dachten, seit der Erfindung des Penicillins hätte ein schöner Fick keine bösen Folgen mehr, na immerhin ist es nicht mehr so wie zu Zeiten dieses widerlichen Mr. Jheejheeboy, der davon lebte, daß er solche wie uns heiratete, die reinsten Schulmädchen waren wir damals, dabei war die Schule längst aus, jetzt traut man sich ja gar nicht mehr, jemand unter dreißig anzufassen, Teen, ich muß unbedingt mit dir reden.

–Ja, nur jetzt ist es, Harry? Harry, warte doch mal ...

–Weil in unserem Alter, Teen, da macht die Ehe plötzlich nur noch halb soviel Spaß und kostet doppelt soviel, rufst du mich mal an?

Maracas, Bongos, tschitschikabumtschik, er hatte sich so weit von dem Gezappel im Rollstuhl entfernt, wie es in der Enge des Wartezimmers nur ging, und trommelte mit den Fingern auf seinen Attachékoffer, als eine Schwester ihn am Arm berührte und den Flur entlang deutete, auf –sechs zwölf B.

–Christina?

–Ja, ich komme. Und die Einkaufstüte, wärst du so nett, ach so, du hast sie schon. Trish? Rufst du mich an?

–Grüß Oscar von mir, und Teen? Ach so, eh ich's vergesse, wie schrecklich für deinen Vater, in sämtlichen Zeitungen mit diesem gräßlichen Hund, du rufst mich doch an? Jemand sollte das blöde Vieh einfach erschießen, Schwester? Wollen Sie mich eigentlich einfach so hier stehenlassen?

–Hier entlang ... und weiter hinten im Flur, –apropos Lily ...

–Was ist mit Lily! Sie ging energischen Schritts voran –nein, nein, es gibt zwei Arten von Menschen auf der Welt, Harry, die einen geben, und die anderen nehmen, denk mal drüber nach. Du glaubst doch nicht, bei diesen Wohltätigkeitsbällen, die Trish veranstaltet, geht's zu wie bei der Armenspeisung, oder? Ihrem dritten Mann hat der halbe Nutzwald von Maine gehört, und Lily geht her und quetscht Geld aus dem armen Oscar raus, dabei kauft er sich nicht mal neue Zähne, mit dem Auto ist es das gleiche, wenn er sich nicht bald neue Reifen anschafft, fällt es vorher auseinander.

–Das ist doch ... er zog sie beiseite, während von hinten eine Schwester mit dem Rollstuhl auf sie zuhielt.

–Was?

–Parkinson, während der Rollstuhl unter stummem Handhochreißen und Kopfrucken an ihnen vorbeirollte, –Schüttellähmung, Christina. Schüttellähmung.

612 B: Im ersten Bett lag eine reglose Gestalt, versunken in das Chaos der Verkehrsmeldungen aus einem handgroßen Radio; und hinter dem zugezogenen Vorhang, aus einem Wust von Zeitungen heraus, –Seid ihr also endlich da.

–Wir haben stundenlang draußen gewartet, Oscar, es hat geheißen, du wärst gerade in Behandlung oder so.

–Hast du vielleicht gedacht, ich wäre Baseball spielen? Reich mir bitte mal das Glas Wasser da, ja? Hallo, Harry.

–Harry wollte unbedingt auch mitkommen, Oscar, er hat dir ...

–Hast du mir meine Post mitgebracht? Und die anderen Sachen?

–Ich wollte dir die Zeitungen ja mitbringen, aber dann hab ich gedacht, du regst dich bloß darüber auf. Außerdem hast du sie ja sowieso alle hier.

–Hab ich was von Zeitungen gesagt? Natürlich rege ich mich auf. Hast du den Artikel da gesehen, Harry?

–Artikel? Wie hätte er ihn denn übersehen sollen, schließlich ging er über die ganze Titelseite! Sie kam um das Fußende des Bettes herum, sammelte dabei die Zeitungen auf und präsentierte die fette Schlagzeile, –jemand sollte das blöde Vieh einfach erschießen, nun sieh dir das bloß an!

RAUS, VERDAMMTER SPOT

–Das passiert auch garantiert noch! Er hatte den einzigen Stuhl ergattert und ließ den Attachékoffer auf seinem Schoß aufschnappen, –Polizei, Feuerwehr, Schneidbrenner, Hot dogs, Zuckerwatte, hast du den ganzen Zirkus gestern in den Nachrichten gesehen, Oscar? Südstaatenflagge, die ganzen Bauerntrottel mit Sechserpacks in beiden Händen, Jagdhund im Pickup und hinterm Fahrersitz der Gewehrständer, wahrscheinlich verbrennen sie da unten gerade eine Puppe von dem alten Herrn, er ...

–Was kann man schon groß erwarten, als Bundesrichter in diesem komischen Kaff, nimm mal dein Bein da weg, Oscar.

–Ich kann nicht, Moment mal, die Zeitungen, was machst du denn da ...

–Ich werfe sie weg, du hast sie doch schon alle gelesen, oder? Falls du dich weiter aufregen willst, Harry hat dir eine Kopie von Vaters Urteil mitgebracht, das diesen ganzen Wirbel verursacht hat, da kannst du ...

–Deswegen rege ich mich doch gar nicht auf! In einer von den Zeitungen steht was, kannst du sie nicht einfach liegenlassen? Irgendwas über diesen großen Bürgerkriegsfilm, daß jemand diesen Kiester verklagt, der ihn gedreht hat, hast du das gelesen, Harry? Der diesen Afrikafilm gedreht hat, mit den Spezialeffekten, wo die Leute im Kino reihenweise umgekippt sind?

–Solche Klagen gibt's dutzendweise, Oscar. Klagen wegen persönlicher Unzuträglichkeit, die darauf spekulieren, daß sie Geld kriegen, bloß damit sie Ruhe geben, du, hör mal, ich muß in die Stadt, zum ...

–Ja, aber wenn er meine Idee gestohlen hat, von vorn bis hinten dieselbe Geschichte, es geht sogar um dieselbe Schlacht, das ist kein Dings, keine Unzuträglichkeit, es ist wirklich passiert, immerhin war's mein eigener Großvater, oder?

–Oscar, du kannst den Bürgerkrieg nicht einfach, er ist nicht dein Privateigentum. Für die Geschichte gibt's kein Urheberrecht, für eine Idee auch nicht, hier, das ist die Entscheidung deines Vaters. Eine prima Bettlektüre, man sieht sofort, daß die da unten garantiert nicht bloß eine Puppe verbrennen würden, wenn sie diesen Szyrk in die Finger bekämen.

–Ja, aber Harry?

Er stand bereits und ließ den Attachékoffer zuschnappen, –ehrlich gesagt, ich glaube, daß sein Urteil in der Berufung kippen wird, bei der vergifteten Atmosphäre da unten, die Zeitungen schießen sich ja schon allein deshalb auf ihn ein, weil er über neunzig ist ...

–Harry!

–Rassist, Linksradikaler, die werden alles mögliche ausbuddeln, um seine Chancen auf den Circuit Court zunichte zu machen, eine Aufhebung nützt dann auch nichts mehr.

–Würdest du dich bitte noch einen Moment hinsetzen? Oscar möchte dich was fragen.

–Was denn, Christina, was. Ich habe ihm doch gerade gesagt, daß Urheberrecht nicht mein Gebiet ist und ...

–Vielleicht wollte er dich ja was ganz anderes fragen.

–Was wollte er mich denn fragen!

–Er erwartet den Versicherungsvertreter wegen des Unfalls, und er hat mir gesagt, daß er deinen Rat möchte.

–Hör mal, ich habe doch gerade gesagt, ich bin Wirtschaftsanwalt, keiner von diesen Unfallgeiern, ich weiß ja nicht mal, was passiert ist, und jetzt laß mich bitte ...

–Ich habe dir doch erzählt, was passiert ist. Er redet schon seit Jahren davon, die Zündung von diesem Auto richten zu lassen, genau wie er davon redet, sich neue Zähne machen zu lassen, aber er ...

–Nun sag schon, was passiert ist, Oscar.

–Ja, also, das Auto ist nicht mehr neu, das heißt, ich hab es schon gebraucht gekauft, und vor ungefähr einem Monat ist der Magnetschalter kaputtgegangen, und die Werkstatt hatte keinen am Lager, sie mußten erst einen bestellen, aber der ist noch nicht gekommen, deshalb haben sie mir gezeigt, wie ich den Wagen starten kann, indem ich ein Kabel von der Zündspule an die Batterie halte, und normalerweise stehe ich daneben, aber diesmal ...

–Er hat direkt davorgestanden, Harry. Als es angesprungen ist, hat es plötzlich auf Drive geschaltet, und wieso hast du eigentlich davorgestanden, Oscar, wie konnte das ...

–Weil daneben eine Pfütze war und ich nicht wollte, daß meine ...

–Hör mal, das interessiert kein Aas, Christina. Der Wagenbesitzer ist versichert, also verklagt er einfach den Besitzer.

–Aber er gehört ihm, Harry, es ist sein Wagen, er gehört ihm.

–Die Versicherung des Besitzers hält sich wahrscheinlich an den Fahrer.

–Aber es gab keinen Fahrer, das ist doch der springende Punkt! Der Wagen hat ihn angefahren, ohne daß jemand am Steuer saß.

–Sollen die das auseinanderklamüsern, sich von wegen Produkthaftung an den Wagenhersteller halten, der Wagen konnte nicht auf Drive stehen, sonst wäre er gar nicht angesprungen, wahrscheinlich der einzige Beweis, den sie bräuchten, einfach der Vorfall selbst. Res ipsa loquitur, Oscar, genau wie wenn einem der Kronleuchter auf den Kopf fällt. Was für ein Wagen ist es denn?

–Ein japanischer, ein roter, möchte wissen, was in ihn gefahren ist, daß er sich einen roten gekauft hat.

–Wenn man sich einen Gebrauchtwagen kauft, Christina, kann man sich die Farbe nicht immer aussuchen, ich hab die Anzeige in der Zeitung gesehen, und als ich dann ...

–Du, Oscar, ich muß jetzt in die Stadt, hoffentlich spielst du das nächste Mal, wenn ich dich sehe, schon wieder Baseball ... mit einem Klaps auf die Schulter des Liegenden, –ich hoffe, da ist nichts unter dem Verband, könnte sein, daß du da einen hübschen Klagegrund hast. Christina? Heute abend wird's später. Ach so, und Oscar? Er war schon zur Tür hinaus, –unterschreib nichts.

–Warum will er eigentlich, daß ich Baseball spiele? Ich hab noch nie, aua! Was machst du denn da!

–Ich kurble dir das Bett ein bißchen höher, so wie du daliegst, kommt man sich ja vor, als würde man mit einer Leiche reden.

–Hör schon auf, hör auf! Es ist gut so, es ist, hör zu, ich habe fünf angeknackste Rippen, und meine Schulter klopft wie ein, wie ein glühender Schürhaken ist das, und mein Bein, ich kann nicht mal mein ...

–Ja, das weiß ich doch alles, das hast du mir am Telefon schon erzählt. Geben sie dir hier eigentlich nichts gegen die Schmerzen? Und diese Kissen ...

–Bitte, die liegen genau richtig so!

–Anscheinend ist es denen ja ziemlich egal, wie es dir geht, wenn ich mir diesen Kuddelmuddel hier so ansehe. Ich hab dir deinen Morgenmantel und deinen Schlafanzug mitgebracht, wenigstens mußt du die Leute dann nicht mehr in diesem komischen Totenhemd-Dings begrüßen.

–Warum sagst du das?

–Was.

–Totenhemd. Und daß ich wie eine Leiche daliege.

–Also gut, du siehst aus, als wolltest du beim Sackhüpfen mitmachen, bist du jetzt zufrieden? Und kommt überhaupt irgendwer? Dich besuchen?

–Das wollte ich dir ja gerade erzählen. Gestern abend, ein Mann im schwarzen Anzug, zuerst habe ich gedacht, es wäre der, es ginge um Seelsorge, aber von wegen, es war zum Fürchten, er hat aua!

–Was zappelst du auch so, kannst du nicht mal stilliegen? Sie hatte das Laken straffgezogen, stopfte die Ecke unter die Matratze. –Wer war es denn.

–Weil dieses Medikament, das ich bekomme, ich glaube, das ist Demerol, es ist, als hätte mein Gedächtnis Löcher und Sachen, die mir passieren, passierten jemand anders, im Grunde bestehen wir nämlich nur aus unserer Erinnerung, und ...

–Wer war es denn nun, ein schwarzer Anzug, Harry trägt auch einen schwarzen Anzug, schwarzen Regenmantel, schwarze Schuhe, und Harry ist nun wirklich nicht zum Fürchten.

–Das habe ich auch nicht behauptet, Christina, deshalb habe ich bloß gedacht, es ginge um Seelsorge, aber dann hat er unentwegt davon geredet, Botschaften ins Jenseits zu befördern, und ich, irgendwann konnte ich nur noch an diesen geheimnisvollen Fremden denken, der Mozart besucht und ihm Geld dafür bietet, daß er ein Requiem komponiert, und plötzlich fragt er mich, ob ich ein unheilbarer Fall bin, und bietet mir Geld dafür, daß ...

–Ja, mein Gott, natürlich sind das die Medikamente, bloß eine Halluzination, kein Mensch ist gekommen und hat dir Geld geboten, damit du ein Requiem komponierst, nun mach aber ...

–Er war hier! Er war hier, frag die Schwester, ruf die Schwester und ...

–Und er hat dir Geld geboten.

–Damit ich Botschaften ins Jenseits befördere, jawohl.

–Ach nee.

–Von wegen ach nee! Er annonciert in der Zeitung, er liest die Todesanzeigen und sucht sich Leute, die einen Angehörigen verloren haben, und die zahlen fünfzig Dollar dafür, daß jemand, der ins Jenseits unterwegs ist, eine Botschaft überbringt, sobald er dort ankommt, und das Geld teilen wir uns dann. Ich bekäme fünfundzwanzig für jede Botschaft, die ich mitnehme und, das heißt, du bekämst sie, sobald ich mich aus dieser Welt verabschiedet hätte, und dann hat er noch gefragt, ob ich Spanisch spreche und wo die Armenstation ist, vielleicht daß er dort ein paar Puertoricaner auftreibt, ja, begreifst du denn nicht?

–Alles Unsinn, ein Haufen morbider Unsinn.

–Dieser geheimnisvolle Fremde, der Mozart Geld dafür bietet, daß er ein Requiem komponiert, und er glaubt, es wäre für ihn selbst? Für seinen eigenen Tod? Während er sich verzweifelt bemüht, die Zauberflöte fertigzukomponieren? Hast du mir die Papiere mitgebracht? Die Aufzeichnungen, um die ich dich gebeten habe?

–Oscar, du wirst nicht sterben, du bist bloß ein bißchen lädiert, und wie willst du so platt auf dem Rücken überhaupt arbeiten, genau derselbe Zirkus wie damals mit den Schmerzen in deinem linken Arm, als du unbedingt die Rousseau-Monographie fertigschreiben wolltest und dir wegen der Professur solche Sorgen gemacht hast. Wenn du an einem Herzinfarkt gestorben wärst, wäre es nämlich egal gewesen, ob du die Professur bekommst oder nicht, stimmt's? Sie zog den Morgenmantel mit den abgewetzten, wattierten Besätzen und ein beigefarbenes Etwas aus Hongkong hervor, das aussah, als bestehe es nur aus Ärmeln und Beinen, dann griff sie tief in die Einkaufstüte nach den –Aufzeichnungen habe ich nur die hier finden können, so wie du in der Bibliothek alles aufeinandergetürmt hast, diese Stapel von alten Zeitungen, wieso kannst du das Zeug nicht einfach ausschneiden, anstatt es rot anzustreichen und die ganze Zeitung aufzuheben, es ist immer dasselbe. Wirklich eine Schande, wie das Haus aussieht, nicht daß jemand käme und es sich ansehen würde. Du hast ja noch nicht einmal diese Immobilienmaklerin angerufen.

–Darüber müssen wir unbedingt reden, Christina, der Immobilienmarkt ist total flau, und diese ganzen inflationären …

–Darüber reden, mein Gott, darüber reden wir nun schon seit hundert Jahren, seit du mir immer hinter der Tür zum Anrichtezimmer aufgelauert hast, mit dem Immobilienmarkt hat das überhaupt nichts zu tun, das ist keine Immobilie, das ist ein Anwesen. Wer zwei Millionen Dollar ausgibt, sucht doch nicht einfach ein …

–Zwei Komma vier, wir haben zwei Komma vier Millionen gesagt, aber …

–Also gut, zwei Komma vier! Rechnest du etwa mit zwei Komma vier Millionen von jemand, der nach einem Traumhaus für Heimwerker sucht? Willst du einfach hier herumliegen, bis jemand auftaucht, dem die Veranda auf den Kopf fällt, dann hast du deinen Prozeß, wo dir daran ja anscheinend soviel liegt. Hier ist die Post. Wo soll ich sie hinlegen.

–Irgendwohin, wo ich drankomme, hast du meine Brille gesehen?

–Die ist hier, wo ich sie hingetan habe, zusammen mit deinen kostbaren Zeitungen. Ich dachte, wir hätten den Klempner schon bezahlt.

–Ich habe gedacht, ich warte bis Ende des Monats, dann …

–Und diese Gartenbauleute? Eigentlich müßten die uns Geld geben, lauter abgebrochene Äste, wenn man die Auffahrt entlangkommt, hast du schon mit ihnen geredet?

–Also, ich, nicht direkt, nein.

–Nicht direkt? Also, entweder hast du mit ihnen geredet, oder du hast nicht mit ihnen geredet.

–Ich habe angerufen, aber es war besetzt, es war alles so, seit du weg bist und ich versuche, alles allein zu machen und dann noch meine Arbeit zu erledigen, das ist …

–Wie lange dauert es denn, einen Scheck auszuschreiben, du weißt doch, daß du früher oder später bezahlen mußt, aber nein, du kannst dich erst davon trennen, wenn du unbedingt mußt. Kein Mensch hat dich gebeten, alles allein zu machen, Oscar, wirklich, seit ich verheiratet bin, führst du dich auf, als wäre Harry einfach hereingeschneit und hätte dir eine gute Haushälterin weggeschnappt. Immerhin sind wir jetzt alle irgendwie miteinander verwandt, und ein bißchen mehr Mühe könntest du dir schon mit ihm geben, findest du nicht? Heute hat er furchtbar viel bei Gericht zu tun, aber er hat sich die Zeit genommen, die Kopie von Vaters Entscheidung zu besorgen und den ganzen Weg hier herauszufahren, um dich zu besuchen, wie jemand, der zur Familie gehört, das war doch ziemlich aufmerksam, oder?

–Aber er sieht einfach nicht aus wie jemand, der zur Familie gehört, nicht mal von deiner Mutter her, und ich glaube nicht, daß Vater ...

–Er hat Vater mal kennengelernt, letztes Jahr, als er in Washington zu tun hatte, es war nicht gerade ein voller Erfolg, aber das lag wohl kaum an Harry, oder?, wenn du dich daran erinnerst, in welcher Verfassung Vater damals war. Und ich bin immerhin losgezogen und habe dir eine Haushälterin besorgt, oder? Das heißt, sogar zwei, nachdem du behauptet hast, die erste hätte deine Socken verbrannt, und was ist eigentlich aus der neuen geworden? Ich habe keine Spur von ihr gesehen.

–Wenn du eine Spur von ihr sehen möchtest, dann schau dir mal die Sung-Vase im Wintergarten an. Sie hat kaltes Wasser reinlaufen lassen, für irgendwelche Blütenzweige, die Lily mitgebracht hat, und das ist natürlich durch die Terrakotta gesickert und hat die Glasur völlig ruiniert. Tausend Jahre dauert das, dieser wunderbar zarte Schimmer der Glasur, und so ein blöder Trampel kann ihn über Nacht ruinieren.

–Ich sehe mich nach einer neuen um, und jetzt ...

–Einer neuen? Glaubst du, du kannst einfach die Straße runtergehen und mal eben eine echte Vase aus der Sung-Dynast...

–Haushälterin, Oscar, eine neue Haushälterin, und wie kommt Lily überhaupt darauf, Blütenzweige anzuschleppen, ist das Durcheinander nicht auch ohne Blütenzweige schon groß genug? Du beklagst dich über die Unordnung und öffnest dann dem Chaos höchstpersönlich die Tür, die sieht nun ganz bestimmt nicht wie jemand von der Familie aus, wenn du darauf soviel Wert legst, kommt heute morgen in einem neuen BMW angefahren, als würde ihr das Ganze gehören. Wahrscheinlich wird sie jeden Moment hier auftauchen. Ich habe ihr erzählt, was passiert ist.

–In einem neuen BMW?

–Da liegst du, von diesem Wrack aus zweiter Hand zu Brei gequetscht, während sie in einem ...

–Aber wessen BMW denn?

–Na, ich hab sie ganz bestimmt nicht gefragt, das will ich nun wirklich nicht wissen, du vielleicht? Denk mal darüber nach, Oscar, meiner Meinung nach wäre das nicht das verkehrteste, eine luftige Bluse, halb aufgeknöpft, blonde Flatterhaare und so viel Lippenstift, daß man damit eine Scheune streichen könnte, ich lege die Post gleich hierhin. Ich bringe dir Schecks mit, du hast sicher keine. Wer ist John Knize.

–Wer ist wer?

–Da ist ein Brief von einem John Knize. Soll ich ihn aufmachen?

–Ach so, nein, das ist wahrscheinlich nur jemand, der ...

–Sehr geehrter Herr Professor Crease, er hat eine von diesen gräßlichen Schreibmaschinen, die in Schreibschrift schreiben. Vielleicht hat Sie mein früheres Schreiben nicht erreicht. Ich sammle derzeit Material für ein Buch über den Holmes-Gerichtshof, dem auch Ihr Großvater, Richter Thomas Crease, angehörte, eine buntschillernde Persönlichkeit, die für ihre Auseinandersetzungen mit ihrem Richterkollegen Holmes berühmt war, obwohl beide aufgrund gemeinsamer Jugenderlebnisse während des Bürgerkriegs – beide wurden nach meinen Informationen bei Ball's Bluff und Antietam verwundet – als eng befreundet galten. Da Ihr Großvater sechsundneunzig Jahre alt wurde, kam mir der Gedanke, daß Sie ihn als kleines Kind durchaus noch gekannt haben könnten und, du hast doch nicht etwa vor, mit diesem Menschen zu reden, oder?

–Ich dachte nur, es könnte mir helfen, die ...

–Ganz egal was du gedacht hast, denk dran, daß die Leute nicht aus heiterem Himmel auftauchen, um dir zu helfen, man hilft sich selbst, oder kannst du dir etwa vorstellen, dich mit diesem wildfremden Menschen zusammenzusetzen und ihm zu erzählen, wie Großvater dich mit fünf auf den Knien geschaukelt und vom Bürgerkrieg gequasselt hat? Deswegen mußte ich dir doch die Papiere hier anschleppen, weil du Angst hast, daß dich jemand bestiehlt, nein nein, Harry hat schon recht, alles andere ist bloß Schmierentheater. Darin bin ich die Königin der Nacht, und dann gibt's noch deinen geheimnisvollen Boten, der auf den Stationen umgeht und nach einem unheilbaren Fall sucht, dem er ein Requiem für den alten Grafen abschwatzen kann, das er dann als Eigenkomposition ausgibt, als Kind wolltest du mir mit so was immer Angst machen, indem du meintest, du würdest als Gespenst im Haus umgehen, und so ähnlich hab ich mich heute morgen da draußen auch gefühlt, der Nebel hat sich gerade vom Teich gehoben, und plötzlich kamen die Schwäne vorbei, eine ganze Flotte davon, ganz still, ganz still, und dann am anderen Ufer diese Rot- und Brauntöne ...

–Wo am See das Röhricht dorrt und ...

–Ja genau! Der von ihr zerknüllte Brief fiel zu Boden, als sie aufstand. –Allein und bleich, so zauderst du, na, wenn Keats dich jetzt sehen könnte. Wie lange wollen die dich eigentlich hierbehalten?

–Das wissen sie noch nicht. Gibst du mir bitte mal meine Brille? Es hängt davon ab, wann ich wieder gehen kann, falls überhaupt, Christina, falls überhaupt, nicht mal das wissen sie schon.

–Jedenfalls hoffe ich, daß sie dich nicht eher rauslassen, wie sollst du denn im Rollstuhl durch dieses Haus fahren, ohne dir den Hals zu brechen? Sie griff nach unten und nahm ihm die eben erst mit einiger Mühe aufgesetzte Brille ab. –Kannst du durch das Ding überhaupt was sehen? Sie tauchte ein Papiertuch in das Wasserglas, –von lesen ganz zu schweigen, hast du eigentlich je daran gedacht, das auch mal selber zu machen?, und setzte ihm die funkelnden Gläser wieder auf die Nase, –obwohl der Verband da auch nicht gerade hilft. Bleibt davon eigentlich eine Narbe zurück?

–Wahrscheinlich, die haben gesagt ...

–Armer Oscar. Sie beugte sich über ihn und küßte ihn auf die Stirn. –Vielleicht gibt das deinem Gesicht ein bißchen Charakter, wie eine Mensurnarbe. Ich fange dann mal an, mich nach einer neuen Haushälterin umzutun.

–Ja, aber Christina? Wenn Harry nichts dagegen hat, das heißt, wenn er mal weg ist oder so? Ich dachte gerade, daß du dann vielleicht ein Weilchen bei mir draußen wohnen könntest. Nur solange, warte doch mal, dieser Schinken mit Rahmsoße, den wir gestern gekriegt haben ...

–Wir bräuchten trotzdem eine Haushälterin, ach so, ehe ich's vergesse, Trish läßt grüßen, Trish Hemsley? Sie mag dich ziemlich, weißt du, schade, daß du dich da nie engagiert hast, sie könnte eine große Hilfe sein. Du hast doch nichts dagegen, daß ich die Dinger hier mitnehme? Sie faltete die zerknitterten Papierpantoffeln zusammen, die sie gerade auf dem Nachtschränkchen gefunden hatte, –es ist ja nicht so, daß du irgendwohin gehst, oder?, riß den Vorhang zur Seite, ging vorbei am lebhaften Konzert des Verkehrs, der sich vor der Ostauffahrt der George-Washington-Brücke wegen eines umgestürzten Sattelschleppers elf Kilometer weit zurückstaute, packte eine draußen vorübereilende Schwester am Arm und sagte –das hintere Bett da drin, Mr. Crease? Er macht sich ein bißchen Sorgen wegen des Abendessens, und egal was für Medikamente Sie ihm geben, würden Sie bitte noch mal beim Stationsarzt nachfragen, er sieht nämlich kleine Männer in schwarzen Anzügen hereinkommen, die ihn bitten, Botschaften ins Jenseits zu befördern, dabei hat er noch nicht mal gepackt ... weiter den Korridor entlang und –ach du lieber Gott ... zu spät, um auszuweichen, –hallo, Lily.

–Oh! Geht's ihm gut?

–Wenn es ihm gutginge, wäre er dann hier? Sechshundertzwölf B, und strengen Sie ihn bitte nicht so an.

–Ja, doch, ich, aber Christina?

–Was denn?

–Ich, wenn Sie mich doch bloß ein bißchen mögen könnten.

–Ja, das wäre schön, Lily.

612 B: mit hingehauchter Entschuldigung auf Zehenspitzen an dem Hupkonzert vorbei, dann durch den Vorhang rauschend –ach, Oscar! Geht's dir gut? und ein Lippenstiftfleck auf dem Verband. –Tut's weh?

–Ja.

–Wo, unter dem Verband in deinem Gesicht?

–Überall.

–Ach, Oscar. Kann ich dir irgendwas besorgen? Ich wollte dir Blumen mitbringen, aber dann habe ich gesehen, daß ich nur noch vier Dollar habe.

–Schau mal in meiner Brieftasche nach. In der Schublade da im Nachtschränkchen, du Lily?

–Ja, ja, kann ich dir irgendwas besorgen?

–Wie kommst du zu einem neuen BMW?

–Wo hast du denn das gehört. Kann ich mir fünfzig nehmen?

–Christina sagt, du wärst in einem neuen BMW vor dem Haus vorgefahren.

–Den hat mir ein Bekannter geliehen, Oscar. Damit ich dich besuchen kann, wenn sie mich doch bloß nicht so ablehnen würde. In ihrer Gegenwart komme ich mir jedesmal vor wie ein, sie ist so überlegen und gescheit, und ihre Kleider, sie sieht immer so attraktiv aus für jemand in ihrem Alter und ...

Ihre Hand flatterte vorbei, und er hielt sie fest. –Du bist halt ein bißchen jung, und sie macht sich wohl Sorgen um dich, diese Scheidung und die Probleme mit deiner Familie, und dann ...

–Das ist doch nicht meine Schuld! Sie zog die Hand zurück, –oder, Oscar? Deswegen muß ich nämlich auch mit dir reden.

–Was ist denn jetzt schon wieder passiert.

–Es geht um diese Anwältin. Sie will noch mal zweitausendfünfhundert Dollar, Oscar, ich weiß einfach nicht, was ich machen soll.

–Zweitausendfünfhundert, aber wir haben ihr doch dreitausend Dollar Vorschuß gegeben, nachdem wir den ersten ausbezahlt hatten.

–Ja, aber jetzt behauptet sie, ich schulde ihr immer noch diese zweitausendfünfhundert Dollar, sonst übergibt sie die ganzen Papiere nicht.

–Was für Papiere denn, wieso, an wen.

–An diesen anderen Anwalt. Weil, sie hat das Mandat niedergelegt, und deshalb brauche ich einen anderen Anwalt, und sie behauptet, der neue könnte erst Prozeßbevollmächtigter werden, wenn ich sie bezahlt habe und sie die ganzen Papiere zurückgegeben hat.

–Halt, Moment, was soll das heißen, sie hat das Mandat niedergelegt.

–Weil, sie sagt, du hättest dich dauernd eingemischt, ihr diese ganzen Briefe geschrieben, sie ständig angerufen und ihr bei der Trennungsvereinbarung reingeredet und so, und deswegen legt sie das Mandat nieder, das ist doch nicht meine Schuld, oder?

–Aber das kann sie nicht. Das kann sie nicht, Lily, sie kann nicht einfach so das Mandat niederlegen. Fünftausendfünfhundert Dollar, wofür eigentlich, etwa für diese lange, verworrene Trennungsvereinbarung, sie hat's ja kaum erwarten können, alles von A bis Z abzutreten, und das Ding ist noch nicht mal unterschrieben, einfach lächerlich. Sie kann das Mandat nicht niederlegen.

–Aber ich hab den neuen Anwalt gefragt, und der sagt, sie kann, Oscar.

–Welchen neuen Anwalt.

–Na ja, ich hab gedacht, ich nehm mir lieber wieder einen Mann, so wie vorher, damit ...

–Das ist ja lächerlich. Nein, nein, das ist ein Fall fürs Schiedsgericht, wir bringen die ganze Sache vor einen Beschwerdeausschuß und ...

–Aber er sagt, diese Ausschüsse bestehen auch bloß aus Anwälten, deshalb müssen sie sich gegenseitig schützen, weil jeder der nächste sein kann, und deswegen ...

–Wer sagt das! Und wenn sie nun tatsächlich aussteigen kann, hör zu, ich weiß noch nicht mal, was an Krankenhausrechnungen auf mich zukommt, nachher kriege ich Besuch von einem Versicherungsvertreter, und ich bin mir gar nicht sicher, ob die überhaupt bezahlen, kannst du nicht deinen Bruder darum bitten? Ich traue mich nicht mal, einen Scheck über einen Dollar auszustellen, das ganze Geld, das er von deinem Vater kriegt, damit der Fiskus nicht drankommt, kannst du nicht Bobbie darum bitten?

–Bobbie will sich doch einen Porsche kaufen ... Ihr Kopf senkte sich auf die Bettkante, –ich hab das alles so satt, Oscar ... und ihre Hand folgte und wühlte sich unter das Laken. –Immer heißt es nur Bobbie, alles dreht sich um Bobbie, mit mir reden sie nicht mal mehr, und außerdem sind sie da unten in irgend so eine Kirche eingetreten, das ist der einzige Brief, den ich von ihnen gekriegt habe, wie herrlich es wäre, erlöst zu werden, und wie glücklich ich wäre, wenn ich den Herrn in mein Leben hineinließe, dabei läuft diese Frau, die meine Handtasche gestohlen hat, irgendwo da draußen rum und tut so, als wäre sie ich, mit meinen ganzen Kreditkarten und allem, das eine Mal, wo sie meine Bankkreditkarte benutzt hat, konnte ich's noch stoppen, deswegen sind die anderen, echten Schecks geplatzt, die ich ausgestellt habe, ich kann mich nicht mal ausweisen, und sie kauft diese Flugtickets, womöglich ist sie grade in Paris und gibt sich für mich aus, und ich weiß überhaupt nicht, was ich dort mache, bis ich plötzlich die Rechnung für diese Krokolederschuhe kriege, die ich in irgendeinem Geschäft in Beverly Hills gekauft habe, wo ich schon immer mal hinwollte, richtig gruselig ist das.

Seine Hand war herabgesunken und glättete ihr das Haar, ein Finger zeichnete ein Ohr nach, strich ihr über die Stirn; ihre Finger glitten tiefer, streichelten eine Erhebung unter dem Laken. –Wir biegen das gerade, sobald wir ...

–Die kommt auch noch dahinter, daß es nicht so einfach ist, ich zu sein, daß es nicht soviel Spaß macht, wie sie gedacht hat, tut das weh?

–Nein, nur, Vorsicht, ich ...

–Soll Mami pusten, und dann ist es wieder gut?

–Nein, doch nicht hier, nein, nicht jetzt ...

–Aber vielleicht geht's dir dann ja besser? Wo gibt's denn hier ein Kleenex, ich wisch mir mal eben den Lippenstift ab.

–Nicht, nicht jetzt, nein, wenn eine Schwester reinkommt und ...

–Dann tun wir einfach so, als ob ich dir das Laken glattziehe ... Hinterm Vorhang rumste es kräftig. –Hey, da drüben!

–Was denn, wer ...

–Schick sie zu mir rüber!

–Also das ist doch, wovon reden Sie eigentlich!

–Sie weiß es schon!, und wieder rumste es hinterm Vorhang, –und wenn du's nicht weißt, dann schick sie zu mir rüber. Hey, Mami?

–Das darf doch wohl nicht, aua!

–Oscar, streng dich nicht, lieg einfach still, ich glaube, da kommt wer. Ich gehe jetzt sowieso besser.

–Warte doch, wer denn.

–Bloß so ein Mann, Oscar, ich gehe jetzt besser. Ich komme dich ganz bald wieder besuchen.

–Was für ein Mann. In einem schwarzen Anzug? Warte doch mal, Lily, wie kommst du denn nach Hause?

–Mit dem Auto, das ich geliehen habe.

–Nun warte doch mal, wem gehört es denn.

–Dem neuen Anwalt... und sie drückte ihm die Hand, hinterließ einen Lippenstiftfleck darauf, rauschte durch den Vorhang und mit einem hitzig gezischten –Altes Ferkel! am nächsten Bett vorbei.

Und von der Tür her, –Mister Crease?

–Hier hinten, Moment. Moment mal, wer...

–Frank Gribble, Ace Worldwide Fidelity, darf ich hereinkommen? im schwarzen Anzug, –na, wie geht's uns denn? Darf ich mich setzen?, und schon saß er, legte sich eine Aktenmappe aus Kunstleder platt auf den Schoß, –ich hoffe, Sie haben keine Schmerzen?, und holte einen gelben Notizblock hervor, –Also, wir wollen Ihre kostbare Zeit nicht allzusehr in Anspruch nehmen, Mister Crease. Wenn Sie mir einfach erzählen könnten, was passiert ist.

–Natürlich kann ich, ich...

–In Ihren eigenen Worten.

–Ja, natürlich. Die Zündung hat nicht funktioniert. Deshalb mußte ich zum Anlassen des Wagens die Motorhaube öffnen und ein Kabel von der Zündspule an den Plus-Pol der Batterie halten.

–Kurzschließen nennt man das wohl. Wir bekommen ständig Meldungen über Autos, die auf diese Weise gestohlen werden, bitte fahren Sie fort.

–Es handelt sich um mein eigenes Auto, Mister Gribble.

–Aber ja, ja, ich wollte damit nicht...

–Der Wagen stand auf Park. Ich habe das Kabel an die Batterie gehalten, der Wagen ist angesprungen, hat auf Drive geschaltet und mich angefahren.

–Aha. Dann können wir also annehmen, daß Sie vor dem Wagen gestanden haben? Warum haben Sie vor dem Wagen gestanden, Mister Crease.

–Weil neben dem Wagen eine Schlammpfütze war, Mr. Gribble,

und ich es nicht für ratsam hielt, Wasser und Strom in Verbindung zu bringen. Aber das ist sowieso alles unerheblich. Der Wagenbesitzer ist ja versichert, nicht?

–Aber soweit ich verstanden habe, sind Sie der Besitzer.

–Ich bin außerdem das Unfallopfer, Mister Gribble. Normalerweise wäre es nun wohl so, daß die Versicherung des Besitzers sich an den Fahrer hält, aber ...

–Aber soweit ich verstanden habe, ist niemand gefahren.

–Womit Ihnen vermutlich nur die Alternative bliebe, den Hersteller auf Produkthaftung zu verklagen. Der Wagen hat ohne fremdes Zutun von Park auf Drive geschaltet, oder? Wenn er von Anfang an auf Drive gestanden hätte, wäre er überhaupt nicht angesprungen. Res ipsa loquitur, Mister Gribble, so eindeutig, wie wenn Ihnen der Kronleuchter auf den Kopf fällt.

–Tja, also ein bißchen schwierig könnte es schon werden, vielleicht wenn wir ein paar ähnliche Fälle ausgraben könnten, und dann müßten wir natürlich auch den Wagen untersuchen.

–Den Wagen untersuchen, selbstverständlich, ich will schließlich nur Gerechtigkeit.

–Untergestellt ist er an Ihrem, am Unfallort, im Moment kann ich die Adresse nicht, was ist es überhaupt für ein Wagen?

–Ein Sosumi.

–Ich habe es ernst gemeint, Mister Crease.

–Ich auch! Es ist ein japanischer Wagen, ein Sosumi.

–Ach so. Mein Gott, ja, Entschuldigung, es ist so schwer, heutzutage auf dem laufenden zu bleiben. Letzte Woche ist eine ganze Familie in einem Isuyu ums Leben gekommen, den hab ich auch nicht gekannt. Ich denke, wir haben dann vorläufig alles soweit erledigt, Mister Crease, ich will Sie auch nicht ermüden. Sie hören umgehend von uns, ich glaube nicht, daß es mit Ihren Krankenhausrechnungen hier ein Problem gibt, vielleicht kann ich sogar noch die Miete für den Fernseher darin unterbringen, ohne daß es jemand merkt, alles kein Thema. Im Augenblick müssen wir nur zusehen, daß Sie die allerbeste Pflege bekommen, wenn Sie bitte eben rasch hier unterschreiben, dann sind Sie ruckzuck wieder auf den Beinen und können, hier ist ein Stift ...

–Baseball spielen?
–Gleich hier unten, ja, bloß eine Formalität.
–Eine ziemlich umfangreiche Formalität, Mr. Gribble. Ich unterschreibe nichts, was ich nicht gelesen habe.
–Ach so, wenn Sie, aber bitte. Ich wollte nur Ihre Zeit nicht allzusehr in Anspruch nehmen, ich habe den Essenswagen auf dem Flur gesehen, und ich glaube, da steht Ihnen eine ziemliche Überraschung bevor. Ich lese dann einfach solange die Zeitungen hier, während Sie...
–Am besten lassen Sie's mir einfach da, ich muß mich vorher noch um ein paar andere Sachen kümmern, die Papiere da auf dem Nachttisch, wenn Sie mir die bitte reichen könnten?
–Die hier? Sieht aus wie etwas Juristisches, das hätte ich mir denken können. Sind Sie Anwalt, Mister Crease?
–Danke. Nein, ich mache das nur so nebenbei, Mister Gribble, nur so nebenbei. Auf Wiedersehen.
–Ach so, du machst es nur nebenbei? tönte es über aufgeregte Mitteilungen von einem Auffahrunfall auf der Route 4, in den sechs Fahrzeuge verwickelt waren, hinter dem Vorhang hervor. –Mit der würd ich's auch mal gern nebenbei machen, das war vielleicht 'n scharfes Gerät.
–Ruhe da hinten.
–Ein bißchen nebenbei gebimst, ein bißchen nebenb...
–Halten Sie den Mund! Er lehnte sich in die Kissen zurück, rückte sich, so gut es ging, die Brille zurecht und brachte auf diese Weise ein gewisses Maß an schlaffer Würde zustande, wie es den Seiten vor seinem Auge geziemte. Und so können wir denn diese traurige Geschichte auch mit dem Dokument beginnen lassen, das, nachdem es in sämtlichen Zeitungen so begeifert wurde, alles auslöste oder, besser gesagt, den folgenden Ereignissen lediglich voranging, denn es hatte unmittelbar nichts mit ihnen zu tun, und noch viel weniger hatten das seine fernen Protagonisten, die einzig und allein durch den historischen Ausgriff des Zivilrechts in seinem majestätischen Bestreben in den Blick gerückt wurden, dem entwürdigenden Chaos des Alltagslebens eine Ordnung aufzuzwingen oder vielmehr eine Ordnung daraus zu retten, und zwar anhand der sich

jäh auftuenden Gelegenheit, von der Welt ernst genommen zu werden, wie Christina meint, ernst in beinahe umgekehrtem Verhältnis zu ihrer tatsächlichen Stellung darin, so daß noch ihre bloßen Namen und die Bedeutungslosigkeit ihrer eigentlichen Absichten mit einemmal in den Rang von Meilensteinen erhoben wurden, wie etwa im Falle der Frau, die nichts weiter wollte als nach Far Rockaway fahren, von Richter Cardozo in der Sache Palsgraf gegen Long Island Railroad, oder im Falle des zufälligen Passanten, dem Baron Pollack in der Sache Byrne gegen Boadle zur Unsterblichkeit verhalf, weil ihn ein Mehlfaß am Kopf getroffen hatte, woraus Harry, gemäß dem von ihm angesprochenen Grundsatz des res ipsa loquitur und mit einem Bild, das besser zu jenen unnatürlichen Personen paßt, welche die im Verhältnis zu den Millionen und Milliarden an Entschädigungszahlungen fast unerheblichen juristischen Höhen körperschaftlicher Anonymität erklimmen, den Kronleuchter gemacht hat, den er Oscar hat vor die Füße fallen lassen, der nun das gesunde Bein anzieht, sich das Kissen und auch noch einmal die Brille zurechtrückt und den Daumen anleckt, um die Titelseite der Entscheidung in Sachen Szyrk gegen die Gemeinde Tatamount und andere, U.S. District Court, Southern District of Virginia Nr. 105–87 umzublättern, beschlichen von dem Gefühl, daß «die Wirklichkeit vielleicht nur in den Worten existiert, in denen sie sich darstellt».

URTEIL

CREASE, Richter.

Der klageerhebliche Sachverhalt ist unstreitig. Am Morgen des 30. September blieb ein in der Gemeinde freilaufender und unter dem Namen Spot aktenkundiger Hund im unteren Bereich einer voluminösen Stahlskulptur mit dem Titel Zyklon Sieben stecken, welche den unmittelbar an den Bahnhof der Norfolk & Pee Dee Railroad angrenzenden Platz beherrscht. Auf der Suche nach seinem Schützling stellte der Halter des Hundes, der siebenjährige James B., vom Gewinsel und Gebell des Tiers alarmiert, dessen Notlage fest. Seine vergeblichen Bemühungen, es daraus zu befreien, wurden von einem Passanten unterstützt, dem sich umgehend andere anschlossen, deren gemeinsame Versuche, das unglückliche Geschöpf durch gutes Zureden, Einschüchterung und Täuschung hervorzulocken, dessen Zwangslage freilich eher verschlimmerten, insofern sie es noch tiefer in das Gebilde hineintrieben. Diese fruchtlosen Aktivitäten zogen in der Folge einen repräsentativen Querschnitt der örtlichen Bevölkerung an, von den üblichen Müßiggängern und älteren Mitbürgern bis hin zu Angehörigen des Gemeinderats, des Sheriffbüros, der Feuerwehr sowie, kaum verwunderlich, Artgenossen des Opfers selbst, und nachdem sich der Vorfall bis zum Abend in den benachbarten Weilern herumgesprochen hatte, erschienen nicht nur deren Bewohner in solcher Zahl, daß ein ausgedehntes Verkehrschaos entstand, sondern es fanden sich auch Vertreter der örtlichen Presse sowie ein umtriebiges Fernsehteam am Ort des Geschehens ein. Obwohl es gelang, Mittel und Wege ausfindig zu machen, um den Hunger des Hundes zu stillen, dauerte dessen unfreiwillige Gefangenschaft bis weit in den folgenden Tag hinein an; zu diesem Zeitpunkt faßte der vollzählig tagende Gemeinderat den Beschluß, die Feuerwehr zu beauftragen, mittels Schneidbrennern in das Gebilde einzudringen, um das Tier zu bergen, ohne dabei freilich zu bedenken, daß dies mit hoher Wahrscheinlichkeit zu einer Schadensersatzklage von seiten des Urhebers von Zyklon Sieben, Mr. Szyrk, führen würde, eines Bildhauers, der in Kunstkreisen hohes Ansehen genießt.

Durch die Medien auf die Bedrohung seines Werkes aufmerksam geworden, beantragte Mr. Szyrk von seinem Atelier in SoHo, New York, aus unter Verweis auf «die Notwendigkeit, unmittelbaren und irreparablen Schaden» von seiner Skulptur abzuwenden, eine einstweilige Anordnung auf Unterlassung, die im einseitigen Verfahren erging, während zwecks Bergung des Tiers bereits die Schneidbrenner entzündet wurden. All dies geschah vor vier Tagen.

Angesichts des breiten, bis in den tiefen Süden und sogar nach Arkansas hinein spürbaren Echos, das die Auseinandersetzung in den Medien allgemein, vornehmlich jedoch am Ort des Geschehens selbst ausgelöst hat, wo die von widerstreitenden Sympathien erzeugten Emotionen, angeheizt durch die Anwesenheit der Polizei sowie der Feuerwehr in voller Ausrüstung, ferner durch die Scheinwerfer, Fahrzeuge und anderen Erscheinungen einer von heftiger Konkurrenz geprägten Fernsehlandschaft, denen ihrerseits die unvermeidlichen Transparente, Zurschaustellungen der amerikanischen Flagge und Verkäufer von Nahrungsmitteln und Souvenirs folgten, und verstärkt durch das Gebell und Geschrei der örtlichen Bekannten des Opfers, sich in Handgreiflichkeiten, Prügeleien und ähnlichen Feindseligkeiten mit deutlich rassistischen Untertönen (der Hundehalter James B. und seine Angehörigen sind schwarz) und schließlich in Stein- und Bierdosenwürfen gegen die Skulptur Zyklon Sieben selbst Luft machten, hält das Gericht den in der Hauptsache geltend gemachten Anspruch für hinreichend begründet; es verwirft daher aus den unten angeführten Gründen die Einreden und Gegenanträge der Beklagten und gibt dem Antrag des Klägers auf Erlaß eines Unterlassungsurteils im abgekürzten Verfahren statt; dieses Urteil ersetzt insoweit die bisher in Kraft befindliche einstweilige Anordnung.

Voraussetzung eines Urteils im abgekürzten Verfahren ist, wie von Richter Stanton in der Sache Steinberg gegen Columbia Pictures und andere, Fed. R. Civ. P. 56, ausgeführt, die Feststellung des Gerichts, daß «der entscheidungserhebliche Sachverhalt nicht streitig ist und der Antragsteller von Gesetzes wegen Anspruch auf ein Urteil hat». Bei der Entscheidungsfindung muß das Gericht «bewerten, ob entscheidungserhebliche Fragen des Sachverhalts zu prüfen sind, und dabei Unklarheiten klären und erforderlichenfalls auch für den Antragsteller nachteilige Schlüsse ziehen» (Knight gegen U. S. Fire Ins. Co., 804 F.2d 9, 11,2d Circ., 1986, hier: Anderson gegen Liberty Lobby, 106 S. Ct. 2505, 2505-11, 1986). Gegen die im Antrag des Klägers auf Erlaß einer einstweiligen Anordnung enthaltene Klagebegründung haben die Beklagten mehrere Klageerwiderungen und Gegenanträge mit dem Ziel eingereicht, die Klage abzuweisen. Aufgrund des umfangreichen Vorbringens in Zusammenhang mit diesen Gegenanträgen bleibt keine entscheidungserhebliche Frage des Sachverhalts, hinsichtlich derer in einem etwaigen mündlichen Verfahren weitere Beweise zu erwarten wären. Im übrigen sind mit den für die Entscheidung notwendigen Sachfeststellungen keine Widersprüche zwischen Zeugenaussagen verbunden, zu deren Klärung es, wie unten näher ausgeführt, einer Bewertung ihrer Glaubwürdigkeit bedürfte. Daher ist im Interesse einer zügigen Erledigung des Rechtsstreits ein Urteil im abgekürzten Verfahren zulässig.

Gegen den Gemeinderat, den Halter des Hundes, James B., vertreten durch dessen Prozeßpfleger, sowie «andere Parteien und Rechtspersönlichkeiten, soweit sie im Verlauf des Verfahrens offenbar werden» als Beklagte macht Mr. Szyrk zunächst Besitzstörung durch ein Tier geltend und führt zur Begründung eine Belegstelle aus dem frühen Recht an, in welcher es heißt: «Wo aber mein Vieh aus frevelicher Begierd ohne mein Wissen und Wolen in eines anderen Häg dringet, so sol man mich strafen, sintemalen ich der Eindringling bin mit meinem Vieh» (12 Henry VII., Kielwey 3b). Da das Gericht hierzu keine eindeutige Parallele im heutigen Recht findet, verwirft es den Vortrag des Klägers insoweit als rechtlich unerheblich. Was das weitere Vorbringen des Klägers angeht, in dem er auf die Gemeindeordnung, Absatz 21, Paragraph 6b (bekannt als «Leinenzwang») verweist, so ist dem Gericht nicht unbekannt, daß, wie in der Erwiderung der Beklagten behauptet, der betreffenden Vorschrift ungeachtet ihres eindeutigen Wortlauts und Zwecks eher Mißachtung entgegengebracht wird, insofern man an jedem beliebigen schönen Tag bekannte Vertreter der örtlichen Hundepopulation in all ihrer Vielgestaltigkeit von Größe, Rasse und anderen Merkmalen dabei beobachten kann, wie sie, ungehindert von Bürgern oder Vertretern des Gesetzes, in der verwegenen Kameraderie von Seeleuten beim Landgang die Hauptstraße entlang und von dort überall hinspazieren, wo Appetit und Gewohnheit sie hinführen. Spot, so benannt nach der auffälligen, leberfarbenen Zeichnung an seiner Lende, wird als Mischung verschiedener Rassen beschrieben, innerhalb derer, nach der schmächtigen Statur, dem seidigen Fell und den «seelenvollen» Augen zu urteilen, die des Spaniels vorzuherrschen scheint. Ausgehend davon, daß Spot bei der Unterscheidung zwischen Tieren als mansuetae bzw. ferae naturae eindeutig ersteren zuzuordnen ist, insofern er «zum Zeitpunkt und am Ort seiner Haltung überwiegend im Dienst des Menschen steht», und ihm von daher die solchen Haustieren gemeinhin gewährte Nachsicht entgegengebracht werden muß, sowie angesichts der Tatsache, daß eine erhöhte Tierhalterhaftung in vergleichbaren Fällen nicht vorgeschrieben ist (Weaver gegen National Biscuit Co, 125 F.2d 463, 7th Circ., 1942; Parsons gegen Manser, 119 Iowa 88, 93 N.M. 86, 1903), wird erkennbar, daß die Rechtsprechung der vergangenen hundert Jahre in zunehmendem Maße von der strengen Haftung für Besitzstörung abrückt (Sanders gegen Teape & Swan, 51 L.T. 263, 1884; Olson gegen Pederson, 206 Minn. 415, 288 N.W. 856, 1939), weshalb das Gericht das Vorbringen des Klägers in diesem Punkt für unbegründet befindet.

Was den in diesem Zusammenhang vom Kläger geltend gemachten Schaden anbelangt, so ist zunächst zu prüfen, ob die Anforderungen an die Gewährung einer einstweiligen Anordnung erfüllt sind. Würde zugunsten des Klägers befunden, daß seinem Werk in der Tat irreparabler Schaden zugefügt wurde und daß angemessene rechtliche Abhilfe in Form von Schadensersatz in Geld genügte, so stellt das Gericht für diesen Fall anheim, den Anspruch gegen den Gemeinderat und den Hundehalter gemeinsam geltend zu machen, insofern die schon in «Der Kaufmann von Venedig» (I., iii, 122) aufgeworfene Frage «Hat ein Hund Geld?» dahingehend beantwortet werden muß, daß er keins hat. Was allerdings die Behauptung angeht, der Hund Spot könne, ausgestattet praktisch nur mit Milchzähnen, und seien diese noch so scharf und die Agonien seiner Verzweiflung noch so heftig, seinem stählernen Gefängnis irreparablen Schaden zugefügt haben, so entbehrt sie offensichtlich jeder Grundlage. Zudem tragen die Beklagten in ihrer Erwiderung auf diesen Klagepunkt unter Verweis auf die ursprünglichen künstlerischen Absichten des Klägers vor – und hier stimmt das Gericht ihnen zu –, die stählernen Oberflächen seien infolge der Verfügung des Klägers, sein Werk so aufzustellen, daß es ungeschützt dem Spiel der Naturgewalten preisgegeben sei, schrundig geworden und hätten eine dicke Rostschicht angesetzt; das Gericht möchte hierzu noch anmerken, daß ein Hund kein Junge, geschweige denn ein mit einem Schneidbrenner bewaffneter Feuerwehrmann ist, sondern in seiner indifferenten Unwissenheit ebenjenen Kräften näherkommt, welche unter den Begriff der Vermenschlichung der Natur fallen, und insoweit zu ihnen gezählt werden muß. Schließlich läßt sich aufgrund der Unzugänglichkeit der unmittelbaren Umgebung des ungewollt Gefangenen ein Schaden allenfalls vermuten, so daß das Gericht mangels beweiserheblicher Tatsachen zu dem Schluß kommt, daß die Anforderungen an die Gewährung einer einstweiligen Anordnung nicht gegeben sind, und diesen Punkt für strittig erachtet.

An dieser Stelle hält das Gericht die im Namen des Beklagten James B. erhobene Widerklage für zulässig, mit der beantragt wird, den Kläger, die Gemeinde sowie andere Beteiligte wegen vorsätzlicher Schaffung, Installierung und Aufrechterhaltung eines gefährlichen Anziehungspunktes haftbar zu machen, der aufgrund seiner besonderen Beschaffenheit und freien Zugänglichkeit zum unbefugten Betreten verleite und den Hund so in seine gegenwärtige, als gefährlich unterstellte Lage gelockt habe. Dagegen wendet der Kläger unter Verweis auf ähnliche, mit Zyklon Sieben zu einer Serie gehörende Gebilde auf Grundstücken in anderen Staaten ein – und die Gemeinde schließt sich diesem Einwand an –, es sei bei diesen vier Gebilden nur ein einziges Mal, nämlich auf Long Island, New York, zu einem ähnlichen Vorfall in Gestalt eines Jungen gekommen, der auf ähnliche Weise und unter ähnlicher öffentlicher Anteilnahme stekkengeblieben sei, bis eine ihm angebotene Zehndollarnote ihn wohlbehalten herausbefördert habe. Ein Hund ist allerdings kein Junge, und obwohl im vorliegenden Fall Zyklon Sieben anfänglich so etwas wie einen kunstvollen «Abenteuerspielplatz» für diverse jüngere Mitglieder der Gemeinde darstellte, können wir auf seiten von Spot mangels seiner Zeugenaussage weder eine von ihm wahrgenommene Herausforderung seiner Kletterfähigkeiten noch ein ihn gefährdendes ästhetisches Empfinden unterstellen, das die Fähigkeit erforderte, Zyklon Sieben als Kunstwerk von seiner gewohnten Umgebung auf dem vom Vater und Prozeßpfleger des Beklagten James B. geleiteten Schrottplatz zu unterscheiden, wo die Hervorbringungen menschlichen Erfindergeistes drei Morgen rostender Zeugnisse desselben einnehmen, so daß sein Eindringen von daher vollkommen unbeabsichtigt und aller Wahrscheinlichkeit nach von einem natürlichen Bedürfnis diktiert war, wie eine Fülle von Anhaltspunkten für ähnliche beiläufige Gänge von seiten anderer Angehöriger der örtlichen Hundepopulation in der unmittelbaren Nachbarschaft der Skulptur belegen.

Das Gericht hält den vom Beklagten in seiner Widerklage erhobenen Vorwurf der Verleitung für zulässig und sieht darin den Tatbestand leichter Fahrlässigkeit, der in diesem Verfahren bereits für rechtsunerheblich erkannt wurde; für zulässig hält das Gericht jedoch auch jenen auf den damit zusammenhängenden Vorwurf der Schaffung eines gefährlichen Anziehungspunktes bezogenen Teil der Erwiderung des Klägers, worin dieser einen Schaden infolge der deutlichen und damit herabwürdigenden Unterstellung behauptet, seine Plastik solle, insbesondere im Hinblick auf ihre inneren Bestandteile, in Entwurf und Ausführung an Bedrohung nicht nur denken lassen, sondern stelle tatsächlich eine solche dar; hierzu legt der Kläger umfangreiche datierte und mit Anmerkungen versehene Skizzen, Zeichnungen und selbstgefertigte, überarbeitete und durch Schriftverkehr bezeugte Notizen vor, mit denen dargetan wird, das Werk sei zu keinem Zeitpunkt und in keiner Beziehung in seiner Gesamtheit oder in einem oder mehreren seiner Bestandteile oder Kombinationen hiervon, seien es scharfkantige Flächen, Spiralen oder gezackte, deutliche Ähnlichkeiten mit Zähnen aufweisende Stahlglieder, jemals auf irgendeine Weise mit der Absicht des Herstellens einer Falle und daraus folgender Zufügung körperlicher Qual konzipiert und ausgeführt worden, sondern seine Schaffung sei im Gegenteil einzig und allein von ausschließlich künstlerischen Erwägungen inspiriert und bestimmt gewesen, welche die einzelnen Bestandteile zu einer ästhetischen Synergie vereinigten, innerhalb derer die erwähnten scharfkantigen Flächen, gezackten Ränder und zahnähnlichen Vorsprünge in ihrer Gesamtheit bloße Sinnbilder und Symbole darstellten, die zusammengenommen mehr seien als die Summe der einzelnen Teile und somit dazu beitrügen, das Werk gemäß einem Zitat aus dem anläßlich der Enthüllung vertriebenen Katalog zu einem «Zeugnis des unverdüsterbaren [sic!] menschlichen Geistes» zu machen.

Der Kläger beansprucht mit anderen Worten, als Instrument einer höheren Autorität, nämlich der «Kunst», zu handeln, wozu wir zunächst deren Lexikondefinition als «(1) Gestaltende, schöpferische Tätigkeit des Menschen, mit der er die Hervorbringungen der Natur nachahmt, ergänzt, verändert oder sich in Gegensatz zu ihnen stellt» heranziehen können. Ungeachtet der Tatsache, daß Zyklon Sieben dieser Beschreibung insbesondere in deren letztem Punkt eindeutig entspricht, bleiben gewisse feine Unterschiede, die den durchschnittlichen ungeschulten Betrachter vor einige Probleme stellen, da er die Bildhauerkunst aufgrund von Gewohnheit und auch Erziehung entweder als Schönheit im Sinne von Wahrheit durch Ausdruck von Harmonie, wie sie sich etwa in den Proportionen von Donatellos David verkörpert, oder als eigentliches Wesen des Erhabenen, wie es sich in der Venus von Milo manifestiert, betrachtet und deshalb im vorliegenden Fall nicht in der Lage ist, zwischen scharfen Stahlzähnen als scharfen Stahlzähnen und scharfen Stahlzähnen als künstlerischem Ausdruck scharfer Stahlzähne zu unterscheiden; wir sind daher gezwungen, uns im Rahmen dieses Verfahrens mit der Theorie auseinanderzusetzen, daß die Kunst selbstbezüglich geworden und aus diesem Grunde an sich Theorie sei, ohne die ihr ebensowenig Gewicht zukomme wie Sir Arthur Eddingtons berühmtem Tritt «auf einen Fliegenschwarm». Diese Theorie scheint durch weitere vom Kläger vorgelegte Beweisstücke aus angesehenen Kunstzeitschriften sowie Rezensionen hochgeachteter, in der Tagespresse bestallter Kritiker durch, worin das bildhauerische Werk des Klägers in Begriffen wie Neigung, Tangente, Kraft, Energie und anderen ausgefallenen Abstraktionen empfohlen wird, die nur einer entsprechenden selbstbezüglichen Konfrontation von Sprache mit Sprache Vorschub leisten und diese dadurch, indem sie sie selbst auf eine Theorie reduzieren, zu einem bloßen Spielzeug machen, weshalb das Gericht diese Beweisstücke als belanglos ansieht. Nachdem hier gewissermaßen das Kind mit dem Bade ausgeschüttet wurde, verwirft das Gericht die Widerklage der Beklagten wegen «Schaffung eines gefährlichen Anziehungspunktes» mangels beweiserheblicher Tatsachen als offensichtlich unbegründet.

Wir wenden uns als nächstes einer damit zusammenhängenden Beschwerde in der vom Beklagten James B. erhobenen Gegenklage in Sachen Zyklon Sieben zu, worin der Kläger, die Gemeinde «sowie andere Parteien und Rechtspersönlichkeiten, soweit ihre Beteiligung erkennbar wird», beschuldigt werden, ein öffentliches Ärgernis «in Gestalt eines Hindernisses» geschaffen zu haben und aufrechtzuerhalten, «das die Nutzung des Durchgangs für die Allgemeinheit beeinträchtigt und unverhältnismäßig erschwert» (Fugate gegen Carter, 151 Va. 108, 144 S. E. 483, 1928; Regester gegen Lincoln Oil Ref. Co., 95 Ind.App. 425, 183 N. E. 693, 1933). Wie in dieser Beschwerde näher ausgeführt, weist Zyklon Sieben, bei einem Umfang von etwa 22,50 Meter an der unregelmäßigen Basis, eine Höhe von 7,80 Meter und ein Gewicht von knapp 22 Tonnen auf. Zur Begründung seines Vorbringens führt der Beklagte einen Grundsatz des frühenglischen Rechts an, in dem ein solches Ärgernis definiert wird als etwas, «welches der Allgemeinheit bei der Ausübung von Rechten, als allen Unterthanen Seiner Majestät gemein sind, hinderlich ist oder Unbequemlichkeit oder Schaden verursacht», sowie eine weitere Belegstelle, nach der es sich um etwas handelt, «was die Sicherheit, Gesundheit oder Moral der Allgemeinheit beeinträchtigt oder eine erhebliche Belästigung, Unbequemlichkeit oder Beleidigung für sie darstellt» (Das Volk gegen South Covington & Cincinnati Street Railway Co., 181 Ky. 459, 463, 205 SW 581, 583, 6 A. L. R. 118, 1918). Ferner werden unter anderem folgende von ausgewählten Ortsansässigen in Sachen Zyklon Sieben erhobene Aussagen vorgelegt: «Wir waren so 'ne schöne, friedliche Stadt, bis dieser Ausländer angekommen ist und dieses [Kraftausdruck] Stück [Obszönität] aufgestellt hat, und jetzt haben wir deswegen alles mögliche [Kraftausdrück] Gesocks hier, sogar Nummernschilder von anderen Staaten sieht man ab und zu.» – «Seit dieses [Kraftausdruck] Ding da steht, muß ich meinen Pickup ganz weit hinten bei Ott's parken und kilometerweit laufen, wenn ich mir was zu futtern kaufen will.» – «Versuchen Sie mal, 'n Zug zu kriegen, wenn Sie vor lauter Regen und Schnee so gut wie nix sehen und dann noch 'n Riesenumweg um diesen Haufen [Obszönität] machen müssen, wenn Sie zum Bahnhof wollen.» – «Ich hab immer das Männerklo drüben am Bahnhof benutzt, aber jetzt gibt's Zeiten, da schaff ich's kaum noch.» – Wenn die unbedingt so 'n Haufen Geld rausschmeißen müssen, dann sollen sie uns doch lieber noch 'ne [Kraftausdruck] Kirche hinstellen.»

Aus diesen und ähnlichen beredten Aussagen geht eindeutig hervor, daß bestimmte Angehörige der Gemeinde bei der Verfolgung privater Geschäfte von einiger Dringlichkeit Belastungen und schweren Unbequemlichkeiten ausgesetzt waren; wenn wir uns jedoch das heftige und letztlich vergebliche Bemühen, die Einrichtung einer Plakatwand in Cambridge, Massachusetts, zu verhindern, in Erinnerung rufen, das vor Jahrzehnten in der Zeitungsschlagzeile PRÄSIDENT HOWELL KÄMPFT GEGEN STÄNDER AUF HARVARD SQUARE verewigt wurde, dürfen die Interessen der Allgemeinheit nicht mit denen einer oder mehrerer Personen verwechselt werden (Das Volk gegen Brooklyn & Queens Transit Corp., 258 App. Div. 753, 15 N. Y. S. 2d 295, 1939, bestätigt 283 N. Y. 484, 28 N. E. 2d 925, 1940); da das Hindernis überdies nicht so erheblich ist, daß der Zugang völlig versperrt würde (Holland gegen Grant County, 208 Or. 50, 298 P. 2d 832, 1956; Ayers gegen Stidham, 260 Ala. 390, 71 So. 2d 95, 1954), und das frühere Zugangsrecht, insofern ein markierter Weg oder Durchgang weder angelegt noch auch nur in Erwägung gezogen war, nach den Feststellungen des Gerichts lediglich aufgrund fehlender Nutzung bestand, wird diese Beschwerde zurückgewiesen.

Was den weniger schwerwiegenden Vorwurf der nachbarrechtlichen Belästigung angeht, mit dem H. R. Suggs Jr. dem Verfahren in seiner Klage gegen alle Beteiligten wegen Beherbergung eines Hundes beitritt, «der die Nacht entstellt mit seinem Geheul», so trennt ihn das Gericht von der vorliegenden Streitsache ab, gesteht dem Intervenienten aber gleichwohl das unveräußerliche Besitzrecht an dem unmittelbar angrenzenden Grundstück sowie das Recht auf ungestörten Genuß desselben zu (Restatement of the Law, Second, Torts 2d, 822c) und verweist die Klage zur Entscheidung an die dafür zuständige Instanz. Ebensowenig Gegenstand der Verhandlung ist das Wohlergehen oder gar Überleben des unfreiwilligen Bewohners der Skulptur, da diesbezüglich keiner der Verfahrensbeteiligten Anträge gestellt hat und zudem eine Art provisorisches Lebenserhaltungssystem für denselben ersonnen wurde; das Gericht gesteht ein Recht darauf gleichwohl ausdrücklich zu und überläßt die Entscheidung der Frage, sollte sie Gegenstand eines späteren Rechtsstreits werden, den örtlich zuständigen Gerichten.

Nachdem wir nun gewissermaßen das Dickicht gerodet haben, können wir uns dem im Antrag des Klägers auf Erlaß einer einstweiligen Anordnung vorgebrachten Hauptklagepunkt zuwenden, die künstlerische und tatsächliche Integrität seines bildhauerischen Werkes Zyklon Sieben in situ unter Androhung der Inanspruchnahme für Schadensersatz in Mindesthöhe der ursprünglichen Kosten für unverletzlich zu erklären gegen Gewaltanwendung, Beeinträchtigung, Veränderung, Zerstörung, Entfernung oder sonstige, irreparable Schäden verursachende unmittelbare oder mittelbare Handlungen einzelner oder mehrerer zu diesem Zweck oder Zwecken aus welchen Motiven auch immer versammelter Personen ungeachtet ihrer Befugnisse. Während der Eigentumsnachweis nicht Gegenstand dieses Verfahrens ist, sind sich die Parteien darin einig, daß diese Kosten einschließlich derer der Installierung in Höhe von etwa vierzehn Millionen Dollar durch Beiträge verschiedener privater Mäzene aufgebracht, von Firmen wie Martin Oil, Incidental Oil, Bush AFG Corp., Anco Steel, Norfolk & Pee Dee Railroad, Frito-Cola Bottling Co. und dem Tobacco Council mitgetragen sowie vom National Arts Endowment und staatlichen sowie regionalen Kunststiftungen gefördert wurden. Der Standort, bis dato ein mit Schutt übersätes Gelände, das tagsüber als Gelegenheitsparkplatz und Müllhalde und nachts als Stelldichein diente, war Gegenstand einer Schenkung der Eigentümerin Miller Feed Co. an die Gemeinde, wobei die darüber geschlossene Vereinbarung den in den zurückliegenden achtunddreißig Jahren für das Grundstück aufgelaufenen rückständigen Steuern Rechnung trug. Bezüglich der Auswahl dieses speziellen Standorts legt der Kläger, neben Briefen, die seine Intentionen bestätigen und deren Ergebnisse begrüßen, Skizzen, Fotografien, Aufzeichnungen und andere einschlägige Begleitmaterialien seiner ursprünglichen Ersuchen an und Diskussionen mit den obenerwähnten interessierten Parteien vor, worin er das genannte Grundstück in Aussicht nimmt, weil es «jene einzigartige amerikanische Atmosphäre von moralischer Indolenz und geistiger Leere verkörpert», die sein künstlerisches Vorhaben erfordert. Wir nehmen an dieser Stelle Bezug auf die vom Kläger vorgelegten Presseberichte über die Zeremonien aus Anlaß des Beginns der Installation von Zyklon Sieben, bei denen das Werk – wenngleich im Lichte der aktuellen Ereignisse aus anderen als den heute dafür maßgeblichen Gründen – als unwiderstehliche Touristenattraktion angesehen wurde. Der Kläger führt hieraus neben zahlreichen damaligen Begeisterungsbekundungen von Einwohnern auch Kommentare des seinerzeitigen Vorsitzenden des Gemeinderats, J. Harret Ruth, beim Durchschneiden des Bandes und dem in der nahegelegenen Mel's Kandy Kitchen veranstalteten, ausführlich fotografisch dokumentierten Empfang an, worin die Rede ist von «der Hingabe von Ihnen allen, die Sie heute von nah und fern hier zusammengekommen sind, ein Miteinander von einfachen Menschen, Industriekapitänen und Künstlern zu Ehren der patriotischen Ideale, die sich in Gestalt dieses großen Werks der Bildhauerkunst hier vor unseren Augen erheben».

Die Erwiderung der Beklagten auf das Vorbringen des Klägers in diesem Punkt ist ganz offensichtlich von späteren Entwicklungen bis zum heutigen Tage bestimmt und (so vermutet das Gericht) hervorgerufen von dem in Presse und Rundfunk zum Ausdruck kommenden und von ihnen geschürten herrschenden emotionalen Klima; ihr sind kürzlich veröffentlichte Äußerungen des ehemaligen Mandatsträgers der Gemeinde J. Harret Ruth beigefügt, der sich derzeit um einen Sitz in der Bundesrichterschaft bemüht und die im Mittelpunkt dieses Verfahrens stehende Skulptur als «rostendes Zerrbild der Vision unserer großen Nation von sich selbst» bezeichnet. Obwohl uns die Gewandtheit beeindruckt, mit der er zunächst feststellt, woher der Wind weht, um sodann sein Mäntelchen danach zu hängen, weisen wir diese und andere einschlägige Aussagen (s. oben) als widersprüchlich und belanglos zurück und befinden den Sachvortrag des Klägers für schlüssig.

In einem weiteren Punkt seiner Klage macht der Kläger gegen Beklagte sowohl inner- als auch außerhalb der Zuständigkeit des Gerichts wegen Verleumdung Anspruch auf Ersatz eines noch nicht zu beziffernden Schadens für seine berufliche Laufbahn und den daraus sich ergebenden Verdienst geltend (Reiman gegen Pacific Development Soc., Or. 82, 284 P. 575, 1930; Brauer gegen Globe Newspaper Co., 351 Mass. 53, 217 N. E. 2d 736, 1966). Unstreitig sind der Kläger und sein Werk, hier verkörpert durch die Stahlskulptur Zyklon Sieben, sowohl vor Ort als auch, angesichts des weitreichenden Einflusses der Medien, im ganzen Land öffentlich verächtlich gemacht worden, so etwa durch einen vom South Georgia Pilot veröffentlichten Cartoon mit der primitiven Darstellung eines kleinen Hundes, der unter einem aus alten Bettfedern, Nachttöpfen und anderem ausrangierten Hausrat bestehenden Schrotthaufen begraben ist, oder einen Leitartikel des Arkansas Family Visitor, in dem das Herkunftsland des Klägers als Säule des sowjetischen Blocks denunziert und damit eindeutig unterstellt wird, Mission des Klägers hierzulande sei die ästhetische Subversion unserer moralischen Werte als christlicher Nation, wohingegen aus anderswo allgemein zugänglichen Quellen hervorgeht, daß der Kläger sein Geburtsland bereits im Alter von drei Jahren verlassen hat, und zwar gerade weil seine Familie vor dem seinerzeit soeben an die Macht gelangten kommunistischen Regime floh. Das Gericht sieht in den hier vorgelegten Beweisstücken den Tatbestand der Verleumdung und Beleidigung schlechthin als erfüllt an, da sie darauf abzielen, den Kläger «in der Achtung seiner Mitmenschen herabzusetzen oder Dritte davon abzuschrecken, Umgang mit ihm zu pflegen oder Beziehungen zu ihm einzugehen» (Restatement of the Law, Second, Torts 2 d, 559), stellt dem Kläger jedoch anheim, seine Ansprüche bei den jeweils zuständigen Gerichten geltend zu machen.

Wo der Kläger Verleumdung durch Rundfunk- und Fernsehsendungen inner- und außerhalb der Zuständigkeit dieses Gerichts geltend macht, geraten wir noch tiefer in den Wust juristischer Unterscheidungen in Zusammenhang mit Beleidigung und übler Nachrede, die das Zivilrecht seit Ende des siebzehnten Jahrhunderts heimsuchen. In dem Maße, wie der Tatbestand der üblen Nachrede aufgrund von Zivilklagen, die Ersatz für einen weltlichen Schaden statt einer geistlichen Kränkung forderten, allmählich aus der Zuständigkeit der Kirchengerichte herausfiel, bildete er nur dann noch einen Klagegrund, wenn ein spezieller pekuniärer Schaden nachzuweisen oder plausiblerweise anzunehmen war. Während der Begriff der üblen Nachrede seine Bedeutung als mündliche Verleumdung durchweg beibehalten hat, wird er mit dem Aufstieg der Presse im geschriebenen oder gedruckten Wort zur Beleidigung, eine Unterscheidung, die in der Gegenwart vor allem bei Rundfunk und Fernsehen

Schwierigkeiten bereitet, wo eine Verleumdung als Beleidigung gilt, wenn der Sprecher sie von einem Manuskript abliest (Hartmann gegen Winchell, 296 N. Y. 296, N. E. 2d 30, 1947; Hryhorijiv gegen Winchell, 1943, 180 Misc. 574, 45 N. Y. S. 2d 31, bestätigt 267 App. Div. 817, 47 N. Y. S. 2d 102, 1944), und als üble Nachrede, wenn das nicht der Fall ist. Siehe dazu jedoch Restatement of the Law, Second, Torts 2d, worin als Beleidigung «die Verbreitung verleumderischer Behauptungen mittels Rundfunk oder Fernsehen, ob von einem Manuskript abgelesen oder nicht» gilt (# 568 A). Auf diesem gewundenen Pfad bleibt uns als einziger Orientierungspunkt für dieses Verfahren der bereits erwähnte Nachweis bzw. die plausible Annahme eines speziellen pekuniären Schadens; da der Kläger einen solchen nicht dargetan hat, wird die Klage in diesem Punkt zurückgewiesen.

Zu diesen Schlußfolgerungen gelangt das Gericht aus der Überzeugung heraus, daß das Risiko, lächerlich gemacht zu werden, verleumderische Reaktionen von Kollegen und sogar drastische Demonstrationen einer empörten Öffentlichkeit auf sich zu ziehen, seit jeher das Los des ernsthaften Künstlers war und auch bleiben wird; erinnert sei hier, um nur einige der ungeheuerlichsten Beispiele zu nennen, an Ruskin, der Whistler vorwarf, er schleudere dem Publikum einen Farbtopf ins Gesicht, an den anfänglichen Hohn, mit dem man die Impressionisten und, kaum waren sie verdaut, die Kubisten überschüttete, an den Spott, der Bizets musikalischen Neuerungen entgegenschlug und für seinen Tod an gebrochenem Herzen verantwortlich gemacht wird, an den öffentlichen Aufruhr, den die Uraufführung von Strawinskys «Le sacre du printemps» hervorrief, und an die Lawine von Verachtung, die auf Schriftsteller niederging, seit Aristophanes Euripides als «Verfertiger zerlumpter Gliederpuppen» bezeichnete: die Presse, die den Verfasser der Ode auf eine griechische Vase «zu Pflästerchen, Pillen und Salbendöschen» zurückschickte, die Ibsens Gespenster für «ein ekelerregendes Geschwür ohne Binde, eine öffentlich begangene Unanständigkeit» und Tolstois Anna Karenina für «sentimentalen Schund» hielt; die Geringschätzung, die hierzulande jedem einzelnen Werk Herman Melvilles entgegengebracht wurde und in der Diffamierung von Moby Dick als «gewaltige Dosis von übertriebenem Jargon, abgeschmackter Rührseligkeit und tragisch-komischem Allerlei» kulminierte, eine Geringschätzung, die seit Melville zu viele Schriftsteller traf, als daß sie hier alle aufgezählt werden könnten. Obwohl all das in der Tat sehr wohl dem Absatz ihrer Bücher und auch ihrem Ruf, auf dem ihre Hoffnung auf Vorschüsse und künftige Tantiemen beruht, abträglich sein dürfte, hat nach Kenntnis des Gerichts keine dieser Schmähungen, und sei sie noch so sehr von Mißgunst und Böswilligkeit bestimmt und in ihrer Veröffentlichung noch so dumm, gedankenlos und wenig sachkundig, bislang jemals Gründe für eine erfolgreiche Klage geliefert, die zu einer Verurteilung des Unheilstifters zu Schadensersatz führte. Kurzum, der Künstler ist Freiwild, und seine Sache ist der Aufruhr. Mit Horaz zu reden, pictoribus atque poetis quidlibet semper fuit aequa potestas: der Künstler tritt mit seinem Wagestück nicht als Träger überkommener Ideen, denen die Kunst nur Dekoration ist, oder eines tröstlichen Köhlerglaubens, wie er sich in der Sentimentalität von Glückwunschkarten niederschlägt, unter uns, sondern eher als ästhetisches Pendant eines, der «nicht gekommen ist, Frieden zu bringen, sondern das Schwert».

Ungeachtet dessen ist das Gericht, ehe es zu einer Entscheidung über den zur Verhandlung stehenden Antrag des Klägers auf Erlaß einer einstweiligen Anordnung gegen jeglichen, wie auch immer gearteten und durch wen auch immer erfolgenden Eingriff in das bildhauerische Werk Zyklon Sieben kommt, gezwungen, sich damit zu befassen, ob das Werk für den Fall eines solchen absichtlichen, zu welchen Zwecken und mit welchen uneigennützigen Absichten auch immer erfolgenden Eingriffs wieder in seinen den einzigartigen Fähigkeiten und Leistungen des Künstlers entsprechenden, ursprünglichen Zustand versetzt werden kann oder ob es dadurch einen irreparablen Schaden davonträgt. Wir halten es mit der bekannten Redensart «Cuilibet in arte sua perito est credendum» und erachten letzteres für die unvermeidliche Folge eines solchen Eingriffs und etwaigen späteren Wiederherstellungsversuchs von seiten der zu diesem Zweck Zusammengekommenen, so etwa Angehörigen der örtlichen Feuerwehr, deren wie immer geartete Ausbildung und Fähigkeiten zwangsläufig auf anderen Gebieten liegen, ganz ähnlich wie bei jenem Nachruf auf unseren bedeutendsten Dichter des Jahrhunderts, worin einer seiner reinsten Verse von einem Journalisten, der darauf gedrillt war, das überflüssige «that» sofort zu streichen, zu «I do not think they will sing for me» rekonstruiert wurde.

Aus den obengenannten Gründen wird dem Antrag des Klägers auf Erlaß eines Unterlassungsurteils im abgekürzten Verfahren stattgegeben.

Sie hörten den Krach schon, ehe sie ausgestiegen war, durch den Regen die feuchte Verandatreppe hinaufrannte und an der Tür zerrte, dann den Flur entlang an der Bibliothek vorbei und mit einem –Oscar! Was ist denn hier los! in den Wintergarten.

–Verdammt.

–Hör doch auf, dich so herumzuwerfen, sonst kippst du das Ding noch um und tust dir weh. Was machst du denn da überhaupt.

–Mir weh tun! Was glaubst du denn, was ich, wo steckt dieses Weib, das ist ja wohl offensichtlich, was ich mache. Sie hat mich hier in die Zugluft gesetzt und dann einfach stehenlassen, und seit es regnet, versuche ich, dieses verdammte, blöde Fenster zuzukrie...

–Ja, schon gut, immer mit der Ruhe, laß mich mal eben, Moment, nun laß doch endlich los! Sie fummelte die Krücke des Rohrstocks heraus, die er zwischen die Lamellen der Jalousie gesteckt hatte, um den Riegel des Flügelfensters anzuheben.

–Na siehst du. Und sie bekam es zu. –Auf die Idee, einfach vom Fenster wegzufahren, bist du wohl nicht...

–Bist du vielleicht auf die Idee gekommen, daß das verdammte Ding sich nicht von der Stelle rührt? Die Räder sind blockiert oder so, vielleicht ist es auch die Batterie. Kannst du mir Tee machen?

–Mein Gott, du hast aber auch Pech mit Fahrzeugen, wo steckt eigentlich, wie heißt sie doch gleich.

–Wenn ich wüßte, wo sie steckt, glaubst du, dann würde ich hier im Regen sitzen? Sie haßt das kleine Zimmer, in dem du sie untergebracht hast, glaub mir, Christina.

–Dann stecke ich sie eben in dein früheres Zimmer im Dachgeschoß, als du noch ein kleiner Junge warst, da kann sie dann hingehen und mit deiner Steinesammlung spielen, dreh mal den Kopf ein bißchen zur Seite. Nein, so rum.

–Wieso, was …

–Sieht gar nicht so schlimm aus, deine Narbe. Fällt kaum auf.

–Und ob sie auffällt, ich muß bloß Harry fragen, ich dachte, er wollte mitkommen.

–Er holt noch ein paar Sachen aus dem Auto, hör mal, Oscar, ehe er reinkommt, er möchte keine Staatsaktion daraus machen, aber deine Anrufe bei ihm im Büro, er hat furchtbar viel zu tun und kann sich einfach nicht damit abgeben. Er hat sogar gesagt, daß du …

–Also, wenn er das so, wenn er nicht mal soviel Zeit hat, mir …

–Aber genau das meint er doch, Oscar, es ist nicht seine Zeit, es ist deren Zeit, die Zeit der Kanzlei, sie berechnen ihren Mandanten fünfzehn Minuten, auch wenn sie nur drei reden, er erklärt es dir, es …

–Ihren Mandanten? Ich habe gedacht, er ist mein Schwager, du wolltest doch, daß ich so mit ihm umgehe, daß er sich wie ein Familienmitglied fühlt, und genau das tut man doch als Familienmitglied, oder? Man hilft, wenn jemand aus der Familie einen Rat braucht.

–Genau darum geht es doch, Oscar, du bist kein Mandant, du bezahlst sie nicht für seinen Rat, deswegen kommt er heute hierher, am Sonntag, er bringt sich Arbeit mit nach Hause, er kommt erst spät zum Essen, dieser Fall, an dem er arbeitet, in die Millionen geht das, jahrelang läuft das schon, er hat keine Minute für sich selbst, er sagt, du hättest ihn sogar gebeten, für ihn in diesen Film zu gehen, wir haben einfach keine Zeit dazu gehabt. Deswegen haben wir uns auch verspätet, er hat vorher noch ein paar Anrufe erledigen müssen, und ich habe der Werkstatt gesagt, sie sollen dein Auto vorbeibringen, während ich deine Lebensmittel besorgt habe, und natürlich hat es geregnet …

Und natürlich hatten sie beide mit der bereits der Länge nach aufgeplatzten Lebensmitteltüte im Regen herumgestanden, bis der Wagen endlich auftauchte. Er würde fahren, sagte er zu ihr, es hinter sich bringen und möglichst früh wieder aufbrechen, –und du? Hast du beschlossen, dort zu übernachten?

–Mein Gott, Harry, das weiß ich doch jetzt noch nicht, mein Mantel hat sich in der Tür da verklemmt, kannst du bitte warten?

Sie machte sie auf, knallte sie zu, und –das weiß ich erst, wenn wir ihn gesehen haben. Seit drei Tagen ist er jetzt zu Hause und hat schon alles auf den Kopf gestellt, dieser Neunhundert-Dollar-Rollstuhl, den ich ihm besorgt habe, wahrscheinlich bricht er sich darin den Hals, und diese Frau, die ich aufgetrieben habe, weiße Flaschenbeine, mit denen man einem Stier das Kreuz brechen könnte, hast du das nicht mal gesagt? Ob sie allerdings kochen kann, aber vielleicht lenkt sie ihn wenigstens so lange von Lily ab, bis Vorsicht! Sie hatte das Armaturenbrett gepackt und klammerte sich zitternd daran fest, –mein Gott...

–Hast du das gesehen?

–Nein, aber paß bitte, sei bloß vorsichtig...

–Hast du das gesehen? Seine Knöchel am Lenkrad weiß verfärbt, –läuft mir genau vor den Wagen und hebt die Hand, hast du das gesehen?

–Gott, Harry, du mußt eben aufpassen. Die sind verrückt. Das hast du mir doch gepredigt, oder? Daß ich bis zum Beweis des Gegenteils davon ausgehen soll, daß jeder in dieser Stadt verrückt ist? Du hättest ihn umbringen können.

–Immer noch besser, als ihn bloß anzufahren, bei so einem Auto wissen die gleich, wie hoch deine Haftpflicht ist, und dann verbringst du den Rest deines Lebens im Gerichtssaal.

–Wut ist das, sonst nichts. Wenn du seine Augen gesehen hast, genau das hält diese Stadt in Gang, daraus bezieht sie ihre Energie. Wut.

–Nein, Geld, Christina. Alles andere ist bloß...

–Die Hochzeit des Figaro ist es jedenfalls nicht, das kann ich dir sagen. Sie hat jetzt einen neuen Anwalt für ihre verkorkste Scheidung, der will auch Oscars Unfall übernehmen, Schock, Verletzung, Einkommensverlust, Entstellung, eine Million, fünf, Gott weiß was für ein Blödsinn, du sagst, er hat dich angerufen?

–Mich angerufen? Dies, während er so dicht, daß sie zusammenschrak, am Plärren einer Taxihupe vorbei die Straße entlangfegte und, auf den Verkehr losgelassen, beide Hände zu einer Geste vom Lenkrad hob, –mich angerufen! Ich habe dir gesagt, hör zu, Christina, ich habe dir gesagt, du sollst mit ihm reden, er belemmert mich im Büro, und ich kriege ihn einfach nicht aus der Leitung. Ich will ihn ja nicht kränken, aber du weißt doch, wie wir dort unter Druck stehen. Ein Mandant ruft an und weiß, daß es ihn fünfundsiebzig Dollar kostet, wenn er bloß den Hörer abnimmt, aber Oscar, der kommt überhaupt nicht auf die Idee ...

–Eben, Harry, genauso ist es, er kommt überhaupt nicht auf die Idee. Wenn man so auf der Nase liegt, ist es nur natürlich, daß man nach dem Hörer greift, außerdem ist er schlicht außer sich, seit dieser Film angelaufen ist, er gewöhnt sich eben allmählich daran, daß er einen Schwager hat, an den er sich wenden kann, und wenn er dich dann nicht erreicht, wenn es heißt, du bist bei Gericht ...

–Weil ich Doris endlich gesagt habe, ich bin bei Gericht, ich bin in einer Konferenz, ich bin außer Haus, wenn er anruft, ich will keine Staatsaktion draus machen, Christina, aber du mußt etwas unternehmen. Ich habe gedacht, er nimmt es mir übel, daß ich mich durch die Heirat mit dir in die Familie dränge, also zeige ich eben ein bißchen Familiensinn, schön, meinetwegen. So wie jetzt zum Beispiel, heute, am Sonntag, aber du hast ja sogar dieser Frau, der wir im Krankenhaus begegnet sind, der mit dem Blutbad, sogar der hast du meine Nummer gegeben.

–Trish?

–Na, wer denn sonst. Am besten sagst du deinen Freunden, ich bin PR-Fritze, ich mache in Damenunterwäsche, ich bin ein Werbeheini, irgendwas völlig Überflüssiges, damit ...

–Trish fände dich hinreißend in Damenunterwäsche, Harry.

–Hör zu, ich meine es ernst! Sie hat mir am Telefon ihre ganze Lebensgeschichte erzählt, und wie sie damals ins Payne Whitney eingeliefert worden ist, als sie sich die Pulsadern aufgeschnitten hat? Sie haben sie zusammengeflickt, ihr irgendwelche Tabletten gegeben, und als sie ihr dann eine Rechnung über elftausend Dollar geschickt haben, hat sie's gleich noch mal probiert, und jetzt will sie dieses Krankenhaus wegen fötaler Gefährdung verklagen, oder wie sie das nennt.

–Deswegen war sie doch dort. Sie ist wegen dieser Amniodingsbums, Zentese, hingegangen, dieser Untersuchung, die sie bei Schwangeren in unserem Alter machen, um sicherzugehen, daß das

Baby nicht mit einem Bein oder acht Daumen auf die Welt kommt, dann hätte sie's abtreiben lassen, sie hat nämlich schon einen süßen kleinen Jungen, ungefähr zehn ist er, heißt T. J., und als sie dann mit Blut vollgespritzt wurde, hat sie daran natürlich als erstes gedacht. Sie will einfach Gewißheit, ehe sie Bunker heiratet.

–Verstehe.

–Ich glaube, du verstehst gar nichts, Harry. Wenn sie ihn nämlich zuerst heiratet und dann diese Untersuchungen machen läßt und abtreiben muß, dann hat sie für nichts und wieder nichts Bunker am Hals, und das Gott weiß wie lang, ihn wieder loszuwerden wäre sündhaft teuer, und natürlich hat er keine Ahnung von dem Jungen.

–Wenn sie vorhat, ihn zum Stiefvater zu machen, kann ich nur ...

–Wen, Bunker? Da sieht man mal, wie du mir zuhörst, ich rede von dem Jungen, mit dem sie zusammen ist, was glaubst du denn, wo die Schwangerschaft herkommt? Natürlich hat sie ihm nichts davon gesagt, er versucht sich als Schriftsteller und hat selbstverständlich keinen Penny, du kannst dir ja wohl nicht ernsthaft vorstellen, daß sie ihn heiratet, sie ist doppelt so alt wie er, Bunker ist zwar auch doppelt so alt wie sie, aber so gut beieinander, daß er garantiert bis zum Jahr zweitausend hält, und wenn Bunker das schafft und ihr irgendwas zustößt, sieht T. J. keinen Penny.

–Wenn sie so weitermacht, würde ich sagen, Bunker hat eine todsichere Sache laufen.

–Du kannst dich nicht einfach über sie lustig machen, Harry, dich über die Probleme der Leute mokieren, so hört sich's jedenfalls manchmal an, vielleicht könntest du ja mal versuchen, auch ihre gute Seite zu sehen?

–Da hast du den falschen Mann geheiratet, Christina. Von der guten Seite kriegen wir nicht viel zu sehen, Gier, Dummheit, Betrügerei, ein System wie unseres, glaubst du etwa, das bringt die besten Eigenschaften im Menschen zum Vorschein? Ein Anwalt auf vier- bis fünfhundert Leute, und die meisten können sich sowieso keinen leisten, und wer's kann, so wie deine Freundin da, ist noch schlimmer, zuerst verkorksen sie alles gründlich, und dann wollen sie gerettet werden, solche ...

–Du hättest jedenfalls nicht gleich unverschämt werden müssen.

–Ich war nicht unverschämt zu ihr! Als ich endlich zu Wort gekommen bin …

–Hast du von nichts anderem geredet als von Geld.

–Genau. Hör zu. Ich habe ihr gesagt, ich mache keine Ehesachen. Ich habe ihr gesagt, ich mache keine Schadensersatzklagen. Ich habe ihr gesagt, ich könnte einen Besprechungstermin für sie vereinbaren, und dann würde eine Gebühr fällig, falls die Kanzlei ihren Fall übernimmt, würde ein Vorschuß fällig, aber es ist jedesmal dasselbe. Kaum redet man von Geld, halten sie einen für unverschämt, dabei denken sie von vornherein an nichts anderes, brauchst dir nur Oscar anzusehen. Vollkommen zufrieden, wenn die Versicherung einfach seine Krankenhausrechnungen bezahlen würde, bis Lily diesen Unfallgeier anschleppt, der ihm den Mund wäßrig macht. Deswegen habe ich mich von vornherein auf Wirtschaftsrecht verlegt, da geht es schlicht um nackte Gier. Da geht's von A bis Z um Geld, darum, daß einer was will, was der andere hat, und kein Mensch kommt dir mit irgendwelchen Kümmernissen, die du mit ihm teilen sollst, hast du einen Dollar? Noch einen Dollar, für die Maut.

–Nein, Moment … sie wühlte tiefer, –da. Aber genau das habe ich …

–Sieh dir Oscar doch an, mit diesem blöden Film, du mußt ihm das erklären, Christina, diese Anrufe und der ganze andere …

–Warum erklärst du's ihm denn nicht selber, genau das habe ich doch neulich gesagt, oder? Von wegen ernst genommen werden? Erklär ihm einfach, daß du paß doch auf! Mein Gott, Harry, du solltest lieber nicht fahren, wenn du dich aufregst, das kleine grüne Auto da, wer so ein Auto fährt, weißt du denn nicht, daß er garantiert irgendwas zu beweisen versucht?

–Schneidet mich, weil er von mir ernst genommen werden will, genau. Hör zu, ich kann Oscar das alles nicht erklären, weil ich einfach nicht zu Wort komme. Bloß weil du auf die große Demonstration familiärer Anteilnahme Wert legst, soll ich mich genauso über diese ungeheure Ungerechtigkeit aufregen wie er, und kaum rede ich von Geld, läuft es auf genau das gleiche raus wie bei deiner Freundin mit ihrer fötalen Gefährdung. Es reicht vermutlich nicht für eine Klage. Und selbst wenn, ist sie aller Wahrscheinlichkeit nach nicht zu gewinnen. Solche Klagen wegen persönlicher Unzuträglichkeit gibt's ständig, Leute mit aberwitzigen Vorstellungen von wegen Hollywood auf Millionen verklagen, und selbst wenn es reicht, selbst wenn es bei Oscar mit seinem komischen Theaterstück für eine Klage reicht, muß er sich klarmachen, daß ihn das Geld kostet. Er muß sich klarmachen, daß man einen Prozeß jederzeit verlieren kann, und sein Geld gleich mit, darum geht es, hat er's? Das Geld? Mit dem, was ein College-Geschichtslehrer verdient, fängt man so was nämlich gar nicht erst an.

–Das weiß ich doch, nein. Das macht er einfach so, das Unterrichten, meine ich, das geht einfach jeden Monat auf sein Konto, ich glaube, er bringt das gar nicht in Zusammenhang mit diesen Studenten, die er haßt, nein, seine Mutter hat vor ihrem Tod eine Treuhandschaft für ihn errichtet, Vater hat beim ersten Mal nämlich reich geheiratet, genauso wie sein Vater auch, und Oscar, was lacht der sich an? Eine, die unter Vermögensteilung versteht, daß man sich die Handtasche klauen läßt, aber das war alles, noch bevor Vater wieder geheiratet hat, meine Mutter geheiratet hat, meine ich, deswegen habe ich auch nie erfahren, wieviel es eigentlich ist, und Oscar war immer furchtbar pingelig darin, was ihm gehört und was mir. Was ist daran so komisch?

–Daß er pingelig ist.

–Was ist denn daran ...

–Weißt du noch, als ich ihn kennengelernt habe, als ich dich das erste Mal draußen auf dem Land besucht habe? Das Badezimmer im Erdgeschoß, ich hatte die Tür nicht ganz zugemacht und höre Oscars Schritte den Flur entlangknarren, und auf einmal, im Vorbeigehen, steckt er die Hand rein, knipst das Licht aus und läßt mich im Dunkeln hocken.

–Ich finde das überhaupt nicht seltsam, er ist eben nicht gewöhnt, fremde Leute im Haus zu haben, immerhin ist es zur Hälfte verrammelt, um Heizung zu sparen, da ist es doch nicht seltsam, wenn man sich über unnötige Verschwendung ärgert, oder? Wir sind so erzogen worden, man kriegt Briefe von ihm, wo die Adresse auf eine politische Spendenwerbung oder eine Sammlung für Behinderte oder Gott weiß was draufgepappt ist, weil er's nicht ertragen kann, daß das Porto verschwendet wird, wer immer spart, der niemals darbt, und dann noch meine Mutter verkraften müssen, ja mein Gott, daraus kannst du ihm kaum einen Vorwurf machen. Wenn du so erzogen wirst, dann gehst du entweder in die eine oder in die andere Richtung, wenn es soweit ist, entweder du wirfst dein Geld zum Fenster hinaus, oder du trennst die sauberen Scheine von den schmutzigen, mit der richtigen Seite nach oben, unten die Zwanziger und Zehner, dann die Fünfer, die Einer, denk mal darüber nach, daraus kannst du ihm nun wirklich keinen Vorwurf machen. Damals, als er sein Frühstücksei nicht essen wollte, wie alt war er da, sieben?, und sie stellt es beim Mittagessen wieder vor ihn hin? Brathähnchen zum Abendessen, und er hockt immer noch da und beißt die Zähne zusammen, zwei Tage ging das so, er hat einfach nicht nachgegeben, und am zweiten Abend hat er dann durchgedreht, hat das ganze Ding auf den Boden geschmissen und losgebrüllt, was war zuerst da! Das Huhn oder das Ei!, und er ist ins Bett geschickt worden und hat es regelrecht gesungen, als er die Treppe hochging, und dann ist er oben geblieben und hat es sogar geschafft, Fieber zu kriegen. Gott weiß, was zwischen Vater und meiner Mutter vorging, er hat nie ein Wort gesagt, aber manchmal hab ich gesehen, wie er Oscar angeschaut hat, ihn mit diesem listigen kleinen Lächeln beobachtet hat, bei dem man nicht weiß, freut er sich jetzt oder muß man sich in acht nehmen.

–Eins kann ich dir sagen, ich würde nur sehr ungern einen Fall vor ihm vertreten, wenn er nüchtern ist.

–Du bist ihm doch nur dieses eine Mal begegnet, Harry, da war er nun wirklich nicht in bester Verfassung.

–Hat mich dauernd mit Herr Rechtsanwalt angeredet, dieses höfliche Getue und dazu die Soßenflecken auf der Krawatte, ich bin mir nicht mal sicher, daß er überhaupt mitgekriegt hat, wer ich bin. Offenbar hat er gedacht, ich wollte über Richter Holmes' Sondervotum im Fall Black and White Taxicab reden, er hat die totale Erinnerung an das Jahr 1928, als er am High Court Gerichtsschreiber bei seinem Vater war, und jetzt versucht die Presse da unten wegen dieser Szyrk-Entscheidung Stimmung zu machen, Wahnsinn in der Familie und dieser ganze Kram, hast du die Anzeige für diesen dämlichen Bürgerkriegsfilm gesehen? Nach einer wahren Geschichte, hast du's gesehen? Die bräuchten bloß mal einen Blick in sein Richterzimmer dort zu werfen, eine Affenhitze, Zigarrenrauch zum Schneiden dick, und dazu diese grauenvolle lebensgroße Plastiknachbildung von Dürers betenden Händen verkehrtrum auf der Fensterbank, wie wenn einer einen Kopfsprung macht, soll das eigentlich ein Witz sein?

–Weiß der Himmel, er ist...

–Wenn ja, finde ich ihn ziemlich gut.

–Na, genau deswegen ist Oscar doch so außer sich, nicht wegen diesem Kuddelmuddel um Vater, sondern wegen diesem gräßlichen Film, daraus kannst du ihm keinen Vorwurf machen. Deswegen hat er doch überhaupt erst angefangen, sein Stück zu schreiben, wegen seinem Großvater, du mußt dir das mal vorstellen, noch nach seiner Pensionierung als Richter hat er sich feingemacht, wenn er zum Essen ausgehen wollte, und Oscar war für das kleine Ritual zuständig, seine goldene Taschenuhr, das goldene Federmesser und das Kleingeld aus dem Alltagsanzug zu nehmen und in den Abendanzug zu stecken, bis zum Schluß ging das so, er ist erst mit sechsundneunzig gestorben, und auf einmal steht der kleine Junge da, seine Mutter ist tot, und sein Vater schleppt seine neue Frau an, und die zerrt auch noch ein kleines Mädchen hinter sich her, ja, mein Gott. Er hätte nämlich nie im Leben auch nur einen Penny genommen, wenn er das Geld seines Großvaters von einem Anzug in den anderen getan hat, aber auf einmal hat er jede Gelegenheit abgepaßt, zwischen den Sitzpolstern von dem großen Sessel in der Bibliothek herumzuwühlen, wo Vater sich immer zum Zeitunglesen hingesetzt hat, denk doch mal drüber nach. Im Grunde war sein Großvater nämlich der erste Freund, den er je hatte.

–Schon recht ... Er strich ihr mit der Hand übers angezogene Knie, das ihm auf dem Sitz ganz nah war, –schlaf doch ein bißchen. Ich hab es ihm allerdings wirklich zu erklären versucht, oder? Daß er für seinen Großvater kein Urheberrecht in Anspruch nehmen kann?

–Und der Regen, Harry? Mit bereits schwindender Stimme, –fahr nicht so schnell, ja?

Und der Regen endlos, während der Highway sich vor ihnen dehnte wie der Tag selbst, der endlich aufklarte, nun da sie nach Süden abbogen, vom Highway auf eine Landstraße, eine Nebenstraße, auf der –'tschuldigung!

–Ja, mein Gott! Erneutes Festklammern am Armaturenbrett, –du weißt doch, daß da eine Schwelle ist, oder?, durch das Tor, vorbei an PRIVATSTRASSE ZUFAHRT NUR FÜR ANWOHNER UND GÄSTE, vorüber an BETRETEN FÜR FREMDE VERBOTEN, ein löchriges Band entlang, das in diskreten Abständen immer wieder von Namen der Güteklasse Whitney, Armstrong, einem frisch geletterten Kallikak, sogar einem Hannahan an einer nach rechts abzweigenden Zufahrt aufgewertet wurde, dann bei einem verwitterten Crease links ab, um die holprige Auffahrt hinaufzuplatschen, –und diese herunterbaumelnden Zweige, nun sieh dir das an, zwölfhundert Dollar an diese Gartenbaufirma, eigentlich müßten die uns Schadensersatz zahlen, fahr so nah dran wie möglich, ja? An die Treppe da.

Sie hörten den Krach schon, ehe sie ausgestiegen war und durch den Regen die feuchte Verandatreppe hinaufrannte und an der Tür zerrte, während er um das Auto herumging, um die Lebensmitteltüte, einen Koffer, Zeitungen herauszuholen, dann ums Haus herum zum Lieferanteneingang, wo eine Tür in die Küche führte, und –Harry? Hier drin, wir sind im Wintergarten, kannst du uns mal eben helfen?

Es ging natürlich um den widerspenstigen Rollstuhl, –kleine Sicherheitsverriegelung da unten, Oscar, wahrscheinlich bist du da mit der Hand drangekommen.

–Ich bin mit überhaupt nichts drangekommen. Hallo, Harry. Christina macht eben Tee.

–Es ist schon arg spät, Oscar, ich habe ein bißchen Stör mitgebracht, vielleicht essen wir den einfach zum Lunch? Aber zum Lunch hatte er bereits Tortellini bestellt, hatte dieser Frau gesagt, sie solle sie in Brühe zubereiten, außerdem irgendwas in Alfredo-Sauce und dazu Salat, falls irgendwer die Person finden könne, schon schlimm genug, wenn sie selber irgendwas zu finden versuche, eine Schere, egal was für eine, die Ingwermarmelade, sein Exemplar von Fitzhughs Cannibals All!, er komme nämlich beim besten Willen nicht mehr an den Regalen hoch, so wie es in der Bibliothek aussehe, seit sie dort umgeräumt hatten, um ein Bett für ihn hineinzustellen, von dem aus er nicht ans Telefon herankomme, das schon zweimal geläutet habe, seit man ihn hier im Regen stehengelassen oder besser gesagt seinem Schicksal überlassen habe, er habe sie nach oben in sein Zimmer geschickt, um nach dem schwarz marmorierten Hefter mit seinem Stück zu suchen, und angekommen sei sie schließlich mit einem alten Adreßbuch, und die Zeitungen, hatten sie die Zeitungen mitgebracht? Nicht daß er sie lesen könne, das sei nämlich das allerschlimmste, seine Brille, –möchte wissen, was diese Frau mit meiner Brille gemacht hat, nichts als die Schlagzeilen habe ich lesen können, seit die, die Post, sogar die Post, wo hat sie bloß die Post versteckt, wie jeder Analphabet in diesem ganzen Analphabetenland muß ich mir die Nachrichten ansehen, die so zurechtgestutzt sind, daß sie auf diesen blöden kleinen Bildschirm zwischen die Hämorrhoiden- und die Gebißwerbespots passen, könnt ihr euch vorstellen, wie die anderen Zuschauer aussehen? Amerika hat Spot in sein Herz geschlossen, habt ihr das gestern abend gesehen? Sämtliche verfügbaren Idioten da unten, die irgendwas zu verkaufen haben, Hundeleckerli, Hot Dogs, Freiheit-für-Spot-Buttons, Freiheit-für-Spot-T-Shirts, Spot-Püppchen mit großen feuchten Augen und dieses ganze scheußliche Zyklon-Sieben-Zeugs? Verhökern da so ein Puzzle-Modell zum Auseinandernehmen und ein Spiel, wo man versuchen muß, den Hund mit Magneten rauszufieseln, die wie Knochen geformt sind? Demonstrieren für die Rechte der Tiere, die Rechte der Künstler, die Rechte der Schwarzen, das Recht auf Leben, für Abtreibung, Einschränkung des Waffenbesitzes, Jesus liebt dich, dazu die Flaggen, Sternenbanner, Südstaatenflagge, und dann ...

–Oscar, sei doch ...

–Ja, und dann wirft jemand eine Bierflasche, und ...

–Und mittendrin Vater, das ist nämlich ...

–Geschieht ihm nur recht! Geschieht ihm nur recht, Christina, er hat das Ganze doch ausgelöst, oder? Mit diesem, diesem Urteil, das er für diesen gräßlichen Köter geschrieben hat? Schulkinder schikken Spenden, damit diese billige, verkitschte Vorstellung von unserer großen Republik nicht vom Erdboden verschwindet, kennt ihr die Geschichte von Stephen Crane? Ein kleiner brauner Hund? Wo ein einsamer kleiner Junge und ein alberner brauner Hund Freundschaft schließen und die ganze Sache so schmalzig wird, daß der betrunkene Vater den Hund schließlich zum Fenster hinauswirft? Genau das gleiche würde ich auch tun, überall wird sie jetzt nachgedruckt, wie der Verfasser von Das Blutmal bloß so ein Zeug schreiben konnte, glaubt ja nicht, daß sie das nicht auch noch zu einem Fernsehspiel verwursten! Jeder schnappt sich ein Stück vom Kuchen, der Bürgerkrieg ist den Leuten doch piepegal, bis sie diese Schlagzeilen sehen, PATRIOTISCHES GEMETZEL IN NEUNZIG-MILLIONEN-DOLLAR-SPEKTAKEL, habt ihr's gesehen?

–Die Besprechung in der Times? Die war ...

–Nein, den Film! Den Film! Darum habe ich euch doch extra gebeten, oder? Daß ihr euch bitte den Film anseht. Die klauen die ganze, wie lange habe ich an dem Stück gearbeitet, zwei Jahre? Drei Jahre? Die kommen einfach daher und klauen das ganze Ding, und ihr habt nicht mal drei Stunden übrig, um euch anzusehen, was die ...

–Oscar, so einfach ist das nicht. Du weißt doch, daß Harry bis über beide Ohren in Arbeit steckt, und im Grunde weißt du doch auch gar nicht, was genau sie gemacht haben, immerhin hast du den Film ja noch gar nicht selbst gesehen und ...

–Ja, ich weiß, daß ich den Film noch gar nicht selbst gesehen habe! Ich war auch noch gar nicht selbst Baseball spielen, falls du darauf, deswegen habe ich euch nämlich gebeten, daß ihr ihn euch anseht, ich kann ja nicht mal was darüber lesen, wo ist sie denn, die Besprechung, siehst du mal bitte da drüben nach, auf dem Sideboard da?, falls sie sie nicht verbrannt hat, ich habe nur die Schlagzeile lesen können. Und diese Anzeige. Hast du die gesehen, Harry? Diese ganzseitige Anzeige? Nach einer wahren Geschichte mit einem Bild von diesem Idioten, Moment, Christina, wo willst du denn hin?

–Ich wollte nur eben nachsehen, ob …

–Ich habe dir doch gerade gesagt, daß ich sie nicht lesen kann, oder? Ohne Brille! Wenn schon keiner von euch es fertigbringt, sich den Film anzusehen, könnt ihr dann wenigstens anderthalb Minuten erübrigen und mir die Besprechung vorlesen?

–Beruhige dich doch, Oscar. Hier ist sie, Harry kann sie dir vorlesen, ich sehe mich mal eben nach dieser Frau um, es ist übrigens sehr unhöflich von dir, daß du sie so nennst, findest du nicht, bestimmt hat sie auch einen Namen, ach so, Harry? Die Lebensmitteltüte?

–In der Küche, auf dem Boden neben der Spüle, jetzt hör mal, Oscar, der springende Punkt bei der …

–Der Anzeige, ja. Nach einer wahren Geschichte, hast du das gesehen?

–Genau davon rede ich doch, das ist der …

–Und die Besprechung, da ist sie, ja, da ist sie, lies sie vor, lies vor.

–Soll ich auch die Angaben über die Mitwirkenden und alle …

–Nein, nein, nein, später, nein, lies einfach vor.

–PATRIOTISCHES GEMETZEL IN NEUNZIG-MILLIONEN-DOLLAR-SPEKTAKEL. Die volle Gewalt des amerikanischen Bürgerkrieges, nach wie vor schmerzhaftester Initiationsritus unseres Volkes, explodiert auf der Leinwand in den epischen Dimensionen von Das Blut im Rot-Weiß-Blau, einer drei Stunden langen und neunzig Millionen Dollar teuren Saga voller historischer Phantasie und grausiger Realität, produziert von Hollywoods derzeitigem Wunderkind Constantine Kiester, der auch Regie führte. Im Gegensatz zu den aufwendigen Filmen nach Mister Kiesters erstem, blutrünstigem Kassenerfolg, dem afrikanischen Ausstattungsschinken Uruburu …

–Ist es zu fassen? Er dreht einen großen Afrikafilm mit Spezialeffekten, von denen es einem hochkommt, also geben sie ihm neunzig Millionen Dollar, damit er einen Bürgerkriegsfilm mit Schlachtszenen dreht, von denen es einem genauso hochkommt, Constantine Kiester. Ist es zu fassen? So heißt doch kein Mensch. Wenn du so heißen würdest, würdest du deinen Namen ändern, nein, aber weiter, lies weiter. Na los.

–Im Gegensatz zu den aufwendigen Filmen nach Mister Kiesters erstem, blutrünstigem Kassenerfolg, dem afrikanischen Ausstattungsschinken Uruburu, machen sowohl die Vietnam-Komödie Armageddon Blueplate Special als auch die in den zwanziger Jahren angesiedelte Gangster-Satire The Rotten Club den Eindruck, als seien sie völlig unbehindert von den Zwängen eines Drehbuchs aufgrund einer ad hoc zusammengeschusterten Geschichte entstanden, während er es hier glücklicherweise von Anfang an mit einer Handlung zu tun hat, die sogar die sehr beschränkten darstellerischen Mittel von Robert Bredford verkraftet. Dieser spielt die Titelrolle eines jungen Mannes, der seinen Loyalitätskonflikt in dem vom Bürgerkrieg zerrissenen Land dadurch löst, daß er sowohl für die Armee der Union als auch für die der Konföderierten einen Ersatzmann stellt, der an seiner Stelle kämpft. Beide fallen am blutigsten …

–Am Antietam, stimmt's? Stimmt's?

–am blutigsten Tag des Krieges, dem siebzehnten September achtzehn zwoundsechzig, am Antietam Creek in …

–Na bitte, ich hab's dir ja gesagt! Es ist die gleiche Geschichte, es ist genau die gleiche, sie haben sie geklaut. So einfach ist das, sie haben sie geklaut.

–Du mußt erst mal beweisen, daß sie sie geklaut haben, Oscar.

–Und ob sie sie geklaut haben, es geht um meinen Großvater, oder? Das Stück, das ich über meinen Großvater geschrieben habe, da in der Anzeige steht es doch. Nach einer wahren Geschichte, die haben …

–Aber das versuche ich dir doch zu erklären, Oscar, verstehst du denn nicht? Möglicherweise wird sie dadurch gemeinfrei, und dann können die sich auf ein allgemeines Benutzungsrecht berufen, jeder kann sie dann verwenden, hat es da unten nicht sogar in einigen Zeitungen gestanden? Dieser Mist von wegen Wahnsinn in eurer Familie? Mit solchen Geschichten über deinen Großvater wollen die deinem Vater wegen dieser Szyrk-Geschichte am Zeug flicken, die werden ausgraben, was sie können, wenn du …

–Glaubst du vielleicht, die hätten nicht hier angerufen? Irgend so ein, so ein Schwafler von einem Käseblatt namens South Georgia Pilot, und ob ich mit den Entscheidungen meines Großvaters am

Holmes-Gerichtshof damals in den Zwanzigern vertraut sei, ziemlich linksradikal, fände er, vielleicht sogar leicht antisemitisch oder negerfeindlich angehaucht? Daß mein Urgroßvater damals in den vierziger Jahren des vorigen Jahrhunderts, als die Kommunisten Theater machten, drüben in Frankreich im diplomatischen Corps gewesen sei und ob ich ihm nicht ein bißchen was über die zweite Ehe meines Großvaters erzählen könnte? Ich frage ihn, was zum Teufel ihn das angeht, und er sagt, ihn gar nichts, aber die Öffentlichkeit, das sei Geschichte, und die Öffentlichkeit habe ein Recht darauf, es zu erfahren, und ...

–Genau das versuche ich dir doch zu erklären, Oscar. Wenn die solche der Öffentlichkeit frei zugänglichen Sachen ausgraben, dann haben sie laut erstem Verfassungszusatz das Recht, so ziemlich alles zu veröffentlichen, was sie ...

–Aber wieso! Einfach so, so zu verbreiten, daß Vater drei Päckchen am Tag raucht, dabei hat er erst mit fünfundsiebzig überhaupt zu rauchen angefangen, wen geht das eigentlich was an, bloß gut, daß sie ihn nie dabei erwischt haben, wie er sein Gebiß im Glas daraufhin untersucht, ob er am Tag davor zu Abend gegessen hat.

–Hör zu, du mußt einfach Geduld haben, die Gemeinde ist gegen sein Urteil in die Revision gegangen, und dieser ganze Mist soll bloß Druck für den Berufungstermin erzeugen, offen gesagt glaube ich sowieso, daß sein Urteil aufgehoben wird, und dann ist er aus der Schußlinie, und die ganze Sache ...

–Prima, er ist aus der Schußlinie, und was ist mit mir? Was ist mit diesem Film, den sie geklaut haben, darum geht es doch im Grunde, oder? Was steht da noch, lies weiter.

–Obwohl sein jungenhafter Charme schon etwas fadenscheinig wirkt, bewältigt Mister Bredford die Rolle des jungen Randal unter Mister Kiesters energischer Regie mit genug Brio und Kostümwechseln, um seiner durchhängenden Karriere aufzuhelfen, stürzt sich mit lobenswerter Blutrünstigkeit in die anfänglichen Schlachtszenen und macht auch in den dampfend-eindeutigen Sexepisoden durchaus gute Figur; dort freilich ruhen aller Augen auf den üppigen Formen der temperamentvollen Tochter des Nachbarpflanzers, die von der umwerfenden nordisch-eurasischen Entdeckung Anga

Frika in ihrer ersten amerikanischen Starrolle mit einer Hingabe gespielt wird, die etwaige Zweifel an ihren schauspielerischen Fähigkeiten gar nicht erst aufkommen läßt, reicht's dir?

–Ja. Lies weiter.

–Nach Randals heldenmütigem ...

–Der größte Quatsch, den ich je gehört habe, Giulielma hat überhaupt nichts Üppiges, das ist doch gerade der springende Punkt. Sie ist ein schüchternes, einsames Mädchen, sie soll noch nicht mal besonders hübsch sein, lies weiter, nein, lies weiter.

–Nach Randals heldenmütigem Einsatz in der blutdurchtränkten Schlachtsequenz von Ball's Bluff, bezeugt durch eine häßliche Narbe auf der Wange, die ihm für den Rest des Films das Flair eines Duellanten verleiht, kommt es bei seiner Rückkehr zur Krise, die seine abrupte Abreise aus dem Süden zur Folge hat: die Unionsregierung droht ausgedehnte Zechenbetriebe zu beschlagnahmen, die er von einem Onkel in Pennsylvania geerbt hat, wo sein Schrei nach ...

–Halt, Moment, stop. Stop! Hast du das gehört? Das mit der Narbe? Auf seiner Wange? Harry, das ist meine, die steht in meinem Stück, gleich am Anfang, genau das gleiche, die gleiche Schlacht, Ball's Bluff, er kommt mit der Narbe auf der Wange zurück, das ist meine, die steht in meinem Stück, Christina? Wo steckt sie denn, sie muß es finden, wo steckt sie bloß, ja, und weiter? Und weiter?

–Pennsylvania geerbt hat, wo sein Schrei nach Gerechtigkeit, mit dem er ...

–Genau, in Pennsylvania, der Onkel in Pennsylvania, der stirbt, und die Kohlenzechen, genau, und weiter?

–dem er nur fordert, was ihm zusteht, über das zur Schlacht rufende Hornsignal hinaus in den fatalen Gegensatz zwischen der inbrünstigen Liebe des Südstaatlers zum warmen, fruchtbaren Land und dem kalten, harten Geld einmündet, das es blind den schwarzen Tiefen der Minen des Nordens zu entreißen gilt.

–Ja, genau das habe ich ...

–In einfühlsameren Händen hätten die Figuren der beiden Ersatzmänner den tieferen Dualismus der Menschennatur widerspiegeln können, aber für solche Feinheiten hat Mister Kiester nichts übrig. Der Ersatzmann des Nordens ist bloß ein verrohtes Gewächs blinder industrieller Sklaverei, während der Süden von Ziff Davis verkörpert wird, der für sein Porträt des sadistischen Päderasten in Sick City gefeiert wurde und mit seiner Darstellung gerissener Verkommenheit so wirkt, als hätte er sich aus irgendeinem Ableger von God's Little Acre in den falschen Film verirrt, zumal...

–Na bitte, hör dir das an! Siehst du? Genau das ist er nämlich nicht, genau das ist William in dem Stück nicht, sondern er ist ein sensibler, intelligenter, Moment, Christina? Wo bleibst du denn, hör dir...

–Sie heißt Ilse, Oscar. Sie war unten in der Waschküche, sie...

–Hast du das mitgekriegt? Hör zu, du mußt es finden, mein Stück, du mußt es einfach finden, es ist...

–In einem schwarz marmorierten Hefter, ich suche nach dem Essen danach. Sie stellt es gerade auf den Tisch, also...

–Moment, warte doch mal, das ist doch nicht alles, Harry? Lies weiter, das ist doch nicht alles, oder?

–Als Vater der Braut gibt der alternde Ex-Star Clint Westwood, in seiner ersten Rolle seit Für einen Hutvoll Sch*e, den Konföderierten-Major derb chargierend als Klischee des zigarrekauenden, verschlagenen Südstaaten-Pflanzers mit einem Hang zum Alkohol und einem anstößigen Blick für die fatalen Reize seiner eigenen Tochter, ein Gemenge, das schließlich in der fraglos meistdiskutierten Massenvergewaltigungsszene der Filmgeschichte kulminiert.

–Also, das ist ja wohl, einen derart widerlichen Quatsch, davon steht nirgendwo auch nur eine Andeutung, das ist...

–Ja, mein Gott, Oscar, wo liegt denn dann das Problem. Zuerst bist du wütend, weil sie dein Stück geklaut haben, und dann bist du wütend, weil nichts davon in dem Film vorkommt, wie soll dich denn irgendwer ernst nehmen, wenn du...

–Frag doch Harry! Gerade hat er's mir vorgelesen, was in dem Film vorkommt, bis hin zu denselben Schlachten, und dann die Narbe auf seiner Wange, frag ihn doch, ob er mich ernst nimmt, hast du das mitgekriegt? Das mit der Narbe?

–Die fällt kaum auf, das habe ich dir doch schon beim Reinkommen gesagt, oder?

–Das ist doch jetzt gar nicht das Thema! Es geht um den Film, er wird im Krieg verwundet und kommt mit einer häßlichen Narbe auf der Wange nach Hause, das stammt direkt aus meinem Stück, noch dazu in derselben Schlacht, glaubst du etwa, so was passiert unabsichtlich? Ein solches Detail, glaubst du etwa, das ist Zufall?

–Wenn man hört, was für ein Theater du machst, bloß wegen dieser kleinen Narbe auf der Backe aus einem Stück, das du vor hundert Jahren geschrieben hast, weiß man auch nicht so recht, ob das Zufall ist, gehen wir endlich rüber und essen.

–Nein, halt, stop. Er ist noch nicht fertig, stimmt's, Harry? Das glaubt doch kein Mensch, daß das bloß Zufall ist!

–Als blutigster Tag des gesamten Bürgerkrieges bietet die Schlacht am Antietam Creek die ideale Spielwiese für die eigentlichen Stars von Das Blut im Rot-Weiß-Blau, die Tricktechniker, deren grausige Spektakel unter Mister Kiesters Regie gleich bei seinem ersten Ausstattungsfilm Uruburu seinen Ruf an der Kinokasse begründeten. Dieses seinerzeit mit der Warnung «Nichts für zarte Gemüter» versehene Epos über das heutige Afrika sprengte nicht nur alle Grenzen von Gewalt auf der Leinwand, sondern riß, wie etwa in der berüchtigten Vorschlaghammer-Szene, auch sämtliche Schranken des guten Geschmacks nieder, so daß Mister Kiester sich, wenig überzeugend, auf den ersten Verfassungszusatz berufen mußte. Vielleicht ist das auch der Grund, warum die scheußlichsten Exzesse des früheren Films in seinem neuesten Epos ein wenig abgemildert erscheinen. Das heißt freilich nicht, daß nicht auf seine Kosten käme, wer nach Blut dürstet und nach patriotischem Gemetzel hungert. Von dem Moment an, als Hooker um halb sechs, im ersten Morgennebel des am Antietam Creek heraufdämmernden Schicksalstages, das 1. Korps der Unionstruppen zum Angriff gegen die zwei Divisionen Jacksons aufmarschieren läßt, die beidseits des Hagerstown Pike stehen, ist die Leinwand eine beispiellose vierundzwanzigminütige Filmsequenz lang von den Greueln des Krieges erfüllt, in deren Verlauf – dies ein Maßstab dafür, in welchem Maße Mister Kiesters Publikum bereits für die Qualen seiner Mitmenschen abgestumpft ist – sich das eigentliche Grauen durch die flammenden, verständnislosen Augen, den heftigen Todeskampf, den himmelwärts gestoßenen Huf und plötzlich erstarrenden Leib des Pferdes im Schlachtgetümmel vermittelt.

–Harry? Ich habe gesagt, das Essen ist...

–Moment, es ist nicht mehr viel. In anderen Händen...

–Dann nimm es in Gottes Namen mit!

–In anderen Händen hätte Das Blut im Rot-Weiß-Blau eine anschauliche, einmalige Gelegenheit bieten können, die im Kern der Geschichte beschlossenen tieferen Gehalte auszuloten, so etwa in der dramatischen Gestalt des Menschen als Mikrokosmos der Geschichte seines Landes, des Menschen im Kampf gegen sich selbst, der Selbsttäuschung und des Selbstbetruges, des auch heute noch unsere Hoffnungen und unsere Zukunft blindwütig zunichte machenden, schieren Zweckdenkens auf Kosten von Prinzipien, der Mächte des Schicksals und der unbeirrbaren Promptheit des Zufalls. Was wir statt dessen zu sehen bekommen, ist eine neunzig Millionen Dollar teure Glorifizierung der Greuel des Krieges, eine glänzende, üppig bebilderte Rechtfertigung für diejenigen unserer führenden politischen Patrioten, die niemals aufhören werden, das Vergießen von Blut zu preisen, solange es nicht ihr eigenes ist, denn wer wäre andernfalls noch da, um es zu preisen?

–Ja, Moment, Moment, diese ganze Stelle, lies das noch mal, genau darum geht es in meinem Stück, exakt darum geht es, Gerechtigkeit, Selbstbetrug, Schicksal, genau darum geht es in Wirklichkeit, lies das noch mal vor, du mußt es für mich finden, Christina, du...

–Untersteh dich, Harry, wir essen jetzt, Oscar, wenn du meinst, daß du dieses Ding ohne Harry bedienen kannst, Moment, halt ihn lieber fest, er sieht ja gar nicht, wo er hinfährt, schieb ihn hier entlang durch das, nein, hierhin, damit er am Kopfende sitzen und hinausschauen kann! Mein Gott, noch so ein Fall von unter die Räder kommen, und wir sehen uns alle vor Gericht wieder, setzt du dich bitte gerade hin, Oscar?

–Ich kann nicht.

–Du willst ja wohl nicht wie ein römischer Kaiser da herumlümmeln, dir Tortellini aufs Hemd kleckern und durch einen geknickten Strohhalm Wein trinken, oder?

–Ich dachte, du könntest mir vielleicht helfen. Was ist denn das?

–Deine alte Dreirad-Hupe. Die habe ich im Keller gefunden. Klemm sie einfach da an dein Wägelchen, dann kommt Ilse sofort angerannt, wenn man dich das nächste Mal im Regen stehenläßt, du mußt wirklich mal was wegen der Einfahrt unternehmen. Wer sich nach so einem Tag das Haus ansehen will, kommt sich ja vor wie bei einer Amazonasdurchquerung, so wie die Zweige von oben herunterhängen, hast du eigentlich diese Gartenbaufirma schon bezahlt?

–Du hast doch nicht etwa vor, das Haus zu zeigen, solange ich in diesem Zustand bin, oder?

–Es ist sicher keine sehr appetitliche Vorstellung, aber ich glaube nicht, daß irgendwer meint, du gehörst zum Inventar, wenn du wieder auf den Beinen bist...

–Und danach hat sich natürlich kein Mensch erkundigt, stimmt's, wann ich wieder auf den Beinen bin! Die Frage ist nämlich, ob, nicht wann, sondern ob ich überhaupt je wieder gehen kann, behaupten die jedenfalls, der Ischiasnerv, wenn er wirklich so schwer geschädigt ist, wie die Ärzte glauben, dann könnte es sein, daß ich vielleicht nie wieder gehen kann.

–Aber doch nur im allerschlimmsten, haben die das wirklich gesagt?

–Vielleicht nicht direkt, aber glauben tun sie's jedenfalls, morgen kommt die Therapeutin, und die Einfahrt, ich habe wegen der Einfahrt angerufen, und die Gartenbaufirma, nein, ich habe sie noch nicht bezahlt, ich dachte, wir könnten Geld sparen, wenn...

–Vielleicht könntest du mal aufhören, darüber nachzudenken, wie du Geld sparen kannst, und dir statt dessen überlegen, wie du welches verdienst, dein Ärmel hängt da in der Brühe, kannst du denn nicht deinen Löffel benutzen?

–Sie ist doch sowieso kalt, diese Frau hat...

–Sie ist kalt geworden, während du Harry da drin mit deiner Kriegsverletzung unterhalten hast, oder hat sie vielleicht eine ganz neue Karriere als Prozeßhansel für dich im Auge?

–Wer sie, was willst du …

–Na wer wohl, Oscar! Hast du nicht gesagt, dieser Unfallgeier, den sie für ihre Scheidung angeheuert hat, will deine Versicherung auf eine Million Dollar Schadensersatz verklagen?

–Ich habe nie was von einer Million Dollar gesagt, Christina. Sie sagt, Kevin hätte gesagt, falls sich mein grundsätzlicher wirtschaftlicher Verlust gemäß verschuldensunabhängiger Halterhaftung auf fünfzigtausend Dollar beschränkt, und zwar einschließlich sämtlicher Arzt- und Krankenhausrechnungen und entgangener Einkünfte von bis zu tausend Dollar pro Monat für einen Zeitraum von bis zu drei Jahren, dann können wir …

–Zahlt dir das College denn kein Gehalt mehr?

–Doch, schon, aber wir wissen ja nicht, wie es weitergeht, oder? Weil ich nämlich keine Professur habe, und daß ich immer noch keine Professur habe, liegt daran, daß ich keine Einser und Zweier an diese faule Bande verteile, die absolut nichts über amerikanische Geschichte lernen will. Nimm bloß mal den Bürgerkrieg, die glauben, Longstreet wäre eine Adresse in New Jersey, und was für faule Witze sie von wegen Hooker reißen, kannst du dir ja vorstellen, und deshalb sagt sie, daß Kevin meint, wir sollten eine Klage einbringen, um meine Rechte auf das, meine originären Rechte auf ein ordnungsgemäßes Verfahren zu sichern, und …

–Frag doch mal Harry, ob es überhaupt sinnvoll ist, dich in dieser Aufmachung in den Gerichtssaal zu karren …

–Ist nicht mein Gebiet, Oscar, aber es könnte riskant sein, deine Versicherung wird sich wahrscheinlich auf Haftungsfreiheit gemäß Halterhaftung berufen und Klageabweisung beantragen, und was hast du dann davon, dann siehst du überhaupt keinen Ersatz für Nichtvermögensschäden, darum geht's schließlich bei der Halterhaftung, oder?

–Ja, aber die Schmerzen, Harry, wenn die …

–Ich denke, du mußt schon schwere Verletzungen nachweisen, einen verlorenen Arm oder ein Bein oder eine deutliche Entstellung, damit eine Klage auf …

–Na, schau mich doch an! Ich kann das Bein immer noch nicht bewegen, und wenn ich versuche, mich hierhin zu drehen oder aufzusetzen, fährt es mir wie eine heiße Gabel direkt hier durch, immerhin galt ich dort als kritischer Fall, oder? Im Krankenhaus? Reicht das etwa nicht, um jeden zu überzeugen, daß ich ...

–Wenn nicht, Harry, kann er ihnen immer noch von dem kleinen Besucher im schwarzen Anzug erzählen, der ihn ins Jenseits mitnehmen wollte wie Dante, und ...

–Hör sofort auf, Christina, es war ganz anders, und das weißt du auch. Wenn dir das alles so albern vorkommt, kann ich dir verraten, daß sie sogar angekommen sind und mich gefragt haben, ob ich eine Zusammenfassung davon haben will, was demnächst in If the World Turns und diesen anderen schwachsinnigen Seifenopern passiert, wird die liebe alte Apple Annie an einem Gehirntumor sterben? Wird der Aids-Test von Gary, dem Star-Halfback, positiv ausfallen? Die haben da diese, diesen vertraulichen Service für Patienten im Endstadium, die vor ihrem Abgang unbedingt noch erfahren wollen, ob der freundliche Frank wirklich in dic Kasse gegriffen hat oder ob die schöne Jessica ihr Baby abtreiben läßt, falls das ...

–Nein, hör mal, Oscar, nicht daß du den Eindruck hast, ich will deine Verletzungen bagatellisieren. Die Sache ist nur die, sobald so ein Prozeß mal angefangen hat, kann er sich jahrelang hinziehen, die teilen dir erst mal eine Geschäftsnummer zu, und die Versicherung hat es überhaupt nicht eilig. Die bekommen diese Millionen-Dollar-Entschädigungen und Vergleiche nämlich langsam satt und fangen an, sich ernsthaft dagegen zu wehren, erwirken eine Verlegung nach der anderen, und bis es dann endlich zum Prozeß kommt, bist du ...

–Bin ich schon wieder am Baseballspielen, sagst du ihr bitte mal, sie soll dieses Alfredo-Gericht bringen, Christina? Sie sagt nämlich, Kevin hat gesagt, ich liege wahrscheinlich schon mit den ganzen Arzt- und Krankenhausrechnungen weit über der Bemessungsgrenze, es geht also um die ganzen Schmerzen und entgangenen Einkünfte wegen dieser dauerhaften Entstellung.

–Ich glaube, er meint seine Kriegsverletzung, Harry. Dreh dich mal ein Stückchen, damit er sie sehen kann, Oscar, auf welcher Backe war sie gleich?

–Da ist sie! Das sieht man doch wohl!

–Wenn man weiß, wohin man schauen muß. Man braucht bloß das richtige Licht, dann macht sie richtig was her, findest du nicht, Harry?

–Du hast gesagt, das College zahlt weiter dein Gehalt, Oscar, ich verstehe nicht, wie man da von entgangenen Einkünften …

–Vielleicht könnte er sich einen Schlapphut besorgen und mit seinem Stück auf Tournee gehen.

–Christina, hör auf! Ich versuche hier …

–Also, wenn man sich's leisten kann, seine Freundin auf eine Ferienreise zu einem Bürgerkriegsschlachtfeld mitzunehmen, wahrscheinlich hat sie gefragt, auf welcher Seite George Washington war, dieses Gerede von entgangenen Einkünften, Oscar, ich weiß wirklich nicht, was das soll.

–Aber genau davon rede ich doch, von ebendiesem Schlachtfeld, deswegen haben wir die Reise nach Maryland doch gemacht, weil ich am Army War College in Carlyle einen Vortrag über die Schlacht am Antietam halten sollte, solche Vortragshonorare, überhaupt der ganze Vortragsbetrieb, selbst wenn ich letzten Endes wieder gehen kann, kann diese Entstellung im Gesicht zum Verlust meiner Erwerbsfähigkeit führen, genau darum geht es.

–Also, ich muß sagen, es ist das erste Mal, daß ich dich vom Vortragsbetrieb reden höre, Ilse, nehmen Sie die Flasche da weg, bevor er das Ding, gießen Sie ihm ein bißchen was in sein Glas und tun Sie ihm Sauce auf seine Nudeln da, woher kommt das auf einmal?

–Das ist ein schöner Pinot Grigio, eigentlich bloß ein Tafelwein, aber …

–Nein, das ganze Gerede vom Vortragsbetrieb, der deiner brillanten Beiträge beraubt wird.

–Ach das, also das war eigentlich Kevins Idee, diese Honorare liegen bei mindestens dreitausend Dollar, manchmal sogar bei fünf, weil …

–Und er meint, die Leute würden scharenweise Schlange stehen, um dich über den Bürgerkrieg reden zu hören?

–Na ja, wie er ganz richtig sagt, Christina, ich habe die Qualifikation, und bei dem Interesse, das dieser Film geweckt hat, können wir …

–Könnt ihr sie beide verklagen.

–Nicht mit Kevin, nein, sie hat mir gesagt, er setzt bloß die Klageschrift für den Unfall auf, und dann …

–Das hat sie gesagt, und was hat er gesagt?

–Na ja, ich habe ihn noch nicht kennengelernt, aber …

–Noch nicht kennengelernt? Heißt das etwa, er hat deine, deine Kriegsverletzung, diese Entstellung, von der du so begeistert bist, noch nicht mal gesehen und setzt trotzdem die Klageschrift auf? Und du hast auch noch vor, ihn für diesen Unfug zu bezahlen? Hast du daran eigentlich gedacht?

–Ich habe ihr gesagt, sie soll ihn deswegen fragen, und sie hat gesagt, er hätte bloß gelacht und gesagt, ich sollte mir deswegen keine Gedanken machen.

–Und das glaubst du? Harry, sag ihm, was du über …

–Er macht das wahrscheinlich auf Erfolgshonorarbasis, wenn Oscar verliert, zahlt er ihm nichts, und wenn er gewinnt, kassiert dieser Kevin dreißig, vierzig, vielleicht sogar fünfzig Prozent der Schadensersatzsumme, das müßtest du klären, Oscar.

–Aber darum, die Hälfte? Er bekäme die Hälfte? Aber das ist, das ist ja glatter Raub, das ist …

–Auch nicht schlimmer als bei einem Kunsthändler, wie? Oder bei einem Konzertveranstalter? Ein Vermittler eben, Oscar, und der Vermittler verdient immer.

–Und so wickelt er auch ihre verkorkste Scheidung ab?

–Das geht mich nichts, das weiß ich nicht, Christina, sie erzählt mir nicht jedes, nicht sämtliche Details, sie bemüht sich schon seit längerem um die Unterschrift unter eine Trennungsvereinbarung, und außerdem gibt es mit ihrer früheren Anwältin Streit um Geld …

–Bei der geht es immer um Geld, die kenne ich. Ich war mal mit ihr in einem Ausschuß, sie kandidiert als Stadtrichterin.

–Angeblich gilt sie als Verhandlungsgenie, aber alles, was sie zustande gebracht hat, ist …

–Hör zu, es gibt jede Menge Leute, deren Lieblingsbeschäftigung darin besteht, wegzugeben, was ihnen nicht gehört, manche machen sogar einen Beruf draus, je größer die Summen, über die sie verhandeln, desto größer ihr Ruf, du kommst rein, und sie sind gerade am Telefonieren und sagen, wir haben aber vier Komma drei Millionen und das New Yorker Stadthaus vereinbart, Jim, weiter kann Ihnen mein Mandant wirklich nicht mehr entgegenkommen, oder wollen Sie ihm etwa zumuten, daß er den Rest seines Lebens auf einer popeligen Zwanzigmeter-Jacht verbringt?

–So ist es hier ja wohl kaum, das heißt, falls ihr Anwalt nicht gerade dabei ist, wegzugeben, was nicht mal ihr gehört, wenn du verstehst, was ich meine, aber das tust du ja wohl, Oscar, oder? Verstehen, was ich meine, meine ich. Ich meine, was ihr gehört, kann sie natürlich weggeben, das ist was ganz anderes, oder, wenn du verstehst, was ich ...

–Stell bitte den Wein hin, Christina, du hast genug, kein Mensch gibt hier irgendwas weg. Kein Anwalt übernimmt einen Fall auf Erfolgshonorarbasis, wenn er nicht sicher ist, daß er ihn gewinnen kann, hör zu, Oscar, ich sage nur, daß es wirklich kompliziert werden kann, solche Prozesse wie diese Filmgeschichte anzustrengen. Je schwieriger sie werden, desto mehr kosten sie den kleinen Mann, der nicht mal annähernd das Geld aufbringen kann, das ...

–Ich bin kein kleiner Mann! Ich habe dir doch gesagt, was ich, daß ich nur Gerechtigkeit will, nur darum geht es, nur darum geht es überhaupt in dem Stück, das ist mein ganzes ...

–Oscar, hör zu. Wenn diese Leute neunzig Millionen Dollar für diesen Film ausgegeben haben, dann bist du der kleine Mann. Die warten bloß auf dich, wenn auch nur entfernt die Möglichkeit bestünde, daß die so eine Unzuträglichkeitsklage verlieren, würde deren Versicherung nicht mitspielen, die Kinos würden die Finger davon lassen, die sind bereit, jeden Betrag auszugeben, um ihre Investition zu schützen, so einfach ist das.

–Harry versucht dir nur zu erklären, Oscar, daß es dich Geld kostet, ganz gleich wer deinen Fall übernimmt, und daß du verlieren kannst, selbst wenn du im Recht bist, aber vielleicht ist dir das ja egal, natürlich kannst du Kevin auch nicht in der gleichen Währung bezahlen wie Lily, sondern du ...

–In der, was soll das heißen, in der gleichen Währung! Das ist nicht fair, Christina, ich habe dir doch erzählt, sie hat gesagt, daß er gesagt hat, ich soll mir lieber einen jüdischen Anwalt nehmen, wenn ich jemanden aus der Filmbranche verklagen will, er jedenfalls ...

–Dieser Kevin versucht dir zu erklären, Oscar, daß es dich Geld kostet, wer so einen Fall übernimmt, kostet ...

–Das weiß ich auch! Das hat mir Harry doch gerade erklärt, oder? Daß die das nicht auf Erfolgshonorarbasis übernehmen würden, wo sie die Hälfte bekämen, aber danach habe ich ihn auch gar nicht gefragt, oder? Ich dachte nur, wenn wir uns einig werden, daß wir dann vielleicht so eine Art Rabatt kriegen könnten, oder vielleicht könnte er's irgendwie so nebenbei machen, seine Kanzlei müßte es ja nicht unbedingt erfahren, oder? Ist doch in Ordnung, solange es in der Familie bleibt? Wenn er einen Teil seiner Freizeit dazu verwenden will, für jemanden aus der Familie, der ...

–Oscar, schau ihn dir doch an. Er ist fix und fertig, er hat keine Freizeit, begreifst du das denn nicht? Du brauchst ihn dir doch nur anzusehen, Harry, du hast Sauce auf deinem, nein, da auf deinem Kinn, da, genau, nicht mal seine eigene Zeit gehört ihm, selbst wenn er wollte, selbst wenn er könnte, Oscar, bloß weil er dein Schwager ist und dir einen besonderen Gefallen tun will, kann ...

–Schon gut! Wenn du meinst, ich erwarte einen besonderen Gefallen von ihm, bloß weil er mein Schwager ist, ich würde ihn bitten, einen Fall zu übernehmen, den er für unzuträglich hält, zumal er schon gesagt hat, er könnte ihn auch verlieren, stimmt's? Vielleicht ist es ja ...

–Ja, schon gut, beruhige dich doch, Oscar, beruhige dich. Kann ich noch irgendwas tun, solange wir ...

–Nein. Wenn du bitte noch nach meinem Stück suchen könntest, das wäre alles, wenn du dich darum noch kümmern könntest, bevor du gehst. Es müßte oben in meinem Zimmer sein.

–Ich hatte eigentlich nicht vor, schon wieder zu fahren, Oscar, Harry muß natürlich, aber ich dachte, du möchtest, daß ich eine Weile ...

–Mach, was du willst, ich muß jetzt jedenfalls schlafen, da müßt ihr ja nicht unbedingt beide dabeisitzen. Danke, daß ihr gekommen seid.

–Also gut, Oscar, wenn du es so haben willst. Drück bitte mal deine Fahrradhupe, ja? Ich möchte Ilse das Zimmer oben zeigen, ehe sie, ach Ilse? Würden Sie bitte mit mir nach oben kommen?

–Oscar? Hör mal …

–Ich verliere eben manchmal die Geduld mit ihr, Harry. Sie hört einfach nicht zu.

–Also gut, paß auf. Ich weiß dein Vertrauen in mich zu schätzen, Oscar, aber es wäre dir gegenüber nicht fair. Ich bringe einfach die Zeit nicht auf, die ein solcher Fall verdient, und wenn ich es nebenher zu machen versuche, erfährt es meine Kanzlei in jedem Fall, ich brauche bloß die Klage einzureichen, dann stehe ich als Prozeßbevollmächtigter in der Akte, hör zu … Er hatte einen spindeldürren Goldbleistift samt Taschenkalender mit Goldschnitt gezückt, schrieb Lepidus, Shea & –hier, riß die Seite heraus, –frag nach Sam, es ist eine kleine Kanzlei, ich kenne ihn vom Studium her, ich rufe ihn gleich morgen früh an und sag ihm, er soll es langsam angehen lassen, du bist nicht in der Verfassung, zu ihm in die Kanzlei zu kommen, kannst ihn aber telefonisch ins Bild setzen, und stand auf. –Zur Toilette geht's da entlang, ja?

–Neben der Bibliothek, ja … eine Hand wie zu einem Abschiedswinken gehoben, um sie schließlich fahrig zum Glas zu führen, dessen gebogenen Halm sie zum Ausschlürfen neigte, worauf sie in der Luft verharrte, bis das Glas plötzlich ergriffen und auf den Tisch zurückgestellt wurde.

–Wo ist Harry?

–Auf der Toilette, er …

–Wo hältst du denn deinen Mittagsschlaf? Wieso eigentlich nicht gleich hier in diesem Ding, du liegst doch praktisch sowieso schon flach. Wann ist dein nächster Arzttermin?

–Ich weiß nicht, Christina, aber der Arzt der Versicherung, wenn wir diesen Prozeß anstrengen, dann werden sie wahrscheinlich …

–So etwas Lächerliches habe ich noch nie gehört. Dieser Kevin, eine Klage einzureichen, wo du ihn noch nicht mal kennengelernt hast? Eine Klage, die du noch nicht mal gelesen hast?

–Aber sie bringt sie mir vorbei. Das hab ich dir doch gesagt.

–Nein, das hast du mir nicht gesagt. Wann denn?

–Also ich, nachher.

–Nach deinem Mittagsschläfchen? Das hast du mir ganz bestimmt nicht gesagt, nein, mein Gott, und wir fahren hundert Meilen, bloß um, Harry? Wir können dann, wenn du soweit bist, Oscar muß jetzt schlafen, ach so, hier, da ist das, was du gesucht hast, Oscar. Es war in deinem früheren Zimmer auf dem Regal bei deiner Steinesammlung, ich habe Ilse dort untergebracht.

–Das ist ja, du hast es gefunden, ja, es war genau da, wo ich gesagt habe, stimmt's? Wo ich dieser Frau gesagt habe, daß …

–Du hast der armen Frau gesagt, es wäre in einem schwarz marmorierten Hefter, Oscar. Das da ist ein brauner Ordner.

–Ja, das habe ich doch, Harry? Sie hat mein Stück gefunden, warte mal, die Stelle mit der Narbe in der Besprechung? Das steht gleich in der Anfangsszene, er soll es vorlesen, Christina.

–Fahr ihn einfach wieder in den Wintergarten, Harry.

–Oder halt, nein, hört mal, die ganze Anfangsszene spielt sich zwischen Thomas und seiner Mutter ab, ihr könnt sie beide lesen, Harry, du liest die Rolle von Thomas und Christina die Mutter, und wenn ihr dann den Film seht, wißt ihr gleich, was …

–Oscar, wir fahren jetzt. Ich rufe dich morgen an, ich habe ein paar Lebensmittel mitgebracht, Ilse kann sich darum kümmern, und ich habe ein bißchen Geld auf den Küchentisch gelegt, falls sie welches braucht.

–Warte doch mal, ihr könnt doch jetzt nicht fahren, wo wir das Stück haben, ich habe doch meine Brille gar nicht und …

–Lily soll es dir vorlesen, lesen kann sie ja wohl?

–Nun warte doch mal, Harry …

–Alles Gute, Oscar. Und laß es nicht zur Verwirkung kommen. Wenn du es machen willst, dann mach es gleich.

–Und seine kleine Hupe hat er, ja? Falls er irgendwas braucht? Mein Koffer ist, glaube ich, noch in der Küche, Harry, mein Gott, wir hätten genausogut in der Stadt bleiben und ins Kino gehen können. Aber sie verharrte noch, sah hinaus, wo der Regen aufgehört hatte, über den Rasen hinweg zum Teich hinunter, dessen gegenüberliegendes Ufer hereinbrechender Nebel verschleierte, und sagte, ehe sie sich zur Diele wandte, zur Tür, auf die Veranda hinaus und die feuchte Treppe hinunter zum Auto, –aber wunderschön ist es, mein Gott.

> Das spärlich möblierte Zimmer wird durch zwei Wände dargestellt, die in der rechten Bühnenmitte zusammenlaufen. Links

er rieb sich die Augen, hielt die Seite weiter weg, dann dicht vor sich,

> THOMAS ist ein hochgewachsener, dünnbärtiger Mann Mitte Dreißig, in dessen gesuchter Art, die langen Beine vor sich hinzustrecken, und in dessen abrupten Gefühlsausbrüchen sich die Zwanglosigkeit des geborenen Aristokraten mit der Energie eines Menschen verbindet, der darauf beharrt, daß die Jugend nicht vorbei sein kann. Er trägt Stiefel und eine zerknitterte graue Feldjacke, die bis zum Hals zugeknöpft ist. Die Narbe auf seiner Wange ist deutlich sichtbar, aber nicht so, daß sie entstellend wirkte. SEINE MUTTER gleicht eher einem todtraurigen Gespenst als

aber ohne seine Brille schwebte das Ganze als verschwommener Fleck vor seinen Augen, sein abgehacktes Schnaufen war ein Widerhall der Anstrengung, den Fleck in Wörter aufzulösen, bis er es schließlich aufgab und das ganze Machwerk, Ordner samt Blättern, auf den Boden glitt, während sich das Schnaufen auf das Gleichmaß des Schlafes einpendelte und selbst das Geschirrgeklapper anderswo verstummte, wie die stetig zunehmende Düsterkeit des Spätnachmittags in Stille versank, die mit einemmal vollständig zerschmettert wurde von einem –Oscar? und aufflammendem Deckenlicht, –bist du okay?

–Was ist denn, machst du das bitte aus?

–Was hockst du denn hier im Dunkeln? Lampen gingen an und aus wie eine Bühnenbeleuchtung, –und dann die Blätter überall auf dem Boden?, während sie sie planlos mit dem Fuß zusammenscharrte, –bist du okay?

–Ja, und hör bitte auf, darauf herumzulaufen, ja? Kannst du sie bitte aufheben?

–Und dieses Dings hab ich dir auch mitgebracht.

–Was für ein Dings? Vorsicht, hab ich gesagt! Kannst du sie bitte vorsichtig aufheben, ohne sie durcheinanderzubringen?

Sie hudelte die auseinandergleitenden Blätter zusammen, Vorder- auf Rückseite, richtig und verkehrt herum, –das Dings wegen deinem Unfall, Kevin sagt, du sollst es lesen und alles, was du ...

–Ich kann es nicht lesen. Ich kann überhaupt nichts lesen, diese Frau hat meine Brille verschlampt, nicht mal die Zeitung kann ich lesen.

–Aber die habe ich doch da oben hingelegt. Sie griff hinter eine antike Teedose auf dem Kaminsims, –die da ist es doch?

–Wann hast du, verdammt noch mal, Lily, wieso versteckst du sie denn da oben!

–Damit ihr nichts passiert. Du brauchst nicht gleich so grob zu werden, ich versuche doch nur, mich nützlich zu machen, oder? Wenn du, aua! Aua, Oscar!

–Was ist denn nun schon wieder?

–Du fährst mir über den Fuß, wo willst du denn hin, kannst du das Ding denn immer noch nicht fahren? Beim letzten Mal ...

–In die Bibliothek, bring bitte die Papiere mit und das, nicht schieben!

–Hab ich doch gar nicht, aber, aber fahr doch nicht so schnell, hab ich dir das übrigens schon gesagt? Daß Bobbie sich einen Porsche gekauft hat?

–Nein, hast du noch nicht. Der Stuhl da, rück ihn bitte von der Tür weg, ich möchte rückwärts da neben das Bett fahren.

–Bobbie hat sich gerade einen Porsche gekauft.

–Ja, das hast du gesagt.

–Eben hast du gesagt, ich hätte es dir nicht gesagt, oder? Sie machte sich daran, die Kissen außer Form zu klopfen, –er hat sich gerade einen Porsche gekauft. War ich eigentlich schon mal hier drin, Oscar?

–Hilf mir bitte aufs, heb mein Bein da rauf, ja? Und die Papiere, die Sache, die Kevin angekurbelt hat?

–Das hab ich dir doch gesagt, oder? Daß er gar nichts angekurbelt hat? Daß er gar nichts machen kann, solange wir nicht diese miese Anwältin bezahlt haben, ich hab sogar Daddy nur noch dieses eine Mal angerufen, um zu gucken, ob er mir hilft, oder vielleicht Bobbie, aber weil die alle dieser Kirche da unten beigetreten sind, hat er gesagt, er muß zuerst diesen Reverend fragen und, das meinst du doch?

–Nein, das meine ich nicht. Mach das Licht an, der Schalter ist direkt hinter dir. Ich meine die Klage wegen meines Unfalls, die du von Kevin mitgebracht hast, laß sie mich eben rasch durchlesen.

–Hier. Und daß er gesagt hat, er könnte mir wahrscheinlich auch nicht helfen? Sie quetschte den Stuhl näher an das auf dem Bett ausgestreckte Unbehagen, –Bobbie, meine ich.

–Ja, laß mich das eben rasch, erhebe ich unbeschadet etwaiger Ansprüche aus verschuldensunabhängiger Halterhaftung Klage unter Berufung auf das allgemeine Recht des Klägers auf Geltendmachung von Entschädigung für erlittene Verletzungen einschließlich Schmerzensgeld, und ...

–Er hat sich nämlich gerade diesen Porsche gekauft, ich bin sogar zur Telefongesellschaft rübergegangen, aber die haben gesagt, sie stellen nicht mal bei der Fernvermittlung Leute ein, da hat man eigentlich immer Arbeit gekriegt, ehe die ganze Technik einem das vermasselt hat. Ich kann nicht mal meine Miete bezahlen, hab ich dir eigentlich erzählt, was die Bank gemacht hat?

–Verlust der Erwerbsfähigkeit des Klägers aufgrund der Narbe.

–Daß die Schecks, die ich ausgestellt habe, geplatzt sind, und deswegen lassen sie mich keine mehr ausstellen, weil vielleicht diese Person sie einlöst, die sich für mich ausgibt?

–Hör zu, laß mich eben nachsehen, wieviel Schadensersatz er verlangt, wo ist denn, bestehend aus einer Narbe im Gesicht, die ...

–Und daß ich's mir nicht mal leisten kann, wegen dieser Schmerzen da oben, von denen ich dir erzählt habe, zum Arzt zu gehen?

–im Gesicht, die unter dem rechten Auge verläuft und eine ungefäh...

–Nein, da oben, gib mir mal deine Hand. Fühlst du das? Diesen Knoten?

–Ja. Und jetzt laß mich eben, Narbe im Gesicht, die unter dem ...

–Doch nicht da! Was das ist, weißt du doch, warte mal ... und ein weiterer Blusenknopf ging auf, –da. Kannst du das fühlen?

–Nein. Ja. Hör zu, diese ungefähr fünf Zentimeter lange Narbe unterm rechten Auge, woher hat er die?

–Wer, die Narbe? Ihre Hand hob sich und zog ihren Verlauf nach, –ich find sie süß.

–Großer Gott. Hör zu. Ich meine, wo hat er, wo hat Kevin diese Beschreibung her?

–Keine Ahnung, aus irgendeinem Film, den er gesehen hat, woher soll ich das wissen. Warte mal ... Ein Knopfloch gab nach, und die Bluse glitt herab, –da. Jetzt kannst du ...

–Genau das will ich von dir wissen, woher du das weißt. Aus was für einem Film.

–So ein Film halt, von dem er erzählt hat, woher soll ich ...

–Ich habe gestern abend bei dir angerufen, ich habe zwei- oder dreimal bei dir angerufen, warst du vielleicht im Kino?

–Ich hab gedacht, du wärst dann sauer, Oscar, ich hab halt gedacht ...

–Das bin ich auch, nein. Nein, ich will bloß wissen, war es dieser große Bürgerkriegsfilm, der gerade überall angelaufen ist?

–Er war echt lang, ja.

–Ja, aber ging's um den Bürgerkrieg, war es, wie hieß er?

–Es war bloß ein Film, Oscar, keine Ahnung, wen interessiert denn schon der ...

–Mich interessiert er, davon rede ich doch die ganze Zeit! War es vielleicht Das Blut im Rot-Weiß-Blau?

–Also, Blut kam drin vor. Das ist alles, was ich noch weiß, daß Blut ...

–Nein, hör zu, hör doch mal zu ...

–Siehst du, ich hab ja gewußt, daß du sauer wirst, er hat doch bloß gefragt, ob ich Lust habe, ins Kino zu gehen, und hinterher waren wir dann noch in diesem Chinarestaurant mit der knusprigen Ente, hat ausgesehen wie diese Gummibänder, und er hat über deinen Unfall geredet, und über diese Narbe, wo der Mann im Film die Narbe herhat, da kann ich doch nichts dafür, oder?

–Das habe ich auch nicht behauptet. Ich rede von dem Film.

–Das habe ich dir doch gerade gesagt. Er hat gefragt, ob ich Lust habe, ins Kino zu gehen, und ...

–Und dann seid ihr in ein Chinarestaurant gegangen, schön. Jetzt zu dem Film.

–Wie du gesagt hast, es kam massenhaft Blut drin vor. Genau da, fühlst du da was?

–In den Schlachtszenen, aber was ist mit ...

–Da hab ich einfach die Augen zugemacht. Wo man sieht, wie dieser Soldat fast in zwei Teile gehackt wird und, und sein, wo dieser Soldat mit dem Säbel fuchtelt und genau über ihn wegreitet, da hab ich einfach die Augen zugemacht.

–Hör zu, fang einfach ganz von vorn an.

–Wo sie sich zum erstenmal begegnen? Wo er auf die Jagd geht und sie auf dem Pferd angeritten kommt? Zuerst tut sie ganz hochnäsig und fragt, was er auf ihrem Land zu suchen hat, aber dann steigt sie doch vom Pferd, weil es echt heiß ist, und weißt du, was dann passiert? Ihre Hand machte sich unter der Bettdecke zu schaffen, die er hochgezogen hatte, –wo er so eine Art Overall anhat?

–Ich kann es mir vorstellen. Hör zu ...

–Und ihre Hand da unten die ganzen Knöpfe aufknöpft? Die Erhebung unter der Bettdecke regte sich, –und man kann praktisch sehen, was ihre Hand da unten macht. So wie im Krankenhaus, weißt du noch? Wo du dich nicht getraut hast, weil du gedacht hast, die Schwester kommt vielleicht rein? Die Erhebung senkte und hob sich sanft, –Oscar? Wer ist denn das da auf dem Bild?

–Auf dem, wer?

–Da oben bei den Büchern, der im schwarzen Bademantel.

–Das ist kein Bademantel, das ist eine Robe, das ist mein Großvater, als er, was machst du denn jetzt ...

–Ich mag das einfach nicht, wie er uns zuguckt, was wir hier machen ... und sie hielt sich sogar die Bluse zu, als sie vom Fußende des Bettes herunterkraxelte, nach oben langte und das Bild zur Wand drehte, –schließlich geht ihn das nichts an, oder? Und ihre Bluse klaffte wieder auf, –guck mal. Sehen sie schief aus?

–Ob sie was?

–Ob sie schief aussehen? Als ob die hier höher wäre als ...

–Hör zu! Ich muß da ein paar Sachen wegen dieses Films klären. Wir lesen das Stück jetzt von Anfang an, und du sagst mir, ob du das gleiche in dem Film gesehen hast, hier. Du liest die Rolle der Mutter.

–Ich?

–Nun mach schon! Ich bin Thomas, ich zeichne mich als Silhouette vom Fenster ab, habe dem Zimmer den Rücken zugekehrt, halte einen Brief in den dahinter verschränkten Händen und sage, Tot! Also los.

–Aber ich dachte, wir ...

–Nun lies schon! Da, wo es heißt, Seine Mutter. Ist das die Stelle?

THOMAS

(HEISER FLÜSTERND)

Tot!

SEINE MUTTER

Ist das die Stelle? Auf deiner Wange? Wo du verwundet worden bist?

THOMAS

(FÜHRT INSTINKTIV DIE HAND ZUR WANGE)

Sie ist verheilt.

SEINE MUTTER

Wie ein Kuß ...

THOMAS

(WENDET SICH LANGSAM ZU IHR UM)

So schlimm ist es also?

SEINE MUTTER

Nein, nicht schlimm, Thomas, nein, nur ... du wirkst überrascht. Es stimmt also, was wir gehört haben? Daß du ein Held warst?

THOMAS

Wo?

SEINE MUTTER

Auf dem ... Schlachtfeld?

THOMAS

Wo ihr es gehört habt, meine ich.

SEINE MUTTER

Ambers hat es gehört, drüben auf Quantness. Was ist passiert?

THOMAS

(TUT DIE FRAGE GEREIZT AB)

Was passiert ist? Ein Schuß oder ein Granatsplitter. Wer weiß das schon in einem solchen Moment …? Ich habe mich ja selbst nicht mehr gekannt, als es passiert ist.

THOMAS setzt sich vors Fenster, stemmt einen Stiefel gegen die Fensterbank und streicht angelegentlich den Brief an seinem Bein glatt, als wollte er ihn lesen.

SEINE MUTTER

(ÄNGSTLICH)

Du hast dich selbst nicht mehr gekannt, Thomas?

(SIE HÄLT INNE, DA ER IHR KEINE BEACHTUNG SCHENKT)

Du siehst nicht gut aus, Thomas. Ich konnte nichts sehen, als du angekommen bist, du warst schon vor Morgengrauen da, aber ich habe dich an deinem Schritt erkannt. Du siehst aus, als hättest du das ganze Jahr, das du fortgewesen bist, seit alles anfing, kaum gegessen oder geschlafen … Du wirkst dünner und auch müde, jetzt wo ich etwas sehen kann. Du hättest ein Auge verlieren können.

THOMAS

Müde …?

SEINE MUTTER

Oder für den Rest deines Lebens erblinden.

THOMAS

(SETZT ERREGT DIE FÜSSE AUF, FUCHTELT MIT DEM BRIEF)

Ich habe dir doch gesagt, ich habe nicht geschlafen. Wie denn auch, bei diesem Ding?

SEINE MUTTER

Dein Onkel hat noch nie etwas verschenkt. Kein Lächeln, keinen Penny, dabei liegt sein eigener Bruder in fremder Erde begraben …

THOMAS

(HOCHGESTIMMT)

Mein Onkel ist auch noch nie gestorben! Dazu noch ohne letzten

Willen, Herrgott! Ich weiß nicht warum, aber ich bewundere dieses «ohne letzten Willen». Daß ausgerechnet er stirbt, ohne ein Testament zu hinterlassen! Und das, nachdem er damals so mit mir geredet hat, als wir wie Bettler auf der Suche nach einem neuen Exil aus Frankreich zurückkamen und du mich zu ihm geschickt hast. «Du schneist hier so herein in deinem feinen französischen Aufzug und forderst dein Recht», hat er zu mir gesagt, als ich ihn um das Geld bat, das er meinem Vater schuldete, dabei hatte ich den Morgen damit zugebracht, durchgescheuerte Manschetten zu kürzen und den Saum am Rock meines Vaters umzustecken, um mich angemessen zu präsentieren. Fünfhundert Dollar! Was war das schon für ihn, den «einflußreichen Zechenbaron», wie dieser Brief ihn nennt, oder hier ...

(ER BETRACHTET ERNEUT DEN BRIEF, FUCHTELT DAMIT HERUM)

«die herausragende politische Persönlichkeit Pennsylvanias», schäbiger als ich sah er aus mit seinen angelaufenen Knöpfen und dem an den Säumen speckig gewordenen Rock. Und das nicht etwa aus Not, bewahre. Er war stolz darauf, die Kosten für einen Rock gespart zu haben. Weißt du, woher er ihn hatte? Von seinem Kutscher, als es sogar dem Kutscher peinlich wurde, sich darin blicken zu lassen. Und nicht einmal unter diesen Umständen wollte er sich von dem Geld trennen. Dreihundert, ja oder nein, hat er gesagt, und eine Besitzurkunde für das Vergessen, die Urkunde für diesen Ort hier, den er sich für eine uneinbringliche Schuld hatte ans Bein binden lassen.

(VOR VERGNÜGEN KICHERND)

Was müssen wir für ein hübsches Paar Landstreicher abgegeben haben, und das bei unserem gemeinsamen Vermögen, als er mich zu Bagby, seinem Bedienten, schickte. Ebendieser, sein Generalbevollmächtigter, derselbe Bagby, der diesen Brief geschrieben hat. «Um solche Sachen kümmert sich Bagby», sagte er, als er mich fortschickte. Vor sieben Jahren, ebendieser, derselbe Bagby.

(ER DURCHMISST DAS ZIMMER UND MURMELT VERGNÜGT VOR SICH HIN)

Sitzt splitternackt auf seinem Bett und glotzt in ein Witzblatt, neben sich eine Tüte Bonbons und auf dem Kopf eine Melone. «Nur herein», sagt er zu mir und bittet mich in sein schmuddeliges möbliertes Zimmer. «Da auf der Chiffoniere liegt Ihr Geld, Sie werden es sicher zählen wollen ...» – «Da? Von wegen», sagte ich ihm, ohne den Umschlag auch nur anzurühren. «Mein Onkel hat Gold gesagt, und wo ist die Urkunde, von der er gesprochen hat?» – «In der obersten Schublade», sagt Bagby und zerknackt dabei ein Bonbon zwischen den Zähnen, «bedienen Sie sich selbst», und damit wendet er sich wieder seinem Witzblatt zu. Da lagen sie abgezählt in der Schublade, dreihundert Dollar, und daneben die Besitzurkunde für diesen Ort hier. Und jetzt ...!

(ER WENDET SICH IHR HALB ZU)

«Um solche Sachen kümmert sich Bagby ...» Weiß Gott, und wie er sich kümmert!

SEINE MUTTER

Thomas! ... Solche Ausdrücke passen aufs Schlachtfeld, du bist hier nicht im Feldlager unter Fremden und Tieren.

THOMAS

(TRITT AUF SIE ZU)

Ein Schlachtfeld, das war es doch unser Leben lang! Und nun? Ist das etwa kein Anlaß für solche ... «Ausdrücke», wie du sie nennst? Niemand mehr etwas zu schulden, und das nach ... alldem. Und all das jahrelang, und jahrelang auf Quantness der arme Schlucker gewesen ...

SEINE MUTTER

Du hast dir auf Quantness dein Brot verdient.

THOMAS

Und sich nie wieder bei jemandem verschulden zu müssen!

SEINE MUTTER

Wissen sie es schon?

THOMAS

Ob sie es wissen? Auf Quantness? Natürlich. Und das erste, was der Major gesagt hat, als ich ihm gestern abend davon erzählte, war: «Fahr sofort hin und mache deine Ansprüche geltend.» Glaubst du etwa, er will, daß die Zechen, die Kohle, daß das alles von der Unionsregierung beschlagnahmt wird? Konfisziert, wenn ich keinen Anspruch darauf erhebe? Weißt du, wie dringend wir Kohle brauchen?

SEINE MUTTER

(SIEHT AN IHM VORBEI RICHTUNG FENSTER)

Allerdings weiß ich das, Thomas.

THOMAS

Als ich gestern abend auf Urlaub dort angeritten kam und diese Nachricht vorfand, da ... da war ich ein aus dem Krieg heimgekehrter Held, als hätte ich mein Leben lang, und nicht nur die drei Jahre seit meiner Heirat, dort gewohnt.

SEINE MUTTER

(WEHMÜTIG)

Sie haben dich dort eher gebraucht als du sie, Thomas. Was du an Arbeit in die Baumwolle von Quantness gesteckt hast, während dieser Besitz hier verkam ...

Vor ihr stehend, macht THOMAS eine flehende Geste, wendet sich dann ab, tritt ans Fenster und starrt hinaus.

THOMAS

Mein Gott, was für ein Tag!

SEINE MUTTER

(NACH KURZEM SCHWEIGEN)

Sie haben die Zahlung der Pension eingestellt, Thomas.

THOMAS

(DREHT SICH UM)

Pension?

(STARRT SIE EINEN MOMENT LANG AN UND BRICHT DANN IN GELÄCHTER AUS)

Die Pension meines Vaters? Dieses ... Taschengeld?

(TRITT ERNEUT AUF SIE ZU)

Ja begreifst du denn nicht? Daß das, was wir jetzt besitzen, soviel wert ist wie sämtliche Pensionen, die sie je gezahlt haben?

(WENDET SICH HALB VON IHR AB ZUR MITTE DER VORDERBÜHNE)

Eine Beleidigung war sie, diese Pension, die uns Jahr für Jahr daran erinnerte, was Ungerechtigkeit heißt, für den Fall, daß wir es schon vergessen hätten. Für den Fall, daß ich imstande gewesen wäre zu vergessen, was er mit mir vorhatte, eine große Laufbahn im Staatsdienst, für die er mich zur Lektüre von Rousseau anhielt, weil er an «das angeborene Gute im Menschen» glaubte ...

THOMAS wendet sich ihr impulsiv zu und läßt sich neben ihrem Stuhl auf ein Knie nieder; sie reißt die Hand hoch, um zu verhindern, daß die Lampe umstürzt.

Hör zu, wir können bis an unser Lebensende warten, Mutter! Auf so etwas warten ... darauf warten, daß etwas passiert, genau das tun die Menschen doch! Das hält sie am Leben, diese Warterei! Das ... sogar mein Vater, nicht wahr? Darauf warten, daß etwas passiert. Daß sich aus heiterem Himmel etwas ergibt und alles verändert ... und dann?

Da seine Begeisterung sie nicht ansteckt, steht THOMAS langsam wieder auf, wendet sich von ihr ab und tritt nachdenklich ans Fenster.

Und so sterben sie dann, während sie noch warten.

THOMAS lehnt sich halb sitzend an die Fensterbank, knöpft seinen Rock auf und holt eine Tabaksdose hervor, der er eine Zigarre entnimmt.

(HALB ZU SICH SELBST)

Die Freiheit, etwas zu werden, alles zu werden ... alles, worüber wir gesprochen haben, sich für etwas entscheiden zu können. Ja, die Freiheit, sich für etwas entscheiden zu können, anstatt zu Entscheidungen gezwungen zu werden, machst du dich bitte fertig, Mutter? Drüben auf Quantness wartet man auf uns.

Als bedaure er diesen Ausbruch von Ungeduld, lehnt sich THOMAS wieder an die Fensterbank und greift nach einem dort liegenden Stoffstreifen.

Sie erwarten dich ...

SEINE MUTTER

Ist das die Uniform, in der du fortgegangen bist? Ja, sie sieht so aus, jetzt kann ich es sehen.

Mühsam beherrscht, legt sich THOMAS einen Stiefel quer übers Knie und beginnt, ihn mit dem Tuch blank zu wienern.

Ich weiß noch, wie sie neu aussah, ehe du fortgegangen bist. Da hast du dir immer ein Taschentuch übers Knie gelegt, wenn du so wie jetzt, mit verschmutztem Stiefel, ein Bein übers andere geschlagen hast ...

THOMAS

(MIT MÜHE, WIENERT WEITER, OHNE AUFZUBLICKEN)

Sie haben in Quantness zur Vorbereitung einiges auf die Beine gestellt. Ein Zimmer ...

SEINE MUTTER

Das Tuch da, Thomas.

THOMAS

(HÄLT VERWIRRT DEN LAPPEN HOCH)

Was?

SEINE MUTTER

Bitte benutz es nicht dafür. Wir haben es als Lampendocht aufgehoben.

THOMAS

(STEHEND, KAUM IMSTANDE, SEINEN ÄRGER IN ZAUM ZU HALTEN)

Hör zu, machst du dich jetzt bitte fertig? Sie erwarten dich. Sie warten. Sie rechnen damit, daß du dort wohnst, solange ich fort bin.

SEINE MUTTER

(RUHIG)

Es ist mir hier das ganze Jahr, das du fort warst, gutgegangen, Thomas, und es hätte ohne weiteres sein können, daß du gar nicht zurückkommst. Ich kann jetzt nicht von hier weg.

THOMAS

(VERLIERT NUN DOCH DIE BEHERRSCHUNG)

Du kannst nicht weg? Von hier? Sieh dich doch um! Das Tor ausgehängt, der Zaun umgestürzt, das Korn tot auf dem Halm und der Tabak am Boden verfault. Die Türfalle war kaputt, als ich hereinkam. Ich gebe niemandem die Schuld, ich weiß, daß es schwer war, ich gebe niemandem die Schuld. Weder dir, noch dem alten Ambers oder John Israel, nein, ich weiß, daß es schwer war. Aber jetzt? Jetzt kannst du von hier weg! Laß das alles hinter dir, alles Kaputte und Verschlissene, das Lumpensammeln, die Kälte und ... und das alles.

THOMAS schleudert den Lumpen zwischen ihnen beiden auf den Boden und pflanzt sich vor ihr auf.

SEINE MUTTER

(MIT HERZZERREISSENDER GEFASSTHEIT)

Hier war ich stolz auf dich, Thomas.

THOMAS

Stolz!

SEINE MUTTER

(WIE UM ZU IHM DURCHZUDRINGEN)

Auf deine Arbeit, deinen Mut, daß du hier eine Heimat gefunden hattest, auf deine ... du hast dieses Land geliebt, Thomas. Das Leben hier, alles, was wuchs, sogar deinen neuen Tabak, dein neues helles Blatt hast du ihn genannt. Er ist immer noch unten in der Scheune, wo du ihn zum Trocknen aufgehängt hast. Ich habe Anweisung gegeben, ihn nicht anzurühren. Mir war, als hätte ich dich nachts zuweilen dort gehört, Thomas. So wie du manchmal dorthin gegangen bist und Korn gemahlen hast. Erinnerst du dich noch?

THOMAS

(GRÜBLERISCH)

Mich erinnern ...!

SEINE MUTTER

Und wie du fortgegangen bist, als der Krieg ausbrach ...

THOMAS

(MIT GRÜBLERISCHER INBRUNST)

Ja, und was meinst du, gegen wen anders als meinen Onkel und all seine verfluchten Bagbys ich dort gekämpft habe? Kämpfen, für das hier? Für das Recht, sich abends hinzulegen und die Minuten, die Jahre, die Tage zu zählen, die sich allesamt gleichen? Und ein roter Streifen in deren Flagge für jedes Jahr der ... Demütigung, in dem ich mich beim Pflanzen und Zäunesetzen neben dem alten Ambers und John Israel im Schlamm abgeschunden habe, zwei schwarzen armen Teufeln, die nicht einmal ihre Seele ihr eigen nennen können. Ja, vier Jahre davon und dann drei als armer Schlucker auf Quantness, und du forderst mich auf zu überlegen? Mit diesen sieben Streifen auf dem Rücken und nun auch noch dieser Narbe im Gesicht zur Erinnerung?

(er hält inne, da sie ihn nur ansieht, und fügt dann mit einem Blick in die Runde bitter hinzu)

«Eines der schönsten privaten Anwesen von Carolina», sieh es dir nur an. Sieh es dir gut an. So hat es mein Onkel damals genannt, bloß um uns loszuwerden. Mein Gott, wie hat er es geschildert! Ob er überhaupt je hiergewesen ist? Geredet hat er jedenfalls, als hätte er Quantness vor Augen gehabt.

Seine Mutter

(mit kalter Direktheit)

Genau wie du.

Thomas

(verdutzt)

Ich ...

Seine Mutter

Genau wie du am ersten Tag, als wir herkamen und du das alte Fuhrwerk direkt nach Quantness gelenkt hast, als hättest du dein Leben lang dort gewohnt. Im Fahren bist du aufgestanden und hast mit der Peitsche auf alles gezeigt, auf das Haus und die hohen weißen Säulen, dabei hast du es damals selbst zum erstenmal gesehen. Ich hätte meinen können, du seist dort geboren, wenn ich nicht deine Mutter wäre und es besser wüßte.

Thomas

(verärgert, aber betroffen)

Ist das so verwunderlich? Ich habe mich eben vertan, nach der Wegbeschreibung, die wir bekamen, und nachdem er diesen Besitz hier als «eines der schönsten privaten Anwesen von ...»

Seine Mutter

(unterbricht ihn scharf)

Und das jetzt? Dieses große Vermögen? Nein, Thomas, dein Vater hatte einen Freund, wie hieß er gleich, aus alten Walfängertagen, man nannte ihn den Weisen von Sag Harbor, der pflegte immer zu sagen: Es gibt keinen Schatz, dem nicht ein Sorgenschatten anhinge ...

(SIE HEBT DIE HAND, UM IHM ZUVORZUKOMMEN)

Und du hörst dich an wie vor sieben Jahren, wie damals, als wir nach Quantness einfuhren und du in diesem alten Fuhrwerk gestanden und den großen Herrn gespielt hast. Auf deinen vermeintlichen Besitz gezeigt hast, Pferde, Ställe, niemals werde ich das vergessen, sogar die Sonnenuhr neben der Auffahrt, kein Baum oder Grashalm, kein Hund oder Schwarzer, der nicht dir gehört hätte, kaum daß du ihn sahst, ohne die geringsten Bedenken oder Zweifel, und nun ...

THOMAS

(SCHNEIDET IHR SEHR BESTIMMT DAS WORT AB)

Nun ist Quantness meine Heimat.

SEINE MUTTER

(SCHNIEFEND UND WIE AUF DER SUCHE NACH EINEM TASCHENTUCH AN IHREM KLEID NESTELND)

Es hat dich verändert. Das eine Jahr fort von zu Hause und von Menschen.

THOMAS

Von Menschen! Herrgott im Himmel, Menschen? Was glaubst du denn, wie es im Krieg zugeht?

SEINE MUTTER

Rücksichtnahme auf andere, davon spreche ich. Undenkbar, daß du vor einem Jahr im Salon solche Ausdrücke im Munde geführt und ohne dich zu entschuldigen deine Zigarre angezündet und deine Füße gegen die Täfelung gestemmt hättest ... aber das ist nicht alles, es ist jetzt nur ein Teil von dir. Wie du so plötzlich im Morgengrauen hier ankommst, wirkst du so groß auf mich, so anders, so ähnlich und doch anders. Ein Traumbild von dir, deine ungepflegte Erscheinung, dein Bart nicht gestutzt und dein Gesicht so zur Seite verzogen ... du siehst zornig aus. Ich habe von dir geträumt, Thomas, aber nicht meinen Traum. Einen anderen Traum, den von jemand anders, deinen vielleicht, wie du mit diesem Brief von deinem Mister Bagby hereinkommst, und nun sprichst du davon, in den Norden zu fahren, heute noch, dabei hast du deine Familie auf Quantness noch gar nicht richtig gesehen, bist noch nicht einmal zwölf Stunden zu Hause ...

Thomas

(aufbrausend)

Hör zu ...! Willst du mich damit etwa zurückhalten, Mutter? Ich kann nicht bleiben, ist das denn nicht klar? Wenn du ... mir bloß sagen würdest, was du eigentlich willst. Als der Krieg ausbrach, war dir das nicht recht, und du wolltest nicht, daß ich Soldat werde, und nun willst du nicht, daß ich fortgehe? Als ich Tabak anpflanzte, war dir das nicht recht, wir konnten ihn weder essen noch anziehen, und nun bist du auf einmal stolz darauf. Du hast gesagt, es sei Eitelkeit, als ich diese Uniform anzog, aber wenn ich jetzt den Stiefel übers Knie lege ... was willst du eigentlich? Und als dieses Vermögen unerreichbar für uns war, da hast du ... und jetzt willst du es nicht haben? Was denn nun?

Seine Mutter

(mit vorwurfsvoller Ruhe)

Was ich für mich und meine Schutzbefohlenen stets erstrebt habe, Thomas. Den Willen des Herrn zu erkennen und mich ihm zu fügen. Mir Schätze im Himmel zu sammeln, Thomas, Schätze auch für dich, denn du strebst hienieden ...

Thomas

(mit heiserer, trotziger Stimme)

Nur nach Gerechtigkeit!

Thomas fährt sich mit beiden Händen übers Gesicht und starrt ins Leere.

Das alles fing an, als mein Mut beinah gebrochen wurde ... oder als mir plötzlich aufging, daß es dazu kommen könnte, und das läuft auf dasselbe hinaus ...

Im Reden wendet er sich langsam ab, nähert sich der Tür und starrt eine alte Schrotflinte an, die dort an der Wand hängt.

Als ich da draußen lag, ihre Schreie in meiner Kehle, die Schreie zerrissener Männer in meiner Kehle, weil ich der nächste sein mußte, aber unmöglich sein konnte ...

Er nimmt im Reden die Schrotflinte herunter und durchlebt die von ihm geschilderte Szene mit unterdrückt-somnambulem Grauen.

Das alles konnte unmöglich passieren. Dort? Mir? Das konnte nicht sein, nein ... Aber was einmal passiert ist, dort passiert ist, und vorher passiert ist, das passiert nachts immer noch. Es spielt sich genauso ab, wie es sich damals abgespielt hat, als ich auf ihrem Grund und Boden jagen ging, über die Anhöhe, wo die Kapelle über die Felder und den Bach hinwegschaut und wo ich durch den Weidezaun und über diesen Bach hinweg auf das Gutshaus von Quantness starrte. Das war damals, als wir gerade erst hergekommen waren und noch niemand kannten, und ich hatte noch nie im Leben etwas gejagt. Mit dieser Flinte ... auf die Anhöhe führt ein Pfad, der sich zu einem Karrenweg über eine Lichtung verbreitert, eine halbe Meile lang und braun gesäumt von ungeschnittenem Mais, wo der Wald etwas zurücktritt. Und dort, über den Fuß dieser Anhöhe hinweg, flogen, so schrecklich langsam wie Wesen in einem Traum, drei Fasanenhähne vom Boden auf. Sie kreisten, ich schoß, und fort waren sie ... aber da auf dem Boden quälte sich einer mit gebrochenem Flügel über die Steine, ich schoß erneut, und er mühte sich weiter, quälte sich bis zu einer Mauer, wo er den Kopf zwischen die Steine zwängte. Ich wollte weg von dort, wollte ihn leben lassen, ihn nicht so in Erinnerung behalten, wie ich ihn gesehen hatte. In der Natur geschieht Schlimmeres, was wir nie zu Gesicht bekommen. Auch hier geschah Schlimmeres. Ich tötete ihn, indem ich ihm den Hals durchschnitt, zu weichherzig, um ihm die Gewalt anzutun, ihm den Hals umzudrehen oder seinen Kopf gegen den Stein zu schmettern. Aber ich brachte das Messer nicht durch die leuchtenden Federn an seinem Hals ... Es wollte nicht schneiden, ohne ... Mein Gott! Wie absurd, das Ganze. Er hörte nicht auf zu kämpfen, aber nicht gegen mich ... sondern darum, dem, was da geschah, zu entkommen.

(ETWAS UNBETEILIGTER, WIE BENOMMEN)

Sie war damals noch ein Kind, Giulielma, die plötzlich hinter mir auftauchte und wissen wollte, was ich auf ihrem Grund und Boden zu suchen hätte. Und es war, als hätte ich mich in ein Königreich verirrt, ein Narr von nirgendwo mit Blut an den Händen und dem Vogel, von dem Blut auf die Erde zwischen uns troff. Als ich ihrem Vater vorgestellt wurde, gab ich ihm den Vogel, als hätte ich ihn zum Vergnügen geschossen. «Ich habe noch nie jemanden ohne Hunde jagen sehen», sagte sie, als sie mich ins Haus führte ...

(SCHLÄGT SICH SCHAUDERND EINE HAND VOR DIE AUGEN)

Und noch heute kann ich diese Anhöhe nicht ersteigen, ohne sie vor mir kreisen zu sehen, ohne einen reißenden Schmerz im Magen zu verspüren. Ich bin jagen gegangen, weil wir Hunger hatten.

SEINE MUTTER erhebt sich halb von ihrem Stuhl, wie um ihn in die Arme zu schließen, die sie gleich darauf langsam sinken läßt, da er durch sie hindurchstarrt.

SEINE MUTTER

(AUF DEN STUHL ZURÜCKSINKEND, MIT BEBENDER DIREKTHEIT)

Und du hast sie geheiratet ... wegen Quantness, und dort gehst du jetzt auch hin?

THOMAS

(MÜHSAM, OHNE SIE ANZUSEHEN)

Ich gehe John Israel und Ambers wecken, damit sie deine Sachen packen.

SEINE MUTTER

(KALT)

John Israel ist fort.

THOMAS

(BLEIBT WIE ANGEWURZELT IN DER TÜR STEHEN)

Fort?

SEINE MUTTER

John Israel ist fort, Thomas. Er ist davongelaufen.

THOMAS

(TRITT VERBLÜFFT EINEN SCHRITT INS ZIMMER ZURÜCK)

Aber ... wieso hast du mir denn nichts gesagt? Oder geschrieben?

SEINE MUTTER

(MIT WEHMÜTIGER GENUGTUUNG)

Was hättest du denn tun können, so weit weg?

THOMAS

Wann? Wann ist er fort?

SEINE MUTTER

Mitten im Winter. Wir waren krank vor Sorge, er würde nach Norden fliehen, wo es kälter ist.

THOMAS

Aber ... er ist davongelaufen, und du hast dir Sorgen um ihn gemacht?

(ER LEHNT SICH LANGSAM GEGEN DEN TÜRRAHMEN)

Und das, nachdem ich ihn hiergelassen habe, wo er sicher war, anstatt ihn in den Krieg mitzunehmen ...

SEINE MUTTER

(MIT LEISEM GROLL)

So wie du ihn zur Arbeit auf Quantness mitgenommen und zusammen mit ihrem Bruder kujoniert hast.

THOMAS

(MIT ANGESTRENGT MÜDEM, NACHSICHTIGEM LACHEN, ALS WÄRE DAS EINE ALTE AUSEINANDERSETZUNG)

Mutter ... ihn kujoniert? Aber John Israel war doch unser «edler Wilder», und Will war nicht älter als zwölf Jahre. Hast du gewußt, daß der Major ihn kaufen wollte? Daß er mir einmal sechshundert Dollar für John Israel geboten hat? Und daß Will mir das ausgeredet hat? Mir meine Ideale zurückgegeben hat, die ich aus Frankreich mitgebracht hatte?

SEINE MUTTER

Du hast ihn die schöne Treppe auf Quantness bauen lassen, als unsere Scheunendächer hier dringend hätten geflickt werden müssen.

THOMAS

(IMITIEREND)

«So ein Neger, der drechseln und lesen kann», hat der Major gesagt ...

SEINE MUTTER

(IN EINEM JÄHEN AUSBRUCH BITTERER, VERZWEIFELTER ANKLAGE)

Ich habe ihm beigebracht, in der Bibel zu lesen, Thomas! John

Israel war meiner Obhut anvertraut, die Vorsehung hat ihn in meine Obhut gegeben, und ich habe ihm beigebracht, wo er die Gnade des Herrn suchen und daß er seine Pflicht im Willen des Herrn sehen muß ... daß er sich der immerwährenden Barmherzigkeit des Herrn anvertrauen ... und der Versuchung widerstehen muß ... sein Herz zu verhärten ...!

THOMAS

(PLATZT EBENSO VERZWEIFELT HERAUS)

Die Gnade des Herrn! Und ... ja, ist denn mein Herz verhärtet? Meins? Du fragst mich, ob ich mich an jene Nächte erinnere, in denen ich zur Scheune gegangen bin und Korn gemahlen habe? Weißt du noch? Ich bin im Dunkeln arbeiten gegangen, weil ich in der Falle saß, weil ich nicht mehr ein noch aus wußte, weil ich am Ende war, aber kein Ende machen konnte, ich ... ich bin zwar gestorben, aber ich konnte mich nicht niederlegen. Ich hatte vom Tage noch Kraft übrig, ich hatte noch Zorn, den ich nicht beim Baumstümpfe-Ausgraben oder Zäuneflicken verbraucht hatte, und mit meinem Zorn und meiner Kraft war nichts anderes anzufangen, als im Dunkeln zu stehen und Korn zu mahlen. Wie ein blindes Pferd, das an einen Mühlstein gekettet ist, dazustehen und es hinzunehmen, als wäre es mein ... und dabei zu wissen, daß es ... nicht sein konnte! Du ... du sprichst davon, dir Schätze im Himmel zu sammeln? Ich ... ich will hier Ordnung. Und so wie du, Mutter, so wie du dich an diesen Ort klammerst, an diese Pension, und auch wie John Israel davongelaufen ist, kommt es einem vor, als ... als liebtest du die Ungerechtigkeit. Als ich John Israel hierließ, damit er sich um alles kümmert, habe ich auf ein Patent verzichtet, denn wenn ich einen Diener mitgebracht hätte, hätte ich ein Offizierspatent bekommen, aber ich ... ich habe ihn hiergelassen, in Sicherheit, für dich ... für dich, und diese Pension? Als mein Vater auf einem Auslandsposten starb, wo er nichts bekam, keine Beförderungen, wo man ihn versauern ließ, bis es vorbei war und alle seine Ideale zunichte waren und wir zurückkehren und von seinem Bruder erbetteln mußten, was ihm gehörte? Was uns gehörte? Und dann damit abgespeist wurden?

(SEINE GESTE UMSCHLIESST DAS HAUS)

Während SEINE MUTTER vollkommen reglos dasitzt, tritt THOMAS in einer gewaltigen Anstrengung, seine Selbstbeherrschung wiederzugewinnen, zurück und läßt mit zitternder Hand seine Taschenuhr aufschnappen.

Ohne John Is... wenn du nur Ambers als Hilfe hast, schicke ich einen Wagen mit einem Diener herüber. Ich schicke Wills Diener Henry mit einem Fuhrwerk von Quantness herüber.

SEINE MUTTER

(IN VAGEM, UNBESTIMMTEM TON, ALS BLICKE SIE WEIT IN DIE FERNE)

Er wird zurückkommen, wenn es soweit ist. Er wird zurückkommen, wenn er kann ... bislang hat man ihn noch nirgendwo aufgespürt ... Allein, bedrängt, was wird ihm da in den Sinn kommen, was wird ihm anderes in den Sinn kommen als das, was er des Nachts hier zu lesen lernte, wenn sich ihm keine Engelshand entgegenstreckt ... Ja, «Du sollst Gott deinen Herrn nicht versuchen», wenn keine Engelshand sich bietet, ihm aufzuhelfen.

THOMAS

(EINFÄLTIG, IMPULSIV)

Mutter ... möchtest du ... dann in den Norden mitkommen?

SEINE MUTTER

(DREHT SICH NACH KURZEM SCHWEIGEN LANGSAM UND ABWESEND UM UND STARRT IHN WIE ÜBER EINE GROSSE ENTFERNUNG HINWEG AN)

Ist das ein Riß in deiner Hose, Thomas?

(SCHWEIGEN, DA ER SIE HILFLOS ANSTARRT)

Da, an der Tasche ...?

THOMAS

(HOFFNUNGSLOS)

Es gibt dort ... ein Haus.

SEINE MUTTER

In diesem Aufzug kannst du nicht in den Norden fahren, Thomas.

THOMAS

(WEICHT LANGSAM VOR IHR ZURÜCK IN RICHTUNG TÜR)

Mutter, möchtest du ...

Seine Mutter

Möchtest du … diesen Rock mitnehmen, Thomas? Ich habe ihn geflickt.

Thomas

(behält sie, während er sich der Tür nähert, im Auge, als wäre er auf der Flucht vor ihr)

Ich … ich brauche keine geflickten Röcke, ich brauche überhaupt nichts Geflicktes mehr … aus dem Sarg gezogene Kleider, nein … ich habe Röcke, habe alles … wie es sich gehört …

Der Proszeniumsvorhang senkt sich, während Thomas rückwärts zur Tür hinausgeht. Seine Mutter verharrt stocksteif, bis man draußen ein Pferd hört, worauf sie aufsteht, ans Fenster eilt und hinausstarrt, bis wieder Stille eintritt; dann dreht sie sich um, durchmißt abermals langsam das Zimmer und bückt sich in einem Sonnenstrahl nach dem Lumpen, während die Szene hinter dem angestrahlten Proszeniumsvorhang ausgeblendet wird. Man hört morgendliches Vogelkonzert und langsam lauter und wieder leiser werdendes Pferdegetrappel.

–Hast du das etwa ganz allein geschrieben, Oscar?

–Natürlich hab ich das geschrieben.

–Ist ja gruselig.

–Das ist nicht gruselig! Das ist ein ernsthaftes Stück, das ich, was machst du denn da?

–Das siehst du doch! Sie knöpfte sich, außerhalb seiner Reichweite, im Aufstehen die Bluse zu, –ich muß los, Oscar, ich wollte dir sowieso nur dieses Dings wegen deinem Unfall bringen, dabei hab ich nicht mal Geld für Benzin.

–Auf dem Küchentisch liegt welches, aber hör mal, das war erst der Anfang, der Prolog, wir haben noch nicht mal den ersten Akt gelesen, und …

–Lies es lieber jemand anders vor, Oscar, sagte sie von der Tür her, schon im Abbiegen zur Küche, –ich weiß ja nicht mal, worum es eigentlich geht.

Erster Akt

*Erste Szene*

Von rechts nach links Salon, Eingangshalle, Veranda und Rasenweg von Quantness. Auf der Veranda erheben sich, von rechts vorn nach rechts hinten verlaufend, weiße Säulen; ganz links trägt eine weitere Säule die Ecke eines nicht fertiggebauten Giebels, das Ganze im klassizistischen Stil. Im Salon setzt sich die schlichte Eleganz des Hauses fort: einfache Stühle flankieren eine Anrichte in der Mitte der linken Hinterbühne, links befindet sich ein Kamin mit langem, schmucklosem Sims, und davor ist die Ecke eines Spinetts zu sehen. Vom Salon aus führt eine Tür in die Halle in der Bühnenmitte, deren Hinterausgang vom sanften Bogen einer geschwungenen Treppe verdeckt wird.

Der Major, ein Mann Mitte Sechzig, ist mit übertrieben korrekter Uniform bekleidet, was seiner gönnerhaften Art, seiner offenkundigen Zufriedenheit mit allem Vertrauten und Skepsis gegenüber allem Fremden, seinem erkennbaren Mangel an Einfühlungsvermögen und Verständnis für alles, was er nicht begreift, und seiner Besorgnis über alles, was die bestehende Ordnung zu stören droht, Autorität verleiht.

Mr. Kane ist kleiner, etwas gedrungen, mit schütterem Haar; sein ungestutzter Bart, die hervorspringende Nase und die nachlässige Kleidung verleihen ihm etwas Unbeholfenes, das seine scharfsinnig prüfende Haltung gegenüber allem Neuen und eine stets spürbare, lebhaft-aufmerksame Würde Lügen strafen.

Denn darum ging es doch in dem Stück? Er bedeutete Mr. Basie, in dem Sessel Platz zu nehmen, wo sein Vater hier in der Bibliothek immer Zeitung gelesen hatte und ihm Kleingeld aus der Tasche in die Ritze der Polsterung gerutscht war, man brauchte sich nur die Anfangsszene, nach dem Prolog zwischen Thomas und seiner Mutter, anzusehen, wo der Major seinem Gast Quantness zeigt (mit weitausholender Geste über die rechte Bühnenseite hinaus).

Der Major

Überall da draußen, wo jetzt Ruhrkraut und Mohrrüben wachsen, stand Baumwolle. Was im Augenblick an Baumwolle in Wilmington auf der Pier gestapelt liegt und demnächst verschifft werden soll, ist alles, was nach unseren Verlusten in Beaufort noch an Quantness-Baumwolle übrig ist.

Kane

(höflich)

Wie ich höre, ist Quantness die größte Pflanzung im County.

Der Major

In mancher Hinsicht, Mister Kane, könnte man sagen, Quantness ist das County. Von da, wo Sie jetzt stehen, Sir, reicht Quantness in alle Himmelsrichtungen so weit, wie Sie schauen können.

(dreht sich um und geht ins Haus voran)

Es war auch noch ein schönes Stück des Nachbarcounty, bis mein Vater es davon abspaltete. Er hat es diesem County hier angeschlossen, so wie wir das County vom Staat abspalteten, ehe der sich drei Monate später von der Union abspaltete. Mein Vater hätte es wohl genauso gemacht. Es war nie seine Art, darauf zu warten, bis andere sich zu etwas durchringen.

Während Der Major und Kane durch die Eingangshalle nach rechts Richtung Salon gehen, zieht sich William, der sie kommen hört, in eine Ecke in der Mitte der Hinterbühne zurück, zupft dabei an seiner Hose und streicht sich das Haar glatt. Seinen Gang kennzeichnet ein ausgeprägtes Hinken.

(in der Eingangshalle)

Sie sagten, Sie seien Geschichtslehrer, Mister Kane? In Virginia?

Kane

(mit beflissener Bescheidenheit)

Nein, nein, ich war Stipendiat. Hausstipendiat in Philosophie.

Der Major

(geht Richtung Salon voran)

Ja, es gibt hier ein paar Bücher, die Sie wahrscheinlich interessieren würden, die Reihe aus dem Nachlaß meines Vaters, nach der er das Haus hier gebaut hat. Die Altertümer Athens, so heißt sie. Gleich nach seiner Beerdigung habe ich mir die Bücher selbst vorgenommen und alles, was er angestrichen hatte, jede Zeile, haargenau gelesen. Die Eichenbalken sind hier, wo sie verlegt wurden, zugerichtet und verzapft worden, und der Boden besteht aus Fichtenkernholz.

(BEIM EINTRITT IN DEN SALON)

Es ist immer noch nicht alles fertig, was mein Vater geplant hatte.

KANE, der WILLIAM sofort bemerkt hat, ist stehengeblieben, und DER MAJOR dreht sich, wie durch KANES Reaktion erst dazu gezwungen, um und stellt WILLIAM auf die beinahe entschuldigende Art vor, die er nur bei seinem Sohn an den Tag legt, dessen Anwesenheit ihn – wie alles, was er nicht begreift und aus diesem Grund beinahe fürchtet – zu bestürzen scheint.

Äh ... Mr. Kane, mein Sohn William ...

(ALS MÜSSTE ER WILLIAMS ANWESENHEIT ERKLÄREN, WÄHREND KANE UND WILLIAM SICH DIE HAND GEBEN)

William hat die ganze Zeit, die ich fort war, hier nach dem Rechten gesehen. Das ganze Jahr, seit der Krieg angefangen hat.

(ALS DIES ERLEDIGT IST, FÄLLT ER IN SEINEN VORHERIGEN TON ZURÜCK)

Vielleicht ist Ihnen aufgefallen, daß der Kaminsims leicht geneigt ist? Er hat ihn umgebracht, dieser Kaminsims. Er hat meinen Vater umgebracht. Das ganze Ding besteht aus massivem Maryland-Marmor. Als es angeliefert wurde, war noch keine Bodendiele verlegt, bloß die Eichenbalken, auf denen man stehen konnte, aber er konnte es nicht abwarten. Mein Vater wollte den Kaminsims aufgestellt haben, und zwar ganz akkurat. Also hat man das Ding in Position gehievt, und er hat eingegriffen, um ihn zurechtzurücken. Das war typisch für ihn, einfach so einzugreifen, um ihn ein winziges Stück zu verrücken, die Haaresbreite, die noch zur Perfektion fehlte, und das Ding hat ihn zerquetscht. Es ist verrutscht und hat ihn an dem Balken zerquetscht.

(ER TÄTSCHELTE DEN SIMS MIT ERKENNBARER GENUGTUUNG)

Es ist noch längst nicht alles fertig, was mein Vater hier geplant hatte. Das Schmiedeeisen für den Balkon drüben im Nebenflügel ist nie aus Pennsylvania eingetroffen. Und der Spiegel, der über dem Kaminsims hängen sollte …

–Entschuldigen Sie, Mister Crease, vielleicht …

–Und der Spiegel, der über dem Kaminsims hängen sollte, ist unterwegs kaputtgegangen. Nur damit Sie ein Gefühl dafür bekommen, Mister Basie, möchten Sie eine Tasse Tee? Tee? Nein, nein, aber vielleicht Kaffee, wenn es nicht zu viele Umstände machte, hier rauszufahren und das Haus zu finden hatte ihm den Vormittag schon ziemlich verhagelt, auf der Suche nach dem Tor mit dem Schild BETRETEN FÜR FREMDE VERBOTEN hatte er sich zwei-, dreimal verfranst und war schließlich anscheinend durch die Hintertür hereingekommen, den Dienstboteneingang, wo dieses Weib ihm den Weg in die Küche verstellte, diese Wahnsinnsschenkel vor ihm aufpflanzte, zwischen denen er glatt hätte verschütt gehen können, und dann das Tuten dieser Hupe, so wie jetzt gerade wieder, das den verheerenden Ansturm eines Vierjährigen auf einem Dreirad durch den langen Flur ankündigte, wo kein Aas einen erwartet, so daß man sich am hellichten Tag wie ein Dieb vorkommt, kein Mensch Harold Basie erwartet, das war ja wohl so ziemlich das Letzte? –Nein, sehen Sie, Mister Basie, die haben kein, äh, ach, Ilse? mit überdeutlichen Handbewegungen zu seinem Gast hin, –du bringen Kaffee? Sie kann nicht besonders gut Englisch.

–Dieses riesengroße Verboten, betreten VERBOTEN, die reinste Fremdenfeindlichkeit, ist das nicht so ziemlich das Letzte? Nicht gerade freundlich, gehen Sie mal nach Sonnenuntergang die Worth Avenue entlang, da halten die sofort neben Ihnen an, für wen arbeitest du, Freundchen? Nicht gerade freundlich.

–Ach was, nein, das ist bloß, die meinen das nicht so, das ist nur, äh, als ich mit Mister Lepidus telefoniert habe, Sam Lepidus, da wollte ich nicht …

–Die meinen das nicht so, na wunderbar, schön zu wissen, Mister Crease. Normalerweise schickt die Kanzlei niemanden so durch die Gegend, aber es hat geheißen, Sie hätten eine Empfehlung von Ihrem Vetter Harry Lutz?

–Nicht Vetter, nein, er ist mein Schwager. Sind Sie, kennen Sie ihn?

–Hab von ihm gehört. Er mischt bei diesem großen Pop-und-Glow-Fall mit.

–Pop und was?

–Wenn sich diese Episkopalen mit Pepsico in die Wolle kriegen, und man kann sich dranhängen, dann hat man wirklich das große Los gezogen.

–Ach so, ja, verstehe. Das mit dem großen Los, meine ich. Deswegen dachte Harry auch, Ihre Kanzlei könnte meinen Fall übernehmen, ein Neunzig-Millionen-Dollar-Film, das könnte ein Meilenstein werden.

–Könnte, falls Sie ihn gewinnen.

–Ja, sicher, aber deswegen sind Sie ja hier, und deswegen will ich Ihnen auch ein Gefühl für die Sache vermitteln, ehe wir uns mit diesem Kiester befassen. Der gehört gestreckt und gevierteilt.

–Wird er wahrscheinlich auch, haben Sie heute morgen das über ihn in der Zeitung gesehen?

–Sie liegt auf dem Stapel da neben Ihnen, nein, nein, ich lese solchen Schund nicht, diese Filme, die heute gemacht werden, das ist alles Schund, haben Sie diese Besprechung gelesen? Die meistdiskutierte Massenvergewaltigungsszene der Filmgeschichte? Dieses Uruburudingsbums, wo den Leuten im Kino schlecht geworden ist?

–Haben Sie das nicht gesehen?

–Die berüchtigte Vorschlaghammer-Szene, von der in den Zeitungen die Rede war, was immer das sein mag. Ganz bestimmt habe ich das nicht gesehen.

Aus dem Wirrwarr der Zeitung heraus, –worum es eigentlich geht, hier. Gegen den Produzenten und Regisseur des Films Uruburu, einem unter dem Slogan «Nichts für zarte Gemüter» vermarkteten Afrikaschinken, der seinem Schöpfer über Nacht den Ruf eines «Königs der Spezialeffekte» und dessen derzeitigem Knüller, dem blutigen Bürgerkriegsstreifen Das Blut im Rot-Weiß-Blau, Unterstützung in Millionenhöhe einbrachte, wurde heute der Vorwurf strafbarer Handlungen und irreführender Praktiken laut. Constantine Kiester soll für die grausigen Szenen, die Uruburu über

Nacht zur Sensation machten und landesweit sämtliche Kassenrekorde brachen, dokumentarisches Filmmaterial verwendet haben. Die Vorwürfe gegen Mister Kiester ergaben sich aus einer Analyse von Barry Gench, der im zweiten Jahr an der UCLA Film studiert und eine vieldiskutierte Sequenz herausgriff, die angeblich in extrem verlangsamter Nahaufnahme zeigt, wie das Gesicht eines Menschen von einem Vorschlaghammer zerschmettert wird. Mister Gench behauptet, daß die berüchtigte Vorschlaghammer-Sequenz, die von Kritikern und Rezensenten als schauriger Triumph neuester Trickfilmtechnik apostrophiert wurde, tatsächlich stattgefunden hat und mit einer 16-Millimeter-Ultrazeitdehnerkamera und bis zu zweihundertvierzig Einzelbildern pro Sekunde aufgenommen wurde, was eine vier- bis zehnmal höhere Belichtung als bei gängigen Filmaufnahmen erfordert. Die Sequenz, so Mister Gench, sei später verlangsamt und auf 35-Millimeter-Format vergrößert worden, wie man an den unscharfen Rändern und der unterschiedlichen Körnung der Gesamtaufnahme erkenne, in der keine Schnitte vorkämen und eine mikroskopische Untersuchung den Kontrast zwischen den für 16-Millimeter-Ektachromefilm charakteristischen, intensiveren Farbwerten und dem in gängiger Qualität entwickelten Kodachrome-Umkehrfilm deutlich mache. Falls sich die Vorwürfe bewahrheiten, könnten sie für die Filmindustrie, die nach den Worten eines Kritikers bereits knietief in Blut und Eingeweiden watet, schwere Einschränkungen zur Folge haben und werden in jedem Falle zu einer ganzen Reihe von Prozessen führen. Bemühungen, Mister Kiester zu erreichen, blieben erfolglos, und sein Büro bestritt jede Kenntnis von seinem Aufenthaltsort. Na, was sagt man dazu.

–Ja, was sagt man dazu?

–Er hat eine Menge am Hals, dieser Mister Kiester.

–Genau meine Rede, oder? Schon wieder so eine miese, so ein Skandal, vielleicht bricht ihm der das Genick.

–Das sehen Sie leider völlig verkehrt, Mister Crease, je größer die Schweinerei, die man sich erlaubt, desto begehrter ist man. Fälschen Sie ein paar Schecks, lassen Sie sich mit der Hand in der Kasse erwischen, je mehr Sie klauen, desto gefragter sind Sie, die glauben dann, Sie hätten genau die Sorte Grips, die da draußen gebraucht wird. Es geht immer bloß um Geld.

–Es geht nicht immer bloß um Geld! Geld zu stehlen ist...

–Sie wollen die Leute auf Schadensersatz verklagen, ist das vielleicht kein Geld?

–Weil das die einzige Sprache ist, die sie verstehen, genau das haben Sie doch gerade gesagt, oder? Eine Welt zu stehlen, die jemand geschaffen hat, und sie in einen Schweinekoben zu verwandeln, bloß weil sich mit Schweinen Geld verdienen läßt? Wenn jemand Dichtkunst stiehlt, worauf verklagt man ihn dann, auf Dichtkunst? Und das Gericht verurteilt Kiester zu zweihundert Stunden gemeinnütziger Arbeit? In denen er Viertklässlern Yeats beibringen muß? Soll ich Ihre Anwaltsrechnung vielleicht mit Maid Quiet bezahlen?

–Tun Sie sie mit Meister Proper zusammen.

–Womit?

–Wohin ist Maid Quiet verschwunden, mit ihrem roten Hut?

–Die Winde, die Sterne weckten, sie wehen mir durchs Blut. Na so was! Da haben wir ja etwas gemeinsam, Mister Basie, und zwar nicht gerade eine Kleinigkeit.

–Schön zu wissen. Um jetzt noch mal zurückzukommen auf...

–Auf die Stelle, wo wir unterbrochen haben, ja, jetzt sehe ich, daß Sie Sinn für die Nuancen haben, um die es mir hier ging, der Major spricht immer noch, als Thomas hereinkommt.

DER MAJOR

(HERRISCH, MIT EINER GESTE ZUR RECHTEN VORDERBÜHNE HIN)

Das und die Veranda da an der Ostseite. Das ist nie fertig geworden, einfach so geblieben.

(PLÖTZLICH ABWESEND UND RESIGNIERT)

Ich habe es in dem Buch einfach nicht finden können. Ich bin nie dahintergekommen, was mein Vater da geplant hatte...

Während DER MAJOR, den Arm noch zu seiner leeren Geste erhoben, verloren dasteht, betritt THOMAS den Salon und umarmt ohne Umschweife liebevoll WILLIAM. Dieser legt in seiner Gegenwart durchweg eine gekränkte, aber gesteigerte, beinahe bemühte Männlichkeit an den Tag.

William

(löst sich aus der Umarmung, überspielt sein Entsetzen über Thomas' Narbe)

Hat dich da eins von diesen Yankee-Weibern geküßt, Thomas?

Der Major

(belegt Thomas sofort mit Beschlag)

Mister Kane, mein Schwiegersohn ...? Mister Kane kommt gerade aus Richmond, Thomas. Er meint, er kann uns vielleicht bei der Baumwolle helfen, die in Wilmington festliegt. Daß alles nach Frankreich verschifft wird, bevor es verlorengeht, so wie das in Beaufort.

Kane

(zu Thomas)

Wie ich höre, haben Sie in Paris Beziehungen? Ihr Vater war dort an der Gesandtschaft tätig.

Der Major

(hastig, zu Thomas)

Ja, Thomas, ich ... ich habe Mister Kane von der ... äh, Botschaftertätigkeit deines Vaters drüben erzählt, und von deinen Verbindungen dort, über die wir vielleicht beim Kaiser Gehör finden.

Thomas

(verblüfft)

Beim Kaiser?

Der Major

(spricht eilends weiter)

Mister Kane fährt selbst hinüber nach Frankreich. Eine Werft dort baut ein Rammschiff, das die Blockadeflotte der Union auf den Grund des Atlantischen Ozeans befördern wird. Wie wichtig ... Du verstehst sicher, wie wichtig die Reise ist, wenn man uns dort endlich nicht mehr nur als kriegführende Partei betrachten soll. Der Kaiser dort kann sich offenbar nicht entschließen, er will Baumwolle, er will Mexiko ...

Thomas

Wir sind vor sieben Jahren von dort weggegangen, im Jahre vierundfünfzig, als mein Vater starb.

Kane

Trotzdem haben Sie ja vielleicht ein paar Bonapartisten von Rang gekannt? Fleury, vielleicht? Persigny …?

Thomas

(erregt, mit unbehaglichem Lachen)

Fleurys Frau …

Kane

(zum Major)

Sie haben mir ja gar nicht gesagt, daß Sie hier einen Diplomaten haben, noch dazu einen in allerbester französischer Tradition? Einen, der sich in den Boudoirs von Paris vielleicht sogar besser auskennt als bei Hofe?

Thomas

Ich? Ich bin dort in der Zweiten Republik großgeworden. Noch bei der Wiederkehr des Kaiserreichs hat mein Vater mich Rousseau lesen lassen. «Die Souveränität des Volkswillens» und das Reich der universalen Vernunft.

Kane

Das einzige, was wir hier drüben in den Vierzigern aus Frankreich hörten, war der Ruf des Volkes nach schnellem Reichtum.

Thomas

(wendet sich an William, wie um ihn einzubeziehen)

Erinnerst du dich noch, Will? Wie wir immer geredet haben? «Seine Macht kennt keine Grenzen», seine … seine Züchtigungen sind lediglich Mittel, um «den Menschen zu seiner Freiheit zu zwingen …»?

(hält inne, da er angesichts von Williams Schweigen nicht mehr weiter weiss, und wendet sich wieder an Kane)

Ja, ich … als ich nach Amerika zurückkam, hatte ich den Kopf voller ehrgeiziger Pläne und den Gesellschaftsvertrag in der Tasche, suchte nach Rousseaus edlem Wilden und strebte eine große Karriere im Staatsdienst an …

Kane

Und Sie erlebten nur Enttäuschungen?

Thomas

Bis jetzt!

William

(impulsiv, zu Thomas)

Es stimmt also? Du fährst heute in den Norden, Thomas?

Thomas

(verdutzt)

Hat man dir denn nichts gesagt ...?

Der Major

(herrisch, zu Kane)

Thomas hat gestern abend Nachricht vom Tode eines Onkels erhalten, eines bekannten Zechenbarons aus Pennsylvania. Die Unionsregierung ist drauf und dran, alles zu konfiszieren, was von Rechts wegen ihm gehört, falls er nicht an Ort und Stelle Anspruch darauf erhebt. Sie wissen ja, wie dringend wir Kohle brauchen.

William

(mit zwanghaftem Unterton)

Wenn ich doch nur selbst hinkönnte ...

Thomas

(verwirrt)

In den ... Norden?

William

In den Krieg! Oh, ich mache dir durchaus keinen Vorwurf, Thomas, immerhin hast du soviel geleistet wie vier Männer zusammen ...

(sein Ausbruch wird zur ironischen Beschuldigung)

Was man so hört, hast du die Schlacht bei Ball's Bluff ganz allein gewonnen, nicht wahr, Papa? Und eine Narbe hast du außerdem noch vorzuweisen? Ach, wäre ich doch auch dabei, wie konnte ich mich nur ein ganzes Jahr lang davon abhalten lassen, wo ich mich so danach sehne.

Thomas

(blickt unter verlegenem Schweigen in die Runde und wendet sich dann, von der Beschuldigung getroffen, an William)

Nur zu! Das mußt du gesehen haben! Nicht wahr, Herr Major? Jawohl, das Spektakel, nicht wahr, Mister Kane? Das Spektakel des Ganzen! Das Spektakel von Männern vor der Schlacht …? Und nun? Nun da es fast vorbei ist und sich vielleicht nie wieder Gelegenheit findet …

WILLIAM

(SCHÄRFER)

Vorbei? Für uns? Die Küste blockiert, unsere Häfen sämtlich geschlossen, hunderttausend Mann Unionstruppen unmittelbar vor Richmond und Jackson im Shenandoah …!

DER MAJOR

(WIRFT, AN KANE GEWANDT, HERRISCH EIN)

Ja, vielleicht haben Sie schon von dieser Schlacht gehört, Sir? Die Schlacht, die wir dem Feind bei Ball's Bluff geliefert haben? Thomas hat sich dort ausgezeichnet, in einer Kompanie unter meinem Befehl. Es hat uns mit Stolz erfüllt, daß er zur Familie gehört.

(IN DEM UNGESCHICKTEN BEMÜHEN, SICH LAUNIG ZU GEBEN)

Er stammt natürlich selbst aus guter Familie, aber es ist strenggenommen keine Südstaatenfamilie. Dieser Onkel, der oben in Pennsylvania gestorben ist, war eine herausragende Gestalt der dortigen Politik, und von der Stellung seines Vaters, die er bis zu seinem Todestag innehatte, habe ich Ihnen ja schon erzählt.

(ZU THOMAS, DEN ER DAMIT AM WEGGANG HINDERT)

Mister Kane hat mir gesagt, er sei früher Geschichtslehrer in Virginia gewesen, dort, wo auch General Jackson unterrichtet hat.

(WARTET DARAUF, DASS KANE REAGIERT)

Ich wollte darauf hinweisen, Sir, daß Sie möglicherweise mit General Jackson befreundet waren?

KANE

Ich habe ihn gekannt.

DER MAJOR

Ein in jeder Hinsicht bemerkenswerter Mann!

(HÄLT INNE)

Ja … haben Sie das nicht schon damals so empfunden, Sir? An der Militärakademie von Virginia?

KANE

Ich glaube, er hat seine Berufung gefunden.

DER MAJOR

(WARM)

Das hat er in der Tat, Sir! Die gottesfürchtige Selbstgewißheit, mit der er seine Arbeit tut! Muß man an einem solchen Mann nicht einfach alles bewundern?

KANE

(NACHDENKLICH)

Ja, besonders seine Nase. Die bewundere ich vor allem, nun da Sie davon sprechen.

DER MAJOR

(VERBLÜFFT)

Sir?

KANE

(WENDET SICH AN THOMAS)

Ja, genau wie Ihre, Sir.

DER MAJOR

Seine ... Nase? Wir sprechen von General Jackson, Sir!

KANE

Ja, ja, ich beneide ihn durchaus, den gottgetriebenen Mann. Ich beneide jeden, der ohne Selbstzweifel von etwas durchdrungen ist und entsprechend handelt. Aber ... ihn bewundern? Solche Helden können uns alle noch teuer zu stehen kommen. Was passiert, wenn sie gebraucht werden?

(GESTIKULIEREND STÖSST ER GEGEN EIN GLAS, ES FÄLLT ZU BODEN, UND ER STARRT AUF DIE SCHERBEN)

Da, ich bitte um Verzeihung, aber so kann es gehen. Verzeihung, aber so geht es. Wie schnell ist etwas passiert, ein Sturz vom Pferd, ein Schuß bei schlechtem Licht oder sonst etwas, das wir ... Zufall nennen können.

DER MAJOR

(ZWISCHEN VERBLÜFFUNG UND EMPÖRUNG)

Aber ... ich muß schon bitten, Sir!

–Mister Crease? Darf ich mal fragen, was das werden soll?

–Was das werden soll? Das habe ich Ihnen doch gesagt, Sie sollen ein Gefühl für das Stück bekommen, bevor wir ...

–Um noch mal auf den Film zurückzukommen. Sie haben den Film nicht gesehen, ich habe den Film nicht gesehen, kennen Sie jemand, der den Film gesehen hat?

–Wenn Sie noch einen Moment Geduld, ja, ja, ich kenne jemanden, und es gibt da Ähnlichkeiten, die mit Zufall nicht zu erklä...

–Hat er sich dazu näher ausgelassen?

–Es ist eine Sie, nein, abgesehen von den sexuell eindeutigen Szenen, an die hat sie sich ganz deutlich erinnert, aber die kommen in dem Stück sowieso nicht vor, eigentlich war sie sich noch nicht mal sicher, ob sie bestimmte Szenen tatsächlich gesehen hat oder sich aufgrund des Textes bloß einbildet, sie hätte sie gesehen, aber der Mann, mit dem sie im Kino war, sie hat ...

–Vielleicht ein bißchen im Dunkeln gefummelt?

–Der Gedanke ist mir auch schon gekommen, Mister Basie! Das ist, sie ist nicht allzu verläßlich, was Filme angeht, neulich, als dieser alte Sturges-Film gezeigt wurde, kam sie völlig durcheinander, sie hat geglaubt, es ginge um Fußball. Die torreichen Sieben, aber die Narbe, an die Narbe auf seiner Backe hat sie sich genau erinnert, das wird sogar in der Besprechung erwähnt, bei seiner Heimkehr von der Schlacht bei Ball's Bluff, und dann der Onkel mit den Kohlenzechen im Norden, der gerade gestorben ist? Nennen Sie das vielleicht Zufall so wie meine? Meine hier?

–Ihre was, ich verstehe ...

–Meine Narbe, die Narbe hier auf meiner Backe, sehen Sie die denn nicht?

–Doch, jetzt wo Sie draufzeigen, ist sie ...

–Natürlich, genau deswegen klage ich auch, und es geht nicht bloß ums Geld, Verlust der Erwerbsfähigkeit, Gefährdung der beruflichen Laufbahn, nein, es geht ums Prinzip. Um die Gerechtigkeit, die geistige Qual, im Grunde einfach um Gerechtigkeit, schließlich beanspruche ich nur meine verfassungsmäßigen Rechte, oder?

–So könnte man's auch formulieren, aber versuchen Sie mal, das vor Gericht zu beweisen, da werden ...

–Überhaupt kein Problem, sobald ich meine vollen originären Rechte geltend machen kann, Sie sind doch Anwalt, oder? Machen Sie sich frei von diesen ganzen kleingeistigen Vorschriften, Klauseln und Beschränkungen gemäß Dingsbums, geben Sie mir mal die Aktenmappe auf dem Stapel Bücher, da steht doch alles. Sie glauben, die nehmen das nicht ernst? Werfen Sie mal einen Blick auf mich, sagen Sie denen, das Krankenhaus wollte eine Unterschrift von mir, daß ich im Todesfall alle übriggebliebenen verwendbaren Organe irgendeinem völlig Fremden spende. So wie dieser Mensch, der der Royal Shakespeare Company für die Friedhofsszene im Hamlet seinen Schädel vermacht hat. Man konnte angeben, welche Organe oder Körperteile und wie sie verwendet, hier, da steht es, genau, ob die Gleichbehandlungs- und Rechtsstaatsgarantien der Bundes- bzw. Staatsverfassung verletzt sind durch die, hier, Zitat aus Montgomery gegen Daniels, wo das Gericht für Recht erkennt, daß Artikel 18 des Staates New York nicht verfassungswidrig ist, und trotzdem daran festhält, daß «die Vorstellung, der zufolge der Einzelne das eigentliche Grundelement der Gesellschaft ist, auch dadurch untermauert werden muß, daß der Wert der körperlichen, geistigen und emotionalen Unversehrtheit, einschließlich der Freiheit von Schmerz und der Fähigkeit, ein nicht behindertes Leben zu führen, Anerkennung findet». Verstehen Sie?

–Ehrlich gesagt kapier ich nicht so recht, was das …

–Aber da steht es doch, das ist doch völlig klar, Zitat aus Falcone gegen Branker. «Als Entstellung gilt, was die Schönheit, das Ebenmaß oder die Erscheinung eines Menschen oder einer Sache beeinträchtigt oder beschädigt und sie unansehnlich, mißgestaltet oder unvollkommen macht bzw. in irgendeiner Hinsicht deformiert.» Sie sehen also, worauf wir hinauswollen.

–Ehrlich gesagt, nein. Das haben Sie selber geschrieben, stimmt's?

–Aber woher denn, nein, das hat mein Anwalt aufgesetzt, er …

–Was, Sie haben schon einen Anwalt?

–Ja, natürlich, das ist die Klageschrift, die er aufgesetzt hat, er geht von Montgomery aus. «Das Automobil, Fluch und Segen unserer Zeit, bedroht täglich die Unversehrtheit von Millionen von

Menschen. Und obwohl Artikel 18 dieser Bedrohung in keiner Weise abhilft, beraubt er eine bestimmte Menschengruppe, zu der die meisten Opfer von Autounfällen zählen, des Rechts, für Verletzungen und Schmerzen angemessene Entschädigung zu erlangen», verstehen Sie? Bloß weil er vorsieht, daß dem Verletzten ungeachtet eines schuldhaften oder fahrlässigen Verhaltens von seiten des Versicherten die volle Versicherungsleistung zufließt, ohne, und genau da beanspruchen sie Haftungsfreiheit in Fällen wie diesem hier, ohne, wo steht es denn, ohne, hier, ohne die prozessuale Geltendmachung von zusätzlichem Schadensersatz gemäß Common Law gegen den Schädiger zuzulassen. Genau das ist der springende, wo wollen Sie denn hin? Es ist den Flur hinunter, gleich rechts.

–Ich dachte, ich sehe mal nach, was der Kaffee macht.

–Nur Geduld ... Eine Hand löste sich und drückte die Hupe. –So. Können wir jetzt weitermachen?

–Sie sagen, Sie haben schon einen Anwalt, wieso haben Sie mich dann den ganzen Weg hier rausfahren lassen, ich weiß offen gestanden nicht recht, worüber wir eigentlich reden.

–Wir reden über die Narbe hier, oder? Wir reden über den Zufall, über meine Narbe und die Narbe im Gesicht der Figur in meinem Stück, das ist Zufall, aber seine Narbe und die Narbe im Gesicht der Figur in dem Film, das ist kein Zufall, das kann keiner sein, dieselbe Schlacht, der Major gerade aus dem Krieg heimgekehrt, und die ganze ...

–Das Problem bei solchen Ähnlichkeiten ist allerdings, daß Sie's beweisen müssen, beweisen, daß die es abgekupfert haben, Sie würden sich wundern, wie oft sich jemand was ausdenkt, ein Lied vielleicht, er schreibt ein Lied und vergißt vielleicht ganz ehrlich, daß er irgendwo vor langer Zeit praktisch genau das gleiche gehört hat, und selbst wenn nicht, es gibt nun mal nur soundso viele Kombinationen von Noten, oder? Und bei einem Theaterstück, nehmen Sie bloß mal O'Neill, Eugene O'Neill, sehen Sie, ich war, ich hab selber mal ein bißchen Schauspielunterricht genommen, könnte man sagen, ein bißchen Theater gespielt, wissen Sie, sogar mal eine Zeitlang ernsthaft dran gedacht, Schauspieler zu werden, und ...

–Wenn Sie O'Neill spielen wollen, schön, spielen Sie immer

frisch drauflos. Nur zu, Mister Basie, der Kaiser Jones ist eine starke Rolle, fast schon große Oper, nicht wahr, aber davon rede ich im Moment nicht.

–Ich auch nicht.

–Was? Ach so. Ich wollte nicht, ich habe es nicht so, bloß weil Sie...

–Sie haben es nicht so gemeint, schon klar, schön zu wissen. Sehen Sie, was mich auf O'Neill gebracht hat, ist dieses alte Bürgerkriegsstück von ihm, wo so ein altes Südstaaten-Herrenhaus mit lauter griechischen Säulen vorkommt, und...

–Aber damit hört die Ähnlichkeit auch schon auf, glauben Sie mir! Oder soll das etwa auch ein Stück über den Bürgerkrieg sein? Das ist es nämlich nicht, sondern es ist, es ist eine plumpe, aufgewärmte Schülertheaterparodie von Euripides mit ein paar vulgärfreudianischen Einsprengseln zur Abrundung.

–Nein, sehen Sie, genau das sage ich doch, der bloße Anschein, der bloße Anschein von noch so starken Ähnlichkeiten hält vor Gericht einfach nicht stand, Sie müssen Zeile für Zeile vergleichen, beweisen, daß die von Ihrem Stück gewußt haben, daß sie eine Aufführung gesehen oder ohne weiteres die Möglichkeit dazu gehabt haben? Oder daß Sie...

–Natürlich haben sie nie eine Aufführung davon gesehen.

–Wie können Sie dann...

–Weil es noch nie aufgeführt worden ist, deshalb! Niemand hat je eine Aufführung davon gesehen, so ein ernsthaftes Ideenstück, glauben Sie vielleicht, das kommt ganz groß am Broadway heraus? Der Broadway will bloß Arsch und Titten, eine Revue blöder, hemmungsloser Idioten, die über die Bühne hampeln und von Arsch und Titten singen, dazu die ganze laute, vulgäre, die Karten werden auf Firmenspesen gekauft, um auswärtige Kunden zu unterhalten, glauben Sie etwa, so jemand will sich etwas antun, was auch nur ein Gramm Intelligenz erfordert?

–Waren Sie in letzter Zeit mal im Theater, Mister Crease?

–Ich? Um Gottes willen, nein! Da knüllen Sie Ihren Mantel zusammen und stopfen ihn unter einen Sitz, für den Sie sechzig Dollar bezahlt haben und von wo aus Sie genau die Hälfte der Bühne sehen, dazu eine Affenhitze, die Beine übereinanderschlagen können Sie auch nicht, der Vorhang öffnet sich für einen Schwall von Obszönitäten oder irgendeinen abgehalfterten Star, der beschlossen hat, daß die Neuauflage einer ollen Kamelle wie Ihr O'Neill hier sein Vehikel zur Unsterblichkeit ist, kaum stolpert er auf die Bühne, bricht das Publikum in Beifall aus und schläft dann ein bis zur Pause für die Zigarette vor dem Eingang und den wäßrigen Orangendrink zu fünf Dollar. Am Ende ihres bescheidenen Engagements nehmen die Investoren ihre Steuervergünstigungen und ihren Status als Förderer der Künste mit, und eines steht fest, die da oben auf der Bühne amüsieren sich wesentlich besser als Sie. Ob sie nun Arsch und Titten oder Ihre olle O'Neill-Kamelle zum besten geben, die amüsieren sich alle bloß auf Ihre Kosten.

–Dann muß ich Sie aber doch mal fragen, vielleicht können Sie mich in dem Punkt aufklären, wo wir gerade ...

–«Eine grobe, vulgäre Kunstform», Pound ist schon recht deutlich geworden in seinem Brief an Joyce, wie?, als Joyce sich dieses öde Stück Ausgestoßene abquälte, «mit der man zu tausend zusammengepferchten Narren spricht ...»

–Wenn Sie das so empfinden, wieso wollen Sie dann überhaupt fürs Theater schreiben?

–Habe ich das behauptet? Daß ich fürs Theater schreibe? Um auf unseren Freund Yeats hier zurückzukommen, als er und Pound zusammen Stücke schreiben wollten, die laut Pound «nicht hundertfünfzig Abende lang tausend Leute bräuchten, um die Inszenierungskosten einzuspielen». Sie können es lesen, oder? Es in ihrer eigenen Phantasie inszenieren, falls sie welche haben, wahrscheinlich machen sie es besser als diese raffgierigen Produzenten, Bühnenarbeitergewerkschaften, Schauspielergewerkschaften und die ganze andere ...

–Das ist ja schön zu wissen, Sie haben es also veröffentlicht? Zugang, verstehen Sie, darum geht es, damit ist es zugänglich, jemand hat die Möglichkeit, es zu lesen und alles abzukupfern, was er ...

–Ich habe nicht gesagt, daß es veröffentlicht ist! Nein, ich habe es mit ein paar zum Roman umgeschriebenen Ausschnitten eingesandt, so wie ich es als Roman behandeln würde, aber sie haben es wegen meines Alters abgelehnt, es hat ihnen gefallen, sogar sehr, aber sie haben gesagt, ich bin zu alt zum Vermarkten, nicht das Buch, sondern ich, ich, zum Vermarkten! Talkshows, Lesereisen, der ganze Quatsch, zu dem das Verlagswesen pervertiert ist, nicht das Werk wird vermarktet, sondern der Autor wird an den ganzen widerlichen Medienzirkus verkauft, der schöpferische Künstler in diesem Publicity-Klimbim zum Hanswurst gemacht, ich war nun mal leider kein Baseballspieler mit Aids oder ein Hund, der im Weißen Haus wohnt, ich war einfach nur zu alt. Versuchen Sie mal, mit diesen Verlegern zu verhandeln, alles, was die wollen, ist Ihr Kaffee, stellen Sie ihn da hin, Ilse, nicht auf die Bücher, auf die Zeitungen da, ich habe mir selbst per Einschreiben im verschlossenen Umschlag ein Exemplar geschickt, um mich gegen solche schmutzigen Machenschaften zu schützen, und zwar damals, als ich …

–Womit Ihr Urheberrecht abgehakt wäre, ist schon geschützt, auch wenn das Stück nie veröffentlicht oder öffentlich aufgeführt wurde, man schickt es sich selber im verschlossenen Umschlag und hat nicht mal einen einzigen Zuschauer, wenn es nie öffentlich in Umlauf …

–Dazu komme ich gleich, nur Geduld. Ich habe es einem Fernsehregisseur geschickt, wie er hieß, weiß ich nicht mehr, das war damals, als ich es gerade geschrieben hatte, da hat das Fernsehen ab und zu noch Sachen mit einem gewissen künstlerischen und intellektuellen Gehalt gemacht, nicht diesen Quatsch, wo ein Kerl in Affenhaltung herumhetzt und einem eine riesige Pistole unter die Nase rammt, hirnlose Action um der Action willen, genau wie alles andere da draußen, nein. Nein, wenn Hektors Leichnam um die Mauern von Troja gezogen wird, da haben Sie Action, Action, die einen bestimmten Sinn hat, weil Hektor als Held einen Sinn hat, halten Sie ihn neben Achill, und …

–Wie er hieß, wissen Sie nicht mehr?

–Hektor?

–Dieser Fernsehregisseur, dem Sie Ihr Stück geschickt haben.

–Nein. Es war ein schöner Name, so was wie Armstrong, Montgomery, nein, leider, ich weiß es nicht mehr.

–Hat's ihm gefallen?

–Nein, er hat es abgelehnt, er ...

–Haben Sie das Ablehnungsschreiben noch? Haben Sie eine Freigabe unterschrieben? Normalerweise lesen die so was ohne Freigabe überhaupt nicht und schicken es ohne frankierten Rückumschlag noch nicht mal zurück.

–Es liegt hier irgendwo, nein, ich habe keine Freigabe unterschrieben. Wahrscheinlich hat er es sowieso nicht selbst gelesen, sondern irgendeine schwachköpfige Sekretärin frisch von der Handelsschule, die sich erst noch erkundigen mußte, auf welcher Seite George Washington gekämpft hat.

–Es könnte nicht zufällig dieser Kiester gewesen sein, oder?

–Um Gottes willen, nein, ich habe doch gesagt, es war ein schöner Name, oder? Glauben Sie etwa, ich hätte es jemandem namens Kiester vorgelegt? Diese ganze Bande da draußen, deswegen hat man mir geraten, mich an eine Kanzlei wie Ihre zu wenden, wenn ich es mit einem Montgomery oder einem Armstrong zu tun hätte, würde ich Davis Polk oder Cravath zu Rate ziehen, aber Kiester? Können Sie mir folgen?

–Ehrlich gesagt nein, Mister Crease.

–Wenn Sie sich mit der Bande da draußen anlegen, besorgen Sie sich besser einen jüdischen Anwalt, hat man mir geraten.

–Sie waren ja auch richtig erstaunt, als Sie mich haben reinkommen sehen.

–Tja, also, eigentlich schon, ja, ich ...

–Sie meinen es nicht so, ja. Sie können mich auch wieder wegschicken, das Beratungshonorar zahlen, und damit hat es sich dann.

–Aber das, nein, nicht doch, so habe ich es doch gar nicht gemeint, Mister Basie, schließlich sind wir, Sie sind ja offensichtlich ein gebildeter Mann mit Ihrer Theatererfahrung und der, und Yeats natürlich, ja, ich denke, wir haben einen guten Anfang gemacht, meinen Sie nicht?

–Schön zu wissen.

–Hier geht es jetzt um die Sklaverei und diesen ganzen sentimentalen Mythos vom alten Vorkriegssüden, Thomas verabschiedet sich und versucht seine Mutter zu überreden, daß sie auf Quantness bleibt, solange er fort ist, während der Major ...

–Wenn man sich's allerdings mal überlegt, dann haben eigentlich erst die Juden in Hollywood, von denen Sie immer reden, diesen Mythos geschaffen, ihn verbreitet.

–Das mag wohl sein, ja, aber …

–Butterfly McQueen mit ihrem Herumgezwitscher und Hattie McDaniel, die alte treue Seele mit ihrem gutmütigen Geschimpfe, dazu Pferde und schöne Frauen und Leslie Howard, der für die gerechte Sache kämpft.

–Bloß schade, daß sie nicht gewonnen haben, zwei getrennte Länder sind es ja heute noch, aber ich spreche von wirklicher Trennung, Grenzen, Pässe, Einfuhrzölle, die Landwirtschaft da unten, die Gott weiß was für die Fabriken im Norden anbaut, und dann die Religion, mein Gott, da ist es wirklich wie in einem anderen Land, da können Sie die nette Baptistenlady am Wahltag gleich hinter dem örtlichen Schwarzbrenner stehen sehen, und beide stimmen sie fürs Alkoholverbot, waren Sie mal im Süden? Schöne Pferde und schlechte Zähne, wenn Sie sich in ein Restaurant setzen, kriegen Sie als erstes Kaffee angeboten, dann den Salat und am Schluß endlich das Essen, genau umgekehrt, so wie alles andere auch. Waren Sie mal dort?

–In Texas, aber das ist schon …

–Na ja, Texas, ich bitte Sie. Texas ist unsäglich. Hier, Sie werden gleich sehen, was ich meine.

DER MAJOR

Deine, äh, Mutter, Thomas? Hat sie sich schon eingerichtet?

THOMAS

(LÄSST NERVÖS SEINE UHR AUFSPRINGEN UND BLICKT AUF)

Ich muß Henry mit einem Fuhrwerk hinschicken, um sie zu holen. Kein Mensch hat mir das mit John Israel gesagt.

DER MAJOR

Was gesagt?

THOMAS

Na, daß er weggelaufen ist.

DER MAJOR

(FINDET FÜR SEINE EMPÖRUNG EIN NEUES ZIEL)

John Israel weggelaufen? Wir werden ihn sofort suchen lassen und ihm die angemessene Strafe …

THOMAS

Nein, es ist im Winter passiert, schon vor Monaten.

DER MAJOR

Ja, aber warum hat uns denn … Kein Mensch hat uns etwas gesagt. William?

WILLIAM

(wendet sich mit einem Lächeln von unschuldiger, aber beinahe durchtriebener Vertraulichkeit langsam Thomas zu)

«Die Strafe, die es gegen jene verhängt, die sich weigern, ihm zu gehorchen, ist nichts weiter als ein Mittel, sie zu ihrer Freiheit zu zwingen …»?

DER MAJOR

(zu Kane)

Ja, vielleicht ist Ihnen die Treppe hier draußen aufgefallen? Ebendieser Neger John Israel hat sie gebaut. Ich habe Thomas sechshundert Dollar für John Israel geboten. Sie haben ihm drüben auf The Bells das Lesen beigebracht. Muß man sich da wundern, daß es einem so gedankt wird? Wenn man so einem Neger das Lesen beibringt, muß er da nicht weglaufen mit lauter Flausen im Kopf? Der Antrittspfosten da draußen ist wie eine Ananas geschnitzt, und dann geht man her und bringt ihm das Lesen bei? Ein Neger, der so drechseln kann, dem setzt man Flöhe ins Ohr? Was glaubt man denn, was aus ihm werden soll?

KANE

Ein schwarzer Epiktet?

DER MAJOR

Richtig, ein schwarzer … was?

KANE

Der Philosoph Epiktet, ein griechischer Sklave …

DER MAJOR

Ja, die Griechen, die hatten die richtige Vorstellung von diesen Dingen, nicht wahr. Aristoteles, das war der griechische Philosoph, ich kann Ihnen das irgendwo zeigen, was er über natürliche

Sklaven gesagt hat. Daß es manche gibt, die von Natur aus zu Sklaven bestimmt sind.

KANE

Schon ... aber daß darüber die Hautfarbe eines Menschen entscheidet, Sir? Jeder Grieche kannte doch die Gefahr des Versklavtwerdens. Denken Sie nur, wie er, wenn er in den Krieg zog, darüber nachgegrübelt haben muß, was der Dichter mit den Worten meinte: «Wenn ein Mann versklavt wird, beraubt ihn Zeus der Hälfte seiner Würde.»

DER MAJOR

(HITZIG)

Sehr richtig, Sir! Und wer geriet schließlich in Gefangenschaft und wurde Sklave? Wer weder die Fähigkeit zu siegen noch den Mut zu sterben hatte, so wie diese Neger da draußen. Was bekommen wir denn aus Afrika? Bestimmt nicht diejenigen, die den Mut haben, die Sklavenhändler abzuwehren, oder schlau genug sind, ihnen zu entwischen, nein. Was wir hier bekommen, das sind die natürlichen Sklaven, diejenigen, die schon in ihrer Heimat Sklaven sind, die nichts tun können, was man ihnen nicht sagt, denen man alles bis ins kleinste vorgeben muß, die nichts können außer Befehle befolgen. Wir bekommen nicht die Kriegerkaste, die Aristokraten ...

(HÄLT INNE, LÄSST SICH JEDOCH VON KANE, DER IHN SCHWEIGEND TAXIERT, ZUM WEITERREDEN PROVOZIEREN)

Ja, ich kann es Ihnen in den Büchern da zeigen, Sir. Die Akropolis da in Athen, in Griechenland, ist auf die gleiche Weise wie das Haus hier gebaut worden.

KANE

(SOUFFLIERT WIE INSGEHEIM BELUSTIGT)

Für die gleiche «waffentragende Aristokratie ...»

DER MAJOR

Jawohl, sehr richtig, Sir. Noch heute kann ich Ihnen das in jedem Feldlager der Südstaaten zeigen, den höflichen Umgang zwischen Offizieren und Mannschaften, wenn Sie ... waffentragende Aristokraten sehen möchten.

(WENDET SICH ZUR TÜR)

Möchten Sie noch die Stallungen sehen, Mister Kane?

(GEHT HINÜBER UND DREHT SICH IN DER TÜR UM)

Meinen eigenen Leuten gegenüber, Sir, habe ich es nie an Respekt fehlen lassen.

DER MAJOR verhält in der Eingangshalle und blickt sich nach KANE um, der ihm folgt, worauf beide nach rechts abgehen.

WILLIAM

(EIFRIG)

Du gehst also fort, Thomas?

THOMAS

(SCHROFF, ÄRGERLICH)

Soll ich vielleicht warten? Abwarten, bis mir da oben alles gestohlen wird? Alles, was mir gehört, so wie das hier dir gehört?

WILLIAM

(WEICHT, AUS DER FASSUNG GEBRACHT, EINEN SCHRITT ZURÜCK)

Nein, geh ... geh nur. Geh nur, Thomas.

THOMAS

Ja, und denk, was du willst. Denk von meiner Abreise, was du willst.

WILLIAM

(BEKÜMMERT)

Was ich da gesagt habe, Thomas, im Salon, was ich da in Papas Gegenwart gesagt habe, Thomas ...

THOMAS

(HÄLT INNE, MUSTERT IHN)

Du hast es gewußt, Will, nicht wahr. Das mit John Israel.

WILLIAM

(SPOTTEND, WIE ÜBER IHRE FRÜHERE FREUNDSCHAFT)

Der «edle Wilde ...»

THOMAS

(PACKT IHN JÄH BEI DEN SCHULTERN)

Du hast ihm geholfen!

WILLIAM

(ZURÜCKTAUMELND)

So wie wir geredet hatten, Thomas ...

THOMAS

Du hast ihm geholfen, wegzulaufen, Will?

WILLIAM

(RECHTFERTIGT SICH VERZWEIFELT)

War er in unseren Gesprächen nicht immer der «edle Wilde»? Der von Natur aus gut war, jawohl, als wäre er ich, zur Freiheit bestimmt, das «angeborene Gute im Menschen» und dann … dann war Krieg, und wir beide blieben hier zurück, und ich war nicht besser dran als er, außer daß ich zu etwas imstande war, was er für mich nicht tun konnte …

THOMAS

Ja, ihn freizulassen, und wozu? Damit er irgendwo aufgespürt und umgebracht wird?

Das Gesicht nach rechts gewandt, sieht THOMAS jemanden hinter den Kulissen, winkt und ruft, während er die Verandatreppe hinuntergeht; WILLIAM folgt nach rechts vorn.

(RUFT)

He, Henry? Bring mir den Braunen her, gesattelt.

WILLIAM

(FLEHEND, VON DIESER DEUTUNG ENTSETZT)

Thomas … nein! Nein, es ging darum, ob das Leben gut sein konnte, es war der Tag, an dem ich erkannte, daß das Leben, wenn es überhaupt gut sein konnte, für alle Menschen gut sein mußte …

THOMAS

(SPÖTTISCH, ALS WÄRE ES IHM GERADE ERST EINGEFALLEN)

Ja, richtig, und warum hast du dann nicht Henry laufenlassen, deinen eigenen Diener anstelle von meinem?

WILLIAM

Aber … Henry, der hätte das doch gar nicht begriffen …

THOMAS

Und meine Mutter, glaubst du, sie hat es begriffen? Alleingelassen auf The Bells, mit dem alten Ambers und Emma als einziger Hilfe? Und nachdem dein Vater angeboten hat, ihn zu kaufen, als ich ihn hierher mitbrachte, damit er an der Treppe arbeitet, während unsere Scheunen zu Hause dringend hätten repariert werden müssen …

(ZIEHT SEINE UHR, LÄSST SIE AUFSPRINGEN UND BLICKT UNGEDULDIG DARAUF)

WILLIAM

(EINEN SCHRITT ZURÜCKTRETEND, MIT RUHIGER BESTIMMTHEIT)

Du warst zu stolz, um ihn zu verkaufen, Thomas. Du hast ihn nur aus Renommiersucht mitgebracht. Ein Neger, der lesen und drechseln konnte, du wolltest damit renommieren, was ihr da drüben aus ihm gemacht habt. Stolz, so wie früher auch auf mich …

–Dieser John Israel da, wann ist der eigentlich dran?

–In dem Stück? Wann er auftritt, meinen Sie? Gar nicht.

–Wieso machen die dann so ein …

–Aber das ist doch die Idee dabei, Mister Basie. Thomas' Mutter hat ihm das Lesen beigebracht, in manchen Sklavenstaaten war das gesetzlich verboten, und deswegen hängt er jetzt in der Luft, zwischen dem, was er ist, und dem was er niemals werden kann. Letztes Jahr hatte ich ein Erlebnis, vielleicht vermittelt Ihnen das eine Vorstellung von der Sache. Ich bin bestohlen worden. Im Bus auf der Fifth Avenue. Auf der Second oder Third Avenue rechnet man ja mit so was, aber im Bus auf der Fifth Avenue? Ich trage mein Bargeld in meiner linken Hosentasche, und beim Aussteigen, beim Umsteigen, ist ein großer Schwarzer direkt vor mir gestolpert, dunkler Anzug, gepflegte Erscheinung, gut gebaut, so wie Sie, er stolpert auf der Trittstufe, weil er mit dem Hosenaufschlag an der offenen Tür hängenbleibt, und ich halte ihn im Herunterkommen an den Schultern fest, damit er nicht stürzt und auf der Straße landet. Er dreht und windet sich, hat alle Mühe, seinen Hosenaufschlag loszubekommen, habe ich jedenfalls gedacht, denken sollen, hinter mir drängelt wer, aber ich war so damit beschäftigt, ihn zu halten, daß ich gar nicht darauf geachtet habe, endlich kommt er los, schüttelt meine Hand ab und geht weg, nicht mal umgedreht und bedankt hat er sich, das hat mich schon geärgert, aber ich habe gedacht, da hast du's, typisch New York. Nicht mal:

so sind sie halt, die Schwarzen, sondern bloß: typisch New York. Auf einmal sagt jemand, der Fahrer will Sie sprechen, die haben Ihre Brieftasche geklaut, sagt der Fahrer zu mir, rufen Sie lieber die Polizei. Ach was, da ist sie doch, ich zeige sie ihm, ich trage sie in der inneren Brusttasche, so wie jeder, dann sagt eine Frau, die dabeisteht, doch, es stimmt, die haben Sie bestohlen. Ich habe mich nicht getraut, was zu sagen, sagt sie, sie war auch eine Farbige, aber die haben Sie bestohlen. Die? Sie waren zu dritt, aber da ist meine Brieftasche, ich zeige sie ihr, bedanke mich, steige in den nächsten Bus, fahre sechs Straßen weiter, lese dabei die Zeitung und denke plötzlich, stecke plötzlich die Hand in die Tasche, und es war weg. Ich konnte es nicht fassen. Ich trage mein Bargeld schon immer in der Hosentasche, da kann niemand die Hand hineinstecken, ohne daß man es merkt, aber es war weg. Ich konnte es nicht fassen.

–Haben Sie was dagegen, wenn ich rauche?

–Was? Na ja, wenn es unbedingt, also gut, rauchen Sie halt, wenn es unbedingt, sehen Sie, die haben alle mitgekriegt, was da vor sich geht, diese Farbigen, der Busfahrer, der breit und bräsig da oben hockt und alles im Rückspiegel mitansieht, typisch New York eben. Ein Bekannter von mir war mal als Geschworener in einem Fall von Straßenraub vorgesehen, bei der Auswahl der Geschworenen fragt der Richter, ob schon mal einer von ihnen beraubt worden ist, und sämtliche Hände gehen hoch, man ist ja schon dankbar, wenn man kein Messer in den Bauch bekommt. Die haben alle mitgekriegt, daß ich bestohlen werde, außer mir, und ich habe sogar noch brav mitgespielt.

–Haben Sie die Polizei benachrichtigt?

–Nein, ich habe doch gerade gesagt, ich bin in den nächsten Bus gestiegen. Ich hätte die Leute doch ohnehin nicht identifizieren können, deswegen hat er sich wahrscheinlich auch gleich abgewandt, ohne sich zu bedanken, damit ich ihn mir nicht genau ansehen kann.

–Sehen doch sowieso alle gleich aus, wir Schwarze.

–Das habe ich damit nicht, nein! So habe ich das überhaupt nicht gemeint. Natürlich habe ich mich geärgert, nicht wegen des Geldes, sondern weil sich keiner gern lächerlich macht, aber später habe ich darüber nachgedacht, und mir ist klargeworden, daß ich einfach etwas zurückgegeben habe, meine Schulden bezahlt habe, wenn Sie so wollen. Was ich auf dieser Welt alles mitbekommen habe, Sie brauchen sich nur umzusehen, die drei dagegen, die haben wahrscheinlich herzlich wenig mitbekommen, und nun sehen Sie sich an, was sie daraus gemacht haben. Hätten wahrscheinlich nie im Leben die sechste Klasse geschafft, aber die Geschicklichkeit, mit der sie diese Nummer hingelegt haben, die schiere Kunst, wie am Schnürchen, in aller Ruhe, da haben Sie Ihr Theater und die bereitwillige Ausschaltung des Zweifels, ich helfe dem einen auf der Trittstufe, während der zweite meine Taschen durchsucht und der dritte ihm Deckung gibt? Mit der Brieftasche haben sie sich gar nicht erst abgegeben, viel zu auffällig, keine Drohungen, nichts Häßliches, ein elegantes Stück Theater, und weg waren sie, haben nicht mal den Applaus abgewartet. Sie haben einfach das Beste aus dem gemacht, was sie mitbekommen haben, la carrière ouverte aux talents, wie Napoleon es formuliert hat, das mußte man einfach bewundern. Sie verstehen, worauf ich hinaus will.

Ein Rauchring schwadete vom Sessel auf, wurde größer, sinnenträchtiger. –Ich fürchte ja, Oscar ... und ein zweiter folgte ihm und waberte jäh zur Seite davon. –Ich fürchte ja.

–Eben, ja, weil die ganze Idee dabei, was ich gemeint habe, war einfach, daß wir das Beste aus dem machen, was wir ...

–Ich weiß, was Sie gemeint haben. Zum Beispiel diese Idee von wegen natürliche Sklaven, glauben Sie das eigentlich alles?

–Ich brauche doch kein Mörder zu sein, um eine Mordgeschichte zu schreiben, oder? Der Major glaubt es, darauf kommt es an, auf die glaubwürdige Gestaltung des Majors als Figur, die hier ihre Überzeugungen und Prinzipien vertritt, hier steht es, ein paar Seiten weiter, da redet er wieder mit Mister Kane.

Der Major

(kommt salbungsvoll wieder auf bedeutende Themen zu sprechen)

Was Sie da vorhin gesagt haben, hat mich interessiert, der griechische Philosoph, der gesagt hat «Der Furchtlose kann niemals Sklave sein». Genau meine Worte, glaube ich. Ja, die hatten eine Vorstellung von diesen Dingen, die alten Griechen, haben immer auf die natürliche Ordnung der Dinge geachtet.

KANE

(VERBIRGT MIT MÜHE SEINE ERREGUNG)

Und die Sklaven, die in den Bergwerken arbeiteten, was ist mit denen? Die in den Bergwerken arbeiteten, bis sie starben, weil sie keine unsterblichen Seelen hatten und im Dunkeln sterben konnten, war sie das auch? War das auch die natürliche Ordnung?

DER MAJOR

Ja, da haben wir natürlich Fortschritte gemacht, schon aus rein praktischen Erwägungen. Sie sind hier zu wertvoll, um so behandelt zu werden. Wenn sie krank sind oder verletzt, wer kümmert sich dann um sie? Nein, Sir! Wir können es uns hier nicht leisten, sie zum alten Eisen zu werfen, so wie die Yankees, die die nicht mehr Arbeitsfähigen zum alten Eisen werfen. Hat nicht sogar Lincoln persönlich den führenden Südstaaten-Politikern zugesichert, daß er weder die Absicht noch die Macht hat, sich der Sklaverei hier unten entgegenzustellen?

–Sie meinen, der Major handelt nach seinen Prinzipien? Oder gräbt er sie erst hinterher aus, um sein ganzes Handeln zu rechtfe...

–Genau das ist die Idee dabei, oder? Das steht alles in einem Buch von George Fitzhugh aus der Zeit vor dem Bürgerkrieg, Cannibals All!, es steht irgendwo da oben, nehmen Sie's und lesen Sie's, warum der Major die ganze Frage der Lohnsklaverei im Norden anschneidet, dazu kommen wir später, wenn Thomas im zweiten Akt die Kohlenzechen übernimmt und ...

–Hört sich aber nicht sehr nach dem Film an.

–Ich rede nicht von Filmen! Ich rede von Ideen.

–Ich dachte, wir reden von diesem Film, warum Sie mich den ganzen Weg hierher haben rauskommen lassen, wir reden von Urheberrechtsverletzung, oder? Von diesem Film, den die angeblich von Ihnen geklaut haben? Sie reden ständig von Ideen hier, Ideen da, aber dafür gibt es kein Urheberrecht. Zum Beispiel die Sache mit den natürlichen Sklaven, da haben Sie ja selber gerade gesagt, daß das schon alles da oben bei Fitzhugh steht, oder? Weiß ich. Ich habe es gelesen. Die können es auch lesen, jeder da draußen kann es lesen und daraus abkupfern, was er will. Wenn Sie mir sagen, daß das Stück hier ein Ideenstück ist, dann muß ich Ihnen sagen, daß Ihr Fall auf schwachen Füßen steht.

–Aber das ist doch gar nicht, Moment mal, Sie wollen doch nicht schon gehen? Wir sind ja noch nicht einmal auf die Haupt...

–Nein, ich vertrete mir nur ein bißchen die Beine, im Hin- und Hergehen tue ich mich mit dem Reden leichter, während ich denke, wie im Gerichtssaal, bringt die Säfte zum Fließen. Wenn ich Sie da liegen sehe, sehe ich in Wirklichkeit die Geschworenen, alle ...

–Wenn Sie hin- und hergehen wollen, dann müssen Sie das im Flur tun, hier drin kann man sich ja nicht mal, Moment, das Telefon da, reichen Sie mir mal eben den Hörer? Ich komme nicht, ja. Hallo? Ja, hallo, was ...

–Den Flur entlang und dann links?

–Nein, rechts. Hallo? Ja, was ist denn, ich habe zu tun, ich ... nein, ich habe eine Besprechung, eine Besprechung mit einem neuen ... Nein, aber kannst du mir nicht rasch sagen, was los ist? Ich habe nämlich ... Was heißt hier, es ist zu schrecklich, wenn es so schrecklich ist, daß du nicht einmal darüber reden kannst, warum rufst du dann an, kannst du mir nicht eben rasch sagen, worum es geht? Was ...? Also, im Moment nicht, nein, nein, ich habe dir doch gesagt, ich habe eine Besprechung mit einem neuen Anwalt, der ... Nein, es geht nicht um den Unfall, es geht um ... Doch, es ist wirklich wichtig! Es geht um mein ... Also gut, schön! Vielleicht ist es nicht so wichtig wie das, weswegen du anrufst, aber wenn du mir nicht einmal sagst, worum es geht, wie kann ich dann ... um Bobbie? Was, wohin ...? Na gut, dann mach das alles zuerst, such das Kleid aus, geh ins Schuhgeschäft, schau beim Friseur vorbei und komm dann her, wenn du ... ja, bis dann. Mister Basie ...?

–Hier.

–Ihre Zigarette da, nicht daß sie auf den Boden kullert und das ganze Haus in Brand ...

–'tschuldigung. Moment, ich lege eben für Sie auf. Ein wunderschönes Haus haben Sie da, wirklich. Bringt heutzutage bestimmt eine Million.

–Und noch eine Million für den Teich da draußen.

–Und für das Schild am Tor.

–Richtig, die Ungestörtheit, ja, das ist heutzutage natürlich mehr denn je wert, wenn man diese elenden kleinen Reihenhäuser sieht, die jetzt überall aus dem Boden schießen, von den Leuten, die darin hausen, ganz zu schweigen, da ist es wirklich das einzig Lohnende, was man für Geld noch kaufen kann.

–Gehört das alles Ihnen?

–Das ist jetzt nicht das Thema. Wo waren wir stehengeblieben?

–Mit diesem Film ist es so, es geht letzten Endes um den Unterschied zwischen dem Schutz für eine Idee und dem Ausdruck der Idee, dem künstlerischen...

–Sie haben doch die Anzeige für den Film gesehen, die die laufen haben, oder? Nach einer wahren Geschichte? Damit geben sie es doch offen zu, oder? Daß sie die Geschichte meines Großvaters verwendet haben, über die ich mein Stück geschrieben habe?

–Nicht so ohne weiteres, nein, sehen Sie, was die machen, ist...

–Ich habe kein Urheberrecht an meinem Großvater, schön, das weiß ich. Ich habe auch kein Urheberrecht am Bürgerkrieg und an der Historie, das weiß ich alles, aber die...

–Die machen folgendes, Oscar, die lassen Sie einfach ins Leere laufen.

–Wieso ins Leere, was heißt das denn?

–Das heißt, es steht irgendwo in einem Archiv, stimmt's? Nach einer wahren Geschichte heißt, es ist der Öffentlichkeit frei zugänglich, und jeder kann es zu einem Stück verarbeiten, einen Roman darüber schreiben, einen Film daraus machen.

–Na gut, dann passen Sie mal auf! War das denen etwa bekannt? Die hatten ihren widerlichen Film nämlich schon gedreht, oder? Das ist erst rausgekommen, als er schon fertig war, hinterher, und ihre Anzeige haben sie erst in letzter Minute zusammengebastelt, als der Film angelaufen ist, als sie diese fürchterlichen, diese verleumderischen Geschichten über meinen Vater im Fall Szyrk in der Provinzpresse da unten gelesen hatten, die graben nämlich alles mögliche aus, alles, womit sie unsere Familie als wahnsinnig hinstellen können, ich habe einiges davon hier. SZYRK-URTEIL LÄSST VERGANGENHEIT WIEDERAUFLEBEN, EXZENTRISCHER RICHTER ZÜNDETE SPRENGSATZ IN HOLMES-GERICHTSHOF. Die haben da unten in ihren muffigen alten Zeitungsarchiven herumgewühlt, die können sich ja von nichts trennen, genau das macht ja den Süden aus, und dabei haben sie diese vergilbten Ausschnitte ausgegraben, hier ist einer, von neunzehn dreißig, hören Sie sich das mal an. Die Soldaten, die als Ersatzmänner für Richter Crease in der Armee der Union bzw. der Konföderierten dienten, fielen beide in derselben Schlacht, und es heißt, daß sich sein Schuldgefühl wegen ihres Todes mittlerweile zur fixen Idee auszuwachsen droht: die Entdeckung, daß ihre jeweiligen Regimenter sich in der blutigen, den ganzen Tag tobenden Schlacht gegenübergestanden hatten, verfestigte sich zu der Überzeugung, daß die beiden Ersatzmänner, und dies bei Tausenden beteiligter Soldaten, von der Hand des jeweils anderen gefallen seien. Seine leidenschaftlichen Plädoyers als Richter am Supreme Court und seine heftigen Zusammenstöße mit Richter Holmes, der selbst bei Ball's Bluff, am Antietam Creek und bei Fredericksburg Wunden davontrug, scheinen daher zu rühren, daß Holmes an der seiner Meinung nach eigennützigen Stellung von Ersatzleuten durch seinen Kollegen Anstoß nimmt, mit der dieser habe vermeiden, das ist ja lächerlich hier, das ist glatte Verleumdung. Holmes hat genau gewußt, daß mein Großvater bei Ball's Bluff gekämpft hat, er hat die ganze Geschichte gekannt, William James hat gesagt, Holmes würde für jeden stimmen, der in diesem schrecklichen Krieg gekämpft hat, nein. Zwischen ihnen ging es um etwas ganz anderes, nämlich darum, daß für Holmes das Recht alles bedeutete, und wenn jemand sich über Gerechtigkeit ausgelassen hat wie mein Großvater, dann hat Holmes behauptet, er weigere sich, in Kategorien der Beweisbarkeit, in juristischen Kategorien zu denken, nur darum ging es zwischen den beiden, und zwar bis zum Schluß, diese Zusammenstöße und leidenschaftlichen Plädoyers, Gerechtigkeit war für ihn eben eine fixe Idee, genau wie das Recht für Holmes, das sieht man schon an seinem Gesicht da oben, das Bild da oben, Moment, könnten Sie's bitte herumdrehen, ehe Sie sich wieder setzen? Da oben, mit der Vorderseite zur Wand, wo sie, wo diese Frau es wahrscheinlich beim Staubwischen, ja, genau, nur darum geht es nämlich, diese Figur in meinem Stück, die ihm nachempfunden ist, es gibt da eine längere Stelle, wo er gerade zum letztenmal bei seiner Mutter gewesen ist, ehe er in den Norden fährt, und danach hat er einen Unfall gehabt, er kommt völlig ramponiert herein und unterbricht ein Gespräch zwischen Kane und William.

THOMAS

Als wir über den Hügel unten bei der Kapelle kamen, haben wir direkt vor uns einen Vogel aufgescheucht, und die Stute scheute und verlor den Halt. Sie stürzte, der Sattelgurt riß, und ich fiel auf die Steine und kroch von ihr weg, als sie über mir stieg, kroch über die Steine auf dem Schlachtfeld …

(RICHTET SICH ETWAS AUF UND KIPPT SEINEN WHISKY HINUNTER)

Da bin ich nun eigens hingegangen, um ihr Angebot anzunehmen, auf ihre Bedingungen einzugehen, und dann … nein! Nach dem, was ich jetzt dort gesehen habe, will ich nur noch …

KANE

(BEFLISSEN, NACH KURZEM SCHWEIGEN)

Was denn?

THOMAS

(BEINAHE KNURREND)

Nur Gerechtigkeit!

KANE

(ERNEUT UM EINEN LEICHTEN TON BEMÜHT)

Sieh an! Der waren William und ich auch gerade auf der Spur. Ich hoffe, Sie haben mehr Glück als wir.

THOMAS

(MIT TONLOS STREITLUSTIGER STIMME UND STARREM BLICK)

Was haben Sie denn herausgefunden?

KANE

(WIE UM IHM GEFÄLLIG ZU SEIN)

Wir haben leider herausgefunden, daß es damit gar nicht weit her ist, nicht wahr, William?

(zu William, unter Thomas' verächtlichem Gemurmel)
Oder waren wir weitergekommen? Waren wir überhaupt schon fertig, William?

Thomas

(verärgert, hält Kane sein Glas hin)
Dann sehen Sie zu, daß Sie fertig werden. Nein, verdammt, ich will es mir anhören. Ich bestehe darauf.

Kane

(zu William, mit gespielter Resignation, während er Thomas' Glas füllt)
Habe ich das richtig behalten, William? Sie sagten, der Gerechte tue recht daran, schlechten Menschen und Feinden zu schaden!
(William nickt)
Gut, nehmen wir zum Beispiel Pferde. Eben war ja von einem verletzten Pferd die Rede. Und wenn Pferde Schaden nehmen, werden sie dann besser oder schlechter?

William

Schlechter.

Kane

Schlechter im Hinblick auf die Eigenschaften, die Tugenden von Pferden? Nicht die von, sagen wir, Hunden?

William

Nein, die von Pferden, natürlich.

Kane

Aber Hunde, die Schaden nehmen, sind doch auch schlechter, schlechter im Hinblick auf ihre Eigenschaften als Hunde, nicht wahr? Und was ist mit Menschen? Sind sie, was menschliche Tugend angeht, nicht auch schlechter, wenn sie Schaden nehmen? Und ist die Gerechtigkeit nicht eine menschliche Tugend? Werden die Menschen somit nicht ungerecht gemacht, mein junger Freund, wenn sie Schaden nehmen?
(William nickt, halb lächelnd)
Schön, kommen wir wieder auf Pferde zurück, auf die Reitkunst. Kann der Reiter seine Kunst dazu verwenden, andere zu schlechten Reitern zu machen?

William

Nein …

Kane

Und kann der Gerechte die Gerechtigkeit dazu verwenden, Menschen ungerecht zu machen? Kann der Gute die Tugend dazu verwenden, Menschen schlecht zu machen? Kann etwa Hitze Kälte hervorbringen? Oder Dürre Feuchtigkeit?

(William schüttelt den Kopf)

Wenn der Gute also nicht schaden kann, und der Gerechte gut ist, dann ist es nicht Sache des Gerechten, überhaupt jemandem zu schaden, nicht wahr, ob Freund oder Feind. Nein, das ist Sache des Ungerechten.

–Da sehen Sie's, auf einmal kommt einem das Ganze fast bekannt vor, genau das passiert dann nämlich. Wie gesagt, nehmen Sie bloß mal ein Lied, zum Beispiel dieses Lied von wegen Full Moon and Empty Arms …

–Hören Sie mit dem Gesinge auf! Natürlich, das ist dieses Rachmaninoff-Klavierkonzert, das ist ganz eindeutig geklaut, Chopin haben sie ja auch geplündert für I'm always chasing …

–Brauchen Sie mir nicht vorzusingen, Oscar, sehen Sie, ich sage doch nur, daß Sie zwar vielleicht nicht eine Idee schützen können, aber den Ausdruck, Ihren originalen künstlerischen Ausdruck dieser Idee in diesen Figuren, was sie machen, was sie reden, den können Sie sehr wohl schützen, aber versuchen Sie mal zu beweisen, daß die das alles aus Ihrem Stück geklaut haben, es klingt ja nicht gerade so wie das, was man heutzutage im Kino zu hören kriegt.

–Es strotzt nicht vor Obszönitäten, wenn Sie das meinen.

–Ich meine doch nur, daß zum Beispiel das, wo sie über Gerechtigkeit reden, da …

–Das, wo sie über Gerechtigkeit reden, Mister Basie, ist zufällig einer der bedeutendsten Dialoge in der Geschichte der abendländischen Kultur. Diese Stelle, die ganze Szene stammt aus dem ersten Buch von Platos Staat, deswegen kommt Sie Ihnen auch bekannt vor. Sie sollen Sie ja gerade erkennen, weil sie, was ist denn nun schon wieder?

–Schön zu wissen.

–Was heißt das, was schütteln Sie denn den Kopf?

Ein Streichholz flammte auf und erlosch in einer ziellosen Rauchwolke. –Also darauf würde ich vielleicht lieber nicht herumreiten, wenn Sie die Sache durchziehen wollen, Sie brauchen die bloß mit der Nase auf Fitzhugh und Ihren Plato zu stoßen, dann machen die postwendend zulässige Benutzung geltend, sobald sie dargelegt haben, daß die ganze Idee zu der Geschichte der Öffentlichkeit zugänglich war, sie legen einfach den Zeitungsausschnitt vor, den Sie gerade vorgelesen haben, wo die ...

–Das haben wir doch gerade geklärt, oder? Wollen Sie etwa behaupten, dieser Kiester hätte es vor zwei, drei Jahren im Gastonia Sentinel vom 3. Dezember 1930 gelesen und sofort gedacht, daß sich daraus ein guter Film machen läßt?

–Müßte man erst mal beweisen.

–Na wunderbar, das will ich sehen, wie er das beweist.

–Sie. Sie müßten beweisen, daß nicht.

–Aber das ist doch absurd. Das ist ja wohl offensichtlich, oder?

–Juristisch gesehen nicht, Oscar. Das ist ja der ganze Witz bei der Juristerei.

–Also gut, dann passen Sie mal auf. Besorgen Sie sich deren Unterlagen, fordern Sie unter Strafandrohung deren Unterlagen an, oder wie das geht, und beweisen Sie anhand dessen, daß die erst in letzter Minute auf diese Anzeige von wegen nach einer wahren Geschichte gekommen sind, bloß um mich ins Leere laufen zu lassen? Daß sie es aus diesen billigen Artikeln über meinen Vater in der Schweinepresse da unten haben, mit denen versucht wird, im Hinblick auf die Berufung im Fall Szyrk die Atmosphäre zu vergiften? Das leuchtet jedem Gericht ein.

–Weiß kein Aas im voraus, was einem Gericht einleuchtet. Außerdem hatte die Berufung Erfolg, oder? Sein Urteil ist doch aufgehoben worden?

–Was? Wann. Davon habe ich ja gar nichts ...

–Haben ihn wegen Rechtsfehlern vor irgendeinem neuen Richter am Third Circuit da unten drangekriegt, ich dachte, das wüßten Sie schon von Ihrem Vater.

–Nein, das, wir haben keinen sehr engen Kontakt, aber, aber genau das sage ich ja, oder? Da unten ist alles durch die Bank nur miese, schmutzige Politik, alles wird verdreht, um ihm zu schaden, weil er ein verdammter Yankee ist, die leben immer noch in der Zeit der Rekonstruktion, da brauchen Sie bloß einen Funken zivilisierter Intelligenz zu zeigen, und schon …

–Was ich so gesehen habe, sieht rechtlich eigentlich alles ziemlich einwandfrei aus, die haben sein abgekürztes Verfahren für unzulässig erklärt, weil noch entscheidungserhebliche Sachverhalte zu klären waren. Irgendein Kuddelmuddel wegen eines unklaren Eigentumsrechts an dem Grundstück, wo Szyrk sein Zyklon Sieben aufgestellt hat, dazu das Versäumnis des Gerichts, bei seinen Zitaten auch auf die Virginia Statutes abzustellen, und dann haben sie sogar noch ein paar Einheimische dazu gekriegt, ihre Antworten auf Beweisfragen zu widerrufen, die sagen jetzt, sie wären auf Szyrks geschwollene Ausdrucksweise reingefallen, wo er behauptet, seine Skulptur wäre wegen der moralischen Indolenz und geistigen Leere des Grundstücks ortsabhängig, da hätten sie nur moralisch und geistig verstanden und gedacht, das Ganze wäre ein riesiges Ehrenmahl.

–Na bitte, was habe ich gerade gesagt? Exemplarisch für unsere moralischen und geistigen Werte, das Wort Indolenz haben sie noch nie gehört, und die einzige Leere, die sie kennen, ist die in ihrem Kopf, also triumphiert die Dummheit, und das Gesetz segnet das auch noch ab?

–Wäre nicht das erste Mal, was? Nehmen Sie bloß diesen Szyrk, zuerst geht er gegen den kleinen James B. vor, und jetzt tun sich die beiden auf einmal zusammen und verklagen diesen Spielzeughersteller wegen dieses Freiheit-für-Spot-Spiels. James B. klagt wegen der Spot-Püppchen und Szyrk wegen der T-Shirts und Blechnachbildungen seiner Skulptur, behauptet, es wäre eine geschützte künstlerische Aussage, irgendwelche Hundefreunde verklagen alle beide von wegen Tierschutz, und gleichzeitig wird in Kalifornien nach jemandem gefahndet, der Spot andauernd Hundekuchen mit zerstoßenem Glas schickt, die haben eine Menge am Hals da unten.

–Mit diesem verrückten Szyrk hat das doch sowieso nichts zu

tun, haben Sie diese Scheußlichkeit, die er als Skulptur bezeichnet, mal gesehen? Die versuchen damit doch nur, meinen Vater als Richter unmöglich zu machen, bloß gut, daß er die Sache los ist.

–Ist er vielleicht gar nicht, wenn sie's zur Verhandlung mit Geschworenen an ihn zurückverweisen. Wieso sich dieser Szyrk allerdings nicht von vornherein auf eine geschützte künstlerische Aussage gemäß Erstem Verfassungszusatz berufen hat, so wär ich die Sache jedenfalls angegangen.

–Na, warum tun Sie's dann nicht. Die Sache angehen. Rufen Sie dort an und sagen Sie, Sie wollen die Sache angehen, aber vielleicht haben Sie ja gar keine Lust. Vielleicht haben Sie gar keine Lust, da unten einen Gerichtssaal von innen zu sehen.

–Wenn ich so dächte, Oscar, würde ich immer noch hinter einem Pflug herzockeln, oder eher als Zugochse vorneweg. Nein, nichts täte ich lieber, aber ich habe auch alle Hände voll zu tun, und eins können Sie mir glauben. Er hat sehr viel bessere Chancen als Sie. Er könnte auf einen Dachziegel scheißen und das als geschützte künstlerische Aussage gemäß Erstem Verfassungszusatz bezeichnen, Sie dagegen finden den Brief nicht, mit dem Ihr Stück abgelehnt wird, Sie wissen nicht mal mehr, wem Sie es geschickt haben. Reichen Sie Klage gegen diesen Kiester ein, dann beantragen die postwendend Klageabweisung und kommen damit wahrscheinlich auch durch. Wenn nicht, und Sie müssen unter Strafandrohung deren Unterlagen anfordern, dann holen die sich auch Ihre, und das heißt, dieser Brief und alles andere werden überhaupt erst beim Offenlegungsverfahren vorgelegt, eidesstattliche Versicherungen, Dokumente, schriftliche Beweisfragen, die ganze Leier, Anträge auf Urteil im abgekürzten Verfahren, wenn das abgelehnt wird, steht als nächstes das Vorverfahren an, vielleicht kriegen Sie da einen Vergleich zustande. Wenn nicht, kommt's zur Hauptverhandlung, verlieren Sie da, gehen Sie in die Berufung, und jeder Schritt kostet Sie Geld, jeder Schritt, den Sie unternehmen, Auslagen, Stenographen, Abschriften plus Ihre Anwaltsgebühren, das könnte ich einfach nicht verantworten, daß Sie so das Geld ausgeben, auch wenn Sie's haben, und danach sieht's ja aus.

–Ja, also, ich habe eigentlich, die Anwaltsgebühren, ich habe gedacht, wir können uns da vielleicht einigen. Harry hat nämlich gesagt, er würde mit Mister Lepidus reden, er kennt ihn vom Studium her, und er hat gedacht, ich habe gedacht, wir könnten vielleicht, es wäre vielleicht möglich, daß wir uns irgendwie einigen.

–Müßten Sie mit ihm besprechen, wird allerdings kaum was zu machen sein. Sehen Sie, die haben da diese sogenannten abrechenbaren Stunden, und davon muß ein Sozius wie ich zweitausend pro Jahr beisteuern, das geht an die Kanzlei, kommt aus Ihrer Tasche und aus meinem Fell. So funktioniert das.

–Ach so. Tja, meinen Sie, das heißt, was meinen Sie denn, wieviel so eine Stunde ...

–Müßten Sie mit ihm besprechen, wenn Sie sagen, daß er mit Ihrem Cousin befreundet ist, aber das ist sowieso erst wichtig, wenn wir den Fall übernehmen, und bis jetzt kann ich das ehrlich gesagt nicht empfehlen.

–Ja, also, ja, vielleicht wäre es das beste, die Sache aufzuschieben, den Film erst mal eine Zeitlang laufen zu lassen, damit sie ordentlich Gewinn machen, und sie dann erst zu verklagen, außerdem die Kinos, Verleiher, Werbeagenturen, alle eben, die ganze Bande, auf diese Weise bekämen wir ...

–Das versuchen Sie mal, dann kriegen die Sie ruckzuck mit Verwirkung dran.

–Ach so. Was ist das eigentlich, darauf hat mich Harry auch schon aufmerksam gemacht, aber was ...

–Wenn man genau das tut, was Sie eben gesagt haben, Nichtwahrnehmen seiner Rechte nennt man das, und wenn's bloß schlichte Fahrlässigkeit ist, leges vigilantibus und der ganze Kram. Die Gesetze helfen dem Wachsamen, wenn Sie sich so bedeckt halten und denen Gründe für eine Verwirkung liefern, dann sind Sie aus dem Spiel, ehe es richtig angefangen hat.

–Ach so. Ich verstehe, was Sie meinen, aber ich habe gedacht, diese Anwaltsgebühren, ich dachte, wenn wir erst mal diesen Unsinn von wegen Verschuldungsunabhängigkeit hinter uns haben und zum Schmerzensgeld in meiner Unfallsache kommen, zu meiner Narbe, meiner akademischen Karriere und dem ganzen Vortragsbetrieb, wo ich, was machen Sie denn da ...

–Will Ihnen bloß was zeigen.

–Aber Sie, wieso ziehen Sie denn Ihr Hemd aus, was ...

–Ich zieh's nicht aus, ich will Ihnen hier bloß was zeigen.

–Großer Gott!

–Schlüsselbein bis runter zur Leiste, was sagen Sie dazu. Sehen Sie, wenn ich jetzt Dressman wäre oder Balletttänzer, wäre mein Lebensunterhalt futsch, verstehen Sie, was ich meine? Ich will damit sagen, daß Sie in der Beziehung vielleicht auch nicht die besten Chancen haben.

–Ich, ja, ich verstehe, was Sie meinen, aber die Sache läuft sowieso auf Erfolgshonorarbasis, also auch wenn ich ...

–Wissen Sie was? Ich sehe mir den Film an, und Sie geben mir ein Exemplar von dem Stück, ich lese es in meiner Freizeit, irgendwie interessiert's mich jetzt schon, und wenn ...

–Aber ich habe nur das eine Exemplar, abgesehen von dem im verschlossenen Umschlag, das kann ich ...

–Nein, das lassen Sie mal lieber so. Ich sehe mir den Film einfach aus Spaß an der Freude an, und dieser Brief, sie rufen mich an, wenn Sie diesen Ablehnungsbrief finden, vielleicht kommen wir dann ja doch noch zu was.

–Ja, Moment, Moment, Sie haben Ihr Hemd nicht in die Hose ... ein Druck auf die Hupe, –sie kann Sie zur Vordertür hinauslassen.

–Ich finde es schon. Hat sich angehört, als hätte draußen ein Auto gehalten. Gute Besserung.

–Ja, und danke, Mister Basie, danke, daß Sie hergekommen sind.

–Sie kriegen die Rechnung.

Ein Schrei drang durch den Flur, –Iiiiiii!, eine Glastür schlug zu, das Geklapper von Absätzen und dann –Wer war denn das?

–Das habe ich dir doch am Telefon gesagt, das ist der ...

–Als ich ihn gesehen habe, hab ich gedacht, du wirst gerade beraubt. Dann habe ich deine Kinderhupe gehört, bist du okay, Oscar?

–Ja, aber was machst du denn hier? Du hast doch gesagt, du müßtest noch alles mögliche besorgen, und irgendwas wäre so schrecklich, daß du es mir nicht mal erzählen kannst, und dann läufst du herum und kaufst Schuhe und Kleider, was ...

–Guck mich doch an! Guckst du mich bitte mal an? Meine Haare sehen grauenhaft aus, ich weiß, du hast nicht zufällig einen Kamm, oder? Du hast ja nie einen Kamm, und dann hab ich mir heute morgen beim Fensteraufmachen einen Nagel abgebrochen, so wie du dich am Telefon angehört hast, denkst du wahrscheinlich, ich bin bloß hergekommen, weil ich Geld will, du machst immer so ein unbehagliches Gesicht, wenn davon die Rede ist, du kneifst dann immer die Lippen ganz fest zusammen und guckst mich so an, du guckst mich nämlich fast nie an, wenn ich irgendwelche Kleider anhabe, und nun guck sie dir an, so kann ich doch nicht zur Beerdigung gehen, oder? Ich hab doch bloß diese engen Röcke und Blusen in hellen Farben, ich hab nicht mal Schuhe, die zu dem schwarzen Kleid passen, das ich mir gerade …

–Was für eine Beerdigung denn!

–Es geht um Bobbie! Hab ich dir nicht gesagt, daß es immer um Bobbie geht?

–Mein Gott. Was, schau mal, da neben der Lampe sind Papiertaschentücher, setz dich und erzähl mir alles, aber aua!, mein Bein …

–Es ist wie mattierter Jersey, sie müssen bloß noch den Rock länger machen, und dann hat es einen wahnsinnig tiefen V-Ausschnitt, aber den kann ich mit der Häschen-Brosche zusammenstecken, die du mir damals geschenkt hast, als wir in diesen Ort mit dem Schlachtfeld gefahren sind, wo es im Motel das Bett mit den magischen Fingern gab und du wolltest, daß ich, hörst du mir überhaupt zu?

–Erzähl mir doch einfach, was passiert ist.

–Weißt du das denn nicht mehr? Wo das Bett dauernd gewackelt hat und …

–Bobbie! Was Bobbie passiert ist!

–Das hab ich dir doch gesagt, oder? Daß er sich einen Porsche gekauft hat? Ich weiß nicht, was ich machen soll. Hast du schon gegessen? Ich hab bloß Kaffee getrunken, ich bin völlig verhungert, vielleicht ist es ja auch was anderes, da, fühl mal, dieser Knoten? Nein, drunter, durch meine Kleider fühlst du nichts, ist er seit dem letzten Mal größer geworden? Nein, fester …

–Wenn du zum Arzt gingst …

–Wie kann ich denn zum Arzt gehen, wenn ich ihn nicht bezahlen kann, ich hab ja nicht mal die Versicherung, die ich bei der Telefongesellschaft gekriegt habe, deswegen hab ich dich auch nicht gefragt. Ich hab gedacht, du bist sauer auf mich.

–Weshalb denn, wieso soll ich denn wütend sein.

–Weil ich mit Kevin ins Kino gegangen bin, was ist denn schon dabei? Du gehst ja nie mit mir aus.

–Wie kann ich denn mit dir ausgehen! Ich kann ja nicht mal, du hast den Film doch sowieso nicht richtig gesehen, mal abgesehen von den Szenen, wo es um, wo hast du eigentlich gesessen?

–Wo ich gesessen habe?

–Hinten? Im Dunkeln? Wo er dir an die …

–Wo er mir was, was soll das heißen, dabei tut er dir noch einen Gefallen mit dieser Unfallsache, wo du ihm noch nicht mal was bezahlt hast?

–Das war doch seine Idee, oder? Daß er bezahlt wird, wenn wir gewinnen? Daß er möglicherweise fast die Hälfte einsackt? Und was ist eigentlich mit deiner Scheidung? Wie willst du ihn eigentlich dafür bezahlen, sofern er nicht, sofern du ihn nicht überhaupt in einer anderen Währung …

–Ich weiß überhaupt nicht, wovon du redest.

–Du weißt genau, wovon ich rede, warst du? Mit ihm im Bett?

–Was?

–Ich habe gefragt, ob du mit ihm geschlafen hast.

–Nein!

–Also gut, wenn du …

–Nein, hör sofort auf! Nimm deine Hand da weg, du trampelst auf meinen Gefühlen herum, du traust mir ja nicht mal welche zu, egal was ich sage, du machst dich ganz offen über meine Intelligenz lustig und versuchst gleichzeitig, mir die Hand in den …

–Ist ja schon gut. Wenn du, ach, Ilse? Moment, hör mal, willst du irgendwas von dieser Alfredo-Sauce mit …

–Ich hab keinen Hunger! Ich muß jetzt sowieso gehen. Ich weiß gar nicht, warum ich überhaupt hergekommen bin. Ich dachte, ich könnte mit dir reden, aber du hörst mir ja nicht mal zu, glaubst du vielleicht, ich wollte dich anbetteln? So wie du mich jetzt anguckst, das ist alles, was du je ...

–Hör zu, setz dich doch. Brauchst du ...

–Ich kann mich nicht setzen. Ich hab dir doch gesagt, ich muß gehen, oder? Ich muß mir die Haare machen lassen, glaubst du etwa, ich kann so zu Bobbies Beerdigung da unten gehen, wo sie mich alle angucken? Die Änderungen an dem Kleid machen sie sowieso erst, wenn ich ihnen hundertneunundsiebzig Dollar zahle, und sie schaffen es sogar noch bis heute abend, falls ich überhaupt hinkann, das Flugticket kostet nämlich über vierhundert Dollar und ...

–Hör zu. Gleich da drüben, mein Scheckheft ist gleich da drüben, wo du es das letzte Mal hast liegen lassen, da ist ein Stift ...

–Das ist für hin und zurück. Du willst doch, daß ich zurückkomme, oder? Hier. Und zwei Dollar für dieses Zeug, das man sich unters Kleid sprayt, damit es einem nicht am, bei dem Pfarrer, den die da unten haben, deswegen muß ich mir auch den Rock länger machen lassen, sonst denken die noch, ich bin so was wie eine ...

–Moment noch. Warte doch mal, eins noch, bevor du gehst, es gibt da einen Brief, den ich unbedingt finden muß, er ist vielleicht in einer der Schachteln da drüben hinter dem ...

–Ich kann nicht! Ich kann jetzt nicht, Oscar, ich muß mich beeilen, ehe die Geschäfte zumachen, und dann der Friseur ... sie faltete den Scheck und drückte einen Lippenstiftfleck auf –deine kleine Narbe, ich bin ja so froh, daß sie so schön verheilt, sie fällt kaum noch auf ... und danach hinterließen das Geklapper von Absätzen, das Zuschlagen der Glastür und das Davondonnern des Wagens eine Stille, die schließlich zögernd von einem in den Flur hinausdringenden Tut, Tut unterbrochen wurde, dem jäh und nachdrücklicher, als verschmölze darin Verzweiflung mit einem Unterton von Trotz, von Wagnis, ja Fröhlichkeit, in dem das in verwegener Schräglage um die unübersichtliche Ecke karriolende Dreirad anklang, ein Tut! Tut! Tut! folgte.

–Sie sehen ja, der Rasen ist überhaupt nicht in Schuß, und dann der Anstrich, das ganze Haus muß dringend gestrichen werden, überhaupt der ganze Zustand, bei den Schindeln ist jetzt natürlich nichts mehr zu machen, die Feuchtigkeit steigt vom Boden auf und macht sie einfach modrig, im Grunde muß man sich auch nicht wundern, es steht jetzt schon fast hundert Jahre hier draußen in dem Wetter, das vom Ozean hereinkommt, und wie die Veranda durchhängt, auf diesem Weg sind Sie doch ins Haus gekommen, nicht? Man fragt sich, wieso sie überhaupt noch steht. Ich habe Ilse gebeten, Tee zu bringen, die Therapeutin ist mit ihm draußen im Wintergarten, aber sie müßten eigentlich gleich fertig sein. Möchten Sie Toast oder etwas anderes dazu?

–Bloß Kaffee, wenn's nicht zuviel Umstände macht.

–Und dann natürlich die Einfahrt, die haben Sie ja auch gesehen. Normalerweise kümmert er sich um solche Sachen, aber bei dem Zustand, in dem er jetzt ist, dachte ich, ich komme lieber her und bringe die Arbeit in Gang, ehe das Wetter umschlägt und man, so, da ist sie schon. Ilse? Würden Sie Mister Basie Kaffee bringen. Und einen Aschenbecher, die Gelegenheit war gerade günstig, –solange Harry weg ist. Ich mache drei Kreuze, wenn er seinen jetzigen Fall abgeschlossen hat.

–Episkopale gibt's schon seit zirka fünfhundert Jahren, die machen es wahrscheinlich locker noch mal fünfhundert.

–Aber Harry ganz bestimmt nicht, und ich auch nicht, wenn es so weitergeht, ich bekomme ihn ja kaum noch zu Gesicht. Alle Naslang ist irgend etwas anderes, zum Beispiel diese Tagung kürzlich, auf der Sie ihn kennengelernt haben, das erste Mal seit einer Ewigkeit, daß ich gedacht habe, wir hätten mal ein paar Tage für uns.

–Sie hätten mitkommen sollen, Mrs. Lutz, waren jede Menge Ehefrauen dabei, Golfplätze und jeder Komfort, sie hätten einen netten, kleinen ...

–Bei dem Zustand, in dem das hier alles ist? Nein, das haben wir einmal gemacht, aber das war in Japan, da hatten wir uns gerade kennengelernt, deswegen bin ich auch mitgekommen, weil es in Japan war, Sapporo, oben im Norden. Harry hatte diese endlosen Konferenzen, und ich bin einfach durch deren Museum gebummelt, ich habe so viel über die Ainu gelernt, daß ich gar nicht weiß, was ich damit anfangen soll.

–Über die was, die Einung?

–Nein, die Ainu, die Ureinwohner, das ist ein Volk aus dem Neolithikum, klein, dunkel, dick und haarig, Zottelbärte und Haare am ganzen Körper, wahrscheinlich wegen der schrecklichen Kälte. Auf Hokkaido ist das, eine dieser nagelneuen, total primitiven Städte, über den Toiletten waren so kleine Piktogramme angeklebt, damit man sieht, wie man sie richtig benutzt, kleine Strichmännchen im Sitzen und Stehen, diese Hotels sind über Nacht für die Winterolympiade aus dem Boden gestampft worden, weiß der Himmel, mit was für Teilnehmern die gerechnet haben. Die Frauen um den Mund herum tätowiert und dazu eine Bärenhatz, das war offenbar das große Ereignis, daß ein Bär geschlachtet wurde.

–Muß ja ’ne tolle Olympiade gewesen sein.

–Mein Gott nein, nein, ich meine doch die Ainu, ein rituelles Bärenopfer, wahrscheinlich glauben sie, die Bären wären wegen der vielen Haare so eine Art Totem-Vorfahren, jedenfalls sind sie’s eher als irgendeine menschliche Rasse, wenn man das überhaupt Rasse nennen kann, sogar ihre Sprache ist völlig ausgefallen, man nennt sie die haarigen Ainu. Wir machen immer noch Witze darüber, wir, das heißt Harry muß sich zweimal am Tag rasieren, wenn wir abends noch ausgehen, ich bin schrecklich froh, daß Sie ihn kennengelernt haben. Bestimmt hat er mit Ihnen über das alles gesprochen.

–Also, um ganz ehrlich zu sein, ich kann mich nicht erinnern, daß er je über Ihre haarigen Ainu geredet hat, aber ...

–Nein, natürlich nicht, nein ... ein scharfes Räuspern, –ich meine diese leidige, diesen Prozeß, Mister Basie, sehen Sie, worüber ich mir ganz offen gestanden Sorgen mache, ist das Geld. Wer denn auch sonst, wenn nicht ich, bei dem Zustand, in den diese Medikamente Oscar gebracht haben, das kommt alles in einer Art Größenwahn zum Ausbruch, Sie haben bestimmt auch eine Kostprobe davon bekommen, als Sie letzte Woche hier waren, und ich bin wirklich sehr überrascht, daß Sie wiedergekommen sind. Harry dachte, Sie beide wären sich einig gewesen, daß das Ganze kaum mehr als eine Unzuträglichkeit ist.

–Vor diesem Zeitungsartikel, richtig, aber der gibt uns so was wie eine Handhabe gegen diesen Kiester, falls Oscar diesen Ablehnungsbrief ausgegraben hat, dieser Ablehnungsbrief für sein Stück, vielleicht läßt sich damit was anfangen, hat er Ihnen davon erzählt?

–Erzählt, mein Gott, mitten in der Nacht angerufen hat er, ich hatte Harry zum Flughafen gebracht und war gerade wieder da, ich dachte, er hat einen Anfall, er hat ja nie viel getrunken, aber ich glaube, dieser Pinot Grigio, den er hier entdeckt hat, ist ihm ein bißchen zu sehr ans Herz gewachsen, fuchtelt mit der Zeitung herum, kaum daß ich gestern morgen zur Tür hereinkomme, und brüllt lies das! Lies das! Ich habe ihn natürlich zuerst mal gefragt, ob er Sie angerufen hat. Ich bin davon ausgegangen, daß Sie ihn schon davon überzeugen würden, daß das alles blühender Unsinn ist, aber ich mußte es trotzdem lesen, bloß um ihn zu beruhigen.

**Hollywood, 30. September.** Als Reaktion auf Behauptungen eines Filmstudenten bezüglich der berüchtigten Vorschlaghammer-Szene in dem kürzlich für Furore sorgenden Afrikafilm Uruburu beschied das Büro von Produzent und Regisseur Constantine Kiester Nachfragen mit einer kurzen Erklärung, in der eingeräumt wurde, daß die Sequenz möglicherweise ein tatsächliches Ereignis darstelle. Das Material, so die Erklärung weiter, stamme von einem nicht näher genannten Reisedokumentarfilmer, der die Sequenz für dreihundert Dollar pro Fuß angeboten habe. Das Angebot sei eingegangen, als gerade die Rohfassung des Films hergestellt wurde, und unter dem Druck des Produktionsplans habe niemand die Herkunft oder Authentizität des Materials näher geprüft. «Es hat die Stimmung des Films herausgebracht und ließ sich perfekt einbauen, also haben wir es gekauft und eingeschnitten», so die Erklärung. Daß der Film das Prädikat «nichts für zarte Gemüter» bekam und über Nacht zum Kassenschlager wurde, mit dem Mister Kiesters kometenhafter Aufstieg in der Filmindustrie seinen Anfang nahm, ist im wesentlichen dieser achtminütigen Szene zuzuschreiben. Bevor Mister Kiester nach Hollywood kam, hatte er sich unter seinem richtigen Namen Jonathan Livingston im Osten mit ausgezeichneten Fernsehproduktionen amerikanischer Theaterklassiker von Elmer Rice über Eugene O'Neill bis

Tennessee Williams hervorgetan; den Namen Siegal hängte er an, als er sich auf Kinofilme verlegte, und sein ausgefallenes neues Alias Constantine Kiester legte er sich zu, als er an die Westküste kam, wo er als «König der Spezialeffekte» gilt, dies nicht nur dank des sensationellen Uruburu, sondern auch aufgrund seines aktuellen Bürgerkriegs-Schinkens Das Blut im Rot-Weiß-Blau, der in der ersten Woche bereits 59 Millionen Dollar an der Kinokasse und weitere 74 Millionen über Videorechte und Auslandsverwertung einbrachte. Mister Kiester lebt in Bel Air, im Anwesen eines ehemaligen Radiopredigers, das er «für ein Butterbrot ergatterte», nachdem der Vorbesitzer im Gefolge eines häßlichen, weite Kreise ziehenden Skandals...

–Na schön, Oscar, nun habe ich es gelesen. Was ist so sensationell daran, hast du diesen Anwalt schon angerufen? Den, der dich letzte Woche besucht hat und...

–Basie, Mister Basie, natürlich habe ich ihn angerufen!

–Du brauchst nicht gleich so bissig zu werden, er hat dich ja wohl davon überzeugt, daß das alles blühender Unsinn ist, oder? Ich habe dir doch gesagt, daß Harry ihn bei dieser Veranstaltung unten im Greenbrier kennengelernt hat, nicht? Und daß sie sich einig waren, daß du nicht die geringste Chance hast, eine Klage zu gewinnen? Harry findet ihn brillant.

–Brillant! Ich habe die ganze Arbeit selber machen müssen, Christina, ihn Schritt für Schritt bei der Hand nehmen und auf alles mögliche hinweisen müssen und dabei noch versucht, ihm eine klare Antwort zu entlocken, ihn dazu zu bringen, daß er die ganze Sache ernst nimmt, während er die ganze Zeit von seiner Schauspielerkarriere an irgendeinem winzigen Theater geschwafelt hat, herumgesessen und Rauchringe geblasen hat, als hätten wir über Baseball geplaudert, und dabei hatten wir die Beweise direkt vor der Nase, daß sie die ganze Idee von wegen nach einer wahren Geschichte aus diesen schäbigen Hetzartikeln gegen Vater da unten im Fall Szyrk hatten, die haben es aufgehoben, hast du das gewußt? Daß Vaters Urteil im Fall Szyrk umgestoßen worden ist? Und mir erzählt er, wie er die Sache angegangen wäre, er hat sich ungefähr so kompetent angehört wie ein Laufbursche, die hätten eine Menge am Hals da unten, wie er sich sonst noch ausgedrückt hat, verschweige ich dir lieber, aber du kannst dir vorstellen, wie sich ein Schriftsatz von ihm anhören würde, er glaubt, Harry wäre mein Vetter. Er nennt mich Oscar.

–Na, so heißt du doch auch, oder? Wenn du schon dein Geld hinauswerfen mußt, dann …

–Ja, das ist auch so was, versuch mal, so einen auf ein Honorar festzulegen, und wieviel das Ganze kosten kann, da bekommst du die gleichen vagen, ausweichenden …

–Ja, mein Gott, Oscar, wenn du so denkst, warum hast du ihn dann eigentlich angerufen?

–Wen kann ich denn sonst anrufen! Harry will mir ja nicht helfen, oder? Redet Basie ein, ich hätte keine Chance, aber das war vor diesem Artikel hier über Kiester, daß er in Wirklichkeit Livingston heißt, damit hat er nämlich diesen Ablehnungsbrief unterschrieben, bevor er sich in Jonathan Livingston Siegal umbenannt hat, um seine Spuren zu verwischen, und dann in Constantine Kiester, Basie hat gesagt, ich soll ihn anrufen, wenn ich den Brief gefunden habe, dann kämen wir weiter. Ich habe ja gleich gesagt, daß jemand, der so heißt, sich umbenennen würde, stimmt's?

–Und? Hast du ihn gefunden? Diesen Brief? Sind deswegen die ganzen Kisten im Flur gestapelt?

–Also, nicht direkt, aber …

–Was heißt das, nicht direkt? Hast du ihn nun gefunden oder nicht?

–Diesen Brief? Einen einzigen Brief, ein Stück Papier, wie soll ich denn über Nacht ein einziges Stück Papier finden bei all dem Material, das ich aufbewahren mußte, damit ich, das ich aufbewahrt habe? Ich habe Ilse gesagt, sie soll sämtliche Kisten aus meinem Wandschrank und aus der oberen Abstellkammer nach unten bringen, ich kann ja wohl schlecht selber nach oben gehen und sie durchsehen, oder?

Und so wandte sie sich nun über Tee- und Kaffeetasse hinweg, die klappernd auf dem flachen Tisch zwischen ihnen abgestellt worden waren, an ihren Gast und –dieser Brief, nein, ich glaube nicht, daß

Oscar ihn schon gefunden hat, aber, ach, Ilse? Noch etwas Zucker, ja? Und bringen Sie bitte etwas Sahne, wenn es welche gibt, und ich hatte Sie gebeten, einen Aschenbecher für Mister Basie zu bringen, nicht wahr, nein wirklich. Sie anzulernen ist fast so anstrengend, wie wenn man es selber macht.

–Also, meine Mutter, die hätte Ihnen da voll zugestimmt.

–Ach ja? So habe ich es nicht, was ich damit sagen wollte, war, diese Kistenstapel, Sie können sie überall im Flur sehen, das ist das, was Oscar seine Archive zu nennen beliebt, jedes Fitzelchen Papier, das er je in den Fingern hatte, Briefe, alte Theaterplakate, Zeitungsausschnitte, Einladungen, Seminararbeiten seiner analphabetischen Studenten, Rezepte, die er nie ausprobiert hat, diesen Brief hat er tausendmal gelesen und dabei wie ein Wilder hier im Haus herumgetobt. Wir hatten damals einen alten Hund, dem hat er ihn vorgelesen. Der erste Akt ist vollkommen überflüssig, was er an Brauchbarem enthält, kann ohne weiteres in den zweiten Akt eingebaut werden. Was den letzten Akt angeht, wie haben sie das doch gleich formuliert, irgend so was wie der letzte Akt löst Probleme, die sich, einmal abgesehen von dem Grund, warum das Stück überhaupt geschrieben wurde, niemals gestellt haben. Der Autor läßt durchweg keinen Zweifel daran, daß er weder dem Regisseur, noch den Schauspielern, noch einem etwaigen Publikum traut, das zu gewinnen er sich glücklich schätzen könnte.

–Schon ziemlich derb, vielleicht ist er ja mit diesem Prozeß auch ein bißchen auf Rache aus.

–Ein bißchen! Ich habe ihm zu erklären versucht, daß er noch Glück gehabt hat, wenn er nämlich bekommen hätte, was er wollte, und es aufgeführt worden wäre, dann hätte das durchaus als Besprechung in der Times stehen können, das macht die ganze Geschichte doch auch so schmerzlich, sein verzweifeltes Bedürfnis, ernst genommen zu werden, deshalb fängt man ja wohl überhaupt erst zu schreiben an, und diese gräßliche Unterrichtstätigkeit hat es natürlich auch nicht besser gemacht. Wahrscheinlich wissen diese minderbemittelten Studenten alle ganz genau, wie schlecht er bezahlt wird, daran wird ja alles gemessen, dabei ist es keineswegs so, daß er das Geld bräuchte, darin liegt ja im Grunde die feine Ironie, denn da Geld nie das Problem gewesen ist, war der Lehrberuf für ihn der Versuch, überhaupt ernst genommen zu werden.

–Wo Sie gerade davon sprechen, also ich finde schon, daß er sein Geld ungefähr so ernst nimmt wie ...

–Nein, es ist ja nicht so, daß er nicht immer furchtbar sparsam mit seinem Geld umgegangen wäre, vermutlich ist er bei Ihnen in puncto Honorare und dergleichen auch ziemlich brummig geworden, nicht? Er ist so daran gewöhnt, furchtbar pingelig zu sein, er trägt es nämlich lose in seiner Hosentasche, die sauberen großen Scheine mit der Bildseite nach innen in die kleineren Scheine gefaltet, alle mit der Vorderseite nach oben, und ganz außen die schmutzigen Dollarnoten, die zerknitterten will er immer zuerst ausgeben, das heißt soweit er überhaupt welche ausgeben will, er macht das alles ganz heimlich, aber ich habe ihn schon Qualen leiden sehen, wenn er einen nagelneuen Fünfer um einen schmutzigen Zehner falten mußte, Sie verstehen, worauf ich hinauswill. Ich glaube nämlich, er hat das Gefühl, daß Sie die Sache ein bißchen, ein kleines bißchen auf die leichte Schulter nehmen, als ob Sie sie im Grunde nicht so furchtbar ernst nähmen. Sie verstehen, was ich meine.

–Versteh ich schon, Mrs. Lutz, aber solche Fälle, da kann sonst was draus werden. Versuchen Sie mal, ihm zu erklären, daß die Uhr ständig läuft, sogar jetzt, wo wir hier sitzen und uns unterhalten, aber es ist nicht gerade einfach, mit ihm klarzukommen, ihm irgendwas auseinanderzusetzen, oder?

–Oscar? Mein Gott, nein, er kann das reinste Ekel sein, aber jetzt muß ich Sie doch mal fragen, ganz unter uns, Mister Basie, erscheint Ihnen die ganze Sache denn überhaupt sinnvoll? Immerhin haben Sie Theatererfahrung, jedenfalls hat er mir das erzählt, und diese hochfliegenden Vorstellungen von seinem Stück, Sie haben es doch bestimmt gelesen?

–Hatte nur das eine Exemplar, nein, aber er hat mir einiges daraus vorgelesen, damit ich ein Gefühl dafür bekomme, hat er gesagt, aber ...

–Jedenfalls habe ich es ihm heute morgen gleich als erstes abgeluchst und zehn Kopien machen lassen, weiß der Himmel, wofür er zehn Kopien braucht.

–Aber sehen Sie, was ich davon halte, vielleicht finde ich es ja ein bißchen altmodisch, daß da diese Figuren auftreten und sich sozusagen gegenseitig Reden halten, fürchterlich viel Gerede, aber ob ich es für ein gutes Stück halte oder vielleicht sogar für ein bedeutendes Stück oder ob dieser Livingston Kiester es für ein ganz schlechtes Stück hält, das ist alles rechtlich unerheblich, wir reden hier nämlich von Urheberrechtsverletzung. Nehmen Sie zum Beispiel den Film. Ich hab mir den Film angesehen, von dem er behauptet, sie hätten dafür sein Stück geklaut, ob das jetzt ein guter Film ist oder ein großartiger Film oder bloß eine Geschichtsverhunzung mit dem ganzen Blut und Gemetzel und ein paar nackten Frauen, sehen Sie, wir reden hier nicht von nackten Frauen. Wir reden von nacktem Diebstahl. In diesem trüben Gewässer fischen wir heute ein bißchen herum, mal sehen, ob wir genug zusammenkriegen, daß es für die Klage reicht, auf die er so wild ist, mal sehen, ob die sich auf einen Vergleich einlassen. Wenn sie keinen Vergleich anbieten, und das machen die garantiert nicht, dann beantragen sie in ihrer Erwiderung Klageabweisung in allen Punkten, und das machen die garantiert, und wenn sie die nicht kriegen, dann schätzen wir unsere Chancen ab und lassen die ganze Sache fallen oder steigen tiefer ein.

–Ja, eben, und genau dieses Tiefer-Einsteigen macht mir natürlich ziemlich angst, daß die ganze Zeit Ihre Uhr läuft, mein Gott, wo bleiben die beiden denn nur?

–Mir war, als hätte ich draußen gerade einen Wagen wegfahren hören, vielleicht ...

–Irgendwer muß nämlich einmal über das Geld nachdenken, ehe es kein Halten mehr gibt, ich will damit sagen, daß es sich keineswegs so anhören sollte, als hätte Oscar Geld wie Heu, nehmen Sie nur mal seine Lehrtätigkeit, ich glaube, er hat da irgendwelche überzogenen Vorstellungen von einem üppigen Vergleich in dieser Unfallsache, man könnte meinen, er hätte den Prozeß schon gewonnen, so wie er über diesen gerade durchgegangenen Antrag jubiliert, mit dem er von irgendeinem verschuldensunabhängigen Schutz loskommt, was immer das heißt, Sie haben doch bestimmt auch seine Narbe bemerkt, auf die er so stolz ist?

–Das heißt, daß seine Versicherung vermutlich Freiheit von Gefährdungshaftung geltend macht und zu erreichen versucht, daß sein Anspruch abgewiesen wird, und er klagt auf Schadenersatz aus sogenannter unerlaubter Handlung, wird wahrscheinlich ein, zwei Jahre dauern, um bloß mal auf den Terminkalender zu kommen, und bis er dann mit so einem bißchen Narbe vor Gericht erscheint, braucht er die größte Kapazität in Fahrlässigkeitsklagen, die es gibt.

–Na, die hat er natürlich schon, die Kapazität, meine ich, nicht die Narbe, aber wenn ich daran denke, wie er an diesen Menschen geraten ist, weiß Gott, Mister Basie, ich muß mich einfach darauf verlassen, daß Sie ihn davon abbringen, wenn Sie finden, daß das Ganze zu weit geht, ich meine nicht diese absurde Unfallsache, die ist eindeutig schon zu weit gegangen, sondern diesen …

–Also, nur um eins ganz klarzustellen, Mrs. Lutz, sehen Sie, wir sind nicht auf Mandantenjagd, keine Unfallgeier. Sam hat mich mehr so aus Gefälligkeit auf die Geschichte angesetzt, damit ich sie mir mal näher ansehe, wenn ich uns nämlich in irgendeinen langwierigen, verwickelten Fall reinziehe, bloß weil der Mandant Geld hat, obwohl ich weiß, daß wir wahrscheinlich nie gewinnen, dann sitze ich morgen auf der Straße. Vielleicht ist ja was dran an der Sache, vielleicht ist es einen Versuch wert, irgendwie interessiert's mich auch, muß ich zugeben. Und dann Oscar, sehen Sie, mittlerweile mag ich Oscar richtig.

–Wie, tatsächlich, Sie mögen Oscar?

–Geht mir immer so, wenn einer mit seiner Weisheit am Ende ist, drang es in einer Rauchwolke über den Tisch zu ihr, gefolgt von einem durchdringenden Tut! Tut!

–Mein Gott, warum habe ich bloß je dieses Ding ausgegraben, man rechnet jeden Moment damit, daß er auf diesem gräßlichen Dreirad vom Flur aus um diese unübersichtliche Ecke gesaust kommt, er ist nämlich noch darauf herumgefahren, als seine Beine schon so lang waren, daß er kaum noch, Oscar? Ich bin hier drin mit, Vorsicht!

–Sieh an. Da bist du ja endlich.

–Und er sitzt hier mit laufender Uhr seit, Moment, bleibst du bitte da drüben beim Fenster stehen, ehe du die Tassen umstößt?

–Sind denn meine Studenten noch nicht hier?

–Warum sollten denn deine Studenten hierherkommen?

–Darum, Christina. Weil wir die einzelnen Punkte für die Klage durchgehen wollen, Mister Basie hat mittlerweile den Film gesehen, und während wir uns den Rest des Stückes vornehmen, kann er sich notieren, was die alles gestohlen haben, und …

–Und deine beschränkten Studenten sitzen hier herum und klatschen Beifall?

–Sie bekommen die Möglichkeit, eine richtige Vorstellung von den komplizierten Problemen zu entwickeln, um die es im Bürgerkrieg ging, ich hätte schon früher darauf kommen sollen, sie die Rollen laut vorlesen zu lassen und ihnen das Gefühl zu vermitteln, daß sie teilhaben an der ganzen Atmosphäre des …

–Halt, Moment. Das heißt doch nicht etwa, du läßt sie uns das Stück laut vorlesen? Hier? Jetzt?

–Es sind kluge, begabte Jungs und Mädchen, Christina, sie brauchen bloß Anregung, vielleicht haben einige ja sogar den Film gesehen und können auf Details …

–Heißt das etwa, du willst diesen Affenzirkus veranstalten, während Mr. Basie mit laufender Uhr dabeisitzt? Habe ich etwa deswegen gerade an die zweihundert Dollar für diese ganzen Kopien ausgegeben? Gibt es überhaupt irgendeinen vernünftigen Grund dafür, zehn Kopien machen zu lassen?

–Werden wahrscheinlich noch mehr brauchen, wenn wir tiefer einsteigen, Mrs. Lutz, aber jetzt, wo Sie Kopien haben, Oscar könnte ich vielleicht einfach eine mitnehmen, und wir telefonieren dann später?

–Oscar, hörst du ihm bitte zu? Mister Basie versucht dir zu erklären, daß du Zeit und Geld sparen kannst, wenn er eine Kopie mitnimmt und sie selbst liest, hättest du ihm nicht einfach eine schicken können? Ohne ihn den ganzen Weg hier herauskommen zu lassen? Und ihr hättet das Ganze dann telefonisch besprochen? Deswegen ist das unselige Ding doch überhaupt erst erfunden worden? Damit die Leute nicht auf dem Land herumstiefeln und irgendwelche unsinnigen Gänge unternehmen müssen, die kein vernünftiger Mensch je, wie viele von diesen sogenannten Studenten erwartest du eigentlich?

–Vielleicht ein knappes Dutzend oder so, ich habe durchblicken lassen, daß es sich günstig auf ihre Noten auswirkt und …

–Mein Gott. Hör zu, ich will die zweihundert Dollar, die ich für diese Kopien ausgegeben habe.

–Hast du dir eine Quittung geben lassen? Die brauche ich aus steuerli…

–Nein, ich habe mir keine Quittung geben lassen! Gib mir einfach die zweihundert Dollar.

–Na gut, aber, später, ja, paß auf, bevor sie hier sind, wo ist denn meine Brille, paß auf. Das könnte für meine Klage brauchbar sein, Mister Basie, passen Sie auf, das ist ein Brief von Bernard Shaw, in dem er sich über die Verfilmung von Theaterstücken äußert, er schreibt hier: «Nutzen Sie ihre analytischen Fähigkeiten, so Sie welche besitzen, für eine Aufstellung sämtlicher Techniken, die in diesen ungewöhnlichen Darbietungen zum Tragen kommen …»

–Oscar, bitte …

–«Bis zu einem gewissen Punkt macht sich das bezahlt. Die meisten Studios scheinen davon zu leben. Aber in solchen Studios findet der Dramatiker keinen Platz. Man weiß dort, daß man ohne ihn auskommt.»

–Oscar, ich bitte dich, was hat denn das mit …

–«Die armen Teufel wissen nicht einmal, daß es so etwas wie eine Technik des Dramatischen gibt. Halten Sie Drama und Filmemachen gedanklich auseinander, sonst machen Sie ruinöse Fehler», und er schreibt weiter …

–Ist später vielleicht ganz nützlich, Oscar, aber sehen Sie, jetzt brauchen wir erst einmal ein paar eindeutige Klagegründe, einen Startschuß sozusagen, zum Beispiel diese Ablehnung, als Nachweis, daß die es in den Fingern gehabt haben. Haben Sie diesen Brief gefunden?

–Ich …

–Kannst du nicht einfach nein sagen, Oscar? Daß die arme Frau für dich hundert schwere Kisten die ganzen Treppen hinunterschleppen mußte und du im Grunde gar nicht weißt, ob er überhaupt in einer davon ist? Ein einziger Brief, wie willst du denn in diesem ganzen Durcheinander ein einziges Stück Papier finden, du hast doch jeden Brief aufgehoben, den dir jemals irgendwer geschrieben hat, Gott allein weiß, warum die Leute sich überhaupt die Mühe gemacht haben, das ganze Haus ist voller Briefe. Und was ist mit dem Bündel, das ich dir für nichts und wieder nichts ins Krankenhaus karren mußte, bloß um es dann wieder hierherzukarren, wenn du es schon nicht ertragen kannst, sie einfach wegzuwerfen, dann hast du jetzt doch eine wunderbare Gelegenheit, sie loszuwerden, oder? Diese sogenannte Historische Gesellschaft da unten bettelt ja förmlich darum, sie ihrer wertvollen Sammlung einverleiben zu dürfen.

–Was! Damit irgendwelche vertrottelten alten Weiber sie befingern und dazu von ihrer seligen Vergangenheit röcheln, ich habe mein eigenes Archiv, oder? Und die Familienkorrespondenz, die sie angeblich schon haben, gehört da eigentlich auch hinein, sie gehört nämlich mir, oder? Und?

–Frag doch deinen Anwalt, er sitzt mit laufender Uhr direkt vor dir.

–Ich muß überhaupt niemanden fragen! Es ist unsere Familienkorrespondenz, sie gehört uns, Mister Basie, stimmt's?

–Ist vielleicht nicht ganz einfach, das Besitzrecht an den eigentlichen Briefen anzufechten, aber was drinsteht, das gehört immer noch dem, der's geschrieben hat, ganz egal wer, Vater, Großvater, Großmutter, die Rechte gehen direkt auf die Nachkommen über. Wäre vielleicht gar keine schlechte Idee, einfach mal das Urheberrecht auf Ihren Namen eintragen zu lassen, wenn es dann Probleme gibt, hätten Sie gleich ...

–Ja, gut, dann machen Sie mal, Ihren Notizblock haben Sie ja dabei, schreiben Sie's auf, läßt sich das machen?

–Bräuchte bloß noch ein paar Einzelheiten, wo sie deponiert sind, wer sie ...

–Er hat noch nicht mal gewußt, daß es diese Briefe überhaupt gibt, bis er von dieser absurden historischen Gesellschaft gehört hat, aber deren Brief hat er wahrscheinlich auch verschlampt.

–Was heißt hier auch!

–Auch heißt genau wie diesen Ablehnungsbrief, von dem du so begeistert bist, während Mister Basie mit laufender Uhr hier sitzt und darauf wartet, daß du ihn endlich beibringst.

–Müssen ihn nicht unbedingt jetzt sofort beibringen, Oscar, wir behaupten einfach, die haben Zugang gehabt, um den Beweis kümmern wir uns erst, wenn wir müssen, gehen wir eben bei den Ablehnungsgründen, die die genannt haben, ein kleines Risiko ein, wenn wir als Klagegrund Bruch eines stillschweigenden Vertrages geltend machen, aber ...

–Das waren überhaupt keine Gründe, niemand, der das Stück wirklich gelesen hat, hätte diesen Brief schreiben können, wahrscheinlich war das irgendeine schwachköpfige Sekretärin, die einen Schemabrief getippt hat, den Livingston bloß noch unterschreiben mußte, und ...

–Mister Basie versucht dir zu erklären, Oscar, daß dein Livingston Kiester das Stück gelesen haben muß, um es stehlen zu können, darum geht es doch bei dieser ganzen idiotischen Geschichte.

–Eben, er, genau das meine ich doch, kann man ihm überhaupt irgend etwas glauben? Wie zwielichtig er ist, sieht man doch schon daran, daß er ständig seinen Namen wechselt, genau, und das will ich auch drinhaben, Betrug und Irreführung, weil er zweimal seinen Namen geändert hat, um seine Spuren zu verwischen, können wir das auch in die Klageschrift aufnehmen?

–Können wir schon, Oscar, aber die Absicht, warum einer hergeht und seinen Namen ändert, ist unter Umständen ganz schön schwer zu beweisen. Rauch nahm Ringform an und waberte im spärlichen Sonnenlicht sanft nach oben, nehmen Sie nur mal Ihren Namen, angenommen, Sie hätten gerade beschlossen, daß Sie ihn ...

–Ich habe ganz bestimmt nicht die Absicht, ihn zu ändern, genau, und das ist auch so was, wie die mit dieser Anzeige von wegen nach einer wahren Geschichte und diesem miesen, vulgären Film meinen Großvater verleumden, was ist eigentlich damit?

–Tote kann man nicht verleumden, Oscar.

–Ich bin aber nicht tot! Und Vater auch nicht, die haben da unten sein Urteil umgestoßen, darum ging es ihnen doch von Anfang an? Unseren Namen in den Schmutz zu ziehen, was ist mit meinem akademischen Ruf, wenn jemand denkt, ich hätte irgendwas damit zu tun, wenn ...

–Oscar, paß doch auf, die ...

–Christina, bitte! Es ist mir nämlich egal, daß man Tote nicht verleumden kann, ich will das drinhaben, es ist mir egal, daß ich kein Urheberrecht an meinem Großvater habe, ich will das als allerersten Klagegrund in der Klageschrift drinhaben, weil das, weil die dann sofort wissen, daß sie es nicht bloß mit irgendeiner, irgendeiner Unzuträglichkeit zu tun haben.

–Oscar, beruhige dich doch, draußen ist gerade ein verdreckter Kleinbus vorgefahren, ich glaube, da kommt dein tausendköpfiges Ensemble.

–Ach so! Ach so, ja, laß sie herein, Ilse soll sie hereinlassen, kommen sie herein?

–Mein Gott.

–Sie können alle auf dem Boden sitzen, dachte er, hauptsächlich darum besorgt, daß sie keine Zeit vergeudeten, während er Manuskripte verteilte, Rollen zuwies, die Verwicklungen des ersten Akts so eilig taxierte, als hätte in Wirklichkeit er selbst ihn als überflüssig bezeichnet, und mit der ganzen Unrast vorwärtsdrängte, die er seinem Protagonisten mitgegeben hatte, dem Verlangen, wegzukommen, dem Süden mit seiner verklärten Vergangenheit und seinen albernen Postulaten den Rücken zu kehren und die Wirklichkeit in einem Büro in einer Zechenstadt im Westen Pennsylvanias am Kragen zu packen, Hochsommer 1862, zweiter Akt, zweite Szene.

An dem großen Fenster im rechten Bühnenhintergrund sind Qualm und andere Hinweise auf die Zeche zu sehen. In der Mitte des rechten Vordergrundes ein ziemlich wuchtiger, mit Post und Zeitungen übersäter Schreibtisch nebst zwei Stühlen, der in einem großen Glasgehäuse vom Rest des Büros abgeteilt ist, was durch eine Glastür im linken Bühnenhintergrund angedeutet wird. Vor dieser Tür, in der Mitte des linken Hintergrundes, befindet sich ein zweiter Schreibtisch, bei weitem nicht so protzig, aber noch unaufgeräumter. Im Innenbüro im linken Vordergrund stehen eine Art Schränke, die in einem Büro akzeptabel, aber wohl kaum für ein solches gedacht sind.

Ordentlich, aber unauffällig gekleidet, steht THOMAS rechts an einem Fenster und starrt hinaus, während MR. BAGBY von rechts hinten auf den Schreibtisch in der vorderen Bühnenmitte zukommt. Obwohl heftig um stutzerhafte Korrektheit bemüht, hat BAGBY etwas Schäbiges, das über seine viel zu enge Kleidung hinausgeht: abwechselnd durchtrieben, gespreizt und schmeichlerisch, hat er ständig sein Gegenüber und den größtmöglichen eigenen Vorteil im Auge, ohne sich darüber kleinere Gelegenheiten entgehen zu lassen.

BAGBY

Einen Schacht haben wir immerhin hundertfünfunddreißig Meter tief abgeteuft, und da unten können Sie von keinem freundliche Gedanken erwarten. Und erst das Gesocks, das hier aufgetaucht ist, und das bei der momentanen Nachfrage nach Kohle? Da gibt es Ausländer und alle möglichen üblen Elemente, mit ihrem Gestreike und ihrer Unruhestifterei. Die kommen da unten im Dunkeln zusammen und denken sich irgendeine neue Teufelei aus, kaum daß man die letzte bereinigt hat, man erfüllt ihnen eine Forderung, und schon fällt ihnen eine neue ein. Nein, die brauchen ab und zu einen Klaps auf den Kopf, würde Ihr Onkel sagen, um Ihnen wieder ein bißchen Dankbarkeit einzubleuen.

Während er sich im Reden an den Schreibtisch vorn in der Mitte der Bühne heranschiebt, verdreht BAGBY den Hals, um die dort geöffnet herumliegenden Briefe lesen zu können. THOMAS wendet sich unterdessen gedankenvoll vom Fenster ab und geht langsam nach vorn zur Bühnenmitte; er behandelt BAGBY auf beinahe nachgiebige, aber herablassende Weise und mit einer gespielten Ruhe, die er im ersten Akt noch nicht aufgebracht hat.

THOMAS

Mein Onkel hat alles gesagt, was er zu sagen hatte. Ich weiß nicht, wie ich Sie überzeugen soll, Bagby, wenn es sein Anblick nicht vermochte, wie er da leblos über seinen Büchern zusammengesunken war, als Sie eines Morgens hereinkamen, so haben Sie es mir doch erzählt?

(nimmt ein Blatt Papier zur Hand, hält es von sich weg)

Und sein Haus drüben in der Norwegian Street? Hier ist eine Rechnung von den Pinkertons, für seine Bewachung. Wen lassen Sie denn bewachen, seinen Geist? Ich habe Sie angewiesen, das Haus zu verkaufen, und nicht, es zu bewachen.

Bagby

Ist es ratsam, es jetzt abzustoßen? Ja gewiß, mit dem Selber-drin-Wohnen, das ist etwas anderes. Wenn ich Sie wäre, wollte ich natürlich auch nicht drin wohnen, bei der Stimmung, in der die Männer sind. Es wäre nicht das erste Mal, daß sie eins niederbrennen, und der Besitzer ist noch drin, Wachmann hin oder her.

Thomas

(gereizt, setzt sich an den Schreibtisch)

Und warum sollten sie ihm etwas anhaben? War ich nicht fair zu ihnen? Kennen sie mich nicht mittlerweile? Sie haben doch selbst gesagt, daß sie mich als gerechten Menschen kennen. Und hat es auch nur einen Zwischenfall gegeben? Einen einzigen Zwischenfall, seit ich hier das Ruder übernommen habe?

(hält Bagby die Rechnung hin, wendet sich der Post auf dem Schreibtisch zu)

Nein, hier. Ich habe Ihnen gesagt, ich will Ordnung. Ich will Ordnung hier ... aber

(murmelnd)

Ich stelle keine Mörder ein ...

Bagby

(steht vor dem Schreibtisch, mit gespielter Gekränktheit)

Mord? Ja wie viele sind denn ermordet worden? Wenn ab und zu mal einer was auf den Schädel bekommt, kann man doch nicht von Mord sprechen! Zumal dann nicht, wenn man sieht, wie derselbe Schädel sich zwei Tage später wieder mopsig macht?

(nimmt eine Zeitung zur Hand, deutet auf die Schlagzeile)

Hier, «Zechenbetreiber vielleicht gezwungen, bis zum Ende der Aushebung den Betrieb einzustellen». Sie sind Zechenbesitzer, ganz gleich, was Sie sonst noch sein mögen, fair hin oder her. Und das ist für diese Leute Grund genug, Ihr Haus samt Ihnen ohne langes Federlesen niederzubrennen. Da, sehen Sie? Wo die Rede ist von «gesetzlosen ausländischen Elementen», die hier aufgetaucht sind, und das bei der momentanen Nachfrage nach Arbeitskräften?

(HÄLT INNE, UM EIN BONBON AUS SEINER WESTENTASCHE ZU NEHMEN UND ES SICH IN DEN MUND ZU STECKEN)

Wenn sich Menschen nun mal wie Wilde verhalten, ohne Achtung vor Recht und Ordnung, wie muß man sie dann behandeln? Wie Wilde eben! Jeder für sich genommen, mögen Sie ja ganz patente Burschen sein, wie Sie sagen, aber kaum tun sie sich zusammen, empören sie sich und werden wild vor lauter Raufen und Trinken und Heulen nach Gerechtigkeit, ohne jede Achtung vor anständigen Menschen wie Ihnen und mir.

(ZERBEISST KRACHEND DAS BONBON)

Ab und zu muß man ihnen ein bißchen Gerechtigkeit einbleuen ...

(SETZT SICH PLUMP-VERTRAULICH MIT EINER HÜFTE AUF DEN SCHREIBTISCH, BEUGT SICH VOR)

Und ich darf hinzufügen, Sir, daß Sie seit Ihrer Ankunft hier keine Freundschaften geschlossen haben, dabei ist es nicht so, als ob Sie nicht irgendwann noch welche bräuchten.

THOMAS

(LEHNT SICH ZURÜCK, FAST SPÖTTISCH)

Aber wir haben doch Freundschaft geschlossen, nicht wahr, Bagby?

BAGBY

(MIT IMPULSIVER EHRLICHKEIT, WIE ÜBERRUMPELT)

Das hoffe ich doch, Sir ...

(GEWINNT SEINE VERTRAULICHE DISTANZ WIEDER)

Ja, aber ich meinte ... Freunde mit Einfluß. Die anderen Zechenbetreiber, die Gießereibesitzer, die Bankiers ... Sie machen sich nämlich von Zeit zu Zeit Gedanken über Sie. Natürlich bin ich bei ihnen für Sie eingetreten, aber sie verübeln Ihnen manche Veränderungen, die Sie für die Leute hier eingeführt haben, daß

Sie ihnen nachgegeben haben, wo Ihr Onkel fest blieb. Es geht darum … daß Sie sozusagen aus der Reihe tanzen, daß Sie dergleichen ganz allein tun, ohne sich mit den anderen zu besprechen … obwohl ich es ihnen natürlich gesagt habe …

THOMAS

(AMÜSIERT, ABER DENNOCH VERÄRGERT)

Was gesagt?

BAGBY

Nicht doch, ich habe längst nicht alles weitergegeben, was Sie gesagt haben, nein. Zum Beispiel, daß Sie hier nur mit Zustimmung der Leute Herr seien … nein, keine Angst, so etwas trage ich nicht weiter. Ich bin bei ihnen für Sie eingetreten. Aber wenn Sie selbst ein bißchen mehr herauskämen …

THOMAS

(VERÄCHTLICH, MIT EINER HANDBEWEGUNG ZUM FENSTER HIN)

Heraus? Etwa dahin?

BAGBY

Heraus in die Gesellschaft, meinte ich, nicht nachts allein durch die Straßen, wie Sie's schon getan haben, und das auch noch unbewaffnet. Nein, mitunter kommen Leute hier durch, Senatoren der Vereinigten Staaten und dergleichen, kultivierte Menschen wie Sie selbst, dazu der französischen Sprache mächtig und so weiter, wo doch Ihr Vater in der dortigen Gesandtschaft diente … und außerdem haben Sie etwas vom Süden gesehen, das schadet in diesen Zeiten gar nichts, wissen Sie, viele von ihnen sind nämlich noch nie dortgewesen. Und ein bißchen Einfluß ab und zu kann gar nichts schaden, wenn man bestimmte Dinge erreichen will …

(BEUGT SICH MIT ANZÜGLICHER VERTRAULICHKEIT WEITER VOR)

Und wenn Sie sich dann noch ein bißchen herrichten würden und von Ihrer jetzigen Behausung in ein anständiges Quartier umziehen, vielleicht in die Mahantongo Street, sich sozusagen ein bißchen mehr nach der Mode kleiden, anstatt in so abgetragene Sachen wie ich, der ich mir Besseres nicht leisten kann, also … da wüßte ich ein, zwei Damen, die es sich zur Ehre anrechnen würden …

Thomas

(sarkastisch)

Wie sähen Sie mich denn gerne, Bagby? In einer Uniform …?

(besieht sich einen der zuoberst liegenden Briefe)

Von Brooks Brothers?

Bagby

(beunruhigt, mit nervösem Blick auf den Brief)

Ach, Sie … kennen die Firma, Sir? In New York?

(verdreht den Hals, um den Brief lesen zu können)

Herrenausstatter … eine solide alte Firma …

Thomas

(hält den Brief von sich weg, liest und kommentiert mit ätzender Schärfe)

Hört sich an, als wäre es genau das richtige. Hier ist die Rede von einem Auftrag über «zwölftausend Uniformen, die zu einem Nettopreis von neun Dollar fünfzig geliefert wurden …» Haben Sie Geschäfte mit der Firma gemacht?

Bagby

(vorsichtig, im Zurückweichen)

Ich direkt nicht, sondern Freunde von mir, einflußreiche Freunde …

Thomas

(liest und kommentiert mit ätzender Schärfe)

Ja, in so einer Uniform sähe ich mich auch gern. Hier, «aus minderwertigem Tuch, von ungewöhnlichem, eigenwilligem Schnitt und ingeniöser Verarbeitung …» Das gefällt mir. «Ohne Taschen, ohne Knöpfe und auch sonst ohne alles Wesentliche …»

Bagby

(gewinnt im Zurücktreten wortreich seine Fassung wieder)

Also, das ist alles in Ordnung gebracht worden, wissen Sie. Die Zeitungen haben versucht, es zum Skandal aufzubauschen, aber ein paar sehr prominente Leute haben sich eingeschaltet und die Sache in Ordnung gebracht. Einige haben behauptet, die Staatsbeamten hätten mit dem Hersteller gemeinsame Sache gemacht, aber es ist alles in Ordnung gebracht worden. Die Soldaten haben ein paar Klamotten bekommen, Brooks Brothers ein bißchen Geld, und die Zeitungsleser einen neuen Skandal. Einige von den Prominenten, die die Sache in Ordnung gebracht haben, ich kenne sie übrigens selbst, wissen Sie, Leute mit Einfluß ...

THOMAS

(KALT, REICHT IHM DEN BRIEF)

Ich habe es nicht anders vermutet. Der Brief ist an Sie adressiert. Und noch etwas, Bagby, wenn ich Gesellschaft brauche, oder Einfluß, dann suche ich mir beides selbst. Wenn es etwas gibt, was man für Geld kaufen kann und was zu besitzen sich lohnt, dann ist es Ungestörtheit, haben Sie verstanden? Ungestörtheit...! Also bitte. Wo sind die Wände, um die ich anstelle dieses Glaskäfigs, in dem ich hier sitze, gebeten habe?

BAGBY

Aber dann könnten Sie ja gar nicht mehr sehen, was vor sich geht, so von Wänden umgeben und zum Hinausschauen nur das Fenster? Und als Aussicht nur die Schächte? Ihr Onkel hat immer gern gesehen, was vor sich geht. Er klopfte immer mit dem Fingerring hier ans Glas, dann war ich sofort bei ihm. Ein Blick von ihm durch die Scheibe, und ich wußte, was er wollte.

THOMAS

(KURZ ANGEBUNDEN, WENDET SICH WIEDER DER POST ZU)

Jetzt wissen Sie, was ich will, also kümmern Sie sich darum.

BAGBY

(EIN WENIG ÄNGSTLICH, MIT BLICK AUF DIE POST)

Wie Sie meinen, Sir, und den Angestellten werde ich erklären ...

THOMAS

(VERÄRGERT)

Sie brauchen überhaupt niemandem etwas zu erklären. Glauben Sie etwa, ich komme nur deshalb jeden Morgen in dieses Büro, um mir die Gaunerparade anzusehen, die sich da vor Ihrem Schreibtisch formiert?

BAGBY

(TADELND, DOCH NACH WIE VOR MIT DEM VERSUCH BESCHÄFTIGT, DIE POST EINZUSEHEN)

Mit den Gruben hat es Probleme gegeben, wissen Sie, unwichtige

Kleinigkeiten ... es sei denn, Sie meinen den Mann, der gestern hier war? Den mit dem überschulterlangen Haar? Also, das ist ein Mann, Sir, von dem würden Sie nicht so geringschätzig sprechen, wenn Sie wüßten, was es mit ihm auf sich hat. Er ist Erfinder, ein seltener Vogel, könnte man sagen, und ich darf Ihnen ein Geheimnis anvertrauen. Er hat ein Schnellfeuergewehr gebaut, das den Krieg in einem Tag beenden wird. Ja, sobald es an die Front gebracht wird, sobald die richtigen Leute es gesehen haben ... die einflußreichen ... ist da eventuell ... noch mehr von meiner Post ... dazwischengeraten?

THOMAS

(HÄLT MIT GESPIELTER GLEICHGÜLTIGKEIT EINEN BRIEF HOCH)

Zweihundert Faß gepökeltes Schweinefleisch, geliefert nach Washington?

BAGBY

(NIMMT DEN BRIEF UND TÄUSCHT DABEI INTERESSIERTE AHNUNGSLOSIGKEIT VOR)

Möglicherweise ...

THOMAS

Säbel zu vier Dollar und zwölf Cents «für Dekorationszwecke»? Sind die für die Gruben?

BAGBY

(NIMMT DEN BRIEF)

Nein, Sir, nur ein kleines Kommissionsgeschäft ...

THOMAS

Klein? Und der Regierung zu acht Dollar in Rechnung gestellt? Und hier, Hosen zu zwei Dollar fünfzig Cents, und für fünf der Regierung geliefert?

BAGBY

(BESORGT, NIMMT DEN BRIEF)

Ja, fünf ... Dollar das Paar, heißt das ja vielleicht? Zu zwei fünfzig pro Stück? Und ... sonst war da nichts?

THOMAS

Nein. Das heißt, sofern wir keine Würmer in den Gruben haben.

BAGBY

... Würmer?

THOMAS

(HÄLT IHM EIN BLATT PAPIER HIN)

Eine Ladung Vermifugum, von einer Firma namens Pfizers in Brooklyn. Haben Sie diese Bestellung aufgegeben?

BAGBY

Ich ... ich habe gar nicht gewußt, was das ist, Sir. «Vermifugum».

THOMAS

Würden Sie mir dann bitte verraten, was das alles zu bedeuten hat? Sie kannten die Kosten und die Handelsspanne, und das hat gereicht ...

BAGBY

(UNTERBRICHT RESPEKTVOLL)

Bitte, Sir, Sie dürfen sich nicht ... empören ... dann und wann kommt mir ein kleines Kommissionsgeschäft unter. Ist es nicht Mannespflicht, sich zu melden und seine Hilfe anzubieten? Zumal in Zeiten wie diesen, wo die Regierung für den Erhalt der Union kämpft und für die Gleichheit von Menschen wie uns? Ab und zu ein kleines Nebengeschäft, wenn ich sehe, daß ich etwas bewirken kann, eine Möglichkeit habe, mich nützlich zu machen.

(NIMMT EIN PAPIER AUS DER INNENTASCHE SEINES ROCKS)

Einem Freund zu helfen ... und so haben Sie mich ja genannt ...

(REICHT THOMAS DAS PAPIER)

Um Ihnen sozusagen gegen das Schicksal behilflich zu sein, dürfte ich Sie vielleicht hierüber informieren ... Nicht daß Sie in Kürze eine Schiffsreise antreten möchten. Es handelt sich zwar um eine Seeversicherungspolice, aber Sie brauchen nicht zu verreisen, um zu kassieren. Es geht um etwas ganz Neues, eine Unfallklausel. Sie brauchen nicht einmal zu ertrinken, ein Unfall im Salon genügt völlig. Bestimmt haben Sie schon einmal fünfzehn Cents bezahlt, um auf einer Bahnfahrt vierundzwanzig Stunden lang gegen Verlust von Leib und Leben versichert zu sein? Diese Versicherung hier endet nicht über Nacht, sondern läuft immer weiter, bis Sie kassieren. Ja, ich habe selbst eine, wissen Sie, und die sich das Spiel ausgedacht haben, diese Firma hier, sorgt für

Überschüsse gegen Tod und Unfall, so daß niemand dabei verliert. Es ist ein hübscher neuer Kniff für alle Beteiligten. Sie können die Sache praktisch überall deichseln und die sogenannte Hauptsumme schon für den Verlust beider Hände, Füße, Augen oder eine geschickte Kombination …

THOMAS

(SCHIEBT DAS PAPIER ZORNIG VON SICH WEG)

Ein hübscher neuer Kniff! So verbringen Sie also Ihre Zeit hier? Und diese Parade vor Ihrem Schreibtisch, Ihre Pfizers und Brooks Brothers, die Wurmmittel und Hosen mit einem Bein verhökern …

BAGBY

(PLATZT TROTZIG LOS)

Was denn noch! Nein, es sind alles solide Waren. Ich habe gegen kein Gesetz verstoßen. Glauben Sie etwa, das ist dasselbe, wie wenn die Armee Sand als Zucker kauft und als Kaffee Roggen bekommt? Für Leder bezahlt, das nicht besser als Packpapier ist? Noch bevor der Krieg eine Woche alt war, hatte sich der Gouverneur des Staates höchstpersönlich, und ich kenne ihn, einen Auftrag über zehntausend Garnituren Kleider gesichert, und binnen einem Monat war eine halbe Million Dollar weg. Und letzten November hat eine einzige Firma hier einen Staatsauftrag über 850 000 Ellen Uniformtuch bekommen. 1 300 000 Dollar an eine einzige Firma! Und da soll ich zurückstehen? Wenn ein Auftrag über Rindfleisch sich zwischen drei Dollar neunzig Cents und acht Dollar dreißig für hundert Pfund bewegt, und das bei Lebendvieh? Da verlangen Sie, daß ich mich zurückhalte?

(KOMMT VERTRAULICH ETWAS NÄHER)

Ich habe da einen Freund, im Moment ist er Major, dessen Firma hat einen Auftrag über zehntausend Stück Vieh zu acht Cents das Pfund bekommen, und er hat ihn gleich am nächsten Tag zu sechseinhalb weitergegeben. 32 000 Dollar über Nacht, ohne einen Penny zu riskieren! Glauben Sie, er hätte das Vieh je zu Gesicht bekommen? Er versteht von Kühen genausoviel wie ich von diesem Vermifugum, und da waren über Nacht 32 268 Dollar und siebzehn Cents zu verdienen, ohne einen Penny zu riskieren. Bevor der neue Kriegsminister ins Amt kam, wurden Furageaufträge für Hafer- und Maisgemisch erteilt, und wer merkte es schon, wenn das Verhältnis umgekehrt wurde? Muß man Hafer von Mais unterscheiden können? Oder nur den Preisunterschied kennen? Wer wußte schon, was passiert war, etwa die Maultiere? Die von Schrapnellen zerrissen wurden, kaum daß sie richtig gefressen hatten?

(HALB ZU SICH SELBST)

Und wie lange kann es bei dem, was übrig ist, jetzt noch gehen ...

THOMAS

(UNGEDULDIG)

Gehen?

(STEHT ABRUPT AUF, TRITT ANS FENSTER RECHTS UND MURMELT)

Gar nicht mehr!

BAGBY

(FOLGT IHM EIN STÜCK WEIT)

Jetzt, wo sie allein in diesem Staat 300 000 Freiwillige mobilisiert haben? Obwohl einige schon sagen, es sei nur ein Krieg zur Befreiung der Neger ...

THOMAS

(UNGEDULDIG)

Es kann nicht gehen. Lesen Sie denn keine Zeitungen?

BAGBY

Drei Millionen Neger ...!

THOMAS

Seit der siebentägigen Schlacht? McClellans großem Einmarsch, bei dem er die Südstaatenarmeen vernichten und Richmond einnehmen wollte ... und was ist passiert? Vor Lee und Jackson ist die Kampagne zusammengebrochen. Und jetzt, wo Lee das Oberkommando hat? Seither stürmen die Südstaatenarmeen ununterbrochen nordwärts. Sie werden hier sein, noch ehe der Sommer vorbei ist.

BAGBY

(FAST WEHMÜTIG)

Ja, und dann ... dann hat es sich ... Eines schönen Tages ist mit einemmal alles wieder wie gehabt, und dann steht man da. Ehe man sich's versieht, ist alles vorüber, es geht zu Ende, und man selbst bleibt zurück.

(ENTSCHLOSSEN)

Nein. Ein Mann muß vorwärtskommen. Sie verstehen doch, was ich meine, Sir? Es ist doch nichts dabei, daß ich versuche, mich ein bißchen zu verbessern? Solange es geht. Mich zu verbessern, solange ich kann, ungefähr so wie Sie, wenn ich das sagen darf? Ein Gentleman ...?

THOMAS

(LACHT ANGEWIDERT, KEHRT ZUM SCHREIBTISCH ZURÜCK)

Wenn Sie wollen, Bagby.

BAGBY

(EIN SCHARFER UNTERTON SCHLEICHT SICH IN SEINE STIMME, AUS DEN KULISSEN GERÄUSCHE EINES DEMONSTRATIONSZUGES)

Ist das denn so anders? Sie mögen über Einfluß lachen, wie ihn die Brooks Brothers besitzen, von denen ich Ihnen erzählt habe. Aber kommt Einfluß nicht wirklicher Macht am nächsten? Und ist Macht denn etwas anderes als der Vorteil dessen, der etwas voranbringen kann und dabei im Rahmen der Gesetze bleibt? Das ist doch Gerechtigkeit genug, oder? Was funktioniert? Ja, Sie können es sich leisten, über Einfluß zu spotten, wo Ihr Reichtum sich ausbreitet, so weit das Auge reicht ...

THOMAS

(ABRUPT, DIE HÄNDE INEINANDER VERSCHRÄNKEND)

Diese ... Schwärze, soweit das Auge reicht ...?

Die fernen Demonstrationsgeräusche sind mittlerweile vollends in Tumult übergegangen.

Schmutz? Und Unfriede, hören Sie das? Ja, ist das mein Reichtum? Und selbst wenn es das nicht gäbe, wenn es keinen Streik gäbe, reißen die klirrenden Maschinen die Erde auf und die Dunkelheit, graben tiefer, dunkler, Männer, deren Stimmen metallisches Klirren sind, deren Leben Tod und deren weiße Gesichter ...

(WENDET SICH MIT JÄHEM SPOTT AN BAGBY)

Wissen Sie, was Kohle ist, Bagby? Daß in jeder Handvoll millionenfacher Tod steckt?

BAGBY

Ja, aber ihr Nutzen …

THOMAS

Nutzen? Ist das etwa so, als besäße man … etwas um seiner selbst willen? Einen Ort für sich? Wo Ordnung herrscht und Leben? Die Ordnung alles Wachsenden, Lebendigen … und die Sonne ist Teil des Ganzen, und nicht wie hier der lodernde Feind, der Häßliches beleuchtet, das besser verborgen bliebe, das Leben von Männern, die Dunkles aus dem Innern der Erde mit heraufbringen, um es hier auszuleeren … hören Sie …

Geräusche des Tumults rücken näher.

(DISTANZIERT, MIT BLICK HINAUS)

Ja, «Ihr sollt euch nicht Schätze sammeln auf Erden», kennen Sie das, Bagby? «Da sie die Motten und der Rost fressen, und da die Diebe nach graben und stehlen …»

BAGBY

Aber gerade wenn etwas benutzt wird, setzt es keinen Rost an, und die Motte und der Dieb haben keine Chance …

THOMAS

(BEINAHE WIEDER IN SEINE HERABLASSENDE UNGEDULD VERFALLEND)

Nutzen! Zum Teufel mit Ihrem Nutzen! Wofür denn, für noch mehr Nutzen?

BAGBY

(MIT RUHIGER SCHLÄUE)

Was würden Sie denn anfangen mit diesem Ort, von dem Sie reden und den Sie »um seiner selbst willen» besitzen wollen? Eine Farm betreiben, um dort wie die Made im Speck zu leben?

THOMAS

(MIT GEFÜHL)

Nein, bei allem, was ein Mann … mit Händen greifen und anbauen und worin er anderen Menschen reell gegenübertreten kann, wollte ich doch etwas tun, etwas Reelles im öffentlichen Leben …

(BRICHT AB, ALS WÄRE ER VOR BAGBY SCHON ZU WEIT GEGAN-

gen, fügt, während er sich wieder an den Schreibtisch setzt, etwas hochmütig hinzu)
Aber lassen wir das, Sie verstehen mich ohnehin nicht ...

Bagby

(während er ihm folgt, entgegenkommend)
Und ob ich Sie verstehe, Sir, denn es ist Politik, nicht wahr? Und geht es dabei nicht einfach um Nutzen und ein Mittel zu einem Zweck? Bei Ihrer Farm? Und bleibt er etwa derselbe, der Zweck, ganz gleich wer den Nutzen davon hat und wem er zugute kommen soll?
(tritt auf die andere Seite des Schreibtischs, auf noch durchtriebenere Weise entgegenkommend)
Sie mögen ruhig der Meinung sein, daß Ihre freien weißen Wilden hier nur Unfriede und Dunkelheit sind und Ihre schwarze Sklaverei Teil des Lebens und der Ordnung, alles Wachsenden, so haben Sie es doch genannt? Wie die ... Pflanzung, von der Sie sprechen? Nein, es hat einfach nur alles seinen Nutzen, und was läßt sich besser nutzen als die Politik? Für diese Pflanzung, wie Sie sagen? Diesen Ort ... mit den Anteilen, auf die Sie aus sind? Mit dem merkwürdigen Namen ... «Quaintness», hieß er nicht so?

Thomas

(lehnt sich langsam zurück, starrt ihn an)
Was ... was wissen Sie davon? Was geht Sie das ...!

Bagby

Nichts, gar nichts, Sir. Ich weiß nur, was ich beiläufig gehört habe, von einem Bekannten im Bankgewerbe ...

Thomas

(zerknüllt bestürzt und frustriert Papiere auf dem Schreibtisch)
Herrgott! Ihre Bankiers hier ... das wollen Bankiers sein? Und reden in aller Öffentlichkeit über meine Geschäfte?

Bagby

(hastig beruhigend)
Nur unter vier Augen, seien Sie versichert, Sir, und nur mit denen, denen sie vertrauen ... Hätten Sie allerdings zuerst mit mir

gesprochen, hätten wir die Anteile vielleicht billig aufkaufen können. Dann gäbe es niemanden, der Sie schröpft, so wie sie's jetzt mit Ihnen versuchen werden ... Jetzt wo die Anteilseigner wissen, worauf Sie aus sind, läßt sich der Preis nicht sagen, zumal Ihr Reichtum sich von hier erstreckt, so weit das Auge reicht... es ist gefährlich für Sie, allein durch die Straßen zu ziehen, und... Sie schätzen sich sehr hoch ein, das weiß ich. Aber nachts ist es draußen gefährlich, für jeden, und besonders für Sie. Und diese Versicherung, von der ich vorhin gesprochen habe ...? Sie hätten ausgezeichnete Chancen zu kassieren!

THOMAS

(BAUT SICH IN ANGESPANNTER HALTUNG HINTER DEM SCHREIBTISCH AUF)

Dagegen habe ich gekämpft, haben Sie verstanden? Ich habe dagegen gekämpft, und ich habe gewonnen!

BAGBY

(WEICHT EINEN SCHRITT ZURÜCK, WÄHREND THOMAS UM DEN SCHREIBTISCH HERUM AUF IHN ZUGEHT)

Ja, die Narbe haben Sie wohl nicht in einem Salon davongetragen? Nein ... das war ein bißchen näher am Schlachtfeld, würde ich meinen.

(WÄHREND THOMAS IMMER NÄHER RÜCKT)

Ich ... davon habe ich nämlich auch ein bißchen was gesehen.

THOMAS

(BLEIBT STEHEN, SIEHT IHN AN)

Sie? Vom Schlachtfeld?

BAGBY

Aber ja, bei Bull Run, wissen Sie, ich ...

Kampfgeräusche aus den Kulissen werden lauter, Glas birst, während THOMAS langsam BAGBYS Arme ergreift und im impulsiv flehenden Ton dessen spricht, der hier einen Waffenkameraden gefunden hat, einen Gegner nur der äußeren Erscheinung nach, da beide gegen dasselbe, den Tod, gekämpft haben.

THOMAS

Sie ...? Bei Manassas?

Bagby

(unsicher, weicht zurück)

Aber ja doch, ja, aber ich …

Thomas

(fast gierig)

Sie … in jeder Hinsicht mein Gegenteil …

Bagby

(betroffen, zieht sich aus Thomas' Reichweite zurück, erklärt hastig)

Nein, nein, ich war nur auf der Galerie dort, als Zuschauer sozusagen. Ja, dieser Senator, von dem ich gesprochen habe? Dazu eine Bekannte, und das Ganze mehr als Ulk. Aber wie es so ist, kaum hatten wir an einem Plätzchen mit guter Aussicht unser Picknick aufgebaut, da reitet ein Kavallerist mittendurch, so daß die Flaschen in alle Richtungen zerklirren. Hier, eine Glasscherbe … ich bin immer noch davon gezeichnet, sehen Sie?

(hält Thomas das Handgelenk hin, worauf dessen Gesicht einen Ausdruck tiefer Verachtung annimmt, während er sich hinter dem Schreibtisch auf dem Absatz umdreht)

Die ganze Potomac-Armee ist über dieses Picknicktuch hinweggeritten, jeder einzelne Soldat. Ich habe einen Stiefel verloren, ehe wir wieder in Washington in Sicherheit waren …

(verwirrt, kann sich Thomas' Reaktion nicht erklären)

Die Dame war sehr ungehalten …

Sie starren sich an, während die Geräusche aus den Kulissen verstummen.

Thomas

(mit äusserster Anstrengung, hinter dem Schreibtisch sitzend)

Hören Sie sich das an! Was hat das zu bedeuten? Ich sage Ihnen, ich werde hier Ordnung schaffen! Gehorsam, jawohl, gegenüber der Obrigkeit, so wie es sein muß, und damit werde ich ein Ende machen.

Bagby

(hilflos)

Womit, Sir?

THOMAS

(HEFTIG)

Mit all dieser ... Empörung, diesem ... Chaos, haben Sie verstanden?

BAGBY

(ZIEHT SICH NACH LINKS HINTEN ZURÜCK, FAST KLAGEND)

Wenn wir nicht ab und zu einen Schädel einschlagen dürfen ...

THOMAS

Und Bagby!

(BAGBY BLEIBT STEHEN)

Diese Narbe? Nur zu Ihrer Information, diese Narbe, über die Sie sich Gedanken gemacht haben? Das war ein Unfall, das ist ... bei einem Sturz vom Pferd passiert ...

Während BAGBY hinten links steht und THOMAS mit einem Ausdruck verschmitzten Verstehens mustert, der an die Stelle seiner Verblüffung getreten ist, hört man aus den Kulissen das Geräusch von zerklirrendem Glas, dann rasches Abblenden.

Tut! Tut, tut!

–Gott sei Dank.

–Nein, bleib sitzen, Christina, Moment. Das war bloß die erste Szene, ich rufe nur eben Ilse, damit ...

–Mister Crease? Wo ist denn ...

–Den Flur entlang, an den Kisten vorbei, die zweite Tür rechts. Also. Ist euch irgend etwas bekannt vorgekommen? Wer hat den Film gesehen?

–Er war abartig.

–Das glaube ich dir aufs Wort, Frank, aber darum geht es jetzt nicht. Hat jemand ...

–Ich bin nicht Frank, ich bin Jed. Das da ist Frank.

–Also gut, Jed. Oder Frank, oder sonstwer, hat irgendeiner, ach, Ilse? Bringen Sie mir bitte ein Glas von diesem Pinot Grig...

–Ilse? Ich glaube, er nimmt lieber eine schöne Tasse Tee.

Ja, es gab durchaus Filmszenen in den Kontoren mit Blick auf die

Zeche, den Lärm, den Qualm, aber diese Figur Bagby, sie erinnerten sich an eine Nebenfigur in dem Film, eine Art Stichwortgeber, eine Folie, klein, dick, unflätig, –eine Art Hanswurst, Oscar, reinste Opera buffa, allenfalls in ein, zwei primitiven Zügen Bagby, ein Stereotyp, ein komischer Kunstgriff. Aber woher stammte er? Sie hatten einfach einen Italiener aus Bagby gemacht, um ihre Spuren zu verwischen, genau wie mit dem Wechsel von Livingston zu Siegal? –Sehen Sie's doch mal so, Oscar, die machen einfach Parodie geltend, je schlimmer diese Witzfigur von denen ist, je mehr die sich über Bagby mit seinem Herumgehampel lustig machen, desto eher können sie sich auf Parodie berufen.

–Na schön, aber hören Sie mal, was als nächstes kommt. Hören Sie sich mal an, was als nächstes kommt, das ist eine ganz spezielle Szene, es treten fünf, sechs Figuren darin auf, die konnten sie nicht übernehmen, die konnten sie nicht einfach übernehmen und das als Parodie bezeichnen …

Am gleichen oder einem Abend kurz darauf. Vorhangszene einer Straßenecke, zur rechten Bühnenseite hin dunkel. Ramponierte Überreste einer Demonstration früher am Tage, wie etwa patriotische Fähnchen, verschandeln die Straße, zerfledderte Rekrutierungsplakate bedecken die Mauern. Das in dieser kurzen Szene auf die Figuren fallende Licht kommt von links aus den Kulissen und flackert, so daß sich der Eindruck eines Feuers von zunehmender Stetigkeit und Helligkeit ergibt.

Zu Beginn der Szene ist alles still bis auf das Geräusch eines weinenden Kindes von oben rechts, nicht laut oder verzweifelt, sondern ein langsam anschwellendes Wimmern. Von rechts vorn erscheint in langsamem Gang und mit gesenktem Kopf THOMAS, ohne die Gestalt zu bemerken, die ihn etwa in Bühnenmitte erwartet: ein SOLDAT in der verschlissenen blauen Uniform der Unionsarmee, der deutlich hinkt und von demselben Schauspieler dargestellt wird wie WILLIAM im ersten Akt, allerdings in der Maske eines gut zwanzig Jahre älteren Mannes, damit man ihn auf keinen Fall für WILLIAM hält. Er ist barfuß, seine an den Schnürsenkeln zusammengeknoteten Schuhe hängen ihm über der gebeugten Schulter.

SOLDAT

(STELLT SICH THOMAS IN DEN WEG, LEGT IHM DIE HAND AUF DEN ARM)

Sie…?

(WÄHREND THOMAS ZUSAMMENZUCKT, ERSCHROCKEN ZURÜCKFÄHRT UND SICH IHM DANN ENTGEGENSTELLT)

Hätten Sie einen Augenblick Zeit? Sie werden gleich verstehen. Sie … Sie sehen aus, als hätten Sie es auch schon erlebt…

THOMAS

(FASST SICH WIEDER, BRÜSK)

Was hat das zu bedeuten?

SOLDAT

(REICHT IHM PAPIERE)

Ich bettle nicht. Hier, ich bin ein ehrlicher Mann. Ich will nichts umsonst.

THOMAS

(VERBLÜFFT)

Was ist das?

SOLDAT

Vier Monate Sold. Für den Preis von dreien gehört er Ihnen. Mit der Kleiderzulage von drei fünfzig pro Monat wären das sechsundsechzig Dollar für fünfzig, für fünfzig Dollar Gold gehören Sie Ihnen.

(WÄHREND THOMAS ZURÜCKTRITT UND IHN BEUNRUHIGT UND VERWIRRT ANSIEHT)

Also gut, dann eben Papier. Gold oder Papier, was soll's!

THOMAS

Ja, aber … wieso mir? Wovon reden Sie?

SOLDAT

(WIRD AGGRESSIV)

Ich rede davon, daß Sie es vielleicht einlösen können und ich nicht, davon rede ich! Es war kein Zahlmeister da, davon rede ich, und man hat uns gesagt, es wäre vorbei, die ganze blutige Schweinerei wäre zu Ende, und jetzt ruft man mich zu meiner Kompanie zurück. Können meine Kinder etwa diese Papiere essen? Kann ich sie ohne einen Penny hierlassen, wo ich vielleicht gar nicht wiederkomme? Sie sind an Essen und Kleidung gewöhnt, das ist mein Fehler, und ich lasse ihnen Geld da, bevor ich gehe ... wenn Sie ... das hier kaufen?

THOMAS

(ENTSETZT, STÖSST DIE PAPIERE VON SICH)

Aber ... um Gottes willen! Sie verlangen von mir, daß ... wäre das denn gerecht? Glauben Sie etwa, ich könnte ... Ihren Sold kaufen? Wie sehe ich denn aus?

SOLDAT

(WÜTEND, REISST PAPIERE AN SICH)

Tun Sie bloß nicht so erhaben, bei Gott! Und ... mir erzählen, was gerecht ist! Wo ich Ihre verfluchte Gerechtigkeit in mehr Leid, Schmerz und Feuer habe versinken sehen als ... Und daß ich ein Pfund Granatsplitter im Bein habe, macht Sie das zum besseren Menschen? Wie Sie aussehen in Ihren verfluchten Stutzerstiefeln? Ja, Sie möchte ich sehen, wie Sie meinen Platz an der Front einnehmen, wie Sie zurückgehen ...!

(MACHT SCHWER HINKEND ANSTALTEN, THOMAS ZUR SEITE ZU SCHIEBEN)

Dann gehen Sie mir wenigstens aus dem Weg, Herrgott! Aus dem Weg!

THOMAS

(FASST IHN AN DER SCHULTER, DRÄNGT IHM MÜNZEN AUF)

So hören Sie doch ...

SOLDAT

(TRITT ZURÜCK, STARRT DIE MÜNZEN IN SEINER HAND AN)

Zwölf Dollar?

(MIT SCHNEIDENDER VERACHTUNG)

Sie ... komischer Heiliger!

(SCHLEUDERT DIE MÜNZEN ZU BODEN)

Vier Monate eines Menschenlebens, und Krieg ... das wollen Sie für zwölf Dollar kaufen!

Thomas

(kniet nieder, sucht nach den Münzen, mit verzweifelt flehender Stimme)

Warten Sie! Nicht doch, ich will Ihren Sold nicht … Hier, das ist alles, was ich bei mir habe, nehmen Sie's …

Soldat

(bleibt verlegen stehen, nimmt langsam die Münzen und greift nach Thomas' Arm, um ihm aufzuhelfen)

Ich … Verzeihung, Sir …

Thomas

(verharrt starr auf einem Knie, schlägt die Hände vor die Augen)

Nehmen Sie's und gehen Sie!

(während der Soldat mit entschuldigenden Artigkeiten fortfährt)

Gehen Sie!

Der Soldat zieht seine Hand zurück, bleibt noch einen Augenblick mit bestürzter Miene stehen und eilt dann nach rechts von der Bühne. Thomas verharrt in seiner starren, knienden Haltung, fährt sich dann mit der Hand übers Gesicht und macht Anstalten, sich zu erheben, als ein Ruf und ein Schrei aus den Kulissen rechts ihn langsam aufstehen lassen; noch hat er den jungen Mann nicht bemerkt, der im Laufschritt, als würde er verfolgt, aus dem Dunkel rechts aufgetaucht ist, sich, als er Thomas sieht, an ihn heranpirscht und ihn wie ein Tier anspringt. Schon fast auf den Beinen, schleudert Thomas ihn von sich und stellt sich ihm entgegen: der junge Mann, in verschlissener, schmutziger Arbeitskleidung, ist die schiere Verkörperung nackter Gewalt.

junger Mann

(mit dem Rücken zur Wand)

Sie!

Thomas

Sie kennen mich?

(geht drohend auf ihn zu)

Sie wissen, wer ich bin?

(PACKT DEN JUNGEN MANN AN DEN SCHULTERMUSKELN, SCHÜTTELT IHN)

Was hat das zu bedeuten? Heraus mit der Sprache!

(SCHLEUDERT IHN ZURÜCK)

JUNGER MANN

(SICH DUCKEND, TROTZIG)

Gar nichts!

THOMAS

Nichts!

(GEHT ERNEUT DROHEND AUF IHN ZU)

Ich erfahre es schon, haben Sie verstanden? Ich werde hier ... Ordnung schaffen!

Während sie einander gegenüberstehen, sind aus den Kulissen links Gelächter und Gesangsfetzen zu hören.

(PACKT IHN LANGSAM WIEDER AN DEN SCHULTERN)

Wenn ... Sie ... glauben ...

JUNGER MANN

(WÄHREND THOMAS' GRIFF SICH VERSTÄRKT)

Ich ... bin ... dazu bestimmt ...

THOMAS

(HEISER, SEIN GRIFF NÄHERT SICH DER KEHLE DES JUNGEN MANNES)

Bestimmt!

JUNGER MANN

(MÜHT SICH, THOMAS' HÄNDE VON SICH WEGZUHALTEN)

Etwas ... Besseres zu werden!

Gelächter und Geräusche ausgelassener Fröhlichkeit aus den Kulissen links kommen näher, während der JUNGE MANN, vom Griff des über ihm stehenden THOMAS um seinen Hals niedergehalten, mit fasziniertem Grauen zu ihm aufstarrt, aber mit schlichter Verwunderung spricht, während ein helles Auflodern in den Kulissen links die beiden beleuchtet.

Sie würden ... mich umbringen!

In flackerndem Licht und voneinander gebannt starren die

beiden sich an, THOMAS' Griff lockert sich, bis der JUNGE MANN sich mit rascher Drehung von ihm losreißt, ungestüm zur linken Bühnenseite läuft, Gestalten näher kommen sieht, sich umdreht und nach rechts von der Bühne flüchtet, während von links BAGBY mit zwei anderen auftritt: dem SENATOR, einem extravagant gekleideten und sich gebenden älteren Mann mit weißer Mähne, von gespreizter Albernheit, und einer grell karikierten DIRNE, beide beschwipst und von den Schauspielern dargestellt, die im ersten Akt den MAJOR bzw. GIULIELMA verkörpern.

BAGBY

(HASTET BEFLISSEN AUF DIE BÜHNE)

Ah, Sie sind es, Sir! Ich habe es gesehen, ich habe es mit eigenen Augen gesehen! Sie kriegen ihn schon, keine Angst ... ja ...

(WÄHREND THOMAS SIE WILD ANSTARRT UND SICH MIT DER HAND ÜBERS GESICHT FÄHRT WIE JEMAND, DER EINEN ALPTRAUM ABZUSCHÜTTELN VERSUCHT)

Ja, da sind Sie also auch ausgegangen, um sich zu amüsieren ...! Hier, darf ich Ihnen meinen Freund, meinen engen Partner, den Senator, vorstellen, ja ... und die Dame hier ...

(WENDET SICH MIT ÜBERHEBLICHER HERZLICHKEIT AN DEN SENATOR)

Ich habe schon von unserem neuen Besitzer gesprochen, ja ... ein Gentleman ...

(WENDET SICH WIEDER AN THOMAS)

Fehlt Ihnen auch nichts, Sir? Und ... da, der Riß in Ihrer Hose? Da bei der Tasche?

DIRNE

(NIMMT THOMAS' ARM, LEGT DIE HAND AUF SEINE WANGE)

Hier, Sie haben sich verletzt, Lieber ... Da? An Ihrer Wange ...?

(WÄHREND ER ABRUPT ZURÜCKWEICHT UND MIT DER HAND DIE NARBE BEDECKT)

Entschuldigung, Lieber, schon gut! Ich war's nicht!

(WENDET SICH AN DIE ANDEREN)

Es sah so aus, als wäre es gerade erst passiert!

Bagby

(erklärt nach kurzem verlegenem Schweigen)

Die Aushebungen zur Miliz haben ihnen die Köpfe verdreht …

Während der Senator spricht, taucht von links der Soldat wieder auf und verwickelt Bagby in eine Transaktion.

der Senator

Eine widerwärtige Notwendigkeit, die Aushebung zur Miliz. So widerwärtig für diejenigen, die im edlen, im unerschütterlichen, standhaften und edlen Dienst für ihr Vaterland ihr Leben in die Schanze schlagen … wie für jene Kreaturen, die zu feige sind …! Zu feige, um auf dem Schlachtfeld das äußerste, das letzte an Opfern hinzugeben und darzubringen! Wer? Wer von uns? Wollte einen solchen Menschen zum Waffenkameraden? Um den Zwist, die Herzensängste und glorreichen Leiden der Schlacht mit ihm zu teilen!

Bagby

(beiseite zu Thomas)

Der Senator ist ein sehr einflußreicher Mann, wissen Sie.

(wendet seine Aufmerksamkeit wieder dem Soldaten zu)

der Senator

Wo Einheit und Zwist einander über den schrecklichen Abgrund des Krieges hinweg ins Auge sehen! Wo nur die Einheit! Die Union! Einen kann, und nur der Zwist trennen …

Dirne

(zieht Thomas beiseite)

Kommst du mit mir, Lieber?

(als er sich von ihr losmacht)

Du wirst doch nicht weglaufen …

(spöttisch, greift wieder nach ihm)

Du, der einzige Mann hier?

Bagby

(mit jovialer Blasiertheit, zu dem Soldaten)

Ja, das ist eine originelle Art, Schuhe zu tragen, oder hat Ihnen nie jemand gesagt, wozu sie da sind? Hier, man trägt sie an den Füßen, so …

(streckt dem Soldaten einen Fuss entgegen)

SOLDAT

(MÜRRISCH)

Ja, wenn sie aus Kalbsleder sind und einen nicht bis auf den Knochen wundreiben, Sie Schlauberger. Was ist nun, sechs für fünf.

BAGBY

Sie kennen mein Angebot.

THOMAS

(SIEHT SICH UM)

Wo sind wir?

DIRNE

In der Norwegian Street, Lieber. Ach so, das Feuer? Das ist Mister Bagbys Haus, wo er uns immer so nett bewirtet hat …

SOLDAT

(ZU BAGBY, MIT BLICK AUF DAS GELD IN SEINER AUSGESTRECKTEN HAND)

Moment mal, Sie haben gesagt …

BAGBY

(ZUM SOLDATEN)

Vogel friß oder stirb!

(STECKT PAPIERE EIN, WÄHREND DER SOLDAT SICH HUMPELND AN IHNEN VORBEI ZUR RECHTEN SEITE HIN ZURÜCKZIEHT)

Und seien Sie froh, daß Sie's haben, solange Sie noch am Leben sind …!

DIRNE

(ZU THOMAS)

Sie haben es angezündet, als wir gerade mit dem Essen fertig wurden … aber wir finden schon ein anderes Plätzchen, Lieber …

BAGBY

(FOLGT THOMAS, DER SICH NACH LINKS, AUF DAS FEUER IN DER KULISSE ZUBEWEGT)

Ich habe einfach ab und zu ein Auge drauf gehabt, Sir …

THOMAS geht nach links ab, BAGBY, die DIRNE und DER SENATOR folgen in dieser Reihenfolge.

Ich habe geahnt, daß sich heute abend etwas zusammenbraut, und bin hergekommen, um es zu verteidigen …

DIRNE

(RUFT THOMAS NACH, WÄHREND SIE IHM IN DIE KULISSE FOLGT)

Du läufst doch nicht weg, Lieber ...? Du kommst doch wieder hierher zu uns ...?

Allein auf der Bühne, geht der SOLDAT hinkend langsam nach rechts hinüber, zählt dabei das Geld und verstaut es in seinem Mantel, während er den Schatten erreicht. Das Geräusch eines wie zu Beginn der Szene weinenden Kindes läßt ihn den Kopf heben, aus der Dunkelheit springt ihn der JUNGE MANN an und drückt ihn zu Boden, wo sie einen Moment lang miteinander ringen und dann still liegen. Blackout, während das Weinen des Kindes zu einem Wimmern verebbt.

–Also! Kam das vor? Diese Szene? Kam so eine Szene in dem Film vor? Jed? Oder sonstwer?

–Ich hab das nicht so ganz kapiert, Mister Crease, ganz am Schluß, wo das ...

–Wieso denn nicht kapiert? Es war ein Raubüberfall, oder? Glaubst du etwa, Raubüberfälle sind ein modernes Phänomen?

–Was für'n Ding?

–Eine Modeerscheinung, eine neue Erfindung, hört zu. Diese ganze Kriminalität, Gier, Korruption in den Zeitungen, glaubt ihr etwa, das sind bloß Erscheinungen der Zeit, in der wir heute leben? Daß hier vor unseren Augen unsere große christliche Kultur zusammenbricht? Es verhält sich genau umgekehrt. Diese kleinen Gaunereien von Mister Bagby bei der Belieferung der Unionsarmee, der einzige Unterschied ist, daß es damals um Zehn- und Hunderttausende ging und heute um Millionen und Milliarden, gefälschte Rechnungen, Luftbuchungen, horrende Kostenüberschreitungen und diese Sechshundert-Dollar-Toilettenbrillen, und alles hübsch in die amerikanische Flagge verpackt? Ein Blick in die Zeitung, und es sieht so aus, als wäre unsere Rüstungsindustrie ein einziger gigantischer Betrug, als würde nichts ohne Bestechung und Schmiergelder gebaut, als wäre Wall Street nichts als eine Vereinigung von Betrügern?

–Oscar …

–Was wir hier erleben, ist nicht der Zusammenbruch unserer Kultur, sondern ihre Blüte, Gier und politische Korruption, darauf ist Amerika in den Jahren nach dem Bürgerkrieg aufgebaut worden, damals hat alles angefangen, es geht also nicht darum, ob Korruption ein Anzeichen des Verfalls ist, sondern ob sie von Anfang an in allem enthalten ist. Diese Fälle, die Bagby aufzählt, das stand damals alles in der Zeitung, genau wie unsere heute, und daher habe ich sie auch. Der Soldat, der seinen Soldstreifen verkauft, damit seine Familie etwas zu essen hat, solche Dinge sind wirklich passiert, und der verrohte junge Mann, der ihn überfällt, sie sind beide Opfer dieser Welt von grenzenloser Gier und Korruption und industrieller Sklaverei, aus der fast über Nacht dieses große Land entstanden ist, das ist die Ironie, daß sie füreinander nur Beute sind, ist das nicht klar? Wer hat eben gesagt, er hätte das nicht kapiert?

–Nein, ich meine doch bloß das Kind, da am Schluß, wo dieses Kind weint, das heißt also, es soll das Kind von diesem Soldaten sein, das weint, weil es Hunger hat, und …

–Es ist kein bestimmtes Kind! Es ist kein bestimmtes, es ist das Kind der ganzen Welt, es ist der Schrei der Verlassenheit und Unschuld und, und Traurigkeit und Ausweglosigkeit, der Schrei um die ganze Menschheit in diesen beiden Männern, daß sie einander nur Opfer sind, das ist die tragische Ironie, genau das macht das Theater aus, wenn so eine Szene in dem Film vorkommt, dann haben sie sie gestohlen, stimmt's? So lautet doch die Klage?

–Steckt schon im Vorwurf der ungerechtfertigten Bereicherung, Oscar, aber sehen Sie, das Problem ist …

–Wie kann es denn da ein Problem geben! Wenn man einen Raubüberfall nicht mehr klipp und klar als ungerechtfertigte Bereicherung bezeichnen darf, dann weiß ich nicht, wozu Sprache gut sein soll!

–Schon, aber Sie müssen es beweisen, wenn Sie zum Beispiel davon reden, daß etwas wirklich passiert ist, auf einer wahren Geschichte beruht, Sachen, die Sie aus alten Zeitungen haben, dann wird es damit wieder der Öffentlichkeit frei zugänglich, und jeder hat das Recht, es …

–Ich habe doch gerade gesagt, genau das macht großes Theater aus, oder? Der dramatische Ausdruck der Idee, daß …

–Oscar, dein Anwalt versucht dir zu erklären, daß es hier nicht um großes Theater geht. Es geht nicht um tragische Ironie, nicht um Gier und Korruption, aus denen über Nacht dieses große Land entstanden ist, und auch nicht darum, ob das ein bedeutendes Stück oder ob der Film gräßlich ist. Es geht schlicht und ergreifend darum, ob jemand davon profitiert, daß er dir etwas weggenommen hat, auch wenn es kein bedeutendes Stück wäre, auch wenn es dumm und albern wäre, Hauptsache, es gehört dir, darum dreht es sich doch bei diesem ganzen Affenzirkus?

–Also gut, schön! Nur, wenn du nur nicht dauernd unterbrechen würdest, Christina, genau davon rede ich nämlich, du verschwendest nur Zeit, und daß du es dumm und albern nennst, ist auch nicht nötig. Bloß weil etwas wirklich passiert ist, heißt das noch lange nicht, daß ich es nicht in einem Stück verwenden darf, oder? Ist es vielleicht nicht wirklich passiert, daß man Leute zur Unionsarmee eingezogen hat und daß manche einen Ersatzmann angeheuert haben? Genau an diesem Punkt taucht Mister Kane aus dem ersten Akt wieder auf, hier in dieser Szene, wo Bagby etwas in der Morgenpost sucht.

THOMAS

(KOMMT NACH VORN ZU IHM, REICHT IHM EIN PAPIER)

Das da vielleicht? Eine Engrosbestellung für Bruchbänder?

BAGBY

(NIMMT ES)

Ja … ein kleines Nebengeschäft. Viele tragen sie jetzt, wo die Aushebungsausschüsse überall aus dem Boden schießen. Der Leistenbruch ist mittlerweile richtig en vogue, könnte man sagen. Und … sonst … war da nichts?

THOMAS

Nur das, was Sie da hinterm Rücken verstecken.

BAGBY

Das? Ja, das war auf den Boden gefallen, ich habe es aufgehoben.

Thomas

Es ist nicht heruntergefallen. Ich habe es dorthin geworfen.

Bagby

(liest davon ab)

Ja, «sich binnen fünf Tagen am Sitz des County einzufinden ...» Tja, für die Reise werden Sie nicht lange brauchen, denn der Sitz von Schuylkill County ist hier, wissen Sie.

Thomas

(nimmt das Papier, zerknüllt es erneut)

Und Sie erwarten, daß ich in einem Ihrer Bruchbänder zum Aushebungsbüro marschiere? Glauben Sie, ich nehme das ernst?

Bagby

Ein bißchen Einfluß, und Sie hätten ohne weiteres ...

Thomas

Haben Sie einmal einen Blick in die Zeitung geworfen? Das Ganze ist nur noch eine Frage von Wochen, von Tagen ...

Bagby

Immer noch Zeit genug, um vors Kriegsgericht zu kommen, und wenn Sie für dreihundert Dollar Ihre Ablösung kaufen können ...

Thomas

Sie wollen also, daß ich für eine Woche Seelenfrieden dreihundert Dollar bezahle?

Bagby

Dafür ist Paragraph 13 des Aushebungsgesetzes doch da, damit für bessere Leute wie uns gesorgt ist. Natürlich gilt die Ablösung nur bis zur nächsten Aushebung, und die könnte bei der jetzigen Geschwindigkeit schon morgen stattfinden. Es wäre klüger, Sie bezahlten ein bißchen mehr, damit Sie einen Ersatzmann bekommen, der an Ihrer Stelle geht. Für fünfhundert Dollar kann ich einen auftreiben, und dann soll der Krieg dauern, solange er will. Sie brauchen sich nicht mehr damit zu befassen.

(während Thomas sich setzt, einen Blick auf die Zeitungen wirft und ihn wegwinkt)

Wenn es allerdings um mich ginge, wissen Sie, wenn ich finanziell so gestellt wäre wie Sie, es gibt da den Besitzer der hiesigen

Eisenwerke, vielleicht haben Sie von ihm gehört? Er hat für zwanzigtausend Dollar ein Kavallerieregiment aufgestellt, und dafür hat man ihn zum Oberst gemacht. Und wo ist er jetzt? In Washington, führt seine Uniform vor, steckt im Weißen Haus mit hohen Beamten und Senatoren zusammen und poussiert mit ihren Frauen, wenn sie ihm den Rücken zukehren. Und was wird aus ihm werden? Sie werden ihn zum Brigadegeneral befördern und ihn irgendwohin beordern, wo er eine leere Kaserne bewachen darf, bis sich alles wieder beruhigt, und wenn er wieder hier ist, läßt er «General» auf seine Visitenkarten drucken ...

(ZIEHT SICH EINEN SCHRITT NACH HINTEN ZURÜCK)

Soll ich also einen Mann für Sie auftreiben?

THOMAS

Treiben Sie keinen auf. Das ist doch alles Unsinn.

BAGBY

Unsinn? Und wenn Sie vors Kriegsgericht kommen und als Deserteur erschossen werden, ist das dann auch Unsinn?

THOMAS

(ABRUPT, VERLIERT DIE GEDULD)

Ich kenne das alles, haben Sie verstanden? Es ... reicht jetzt!

BAGBY

Kennen ... was denn, Sir?

THOMAS

(MIT EINEM BLICK NACH RECHTS HINTEN)

Kümmern Sie sich gefälligst um Ihre Angelegenheiten, Bagby. Davon ist gerade ein besonders unschönes Exemplar an Ihrem Schreibtisch eingetroffen.

Während THOMAS spricht, ist KANE mit einem kleinen Koffer am Schreibtisch hinten links aufgetaucht und kommt ohne anzuklopfen zur Tür herein, während BAGBY sich beeilt, ihn abzufangen.

BAGBY

(ZU KANE)

He, Sie, wo wollen Sie denn hin? Zu ihm marschiert man nicht einfach herein, als wäre das hier ein öffentliches Gebäude. Hier wendet man sich an mich.

Kane

(bleibt stehen, während Thomas sich langsam zu ihm umdreht, verwirrt)

Sind Sie vielleicht ... Mister Bagby?

Bagby

Sie haben meinen Namen im Barbierladen in der Coal Street bekommen, stimmt's? Zeigen Sie mal Ihre Zähne.

(Kane gehorcht)

Nicht daß Sie sie zum Essen brauchen werden. Und Ihre Finger und Zehen haben Sie auch noch alle, ja? Es wird schon gehen mit Ihnen, falls Ihr Mundgeruch nicht alle umwirft. Laufen Sie zum Barbierladen zurück, verstanden? Sagen Sie dort, ich hätte Sie geschickt. Mister Bagby, verstanden? Die wissen dann schon, was sie mit Ihnen zu tun haben. Mit gestutzten Haaren und ohne das Gestrüpp im Gesicht kommt ja vielleicht sogar ein Zwanzigjähriger zum Vorschein! Und dann melden Sie sich wieder hier bei mir, verstanden? Ich bringe Sie dann zur Anwerbung. Und jetzt Beeilung!

Thomas

(steht langsam auf)

Einen Moment!

Bagby

(dreht sich, Kane am Arm festhaltend, zu ihm um)

Sie wollen ihn sprechen, Sir?

(tritt etwas zurück, mustert Kane erneut)

Also, offen gesagt, auf den zweiten Blick sieht er nicht so aus, als käme er weit. Den Bauch werden sie ihm so schnell nicht wegschleifen können, und sein Mundgeruch brächte einen Zug zum Stehen. Bis Sonnenuntergang habe ich was Besseres aufgetrieben.

Kane

(beinahe entschuldigend)

Bitte um Verzeihung, daß ich Sie irregeführt habe, Sir. Alles, was ich anzubieten habe, sind meine Waren hier. Ich bin Reisender in Tabakwaren,

(kommt nach vorn zum Schreibtisch)

und ich habe hier ein schönes helles Blatt, das Sie vielleicht interessiert …

Thomas

(kommt hinter dem Schreibtisch hervor, bietet einen danebenstehenden Stuhl an)

Gewiß, setzen Sie sich doch. Sie werden Mister Bagby hier verzeihen. Sein Eifer, die gesamte Armee der Union mit Rekruten zu versorgen, zu ernähren, zu entwurmen und von Kopf bis Fuß auszurüsten, geht manchmal mit ihm durch.

(zu Bagby, trocken)

Obwohl mir nicht klar war, daß Sie auch rekrutieren.

Bagby

Ich, Sir? Ja, ich habe sozusagen meine Dienste offeriert. Seit Lee den Potomac überschritten hat, hat es ja keinen Moment der Ruhe mehr gegeben, da darf man nicht zurückstehen, sondern muß seine Unterstützung anbieten …

Thomas

Und Sie haben Unterstützung aus der Zeche angeboten? Ist die Lohnliste deshalb jedesmal kürzer, wenn ich sie mir ansehe?

Bagby

Und warum nicht, wo doch die Zechen geschlossen sind? Wenn man uns befiehlt, den Betrieb einzustellen, bis die Aushebung vorbei ist, sollen wir die armen Leute dann etwa in die Arbeitslosigkeit entlassen?

Kane

Ja, wie ich höre, ist Harpers Ferry gefallen, und General McClellan marschiert ihnen mit sämtlichen Divisionen, die er zusammenziehen kann, von Washington aus entgegen, um sie aufzuhalten, ehe sie die Stellungen hier in Pennsylvania erreichen. Unten am Fluß habe ich im Vorbeikommen ein paar prächtige Burschen exerzieren sehen …

Bagby

Die? Die Burschen aus Ohio, meinen Sie? Glauben Sie etwa, die bereiten sich darauf vor, gegen Lee und Jackson zu kämpfen? Nein, die bereiten sich darauf vor, die Rekrutierungsoffiziere zurückzuschlagen, das tun sie.

Kane

(dessen Scherzhaftigkeit bei Bagby nicht ankommt)

Eine solche Haltung muß Ihre edlen Bestrebungen arg behindern.

Bagby

Es ist ja nicht so, daß ich ihren Standpunkt nicht verstehe, wissen Sie, jetzt wo herausgekommen ist, daß mit dem Krieg nur die Neger befreit werden sollen. Immerhin haben sie hier in den Zechen hohe Löhne erhalten. Da sollen sie weggehen und sich dafür umbringen lassen, daß ein Haufen Neger frei wird, die hierherkommen und für einen Penny am Tag arbeiten werden? Als alles angefangen hat, hat der Präsident doch selbst gesagt, er hat weder die Macht noch die Absicht, die Neger zu befreien, und jetzt? Von einem Freund, er sitzt in Washington an hoher Stelle, habe ich erfahren, daß er sogar schon eine Proklamation zur Befreiung der Neger verfaßt hat! Ja, diesen Sommer hat er sie geschrieben, der Präsident, und seinem Kabinett vorgelesen. Von wegen die Union erhalten! Wenn vier Millionen Neger frei herumlaufen? Die Wälder sind ja jetzt schon voll von ihnen, und glauben Sie vielleicht, so einer begibt sich wieder in die Sklaverei, wenn er einmal die Freiheit hatte, zu kommen und gehen wie Sie und ich?

Kane

(mit plötzlichem, schlecht verhohlenem Interesse)

Wenn man dergleichen seinem Kabinett vorliest, hat man noch keinen befreit.

Bagby

Wem soll er's denn sonst vorlesen, Ihnen etwa? So wie die Dinge stehen, würde er sich lächerlich machen, wenn er es öffentlich verläse. Nein, er muß auf einen Sieg warten. Dann hören die Leute zu, und es leuchtet ihnen ein. Mit einem wirklichen Sieg im Rücken kann er die Sklavenstaaten vor die Wahl stellen, in die Union zurückzukehren oder mitanzusehen, wie ihre Sklaven vor ihrer Nase befreit werden.

Thomas

Ein Sieg? Was wäre denn anders, wenn er eine Schlacht gewönne? Nein, da muß er schon den Krieg gewinnen!

Kane

(nachdenklich)

Aber schon eine Schlacht ... und eine Schlachtreihe, die unterm Banner eines Kreuzzuges vorrückt ... Während der Süden darauf wartet, daß Frankreich und England intervenieren, und sei es nur, um die Baumwolle zu befreien. Bei einem Aufstand, einem Bürgerkrieg könnte das ja durchaus noch passieren ... aber bei einem Kreuzzug gegen die Sklaverei?

Bagby

Richtig, und ein Sieg ist alles, was dem Präsidenten fehlt, um es dazu zu machen! Wie der Krieg ausgeht, weiß keiner, der nicht die nächste Schlacht gesehen hat!

Bagby geht mit wichtigem Gehabe links hinten ab.

Thomas

(ruhig)

Sie mögen mich nicht, Kane, nicht wahr? Das haben Sie schon auf Quantness gezeigt, als wir uns kennenlernten. Was wollen Sie denn nun?

Kane

(im Umdrehen, freundlich)

Vielleicht ist es ja nur meine ungeschickte Art? Ja, meine Art ist vielleicht Ihrer Narbe vergleichbar, dem Ausdruck, den Sie Ihnen verleiht. Beim Hereinkommen hatte ich den Eindruck, daß mein Anblick Sie empört, aber ... so war es doch wohl nicht?

Thomas

Und die Baumwolle, was ist damit passiert? ... Hat sie Wilmington je verlassen?

Kane

Ja, das hat sie. Das ist auch der Grund meines Kommens ...

Thomas

Und was ist damit passiert? Es knüpfen sich Verpflichtungen daran, und ich habe nichts gehört. An dieser Baumwolle lag mir nämlich besonders, es gab darüber eine Vereinbarung mit dem Major, und ich habe nichts gehört. Keine Überweisung, nichts ...

Kane

Die Ladung hat die französische Regierung beschlagnahmt.

Thomas

Beschlagnahmt? Aber … ich habe keine Gläubiger dort, habe keine Schulden hinterlassen.

Kane

Eine französische Werft hat sie pfänden lassen. Die Firma, die das Rammschiff Stonewall baut. Die Baumwolle wurde von einem Hafen im Süden aus verschifft, und die Werft hat noch kein Geld gesehen …

Thomas

Ein Rammschiff! Aber … um Gottes willen! Man setzt mich schon wegen der Gewinne unter Druck, die Anteilseigner hier… ein Rammschiff! Wozu lassen sie denn ein Rammschiff bauen!

Kane

Um die Blockade zu brechen …

Thomas

Die Blockade! Zum Henker mit der Blockade, was spielt denn das jetzt noch für eine Rolle? Bei der Armee, die hier heraufstürmt? Wahrscheinlich ist Lee schon in Pennsylvania einmarschiert, während wir hier sitzen, er steht direkt auf unserer Schwelle, und dort macht man sich wegen einer Blockade Sorgen? In ein paar Tagen ist die ganze Sache ohnehin vorbei.

Kane

Ich meine mich zu entsinnen, daß Sie das auch schon bei unserer letzten Begegnung gesagt haben.

Thomas

(mit trotziger Verärgerung)

Und wenn – stimmt es etwa nicht?

Kane

Nicht so, wie es damals geendet hätte, als hunderttausend Mann Unionstruppen vor Richmond zusammengezogen waren.

Thomas

Ja, aber … verdammt, darum geht es doch jetzt gar nicht! Sehen Sie denn nicht, in welchem Zustand hier alles ist? Diese Aushebungen für die Miliz und der ganze andere Unsinn? Sie haben fürchterliche Angst. Die Armeen des Südens werden dazwischenfahren wie Hagel in ein Kornfeld.

KANE

(RUHIG, BEÄUGT THOMAS' STIEFEL)

In solchen Stiefeln, vielleicht.

(WÄHREND THOMAS GEREIZT MIT DEM STIEFEL AUFSTAMPFT)

Sie reden, als wäre Lees Armee ... eine Maschine. Sie haben sie doch gesehen. Haben Sie das etwa schon vergessen? Männer und Knaben ohne Schuhe? Zerlumpt, Gewaltmärsche mit einem trockenen Biskuit als Ration? Bleibt ... etwa jemals ... einer auf dem Schlachtfeld, den man in einer heilen Hose begraben könnte?

THOMAS

Glauben Sie etwa, ich durchlebe es nicht immer noch jede Nacht aufs neue! ... Den Männern merkt man es nicht an, wenn die Schlacht vorbei ist. Sehen Männer tot aus, über die man stolpert? Nein, sie haben nichts gesehen, der Tod, der sich ereignete, hat nichts mit ihnen oder dem Leben zu tun. Aber die Pferde ...!

(ER SCHAUDERT)

Die Pferde hatten ihn gesehen, er war noch in ihren Augen, den hochgeschleuderten Köpfen, den geweiteten Nüstern und den Augen ... weit aufgerissen, sahen sie ihn immer noch ... Er ist immer noch da, auf einem Feld, das noch am Morgen nichts anderes als ein Feld war. Ja, man hätte sein halbes Leben dort verbracht oder es noch nie gesehen haben können. Felder, Zäune, Bäume, ein Bach... Hat es je etwas ausgemacht, ob der Zaun da war? Oder ob es da einen Graben gab? Ob das Korn geschnitten war oder die Bäume Blätter hatten? Bis die Morgensonne aufgeht und dort ein Schlachtfeld vorfindet? Warum? Hier? Nicht eine oder zwanzig Meilen weit weg, sondern hier! Und jetzt bekommt alles Bedeutung, nichts hätte anders sein können. Kein Baum oder Stein, um sich dahinter zu verkriechen, nichts hätte anders sein können, wenn Männer sterben? Im Korn verborgen? Im Graben liegend? Wenn das da Bäume wären? Und es dort kahl wäre? Wer hätte dann überlebt, und wer wäre gestorben? Wer hätte gelitten, und wer ... wäre davongekommen ... Denn wenn jeder Baum, wenn jeder Stein und jeder Zaunpfahl ohne jeden Grund genau dort war, wo er sich an jenem Tag, in jenem

Augenblick befand, dann hatten unser Schmerz und unser Tod genausowenig Bedeutung wie die Steine …

KANE

Aber als Sie sagten, Sie hätten … gegen den Tod gekämpft und gesiegt …

THOMAS

Das habe ich auch! Als der ganze Himmel sich drehte und barst, der Wald bis an den Karrenweg heranrauschte und die glänzenden Maisstengel hinterm Stangenzaun hervorstachen, wo das dumme Gesicht dieser Kapelle über den Bach hinweg auf das Haus herabglotzte, dessen Fenster im Sonnenlicht blitzten, als stünde es in Flammen. Die rotbraune Stute hatte mich an dem um mein Handgelenk geschlungenen Zügel über die Steine geschleift, und ich zog mich an der Kraft ihres Schreckens hoch. Und als ich ihren Kopf zu Boden zwang und schoß, knickten ihre Beine ein, als wäre sie ein Spielzeug. Sie stolperte oder stürzte nicht, sie klappte zusammen … brach einfach zusammen, während sie vor dem, was da geschah, weglief … Aber wenn das alles … nun genauso wenig Bedeutung hatte wie das hier?

(ENTFERNT SICH EIN PAAR SCHRITTE, KOMMT ZURÜCK)

Ich … kenne mich selbst nicht einmal mehr. Auf diesem Schlachtfeld, als ich erkannte, daß der Mann, den ich auf mich zustürmen sah, in jeder Beziehung mein Gegenteil … daß nicht er, sondern der Tod mein Feind war, den wir gemeinsam bekämpften … Und seit damals … kommt es mir vor, als träfe ich in einer dunklen Straße auf mich, würde überfallen, aufs Pflaster geworfen und müßte mich gegen mich selbst wehren! Deshalb also mißtrauen Sie mir! Weil ich ein Held bin, so war es doch? Ja, wie meine Mutter sagte, «ein Kriegsheld zu sein …»

KANE

Ich? Aber ich mißtraue dem auch nicht mehr als Sie selbst, als einer kindlichen Vorstellung, nach der man, wenn man die Gefahr frontal auf sich zukommen sieht, wegläuft oder standhält, und das ist dann Feigheit oder … «soldatische Stärke». Mut dagegen – es braucht den Mut der Weisheit, um die Probe zu bestehen, wenn wir nicht damit rechnen.

–Oscar, ist ...

–Ich bitte dich, Christina! Unterbrich doch bitte nicht dauernd, was ist denn?

–Schon gut. Da ist bloß jemand mit einem Fotoapparat auf dem Rasen.

–Mit einem, wer! Wer ist das, was macht der da!

–Oscar, sei doch vorsichtig, sonst kippst du noch den ganzen ...

–Na, stell fest, wer es ist! Fotografiert hier einfach auf dem, jemand spioniert da draußen herum, der ...

–So beruhige dich doch, mein Gott. Wer um alles in der Welt sollte denn hinter uns herspionieren?

–Genau das möchte ich ja gern wissen. So wie Kiester und diese Leute herumschleichen, es gibt doch so was wie Verletzung der Privatsphäre, oder? Kann man das nicht in die Klage aufnehmen?

–Wenn du deine Klage noch nicht eingereicht hast, Oscar, wissen Kiesters Leute doch gar nicht, wer du bist, warum sollten sie dir also nachspionieren.

–Ich rede nicht mit dir, Christina, würdest du bitte gehen und feststellen, wer das da draußen ist? Ich rede mit Mister Basie über diese Klage.

–Die Sache ist die, Oscar, wir klagen wegen Urheberrechtsverletzung. Wenn man da Privatsphäre und solche Sachen mit hineinnimmt, bringt man bloß alles durcheinander und hat gute Aussichten, daß die Klage gar nicht zugelassen wird, am besten, wir bleiben einfach bei Ihrem Stück da.

–Also gut, was ist dann mit den Pferden?

–Wieso, was für Pferde?

–So, wie er gerade die Pferde auf dem Schlachtfeld beschrieben hat, daß der Tod noch in ihren Augen ist, das Grauen, das kommt doch alles in dem Film vor, oder? So wie diese Besprechung die Pferde in dem Film beschrieben hat?

–Sie zu beschreiben ist eine Sache, sieht man sie direkt da oben auf der Leinwand, können Sie nicht beweisen, daß die ...

–Sie verlangen doch nicht etwa von mir, daß ich auf der Bühne Pferde herumgaloppieren und sterben lasse, oder? Die Schlacht kommt nämlich noch, das werden Sie gleich sehen, und zwar am

Ende des Akts, allerdings nur in Form von Effekten, Licht und Geräuschen, und das ...

–Haben Sie mal Errol Flynn in Der Angriff der leichten Brigade gesehen, Oscar? Weiß nicht, wie viele Pferde bei den Dreharbeiten umgekommen sind, wirklich verletzt worden und umgekommen sind, und zwar so übel, daß man deswegen die Gesetze geändert hat, diese Kiester-Leute brauchten gar nicht bei Ihnen zu klauen. Die müssen bloß behaupten, sie hätten Errol Flynn in Der Angriff der leichten Brigade gesehen.

–Hören Sie. Ich habe Errol Flynn in Der Angriff der leichten Brigade nicht gesehen, nein. Das ist es ja gerade, genau davor habe ich Angst, daß die Leute meinen Namen mit diesem hirnlosen Quatsch in Verbindung bringen, wenn sie glauben, ich hätte mein Stück von Errol Flynn in Der Angriff der leichten Brigade, dann ist mein ganzer Ruf ruiniert, und der Einkommensverlust als Gelehrter und als, als Dramatiker, genau, was ist eigentlich damit? Was ist damit?

–Na, Sie fordern einfach Ersatz des tatsächlichen Schadens plus Schadensersatz in dreifacher Höhe für seelisches Leid und beruflichen Schaden.

–Ach so. Gut. Das wollte ich wissen, ja, gut, das wollte ich, was macht sie denn da draußen, nun sehen Sie sich das an, jetzt kommen sie schon bis auf die Veranda, wer ist diese Frau, Christina? Macht mal einer das Fenster da auf, damit ich, Christina! Sorgst du bitte dafür, daß er zu fotografieren aufhört? Wer sind denn diese Leute!

–Vielleicht verschwinden wir jetzt lieber, Mister Crease.

–Hinsetzen! Setzt euch alle wieder hin, wir sind noch nicht fertig, bei diesen Unterbrechungen verliert man den ganzen Faden der ...

–Mach ruhig weiter, Oscar, es ist bloß die Immobilienmaklerin, sie läßt Fotos für ihren Prospekt machen.

–Sie sollen aufhören! Das ist ja geradezu eine Aufforderung, Leute, die Häuser ausrauben, daher kriegen sie ihre Ideen, sorg dafür, daß sie verschwinden!

–Sie haben nicht vor, das Haus auszurauben, sie ...

–Sieh zu, daß du sie loswirst, ja? Sie haben schon die dramatische Spannung unterbrochen, die ganze Szene steht und fällt mit der, wo sind wir denn jetzt ...

Während KANE zu THOMAS aufstarrt, dessen Gesicht einen verblüfften Ausdruck annimmt, erscheint hinten links ein ramponierter BAGBY und eilt zu ihnen nach vorn.

BAGBY

Hier, die Wache hat mich mitgenommen, damit ich einen Blick auf sie werfe, wie sie sich bei Schacht sieben blutige Köpfe holen, und was, glauben Sie, haben wir erfahren? Sie wollten ihn in Brand stecken, ist das zu fassen, und brüllten etwas von ihren Rechten, jawohl, und wen, glauben Sie, haben wir gefunden! Wie Springteufel aus der Erde, aus der Grube selbst, in blinder Zerstörungswut auf alles einprügelnd, bloß um zu prügeln ... und wen, glauben Sie, haben wir erwischt? Den Jungen, der Sie damals in der Norwegian Street angegriffen hat, in der Nacht, als Ihr Haus niederbrannte. Dieselbe Nacht, als dieser Soldat ermordet wurde, und man weiß, daß es dieser Junge war. Sie bringen ihn auf meine Anweisung hierher, die Wachen bringen ihn her, damit Sie ihn identifizieren können.

THOMAS

Ich? Ich habe keinen Mord gesehen.

BAGBY

Nein, nicht deswegen, nicht wegen des Mordes, der ihm nicht nachzuweisen ist, obwohl wir wissen, daß er es war. Nein, damit Sie ihn als Angreifer identifizieren können, und Sie werden sehen! Wenn er die Justiz weiter an der Nase herumzuführen versucht und den Mord nicht zugibt, wird es ihm vielleicht noch leid tun!

Der JUNGE MANN, eingefallen, unrasiert und schmutzig, wird von der WACHE und BAGBY mit einer letzten Anstrengung auf die Bühne geschleudert.

(UMKREIST DEN JUNGEN MANN WACHSAM)

Da haben Sie Ihren Wilden, Sir. Ein prächtiges Exemplar, nicht wahr? Einer der Edlen der Natur sozusagen. Kennen Sie ihn? Je nun, vielleicht erkennen Sie ihn nicht auf den ersten Blick. Hübscher ist er nicht geworden, während er sich versteckt hielt, bis man ihn aufgespürt hat ... He, Wache! Stellen Sie sich da hin!

BAGBY achtet darauf, daß die WACHE zwischen ihm und

dem JUNGEN MANN steht, der entsetzt zu THOMAS hinsieht; THOMAS seinerseits vermeidet es offenbar tunlichst, ihn sich allzu genau anzusehen.

(ZU THOMAS)

Er war es doch, Sir? Der Ihnen in jener Nacht aufgelauert hat?

(ZU KANE)

Er hat Glück gehabt, daß ich zufällig vorbeikam, wissen Sie, sonst hätte der Junge ihn womöglich umgebracht, vorgehabt hat er es jedenfalls ...

(ZU DEM JUNGEN MANN)

Oder etwa nicht! So wie du dann den jungen Soldaten umgebracht hast? Heraus mit der Sprache, du Pinsel! So wie du versucht hast, deinen Herrn hier umzubringen?

KANE

(ERREGT)

Was soll er denn sagen? Daß er zu verändern versuchte, was er selbst war, indem er seinen Herrn zu vernichten versuchte?

BAGBY

(KANE IGNORIEREND, ZU THOMAS)

Warum reden Sie nicht ein Wort mit ihm, Sir. Vielleicht erkennen Sie ihn ja an der Stimme ...

KANE

(AUFGEBRACHT)

Was sollen sie denn zueinander sagen! Erwarten Sie vielleicht, daß die beiden sich zu einem Schwatz zusammensetzen? Wo sie nichts gemein haben als ... das schreckliche Schweigen der Sklaverei?

BAGBY

(VON OBEN HERAB ZU KANE)

Na, na, das geht jetzt aber zu weit. Wer anders hat den Jungen denn zur Mine gebracht als der Junge selbst? Ja ...

(ZU THOMAS)

Ist es nicht so, Sir?

(ZU KANE, MIT EINER HANDBEWEGUNG ZU THOMAS HIN)

Ja, er hat es selbst mehr als einmal gesagt, daß sie aus freien Stükken hier sind ...

Thomas

(ungeduldig)

Wir wollen die ganze Geschichte rasch klären, haben Sie gehört? Ich gehe fort, ich fahre ins Ausland, auf den Kontinent …

Bagby

(betroffen)

Wann denn, Sir?

Thomas

Das weiß ich noch nicht, so bald wie möglich.

Kane

(noch immer widerstrebend)

Morgen abend geht ein Schiff von Philadelphia ab.

Bagby

Obwohl Sie den Gestellungsbefehl haben und sämtliche Häfen von U.S. Marshals überwacht werden …?

Bagby, Kane und schließlich sogar die Wache weichen zurück, während Thomas sich langsam dem jungen Mann nähert, sich vor ihn hinstellt und ihm voll ins Gesicht starrt.

Thomas

(nach kurzem Schweigen zu dem jungen Mann, während dieser seinen Blick erwidert)

Sie … kennen mich? Ja … Ihr Gesicht im aufzuckenden Flammenschein auf der Straße in jener Brandnacht. Ich kenne Sie … nur allzu gut!

junger Mann

(stockend, während Thomas ihm langsam die Hand auf die Schulter legt, mit Blick auf dessen Narbe)

Und das da haben Sie von mir, ja? Tja … nicht schlecht!

Bagby

(im Heraneilen)

Obacht, seien Sie vorsichtig …

Thomas

(packt den jungen Mann an der Schulter, fixiert ihn aus nächster Nähe)

Ja … Sie kennen mich!

(TRITT NACH GANZ KURZEM, EINDRÜCKLICHEM SCHWEIGEN ABRUPT ZURÜCK UND STÖSST DAMIT BEINAHE BAGBY UM, AN DEN ER SICH GELASSEN WENDET)

Er geht an meiner Stelle.

BAGBY

(VERBLÜFFT, WÄHREND KANE ENTSETZT DABEISTEHT)

Wie … er? An Ihrer Stelle bei der Aushebung, Sir? Wieso … wieso …

THOMAS

Falls er dazu bereit ist.

BAGBY

Falls er dazu bereit ist! Wieso, was hat er dazu bereit zu sein?

(WENDET SICH MIT TIEFER VERACHTUNG AN DEN JUNGEN MANN)

Na! Bist du bereit?

JUNGER MANN

(RUHIG, ZU THOMAS, MIT ANGEDEUTETEM LÄCHELN, RICHTET SICH AUF)

Ich bin bereit.

BAGBY

(VERSUCHT EILENDS, WIEDER HERR DER SITUATION ZU WERDEN)

Ja, das glaube ich gern! Wenn die Alternative Gefängnis heißt …

THOMAS

Das habe ich nicht gesagt!

KANE

(NÄHERT SICH UNSICHER THOMAS, LEGT IHM DIE HAND AUF DEN ARM)

Was … tun Sie da …

BAGBY

(NACH RASCHER SCHARFER KALKULATION, ZU THOMAS)

Ja, natürlich, Sir, Sie wollen großmütig an ihm handeln …

(ZIEHT IM WEITERREDEN HASTIG EINE DICKE BRIEFTASCHE, ENTNIMMT IHR EIN GELDBÜNDEL, DAS ER RASCH ZÄHLT UND DEM JUNGEN MANN REICHT)

Und ich habe zufällig das Honorar passend bei mir, das sind sechshundert Dollar …

THOMAS

In Gold! Holen Sie es jetzt gleich aus dem Safe, verstanden?

BAGBY

(KALKULIERT ABERMALS RASCH UND SCHARF, ZIEHT SICH NACH LINKS HINTEN ZURÜCK)

Wie Sie meinen, Sir ... in Gold.

KANE

(IMMER NOCH ENTSETZT)

Wissen Sie eigentlich ... was Sie da tun?

THOMAS

(UNGEDULDIG, SCHÜTTELT IHN AB)

Das habe ich Ihnen doch gesagt! Und ... was zum Henker wollen Sie eigentlich? Daß ich den Rückzug antrete? Jetzt? Wo der Krieg, der ganze Krieg, fast vorbei ist? Und noch die Möglichkeit besteht, alles in Ordnung zu bringen ...?

KANE

(VON GRAUEN UND BESTÜRZUNG VERSTÖRT)

Und Sie glauben immer noch, eine Schlacht macht dem ein Ende! Schlachten, Schlachten, ja sehen Sie das denn nicht? Daß man Schlachten schlagen kann, bis kein einziger Soldat mehr steht und immer noch niemand gesiegt hat? Nein, dafür sind Soldaten da, daß sie Schlachten schlagen und sie gewinnen oder verlieren, aber... nein, sie machen nicht mehr den Krieg aus. Krieg ist Zermürbung... nicht von Armeen, sondern von Menschen, Menschen, Menschen...! Nicht weil er Soldaten in der Schlacht auslöscht, sondern... die Hoffnung im Herzen!

BAGBY

Na, na!

(WENDET SICH ZU DEM JUNGEN MANN UM)

Viel macht er ja nicht her, aber Sie hätten es auch schlechter treffen können, so wie die Zeiten sind ... Keine Familie, kein Zuhause, ein völlig unbeschriebenes Blatt sozusagen, aber in technischen Dingen ist er geschickt ...

(TRITT GESCHÄFTIG AUF DEN JUNGEN MANN ZU)

Halt dich gerade! Du bist hier nicht unter Tage!

THOMAS

(AN KEINEN VON BEIDEN GEWANDT)

Überhaupt nichts, wofür er kämpfen könnte ...?

BAGBY

Wozu braucht er denn etwas, wofür er kämpfen kann? Wo er schon gegen so vieles zu kämpfen hat? Alsdann ...

(ZU DEM JUNGEN MANN)

Zeig mal deine Zähne ... Nicht daß du sie brauchst, um Pökelfleisch zu kauen, aber du mußt deine Patronen aufbeißen können. Deine Finger und Zehen hast du noch alle, ja? Und auch keinen Leistenbruch?

(STÖSST DEM JUNGEN MANN DIE FLACHE HAND IN DEN UNTERLEIB; DER JUNGE MANN FÄHRT AUF IHN LOS UND FÄNGT SICH DANN MIT DEM GLEICHEN HALBLÄCHELN, WÄHREND BAGBY ZURÜCKTRITT)

THOMAS

Aber ... seine Augen da ...

BAGBY

Das ist nichts, das kriegen sie alle unter Tage. Manche von ihnen rollen die Augen hin und her wie imitierte Negersänger. Das bekommt man, wenn man in einem engen Flöz im Dunkeln auf der Seite liegt und mit der Hacke arbeitet. Manchmal sieht man sie auch aus dem Schacht kommen und hier draußen im Sonnenlicht herumstolpern wie wir im Dunkeln, oder wenn wir blind wären ...

(ZU DEM JUNGEN MANN)

Achte auf deine Augen, wenn du gemustert wirst, sonst gibt es keinen Penny.

(NIMMT EINEN SACK VOM SCHREIBTISCH, WENDET SICH AN THOMAS)

Und Sie werden ihm etwas für gelegentliche Auslagen geben wollen, Tabak und dergleichen ... sagen wir, zwei Dollar die Woche. Wenn Sie die Anweisung unterzeichnen, kümmere ich mich selbst darum ...

(REICHT DEM JUNGEN MANN DEN SACK)

Hier, und es gibt nichts umsonst, damit du's weißt. Transport,

Kleidung, du gibst mir Geld, und ich sorge für deine Ausstattung.

(ZIEHT EIN PAPIER AUS DER TASCHE UND VERLIERT DABEI EINE KARTE, DIE THOMAS AUFHEBT UND SICH ANSIEHT)

Rock, sechs Dollar einundsiebzig Cents. Überrock, sieben zwanzig. Hut, zwo achtzehn. Hose, drei null drei. Schuhe, eins sechsundneunzig. Unterhosen, fünfzig Cents. Lederkragen, achtzehn …

THOMAS

(HÄLT BAGBY DIE KARTE HIN)

Woher haben Sie das?

BAGBY

(ERSCHROCKEN, FÄNGT SICH RASCH WIEDER)

Ach … das war in jener Nacht. Sie haben es verloren. Ich wollte es Ihnen schon immer zurückgeben, es ist ja auch recht hübsch. Sieht beinahe wie ein Hotel aus. Handgemalt? Oder ist das diese Farm mit dem eigenartigen Namen, wie heißt sie doch gleich? Diese Pflanzung …?

THOMAS und BAGBY starren einander noch einen Moment länger an, während THOMAS das Bild einsteckt; dann wendet sich BAGBY nach links hinten an die WACHE.

Das wäre dann alles, nicht wahr? Es sei denn, Sie wollen dem Jungen hier noch Ihren Segen geben.

Während BAGBY spricht, hat sich THOMAS dem JUNGEN MANN genähert, und die beiden messen einander mit so etwas wie ebenbürtiger Distanz.

THOMAS

(MURMELND)

Jawohl, bei Gott …! Sie sind der richtige!

BAGBY

(ALS SIE SICH VONEINANDER LÖSEN)

Heda!

(ZUR WACHE)

Bringen Sie ihn zur Musterung und sperren Sie ihn dann über Nacht im Gerichtsgebäude ein.

(ZU THOMAS)

Morgen früh geht ein Güterzug mit Speck, Klafterholz und zweihundert prächtigen Rekruten nach Harrisburg, davon zwanzig Chippy-wa-Indianer, die noch nie einen Anzug gesehen haben, dazu fünfzig, die kein Englisch können, und jeder einzelne ist ein Ersatzmann. Was soll's, es lebe die Union ...!

Der JUNGE MANN schüttelt die Hand der WACHE ab und geht unmittelbar vor dieser links hinten ab.

Da hat es letztlich ja doch sein Gutes gehabt, daß er Sie angegriffen hat ...

THOMAS

Das hat er gar nicht ...

BAGBY

So? Was hat er denn dann zu Ihrem Segen gesagt?

THOMAS

Er hat gesagt ... er sei zu etwas ... Besserem bestimmt ...

BAGBY

Sieh mal einer an ...! Vielleicht bekommt er das ja ...

THOMAS

(ÜBER DEN SCHREIBTISCH GEBEUGT, NACH KURZEM SCHWEIGEN)

Er ... hat meine Tabaksdose gestohlen.

BAGBY

So etwas war ja zu erwarten ...

THOMAS

(MIT PLÖTZLICHER, HERAUSFORDERNDER GEHÄSSIGKEIT)

Sind Sie etwa besser?

BAGBY

(NACH KURZEM SCHWEIGEN, IN DEM ER THOMAS ABSCHÄTZEND MUSTERT)

Eines kann ich Ihnen sagen, Sir ... ich und dieser Junge da und Sie? Da sind Sie doch der Herr gewesen? Und Sie sagen, der Krieg ist Geschichte. Ach was. Nein, sehen Sie, der Unterschied zwischen uns ist der, daß ich, ich und dieser Junge da, daß wir uns verbessern können ... wir können uns verbessern, und Sie nicht, und das ... das nenne ich Geschichte.

Während BAGBY THOMAS fixiert, bis dieser sich abwendet, geht die Szene langsam in Dunkelheit und Stille über, die kurz darauf von fernem Kanonendonner unterbrochen wird.

–Ganz entzückend, Oscar, mir ist zwar schleierhaft, was das mit dem Film zu tun hat, aber …

–Entzückend! Ist das alles, was dir dazu, entzückend? Ich verlange ja nicht von dir, daß du bravo schreist, Christina, aber du könntest wenigstens …

–Aber natürlich verlangst du das, im Grunde ist das doch das einzige, was ein Autor will, oder? Daß alles aufspringt und bravo schreit? Ich dachte, wir essen Koteletts zum Dinner, ich will noch rasch in die Stadt, ehe die Geschäfte zumachen. Ist Ihnen das recht, Mister Basie? Lammkoteletts?

–Leider keine Zeit, hört sich wirklich lecker an, aber ich muß los, will vor dem Berufsverkehr auf dem Highway sein.

–Halt, Moment! Hören Sie, da kommt noch eine Szene, und dann der ganze letzte Akt, ihr könnt doch jetzt nicht alle gehen. Es fehlt noch der ganze letzte Akt, wir haben ja noch gar nicht darüber geredet, was …

–Ich glaube, das Telefon hat geklingelt.

–Hab genug beieinander, um Ihre Klage zusammenzuschreiben, Oscar, wenn's Probleme gibt, rufe ich Sie an.

–Soll ich drangehen, Mister Crease?

–Ach so, eins noch, ehe Sie gehen, Mister Basie. Wenn wir für einen Moment in die Wirklichkeit zurückkehren können? Eine Freundin von mir möchte einen Schwangerschaftsabbruch machen lassen, und der Kindsvater hat eine einstweilige Verfügung dagegen erwirkt, und …

–Das ist nicht sein Gebiet, Christina! Wir reden hier nicht von irgendwelchen unanständigen …

–Oscar, sei nicht albern, ich frage doch nur den …

–Er ist aber, er hat keine Zeit, sich damit zu befassen, du hast offenbar vergessen, wer seine Rechnung bezahlt, er …

–Mister Crease? Ein R-Gespräch für Sie aus Disney World.

–Mein Gott.

–Gibt ja jetzt massenhaft Exemplare, Oscar, ich nehme mir einfach eins mit, bringe die Sache auf den Weg. Am besten gehen Sie mal ans Telefon.

–Da fällt mir ein, die zweihundert Dollar, Oscar?

–Nein, halt, Moment, hallo? Ja, ich nehme es an. Hallo?

–Zweihunderteinundzwanzig sechzig, um genau zu sein.

–Aber was ist denn mit der Beerdigung, wieso bist du immer noch da unten ...

–Mister Basie? Wir können hier hinausgehen.

–Nein, Moment! Moment, was soll das heißen, Disney World lag genau auf dem Weg ...

–Eine gerichtliche Verfügung kann man praktisch für alles kriegen, Mrs. Lutz, wenn sie die Abtreibung trotzdem machen läßt, kriegt sie eine Ladung wegen Mißachtung, aber das ist wirklich eine Grauzone, wenn das mit den Rechten des Fötus erst mal richtig anläuft, kann sonstwas dabei rauskommen, vielleicht sogar ein grundlegender Fall wie Roe gegen Wade.

–Wieviel? Was soll das heißen, du bist den ganzen Weg dorthin gefahren!

–Danke, Mister Crease, am besten gehen wir jetzt, hat richtig Spaß gemacht.

–Spaß? Und weg waren sie. Polterten durch den Flur, die Glastüren knallten, Automotoren, das Plärren einer Hupe, Spaß? Er legte den Hörer wieder auf, hielt inne, als lauschte er der Stille, als beobachtete er dieses Wort, beobachtete buchstäblich, wie dessen Erscheinung sich auflöste und verschwand, pflanzte dann unvermittelt beide Füße auf den Boden, stand mit zusammengebissenen Zähnen auf und hielt sich an der Stuhllehne fest, ehe er einen Schritt machte, und noch einen, und so viele, daß er durchs Zimmer zum Tisch und wieder zurückkam, in der Hand, wie zu einem Knüttel, einem Stab, einer Waffe gerollt, ein Bündel Papiere, das sich glattlegte, als er sich niederließ, seine Brille zurechtrückte und erneut, als spucke er es aus, das Wort knurrte, –Spaß!

Über der Bühne steigen in torkelnder Bewegung pyrotechnische Lichter auf und verglimmen allmählich, während der Qualm sich lichtet und die über ein geneigtes Kanonenrohr drapierte Leiche eines SOLDATEN sowie drei bis vier Gestalten sichtbar werden, die wie hingeschleudert vorn rechts liegen. Schlachtgeräusche verstummen, Lichter erlöschen, ein stilles Innehalten, während Sterne aufgehen und die Bühne in violette Dunkelheit getaucht wird.

Von links erscheint BAGBY, blickt sich zerstreut um, schüttelt den Kopf, bleibt stehen und steckt sich gleichmütig ein Bonbon in den Mund.

BAGBY

Sieh an ... man sollte nicht glauben ...

(SCHLENDERT RICHTUNG BÜHNENMITTE, SIEHT SICH DABEI UM)

Dabei würden manche so einen wunderbaren Sinn in alldem sehen ...

(DREHT MIT DEM FUSS EINEN STEIN UM)

Steinen eine Bedeutung abgewinnen ...

(SCHARRT MIT DER FUSSSPITZE IM SCHMUTZ)

Und die Erde hier mit dem Blut von zwanzigtausend Männern getränkt, die nicht mehr kämpfen werden? In einer Schlacht, die nichts weiter als das war, eine Schlacht, in der eine Seite verlor, weil sie nicht gewonnen hat, und die andere gewann, nur weil sie nicht verloren hat ...

Im Sprechen wird BAGBY von so etwas wie furchtsamer Neugier zu den Gestalten hingezogen, die reglos auf der rechten Bühnenseite liegen.

Tja, es ist vorbei, und euch haben Sie hiergelassen? Alle mit dem Kuß des Todes, und so wie ihr euch ... aneinanderklammert ...

(STRECKT ZAGHAFT EINEN FUSS VOR, UM ZWEI GESTALTEN VONEINANDER ZU TRENNEN)

hättet ihr Waffenkameraden sein können, die gemeinsam gegen den ... haaah!

(FÄHRT ENTSETZT ZURÜCK, ALS EINE GESTALT SICH AUF DEN RÜCKEN WÄLZT)

Zerschmettert, wie ein Vogel mit gebrochenem Flügel, auf der Flucht ...

(SICHTLICH ERSCHÜTTERT, KNIET LANGSAM NIEDER)

Ja ... das Tanzbein wirst du nicht mehr schwingen ...

(LEGT DIE HAND AUF DEN KÖRPER DES VOR IHM LIEGENDEN)

In Gefangenschaft bist du jedenfalls nicht geraten, immerhin ... Und deine schönen Zähne hast du auch noch ... aber zusammengebissen zu einer ... so empörten Grimasse! Was denn! Willst du etwa alles Leiden der Welt in der Schönheit deiner eigenen Qual bannen? Dann laß dir eines sagen! Es hört nicht auf!

(RICHTET SICH MIT KURZEM SCHAUDERN AUF, IN DER HAND EINE DOSE, DIE ER DEM LIEGENDEN ABGENOMMEN HAT)

Ja ... dann hat er dich also doch befreit, wie? Sobald er dir deinen Segen gegeben und dich zu sich heraufgezogen hatte? Du warst zu etwas Besserem bestimmt, war es nicht so? Und er hat dich befreit, damit du werden konntest, was du nun bist? Ahhh! Muß denn einer erst gegeißelt, auf die Folter gespannt, geblendet und gepfählt werden, um zu wissen, daß er danach streben sollte, nicht gerecht zu sein ... sondern nur zu scheinen? Ja, und der Ungerechte, steht er nicht über alldem? Über einem Leben für die Meinung anderer? Er, er strebt nicht danach, ungerecht zu erscheinen, nein ... sondern es zu sein! Ja, und dann mag er ein öffentliches Amt bekleiden, weil man ihn für gerecht hält, er mag heiraten, wie er will, und sich zusammentun, mit wem er möchte, und trotzdem gelegentlich einen Gewinn machen ...! Denn es macht ihm nichts aus, ungerecht zu sein, sondern nur, so zu erscheinen! Und wird er folglich nicht reich? Und kann einem Freund helfen und Feinden schaden und Göttern und Menschen besser dienen als jeder andere ...!

(TRITT ZURÜCK, UMSCHLIESST ALLES MIT EINER GESTE)

Jawohl, soviel ... und nicht mehr! Bis zu diesem Punkt ja, aber ... darüber hinaus ...? Nein ... Alles ... alles, was recht ist ...! Aber es gibt Grenzen!

(ZIEHT SICH NACH LINKS ZURÜCK UND BLICKT DABEI NACH RECHTS IN DIE KULISSEN)

Weil ... es so nun einmal sein muß!

Von links aus den Kulissen wird ohne Warnruf ein Schuß abgefeuert.

Ein Bestattungskommando, wie? Womöglich halten sie mich für ... einen Leichenfledderer?

(STECKT DIE DOSE EIN, BLEIBT LINKS KURZ STEHEN)

Sollen sie doch in den Himmel schauen ...! Wenn sie so blind sein müssen, daß sie am hellichten Tag die Wahrheit nicht sehen können, aber die ganze Welt in Dunkelheit getaucht sein muß, damit sie eine Vorstellung von den Sternen bekommen ...

Stille, während BAGBY hastig nach links abgeht; hinter der silhouettierten Szenerie glitzert ein Stern, dann ein zweiter, während der Vorhang fällt.

KLAGE, eingereicht beim US District Court, S.D. New York, 30. September 1990, in Sachen

1) Oscar L. Crease, Kläger, gegen

2) EREBUS ENTERTAINMENT, INC., Ben B.F. Leva, Constantine Kiester alias Jonathan Livingston (Siegal) und andere, Beklagte

Zur Begründung sämtlicher anhängig gemachter Ansprüche wird folgendes vorgetragen:

3) Am oder um den 1. Juli 1970 legte der Kläger dem seinerzeit unter dem Namen Jonathan Livingston in New York als Fernsehproduzent tätigen Beklagten Constantine Kiester ein Exemplar eines Manuskripts eines von ihm verfaßten und für die Bühneninszenierung bzw. Fernsehbearbeitung geeigneten Theaterstücks über bestimmte fiktive Gestalten und Ereignisse während des Amerikanischen Bürgerkriegs vor, das den Titel «Einst am Antietam» trägt.

4) Kurz darauf wurde das Stück dem Kläger mit einem Schreiben des Beklagten zurückgesandt, in welchem dieser Gründe dafür anführte, warum das Stück sich seiner Ansicht nach nicht für die Fernsehproduktion eigne, worauf der Kläger es aus dem Verkehr zog.

5) Etwa dreizehn Jahre später wurde von den und auf Veranlassung der Beklagten, sowohl allein als auch im Zusammenwirken mit dritten handelnd, ein Film mit dem Titel «Das Blut im Rot-Weiß-Blau» hergestellt und öffentlich vorgeführt, der Ähnlichkeiten von so sub-

stantieller Natur mit dem Stück des Klägers aufweist, daß er unter grober Mißachtung von dessen Rechten daran unmittelbar daraus angeeignet worden sein muß.

Zur Begründung des ERSTEN ANSPRUCHS

6) wiederholt und bekräftigt der Kläger den gesamten, in den Abschnitten 1–5 einschließlich enthaltenen Sachvortrag dieser Klage, wie hierin vollständig und ausführlich dargelegt.

7) Am oder um den 1. Juli 1970 legte der Kläger dem seinerzeit unter dem Namen Jonathan Livingston in New York als Fernsehproduzent tätigen Beklagten Constantine Kiester das Manuskript eines von ihm verfaßten und für die Bühneninszenierung bzw. Fernsehbearbeitung geeigneten Theaterstücks über bestimmte fiktive Gestalten und Ereignisse während des Amerikanischen Bürgerkriegs mit dem Titel «Einst am Antietam» vor.

8) Kurz darauf wurde das Stück dem Kläger mit einem Schreiben des Beklagten zurückgesandt, in welchem dieser Gründe dafür anführte, warum das Stück seiner Ansicht nach nicht für die Fernsehproduktion geeignet sei, worauf der Kläger es aus dem Verkehr zog.

9) Etwa dreizehn Jahre später wurde von den und auf Veranlassung der Beklagten, sowohl allein als auch im Zusammenwirken mit dritten handelnd, ein Film mit dem Titel «Das Blut im Rot-Weiß-Blau» hergestellt und öffentlich vorgeführt, der Ähnlichkeiten von so substantieller Natur mit dem Stück des Klägers aufweist, daß er unter grober Mißachtung von dessen Rechten daran unmittelbar daraus angeeignet worden sein muß. Aufgrund dieser Urheberrechtsverletzung ist dem Kläger ein allgemeiner Schaden in noch zu beziffernder Höhe entstanden.

Zur Begründung des ZWEITEN ANSPRUCHS

10) wiederholt und bekräftigt der Kläger den gesamten, in den Abschnitten 1–5 einschließlich enthaltenen Sachvortrag dieser Klage, wie hierin vollständig und ausführlich dargelegt. Aufgrund des betrügerischen Verhaltens von seiten der Beklagten im Zusammenwirken miteinander und mit Ungenannten steht dem Kläger Ersatz für besondere Schadensfolgen in noch zu beziffernder Höhe zu.

Zur Begründung des DRITTEN ANSPRUCHS

Wiederholt und bekräftigt der Kläger den gesamten, in den Abschnitten 1–5 einschließlich enthaltenen Sachvortrag dieser Klage, wie hierin vollständig und ausführlich dargelegt. Insofern das betrügerische Verhalten der Beklagten sowohl allein als auch im Zusammenwirken miteinander und mit Ungenannten als vorsätzlich, mut- und böswillig anzusehen ist und eine grobe Verletzung der Rechte des Klägers darstellt, wodurch ihm eine seelische und berufliche Kränkung zugefügt wurde, steht ihm Ersatz des tatsächlichen Schadens sowie Schadensersatz in dreifacher Höhe oder Strafe einschließender Schadensersatz in noch zu beziffernder Höhe zu.

Zur Begründung des VIERTEN ANSPRUCHS

Wiederholt und bekräftigt der Kläger den gesamten, in den Abschnitten 1–5 einschließlich enthaltenen Sachvortrag dieser Klage, wie hierin vollständig und ausführlich dargelegt. Insofern der Kläger, von einwandfreiem Leumund und vordem guter Gesundheit, äußerstem seelischen und körperlichen Leid ausgesetzt war, stehen ihm bis zum Tage des Inkrafttretens eines gerichtlichen Verbots der Vorführung des Films Leistungen aus sämtlichen, mit «Das Blut im Rot-Weiß-Blau» erzielten und treuhänderisch zu verwaltenden Gewinnen und Bruttoerträgen zu, solange seine Urheberschaft an dem Film nicht in einer eigenen Einblendung in ebenso großer Schrift und von ebenso langer Dauer auf der Leinwand, wie sie dem Regisseur und Produzenten des Films eingeräumt werden, anerkannt wird, ferner Festsetzung des aus der Rechtsverletzung erzielten Gewinns, Zinsen, Kosten und angemessenes Anwaltshonorar.

–Das ist alles? Wo ist denn der Rest? Wo ist mein Großvater?

–Zu diesen Details kommen wir später, Oscar, jetzt brauchen wir erst mal eine Klage, die die andere Seite nicht von vornherein als fehlerhaft abqualifizieren kann, wenn sie Gründe für die Abweisung anführt, sonst haben Sie nämlich schon verloren, ehe Sie richtig angefangen haben.

–Das klingt aber alles so verworren und wiederholt sich ständig. Wenn Sie es mir der Reihe nach erklären können, kann ich Ihnen vielleicht helfen, ein paar von diesen ermüdenden Sätzen zusammenzustreichen, wo Sie sich unentwegt wiederholen, dann spare ich noch ein bißchen Geld.

–Hören Sie, Sie müssen sich das so vorstellen, daß da ein Richter sitzt, der diese Klage und die Erwiderung gemäß Paragraph 12 Federal Rules of Civil Procedure prüft und nach Abweisungsgründen sucht, wo die zu belegen versuchen, daß die Klage mangelhaft substantiiert ist, daß sie zum Beispiel keinen Klagegrund für einen Anspruch nennt, bei dem Abhilfe geschaffen werden kann, oder daß sie behaupten, es fehlt ein wesentliches Element der Begründung des Anspruchs oder ein Element wird fehlerhaft begründet, Sie fordern da nämlich vier verschiedene Arten von Schadensersatz, sehen Sie, Sie machen allgemeinen Schadensersatz, Ersatz für besondere Schadensfolgen, adäquaten Schadensersatz und tatsächlichen Schadensersatz zuzüglich Zivilstrafe geltend, und da hält man sich an die Verfahrensvorschriften, sonst fällt man gleich auf den Bauch.

–Ach so. Also gut, aber hören Sie, der letzte Abschnitt da, ich will nun wirklich keine Anerkennung als Urheber dieses widerwärtigen Spektakels, genau das ist doch einer der Gründe, warum wir sie überhaupt verklagen? Byron hat das doch auch mal gemacht? Lord Byron, haben Sie das gewußt? Ein schlechtes Gedicht, das unter seinem Namen in Umlauf war, und er hat die Leute verklagt, hat sie vor Gericht gebracht und ihnen die Flügel gestutzt, und daß mein Name mit diesem hirnlosen Schund in Verbindung gebracht wird wie bei Errol Flynn in Der Angriff der …

–Wäre ein toller Film geworden, was?, Errol Flynn als Lord Byron, aber keine Sorge, die denken nicht dran, Ihren Namen in Leuchtschrift da oben hinzusetzen, sehen Sie, wir setzen die hier lediglich gemäß Paragraph 502 in Verzug, und sobald die Sache dann läuft, können wir den Film per einstweiliger Verfügung landesweit aus sämtlichen Kinos nehmen und jederzeit, solange der Prozeß schwebt, deren Kopien, Originale, Negative beschlagnahmen lassen, sehen Sie, die haben nämlich allein übers Wochenende für einunddreißig Millionen Dollar Eintrittskarten verkauft. Das macht über hundert Millionen Dollar schon in den ersten zehn Tagen.

–Hundert Millionen Dollar!

KLAGEERWIDERUNG

Zur Erwiderung auf die Klage trägt der hierin namhaft gemachte Beklagte KIESTER folgendes vor:

1) Er bestreitet nach bestem Wissen und Gewissen den in den Abschnitten 1–5 der Klage enthaltenen Sachvortrag.

2) Er bestreitet den in den ...

–Hierin, hierin, schon wieder dieses ewige «Hierin», was denn noch alles.

ERSTES GEGENVORBRINGEN

Der Kläger hat durch schuldhaft unterlassene Rechtsverfolgung sämtliche etwaigen Ansprüche verwirkt ...

–Das haben wir doch gleich am Anfang geklärt, oder? Daß wir uns von denen nicht mit dieser Verwirkung drankriegen lassen, vor der Harry mich gewarnt hat, wissen Sie noch? Als Sie es davon hatten, daß wir stillhalten sollten, bis die ordentlich Gewinn gemacht haben, damit wir dann ...

–Das habe ich ein bißchen anders in Erinnerung, Oscar, aber...

–Na ja, im Grunde spielt es auch keine Rolle, ich wollte das nur noch einmal klarstellen, aber wann hören wir endlich auf, mit dieser gegenseitigen Anstänkerei Zeit zu verschwenden, und gehen vor Gericht, wann hören wir endlich auf, mit diesem Hin-und-her-Geschiebe von Papieren Zeit und Geld zu verschwenden, und unternehmen etwas?

–Alles Formsache, da kommt dieser Ausdruck auch her, reine Formsache, als nächstes werden sie ein substantiiertes Klagevorbringen zur Feststellung des Sachverhalts verlangen und einen Antrag auf Urteil im abgekürzten Verfahren gemäß Paragraph 56 stellen, die wollen Sie nämlich nicht vor Gericht bringen, Oscar, sondern davon fernhalten.

Hiermit werden Sie aufgefordert, den Unterzeichneten binnen zwanzig Tagen Einzelheiten zu folgenden Punkten der von Ihnen eingebrachten Klage zu nennen:

1) In bezug auf den in den Abschnitten 3–5 der Klage enthaltenen Sachvortrag wollen Sie bitte zu jeder der darin behaupteten Geschäftsverhandlungen gesondert angeben:

a. Datum und Ort;

b. Name und Adresse sämtlicher Personen, die außer dem Kläger und dem Beklagten bei den Verhandlungen anwesend waren oder daran teilgenommen haben;

c. Wesentlicher Inhalt der von jedem Verhandlungsteilnehmer gemachten Äußerungen;

d. ob die Verhandlungen insgesamt oder teilweise schriftlich dokumentiert wurden; falls ja, wollen Sie bitte beglaubigte, vollständige Abschriften sämtlicher derartiger Dokumente beifügen...

–Die gehen hier richtig in die vollen, Oscar, haben Sie dieses Ablehnungsschreiben schon gefunden?

–Nein, nein, ich...

–Sehen Sie, ich frage deshalb, weil das entscheidend sein kann, der Richter sieht dieses Schreiben, und es beweist, daß die Zugang hatten, und damit wird es zu einer unbestreitbaren Tatsache. Die machen hier nämlich folgendes, die haben beantragt, unsere Klage gemäß Paragraph 12 abzuweisen, aber sie haben noch ein paar andere Schriftstücke mit dazugetan, wenn sich der Richter nämlich außer den schriftlichen Vorträgen noch diese anderen eidlich beglaubigten Schriftstücke angucken muß, wird deren Antrag auf Abweisung automatisch in einen auf Urteil im abgekürzten Verfahren gemäß Paragraph 56 umgewandelt, wo das Gericht ohne mündliche Verhandlung zu einer Entscheidung kommt, sobald es keine Fragen zum Sachverhalt mehr gibt, mit denen sich irgendwelche Geschworenen verlustieren können, die klärt man dann in einem erweiterten Klagevorbringen und mit Ihren eidlichen Aussagen, und...

–Und das alles sind bloß noch mehr Worte und noch mehr Worte, bis alles unter Worten begraben wird, Sie haben gesagt...

–Sie haben doch gesagt, ich soll Ihnen alles hübsch der Reihe nach erklären, oder? Gehofft, Sie könnten ein paar Abkürzungen finden, wo Sie vielleicht ein bißchen Geld sparen könnten?

–Ja, aber allmählich kostet das Erklären wahrscheinlich mehr, als ich jemals sparen könnte, so langsam klingen diese Worte nämlich allesamt gleich und heben sich gegenseitig auf, mehr wollte ich damit …

–Das ist noch gar nichts, Oscar, warten Sie erst mal ab, bis wir zu den eidlichen Aussagen kommen. Ich hab's Ihnen ja von Anfang an zu erklären versucht. Worte, Worte, Worte, nur darum geht es.

Hiermit teilen wir Ihnen mit, daß der obengenannte Beklagte KIESTER beabsichtigt, den Kläger Oscar L. CREASE als gegnerische Partei gemäß Artikel 31 Civil Practice Law and Rules durch Protokollierung von dessen eidlicher Aussage auf mündliches Befragen in 8295 Sunset Boulevard, Los Angeles, California 90046 vor einem Notar des Staates Kalifornien oder einer anderen, zur Beeidigung berechtigten Person gemäß Paragraph 3113(a) Civil Practice Law and Rules zu vernehmen.

Die obenerwähnte Partei soll zu allen für die Verfolgung bzw. Verteidigung der obengenannten Klage wesentlichen und erforderlichen Beweisen einvernommen werden und wird aufgefordert, folgende Unterlagen oder Kopien davon vorzulegen:

Sämtliche Bücher, Papiere, Schriften, Briefe, schriftliche Mitteilungen und Aufzeichnungen mündlicher oder schriftlicher Mitteilungen einschließlich, jedoch nicht beschränkt auf, Bankunterlagen, Verträge, Tagebücher, Aufzeichnungen, Logbücher, Telefonnotizen, Aktenvermerke, Konzepte, Arbeitsblätter und andere, diese Beweise betreffenden Dokumente oder Sachen.

–Kalifornien? Wo du noch nicht einmal durchs Zimmer gehen kannst? Hast du es eigentlich mal versucht?

–Was versucht.

–Durchs Zimmer zu gehen, sagte sie, während sie es selbst gerade tat, um eine Jalousie herunterzulassen, wo fahle Sonne den Sessel streifte, in dem sie gesessen und Papiere durchwühlt hatte, –Arbeitsblätter, Konzepte und andere Dokumente, vielleicht alte Konzertprogramme? Schick doch einfach die Kisten im Flur draußen nach Kalifornien, so wie sie sind, alte Theaterzettel? Speisekarten? Einladungen? Die wissen gar nicht, was ihnen da bevorsteht, wie wär's mit diesen Familienbriefen, denen diese taperige historische Gesellschaft da unten hinterherhechelt? Und dann dieses Ablehnungsschreiben, ob er das schon gefunden habe? –Immerhin ist das ja wohl Beweisstück Nummer 1, oder?

Erstens habe er nicht vor, nach Kalifornien zu fahren, sagte er ihr, und zweitens, nein, er habe den Brief noch nicht gefunden, aber Basie habe gesagt, man könnte versuchen, eine beeidete Erklärung abzugeben, mal sehen, ob die als Beweismittel zugelassen würde, und was diese verdammte historische Gesellschaft angehe, so könne man erst dann eine Klage wegen Urheberrechtsverletzung anstrengen, wenn der urheberrechtliche Anspruch eingetragen sei, und wenn die Urheberschutzbehörde den Anspruch verneine, könne Basie durch Zustellung einer entsprechenden Mitteilung nebst Kopie der Klageschrift an das Copyright-Register ein Verfahren in Gang bringen, schließlich handle es sich um Familienkorrespondenz, oder? Ein Briefwechsel zwischen diesem Onkel, dem Zechenbesitzer aus Pennsylvania, und Großvaters Mutter und Vater, als sie nach Frankreich gingen, wo er den diplomatischen Posten antrat, auf dem er dann gestorben sei, –mehr weiß ich auch nicht, nur die Rechte, es steht außer Diskussion, daß die Rechte auf Basis der Erbfolge nach der ersten Ordnung über Vater direkt auf mich übergehen, und das heißt, daß ...

–Oscar, bitte. Verschone mich. Es ist ja wohl klar, daß du nicht nach Kalifornien fliegen kannst, also ist die ganze Sache sowieso ...

–Ich dachte, Harry hat es dir bestimmt gesagt. Die haben gerade seine Kanzlei beauftragt, die haben Swyne & Dour beauftragt, und dort haben sie die Sache so einem aufgeblasenen Hindu übergeben, sagt Basie, deshalb dachte ich, ich könnte Harry vielleicht bitten, ihn sozusagen mal beiseite zu nehmen und ...

–Untersteh dich, Harry zu bitten, irgendwen beiseite zu nehmen. Er hat dir einen Anwalt besorgt, was willst du denn noch?

–Hör zu, Christina, da ist Harry mit seiner Nobelkanzlei, und ich bitte ihn um Hilfe und kriege Mister Basie, und wer kriegt inzwischen die Nobelkanzlei?

–Du hast ihn nach einer jüdischen Kanzlei gefragt, Oscar, ich war dabei, ich habe es gehört.

–Und was ist dann Mister Basie, ein Angehöriger der verlorenen Stämme? Deswegen fliege ich übrigens auch nicht nach Kalifornien, die kommen nämlich hierher, um die Aussage zu protokollieren, glaubst du, ich bekäme jemals auch nur einen Penny für die ganzen Schmerzen, wenn jemand mich durchs Zimmer laufen sähe? Fünfhundert Dollar haben sie mir angeboten, Christina, die Versicherung hat gesagt, sie wäre mit fünfhundert einverstanden und würde diese irrsinnigen Krankenhausrechnungen bezahlen, jetzt berufen sie sich nämlich auf Freiheit von verschuldensunabhängiger Halterhaftung, um meine Ansprüche komplett abzuschmettern, und wenn irgend jemand mich durchs Zimmer laufen sähe ...

–Würde er denken, daß du deine allgemeinen Rechte wahrnimmst, genau das hast du doch gewollt, oder? Es sind doch nicht deine verfassungsmäßigen Rechte, die dieser sogenannte Anwalt geltend macht, begreifst du das denn nicht? Er macht bloß sein eigenes Recht geltend, aus deiner Notlage soviel wie möglich für sich herauszuschlagen, schließlich sind es ja nicht seine Schmerzen, oder? Seine glänzende Dozentenkarriere, die gefährdet ist? Bezahlt er vielleicht deine Krankenhausrechnungen, wenn du verlierst? Deine Arztrechnungen? Laborrechnungen? Die Therapeutin? Bis du in einen Gerichtssaal kommst, sieht diese Narbe so aus, als wärst du mit fünf vom Dreirad gefallen, denk mal darüber nach, wenn du die ersten Rechnungen von Mister Basie bekommst, der mit laufender Uhr hier sitzt, während diese Leute deine Aussage zu Protokoll nehmen, wer bezahlt das eigentlich alles?

–Das steht hier in der Klage, das ist sogar schon im Urheberrecht geregelt, wir klagen nicht nur auf Schadensersatz, sondern man fordert auch ein angemessenes Anwaltshonorar, das gehört zur ...

–Glaubst du etwa, Harry würde in einem Wagen wie unserem herumfahren, wenn Anwaltshonorare angemessen wären? Wenn sie so viel anbieten, daß du aus dem Kuddelmuddel, in den du dich da hineinreitest, wieder herauskommst, dann solltest du annehmen, meint er, und die fünfzig Millionen Dollar Schadensersatz, von denen du träumst, einfach vergessen.

–Ich weiß nicht, wo du fünfzig Millionen Dollar herhast, wir haben ja noch nicht einmal ...

–Aus dem Artikel in der Zeitung.

–Ich habe die Zeitung noch nicht gelesen. Sie liegt zum Trocknen in der Küche, Ilse muß sie ganz vorn an der Einfahrt holen gehen, und wenn es dann so regnet wie letzte Nacht, wer hat denen was von fünfzig Millionen Dollar gesagt?

–Vermutlich dein Freund Mister Basie, schließlich kann er ja nicht zulassen, daß du als Knicker dastehst, oder? Wo dieser Finsterling sie auf zwanzig verklagt?

–Wieso, was für ein Finsterling, wer?

–Seinen Namen weiß ich nicht, er klagt wegen dieser widerlichen Vorschlaghammer-Szene in Uruburu, oder wie das heißt. Er behauptet, dein Freund Kiester hätte ihn beauftragt, rüberzufliegen und die ganze Sache zu organisieren, hätte ihm sämtliche Unkosten bezahlt und irgendein aberwitziges Honorar versprochen. Das ist natürlich eine bessere Geschichte, als wenn jemand wegen eines alten Theaterstücks klagt, deine Klage war einfach so angehängt.

–Aber was steht da, Christina? Über mich, was steht da über mich?

–Nichts weiter, Oscar. Daß du sie verklagst, daß dein Vater der zuständige Richter im Zyklon-Sieben-Kuddelmuddel ist, und dann noch eine kleine Schlagzeile, ZYKLON SIEBEN SUCHT NEUES ZUHAUSE, ich geh dran.

–Halt, Moment, warte mal, wenn es ...

–Wenn es ein R-Gespräch aus Disney World ist, dann hat sie wahrscheinlich deinen Namen zusammen mit dem Fünfzig-Millionen-Dollar-Preisschild in der Zeitung gelesen. Soll ich ihr einfach sagen, daß der Scheck unterwegs ist? Und dann, –Hallo? Ach, du bist's ... Ja ... Ja, ich kann mich morgen darum kümmern, es ist nicht ... Nein, es ist wirklich nicht so wichtig, Harry, mach dir deswegen keine Gedanken ... Nein, alles in bester Ordnung, er ist hier und steht kopf wegen dieser Aussage, die sie hier bei ihm zu Protokoll nehmen wollen... Hier bei ihm, ja, sie haben deine Kanzlei beauftragt, hast du das gewußt? Laut Basie hätten sie die Sache irgendeinem aufgeblasenen Hindu übergeben, und er hat gehofft, du könntest ihn vielleicht beiseite nehmen und ... Ja, natürlich weiß er das ... Ich sage es ihm ... Ja, ich sage es ihm ... Das hoffe ich auch, ja, sobald du kannst ... Gott, ja, du mir auch ... und sie legte auf. –Das war Harry.

–Was hat er ...

–Er hat gesagt, du sollst dich wegen deiner Aussage nicht aufregen, bleib immer schön bei der Wahrheit und halt dich zurück. Dieser Hindu ist wahrscheinlich bloß ihre Dritte-Welt-Retourkutsche dafür, daß man ihnen einen Vorzeigeschwarzen aufgedrückt hat. Ich soll dir einfach sagen, du sollst bei der Wahrheit bleiben und dich zurückhalten.

–Womit, mit Antworten? Was glaubt er eigentlich, was ich ...

–Es sind die fünfzig Millionen Dollar, Oscar. Allmählich nehmen sie dich ernst.

ERSCHIENEN:

RAe LEPIDUS, HOLTZ, BLOMEFELD, MACY & SHEA
12 West 43rd Street
New York, N.Y. 10036
VERTRETEN DURCH: RA HAROLD BASIE
als Prozeßbevollmächtigter des Klägers

RAe SWYNE & DOUR
450 Park Avenue
New York, N.Y. 10022
VERTRETEN DURCH: RA JAWAHARLAL MADHAR PAI
als Prozeßbevollmächtigter der Beklagten

OSCAR L. CREASE, Kläger, von den Beklagten als Zeuge benannt, wird ordnungsgemäß vereidigt und sodann wie folgt vernommen:

MR. BASIE: Ehe wir beginnen, aber zu Protokoll, möchte ich auf Mr. Creases körperlichen Zustand hinweisen, der ihn in beinahe liegender Position an den Rollstuhl fesselt und so den freien Ausdruck seiner Gefühle unter den durch dieses Verfahren verursachten Belastungen verhindert, und ich verbinde damit die Hoffnung, daß es so zügig wie möglich durchgeführt wird.

MR. MADHAR PAI: Darf ich den Herrn Prozeßbevollmächtigten der Ordnung halber daran erinnern, daß der Kläger selbst durch Anstrengung dieses Rechtsstreits andere großen Unannehmlichkeiten ausgesetzt hat, insofern sie eine beträchtliche Strecke bis zu seinem Wohnsitz zurücklegen mußten, damit er durch Protokollierung dieser eidlichen Aussage zu einem ihm genehmen Zeitpunkt einvernommen werden kann, und wenn er sich nun plötzlich den möglichen Härten eines rechtlichen Verfahrens nicht gewachsen sieht, das er selbst...

MR. BASIE: Ich bitte lediglich darum, seinen Zustand zu berücksichtigen, und zwar in der Hoffnung, daß das Verfahren nicht unnötig in die Länge gezogen wird.

MR. MADHAR PAI: Ich versichere Ihnen, daß wir keine derartigen Absichten hegen, allerdings nur, soweit es sich mit einer ausführlichen Ventilierung der Situation vereinbaren läßt, für die er allein verantwortlich ist, insofern er Klage gegen ...

MR. BASIE: Verzeihung. Zu behaupten, er allein sei verantwortlich für die Situation, in der wir uns befinden, ist eine grobe Verzerrung der Tatsachen, die ich nicht unwidersprochen lassen kann.

MR. MADHAR PAI: Sind Sie jetzt fertig, Mr. Basie?

MR. BASIE: Vorläufig.

MR. MADHAR PAI: Darf ich von vornherein klarstellen, daß ich mich nicht gern unterbrechen lasse, und das ist nun schon zum zweitenmal in zwei Minuten passiert. Wenn Sie Einspruch erheben wollen, dann geben Sie ihn bitte zu Protokoll.

MR. BASIE: Ich gebe ihn zu Protokoll.

MR. MADHAR PAI: Wie lautet Ihr Einspruch?

MR. BASIE: Wie kommen Sie darauf, daß ich ihn nicht zu Protokoll gebe?

MR. MADHAR PAI: Ich dachte, Sie geben eine Erklärung ab. Was ist die Grundlage für Ihren Einspruch?

MR. BASIE: Ich will meinen Einspruch ja gerade formulieren.

MR. MADHAR PAI: Und wie lautet Ihr Einspruch? Wenn Sie Einspruch erheben wollen, dann erheben Sie Einspruch. Offenbar wollen Sie Erklärungen abgeben und Aussagen machen.

MR. BASIE: Ich habe lediglich Ihre Erklärung kommentiert.

MR. MADHAR PAI: Und ich versuche, zügig voranzukommen, damit das Verfahren nicht unnötig in die Länge gezogen wird.

MR. BASIE: Verlangen Sie etwa von mir, auf die Rechte des Klägers zu verzichten?

MR. MADHAR PAI: Wir sind nicht hier, um uns über den Fünften Verfassungszusatz zu kabbeln, alter Knabe, sondern wir wollen in aller Ruhe und Gemütlichkeit eine Aussage zu Protokoll nehmen. Sobald Sie das Gefühl haben, daß es etwas gibt, was uns der Wahrheit vielleicht ein Stückchen näherbringt, können wir ...

MR. BASIE: Dagegen verwahre ich mich.

MR. MADHAR PAI: Ich ziehe die Äußerung zurück.

MR. BASIE: Danke.

MR. MADHAR PAI: Dürfte ich jetzt vielleicht den Zeugen befragen?

MR. BASIE: Er steht Ihnen voll und ganz zur Verfügung.

BEFRAGUNG DURCH MR. MADHAR PAI:

F Würden Sie bitte zunächst Ihren Namen und den Beruf nennen, aus dem Sie den Hauptteil Ihrer Einkünfte beziehen.

A Oscar ...

MR. BASIE: Ich muß ihn anweisen, die Frage, so wie sie gestellt wurde, nicht zu beantworten.

MR. MADHAR PAI: Wenn Sie Einspruch erheben möchten, würden Sie ihn dann bitte ...

MR. BASIE: Es handelt sich um einen Einspruch bezüglich der Form. Das waren zwei Fragen.

MR. MADHAR PAI: Welche Frage meinen Sie?

MR. BASIE: Die Frage, die gerade gestellt wurde.

MR. MADHAR PAI: Aber Sie sagen doch, es wären zwei Fragen gewesen, und ich frage, welche davon Sie meinen.

MR. BASIE: Und ich weise Sie auf die Frage hin, die gerade gestellt wurde.

MR. MADHAR PAI: Nur damit wir uns verstehen. Sie erheben Einspruch bezüglich der Form.

MR. BASIE: Ich erhebe Einspruch bezüglich der Form im Hinblick auf die gesamte Frage, die zwei Fragen in sich schließt, und ich erhebe Einspruch gegen die zweite dieser Fragen, da sie unzulässig ist.

MR. MADHAR PAI: Ich fürchte, Sie bringen das Verfahren durcheinander, wenn Sie einen zweiten Einspruch erheben, ehe Ihr erster geklärt ist. Bitte lesen Sie die Frage noch einmal vor.

(Frage wird vorgelesen.)

MR. MADHAR PAI: Vielleicht wird Ihrem ersten Einwand dadurch abgeholfen, daß wir die Frage darauf beschränken, daß der Zeuge schlicht seinen Namen nennt. Wäre Ihnen das recht?

MR. BASIE: Sehr.

F Würden Sie bitte Ihren Namen nennen.

A Oscar L. Crease.

MR. MADHAR PAI: Bei Ihrem zweiten Einspruch geht es, glaube ich, um Unzulässigkeit?

MR. BASIE: Die Frage implizierte irreführenderweise, der Zeuge ginge einem Beruf nach, auf den er angewiesen ist, weil er davon leben muß.

MR. MADHAR PAI: Sie wollen der Vorstellung entgegentreten, daß er arbeiten muß, um sich seinen Lebensunterhalt zu verdienen, ist das der Inhalt Ihres Einspruchs?

MR. BASIE: Das ist nicht die Frage.

MR. MADHAR PAI: Was ist denn dann die Frage? Vielleicht können wir das Ganze etwas beschleunigen.

MR. BASIE: Wollen Sie mich etwa auffordern, meinem Mandanten den Schutz der Tatsachen zu entziehen?

MR. MADHAR PAI: Wenn Sie Einspruch erheben wollen, dann geben Sie ihn bitte zu Protokoll.

MR. BASIE: Ich möchte, daß das Protokoll ausweist, daß ich ganz eindeutig die Absicht habe, ihn zu Protokoll zu geben. Er bezieht sich auf eine schlichte Frage des Sachverhalts, und ich möchte, daß nur zulässige Fragen gestellt werden. So wie die Frage formuliert ist, handelt es sich um eine Fangfrage.

MR. MADHAR PAI: Weil sie unterstellt, er müßte, wie der größte Teil der Menschheit, für seinen Lebensunterhalt arbeiten?

MR. BASIE: Nun hören Sie aber auf, Jerry, ich lasse mich hier doch nicht in eine Diskussion über den Fluch Gottes hineinziehen. Die Frage in ihrer jetzigen Form enthält die Feststellung, daß sein Beruf den Großteil seines Einkommens erbringt.

MR. MADHAR PAI: Und dagegen erheben Sie Einspruch bezüglich der Form?

MR. BASIE: Ich erhebe dagegen Einspruch, weil die Frage unzulässig und zum jetzigen Zeitpunkt irrelevant ist.

MR. MADHAR PAI: Na schön, mit ihrer Relevanz können wir uns später beschäftigen. Ich möchte die Fragen neu formulieren.

F Falls Sie sich derzeit in einem Arbeitsverhältnis befinden, würden Sie dann bitte Ihre Position angeben, und wie lange Sie sie schon innehaben.

A Ich bin seit zwölf Jahren Dozent für amerikanische Geschichte am Gemeinde-College von Lotusville.

F Und davor?

A Davor?

F Die Position, die Sie davor innehatten.

A Davor bin ich meinen Privatinteressen nachgegangen.

F Haben Sie in Ihrer jetzigen Position etwas, was man als Spezialgebiet bezeichnen könnte? Falls ja, würden Sie es dann bitte nennen.

A Die Periode des Amerikanischen Bürgerkriegs.

F Und gehörte sie auch zu den Interessen, die Sie verfolgten, bevor Sie am hiesigen College Dozent wurden?

A Ja.

F Sind Sie in Ihrer derzeitigen Position fest angestellt?

A Nein.

F Und das ist Ihr einziger Beruf?

A Ich würde das einfach als Job bezeichnen, im Grunde könnte man sagen, daß es eher ein Hobby ist.

F Aber Sie haben keinen anderen Beruf. Sie sind beispielsweise kein Dramatiker, kein professioneller Dramatiker.

A Mir ist nicht klar, was Sie mit professionell meinen.

F Ich denke, darunter versteht man im allgemeinen jemanden, der für seine Tätigkeit bezahlt wird.

A Ein Baseballspieler.

F Profisport, ja, das ist ein gutes Beispiel.

MR. BASIE: Sie meinen, im Gegensatz zu Amateursport?

MR. MADHAR PAI: Ich stelle die Fragen, Mr. Basie. Wenn Sie Einspruch erheben wollen, dann geben Sie ihn bitte zu Protokoll.

MR. BASIE: Ich gebe ihn zu Protokoll.

MR. MADHAR PAI: Und? Wie lautet Ihr Einspruch, handelt es sich um einen Einspruch bezüglich der Form?

MR. BASIE: Jawohl, das war keine Frage, sondern eine suggestive Bemerkung, und ich will eine zulässige Frage, deren Sinn klar ist, nämlich ob Sie Profisport im Gegensatz zu Amateursport meinen.

MR. MADHAR PAI: Ich denke, der Zeuge ist zu dieser Annahme imstande und kann diesen Unterschied machen.

MR. BASIE: Dann ist die Annahme falsch, und der Zeuge wird unzulässig beeinflußt. Wenn wir Unterschied meinen, sollten wir auch Unterschied sagen, wenn Sie Profisport im Unterschied zu Amateursport meinen, dann ist das eins. Wenn Sie «im Gegensatz zu» meinen, dann ist das etwas anderes.

MR. MADHAR PAI: Wenn Sie das Ganze zu einer Übung im Haarespalten umfunktionieren wollen, das können Sie haben.

MR. BASIE: Ich möchte, daß zulässige Fragen gestellt werden, und werde andernfalls weiter Einspruch erheben. Einen Gegensatz zwischen professionell und amateurhaft herzustellen legt für den normalen Betrachter einen gehässigen Vergleich nahe.

MR. MADHAR PAI: Wollen Sie etwa andeuten, daß der Gebrauch des Wortes Amateur etwas Abwertendes hat?

MR. BASIE: In diesem Kontext behaupte ich genau das, jawohl.

MR. MADHAR PAI: Und das bildet die Grundlage für Ihren Einspruch?

MR. BASIE: Genau. Darf ich Sie bitten ...

MR. MADHAR PAI: Ich bin nicht hier, um einvernommen zu werdebn.

MR. BASIE: Ich möchte lediglich Ihre Frage geklärt haben.

MR. MADHAR PAI: Es ist eine neue Frage, Mr. Basie.

MR. BASIE: Das war die andere Frage. Ich habe gesagt, daß ich auch gegen diese hier Einspruch erhebe.

MR. MADHAR PAI: Sie haben immer noch Probleme mit dem Wort Amateur.

MR. BASIE: Ich will es eindeutig definiert haben. Ohne den ganzen Ballast.

MR. MADHAR PAI: Im Sinne eines Dilettanten, richtet sich Ihr Einspruch dagegen? Oberflächlich, elitär ...

MR. BASIE: Daß die Tätigkeit nicht bloß der Bezahlung wegen ausgeübt wird.

MR. MADHAR PAI: Schön. Wir können fortfahren.

F Könnte man Sie, da Sie Ihr Einkommen nicht aus dem Verfassen von Theaterstücken beziehen, als Amateurdramatiker bezeichnen?

A Wenn das Ihre Charakterisierung ist, kann ich ...

F Ich möchte etwas erklären, und zwar in bezug auf ...

MR. BASIE: Ich muß Einspruch erheben. Den Zeugen zu befragen und ihn dann nicht antworten, nicht ausreden zu lassen ist in höchstem Maße unprofessionell.

MR. MADHAR PAI: Ich ziehe die Frage zurück. Da er in seiner Antwort ohnehin nicht darauf eingegangen ist, möchte ich zur Beschleunigung der Angelegenheit einfach ...

MR. BASIE: Ich möchte, daß das Protokoll meinen Einspruch gegen diese offenkundige Beleidigung des Zeugen ausweist.

MR. MADHAR PAI: Ich ziehe die Äußerung zurück, Mr. Basie. Wenn ich jetzt im Interesse einer beschleunigten Abwicklung des Verfahrens ohne unnötige ...

MR. BASIE: Sie haben die Frage zurückgezogen, indem Sie behauptet haben, er wäre in seiner Antwort nicht darauf eingegangen, dabei haben Sie ihn gar nicht ausreden lassen, woher wollen Sie also wissen, daß er nicht darauf eingegangen wäre?

MR. MADHAR PAI: Vielleicht sollten wir das Ganze vertagen und woanders stattfinden lassen.

MR. BASIE: Wieso?

MR. MADHAR PAI: Weil wir dann vielleicht ohne diese ständigen Unterbrechungen fortfahren könnten, oder wenigstens unter Aufsicht eines Amtsrichters. Das Ganze artet allmählich zum Wortgefecht aus, und ich will nicht, daß die eidliche Aussage des Klägers davon unterbrochen wird.

MR. BASIE: Ich denke, das Protokoll wird ganz eindeutig zeigen, wo die eidliche Aussage des Klägers auf eine ganz und gar unprofessionelle Weise unterbrochen wird, gegen die ich mit Recht Einspruch erheben kann und auch Einspruch erhebe.

MR. MADHAR PAI: Also gut.

MR. BASIE: Ich habe nichts dagegen, daß Sie Fragen zu diesem Thema stellen. Ich verlange ...

MR. MADHAR PAI: Das freut mich.

MR. BASIE: Ich verlange lediglich, daß Sie die Fragen in zulässiger Form stellen.

MR. MADHAR PAI: Schön. Wir können fortfahren.

(Vorlage des mit heutigem Datum als Beweisstück 1 der Beklagten gekennzeichneten Dokuments.)

F Das Theaterstück, bezüglich dessen der Kläger Klage wegen Verletzung des Urheberrechts erhebt, trägt den Titel Einst am Antietam. Ist das ein frei erfundener Titel, oder soll damit irgendwie etwas assoziiert werden?

MR. BASIE: Der Zeuge braucht die Frage nicht zu beantworten und sich auch sonst nicht dazu äußern, da der Titel ohnehin nicht urheberrechtlich geschützt ist.

MR. MADHAR PAI: Ist das ein Einspruch?

MR. BASIE: Ich möchte, daß das Protokoll ausweist, daß ich hier in materiell-rechtlicher Hinsicht Einspruch erhebe.

MR. MADHAR PAI: Ich stelle das Urheberrecht überhaupt nicht in Frage. Ich denke, die Frage hat Bestand. Lesen Sie bitte noch einmal vor.

(Frage wird vorgelesen)

A In gewisser Weise ja. Es klingt darin eine Stelle aus Othello an.

F Nur der Ordnung halber, sprechen Sie von dem Schauspiel Othello von William Shakespeare?

A Othello, der Mohr von Venedig, von William Shakespeare, jawohl.

F Würden Sie die entsprechende Stelle bitte nennen?

A Es handelt sich um die Sterbeszene am Ende, ja. «Und fügt hinzu: daß in Aleppo, wo ein giftger Türk in hohem Turban einst 'nen Venezianer schlug und schalt den Staat, – ich den beschnittnen Hund am Hals ergriff und traf ihn – so!» Und dann ersticht er sich.

F Und der Titel Einst am Antietam soll einen Widerhall jenes dramatischen Augenblicks bei Aleppo hervorrufen, den Shakespeare in seiner denkwürdigen dichterischen Wiedergabe aufgegriffen hat?

A Also das, ja.

F Würden Sie sagen, daß der Titel diesen Widerhall bei einem breiten Publikum hervorrufen soll? Oder bei einem potentiell breiten Publikum?

A Bei jedem, der Shakespeare gelesen hat.

F Würden Sie das als großes Publikum charakterisieren? Oder als eher schmales?

A Als das Theaterpublikum.

F Ein relativ schmales Publikum also, ein traditionell elitäres Publikum? Mit anderen Worten, Sie würden nicht damit rechnen, daß ein Massenpublikum den Zusammenhang mit Shakespeare herstellt?

A Sie haben ihn immerhin auch hergestellt, oder?

F Ich stelle die Fragen. Ich stelle die Fragen, und ich will die Sache beschleunigen. Ist das, für Sie als Amateurdramatiker, eine zutreffende Annahme?

MR. BASIE: Entschuldigen Sie bitte, aber darauf kann ich den Zeugen nicht antworten lassen. Wir machen hier keine Annahmen.

MR. MADHAR PAI: Erheben Sie Einspruch?

MR. BASIE: Ich habe, wie Sie wissen, das Recht, gegen die Form von Fragen Einspruch zu erheben, und ich erhebe Einspruch bezüglich der Form, jawohl. Gegen jede Frage, die auf einer Annahme basiert, ganz gleich was da angenommen wird.

MR. MADHAR PAI: Ich nehme an, daß kein Mensch damit rechnet, daß ein Massenpublikum einen esoterischen Zusammenhang mit einer Formulierung von Shakespeare herstellt.

MR. BASIE: Das ist nicht die Frage, die gestellt wurde.

MR. MADHAR PAI: Meine Geduld erschöpft sich allmählich, Mr. Basie. Ich habe nicht behauptet, daß das die Frage war. Ich habe die Annahme wiederholt, die die Grundlage Ihres Einspruchs bildet.

MR. BASIE: Mein Einspruch gründet auf Ihrer Annahme, die den Zeugen als Amateur charakterisiert. Das ist herabsetzend, und ich weise ihn an, nicht zu antworten.

MR. MADHAR PAI: Ich dachte, das hätten wir geklärt. Lesen Sie das bitte noch einmal vor.

(Frage wird vorgelesen)

F Wenn wir eine Tätigkeit, die gegen Bezahlung ausgeübt wird, als professionelle Tätigkeit definiert haben, können wir dann im Unterschied dazu bei einer unbezahlt ausgeübten Tätigkeit von Bemühungen des Amateurs sprechen?

A Grob gesprochen, ja, aber ...

MR. MADHAR PAI: Sie wollen Einspruch erheben, Mr. Basie?

MR. BASIE: Die Form ist unzulässig, die Form der Frage, die sich der Formulierung «Bemühungen des Amateurs» bedient, das Wort «Bemühungen». Es ist herabsetzend.

MR. MADHAR PAI: Das ist ein vollkommen unverfängliches Wort.

MR. BASIE: In diesem Kontext, so wie es hier gebraucht wird, impliziert es Mißlingen, ja es riecht förmlich danach. Auf der einen Seite haben wir die professionelle Tätigkeit, die bezahlt wird, und auf der anderen den Amateur, dem seine Bemühungen keinen Heller einbringen. Das ist sogar in zweierlei Hinsicht abwertend.

MR. MADHAR PAI: Sie sind offenbar wild entschlossen, dieses Verfahren zu einer Art chinesischer Wasserfolter umzufunktionieren. Können wir jetzt weitermachen?

MR. BASIE: Ich dachte, das hätten wir alles geklärt. Das Wort Amateur bedeutet zunächst einmal, daß man etwas aus Liebhaberei tut, das ist die Wurzel, daß man es um seiner selbst willen tut, ohne auf den Preis zu schielen. Heutzutage allerdings, wo auf allem ein Preis klebt, gilt etwas, was nicht bezahlt wird, als nicht lohnend. Wenn man etwas als amateurhaft bezeichnet, dann heißt das, es ist Murks. Will man saubere Arbeit, beschäftigt man einen Profi. Einen echten Profi, wie die Redensart lautet.

MR. MADHAR PAI: Jemandem unprofessionelles Verhalten vorzuwerfen ist also ziemlich vernichtend.

MR. BASIE: Wo Geld den Maßstab für die Leistung setzt, ist es der schlimmste Vorwurf, den es gibt.

MR. MADHAR PAI: Danke.

MR. BASIE: Sehen Sie, und genau an diesem Punkt kommen Sie bei den Künsten in Schwierigkeiten. Wollen Sie ein Beispiel?

MR. MADHAR PAI: Nein.

MR. BASIE: Nehmen Sie zum Beispiel van Gogh, den Maler van Gogh. Vor ein paar Jahren hat eines seiner Gemälde über fünfzig Millionen Dollar eingebracht, er selbst dagegen hat in seinem ganzen

Leben nur ein einziges Bild verkauft, macht ihn das nun zum Amateur? War das ein Hobby von ihm, daß er Sonntag nachmittags diese hingemurksten Bilder zusammengepinselt hat? Wenn Sie sich darauf einlassen, vergleichen Sie Äpfel mit Orangen.

MR. MADHAR PAI: Mr. Basie, bitte! Erheben Sie Einspruch? Gilt er der Form? Wenn ja, würden Sie Ihren Einspruch dann bitte zu Protokoll geben, falls Sie sich noch daran erinnern können? Von uns andern kann es bestimmt keiner mehr. Sie haben zu Beginn den Wunsch geäußert, diese Befragung so zügig wie möglich durchzuführen, und ich tue uns allen zuliebe mein Bestes, Ihrem Wunsch zu entsprechen, aber Sie stellen meine Geduld wirklich auf eine äußerst harte Probe, wenn Sie den Sachverhalt mit Ihren Bemerkungen über Äpfel und Orangen vernebeln, die übrigens, wie Sie feststellen können, eher in den Stilleben von Cézanne vorkommen, und nicht bei van Gogh, der Sonnenblumen bevorzugte. Wenn wir jetzt weitermachen dürfen, möchte ich die Aufmerksamkeit des Zeugen auf Beweisstück Nummer 11 des Klägers lenken.

(Vorlage des mit heutigem Datum als Beweisstück 11 der Beklagten gekennzeichneten Dokuments.)

F Ich habe Ihre Aufmerksamkeit auf Beweisstück 11 der Beklagten gelenkt. Würden Sie es bitte lesen.

A Ja. Ich, Oscar L. ...

F Nur für sich, bitte.

A Ich habe es gelesen.

F Und können Sie es für das Protokoll nach Ihrer Kenntnis und Überzeugung als Ihre beeidete Erklärung identifizieren, in der Sie einen an Sie gerichteten Ablehnungsbrief beschreiben, der angeblich von dem hier als Beklagten namhaft gemachten Jonathan Livingston verfaßt und unterzeichnet war, dessen professionelles Interesse Sie namens und als alleiniger Verfasser und Eigentümer eines Schauspiels mit dem Titel Einst am Antietam zu wecken versucht hatten, wobei diese Ereignisse an den oder um die hierin genannten Daten stattfanden?

A Ja.

F Daten, die recht lange zurückliegen?

A Das kommt darauf an, was Sie unter, was Sie als lange bezeichnen.

F Ich würde einen Zeitraum von zehn Jahren, sogar deutlich mehr als zehn Jahren, als lange bezeichnen, so lange jedenfalls, daß alltägliche Vorfälle, die zum damaligen Zeitpunkt von geringem Interesse waren, gewissermaßen durch die Ritzen des Gedächtnisses gefallen sind. Kann man nun sagen, Sir, daß jemand, der eine solche Karriere als Produzent und Regisseur einer höchst erfolgreichen Fernsehspielserie aufnimmt, im normalen Verlauf eines arbeitsreichen Tages vermutlich zahlreiche unverlangte Vorschläge in Form von Konzepten, Exposés oder Manuskripten von aufstrebenden Autoren erhält, die damit die große Hoffnung verbinden, daß sich unter seiner künstlerischen und professionellen Ägide ihre Ambitionen für ihr Werk realisieren lassen und angemessenen Lohn finden?

A Ja.

F Finanziellen Lohn?

A Ja.

F Und daß diese Gier nach finanziellem Lohn in vielen Fällen überhaupt die Triebkraft hinter der Schaffung des Werkes darstellt?

A In allzu vielen Fällen, ja.

F Aber nicht in Ihrem?

A Als Triebkraft hinter seiner Schaffung, nein, nein, deshalb habe ich es nicht geschrieben.

F Aber als Triebkraft hinter seiner Vorlage.

MR. BASIE: Sie haben schon wieder eine Feststellung getroffen. Das war keine Frage.

MR. MADHAR PAI: Bitte unterbrechen Sie die Antwort nicht.

MR. BASIE: Ich erhebe Einspruch gegen die Form der Frage.

MR. MADHAR PAI: Mr. Basie, das ist auf geradezu groteske Weise unzulässig. Ich bin nicht leicht aus der Ruhe zu bringen, aber das ist schlicht und einfach unprofessionell. Ich wünschte, Sie würden das lassen.

MR. BASIE: Ich habe das Recht, gegen die Form der Frage Einspruch zu erheben.

MR. MADHAR PAI: Meinetwegen erheben Sie Einspruch, wenn Sie wollen, aber unterbrechen Sie die Antwort nicht. Ich versuche hier, zügig voranzukommen, damit wir zum Kern der Sache vorstoßen, ehe wir Pause machen.

MR. BASIE: Pause?

ZEUGE. Bruder! Ach in ewig tiefer Pause feiern …

MR. MADHAR PAI: Darf ich Sie bitten, den Zeugen zur Ordnung zu rufen, Harold?

MR. BASIE: Ich verstehe Ihre Bitte nicht.

MR. MADHAR PAI: Es ist ja wohl offensichtlich, daß er nicht auf die Frage eingeht. Würden Sie die Frage bitte vorlesen.

F Mr. Crease, falls Sie die Frage verstehen, wenn sie vorgelesen wird, hätte ich gern Ihre Antwort. Wenn Sie meinen, nicht antworten zu können, würden Sie dann bitte einfach sagen, ich kann nicht antworten. Ich möchte die Sache beschleunigen, ehe wir Mittagspause machen.

A Ich kann nicht antworten.

F Vielen Dank. Wir haben vom öffentlichen Geschmack gesprochen. Was nun das Fernsehen angeht, das Fernsehpublikum, das würde einen sehr weiten Personenkreis umfassen, nicht wahr?

A Ja, gewiß.

F Einen Personenkreis, dessen Bildungsgrad, Sensibilität, Intelligenz und Konzentrationsspanne häufig mit dem Begriff des kleinsten gemeinsamen Nenners beschrieben wurden?

A Der Pöbel, jawohl. Streift hin, ihr fetten, wohlgenährten Bürger!

MR. MADHAR PAI: Mr. Basie, Sie haben keine Einwände dagegen, daß diese Antwort im Protokoll bleibt?

MR. BASIE: Keine Einwände.

MR. MADHAR PAI: Und der Zeuge ist sich selbstverständlich bewußt, daß er unter Eid steht.

F Und diesem Forum haben Sie praktisch, Ihrer beeideten Klage zufolge, Ihr Werk mit dem Titel Einst am Antietam vorgelegt?

A Ja.

F Hatten Sie oder haben Sie seither Ihr Werk, beispielsweise andere Stücke, öfter anderweitig vorgelegt?

A Nein.

F Haben Sie ein derartiges Werk oder Werke auf dem entsprechenden Markt verkauft?

A Keines, nein.

F Können wir wegen des Geldes, um das es dabei geht, davon ausgehen, daß es sich um ein Milieu mit starker Konkurrenz handelt?

A Ich würde meinen, ja.
F Dennoch hatten Sie die, nennen wir es einmal Kühnheit, sich in dieses unerfreuliche Milieu zu begeben, und zwar mit einem einzigen unberührten Produkt Ihrer singulären Vorstellungskraft, wie das Gemälde, das fünfzig Millionen Dollar einbrachte und von einem Künstler stammt, der zu Lebzeiten kein einziges Bild verkaufen konnte.
A Die Schwertlilien, richtig.
F Wie?
A Dreiundfünfzig Komma neun Millionen, es handelt sich um eine Darstellung von Schwertlilien.
F Ich muß Sie anweisen, die Frage zu beantworten.
MR. BASIE: Ich muß ihn anweisen, nicht zu antworten.
MR. MADHAR PAI: Erheben Sie Einspruch, Mr. Basie?
MR. BASIE: Das war keine Frage. Das war eine Feststellung. Er wollte lediglich Klarheit schaffen.
MR. MADHAR PAI: Er ist nicht hier, um Klarheit zu schaffen. Er ist hier, um einvernommen zu werden.
MR. BASIE: Er steht unter Eid.
MR. MADHAR PAI: Das liegt im Wesen dieses Verfahrens und verpflichtet ihn nicht, über Schwertlilien zu reden. Würden Sie die Frage noch einmal vorlesen, bitte.
(Frage wird vorgelesen)
F Würden Sie mir sagen, ob Sie dem zustimmen.
A Es kommt mir ein bißchen weit hergeholt vor, aber …
F Würden Sie meine Frage beantworten?
A Ja.
F Schön. Dann wollen wir fortfahren, wenn es keinen Einspruch gibt.
MR. BASIE: Ich möchte da etwas klargestellt haben.
MR. MADHAR PAI: Was ist denn nun schon wieder, Harold? Erheben Sie Einspruch?
MR. BASIE: Der Zeuge wurde gefragt, ob er die Frage beantworten würde. Seine Antwort lautete ja. Ich möchte klären, ob das bedeutete, er würde die Frage beantworten, habe es aber noch nicht getan, oder ob der Herr Prozeßbevollmächtigte seine Vorrechte miß-

braucht, indem er unterstellt, der Zeuge habe mit seiner Antwort seine Zustimmung zur Feststellung des Herrn Prozeßbevollmächtigten zum Ausdruck gebracht.

MR. MADHAR PAI: Lesen Sie die Frage noch einmal vor.

(Frage wird vorgelesen)

F Würden Sie dem zustimmen? Sie können einfach mit ja oder nein antworten.

A Also ich, rein theoretisch ja.

F Gut. Ich glaube, wir kommen langsam voran. Da Sie sich nun offenbar gern mit Shakespeare in Zusammenhang bringen, wäre Ihr dramatisches Werk in seiner einsamen Suche nach einem Publikum bei dem eher schmaleren, elitären Publikum, das, wie wir uns einig waren, Shakespeares Stücke ansprechen, nicht vielleicht besser aufgehoben gewesen?

A Nein.

F Haben Sie die Frage verstanden?

A Wir waren uns über diese Vorstellung von schmal und elitär keineswegs einig. Er war ein sehr populärer Stückeschreiber.

F Ich nehme an, Sie meinen zu seiner Zeit?

A Da hat er seine Stücke schließlich geschrieben, oder? Für das große, allgemeine Publikum, er hat für Sperrsitz und Parkett gespielt.

F Er hat also seinen Lebensunterhalt damit verdient, nicht wahr?

A Nun ja, er hat auch Anteile an seiner Theatergesellschaft besessen und deshalb einen bestimmten Prozentsatz von den Gewinnen bekommen, er war außerdem im Immobiliengeschäft, und ich glaube, er hat sogar zu exorbitanten Zinsen Geld verliehen, wenn Sie mal den Kaufmann von ...

F Aber wir könnten ihn doch sicher als professionellen Dramatiker bezeichnen, nicht wahr?

A Natürlich. In manchen Stücken hat er auch selbst mitgespielt.

F Ja. Und wenn Sie Parkett sagen, charakterisieren Sie damit diese Fernsehkost, die sich am kleinsten gemeinsamen Nenner orientiert, das, was man sich so vorstellt, wenn man sagt, etwas sei fürs Parkett? Für den Pöbel, um Ihren sarkastischen Ausdruck zu gebrauchen?

A Das Parkett war der billige Teil des Theaters hinter den Sperrsitzen vor dem Orchester, ja. Ja, an warmen Abenden, wenn die Orangenschalen flogen, hat es dort wahrscheinlich ziemlich streng gerochen.

F Gewiß. Dieses breite Publikum nun, das war mit dem Stoff der Stücke, mit den Handlungen und Geschichten, recht vertraut, nicht wahr?

A Ja, im großen und ganzen.

F Wie das? Können Sie das genauer erläutern?

A Nun ja, Shakespeare hat seine Stoffe bekannten Quellen entnommen, zeitgenössischen Erzählungen wie der Romanze Rosalynde, daher hatte er Wie es euch gefällt, Ende gut alles gut aus Boccaccios Decamerone, solche Sachen eben.

F Gut. Und für die späteren Historien hat er ziemlich hemmungslos Holinsheds Chroniken von England, Schottland und Irland geplündert, nicht wahr, für Richard III. und die schottische Geschichte in Macbeth, sogar für König Lear? Und Plutarch, Antonius und Cleopatra und Julius Caesar hat er direkt bei Plutarch abgekupfert, nicht wahr?

A Abgekupfert würde ich nicht sagen, er ...

F Entnommen? Er hat sie einfach daraus entnommen? Und kein Mensch hat Ihres Wissens Anstoß an dieser Praxis genommen, nicht wahr?

A Nicht daß ich, nein.

F Mit anderen Worten, diese Ideen, Figuren, zweimal erzählten Sagen, merkwürdigen Launen der Geschichte, das konnte man sich einfach so nehmen, nicht wahr?

A Richtig.

F Ob man nun Shakespeare oder XY war, man konnte das alles zu einem Stück verarbeiten, wenn man wollte, nicht wahr?

A Also das halte ich, falls XY überhaupt ein Stück schreiben konnte?

F Heißt das, es hinge von der Ausführung der Idee ab?

A Doch, ja. Ja, natürlich.

F Also nicht die Idee, sondern die Art und Weise, wie sie vom Autor ausgedrückt wurde? Ist das nicht der Grund, warum Shakespeares König Lear XYs König Lear überragt?

A Natürlich.

F Es handelt sich also um zwei getrennte Dinge?

A Was, XYs König …

F Ich meine, die Idee und der Ausdruck der Idee, das sind zwei getrennte Dinge, nicht wahr?

A Nun ja, in dem Sinne, daß …

F Ich denke, wir sind das alles durchgegangen. Würden Sie bitte einfach die Frage beantworten? Lesen Sie sie bitte vor.

(Frage wird vorgelesen)

A Ja.

F Darf ich Sie nun fragen, ob Sie, als Dozent für amerikanische Geschichte und speziell als Fachmann für den Amerikanischen Bürgerkrieg, sagen würden, daß es während dieses Konflikts etwas Ungewöhnliches war, einen Ersatzmann anzuheuern, der für einen an die Front ging und kämpfte?

A Nun ja, natürlich war, im Süden war ein Pflanzer, der mehr als vierzig Sklaven besaß, natürlich automatisch von der …

F Mr. Crease, wir sind heute nicht hier, um über diese merkwürdige Einrichtung zu diskutieren. Ich habe eine einfache Frage gestellt und möchte, daß Sie sie beantworten. Lesen Sie sie bitte noch einmal vor.

(Frage wird vorgelesen)

A Nein.

F Tatsächlich war es auf beiden Seiten des Konflikts durchaus gängige Praxis für die, die es sich leisten konnten, nicht wahr?

A Es, ja.

F Es galt auch keineswegs als Schande, nicht wahr?

A Nein, nicht, aber …

F Und die Idee, die Idee, daß ein Mann, der beiden Seiten Loyalität schuldet, in eine Situation geraten könnte, in der er sich gezwungen sieht, Ersatzleute für beide gegnerischen Armeen zu stellen, war zwar wohl kaum ein alltägliches Ereignis, lag aber doch sicher im Bereich des Möglichen, oder?

A Ja, das …

F Und sogar, daß die beiden sich in der Schlacht begegnen könnten?

A Doch, ja, das ist …

F Tatsächlich ist doch auch mindestens ein derartiger Vorfall dokumentiert, nicht wahr?

A Eben darum geht es in …

F Wo auch noch beide fielen? Mit anderen Worten, so etwas wie eine Laune der Geschichte von der Art, wie sie Shakespeare hemmungslos benutzte, wenn er eine Handlung oder eine Figur brauchte? Er hätte auf Holinshed zeigen und König Lear als Stück nach einer wahren Geschichte annoncieren können, nicht wahr?

A Falls er, ja, doch, wahrscheinlich.

F Sie beanspruchen mit dieser Klage also keinen Schutz für eine Idee. Was hier laut Ihrer Klage verletzt worden ist, war also nicht das Urheberrecht an der Idee, die Ihnen innerhalb eines bestimmten Zeitraums kam.

MR. BASIE: Man hat Ihnen keine Frage gestellt. Das war eine Feststellung.

MR. MADHAR PAI: Bitte unterbrechen Sie die Antwort nicht.

MR. BASIE: Das war keine Frage.

MR. MADHAR PAI: Ich denke doch. Erheben Sie Einspruch bezüglich der Form?

MR. BASIE: Ich erhebe Einspruch gegen die Form der Frage, jawohl. Das war keine Frage.

MR. MADHAR PAI: Sie können Einspruch erheben, wenn Sie wollen, aber bitte unterbrechen Sie die Antwort nicht.

MR. BASIE: Würden Sie sie bitte noch einmal vorlesen?

MR. MADHAR PAI: Ich möchte diesen Punkt gern klären, ehe wir Mittagspause machen.

Lesen Sie vor.

(Frage wird vorgelesen)

F Noch einmal, Sie beanspruchen keinen Schutz für diese Idee, nicht wahr?

A Doch, ich beanspruche auch Schutz für die Idee, wenn die ...

F So?

A ... wenn die Idee auf vulgäre, erniedrigende Weise kopiert wird.

F Sie meinen, die Art und Weise, wie sie ausgedrückt wird? Können wir die Idee von ihrem Ausdruck trennen, Sir? Wir verstehen einander doch?

A Ja, ja, wir verstehen einander schon. Wenn die Idee im Kontext des Ausdrucks verwendet wird, wenn sie mit dem Ausdruck verbunden wird, dann wird die Idee Teil des Mißbrauchs, von dem ich rede.

F Sie erheben ja wohl keinerlei Eigentumsanspruch auf den Amerikanischen Bürgerkrieg, oder?

A Nein, nein, nein.

F Und auch nicht auf die Schlacht am Antietam, genausowenig wie Shakespeare Anspruch auf die Belagerung von Aleppo erheben konnte?

A Nein.

MR. MADHAR PAI: Dürfte ich eben rasch mit Mr. Smith reden? Bitte nehmen Sie zu Protokoll, daß die Anwälte sich besprechen.

(Anwälte besprechen sich.)

MR. BASIE: Geht aus dem Protokoll hervor, daß Sie um eine Unterbrechung gebeten haben?

MR. MADHAR PAI: Der Unterschied ist, daß ich nicht unter Eid stehe.

MR. BASIE: Ich habe nicht behauptet, daß es einen Unterschied gibt. Ich habe gefragt, ob aus dem Protokoll hervorgeht, daß Sie um eine Unterbrechung gebeten haben.

MR. MADHAR PAI: Ja.

MR. BASIE: Ich möchte, daß das Protokoll ausweist, daß es keine offene Frage gab.

MR. MADHAR PAI: Wir werden die Befragung fortsetzen, wenn wir um ein Uhr wieder zusammenkommen.

FORTSETZUNG DER BEFRAGUNG

13 Uhr 50

OSCAR L. CREASE wird weiter vernommen und sagt wie folgt aus:

MR. BASIE: Ehe wir beginnen, aber zu Protokoll, möchte ich im Namen von Mr. Crease sagen, daß er erwartet, daß die Befragung höflicher und zivilisierter fortgesetzt wird als heute vormittag.

MR. MADHAR PAI: Das liegt ganz allein bei Ihnen, Harold.

MR. BASIE: Da ist Mr. Crease anderer Meinung.

MR. MADHAR PAI: Das kann ich verstehen, alter Knabe.

MR. BASIE: Ich entsinne mich, daß er ziemlich oft unhöflich behandelt wurde, wenn ich außen vor war.

MR. MADHAR PAI: Er hat das Gefühl, daß er unhöflich behandelt wurde?

MR. BASIE: Ja.

BEFRAGUNG (Forts.) DURCH MR. MADHAR PAI

F Stimmt das, Sir?

A Ja.

F Es tut mir leid, daß Sie dieses Gefühl hatten.

Wir haben es hier mit dem Bereich des Subjektiven zu tun, und ich vermute, es ist möglich, daß Menschen unterschiedliche Ansichten von etwas entwickeln, aber ich betrachte Sie mit tiefem Respekt, und wenn Sie mich bei der Ausübung meines Berufes als schroff oder unhöflich empfunden haben, dann wäre ich Ihnen dankbar, wenn Sie das einer Verkennung meiner Einstellung zuschreiben würden, und zwar sowohl Ihnen als auch meiner Arbeit gegenüber, die ich äußerst ernst nehme. Ich darf, zum Beweis meines Entgegenkommens, darauf hinweisen, daß ich eingewilligt habe, die Pause zu verlängern, um Ihnen den Mittagsschlaf zu ermöglichen, den Ihr Zustand diktiert und der meine uneingeschränkte Sympathie findet.

Wir wollen fortfahren. Sie stehen nach wie vor unter Eid. Einverstanden?

A Also gut.

F Mich beschäftigt da etwas. Wenn ich Sie richtig verstanden habe, Mr. Crease, möchte ich etwas klären bezüglich der Idee, die zum Beweisstück 1 der Beklagten geführt hat, und deren Ausdruck, der Beweisstück 1 der Beklagten ist, und ich frage Sie erneut, beanspruchen Sie Schutz für eine Idee, eine von diesem Werk getrennte Idee?

A Ich dachte, das hätte ich erklärt.

F Für mich lag ein Widerspruch in Ihren Antworten, Sie haben nämlich zwei gegeben. Zuerst haben Sie gesagt, es sei keine Originalidee ...

A Ich habe eine eindeutige Antwort gegeben. Die Ausführung der Idee ist ihr Ausdruck, ihre Verarbeitung zu einem Stück, mit anderen Worten, sie ist definitiv an die Ausführung gebunden. Wir müssen hier also über zweierlei reden. Das eine ist die Idee, und das andere ist die Ausführung der Idee, sprich das Werk, das Werk, von dem wir reden, das Stück. Wenn Idee und Ausführung miteinander verknüpft sind, dann sind sie als solche sowohl eins als auch trennbar und verteidigbar.

F Die Idee für sich ist nicht schützbar und wird in Ihrer Klage auch nicht als schützbar ...

A Jeder kann sich hinstellen und sagen: «Da ist ein Mann, der im Bürgerkrieg je einen Ersatzmann für beide Seiten gestellt hat, und beide sind in derselben Schlacht gefallen.»

F Bei allem Respekt, aber das ist nicht das, was in Beweisstück 1 der Beklagten ausgedrückt wird. Was in Beweisstück 1 der Beklagten ausgedrückt wird, ist etwas sehr viel Ichbezogeneres als eine bloße Schlachtbeschreibung, es ist nämlich stark mit symbolischen Untertönen moralischer Natur befrachtet, Untertönen von Tod und Selbstmord.

MR. BASIE: Ich muß Sie anweisen, nicht zu antworten. Man hat Ihnen keine Frage gestellt.

MR. MADHAR PAI: Erheben Sie Einspruch bezüglich der Form?

MR. BASIE: Würden Sie es bitte noch einmal vorlesen.

MR. MADHAR PAI: Wir werden heute nachmittag sehr viel sachbezogener arbeiten, weil ich das nicht noch einmal mitmache.

Lesen Sie vor.

(Frage wird vorgelesen.)

F Stimmen Sie dem zu oder nicht?

MR. BASIE: Außerhalb des Protokolls.

MR. MADHAR PAI: Nichts außerhalb des Protokolls.

F Stimmen Sie dem zu oder stimmen Sie dem nicht zu?

A Ich muß leider, Verzeihung, ich habe nicht zugehört. Sie werden es noch einmal vorlesen müssen.

MR. MADHAR PAI: Lesen Sie vor.

ZEUGE: Ich dachte, Sie wollten es auch zum eigenen Verständnis vorlesen lassen.

(Frage wird vorgelesen.)

F Stimmen Sie dem zu oder stimmen Sie dem nicht zu?

MR. BASIE: Verzeihung, aber ...

MR. MADHAR PAI: Erheben Sie Einspruch?

MR. BASIE: Ja.

MR. MADHAR PAI: Wie lautet Ihr Einspruch?

MR. BASIE: Das war eine Feststellung. Sogar eine ganze Reihe von Feststellungen.

MR. MADHAR PAI: Wollen Sie Einspruch erheben?

MR. BASIE: Ja.

MR. MADHAR PAI: Wie lautet der Einspruch?

MR. BASIE: Der Einspruch lautet, daß Sie eine Reihe von Feststellungen getroffen haben ...

MR. MADHAR PAI: Gilt er der Form?

MR. BASIE: Ja.

MR. MADHAR PAI: Dann lassen Sie den Zeugen antworten.

ZEUGE: Ich wiederhole. Wir haben es hier mit zweierlei zu tun. Das eine ist die Idee, und das andere ist die Ausführung der Idee.

F Ja.

A Bevor ich das Stück schrieb, als ich über die Idee nachdachte, die ich im Kopf hatte, konnte ich sagen, hier haben wir die Geschichte eines Mannes, der Ersatzleute für beide Bürgerkriegsparteien stellt, damit sie an seiner Stelle kämpfen, beide fallen am Antietam, und er überlebt und wird von so etwas wie einem Gefühl des Selbstverrats verfolgt, daß er von eigener Hand auf dem Schlachtfeld gefallen sei. Das ist eine Idee, jeder kann sie wiederholen.

F Aber keine Originalidee in dem Sinne, daß jemand sie erfunden, sie sozusagen geschaffen hat, meinen Sie nicht auch?

A Also gut.

F So daß jeder, der davon Gebrauch machte, sich nur nähme, was das Gesetz zuläßt, nicht wahr, ganz gleich woher er es hätte? Hinsichtlich allgemeiner Themen, Motive oder Ideen stünde es ihm frei, es künsterlisch auszudrücken?

A Wahrscheinlich könnte er das auf seine Art machen, wenn das alles wäre, aber wenn ich es auf meine Art mache, dann ist diese Idee wesentlich und mit der Ausführung verbunden.

F So daß die Ausführung geschützt werden kann?

A Und die mit der Ausführung zusammenhängende Idee. Sie lassen sich nicht voneinander trennen, weil sie ...

F Dann sagen Sie mir, was die Idee ist, die Sie in Beweisstück 1 der Beklagten oder Beweisstück 6 der Beklagten ausgedrückt haben.

A Die Idee die, was ist Beweisstück 6 der Beklagten?

(Vorlage des mit heutigem Datum als Beweisstück 6 der Beklagten gekennzeichneten Dokuments.)

F Ich möchte Ihre Aufmerksamkeit auf Akt I, erste Szene, Seite 3 lenken. Würden Sie es bitte lesen?

A Ja, ich, hier. «Seine Mutter. Ist das die Stelle, auf deiner Wange, wo du verwundet worden bist?»

F Für sich, bitte.

A Ich habe es gelesen.

F Und auf der nächsten Seite sagt sie dann: «Du wirkst dünner und auch müde, jetzt wo ich etwas sehen kann. Du hättest ein Auge verlieren können.» Das steht im Prolog Ihres Stückes, des Stückes mit dem Titel Einst am Antietam, das Gegenstand dieser Klage ist, nicht wahr?

A Ja.

F Dann will ich Ihnen folgendes vorlesen und Sie fragen, ob es Ihnen vertraut vorkommt. «(Sie berührt den Verband um seinen Kopf – zärtlich) Dein Kopf! Tut er sehr weh? Mein armer Liebling, wie mußt du gelitten haben! (Sie küßt ihn).» Erkennen Sie das?

A Nein.

F Dann versuchen wir es mal damit. «(Er trägt einen Stirnverband) Mein Gott, wie habe ich davon geträumt, nach Hause zu kommen! Ich dachte, es würde nie mehr enden, wir würden ewig so weitermorden! Endlich daheim!» Klingt das vertraut?

A Ich denke, es könnte das …

F Ich möchte, daß Sie sicher sind. Darf ich Sie bitten, sich noch einmal derselben Szene, Seite 8 unten, zuzuwenden.

A Wo seine Mutter fragt: «Ist das die Uniform, in der du fortgegangen bist?»

F Ja, und dann fährt sie fort: «Ich weiß noch, wie sie neu aussah, ehe du fortgegangen bist, da hast du dir immer ein Taschentuch übers Knie gelegt, wenn du, so wie jetzt, mit verschmutztem Stiefel ein Bein übers andere geschlagen hast …»

A Ja, das ist …

F Ich bin noch nicht fertig. Ich möchte Ihnen jetzt folgendes vorlesen und Sie fragen, ob Sie es erkennen. «Oh, ich weiß genau, was du denkst! Ich war doch mal so ein netter, anständiger Bursche, stimmt's? Und jetzt – Na, du wolltest ja, daß ich ein Held in blauer Uniform werde, finde dich also besser damit ab! Morden verbessert die Manieren nicht.» Kommen Ihnen diese Zeilen vertraut vor?

A Das ist wahrscheinlich dieses fade Ding von O'Neill.
F Nur fürs Protokoll, können Sie das ein wenig genauer identifizieren?
A Ein Stück von Eugene O'Neill mit dem Titel Trauer muß Elektra tragen, Sie glauben doch wohl hoffentlich nicht, ich ...
F Danke. Eigentlich handelt es sich um eine Trilogie, nicht wahr. Der Bürgerkrieg ist gerade zu Ende gegangen, und die Figur Orin kehrt verwundet nach Hause zurück. Sein Vater, General Mannon, meint: «Ich habe einen Mann aus ihm gemacht. Er hat eine der tapfersten Taten vollbracht, die ich in diesem Krieg erlebt habe. Er wurde am Kopf verwundet ... es hätte leicht schiefgehen können, aber es war nur eine Schramme.» Hier in der zweiten Szene von Einst am Antietam haben wir den Major, wie er von seinem Schwiegersohn spricht. «Die Schlacht, die wir dem Feind bei Ball's Bluff geliefert haben? Thomas hat sich dort ausgezeichnet, in einer Kompanie unter meinem Befehl. Es hat uns mit Stolz erfüllt, daß er zur Familie gehört.» Sehen Sie irgendeine Ähnlichkeit zwischen diesen beiden Passagen?

MR. BASIE: Entschuldigen Sie bitte.

MR. MADHAR PAI: Wollen Sie Einspruch erheben?

MR. BASIE: Ich habe eine Frage.

MR. MADHAR PAI: Ich stelle hier die Fragen. Wollen Sie Einspruch erheben?

MR. BASIE: Ich denke, Sie haben Ihr Argument angebracht, aber was ist Ihr Argument?

MR. MADHAR PAI: Wir haben von unprofessionellem Verhalten gesprochen, Sir, und ich muß sagen, Sie überschreiten jedes Maß. Ich führe diese Befragung, und ich bringe meine Argumente an, wann ich es für richtig halte, ohne Ihre Einmischung.

MR. BASIE: Ich versuche lediglich, Ihnen zu helfen, das Verfahren zu beschleunigen.

MR. MADHAR PAI: Das können Sie am besten, indem Sie diese rüden Unterbrechungen lassen. Sie sind kontraproduktiv, und ich wünschte, Sie würden das nicht tun. Lesen Sie noch einmal vor, bitte.
(Frage wird vorgelesen.)
A Auf einer oberflächlichen Ebene möglicherweise, ja.
F Na gut. Der General, Orins Vater im Werk von O'Neill, beschreibt

Orins Heldentat, eine Überschreitung der feindlichen Linien, bei der er auf einen Rebellen stößt und ihn tötet, und das gleiche passiert noch einmal bei seiner Rückkehr. Dann beschreibt Orin die Episode. «Es war so, als würde man denselben Mann zweimal umbringen. Mich beschlich das komische Gefühl, Krieg bedeute, denselben Mann immer wieder zu töten, um am Ende festzustellen, daß ich selbst dieser Mann war!»

A Aber das ist …

F Ich bin noch nicht fertig. Würden Sie Ihre Aufmerksamkeit bitte dem zweiten Akt, dritte Szene des Stückes Einst am Antietam auf Seite 17 zuwenden, der Zeile, die mit den Worten «Auf diesem Schlachtfeld …» beginnt?

A Auf diesem Schlachtfeld, ja?

F Bitte sagen Sie mir, ob Sie eine Ähnlichkeit zwischen der O'Neill-Passage und dem folgenden sehen. Ich will es Ihnen vorlesen. «… als ich plötzlich erkannte, daß der Mann, den ich auf mich zustürmen sah, in jeder Beziehung mein Gegenteil … daß nicht er, sondern der Tod mein Feind war, den wir gemeinsam bekämpften … als träfe ich in einer dunklen Straße auf mich selbst … und müßte mich gegen mich selbst wehren!» Ich wiederhole, sehen Sie da eine Ähnlichkeit?

A Wie ich schon sagte, auf einer oberflächlichen Ebene.

F Und in beiden Fällen reden wir von der Ausführung, nicht wahr? Der Ausführung der Idee?

A Über das Stück, ja.

F Aber nicht die Idee?

A Beides. Über beides.

F Und was ist mit den Figuren, sind sie ein Ausdruck der Idee?

A In gewisser Weise wohl schon, insofern es …

F Das ist eine ganz einfache Frage. Ich hätte gern eine klare Antwort. Lesen Sie bitte noch einmal vor.

(Frage wird vorgelesen.)

A Na ja, sie, ja.

F Nun nehmen Sie beispielsweise den Major, wie Sie ihn in Ihrem Stück beschreiben. «Der Major, ein Mann Mitte Sechzig, ist mit übertrieben korrekter Uniform bekleidet, was seiner gönnerhaften Art … seinem erkennbaren Mangel an Einfühlungsvermögen und Verständnis für alles, was er nicht begreift, und seiner Besorgnis über alles, was die bestehende Ordnung zu stören droht, Autorität verleiht.» Gut? Und hier ist O'Neills General Mannon, der ebenfalls Richter ist, wenn Sie sich erinnern. «Seine Bewegungen sind abgezirkelt und hölzern, und seine Angewohnheit, in steifen Posen zu stehen und zu sitzen, erinnert an die Statuen von Kriegshelden.» Kommen die beiden einem ähnlich vor, wenn man sie oben auf der Bühne sieht?

A Ja.

F Oder auf der Leinwand?

A Vermutlich.

F Und als Ausdruck der Idee können sie nicht von ihr getrennt werden?

A Ich verstehe nicht.

F Was behaupten Sie nicht zu verstehen?

A Es geht doch hier nicht um eine Urheberrechtsverletzung zwischen meinem Stück und dem von O'Neill, oder? Oder wollen Sie etwa behaupten, ich hätte meinen Stoff, ich hätte meine Figuren aus diesem albernen Machwerk?

F Wollen Sie etwa behaupten, daß es nicht so ist?

A Allerdings!

F Aber Sie haben mir darin zugestimmt, daß es gewisse Ähnlichkeiten gibt?

A Dafür kann ich nichts.

F Mit anderen Worten, Sie stimmen mir darin zu, daß sich Ähnlichkeiten ergeben können, ohne daß man abschreibt?

A Bis zu einem gewissen Punkt.

F Bis zu welchem Punkt?

A Nun ja, Äußerlichkeiten, bestimmte Äußerlichkeiten, Zufälle, Fakten, historische Fakten, allerdings je nachdem, wie sie angeordnet, wie sie ausgedrückt werden.

F Und dieser Ausdruck ist vom Gesetz geschützt?

A Ja.

F Würden Sie sagen, daß dieser Ausdruck, von dem Sie sprechen, bei einem Theaterstück weitgehend dem Dialog innewohnt?

A Ja. Ja, ihm und seiner Anordnung, und der der Figuren.

F Und daß der Dialog nicht nur die Handlung des Stückes voranbringt, sondern in hohem Maße auch die Figuren definiert?
A Ja, ja, das können Sie auch an den Stellen sehen, die Sie gerade verglichen haben, oder? Es ist einfach undenkbar, daß ich schreibe. «Tut es sehr weh? Mein armer Liebling, wie mußt du gelitten haben!»
F Es gibt überhaupt keine Entsprechungen, richtig?
A Zu meinem Stück? Nein.
F Dann möchte ich Ihre Aufmerksamkeit auf die zweite Szene Ihres ersten Akts lenken, wenn es recht ist. Seite 30, der Dialog zwischen dem Major und einer Figur namens Kane. Würden Sie es bitte lesen?
A Soll ich mit dem Major anfangen? «Zugegeben, selbst ein einsichtiger Mann erträgt das Alter in Armut nicht leicht, aber der Uneinsichtige, der fände nicht einmal Frieden, wenn er reich wäre.»
F Und dann reden sie über Geld, nicht wahr, und daß diejenigen, die sich nicht viel aus Geld machen, die seien, die es nicht selbst verdient haben, wer es dagegen selbst verdient habe, nehme es auch ernst, und Kane fragt, was das größte Gut sei, das ihm sein Reichtum je eingebracht habe, sind Sie mir soweit gefolgt? Und dann?
A Ja, dann fährt er fort: «Wenn ein Mann sich mit dem Gedanken befaßt, daß er sterben muß, befallen ihn Ängste und Sorgen, die ihn vorher nie gequält haben. Man denkt an die Geschichten vom Jenseits, die wir so hören, und daß dort abgeurteilt wird, wer hier Unrecht getan hat. Bisher haben wir darüber gelacht, aber jetzt drücken sie einem auf die Seele. Wenn sie nun wahr sind!»
F Würden Sie sich nun bitte folgendes anhören und mir sagen, ob Sie eine Ähnlichkeit sehen? «Diese Rede schickt sich auch für die, welche nicht reich sind und das Alter schwer ertragen, weil auch der Wohlgesinnte das Alter wohl nicht ganz leicht ertragen kann in Armut, der nicht Wohlgesinnte aber auch, wenn er reich ist, sich gewiß darin nicht gefallen wird.»

«Hast du wohl, o Kephalos, von deinem Vermögen das meiste ererbt oder dazugewonnen?»

«Was ich dazugewonnen habe, o Sokrates? Ich stehe als Gewerbsmann in der Mitte zwischen meinem Großvater und meinem Vater», fährt er fort, sie reden über Geld und dann über das größte Gut, in dessen Genuß er durch sein Vermögen gekommen ist, und er antwortet wie folgt: «Denn wisse nur, o Sokrates, daß, wenn einem das nahetritt, daß er glaubt, er wird, ihn dann Furcht ankommt und Sorge, um was er zuvor keine hatte. Denn teils die Erzählungen von der Unterwelt, daß, wer hier ungerecht gewesen ist, dort Strafe leiden muß, die er oft gehört, aber bis dahin verlacht hat, gehen ihm dann im Sinne herum, ob sie nicht wahr sind ...» Also – sehen Sie eine Ähnlichkeit zwischen diesen beiden Stellen?

A Ja, natürlich, ich ...

F Ich bin noch nicht fertig. Hier ist eine weitere Stelle. Sie diskutieren über Gerechtigkeit, und plötzlich mischt sich ein gewisser Thrasymachos ein. «In was für leerem Geschwätz seid ihr doch schon lange befangen, o Sokrates? Und was für Albernheiten treibt ihr miteinander, indem ihr euch immer nur schmiegt und biegt einer vor dem anderen? Sondern wenn du in der Tat wissen willst, was das Gerechte ist, so frage nicht nur ... weil du wohl weißt, daß fragen leichter ist als antworten: sondern antworte auch selbst.» Und so weiter, bis zu der Antwort: «... sei uns nicht böse. Denn wenn wir gefehlt haben in der Untersuchung, ich und dieser, so wisse nur, daß wir ungern gefehlt haben. Denn glaube nur nicht, daß wir zwar, wenn wir Geld gesucht hätten, gewiß nicht gern so voreinander uns würden geschmiegt haben ... nun wir aber Gerechtigkeit suchen, eine Sache, die viel herrlicher ist als vieles Geld ...» Sie diskutieren das Problem weiter und geben ausweichende Antworten, bis Thrasymachos die Geduld verliert. «Höre denn, sprach er, ich behaupte, das Gerechte sei nichts anderes als das dem Stärkeren Zuträgliche. Aber warum lobst du es nicht? Du wirst gewiß nicht wollen.» Erkennen Sie diese Stelle?

A Ja, natürlich.

F Nun haben wir hier Ihren Protagonisten Thomas, Seite 39 der zweiten Szene, bei einer Auseinandersetzung mit der Figur Kane. «Das ist doch Unsinn! Daß Sie beide voreinander katzbuckeln wie zwei Narren. Wenn Sie wirklich wissen wollen, was Gerechtigkeit ist, Kane, dann hören Sie auf, bloß Fragen zu stellen und ihn jedesmal aufs Glatteis zu führen, wenn er antwortet. Sie wissen, daß es leichter ist, zu fragen als zu antworten. Geben Sie endlich selbst Antwort und sagen Sie mir, was Ihrer Meinung nach Gerechtigkeit ist ...» Kane erwidert: «Seien Sie nicht böse auf uns. Wenn wir Fehler gemacht haben, so geschah es nicht absichtlich. Wenn wir Gold suchten, würden wir ja auch keine Zeit damit vergeuden, voreinander zu katzbukkeln, und wir suchen nach etwas, das sehr viel mehr wert ist ...», bis Thomas die Geduld verliert. «Na gut, dann hören Sie zu. Ich behaupte, Gerechtigkeit ist nichts weiter als der Vorteil des Stärkeren. Na, was ist? Warum klatschen Sie nicht?» Sie entsinnen sich doch, diese Stelle geschrieben zu haben, oder?

A Natürlich.

F Und sehen Sie eine deutliche Ähnlichkeit zwischen ihr und der unmittelbar davor?

A Natürlich.

F Lassen Sie mich noch ein weiteres Beispiel anführen, damit keinerlei Zweifel bleiben. Wieder Ihre Figur Kane. «Die Bibel meint gewiß nicht, daß man jemandem, der nicht bei Sinnen ist, auf Verlangen alles zurückgeben muß, daß man die von ihm geliehene Schrotflinte zurückgeben muß, wenn er nicht bei Verstand ist. Trotzdem schuldet man sie ihm, oder? Also ist die Rückzahlung einer Schuld Gerechtigkeit, aber dieser Fall ist die Ausnahme.» Wenn ich Sie nun bitten darf, folgendes damit zu vergleichen: Aber ebendieses, die Gerechtigkeit, worin besteht sie ...? Wenn einer von einem Freunde, der ganz bei besonnenem Mute war, Waffen empfangen hat und dieser sie im Wahnsinn wiederfordert, er ihm dergleichen weder verpflichtet ist wiederzugeben ...» Und so weiter. Also noch einmal. Sehen Sie hier eine deutliche Ähnlichkeit?

A Natürlich.

F Können Sie die Quelle nennen, aus der die Stellen stammen, die ich im Vergleich mit Ihrem Werk zitiert habe?

A Natürlich.

F Würden Sie es dann bitte für das Protokoll tun?

A Das erste Buch von Der Staat, selbstverständlich.

F Können Sie das etwas genauer sagen?

A Buch Eins von Platos Der Staat.

F Sie sagen aus, aus dem Werk von Plato. Meinen Sie damit abgeschrieben aus? Entnommen aus?

A Paraphrasiert.

F Meinen Sie die Idee oder ihren Ausdruck?

A Beides.

F Nun ist die Hauptidee, die im ersten Buch von Platos Staat vorgetragen wird, der Versuch, die Gerechtigkeit zu definieren, nicht wahr?

A Ja, das ...

F Sie ist einfach da, nicht wahr, so wie man Richard III. bei Holinshed oder Caesar bei Plutarch finden könnte, das alles ist einfach da, und man kann es sich nehmen?

A Ja, aber das eine sind historische Gestalten, und das andere ist eine Idee.

F Schön. Und wenn Thrasymachos sagt: «Ich behaupte, das Gerechte ist nichts anderes als das dem Stärkeren Zuträgliche», dann drückt er einfach eine Idee aus, nicht wahr?

A In seiner eigenen Interpretation, ja.

F Genau. Er ist ein ziemlicher Zyniker, nicht wahr.

A Nein. Nein, er ist Sophist, das ist eine ganz andere Schule. Die Zyniker waren ...

F Sophist, selbstverständlich, ich nehme alles zurück. Eine Schule, wie Sie sagen, sie berechnete Gebühren für ihren Unterricht, und Thrasymachos will nun dafür bezahlt werden, daß er über Gerechtigkeit diskutiert, nicht wahr? Und als Sokrates einwendet, er habe kein Geld, und seine Freunde, Glaukon und die anderen, anbieten, seinen Anteil zu übernehmen, spielt er den armen Schüler, nicht? Aber in Wirklichkeit dreht er den Spieß um, er zwingt den Lehrer zu erklären, was er mit seinen gescheiten Fragen meint, das ist das, was man grob gesagt unter der sokratischen Methode versteht, er ist in Wirklichkeit der Lehrer, der den Laien nur spielt, den Dilettanten, als wäre das alles bloß sein Steckenpferd. Er bedient sich der List, daß er keine Gebühren berechnet wie Thrasymachos, der Profi, der Sophist, der stolze Schreiberling, der wie der Rezensent den Pöbel in den Werken anderer professioneller Schreiberlinge unterweist, die ...

MR. BASIE: Ich muß gegen diese Art der Fragestellung Einspruch erheben.

MR. MADHAR PAI: Bezüglich der Form, Harold? Wollen Sie ihn zu Protokoll geben?

MR. BASIE: Ich will ihn zu Protokoll geben, und er betrifft die

Form, jawohl, Sie verwirren den Zeugen absichtlich mit Ihren Abschweifungen über Kritiker und ...

MR. MADHAR PAI: Entschuldigen Sie, alter Knabe, ich habe nicht Kritiker gesagt, sondern Rezensenten, das ist ein himmelweiter Unterschied, obwohl die Rezensenten sich furchtbar gern Kritiker nennen lassen, außer sie sind auf der Flucht, dann weichen sie auf die Bezeichnung Journalist aus. Wenn Sie mich jetzt mit meiner Befragung fortfahren ...

MR. BASIE: Ich kann Sie nicht damit fortfahren lassen, den Zeugen zu beeinflussen und mit Ihrer Art der Fragestellung zu verwirren, dazu sind wir nicht hier.

MR. MADHAR PAI: Wir sind unter anderem deshalb hier, Harold, um den Unterschied zwischen amateurhaft und professionell festzustellen. Der Zeuge hat seine Dozententätigkeit doch praktisch selbst als Steckenpferd charakterisiert, obwohl er dafür bezahlt wird, und zugleich macht er nun Schadensersatz in beträchtlicher Höhe für eine Arbeit geltend, die nach seiner eigenen Aussage nicht vorwiegend von der Hoffnung auf finanziellen Gewinn bestimmt war, und da er sie in diesen sokratischen Kontext gestellt hat, frage ich eben in diese Richtung. Also, Thrasymachos verrät uns aufgrund der Art, wie er sich hier ausdrückt, was für ein Mensch er ist, nicht wahr?

A Ja.

F Aufgrund der Art, wie die Figuren unserer übereinstimmenden Ansicht nach hauptsächlich durch den Dialog definiert werden, der Art, wie sie Ideen ausdrücken, und genau dieser Ausdruck ist geschützt, nicht wahr? Auch wenn es die Ideen selbst nicht sind?

A Ich habe gesagt, die Ausführung der Idee ist ihr Ausdruck, wenn sie zu einem Stück verarbeitet wird, dann ist sie an die Ausführung gebunden.

F Aha. Und deshalb waren Sie so frei, ganze Passagen aus Plato, ohne sie kenntlich zu machen, dem Stück einzuverleiben, das Sie in dieser Klage als Ihr eigenes darstellen?

A Ich war, was?

F Das ist eine ganz einfache Frage, und ich denke, Sie können sie beantworten. Lesen Sie bitte noch einmal vor.

(Frage wird vorgelesen.)

A Einverleiben würde ich nicht gerade sagen.

F Das ist ein absolut brauchbares Wort, oder? Sollen wir noch einmal vorlesen?

A Nein, aber ich ...

F Wäre Ihnen entnommen lieber? Oder abgeschrieben? Entwendet?

MR. BASIE: Nein, hier muß ich eingreifen.

MR. MADHAR PAI: Bitte unterbrechen Sie den Zeugen nicht.

MR. BASIE: Ich möchte Einspruch erheben.

MR. MADHAR PAI: Sie möchten Einspruch erheben?

MR. BASIE: Der Zeuge wird beeinflußt.

MR. MADHAR PAI: Kein Mensch beeinflußt hier irgendwen. Wir suchen schlicht und einfach nach einer passenden Formulierung.

MR. BASIE: Hat er vorhin nicht das Wort paraphrasieren benutzt?

F Kurz gesagt, Sie haben ganze Passagen aus Plato in Ihrem Stück Einst am Antietam benutzt und paraphrasiert?

A Ja, das könnte ...

F Mit anderen Worten, wir sprechen von ganz erheblichen Ähnlichkeiten, nicht wahr?

A Ja, sehen Sie, ich ...

F Mit anderen Worten, es handelt sich hier nicht um Ähnlichkeiten, wie sie Ihrer Aussage von vorhin zufolge vorkommen können, ohne daß man abschreibt, Ähnlichkeiten, die sozusagen reiner Zufall sind, wenn die ausgedrückte Idee gewissermaßen Allgemeineigentum ist?

A Na ja, nicht wenn die, gesagt habe ich, glaube ich, bis zu einem gewissen Punkt, nämlich wenn das, was gesagt wird, mit dem, also wenn die Idee und der Ausdruck miteinander verbunden sind und der ...

F Ich möchte auf diese im Grunde ganz einfache Frage zurückkommen. Sie finden nichts dabei, ganze Passagen aus dem Werk von Plato zu entleihen, um es einmal milde auszudrücken, ganze Passagen zu entleihen und sie, mit geringfügigen Veränderungen, in ein Werk einzubauen, das Sie als ihr eigenes darstellen. Ist das richtig?

A Ja, und wenn ich das eben kurz erklären dürfte, ich ...

F Bitte lassen Sie sich Zeit. Wir haben es hier nicht eilig.

A Ich habe natürlich von vornherein erwartet, daß die Leute diese Passagen, diese Stücke von sokratischem Dialog wiedererkennen, jeder gebildete Mensch würde erkennen, daß sie aus Der Staat stammen. Das ist schlicht und einfach, das war schlicht und einfach als eine Art Hommage gedacht, das liegt doch auf der Hand, oder?

F Bitte lassen Sie mich die Fragen stellen. Wenn Sie sagen, jeder gebildete Mensch, sind wir dann wieder bei dem eher schmalen, eher exklusiven Publikum, wie Sie es in Zusammenhang mit dem etwas entlegenen Anklang Ihres Stücktitels an Shakespeare im Auge hatten?

A Das habe ich doch beantwortet, oder? Daß er sowohl für den Sperrsitz als auch das Parkett spielte?

F Wir sprechen jetzt von Plato. Sie sagen also, daß davon auszugehen ist, daß dieses sehr breite Publikum, das Sie mit dem Ausdruck das Parkett umschrieben, diese willkürlich ausgewählten Stellen aus Der Staat erkennt?

A Das ist doch ganz egal, nein. Nein, nicht speziell diese Stellen, aber das ist auch ganz egal, das ist ...

F Also nicht speziell diese Stellen, aber die Vorgehensweise, das, was man als sokratische Methode kennt. Was Dale Carnegie als die «Ja, ja»-Reaktion bezeichnete?

A Wer?

F Dale Carnegie, der Verfasser von Wie man Freunde gewinnt und Menschen beeinflußt.

A Großer Gott! Ja, bezogen auf das Parkett, aber darum geht es ja gerade, es ist ganz egal. Sie brauchen nicht zu wissen, daß es aus Der Staat ist, sie haben vielleicht noch nie von Plato gehört, aber sie werden davon mitgerissen, von dem Dialog, von seinem Esprit und seiner Aktualität, und von seiner Zeitlosigkeit. Darin liegt die Größe von Plato, daß er ein breiteres Publikum anspricht, darum geht es. Das meine ich mit Hommage.

F Sie sprechen von dem Esprit und der Aktualität dieser Dialoge, und Sie haben mir vorhin darin zugestimmt, daß die Figuren eines Stükkes weitgehend durch ihre Dialoge definiert werden, richtig?

A Ja.

F Und wäre im Lichte einer, nennen wir es einmal, Popularisierung des Werkes von Plato der Schluß zulässig, daß die Figur mit dem Namen Kane in Ihrem Stück in starkem Maße auf Sokrates basiert?

A Das liegt auf der Hand, ja.
F So wie er von Plato dargestellt wird? Oder die historische Gestalt, was von beiden?
A Na ja, also, beide, schließlich ist Platos Version im Grunde alles, was wir haben, nicht wahr?
F Und das konnte man sich einfach nehmen, so wie Caesar bei Plutarch?
A Na ja, eigentlich nicht, nein, weil ...
F Weil wir uns einig waren, daß die Idee und ihr Ausdruck unterschiedliche Dinge sind, nicht wahr?
A Ja, aber ...
F Der Unterschied zwischen Shakespeares König Lear und einem König Lear von XY, richtig?
A Ja, schon, aber ...
F Und XYs Version würde erheblich von Ihrer abweichen? Insofern Sie niemals schreiben würden: «Tut er sehr weh? Mein armer Liebling ...» Richtig?
A Ja, aber ich ...
F Und bei der Platostelle, die wir uns gerade angesehen haben, würden Sie auch niemals ein Wort wie Albernheiten verwenden, oder?
A Nein, aber das würde auch Plato nicht, weil ...

MR. BASIE: Ich erhebe Einspruch.

MR. MADHAR PAI: Sie unterbrechen den Zeugen.

MR. BASIE: Das ist die Absicht meines Einspruchs.

MR. MADHAR PAI: Sie erheben Einspruch bezüglich der Form?

MR. BASIE: Ja.

MR. MADHAR PAI: Zu Protokoll?

MR. BASIE: Zu Protokoll.

MR. MADHAR PAI: Na schön. Machen wir voran. Lesen Sie bitte noch einmal vor.

MR. BASIE: Halt, Moment.

MR. MADHAR PAI: Wieso? Lesen Sie vor.

MR. BASIE: Ich bin noch nicht fertig. Wieso wollen Sie vorlesen lassen? Er hat Ihre Frage beantwortet.

MR. MADHAR PAI: Wieso unterbrechen Sie dann?

MR. BASIE: Weil ich Einspruch erheben möchte.

MR. MADHAR PAI: Würden Sie Ihren Einspruch bitte formulieren?

MR. BASIE: Sie setzen den Zeugen unter Druck, indem Sie ihn unterbrechen, ehe er mit seinen Antworten fertig ist.

MR. MADHAR PAI: Ich glaube, das waren Sie, der den Zeugen unterbrochen hat.

MR. BASIE: Ich habe das Recht, Einspruch zu erheben, wenn der Zeuge durch diese Taktik der wiederholten Unterbrechungen bedrängt wird.

MR. MADHAR PAI: Und ich wiederhole, Sir, das Protokoll wird ausweisen, daß Sie es sind, der den Zeugen unterbrochen hat. Bitte lesen Sie es noch einmal vor.

(Protokoll wird vorgelesen)

F Wir haben vorhin festgestellt, daß es jedem freisteht, eine Idee aufzugreifen und sie so auszudrücken, wie es ihm ...

MR. BASIE: Ich bin noch nicht fertig.

MR. MADHAR PAI: Ich mache das einfach nicht mehr mit, Harold. Ich habe versucht, dieses Verfahren so zügig wie möglich durchzuführen, und mich damit im Hinblick auf den Zustand des Zeugen Ihren Wünschen gebeugt. Ich habe versucht, diese Nebensächlichkeiten und Abschweifungen auszuschalten, aber Sie sind offenbar wild entschlossen, die Sache mit Ihren ständigen Unterbrechungen zu verlängern, und das ist höchst unprofessionell.

MR. BASIE: Ich denke, das Protokoll wird ausweisen, daß die Befragung in ihrer ganzen Tendenz zu einer einzigen Abschweifung geworden ist.

MR. MADHAR PAI: Ich weiß nicht, wovon Sie reden.

MR. BASIE: Ich rede davon, wie wir überhaupt auf Plato gekommen sind und inwieweit es für diese Urheberrechtsklage relevant ist, ob irgendeine Stelle in dem Stück möglicherweise von Plato entlehnt worden ist, weil nämlich Platos Urheberrecht, bloß mal angenommen, er hatte eins, sowieso schon vor Christi Geburt erloschen wäre.

MR. MADHAR PAI: Ich kann der Versuchung nicht widerstehen, hier selbst einen Moment lang abzuschweifen, Mr. Basie, weil es vielleicht ganz lehrreich und für das, was Sie Ihre Karriere zu nennen belieben, sogar von späterem Nutzen ist. Ich habe mich nie mit dem

Status von Urheberrechtsvereinbarungen im Athen des fünften vorchristlichen Jahrhunderts beschäftigt, die, da gebe ich Ihnen recht, vom Zweck unserer Zusammenkunft doch zu weit entfernt sind. Wir zitieren Stellen aus der Übersetzung von Platos Staat, an der die Macmillan Company vor gerade mal hundert Jahren das Urheberrecht erworben hat, das dann, 1920, von der Oxford University Press übernommen wurde und das Sie bis auf den heutigen Tag verfolgen können, wenn Sie Lust haben.

MR. BASIE: Ach du Scheiße.

MR. MADHAR PAI: Sollen wir weitermachen?

F Wir haben also vorhin festgestellt, daß es jedermann freisteht, eine Idee aufzugreifen und auf seine Weise auszudrücken, daher könnte man «Albernheiten» als Ausdruck des Übersetzers für ein Detail von Platos Ausdruck eines Details der in Rede stehenden Idee bezeichnen, meinen Sie nicht auch?

A Ja, meinetwegen.

F Entsinnen Sie sich in diesem Zusammenhang, daß Sie einen Unterschied gemacht haben zwischen dem Schutz für den Ausdruck und für die Idee, es sei denn, die Idee werde auf vulgäre, erniedrigende Weise kopiert, dann handle es sich um einen Mißbrauch?

A Ja.

F Ich darf die Aufmerksamkeit des Zeugen auf Beweisstück 29 der Beklagten lenken. Würden Sie es bitte lesen?

A Da, wo es heißt, «wie er nun so unter den anderen saß ...»

F Für sich, bitte.

A Ich habe es gelesen.

F Würden Sie es bitte für das Protokoll identifizieren?

A Selbstverständlich, ja. Ja, es ist die Geschichte von dem Schafhirten Gyges, die Glaukon im zweiten Buch von Der Staat erzählt.

F Und?

A Tja, er ist offenbar, Gyges ist offenbar ein ziemlich gemeiner, ignoranter Mensch, der unter recht bizarren Umständen auf einen Leichnam stößt, er zieht dem Toten einen goldenen Ring vom Finger und kommt zufällig dahinter, daß er ihn unsichtbar machen kann, und im weiteren werden dann seine Abenteuer geschildert, und wie er mit Hilfe dieses neuen, dieser List zur Macht aufsteigt.

F Und erzählt uns Plato hier einfach eine Geschichte? So etwas wie ein Märchen aus Tausendundeiner Nacht?

A Natürlich nicht, nein. Er stellt den vollkommen Ungerechten neben den Gerechten, den einfachen und edlen Mann, der, wie Aischylos sagt, gut sein und nicht gut scheinen will. Plato zitiert hier Aischylos, und ich zitiere Plato, was ist der Unterschied?

A Der Unterschied ist genau das, weswegen wir hier sind. Plato schreibt die Idee und die Worte dem Aischylos zu, den er nennt, während Sie sie einfach von Plato abkupfern, ohne sie irgendwem zuzuschreiben, so wie Sie es auch an anderer Stelle getan haben, wie ich hinzufügen darf, mit Camus und Rousseau und Gott weiß wem noch, können wir jetzt damit fortfahren? Glaukons Geschichte wird verwendet als Ausdruck dieser Idee, richtig?

A Sie drückt sie aus, ja.

F Aber Sie beanspruchen doch keine Eigentumsrechte an einer Idee, oder?

A An bestimmten Ideen schon, wenn ich von Ideen rede, rede ich von Kunst.

F Lassen wir das beiseite. Wir reden hier von etwas Konkretem.

A Ich rede von einem Werk, Sie können doch ein Kunstwerk nicht teilen, die Idee von der Technik, die sie ausdrückt.

F Aber genau das werden Sie vor Gericht tun müssen. Die Idee ist eine abstrakte Form, und um darüber zu reden, sind wir nicht hier. Wir sind hier, um über Ihr Stück zu reden, und ich darf Ihre Aufmerksamkeit auf Beweisstück 30 der Beklagten richten. Würden Sie es bitte identifizieren?

(Vorlage des mit heutigem Datum als Beweisstück 30 der Beklagten gekennzeichneten Dokuments.)

A Das ist, ja, das stammt aus dem zweiten Akt meines Stückes, die dritte Szene. Es ist ein Dialog zwischen Mr. Kane und einer Figur namens Bagby. Mr. Bagby.

F Ich möchte ihn fürs Protokoll vorgelesen haben, bitte.

BAGBY

> Und warum nicht? Sind sie nicht eben gerade ganz nah dran? Glauben Sie etwa, sie tun aus freien Stücken nichts Unrechtes?

KANE

(heftig)

Allerdings!

BAGBY

Aha ...! Und sie üben bereitwillig Gerechtigkeit? Nein, lassen Sie nur beide tun, was sie wollen, und Sie werden Ihren Gerechten auf frischer Tat ertappen. Nur das Gesetz sorgt dafür, daß er anständig bleibt.

KANE

Das Gesetz ...

BAGBY

Ja, und Gesetze erlassen die, die fürchten, Unrecht zu erleiden, nicht die, die fürchten, Unrecht zu tun. Nein, ich habe einmal eine Geschichte erzählen hören, von einem Mann, der bei einem Toten einen goldenen Ring fand, und als er ihn eines Abends bei Freunden trug, drehte er ihn zufällig am Finger, wie es Nervöse so tun. Und kaum hatte er das getan, da war er unsichtbar, und seine Freunde redeten von ihm, als wäre er gar nicht da. Er stellte fest, daß er wieder sichtbar wurde, wenn er den Ring nach außen drehte, und unsichtbar, wenn er ihn nach innen drehte. Dann bekam er eine Stelle als Bote des Königs, und dank seinem neuen Trick pimperte er bald die Frau des Königs, und nicht lange, da hatte er den König umgebracht und die Herrschaft an sich gerissen ... Wer könnte wohl mit einem solchen Ring widerstehen, sich zu nehmen, was er wollte, egal wo er's fände, in jedermanns Haus zu gehen und zu pimpern, wen er dort fände, und aus dem Gefängnis zu befreien, wen er wollte ... Und mit zwei solchen Ringen, für Ihren Gerechten und den Ungerechten, könnten Sie die beiden nicht mehr auseinanderhalten ...

F Es handelt sich hier zweifellos um eine Stelle aus Plato, die Sie in leicht veränderter Form in Ihr Werk übernommen haben, richtig?

A Ja, das ...

F Und infolge dieser Veränderungen ist die Idee auf vulgäre und erniedrigende Weise kopiert worden, meinen Sie nicht auch?

MR. BASIE: Moment, Verzeihung, aber ...

MR. MADHAR PAI: Wollen Sie Einspruch erheben?

MR. BASIE: Ja.

MR. MADHAR PAI: Ich mache das nicht mehr mit, Harold. Sie haben Ihren Einspruch erhoben, und ich fahre jetzt mit dieser Befragung fort.

F Finden Sie den Begriff pimpern zur Bezeichnung sexueller Aktivität grob und vulgär oder nicht?

A Ich, ja, aber genau deshalb habe ...

F Ich möchte, daß Sie einfach meine Fragen beantworten, und zwar ohne diese umständlichen Abschweifungen. Bei der Platostelle, die wir uns eben angesehen haben, hat der Übersetzer Ausdrücke wie «zum Ehebruch verleitet» und «beizuwohnen, wem er wollte» verwendet, um diese Aktivitäten zu vermitteln, richtig?

A Ja.

F Aktivitäten, die bei Ihrer Wiedergabe der Stelle mit dem Wort pimpern bezeichnet werden, richtig?

A Ich, ja.

F Nun haben Sie vorhin Ihre Überzeugung dargelegt, daß eine Idee in ihrem Ausdruck dagegen geschützt sei, in vulgärer und herabwürdigender Weise kopiert zu werden, oder?

A Was ich gemeint habe, war ...

F Bitte beantworten Sie die Frage. War das Ihre Äußerung oder nicht?

A Ja.

F Und Sie empfinden das Wort «pimpern» als grob und vulgär?

A Ja, aber ...

F Einerseits also würden Sie XY verbieten, einen Ihrer Auffassung nach groben, vulgären, herabwürdigenden Ausdruck einer Idee zu präsentieren, die Sie Ihrer Meinung nach zu Ihrer eigenen gemacht und dank Ihres einzigartigen künstlerischen Ausdrucks in den Rang eines geschützten Werkes erhoben haben, während Sie andererseits nicht im geringsten zögern, uns eine Parabel eines der bedeutendsten Köpfe der abendländischen Geschichte in dieser eindeutig groben, vulgären und somit entwürdigenden Version darzubieten, und dazu noch die Kühnheit besitzen, das als Hommage zu bezeichnen. Habe ich recht?

A ...

F Ich habe Ihre Antwort nicht verstanden. Würden Sie sie bitte wiederholen?
A So war das nicht gemeint.
F Ich möchte eine Antwort auf die Frage.
A Es ist eher eine Parodie, diese Stelle.
F Haben Sie die Frage verstanden? Ich habe Parabel gesagt, nicht Parodie.

MR. BASIE: Es steht ihm frei, die Stelle so zu charakterisieren, wie er will.

MR. MADHAR PAI: Erheben Sie Einspruch? Ich will eine Antwort auf meine Frage.

MR. BASIE: Fordern Sie ihn auf, sie als Hommage zu charakterisieren?

MR. MADHAR PAI: Ich fordere ihn überhaupt nicht auf, sie als irgend etwas zu charakterisieren.

F Wenn Sie die Frage nicht verstehen, dann sagen Sie es bitte. Wenn Sie die Antwort nicht wissen, dann sagen Sie ich weiß es nicht.
A Ich weiß es nicht.
F Würden Sie bitte erklären, wieso Sie das nicht wissen?
A Das hat mit dem Gegenstand des Stückes zu tun, mit der Figur. Dürfte ich das eben erklären?
F Dafür wäre ich Ihnen dankbar.
A Also, sehen Sie, die Figur Gyges in Platos Geschichte, das heißt in der Geschichte, wie Glaucon sie erzählt, ist Gyges ein grober, ungebildeter Schafhirte, derb, habgierig, gerissen und von Grund auf unehrlich, wie die Figur Bagby, Mr. Bagby in dem Stück, deshalb benutzt er vulgäre Ausdrücke. Das ist so, als würde Gyges selbst anstelle von Glaucon die Geschichte erzählen, er würde auch vulgäre Ausdrücke benutzen, also benutze nicht ich vulgäre Ausdrücke, sondern Bagby. Die Figur Bagby.
F Haben Sie die Frage verstanden?
A Wir reden darüber, wie Figuren durch ihren Dialog definiert werden, oder? Die drei Ebenen von gut bis schlecht, das steht alles in der Poetik. Die handelnden Personen stehen entweder über unserer Ebene von Güte wie die Figuren von Homer, oder wie meine Figur Mr. Kane, oder sie stehen in etwa auf unserer Ebene, das ist der Held,

mit dem das Publikum sich hier identifiziert, oder sie stehen darunter, wie Bagby, Mr. Bagby, der unter unserer Ebene von Güte steht, wie die Figuren von Nikochares, der die Ilias schrieb ...

F So bekommen wir nie Antwort. Ich glaube, Sie haben sich zu Aristoteles verirrt, und wir befinden uns hier nicht im Hörsaal. Wir sind hier, um über Ihr Schauspiel zu reden, ob es sich nun um Beweisstück 1 oder 6 der Beklagten handelt, und darüber, auf welche Weise es Ihrer Wahrnehmung nach im Werk eines anderen entwendet, in wesentlichen Teilen nachgeahmt oder gar herabgewürdigt wurde, und zu dem Punkt, was Ihnen gefällt und was nicht, was Sie für einen Klagegrund halten und was nicht, frage ich Sie erneut, haben Sie die Frage verstanden?

A Das ist doch nicht dasselbe, Sie reden davon, daß das Werk eines anderen mit dieser einen kurzen Stelle aus Der Staat herabgewürdigt wird, aber wenn Sie sich mal das Stück ansehen, den ganzen letzten Akt des Stückes? Die Szene, in der Kane, zum Tode verurteilt, im Gefängnis sitzt und Thomas ihn dazu zu bringen versucht, sich zu retten, das ist der Kriton, oder? Direkt aus dem Kriton? Und es hat nichts Herabwürdigendes, wie ...

F Haben Sie eigentlich jemals mit jemandem darüber gesprochen, was dieser Rechtsstreit zum Gegenstand hat?

MR. BASIE: Was meinen Sie mit Gegenstand?

F Verstehen Sie meine Frage?

A Ich frage Sie das gleiche, was meinen Sie mit Gegenstand?

F Ich bin nicht geneigt, Ihre Fragen zu beantworten, Mr. Crease. Verstehen Sie meine Frage?

A Ich habe Sie um eine Verdeutlichung gebeten.

MR. BASIE: Ich denke, wir wissen alle, daß Mr. Crease den Film nicht kennt.

MR. MADHAR PAI: Das hindert ihn wohl nicht an einer Antwort, aber wenn Sie das denken, Mr. Basie, dann weiß er nicht Bescheid. Er ist doch sicher darüber informiert worden, worum es in dem Film geht. Wenn nicht, und Sie haben einen Rechtsstreit angestrengt ...

F Sie haben also, bevor Sie diesen Rechtsstreit anstrengten, persönlich keine Nachforschungen darüber angestellt, was tatsächlich in dem Film dargestellt wird?

A Ich habe ein paar Besprechungen gelesen.

F Besprechungen sehen normalerweise davon ab, das Ende zu erzählen, sozusagen die Geschichte zu verraten. War das hier auch der Fall?

A Das weiß ich nicht.

F Folglich können Sie doch im Grunde gar nicht wissen, ob die Szene, die Szene aus dem letzten Akt, die Sie gerade angeführt haben, ob diese Szene oder vielleicht sogar eine Figur Ihres Stückes in dem Film vorkommt oder nicht?

MR. BASIE: Ich glaube nicht, daß man eine Urheberrechtsverletzung dadurch verteidigen kann, daß man anführt, was nicht gestohlen wurde.

MR. MADHAR PAI: Bitte unterbrechen Sie nicht. Würden Sie bitte noch einmal vorlesen?

(Frage wird vorgelesen.)

A Nein.

F Sie behaupten also lediglich gewisse Ähnlichkeiten, von denen Sie aus zweiter Hand erfahren haben, richtig?

A Davon rede ich ja gerade. Ich bin noch nicht fertig.

F Ich möchte, daß Sie fertig werden.

MR. BASIE: Verzeihung, aber er kann unmöglich fertig werden. Nicht bei diesem Zeitrahmen.

MR. MADHAR PAI: Er bekommt so viel Zeit, wie er möchte.

MR. BASIE: Er kann diese Frage nur unter Heranziehung späterer Beweismittel beantworten.

MR. MADHAR PAI: Aus welchem Grund? Weil Sie mit ihm reden wollen, ehe er fortfährt, oder weil die Zeit nicht reicht, Mr. Basie?

MR. BASIE: Weil es hier einige Ähnlichkeiten gibt, auf die ...

MR. MADHAR PAI: Ist das eine Aussage, Mr. Basie?

MR. BASIE: Sie haben mir eine Frage gestellt. Ich nenne Ihnen den Grund.

MR. MADHAR PAI: Nein, ich habe Ihnen keine Frage gestellt.

MR. BASIE: Sie haben mich gefragt, aus welchem Grund, und mich dabei angesehen.

MR. MADHAR PAI: Ich habe die Frage davor gemeint. Beruhigen Sie sich.

MR. BASIE: Wieso soll ich mich beruhigen? Sie haben mich angesehen und mir eine Frage gestellt, und wenn ich Ihnen Antwort geben will ...

MR. MADHAR PAI: Was regen Sie sich auf?

MR. BASIE: Es stimmt aber, genauso war es doch?

MR. MADHAR PAI: Ja, ich habe Sie angesprochen, aber die Frage davor richtete sich an Ihren Mandanten.

MR. BASIE: Ich habe Einspruch dagegen erhoben.

MR. MADHAR PAI: Er hat mir nicht gesagt, daß er nicht genug Zeit hat. Ich dachte, er ist derjenige, der hier unter Eid steht. Er hat gesagt, er ist noch nicht fertig.

F Ich habe gesagt, ich möchte, daß Sie fertig werden. Fahren Sie fort.

MR. BASIE: Und ich sage, er kann sich nicht auf das festnageln lassen, was er bei dieser Aussage zur Frage der Ähnlichkeiten zwischen dem Stück und dem Film feststellt.

MR. MADHAR PAI: Wieso nicht?

MR. BASIE: Weil es so viele gibt, daß er ohne weiteres ein paar vergessen kann. Wenn Sie ihn auffordern, Ihnen jede Ähnlichkeit zu nennen, die es gibt ...

MR. MADHAR PAI: Das tue ich.

MR. BASIE: Dann weise ich ihn an, nicht zu antworten. Mein Einspruch bezog sich einfach darauf, daß Sie, glaube ich, das Wort «behaupten» benutzt haben.

MR. MADHAR PAI: Ihr Problem war, daß meine Formulierung unterstellt, daß das im vorliegenden Fall noch nicht nachgewiesen worden ist?

MR. BASIE: Nein, sondern daß sie unterstellt, das wäre sein Vorbringen, sein Klagebegehren.

MR. MADHAR PAI: Im Gegensatz zu dem, was ausgesagt ist?

MR. BASIE: Nein, im Gegensatz zu dem, woran er sich auf Befragen derzeit erinnert.

F Würden Sie uns dann bitte sagen, was ...

MR. BASIE: Mit anderen Worten, wenn Sie das Wort «behaupten» benutzen, dann hört sich das wie ein Versuch an, oder vielleicht mißverstehe ich es auch nur als Versuch, seine weitere Aussage, etwas, das später in diesem Rechtsstreit kommt, zu beschränken.

MR. MADHAR PAI: Meiner Ansicht nach gibt das Protokoll unsere jeweiligen Standpunkte ausführlich wieder. Ich dachte, Sie seien der Auffassung, daß Mr. Crease bis zum Abschluß der Hauptverhandlung das Recht haben soll, seine Liste von Ähnlichkeiten zu vervollständigen.

MR. BASIE: Nein, Sir.

MR. MADHAR PAI: Dann habe ich Sie in der Tat mißverstanden.

MR. BASIE: Nein. Es gibt ein späteres Stadium. Sehr häufig ist es das Vorverfahren.

MR. MADHAR PAI: Also bis zu diesem Punkt?

MR. BASIE: Ja.

MR. MADHAR PAI: Ich bitte höflichst darum, daß er sich dieser Aufgabe jetzt zuwendet, daß er es jetzt tut, und Sie haben dazu gesagt, Sie haben ihn angewiesen, nicht zu antworten.

MR. BASIE: Ja. Aber nur, damit seine Aussage im Hauptverfahren nicht auf das beschränkt wird, was er ...

A Das ist vielleicht ein Grund, uns zu vertagen, ich werde nämlich langsam müde.

F Wir hören sofort auf. Ich möchte nur noch wissen, ob es noch andere, bislang unerwähnt gebliebene Schäden gibt, für die Sie in diesem Rechtsstreit Wiedergutmachung fordern.

A Na ja, es geht um beides, das habe ich ja zu erklären versucht, auf der einen Seite um die Aneignung des, um den Diebstahl meines Stückes, ohne meine Urheberschaft anzuerkennen, und andererseits kränkt es mich, wenn meine Arbeit von, wenn Vulgarität, Grobheit und Dummheit meine Arbeit herabwürdigen.

F Welche Geldsumme verlangen Sie dafür?

A Ich verlange keine, darüber muß ich mit meinem Anwalt reden. Sie wollen ja wohl nicht, daß ich jetzt gleich darauf antworte.

MR. BASIE: Das steht in der Klageschrift.

MR. MADHAR PAI: In der Klageschrift wird keine konkrete Summe genannt.

MR. BASIE: Das stimmt, wir wissen nämlich noch keine.

F Haben Sie eine bestimmte Summe im Kopf, die Sie haben wollen?

A Darüber habe ich noch gar nicht nachgedacht.

F Aber Sie haben doch bestimmt schon überlegt ...

A Aber das könnte ich ohne weiteres, ja.

F Würden Sie es dann bitte tun?

A Wenn es soweit ist, ja.

F Jetzt ist es soweit.

MR. BASIE: Nein, das glaube ich nicht.

MR. MADHAR PAI: Nicht?

MR. BASIE: Nein.

MR. MADHAR PAI: Was sollen wir denn machen, sozusagen auf Zehenspitzen über diesen Punkt hinweggehen, bis wir an eine bestimmte Stelle kommen, wo wir uns unter einem Baum zusammensetzen und Sie es mir verraten?

MR. BASIE: Zum einen darf ich Sie daran erinnern, daß einem das Urheberrechtsgesetz bis nach dem Hauptverfahren das Wahlrecht hinsichtlich der Art des Schadensersatzes einräumt.

MR. MADHAR PAI: Danke. Ich möchte aber gern wissen, wie hoch die Summe des Zeugen im Augenblick ist, falls er eine solche im Kopf hat.

F Wären Sie bitte so freundlich?

MR. BASIE: Er hat nein gesagt.

F Ich bitte Sie, die Summe jetzt zu nennen, wenn es so einfach ist.

A Ich kann nicht.

F Sie ziehen es vor, jetzt keine zu nennen?

A Ich ziehe es vor, jetzt keine zu nennen.

F Aus welchen Gründen ziehen Sie es vor, jetzt keine zu nennen?

A Na ja, es ist nicht, es fällt mir sehr schwer, eine Kränkung in einen Geldbetrag zu übersetzen.

F Eine letzte Frage fällt mir noch ein, Mr. Crease. Ist es Ihnen je in den Sinn gekommen, Ihren Namen zu ändern?

MR. BASIE: Ich darf ihn daran erinnern, daß er noch unter Eid steht, nicht wahr?

MR. MADHAR PAI: Selbstverständlich.

MR. BASIE: Ich weise ihn an, die Frage nicht zu beantworten.

MR. MADHAR PAI: Ich denke, wir können Schluß machen. Der Zeuge ist entlassen. Danke, meine Herren.

–Lesen Sie mal den Kratylos.

–Wie war das, alter Junge?

–Ich habe gesagt, lesen Sie mal Platos Dialog Kratylos, da geht es darum, ob der Name eines Menschen bloß etwas Praktisches ist oder ob er dessen eigentliches Wesen ausdrückt, und wenn nicht, ist es überhaupt kein Name, und man kann ihn wechseln, wie man Lust hat.

–Ich lese es mal nach, übrigens, das mit den Sophisten, das haben Sie, glaube ich, falsch verstanden, alter Knabe. Schließlich hat Plato den Begriff zum Schmähwort gemacht und die Sophisten so verleumdet, wie er es hier mit Thrasymachos tut, wenn er Sokrates den hochmoralischen Standpunkt in den Mund legt und so weiter und so fort. Ich persönlich habe ihn schon immer für einen ziemlichen Faschisten gehalten, irgendwann würde ich gern mal mit Ihnen darüber plaudern, vielleicht legen Sie sich dann ja auch einen neuen Namen zu.

–Eher lege ich mir eine neue Nase zu.

–Ich hatte mal eine Mandantin, die hat das gemacht, wollte die Nase gestutzt haben und konnte sich's nicht leisten, also hat sie sich von einer Drehtür einklemmen lassen und geklagt. Was sagen Sie dazu, Harold?

–Ich berufe mich auf den Fünften.

–«Jeder Hund darf einmal beißen.» Stimmt das?

–Ob es Gesetz ist, meinst du? Nein.

–Warum sagt er es dann? Was?

Er dagegen hatte gerade gesagt –Gefällt mir, was du da anhast, als sie nackt durchs Schlafzimmer geschritten kam.

–Wirklich, Harry? Gewoge mit ausgestreckten Armen, –dann besorge ich es mir in vier Farben. Sag mal, kommst du eigentlich nie auf die Idee, die Pflanzen zu gießen, wenn ich nicht da bin? Er zog die Füße ein, als sie sich mit der Zeitung auf dem Fußende des Bettes niederließ. Pflanzen? Auf die Idee kam er nie, nein, sie waren einfach da, hübsches Mobiliar wie die kannelierten Kerzenständer, wie die Lampen, der Piranesi, sie erwartete ja auch nicht, daß er herumlief und Lampen und Bilder goß, sein Eheweib, ein Bein zum

Boden hin abgewinkelt und das Knie angezogen, so daß sich der Muff vor seiner Nase teilte, aber ehe er hinsah, kam schon wieder die Zeitung dazwischen mit –Ecrasez l'infame, die Franzosen sind natürlich die reinsten Hundenarren, erinnerst du dich noch an diese beiden Riesenköter unterm Nachbartisch bei Lipp's, klar, daß die da nicht widerstehen können. Kunst gegen négritude, der kleine James B., der petit maître, die machen das zu einer intellektuellen cause célèbre, und die Briten erst, ein ernster Brief an die Times von der Gesellschaft zum Schutz der Grubenponys, mein Gott. Willst du auch wissen, was in La Repubblica steht? Die nennen das Mistviech Frugaletta, und seine seelenvollen Augen fließen über von der verletzten Unschuld der Unterdrückten in aller Welt. Du weißt ja, wie sie Hunde behandeln.

–Das ist ein theatralisches Volk, Christina. In Vietnam stünde Frugaletta auf der Speisekarte.

–Jetzt hör aber auf, das ist einfach nicht mehr komisch, diese blöden Lokalzeitungen da unten versuchen Vater als Monster hinzustellen, und die ausländischen Zeitungen greifen die Schlagzeile auf, und plötzlich ist es ein internationaler Zwischenfall, dieser abgedroschene Cartoon, wie Uncle Sam in seiner Brutalität den Underdog niedertrampelt. Schon diese hochgestochenen Phrasen, mein Gott, ich bitte dich, écrasez l'infame, warum reißen sie das gräßliche Ding nicht einfach ab. ZYKLON SIEBEN SUCHT NEUES ZUHAUSE, das war doch mal eine Schlagzeile, oder? Deswegen ist die Gemeinde doch überhaupt vor Gericht gegangen. Sie haben ihre Berufung doch gewonnen, oder?

–Keine Abrißgenehmigung.

–Aber das ist doch lächerlich. Heißt das, die Gemeinde kann das Ding nicht abreißen, weil sie sich selbst keine Genehmigung ausgestellt hat?

–Szyrk hat eine einstweilige Verfügung auf Unterlassung, bis die Sache vor dem High Court verhandelt worden ist, deswegen verklagt jetzt jeder, der ihn verklagt hat, die Gemeinde, James B. klagt wegen Einsperrens und Gefährdung von Spot, und jetzt hängen sich auch noch diese Tierschützer dran mit ihrem Antrag wegen widerrechtlicher Entziehung der Bewegungsfreiheit, die fordern so eine

Art Grundrecht auf richterliches Gehör für Hunde samt psychologischem Gutachten, das Spot einen Nervenzusammenbruch bescheinigt.

–Habe ich's nicht gesagt? Einfach lächerlich!

–Aber um das zu entscheiden, braucht es ein Schwurgericht. Der kleine James B. da mit seinem dicken Verband erzählt denen, wie er sein heißgeliebtes Hundchen so nahe rangelockt hat, daß er reingreifen und es retten kann, und schnapp!, dann treiben sie Richter Crease in die Enge, und schon haben sie ihre Schlagzeile. JEDER HUND DARF EINMAL BEISSEN, SAGT RICHTER.

–Ja mein Gott, Vater hat eben die Beherrschung verloren, schließlich hat er's nicht bei Gericht gesagt.

–Sowieso nicht sein Gericht, die Sache fällt wohl kaum in die Bundeszuständigkeit, aber die haben ihre Schlagzeile, glaubst du vielleicht, deren Leser machen solche feinen Unterschiede? Das heißt, soweit da unten überhaupt jemand lesen kann, ganz schön riskant mit seiner Berufung an den Circuit Court, was er da macht, aber es kommt mir fast so vor, als würde er's drauf anlegen, in diesen anderen Fällen wegen Befangenheit abgelehnt zu werden, diese Spielzeughersteller, das Freiheit-für-Spot-Spiel, die Spot-Püppchen, Figuren, Schlüsselringe und der ganze andere Ramsch, und dazu die Versicherungen mit ihren Heerscharen von Anwälten, die es überhaupt nicht eilig haben, irgendwas zu regulieren, das Übliche halt, dafür werden sie schließlich bezahlt. Außerdem ist jetzt auch noch James B.s Vater hinter diesen Tierschützern her, Poster, T-Shirts mit ihrem neuen Logo, Spot eingerahmt von Stahlzähnen, die berufen sich auf die Meinungsfreiheit, Spendenwerbung für gemeinnützige Zwecke gegen Spots Eigentums-, Schutz- und Verwertungsrechte an seinem Namen, seinem Konterfei und seiner Persönlichkeit gemäß der Entscheidung des Bundesberufungsgerichts von 1983 für Carson in der Sache Carson gegen Here's Johnny-Toilettencontainer, und deren Anwälte machen geltend, daß dieses Recht zu werben nur für Menschen gilt, nach dem Grundsatz des …

–Harry, er ist Bundesrichter! Heißt das etwa, daß die Regierung bei allen Scheußlichkeiten, die in diesem Lande vor sich gehen, wohin man auch schaut, nichts Besseres zu tun hat, als sich um Toilettencontainer Sorgen zu machen?

–Wir reden hier nicht von Toilettencontainern, Christina, wir reden von Millionen von Dollars, darum dreht sich doch letztlich alles in diesem Land, oder? Wir reden vom Recht auf freie Meinungsäußerung, vom Recht zu werben, Namen, Symbole, Warenzeichen, darum geht es doch auch in dem ganzen Fall, an dem ich im Moment sitze. Ich hoffe bloß, daß dein Vater für den Circuit Court bestätigt wird, bevor er die Chance hat, noch mehr solche Schlagzeilen zu machen.

–Ja mein Gott, er hat eben einfach mal wieder die Beherrschung verloren, kannst du ihm das verdenken? Diese widerlichen Kleinstadtreporter da unten setzen ihm so lange zu, bis sie wieder eine Schlagzeile kriegen, das hast du doch selber gerade gesagt, oder? Diffamieren ihn, wie sie nur können, seit diese blöde Geschichte angefangen hat, dieser gemeine Klatsch über seine Trinkerei und seine drei Päckchen Zigaretten pro Tag, dann kommt jemand bei ihm rein und sieht diese gräßlichen, verkehrtherum aufgestellten betenden Hände, und schon werfen die ihm Gotteslästerung vor, und das alles zusätzlich zu diesen fiesen Andeutungen von wegen Wahnsinn in der Familie, alle möglichen Lügen über seinen Vater graben sie aus in diesem Bürgerkriegs-Kuddelmuddel, in den sich Oscar da hineingeritten hat, drucken, was sie wollen, während du splitternackt hier herumliegst und von Meinungsfreiheit und Toilettencontainern redest.

–Darf ich das so verstehen, daß ich mir was anziehen soll?

–Das habe ich nicht gesagt, oder? Sie ließ, wo er sie berührte, die Hand über seinen Knöchel und von da ohne Pause den Blick über seinen Körper nach oben wandern. –Nein, nein, mir gefällt das, was du anhast.

–Gibt's nur in der einen Farbe, meine Gnädigste, hätten Sie's gern mit Quaste? Oder ohne.

–Unbedingt mit! Die Hand wanderte an seiner Wade entlang und über sein Knie, das sich hob, als er den Arm ausstreckte, –nein, nicht, geh nicht dran, laß das Band laufen, du kannst ja unterbrechen, wenn es wichtig ist, oder? Und das kratzige Echo ihrer

Stimme, die die Litanei herunterbetete, der Piepston, und dann wieder eine Stimme, die gefilterte Imitation einer Stimme –Ach, Teen? Trish hier. Trish hier, Teen, du mußt mich unbedingt zurückrufen. Ich versuche ständig, Larry zu erreichen, deinen Mann Larry? Zuerst haben sie so getan, als kennen sie ihn nicht, und dann haben sie mir die Schuld gegeben, weil ich angeblich den Namen falsch verstanden hätte, Teen, ich komme vielleicht ins Gefängnis. Sogar wenn ich seine Sekretärin erreicht habe, war er ständig in einer Besprechung oder bei Gericht, Teen, es geht um diesen elenden Jungen, diese ekelhaften Lebensschützer haben ihn sich gekrallt und einen Vormund für den Fötus bestellen lassen und sich einen Gerichtsbeschluß besorgt, daß ich nicht abtreiben darf, und meine Anwälte wissen nicht, was sie machen sollen, mit mir reden sie ja nicht, sie reden bloß miteinander und schicken mir die Rechnungen, einer hatte sogar die Dreistigkeit, mich in dem Krankenhaus anzurufen, wo Mummy gestern nacht gestorben ist, und aus diesem wunderbaren neuen baskischen Restaurant, wo jetzt alles hinströmt, haben sie mich auch herausgeholt, einen Monat im voraus muß man da reservieren, wenn man nicht gerade ein Rockstar ist, und natürlich ist es très cher, scharenweise Japaner, man sieht auf den ersten Blick, daß man keine Menschenseele kennt, und alles glotzt meine Diamanten an, die, die mir damals nachts im Aufzug buchstäblich vom Hals gerissen worden sind, du weißt doch, nach diesem Jubiläum mit Bunker? Diese cleveren Versicherungsleute hatten sie nämlich von den Dieben zurückgekauft, das muß man sich mal vorstellen, genau wie diese faulen Geschäfte für diese leidigen Geiseln, von denen man ständig in der Zeitung liest, wie ein Wiedersehen mit alten Freunden war das, und jetzt besitzen sie die Frechheit, das Geld zurückzuverlangen, das ich damals zur Regelung meiner Ansprüche gekriegt habe, dabei steht mir das zu, deswegen zahlen wir doch Jahr für Jahr diese Irrsinnsprämien? Da sieht man mal wieder, daß die vor gar nichts zurückschrecken, die nackte Gier ist das, man möchte fast den Glauben an die Menschheit verlieren, ich weiß nicht, was in diesen armen Jungen gefahren ist, aber, ach, das muß ich dir unbedingt noch erzählen. Ich bin noch mal hin und habe diesen süßen kleinen Lhasa gekauft, du weißt doch, den wir auf dem Rückweg von der Klinik im Schaufenster von dieser Zoohandlung gesehen haben? Jetzt muß ich aber los, Bunker hat mich überredet, diesen erbärmlichen Kerl anzuzeigen, der mir Ketchup auf meinen Zobel geschüttet hat, als wir aus der Klinik gekommen sind, Gott sei Dank war es nicht der Chinchilla, Mummy würde mich umbringen, und deswegen verpasse ich jetzt leider die Vernissage für diesen wie heißt er doch gleich, ich kann seinen Namen nie aussprechen, gehst du hin? Das gefällt mir zwar gar nicht, aber Bunker besteht darauf, daß wir die Pflicht haben, uns diesen Horden entgegenzustellen, die die Kultur vernichten wollen, Teen, ruf mich unbedingt zurück, ich brauche dich vielleicht. Es ist mir sehr unangenehm, daß ich Larry belästigen muß, aber er ist vielleicht der einzige, der mich noch vor dieser Insel bewahren kann, Rikers heißt sie doch? Weißt du noch, das Schild dort, KEIN ESSEN, EGAL WAS SIE ZAHLEN, und diese schauderhaften Hamburger um vier Uhr morgens, als Bim den Leichenwagen geklaut hat und wir alle zum Jones Beach rausgefahren sind, Gott, hatten wir's damals schön, was, Teen, woher hätten wir wissen sollen, daß das Ganze später so ...

–Harry, könntest du ...

–Nein.

–Aber du hast ja noch nicht einmal ...

–Ich habe nein gesagt, Christina. Laß mich da raus. Und an deiner Stelle wäre ich auch vorsichtig, wenn sie sagt, daß sie dich vielleicht braucht.

–Sie meint doch bloß meine moralische Unterstü...

–Wenn sie vor Gericht geht, braucht sie einen Zeugen. Warst du dabei?

–In der Klinik? Ich mußte mitgehen, Harry, schließlich weiß man nie, was an so einem Ort alles passiert, und es ist ja dann auch prompt passiert, plötzlich kommt dieser adrette junge Mann mit der randlosen Brille an und schüttet ihr Ketchup auf den Mantel, irgendwas von wegen unschuldiges Blut vergießen, weiß der Himmel, was er eigentlich war, Tierschützer oder Lebensschützer, jedenfalls war es ziemlich entnervend.

–Wahrscheinlich war er beides und dazu noch von der Waffenlobby. Also hat sie abtreiben lassen.

–Deswegen hat sie doch so eine Heidenangst davor, daß sie ins Gefängnis muß, du hast sie ja gehört. Dieser schreckliche Kerl fordert seine väterlichen Rechte, als wäre sie so eine Art Zuchtsau, dabei hat sie ihn buchstäblich auf der Straße aufgelesen, wie er Zigarettenkippen gesammelt und Zeitungen aus Abfalleimern geklaubt hat, also hat sie ihn zum Essen eingeladen, und als sie sich gerade hingesetzt hatten, ist die Polizei gekommen. Er hatte in einem Buchladen ein Buch gestohlen und ihr als Geschenk mitgebracht, irgend so einen Science-fiction-Quatsch über Leute, die unter Wasser leben. Er hat ihnen immer wieder gesagt, es wäre sein Buch, er hat damit gemeint, er hätte es geschrieben, sein Name stand auch auf dem Umschlag, aber Bücher sind heutzutage so sündhaft teuer, daß er es sich offensichtlich nicht leisten konnte, aber die haben das natürlich ganz anders gesehen, bis sie schließlich selbst hingegangen ist und fünfzig Stück bestellt hat, damit sie sich beruhigen. Und jetzt bringt er es fertig, sie ins Gefängnis zu schikken, weil sie sein Kind ermordet hat. Sein Kind!

–Kein Mensch schickt sie ins Gefängnis, die Welt wäre dann zwar sicherer für die Demokratie, aber sie bekommt wahrscheinlich bloß eine Vorladung wegen Mißachtung und eine Geldstrafe, und zwar eine saftige, wenn sie mit diesen Diamanten aufkreuzt. Was hat sie überhaupt in einer staatlichen Klinik zu suchen?

–Sie kann ja wohl schlecht in das Krankenhaus gehen, wo sie sonst hingeht, wenn sie es gerade verklagt, oder?

–Das heißt, sie beschäftigt zwei Trupps von Anwälten, der eine erhebt Klage wegen Gefährdung des Fötus, und der andere verteidigt ihre Abtreibung? Kein Wunder, daß die miteinander reden.

–Ich nehme an, ebendeshalb beschäftigt sie zwei, vermutlich rechnet sie damit, daß sie so wenigstens einen Prozeß gewinnt, sie hat ihre Lektion gelernt, als sie dieses fürchterliche Gezerre um das Sorgerecht für TJ verloren hat, sie ist heute noch fuchsteufelswild deswegen.

–Aber sie hat doch gewonnen? Wohnt der Junge nicht bei ihr?

–Das war doch das Problem, Harry. Keiner von beiden hat ihn gewollt. Natürlich hat der Vater sich für Unterhalt und eine Treuhandschaft dumm und dämlich gezahlt, so ein versoffener Rüpel in

Straußenlederstiefeln, dem fast die ganze Innenstadt von Lubbock gehörte, bis ihn eines Tages jemand erschossen hat und sie sich vor Gericht gegen sechs andere Vaterschaftsklagen um den Nachlaß kabbeln mußte, so ist es diesmal ja wohl kaum. Weiß der Himmel, was in diesen elenden Kerl gefahren ist, er ist wirklich nicht sehr helle, man braucht sich bloß sein Buch anzusehen.

–Vielleicht gerade helle genug, um sich auszurechnen, daß sie ihn heiratet, wenn er sie schwängert, dann kommt die unvermeidliche Scheidung, und er kriegt das Kind und kassiert einen Haufen Unterhalt. Wie bei TJ, bloß umgekehrt.

–Na, siehst du, du könntest schon helfen, wenn du wolltest, Harry, denk mal darüber nach. Es ist ja wohl klar, daß er so was in der Art geplant hat, er ...

–Wahrscheinlich hat er ihn überhaupt nur deswegen hochgekriegt, wenn man Geld heiratet, muß man sich nämlich jeden Penny sauer verdienen, und ein Bursche, der Zeitungen aus Mülleimern klaubt und ...

–Sie sagt, das hat er ihr erklärt. Er hat ihr erzählt, er macht Marktforschung für irgendeine Werbeagentur, bis zu welcher Seite die Leute kommen, bevor sie die Zeitung wegwerfen, und wie weit sie die verschiedenen Zigarettenmarken herunterrauchen, es hat sich alles ziemlich windig angehört, die üppigsten Geschenke hat sie ihm gekauft, zum Beispiel einen Zwölfhundert-Dollar-Bademantel von Sulka's, er hat versucht, ihn gegen Bargeld umzutauschen, aber sie haben gesagt, sie schreiben es gern ihrem Kundenkonto gut, da hat er ihn natürlich behalten, und dabei ist er offenbar die ganze Zeit herumgelaufen und hat sich beklagt, daß sie jedesmal, wenn zehn Dollar fürs Taxi fällig sind oder sie einen neuen Lippenstift braucht, behauptet, sie hätte nur Hunderter, so daß er dafür aufkommen muß, und so was nennt sich dann Dankbarkeit, sie, nein, geh nicht dran ... reglos zum kratzigen Echo ihrer Stimme, dem Piepston, und dann, schroff und gebieterisch –Christina. Ruf mich bitte an.

–Das ging ja fix.

–Wahrscheinlich hat er Angst, daß ich abnehme und dann alles auf seine Rechnung geht anstatt auf unsere, neulich hat er es geschafft, dieses Gefährt in die Küche zu steuern, und Ilse dabei erwischt, wie sie die Fünf-Cent-Pfandflaschen von dem Mineralwasser, das er zu seinem Pinot Grigio trinkt, in den Müll wirft, und eine fürchterliche Szene gemacht, gibst du mir mal bitte die Nagelschere? Weiß der Himmel, wie er sich das mit den Krankenhausrechnungen denkt und wieviel er Mister Basie mittlerweile schuldet, man könnte meinen, er hätte den Prozeß schon gewonnen, wenn man dieses bombastische Interview in der Zeitung liest und sein, da ist auch Watte, bist du so lieb, nein, da neben dir, gibst du sie mir eben mal? Also, bei dieser Schlagzeile RICHTERNEFFE FORDERT GERECHTIGKEIT, da war Vater natürlich nicht mehr zu bremsen, Leichen aus dem Keller zerren, wenn man merkt, daß man damit eine gute Geschichte fabrizieren kann, den Vater gegen den Sohn aufhetzen, mein Gott, als ob ihr Verhältnis nicht schon lange vor diesem widerlichen Film schlecht genug gewesen wäre, und dann dieser ganze Quatsch von wegen Wahnsinn in der Familie, daraus kannst du ihm kaum einen Vorwurf machen.

–Hast du eigentlich mal dran gedacht, daß er's ja vielleicht sein könnte?

–Oscar? Wahnsinnig?

–Der Richter.

–Weil er die Beherrschung verliert? Mein Gott, Harry, das sind doch alles, das ist reine Bosheit, die behaupten schlichtweg alles, bloß um …

–Ach was, nein, hör mal. Was glaubst du wohl, wieviel schlicht und ergreifend Schlamperei ist, man erlebt es doch jeden Tag. Man liest irgendwas in der Times, und wenn man selber dabei war, hat man was ganz anderes gesehen, schau dir doch an, wie sie mich zu diesem ganzen Kram zitieren, Royal Crown, Römisch-Katholisch, RC Cola und Classic Coke, New Coke, Coke II und Vatikan II, die nehmen so einen Fall wie meinen, wo es um Hunderte von Millionen geht, und taufen ihn Pop und Glow, Pop für das Getränk und Glow für die Kirche, machen das Ganze zu einem Zirkus, genau das sind Zeitungen nämlich mittlerweile, Unterhaltung. Keine Bosheit, bloß Pressefreiheit, nimm nur mal das Spot-Logo oder deinen properen jungen Mann mit der Ketchupflasche, das ist alles Pressefreiheit, die Schnüffelei im Privatleben deines Vaters? Man kippt eben auch kein Öl ins Feuer, man fährt nicht aus der Haut und liefert ihnen eine Schlagzeile wie die letzte da. ZUM TEUFEL MIT DER INFORMATIONSFREIHEIT, SAGT RICHTER. Nicht die geschickteste Methode, um an ein höheres Gericht berufen zu werden, und wenn er Oscar dann noch gesagt hat, was die ...

–Ach, mein Gott, Harry, er hat Oscar überhaupt nichts gesagt, sie reden ja nicht mal mehr miteinander. Oscar versucht Vaters vertrotteltem altem Gerichtsschreiber die Würmer aus der Nase zu ziehen, aber der ist die halbe Zeit sinnlos betrunken, weil Vater unbedingt alles selber machen will, und jetzt, wo auch noch dieses Bild von dem Haus in der Zeitung war, ein heruntergekommenes ländliches Anwesen in einer exklusiven Enklave auf Long Island, stand drunter, mitsamt durchhängender Veranda, ein Blick, und Oscar hat die Panik gekriegt, daß Vater uns jetzt wieder belemmert, wir sollen es verkaufen.

–Wieso hat er sich überhaupt drauf eingelassen, bei einem Interview hat noch nie jemand gut ausgesehen, kaum läßt man sie zur Tür rein, hat man ...

–Er hat sie nicht hereingelassen, er hat sie hereingebeten, Harry, das ist es ja gerade. Es war seine eigene alberne Idee, er hat seinen Namen in der Zeitung gesehen und gedacht, er stellt mal lieber einiges richtig, so hat er's formuliert, damit auch ja die ganze Welt erfährt, daß es ihm nur um Gerechtigkeit geht, und dann hat er sich natürlich nicht mehr bremsen können und die ganze Sache wahrscheinlich vermasselt.

–War sowieso schon ein bißchen spät, selbst wenn er wollte, jetzt kann man nur noch stillsitzen, auf die Entscheidung über das Urteil im abgekürzten Verfahren warten und darum beten, daß man den richtigen Richter kriegt. Ich hab übrigens unseren Mann in dem Fall mal zu sehen bekommen, ein echtes neuzeitliches Universitätsprodukt, von Kopf bis Fuß englische Maßarbeit und total von sich eingenommen. Swyne & Dours Vorzeigefarbiger, den haben sie aus dem Hut gezaubert, als sie Mister Basie zu sehen kriegten.

–Ja, aber gerade Mister Basie ist doch daran schuld, daß Oscar sich so hat mitreißen lassen, ich hoffe zu Gott, er hat soviel drauf, wie du sagst.

–Doch, er hat schon was drauf, Christina, was ich so höre, wie er das mit der eidlichen Aussage gemacht hat, hat er schon was drauf, könnte mir sogar vorstellen, daß sie ihn in die Kanzlei aufnehmen, um ihr Image bei noch ein paar mehr Minderheiten aufzupolieren, ehe irgend so ein Wirrkopf mit einem Antidiskriminie...

–Um Himmels willen, erzähl das bloß nicht Oscar, sonst wird er, Harry, bitte. Mußt du denn so glotzen? Sie zog abrupt das Knie an und drückte es an ihre Brust, während sie vor lauter Konzentration auf ein Nagelhäutchen an ihrer Lippe kaute, –genau wie diese Geschichte über John Ruskin, das habe ich auch nie verstanden, daß er Jahre braucht, um diesem armen Mädchen zu erzählen, warum er sie nie angefaßt hat, bloß weil er von dem, was er in der Hochzeitsnacht gesehen hat, so angeekelt war? Tiefer herabgebeugt, ohne aufzublicken, dann ein emphatisches Schnappen der Schere, –steht auf zehn Jahre alte Mädchen, weil die diesen jungfräulichen griechischen Statuen ähnlicher sahen, die es ihm so angetan hatten, ja, mein Gott, hatte er selber vielleicht keine Schamhaare?

–Lies Freud.

–Ich habe Freud gelesen, Harry. Ich will Freud nicht lesen.

–Seine kleine Abhandlung über das Haupt der Medusa, aus dem Schlangen anstatt Haare sprießen?

–Genau deswegen will ich Freud ja nicht lesen.

–Was deinen Freund Ruskin angeht, Christina, der war entsetzt, als er sie nackt gesehen hat, weil sie keinen Penis hatte.

–Also das ist ja wohl die absurdeste, außerdem ist es doch sowieso genau andersherum. Das Mädchen bricht vor lauter Penisneid zusammen, wenn es sieht, daß es keinen hat.

–Da ist seine Tochter Anna drauf gekommen, weil sie selber keinen hatte. Was Ruskin in Panik versetzt hat, war Kastrationsangst, also hat er ihre Schamhaare, jedenfalls nach Freuds Version der angsteinflößenden Aspekte des Weiblichen, in seiner lebhaften Phantasie als Nest dessen imaginiert, was er dort nicht gesehen hat, und deswegen wurde der arme Ruskin bis an sein Lebensende von Schlangenerscheinungen verfolgt.

–Das hört sich eher nach Säuferwahn an, Oscar hat allerdings auch eine Heidenangst davor, er hat mal als kleiner Junge eine gesehen, die sich draußen beim Schuppen auf einem flachen Stein gesonnt hat, und er ist heute noch jedesmal wie versteinert, wenn er daran vorbeikommt.

–Warum schafft er nicht einfach den Stein weg?

–Na, er hat natürlich eine Heidenangst davor, was drunter sein könnte, er sagt nämlich, was ihm Angst gemacht hätte, war, wie schnell sich das Ding bewegt hat. Er hatte gehört, daß sie ohne Beine herumkriechen, und gedacht, sie wären ungefähr so schnell wie Regenwürmer, das Beinlose, das ist es, was ihm Angst macht.

–Wie ein Penis, oder noch besser, die Ornamente in den Bordellen von Pompeji, da hatten sie Flügel, aber ich würde mir um Oscar keine Sorgen machen. Lily hat bestimmt eine üppig sprießende …

–Bestimmt hat sie das, Harry, und bestimmt würdest du gerne mal, mein Gott, weißt du, daß ich da draußen ganz fürchterlich ins Fettnäpfchen getreten bin, als ich von Japan erzählt habe? Sie legte sich neben ihn aufs Bett, –als wir auf Hokkaido waren? Ihre Stimme senkte sich mit der erinnerungsseligen Suche ihrer Hand in seiner dichten Brustbehaarung, –die zwei Tage, wo wir gerade mal zum Essen aus unserem Hotelzimmer gekommen sind, und ich habe ihm erzählt, du wärst die ganze Zeit auf diesen endlosen Konferenzen gewesen, während ich durch dieses Museum gewandert wäre, in dem …

–Wo ist denn da das Fettnäpfchen, er hat doch gewußt, daß wir auf dieser Japanreise einen Probelauf veranstalten, bevor wir …

–Doch nicht Oscar, nein! Nein, ich rede von Mister Basie, da erzähle ich ihm von diesem Museum und ertappe mich plötzlich dabei, wie ich von den haarigen Ainu rede, und je mehr ich mich bemühe, davon wegzukommen, desto schlimmer wird es. Stämmig, dunkel, dick und haarig, kannst du dir das vorstellen? Dabei glitt ihre Hand hinab und forschte tiefer, bis sie an einem gleichsam nicht gehaltenen Versprechen hängenblieb –weiß der Himmel, was er gedacht hat, er hat gesagt, er hätte von dieser Konferenz in Japan gehört, könnte sich aber nicht erinnern, daß du je von den haarigen Ainu gesprochen hast, ich weiß nicht, was ich gesagt habe, bestimmt bin ich rot geworden, ich konnte mir kaum das Lachen verbeißen, aber er war so gelassen und ernst, daß ich nicht mal, kannst du dir das vorstellen? Und wo ihre Stimme, von seinem Körper gedämpft, jäh abbrach, da machte ihre Hand unten in stummer Hin-und-her-Bewegung weiter, blieb aber unbelohnt, so daß ihre Schlappe schließlich wieder in ihrer Stimme zutage trat. –Hast du letzte Nacht eigentlich überhaupt geschlafen? Sie stützte sich auf einen Ellbogen und musterte ihn aus nächster Nähe, –du hast ganz blutunterlaufene Augen, und dann diese schrecklichen Ringe, was du an Überstunden machst, das zermürbt dich völlig. Zahnweh hast du auch, wahrscheinlich ist das ein Abszeß, und du schiebst es einfach mit Schmerztabletten auf die lange Bank, die machen dich kaputt, siehst du das denn nicht? Daß diese albernen Coke-II- und Vatikan-II-Episkopalen der Pepsi-Generation, daß dieser idiotische Fall dich kaputtmacht?

–Es ist ja fast vorbei, Christina, ich ...

–Gar nichts ist vorbei. Irgendwer wird gewinnen, irgendwer wird verlieren, und dann geht irgendwer in die Berufung, und alles fängt wieder von vorn an, oder? Genau das passiert doch?

–Und wenn nicht? Nun selbst auf einen Ellbogen gestützt, umfaßte er mit weitausholender Armbewegung den Raum rundum, den vergrößerten, in den verspiegelten Wänden reflektierten Raum, durch wandhohe Glasflächen grenzenlos ausgedehnt, nichts als Licht und Raum, wo kein Schatten Zuflucht fand, nichts als kristallene Geometrie, –und wenn nicht, Christina? Könnten wir dann so leben?

–Was heißt hier leben? Wo du nicht schläfst und nichts ißt, gestern nacht hast du den Wohnungsschlüssel von außen steckenlassen, als du nach Hause gekommen bist, das ist dir noch nie passiert, bei deinem Ordnungs- und Sicherheitsfimmel, das ist dir noch nie passiert, und dann die Nacht, als du deine Adresse hier vergessen hast? Wirklich und wahrhaftig unsere Adresse vergessen? Wissen die eigentlich, was sie mit dir machen? Interessiert es sie überhaupt? Ich hoffe nur, sie bezahlen wenigstens deine Rechnungen fürs Payne Whitney, wenn es soweit ist.

–Hör zu, kein Mensch kommt ins Payne Whitney. Ich war doch

beim Arzt, oder? Herz in Ordnung, EKG in Ordnung, Leber, Cholesterin, alles in Ordnung? Bloß ein bißchen angestrengt, ein bißchen überanstrengt, das ist alles, er ...

–Dann such dir eben einen anderen Arzt! Glaubst du etwa der Arzt, zu dem sie dich schicken, erzählt dir, daß sie dich kaputtmachen? Mein Gott, schau dich doch an! Ihr Blick lief an ihm herunter, sie nahm die sanfte Handbewegung wieder auf, –Ich weiß nicht, was ich täte, wenn du, wenn irgendwas passiert? Das Stirnrunzeln glättete sich plötzlich, –zum Beispiel dem haarigen Ainu? Sie würgte die Schwellung, die ihre Hand füllte, –Warte. Ich bin gleich wieder da. Die verspiegelte Tür zum Badezimmer schwang auf, und von dort –geh ja nicht dran!

Ein kratzig verfälschter Widerhall ihrer Stimme, dann, als forsche Erwiderung, –Christina? Ich habe vor einiger Zeit angerufen und wäre dir dankbar, wenn du dich einen Moment lang von deinen aufregenden häuslichen Beschäftigungen losreißen könntest und mir den Gefallen tätest, mich zurückzurufen. Vielleicht ist es ja wichtig. Vielleicht habe ich einen Schlaganfall. Vielleicht brennt gerade das Haus ab. Und Harry würde ich auch gern sprechen. Bitte ruf mich zurück.

–Oscar?

–Was denn? Legst du mal bitte den Hörer auf?

Ob er ihre Postkarte bekommen hatte, wollte sie wissen, während sie sich abrupt streckte, um seine Hand loszuwerden, –mit einem Bild von Micky Maus im Cowboy-Anzug? Aber er wollte nichts wissen von Micky Maus, verabscheute ihn geradezu, sagte, er versinnbildliche alles, was mit diesem Land nicht stimme, ein mieser, selbstgefälliger kleiner Rassist, nein, nein, er rede von ihrem letzten Besuch, da habe er sie doch gefragt, oder? Ob sie je mit diesem, diesem Anwalt von ihr geschlafen habe, und sie habe ihm doch gesagt, sie habe nicht? –Weil's gestimmt hat, schmollte sie. Hat, hat, und wie sehe es jetzt aus? Sie habe gesagt, sie sei nie mit ihm im Bett gewesen, oder? –Weil's gestimmt hat, Oscar.

–Das glaube ich nicht.

–Dann läßt du's eben bleiben! Du hast noch nicht mal gesagt, daß du dich freust, mich zu sehen. Jetzt ist es dafür sowieso zu spät, also laß es lieber. Oder freust du dich? Aber er wollte bloß, das heißt er verlangte zu wissen, was sich da unten abgespielt hatte, sie habe doch gesagt, sie müsse zu dieser Beerdigung fliegen, und statt dessen sei sie mit diesem Kerl nach Disney World gefahren und –Das habe ich dir doch gerade erzählt, oder? Aber du glaubst mir ja sowieso nicht, gerade hast du's ja gesagt, daß ich auch bei dieser Beerdigung gewesen bin? Wo dieser Reverend Bobby Joe mir die Hand aufs Knie gelegt hat, weil die Schneiderin keine Zeit mehr hatte, den Saum auszulassen, richtig unter mein Kleid, während Daddy und Mama dabeisitzen und ihm zuhören, wie er erzählt, daß mein Bruder jetzt da oben zur Rechten von Jesus sitzt, wo der schon den Eßtisch mit den Gaben seiner Feinde gedeckt hat, dabei können wir alle sehen, daß Bobby keine drei Meter weit weg im Sarg liegt? Richtig gruselig war das.

–Das glaube ich ja, daß du bei der Beerdigung warst, das glaube ich, deswegen habe ich dir doch auch Geld für das Flugticket gegeben, als du ...

–Ich hab gewußt, daß du das sagen würdest, das mit dem Geld. Daß du mich an das Geld erinnern würdest, weil es mich demütigt, deswegen machst du das, stimmt's? Stimmt's? Sogar jetzt denkst du, daß ich bloß deswegen hergekommen bin, stimmt's, das erste, was dir einfällt, wenn ich wieder da bin, du hast mich nicht mal gefragt, wie es mir geht. Ich bin fix und fertig, siehst du das denn nicht? Wie meine Hand zittert, guck mal. Warum hast du's eigentlich so kalt hier drin, das Geld kann dir doch sowieso egal sein, wo du jetzt mindestens fünfundsiebzig Millionen Dollar kriegst, da könntest du ja wohl die Heizung aufdrehen? Das sei ja nun völlig albern, unterbrach er erneut, welche fünfundsiebzig Millionen Dollar, das sei nur eine Zahl, da hätte genausogut eine Million oder hundert Millionen stehen können, und wie sie überhaupt darauf komme, daß er dieses Geld kriegte? –Das stand doch in der Zeitung, oder? In diesem Artikel, den er mir gezeigt hat, über diesen Kriegsfilm, den wir gesehen haben, und über deinen Vater, der da unten den Hund in diesem Schrotthaufen gefangenhält, dieses Ding, das jemand, hast du das denn nicht gesehen? Mit dem gleichen Bild von ihm, das du in dem Zimmer mit den vielen Büchern hängen hast?

–Das ist mein Großvater, nein, die haben alles durcheinandergebracht, und diese fünfundsiebzig Millionen Dollar, da, sieh dir mal den Stapel Papiere auf dem Stuhl da an, das sind alles Anträge, eidesstattliche Versicherungen und schriftliche Zeugenerklärungen, ich weiß nicht, was das alles kostet, das ist alles ...

–Also, er hat gesagt, daß du gewinnst, er ist immer auf der Seite des kreativen Einzelnen, hat er gesagt, und tritt für deine Rechte ein, so wie er dir zum Beispiel bei deinem Unfall hilft, und du hast dich noch nicht mal bei ihm bedankt?

–Bedankt? Wofür denn? Wo steckt er überhaupt, der hat doch noch nie jemandem geholfen außer sich selbst, oder? Er tritt nicht für meine Rechte ein, sondern er tritt für sein Recht ein, meine Notlage hier bis zum letzten Penny auszunutzen, schließlich sind es nicht seine Schmerzen, oder? Es ist nicht seine Narbe, die er bis zum Grab tragen muß, und die ganzen Arzt- und Krankenhausrechnungen muß er auch nicht bezahlen, oder? Ich habe nichts mehr von ihm gehört, seit ihr beide, was hat sich da unten abgespielt? Ist dir eigentlich klar, wie lange du weg warst?

–Aber das versuche ich dir doch die ganze Zeit zu erklären, oder? Wo ich doch gedacht hab, daß du mittlerweile wieder ganz gesund bist und wir zusammensitzen und miteinander reden können, ohne daß du gleich sauer wirst, wie zwei vernünftige Menschen, jetzt wo du dich schon fast wieder aufsetzen kannst, während ich kaum, ich glaube, ich erkälte mich noch hier drin, leg deine Hand wieder dahin, wo sie war, kannst du dich nicht mal ein bißchen drehen? Knöpf doch mal auf hier, spürst du das? Wie mein Herz rast? Ihre Hand legte sich hart auf seine, drückte sie kräftig an und verharrte gerade so lange, daß ihre Abwesenheit spürbar wurde, als sie wieder auftauchte, um mit einem scharfen Nagel über seine Wange zu fahren, –wo diese alte Narbe war, über die du so sauer bist? Man sieht sie kaum noch ...

–Weil sie auf der anderen Seite ist! Er riß den Kopf herum, –da. Siehst du sie jetzt?

–Du hörst mir ja nicht mal zu, nein, laß deine Hand da, du kannst so kalt sein, Oscar. Du denkst, andere merken es nicht, aber ich merke es, du denkst an etwas anderes, ich seh dir das an, wenn du das mit deinen Augen machst, genau wie beim letzten Mal, als ich kurz nach dem tragischen Ereignis hier war? Aber alles, was sie dafür zurückbekam, waren ihre eigenen Worte, mit verächtlicher Schroffheit abgetan, –und das ist alles, was du dazu sagen kannst? Wenn mein eigener Bruder bei einem Autounfall umkommt, und für dich ist das noch nicht mal ein tragisches Ereignis? Bloß weil dieser neue Anwalt an Ort und Stelle war, um mir zu helfen, ich weiß gar nicht, was ich da unten gemacht hätte, wo Daddy bloß wie betäubt dasaß und Mama ihn angestarrt hat und er mich angestarrt hat, als wüßte er gar nicht, wer ich bin? Wo ich kaum dazu gekommen bin, mal allein mit ihnen zu reden, weil Reverend Bobby Joe dauernd dabei war und sie damit getröstet hat, wie glücklich Bobbie jetzt im Jenseits wäre, damit Daddy sich wegen dem Wagen nicht solche Vorwürfe macht, das Todeswerkzeug hat Reverend Bobby Joe ihn immer genannt, daß Daddy Bobbie das Geld für das Todeswerkzeug gegeben hat und daß alles vielleicht ein großartiger Plan des Herrn ist, wo doch das ganze Geld zurückkommt, weil der Wagen versichert war, so daß Daddy es in den Dienst des Herrn stellen und damit reinigen kann, nun sieh dir die Schuhe an, ich hab sie mir gerade erst gekauft, als ich da runtergefahren bin, und jetzt geht praktisch schon der Absatz auseinander, falls ich nun auf die Philippinen muß, aber das willst du bestimmt auch nicht wissen, oder, daß ich nicht mal zum Arzt kann und ...

–Geh doch zum Arzt! Ich habe dir doch gesagt, daß ich dir dabei helfe, oder?

–Was kann ich denn dafür, daß ich erst einen Termin kriege, wenn er wieder aus Acapulco zurück ist? Spürst du das? Den Knoten? Ob er größer geworden ist?

–Er fühlt sich bloß härter an, das ist ...

–Doch nicht das, du weißt doch, was das ist. Es ist sowieso die andere, die andere Seite, nein. Tiefer. Und? Ich werde auch nicht jünger, schau dir bloß mal mein, wo schaust du denn jetzt hin? Du denkst an ganz was anderes, stimmt's?

–Was denkst du denn, woran ich denke! Ich denke an dich und diesen, diesen, an das, was da unten vorgegangen ist zwischen dir und …

–Siehst du? Du hörst mir nicht mal zu. Das versuche ich dir doch gerade zu erklären, oder? Wie nett und verständnisvoll er zu Daddy war und wie er sich bemüht hat, mir zu helfen, dieses alte Mißverständnis aus der Welt zu schaffen, vielleicht können wir uns ja wieder vertragen und miteinander versöhnen, jetzt wo Bobbie nicht mehr da ist, und vielleicht greifen sie mir ein bißchen unter die Arme, Daddy kriegt doch jetzt das ganze Geld zurück, das er vor dem tragischen Ereignis auf Bobbie überschrieben hat, damit die Regierung nicht drankommt?

–Was war denn vor dem tragischen Ereignis? Du hast gesagt, du wärst nicht mit ihm ins Bett gegangen, stimmt's?

–Ich habe gesagt, ich bin nicht mit ihm ins Bett gegangen, weil es in seinem Auto war, damit du's weißt.

–Aber du, in seinem Auto? Diesem BMW?

–Weil ich sauer auf dich war, deswegen, weil du meine Gefühle verletzt hast.

–Wovon redest du eigentlich?

–Davon, daß du mich nicht ernst nimmst, als hätte ich überhaupt keine Gefühle, außer in meiner, drück nicht so fest, deswegen.

–Du hast also gedacht, es ist mir egal, ob du mit ihm auf dem Rücksitz …

–Wenn du mir egal wärst, wäre das überhaupt nicht passiert! Du bedeutest mir nämlich mehr als ich dir, wenn du mir nämlich nichts bedeuten würdest, könntest du auch meine Gefühle nicht verletzen, oder? Oder?

–Und deshalb kletterst du auf den Rücksitz von seinem BMW und …

–Es war der Vordersitz, damit du's weißt. Als er mir das Fahren beigebracht hat.

–Vordersitz, Rücksitz, und jedes Motel, du kannst doch fahren!, zwischen hier und Disney World, so also zeigst du, wieviel ich dir bedeute? Daß du auch nur einmal an mich gedacht hast?

–Immerhin hab ich dir die Postkarte geschickt, oder?

–Während du dich, ein Bild von einer Ratte im Cowboy-Anzug, während du dich da unten auf einem Wasserbett herumwälzt, mit diesem …

–Und du hier herumliegst, mit diesen großen Dingern von ihr, wenn sie sich mit einem schönen Teller Spaghetti und einem Glas Wein über dich beugt, guck mal, guck nur mal, wie wabbelig du da unten wirst, ich fühl's doch, fühlst du's auch?

–Ja, ich fühle es auch!

–Doch nicht das, das hab ich nicht gemeint.

–Was meinst du denn dann? Woher soll ich denn wissen, was das heißen soll, du mußt auf die Philippinen, weil du sauer auf mich bist?

–Ich habe nicht gesagt, ich muß auf die Philippinen, weil ich sauer auf dich bin, sondern ich habe gesagt, dein, nimm deine Hand da weg, ich komme noch ganz durcheinander, laß das …

–Wieso denn?

–Weil ich, weil ich nicht, weil ihm das nicht recht wäre.

–So, es wäre ihm nicht recht! Werd ihn los, es ist mir egal, ob es ihm, werd ihn einfach los!

–Wie denn? Sie bekam ihr Knie los, befreite seine Hand, –er ist doch mein Anwalt, oder? Sie raffte ihre Bluse zusammen, –wie soll ich denn dann meine Scheidung kriegen, er hat doch schon diesen Detektiv beauftragt, meinen Mann wegen böswilligem Verlassen zu suchen, der ist irgendwo als Koch auf diesem Boot, die haben gesagt, er hat da einen Job als Koch gekriegt, dabei konnte er noch nicht mal ein Ei kochen, bis ich's ihm gezeigt habe, und die Philippinen, da glauben sie jetzt, ich wäre so was wie kriminell, nämlich diese Frau, die meine Handtasche gestohlen hat, da suchen sie jetzt jemand, der da diesen Prostituiertenring hatte und diese schönen orientalischen Mädchen gekidnappt hat, und das mit meinen ganzen Kreditkarten und dem Ausweis aus meiner Handtasche, so sieht's nämlich aus.

–Warte mal, setz dich doch. Kein Mensch hat vor, dich zu verhaften.

–Ich kann nicht. Ich bin bloß hergekommen, weil ich dir sagen wollte, daß es mir gutgeht, oder? Sie stützte sich am Sideboard ab, zog ihren Rock herum, zog dessen Reißverschluß zu. –Ich muß jetzt sowieso los, ich brauche bloß noch Benzin für den Wagen, das ist alles. Muß ich dich darum bitten?

–Hör zu. Setz dich noch einen Moment.

–Nein, da liegt ja welches, schau mal.

–Ich muß nicht schauen! Es liegt da für Wein, der heute geliefert wird, also gut, dann nimm dir eben zehn, wenn es sein muß, nun warte doch mal.

–Da liegen aber bloß Zwanziger.

–Dann nimm dir halt einen!

–Ich brauche nämlich auch noch ein paar Kosmetika, ich hab gedacht, du könntest mir vielleicht ein bißchen aushelfen, bis die Sache mit Daddy aus der Welt geschafft ist, was brummelst du mich denn so an, kannst du nicht mal sagen, es war nett, dich zu sehen? Danke, daß du gekommen bist, um nach mir zu sehen? Du denkst nämlich, ich bin nur deswegen gekommen, stimmt's, du hast bloß darauf gewartet, daß ich darum bitte, du hast gedacht, ich lehne es ja vielleicht ab, stimmt's, aber warum soll ich es nicht annehmen? Früher hab ich's ja auch angenommen, oder? Warum soll ich's jetzt nicht annehmen? Du weißt doch, daß ich's nicht ausschlagen kann, wenn ich's doch bloß könnte.

–Setz dich! Hör zu …

–Nein, laß mich. Ist mein Lippenstift auch nicht verschmiert? Ich muß jetzt sowieso los, Oscar, da ist auch ein Mann draußen auf der Veranda. Wenn du doch bloß wolltest, daß ich glücklich bin, mehr will ich gar nicht.

Tut! Tut, tut, tut! Die Tür klapperte. –Moment! Wer sind Sie denn? Wie sind Sie hier hereingekommen?

–Die, Ihre Tochter? Sie hat es so eilig gehabt, daß ich gar nicht …

–Wer sind Sie denn?

–Mister Crease? Ich bin, hier ist meine Karte, ich bin von Ihrer, von Ace Fidelity, ich bearbeite Ihren Anspruch, Ihren Unfallanspruch? Darf ich mich setzen? Schon saß er und strich eine Plastikmappe auf seinem Schoß glatt, –ich hoffe, Sie haben keine Schmerzen?, und er nahm einen gelben Notizblock heraus, –also. Wir wollen Ihre wertvolle Zeit nicht allzusehr beanspruchen, Mister

Crease. Ich habe mir gerade Ihren Wagen draußen angesehen, offenbar hat Ihr Anwalt einen Schriftsatz bei Gericht eingereicht, der, so leid es mir tut, einen unseres Erachtens ziemlich überzogenen Anspruch enthält, wenn man die Art des Schadens bedenkt, den ich gerade gesehen habe. Ich möchte ja nicht gefühllos erscheinen, aber wollen Sie mich wirklich glauben machen, daß der Zustand, der Sie an diesen, diesen motorisierten Stuhl fesselt, die andauernde Folge von Verletzungen darstellt, die Sie bei dem hier in Rede stehenden Unfall erlitten haben?

–Ja, natürlich! Was glauben Sie denn, worum es hier geht, Sie haben doch mein Krankenblatt gesehen, oder? Meine ganze medizinische...

–Bitte, ich will Sie nicht aufregen, ich tue nur meine Arbeit, verstehen Sie. Ich weise schlicht darauf hin, daß ich gezwungen bin, in meinem Bericht an die Firma zu vermerken, daß Ihre angeblichen Verletzungen angesichts der Art des Unfalles selbst ziemlich übertrieben erscheinen, Mister Crease. Ich hoffe, ich habe mich klar ausgedrückt? Er holte ein kleines blaues Buch hervor, raschelte mit den Seiten, –also. Ich glaube, ich kann bezüglich der tatsächlichen Schäden im Namen der Gesellschaft zusagen, daß wir uns auf eine Regelung in Höhe von, Moment, der sechs fünfunddreißig i, ja, da ist es. Vier dreiundfünfzig und dann noch, ich würde sagen, von um die fünfzehnhundert Dollar einigen könnten, wenn Sie das in Ordnung finden?

–Fünfzehnhun, natürlich finde ich das nicht in Ordnung, wovon reden Sie eigentlich!

–Von dem neuen Kotflügel, Mister Crease, der, der sich jetzt am Fahrzeug befindet, läßt sich nicht mehr ausbeulen, er ist total eingedrückt, wie heißt es so schön?, Sie müßten erst mal den anderen Wagen sehen, ich will damit sagen, ich hoffe doch, es gab keinen anderen Wagen, irgendein unbewegliches Objekt, nehme ich mal an. Der Kotflügel für dieses spezielle BMW-Modell kostet vier dreiundfünfzig, dazu kommen natürlich noch die Rückverformung des Radhauses, das Abkleben der Karosserie, Lackieren, da kommen leicht Arbeitskosten von um die tausend zusammen, also wären wir insgesamt bei...

–Halt, Moment, stop. Wovon reden, wovon zum Teufel reden Sie eigentlich, was für ein BMW?

–Der, der draußen in der Auffahrt steht, ich dachte …

–Sie dachten! Sie dachten, ich käme auch nur einen Moment auf die Idee, einen BMW zu fahren? Das vulgärste Auto auf der Straße? Diese fiese kleine deutsche Schnauze mit den zwei offenen Nasenlöchern, mit der er einen schneidet und dann davonröhrt, das ist etwas für Angeber, für schlecht erzogene Ellbogenmenschen, die unbedingt beweisen müssen, daß sie …

–Verzeihung, ich, Verzeihung, Mister Crease, da ist jemand an der Tür, soll ich …

–Sehen Sie mal nach, was er will, Ilse? Tut! Tut! –Wo steckt sie denn? Ilse? Wer ist es denn?

–Er liefert Weinkisten an, er …

–Er hat ja wohl nicht vor, sie zur Vordertür hereinzubringen, oder? Sagen Sie ihm, er soll nach hinten zum Lieferanten, ach, Ilse. Sagen Sie diesem Menschen, er soll zum Hintereingang gehen, er liefert Wein an, und bringen Sie mir ein Glas. Schnell! Jetzt gleich.

–Also. Es tut mir leid, daß ich Sie aufgeregt habe, ich wollte nicht …

–Das widerwärtigste Auto, das man heutzutage auf der Straße sieht, genau wie die Leute, die es fahren. Der Wagen, dessentwegen Sie gekommen sind, ist rot, er steht draußen beim Schuppen auf der anderen Seite des Hauses. Ein Sosumi …

–Ich, ich fürchte, ich bin ein bißchen durcheinander. Soweit ich es verstanden habe, sind Sie doch derjenige, der geklagt hat, Ihr Anwalt hat einen Schriftsatz bezüglich Ihres Status gemäß der in diesem Staat geltenden verschuldensunabhängigen Halterhaftung eingereicht, der auf Antrag meiner Firma abgewiesen worden ist, da Sie offenbar gern von diesem gesetzlichen Schutz befreit werden möchten, aber im Interesse einer Vereinfachung der Angelegenheit ohne weitere Verlängerung des Verfahrens, die uns alle nur unnötig strapazieren würde, scheint mir der Gedanke eines für beide Seiten akzeptablen Vergleichs die vernünftigste Lösung, da sind Sie bestimmt meiner Meinung.

–Ihrer Meinung? Sehen Sie mich doch an! Und Sie kommen hier

anmarschiert, Sie besitzen die Unverschämtheit und kommen hier anmarschiert mit einem Vergleich von um die fünfzehnhundert Dollar? Das ist kein Vergleich, das ist ein Trinkgeld, ein Almosen!

–Ich bitte um Entschuldigung, ich habe mich im Fahrzeug ge...

–Fünfzehnhundert Dollar, sehen Sie mich doch an! Der Schutz der verschuldensunabhängigen Haftung, glauben Sie etwa, ich durchschaue das nicht? Die schützen nicht mich, die schützen Sie, die schützen euch Versicherungsleute mit dieser Idee von der Verschuldensunabhängigkeit, das ist überhaupt keine Idee, das ist eine zusammengepfuschte Leugnung der Wirklichkeit, natürlich hat jemand schuld. Es hat immer jemand schuld. Das Ganze ist eine billige Ausflucht, die die Grundfesten der Zivilisation untergräbt und sie durch die Utopie eines Verbrechergehirns ersetzt, in der niemand mehr für die Konsequenzen seiner Taten verantwortlich ist, nur darum geht es doch beim Gesellschaftsvertrag?

–Ganz gewiß, Mister Crease, aber sehen Sie ...

–Ich sage Ihnen, was ich sehe, Mister, Mister ...

–Prislikh...

–Anarchie. Reine Anarchie.

–hoviscel...

–Das sehe ich, Sir.

–Es steht hier auf meiner Karte, wenn Sie ...

–Ich sehe die gesamte Zivilisation direkt vor unseren Augen ins Wanken geraten.

–Ich sehe ...

–Ich sehe überall um uns herum Verbrechergehirne am Werk, die sich die Früchte des schöpferischen Geistes und der hingebungsvollen Arbeit anderer aneignen, ja sie buchstäblich stehlen, ohne auch nur mit der Wimper zu zucken, das ist doch der Kern dieses Krebsgeschwürs namens Verschuldensunabhängigkeit? Dieses Freibriefs für Kriminalität? Die Gesellschaft bringt den Verbrecher hervor, die Gesellschaft ist dafür verantwortlich, also ist niemand dafür verantwortlich, darauf läuft es doch hinaus? Das Niederreißen des Pfeilers, auf dem die Zivilisation ruht, daß nämlich jeder einzelne für die Konsequenzen seiner Taten verantwortlich ist? Und das Naturgesetz, aus dem sich die Vorstellung der Fahrlässigkeit, von der absichtlichen Übertretung ganz zu schweigen, herausbildet, das fliegt zum Fenster hinaus, und die Verfassung gleich mit, sind Sie sich darüber eigentlich im klaren? Sind Sie sich eigentlich darüber im klaren, daß Sie mit einem der grundlegenden Gesetze der Naturphysik spielen?

–Ich, das war nicht meine Absicht, nein, nein, ich …

–Mit dem schlichten, einleuchtenden Naturgesetz von Ursache und Wirkung? Daß es da draußen tatsächlich Leute gibt, die versuchen, es aus der zivilisierten Welt menschlichen Miteinanders zu verbannen? Und sie würden mich auffordern, an dieser Verschwörung gegen jede Lektion in Vernunft teilzunehmen, seit das Zeitalter der Aufklärung uns die, würden Sie mir bitte das Glas reichen?

–Ich, äh, hier bitte, es ist leider leer, Mister Crease, ich glaube, ich glaube, wenn Sie Ihren Anwalt bitten könnten, sich mit uns in Verbindung zu setzen, dann …

–Ich habe keinen Anwalt.

–Aber soweit ich es verstanden habe, haben Sie doch, haben Sie, wie lange sind Sie denn schon ohne Rechtsbeistand?

–In dieser Sache? Seit ungefähr zwanzig Minuten.

–Ich, ach so. Ich glaube, ich glaube, ich, Ihr Vortrag eben, ich glaube, er will bezahlt werden.

–Es liegt gleich da auf dem Sideboard neben der Tür, halt, Moment, wo wollen Sie hin?

–Ja, ich glaube, ich sollte jetzt lieber, wo, da? Da liegt nichts, oder haben Sie einen Scheck gemeint? Oder …

–Scheine! Zwanziger, da liegen mindestens ein Dutzend Zwanziger, direkt neben Ihnen.

–Aber da liegt nichts, nein, so leid es mir tut, Mister Crease.

–Aber, dieses Miststück! Ilse! Holen Sie mir mal mein Scheckheft, ja? In der Bibliothek da, wo bleibt denn mein Glas Wein? Halt, Moment, wo wollen Sie hin?

–Ja, ich sollte jetzt lieber ins Büro zurückfahren und mir neue Instruktionen holen, ich, vielen Dank, ich hoffe, ich habe Sie nicht ermüdet, entschuldigen Sie, daß ich an einem Feiertag gestört habe, aber wir sind dermaßen im Rückstand mit unseren, ja, richtig, dabei fällt mir ein, Mister Crease, Ihre Veranda da draußen? Ich hoffe,

Sie haben keine Beitragsrückstände bei Ihrer Hausbesitzer-Haftpflicht, da draußen könnte nämlich jemand einen häßlichen, da, da ist Ihr Telefon ...

–He, Moment mal! Tut! Tut! –Ilse? Bringen Sie einfach die Flasche. Hallo? Na so was! Hast du dich also endlich von deinen unsäglichen häuslichen ... was? Auf den Knien gelegen und den Küchenboden geschrubbt, ganz bestimmt, Christina, hör zu, ich möchte Harry sprechen ... Was heißt hier, er schläft, es ist heller Tag, ja natürlich weiß ich das, hier ist schließlich auch Sonntag, oder? Ich hatte gerade eine heillose Auseinandersetzung mit so einem Idioten von der Versicherung, der mir einen geradezu beleidigenden Vergleich angeboten hat, und ich möchte, daß Harry einen wirklich guten Schadensersatzspezialisten auftut, der ... Weil ich es mir anders überlegt habe! Ich habe einfach beschlossen, mir einen neuen zu nehmen, das ist ... Weil Basie verreist ist, er ist da unten und läßt die Briefe eintragen, die bei dieser historischen Gesellschaft liegen, das ist gesetzlich vorgeschrieben, wenn man wegen Urheberrechtsverletzung kla... Das weiß ich nicht ... ich habe gesagt, ich weiß es nicht, Christina! Natürlich habe ich nicht mit ihm geredet, dieser abgehalfterte alte Gerichtsschreiber da unten, der ist der Unruhestifter, er hat Vater davon überzeugt, daß der ganze Ärger, den er da unten mit den Zeitungen hat, meine Schuld ist, daß ich ... Daß er ihm das verdammte Interview gezeigt hat, natürlich habe ich das nicht gesagt, die haben alles verdreht, und als er dann diese vollkommen willkürliche Zahl von fünfundsiebzig Millionen gesehen hat, hat er natürlich gedacht, ich hätte das bloß getan, um für meinen Prozeß Tamtam zu machen, ich ... Nein, natürlich habe ich das nicht! Ich habe ja nicht mal ... Weil er den Film gesehen hat, Christina! Dieser Gerichtsschreiber ist mit ihm ins Kino gegangen, und natürlich war er entsetzt, wenn ich sie verklage, weil sie mein Stück gestohlen haben, denkt er natürlich, genau das habe ich geschrieben, er hat ja mein Stück nie gelesen, oder? Nie auch nur das geringste Interesse daran gezeigt, mittlerweile ist er sogar überzeugt, ich hätte es überhaupt nur geschrieben, um mit Großvater und diesem ganzen Aspekt des Wahnsinns, den sie da unten so hochspielen, ein Geschäft zu machen, und deswegen ist es meine

Schuld, daß seine Berufung ans Appellationsgericht gefährdet ist, weil es sein Vater ist, der verleumdet wird, und es ist meine Schuld, daß ... Ja, natürlich weiß ich, daß es sein Vater ist! Aber er hat kein Urheberrecht an seinem Vater, oder? Erinnerst du dich noch, als ich es geschrieben habe, Christina? Das Stück? Als ich gedacht habe, ich hätte endlich etwas zustande gebracht, was ihm gefällt? Daß er stolz darauf sein würde, daß ich, als ich mir tatsächlich ausgemalt habe, wie ich mit ihm zur Premiere gehe, und die ganzen wunderbaren Kritiken, und daß es von uns handelte, daß es von unserer Familie handelte, daß es uns heraushob aus dem übrigen dumpfen, bedeutungslosen, sinnlosen Menschengewimmel, das, den unerforschten Leben, weil es in ihnen nichts zu erforschen gibt, daß wir schließlich doch etwas gemeinsam hätten nach all den, nach dem ... was? Das weiß ich, Christina! Aber als ich es geschrieben habe, war er noch nicht so alt, oder? Und jetzt denkt er, ich hätte ihn verkauft, ich hätte alles verkauft, was wir, ich hätte alles verraten, was ich bei einem Mann habe, habe würdigen wollen, der, was? Aber ... Von diesem Gerichtsschreiber, von wem denn sonst, von wem soll ich es denn sonst haben? Und noch etwas. Noch etwas, Christina, ich habe gerade von einem Regisseur gehört, einem Theaterregisseur, einem der berühmtesten von England, er interessiert sich für mein Stück und, bleib mal eben dran. Stellen Sie sie einfach da hin, Ilse. Und ein Glas? Und legen sie die Rechnung von ihm da drüben hin, ja? Mein Scheckheft haben Sie mitgebracht, aber ist Ihnen auch der Gedanke gekommen, mir etwas zum Schreiben zu bringen? Christina? Bist du noch dran? Was? Aber woher denn, wieso soll ich einen Schlaganfall haben, ich ... Das ist nicht zum Lachen, Christina! So ganz allein hier draußen an diesen Stuhl gefesselt, jedem blöden Hinz und Kunz hilflos ausgeliefert, und, Ilse? Ein Kugelschreiber, ich kann nicht mit Bleistift einen Scheck ausfüllen, der Druck, unter dem ich stehe, ohne daß sich offenbar auch nur ein Mensch in meiner Umgebung dafür interessiert, ob ich lebe oder ... weil dann genau das passiert! Der Druck nimmt immer mehr zu, und plötzlich, wenn man am wenigsten damit rechnet, entsteht ein Klümpchen in irgendeinem winzigen Blutgefäß im Gehirn, und schon ist das tragische Ereignis da, und ... Genau das habe ich gesagt, jawohl! Tragisches Ereignis! Dieser trostlose graue Himmel da draußen überm Teich und der Wind, ich habe mir gerade überlegt, ob du vielleicht für ein paar Tage herkommen könntest und ... kannst du mich dann wenigstens ab und zu anrufen, um dich zu vergewissern, daß ich noch ... also gut! Aber ruf auch wirklich an! Ilse? Da ist der Scheck, jetzt schaffen Sie ihn raus, und wenn ich sage, bringen Sie mir ein Glas, dann meine ich nicht ein Wasserglas, ein Becherglas, wie oft habe ich Ihnen schon gesagt, daß man Wein nicht aus einem Becherglas trinkt? Da draußen stehen reichlich Kelchgläser, die mit den kräftigen Stielen, die hohen, dünnen würden alle zu Bruch gehen, so wie Sie die Spülmaschine immer vollstopfen. Wir müssen hier mal etwas Ordnung hineinbringen, ich kann nicht alles selbst machen. Diese Kisten mit Papieren stehen hier bloß im Weg herum, Sie können sie hinten im Flur aufeinanderstellen, wo sie waren, ich habe im Augenblick keine Zeit, sie durchzusehen. Jetzt zu den Büchern. Ich möchte sie hier aufeinandergestapelt haben, wo ich drankomme, nicht drüben beim Kartentisch. Und der Kartentisch? Er habe sie doch gebeten, den Kartentisch woanders hinzustellen, damit er nicht jedesmal durchs Zimmer fahren müsse, wenn er eine Schreibunterlage oder einen Aktenordner brauche, den ganzen Tag dauere das, bis alles soweit sei, daß er zu etwas komme, zu nichts komme er hier. Der blaue Ordner für Rechnungen, davon müsse es zwei geben, einen für Haushaltsrechnungen und einen, in dem Rechnungen bis zum Öffnen abgelegt wurden. Korrespondenz, Post, Zeitungsausschnitte, ein eigener Ordner für Zeitungsausschnitte, und die Morgenzeitung, wo die sei? Wo sei die eigentlich abgeblieben, nicht daß er mit der von gestern schon fertig sei, er habe diesen Artikel über Chevitz ausschneiden wollen, der sich mit Kiester auf einen Vergleich in Höhe von, oder sei das in der von vorgestern gewesen? Könne sie die Schere nicht einfach an einer ganz bestimmten Stelle lassen? Sie auszuleihen, um eine Packung Frühstücksspeck damit aufzuschneiden, gebe es eigentlich irgendeinen Grund dafür, warum ein Haushalt wie dieser nicht zwei Scheren vorhalten könne? Die Post mit einem Schälmesser zu öffnen, wo sei sie überhaupt, habe sie nicht endlich gelernt, sie hierhinzulegen? Post gebe es immer, sogar Prospekte, auch das sei Post, oder? Irgend etwas Wichtiges könne zwischen Sonderangebote für Campingausrüstung, Waschmaschinen und Trockner, zarten Schweinebraten aus dem Kamm geraten, zum Beispiel diese Einladung zu einem Vortrag über die Schlacht von Shiloh, die beinahe samt Veranda- und Gartenmöbeln, Grillzubehör, Winterreifen und Gott weiß was noch in den Müll gewandert wäre, die Ölrechnung, Müllabfuhr $ 26,75, er tippte, weil einen Monat im Rückstand, auf dem Taschenrechner × 2, und im Display leuchteten lauter Achten auf. –Ilse? Sehen Sie mal, da. Die Batterien, schreiben Sie zwei AA-Batterien auf Ihre Liste, und die Maissuppe mit den Muscheln, sie müssen Sie ganz sanft dünsten, bloß zwei Minuten oder so, und könnten Sie jetzt noch mal so wie gestern in der Nacken- und Schultergegend? Diese kräftigen Daumen, die sich am Nackenansatz tief einbohrten, die Wärme, die sich durch Muskeln und Sehnen ausbreitete, ein kräftigeres Kneten, das eine Art schläfrig-wiegende Bewegung in Gang setzte, während die Dunkelheit draußen überm Teich sich verdichtete, ein Blaureiher, starr wie ein Zweig, und zwei Möwen sich ziellos am Himmel hin und her warfen, zwei weiße Seemöwen, die auf der Thermik eines weiteren Glases schwebten, ehe Dunkelheit und Stille alles verschluckten und er schließlich –Sie müssen mir dabei helfen, zu ihr sagte, –wenn Sie eben, da, mein Bein über den Wannenrand heben, au! Kochen Sie mich wie einen Hummer, acht bis neun Minuten reichen, wenn man sie zu lange kocht, werden sie zäh, hat es eigentlich Spargel gegeben? Alles im Grunde bloß verschiedene Arten, Butter zu essen, Spargel, Artischocken, eine gebackene Kartoffel, eine zusätzliche Decke würde er heute nacht brauchen, für die nächsten zwei Tage war Regen angesagt, die Zeitung zum Trocknen auf der Wäscheleine in der Küche, und die Post, Ace Fidelity, Lepidus, Shea & Blue Cross in den blauen Ordner, könne sie denn nicht daran denken, den Papierkorb zurückzubringen, wenn sie ihn geleert habe? Eine verschmuddelte Ansichtskarte von Micky Maus in einem Cowboyanzug (ICH HAB DICH AUF DEM KIEKER!), bei ihrer Ankunft ungefähr in die Richtung geworfen, wo er normalerweise stand, und dieses Streichholzbriefchen, das er gesucht hatte, das war's nicht (BRAUCHEN SIE

BARGELD? SOFORTKREDIT 24 STD. CASH LINE), es war rot (FAHRLÄSSIGKEIT? UNFALL? PERSONENSCHADEN1? STANDESWIDRIGES VERHALTEN? GRATIS-TELEFONBERATUNG), und noch ein halbes Glas, bis die Sonne schließlich durchs Zimmer strömte und den Fernsehbildschirm mit Spiegelbildern von Möbeln blendete, so daß das Gerät für seine Nachmittags-Natursendung verrückt werden mußte, und diese starken Daumen drückten sich tief an seinen Nackenmuskeln und Schultern entlang, die sich krümmten vor lauter Konzentration auf die Welt der fleischfressenden Pflanzen im warmen Moor, wo Dionaea muscipula heimisch ist, die berüchtigte Venusfliegenfalle, die soeben die borstigen Lippen über einem glücklosen Opfer schloß, und klebrige Geschehnisse im Schwalbenwurz füllten die Mattscheibe, die noch von Katastrophen im erhabeneren Maßstab der Abendnachrichten glühte, darunter eine breite Vielfalt von Autos, in einem abnormen Schneesturm im Mittelwesten breitwürfig über einen Highway hingesät, und dabei, während er die Schatten im Zimmer und die Dunkelheit dahinter durchforschte, ein Gefühl beinahe von Panik, als stehe das Zimmer leer, verkauft, nachdem er weggegangen war, bloß wohin?, oder vibriere vom Geklapper von Fremden, die mit ihren gräßlichen Möbeln eingezogen, –Ilse? Und Geruch nach Kohl, –das Suppenhuhn, ja, lassen Sie's einfach köcheln, und Pfefferkörner, geben Sie ein paar Pfefferkörner hinein, und kochen Sie den Reis dann in der Brühe, als es soweit war, ob sie denn den Unterschied zwischen einer Salatgabel und einer Menügabel nicht kenne? Und daß man zum Öffnen eines Glases oder zum Bestreichen einer Schnitte kein Tranchiermesser verwende, bloß weil es gerade zur Hand sei? Und als es soweit war, sagte er zu ihr –Sie müssen mir dabei helfen, und schob ein Bein über den Rand, wenn sie ihn einfach an den Schultern festhalte, damit er nicht ausrutsche, im Dampf über ihn gekrümmt, ließ sie ihn herab, die Hände in voller Größe gerötet im Wasser, so hielt sie seine mit totenblassem Schimmer darin versinkenden Oberschenkel, Flachsbüschel streiften ihren Hals unter Schweißgetröpfel, über ihn gekrümmt, ließ sie ihn herab, wo die bloße Andeutung einer Schwellung die Oberfläche durchstieß, die durchsichtige Falschheit, an der er fast erstickt wäre in dem beengten Sechzig-Dollar-Sitz in der Bullenhitze, wo der Vorhang sich über einer Revue hob, die im Lobgesang auf die Farce von Arsch und Titten über die Bühne hampelte, nein, hier über ihm mühte sich die verschwitzte Pracht von Pobacken und Brüsten, so daß sich jäh das Bild einblendete, wie er sie in den Morgentee molk, wo mochte er das nur gelesen haben? Der Wind draußen umfing das Haus wie ein Verhängnis, das ganze Gebäude schien im Dunkeln zu wogen, –Ilse? pflegte er dann zu rufen, –da schlägt irgendwo eine Tür, hören Sie das?, und sei es nur, um das Geräusch ihrer Schritte zu mobilisieren, aber schlimmer noch, wenn sie dann kamen, hätte es sonstwer sein können, der sich im Dunkeln durch unbekannte Räumlichkeiten tastete und mit einem Stuhl, einem Tisch zusammenstieß, in diesem Fall sagte er ihr dann vielleicht, sie solle einfach alle Lampen brennen lassen, bis es wieder Tag wurde, der Tag, an dem ein Mann an die Tür kam, der Fassadenverkleidungen aus Aluminium verkaufte, der Tag, an dem eine irrtümlich angelieferte Topfazalee mit einem Kärtchen Du hast mir das Leben gerettet! und der Unterschrift Gwen auf der Veranda stehenblieb, um dort zu verdorren, und das Gas für den Küchenherd genau zur Abendbrotzeit ausging, was eine fieberhafte Suche nach der Quelle jener Uraltfrage Was ist schlimmer als Verrat am König? auslöste: eine kalte gekochte Kartoffel auf einem weißen Porzellanteller, ein Schaden, der freilich so rasch behoben war, daß man an dem bewußten Tag, als er schließlich kam, gedünsteten Lachs mit sautierten Karotten und Oliven nach spanischer Art bieten konnte, obwohl die Möglichkeit bestand, –daß Mister Basie vielleicht gar keine Karotten mag, hast du dir das mal überlegt? Auch noch nach spanischer Art. Das hört sich fettig an.

–Wenn nicht, wird er im Gegensatz zu dir jedenfalls nicht so unhöflich sein, es zu sagen, bist du deshalb endlich den ganzen Weg hier herausgekommen? Bloß um zu kritisieren, was ich …

–Du flehst mich doch schon seit Tagen, seit Wochen an, zu kommen, oder? Erzählst mir, du hättest einen Schlaganfall oder das Haus brennt? Dabei sitzt du einfach bloß herum mit deinem Pinot Grigio und nimmst zu wie ein, sitzt hinter dieser Barrikade von Büchern und Aktenordnern und Papieren, es sieht aus, als spielst du hier Kaufmann, das wolltest du doch schon mit sieben immer sein, als ich dir diese gräßlichen bunten Stoffschnipsel an Sicherheitsnadeln abkaufen mußte, die du Abzeichen genannt hast, weil ich einen Penny nicht von einem Dime unterscheiden konnte, na, wenigstens sitzt du jetzt schon fast wieder wie ein Mensch da, und nicht mehr so krumm wie ein Fisch auf einem Servierwagen, offenbar ist wenigstens diese Therapeutin ihr Geld wert, oder?

–Von der Therapeutin habe ich mich getrennt.

–Du trennst dich von dem einzigen Menschen, der dir hilft, na, das hätte ich mir ja denken können.

–Tja, dann hast du falsch gedacht. Ilse macht jetzt meine, diese Sachen, sie hat jetzt diese Sachen übernommen, sie ...

–Was für Sachen? Kommt dir eigentlich jemals der Gedanke, einfach mal zu versuchen, aufzustehen und zu gehen, Oscar? Wo steckt sie überhaupt?

–Sie ist einkaufen gegangen.

–Du läßt sie immer noch im Taxi herumfahren, um deine Lebensmittel zu bestellen. Es muß doch eine weniger aufwendige Methode geben, um ein Bund Karotten zu kaufen. Schließlich gibt es so was wie das Telefon.

–Du mußt sie ja nicht essen, Christina! Ich dachte eben, Mister Basie möchte vielleicht einmal etwas ande...

–Er kommt doch nicht den ganzen Weg hier heraus, um Karotten zu essen, oder? Ich dachte, die ganzen Unterlagen wären jetzt bei Gericht eingereicht und ihr wartet nur auf eine Entscheidung.

–Ja, aber wir, aber er will noch einiges mit mir besprechen und, und er hat gesagt, er fände, wir zwei sollten uns mal zusammensetzen.

–Also, es gibt wirklich so etwas wie das Telefon, Oscar. Ihr zwei, heißt das, es wäre dir vielleicht lieber, wenn ich nicht mitesse?

–Das habe ich nicht gesagt, oder? Ich wollte damit nur sagen, daß ich, daß manchmal, wenn ich versuche ...

–Also, manchmal scheinst du wirklich alles ziemlich durcheinanderzubringen und brauchst jemanden, der eingreift, damit es vorwärtsgeht. Bestimmt läßt er die Uhr laufen, auch wenn er Karotten ißt. Ich gehe spazieren, zum Essen bin ich zurück. Das will ich auf keinen Fall versäumen.

Schwäne, eine ganze Flotte, kräuselten die stille Oberfläche des Teichs, an dessen sandigen Rand sie trat und ihm folgte, bis er schließlich Schilf und Schlamm Platz machte, so daß sie oben auf der Straße weitergehen mußte, die sie, vorbei an einem stummen Klotz von einem Haus, deutlich weiter als einen Steinwurf vom nächsten entfernt, die meisten schon winterfest gemacht, in die Dünen führte, von wo die Wucht des von den ruhelosen Wellen draußen hereinfahrenden Windes sie den leeren Strand entlang bis zu dem Einschnitt drängte, wo das Meer den Teich brackig machte, und ihr, als sie denselben Weg zurückging, unentwegt zusetzte, bis sie die Kälte, von der Einfahrt unter den malträtierten Kiefern hindurch zum Haus geführt, mit hineintrug und erst abschütteln mußte. –Oscar? Auf einer Wolke von Knoblauch und Olivenöl drangen Stimmen zu ihr.

–Das einzige Problem dabei, Oscar, sehen Sie, Ihr einziges Problem ist, Sie haben das schon in Ihrer ursprünglichen Klageschrift stehen, wo Sie als zweiten Klagegrund berufliche Nachteile geltend machen.

–Das ist bestimmt nicht sein einziges Problem, Mister Basie, guten Tag. Schon von der Tür her bedeutete sie ihm mit einem Winken, sich nicht zu bemühen, –bitte bleiben Sie doch sitzen. Was hat er denn jetzt schon wieder angestellt?

–Wir reden bloß über diesen Brief, den er dem …

–Es ist ganz unwichtig, Christina, es ist bloß, gib ihn mir zurück! Aber sie hatte ihn mühelos aus seiner Hand stibitzt und trat hinter hin, –das da? Sie überflog ihn, –ist das ein Witz?

–Ich habe gesagt, gib ihn mir zurück!

–Wer um Himmels willen ist Sir John Nipples?

–Das geht dich überhaupt nichts, das ist ein Regisseur, das ist der berühmte britische Theaterregisseur, der …

–Wundert mich, daß Sie noch nie von ihm gehört haben, Mrs. Lutz, er hat einige Großproduktionen von diesen elisabethanischen Dichtern auf die Bühne gebracht. Beaumont und Fletcher, Ford, Webster, vor zwei Jahren hat er einen Tamburlaine von Marlowe gemacht, der hat die Leute glatt von den Sitzen gerissen.

–Na bitte! Siehst du? Siehst du, Christina? Wie er die reine Poesie in meiner Schlachtszene am Ende des zweiten Akts herausbringen könnte? Und Thomas? Meine Figur Thomas, hin und her gerissen zwischen seinen Forderungen nach Gerechtigkeit und seinem Geschick, um das er betrogen wird von der, der ganze letzte Akt, und der Vorhang, wenn John Israel zurückkommt und ...

–Er hat es doch noch nicht einmal gelesen, oder?

–Aber genau darum geht es doch in diesem Brief, er will es lesen. Was glaubst du wohl, wie viele Leute einen Brief von Sir John Nipples bekommen, mit dem er sie bittet, sich ihr Stück ansehen zu dürfen, wenn man das Ganze dann da oben auf der Bühne sieht, genau so, wie man es sich vorgestellt hat, und der ganze ...

–Das ist allerdings eine gute Frage, wieso ausgerechnet er dir zufällig in einem solchen Moment schreibt.

–Was heißt hier ausgerechnet? Wahrscheinlich hat er, er hat vielleicht mein Interview in der Zeitung gelesen, als ich einiges bezüglich der vulgären Entweihung der großen Leidenschaften und Paradoxa der menschlichen Existenz klargestellt habe, die seit der Antike geradezu den Kern des Theaters ausmachen, und daß man sie ...

–Oscar?

–auf die billigen Begierden des Kinos reduziert, was denn?

–Sehen Sie, wenn sie sagt, in einem solchen Moment, dann heißt das, er kann überhaupt nur aus den Zeitungsberichten über diesen Prozeß von Ihrem Stück gehört haben.

–Aber genau das habe ich doch gerade ...

–Und da, wo Sie als zweites Klagebegehren dreifachen Schadensersatz fordern?

–Eigentlich müßte es dafür vierfachen, fünffachen, die Profanierung der Ideen und Leidenschaften in so einem Machwerk, dafür müßte man eigentlich das Zehnfache ...

–Sie fordern Schadensersatz in Geld, Oscar, sehen Sie, und genau das müssen Sie beweisen, daß Sie einen finanziellen Schaden erlitten haben. Mal angenommen, der gute Sir John hier wäre vor einem oder zwei Jahren angekommen und hätte Ihr Stück machen wollen, eine Option darauf erworben, dann hätten Sie eine Grundlage, um Ihre Broadway-Profite zu überschlagen, da wäre dann vielleicht eine Filmverwertung rausgekommen, eine Miniserie, Absatzförderung, Geld, schlicht und einfach Geld. Die Entweihung dieser großen poetischen Leidenschaften, die Sie da haben, ist dem Gericht piepegal. Sie behaupten in Ihrer Klage, daß dieser Film, ob das jetzt ein großes Kunstwerk ist oder bloß ein Stück Schei, ob er was taugt oder nicht, daß die ihn von Ihnen gestohlen und Ihnen damit jede Chance genommen haben, jemals einen Dollar für Ihr Werk zu sehen, genauso wie es hier in Paragraph 8 von Artikel 2 steht, es wäre genau dasselbe, wenn Ihr Stück Schrott wäre und ein Film macht einen Coriolan draus, Sie haben das verfassungsmäßige Recht, ein Stück Schrott zu schützen, sehen Sie, genau darum geht es nämlich meistens in diesen ganzen Fällen, daß ein Stück Schrott gegen ein anderes Stück Schrott geschützt wird, und da gibt's natürlich Präzedenzfälle. Wenn Sir John Ihr Stück groß rausbringt, ist Ihre ganze Klage gestorben, weil er ohne diesen Film nämlich nie davon gehört hätte. Es darf noch nicht mal jemand erfahren, daß Sie von ihm gehört haben, wenn die das mitkriegen, verklagen die Sie postwendend auf Finderlohn. Und das bringt mich zum nächsten Punkt. Die haben uns kürzlich einen Vergleich angeboten.

–Ein, Sie meinen für meinen Prozeß? Einen Vergleich für meinen Prozeß?

–Einen außergerichtlichen Vergleich, mit dem die ganze Sache beigelegt würde. Zweihunderttausend Dollar.

–Die würden, heißt das, die würden mir zweihunderttausend Dollar bezahlen?

–Gott sei Dank.

–Nein, Moment mal, Christina, ich, zweihunderttausend Dollar!

–Ja, mein Gott, Oscar, was zögerst du denn da noch! Nimm das Geld, vergiß den Film und ruf den großen Mister Nipples an, das willst du doch schon die ganze Zeit, oder?

–Zweihunderttausend Dollar? Bar? In bar?

–Um diesen ganzen Kuddelmuddel aus der Welt zu schaffen, er ist einverstanden, Mister Basie, nicht wahr, Oscar?

–Nein, warte doch mal, Moment...

–Liegt ganz bei ihm, Mrs. Lutz. Würde ihm jedenfalls bei den Anwalts- und Gerichtskosten weiterhelfen.

–Aber das, weiterhelfen?

–Sehen Sie, ich weiß nicht genau, wo Sie laut unserer letzten Kostennote stehen, kann sein, daß meine Reise an die Küste da noch nicht drin ist, die ganze Geschichte mit dem Flug an die Küste, haben Sie die letzte Kostennote da?

–Ja, ich, sie muß hier irgendwo liegen, aber ich, aber die Küste, heißt das Kalifornien?

–Wo ist sie denn nun, Oscar?

–Wo ist was? Heißt das, Sie sind nach Kalifornien geflogen?

–Mußte ich doch, um deren Aussagen aufzunehmen, Autoren, Kiester, die ganze Bande, zwei Tage bin ich im Beverly Wilshire herumgehockt und habe drauf gewartet, daß Bredford so weit nüchtern wird, daß er seinen Namen buchstabieren kann, er hat sich noch nicht mal dran erinnert, daß er in dem Film mitgespielt hat.

–Die Kostennote, Oscar. Wo ist sie?

–Da, Christina! Sie ist, wahrscheinlich ist sie da drüben in dem blauen Ordner, zusammen mit ein paar Rechnungen, die ich erst noch öffnen muß, wenn ich mal dazu komme, aber, halt, Moment! Leg das zurück!

–Bin da draußen sogar einem alten Kumpel über den Weg gelaufen, den ich vom, von meiner Theaterzeit her kenne, der spielt in dem Film den Hauptsklaven und ...

–Mein Gott.

–Meine Reise in den Süden ist vielleicht auch noch nicht drin, als ich da unten war und diese alten Briefe von der historischen Gesellschaft registrieren lassen wollte. Hat sich rausgestellt, daß der alte Richter uns einen Schritt voraus war, er ist uns zuvorgekommen und hat sie auf seinen Namen eintragen lassen.

–Mein Gott, Oscar.

–Schadet gar nichts, Mrs. Lutz, solange sie geschützt sind, dieser Gerichtsschreiber von ihm hat mir erzählt, der alte Richter sagt, solange er am Leben ist, geht die Erbfolge bis zu ihm und nicht weiter.

–Ich meine diese Kostennote, mein Gott. Da, Oscar, sieh sie dir mal an!

–Noch mal zu diesem Vergleich, sehen Sie, die wollen Sie abspeisen, Steuern werden auch noch fällig, wahrscheinlich ist das Geld dann so ziemlich weg.

–Weg! Und was ist, sehen Sie sich das an! Untermalt vom Aufreißen der Umschläge –Ärzte, Krankenhäuser, Röntgen, Physiotherapie, da ist auch die Rechnung für die Verstümmelung unserer Bäume da draußen, du hast sie noch nicht mal bezahlt? Müllabfuhr, achtzig Dollar fünfundzwanzig? Wie lange hast du eigentlich ...

–Das habe ich dir doch gerade gesagt, die Batterie in meinem Taschenrechner ist leer, und ich bin ...

–Noch nicht dazu gekommen, die Rechnungen zu öffnen, mein Gott, Oscar, was machst du eigentlich hier den ganzen Tag, mit deinem Pinot Grigio herumsitzen und deine kleinen Mittagsmenüs nach spanischer Art planen? Und wer ist das da, Anwaltskanzlei von Kevin, wer ist das, dieser Unfallgeier, den sie für dich aufgetrieben hat?

–Das ist jedenfalls keine, das habe ich noch gar nicht gesehen, das kann aber keine Rechnung sein, das lief alles auf der Basis eines Erfolgshonorars, das laut ihm ...

–Arbeitsstunden, Kosten und Auslagen, Gerichtsgebühren beim New York Supreme Court siebentausendfünfhundert Dollar.

–Nein!

–Haben Sie eine schriftliche Vereinbarung mit ihm getroffen, Oscar?

–Das nicht, es war eine, wir hatten uns eindeutig darauf verständigt, daß wir ...

–Eindeutig verständigt! Oscar hat ihn ja noch nicht einmal kennengelernt!

–Nein, ich zahle das einfach nicht, basta. Ich zahle das nicht.

–Könnte dann allerdings problematisch werden, Ihre Akte von ihm zurückzukriegen, wenn Sie sich einen neuen Anwalt dafür nehmen.

–Ich habe schon einen neuen Anwalt.

–Wo hast du denn einen neuen Anwalt her, Oscar?

–Ich habe ihn, das ist doch egal, wo ich ihn herhabe, Christina, ich habe mich schon telefonisch mit den Leuten beraten, und sie übernehmen die Sache, es sind Spezialisten, sie sind auf so etwas spezialisiert, sie sind spezialisiert auf Fälle von Personenschaden wie meinen, auf Fahrlässigkeit, sie ...

–Wahrscheinlich haben sie bei diesem Kevin Ihre Akte angefordert, und er behält sie erst mal und beendet das Mandat mit einer Rechnung.

–Halt, nein, Moment mal, hören Sie, hören Sie. Ich habe das schon mal erlebt, hören Sie. Er hat für meine, für eine Bekannte von mir von einer anderen Anwältin eine Scheidungssache übernommen, und die hat das gleiche getan, sie hat die Akte erst herausgegeben, als wir sie für das heillose Durcheinander bezahlt hatten, das sie angerichtet hat, und ich mache das nicht noch einmal. Ich bezahle ihn nicht. Das ist Erpressung, ich bezahle ihn nicht, das ist es doch, oder? Erpressung?

–Schlicht und ergreifend legale Erpressung, Oscar.

–Was machst du denn nun? Du hast einen Scheck hier, hast du das gewußt? Vom Blue-Cross-Gesundheitsfürsorgeprogramm deines College?

–Wo, nein, nein, ich dachte, das wäre eine Rechnung.

–Es ist ein Scheck von Blue Cross über siebenunddreißig Dollar und achtzig Cents. Allerdings vorbehaltlich etwaiger anderer Versicherungsleistungen, die dir zugeflossen sind.

–Weißt du, was die mir angeboten haben? Diese, diese andere Versicherungsleistung, die haben mir fünfzehnhundert Dollar für alles angeboten, für die ganze Sache, fünfzehnhundert Dollar!

–Das macht dann summa summarum zweihunderteintausendfünfhundertsiebenunddreißig Dollar und achtzig Cents, falls du alle diese großzügigen Angebote annimmst. Was fängst du denn mit dem ganzen ...

–Ja, und das, gerade hat er doch gesagt, daß da auch noch Steuern davon abgehen, also würde es wahrscheinlich nicht mal die, das Ganze hier abdecken, ich verstehe das alles nicht, diese Kosten und Auslagen und diese, diese ganzen Aussagen in Kalifornien?

–Kosten und Auslagen, Oscar, sehen Sie, das ist Geld, das wir ausgeben. Reisekosten, Gerichtsgebühren, Kopien, Stenographen, diese Stenographin, die hier war und Ihre Aussage mitgeschrieben hat, das sind die zehn Dollar pro Seite, die hier stehen.

–Ja, aber die bezahle doch nicht ich, oder? Die wollten doch die Aussage haben, dieser widerwärtige kleine Mister Mudpye?

–Bloß damit Sie mal eine Vorstellung bekommen, wie diese Aussagen ins Geld gehen können, sehen Sie, die, die ich an der Küste aufgenommen habe, das waren alles ...

–Genau davon rede ich doch, wer ist das, diese Leute da, Railswort? Afhadi? Probidetz?

–Das sind die Drehbuchautoren des Films, sie ...

–Und dieser Button Dingsbums, wer zum ...

–Das ist der alte Kumpel, von dem ich gerade erzählt habe, der spielt im Film den Hauptsklaven, und zwar von der ersten ...

–Nein, halt, Moment, also, daß Sie bloß weil er Ihr alter Kumpel ist, zwei Tage im Beverly Wilshire herumsitzen und saufen, während dieser Bredford wieder nüchtern wird? Was hat das ...

–So beruhige dich doch, Oscar, beruhige dich doch.

–Lassen Sie nur, Mrs. Lutz, er soll mich ruhig alles fragen, was er will. Sehen Sie, wir haben da einen kleinen Rückschlag erlitten. Wegen der Narbe.

–Welche Narbe? In seinem Gesicht, in dem Film? Das ist einer unserer schlagendsten Beweise dafür, daß sie es gestohlen haben, daß sie mein Stück gestohlen haben, das kommt gleich in der ersten Szene, wenn der Vorhang aufgeht.

–Hab ich auch gedacht, Oscar, hab ich wirklich auch gedacht. Aber jetzt hat sich rausgestellt, die haben eidesstattliche Versicherungen von dem alten Button und von dem Arzt, der Bredford genäht hat, und sie behaupten, Bredford hat kurz vor Beginn der Dreharbeiten zu diesen Szenen, wo er mit der Narbe ankommt, gleich neben dem General-Sherman-Denkmal vor dem Plaza Hotel in New York Krach mit einem Taxifahrer gekriegt, und der Taxifahrer hat ihn in die Backe gebissen, und weil das den Produktionsplan aufgehalten und eine halbe Million pro Tag gekostet hätte, haben sie es einfach eingebaut.

–Aber das, das glaube ich nicht.

–Die haben das Original-Drehbuch, da steht es nicht drin, und dazu die eidesstattliche Versicherung von meinem alten Kumpel, der zufällig dabei war, weil er für Bredford den Aufpasser machen sollte, die haben sogar den Taxifahrer, der sitzt in Abschiebehaft, bis sie rausgekriegt haben, aus welchem Land er kommt, von ihm haben sie allerdings keine eidesstattliche Versicherung kriegen können, weil kein Mensch rauskriegt, was für eine Sprache er eigentlich spricht.

–Ich glaube kein Wort!

–Aber sehen Sie, das Gericht wird es glauben, Oscar, die haben nämlich die eidesstattlichen Versicherungen, um es zu beweisen.

–Vielleicht ist das ja die Lösung, Oscar. Lehn das Vergleichsangebot ab und verlier deinen Prozeß, dann kannst du völlig unbelastet mit Sir John Nipples in deine Broadway-Flitterwochen entschwinden und für den Rest deines Lebens deine Schulden abstottern, mein Gott, weißt du nicht mehr, was Harry dir gesagt hat, daß man einen Prozeß immer verlieren kann? Er hat gesagt, daß es dich Geld kosten würde, oder? Also bitte, hier ist das Geld, Oscar, akzeptiere den Vergleich, zahl die Steuern und fang an, den ganzen Kuddelmuddel aufzuräumen, das ist doch die Chance, die du immer wolltest, oder? Dieser große Regisseur, der es dir so angetan hat, wenn er wirklich dein Stück inszenieren will, dann bist du doch am Ziel deiner Träume? Wenn es so inszeniert wird, wie du dir's vorgestellt hast, wie du's beim Schreiben in Gedanken gesehen hast, damit Vater endlich sieht, was du wirklich geschrieben hast, und stolz auf dich sein kann? Das ist doch, das macht doch Sinn, Mister Basie? Oder?

–Ginge mir schwer gegen den Strich, die Sache fallenzulassen, wo wir schon so weit gekommen sind, Mrs. Lutz.

–Aber mit Ihrer, mit dieser Geschichte von der Narbe und den, und wenn Sie verlieren? Wenn er verliert?

–Gehen wir in die Berufung, Mrs. Lutz.

–Ja, und wenn Sie gewinnen, gehen die in die Berufung, und die Uhr läuft die ganze Zeit weiter?

–Das haben wir aber von vornherein gewußt, daß es Geld kostet, wenn man einen großen Prozeß anstrengt, genau wie Harry gesagt hat, oder? Sehen Sie, wir haben überzeugende Argumente, wirklich überzeugende Argumente. Was glauben Sie, warum die sich vergleichen wollen? Das mit der Narbe da, das ist Pech, Pech hat man immer mal, damit muß man rechnen, aber mehr ist es nicht, bloß ein bißchen Pech bei ansonsten wirklich überzeugenden Argumenten, was glauben Sie, warum die für einen Vergleich eine knappe Viertelmillion zahlen würden? Sehen Sie, die meisten Fälle, so an die neunzig Prozent, werden in letzter Minute außergerichtlich beigelegt, so wie hier, so wie die hier versuchen, den Haken zu beködern. Was glauben Sie, warum die sich gerade mit diesem Dokumentarfilmer verglichen haben, die wissen genau, daß er sie mit dieser Vorschlaghammer-Szene, die er für Uruburu gemacht hat, beim Wickel hatte, und genau so ist es hier auch. Glauben Sie, die machen ein Vergleichsangebot, wenn sie sicher sind, daß sie gewinnen können?

–Ja, und wenn sie verlieren, wenn sie verlieren, dann gehen sie in die Berufung und ...

–Wenn wir verlieren, davon reden wir hier, wenn wir verlieren. Sehen Sie, die haben die Sache dieser frischgebackenen District-Court-Richterin zugewiesen, ein völlig unbeschriebenes Blatt, man weiß nicht, in welche Richtung sie tendiert, die Anwaltskammer macht sich's wirklich nicht leicht mit solchen Ernennungen, und die Frau hat einen wirklich erstklassigen Ruf als Verhandlungsführerin, aber man weiß nicht, in welche Richtung sie tendiert, also, was dann? Sagen wir mal, sie entscheidet für den Beklagten und weist die Klage ab, was dann? Vielleicht ist das ja sogar gut, Mrs. Lutz. Man braucht sich bloß anzugucken, wie viele Prozesse am District Court verloren und in der Berufung gewonnen werden, weil nämlich der Second Circuit Appeals Court ganz wild darauf ist, das untere Gericht zu deckeln, also spielt man vielleicht gerade darauf. Vielleicht spielen wir es so.

–Ich weiß ehrlich nicht, was Sie meinen, wollen Sie verlieren? Haben Sie vor zu verlieren?

–Ich habe vor zu gewinnen, ob ich gewinne oder verliere. Sehen Sie, das läuft so, wir haben hier wirklich überzeugende Argumente, wir gewinnen beim unteren Gericht und fechten dann deren Berufung durch, oder wir verlieren und fechten es bei unserer Berufung aus, so läuft das, auf die juristischen Feinheiten will ich jetzt nicht näher eingehen, das liegt ganz bei denen, aber die lange Sicht, auf lange Sicht gesehen, da gewinnen sie und sind schwer mit sich zufrieden, und wir packen sie beim höheren Gericht, egal ob wir gewinnen oder verlieren, in der Berufung packen wir sie.

–Verstehe. Das heißt, ich verstehe natürlich überhaupt nichts, aber es hört sich alles ziemlich riskant an. Oscar?

–Was? Ach so, ja, es ist wahrscheinlich fertig, das Essen ist wahrscheinlich fertig.

–Ich rede nicht vom Essen! Hast du ihm überhaupt zugehört?

–Natürlich habe ich ihm zugehört!

–Und? Was willst du machen, deren Vergleichsangebot akzep, wo willst du denn hin?

–Nach dem Essen sehen!

–Kannst du nicht einfach hupen? Sie soll uns rufen, wenn sie, mein Gott. Ich weiß nicht genau, was Ihnen da bevorsteht, Mister Basie, aber der Geruch ist vielleicht eine Warnung.

–Hab nicht mit Lunch gerechnet, Mrs. Lutz, muß ich leider auslassen, muß nämlich zurück ins ...

–Er wird furchtbar enttäuscht sein, bei ihm hat es sich so angehört, als wären Sie überhaupt nur deshalb den ganzen Weg hier herausgekommen.

–Hab nicht damit gerechnet, sehen Sie, wir hätten das Ganze auch telefonisch erledigen können, aber er hat darauf bestanden, hat gemeint, wir zwei müßten uns mal zusammensetzen, jetzt wo wir in die Zielgerade einlaufen, den ganzen Fall mal durchsprechen, deswegen sollte ich auch die ganze Akte mitbringen, sehen Sie das alles? Er blätterte Papiere in dem auf seinem Schoß aufgeklappten Aktenkoffer durch, –für die ganze Akte hätte ich einen Schrankkoffer gebraucht, ich habe bloß die neuesten, hey, gucken Sie mal. Gucken Sie mal, sehen Sie das? Er schwenkte eine Luftschlange aus Zeitungspapier, –hab ich Ihnen mitgebracht, dachte, Sie haben's vielleicht übersehen, ein Zeitungsartikel über Ihre haarigen Ainu, von denen Sie neulich geredet haben?

–Also, ich, nein, das habe ich nicht gesehen, ich ...

–Die glauben jetzt nämlich, daß die Samurai, diese supertolle

Elite-Kriegerkaste, die im Adel ganz oben rangiert und im Kabuki und so weiter so was wie der Inbegriff alles Japanischen ist, heißt es hier, daß also diese Samurai in Wirklichkeit von Ihren primitiven alten haarigen Ainu abstammen, die sie da drüben seit tausend Jahren wie Dreck behandeln, wie Bauernnigger hier unten im Fayette County, ich muß sagen, das ist mir runtergegangen wie Öl.

–Ja, das kann ich gut verstehen, ich, danke.

–Wär mir normalerweise da in der Zeitung gar nicht aufgefallen, aber ich hatte noch im Kopf, wie Sie neulich über Ihre haarigen …

–Ja, gewiß, danke, daß Sie an meine, an mich gedacht haben, Oscar? Mister Basie kann leider nicht zum Essen bleiben.

–Aber wir, ich dachte, wir könnten noch ein bißchen ausführlicher über …

–Ist alles ausdiskutiert, Oscar, wenn wir noch weiter diskutieren, bringt uns das bloß durcheinander.

–Aber ich, vielleicht kann ich Sie später oder, morgen, wenn ich Sie morgen anrufe, können wir …

–Gibt vielleicht kein Morgen, wir sind jetzt auf der Ziellinie, im Moment sitzt der Richter auf den Papieren. Es ist ganz einfach, Oscar. Wenn Sie den Vergleich annehmen, häng ich mich gleich ans Telefon. Wenn Sie weitermachen wollen, halten wir den Atem an und warten auf die Entscheidung.

–Dann mache, dann halte ich den Atem an.

–Hey!

–Oscar, du bist ja, weißt du eigentlich, was du da …

–Ich weiß, was ich tue, Christina. Ich mache weiter.

–Hey, Oscar! Und ein Schlag auf die Hängeschulter, –prima!

–Mein Gott. Moment, ich bringe Sie zur Tür, Mister Basie. Ich hoffe bloß, Sie haben recht, ich weiß, Sie haben furchtbar hart daran gearbeitet und, und ich weiß, Sie sind nicht dumm, Harry hat mir erzählt, Sie seien ungeheuer gefragt.

–Wie geht's ihm denn?

–Harry? Wenn er diesen Fall lebendig übersteht, übersteht er vermutlich alles.

–Wenn Sie Anwaltsrechnungen sehen wollen, dann gucken Sie sich mal seine an. Danke, Mrs. Lutz, grüßen Sie ihn von mir?

–Ja und, danke … Sie blieb stehen, bis das Schurren von Reifen auf dem Kies sie ins Haus und zum Mittagessen zurückkehren ließ, –und Ilse? Dieser Pinot Grigio, stellen Sie ihn bitte auf den Tisch, haben Sie verstanden? Und bei der kalten Maissuppe, –was ist denn das, was da drin schwimmt? Du hast doch wohl nicht vor, die ganze Flasche Wein da drüben mit Beschlag zu belegen, oder? Ich hoffe nur, dein Mister Basie ist so brillant, wie Harry glaubt, ach, Muscheln sind das, ja?, falls du überhaupt noch irgend etwas übrig behältst, wenn du die Rechnungen für seine Zechgelage mit seinen alten Kumpanen im Beverly Wilshire bezahlt hast? Und bei den Karotten, –du kannst schon mal anfangen, über die siebentausendfünfhundert Dollar für diesen Unfallgeier nachzudenken, den dieses blonde Herzchen von dir aufgetan hat, bestimmt gibst du ihr immer noch Geld? Beim gedünsteten Lachs, –ihre Scheidung ist wahrscheinlich noch so fern wie eh und je, Gott sei Dank, reichst du mir mal das Salz, ich hoffe ja nur, sie hat nicht auch diese neuen Anwälte von dir aufgetrieben, mit denen du so geheimnisvoll tust, und den Wein bitte auch? Natürlich war es ziemlich gedankenlos von diesem Gerichtsschreiber von Vater, ihn überhaupt ins Kino zu schleppen, aber vielleicht gibt sich ja alles wieder, wenn du deinen Prozeß verlierst, womit Mister Basie offenbar fest rechnet, das müßte sie doch dann davon überzeugen, daß es sich überhaupt nicht gelohnt hat, dein Stück zu stehlen, und das wäre ja dann nur gut, oder? Ihr Stuhl schrappte über den Boden, als sie die geleerte Weinflasche zur Seite schob, –warte, ich helfe dir. Dir ist doch klar, daß du zunimmst, oder?, egal was diese Frau dir an Anwendungen verabreicht, wenn das das richtige Wort dafür ist, für die Sachen, die sie übernommen hat, ich frage lieber nicht, was genau sie da übernommen hat, aber dein Körper war wirklich noch nie dein Freund, oder?, weil du nie gelernt hast zu spielen. Im Grunde hast du doch nie richtig spielen gelernt.

–Was denn spielen! brummelte er, während sie sich in das leere, schon in Schatten versinkende Zimmer zurückbegaben.

–Nein, ich habe nur gemeint, so wie andere Jungen, mit …

–Was für andere Jungen denn? Meinst du Baseball spielen? Da waren keine anderen Jungen, ich habe auch so ständig gespielt, ich habe gar keine anderen Jungen gebraucht, gleich da unten am Teich habe ich ständig gespielt, oder? Am Gestad' des Gitche Gumee?

–Stand der Wigwam von Nokomis, mein Gott, nein, ich meine doch nicht das, wo sie nun stand und auf den Teich hinausblickte, wo dunkel, jenseits, hoben schwarz und düster sich die Kiefern und die Tannen mit der Last der Zapfen, –das alles hat einem schier das Herz gebrochen, drunt' am schimmernd Großen Wasser, wo die Birke hoch und stattlich einst im Wind geraschelt hatte, deren Rinde er gespalten unterm niedrigsten Gezweige, an der Wurzel abgeschnitten, längelang vom Stamm geschält, abgezogen hatte unversehrt die Rinde für das Kanu, das er dort erbaute, stolz gebläht von seiner Großtat, kaum im Wasser, schon gekentert, voller Schrecken, als den großen Baum sein Vater sah geschändet, sah den Saft heruntersickern und kieloben schräg den flinken Cheemaun durch das Röhricht und das Strandgras treiben und zur Ruhe kommen im Morast, –und das hätte dir eine Warnung sein sollen, daß du's Vater niemals recht machen kannst.

Nun peitschte der auffrischende Westwind die Oberfläche des Teichs wie eine Springflut, wie ein Wildwasser in Richtung Meer, –sieh mal! flüsterte er, –wie es ungezügelten Saturnalien gleich die Kiefernäste hochwirft, ihnen voll Lust und Gewalt die Röcke hochreißt, geschändet wie die Sabinerinnen, wie die ...

–Wie die liebliche Wenonah. Ich glaube, es ist Zeit für Hiawathas Mittagsschlaf, ich nehme derweil ein Bad. Das heißt, falls es überhaupt heißes Wasser gibt.

Dunkelheit hatte die Bäume und die aufgerissene Oberfläche des Teichs verschluckt, als sie herunterkam, wo Farbsalven von der Illumination der Mattscheibe über sein Gesicht tanzten und seiner Ruhe spotteten, bis der Klang seines Namens schlagartig, in einem Blinzeln und Zusammenzucken, seine ganze aufgestaute Angst zurückbrachte. –Was?

–Ich habe gefragt, ob du wach bist? Was guckst du dir denn da an? Und eine Stimme von der Mattscheibe lieferte prompt die Antwort: «eine Seeanemone, die wie eine harmlose Blume aussieht, in Wirklichkeit aber ein fleischfressendes Tier ist.»

–Das ist meine Natursendung, sagte er, fast aufrecht hingelümmelt.

–Du hast ja eigenartige Vorlieben, sie knipste Lampen an. –Hat Harry schon angerufen? Und als das Telefon schließlich klingelte, –Uns geht's gut, warst du schon bei dem neuen Arzt? Du kannst ihn nennen, wie du willst, aber du ... Das weiß ich, Harry, aber du mußt dir die Zeit einfach nehmen, sonst endest du noch wie ... genau das meine ich, er sitzt gleich hier und wartet auf die Nachrichten, um sich Appetit fürs Abendessen zu machen, ich kann mich schließlich nicht um euch beide kümmern, oder? Chaotische Szenen von Londonderry bis Chandigarh, eine übergewichtige Familie, die bei einem Hochwasser in Ohio die Hauptstraße entlangruderte, ein auf dem Jersey Turnpike umgestürzter Lastwagen mit Melasse, Schüsse, Messerstechereien, brennende Polizeiautos und flammende Krankenwagen zur Feier einer Basketballmeisterschaft in Detroit, dazwischen ein klappriges, grinsendes Paar auf einem Bett, das sich auf Knopfdruck wellte und wogte, –weil sie ihm einen Vergleich angeboten haben, Harry, fast eine Viertelmillion Dollar, aber er besteht natürlich darauf, die Sache fortzusetzen, oder vielmehr Mister Basie besteht darauf, er war zum ... was? Die Südstaatenflagge entfaltete sich in einem Hagel von Steinen und Bierflaschen, der auf die flackernden Überreste einer Mahnwache niederging, –aber vielleicht kannst du ja versuchen, ein bißchen Geduld mit ihr zu haben, Harry, du weißt doch, ihre Mutter ist gerade gestorben, und es geht ihr furchtbar schlecht, seit sie ... sie hat was? Oscar, stell das doch mal leiser! Sie will, daß du ihr hilfst, das Testament ihrer Mutter anzufechten? Ich verstehe nicht, was das ... na ja, im Grunde sind sie auch nicht mehr miteinander ausgekommen, seit ihre Mutter sich vor einer Million Jahren von diesem verrückten Bischof Sheed, so hieß er doch?, hat bekehren lassen, der hat sie davon überzeugt, daß es bei der Una Sancta exklusiver zugeht und so weiter, und das, nachdem sie St. Bartholomew bündelweise Geld gespendet hat, dabei sind doch sämtliche Slums, die man sich nur vorstellen kann, gerammelt voll mit Katholiken, also, was daran exklusiv sein soll, sie ...

–Schau mal! Christina, schau doch mal! Gefuchtel mit Transparenten LASS GOTT IN AMERIKA, MÖRDER –komm schnell! und von den Scheinwerfern der Rettungsfahrzeuge angestrahlt, als alles überragender, gezackter Klotz, –dieses, dieses Ding von Szyrk, dieses, schau doch mal!

–Ich rufe dich später noch mal an, Harry, da ist irgendwas im Gange. Um Himmels willen, was ist denn nun …

–Es ist vom Blitz getroffen worden, und der Hund, es heißt, der Hund ist dabei umgekommen, deswegen haben sie auch die ganzen Kerzen …

–Na, Gott sei Dank.

–Nein, schau doch mal, schau dir doch die, dieses Schild von der Kleinen da, auf dem Mörder stand, das ist Vater, die sagen, es war Vater, der, schau mal! Hast du das gesehen? Die Puppe schwang erneut kurz ins Bild und gab dann den Blick auf eine Kollision zwischen einem Hot-Dog-Karren und einem Sandwichmann frei, Händler mit billigen Fähnchen, Spot-Püppchen, Schlüsselanhängern, T-Shirts mit dem Spot-Logo, gleich dahinter auf Oberkörpern und ungebändigten Milchgebirgen angepriesen, und darin fast ertrinkend ein zartes Mädchen, dessen magerer Busen warnte SPIEL RUHIG MIT MEINEM HUND, ABER LASS MEINE MUSCHI ZUFRIEDEN, jäh weggefegt von MEIN BAUCH GEHÖRT MIR, KUNST IST DRECK, dem Heulen einer Sirene und der Mahnung eines Megaphons Schluß jetzt, alle mi'nander, geht nach Hause, verstanden? SCHWARZER STOLZ, DIE LAVENDEL-KOALITION, RAUCHEN SIE WHITE OWLS, ER VERMERKT DES SPATZEN FALL, während die Kamera sich zwischen den triefenden Kerzen hindurch zu einem verwackelten Blick auf ein Fellknäuel im Gleißen eines Scheinwerfers vortastete, unterbrochen vom Schatten der Puppe, die näher heranschwang, so nahe, daß man das RICHTER DU MÖRDER lesen konnte, das an ihre Gewänder gepinnt war, –weil er es als höhere Gewalt bezeichnet hat, den Blitz, behaupten die jedenfalls, deshalb auch die Mahnwache.

–Mein Gott.

–Nein, mach nicht aus! Warte … Die Mattscheibe hellte sich auf. Eine langbeinige Blondine radelte eine Landstraße entlang, und sie erfuhren, während sie an ihnen vorbeistrampelte, daß sie von ihren

Hämorrhoiden erlöst worden war, eine Frau knirschte mit ihrem schimmernden Gebiß, und sie erfuhren, wie sie es am Verrutschen hinderte, ein früherer Filmstar führte, nicht länger von Inkontinenz behindert, mit einem Tennisschläger ein aktives Leben, –schalt doch mal auf einen anderen Sender um! Und wieder heulten die Sirenen, flogen Fähnchen, Transparente, Bierdosen und Fäuste, ein Moment der Unaufmerksamkeit, und ein gepanzerter Mannschaftswagen spie Tränengas eine leergefegte Straße entlang, –mein Gott, sieh dir das an!, aber der schwarze Körper mit dem lodernden Reifen als Halsband lag, wie sich herausstellte, an einer Kreuzung in Soweto, und nun lächelte, nach einem zufriedenstellenden Versuch mit einem über Nacht wirkenden Abführmittel, eine Dame in untadeligem, von einer sanften Brise über Phantombrüsten bewegten Negligé an einem Flügelfenster heiter auf die beschauliche Landschaft eines ländlichen Morgens im ersten Tageslicht, während draußen überm Teich Nebel aufstieg, und der Duft von –Kaffee? Ilse? zur Litanei der Morgenzeitungen von fliegenden Fäusten und Bierdosen, Steinen und gelegentlich auch intimen Kleidungsstücken, das Ganze kulminierend in siebenundzwanzig Verletzten, einer angeblichen Vergewaltigung und zwei Verhaftungen, Vorboten eines nationalen Trauergusses, einer auf Straßen und Wegen landesweit durch eingeschaltete, von der Sonne geblendete Scheinwerfer bekundete Trauer, während allenthalben Mattscheiben zum Leben erwachten, mit sämtlichen heiklen Schritten bei der Bergung der schlaffen zwölfpfündigen Überreste aus ihrem tödlichen Gefängnis nach Ergreifung von Notmaßnahmen der Gemeinde unter den wachsamen Augen kommunaler Amtsträger in dunklen Anzügen und ungewohnten Krawatten, die, ein für allemal geschlungen, unter der Woche über Bettpfosten hingen, sowie diverser Schadenssachverständiger und älterer Mitbürger, eines weißen Geistlichen, eines schwarzen Pastors und der Medien, die einen stoischen James B. in die Enge trieben, dessen mitteilsamer Vater ihn beiseite schubste und sich mit einer Mischung aus Herzlichkeit und Rachsucht ihren Mikrofonen stellte, ferner der Überlebenden des nächtlichen Handgemenges und der gesamten, vielstimmig heulenden, ortsansässigen Hundepopulation, deren Zahl in den kommenden

Tagen durch Geschenke einer ebenso gemischten Geberschar aus vielen Himmelsrichtungen noch zunehmen sollte, so etwa durch einen Mastiff von einem Zusammenschluß Schwarzer aus Chicago, einen Pitbull von einem anonymen Spender aus Mississippi, zwei Salukis und einen Afghanen mit einem Gruß von Chubby Chasers International, einen Cockerspaniel mit Stammbaum von einer früheren First Lady und einen Springerspaniel von einer etwas weniger frühen, aber keiner, wehklagte die Presse, konnte den Platz des kleinen Spot im Herzen des kleinen James B. oder im Herzen Amerikas oder, wie sich alsbald herausstellte, in der lebhaften Vorstellungskraft des Prozeßpflegers des Jungen ersetzen, der die Gemeinde wegen Fahrlässigkeit, widerrechtlicher Beschlagnahme, Eigentumsentziehung, Verschwörung, Verlust eines Gefährten und Wettbewerbsbeschränkung verklagte, und so hätte das Ganze denn, mit dem dort bei der Auswahl der Geschworenen üblichen Maß an Reibereien zwischen den Rassen und dem damit verbundenen Highlife, ein Stückchen weiter im Wink County Supreme Court von Richter Elbert Haynes enden können, wenn nicht das scharfe Auge des Vorsitzenden des Gemeinderates, J. Harret Ruth, gewesen wäre, der, das weite Feld der Bundeszuständigkeit überblickend, durch Streitverkündung für die erforderliche außerstaatliche Prozeßpartei in Gestalt eines sonderbaren Bundesgenossen, nämlich des eigentlichen Schöpfers des Vehikels der Gefangenhaltung und «rostenden Zerrbildes der Vision unserer großen Nation von sich selbst» sorgte und so auch das Bedürfnis der Einheimischen nach einem bewährten Staatsfeind befriedigte, –womit die ganze Chose, wie Harry es formulierte, der vor dem qualmenden Kamin stand und mit dem juristischen Mitteilungsblatt raschelte, aus dem er vorgelesen hatte, –wieder im Schoß des Alten gelandet wäre.

–Was immer das alles heißt.

–Das heißt, sie haben diesen Bildhauer, diesen Szyrk, mit hineingezogen, und dadurch wird der Bund zuständig, von wegen Verschiedenheit der Gliedstaatenzugehörigkeit der Prozeßparteien.

–Wenn einer schon so heißt, was kann er denn da erwarten?

–Hat nichts mit seinem Namen zu tun, Christina, soll bloß dafür sorgen, daß jemand aus einem anderen Staat nicht von den einheimischen Landeiern fertiggemacht wird.

–Und genau das wird passieren. Kannst du denn das Feuer nicht ordentlich in Gang bringen?

–Genau. Wenn so ein Geschworenenprozeß erst mal läuft, machen sie ihn nach allen Regeln der Kunst fertig, irgendwas stimmt mit dem Schieber nicht, ich habe ihn gerade aufgemacht. In Wirklichkeit haben sie's auf den Alten abgesehen, dieser J. Harret Ruth mit seinem popeligen politischen Programm ist diesem Neandertaler-Senator von denen, der jetzt zur Wiederwahl steht, so tief hinten reingekrochen, wenn die dem Richter die Berufung ans Appellationsgericht vermasseln, genau darauf ist er nämlich aus, du wirst schon sehen. Das perfekte Forum, wenn sich da ...

–Du mußt etwas unternehmen, Harry, mein ...

–Da kann ich leider gar nichts machen, das habe ich dir doch gerade erklärt, so steht es im Gesetz. Die brauchen bloß innerhalb von zehn Tagen nach den schriftlichen Vorträgen einen Geschworenenprozeß zu fordern, dann kriegen sie ihn. Wenn sich da ...

–Das Feuer, ich rede von dem Feuer. Meine Augen brennen dermaßen, daß ich kaum ...

–Wahrscheinlich ist das Holz feucht. Oder grün, wenn sich da so ein führender, konservativer Verfechter der Einzelstaatsrechte wie dieser Bilk vor diesen Bauerntrampeln aufbaut und darüber schwadroniert, wie die Bundesregierung ihre Steuergelder für Sachen ausgibt, die sie gar nichts angeht, der hat sich doch sogar schon im Senat hingestellt und gesagt, daß die Kunst heutzutage nur noch ein feuchter Furz ist, oder? Ins Gesicht der Öffentlichkeit? Ein Produkt verdrehter, kranker Köpfe, Perverser, Degenerierter und Ausländer, Szyrk kommt ihm da doch wie gerufen. Wo willst du hin?

–Ein paar Fenster öffnen, wieso hast du auch unbedingt Feuer anmachen müssen?

–Ich fand, Sonntag nachmittag auf dem Land an so einem Herbsttag, da fand ich das einfach naheliegend.

–Dann müßtest du eigentlich auch das Football-Spiel einschalten, du siehst doch immer gern jemanden verlieren. Du bist einfach kein Landkind, Harry, du solltest nicht herumlaufen und Feuer anmachen, Oscar wird jeden Moment aufwachen, und er wird Zustände kriegen.

–Das ist ja nichts Neues.

–Du kannst es ihm jedenfalls nicht verdenken, oder? Da wartet er Tag für Tag auf das Urteil, er ruft Mister Basie an und kriegt zu hören, er sei außer Haus, verreist, wir sind beide mit den Nerven am Ende, und diese Anwälte, die er Gott weiß wo aufgetrieben und mit seiner Unfallsache beauftragt hat, was machst du denn da?

–Dieser, Mist, Schieber geht ständig zu, ich versuche bloß, Mist. Na bitte. Bis zum Abendessen hat sich alles verzogen.

–Ich kann nicht bis zum Abendessen warten, noch so ein Tag, so eine Stunde, und ich verliere den Verstand, wenn ich mir noch eine einzige Natursendung ansehen muß. Keine Hirsche oder Bären oder sonst etwas Gesundes, nein, nein, was er sich anguckt, sind alles Tiere, die so tun, als wären sie Blumen, tödliche Insekten, die wie Zweige aussehen, harmlos wirkende Geschöpfe, die schier platzen vor lauter Gift und einfach bloß irgendwo lauern, das Ganze ist ziemlich abseitig, und dann Ilse. Du müßtest mal das Geplansche und Getobe da drin hören, wenn er sein Bad nimmt, weiß der Himmel, was die da treiben, na, wenigstens redet er nicht mehr von dieser verkorksten Blondine, ich glaube, ich höre ihn kommen, Harry, laß mich bloß nicht im Stich. Noch eine Tasse Tee, und dann fahren wir. Ich habe gepackt und kann nicht noch eine Diskussion darüber ertragen, ob wir den Lachs mit der Dill-Anchovis-Butter oder gedünstet und in Aspik essen, sag ihm einfach, die Kanzlei hätte angerufen und, ach, Oscar? Wir müssen los.

–Aber ich dachte, aber Harry ist doch gerade erst gekommen, Christina, ich dachte, er will sich hier draußen ein bißchen ausruhen, schau mal, schau doch mal, was für ein schönes Feuer er gemacht hat, und ich habe ihr gesagt, sie soll Tee kochen, ich dachte, ihr seid zum Abendessen ...

–Ich auch, aber sie haben angerufen und wollen ihn gleich morgen früh im Büro sehen. Wir wollen den Sonntagabendverkehr vermeiden.

–Aber wann haben sie denn, ich habe das Telefon gar nicht klingeln hören, ich ...

–Jetzt klingelt es doch auch.

–Laß nur, ich komme schon dran, aber, hallo?

–Harry, bringst du bitte meine Taschen nach unten?

–Wer? Aber, nein, später, ruf später noch mal an, ich, Wiedersehen.

–Ach, Ilse, Sie brauchen keinen Tee zu machen. Wer war das denn?

–Wer war, ach so. Verwählt. Hat sich verwählt.

–Warum hast du dann gesagt, er soll später zurückrufen?

–Ich dachte bloß, du hast doch gesagt, Harry ist erschöpft, er müßte sich mal ausruhen, und außerdem wollte ich mit ihm über ...

–Mein Gott, Oscar, wir sind alle erschöpft, wir müßten uns alle mal ausruhen, Harry? Hörst du mich? Sie zog im Vorbeigehen mit kräftigem Ruck ein Flügelfenster zu, –im Bad ist ein kleiner Kosmetikkoffer, bringst du den bitte auch mit? Und dann blieb sie gebannt stehen und schaute über den Rasen hin, auf den er erst gestern hinausgestarrt, sie sogar gerufen hatte, damit sie das einzige sah, was sich da draußen bewegte, einen über das verfärbte Gras hüpfenden Hüttensänger?, oder war's bloß ein Eichelhäher, aber sie hatte keine Zeit gehabt, weil sie gerade Zeitungspapierstreifen und Notizzettel aufsammelte, –wenn ich eins nicht leiden kann, dann ist es Abfall, wann lernst du endlich, deine Sachen in Ordnung zu halten? Und jetzt, –du mußt diesen Schieber reparieren lassen, Oscar, sonst brennt noch jemand das Haus nieder. Sind wir soweit? Das Drükken einer Hand, einer Schulter, –gib mir Bescheid, wenn du von Vater hörst, vielleicht solltest du ihn anrufen, Ilse? Helfen Sie uns bitte mit den Taschen? Und draußen auf der Veranda, –ich wünschte, Sie würden sich mal den vorderen Rasen ansehen, Ilse, da fliegt eine blaue Plastiktüte herum, offenbar hat da jemand Kartoffelchips oder so etwas gegessen, sieht es hier nicht schon schäbig genug aus? Sie stützte sich ab, während der Wagen durch die Schlaglöcher der Auffahrt holperte, –die Veranda ist eine Sache, aber wenn ich eins nicht leiden kann, dann ist es, Vorsicht! Sie riß den Arm hoch.

–Hast du das gesehen? Er schleuderte wieder in die Furche zurück, aus der er ausgeschert war, um dem alten Wagen auszuweichen, der hinter ihnen eine Schneise durch den Braunwurz und Bittersüßen Nachtschatten entlang der Auffahrt pflügte.

–Nein, was? Wer?

–Lily.

Und sie hatte ihm sogar etwas mitgebracht, –Oscar? Sie knallte die Eingangstür zu, kam durch den Flur geklappert, –bist du okay? Es war eine Schokoladeneistorte, und er hatte sogar schon Feuer im Kamin gemacht, es war wie früher, alles war so gemütlich, als erwartete er sie schon, sie war gleich hingefahren, nachdem sie angerufen und er einfach aufgelegt hatte, sie wußte ehrlich gesagt nicht so recht, wie sie empfangen werden würde, als sie neben ihm niedersank, ob sie denn nicht einmal einen Kuß von ihm bekomme?, während er da so ganz allein, wie der alte Mister Grouch, vor dem stummen, schon flimmernden Fernseher saß, wo eine Maus mit einem Vorschlaghammer eine Katze plattklopfte, –du guckst das doch gar nicht, oder? Schau mich an. Willst du mich nicht mal fragen, wie es mir geht? Aber er wollte nur wissen, was sie mit ihrem Haar gemacht habe. –Ich hab es schneiden und legen lassen, gefällt's dir? Mir auch nicht. Bist du deshalb so zugeknöpft? Du bist doch nicht sauer, oder? Aber er schien ganz plötzlich von der Notlage der Katze gefangengenommen zu sein, die mit einer Ausstechform in lauter kleine Exemplare zerlegt wurde. –Oscar? Ist alles okay?

–Ist alles okay? Das ist ja wohl die dümmste, du kommst hier einfach so hereingeschneit, bloß um mich zu fragen, ob alles okay ist?

–Ich hab doch bloß gemeint, ich dachte, daß du mittlerweile vielleicht wieder gehen kannst und daß, daß alles …

–Daß alles okay ist. Daß ich völlig vergessen habe, wie du beim letzten Mal von hier weggegangen bist mit diesem, diesem, daß sämtliche Arztrechnungen bezahlt sind, daß ich meinen Prozeß gegen diese Filmfritzen gewonnen habe und mit fünfundsiebzig Millionen Dollar in der Tasche hier herumsitze? Würdest du mir bitte sagen, warum du gekommen bist? Und zwar ohne großes Getue, einfach bloß eine schlichte, ehrliche Antwort?

–Oscar, das kannst du nicht! Sie ergriff seine Hände, –nein, ich hab jeden Tag an dich gedacht, wie lieb und sanft du bist, ich habe vergessen, ganz vergessen, wie kalt du sein kannst, wie du mich angucken kannst, als guckst du durch mich durch, als wäre ich gar nicht da. Weißt du, wie einem das ins Herz schneidet, wenn man dich mag, als würde man von einem großen Messer mittendurch geschnitten? Ich hab nie was von deinen fünfundsiebzig Millionen gesagt, denkst du, daß ich deshalb gekommen bin? Du denkst, daß ich deshalb gekommen bin, stimmt's?, ich verstehe nicht, wie du so grausam zu mir sein kannst, wie du so mißtrauisch sein kannst, kaum daß ich zur Tür reinkomme, daß du mich nicht mal anguckst, weil du Angst hast, ich könnte dich um Geld bitten, und wenn's nur ganz wenig ist, weil du die ganze Zeit gedacht hast, das jedenfalls bleibt mir in Zukunft erspart, stimmt's? Du hast gedacht, das bleibt mir in Zukunft bei ihr erspart, weil ich dir erzählt habe, daß ich jetzt, wo Bobbie tot ist, vielleicht dieses alte Mißverständnis mit Daddy aus der Welt schaffen kann, wo ich doch jetzt alles bin, was sie noch haben, so daß er mir vielleicht sogar aushilft, wo doch jetzt das ganze Geld da ist, das er in Bobbies Namen auf dieses Gemeinschaftskonto getan hat, damit der Staat keine Erbschaftssteuer kriegt, wenn er stirbt, bloß daß jetzt statt dessen Bobbie gestorben ist, und deswegen muß er die ganze Erbschaftssteuer auf Bobbies Nachlaß für sein eigenes Geld bezahlen, das er jetzt wiederkriegt, obwohl es doch eigentlich die ganze Zeit seins war, hörst du mir überhaupt zu?

–Jetzt hörst du mir mal zu. Dieser elende Unfallgeier, den du dazu gekriegt hast, daß er allen hilft, weißt du, wie der mir geholfen hat? Er hat mir eine Rechnung über siebentausendfünfhundert Dollar dafür geschickt, daß er in meiner Unfallsache irgendwo irgendwelche Papiere eingereicht hat, und jetzt weigert er sich, den neuen Anwälten, die ich damit beauftragt habe, irgend etwas auszuhändigen, solange ich nicht bezahlt habe, erinnerst du dich noch, wie das Ganze angefangen hat? Als ich dich gefragt habe, wie das mit der Bezahlung aussieht, und du mir gesagt hast, er hätte gesagt, ich sollte mir deswegen keine Gedanken machen? Genauso hat uns doch diese elende Anwältin hereingelegt, als er ihr deine Scheidung weggenommen hat, nachdem sie mit irgendeiner faulen Ausrede aus der Sache ausgestiegen war? Und jetzt macht er genau das gleiche.

–Weißt du warum, Oscar? Weil sie doch jetzt diese Richterin ist. Er hat mir nämlich gesagt, sie hätten sie zur Richterin gemacht, und da hat er Angst gekriegt, daß, wenn er sie ärgert, daß er's dann vielleicht irgendwann mal vor Gericht mit ihr zu tun bekommt und sie ihn aus Rache in die Pfanne haut, das müßte sie eigentlich sowieso, weil er so ein mieses Schwein ist.

–Wieso hast du dich dann für ihn, von ihm auf dem Rücksitz von seinem BMW und in jedem Motelbett zwischen Disney World und …

–Das hab ich dir doch gesagt!

–Hast du nicht!

–Weil ich sauer auf dich war, weil …

–Warum? Du hast mir nicht gesagt, warum, du hast bloß …

–Weil du meine Gefühle verletzt hast, das habe ich dir doch gesagt.

–Das höre ich nun schon zum hundertstenmal, wodurch eigentlich? Wodurch habe ich …

–Eben hast du's nämlich schon wieder gemacht, du hast gesagt, ich bin dumm, kaum daß ich zur Tür reingekommen bin, bloß weil du mit deinen ganzen Büchern gescheiter bist als ich, heißt das noch lange nicht, daß du auch ein besserer Mensch bist, oder?

–Hör zu, sag mir einfach, wieso ich daran schuld bin, daß du mit diesem, diesem miesen Schwein ins Bett …

–So wie du mit mir umgegangen bist, als du da direkt vor jemand auf dem Rücken gelegen hast mit dieser Riesenerektion, als hättest du mich noch nie gesehen, du hast mich nicht mal …

–Halt, Moment, warte mal. Vor wem habe ich …

–Das weiß ich doch nicht! Er hat nämlich auch nichts angehabt, genau wie du, bloß dagelegen hast du und damit geprotzt, und auf dem Bett standen diese Dosen mit Schuhwichse, da waren drei Sorten Schuhwichse, und du …

–Halt, Moment, hör auf, stop! Soll das etwa heißen, das war irgendein Traum von dir? Irgendein blöder Traum, der dich nach dem Aufwachen so sauer gemacht hat, daß du …

–Das war wirklich! Das war so wirklich wie nur was, genauso wirklich wie der kleine Mann im schwarzen Anzug, von dem du im

Krankenhaus geträumt hast, daß er dich besuchen kommt, damit du Botschaften ins Jenseits mitnimmst und ...

–Nein, das ist passiert! Das ist wirklich passiert, das war genauso wirklich, wie wir beide jetzt hier sitzen und du ...

–Das habe ich doch gerade gesagt! Es war genauso wirklich wie jetzt deine Hand auf meinem, ich werde immer noch sauer, wenn ich daran denke, wie du da gelegen hast und er war so groß, wie ich das bei dir noch nie gesehen hab, und du hast mich angeguckt, als hättest du mich noch nie gesehen, und dann habe ich die Hand ausgestreckt und ...

–Also, das ist ja wohl, Schuhwichse? Drei Sorten Schuhwichse? Das ist ja wohl, solche Träume, das sind alles Schrottplätze der Psyche sind das alles, das ist ja wohl das Verrückteste, und das soll ich glauben? Daß du es deshalb getan hast?

–Oscar, wie kannst du mir das antun! Wo du doch alles bist, woran ich denke, wenn ich mich Tag für Tag in den Schlaf weine bei der Erinnerung an all die schönen Sachen, die ich für dich getan habe, als es nur dich und mich gab? So wie damals, als wir, ich kann gar nicht davon reden, wie du immer irgendwie lieb und traurig gelächelt hast, wenn ich ins Zimmer gekommen bin, die ganze Herfahrt über habe ich dran gedacht, aber du guckst mich einfach an, als wünschst du mich gleich wieder weg, ich kann es fühlen, du willst mich nicht mal ansehen, aber ich kann es fühlen, glaubst du etwa, ich hab keine Gefühle? Und sie ließ endlich seine Hände los, um festzustellen, woran sein Blick klebte, –die da? Auf dem Bildschirm stieg eine vollbusige Blondine über ein Knubbelknie hinweg, –der ihre Dinger würdest du auch mal gern fühlen, stimmt's?, hast du etwa gedacht, daß ich das meine? Dieser Knoten, den ich da habe, ich glaube, das ist schlimmer geworden, seit ich dich das letzte Mal gesehen habe, kannst du's fühlen? Nein, laß nur, du hast ja nicht mal danach gefragt, jetzt ist es zu spät, nein, bitte laß, kann ich eigentlich gar nichts sagen, damit du mir zuhörst?

–Halt, Moment, guck mal! Er fuhr hoch, –wo ist denn die, da! Das Zimmer erbebte von Kanonendonner, die Mattscheibe von einem Getümmel vorwärtsstürzender Pferde, flammender Raketen, der Südstaatenflagge und Horden von Männern, –guck mal!

–Wie bringst du das nur fertig! Ich kann einfach nicht glauben, daß du das wirklich tust, bloß um mich zu vertreiben, dabei bin ich extra hergekommen, um …

–Bitte!, während der Qualm sich verzog, und nun hallte das Zimmer vom Klippklapp eines Pferdewagens wider, der sich über eine Auffahrt mit schlaff herabhängendem Louisianamoos dem Säulenvorbau eines Vorkriegsanwesens näherte, gesehen aus der Perspektive eines imposanten Schwarzen in Livree, dessen markante, von der Sonne beschienene Brauen sich hochmütig wölbten, während in einem altersschwachen Einspänner eine betagte Frau und ein gutaussehender, ernsthafter junger Mann, der im Stehen gebieterisch mit der Peitsche knallte, herankamen, um nach nicht zu hörendem Wortwechsel verächtlich ihrer Wege gewiesen zu werden, bei ihrem Rückzug die Auffahrt hinunter von einer hinreißend schönen jungen Frau im Negligé hinter einem Vorhang hervor beobachtet. –Großer Gott! flüsterte er kaum hörbar.

–Wenn das alles ist, was dir dazu …

–Das war die erste Szene meines, hast du das gesehen! Und da war die Blondine wieder, saß Knubbelknie an Knie neben einem Schwarzen von imposanter Statur und modischer Pracht, der als «unser heutiger Gast» mit einem Namen vorgestellt wurde, von dem ihre wunderbaren Zuschauer bestimmt gern wüßten, ob es sein richtiger sei. –Ja, das ist dieser Freund von, guck mal, das ist, hör zu!

–Nein, ich gehe! Ich gehe auf der Stelle, Oscar, wenn du glaubst, ich komme bloß zum Fernsehen her, ich kann einfach nicht glauben, wie sehr du dich verändert hast, vielleicht ist es immer noch zuviel verlangt, daß du dasselbe empfindest wie ich für dich, aber ich habe gehofft, daß du wenigstens nett sein kannst, hörst du mir eigentlich zu? Sie hatte sich aufgerappelt, nur um sich etwas näher wieder sinken zu lassen, während sie erfuhren, daß es eine lange Geschichte sei, wie er diesen Namen angenommen hatte, weil er seinen früheren Namen weit hinter sich gelassen hatte, so weit, daß er mittlerweile darüber reden konnte, er hatte nämlich unter seinem früheren Namen im Knast gesessen, –siehst du denn nicht, was ich durchmache? hakte sie nach, –daß du jemanden vor dir hast, der praktisch kaputtgeht? Du siehst mich nicht mal an, kannst du nicht wenigstens meine Hand halten, wenn du schon meinen Anblick nicht erträgst? In Illinois sei das gewesen, er hatte drei Jahre für einen Dummejungenstreich gekriegt, ein Auto geklaut und nicht mal gemerkt, daß er die Staatsgrenze überquerte, damit war der Bund zuständig, und er landete in einem Bundesgefängnis und kam sich vor, als wäre sein Leben schon vorbei, kaum daß es angefangen hatte, und vielleicht glaubten sie das jetzt nicht, aber etwas Besseres hätte ihm gar nicht passieren können. –Glaubst du mir nicht? Und sie hielt wieder seine Hand, ganz fest, –wenn ich dir sage, daß es in Wirklichkeit überhaupt nichts bedeutet hat? Daß ich völlig durcheinander war wegen deinem Unfall, und weil ich dich hab leiden sehen, und dann Bobbie, das tragische Ereignis da unten, daß ich kaum noch gewußt habe, was ich eigentlich mache, als ich's ihn hab machen lassen? Etwas Besseres hätte gar nicht passieren können, weil sie dort ein Programm hatten, so eine Art Schauspieltherapie für die Häftlinge, die ihnen helfen sollte, ihre Wut zu verstehen, indem sie ihre Aggressionen in diesen selbstgewählten Stücken abreagierten, Kaiser Jones, er hatte sich Kaiser Jones ausgesucht, –als ich wirklich um Hilfe geschrien habe, Oscar, und du warst wegen deinem Unfall nicht da, niemand war da, verstehst du das denn nicht? Er sei schon immer ziemlich eitel gewesen, das müsse er jetzt zugeben, wo die Studioscheinwerfer seine markanten, irgendwie mißbilligend gewölbten Brauen beschienen, aber das hatte ihm nichts als Ärger eingebracht, und ganz plötzlich wußte er, wohin damit, mit seiner ganzen Wut und Kraft und Begabung, wenn man es so nennen konnte, und ohne die anderen, die anderen Häftlinge, hätte er es nie geschafft, als er ihren Applaus hörte, wußte er, er hatte etwas, besonders ein Kumpel in dem Programm, so eine Art Knastanwalt, der für etwas saß, wovon ihnen die Haare zu Berge stehen würden, der hatte ihn bei seiner Berufung unterstützt und ihm gesagt, wenn man in Amerika schwarz ist, spielt man immer eine Rolle, da führt kein Weg dran vorbei, man muß bloß die richtige Rolle finden, bei der man sich hinterher nicht in einem Zellenblock verbeugt, und das gab den Ausschlag, –Oscar?

–Hör doch mal zu!

–Kannst du mir vielleicht mal eine Sekunde zuhören? Bitte? Ihre Stimme brach mit einem Geräusch, das ein Schluchzen gewesen sein mochte, und in diesem Moment habe er sich geschworen, herauszufinden, was er sein würde, wer er sein würde, als er dort herauskam und den Namen eines der Unterzeichner der Unabhängigkeitserklärung annahm, denn das war seine Unabhängigkeitserklärung von der Person, die er gewesen war, auf die sie ihn schon nach einem Blick festgelegt, zu der sie ihn hatten machen wollen, und außerdem hatte er einmal einen kleinen Bruder gehabt, Button hatte er geheißen und war an Meningitis gestorben, die man zunächst für eine schlimme Erkältung gehalten hatte, einen Arzt hatten sie nicht gehabt, konnten sie sich nicht leisten, –weil ich dich brauche, damit du mir hilfst, Oscar, hörst du mir bitte mal zu?

–Wie denn! Ich habe selber Arztrechnungen zu bezahlen, oder? Er knipste den Ton aus, als der Bildschirm sie jäh mit einem dynamischen Menschen konfrontierte, der, offenbar auf einem internationalen Flughafen, den Qualen der Diarrhöe entfloh, –nachdem du und dieser Anwalt, den du angeschleppt hast, alles verkorkst haben? Der gehört erschossen.

–Deswegen bin ich doch hier, Oscar.

–Du hast schon genug angerichtet, findest du nicht? Wieso rückst du nicht einfach raus damit? Wieso rückst du nicht ohne diese ganzen, diese ganze rührselige Theatralik einfach raus damit und sagst mir, was du willst?

–Rache.

–Wofür denn, an wem, was …

–An ihm.

–Dafür ist es aber ein bißchen spät, was? Er hat mich nämlich schon in diesen Schlamassel hineingeritten, und dann schickt er auch noch eine Rechnung über sieben …

–Doch nicht wegen dir, nein, wegen mir, dafür, was er mit mir gemacht hat.

–Wir wissen doch, was er mit dir gemacht, oder? Auf dem Vordersitz, dem Rücksitz und in jedem Bett von hier bis Disney World, das ist alles, was er kann, wie?

–Mit meiner Freundin.

–Welche Freundin, was …

–Er hat meine Freundin gevögelt! Darum geht's. Meine Freundin von der Telefongesellschaft, wo wir zusammen in der Fernvermittlung gearbeitet haben, sie hat diese Scheidung gebraucht, also hab ich sie zu ihm geschickt, und sie haben's gleich beim zweiten Mal gemacht, als sie dort war, mitten auf seinem Schreibtisch, sie hat gesagt, er hat einfach die ganzen Papiere weggeschoben und sie ohne weiteres mitten auf seinem Schreibtisch gefickt, und jetzt machen sie's auch irgendwo, ich wette, sie machen es jetzt gerade auch irgendwo.

–Das hat sie dir erzählt?

–Nachdem ich mir die Haare hab schneiden und legen lassen, weil er es so wollte, seh ich jetzt wie eine Vogelscheuche aus?

–Bring ihn vor einen Disziplinarausschuß, das würde ich dir jedenfalls …

–Bist du verrückt? Da sitzen doch bloß diese ganzen anderen Anwälte, das hat er uns doch selber gesagt? Als wir diese miese Anwältin drankriegen wollten, der er meine Scheidung weggenommen hat, und wir haben sie zuerst bezahlen müssen, und jetzt ist sie Richterin? Da sitzen doch bloß diese ganzen anderen Anwälte, die ihre Mandanten vögeln, und deswegen haben sie Angst, daß sie beim nächsten Mal selber dran sind, wenn sie ihn zur Schnecke machen. Nein, ich meine Rache. So wie im Film, du schreibst doch immer diese Stücke, wo du dir diese Figuren und Handlungen und alles ausdenken mußt, und da ist dieses echt miese Schwein, mit dem mußt du gleich anfangen, das gäbe bestimmt einen prima Film. Du müßtest mal meine Freundin sehen, die ist toll gebaut und hat massenhaft rote Haare, die müßtest du mal sehen. Hast du Hunger? Wir könnten beim Essen fernsehen, vielleicht fällt dir ja was ein.

Und so sahen sie sich bei Pinot Grigio und kaltem Lachs mit Mayonnaise und einer gekochten Kartoffel Errol Flynn in Der Angriff der leichten Brigade an. –Mußt du wirklich gehen? Dies bei der klitschigen Eistorte.

–Ich muß das Auto zurückbringen, wo ich's geliehen habe.

–Wo denn, von wem denn?

–Von meiner Freundin aus der Fernvermittlung.

Als das Telefon später in der Nacht klingelte, ließ er es klingeln, fest zusammengekrümmt und ein Knie an sich gezogen, als hätte er sich vor einem unbestimmten Grauen unter der Decke verkrochen, wo er einen schrecklichen Traum hatte, an den er sich nicht mehr erinnern konnte, als er wie versteinert beim Kaffee und den morgendlichen Schlagzeilen saß, und auch an den folgenden Morgen nicht, als er zerstreut die Auswahl der Geschworenen und den Prozeß am U. S. District Court, Southern District of Virginia, verfolgte, einen Prozeß, am Leben gehalten von der Presse, die Senator Bilks Wahlkampfappetit auf Attacken der liberalen Medien des Nordens gegen sein ewiges Eintreten für die Einzelstaatsrechte wider Einmischungen des Bundes im allgemeinen und sein den Wählern gegebenes Versprechen, jede ihm zu Gebote stehende Maßnahme zu ergreifen, um die Berufung von Richter Crease an den U. S. Circuit Court of Appeals zu verhindern, im besonderen nährte; ferner von der schlichtgestrickten Unterstützung seines altgedienten Kollegen aus Iowas vierundzwanzigstem Wahlbezirk, der ein Gesetz befürwortete, das den Künsten ihre ursprüngliche dekorative Funktion zurückgeben sollte; und schließlich von flüchtigen Interviews mit dem Künstler selbst, der gerade anderswo damit befaßt war, sich einer Klage wegen widerrechtlicher Tötung zu erwehren, herbeigeführt durch den Einsturz eines seiner anderen Werke bei der Sicherung des delikaten Gleichgewichts von dessen drei Tonnen schweren Stahlanhängseln, und der sich gegen jedwede Absicht wandte, in seine Plastiken einen Sinn hineinzuinterpretieren, der über das bloße Arrangement ihrer konkreten Materialien hinausweise, bei denen jeder Sinn, wenn es denn einen solchen gebe, gerade ihrer Sinnlosigkeit innewohne, daher auch die geistlose Spezifität des Standorts von Zyklon Sieben, von der, schon damals, auch in den Aussagen der gegen angemessenes Honorar in seinem Namen vor Gericht auftretenden Sachverständigen und im uferlosen Geschwafel von Kunstkritikern die Rede war, die sich mit «der Herausforderung» auseinandersetzten, die Ikonographie des Werkes in seiner gewaltsamen Durchdringung des Raums mittels Stahlträgern zu entschlüsseln, die sich biegen, vor- und zurückbeugen und vorwärtsstürzen, leicht wie die Federn eines gigantischen Vogels, der uns mit sanfter Besorgnis gemäß dem Bestreben des Künstlers umkreist, allen im Einklang mit ihrem Leben und ihren Bedürfnissen stehenden Menschen den für die amerikanische Nachkriegskunst charakteristischen, Energie spendenden Mythos der partizipatorischen Demokratie nahezubringen, der Fähigkeit, überall hinzupassen und dennoch in einsamer Monumentalität allein zu stehen, ruhelos und dominierend, ja furchterregend in seiner drohenden Instabilität, ohne viel Widerhall in der umliegenden Architektur zu finden, so daß es die Menschen mit einschüchternder Autorität zwergenhaft wirken läßt, aber auch ein Gefühl von Zwanglosigkeit und Vergnügen vermittelt, mit unseren Ängsten von Ein- und Ausgeschlossensein spielt, indem es uns die ganze schwindelerregende Unermeßlichkeit des Raums erfahren läßt und die in dem Eindruck von emotionaler und physischer Zugänglichkeit, in der Andeutung christlichen Opfers und Leidens eingeschlossenen explosiven Gefühle anzapft...

–Jetzt reicht's aber. Federn eines gigantischen Vogels, mein Gott.

–Sprachverwirrung, so formulierte es Harry, schlicht und einfach eine andere Sprache, Kunsttheorie, die sich nur noch auf sich selbst bezieht, «die Kunstformen radikal abwrackt und die emotionalen Exzesse des abstrakten Expressionismus abschüttelt», die Kunst selbst auf eine Theorie reduziert, die genausowenig Gehalt besitzt wie der Fliegenschwarm, auf den der Richter in seinem Szyrk-Urteil getreten ist, während Szyrk selber im Moment irgendwo da draußen sitzt und sie in Kategorien von Tod und Verklärung gepriesen hört, vom Heiligen, das das Profane in einer von sexuellem Ferment gärenden Umarmung ergreift, und der sagt, daß er das Ganze «zum Kotzen findet» mit diesen «Hinweisen auf christliches Opfer und Leiden, den Andeutungen von Reisen ohne Ende, während der Bildhauer sich abzuwenden scheint, in einem Maße getroffen, daß die Träger sich vor Scheu krümmen und dennoch so fest und wachsam bleiben wie ein Hund, der seine Beute in die Enge getrieben hat», –um einen Ausdruck zu prägen, während Christina mit dem auf der Titelseite prangenden Bild des Monstrums selbst aufhörte, das über dem neuen Eßbereich von Mel's Kandy Kitchen dräute wie das von Babel, das gen Himmel ragte, bis der alttestamentarische Bildhauer da oben in einem Maße getroffen war, daß er eine Sprachverwirrung herabsandte, in der kein Mensch mehr wußte, wovon alle anderen eigentlich redeten, und der Richter hienieden bei der Belehrung der Geschworenen erläuterte, daß die Gemeinde sich zu ihrer Verteidigung auf höhere Gewalt berufe, während ein Häuflein Baptisten Amazing Grace sang und die High-School-Kapelle auf den Stufen des Gerichtsgebäudes America the Beautiful und Tubby the Tuba spielte, Polizisten Autos mit auswärtigen Nummernschildern Strafzettel verpaßten und einer davon die Kamera eines Nachrichtenreporters der liberalen Presse des Nordens kaputtschlug, die sowieso nur darauf aus war, durch Hochspielen des Rasseaspekts Stunk zu machen, und sich dazu aus der buntgescheckten Geschworenenschar den einen Schwarzen und die paar armen weißen Gestalten aus dem Possum Hollow genannten Ende der Stadt herauspickte, wo ein schon lange schwelender Ärger über fehlende Straßenbeleuchtung, vernachlässigte Müllabfuhr und Straßeninstandsetzung sowie kaputte Kanalisation sich in einem Schuldspruch gegen die Gemeinde zu äußern drohte, die bereits durch ihren ausländischen, schandmäuligen, roten, atheistischen Widerkläger unter der lokalen Schlagzeile SELTSAME BETTGENOSSEN IM FALL ZYKLON SIEBEN und einen sich in den Laken verheddernden lästigen Gott gelähmt wurde, so daß die buntscheckige Geschworenenschar mit vorgefaßter Meinung für den Kläger, den kleinen James B., entschied und ihm Schadensersatz zuerkannte, –das nenn ich auf einen Fliegenschwarm treten, sagte Harry, und Richter Crease wurde mit den Worten zitiert, daß einige Geschworene bei der Auswahl gelogen hätten, als sie erklärten, sie könnten objektiv über den Fall verhandeln, wenn man lese, was sie den Zeitungen nach dem Prozeß gesagt hatten, müsse man davon ausgehen, daß ihre Entscheidung schon festgestanden habe, ehe sie den Gerichtssaal betraten, –alles gottesfürchtige Leute, richtig, dabei fällt mir was ein. Deine Freundin Trish.

–Um Himmel willen, was hat Trish damit zu tun?

–Dieser propere junge Mann, der Ketchup auf ihren Chinchilla gespritzt hat, der ...

–Es war nicht der Chinchilla, Harry, es war ein alter Zobel, immerhin war ich dabei, oder?

–Jedenfalls, der ...

–Sie hat den Chinchilla nur deshalb genommen, weil sie dachte, ihre Mutter würde ihn Mary schenken, dieser alten Haushälterin und Gesellschafterin Mary, die jetzt solche Probleme mit dem Testament macht. Er ist Tausende wert.

–Jedenfalls ...

–Sie trägt ihn nie.

–Also hat sie Ketchup draufgeschüttet, damit sie ihn vor Gericht vorlegen und diesen armen Kerl wegen tätlichen Angriffs und auf Ersatz eines Chinchillamantels verklagen kann?

–Und wenn schon! Wieso denn armer Kerl, das zahlt doch die Versicherung, was heißt denn hier armer Kerl.

–Hier steht, er spricht dem Gericht die Zuständigkeit ab, sagt, er hätte auf Veranlassung einer höheren Macht gehandelt, deswegen bin ich auch drauf gekommen, Gott im Gerichtssaal, wie bei diesen Geschworenen in Sachen Zyklon Sieben da unten, hör zu. Sag ihr einfach, sie soll ihren Gebührenvorschuß bezahlen, ja? Wenn man eine Kanzlei wie Swyne & Dour beauftragt, bezahlt man deren Gebührenvorschuß. Das Ganze bringt mich ziemlich in die Bredouille.

–Ich dachte, die wären entzückt. Du bringst eine Mandantin mit tiefen Taschen an, das hast du doch selbst gesagt? Daß du so zum Seniorpartner aufsteigen kannst?

–Ich hatte doch nicht die leiseste Ahnung, Christina! Sie marschiert da rein und greift sich einen Seniorpartner von wegen Anfechtung des Testaments ihrer Mutter, tanzt einfach in Bill Peytons Büro rein und beruft sich auf mich, als ich gerade nicht da bin, ich hatte doch keine Ahnung, bis er mich auf dem Flur abpaßt, um mir zu gratulieren. Sie hat sie schon dazu gebracht, daß sie ihr Vorverfahren in diesem Fall von tätlichem Angriff übernehmen, hat sich sogar am Gericht für Kleinforderungen von der Kanzlei vertreten lassen, wegen hundertzweiundsiebzig Dollar, die sie irgendeiner Schusterwerkstatt schuldet. Swyne & Dour am Gericht für Kleinforderungen? Wir werden ihr drei- bis viermal soviel dafür berechnen, die haben Mudpye hingeschickt, um sie bei Laune zu halten, und sie hat noch keinen Pfennig bezahlt, diesen Lackaffen, der Oscars eidliche Aussage mit Basie gemacht hat, würdest du …

–Ja, und wo steckt der eigentlich, Harry? Mister Basie, wo steckt der? Oscar ist ganz außer sich, weil er ihn nicht erreichen kann.

–Basie? Der ist, keine Ahnung, der ist, woher soll ich das wissen, im Moment kann er sowieso nur auf das …

–Nein, es geht um irgendwas, was Oscar im Fernsehen gesehen hat, ich bin am Telefon nicht recht schlau daraus geworden, so durchgedreht war er, er hat immer nur gesagt, er glaubt, daß irgend etwas ganz und gar nicht stimmt. Dieser schwarze Schauspieler, der in dem Film den Haussklaven gespielt hat, Button Dingsbums? Er sagt, er muß mit Basie reden, er kann nicht mal Sam erreichen, sie rufen ihn nicht zurück, und wegen seiner Unfallgeschichte ist er sowieso schon völlig durchgedreht, jetzt wo Lily wiederaufgetaucht ist, weiß der Himmel, wo die gesteckt hat. Diese Rechnung über siebentausendfünfhundert Dollar von diesem Unfallgeier, den sie für ihn aufgetrieben hat, der hat einen Schriftsatz eingereicht, laut dem Oscar sich selbst verklagt, er kann nicht mal …

–Hör zu, er kann sich nicht selbst verklagen, kann nicht in ein und demselben Verfahren Kläger und Beklagter sein. Außerdem hat er doch gesagt, er hätte andere Anwälte damit beauftragt, oder?

–Und weißt du, wo er die herhat? Er hat sie von einem Streichholzbriefchen, irgendwann ist er damit herausgeplatzt, Spezialisten für Fahrlässigkeit und Personenschaden, und zwar deshalb, weil sie eine kostenlose Telefonberatung angeboten haben, und jetzt hat er sie am Bein, und sie drängen auf einen Vorschuß, genau wie bei Trish, so wie ihr bei Trish auf ein paar lumpige Dollar für …

–Hör zu, Christina, Swyne & Dour kriegt man nicht von einem Streichholzbriefchen! Mit Streitwerten unter einer Million, einer dreiviertel Million geben wir uns überhaupt nicht ab, wenn man Swyne & Dour beauftragt, bezahlt man deren Gebührenvorschuß, und lumpig ist der auch nicht, wahrscheinlich verlangen sie so fünfundzwanzig- bis fünfzigtausend von ihr, das Ganze bringt mich ziemlich in die Bredouille.

–Falls du bloß versuchst, dich zu schützen, Harry, kann ich nur …

–Nicht mich, sondern die Kanzlei! Was erwartest du denn von mir, daß ich in Bill Peytons Büro marschiere und ihm sage, sie ist ...

–Ja, mein Gott, können die denn nicht selbst auf sich aufpassen? Die sind doch nicht völlig ahnungslos, oder? Sie haben doch bestimmt schon von ihr gehört, oder? Sie stand doch in sämtlichen Zeitungen mit ihren Diamanten-Festivitäten und diesem sensationellen Raubüberfall?

–Natürlich haben sie von ihr gehört, daß sie prozeßsüchtig und schwierig ist, deswegen bekomme ich doch ständig leise Andeutungen von wegen Gebührenvorschuß, weil die glauben, ich hätte sie angeschleppt, und sie will, daß die Kanzlei das auch noch übernimmt, diese Versicherungszahlung, die sie für diese Diamanten gekriegt hat, die sie für sie zurückgekauft haben? Was erwartest du denn von mir, daß ich Bill Peyton sage, sie ist eine Freundin meiner Frau, die glaubt, daß es vom Schuster über die frühere Haushälterin ihrer Mutter bis zur Katholischen Kirche alle auf sie abgesehen haben? Und außerdem diese Kusine, irgendeine Kusine von ihr, die sie wegen irgendwelcher Diamantarmbänder verklagt?

–Glaubst du etwa nicht, daß es diese Katholiken auf sie abgesehen haben? Dieser Vater, weiß der Himmel, wie er heißt, irgendein polnischer Zungenbrecher, den sie auf ihre Mutter angesetzt hatten, der ist jeden Tag angekommen und hat in diesem dunklen Loch von Wohnzimmer mit der Alten den Rosenkranz vor und zurück gebetet, bis sie ihnen soviel Geld vermacht hat, daß sie dafür sechzig Jahre lang Messen für den Frieden ihrer sogenannten Seele lesen können.

–Was ich so von ihr gehört habe, braucht das auch sechzig Jahre, aber ...

–Und diese Diamantarmbänder, Harry, das war bloß ein sprachliches Problem. Es gab zwei Paar Armbänder, eines wurde im Testament als zusammenpassendes Paar Diamantarmbänder und das andere als ein Paar Armbänder mit zusammenpassenden Diamanten beschrieben, und die Kusine, sie ist fünfzehn und praktisch noch ein Kind, deshalb ...

–Und deshalb hat sich deine Freundin Trish die zusammenpassenden Diamanten unter den Nagel gerissen, die hundertmal soviel wert sind wie die zusammenpassenden Armbänder, mit denen das arme Mädchen abgespeist wurde?

–Sie hat auch bloß zwei Arme, oder? Sie, sie war doch restlos zufrieden damit, wollte sie sogar beim Hockeyspielen tragen, bis ihr Vater wegen der Formulierung Wirbel gemacht hat, er ist Basketball-Trainer, du kannst dir's also vorstellen, es war nur die Formulierung, es war ein rein sprachliches Problem.

–Aber verdammt noch mal, Christina, davon reden wir doch die ganze Zeit! Was glaubst du denn, was die Juristerei ist, Sprache, mehr ist es nicht.

–Juristensprache, wer versteht denn schon die Juristensprache außer einem anderen Anwalt, das ist wie, das ist doch die reinste Verschwörung, denk mal drüber nach, Harry. Eine Verschwörung ist das.

–Natürlich ist es das, darüber brauche ich nicht nachzudenken. Jeder Berufsstand ist eine Verschwörung gegen die Öffentlichkeit, jeder schützt sich mit einer eigenen Sprache, schau dir doch den Psychiater an, zu dem sie mich schicken, oder hast du mal versucht, eine Bilanz zu lesen? Diese Federn des gigantischen Vogels wie der Hund, der seine Beute in die Enge treibt, bis sich alles in Sprache verflüchtigt, die mit Sprache konfrontiert wird, die die Sprache selbst in eine Theorie verwandelt, bis es nicht mehr um das geht, um was es geht, sondern nur noch um sie selbst als reines Spielzeug, da hat der Richter in diesem neuen Urteil ganz recht, der gleiche Fliegenschwarm, auf den er im Moment da unten drauftritt, wenn die so gescheit sind und den Antrag stellen, den Spruch der Geschworenen aufzuheben.

–Das kann er doch nicht, oder?

–Wart's ab.

–Aber wie denn? Ich dachte, das steht in der Verfassung, der Anspruch auf ein Geschworenengericht, das aus den eigenen Mitbürgern besteht?

–Es gibt da eine Geschichte, die man im ersten Semester Jura zu hören kriegt, die gleiche Auseinandersetzung, die Oscars Großvater mit Holmes geführt hat, und sein Sohn, der alte Richter Crease da unten stellt sich hin und argumentiert haargenau so wie Holmes.

Richter Learned Hand ermahnt Holmes: «Übt Gerechtigkeit, Sir, übt Gerechtigkeit!», und Holmes läßt ihren Wagen halten. «Das ist nicht meine Aufgabe», sagt er. «Meine Aufgabe ist es, das Recht anzuwenden.» Wart's ab.

–Ja, was denn? Mein Gott, Harry, was will er eigentlich da unten, die ganze Welt geht in Stücke, Krieg, Drogen, Leute werden auf der Straße umgebracht, während dieser brillante Bundesrichter, der vor der Berufung ans höhere Gericht steht, seine kostbare Zeit mit diesem Stück Schrottplastik und einem toten Hund verbringt, was will er eigentlich?

–Er will die Sprache retten, Christina. Wart's nur ab.

URTEIL

in Sachen James B., Minderjähriger, gegen die Gemeinde Tatamount und andere, U. S. District Court, S. D. Va. 453–87

CREASE, RICHTER

Zur Entscheidung steht ein Antrag auf Erneuerung eines Antrags auf Erlaß eines kontradiktorischen Urteils gemäß Absatz 50(b) Federal Rules of Civil Procedure.

Streitgegenstand ist die den Fall im wörtlichen wie übertragenen Sinne überragende, unter dem Namen Zyklon Sieben bekannte, massive Freiluft-Stahlskulptur, die ein frei zugängliches, offenes Gelände in der Gemeinde Tatamount einnimmt. In einer früheren, vor diesem Gericht verhandelten Klage hat der Schöpfer dieses einzigartigen Werkes, R. Szyrk, mit Erfolg eine bis zum rechtskräftigen Urteil im Hauptsacheverfahren gültige einstweilige Verfügung beantragt, die es der Gemeinde verbietet, das künstlerische Gebilde in irgendeiner Weise, aus welchem Grunde auch immer, zu entfernen, zu verändern oder zu beschädigen; Anlaß der Klage war die erklärte Absicht der Gemeinde, ein Tier zu bergen, das sich durch ein Mißgeschick in das Gebilde verirrt hatte und aus eigener Kraft nicht mehr daraus befreien konnte (Szyrk gegen die Gemeinde Tatamount, S. D. Va. 105–87).

Dieses Urteil wurde in der Berufung aufgehoben, so daß die Gemeinde das Recht der Entfernung erhielt, in deren Verlauf das Tier, so durfte vermutet werden, die Freiheit wiedererlangen würde; im Endeffekt jedoch wurde Zyklon Sieben, ehe die entsprechenden Maßnahmen ergriffen wurden, von einem Blitz getroffen und sein unfreiwilliger Bewohner, wie man feststellen mußte, für immer von aller irdischen Mühsal befreit.

Vertreten durch seinen Prozeßpfleger und Pfleger in Vermögensangelegenheiten, erhob James B., minderjährig, als Besitzer und Hinterleger der beweglichen Sache, Klage wegen fahrlässigen Verhaltens gegen die Gemeinde. In einem Gegenantrag auf Haftungsfreistellung gemäß Art. 14 Fed. R. Civ. P. wurde durch Streitverkündung eine dritte Prozeßpartei in der Person des Schöpfers der Skulptur, R. Szyrk, eingeführt, aus dessen abweichender Gliedstaatenzugehörigkeit sich gemäß 28 U. S. C. 1332; 72 Stat. 415 (1958) die Zuständigkeit dieses Gerichts ergibt. Gegen die Rechtsbelehrung, mit welcher der Fall den Geschworenen vorgelegt wurde, erhob der Kläger Einspruch. Die Geschworenen entschieden gleichwohl zugunsten des Klägers, wogegen die Beklagten Beschwerde mit dem Antrag einlegen, das Urteil wegen Rechtsfehlerhaftigkeit aufzuheben.

Streitpunkt ist die Frage, ob die Gemeinde in ihrer Eigenschaft als Verwahrer der beweglichen Sache, und sei ihr diese noch so unbeabsichtigt und unglücklich zugefallen, ihre dem Hinterleger geschuldete Pflicht zur erforderlichen Sorgfalt nicht erfüllt hat und aufgrund solcher angeblicher Fahrlässigkeit für den dadurch entstandenen Schaden haftet.

Das weitläufige juristische Gebiet der Rechtsbeziehung zwischen den Parteien in Fällen eines Verwahrungsverhältnisses im Laufe der Jahrhunderte wird eingehend in Richter Holmes' The Common Law Lecture V behandelt, «worin es um Personen geht, die eine Sache in ihrer Verfügungsgewalt haben, sie jedoch nicht besitzen, oder die in bezug darauf für sich selbst die Stellung eines Besitzers geltend machen –mit einem Wort, Verwahrer». Im vorliegenden Fall hat die Beklagte diese Bezeichnung für sich mit der Begründung zurückgewiesen, daß nicht nur mit dem Kläger keine Vereinbarung getroffen worden sei, der zufolge ihr dessen bewegliche Sache für einen besimmten Zweck zu treuen Händen übergeben und nach Erfüllung dieses Zwecks unbeschädigt zurückerstattet werden sollte, sondern daß ihre Bemühungen, den unwillkommenen Gast loszuwerden, ferner Gegenstand eines Gerichtsverfahrens gewesen und im übrigen öffentlichkeitsbekannt seien. Dem hält der Kläger entgegen, daß ungeachtet der in Szyrk, s. oben, eingehend geprüften, auslösenden Umstände jede dingliche Belastung von der Entscheidung der Berufungsinstanz aufgehoben worden sei, welche die Gemeinde als Herrin im eigenen Hause einschließlich der damit verbundenen Pflichten wiedereingesetzt habe. «Da der Verwahrer dem Hinterleger verantwortlich ist, falls die beweglichen Sachen verlorengehen oder durch Fahrlässigkeit beschädigt werden oder falls er sie nicht auf rechtmäßiges Verlangen herausgibt, ist es nur recht und billig, daß er ein Klagerecht hat», 2 Steph. Comm. (6th ed.), 83, zit. in Dicey, Parties, 353; 2 Bl. Comm. 453; 2 Kent, 585, zit. in Holmes, op. cit. Aus dem damit nach Ansicht des Klägers als erfüllt anzusehenden Tatbestand der Fahrlässigkeit ergebe sich der mit dem unwiederbringlichen Verlust der beweglichen Sache zusammenhängende Vorwurf der widerrechtlichen Vorenthaltung, worauf sich sein Anspruch auf Schadensersatz begründe.

Von wesentlicher Bedeutung für Streitsachen in Verwahrungsverhältnissen sind der Begriff des Besitzes durch den Verwahrer und der Begriff des Eigentums durch den Hinterleger. Auf ersteren werden wir im Zusammenhang mit dem Vorwurf der widerrechtlichen Vorenthaltung zurückkommen, um zunächst nochmals letzteren im Hinblick auf die Beschaffenheit der im Mittelpunkt dieses Rechtsstreits stehenden beweglichen Sache zu untersuchen.

Aufgrund ihrer bekannten Besonderheiten und großen Vielfalt werden Hunde vom Gesetz als eigene Klasse betrachtet und gelten, wenngleich vom historischen gemeinen Recht im Vergleich mit Rindern, Schafen und Geflügel als minderes Eigentum erachtet, nach heutiger Rechtsauffassung als wertvolle Dinge, an denen gemeinhin Eigentumsrechte im Rahmen der gesetzlichen Bedeutung und des gesetzlichen Gebrauchs des Begriffs «bewegliche Sache» wirksam sind. Im Gegensatz zu Tieren, die in unserer und in anderen zivilisierten Kulturen zum Zwecke des Verzehrs domestiziert werden, so daß sich ohne übermäßige Schwierigkeiten ein angemessener Marktwert angeben läßt, besitzen Hunde nach allgemeiner Auffassung keinen immanenten Wert als Hunde, so daß Schadensersatzklagen aufgrund der Verletzung oder des Todes eines Hundes sich nicht auf den vom Besitzer darzulegenden Marktwert als Hund beschränken, sondern meist auf den Nachweis seines aus individuellen Eigenschaften wie Stammbaum, Seltenheit der Züchtung, Intelligenz, Anstelligkeit im Feld oder beim Hüten und Referenzen als Preisträger bei Hundeausstellungen und dergleichen hervorgehenden Wertes abstellen (Wilcox gegen Butt's Drug Stores, 38 N. M. 502, 35 P.2d 978, 94 A. L. R. 726. Siehe auch McCallister gegen Sappingfield, 72 Or. 422, 144 P. 432, zustimmend zitiert in Green gegen Leckington, 192 Or. 601, 236 P.2d 335). Keine dieser Eigenschaften zeichnete den Hund Spot aus. Von unbestimmter Rasse, unbestimmter Abstammung und wenig einnehmendem Äußeren, Mitläufer und nicht Anführer, weder Jäger noch Sammler, lag sein einziges Talent im unkritischen und farbenblinden Angebot seiner Gesellschaft, deren Verlust der Kläger als einen der Klagegründe anführt, welcher von den Geschworenen gemäß Rechtsbelehrung durch das Gericht abgewiesen wurde, da ein sentimentaler Wert keinen Anspruch auf Schadensersatz begründet (Wilcox gegen Butt's Drug Store, s. oben).

Unzweifelhaft jedoch liefert, wo einem Tier wenig oder gar kein Verkaufs- oder Verzehrwert zukommt, der seiner Nutzung zuzuordnende Wert Gründe für die Zuerkennung von Schadensersatz, sofern Verluste eines auf dieser Nutzung beruhenden Geschäftsunternehmens auf die widerrechtliche Vorenthaltung und Wegnahme (U. S. gegen Hatahley Ca. 10 Utah) oder die ungerechtfertigte Verletzung oder Tötung des Tiers (Moses gegen Southern P. R. Co. 18 Or. 385, 23 P. 498), ob mit Vorsatz (Heisel gegen Fletcher, 98 Okla. 285, 225 P. 514, 33 A. L. R. 792) oder durch Fahrlässigkeit oder Unterlassung (Brown gegen Sioux City 424 Iowa 1196, 49 N. W. 2d 853; Bombard gegen Newton, 94 Vt. 354, 111 A. 510, 11 A. L. R. 1402) zurückzuführen sind. Im vorliegenden Fall ist der Wert des Verstorbenen als Quell einer namens des Klägers errichteten, blühenden Treuhand, die sich aus Tantiemen und Lizenzgebühren zusammensetzt, welche die verschiedenen gewinnbringenden Verwertungen des Tiers in Form von

Puppen, Töpferwaren, Bechern, Schlüsselanhängern, Puzzlespielen, T-Shirts, Comic-Strip-Rechten und einer vorgesehenen Zeichentrickfilmserie für das Fernsehen betreffen, vollkommen offensichtlich und wird unabsichtlich sogar von der Beklagten bestätigt, die mit einer erstaunlich unüberlegten, bei einer niedrigeren Instanz eingereichten und abgewiesenen Klage einen großzügigen Anteil an derartigen Gewinnen forderte, da sie überhaupt erst den Umstand geschaffen habe, der zur notorischen Notlage des Tiers führte.

An dieser Stelle begegnen wir der Beklagten von ungefähr wieder in ihrer vom Kläger behaupteten Eigenschaft als Verwahrer, «der kein Interesse an den beweglichen Sachen und kein Vorenthaltungsrecht gegenüber dem Eigentümer hat und der eine Vergütung weder gibt noch erhält» (Holmes, op. cit., Lecture VI, Besitz), aus der sich der Vorwurf der Eigentumsentziehung ergibt, wobei der Anspruch des Klägers sich auch auf das erstreckt, was man als letzten Akt des Dramas von seiten der Beklagten bezeichnen könnte, in dem es nicht um Spot in vivo, sondern wie auf der mit Leichen übersäten Bühne, über die Shakespeare in Timon von Athen und anderswo den Vorhang herabsenkt, um Spots sterbliche Überreste geht, die unter den Augen der Presse und eines breiten, überregionalen Fernsehpublikums ohne weitere Formalitäten von Beauftragten der Gemeinde weggeschafft wurden, die damit ihrer Verpflichtung gemäß einer hundert Jahre alten Verordnung nachkam, welche die zügige Beseitigung von Tierkadavern vorschreibt, die als gleichrangig mit Müll eingestuft werden, mit dem sie den strengen Geruch und die Anziehungskraft für Fliegen gemeinsam haben, weshalb von ihnen die Gefahr der Verbreitung von Krankheitskeimen in der einheimischen Bevölkerung ausgeht. Die Eigentumsrechte eines Besitzers an einem Tier erlöschen jedoch nicht mit dessen Tod (Knauer gegen Louisville, 20 Ky. L. Rep. 193, 45 SW 510, 46 SW 701), und obwohl der Kläger zugesteht, daß der Körper eines toten Tieres zwar nicht per se eine Gefahrenquelle darstellt, faktisch aber doch eine solche sein oder werden kann (Gebr. Schoen gegen Atlanta, 97, Ga. 697, 25 SE 380; Richmond gegen Caruthers, 103 Va. 774, 50 SE 265), trägt er vor, man habe, indem man ihn der Möglichkeit beraubte, die sterblichen Überreste innerhalb eines angemessenen Zeitraums zu entfernen und zu beseitigen (Richmond gegen Caruthers, s. oben) sein von der Verfassung gemäß Fünftem und Vierzehntem Verfassungszusatz garantiertes Eigentumsrecht auf ein ordnungsgemäßes Verfahren irreversibel verletzt, da der Verbleib besagter sterblicher Überreste zum gegenwärtigen Zeitpunkt nicht bekannt sei. Ungeachtet der dunklen Geschäfte der Leichenräuber Burke und Hare gilt, daß corpus humanum non recipit aestimationem, doch der Eigentumswert der sterblichen Überreste des fraglichen Tiers wird belegt durch dem Gericht als Beweismittel vorliegende Kaufangebote von Präparatoren aus Chicago, Dallas und Kamakura, Japan, ferner von einem einfallsreichen Handschuhmacher aus San Francisco, der das Fell als Prototyp einer als «Hiawathas Zauberfäustlinge» unter dem Markenzeichen «Echtes Spotskin-Imitat® Trag sie mit der Fellseite nach außen» zu vermarktenden Produktlinie erwerben möchte, und durch ein Eilangebot von Bao Dai's Tasti Snax in Queens Village, New York, dessen Absichten im dunkeln bleiben. Vorbehaltlich einer Suche auf der kommunalen Mülldeponie beruft sich die Beklagte auf mangelnde Schlüssigkeit, und die Klage wird in diesem Punkt nach Ermessen des Gerichts als zur Zeit unbegründet abgewiesen.

Die in einem früheren Verfahren vor diesem Gericht (siehe Szyrk, s. oben) entschiedenen Fragen der Besitzstörung durch ein Tier und der dazu in Widerspruch stehenden Darstellung von Zyklon Sieben als attraktive Gefahrenquelle tauchten erneut in dem hier zu prüfenden Geschworenenprozeß auf. Wie in Baker gegen Howard County Hunt, 171 Md. 159, 188 A. 223; Pegg gegen Gray, 240 N. C. 548, 82 S. E.2d 757, und anderswo ausgeführt, unterliegt der Besitzer eines «in gutem Ruf stehenden Hundes» keiner Haftung für den Fall, daß das Tier ohne seine Zustimmung und von ihm unbegleitet auf das Grundstück eines anderen gerät, und das Vorbringen der Beklagten, die den Hund Spot aufgrund seiner anrüchigen Begleitung bei Streifzügen durch das Viertel von dieser Kategorie ausgenommen wissen wollte, wurde zurückgewiesen. Wo manche Rechtsquellen eine Haftung im Falle nicht umzäunter Grundstücke annehmen, auf denen mit Bauwerken oder nicht sachgemäß gewarteten Geräten zu rechnen ist, von denen eine Gefährdung ausgeht (Malernee Oil Co. gegen Kerns, 187 Okla. 276, 102 P.2d 836), so verneint die Beklagte eine solche Haftung und trägt dazu vor, der freie und ungehinderte Zugang zu dem Gelände und dem darauf befindlichen Gebilde als öffentlichem Kunstwerk sei als gewöhnlicher Gebrauch anzusehen, so daß der Besitzer, indem er das besitzstörende Tier frei herumstreunen ließ, das Risiko einging, daß es einen Schaden oder eine Verletzung davontrug, und damit jedes Klagerecht aufgab. Dem schließt sich das Gericht an, da der Kläger zwar von einer Haftung für die Besitzstörung des Tiers ausgenommen ist, eine solche Besitzstörung dadurch aber nicht rechtmäßig wird oder eine Haftung der Beklagten für nicht vorsätzlich oder mutwillig zugefügte Verletzungen begründet (Pure Oil Co. gegen Gear, 183 Okla. 489, 83 P.2d 389; Tennessee Chemical Co. gegen Henry, 114 Tenn. 152, 85 S. W. 401). Was den damit zusammenhängenden Klagepunkt der Beschlagnahme angeht, so gilt, wo die Beschlagnahme rechtens ist, daß der Beschlagnehmende, wie von keiner der beiden streitenden Parteien bestritten, verpflichtet ist, das Tier zu füttern und zu pflegen, und nur im Falle von Fahrlässigkeit haftet (Kelly gegen Easton, 35 Ida. 340, 207 P. 129, 26 A. L. R. 1042), wo eine solche Beschlagnahme aber aus irgendeinem Grunde unrechtmäßig erfolgt, haftet der Beschlagnehmende ungeachtet etwaiger Fahrlässigkeit für jede Verletzung des Tiers, solange es sich in seiner Obhut befindet (Dickson gegen Parker, 4 Miss. (3 How.) 219), wobei ein solches Versäumnis mit der Folge unvertretbarer Schmerzen auf seiten des Tiers aufgrund fahrlässiger Handlungen oder Unterlassungen hier etwa im Gewande passiver Grausamkeit auftreten kann, wo es nicht auf die Absicht ankommt, so beispielsweise bei vorsätzlichen Handlungen wie dem Anbinden einer brennenden Öldose am Schwanz eines Hundes in Der Staat gegen Kemp, 234 Mo. App. 827, 137 S. W. 2d 638, oder dem Anzünden des Hundes selbst (Commonwealth gegen Gentile, 255 Mass. 116, 150 N. E. 830). Damit läßt sich der Klagevorwurf der unbeabsichtigten Verletzung oder Tötung allenfalls dann aufrechterhalten, wenn der Besitzer des Tiers nicht nur Fakten vorträgt, die eine Fahrlässigkeit der Beklagten belegen, sondern den Nachweis erbringt, daß die Verletzung oder Tötung auf diese Fahrlässigkeit als unmittelbare Ursache zurückzuführen ist.

Nirgendwo im Recht begegnen wir einem Begriff, der mehr Verwirrung und Uneinigkeit gestiftet und dem Anwaltsstand daher vermutlich kräftiger die Taschen gefüllt hat als der Begriff «unmittelbare Ursache», ein Ausdruck, der sich von einer überschlägig vierhundert Jahre alten Formulierung des damaligen Lordkanzlers Sir Francis Bacon herleitet – in jure non remota causa, sed proxima spectatur –, die ihrerseits Anklänge an das noch ältere Prinzip Ockhams aufweist. «Ursache und Wirkung finden ihren Anfang und ihr Ende im Grenzenlosen und Unerkennbaren», schreibt Richter Powell in Atlantic Coast Line R. Co gegen Daniels (8 Ga. App. 775, 70 S. E. 203). «Deshalb unternehmen Gerichte in ihrer Endlichkeit nicht den Versuch, sich mit Ursache und Wirkung in einem absoluten Sinne zu beschäftigen, sondern nur insoweit, als es praktikabel und für den gewöhnlichen Menschenverstand nachvollziehbar ist. Daher wurden willkürliche Grenzen gesetzt, und es kamen nähere Bestimmungen wie ‹unmittelbar› und ‹natürlich› in Gebrauch, um die Grenzen zu markieren, über welche die Gerichte bei dem Versuch, die Verbindung zwischen einer bestimmten Ursache und einer bestimmten Wirkung aufzufinden, nicht hinausblicken.»

Indem die Beklagte in dem hier zur Entscheidung stehenden Rechtsstreit vorträgt, unmittelbare Ursache für das Ableben des Opfers sei ein Blitzschlag gewesen, macht sie geltend, das Gericht habe rechtsfehlerhaft entschieden, die Frage der Fahrlässigkeit den Geschworenen vorzulegen, und hätte von Rechts wegen erklären müssen, daß der Tod des Hundes Spot auf höhere Gewalt zurückzuführen sei. Überdies müsse es sich dabei keineswegs um die direkte Ursache handeln, sofern das Ableben sich aus einer logischen und ununterbrochenen Ereignisfolge ergibt, die ihren Ursprung in dem Akt höherer Gewalt hat (Blythe gegen Denver & R. G. R. Co., 15 Colo. 333, 25 P. 702), so daß selbst bei fehlenden objektiven Indizien für eine direkte Einwirkung höherer Gewalt, wie etwa ein versengtes Fell, der in jenem entsetzlichen Moment hervorgerufene Schrecken auch ohne physische Einwirkung in seinen inneren Auswirkungen hinreichen kann, den Tod herbeizuführen (Louisville & N. R. Co. gegen Melton, 158 Ala. 509, 47 So. 1024).

Allgemein gilt, daß ein Unfall nicht ausschließlich höherer Gewalt zugeschrieben und damit eine Haftung ausgeschlossen werden kann, wo menschliches Handeln hinzugetreten ist oder zum Ergebnis beigetragen hat (Cachick gegen U. S. (D. Ill.) 161 F. Supp. 15), weshalb die Geltendmachung eines solchen Zutuns durch tätiges Handeln oder Fahrlässigkeit den Geschworenen als Tatrichtern zur Entscheidung vorgelegt werden muß. «Als Fahrlässigkeit, so muß wiederholt werden, gilt ein Verhalten, das dem vom Gesetz festgelegten Maßstab für den Schutz anderer vor unvernünftigen Risiken nicht genügt. Das schließt notwendig ein vorhersehbares Risiko, die drohende Gefahr einer Verletzung und ein im Verhältnis zu der Gefahr unvernünftiges Verhalten ein» (Prosser, Law of Torts, 4th. ed.). Obwohl Blitzschlag im Rechtsverständnis unbestritten als höhere Gewalt gilt, «haftet der Beklagte, wenn seine Fahrlässigkeit mit einem Akt höherer Gewalt, d.h. einem unvorhersehbaren Naturereignis, ‹zusammenwirkt›» (Posser, op. cit., s. auch Manila School Dist. No. 15 gegen Sanders, 1956, 226 Ark. 270, 289 S. W. 2d 529). Unter Berufung auf die bekannte Maxime causa causea est causa causati behauptet der Kläger, wenngleich in schlichterer Sprache, ein solches Zusammenwirken von seiten des durch Streitverkündung zur Prozeßpartei gewordenen Schöpfers von Zyklon Sieben in situ und daselbst laut Verfügung «ungeschützt dem Spiel der Naturgewalten preisgegeben» (Szyrk, s. oben). Was das weitere Vorbringen des Klägers angeht, dem zufolge alle Hindernisse für die Entfernung des Werkes durch das Urteil der Berufungsinstanz beseitigt worden seien, welche den entsprechenden wesentlichen Teil der Entscheidung in Szyrk, s. oben, aufgehoben habe, so hat die Haftungsablehnungserklärung der Beklagten, die mit dem Fehlen einer von der Gemeindeordnung vorgeschriebenen Abrißgenehmigung begründet wird, welche im Normalfall von und für sie selbst erteilt würde, den weiteren Klagevorwurf der Verschwörung nach sich gezogen, zu dessen Begründung der Kläger das auffällige Eintreten eines gewissen Mel Kandinopoulis gegen die Erteilung besagter Genehmigung im Gemeinderat anführt und als Beweismittel die Erweiterung des Lokals Mel's Kandy Kitchen um einen neuen, sonnigen Eßbereich mit Blick auf Zykon Sieben nennt sowie die Druckvorlage einer vorgesehenen neuen Speisekarte vorlegt, die Quiche Lorraine, Salatplatte mit Arugula, Sangria und ähnliche Verlockungen für den anspruchsvollen Gaumen auswärtiger Besucher anbietet, wo bislang nach lokalem Brauch Sandwiches und ein Bud vorherrschten. Diese Klagevorwürfe werden vom Gericht gemäß gewohnheitsrechtlicher Haftungsfreiheit für Amtsträger abgewiesen, die nicht so sehr auf dem «Bestreben (basiert), einen fehlerhaft entscheidenden Amtsträger zu schützen ... (als auf der) Erkenntnis der Notwendigkeit, die Möglichkeit unabhängigen Handelns ohne Furcht vor Abschreckung oder Einschüchterung durch persönliche Haftung oder schikanöse Prozesse zu bewahren» (Restatement, Second, Torts 895D, siehe auch Learned Hand, J., in Gregoire gegen Biddle (2d Circ. 1944) 177 F.2d 579).

Das Gericht verwirft dieses Vorbringen in toto, da nach seiner Ansicht die Behauptungen des Klägers auf reiner Vermutung beruhen und keinerlei Fakten beigebracht werden, welche für eine sichere und unbeschädigte Bergung der beweglichen Sache nach oder während der Entfernung des Vehikels ihrer Verwahrung sprächen. Würden wir uns nun selbst im weiteren Verfolg der Angelegenheit über die gesetzten Grenzen verirren, träfe sich unser Weg alsbald mit dem des Beklagten, der darauf mit höchster Geschwindigkeit durch den Staat New Jersey eilte und rechtzeitig zu einer Verabredung mit einem Blitzschlag in Philadelphia eintraf (vgl. Berry gegen Sugar Notch Borough, 1899, 191 Pa. 345; Doss gegen Town of Big Stone Gap, 1926, 145 Va. 520, 134 S. E. 563), eine Verabredung, noch besser eingehalten von jenem besonderen Typus von Romancier in Samara, den die Verzweiflung dazu treibt, sich «der unbeirrbaren Pünktlichkeit des Zufalls» (Zit. gestrichen) anheimzugeben, wodurch wir freilich noch tiefer in das Zwielicht der Verwirrung gerieten, aus dem wir nun gewissermaßen inter canem et lupum wiederauftauchen.

Bei der Prüfung des Vorbringens der Beklagten, daß die Klage wegen Unschlüssigkeit hätte abgewiesen und das Verfahren wegen Vorliegens «höherer Gewalt» eingestellt werden müssen, hat das Gericht den Einwand des Klägers gegen die Rechtsbelehrung der Geschworenen berücksichtigt, insofern diese um jenen altehrwürdigen Ausdruck des Zeitgenossen und Rivalen des bereits erwähnten Francis Bacon am Hofe Elisabeths I. Englands ersten Lordoberrichter Edward Coke, kreiste. Weit davon entfernt, seine Frömmigkeit in Frage zu stellen, tun wir gut daran, uns zu erinnern, mit welchem Eifer Lord Coke für den Vorrang des weltlichen vor dem damals so dominierenden kirchlichen Recht eintrat, wenn wir uns dessen vulgärer Version zuwenden, welche der Richterschaft heute in modernem Gewande gegenübertritt.

Mit dem Begriff «höhere Gewalt» bezeichnet das Recht ein natürliches und unvermeidliches Phänomen, das ohne menschliches Verschulden und Zutun eintritt. So einfach ist das, und die als Blitz bekannte, natürliche Entladung hoher Stromspannungen in der Atmosphäre erfüllt sicherlich alle Bedingungen dafür, eine Liste solcher Phänomene anzuführen. «Doch so wie die Clavicula bei der Katze nur von der Existenz irgendeines vorgeschichtlichen Geschöpfs zeugt, für welches das Schlüsselbein nützlich war, bestehen auch im Recht Präzedenzien fort, nachdem der Nutzen, dem sie einst dienten, längst schon zu Ende und ihr Daseinsgrund vergessen ist. Ihnen zu folgen muß vom rein logischen Standpunkt aus häufig zum Scheitern und zu Verwirrung führen.» (Holmes, op. cit., Lecture I). Wie die Clavicula der Katze besteht besagte «höhere Gewalt» anderswo als Deo juvante, Deo volente, ex visitatione Dei fort, ausgehend von Darstellungen des höchsten Gottes Jupiter als Blitzeschleuderer in der römischen Mythologie, welche ihrerseits auf den vorgeschichtlichen Menschen zurückweist, der sich voller Panik vor jenen den Himmel spaltenden Blitzen duckt, deren Donnerstimme, koste es die Vernunft, was es wolle, durch die Herstellung besonderer Beziehungen zur Gottheit besänftigt werden muß, während die Magie verzweifelt und zur Religion wird. So können wir uns, wenn wir nicht achtgeben, noch heute mit einemmal im Lager der Beklagten in Breunig gegen American Family Ins. Co. wiederfinden, deren spezielle Beziehung zu Gott als «der Auserwählten, die am Ende der Welt überleben würde, sie ... zu der Überzeugung (führte), daß Gott ihr Leben so stark bestimme, daß er auch ihr Auto fahre», weshalb sie noch unmittelbar vor dem Zusammenprall mit dem entgegenkommenden Lastwagen darauf vertraute, «daß Gott das Lenkrad ergreift» (45 Wis. 2d 536, 173 N. W. 2d 619).

Andererseits wurde das Verfahren des hier in der Rechtsmittelinstanz zu prüfenden Falls durch den von einem als Ironiker kenntlichen amicus curiae im Namen des Widerklägers Mr. Szyrk vorgelegten Schriftsatz, der aus den Schriften von E. M. Cioran zitierte, nur noch weiter aufgeheizt: «[W]ie können wir, wenn wir die zusammengepfuschte Schöpfung betrachten, ihren Urheber nicht anklagen, wie – vor allem – annehmen, er wäre tüchtig und geschickt? Jeder andere Gott hätte mehr Kompetenz und Überlegung bewiesen als dieser: Irrtümer und Durcheinander, wohin man auch blickt!»

«Wenn sich in einem Grenzfall eine entscheidungserhebliche Frage der unmittelbaren Ursache stellt ...», schreibt Gerichtspräsident Magruder in Marshall gegen Nugent (U. S. Court of Appeals, 1st Circ., 1955. 222 F.2d 604), «legen wir sie mit entsprechender Rechtsbelehrung den Geschworenen vor. Wir tun dies, weil es als vernünftig gilt, das Urteil der Geschworenen einzuholen, da es gewissermaßen den irdischen Standpunkt des Normalbürgers –das in der Gemeinde vorherrschende Empfinden– widerspiegelt», das in den Auslassungen der Zeugen, die aufgerufen wurden, um den Geschworenen bei ihren Beratungen behilflich zu sein, breiten Ausdruck fand. Hier stritt «Gott hat diesen (Kraftausdruck) Haufen (Kraftausdruck) mit seinem guten alten Blitz getroffen, weil das Ding auf diesem wunderschönen Land, das der Herr uns hier schenkt, eine (Kraftausdruck) Schande ist, und daß so'n altes Hundchen dabei draufgeht, ist bloß Zufall» mit «Gott, bei dem gibt's keine Zufälle, der hätte so'n armes dummes kleines Tierchen nie einfach so getroffen, steht doch schon in der Bibel, er vermerkt des Spatzen Fall, oder?», was seinerseits die grobe Entgegnung provozierte: «Steht aber nicht da, daß er auch was dagegen unternimmt, oder?» Sosehr diese irdischen Standpunkte auch Uneinigkeit widerspiegeln mögen, Gott steht über ihnen allen, genauso wie über dem Einwand des Klägers gegen die Rechtsbelehrung der Geschworenen durch das Gericht, dem zufolge diese mit dem Ausdruck «höhere Gewalt» ein göttliches Verschulden in der vorliegenden Sache unterstelle. Bei allem schuldigen Respekt gegenüber den streitenden Parteien, den Geschworenen, der gottesfürchtigen Gemeinde und dem Normalbürger, von dem sie offenbar mehr als ihren Anteil an über der Hälfte unserer Landbevölkerung hat, die ein Nachleben in glücklicher Gemeinschaft mit Jesus und gar Gott selbst plant, aber der Glaube an Gott ist für dieses erdgebundene Verfahren ohne Belang und Relevanz. Kurzum, Sie mögen Ihm in Ihrem Herzen so viel Raum geben, wie Sie für Ihn erübrigen können, aber in diesem Gericht hat Gott keinen Platz.

In seiner Rechtsbelehrung an die Geschworenen mag das Gericht in dem Bemühen, das Durcheinander zu entwirren, fehlgegangen sein und hätte die Geschworenen wohl besser durch Anweisung auf einen Spruch zugunsten der Beklagten und des Widerklägers festlegen sollen. Der Spruch der Geschworenen wird als rechtsfehlerhaft aufgehoben, die Klage auf Schadensersatz wird abgewiesen.

Die schwarzgewandete Puppe schwang näher heran, so nahe, daß die Kameras das an ihre Röcke geheftete ANKLAGEN erfassen konnten, ehe die Flammen es verzehrten, SPOT LEBT, GOTT IST RICHTER, die Südstaatenflagge, Steine und Bierdosen, US REGIERUNG HAU AB, und vorwärtsdrängende Hände entfalteten die Schlagzeile NENNT GOTT SCHLÜSSELBEIN EINER KATZE durch den vom Spanferkelgrill aufquellenden Rauch hindurch, wo ein Mann in Anzug und schmaler Krawatte dem Gewimmel weißer, bis zum Hals zugeknöpfter und vielfach sogar rasierter Gesichter zuwinkte, während deren Freund und Nachbar aufstand, um unseren berühmten Gast, den ehrenwerten Senator der Vereinigten Staaten, hier willkommen zu heißen, der in der schwarzen Hauptstadt des Verbrechens und der Drogen für ihre geheiligten Rechte eintrete und sich gerade mit einer Papierserviette, auf der sein Name prangte, das Fett vom Kinn wischte, während er sich mühte, gegen die Einmischung aus Washington von einem Klappstuhl aufzustehen, und mit einem Schwenken seines Rippchens auf ihr Gejohle des Namens auf der Serviette reagierte, unter das sich vereinzelt auch ungezwungenere, vertraulichere Begrüßungen der Alten Fettbacke mischten, denn er war «gleich hier ein Stück weiter die Straße runter aufgewachsen», tja, er sei auf der Suche nach Freunden hierhergekommen, und bei Gott, er habe sie gefunden, sie hätten sich in all den Jahren kein bißchen verändert, und ihr Gestöhne bestätigte, daß sie das als Kompliment auffaßten, –aber Sie bedeuten mir alle so viel, es bedeutet mir so viel, einfach nur hier mit Ihnen so zusammenzusein. Schöne Reden schwingen könne er nicht besonders gut, aber er glaube auch nicht, daß sie in solchen Zeiten viele schöne Worte hören wollten, wo die Bundesregierung ihre Bundesgerichte über ihre geheiligten Rechte auf Religionsfreiheit, das Tragen von Waffen, den Geschworenenprozeß hinwegtrampeln lasse, die für jedermann nachlesbar in der Verfassung der Vereinigten Staaten verankert seien, –so wie wir's hier gerade mit eigenen Augen erlebt haben, wie dieser Bundesrichter nach Lust und Laune dazwischenfunkt und ein Urteil umstößt, das nach ruhiger Überlegung von Geschworenen, aufrechten Bürgern aus Ihrer Mitte, schwarzen und weißen, gefällt worden ist, wie es schwarz auf weiß im Vierzehnten Verfassungszusatz steht, die Geschworenen, das ist das Bollwerk und der Grundstein der amerikanischen Justiz, sowas gibt's in diesen diktatorischen atheistischen Ländern nicht, schlägt ihnen einfach ins Gesicht und gibt diesem Ausländer recht, der hier anmarschiert kommt und diese Scheußlichkeit aufstellt, er ist selber aus so einem atheistischen Land und sagt ja auch hier irgendwo schwarz auf weiß, daß er das christliche Opfer und Leiden zum Kotzen findet. Bei mir zu Hause hören Sie solche Ausdrücke nicht vor Frauen und Kindern, und bei Ihnen bestimmt auch nicht, aber als ich das gelesen habe, war mir selber zum Kotzen zumute, Ihre sauer verdienten Bundessteuern fließen in solche Sachen, während sie die Subventionen für unsere tüchtigen, schwer arbeitenden Tabakpflanzer und Produzenten von anderen nahrhaften Feldfrüchten abschaffen wollen, Kunst und Pornographie unterstützen, wo man das heutzutage sowieso kaum mehr auseinanderhalten kann, und diesen Sozialhilfeempfängerinnen auch noch ihre Abtreibungen bezahlen. Rechnen Sie da noch die ganzen Homos dazu, die in der Kunstszene herumstöckeln, dann gibt es sehr bald keine Steuerzahler mehr, und wenn wir diesen gottlosen Weg weitergehen, dann schaffen sie eines Tages noch die Auferstehung ab, und keiner merkt den Unterschied. Und genau dahin führt uns die Einmischung der Regierung in unsere geheiligten Einzelstaatsrechte, für die so viele ihr Leben gelassen haben, daß sie nämlich diese Bundesrichter schicken, die unsere großartige amerikanische Sprache nehmen und die Worte so lange verdrehen, bis sie bedeuten, was sie wollen, Gott ist nicht besser als das Schienbein einer Katze, sagt er, unser wunderschönes Land eine zusammengepfuschte Schöpfung, sagt er und wirft Gott aus dem Gerichtssaal, Sie haben es ja gehört, die machen, was sie wollen, weil sie auf

Lebenszeit ernannt werden. Aber wir haben eine Antwort darauf, und diese Antwort heißt Amtsanklage und steht in der Verfassung, und das ist die Botschaft, die ich nach Washington mitnehme. Sie bezahlen ihn mit Ihren guten U. S.-Steuerdollars, und ich werde denen dort sagen, sie sollen sich mal einen ansehen, sollen sich mal eine U. S.-Dollarnote genau ansehen, da steht nämlich Auf Gott vertrauen wir, und mehr Evangelium als auf dieser U. S.-Dollarnote brauche ich nicht. Das ist das Land, dem ich damals in der dunklen Zeit des Krieges gleich hier in Fort Bragg gedient habe, und die U. S.-Verfassung, die gegen innere und äußere Feinde zu schützen und zu verteidigen ich geschworen habe, und von denen haben wir im Augenblick hier in unserem eigenen Hinterhof mehr als genug. Und jetzt wollen wir mal ein Schlückchen von diesem guten Bourbon probieren.

Und tatsächlich brannte auf Seite drei der Morgenzeitung das schwarzgewandete Ebenbild des knorrigen Bundesrichters, der wie die scharfen Kanten und zackigen Spitzen der umstrittenen Stahlskulptur Zyklon Sieben zum Blitzableiter für die Leidenschaften dieses einst verschlafenen Gemeinwesens geworden war, die vergangene Nacht in einer regelrechten Neuauflage eines früheren Handgemenges ausbrachen, in deren Gefolge es zweiundsiebzig Verletzte gab und erheblicher Sachschaden entstand. Unter den zwölf Festgenommenen des Abends befand sich auch Billy Pinks, 32, ein arbeitsloser Karosseriebauer, dem zunächst schwere Körperverletzung vorgeworfen worden war, eine Beschuldigung, die später auf Geschlechtsverkehr mit einer Minderjährigen unter dem zustimmungsfähigen Alter reduziert wurde, nachdem er sich darauf berief, «der provozierende Aufdruck auf ihrem T-Shirt habe seine Säfte in Gang gebracht», und das zwölfjährige Opfer einräumte, sie habe ihn unehrlicherweise glauben gemacht, sie sei schon vierzehn. Mr. Pinks wurde zu dreißig Tagen auf Bewährung und einer Entschuldigung an das Opfer verurteilt, dessen Name lediglich mit Millie K., minderjährig, angegeben wurde. Zuletzt kam es zu Störungen am Rande einer öffentlichen Versammlung mit Spanferkel-Grillfest für U. S. Senator Orney Bilk, der sich im Rahmen einer Wahlkampfrundreise in der Gegend aufhält; es ist Senator Bilks erster Besuch, seit er sein Elternhaus im nahegelegenen Stinking Creek verließ, um sich nach Einstellung der Feindseligkeiten in Südostasien zur Armee zu melden. Als Absolvent der Armeekochschule wurde ihm eine Feldkücheneinheit in Fort Bragg, N. C., unterstellt. Senator Bilks Interesse an der Politik wurde durch die Verurteilung eines Onkels wegen Bestechung im Zusammenhang mit ungewöhnlichen Methoden der Alkoholbeschaffung geweckt. Später übernahm er dessen Platz in der gesetzgebenden Körperschaft des Staates.

Im Kongreß für seine unbeugsame Haltung in Sachen Einzelstaatsrechte bekannt, nahm Senator Bilk vehement Anstoß an einem Urteil von Richter Crease, mit dem der Spruch eines örtlichen Geschworenengerichts aufgehoben wurde, und forderte eine Amtsklage wegen unzulässiger Einmischung der rechtsprechenden Gewalt des Bundes. In einem später am Abend stattfindenden Gespräch mit der Presse – der Bourbon war mittlerweile reichlich geflossen –, nannte der Senator als Anklagepunkt die Möglichkeit einer Veranlagung zum Wahnsinn in der Familie des Richters, eine Behauptung, die durch das Bürgerkriegsspektakel Das Blut im Rot-Weiß-Blau an Glaubwürdigkeit gewonnen hat: es soll auf dem Leben seines Vaters basieren, der später bis zu seinem Tode im Alter von siebenundneunzig Jahren als Beisitzer am U. S. Supreme Court von Richter Oliver Wendell Holmes wirkte. Richter Crease ließ die Vorwürfe durch seinen Gerichtsschreiber als «lachhafte Lügenmärchen» zurückweisen. Sein Sohn Oswald, ein reicher Einsiedler, der allein einen Familienbesitz auf Long Island bewohnt und das Originaldrehbuch für den sensationell erfolgreichen Film schrieb, hat laut einer am späten gestrigen Abend veröffentlichten Mitteilung des Studios seinen Millionenprozeß gegen dessen Produzenten verloren und war für eine Stellungnahme nicht zu erreichen. Der Gemeindebeamte J. Harret Ruth, der Senator Bilk bei der Wahlveranstaltung vorstellte und aus seinen eigenen politischen Ambitionen keinen Hehl macht, sagte unter der Bedingung, daß sein Name ungenannt bleibt, mein Gott. Harry?

–Unter der Dusche.

–In der Zeitung, dieser völlig idiotische Artikel über den Affenzirkus, der sich da unten in Vaters Gerichtssaal abspielt, daß sie eine brennende Puppe von ihm herumtragen, und das Gerede von wegen Wahnsinn in der Familie und lauter solcher Unsinn. Dürfen die das?

–Was? Er war, in ein Handtuch gewickelt, herausgekommen. –Dürfen die was?

–Dieser Artikel in der Zeitung, der stimmt hinten und vorne nicht. Dagegen gibt's doch Gesetze, oder?

–Muß man böse Absicht nachweisen. Man kann keine Gesetze gegen schlichte Schlampigkeit erlassen, oder? Er hatte das Handtuch zu einem kräftigen Gerubbel in Bewegung gebracht, –oder gegen Dummheit?

–Ja mein Gott, einen Bundesrichter anzuklagen mit der Behauptung, seine ganze Familie ist verrückt? Ist das vielleicht keine böse Absicht?

–Muß man erst beweisen, Christina, wenn man sich auf so was einläßt, kommt man in Teufels Küche, da kann sich sonst was draus …

–Und sein Sohn Oswald, ein reicher Einsiedler, der das Originaldrehbuch für Das Blut im Rot-Weiß-Blau geschrieben hat, und ich hoffe zu Gott, daß Oscar das nicht sieht, er wird an die Decke gehen, daß er seinen Millionenprozeß gegen sie verloren hat?

–Das steht da? Das Handtuch stockte, über eine Schulter drapiert. –Was steht da?

–Na, das steht da, laut einer am späten gestrigen Abend veröffentlichten Mitteilung des Studios, daß er seinen Millionenprozeß gegen die Produzenten verloren hat, hier bitte, schau.

–Tja, die, nein, nein, das stimmt.

–Was heißt hier, es stimmt! Sein Sohn Oswald, alles andere ist erstunken und erlogen, oder? Daß er das Originaldrehbuch für den …

–Nein, es, es stimmt, Christina, das einzige, was stimmt. Das Urteil ist gestern am späten Abend ergangen, er hat verloren.

–Na ja, dann, heißt das etwa, du hast das gewußt? Mein Gott, Harry, heißt das, du hast es gewußt und mir nichts gesagt?

–Ich bin gestern spät nach Hause gekommen und …

–Warum hast du mir nichts gesagt!

–Das sage ich dir doch gerade! Was hätte ich denn machen sollen, dich beim Nachhausekommen aufwecken, damit wir beide die ganze Nacht kein Auge zutun? Hör zu ...

–Kein Auge zutun! Und der arme, das werden wir demnächst doch zur Genüge, ich rufe ihn lieber an, der arme Oscar, weiß der Himmel, was er, weiß er's schon? Gib mir mal das Telefon, ich ...

–Nun warte doch mal, Christina. Moment! Hör zu, es besteht doch kein Grund zur Eile. Wenn er's gesehen hätte, wenn er das Ding in der Zeitung gesehen hätte, hätte er schon angerufen. Wenn er's sieht, ruft er sofort an, oder nicht?

–Ich fahre lieber hin. Und das Geld, er wird völlig außer sich sein.

–Ich habe ihm aber gesagt, daß er verlieren kann, oder? Gleich von Anfang an? Irgendwer verliert nun mal in einem Prozeß, und daß es Geld kosten würde, habe ich ihm auch gesagt, oder? Daß er deren Vergleichsangebot hätte annehmen sollen? Wir haben ihm beide gesagt, daß er deren Vergleichsangebot ...

–Aber er hat nun mal nicht! Wenn du gewußt hast, daß er verlieren würde, warum hast du dann, wie hast du's überhaupt erfahren, daß er verloren hat?

–Ich habe nicht gesagt, ich hätte gewußt, daß er verlieren würde, Christina, ich habe gesagt, er könnte, er könnte verlieren, man weiß nie, wohin ein Richter tendiert, und speziell die da, diese Frau? Überhaupt nichts vorzuweisen, ein echt unbeschriebenes Blatt, keinerlei Anhaltspunkt, wohin sie tendiert. Ich mußte noch in der Kanzlei vorbei, ein paar Notizen ins reine schreiben lassen, als ich gestern abend zurückgekommen bin, und da sehe ich deine Freundin Trish mit Mudpye den Flur entlangtanzen, er lotst sie Richtung Tür, ich glaube, sie hatte einiges intus, und plötzlich kommt Bill Peyton raus. Sie hat ein Mordsgetue um ihn gemacht, sie ...

–Ich rede nicht von ihr, ich rede von Oscar! Und, und würdest du bitte aufhören, ihn hier so herumbaumeln zu lassen, und ...

–Das stört dich doch sonst nicht, oder? Würdest du ...

–Aber jetzt stört es mich! Würdest du bitte ...

–Hörst du mir bitte mal zu? Er schlang, einen Fuß auf dem Bett, das Handtuch um sich und rubbelte seine Wade ab, –Peyton hat die

Hand auf Mudpyes Schulter und gratuliert ihm, er hatte gerade von dem Urteil in Oscars Fall erfahren und klopft ihm auf den Rücken, und der unausstehliche kleine Scheißer plustert sich auf wie ein Bantamhahn, und als ich, wen willst du denn anrufen?

–Es geht hier nämlich nicht bloß um die Tausende von Dollars, die er deinem Freund Sam schuldet, und diesen Schlamassel mit seinen Arztrechnungen und diesem schwachsinnigen Anwalt, den Lily ihm besorgt hat, damit er gegen sich selber auf Schadensersatz, hallo? Oscar? Ja, wie geht's dir, ich habe dich doch nicht geweckt, oder … nein, ich dachte einfach, ich rufe mal an, geht's dir … Dann nimm halt ein paar Aspirin, es sieht nach einem wunderschönen Tag aus, ich dachte, ich könnte zu dir herauskommen, wenn du … Nichts, nein, nein, natürlich, wenn du lieber allein sein willst, dann … Nein, bloß so ein Gedanke, du hast nicht zufällig schon die Morgenzeitung gelesen, oder? Ich frage bloß, weil … nein, nichts, ein wirrer Artikel über … was? Ach so … nein, nein, aber ruf mich an, wenn irgendwas … nein, Wiedersehen. Also. Er hat die Zeitung noch nicht gelesen, er hat sie zum Trocknen in den Backofen getan.

–Bringt mich irgendwie ziemlich in die Bredouille, was, wahrscheinlich gibt er mir die Schuld für die ganze …

–Ja, mein Gott, Harry, du bist in der Bredouille, immerhin hast du ihn zu Lepidus, Shea & Gott weiß wem geschickt, oder? Die es dann mit deiner supertollen Nobelkanzlei zu tun kriegen? Was hast du denn erwartet?

–Wo hätte ich ihn denn hinschicken sollen, zu irgendeinem supertollen Cravath? Oder Davis Polk? Damit sich die Sache noch zehn Jahre hinzieht, wie der Fall, den ich gerade bearbeite, wo der Rubel jetzt so richtig rollt? Noch mehr eidliche Aussagen, noch mehr Protokolle, vorprozessuale Besprechungen, die Sachverständigen impfen, und das alles zu drei- bis vierhundert die Stunde, dann noch die Prozeßstrategie austüfteln, Wirtschaftsprüfer, fixe Kosten, das dauert Jahre und kostet Hunderttausende, hör zu, Christina. Erstens habe ich nicht gewußt, daß Kiester sich an Swyne & Dour gewandt hatte. Das Ganze ist eine Frage des zuständigen Gerichtsorts, in einem solchen Fall muß man in dem Bezirk klagen, wo der Beklagte seinen Wohnsitz hat, bei Kiester ist das der Central District of California, und wenn Oscar nicht reisen konnte und die Geschichte bloß auf die Aufnahme von ein paar eidlichen Zeugenaussagen und die mündlichen Ausführungen zu einem einzigen Antrag hinausgelaufen wäre, hätten seine Anwälte aus Kalifornien einfliegen und die Sache erledigen können, aber Kiester hat Rükkendeckung von seinem Studio gekriegt, weil die auch in Oscars Klage aufgeführt waren, und deren Rechtsvertreter in New York sind Swyne & Dour, deswegen hat Basie dort seine Ladung samt Klage zugestellt und ist geradewegs in die Falle getappt, die Mudpye ihm gestellt hat, und das war der Grund, warum der kleine Scheißer sich da bei Bill Peyton so aufgeplustert hat. Ich hatte keine Ahnung davon, ich habe ja nicht mal …

–Wieso eigentlich nicht? Und was für eine Falle, was meinst …

–Das weißt du ganz genau, Christina, weil ich dort bis über beide Ohren in Arbeit stecke, ich habe das Urteil nicht gelesen, es ist ja gerade erst ergangen, mehr weiß ich nicht.

–Kannst du nicht deinen Freund Sam anrufen und feststellen, was in Gottes Namen eigentlich los ist? Ob sie vorhaben, in die Berufung zu gehen? Oscar kann ihn nicht erreichen, er kann Mister Basie nicht erreichen, sie rufen ihn nicht zurück, wärst du so nett? Ihn gleich anzurufen, damit wir Oscar sagen können, was sie …

–Erstens, Christina, geht man nicht einfach her und legt Berufung ein, weil einem das Urteil nicht paßt, man muß sich hinsetzen und die Entscheidung studieren, um festzustellen, ob es überhaupt Revisionsgründe gibt. Das kostet Zeit, und das kostet Geld. Zeit und noch mehr Geld, und wenn sie Revisionsgründe auftun, heißt das noch lange nichts, schließlich hat es ja auch Gründe für die Klage gegeben, oder? Und er hat verloren? Und wenn er in der Berufung verliert, dann kannst du wirklich nur noch die Scherben zusammenfegen. Er soll es einfach fressen, einmal kräftig schlucken und seine Verluste abschreiben, die ganze Sache sein lassen. Halt, nun warte doch mal, ehe du ihn wieder anrufst …

–Ich rufe ihn doch gar nicht an, Harry, ich, hallo? Ja, hier ist Mrs. Lutz, würden Sie bitte unseren Wagen vorfahren? Den, nein, den dunkelgrünen Jaguar, können Sie ihn so in zehn Minuten vor der Tür stehen haben? Ich denke, ich fahre lieber hin, Harry, je eher, desto besser, er wird jetzt jeden Moment diesen Artikel in der Zeitung lesen und in heller Aufregung hier anrufen, du kannst ihm einfach sagen, ich bin unterwegs, und wenn du dich nützlich machen willst, rufst du dann bitte dort an? Sam oder Mister Basie oder sonstwen, sag ihnen, sie sollen ihn da draußen anrufen. Sie haben ihm gesagt, er könnte in der Berufung gewinnen, und danach wird er als erstes fragen.

–Sie, wer? Wer hat ihm das gesagt, Christina. Moment …

–Basie, Mister Basie, ich muß mich beeilen. Als wir ihn zuletzt gesehen haben, ist Benzin im Wagen?

–Warte doch mal, so was kann man doch nicht, Oscar muß ihn da mißverstanden haben, so geht man doch nicht …

–Ich war dabei, Harry! Verlieren wir in der ersten Instanz, pakken wir sie in der Berufung, hat Basie gesagt. Würdest du jetzt bitte dort anrufen, während ich mich anziehe?

–Aber so kann man doch nicht, man geht doch in ein Verfahren, um zu gewinnen, man plant doch nicht zu verlieren, damit man in der Revision gewinnen kann, hör mal, da ist noch eine Sache, über die ich mit dir reden muß, bevor du …

–Das haben wir alles mit ihm durchgekaut, Harry, deswegen war ich ja so, mein Gott, das ist er, er hat die Zeitung gelesen, gehst du bitte dran? Und sagst ihm einfach, ich wäre gerade losgefahren?

–Warte doch mal, ich muß unbedingt mit dir, hallo? Wer? Nein, da haben Sie sich verwählt, hier ist … Ich habe gesagt, verwählt! Er knallte den Hörer auf, –gleich wird's wieder klingeln, einer dieser sturen Idioten, die die falsche Nummer haben und sich hinsetzen und sie gleich noch mal wählen, hör zu, bevor du gehst, eine Sache, über die ich mit dir reden muß, bevor du …

–Dann komm doch mit! Du mußt doch heute nicht arbeiten, oder?

–Muß gleich morgen früh bei Gericht sein, aber …

–Na, dann zieh dir was an, du kannst es mir im Auto erzählen, aber jetzt …

–Na bitte, hab ich's dir nicht gesagt? Er riß den Hörer hoch, –Ich habe Ihnen doch gesagt, Sie haben sich ver, was? Ach, Oscar? Ja … ja, ich weiß es schon, wir … ja, wir haben es gelesen, wir … aber …

ja, aber ... Oscar? Hör zu, wir kommen raus zu dir, wir ... zu dir, ja, wir sind gerade am Aufbrechen, wir ... wenn wir dort sind, dann gehen wir die ganze Sache durch, wenn wir ... Ja, ich weiß, daß da Oswald steht, aber reg dich ... Im Augenblick nicht, nein, sie kann nicht ans Telefon kommen, sie zieht sich gerade an, sie ... ich habe gesagt, sie zieht sich gerade an, Oscar ...

–Oscar?

–Sag ihr, sie soll sich beeilen!

–Oscar?

–Und sprich mich nicht an, wenn ich telefoniere! Hier, leg den Hörer auf.

–Ich wollte bloß fragen, ob du essen willst?

–Was denn essen?

–Eier? Soll ich dir Eier machen?

–Du kannst keine Eier machen.

–Klar kann ich. Ich kann gekochte Eier oder Rühreier oder ...

–Paß auf, Lily, du kannst keine Eier machen. Hühner machen Eier, Enten machen Eier, die Schwäne auf dem Teich dort draußen machen Eier, sie legen sie nämlich, aber du machst keine. Du kochst Eier, du bereitest Eier zu. Du machst keine Eier.

–Ach, Oscar. Du machst immer alles so kompliziert, ich habe doch nur gemeint...

–Aber dafür ist die Sprache doch da? Daß man sagt, was man meint? Deshalb hat der Mensch die Sprache erfunden, oder? Damit wir sagen können, was wir meinen?

–Welcher Mensch? Außerdem rede ich nicht von Sprache, ich rede von Eiern, du hast genau gewußt, was ich meine. Soll ich dir ein paar Eier zubereiten?

–Nein.

–Ich dachte, du willst, daß ich deswegen herkomme, weil du allein bist, damit ich dir helfen kann. Wer war denn der alte Mann?

–Wer war welcher alte Mann?

–Der alte Mann, der durchs Zimmer gegangen ist, als ich vorhin angefahren kam.

–Da ist kein alter Mann durchs Zimmer...

–Ich hab ihn durch die Glastür gesehen, Oscar, bloß eine Sekunde lang im Hochschauen, er ist irgendwie ganz krumm und langsam hier durchs Zimmer gegangen, aber bis ich ausgestiegen war und reingekommen bin, war er weg.

–Ach so. Ach der. Das, ja richtig, das hatte ich ganz vergessen, ich, das muß der alte Mister, Mister Boatwright gewesen sein, ja, das ist der, das ist unser Klempner, er ist sehr alt, ja, der arbeitet schon für uns, solange ich mich zurückerinnern kann.

–Besorg dir demnächst mal lieber einen neuen, er hat so ausgesehen, als schafft er's kaum durchs Zimmer.

–Na ja, er ist, bei so einem alten Haus, er kennt jedes Rohr im Haus, er hat die meisten ausgetauscht, wenn man da einen neuen jungen Klempner dranläßt, würde der ein Jahr brauchen, um sich zurechtzufinden, und müßte wieder ganz von vorn anfangen.

–Fang du demnächst mal lieber auch ganz von vorn an, bevor das ganze Haus zusammenfällt, so wie die Veranda da draußen.

–Darauf werden sie sich als nächstes stürzen, ein reicher Einsiedler, der einen Familienbesitz auf Long Island bewohnt, wenn sie das sehen! Er hatte die abgerissene Zeitungsseite, die er zerknüllt in der Hand gehalten hatte, auseinandergezupft und versuchte sie an seinem zitternden Knie glattzustreichen, –Oswald! Sein Sohn Oswald, der das Originaldrehbuch für den sensationell erfolgreichen, kein Wunder, daß er wütend ist, dieser dumme Gerichtsschreiber von ihm nimmt ihn mit in diese vulgäre, irreführende, verdrehte, entstellte, perverse Verzerrung meiner, sie beuten meinen Großvater aus, beuten seinen Vater aus, beuten die Familie aus, beuten den gesamten Bürgerkrieg aus, und er glaubt, ich hätte das geschrieben, was er da oben auf der Leinwand, wo steht es, das mit dem Wahnsinn in der, hier, als Anklagepunkt die Möglichkeit einer Veranlagung zum Wahnsinn in der Familie des Richters, die durch das Bürgerkriegsspektakel Das Blut im Rot-Weiß-Blau an Glaubwürdigkeit, Glaubwürdigkeit! Kein Wunder, daß er wütend ist, allein schon das Wort, Amtsanklage, allein schon das Wort. Amtsanklage! Wahnsinn, na schön, aber ein Mann, dessen ganzes Leben das Recht ist, der sein ganzes, der fast ein Jahrhundert lang, ein Jahrhundert!, das Recht gelebt und geatmet hat! Es würde ihn umbringen, sie, guck sie dir an, guck dir das an! Er hielt das flammende

Abbild hoch, das ANKLAGEN im Druck erstarrt, ehe die Flammen es erfaßten, –als Anklagepunkt die Möglichkeit einer Veranlagung zum …

–Das hast du mir gerade vorgelesen, du hast mir das alles schon zehnmal vorgelesen, Oscar, das ist doch alles bloß …

–Was! Alles bloß was!

–Bloß, Oswald? Soll ich dich Oswald nennen?

–Wenn ich, Lily, wenn ich jetzt an dich an dich rankäme, würde ich dir eine …

–Das ist doch genau das gleiche! Aber sie rückte dennoch ein wenig ab, –dieser reiche Einsilbler, der diesen schicken großen Besitz bewohnt, das stimmt doch hinten und vorne nicht, oder? Dieser Oswald, der das Drehbuch zu diesem großen Film geschrieben hat, bist das vielleicht du? Der gerade diesen großen Prozeß verloren hat, das bist doch nicht du, oder? Also tun sie bloß so, als wissen sie alles, weil kein Mensch irgendwas weiß.

–Basie weiß es, dieser Anwalt, Mister Basie, der muß es wissen, aber irgendwo stimmt da was nicht. Telefonisch erreiche ich ihn nicht, sie rufen mich nicht zurück, ich weiß es, ich weiß, daß irgend etwas ganz und gar nicht stimmt, ich weiß es seit der, erinnerst du dich an diesen schwarzen Schauspieler? Den wir im Fernsehen gesehen haben, der in dem Film mitspielt, wie er über seine Zeit im Gefängnis gesprochen hat? Daß er im Gefängnis zur Schauspielerei gekommen ist und …

–Das Telefon, du …

–Na, dann geh dran! Wenn es diese Inkassofirma ist, dann sag ihnen …

–Hallo? Wer?

–Sag, ich bin nach Kalifornien geflogen.

–Es ist das People's Magazine.

–Nein. Sag ihnen …

–Hallo? Der ist nach Kalifornien geflogen … Nein, er hat keine Nummer hinterla…

–Leg einfach auf! Hör zu, wenn es noch mal klingelt, wenn es Basie ist, dann gib mir den Hörer, oder diese anderen Anwälte, die mit meiner Unfallsache, ich …

–Die haben schon angerufen, Oscar.

–Wann! Warum hast du mir nicht ...

–Gerade eben, als du im Bad warst. Ich hab's vergessen.

–Die sollen dafür sorgen, daß diese Inkassofirma aufhört, mich mitten in der Nacht anzurufen, diese Rechnung über siebentausendfünfhundert Dollar dafür, daß ich mich selbst verklagt habe, der Kerl gehört erschossen.

–Das hat Daddy auch gesagt, aber Reverend Bobby Joe hat gemeint, daß er dann erst richtig Ärger kriegen könnte, weil Daddy ihm doch schon dieses Geld gegeben hat, damit er die Versicherung verklagt, daß die endlich für Bobbies Wagen bezahlen, wo Reverend Bobby Joe gesagt hat, das wäre alles dieser große Plan des Herrn, wo Daddy das viele Geld von der Versicherung nehmen und es dadurch reinigen könnte, daß er es in den Dienst des Herrn stellt? Bloß daß die jetzt nicht zahlen, weil sie sagen, Daddy ist schuld, weil er Bobbie das Geld für den Wagen gegeben hat, wo sie bei dem tragischen Ereignis den leeren Sechserpack im Wrack gefunden haben, deswegen muß Daddy jetzt den Händler verklagen, der Bobbie den Wagen verkauft hat, weil er schon dreimal beim Anfängerführerschein durchgefallen ist, deswegen hatte er gar keinen Führerschein, und sie hätten ihm den Wagen überhaupt nicht verkaufen dürfen. Und deswegen sind Daddy und Reverend Bobby Joe jetzt beide sauer auf mich, weil es meine Schuld ist, daß ich diesen Anwalt angeschleppt habe, der aus reiner Hilfsbereitschaft Geld von Daddy genommen hat, dabei hat er's überhaupt nur deshalb in seinem Auto und in Disney World und in sämtlichen Wasserbetten in der ganzen Gegend mit mir getrieben, weil er gedacht hat, er kriegt was von dem ganzen Geld ab, das ich von Daddy bekommen würde, jetzt wo Bobbie nicht mehr da ist und wir uns versöhnen, und im Moment legt er gerade da oben meine Freundin von der Fernvermittlung auf seinen Schreibtisch und holt seinen großen ...

–Moment, halt, Moment, er war doch, das war doch vorher, du hast es doch vor Bobbies Unfall in seinem Auto mit ihm getrieben, und zwar wegen dieses blöden Traums ...

–Das ist mir egal! Ich hab gesagt, ich will mich rächen, und nenn mich nicht blöd, du hast gesagt, du würdest mir helfen, stimmt's?

Wenn wir irgendwas mit seinem Auto machen könnten, das wäre doch lustig, damit er einen Unfall hat wie Bobbie, wär das nicht lustig? Hast du mal diesen alten Film gesehen, wo sie denkt, Cary Grant hätte irgendwas mit den Bremsen gemacht, damit sie vom Kliff stürzt? Bloß daß wir diesmal ...

–Lustig? Von einem Auto angefahren zu werden, glaubst du vielleicht, das ...

–Oder irgendwo hab ich gelesen, wie sie jemand eine Klapperschlange in den Briefkasten getan haben, und als er reingegriffen hat ...

–Nein! Nein, das ist doch alles ...

–Dann laß du dir doch was einfallen! Du sitzt den ganzen Tag hier herum und liest und siehst fern, wo sowieso nichts anderes passiert, als daß alle sich gegenseitig umbringen, und dir ist immer noch nichts eingefallen?

–Moment mal, wieviel Uhr ist es eigentlich? Meine Natursendung, wieviel Uhr ist es?

–Keine Ahnung! Ich bin nicht hergekommen, um mir irgendwelche stinkenden Viecher und komisch aussehende Fische anzugukken, Oscar, kannst du denn nicht mal mit mir reden?

–Ich, nein, kann ich nicht, ich kann mit niemandem reden, ich kann nicht denken, ich kann ja nicht mal, bei mir dreht sich alles, ich will bloß mal für eine Minute von der ganzen, von allem abschalten.

–Soll ich ...

–Nein, laß nur. Später.

–Ich hab jedenfalls Hunger, sagte sie und richtete sich auf, während der Bildschirm in gedämpfter Stimmung zu einem Besuch bei einem glanzlosen Mitglied der Familie der Cistaceae oder Zistrosengewächse erwachte, Helianthemum dumosum, in seiner leidgeprüften Nachbarschaft besser bekannt als strauchiges Sonnenröschen, und zwar für seine Fähigkeit, das Getrampel verschiedener paarhufiger, überweidiger Vertreter der Unterordnung Ruminantia zu überleben, um sich auf Kosten seiner Nachbarn stillschweigend auszubreiten und seinen Standort zu erweitern wie eine krautige Version des Greshamschen Gesetzes in Darwinschem Gewand, was nichts weiter demonstrierte, während sein Kopf nickte, sein Atem abflachte, das zusammengeknüllte Stück Zeitungspapier zu Boden fiel und das Zupfen an seinen Lippen im gequälten Zucken eines Lächelns möglicherweise nichts weiter anzeigte, es sei denn, und –Da haben wir ja etwas gemeinsam, und zwar nicht gerade eine Kleinigkeit, –Schön zu wissen, den innersten Kern irgendeines überschwemmten heiligen Vorgangs der Unschuld, nun da die Schlimmsten voll von leidenschaftlicher Heftigkeit waren, was schlicht das Überleben der Tüchtigsten demonstrierte und hier im strauchigen Sonnenröschen nichts weiter als die Überlebenstüchtigsten umfaßte, aber keineswegs zwangsläufig sozusagen auch die Besten einschloß, so daß, als endlich die Außentür klappernd auf- und klappernd zuging und es mit einem –Mein Gott, er schläft tief und fest! den Flur entlangklapperte, irgendwelche zwielichtigen Moorexistenzen aus der Familie der Sonnentaugewächse, für Höhergestellte Droseraceae, gerade damit beschäftigt waren, ihre dürftige Stickstoffkost an diesem düsteren Standort mit Insekten aufzubessern, die sie auf ihren so zweckmäßig mit klebrigen Verdauungsdrüsen oder Haaren ausgestatteten Blättern fingen.

–Ich schlafe nicht!

–Oder hattest einen dieser Anfälle, von denen du immer redest, wie geht's dir, Oscar. Drückst du mal bitte auf deine Hupe? Ich brauche unbedingt eine Tasse Tee.

–Sie ist kaputt. Der Gummiball ist ausgeleiert, und ...

–Na, dann ruf sie halt. Ilse? Wo ist sie denn. Ilse?

–Sie ist in der Bronx, Christina, ihre Schwester hat grauen Star und ...

–Und wem gehört dann der alte Wagen da draußen, sieht es denn hier nicht schon schäbig genug aus? Sie hob den abgerissenen Streifen Zeitungspapier auf und zerknüllte ihn nach kurzem Blick auf die brennende Puppe wieder, –eine Schande. Das Ganze ist eine Schande.

–Hör zu, ich muß mit dir reden, ich, wo ist denn Harry, ich dachte, er kommt mit.

–Er holt meinen Pullover aus dem Wagen, hier im Haus ist es so kalt wie in einer Gruft. Und mach bitte das Ding aus!

–Na, dann dreh auf, dreh die Heizung auf, hör zu, irgendwas stimmt ganz und gar nicht, Christina. In der Zeitung da, hast du das gesehen? Wo steht, ich hätte den Prozeß gegen die Produzenten verlor...

–Was glaubst du denn, warum wir uns sämtliche Beine ausgerissen haben, um hier herauszukommen, natürlich haben wir es gesehen. Harry hat ziemlich beunruhigende Neuigkeiten.

–Das habe ich auch! Da war etwas im Fernsehen, was mir einfach nicht aus dem Kopf geht. Ich habe versucht, es dir am Telefon zu erzählen, aber du wolltest ja nicht zuhören, ich versuche Tag für Tag, Basie zu erreichen, und er ist nie da, sie bitten mich jedesmal, meine Nummer zu hinterlassen, sie haben meine Nummer doch, oder? Kein Mensch ruft mich zurück, die bringen es ja nicht einmal, Harry? Harry, hör zu. Irgendwas stimmt nicht.

–Pech, Oscar. Allerdings das Risiko, das man eingeht, stimmt's, wir haben ja von vornherein gesagt, daß man einen Prozeß immer verlieren kann, sogar wenn man im Recht ist, kann man nicht jedesmal ...

–Ja, gut, meinetwegen, das wurde ja überhaupt nur ganz am Ende erwähnt, und alles andere hat nicht gestimmt, oder? Nein, irgendwas stimmt hier ganz und gar nicht, ich weiß es, ich ...

–Leider doch, ja, wirklich ärgerlich, aber das ist das einzige, was stimmt, wir haben ja gesagt, du hättest wahrscheinlich deren ...

–Davon spreche ich jetzt nicht, ich ...

–Harry, sag ihm doch bitte einfach, was passiert ist.

–Ja, du hättest wahrscheinlich deren Vergleichsangebot annehmen sollen ...

–Hat er aber nicht, Harry! Würdest du ihm jetzt bitte ...

–Jetzt hört mir endlich mal zu! Hört zu. Dieser Schauspieler namens Button Dingsbums, der in dem Film den obersten Haussklaven spielt, der war im Fernsehen, ich habe ihn zufällig in einem Fernsehinterview gesehen, er war mal im Gefängnis, dort hat er die Schauspielerei entdeckt, hat in irgendeiner Schauspieltherapiegruppe, wo sie ihre Aggressionen ausagiert haben, die Schauspielerei gelernt, und je mehr er geredet hat, je mehr er darüber geredet hat, wie er sich dort verwirklicht hätte, das Beste, was ihm je passiert wäre, hat er gesagt, und daß er mit der Schauspielerei seine wahre Berufung gefunden hätte, Kaiser Jones, sie haben Kaiser Jones aufgeführt, und als er den Applaus gehört hat, und dann hat er von einem anderen Häftling erzählt, das war so eine Art Knastanwalt, der hat ihm erzählt, daß man als Schwarzer in Amerika immer eine Rolle spielt, man muß bloß die richtige finden, damit man sich am Ende nicht in einem Zellenblock verbeugt, der saß für etwas, wovon einem die Haare zu Berge stehen würden, und ich mußte die ganze Zeit an Basie denken, er hat mir mal eine Narbe vom Schlüsselbein bis ganz runter zur Leiste gezeigt, und wie sie im Beverly Wilshire ein paar getrunken haben? Er und dieser alte Kumpel aus seiner kurzen Theaterzeit? Das klingt nämlich ganz nach ihm, daß man als Schwarzer in Amerika immer eine Rolle spielt, das klingt ganz nach Basie, genau so was könnte er auch sagen und, ja, sie hat es auch gesehen. Lily? Erinnerst du dich an …

–Nein, red ruhig weiter, Oscar, ich wollte dich nicht unterbrechen, ich war nur gerade dabei, in der Küche was zu machen, Mrs. Lutz. Kann ich Ihnen irgend etwas bringen?

–Für eine Tasse Tee wäre ich ewig dankbar, Lily, aber jetzt …

–Wahnsinnig schwer, einen Richter einzuschätzen, Oscar, noch dazu so ein unbeschriebenes Blatt, überhaupt kein Anhaltspunkt, da ist es praktisch unmöglich, vorauszu…

–Darum geht es doch gar nicht, nein, es ist bloß so ein Gefühl, daß mit der ganzen Geschichte irgend etwas ganz und gar nicht …

–Genauso ist es auch, Oscar! Es stimmt tatsächlich etwas ganz und gar nicht, mein Gott, Harry, wenn du's ihm nicht erzählst, dann tue ich es! Unser Freund Mister Basie ist ein Schwindler, er hat niemals Jura studiert, daß er die Zulassungsprüfung hat, war gelogen, und alles andere auch, und er wandert postwendend wieder ins Gefängnis, da kommt er nämlich her!

–Aber, aber er, aber …

–Deswegen hast du nichts von ihm gehört, das ganze Gerede von wegen seiner kurzen Theaterzeit, sein Theater war das Bundesgefängnis, wo sein Kumpan seine wahre Berufung als Kaiser Jones gefunden hat, und er hat derweil in der Gefängnisbücherei gesessen und nach Möglichkeiten gesucht, wie er sie alle rausbekommt, und seine wahre Berufung hat er schließlich darin gefunden, seine Zellengenossen mit deinem Geld im Beverly Wilshire freizu...

–Ja aber, wie konnte, woher weißt du das!

–Harry hat es mir gerade auf der Herfahrt im Auto erzählt, er ...

–Aber er, Harry? Stimmt das, was sie gerade gesagt hat?

–Was sie, nein, nein, nicht was sie ...

–Ja was denn dann!

–Daß er die Zulassungsprüfung hat, war nicht gelogen, Oscar, er hat sie in New York abgelegt und im zweiten Anlauf bestanden, aber er hat seinen Zulassungsantrag gefälscht, die Bestätigungsurkunde für einen akademischen Grad von einer anerkannten Universität gefälscht, vielleicht auch ein unzulässiges Diplom von irgendeinem Fernlehrinstitut aus dem selben Staat wie das Gefängnis umgedoktert und die vorgeschriebenen eidlichen Erklärungen über seinen guten Leumund gefälscht, alles in allem eine mittelschwere Straftat erster Güte, gibt eine Geldstrafe oder ein Jahr Haft, und sie entziehen ihm die Zulassung zur ...

–Zu was! Und was ist mit mir, warum hast du mir das nicht gesagt! Wenn du das alles gewußt hast, Harry, warum hast du mir dann nichts gesagt!

–Ich weiß es doch selber erst seit kurzem, Oscar, hör mal. Wenn du gewonnen hättest, gäbe es überhaupt kein Problem damit, ob du von einem ordnungsgemäß zugelassenen Anwalt vertreten worden bist oder nicht, warum soll ich dich also um deinen Nachtschlaf bringen, und du machst den falschen Schritt, entläßt Basie und verschenkst so deine Chancen, bevor wir das Urteil kennen, in deinem Interesse schien es mir einfach das beste, erst mal abzuwarten, wie ...

–Aber, in meinem Interesse! Was hältst du denn für mein ...

–Hör mal, sobald du deren Vergleichsangebot abgelehnt hattest, war sowieso nichts anderes mehr drin, bei einem solchen Richter, völlig unbeschriebenes Blatt, deshalb ergeben sich, so wie die Sache jetzt steht, deine Rechtsmittel, falls du Rechtsmittel hast, einfach aus der Tatsache, daß du verloren hast.

–Ja, mein Gott, Harry, er hat verloren, deswegen sitzen wir doch hier! Ihn um seinen Nachtschlaf bringen, was soll das denn heißen, falls er Rechtsmittel hat, natürlich hat er Rechtsmittel, ein neues Verfahren, er bekommt doch sicherlich ein neues Verfahren.

–Muß man bei so einer Zivilsache erst nachprüfen, Christina. Wenn es eine Strafsache wäre, und sein Anwalt wäre nicht zur Ausübung des Anwaltsberufs berechtigt, dann wäre das ein Grund für eine Urteilsaufhebung, aber als Straftäter genießt man natürlich wesentlich mehr Schutz durch die Verfassung als …

–Er ist aber kein Straftäter! Wenn es hier einen Straftäter gibt, dann ist es, wo steckt er eigentlich? Mister Basie, wo steckt der eigentlich?

–Der wird früher oder später wiederauftauchen, entweder im Distriktsgefängnis oder sonstwo, einer wie der kriegt immer wieder Schwierigkeiten. Der taucht schon wieder auf.

–Wie soll er denn auftauchen, wenn niemand nach ihm sucht, was ist mit deinem Freund Sam, sind die denn nicht hinter ihm her?

–Keine Ahnung, was er letztlich machen wird, Christina. Wenn Basie Sozius bei Lepidus, Shea wäre, könnten sie ihn mit einer Klage dazu zwingen, seinen Anteil zu verkaufen, wenn sie ihn zu fassen kriegen, nach den standesrechtlichen Vorschriften müßten sie das sogar, aber wenn sie bloß einen angestellten Anwalt auf eine Sache ansetzen, dann ist das gar nicht ihr, dann liegt das gar nicht bei ihnen, sondern beim Staat, es liegt beim Staat, ihn aufzuspüren, wenn die sich überhaupt die Mühe machen wollen. Bei der Masse von Fällen, die wir bearbeiten, oder auch Lepidus, Shea, bei den vielen Angestellten, die wir haben, kann einem immer mal ein Patzer unterlaufen, man will irgendwelchen Minderheiten helfen, ihnen unter die Arme greifen und gerät an so einen ausgebufften, coolen Ex-Knacki wie Basie, der fällt dann eben durch die Ritzen, reines Glück, daß er nicht bei uns …

–Wessen Glück denn, Oscars? Mein Gott, Harry, ich habe noch nie so einen, irgendwelchen Minderheiten helfen, ich habe noch nie so einen lächerlichen, was ist denn, Lily?

–Entschuldigung, aber ich kann keine Teebeutel finden, ich habe schon überall gesucht und …

–Natürlich können Sie keine Teebeutel finden, Sie machen ja auch nicht nur eine einzige Tasse, oder? Es gibt losen Tee in einer viereckigen gelben Dose, auf der Tee steht, Sie machen eine Kanne Tee, nicht bloß eine Tasse, du möchtest doch auch Tee, oder, Harry?

–Ich glaube, ich hätte lieber einen Drink.

–Das glaube ich dir gern! Gieß dir einen ein und setz dich hin, hör endlich auf, hin und her zu gehen, du bist hier nicht im Gerichtssaal, Harry, ich habe in meinem ganzen Leben noch keinen solchen Unsinn von dir gehört. Ausgerechnet von dir, Harry! Swyne & Dour und dein Freund Sam, ihr wollt also irgendwelchen Minderheiten unter die Arme greifen, zum Beispiel deinem kleinen Scheißer Mister Mudpye? Und das bei zwei-, dreihundert Anwälten, die ihr dort habt, und jeder einzelne davon weiß?, und männlich?, da braucht ihr wohl ein, zwei schwarze Gesichter im Schaufenster, ehe irgendein Antidiskriminierungsgesetz kommt und ihr eine saftige Strafe aufgebrummt kriegt, und zwar in der einzigen Sprache, die man bei euch spricht, nämlich Geld? Steck Mister Basie in eine Nobelkanzlei wie eure und mach ihn zum Sozius, und dein Freund Bill Peyton käme sich vor wie in einem Gospelchor, du brauchst gar nicht so ein Gesicht zu machen und, nun setz dich endlich hin! Man kommt sich ja vor, als spräche man mit ...

–Hör mal, Christina, bei einer Kanzlei wie Swyne & Dour wird man als gleichberechtigter Sozius noch nicht mal vorgeschlagen, wenn man nicht anderthalb bis zwei Millionen an Kostenrechnungen einbringt, das habe ich dir doch erzählt. Glaubst du vielleicht, Basie oder sonst einer von denen hat so einen Mandantenstamm? Seit ich dort bin, hat es noch nie einen schwarzen Sozius gegeben, sogar nie mehr als zwei schwarze Angestellte auf einmal, und lange gehalten haben die sich auch nicht, habe ich vielleicht je behauptet, daß es nicht um Geld geht? Wenn du an einem Ort wie Massapequa wohnen und in einem kaputten Japaner herumfahren willst, dann sieh dir Oscar an. Was glaubst du wohl, warum ich ihn an Lepidus, Shea verwiesen habe, kleinerer Laden, nichts von Nobelkanzlei, die würden versuchen, seine Kosten niedrig zu halten, weil Sam ihm bei den Honorarsätzen entgegenkommen würde und ...

–Seine Kosten niedrig, mein Gott, hast du die Rechnungen gesehen, die sie ihm, wo ist er denn, der blaue Ordner, Oscar, wo ist der? Seine Kosten niedrig halten, sie haben ihm hier alles außer Büroklammern berechnet. Ferngespräche, Faxe, Protokolle außergerichtlicher Aussagen, Fotokopien dreißig Cents die Seite? Die müssen die ganze Britannica kopiert haben, Mietwagen, Reisekosten, das ist unser Freund Mister Basie auf dem Weg nach Kalifornien, Mister Basie, wie er im Beverly Wilshire Lokalrunden ausgibt, dafür hätten sie alle zum Mond fliegen können, das nennst du entgegenkommen?

–Ich habe gesagt, bei den Honorarsätzen, Christina, das da sind Kosten, ich habe von Stundensätzen gesprochen.

–Für die Mister Basie mit laufender Uhr hier herumsitzt und mir Bilder von den haarigen Ainu zeigt?

–Das ist eigentlich nicht ganz das, was ich, ich rede von Honorarsätzen, Christina, wir würden jemand von Mudpyes Kaliber mit hundertsechsundachtzig die Stunde ansetzen, Basie liegt wahrscheinlich so um die hundert, vielleicht auch weniger, zwei, drei Stunden Besprechungen mit dem Mandanten, um die Situation zu erklären, plus zwei für vorbereitende juristische Lektüre, noch eine Besprechung, dann ist man schon bei tausend, bevor er den Fall überhaupt übernommen hat, dann verfaßt er die Klageschrift. Zwanzig Stunden Lektüre, vier Stunden, um sie niederzuschreiben, und wir sind bei dreitausendfünfhundert, dabei hat es noch nicht mal richtig angefangen. Dann geht Kiesters Schriftsatz mit dem Antrag auf Klageabweisung ein, und dann geht's erst richtig los mit der Lektüre, sagen wir, noch mal vierzig Stunden, um Oscars Gegenantrag auf ein Urteil im abgekürzten Verfahren zu formulieren. Eidliche Aussagen, Urkundenvorlage, falls Kiester sie alle herausgegeben hat, falls nicht, noch mehr Besprechungen, noch mehr Schriftsätze, die eidlichen Zeugenaussagen schlagen wahrscheinlich mit mindestens zehn Stunden Vorbereitung für jede Stunde tatsächlicher Aussage zu Buche, und bei einer wichtigen Aussageperson wie Kiester dauert die Aussage vermutlich zehn Stunden, dann kommt man allein schon damit auf hundertzehn abrechenbare Stunden, und man steht immer noch ziemlich früh im vorprozessualen Stadium, wenn es allmählich anfängt, richtig teuer zu werden ...

–Harry?

–Prozeßstrategie, die Zeugen präparieren, die ganze ...

–Warum erzählst du uns das eigentlich alles?

–Ich versuche euch bloß zu erklären, wie sich so etwas zusammenläppern kann, sogar bei einem ziemlich einfachen Fall wie dem hier, nimm bloß mal die Sache, an der ich sitze, da kannst du jede Zahl mit hundert, mit tausend multiplizieren, ich habe euch doch gesagt, daß es ins Geld gehen würde, oder? Von Anfang an? Wenn er gewonnen hätte ...

–Er hat aber verloren! Er hat nicht gewonnen, Harry, er hat verloren!, mein Gott, wie oft müssen wir dir das denn noch ...

–Ob man gewinnt oder verliert, Christina, ich habe euch von Anfang an gesagt, daß man Rechnungen produziert, sobald man ...

–Du glaubst doch wohl nicht, daß er sie bezahlt, oder?

–Was?

–Ich habe gesagt, du wirst ja wohl nicht ernsthaft glauben, daß Oscar oder irgendwer bei klarem Verstand auch nur für einen Augenblick im entferntesten erwägen könnte, diese idiotischen Rechnungen zu bezahlen, oder?

–Ich sage nur, sie haben eine Menge Zeit und Arbeit in den Fall gesteckt, Christina, erinnere dich bloß mal an Oscars eidliche Aussage, ich finde, da hat Basie verdammt gute Arbeit geleistet für den ...

–Für einen Schwindler, also kann der Staat ihn für ein Jahr einsperren, und was ist mit deinem Freund Sam? Wie lange können sie ihn einsperren, er hat es doch schon vor dem Urteil gewußt, oder? Du hast es doch auch gewußt? Hast du ihn nicht angerufen?

–Hör mal, ich war verreist, außerdem hätte es da immer noch bloß ein Gerücht sein können, und ich hatte so verdammt viel zu tun mit ...

–Ach, darum machst du dir Sorgen, Harry? Was der Staat mit dir machen kann? Du hast Oscar zu Lepidus, Shea und der ganzen Bande ge...

–Halt, Moment, Christina, hör mal. Der Staat hat damit gar nichts zu tun, kein Gesetz schreibt vor, daß wir die Pflicht haben, die Referenzen von Anwälten zu prüfen, an die wir Leute verweisen. Das Ganze ist ein Berufsstand mit freiwilliger Selbstkontrolle, der regelt solche Geschichten nach den Standesrichtlinien der Anwaltsvereinigung, das heißt aber nicht, daß ein Mandant eine rechtliche Handhabe gegen einen Anwalt hat, der gegen die Standesrichtlinien verstoßen hat, bloß weil er einen Prozeß ver...

–Die Standesrichtlinien! Mein Gott, du hörst dich an wie ein, Selbstkontrolle! Dein Freund Sam hat uns doch in diesen Kuddelmuddel hineingeritten, oder? Kontrolliert eigentlich irgendwer deinen Freund Sam oder stellen Sie's einfach da drüben hin, Lily, und sehen Sie zu, daß Sie nichts verkleckern.

–Möchten Sie die ...

–Stellen Sie's einfach hin!

–Muß man nachlesen, Oscar, könnte unter Umständen ein Riesenaufwand für dich sein, im einzelnen den Schaden zu spezifizieren, den du hier davongetragen hast, und das müßtest du, damit man dich wieder in den früheren Stand einsetzen ...

–Damit man ihn was?

–Juristischer Ausdruck, Christina, heißt genau das, was es sagt, Wiedereinsetzung in den früheren Stand, daß man jemand, der beweisen kann, daß er Schäden erlitten hat, wieder in seine ...

–Na, sieh ihn dir doch an, er ist doch nur noch ein Nervenbündel, wenn du einen Beweis für Schäden brauchst, um ihn wieder in den früheren Stand einzusetzen, er bekommt kein neues Verfahren, er findet sonst niemanden, den er verklagen kann, also verklagt er sich selbst, willst du das damit sagen?

–Natürlich nicht. Das ist ja der Kern des Fünften Verfassungszusatzes, daß man nicht gezwungen werden kann, gegen sich selber auszusagen, du hast doch eine neue Kanzlei mit der Sache beauftragt, Oscar, oder? Haben die dir das nicht gesagt?

–Na ja, er, da ist irgendwo ein Brief von ihm, von Mister Mohlenhoff, er denkt, daß sich das vielleicht dadurch umgehen läßt, daß man einem von uns Immunität zusichert, wenn er unter Hinweis auf die Strafbarkeit falscher Aussagen oder Mißachtung des Gerichts gegen den anderen aussagt, er prüft das im Moment. Sie wollen fünfhundert Dollar Gebührenvorschuß, um es zu prüfen.

–Der größte Quatsch, den ich je, schick ihnen bloß nichts, sind das die, die du von einem Streichholzbriefchen hast?

–Mit welchem redest du jetzt, Harry, mit dem, der Mister Mohlenhoff von einem Streichholzbriefchen hat, oder mit dem, den Lily ihm besorgt hat und der Geld dafür will, daß Oscar sich überhaupt erst selbst verklagt hat?

–Ich hab doch nicht gewußt, was er, ich weiß, daß es meine Schuld war, Mrs. Lutz, aber ich hab halt gedacht, er wäre ein Anwalt, der Oscar helfen würde, jetzt macht er genau das gleiche mit Daddy, er hat Geld von Daddy genommen, weil Daddy hat doch meinem Bruder Bobbie das ganze Geld gegeben, damit er sich den Porsche kaufen kann, den Reverend Bobby Joe das Werkzeug des Todes nennt, und deswegen hat Daddy jetzt Ärger, weil sie ihn wegen irgendwas verklagen wollen, was sie, ich hab vergessen, wie sie das nennen, aber vielleicht gehe ich jetzt lieber, Mrs. Lutz, ich wollte nicht …

–Wahrscheinlich eine Klage wegen sogenannter leichtfertiger Überlassung, Lily, wie wenn man einem Unzurechnungsfähigen eine Schrotflinte …

–Harry, laß sie zufrieden, setzen Sie sich hin und seien Sie still, Lily, und holen Sie noch ein bißchen Zucker, ja? Haben Sie sich keine Tasse mitgebracht? Fünfhundert für Mister Mohlenhoff vom Streichholzbriefchen oder siebentausendfünfhundert für Lilys Unfallgeier, mein Gott, Harry, wir reden von Tausenden plus Zehntausende für deinen Freund Sam, der uns einen Vorbestraften schickt und den Prozeß auch noch verliert?

–Genau meine Rede, du müßtest mal sehen, was wir Kiesters Leuten in Rechnung stellen, wahrscheinlich hundertmal soviel, da ist Oscar mit einer kleinen Kanzlei wie Lepidus noch gut weggekommen und …

–Und wer bezahlt die, etwa Oscar? Weil er sie verklagt und verloren hat?

–Na ja, er, es gibt keine gesetzliche Vorschrift, daß der unterliegende Beklag, das heißt der unterliegende Kläger in Zivilsachen die Kosten des Beklagten trägt, aber ich habe dir ja gesagt, ich habe das Urteil noch nicht gesehen, das habe ich dir ja gesagt, sofern diese Richterin ihn nicht zur Zahlung angemessener Anwaltsgebühren verurteilt hat, aber bei so einer, völlig unbeschriebenes Blatt, überhaupt nicht einzuschätzen, da läßt sich einfach nicht voraussagen, wie ...

–Du brauchst keinen mehr, Harry.

–Was? Was brauch ich nicht mehr?

–Einen Drink. Du brauchst keinen Drink mehr. Du hast noch keinen Bissen gegessen, und diese Tabletten, die du nimmst, damit du nicht im Dreieck springst, da haben sie dir doch gesagt, daß du nicht trinken sollst, oder?

–Dämpft bloß die Wirksamkeit, ein oder zwei machen da überhaupt keinen ...

–Na, du hast doch einen oder zwei gehabt, setzt du dich jetzt bitte hin, bis wir das geklärt haben? Es ist mir egal, was über die angemessenen Anwaltsgebühren deines langfingerigen Beklagten in dem Urteil steht, du hast ja selbst gerade gesagt, daß sie hundertmal so hoch waren, wie sie hätten sein dürfen, oder? Oscar denkt jedenfalls nicht im Traum daran, sie zu bezahlen, und ich möchte wissen, wer Oscar bezahlt. Um ihn wieder in den früheren Stand einzusetzen.

–Aber das geht nicht so, das ist nicht so einfach, Christina, die ...

–Mein Gott, ich weiß, daß es nicht einfach ist! Säßen wir sonst alle hier und würden uns die Haare raufen? Dein Freund Sam hat ihn in diesen Kuddelmuddel hineingeritten, was ist das denn nun für ein Schaden, den er im einzelnen spezifizieren muß?

–Na, eben die einzelnen, so Sachen wie Honorare, Kosten, die Profite, Festsetzung des aus der Rechtsverletzung erzielten Gewinns, eben alles, was er ursprünglich geltend gemacht hat, aber die, ich denke, wenn ich Gelegenheit gehabt habe, mit Sam zu reden, können wir ...

–Na, dann nimm den Hörer ab. Da drüben steht deine Gelegenheit, ruf ihn an.

–Sobald wir das Urteil gelesen haben, Christina, vorher hat es überhaupt keinen ...

–Es hat also keinen Sinn, daß Oscar versucht, etwas zu unternehmen, wenn er nicht weiß, was er unternehmen kann, ja?

–Na ja, er würde erst mal, er würde wahrscheinlich entweder eine Schadensforderung wegen unerlaubter Handlung oder wegen

Vertragsbruch geltend machen, eine Klageankündigung mit dem Ziel einreichen, den Beklagten in Verzug zu setzen, aber wenn er arglistige Täuschung geltend macht, dann ist es nicht so einfach, wenn er arglistige Täuschung geltend macht, muß er jedes einzelne Tatbestandsmerkmal der arglistigen Täuschung im zivilrechtlichen Sinne vortragen, beweisen, daß er durch eine bewußt unrichtige Darstellung einer bekannten Tatsache geschädigt worden ist, wenn auch nur ein Tatbestandsmerkmal fehlt, wird die Klage abgewiesen, aber wenn die nachweisen können, daß es nicht bewußt geschehen ist, daß kein Mensch gewußt hat, daß Basie ein Schwindler ist, immerhin hat er seine Zulassungsprüfung bestanden, oder? Ihnen seine Zulassung zur Ausübung des Anwaltsberufs vorgelegt?

–Ja, und ausgeübt hat er ihn dann an Oscar, während Sam dazu am Klavier Näher mein Gott, Harry, entweder er hat es gewußt, oder er hat es nicht gewußt. Wenn er es gewußt hat, war es arglistige Täuschung, oder? Und wenn nicht, hätte er es jedenfalls wissen müssen.

–Na ja, das wäre, man müßte dann Fahrlässigkeit nachweisen. Nimm zum Beispiel mal den hypothetischen Fall, daß ein ...

–Nein, ich nehme keinen hypothetischen Fall, wir haben hier nämlich an einem sehr realen zu knabbern. War es arglistige Täuschung oder Fahrlässigkeit?

–Na ja, die, das müßte ein Geschworenengericht, wenn laut Gesetz aus demselben Sachverhalt Schadensersatzansprüche wegen arglistiger Täuschung und wegen fahrlässigen Verschuldens abgeleitet werden können und in einem Prozeß geklärt werden müßte ...

–Aber dafür sind Prozesse doch da, oder? Mein Gott, Harry, das ist vielleicht eine Geburt! Entweder haben sie ihn absichtlich geschädigt oder nicht. Wenn ja, kann er ihnen arglistige Täuschung vorwerfen, wenn nicht, kann er ihnen Fahrlässigkeit vorwerfen, willst du das damit sagen? Oder gerade nicht sagen? Entweder sie lügen, oder sie haben sich schlicht und ergreifend unvorsichtig und verantwortungslos verhalten, so einfach ist das, oder?

–Genaugenommen ist es, ich müßte das nachlesen, aber es könnte sein, daß er erst dann einen Schadensersatzanspruch wegen

Anwaltspflichtverletzung geltend machen kann, wenn seine sämtlichen Rechtsmittel erschöpft sind, weil er bis dahin ja gar keinen Schaden erlitten hat.

–Das ist der lächer, geht mal bitte jemand dran?

–Ich, ja, Oscar hat mir gesagt, hallo? Wer? Ach so ... nein. Nein, er ist ... Nein, er ist nach Kalifornien geflogen, nein, er hat keine Nummer hinterlassen.

–Wer ist nach Kalifornien geflogen?

–Niemand, das ist bloß das, was ich denen sagen soll, hat Oscar gesagt.

–Wem sagen! Wer war das, Lily?

–Der South Georgia Pilot, haben sie gesagt.

–Na bitte! Siehst du, Christina? Als hätten sie das Recht, jederzeit anzurufen, wenn sie, gibt's dagegen keine Gesetze, Harry? Zum Schutz der Privatsphäre? Die Rechte auf, das hat doch Vater immer gesagt, das Recht, in Ruhe gelassen zu werden?

–Vor hundert Jahren, das war ein Richter namens Cooley, der den Ausdruck geprägt hat, hat eine regelrechte Lawine losgetreten, das Ganze geht auf die Verletzung der Eigentumsrechte zurück, aber als Figur des öffentlichen Lebens hast du heutzutage vor Gericht keine mehr.

–Ich bin aber keine. Ich bin keine Figur des öffentlichen Lebens, ich habe alles getan, um es zu vermeiden, das steht ja sogar da in der Zeitung, oder? Sie nennt mich doch Einsiedler?

–Sie nennen dich aber auch Oswald, oder? Vom Ersten Verfassungszusatz garantierte Freiheit der Presse, falsch zu informieren, Oscar, die ...

–Es geht nicht bloß darum, es geht um die ganze, wenn Vater das liest, wird er ...

–Er wird wahrscheinlich bloß kichern, so wie damals, als die alte Frau mit der verkrüppelten Hand? Die aus der Familie deiner Mutter, die uns immer so erschreckt hat, als die ihn gefragt hat, warum sie dich bloß Oscar getauft hätten? So heißt kein Mensch in der Familie, hat sie gesagt, und er hat bloß gekichert und gesagt, na irgendwie müssen wir ihn ja nennen, setzen Sie noch Wasser auf, ja, Lily? Der Tee ist schon ganz kalt, außerdem ist es ja vielleicht ganz praktisch, um dich auseinanderzuhalten, wenn du darauf bestehst, dich selber zu verklagen, Oscar, aber …

–Ich verklage mich nicht selber, Christina! Und ich bin, das ist gar nicht komisch, die ganze Sache, glaubst du vielleicht, Vater liest das nicht? Sein Gerichtsschreiber zeigt es ihm nicht? Er glaubt doch sowieso schon, daß ich diese vulgäre, groteske Perversion geschrieben habe, die er da oben auf der Leinwand gesehen hat, wenn er jetzt noch das liest, falls er irgendwelche Zweifel gehabt hat und das liest, wo es heißt, ich hätte das Originaldrehbuch für diesen sensationell erfolgreichen Film geschrieben, den Wahnsinn in der Familie ausgebeutet, habt ihr das gesehen? Als Anklagepunkt, hast du das gesehen, Harry? Eine Amtsanklage! Allein schon das Wort, und das einem Mann, der sein ganzes, der fast hundert Jahre lang, ein Jahrhundert, ein Jahrhundert lang!, das Recht gelebt und geatmet hat.

–Hör mal, Oscar, eines ist der alte Richter Crease ganz bestimmt nicht, nämlich dumm. Und dünnhäutig ist er auch nicht. Die Leute zahlen Presseagenten ein Heidengeld, damit sie in die Zeitung kommen, je mehr du hier sitzt und deine Privatsphäre zu schützen versuchst, desto verwundbarer wirst du, das nennt man Informationsinteresse der Öffentlichkeit. Glaubst du, er durchschaut das nicht? Daß sie dich bloß benutzen, um ihm am Zeug zu flicken? Daß er auf einen Sitz im Berufungsgericht aus ist und das Informationsinteresse der Öffentlichkeit niedermacht, bringt ihn auf die Titelseiten, meinst du, er gibt dir die Schuld für diesen Quatsch von wegen Amtsanklage? Ja was glaubst du denn, wie man Zeitungen verkauft, man stiftet Unfrieden, macht böses Blut, wo es nur geht, fischt im trüben, rührt irgendwelche Geschichten auf, halt dich von ihnen fern. Halt dich einfach von ihnen fern.

–Aber hör doch mal Harry, bloß um klarzustellen, daß …

–Willst du ihnen einen empörten Brief schreiben, weil sie dich Oswald genannt haben? Die werden Briefe von jedem Oswald im ganzen Land abdrucken, angefangen bei Lee Harveys Witwe, dazu noch ein paar Beleidigungsklagen, ohne böse Absicht? Da draußen erwartet dich verdammt noch mal nichts anderes als böse Absicht. Halt dich davon fern.

–Nun hör doch mal zu! Ich, wenn da steht, ich hätte das Originaldrehbuch für diese, diese verzerrte Travestie eines Films geschrieben, der keinerlei Ähnlichkeit mit dem hat, was ich wirklich geschrieben habe, dieses Neunzig-Millionen-Dollar-Spektakel aus Sex und Blut, das ...

–Willst du ihnen einen empörten Brief schreiben und ihnen das sagen?

–Ich muß! Um das klarzustellen, damit Vater, wenn er ihn sieht, erkennt, daß ich nichts mit diesem entstellten, verdrehten ...

–Na prima. Und wenn Kiesters Anwälte ihn sehen, wenn Mudpye ihn liest, schreibt er Beweisstück A drauf, falls du auf die Idee kommst, noch mehr Geld rauszuschmeißen und in die Berufung zu gehen, verstehst du, was ich meine, Oscar? Such ruhig nach Revisionsgründen, wenn es welche gibt, steckst du noch ein Stückchen tiefer in der ganzen ...

–Ja, mein Gott, Harry, was soll er denn machen, die ganze Sache einfach vergessen?

–Wäre vielleicht gar keine schlechte Idee, Christina, er hat für die gerechte Sache gekämpft, oder? Das ist das wichtigste, er hat für die gerechte Sache gekämpft und verloren, ist doch keine Schande, oder? Könnte vielleicht sogar einen satten steuermindernden Verlust geltend ...

–Harry, schau ihn dir doch an! Sieht er vielleicht so aus, als bräuchte er einen satten steuermindernden Verlust? Mein Gott, natürlich geht er in die Berufung, du hast doch gerade eben gesagt, daß er diese Geschichte von wegen Anwaltspflichtverletzung erst machen kann, wenn alle seine Rechtsmittel erschöpft sind, oder? Ich habe dir doch erzählt, daß Basie gesagt hat, wir würden in der Berufung gewinnen, er ...

–Und wer soll das übernehmen, Basie? Der ist im Moment wahrscheinlich damit beschäftigt, in einem Bundesgefängnis für einen Dollar zwanzig Besen zu binden, so haben sie wenigstens was zu tun und bringen sich nicht gegenseitig um, glaubst du etwa, Sam übernimmt die Berufung, wenn am Ende ein Prozeß wegen Anwaltspflichtverletzung auf ihn wartet? Hör zu. Ich rede mit Sam, sowie ich dazu komme, in Anbetracht der ganzen Situation übernimmt er die Sache vielleicht zu einem niedrigeren Honorarsatz, sobald diese anderen Verbindlichkeiten beglichen sind und ...

–Zu einem niedrigeren Honorarsatz! Und was heißt überhaupt Verbindlichkeiten, etwa dieser Stapel Rechnungen, mit dem Oscar sich hier die Tränen trocknet? Du glaubst doch nicht auch nur eine Sekunde lang, ich ließe ihn auch eine einzige ...

–Also gut, hör zu, Christina. Hör zu. Laß mich erst mal mit Sam reden, sobald er das Urteil studiert hat, ich kann nichts versprechen, aber in Anbetracht der ganzen Situation bringe ich ihn vielleicht sogar dazu, daß er die ganzen Kostenrechnungen vorläufig zurückstellt.

–Harry. Du verstehst mich offenbar nicht. Ich rede hier nicht davon, daß irgend etwas vorläufig zurückgestellt wird, sondern ich ...

–Also gut! Angenommen, wir, ich kann nichts versprechen, aber angenommen, er zieht in Erwägung, sie zurückzustellen, bis, er schickt immer wieder Mahnungen, um das Finanzamt zu überzeugen, daß er sich wirklich bemüht hat zu kassieren, und schreibt sie irgendwann ab, läßt Oscar bloß die Auslagen bezahlen und ...

–Harry?

–Muß man doch keine große Sache draus machen, Oscar, wenn die Zeitungen das breittreten, gibt das bloß Ärger für ...

–Harry!

–Begleiche einfach, was die ausgelegt haben, und laß die ganze ...

–Harry, was redest du denn da, um Himmels willen! Diese Mietwagen? Fotokopien? Zeugenvernehmungsprotokolle, Faxe, dieser ganze Abfallhaufen, den du uns gerade vorgebetet hast? Wofür eigentlich? Flüge, eidliche Aussagen, Drinks für Gott und die Welt im Beverly Wilshire, wofür eigentlich! Du glaubst doch nicht etwa, er zahlt auch nur einen Penny für, für dieses abgekartete Spiel, das man hier mit ihm getrieben hat? Eine große Sache daraus machen, mein Gott, das ist eine große Sache, was heißt hier, wenn das die Zeitungen breittreten, er sollte es selber an die große Glocke hängen, schlimmer geht es ja wohl nicht, oder? Oder?

–Das ist alles, hör zu, Christina, wenn das in den Zeitungen breitgetreten wird, sehen wir alle schlecht aus, so wie die alles verdrehen, mehr will ich damit nicht, laß diesen kleinen Kuddelmuddel mit Basie in deinem South Georgia Pilot erscheinen, irgendein Lokalreporter übernimmt es für die Atlanta Constitution, der Charlotte Observer steigt drauf ein, und bis es dann hier bei der Times oder beim Wall Street Journal ankommt, ist es das gleiche wie bei den fünf Blinden, die einen Elefanten beschreiben, hör zu. Ich rede mit Sam, spricht überhaupt nichts dagegen, daß wir uns irgendwie einigen können, ehe die ganze Geschichte außer, außer, hör zu, hör doch mal zu, Christina ...

–Ich habe zugehört! Ich tue die ganze Zeit nichts anderes als zuhören, und ich habe bis jetzt gebraucht, um endlich zu begreifen, was ich mir da anhören muß, vertuschen, unter den Teppich kehren, für die gerechte Sache kämpfen und verlieren, ist doch keine Schande, oder? Deine großartigen, wie hieß das doch gleich? Standesrichtlinien, und jeder Berufsstand ist eine Verschwörung gegen die Öffentlichkeit, wer hat mir das gesagt? Wer? Deine freiwillige Selbstkontrolle, spricht überhaupt nichts dagegen, daß du und Sam euch einigt, und wo bleiben wir?

–Das ist, hör zu, Christina.

–Jetzt hörst du mal zu! Ich habe gefragt, wo wir bleiben, Harry, eine Verschwörung gegen die Öffentlichkeit, mein Gott, wir gehören zu deiner Familie! Du schützt dich, du schützt deinen Freund Sam, du schützt Swyne & Dour und deine ganze lächerliche, sich freiwillig selbst kontrollierende Nobelverschwörung gegen deine eigene Familie?

–Hör zu, ich habe eine Menge um die, wir können das im Wagen besprechen, Christina, ich muß jetzt zurück, Oscar? Ich muß morgen früh gleich als erstes bei Gericht sein, heute nacht noch jede Menge Papierkram durchzuarbeiten, versuch doch, versuch einfach, dich ein bißchen auszuruhen, ich rufe Sam bei erster Gelegenheit an und kläre alles, versuch dich ein bißchen auszuruhen, kommst du, Christina?

–Nein.

–Aber hör mal, ich kann nicht ewig warten, ich ...

–Ich habe nein gesagt, Harry!

–Wieso willst du denn, Oscar kommt schon zurecht, er hat Lily hier, sie kann sich um ihn kümmern, du kannst doch nicht einfach, ich brauche den Wagen, ich kann nicht einfach ...

–Na, dann nimm ihn! Aber laß dir etwas mehr Zeit als auf der Herfahrt.

–Oscar, hör mal, sagst du ihr bitte, daß du ...

–Und holen Sie mir einen Lappen aus der Küche, ja, Lily? Ich habe ein bißchen Tee verkleckert. Ist etwas zum Essen im Haus?

–Ja, Eier.

–Schon gut, da liegt eine Serviette, und jetzt ...

–Kann ich Ihnen helfen, Mrs. Lutz? Ich könnte ein paar Eier zuberei...

–Und hören Sie um Gottes willen auf, mich Mrs. Lutz zu nennen.

–Aber ich dachte, ich muß sowieso gleich los, ich muß meiner Freundin den Wagen zurückbringen, aber wenn ich noch irgend etwas ...

–Wir schaffen das schon, Lily, wir kommen schon zurecht. Ich mache einfach ein paar Rühreier, wir werden schon zurechtkommen.

Erneut klapperte hinten im Flur die Außentür, das obstinate Winseln eines Anlassers, das Husten des Motors, der Zorn der Krähen drunten auf dem unteren Rasen, wo sie auf das Gewoge der braunen Halme am Rande der Oberfläche des Teichs hinaussah, der von Kälte strotzte, die bis hier herauf ins Zimmer zu kriechen schien, um sie alle in einen frostigen Mantel des Schweigens zu hüllen, entnervt vom Geklapper all dessen, was vorangegangen und nun noch intensiver war in dieser hilflos einsamen Rückschau, wo ihre Worte kollidierten, karambolierten und von jenen verlorenen Grenzen der Verwirrung abprallten, Echo des Getöses von Kanadagänsen in windzerfransten Ketten vor dem nirgendwo kartographierten Himmelsgrau überm Teich, jeder Strang in dem Getümmel an seine eigene blinde Logik gebunden, ausgehend von irgendeiner unmittelbaren, gegen Folgen blind gewordenen Ursache, und die ganze Kette selbst zerrissen von den Winden der Fahrlässigkeit, die sie in ihre glücklose Bahn zwangen, sie hatte ihm doch gesagt, er solle deren Vergleichsangebot annehmen, oder? Und Harry, hatte Harry nicht genau das gleiche gesagt? Wer hatte ihn dann überhaupt in diesen Kuddelmuddel hineingeritten? Nimm dir einen jüdischen Anwalt, wenn du dich mit diesen Filmfritzen anlegst, wer hatte ihn denn Sam Lepidus ausgeliefert? Ihn an Harold Basie weitergereicht und seinem Schicksal überlassen, hin und her gerissen zwischen einem Juden und einem Schwarzen, angespannt wie die verkniffene Linie seiner Lippen bei diesem stummen Wortwechsel, der zwischen ihnen tobte, wo doch Basie ihn nicht so sehr getäuscht als vielmehr im Stich gelassen hatte: Wohin ist Maid Quiet verschwunden, mit ihrem rotem Hut? Schön zu wissen, als habe sich noch ein Hauch von Zuneigung gehalten, der auf ihre Lippen, so wie Basie mit einem Zeitungsausriß über die haarigen Ainu dagesessen hatte, den Anflug eines Lächelns treten ließ, das im Nu verschwand, als sie herausplatzte mit –mein Gott, hoffentlich fährt er vorsichtig, zwei, drei Drinks und dazu die Tabletten, die er zur Zeit nimmt. Ist noch was von deinem Pinot Grigio da?, während der Tag endlich dahinschwand, dann, bei Rühreiern in der Küche, –du mußt ihn anrufen, Oscar.

–Ja, wo denn! Ich denke, er bindet Besen in irgendeinem, wieso hat er mich nicht angerufen? Er ist doch derjenige, der …

–Ich rede von Vater. Du mußt Vater anrufen, sagte sie, und erneut in strengerem Ton am nächsten Morgen, als sie, Zahlenkolonnen addierend, den blauen Ordner und den wachsenden Stapel Post durchging, –mein Gott, hast du denn nichts davon geöffnet? Offene Rechnung, zweite Mahnung, ein Sonderangebot Bootsausrüstung, Tulpenzwiebeln, letzte Mahnung, Hobbytime, die Collegekassenverwaltung möchte dich davon in Kenntnis setzen, daß mit sofortiger Wirkung ein Pfändungsbeschluß gegen dein Gehalt in Höhe von 7500 Dollar ergangen ist, für den Fall, daß Schriek Mohlenhoff & Shransky Auf Ihre Bitte haben wir um Anberaumung eines Termins für Ihr Erscheinen in Zusammenhang mit der obengenannten Produkthaftungsklage Ihrer Versicherung Ace Fidelity Worldwide gegen Sosumi Motors gebeten, an dem Beweis erhoben werden soll über die angeblich von Ihnen erlittenen Unannehmlichkeiten infolge eines Fahrzeugdefekts aufgrund rückständigen Betrages, sofern wir nicht innerhalb von fünf Werktagen Ihren bestätigten Scheck über den obengenannten Betrag in Händen halten, sind wir leider der Erste, der in deiner Straße ein Paar Hiawatha Zauberhandschuhe Trag Sie Mit Der Ladies Historical Preservation Society sieht gespannt Ihrer Antwort auf unsere Bitte um in Ihrem Besitz befindliche Briefe, Dokumente und andere Erinnerungsstücke entgegen, die sich auf Thomas Crease (später Richter Crease), Siebzehntes Regiment der Armee von Nordvirginia, beziehen und von Rechts wegen in unsere Archive gehören, andernfalls wir uns gezwungen sehen, juristische Schritte zu ergreifen, –lieber Himmel. Du mußt ihn unbedingt anrufen.

– Er weiß doch schon Bescheid über diese blöden Archive, oder?

–Ich rede von diesen blöden Rechnungen und blöden Mahnungen und blöden Pfändungsbeschlüssen gegen dein blödes Gehalt, Oscar, dem ganzen blöden Kuddelmuddel, in den du dich da hineingeritten hast, was hast du denn nun vor?

–Was soll ich denn machen? Zwischen den Polstern nach den Münzen wühlen, die ihm aus der Tasche gefallen sind, wenn er beim Zeitungslesen eingeschlafen ist? Nichts anderes wäre das nämlich, ihn um Geld zu bitten wäre nichts anderes als zwischen den …

–Jedenfalls mußt du einfach irgendwie Frieden mit ihm schließen, da gibt es doch dieses Treuhandkonto von deiner Mutter in Maryland, an das du ohne seine Zustimmung gar nicht herankommst, oder? Irgendwo in diesem Kuddelmuddel liegt auch irgend etwas von wegen Hinterlegungszahlung auf die Hypothek, willst du so lange warten, bis sie ankommen und uns das Haus unter den Füßen wegverkaufen und du ihm das dann erklären mußt? Rufst du ihn jetzt endlich an?

–Na ja, ich, nach dem Essen vielleicht, Christina, vielleicht …

–Und was soll es zum Essen geben, gedünsteten Lachs mit Karotten nach spanischer Art? Wir müssen ein paar Vorräte besorgen, wenn ich noch ein einziges Ei sehe, werde ich selbst eins.

–Ja, gut, morgen früh kannst du das Taxi rufen und …

–Ich rufe das Taxi nicht! Auch noch Geld für Taxis ausgeben, und das nach dem, was wir gerade, du kannst Lily anrufen, oder? Sie hat doch ein Auto?

–Aber sie zu bitten, für uns einzukaufen, ich weiß ja …

–Habe ich das gesagt? Nicht mal daran denken würde ich, sie würde mit Gott weiß was wiederkommen, einer tiefgefrorenen Pizza und einer Packung Hostess Twinkies, nein, ich fahre natürlich mit.

Brot, Sellerie, Tee, Suppen, Öl, Hühnerbrust, Zwiebeln, Vermicelli, Lammkoteletts, Kapern, saure Sahne, Butter –Sie können das alles gleich in den Kühlschrank räumen, Lily, und Tee, haben wir keinen Tee besorgt? Setzen Sie Wasser auf, ja? Und dann habe ich noch die Ingwermarmelade hier, die ißt er gern zum Toast, am besten machen Sie gleich Tee für uns, ich bin völlig durchgefroren, und bis er fertig ist, können Sie vielleicht das Geschirr da abwaschen, das heißt, natürlich nur, wenn es heißes Wasser gibt, weiß der Himmel, was da nicht funktioniert, es ist kaum genug da, um sich das Gesicht zu waschen.

–Oscar hat Mr. Boatwright hiergehabt, ich dachte, der hätte es vielleicht repariert.

–Er hat was?

–Diesen alten Klempner, Mr. Boatwright?

–Ich habe nicht die leiseste Ahnung, wovon Sie reden, mal sehen, ob jemand angerufen hat. Oscar? Sie stürmte den Flur entlang, ob Harry angerufen habe, während sie weg waren? Oder sonstwer? Habe er sich wenigstens endlich getraut, Vater anzurufen? Oder müsse sie das auch selbst machen, so wie alles andere hier? Sie hatte Lily gebeten, zum Abendessen zu bleiben, eine anständige Mahlzeit würde ihr wahrscheinlich nicht schaden, vielleicht lag es ja an dieser entsetzlichen Frisur, daß sie so verboten aussah, wenn sie doch bloß mit diesem unaufhörlichen Geplapper aufhören könnte, ihr Daddy und ihre Mutter sagen, sie kämen her, und dann versöhnt sie sich endgültig mit ihnen, sobald sie sie mal ohne diesen Reverend Bobby Joe zu sehen bekommt, der ständig um sie herumstreicht, weil sie nämlich alles ist, was sie noch haben, jetzt wo Bobbie fort ist, Gott weiß wohin, aber sie sind immer noch sauer auf sie wegen damals, wo sie diese dumme Ehe außerhalb des Glaubens mit diesem Juden eingegangen ist, und das, sagt Reverend Bobby Joe, wär wie so eine Art Krankheit, die ganz plötzlich wieder ausgebrochen ist, so wie dieser falsche Fuffziger, der deinen lächerlichen Unfallanwalt wegen Ehebruch verklagt, und deswegen hat sie jetzt eine Heidenangst, daß er sie zwingt, als Zeugin auszusagen, wenn er sie finden kann, –also bekommst du vielleicht Gelegenheit, noch einen Gerichtstermin in deinem dichten Terminkalender unterzubringen, Oscar, wenn du verstehst, was ich meine. Was liest du denn da? Er hielt Hobbytime hoch, –mein Gott, wie diese Ameisenfarm, die du dir mit sieben hast schicken lassen, das ganze Haus war voll davon, ach, stellen Sie's einfach da hin, Lily, wir schaffen das schon, und bevor Sie, Moment, können Sie drangehen? Wenn es Harry ist, dann sagen Sie ihm, ich kann gerade nicht, oder nein, ich rede doch lieber mit ihm, geben Sie mal her. Harry? Ach so ... Ach! Gefolgt von mehreren Ach-du-lieber-Gott und Nein-wie-schrecklich, Nembutal? Und schließlich –aber unbedingt, das wird dir guttun, bestimmt bist du völlig erschöpft, was denkst du denn, wann du ... Na, dann eben sobald du kannst, wenn sie dich bei Gericht brauchen, dann komm, sobald es vorbei ist, es kann ja wohl nicht ewig dauern, oder? Sie legte den Hörer wieder auf die Gabel und das Kinn in die Gabel ihrer Hand, –also. Wo ist sie denn nun hin? Erwartest du eigentlich Ilse je wieder zurück? Und tust du mir bitte einen Gefallen und rufst die Therapeutin an? Es sei denn, du hast vor, für den Rest deines Lebens hier herumzuliegen wie ein gestrandeter Wal. Meinst du, du kannst sie bitten, etwas von dem Abfall hier wegzuwerfen?

–Halt, Moment, das will ich aufheben, ich ...

–Das da? Sie hielt Hobbytime hoch, –willst du etwa wieder eine Ameisenfarm anfangen?

–Nein, da ist ein Aquarium ...

–Mein Gott, Oscar. Ich nehme jetzt ein Bad. Das heißt, falls sie nicht in der Küche das ganze Wasser verbraucht hat, und erinnere mich daran, daß ich ihr sage, sie soll die Koteletts bloß nicht zu lange braten, wenn sie sie heute abend zum Essen macht.

Aber ein Aquarium? Ließen sie sich doch besser, in bunten Farben und viel wilderer Vielfalt, laichend und fressend, flossenwedelnd und glasäugig leeren Blicks aus weit großartigeren Unterseelandschaften und mit exotischen Pflanzen und Korallen übersäten Lebensräumen starrend, gleich hier in seiner Natursendung betrachten, unbelastet von der Sorge des Hegers um Wind und Welle, Temperatur und Salzgehalt, Belüftung, pH-Wert, Licht, Filtration und die tägliche Beschwernis des Fütternmüssens all dieser Mäuler in ihrem Gefängnis, worin sie sich, dies das allerbeste, im Handumdrehen herbeizitieren und verbannen ließen wie die Scharen seiner eigenen Spezies, die anderswo die Kanäle bevölkerten, anstatt sich tatsächlich hier im ganzen Haus breitzumachen und Gewehre abzufeuern, Nachrichten hervorzusprudeln, Witze zu erzählen, Liegestütze und tiefe Kniebeugen zu machen, vor Durchfall zu zittern, halbbekleidet zu jaulen und mit leidenschaftlicher Heftigkeit Gitarren zu bearbeiten wie der Affe den eingefetteten Football, die schiere Anarchie auf eine Welt loszulassen, in der sogar in einem so großen Haus drei Leute schon zuviel waren, was glaubte er eigentlich, wie lange sie zu bleiben gedachte? Sie sollte sich erst mal beruhigen, das Ganze Harry überlassen, schließlich konnte das alles ja nicht ewig so weitergehen, oder? Wenigstens war sie nicht mehr auf dem Kriegspfad wie an dem Abend, als er ohne sie weggefahren war und sie –Ich könnte ihn umbringen! gezischt, oder wie im Auto, als sie zum Einkaufen gefahren waren und sie –Mord? Ja. Scheidung? Nie! gefaucht und damit einen Hagel von Fragen unterbrochen hatte, die nichts ausließen, weder Ehebruch noch Rache noch den geilen Unfallanwalt, trockene Haut, Enthaarungsmittel, Mammographien und die Versöhnung mit Daddy seit dem tragischen Ereignis, und es lief alles auf Geld hinaus, auf das Problem des Geldes, bis hin zu dem Gestammel wegen sieben Dollar an der Tankstelle, meistens aber, meistens war es einfach bloß das Gefühl, –wir sind nie mehr allein so wie früher, Oscar, so wie damals, als wir's draußen im Wald gemacht haben, weißt du noch?, und die Tannennadeln mich gepiekst haben und das Eichhörnchen uns dabei zugeguckt hat und das Kaninchen, und wir Angst hatten, daß sie jeden Moment aufkreuzt und uns sieht? Während sie mittlerweile jeden Moment mit irgendeinem neuen Anlaß zur Verwirrung über Haushaltsführung, Besorgungen, Wäsche zur Tür hereinkommen oder ihn allein in die Enge treiben konnte mit –wo hat sie um Himmels willen bloß dieses Auto her, damit legst du wirklich dein Leben in ihre Hände, sie sagt, es braucht eine neue Drehstromlichtmaschine, was immer das sein mag, aber sie geht bestimmt davon aus, daß du das bezahlst, natürlich hat sie bloß deshalb nie einen Penny, weil sie alles gleich für Kosmetika ausgibt, sie gerät schon beim Gedanken an ein Fältchen in Panik, ganz zu schweigen von diesem Knoten in ihrer Brust, von dem sie unentwegt quasselt, aber bestimmt hast du das alles schon von allein herausgefunden, ist das dasselbe Hemd, das du jetzt schon seit einer Woche anhast? Nach dem, was mit meiner beigefarbenen Baumwollbluse passiert ist, traue ich ihr nicht mehr so recht mit der Wäsche, und diesen kleinen weißen Wecker, hast du den in letzter Zeit mal gesehen? Wahrscheinlich hat sie den auch kaputtgekriegt, so wie die letzte von diesen scheußlichen Spode-Teetassen, wir können einfach nicht mehr so weitermachen, Oscar, rechnest du eigentlich damit, daß du je wieder von Ilse hörst?

–Ja, sie hat angerufen, während ihr beide einkaufen wart, sie ...

–Na, Gott sei Dank. Wann rechnest du denn mit ihr?

–Tja, sie, gar nicht. Ich habe ihr gesagt, daß ich finde, wir können ...

–Sie uns nicht leisten? Mein Gott, schon was hier alles zu Bruch geht, kostet uns mehr als ihr bißchen Lohn, oder? Und du möchtest, daß wir uns um alles kümmern, ich und dieses arme Mädchen da draußen, das gerade den Küchenboden aufwischt, bloß um ein paar Dollar zu sparen?

–Es, nein Christina, es ist ihre Schwester, sie ...

–Es ist genausowenig ihre Schwester wie der Mann im Mond, ich glaube, du verlierst allmählich den Verstand, Oscar. Schließlich stolpere ich jedesmal über sie, wenn ich zur Tür hinausgehe, oder?

–Ich meine Ilse, Ilses Schwester, die mit dem grauen Star. Sie will wieder zur Arbeit kommen, aber sie befürchtet, daß ihrer Schwester etwas zustößt, weil sie kaum mehr sehen kann und mit dem Gasherd nicht zurechtkommt, deshalb hat sie angeboten ...

–Sie hat angeboten, eine Blinde mitzubringen, die wir anderen bedienen dürfen, während sie sich damit beschäftigt, das Haus in die Luft zu jagen?

–Nein, nein, sie hat bloß gedacht, sie könnte ihre Schwester in dem Kabäuschen im obersten Stock unterbringen, da wäre sie nicht im Weg und könnte sich mit Gemüseschälen und solchen Sachen nützlich machen, bloß bis zum Frühjahr, wenn das Wetter wieder besser ...

–Bis zum Frühjahr! Mein Gott, Oscar, hast du eigentlich je daran gedacht, dir erst einmal zu überlegen, wie du durch den Winter kommst? Du sitzt hier mit laufendem Fernseher und starrst auf den, guck mal. Guck mal, siehst du es da draußen? Aufgerichtet auf der ersten Stufe des oberen Rasens unterm Fenster, in den Pfoten eine Eichel, mit ruckendem Kopf und zuckendem Schwanz, huschte das Eichhörnchen auf ihre Handbewegung hin davon, –hast du's gesehen? Meinst du, es wollte uns vielleicht etwas sagen? Einer von Hiawathas räudigen kleinen Flüchtlingen, der seinen Rückstellungsplan für künftige schwere Zeiten umsetzt, während Hiawatha hier am Gestad' des Gitche Gumee sitzt, kaum kommt die alte Nokomis in den Wigwam, schlägt er ein Buch auf, seine Augen suchen Zuflucht auf der Seite, wo es *mir schien, als hätte sich die Oberfläche des Sees jedesmal, und oft dramatisch, verändert, wenn ich wieder aufs Wasser blickte*, –du siehst dir dieses gräßliche Zeug doch gar nicht an, oder? mit einer Geste zur stummen Mattscheibe hin, auf der, wie von dem Schlenker ihrer Hand jäh entlassen, die sich auf Tragen windenden Überlebenden eines im Hintergrund lodernden Mietshausbrandes einem sich auf Designerlaken windenden Arthritiker in mittleren Jahren Platz machten, der vor einer Florida-Kulisse eine wohlige Massage mit einer durchwärmenden Salbe über sich ergehen ließ, Endlich Keine Schmerzen Mehr, ob er die Therapeutin angerufen habe? Also, nicht direkt, nein, er habe Ilse gesagt, daß es wohl nicht klappen würde, also habe er ihr einfach das Geld geschickt und –Was denn für Geld! Na ja, wo sie doch letzte Woche noch dagewesen sei und ganz kurzfristig habe gehen müssen, als ihre Schwester anrief, –Sie hat uns hängenlassen, mit nichts im Haus außer einem Dutzend Eier, während wir ihr ein Heidengeld dafür bezahlen, daß sie deine Gott weiß was da in der Badewanne übernommen hat? Rechne das mal gegen jeden Liter Benzin auf, der in diese Todesfalle hineinläuft, wenn wir einkaufen fahren, dann kann sie ja vielleicht dort weitermachen, wo Ilse aufgehört hat, obwohl sie natürlich ganz bestimmt schon, ach, Lily? Sind Sie da draußen fertig? Ja, setzen Sie sich einen Moment, ich wollte Sie etwas fragen, an ihn kann ich hinreden, bis ich schwarz werde, er sitzt bloß da und starrt in ein Buch, nun sehen Sie sich das an! *Kurz darauf hatte ein plötzlich aufkommender Wind den See in einen ungestümen schottischen Loch mit Oberflächenströmung und weißen Schaumkronen verwandelt. Das Licht kann sich ebenso plötzlich ändern* –und können wir dieses Ding abstellen, wenn sowieso niemand hinguckt? Jamjam! eine mit Erdnußbutter bekrönte Waffel, von Ahornsirup durchtränkt, jäh verdrängt von einer barfüßigen Prozession hervorquellender Augen und aufgetriebener Bäuche auf der Flucht vor einer Hungersnot in Äthiopien, –und Brot? Brauchen wir Brot? Und Mehl, da unter der Serviette liegt ein Stift, wir machen lieber einen Einkaufszettel, wenn man ohne Zettel einkaufen geht und Hunger hat, bringt man alles mit, was einem vor Augen kommt, Mehl. Ich habe Mehl gesagt, oder?, egal ob wir welches brauchen oder nicht, bloß zur Sicherheit, es gibt überhaupt keinen Grund, warum man mit diesem neuen Fertigmehl keine schön sämige Béchamelsauce hinbekommen kann, Lily, Sie können es heute abend gleich noch mal versuchen, und zwar mit Blumenkohl, schreiben Sie's auf, ja, Blumenkohl haben wir schon eine Weile nicht mehr gehabt, er müßte jetzt ganz billig sein, schließlich ist das doch jetzt die Zeit, oder? Oscar? Fallen dir noch irgendwelche Sachen ein? Die Zeit des Jahres, da wenig Blätter oder keine, jedenfalls nichts, was er ihnen hätte sagen können, während er die zarten Finger stocken und über der Orthographie von Blumenkohl innehalten sah, und hier kam das Eichhörnchen wieder mit leeren Händen die Treppe herunter und huschte über den unteren Rasen auf eine Weißeiche zu, um noch eine Eichel zu holen, nur um schließlich, wenn schwere Zeiten kamen, nicht mehr die leiseste Ahnung zu haben, wo es sie alle vergraben hatte in seiner Überlebenswut, die weder ihm selbst, noch auch nur seiner Art, sondern einem anderen riesigen Reich, einer ganz anderen Ordnung diente, indem es breitwürfig Eichen säte, –und wo wir gerade dabei sind, Tee, Tee brauchen wir immer, ach so, ja, und Zucker, bloß zur Sicherheit. Ging es bei alldem nicht letzten Endes nur darum? Angefangen bei dem Eichhörnchen da unten in der Wirrnis seiner furchtbaren Fehlkalkulationen bis zu dem Kaninchen, das nahebei Mittag aß, in jeder Faser seines Wesens und seiner Schönheit von Panik durchzittert, von nichts als beginnendem, gerade noch erträglichem Schrecken vor dem, was vielleicht schon in diesem Moment über ihm kreiste oder im verfärbten Gras auf es zuglitt? Nur darum, so wie eben von ihr angemahnt, als sie ihm etwas zu sagen versuchte, man konnte einfach keinen klaren Gedanken fassen, geschweige denn zwei zu einer Idee zusammenfügen, ehe sie aus heiterem Himmel wieder mit etwas anderem ankam, irgendwas in der Zeitung von gestern, daß die Parteien in diesem albernen Zyklon-Sieben-Verfahren den Platz getauscht hätten? Den Streit wiederaufnahmen, nun da dieser gräßliche Hund aus dem Weg war mit seinem echten Spotskin-Imitat® und allem anderen, Minjekahwun, Trag Sie Mit Der Hautseite Nach Innen, einfach mal eine Seite des Buches schaffen, hier am schimmernd Großen Wasser, dunkel, jenseits, hob der Wald sich, wo die Taube, die Omeme, Nester baute in den Tannen? *Züweilen ist eine Klarheit des Details auf große Entfernungen zu beobachten, so etwa, wenn jeder Zweig eines Dornbuschs am anderen Ufer sich dem Auge gestochen scharf darbietet. Gleich darauf wird es wieder zu einem trübe grauen Streifen, ohne daß auch nur ein Wölkchen am Himmel den Wechsel erklärte. Das kann, indem der Mittelgrund herannaht und zurücktritt, leichte Halluzinationen hervorrufen,* wo eben noch Windböen die Tannenzweige hochgeschleudert hatten wie die Röcke der schönen Wenonah, als vom Westwind sie geschändet, von dem rohen Mudjekeevis, der herabdrückt Blum' und Gräser *und man kann sich rasch bedrückt fühlen von der seltsamen Düsterkeit dieses Sees mit seinen alleinstehenden Häusern und breiten Rasenflächen, die sich ins Wasser hinabsenken, als träte es langsam über die Ufer* und anschwärmt die Wildgans, Wawa, auf dem Flug zum Moor im Norden, und das Eichhorn Adjidaumo raschelt in dem Eichelvorrat, und die Schlange, die Kenabeek –womit sich der Kreis schließt, dabei hat er sich wahrscheinlich noch vertan, meinte sie, –hast du auch nur ein einziges Wort von dem mitgekriegt, was ich gesagt habe, Oscar? Was liest du denn da? Woher sollen wir denn bei dem Wirrwarr in deinem Kopf wissen, was du denkst, wenn du einfach nur stumm wie ein Fisch dasitzt, das ist wirklich ziemlich unhöflich. So zu tun, als ob du liest, während ich mit dir rede, kannst du wenigstens meine Frage beantworten. Was habe ich gerade gefragt? Hast du dir noch mal überlegt, Vater anzurufen? Ein Seitenwechsel in diesem idiotischen Prozeß, damit wollen sie ihn nur verrückt machen, als wäre das alles nicht schon schlimm genug mit diesem ganzen Unsinn von wegen Amtsanklage und Veranlagung zum Wahnsinn in der Familie, warum sich nicht einfach hinsetzen und ihm einen Brief schreiben? Na? Na ja, zu dem Punkt hätte er ihnen einiges sagen können, zum Beispiel, daß sowohl John Browns Mutter als auch seine Großmutter in geistiger Umnachtung gestorben waren, –aber wenn ich's mir recht überlege, würde er wahrscheinlich selbst als Beweisstück A durchgehen, schauen Sie ihn sich doch an!

–Ich? Och, mir haben sie immer gesagt, daß so Sachen, die man erbt, immer vom Vater zur Tochter und von der Mutter zum Sohn gehen, zum Beispiel Bobbie, der hatte schön üppige Haare, bloß Daddy war kahl, solange ich mich zurückerinnern kann, und Mama …

–Ehe Sie sich da in irgendwas verrennen, Lily, Oscar ist einfach mein Stiefbruder, ich bin nicht seine Schwester, nicht mal seine Halbschwester.

–Ach so. Ich hab immer gedacht, Sie hätten dieselbe, er …

–Gott sei Dank nein, apropos üppige Haare, wenn seine noch länger werden, kann er sich Zöpfe flechten und ein paar Adlerfedern hineinstecken, der reiche Einsiedler auf dem Familienbesitz, hockt da und glotzt auf das Große Wasser hinaus, während sein Vater da unten hockt und die Leute gängelt, natürlich traut er sich nicht, ihn anzurufen oder sich die Zauberhandschuhe anzuziehen und ihm zu schreiben.

–Aber vielleicht vergibt und vergißt er ja einfach? So wie Daddy, wenn Daddy erfährt, wie leid es mir tut, daß ich die ganzen Sachen gemacht hab, die ich nicht hätte machen sollen? Und die Sachen, wo er fand, ich hätte sie machen sollen, und ich hab sie nicht gemacht? Daß das alles meine Schuld war, die Fehler, die ich gemacht hab, und wie leid es mir tut, daß er sich wegen mir so aufgeregt hat, und daß ich sein Mitleid gar nicht verdiene und Mama bitten kann, daß sie mit ihm redet, daß er mir hilft, weil ich tief drinnen weiß, daß er mich liebt und immer mein Bestes wollte, also ist er auch nicht ewig sauer auf mich, sondern er vergibt und vergißt irgendwann, und ...

–Ich habe schon begriffen, aber Sie sollten vielleicht wissen, daß Ihr schönfärberischer Daddy und Oscars Vater sich ungefähr so ähnlich sind wie Tag und Nacht, eher besteht der Mond aus grünem Käse, als daß Richter Crease vergibt und vergißt. Ja, und schreiben Sie Käse auf, wir wollen fertig werden, ehe es regnet. Ich dachte, wir versuchen's mal mit Kalbfleisch.

–Oscar hat das Huhn nach unserem Rezept geschmeckt.

–Aber Kalbfleisch hat er schon immer gemocht, das haben wir schon ewig nicht mehr gegessen, Oscar? Wir brauchen Wampum, wenn du vielleicht, mein Gott, wo ist er denn jetzt schon wieder hin? Hockt da und tut so, als ob er liest, während wir noch mit ihm reden, und kaum hört er mich was von Geld sagen, verschwindet er, dabei müssen wir ihn vorn und hinten bedienen, darin werden Sie aber frieren. Draußen im Flur hängt eine Jacke von mir, so eine Art grauer Tweed, ziehen Sie die mal lieber an, und bringen Sie mir meinen Regenmantel mit, wenn Sie schon dabei sind. Haben Sie den Zettel? Dann, draußen, sobald sie im Wagen saßen –setzen Sie mich am Drugstore ab, Sie können derweil tanken, während sie durch die Furchen der Auffahrt schlitterten, –und bitte sagen Sie denen um Gottes willen, sie sollen die Windschutzscheibe putzen. Wenn wir schon ums Leben kommen müssen, möchte ich wenigstens sehen, womit wir zusammenstoßen, treffen wir uns dann gleich im Lebensmittelgeschäft? Hinten bei Obst und Gemüse, –Pilze, ich suche mal eben welche, Sie können schon mal nach Crème double schauen, aber nur eine kleine, sie wird sonst bloß schlecht, schließlich sind wir nur zu dritt.

–Was ist denn mit Harry?

–Was soll mit Harry sein?

–Aber ich hab gedacht, damit wir nicht gleich wieder zum Einkaufen fahren müssen, ich hab gedacht, er kommt jeden Moment.

–Wie kommen Sie denn darauf?

–Aber Sie, als er vorhin angerufen hat? Und wie erschöpft er ist und daß er dieses Nembutal nimmt? Daß er noch bei Gericht zu tun hat, und dann haben Sie doch noch gesagt, daß es nicht ewig dauern kann und daß er zur Erholung hierherkommt, wenn es vorbei ist?

–Wieso haben Sie denn gedacht, daß das Harry war?

–Na, wenn Sie nicht mehr auf dem Kriegspfad mit ihm wären und ...

–Ich gebe Ihnen Bescheid, wenn ich nicht mehr auf dem Kriegspfad bin! Kein Sterbenswort habe ich mehr gehört, seit er nach diesem erbärmlichen Auftritt von hier weggefahren ist, ich denke überhaupt nicht daran, bei ihm im Büro anzurufen, seine schwachsinnige Sekretärin sagt ja doch nur, was er ihr einbläst, und irgendwas auf unseren Anrufbeantworter zu sprechen, ich weiß ja nicht mal, ob er überhaupt nach Hause kommt. Erschöpft ist er weiß Gott, aber er würde nie Nembutal nehmen, er würde sich statt dessen einen Drink eingießen, nein, das war für einen Hund.

–Ich hab gar nicht gewußt, daß Sie einen haben. Soll ich das tragen?

–Einen Hund? Mein Gott, nein, hier, Sie können die beiden Tüten zum Auto tragen. Das war eine alte Freundin von mir, mit der ich zur Schule gegangen bin, sie hat sich einen kleinen Lhasa apso mit vorstehenden Eckzähnen gekauft und muß das Nembutal in der Pastete verstecken, mit der sie ihn füttert, weil er sie einfach wahnsinnig macht. Sie vergißt ständig, daß das Zeug da herumsteht, und tritt dauernd hinein, wenn sie nicht aufpaßt, und sie hat seit dem Zusammenbruch ihrer Tochter tagelang nicht geschlafen, Tag und Nacht rufen Leute an, die ihr helfen wollen, und sie hat gedacht, sie könnte sich hier draußen ein bißchen erholen, aber vielleicht hat sie's auch schon wieder vergessen, kaum daß sie aufgelegt hat, wegen des Testaments ihrer Mutter ist sie unentwegt bei Gericht, und solche Geschichten können sich ewig hinziehen. Soll ich ganz bestimmt nicht fahren?

–Nein, manchmal ist es ein bißchen kitzelig, Hauptsache, er springt erst mal an. Es hieß, er braucht eine neue Lichtmaschine.

–Na, bestimmt kann Ihnen Oscar da helfen.

–Er hat bloß gefragt, wieviel das kosten würde.

–Er war schon immer sehr sparsam, da hat er sich seit seinem zehnten Lebensjahr nicht geändert, damals hat er immer unter den Sesselpolstern nach Münzen gewühlt, die Vater aus der Tasche gerutscht waren. Wir dachten, er wird später mal Anwalt, weil er ständig in den juristischen Büchern in der Bibliothek geblättert hat, aber manchmal hat Vater einen Dollarschein als Buchzeichen benutzt, oder sogar einen Fünfer, und nur darauf war Oscar aus.

–Was ich so von Anwälten mitgekriegt habe, sind sie alle nur darauf aus, auf das und auf ein bißchen was fürs Bett, wenn Sie den Ausdruck entschuldigen, und zwar dann, wenn man's am wenigsten erwartet, als sie schließlich vom Highway auf eine Landstraße und von dort auf eine Nebenstraße abbogen und durch das Tor mit dem Schild ZUTRITT FÜR FREMDE VERBOTEN fuhren, –man weiß nie, wozu einer imstande ist.

–Mein Gott, Lily, während der Wagen durch die Furchen der Auffahrt rutschte, –die Leute sind zu allem imstande.

–Gucken Sie mal! als sie zur Veranda hin einbogen, –da ist er, dieser Mister Boatwright, ich hab's Ihnen ja gesagt, sehen Sie ihn da drin? Wie er ganz krumm und schief herumschleicht? Hab ich's Ihnen nicht gesagt? Er ...

–Mein Gott! Halten Sie an! Das ist ...

–Das ist dieser alte Klempner, dieser Mr. Boatwright, ich hab Ihnen doch erzählt, wie ich ihn da drin durchs...

–Das ist, das ist kein Mister Sonstwas, das ist, schauen Sie ihn sich doch an! Das ist Oscar! Wieso halten Sie denn! Beeilen Sie sich! Und schon war sie ausgestiegen und rannte durch den Regen die nasse Verandatreppe hinauf, um an der Tür zu zerren –Oscar! Was ist denn hier los!

–Verflucht!

–Hier, nimm meinen Arm, bevor du, Vorsicht!

–Laß mich los, hab ich gesagt!

–Kannst du, mir vielleicht einfach sagen? Sie hatte sich auf die Kante des nächststehenden Stuhls sinken lassen, –was in Gottes Namen hier vorgeht?

–Das sieht man ja wohl, was hier vorgeht!

–Na ja, es, sieh dich doch um! Wo willst du denn jetzt hin? Würdest du bitte, mein Gott, Lily, kreischen Sie doch nicht so! Da läuft es einem ja eiskalt über den Rücken, stellen Sie die Lebensmittel einfach ab und helfen Sie mir, diesen Kuddelmuddel hier aufzusammeln, ja? Oscar? Sagst du mir jetzt endlich, was die ganzen Papiere hier auf dem Boden sollen? Und wo willst du eigentlich hin mit deiner, Obacht! Ist die leer? Sie war wieder aufgesprungen, –das also hast du …

–Gib her!

–Sie ist leer! Sie ist, mein Gott, Oscar. Mein Gott. Da läßt man dich zehn Minuten allein und du machst eine Flasche von deinem Pinot Grigio auf und turnst im Zimmer herum wie ein, nun setz dich doch endlich hin! Mir wird ja ganz schwindelig, das also hast du die ganze Zeit gemacht? Dich vorn und hinten von uns bedienen lassen, und kaum lassen wir dich allein, stehst du auf und torkelst durchs Zimmer wie ein, sagst du mir jetzt endlich, was das Ganze soll?

–Ich hab ihn angerufen.

–Wen?

–Na, was glaubst du denn?

–Oscar, ich veranstalte hier keine Spielchen mit dir, als wärst du zehn und würdest mir hinter der Tür auflauern, gib mir einfach Antwort. Wen hast du angerufen?

–Vater.

–Und deswegen turnst du flaschenschwenkend hier herum und verteilst Bücher und Papiere über dem Boden? Das also hast du, ich habe dich gebeten, dich hinzusetzen! Ich kann nicht mit dir reden, solange du, Lily, was sitzen Sie denn hier herum. Können Sie sich denn nicht nützlich machen?

–Aber ich hab gedacht …

–Also das haben Sie ganz bestimmt nicht. Mr. Boatwright, mein Gott, taumelt hier herum und schwenkt eine Flasche wie ein Zweijähriger, der laufen lernt, wenn niemand zuguckt, ist das der Grund für diesen lächerlichen Auftritt, Oscar? Was hat er gesagt?

–Man muß aber, man muß wirklich wieder laufen lernen, wenn man zum erstenmal aufsteht, das ist wie ein Nagelbett, wie wenn man auf Glasscherben geht.

–Danach habe ich dich nicht gefragt! Wenn du mir einfach mal zuhören …

–Ich mache doch die ganze Zeit nichts anderes, oder? Als dir zuhören? Soll ich ihn vielleicht anrufen und darum bitten, daß er mir, hier sitzen und Vater sagen, daß alles meine Schuld ist? Daß es in der Familie eine Veranlagung zum Wahnsinn gibt, hab ich das vielleicht je behauptet? John Browns Leiche liegt im Grab und wird zu Staub, und seine Mutter und Großmutter sind beide im Wahnsinn gestorben? Einer seiner Brüder, seine Schwester und deren Tochter, außerdem noch ein paar Tanten und Onkel waren alle Naslang in der Irrenanstalt, da hast du eine Veranlagung zum Wahnsinn in einer Familie, seine erste Frau und einer seiner Söhne sind in geistiger Umnachtung gestorben, und seine Seele marschiert weiter, während ich hier sitze und in diesem Tauziehen zwischen einem Juden und einem Schwarzen um Großvaters Leiche hin und her gezerrt werde, und wo ist er? Vater, mein Vater zu beschäftigt mit dieser baufälligen Schrottskulptur da unten, um sich meine, was soll ich denn machen? Auf die Knie fallen und um Gnade bitten, als hätte ich, als wäre ich schuld an diesem Gerede von wegen Amtsanklage? Und mir deswegen Gewissensbisse machen? Darum kabbeln sie sich doch, oder? Wie die Prozeßparteien mit ihrem Seitenwechsel, die sich um diesen rostigen Schrotthaufen kabbeln und in beide Richtungen ziehen, spielt es vielleicht eine Rolle, wer an welchem Ende zieht, wenn ich mittendrin sitze? Ja?

–Nun setz dich doch endlich, sonst fällst du noch hin, wenn du vielleicht, wo willst du hin!

–Da, wo ich hinwollte, als du zur Tür hereingekommen bist, in die Küche und mir noch eine Flasche von dem, auf dem Frühstückstresen, Lily, und bring den Korkenzieher mit, ja?

–Setz dich hin! Hinsetzen, alle beide! Mein Gott, Lily, hab ich Sie nicht gerade gebeten, das Durcheinander hier aufzuräumen? Holen Sie einen Besen und fegen Sie die Papiere da zusammen, ehe noch einer von uns ...

–Die Papiere da! Untersteh dich, sie zusammen, das ist mein Stück, es ist mir heruntergefallen, als ich die Stelle im letzten Akt gesucht habe, wo der, heb sie auf, bist du so nett? Hilfst du mir, sie aufzuheben, Lily? So geht es schon, er hat es nämlich nie gelesen, das war ihm zuviel Mühe, aber ins Kino ist er gegangen, hört zu.

Genau das machen wir jetzt auch, wir gehen ins Kino. Ruf dort an, hol meine Schuhe, wir ...

–Oscar, hör auf, hier draußen läuft der Film doch gar nicht, setz dich hin, hab ich gesagt!

–Dann fahren wir eben in die Stadt, sehen ihn uns in der Stadt an, ist Benzin im Wagen?

–Wir fahren nirgendwo hin! Lily, würden Sie mir bitte, hier, nehmen Sie den anderen Arm, ja? helfen, ihn zum ...

–Da, zum Telefon, da drüben, zum Telefon, dem zeig ich's, ich mache das mit der Berufung selber, dem zeig ich's.

–Geschafft. Legen Sie ihm einfach den Kopf zurück, so, das wär's.

–Mir ist so schlecht.

–Soll ich dableiben und Ihnen beim Abendessenmachen helfen?

–Nein, fahren Sie ruhig, Lily, bringen Sie die Lebensmitteltüten in die Küche und fahren Sie. Ich mache ihm ein bißchen Milchtoast und bringe ihn dann ins Bett. Das heißt, Lily? Und sie nahm die Hände vom Gesicht, mit denen sie die Augen bedeckt hatte, die plötzlich umflort waren, stumpf wie ihre Stimme, –nur wenn Sie müssen, ich meine, müssen Sie denn fahren? Da wäre nämlich noch Oscars früheres Zimmer oben, jetzt wo wir Ilse nicht mehr um die Beine haben, obwohl er eigentlich auch selbst da hinaufpoltern kann, wenn ich mir's recht überlege, lassen wir heute nacht lieber alle Lichter brennen, weiß der Himmel, was ihm als nächstes einfällt, Sie haben doch Ihre Autoschlüssel nicht stecken lassen, oder? Falls wir heute nacht überhaupt ein Auge zutun, na bitte. Hören Sie das? Da schlägt doch irgendwo eine Tür? Und dann das Warten darauf, daß er ruft, er hat einen Anfall gehabt? Oder das Haus brennt? Jeder Sinn hellwach für eine Reizung jedes anderen, so daß unklar blieb, welcher alles auslöste, der Stich des Morgenlichts? Der schrille Schrei? Oder der Geruch von Rauch.

–Guten Morgen, sagte er von dem Stuhl aus, auf dem er saß, –Kaffee? Blind gegen die aus beiden Richtungen hereingestürzte nächtliche Zerzaustheit –oder, oder Tee? Er zerteilte die im Sonnenlicht bläuliche Wolke neben ihm, zerriß ihren Schleier der Ruhe mit einem Wedeln seiner Hand.

–Du, du rauchst ja!

–Setz dich, Christina, setzt euch alle beide, wir können ...

–Erschreckst uns halb zu Tode, ich habe den Rauch gerochen und, Oscar, was machst du denn da, um Himmels willen! Du hast zwanzig Jahre lang nicht geraucht, wo hast du die denn her!

–Hab ich in der Tasche von dem Jackett hier gefunden, und jetzt wollen wir ...

–Ich habe gefragt, wo du, fehlt dir auch nichts? Sitzt hier in Anzug und Krawatte, was soll denn, du warst schon draußen und hast die Zeitung hereingeholt?

–Ich möchte eine Tasse Kaffee, und ich möchte wissen, was mit den ...

–Eine Tasse! Mein Gott, nach gestern abend wirst du eine ganze Kanne brauchen, du mußt ja einen wirklich gewaltigen Brummschädel haben, erinnerst du dich denn an gar nichts mehr? Daß du um Mitternacht aufgestanden und hier unten auf und ab marschiert bist und dazu Gott weiß was rezitiert ...

–Zieht's dich einmal zur Tanzpartie, Gibt's Flott'res als die Poesie. Sag ...

–Bitte, fang nicht schon wieder damit an, wenn du ...

–War auf der Kirchweih zu später Frist, Weiß nit mehr, wo mein Binder ist, Und hab ...

–Bitte! Und mach endlich dieses ekelhafte Ding aus, du verpestest ja das ganze Haus, Lily, kochen Sie um Gottes willen Kaffee, ja?

–Hör zu, Christina, ich will wissen, was mit meinem Stück passiert ist, mit diesen Blättern, die auf dem Boden gelegen haben, als du ...

–Wozu brauchst du das denn? Und dieser Anzug, wo hast du bloß diesen Anzug her?

–Den habe ich im Wandschrank neben der Bibliothek gefunden. Also, wo ist mein Stück?

–Das heißt also, es ist ein alter Anzug von Vater, ja?

–Ich habe dir doch gerade gesagt, ich habe die Zigaretten in der Tasche gefunden, oder? Von damals, als er angefangen hat, Home Runs zu rauchen? Und jetzt ...

–Mein Gott, kein Wunder. Kein Wunder, daß ich beim Aufwachen dieses widerliche Gefühl hatte, als ich das gerochen habe, als wäre er immer noch im Haus, als säße er da unten und würde warten, einfach auf einen von uns warten, damit er, nun mach sie endlich aus! Hier, nimm das da als Aschenbecher, du hustest ja schon wie er damals, mach sie aus, Oscar. Mach sie aus!

–Also gut! Wo ist es denn nun, hast du es weggeworfen? Mein Stück, nun sag schon. Hast du die Blätter auf dem Boden weggeworfen?

–Setz dich doch. Ich habe es irgendwo hingelegt, weiß der Himmel, was du damit ...

–Ich will es, weil es mir gehört, Christina. Ich will es, weil ich es geschrieben habe. Ich will es, weil es das einzige ist, was mir aus diesem ganzen Alptraum geblieben ist, das einzige, was mir, was ich von dem, was mir gehört, vielleicht retten kann. Vielleicht ist das alles überhaupt nur deswegen passiert. Vielleicht ist es aus einem ganz bestimmten Grund passiert, nämlich um das Stück wiederzubeleben, statt daß es einfach verschütt geht und in einem Regal verstaubt, und wenn es erst einmal auf die Bühne kommt, und zwar so auf die Bühne kommt, wie ich es geschrieben habe, alles ganz genau so, wie ich es geschrieben habe, und nicht wie in diesem abgeschmackten Plagiat auf der Leinwand, das ...

–Wer soll es denn auf die Bühne bringen, etwa dein Freund Sir Nipples? Mein Gott, Oscar, du ...

–Jawohl. Sir John, jawohl, du, du brauchst gar nicht beleidigend zu werden, Christina. Ich möchte es auf die effektvollsten Stellen durchgehen, wenn ich die Lesung für ihn veranstalte, ich denke, ich sollte seine Zeit nicht gleich beim erstenmal mit einer kompletten ...

–Was redest du denn da, eine Lesung! Und was ist mit der Berufung, wegen der wir uns hier in den Haaren gelegen haben, willst du etwa auf Harry hören? Die ganze Sache vergessen? Groß herauskommen und deine Millionen-Dollar-Schadensersatzklage genauso in die Binsen gehen lassen wie meine Ehe, weil ich in diesem Kuddelmuddel zu dir gehalten habe? Für die gerechte Sache gekämpft und verloren, ist doch nicht schlimm, und ich habe nichts mehr von ihm gehört, seit er von hier weggefahren ist, du vielleicht? Zu stur, um einfach den Hörer abzunehmen und mir zu sagen, daß es ihm leid tut, wie er sich verhalten hat, oder sonst irgendwas, dabei geht es mich eigentlich gar nichts an, dieser Kuddelmuddel, den du da angerichtet hast, ich habe dir doch gesagt, du sollst das Vergleichsangebot annehmen, oder? Und er auch? Und jetzt, wo es zu spät ist, willst du seinen Rat befolgen und die ganze Sache vergessen, soll ich das vielleicht auch? Wo er es nicht einmal fertigbringt, den Hörer abzunehmen und ...

–Hör zu, Christina. Du bist diejenige, die zu stolz ist, den Hörer abzunehmen, du bist schon die ganze Zeit nervös und machst dir Sorgen, weil er so unter Streß steht, und daß die Tage so vergehen, macht es nur noch schlimmer. Nein, ich habe nichts von ihm gehört, seit er von hier weggefahren ist, ich habe nicht für die gerechte Sache gekämpft und verloren, und ich verzichte keineswegs auf die Berufung. Ich habe versucht, Harry zu erreichen, aber es heißt jedesmal, er ist bei Gericht, in einer Besprechung, ich habe Sam angerufen und ihnen Beine gemacht, damit sie endlich Berufung einlegen und mit der Spiegelfechterei aufhören, während sie um Rechnungen und Auslagen und den ganzen anderen Quatsch feilschen, sie werden bezahlt, wenn sie Ergebnisse erzielen. Deswegen war ich auf den Beinen, als ihr gestern zurückgekommen seid, die Batterie von dem Stuhl ist leer, ich bin aufgestanden, um ans Telefon zu kommen, und ich werde aufbleiben, schließlich ist es immer noch mein Stück, und diese Gelegenheit lasse ich mir nicht entgehen.

–Na, dann laß sie doch! Laß sie für dich Berufung einlegen und warte ab, was dabei herauskommt, bevor du hier für nichts und wieder nichts, Lesungen organisieren, was denn für Lesungen? Wo denn? Das nennst du Gelegenheit, wo du noch nicht einmal ...

–Weil er in der Stadt ist. Er ist in der Stadt, Sir John Nipples, er ist hier, um eine Wiederaufnahme von Sheridans Lästerschule zu inszenieren, es steht da in der Zeitung, ist das vielleicht keine Gelegenheit?

–Du hast also vor, deine brillanten Studenten hierherzuzitieren, damit sie sich auf den Boden setzen und eine unvergeßliche Lesung geben, während du Sir John Karotten nach spanischer Art vorsetzt, das ist doch verrückt, Oscar, das kann unmöglich dein Ernst sein. Das ist doch alles völlig verrückt.

–Ich habe nicht gesagt hier, oder? Oder? Ich kann in der Stadt eine Lesung veranstalten, ein paar professionelle Schauspieler zusammenholen und in der Stadt eine Lesung für ihn veranstalten, sobald ich die wirkungsvollsten Stellen …

–Und wie gedenkst du deine Schauspieler zu bezahlen?

–Bezahlen? Die werden die Chance beim Schopf packen, vor einem der weltweit renommiertesten Regisseure des heutigen Theaters vorzusprechen. Natürlich werden sie es gratis machen, sie sind so eitel, daß sie für eine solche Chance wahrscheinlich sogar selbst bezahlen würden, wir werden sie gar nicht suchen müssen, sondern im Gegenteil abwimmeln, wir …

–Es wäre mir recht, wenn du nicht wir sagen würdest, ich habe nämlich nicht vor, mich da irgendwie, ach, stellen Sie's einfach da hin, Lily, und diese Blätter, die wir vom Boden aufgehoben haben, würden Sie die bitte holen? Ich glaube, ich habe sie auf den Kühlschrank gelegt, sitzt da in einem von Vaters alten Anzügen, warum lädst du ihn nicht ein, wenn deine professionellen Schauspieler diese wirkungsvollen Stellen vorbeten, bestimmt hätte er ein paar gute Vorschläge.

–Vater hat eine Menge am Hals.

–Also, der Satz hat's dir wirklich angetan. Machst du das alles deshalb? Bloß um ihm zu beweisen, daß du …

–Warum sollte ich ihm irgend etwas beweisen müssen! Er …

–Ja, mein Gott, das hat dich doch überhaupt erst auf diese Schnapsidee gebracht, oder? Du bist hier herumgetorkelt, als wir zurückgekommen sind, und als ich dich gefragt habe, was los ist, hast du doch gesagt, du hast gerade Vater angerufen?

–Ich habe nicht gesagt, ich habe mit ihm geredet, oder? Ich habe gesagt, ich habe ihn angerufen, nein, nein, sein Gerichtsschreiber hat gesagt, er wäre zu beschäftigt, um ans Telefon zu kommen, er hat schon wieder was Neues am Hals, es steht heute morgen in der Zeitung, im Moment ist er so beschäftigt mit irgendeinem verrückten Geistlichen, der beim Taufen einen kleinen Jungen ertränkt hat, daß er keine Minute Zeit für mich hat, um ans Telefon zu kommen, wo ist denn der Zucker? Außerdem können jetzt jeden Tag die Anhörungen vor dem Rechtsausschuß des Senats anfangen, dazu dieser Rollentausch in dem Fall mit der Schrottskulptur, während dieser Neandertaler das Amtsanklageverfahren einleitet, da hat er weiß Gott, hast du denn keinen Zucker mitgebracht?

–Ich habe dich eigentlich noch nie Kaffee trinken sehen, Oscar, ich habe nicht gewußt, ob du …

–Na, was steht denn nun da, in der Zeitung, wo ist …

–Lies es doch selbst! Hinten im Unterhaltungsteil, da gehört es auch hin, die Schlagzeile lautet ERTRUNKENER JUNGE VON GOTT GERUFEN, SAGT REVEREND UDE, oder so ähnlich.

–Wer?

–Nicht dein Bobby Joe, nein, irgendein alter Scharlatan in Nord- oder Südcarolina, wird vom Vater des Jungen wegen widerrechtlicher Tötung verklagt, und der betreibt einen Schrottplatz in Mississippi, also haben wir hier wieder diese unterschiedliche Gliedstaatenzugehörigkeit, und damit fällt die Sache in die Bundeszuständigkeit und …

–Aber er ist es! Wißt ihr, wer das ist? Das ist Reverend Bobby Joes Daddy, steht da Elton? Reverend Elton Ude? Das ist sein alter Daddy, Reverend Bobby Joe ist nach Florida umgezogen, weil da Disney World ist, wo die ganzen alten Leute hingehen, und das ist sein Daddy, ganz bestimmt, Oscar, weil Reverend Bobby Joe meinem Daddy mal erzählt hat, sein Daddy wäre …

–Daddy. Daddy, Daddy, am besten gibst du ihr einfach die Zeitung. Wenn ich euch beide so sehe, mein Gott, sitzt da in einem alten Anzug von seinem Daddy und hat, wo willst du denn jetzt schon wieder hin?

–Die Blätter holen, die du oben auf den Kühl…

–Sei nicht albern, Lily kann sie holen, und wag es ja nicht, dir noch eine von diesen Dingern anzuzünden, marschiert hier durchs Zimmer, wenn irgendein Versicherungsmensch kommt, um deine schwere Invalidität nachzuprüfen, glaubst du vielleicht, der hält dich in diesem Aufzug für Mister Boatwright, unseren alten Familienklempner? Dann kannst du dir den Schadensersatz für deine idiotischen Unfallschmerzen, deine dauerhafte Entstellung und alles andere an den Hut stecken, zusammen mit deiner Millionen-Dollar-Berufung, wenn Sir John diese professionellen Schauspieler über die Bühne hüpfen läßt, während dein Freund Kiester und die ganze Bande im Zuschauerraum sitzen und wie nicht gescheit klatschen, und du sitzt hier und starrst auf das leuchtend Große Wasser mit nichts als einem Stapel Rechnungen von …

–Hör zu. Dieser Anzug, den ich da anhabe? Ein Zittern seiner Hand, die das Päckchen Home Runs umklammerte wie eine wenn auch noch so nutzlose Waffe, seine eigenen Kleider waren alle oben in seinem Zimmer, und an die Treppe hatte er sich noch nicht herangetraut, deshalb hatte er diesen Anzug aus dem Wandschrank neben der Bibliothek angezogen, einfach um wieder wie ein zivilisierter Mensch auszusehen, –weil ich ein zivilisierter Mensch bin!, jawohl, und wenn ich mich so umsehe, vielleicht einer der letzten, die es noch gibt. Krankenhausrechnungen? Arztrechnungen? Schmerzen, davon hatte er jetzt genug, sollten seine neuen Anwälte sich darum kümmern, genau wie die anderen würden sie erst bezahlt werden, wenn sie Ergebnisse erzielten, und falls jemand seine dauerhafte Entstellung sehen wollte, er würde seine Narbe demnächst zur allgemeinen Ansicht ausführen, er hatte nämlich eine Einladung zu einem Vortrag über die Schlacht von Shiloh angenommen, eigentlich mußte er auch gleich seine Unterlagen heraussuchen, um sich vorzubereiten, und wenn irgendein schäbiger Versicherungsmensch unbedingt zum Fenster hereingucken wollte, dann sollte er ruhig. Sollte er ruhig!

–Ich glaube, dein Wunsch ist gerade in Erfüllung gegangen, Oscar.

–Da ist gerade jemand auf die Veranda gekommen, soll ich …

–Na, davon rede ich doch. Er sieht jedenfalls schäbig genug aus, um die Rolle auszufüllen, sehen Sie mal nach, was er will, Lily?

–Nein, ich gehe.

–Ich möchte lieber nicht, wenn sie mich hier finden, könnten sie …

–Ich habe gesagt, ich gehe! Vom Stuhl aufwankend, suchte er Halt an der Anrichte, dann den Flur entlang, um klappernd die Glastür zu öffnen, –ja?

–Mister Crease?
–Ich bin Mister Crease. Was wollen Sie?
–Ganz schön schwer, Sie hier zu finden. Das ist für Sie.
–Was ist das denn? Wer sind Sie?
–Zusteller, Mister Crease. Das ist eine Ladung.
–Das, ich will das nicht! Der Umschlag fiel zu Boden, –ich will das …
–Zugestellt ist sie jedenfalls. Hübsches Haus haben Sie da, wär ich nie draufgekommen, daß es hier in der Pampa sowas …
–Raus hier! Haben Sie das Schild nicht gesehen? Das ist Privatbesitz, können Sie nicht lesen?
–Eins noch, lassen Sie die Veranda reparieren, bevor sie jemand auf den Kopf fällt, sonst sehen Sie mich umgehend wieder, jetzt kenne ich ja den Weg, wie sagt der Dichter? Scheiden wir als entferntere Bekannte, schönen Tag wünsch …
–Verschwinden Sie! Er bückte sich nach dem Umschlag, ließ ihn fallen, bekam ihn wieder zu fassen, richtete sich auf und brummelte sich durch den Flur zurück, –Gott, wozu manche Leute imstande sind, um sich ihre Brötchen zu verdienen. Hier, er hielt es ihr zittrig hin, –wirf das weg.
–Die Leute sind zu allem imstande, was ist das denn?
–Ich habe gesagt, wirf es weg!
–Das ist eine, Sie werden als Zeuge zur mündlichen Verhandlung in Sachen Sosumi Motor Co. gegen folgende Beklagte geladen. Fan Tan Ltd., Productos Porqueria S. A., Wydawniczy, das kann ich nicht aussprechen, es ist eine ziemliche Liste.
–Lächerlich, nun wirf es endlich weg!
–Im Falle Ihres Nichterscheinens kann eine Geld- und/oder Haftstrafe gegen Sie verhängt werden. Bringen Sie diese Ladung zum Termin mit, das hört sich aber …
–Wirfst du das jetzt endlich, oder halt. Gib her, ich schicke es den Anwälten, dafür werden sie schließlich bezahlt, oder? Ich kann mich jetzt nicht damit abgeben, werde sowieso den ganzen Vormittag dazu brauchen, die Blätter zu sortieren und den ersten Akt noch vor dem Mittagessen zu schaffen, bloß etwas Leichtes. Ein Omelette? Consommé und ein schlichtes Omelette, bestimmt gab es

draußen Thymian, Estragon, das würde sie ihr zeigen müssen, Petersilie? Schnittlauch? Ein einfaches Omelette aux fines herbes also, ein bißchen Wasser mit den Eiern verrührt, aber kaltes Wasser, es mußte kalt sein, wahrscheinlich würde sie ihr auf die Finger sehen müssen, der letzte Milchbrei hatte wie Raststättenfraß geschmeckt, und als es dann soweit war –ein bißchen Wein? Das förderte den Mittagsschlaf, ehe er sich wieder an die Arbeit machte, sich Zeile für Zeile, von leisen Wonneseufzern unterbrochen, durch die sortierten und auf Kante gestoßenen Blätter murmelte, wobei Wort auf Wort seine Lippen bewegte und ihnen sogar laut entfuhr –als wir wie Bettler auf der Suche nach einem neuen Exil aus Frankreich zurückkamen und du mich zu ihm geschickt hast? Die Stimme senkte sich zu einem vor Entrüstung heiseren Flüstern –Du schneist hier so herein in deinem feinen französischen Aufzug und forderst dein Recht, hat er zu mir gesagt, als ich ihn um das Geld bat, das er meinem Vater schuldete, dabei hatte ich den Morgen damit zugebracht, durchgescheuerte Manschetten zu kürzen und den Saum am Rock meines Vaters umzustecken, um, den Saum am Rock meines Vaters, mit einer Pause für den Bleistift, –den Saum am Rock meines Vaters, am abgetragenen Rock meines Vaters umzustecken, um mich angemessen zu präsentieren. Fünfhundert Dollar! Empört hervorgestoßen und zu einem Murmeln, einem Brummeln ersterbend –für mich und die in meiner Obhut stets erstrebt habe, Thomas, den Willen des Herrn zu erkennen und mich ihm zu fügen. Mir Schätze im Himmel zu sammeln, Thomas, Schätze auch für dich, denn du strebst hienieden, mit scharfem Einziehen des Atems –nur nach Gerechtigkeit! Bedrückt verklingend –als mein Mut beinah gebrochen wurde …

–Oscar? Möchtest du Tee oder irgendwas, bevor ich die Wäsche da mache?

–Was?

–Ich habe gefragt, ob du …

–Ich habe dich verstanden. Siehst du denn nicht, daß ich arbeite? Mußt du mich unbedingt stören, um mit mir über die Wäsche zu reden?

–Ich wollte dich nicht …

–Wie spät ist es denn? Ich muß noch ein paar Anrufe erledigen, jetzt ist der Faden sowieso gerissen. Auf dem Boden in der Bibliothek liegt ein Hemd, das kannst du auch dazutun, und machst du mir bitte Tee? Der Kartentisch erzitterte unter seinem Gewicht, als er sich hochstemmte, sich mit einem Stück Briefumschlag zum Telefon mühte, um die darauf gekritzelte Nummer zu wählen, –Hier ist Mister Crease, kann ich bitte Mister Mohlenhoff sprechen? Aufmerksames Lauschen, Zähneklacken, Hörerhinknallen, und erneut –Hier ist Mister Crease, kann ich bitte Sam sprechen? Nein, Sam Lepidus, kennen Sie denn Ihren eigenen ... Zähneklacken, Lauschen, Hinknallen, Durchblättern des Telefonbuchs nach dem –Royal Court Theatre? Räuspern –ja, hier ist Mister Crease, Oscar Crease. Ich versuche, Sir John zu erreichen ... wie? Ach so. Danke, kann ich es später noch einmal versuchen? Er legte behutsam den Hörer auf und verharrte davor, als hätte er Angst, ihn unbeaufsichtigt zu lassen, bis sein leerer Blick sich auf die leere Mattscheibe heftete und beide kurz darauf von den knalligen Farben und fleischigen Blütenblättern der promiskuitiven, ausgedehnten Familie der Orchidaceae funkelten, deren Reize in sämtlichen trügerischen Varianten von Form und Duft, Farbe und Zeichnung prangten, um geile Insekten mit falschen Verheißungen von Sex und Nektar zu ködern, Auslöser rasender Pseudokopulationen mit der Folge, daß ihr Blütenstaub dort abgelegt wurde, wo er den größten Nutzen stiftete, und er fuhr hoch mit –war das das Telefon?

–Was? Nein, ich bringe dir bloß deinen Tee, Oscar, ich ...

–Da, stell ihn da hin, setz dich.

–Ich kann nicht, ich muß doch die ...

–Nun setz dich schon. Er hievte sich zur Seite, um ihr gerade so viel Platz zu machen, daß sein Arm sich um ihre Schultern legen konnte, während ein Wespenmännchen eine seinem weiblichen Widerpart kunstvoll nachgebildete Orchidee anfiel und dabei unabsichtlich deren Staubgefäße aufnahm, um sie ein Stückchen weiter im eierstockartigen Behältnis der blumenblättrigen Verführerin abzuliefern, eine Hand glitt unter die Passe ihrer Bluse, während das berauschende Aroma verwesenden Fleisches, das einem anderen blumigen Täuscher entströmte, Aasfliegen zu einer ähnlich schrägen Mission anlockte, Bienen, vom buhlerischen Duft weiblicher Bienen mit Begierde gestochen, und Bienen anderswo, die, trunken vom Nektar verheißenden Wohlgeruch, so schwer mit an ihrem Rücken klebendem Blütenstaub beladen emporwankten, daß sie kaum ihre festgelegte Runde zu Ende brachten, seine Finger lösten einen Knopf und noch einen, forschten tiefer, um an dem knospenden Rosa zu zupfen, das sich ihrer Berührung entgegenhob, und riefen ein Seufzen hervor, in dem sich Lust und Qual mischten, während auf der Mattscheibe die geäderte, purpurne Blütenlippe des Frauenschuhs schwoll, –obwohl es eigentlich eher nach dem griechischen Wort aussieht, orchis, für Hoden, stimmt's?, was ein Kichern hervorrief, –komm, leg deine Hand auf ...

–Nein, nicht, Oscar, bitte.

–Nun mach schon, die Wäsche kann warten.

–Aber wenn jemand zum Fenster reinguckt.

–Christina macht ein Nickerchen, und zum Fenster guckt niemand rein.

–Und der Mann vorhin? Der hat reingeguckt, bevor wir ihn draußen überhaupt gesehen haben. Und wenn sie mich suchen und das hier mit dir machen sehen, dann haben sie alles, was sie ...

–Was denn machen! Hör zu, kein Mensch sucht dich, nun hör aber ...

–Und ob! Deswegen wohne ich doch im Moment hier, oder? Und wenn Al mich finden will, wird er überall suchen. Du kennst Al nicht.

–Gott sei Dank. Wer ist Al?

–Das hab ich dir doch gesagt, das ist der, mit dem ich mal verheiratet war, der will mich mit einer Vorladung, so wie du vorhin eine gekriegt hast, vor Gericht bringen, als Zeugin dafür, daß ich mit diesem miesen Schwein von Anwalt gebumst habe, und wenn der mich hier mit deiner Hand in meiner ...

–Oscar?

–Siehst du? Sie wand sich los.

–Ich dachte, du arbeitest. Ich habe oben das Kreuzworträtsel gemacht, weil ich dich nicht stören wollte. Schaust du dir das da an?

–Das war meine Natursendung, hör zu, Christina. Ich mache

hier unten keine Kreuzworträtsel, man kann mit dieser kreativen Spannung, die ich brauche, immer nur soundso lang arbeiten, und wenn der Faden einmal gerissen ist, sitzt man nicht einfach da und überlegt sich ein Wort mit sechs Buchstaben für ...

–Ich glaube, das Wort habe ich gerade gehört. Wo willst du denn hin?

–Das habe ich dir doch gesagt. Ich muß meine Unterlagen für diesen Vortrag über Shiloh zusammensuchen, die Schlacht von Shiloh, das war die zweite große Schlacht des Krieges, fuhr er fort und deckte seinen wankenden Rückzug mit der planlosen Aufstellung von Grants Truppen angesichts des überraschenden Vorstoßes der Konföderierten auf Pittsburg Landing in einer Aprildämmerung bei der Shilohkirche, bis er die Redoute der immer noch im Flur gestapelten Pappkartons gewann, wo er sich durch Ordner, lose Blätter, Examenshefte wühlte, unerfahrene Truppen auf beiden Seiten, befeuert vom Überschwang der Schlacht, während die Unordnung bei den Konföderierten unter dem Heulen wahllos abgefeuerter Granaten von Kanonenbooten der Union auf dem Tennessee im zweitägigen Gemetzel ständig zunahm, das auf jeder Seite zehntausend Tote und Verwundete forderte, ohne daß eine Sieger blieb, und er sich endlich aufrichtete, die Arme beladen mit Ordnern, aus denen lose Blätter über die Kartons fielen, wie Grant, der über die verlassenen Feldlager des Feindes brütete, ein Blutfest, das später anderswo und, in bescheidenerem Maßstab, in den Abendnachrichten wiederaufgenommen wurde, wo die Religion für die Spitzenmeldung sorgte, und zwar mit einem Angriff auf die Babri-Masjid-Moschee im fernen Uttar Pradesh, der die ihm zugeteilte Sendezeit erschöpfte, um einer moribunden Prozession schieren, nackten Elends in den hervorquellenden Augen und aufgetriebenen Bäuchen einer Hungersnot im weit entfernten Sudan Platz zu machen, in ihrer Ziellosigkeit hastig abgelöst von guten Nachrichten, näher der Heimat, für Leute, die unter Fußpilz, Übergewicht, Blähungen litten, und dem Spektakel eines sechzig Zentimeter tiefen Flusses aus geschmolzenem Käse, Butter und Schweineschmalz, der einem Tausende von Tonnen überschüssiger staatlicher Lebensmittel vernichtenden Lagerhausbrand im Mittleren Westen entquoll und nichts weiter als eine Gedächtnisstütze lieferte, Butter auf den Einkaufszettel zu setzen, als es Zeit zum Abendessen war, und wieder eine Nacht von Windstößen gerüttelter Schieferplatten und Fensterläden, und der Tag brachte eine von der Historical Society erwirkte gerichtliche Verfügung, die eine Erklärung für die Nichtherausgabe der speziellen, Captain (nachmals Richter) Thomas Crease betreffenden Dokumente von ihm forderte, welche von Rechts wegen der Unsterblichkeit gehörten, –schon daß sie sich trauen, dieses Wort zu verwenden, das ist, das ist die reine Unverschämtheit.

–Na und? Ruf deine Anwälte an.

–Ich habe sie angerufen, Christina. Ich habe Mohlenhoff angerufen, es hieß, er ist bei Gericht. Ich habe Sam angerufen, er war auch bei Gericht, da habe ich sie einfach noch mal angerufen. Diesmal hieß es, Mohlenhoff würde mich zurückrufen, und Mister Lepidus hat mir ausrichten lassen, daß solche Sachen Zeit brauchen, und dann habe ich noch das Theater angerufen, weil ich ...

–Den Zoo angerufen und nach Mister Fox gefragt, bist du jetzt auf einmal wieder zehn Jahre alt? Rufst beim Drugstore an und fragst, ob sie Prince Albert in der Dose haben, damit du ihnen sagen kannst, sie sollen ihn rauslassen? Fällt dir nichts Besseres ein, um deine Zeit zu verschwenden?

–Ich kann doch einem bedeutenden Regisseur kein Manuskript in diesem Zustand schicken, oder? Es braucht noch die letzte Feile, eine saubere Kopie, bevor er es zu sehen bekommt, würdest du mich jetzt bitte ...

–Ich dachte, du feilst an deinem großen Vortrag über Shiloh?

–Ich versuche, beides zu tun! Würdest du mich jetzt bitte wieder arbeiten lassen? Und kurz darauf fingierte seine Stimme den honigsüßen Bombast des Alten Südens mit –die richtige Vorstellung von diesen Dingen, nicht wahr? Aristoteles, das war der griechische Philosoph, ich kann Ihnen das irgendwo zeigen, was er über natürliche Sklaven gesagt hat, und wieder der Stift, –was er über natürliche Sklaven sagte. Daß es manche gibt, die von Natur aus zu Sklaven bestimmt sind. Schon ... Modulation zu einem vollen Bariton, –aber daß darüber die Hautfarbe eines Menschen entscheidet, Sir?

–Und wenn du dir noch eine von diesen Dingern anzündest, dann mach das gefälligst draußen, gestern abend hast du hier drin eine geraucht, als ich schon zu Bett gegangen war, und mir tränen jetzt noch die Augen. Lunch? Ein Sandwich oder so etwas, gleich hier am Kartentisch, damit er weiterarbeiten konnte, die Tage verschwammen ineinander unterm eintönigen Geleier seiner Stimme, matt wie der sich draußen über den Teich, wo es jede Tageszeit hätte sein können, herabsenkende Himmel, um dann jäh wie ein Wetterumschwung in anschwellendem irischem Akzent strahlend hervorzubrechen mit –Wenn sich Menschen nun mal wie Wilde verhalten, ohne Achtung vor Recht und Ordnung, wie muß man sie dann behandeln? Wie Wilde eben! Innehalten, um eine Zeile zu streichen, –aber kaum tun sie sich zusammen, empören sie sich und werden wild vor lauter Raufen und Trinken und Heulen nach Gerechtigkeit, ohne jede Achtung vor anständigen Menschen wie Ihnen und mir. Ab und zu muß man ihnen ein bißchen Gerechtigkeit einbleuen, ist die Post schon da?

–Liegt da auf der Anrichte, irgendwas von deinen Freunden Mohlenhoff, Shransky und Vorsicht! Du brichst dir noch ...

–Warum hast du mir nichts gesagt!

–Du brauchst nicht gleich die Möbel zu zertrümmern, schließlich wolltest du nicht gestört werden, oder?

Sehr geehrter Mister Crease,

Eine Überprüfung der Sach- und Rechtslage in Zusammenhang mit dem kürzlich von Ihnen erlittenen Autounfall hat ergeben, daß Ace Worldwide Fidelity als Versicherer des Fahrzeugs sich aufgrund des Verzichts auf die übliche Deckung aus verschuldensunabhängiger Haftung durch den früheren Anwalt des Fahrzeugbesitzers von jeder weiteren Beteiligung an der Angelegenheit entbunden sieht. Gleichwohl ist der genannte Anwalt nach wie vor Prozeßbevollmächtigter und behält bis zur Begleichung angeblich noch ausstehender Zahlungen seines Mandanten die entsprechende Akte ein. Wir haben daher, um die Angelegenheit zu Ihrer Zufriedenheit zu beschleunigen und um sicherzustellen, daß der zu entscheidende Streitfall im kontradiktorischen Verfahren verhandelt werden kann, beantragt, Ihre Forderung wegen der von Ihnen als Unfallopfer erlittenen, umfangreichen Gesundheitsschäden abzutrennen, und betreiben auf dieser Grundlage in Ihrem Namen ein Verfahren auf Erlangung umfangreichen Schadensersatzes gegen die obengenannten Parteien. Sie dürfen versichert sein, daß unsere lange Erfahrung in diesen Dingen Ihnen den vollen Schutz Ihrer Rechte garantiert. Wir raten Ihnen, mit niemandem über die Angelegenheit zu sprechen und, falls man in dieser Sache an Sie herantritt, solche Anfragen direkt an uns weiterzuleiten. Es versteht sich von selbst, daß Sie uns jederzeit anrufen können, falls sich im Laufe des Verfahrens irgendwelche Fragen für Sie ergeben.

Hochachtungsvoll,

–Jack Preswig. Nun sieh dir das an. Hochachtungsvoll, Jack Preswig. Die haben den ganzen Fall irgendeinem Handlanger übertragen, der wahrscheinlich noch nicht mal ...

–Was erwartest du denn, wenn du dir deine Anwälte auf Streichholzbriefchen suchst.

–Damit hat das überhaupt nichts zu tun, Christina. Die machen das alle, diese Nobelkanzleien genauso wie alle anderen, sieh dir doch Harry an, ein Seniorpartner berechnet einem drei-, vierhundert Dollar die Stunde, sieh dir Swyne & Dour an, sie setzen einen angestellten Anwalt darauf an und berechnen einem vielleicht nur hundertfünfzig. Sieh dir Mister Mudpye an.

–Und sieh dir Mister Basie an. Das ist doch einfach Unsinn, Oscar, ich weiß gar nicht, worüber du dich eigentlich beklagst. Du willst doch, daß sie dir Geld sparen, oder? Wo willst du denn nun schon wieder hin?

–Weiterarbeiten! Sah sie das denn nicht? Wie er sich hier den ganzen Tag bemühte, die Stimmen von Menschen einzufangen, die vor hundert Jahren vom Strom der Ereignisse auf das Ende der Unschuld zugetrieben wurden? Sie zum Leben zu erwecken, wie sie sich in den Schlingen der Geschichte fingen, vergebens mit den großen Rätseln der menschlichen Existenz rangen, mit Gerechtigkeit und Sklaverei, Krieg, Vorsehung, die Dinge sitzen im Sattel und reiten die Menschheit, mit Emersons Stimme zu reden, die dann von

Jack Preswigs belanglos-trivialer Unterbrechung abgeschnitten wurde? Vielleicht klang sie nicht mehr so trivial, wenn er deren Rechnung bekam, soufflierte sie ihm, und für sie hatte es sich so angehört, als hätte er selbst den größten Teil des Vormittags mit dergleichen am Telefon verbracht, den Zoo angerufen und nach –aber genau davon rede ich doch, platzte er los, Hotels anrufen, er hatte Hotels im Theaterviertel angerufen, er hatte das Theater angerufen, versucht, die Directors Guild anzurufen, sogar die Zeitung hatte er angerufen, er konnte schließlich keinen Termin vereinbaren und einfach das Manuskript losschicken, wenn er nicht wußte, wohin, oder? Wenn er jemanden hätte, der ihm half, wenn er wie alle anderen eine Sekretärin hätte, die ihm diese lästigen Arbeiten abnahm, aber immer mußte er selbst mit ihren Sekretärinnen reden, die dafür bezahlt wurden, daß sie sich von Trivialitäten auffressen ließen, und seine Empörung schlug einen Bogen zum singenden Tonfall eines irischen Akzents aus den Blättern, die er in dem Bemühen wieder zur Hand genommen hatte, eine Stimme von vor hundert Jahren und mehr einzufangen, sie zum Leben zu erwecken, –jetzt wo herausgekommen ist, daß mit dem Krieg nur die Neger befreit werden sollen?

–Ist Lily in der Küche? Ich habe vergessen, sie zu bitten, die Karotten zum Abendessen zu schälen, und vielleicht kommst du ja demnächst mal auf die Idee, dich zu rasieren.

–Von wegen die Union erhalten! brach es so heftig aus ihm hervor, daß es ihn hochriß, –wenn vier Millionen Neger frei herumlaufen? Die Wälder sind ja jetzt schon voll von Ihnen, und glauben Sie vielleicht, so ein Neger begibt sich wieder in die Sklaverei, wenn er einmal die Freiheit hatte, zu kommen und zu gehen wie Sie und ich? Das Klingeln des Telefons brachte ihn aus dem Text. Bis er dort war, hatte es aufgehört zu klingeln; als er wieder außer Reichweite war, klingelte es erneut, und er stolperte über einen Wäschekorb, –hallo? Wer spricht denn da... Wen wollen Sie denn sprechen! Was... hallo? Hallo? Er knallte den Hörer auf, –Blöde Kuh!, und seine Hand irrte zu der Schwellung in seiner Hose hinab, war sie da draußen in der Küche? Und zog fingerfertig den harten Schaft einer Karotte ab? Aber alles, was er da unten fand, war das zerdrückte, seine Tasche weitende Päckchen Home Runs, und er hatte eine herausgeholt, noch ehe er die Tür am Ende des Flurs erreichte.

–Oscar? Wer war das denn am Telefon? Wo ist er denn nun schon wieder?

–Ich habe vorhin was fallen hören. Ich dachte, das war vielleicht er.

–Wenn er's gewesen wäre, hätten Sie noch einiges mehr gehört, mein Gott, es war wirklich einfacher, als er noch in seinem Wägelchen saß, da wußte man wenigstens, wo er ist, wie bei einem Baby. Man kann es kaum abwarten, daß sie laufen lernen, und kaum ist es dann soweit, hat man keinen Moment Ruhe mehr und wünscht sich, sie hätten es nie, was war das?

–Christina! Die Tür am Ende des Flurs knallte zu, –das Auto ist weg!

–Es steht draußen neben der Veranda, Oscar, ich kann es ...

–Nicht deins, meins! Das mit dem Unfall, es ist weg!

–Das kann doch gar nicht sein, es ist ja praktisch schon dunkel, man sieht ja kaum ...

–Es ist weg, Christina, es stand draußen neben dem Schuppen, es ist weg.

–Aber warum sollte denn irgendwer, dann ruf halt die Polizei an.

–Das mache ich auch! Wo ist denn ...

–Die Nummer klebt gleich da am, machst du wohl dieses Ding aus! Weswegen warst du überhaupt da draußen?

–Na, deswegen! Du willst ja nicht, daß ich hier drin rauche, also bin ich, hallo? Ja, ja, ich möchte einen Autodiebstahl anzeigen, es geht um ein ... was? Es ist ein roter ... Nein, wie ich heiße? Ja, es ...

–Nehmen Sie ihm bloß dieses Ding weg, ja, Lily? Werfen Sie's in den, nein, nicht in den Kamin, und machen Sie ein Fenster auf, bevor wir alle Krebs kriegen. Wahrscheinlich sind sie damit weggefahren, als wir beim Einkaufen waren und er sich seine ekelhafte Natursendung angeguckt hat, weiß der Himmel, wer das Ding überhaupt will. Oscar?, als er aufgelegt hatte, –wer war das am Telefon?

–Na, was meinst du wohl! Ich habe gerade die Polizei angerufen, oder?

–Ich weiß, daß du gerade die Polizei angerufen hast. Als vorhin das Telefon geklingelt hat, wer war das?

–Keine Ahnung. Irgend so ein hysterisches Weib, das kaum ...

–Mein Gott. War das Trish? Aber du würdest ihre Stimme sowieso nicht erkennen, du hast sie ja schon seit Jahren nicht mehr gesehen, nicht daß sie jetzt anders klingt, seit sie sich hat operieren, was wollte sie denn?

–Nichts, das habe ich dir doch gesagt, bloß ein Haufen wirres ...

–Ich rufe sie lieber an. Mußt du unbedingt jetzt dieses Ding einschalten?, und sie nahm den Hörer ab, –keinen klaren Gedanken fassen, wenn jemand versucht, mir Zahnpasta zu verkaufen, sehen Sie bitte mal nach, ob das Wasser schon kocht, Lily? Ich habe den, hallo? Hallo? Ja, Christina hier, geht's dir ... Nein, Christina, Teen, geht's dir gut? Du hörst dich so ... Ja, hast du vorhin schon mal angerufen? Wer? Nein, ein grober Kerl, der mitten im Wort aufgelegt hat? Nein, er, da mußt du dich verwählt haben, du hörst dich aber ... ach du lieber Gott! Sie wandte sich von dem kurzweiligen Spektakel auf der stummen Mattscheibe ab, wo die Abendnachrichten mit dem unvermeidlichen Aufmarsch der Gerippe anhoben, spärlich bekleidet mit Gewändern aus geklopfter Rinde vor einer dürren Landschaft, im fernen Moçambique diesmal, eine Frau mit milchlosen Zitzen hob ein Kind hoch, dem ein Mundpilz jede Nahrung, hätte es welche gegeben, vorenthielt, beide in der anschwellenden Vorhut der achtundzwanzig Millionen vom Hunger auf die Beine gebrachten Kandidaten Afrikas für die Vergessenheit, –aber mein Gott, wie schrecklich, wie ist das denn passiert? Weit im Norden tadelte ein Papst mit goldener Mitra in knöchellangen Röcken eine frisch von den Kartoffelfeldern eingetroffene, benommene Zuhörerschaft mit der Offenbarung, daß alle Kinder, geborene wie ungeborene, Gottesgeschenke seien, und machte, näher der Heimat, einer ungewaschenen Versammlung Obdachloser Platz, die gerade aus ihren Behausungen unter einer Eisenbahnbrücke vertrieben wurden, –immer noch bei Gericht? Aber was denn jetzt, dieser Unsinn von wegen fötale Persönlichkeit oder daß du die Häute von diesen toten Chinchillas trägst, mein Gott, was Besseres fällt denen wohl nicht ein, wie? Ein Pelzmantel? Ein neuer Gebißreiniger und

-aufheller, ein neues Shampoo gegen Juckreiz, das strahlende Zeugnis eines von Mundgeruch Geheilten, der mit einem Rasenbesen aus Bambus, aufgetrieben in einem chinesischen Gefängnis, lässig welkes Laub zusammenharkte, und zurück zu den Nachrichten von der Wirtschaftsfront, das Handelsdefizit, ein Kreise ziehender Bankbetrug, ein schwermütiger Präsident, der die Zuerkennung der Meistbegünstigungsklausel an China verkündete, –er kaut an deinen Binden? Na, dann verbiete es ihm. Nun mach doch endlich das Ding leiser!

–Guck mal! Christina, guck mal!

–Oder einen Krankenwagen, wenn du, den findest du im Telefonbuch, es tut dir bestimmt wahnsinnig gut. Kannst du's ihm denn nicht verbieten? Was? Morgen schon wieder bei Gericht? Nein, stemm ihm einfach das Maul auf, schieb sie ihm ganz tief in den Rachen und halt ihm dann das Maul zu, bis er ... ach! Ist es wieder aufgegangen? Ich mache jetzt lieber Schluß, ja, sobald du kannst, ich bereite alles vor, gut. Hast du das Ding denn unbedingt so laut drehen müssen, während ich ...

–Guck doch mal! Und tatsächlich dräuten da über dieser dunklen Geschichte mit Happy-End die gezackten Flächen von Zyklon Sieben, verströmten ihren schartigen Segen über die Hochzeit von Billy Pinks und Millie Kalikow, deren Kameradinnen aus der fünften Klasse Kornblumensträuße umklammerten, Seite an Seite mit den Freunden des Bräutigams, beseelt von der Bonhomie seiner Kollegen von den Laderampen der Miller Feed Co., aufgestellt vor dem Eingang zum Patio des neueröffneten Mel's Motel, von wo ihnen die zahlreichen Gäste in den großzügigen Speisesaal folgten, wo die Braut eine Torte anschnitt, bekrönt mit einer aus Zuckerwatte geformten Annäherung an das hochragende Artefakt hinter der Glasscheibe, wo ihre Romanze inmitten der aus dunklerem Anlaß entflammten Leidenschaften entfacht worden war, welche die Mattscheibe mit dem von Scheinwerfern bestrahlten Gewühl aus fliegenden Steinen und Bierdosen aufleben ließ, Sterne, Balken und Streifen entzweigerissen, Plakate und Transparente geschwenkt und niedergetrampelt, GOTT IST RICHTER hoch droben und ANKLAGEN schwelend an den Richtergewändern des Trotzes, unlängst beschwichtigt durch den Versöhnungsbesuch von Senator –halt, hör auf, was machst du denn da!

–Ich stelle das ab, was denkst du denn, was ich da mache.

–Ja, hast du denn nicht gehört, was er …

–Es ist mir egal, was er sagt, mein Gott, müssen wir uns diese Szene denn noch mal antun? Wie spät ist es?

–Hast du denn nicht gehört, was er gerade über die …

–Bitte! Bevor wir, bevor es zu spät zum Einkaufen ist, schreiben Sie bitte Huhn auf? Lily? Haben Sie einen Stift, Säfte, Suppe, etwas Mildes, Scholle, oder einfach Flunder, falls es das nicht gibt, Reis, Fleischbrühe und, ach so, ja, haben wir ein Heizkissen, Oscar? Eins, das funktioniert?

–Ja, aber das benutze ich für mein …

–Bestimmt kannst du mal ein paar Tage ohne es auskommen, es steht schließlich nicht dafür, das ganze Haus mit den Dingern zu füllen, es gibt da noch die alte Wärmflasche, die Vater für seine Gicht hatte, die kannst du suchen, und, richtig, Gazebinden, vielleicht vergißt sie, welche mitzubringen, sie war völlig durcheinander, die Aufregung über den Zusammenbruch ihrer Tochter, als sie sich gestern abend die Handgelenke aufgeschnitten hat, der kleine TJ hat den Arzt angerufen, den ganzen Tag so bei Gericht sein, sonst hätten sie diesen Streit über das Testament ihrer Mutter möglicherweise gar nicht zugelassen, und dann noch dieser frömmlerische Idiot, der ihr Ketchup über den Pelzmantel gekippt hat, und das in einem Gerichtssaal ein paar Türen weiter, wo sie morgen wegen diesem widerlichen Kerl mit seiner absurden Vaterschaftsklage erscheinen muß, dabei hat sich die ganze Sache doch schon vor Wochen buchstäblich in Wohlgefallen aufgelöst, mein Gott, sie ist so tapfer, ihr hättet sie eben hören müssen. Fröhlich, heiter, sie hat sogar an dich gedacht, Oscar, trotz allem, was sie im Moment durchmacht, und gefragt, ob es dich stören würde, wenn sie hierherkommt.

–Aber, nicht direkt, aber was meinst du denn, wie lange sie …

–So lange sie will! Ich habe noch nie etwas dermaßen Egoistisches gehört, noch nicht mal von dir, immerhin haben wir auch deine Freundin hier aufgenommen, oder? Sie kann gleich da in der

Bibliothek schlafen, du bist ja wohl wieder soweit, daß du die Treppen zu deinem Zimmer hinaufwanken kannst, oder? Nach dem Essen können Sie mir helfen, dort auszulüften, Lily, und diese Zeitungsstapel wegzuschaffen, die passen wunderbar in die Waschküche, Oscar, falls du es nicht ertragen kannst, dich davon zu trennen, es ist ja nicht so, daß man dich bitten würde, tatsächlich irgend etwas zu tun, mein Gott, ich bin doch diejenige, die euch beide bedienen wird, oder? Und das kleine Telefontischchen da, Lily, das kann in die Bibliothek, darauf können Sie ihr morgens Tee servieren, oder Kaffee, schreiben Sie noch irgendwelche Brötchen auf, ja? Oder diese tiefgefrorenen Croissants, obwohl sie ja vielleicht bloß schlafen will, das ist doch nicht zuviel verlangt, oder?

–Nein, aber hör mal, Christina …

–Oder doch? Dies erneut am nächsten Morgen noch vor dem ersten Schluck Kaffee –oder bloß Tee, Lily, und Sie können auf der Couch im Wintergarten schlafen, ich habe dort ein Mittagsschläfchen gemacht, sie ist ziemlich bequem, haben Sie den Einkaufszettel? Ich wäre gern da, wenn die Geschäfte aufmachen, wir haben hier reichlich zu tun, wärst du so nett, in der Bibliothek deine Sachen zusammenzusuchen, während wir weg sind, Oscar? Das ist doch nicht zuviel verlangt, oder?

–Nein, aber hör mal, Christina … doch die Türen hinten im Flur schlossen sich klappernd hinter den beiden, der Motor des Wagens sprang schwerfällig an, donnerte, und weg waren sie, so daß er allein von der Küche zurückschwanken mußte und Tee in die Untertasse kleckerte, als er sie abstellte, Blätter aufsammelte, sich räusperte, die Worte kamen aufs Geratewohl, in Gieksern, die absanken zu –Ahhh! Daß der so gesinnte Gerechte gefesselt, gegeißelt, gefoltert, geblendet an beiden Augen werden wird, und zuletzt, nachdem er alles mögliche Übel erduldet, wird er noch aufgeknüpft werden und dann einsehen, daß man nicht gerecht sein, sondern scheinen sollen muß? Klagend nun, beinah ein Blöken, waren es die Worte? Daß er sie gewählt hatte? Oder die Worte an sich, die stärksten Worte in der schönsten Sprache der Menschheitsgeschichte, Gott, was sie mit dem schlichtesten Holz zuwege brachten, die Herrenhäuser, die sie gebaut hatten: Jetzt gehört er der

Unsterblichkeit! Maintenant il appartient à l'histoire, reines Seidenpapier. Now he belongs to the ages? Der Welt? Der Geschichte? Wie eine Kuh, die rückwärts in einen Stall geht. Sollen sie doch in den Himmel schauen! Wenn sie so blind sein müssen ... Er starrte hinaus auf den Teich, wo jeder Zweig der entlaubten Bäume am anderen Ufer, das sich ohne ein Wölkchen am Himmel zu einem trübe grauen Streifen verwischte, scharf hervortrat, er legte haltsuchend die Blätter aus der Hand, während der ganze Mittelgrund heranzunahen und zurückzutreten schien, unvermittelt ergriff er ein paar Seiten, die er auf der Fensterbank hatte liegen lassen, nahm sich zusammen, als stünde er vor einem auf die Fakten und nicht die Worte, nicht den Klang der Sprache, sondern ihre einfache, kunstlose Funktion begierigen Publikum, –Grants Armee kam den Tennessee River herauf, um sich bei Pittsburgh Landing auszuschiffen, wo Buells Divisionen sich mit ihr vereinigen sollten, die Konföderierten keine zwei Meilen entfernt bei der Shilohkirche gefechtsmäßig aufgestellt, in der Dämmerung, die sich da draußen über den Teich herabgesenkt hatte, wo die wenigen alleinstehenden Häuser und die breiten Rasenflächen dahinter sich ins Wasser hinabzusenken schienen, als träte der Teich über die Ufer, und er nahm die letzte Home Run heraus, um sie auf der Veranda zu rauchen, bevor er die Zeitung hereinholte und sich in die vertraute Umarmung seines lahmgelegten Stuhls sinken ließ, wo er in weitausholenden Schwüngen unter Gemurmel die Seiten umschlug, gereizte, angewiderte Kehllaute, hin und wieder ein zufriedenes mmmph, dann scharfes Atemholen, ha!, gerade als das scharfe Klacken von Absätzen den Flur entlang ihn aufstehen ließ.

–Oscar? Kannst du uns mal eben helfen?

–Hör dir das an! Hör zu. In der schwelenden Kontroverse um die unter dem Namen Zyklon Sieben zu trauriger Berühmtheit gelangte Freiluft-Stahlskulptur ergab sich heute ein neuer Gerichtsprozeß. Das Werk, das schon bei seiner Aufstellung in dem verschlafenen ländlichen Weiler einen Aufruhr verursachte, hat ...

–Setzen Sie Wasser auf, Lily, ja? In dem großen Topf, mit Deckel, hilfst du ihr bitte mit den Tüten, Oscar?

–Gleich, hör zu, hat erst kürzlich für Schlagzeilen gesorgt, nachdem ein kleiner Hund namens Spot darin steckenblieb und ums Leben kam, als das turmhohe Gebilde vom Blitz getroffen wurde, ein Ereignis, das landesweit zu Trauerbekundungen führte. Der Kadaver des Hundes wurde versehentlich beseitigt, und sein Besitzer, ein Junge namens James B., hat nun über seinen Vormund Klage gegen einen geschäftstüchtigen Handschuhmacher erhoben, dem er vorwirft, sich in Zusammenhang mit einer unter der Bezeichnung Hiawathas Zauberhandschuhe vermarkteten, neuen Produktlinie den Namen des Hundes angeeignet zu haben, der ...

–Lily? Die Hühnchen sind schon zerlegt, geben Sie sie einfach hinein und lassen Sie sie köcheln, und hacken Sie ein paar Zwiebeln, ja? Und die Karotten, die von gestern abend übrig sind, hast du in der Bibliothek aufgeräumt, Oscar? Wenn die Tüte zu schwer für dich ist, muß sie eben noch mal gehen, vielleicht kannst du ihr in der Küche helfen?

–Ja, gleich, hör zu. In der Artikelbezeichnung Echtes Spotskin Imitat Trag Sie Mit Der Hautseite Nach Innen sieht der Anwalt des Jungen, J. Harret Ruth, eine widerrechtliche Verwendung des Hundenamens für kommerzielle Zwecke und macht unter Hinweis auf die einschlägigen Vorschriften des Lanham Trademark Act zur Falschbezeichnung und Falschbeschreibung Schadensersatz in noch zu beziffernder Höhe wegen Warenzeichenverletzung und Verletzung des Verwertungs- und Persönlichkeitsrechts geltend. Die Gemeinde befindet sich in Aufruhr, seit ...

–Hörst du jetzt auf, von diesem verdammten Hund zu quasseln! Lily? Hören Sie mich?

–Aber jetzt kommt's doch erst, hör dir das an, seit ein Bundesrichter in einem Verfahren zur Feststellung der Todesursache des Hundes den guten Glauben der Geschworenen in Zweifel zog und deren Entscheidung aufhob, wofür er als unamerikanischer, gottloser Rassist verunglimpft und sogar in effigie verbrannt wurde. Die Vorwürfe wurden von Senator Orney Bilk bei seinem Erscheinen vor dem Justizausschuß des Senats aufgegriffen, der über die Eignung des Richters, Thomas Crease, für eine Berufung an den U. S. Court of Appeals zu befinden hat. Also, er hat wirklich eine Menge am Hals, hier ist noch was, hör zu, haben auf einen anderen, an seinem Gericht verhandelten Prozeß übergegriffen, bei dem die Anwälte des Beklagten in einem Fall von widerrechtlicher Tötung während einer Taufe gefordert haben, daß Richter Crease angesichts seines zur Genüge demonstrierten antichristlichen Vorurteils abgelöst wird, das eine, Christina? Wo bist du denn hin? Jetzt ist es bloß noch ...

–Oscar? Ich bin in der Bibliothek, kommst du bitte mal?

–Bloß das noch, ja. Auch die um die Skulptur Zyklon Sieben selbst entbrannte Kontroverse hat eine neue Wendung genommen, da ...

–Sofort!

–Ja, da ihr Schöpfer, der Bildhauer R. Szyrk, ihre Entfernung betreibt, was zu heftigen Protesten von seiten der Gemeinde geführt hat, wo das Werk mittlerweile zu einer bedeutenden touristischen Einnahmequelle geworden ist. Dies spiegelt sich beispielsweise in der Erweiterung des Kandy Kitchen um ein neues, voll ausgebuchtes Motel und in den Zyklon-Sieben-Anstecknadeln wider, welche die Bürger zur Unterstützung ihrer Bemühungen um Zuerkennung von Denkmalschutz für die Skulptur tragen. Gleiches wird für einen Themenpark angestrebt, der Spaziergänge zwischen Artefakten der neueren amerikanischen Geschichte ermöglicht und kürzlich von James B.s Vater eröffnet wurde, der ...

–Würdest du bitte die Zeitung hinlegen und mir sagen, was du wegen des Kuddelmuddels hier zu unternehmen gedenkst?

–Eine Menge am Hals, murmelte er, während er sich unsicher von dem aktionsunfähigen Stuhl erhob, auf dem er sich wieder niedergelassen hatte.

–Das haben wir auch! Würdest du bitte, oder Moment mal. Dein Wägelchen da, bist du sicher, daß es nicht funktioniert?

–Nein, das habe ich dir doch gesagt, die Batterie ist leer.

–Na, dann besorgen wir eine, man bekommt doch eine, oder?

–Ja, aber eigentlich brauche ich es gar ...

–Mein Gott, du glaubst doch nicht, ich denke dabei an dich, oder?

–Aber ich, wie lange will sie denn bleiben? Weil ich, ich bin noch nicht so sicher auf den Beinen und brauche es vielleicht ...

–Marschiert hier durchs Zimmer, ich bin aufgestanden und werde aufbleiben, das hast du uns doch gesagt? Weiß der Himmel, in was für einer Verfassung sie ist, du hast sie doch am Telefon gehört, oder? Was sie alles durchgemacht hat, und du bist zu egoistisch, um ihr dein Wägelchen zu leihen? Wie ein Dreijähriger, mein Gott, und wann rasierst du dich endlich, oder willst du dir etwa auch einen Bart wachsen lassen?

–Warum nicht! Warum eigentlich nicht!

–Und dieser Anzug, einer der letzten zivilisierten Menschen, die es noch gibt mit dieser ganzen lächerlichen, ach, Lily. Wenn Sie in der Bibliothek das Bett gemacht haben, hätte ich gerne, daß Sie in den Ort fahren und eine neue Batterie für den Stuhl da besorgen, ja? Da war noch irgend etwas, ich, richtig, ein Spiel Karten, kaufen Sie zwei Spiele Karten, vielleicht wollen wir mal Karten spielen, Sie können doch Bridge, oder?, sonst machen Sie halt den Strohmann, dann kommt vielleicht wieder ein bißchen Leben ins Haus nach diesem Gejammere Tag für Tag, so fröhlich wie nur was am Telefon, dabei macht sie im Moment soviel durch, vielleicht kannst du dir mal ein Beispiel dran nehmen, Oscar, dieses Gebrummel und Gebrüte ständig, wenn Sie noch andere Spiele sehen, Lily, irgendwo war hier auch ein Scrabble, schauen Sie mal in der Bibliothek nach, Oscar? Hast du es irgendwo gesehen?

–Nein. Nein, und hör zu, ich versuche hier, mit dieser Arbeit fertig zu werden, ich kann nicht den ganzen Tag Karten spielen und …

–Arbeit? Du hast hier gesessen und Zeitung gelesen, als wir zurückgekommen sind, oder? Dieses Herumgeschleiche auf Zehenspitzen, als wärst du reif für die letzte Ölung mit diesem Stück von dir, man kommt sich vor, als betriebe man eine Intensivstation, als lebte man mit einer Krankheit, die das ganze Haus durchdringt, eine Krankheit ist das, dieses Stück von dir, Gott sei Dank ist sie nicht ansteckend, sonst wären wir schon längst alle tot, wo willst du denn nun schon wieder hin? Moment, stellen Sie das einfach da ab, Lily, und helfen Sie ihm, den Kuddelmuddel in der Bibliothek aufzuräumen, und die Kisten da, die Kisten im Flur müssen unbedingt dort weg, sonst bricht sich noch jemand den Hals, ich bin dann in der Küche, und Pudding. Ich hätte an Pudding denken sollen, Vanillepudding oder sonst etwas Leichtverdauliches. Mir fällt schon noch was ein. Und so war es auch, als man sich nach einem Tag fast sprachloser Pein, gelindert nur durch niedere Arbeiten, saubere Laken, gekochte Zwiebeln, den kleinen Heizstrahler, irgendwo mußte er doch sein, hinsetzte, um zu essen, aber nicht das Huhn, nein, das ist für morgen, oder wann sie nun kommt, es gibt doch bestimmt irgendwas in der Dose, was wir essen können, –mir ist da eine Idee gekommen, Oscar. Und zu Nudeln mit tomatenfarbener Sauce, gewürzt mit Blechgeschmack, –natürlich nur, wenn es nicht schon zu spät ist, es kann gut sein, daß man ihr heute bei Gericht deswegen die Hölle heiß gemacht hat, aber es wäre trotzdem eine nette Geste.

–Ich habe keine …

–Es würde dich keinen Penny kosten, falls du das befürchtest.

–Aber ich habe trotzdem keine …

–Wenn du mich mal ausreden ließest, es geht um diesen absurden Vaterschaftsfall von diesem elenden Kerl, der ihr per Gerichtsbeschluß die Abtreibung hat verbieten lassen.

–Aber sie hat doch abgetrieben, ich dachte, das wäre längst …

–Ich weiß, daß sie abgetrieben hat, mein Gott, schließlich war ich dabei, oder? Als dieser idiotische Lebensschützer Ketchup auf sie gekippt hat und die ganze Geschichte? Jetzt behauptet er natürlich, es wäre um Tierschutz gegangen, weil Trishs Versicherung ihn auf Erstattung der Kosten für diesen wunderschönen Chinchilla verklagt, während dieser widerwärtige Kerl Gott weiß wieviel Schadensersatz aus ihr herausholen will, weil sie sein ungeborenes Kind umgebracht hat, und dabei kabbeln sie sich über fötale Persönlichkeit und den ganzen anderen Unsinn, und genau da könntest du dich möglicherweise nützlich machen, ich weiß, daß sie dir ewig dankbar wäre.

–Aber was könnte ich denn, ich habe doch überhaupt keine Ahnung von …

–Denk doch mal darüber nach, Oscar. Sie steht vor einem Richter, der legale Abtreibungen bereits als legale Hinrichtungen bezeichnet hat, selbst wenn sie legal waren, jetzt versuchen sich auch noch irgendwelche Kirchenidioten mit der Behauptung dranzuhängen, daß sie vielleicht mit dem Messias schwanger gegangen ist. Verstehst du jetzt, was ich meine?

–Nein.

–Also, Lily versteht es bestimmt. Es gibt nämlich überhaupt keinen Beweis dafür, daß dieser elende Kerl der sogenannte Vater war, oder? Da sitzen sie und treiben ihre Haarspaltereien über diese absurden juristischen Argumente, dabei gibt es keinen einzigen Beweis dafür, daß er derjenige ist, der sie geschwängert hat, oder? Schließlich können sie an dieser gräßlichen kleinen fötalen Persönlichkeit nicht mehr diese tollen DNA-Tests und was weiß ich noch alles machen, die ist nämlich dort, wo sie hingehört, zusammen mit diesem gräßlichen kleinen Hund in seinem Spotskin-Imitat, im Grunde ist das genau dasselbe. Lily versteht, was ich meine.

–Sie meinen Oscar? Daß er's auch mit ihr gemacht hat?

–So könnte man es formulieren, mein Gott, schließlich kennen sie sich schon seit tausend Jahren, die Möglichkeit hatte er jedenfalls, wenigstens kann er das behaupten, oder?

–Sie meinen, wenn er's einfach bloß behauptet?

–Ja, mein Gott, ich versuche doch nicht, die beiden miteinander ins Bett zu kriegen, dafür ist es nun wirklich ein bißchen spät, obwohl ich es immer schade fand, daß du die Gelegenheit ausgelassen hast, Oscar, sie hat dich immer sehr gemocht.

–Sieht sie süß aus?

–Süß ist nicht ganz das richtige Wort, Lily, sie ist ziemlich groß und, schlaksig könnte man vielleicht sagen. Man hat viel Spaß mit ihr.

–Und reich ist sie auch?

–Sehr. Sie wäre dir so dankbar, Oscar, denk mal darüber nach. Es wäre wirklich hochanständig von dir. Vielleicht macht es dir ja sogar Spaß, den zarten Lothario zu spielen.

–Der hat's auch mit ihr gemacht? Und später, als sie ihrer getrennten Wege gingen, –wahrscheinlich war's ihr Geld, wahrscheinlich hat er ihn überhaupt nur deswegen für sie hochgekriegt, wenn er ein Zarter war, Oscar? Sie legte den Arm um ihn, –hast du's eigentlich? Je mit ihr gemacht? Er sah sie einfach nur eine Zeitlang an, während sie in dieser Halbumarmung am Fuß der Treppe standen, wo sie sich spät am nächsten Vormittag ebenso kurz an ihm festhielt, als er vorsichtig, immer nur eine Stufe auf einmal nehmend, den erhobenen Zeigefinger vor den Lippen, die Treppe herunterkam.

–Nein, sie ist schon auf, sie ist in der Küche und macht irgendwas. Möchtest du Tee? Und bis sie ihn brachte, hatte er schon seine telefonische Belagerung aufgenommen und knallte den Hörer auf, als sie sagte –Ich glaube, ich habe ein Auto gehört, und den Flur entlang verschwand.

–Wer war es denn?

–Es ist diese Immobilienmaklerin. Sie fragt, ob wir was dagegen haben, wenn sie mal eben durchs Haus geht.

–Wenn sie, und ob ich etwas dagegen habe! Einfach so hereinzuplatzen wie ein, was hat sie überhaupt hier zu suchen? Wer hat sie geschickt?

–Oscar? Ich glaube, ich habe ein Auto kommen hören.

–Da hast du dich nicht getäuscht, es ist irgend so eine Immobilienmaklerin, Christina, sie will durchs Haus gehen, das ist ja wohl, einfach so hereinzuplatzen?

–Das tun die immer. Hast du dein Bett gemacht? Und der Wintergarten, ach, Lily, haben Sie Ihre Sachen im Wintergarten wegge...

–Sie kommt hier nicht herein, Christina! Sie setzt keinen Fuß in dieses Haus, sag ihr das, wo ist sie? Wo ist sie denn jetzt?

–Sie hat gesagt, sie sieht sich so lange draußen um, bis wir ...

–Kann sie nicht lesen? Das ist Privatbesitz, kann sie denn nicht lesen?

–Oscar, Moment, so beruhige dich doch. Dieser Brief von der Bank, hast du da eigentlich je etwas unternommen? Wegen der Hypothek, wo ist er denn?

–Haben die sie hergeschickt? Das hat damit überhaupt nichts zu tun. Die Bank bucht diese Zahlungen direkt von meinem Konto ab.

–Immerhin gibt es einen Pfändungsbeschluß gegen dein blödes Gehalt, oder? Vielleicht gibt es bei der Bank auch einen, wo ist denn der Brief?

–Irgendwo da drüben, brummelte er und verschob einen Stapel auf dem Sideboard, dann –was ist denn das? Wann ist das gekommen?

–Gestern, ich habe vergessen ...

–Kannst du es mir denn nicht sagen, wenn solche Briefe kommen? Er ist von diesen Leuten wegen meines Vortrags über Shiloh, vielleicht ist er wichtig, vielleicht ist es ein Scheck ...

–Mein Gott, Oscar, was bist du für ein Kind. Wieviel haben sie dir denn zugesagt?

–Das geht dich gar nichts an, Christina. Zweihundert Dollar, aber darauf kommt es überhaupt ...

–Na, bei einer so gewaltigen Summe ist es natürlich ...

–Ich verstehe nicht.

–Daß sie dich nicht bezahlen, wenn sie dich noch nie zu Gesicht bekommen haben?

–Nein, ich, ich verstehe nicht ...

–Was ist es denn nun, haben sie abgesagt? Sie griff nach dem in seiner Hand zitternden Brief, aber er zog ihn zurück und ließ sich unsicher auf dem Stuhl nieder. –Was ist es denn nun?

–Sehr geehrter, hier steht sehr geehrter Herr Doktor Crease. Wir freuen uns auf Ihre Ausführungen über die Ereignisse von Shiloh und sind sicher, daß sie eine für uns alle inspirierende Botschaft enthalten. Zwar möchten wir keineswegs den Eindruck erwecken, wir wollten auf Ihre Betrachtungsweise Einfluß nehmen, schlagen jedoch angesichts der Bitterkeit und der Vorurteile, die das Heilige Land heutzutage beherrschen, vor, daß Sie nicht zu ausführlich auf die blutigen Einzelheiten der Schlacht eingehen, bei der ein barbarischer Feind dreißigtausend Menschen hinmordete, ehe die Kräfte des Herrn Sieg und Einheit brachten, wenngleich die Glorie von Shiloh damit für immer dahin war. Möglicherweise würde ein solcher Ansatz nur dazu beitragen, die destruktive Atmosphäre weiter anzuheizen, die durch alle Zeiten in der Stimme des Herrn beim Propheten Jeremia widerhallt, Gehet hin an meinen Ort zu Silo und schauet, was ich daselbst getan habe um der Bosheit willen meines Volks. Vielleicht finden Sie im Interesse des Heilens der Wunden früherer Generationen mehr Inspiration in den Worten des kleinen

Kindes, welches der Offenbarung antwortet, die ihm dort zuteil wird, Rede, Herr, denn dein Knecht höret …

–Oscar? So beruhige dich doch. Denk doch mal darüber nach, was …

–Aber, wovon reden die eigentlich!

–Nun denk doch mal darüber nach. Wer sind diese Leute, die sich auf das freuen, was du ihrer Meinung nach über Shiloh weißt, wer hat das Ganze überhaupt arrangiert?

–Ich weiß alles über Shiloh! Ich weiß, daß es dort zwanzigtausend Tote und Verwundete gegeben hat, nicht dreißigtausend Gefallene, auf jeder Seite zehntausend, das waren alles unerfahrene Rekruten, von wegen barbarischer Feind, eine Vortragagentur hat das arrangiert, sie nehmen fünfundzwanzig Prozent, für Vorträge und Lesungen von Schriftstellern …

–Das Ganze ist doch lächerlich. Wenn man Schriftsteller ist, schreibt man, was glaubst du denn, warum die Leute überhaupt lesen gelernt haben? Dieses ganze Herumzigeunern für Vorträge und Lesungen, sind das denn alles Analphabeten? Dreijährige bekommen Geschichten vorgelesen, wenn man Schriftsteller ist, bleibt man zu Hause und schreibt.

–Aber ich, verdammt noch mal, Christina, genau das versuche ich doch! Die Rechnungen da, schau sie dir doch an, die Prozesse und Anwälte und diese Telefonanrufe, auf die kein Mensch zurückruft und kein Mensch reagiert, mein Auto wird gestohlen, diese Gehaltspfändung, und jetzt auch noch dieser idiotische, diese, diese Glorie von Shiloh für immer dahin des Heilens der Wunden früherer Generationen? Also, wenn sie Wahnsinn wollen, gehet hin an meinen Ort zu Silo und schauet, was ich daselbst getan habe um der, schau mal! Schau mal, da draußen steht sie und guckt zum Fenster herein, die haben sie geschickt, verkaufen uns das Haus unter den Füßen weg, dabei bin ich kaum wieder auf den Beinen, und ich bleibe auch auf, ich fahre hin, und dann wollen wir doch mal sehen, was er, was zum Kuckuck eigentlich los ist, ich werde …

–Oscar, so beruhige dich doch um Himmels willen, du fährst nirgendwohin. Zieh dir deine Zauberhandschuhe an, echtes Spotskin-Imitat, trag sie mit der Fellseite nach außen, fahr ruhig dorthin und stell Vater zur Rede, er frißt dich bei lebendigem Leibe. Irgendeine arme Immobilienmaklerin klopft an die Tür, und du ...

–Arm! Gerade habe ich ihr Auto gesehen, schau doch mal raus, schau dir ihr Auto an, so groß wie ein Schlachtschiff, es blockiert die halbe Einfahrt, getönte Scheiben und der ganze, hör mal! Die Tür, sie versucht hereinzukommen!

–Sie ist in einem kleinen schwarzen Wagen gekommen, Oscar, das ...

–Das darf doch wohl, schau mal! Das ist ja wohl, wie ist der hier reingekommen!

–Teen? hallte es den Flur entlang.

–Ach du lieber Gott ... Die Tür klapperte, der Hund bellte –sie ist da, es ist Trish, hilfst du ihr bitte mal?

–Teen! In einem Gewuschel von Nerz, –wie schön! Der Hund bellte, –nein, sitz, Pookie, aus. Aus jetzt! Und Oscar, aus jetzt, hab ich gesagt! Nein, wie schön! Auf einer Duftwolke –es ist bestimmt tausend Jahre her, ich hätte nicht im Traum gedacht, daß wir's wirklich schaffen, der Fahrer hatte sich anscheinend völlig verfranst, ich glaube, er kann keine Schilder lesen, aber dann hat Jerry plötzlich genau gewußt, wo wir sind, und kaum haben wir dein schrecklich unfreundliches Schild am Tor gesehen, er war natürlich schon mal hier, ist das nicht lustig?

–Tja, alter Knabe, kam es, eine Hand ausgestreckt, etwa in Höhe ihrer Schulter hinter der Nerzwolke hervor, –die Welt ist klein, wie?

–Ja, sie, ich, hallo ...

–Teen? Das ist Jerry, Harry kennt ihn natürlich, aber ihr zwei seid euch nie begegnet, oder?, er hatte nicht die leiseste Ahnung, daß wir hierherkommen, wir waren Schlag zehn bei Gericht, dank Jerry bin ich neuerdings schrecklich pünktlich, kannst du dir das vorstellen? Und dann haben wir in diesem gräßlichen Zimmer voller Plastiktassen und überquellender Aschenbecher und der Daily News überall auf dem Fußboden schlicht eine Ewigkeit warten müssen, bis sie uns endlich gesagt haben, daß der Verwalter von Mamis Nachlaß aufgestanden wäre und behauptet hätte, dieser widerliche kleine Priester, der als Zeuge aussagen soll oder so was, daß der wegen offizieller diözesaner Angelegenheiten unabkömmlich wäre, weil er wieder Gott weiß wie vielen Witwen und Waisen den letzten Heller aus der Tasche zieht, so hat er's natürlich nicht gesagt, aber sie haben eine Vertagung gekriegt, und es sah ganz plötzlich nach einer prima Gelegenheit für den versprochenen Besuch aus, tja, und da sind wir! Eigentlich wollte ich ja vorher anrufen, natürlich gibt es im Auto Telefon, aber Jerry hat mit einem Mandanten geredet, und ich fand es lustiger, wenn ich euch überrasche.

–Ja, das, das ist dir wirklich gelungen, Trish, ich dachte ...

–Hilfst du mir mal aus diesem verdammten Ding, Jerry? Während er hinter ihr nach oben griff, um den Pelz abzunehmen, –wirf ihn einfach irgendwohin, man kommt sich ja vor, als trägt man einen Tierpark, es war richtig ungemütlich, als ich heute morgen aus dem Haus bin, hätte man ahnen können, daß es so ein wunderschöner Tag wird? Mit einem Aufblitzen von Diamanten machte sie sich los, –natürlich hätte ich sie nicht tragen sollen, schließlich sind sie für abends, aber ich dachte, ich mache dem Gericht und den Nachlaßverwaltern und der ganzen Diebesbande unmißverständlich klar, daß ich nicht gerade eine Bettlerin bin, sondern schlicht und einfach mein Recht will, die sind es doch, die so ein Geschrei um das Geld machen, du müßtest mal diesen öligen kleinen Father Stepan sehen, wie er über Mamis ewige Ruhe blökt, und diesen jämmerlichen jungen Wicht, den Mary von der Rechtshilfe gekriegt hat, mit seinem selbstgemachten Butterbrot in der Papiertüte, bestimmt wäscht er seine Hemden selber, und Jerry hat ihn natürlich fix und fertig gemacht, aus jetzt, Pookie! Sitz, und diese herrlich frische Luft, ich habe einen Mordshunger.

–Es dauert keine Minute, Trish, setz dich, wie fändest du ein bißchen gekochtes Huhn mit ein paar ...

–Offen gestanden ziemlich schauderhaft, Teen, du brauchst dir keine Umstände zu machen, wir haben etwas mitgebracht, Jerry? Hast du diesem Wilden gesagt, daß er den Korb ins Haus bringen soll? Deswegen haben wir uns nämlich auch ein bißchen verspätet, wir haben unterwegs noch Pookie abgeholt, und ich habe mir dort so eine Art Picknick zusammenstellen lassen, es ist so ein schöner Tag, ich dachte, wir könnten vielleicht sogar im Freien essen, ich meine natürlich nicht so was in der Art von déjeuner sur l'herbe, es ist ein bißchen zu kalt dafür, daß wir Mädels uns die Kleider vom Leib reißen, während Oscar dabeisteht und jeder Zoll wie der Gentleman-Dichter aussieht, und natürlich Jerry, kannst du dir jemand Anspruchsvolleren als Jerry vorstellen? Sie nickte dem mitternachtsblauen Riesenkäfer hinterher, der durch den Flur entschwand, –ich hatte ja an was in Wildleder gedacht, aber er hat was von Kühen gesagt, also haben wir uns auf Seide geeinigt, und dem Himmel sei Dank für Sulka's, ich habe so eine Art Segeljacht-Abzeichen für die Brusttasche vorgeschlagen, aber eigentlich hat er ja noch keine, und da haben wir uns auf das schlichte Goldmonogramm geeinigt, hilfst du mir mal mit dem Verschluß von dem Armband, Oscar? Du erinnerst dich doch noch an dieses alberne Kind, das sie zum Hockeyspielen tragen wollte, Teen, der Vater ist jetzt im Zusammenhang mit so einer Art Wettskandal verhaftet worden, als hätte ich's nicht geahnt. Sie befreite mühsam erst das eine, dann das andere Handgelenk, –die Dinger sind bloß im Weg, ich habe sie nur angezogen, um die kleinen Verbände da ein bißchen zu kaschieren, aber die fallen sowieso kaum auf, oder?

–Du hast mir ehrlich gesagt einen ziemlichen Schrecken eingejagt, als du mir erzählt hast, wie T. J. den Arzt gerufen hat, ich habe praktisch mit Verbänden bis zum Ellbogen gerechnet, was hat dich bloß dazu gebracht, so etwas ...

–Du würdest es schlicht nicht glauben, Teen, diese Kristallglasvase, irgendwer hat sie mir zur Hochzeit geschenkt, ich habe gewußt, daß sie einen Knacks hat, genau wie diese gräßliche Ehe, ich hätte beide zusammen loswerden sollen, aber es war Baccarat, und ich habe es einfach nicht übers Herz gebracht, ich habe ein paar Löwenmäulchen hineingestellt, die Jerry mir geschickt hat, und das blöde Ding ist mir in den Händen zersprungen, und während ich noch dabei war, das Blut aufzuwischen, hat T. J. schon den Arzt angerufen und gesagt, Mami hat sich wieder die Handgelenke aufgeschnitten, das war vielleicht peinlich, wie er auf mich aufpaßt, er ist so ein Schatz, ich weiß gar nicht, was er ohne mich täte, in letzter Zeit bringt er ein paar sehr eigenartige Freunde mit nach Hause, einer ist doppelt so alt wie er und schminkt sich die Lippen, da könnte ich schwören, ich habe schon dran gedacht, einen Hauslehrer zu engagieren, aber nach diesem armen Schofield-Jungen, ich hab gehört, da hätten sie einen Besenstiel benutzt, damit fordert man es ja praktisch heraus, er ist so, ah, da kommt er ja!

–Oscar? Hilfst du ihm bitte mal? Und Lily, wo steckt sie denn, Lily? Sagst du ihr bitte, sie soll Teller bringen?

–Und Besteck, die haben diese gräßlichen Plastikgabeln dazugelegt, man könnte meinen, wir wären Kurden oder so was, Pookie, sitz. Ich habe Graved Lax verlangt, und es sieht so aus, als hätten sie einfach ein Stück Räucherlachs dazugetan, ihr habt doch bestimmt Dill? Und was von diesem Honigsenf und, laß nur, das muß man pressen, das würde die ganze Nacht dauern, aber wo ist die pâté? Wir waren so in Eile, ich hatte kaum Zeit, Jerry zu sagen, daß wir aufs Land fahren, eine alte Schulfreundin besuchen, die ich unbedingt wiedersehen wollte, und er hatte natürlich nicht die leiseste Ahnung, wen, und ich hätte in meinen kühnsten Träumen nicht gedacht, daß er in Wirklichkeit schon mal hiergewesen ist, wo ich doch diejenige war, die überhaupt erst den Vorschlag gemacht hat, Teen, dieser fürchterliche Tag im Krankenhaus, als diese entsetzliche Schwester mich mit Blut durchtränkt hat, weißt du, daß ich viermal die Reinigung habe wechseln müssen, es ist einfach zu peinlich, dieses encore du sangre, Madame? ertragen zu müssen, ich habe mir überlegt, ich suche mir eine in Spanish Harlem, da heißt es immer, nur ein bißchen Ei auf den Kittel gekleckert, war das nicht in dieser bezaubernden Geschichte von Kipling, während Oscar ein paar Türen weiter nach seinem Autounfall im Sterben lag, erinnerst du dich denn nicht mehr? Die Klage gegen das Krankenhaus habe ich natürlich fallenlassen, um Bunker im Aufsichtsrat nicht in Verlegenheit zu bringen, aber im Grunde ist es die einzige Sprache, die sie verstehen, oder?, und als wir gerade in eure Einfahrt eingebogen sind und Jerry mir gesagt hat, daß er schon mal hiergewesen ist und so eine Art Zeugenaussage von einem armen Mann im Rollstuhl aufgenommen hat, war ich ganz aus dem Häuschen, wo doch sozusagen alles in der Familie bleibt und so weiter, er, wo ist er denn jetzt hin? Oscar?

–Er ist, ich glaube, er ist in die Küche gegangen. Er ist in letzter

Zeit ziemlich gereizt, am besten, man ignoriert es einfach, wenn er …

–Ja, mein Gott, Teen, wer will ihm daraus einen Vorwurf machen, wenn man bedenkt, was er durchgemacht hat, ich hätte mir nie träumen lassen, daß wir ihn hier herumlaufen sehen, ich habe halb damit gerechnet, daß du hier so eine Art Intensivstation betreibst, jetzt verstehe ich das natürlich mit dem gekochten Huhn, wenn er noch Schonkost braucht, obwohl es schon ein bißchen so ist, als ob man das gesunde Huhn schlachtet, um Suppe für das kranke zu kochen, vielleicht möchte er zur Abwechslung mal von dem Täubchen ohne Knochen probieren, wenn du meinst, daß die Trüffeln ihm nicht, Pookie, aus jetzt, sitz, hab ich gesagt. Ich weiß genau, daß ich pâté verlangt habe, vielleicht fangen wir schon mal damit an, der Graved Lax ist ja anscheinend, ach, da kommt er ja, Jerry? Hilfst du ihm mal mit dem Geschirr? Du mußt uns doch nicht bedienen, Oscar, schließlich bist du ja der Patient, und wir sitzen die ganze Zeit bloß breit und bräsig herum und bewundern den Mut, mit dem du dieses schreckliche Martyrium durchgestanden hast.

–Klasse, alter Knabe. Haben Sie ein bißchen zugenommen?

–Nun hör schon auf mit dem Gebrummel, Oscar, und laß dir helfen.

–Schon mit Ihren Versicherungsfritzen ins reine gekommen? Sind natürlich alles Schweine.

–Und was sind diese kleinen, ach so. Diese köstlichen kleinen Käsebeignets, aber, wie war gleich der Name, Lily? Lily, könnten Sie die noch ein paar Minuten in den Ofen tun, man kann sie wirklich nicht kalt servieren, ja, und legen Sie das Besteck einfach dahin, wir nehmen uns dann schon selber. Und Servietten? Ach so, haben Sie schon gebracht.

–Cleverer Schachzug, alter Knabe, uns für die Zeugenaussage hier draußen antanzen zu lassen, so steht das mit der Behinderung, dem Rollstuhl und so weiter alles im beeidigten Protokoll, falls diese Schweine Ihnen Simulantentum vorwerfen wollen.

–Aber das, das können sie nicht, ich konnte nicht gehen, ich konnte nicht mal …

–Cleverer Schachzug … und, war das etwa ein Augenzwinkern?

Während er energisch das Buttermesser an einer Serviette abwischte, –an Ihrer Stelle würde ich mich mal nach verdeckten Garantien umtun, wenn die sich bei der Regulierung auf die Hinterbeine stellen, bei einem Wagen mit verdeckten Mängeln, die von verdeckten Garantien erfaßt werden, zahlt der Hersteller, wenn Sie die Wühlarbeit übernehmen, für die eigentlich Ihre Versicherung zuständig wäre, aber das sind natürlich alles Schweine.

–Pookie, du hast sie gefressen! Nur noch das Einwickelpapier übrig, sitz! Kleines Mistvieh, ich dreh dir den, dabei will er bloß sein Nembutal, würgt einfach unsere ganze pâté hinunter, um dranzukommen, bevor wir auch nur, aus jetzt, hab ich gesagt! Eine wunderbare pâté maison, die Gänseleber hat ein Vermögen gekostet, bloß damit er Ruhe gibt, und das ist dann der Dank, Oscar, könntest du ein paar Gläser holen, wo du gerade stehst?

–Ja, und was von deinem Pinot Grigio, Oscar, sie soll mal nachsehen, ob welcher kaltgestellt ist.

–Sie werden doch nicht diese Plörre trinken wollen, alter Knabe, hier. Wir haben einen kleinen Yquem mitgebracht, wollten eigentlich den siebenundsechziger, aber was Besseres als den fünfundsiebziger hatten sie nicht da, und der einundzwanziger ist natürlich auch für zweitausend die Flasche so gut wie gar nicht mehr aufzutreiben, haben Sie einen Korkenzieher bei der Hand?

–Lily? Hören Sie mich? Würden Sie bitte einen Korkenzieher mitbringen?

–Das nenne ich clever, Teen, hast du die etwa hier draußen aufgetrieben? Allerdings gehst du auch ein fürchterliches Risiko ein, wenn sie so hübsch sind, laufen sie nämlich als erstes los und lassen sich irgendwo auf einem Autorücksitz schwängern, bei solchen Brummern versteht Oscar bestimmt, was ich meine.

–Ganz bestimmt, Teen, aber ...

–Moment mal, Christina, erklär ihr bitte, daß Lily nicht ...

–Mein Gott, Oscar, mich braucht sie nun wirklich nicht mehr aufzuklären, keine halbwegs vernünftige Frau sollte ein männliches Wesen auch nur, Jerry? Wo willst du hin?

–In die Küche, den Lachs aufschneiden.

–Sie kann ein Messer bringen, und wir können ihn hier aufschneiden, siehst du, was ich meine? Das arme Ding endet noch vor Gericht, genau wie ich, und Gott allein weiß, wer der Vater ist.

–Da hast du's Oscar. Sind das nicht genau meine Worte? Oscar hat da nämlich eine Idee gehabt, Trish. Immerhin kennt ihr euch schon tausend Jahre, und er hat gedacht, wenn er sich bereit erklärt, vor Gericht zu erscheinen, und denen sagt, daß er …

–Dieser Richter Weisnicht läßt sich überhaupt nichts sagen, Teen, das sagt ja wohl schon alles, oder? Dieser widerliche Kerl da mit seinem schmierigen Lebensschützer-Anwalt schwört, daß er mich liebt und mir die Schande der ledigen Mutterschaft ersparen wollte, aber ich hätte unser gemeinsames Baby nicht gewollt, und dann, aber das hab ich dir noch gar nicht erzählt, oder? Daß ich Father Stepan, diese kleine Wanze, gleich zweimal genießen durfte? Als der Richter meinen Arzt angewiesen hat, dem Anwalt von diesem widerlichen Kerl meine Krankengeschichte zu geben, steht auf einmal diese kleine Wanze da oben und mimt den Sachverständigen, der dieses gräßliche kleine Bläschen vom Moment der Empfängnis an zur Person erklärt haben will, damit sie die Geschichte als Vaterschaftsklage ans Gericht für Jugendangelegenheiten weiterleiten können, während dieser Mensch, der mit dem Ketchup herumgespritzt hat, davonkommt, weil er sich auf sein gesetzliches Recht beruft, eine andere Person vor Schaden zu bewahren, kannst du dir etwas Irrsinnigeres vorstellen? Tja, ich konnte es auch nicht, bis wir zu der Verhandlung über Mamis Testament in den Gerichtssaal ein paar Türen weiter gegangen sind, und da steht schon wieder diese kleine Wanze Father Stepan, diesmal als Mamis Beichtvater oder wie die das nennen, und präsentiert seine Rechnung für sechzig Jahre Gebete, damit das, was er unverschämterweise als ihre Seele bezeichnet, nicht ins Fegefeuer kommt oder drinbleibt, was von beidem weiß nur der Himmel, du mußt dir bloß mal ansehen, was für einen Haufen Geld sie aus ihr herausgequetscht haben, solange sie noch am Leben war, wenn man das überhaupt so nennen kann, es ist die reine Habgier, Teen, die Habgier steht ihnen ins Gesicht geschrieben, manchmal schämt man sich fast für die ganze Menschheit, wenn man, ah, da sind ja endlich unsere Gläser. Stellen Sie sie einfach da hin, meine Liebe und, ach so? Sie essen mit uns?

–Ich denke, wir hätten lieber Stielgläser, Lily, das hier sind keine ...

–Gott, wir wollen doch nicht so förmlich sein, Teen, ich sterbe vor Durst, nun brummle hier nicht so herum, Oscar, such lieber, Jerry? Wo ...

–Der ist in der Küche und schneidet den Lachs auf, soll ich ihn ...

–Bleiben Sie nur sitzen, meine Liebe, er schafft das schon, hat sie nicht eine wunderschöne Haut, Teen? Ich gäbe einfach alles für eine solche Haut, ich habe da so eine Hämorrhoidensalbe im Fernsehen gesehen, wo ich gedacht habe, das strafft vielleicht alles ein bißchen hier unter den Augen, ehe ich wieder zum Umnähen zu Doktor Kissinger muß, aber es wäre mir furchtbar peinlich, welche zu kaufen, ich dachte, Oscar hat bestimmt welche, die ich mir mal borgen könnte, schließlich ist er hier ja ewig bloß herumgehockt und Pookie, aus! Aus! Aus! Aus! Du böser kleiner, hat er Ihnen den Strumpf zerrissen, meine Liebe? Wenn man die Beine übereinanderschlägt, und das eine zeigt so nach vorn, kann er einfach nicht widerstehen, weiß der Himmel, was für schmutzige Gedanken ihm durch sein bißchen Gehirn gehen, früher oder später muß er wohl sterilisiert werden, aber dann würden sich diese gräßlichen Lebensschützer-Idioten im Rudel auf mich stürzen, siehst du mal bitte nach, ob sie Limonen und Kapern für den Lachs dazugetan haben? Reinste Poesie, schau mal, stell es hierhin, Jerry, blaßrosa Lachs, angerichtet auf einer gekühlten weißen Porzellanplatte, einfach exquisit, wie? Drehen Sie mal den Kopf, meine Liebe, drehen Sie mal das Gesicht dorthin, siehst du jetzt, was ich meine, Teen? Genau der gleiche zarte Schimmer auf ihrer klaren weißen Haut, den man kriegt, wenn man bloß ein kleines bißchen schwanger ist wie diese Französinnen im achtzehnten Jahrhundert wegen dieses Schimmers, der im ersten Monat oder so kommt, und dann die Kürettage, da ist Bunker draufgekommen. Er fand, es wäre lustig, wenn ich mich vor Gericht hinstelle und sage, ich hätte diesen schrecklichen Kerl nur benutzt, um dieses alte französische Schönheitsrezept auszuprobieren, aber Jerry meint, das käme bei diesem dummen alten Fossil von Richter nicht besonders gut an, und dann Mary in dem Gerichtssaal ein paar Türen weiter mit ihrem teigigen Puddinggesicht, der Inbegriff von tausend Jahren irisch-katholischer Ignoranz, und diese Wanze Father Stepan hat sie keinen Moment aus den Augen gelassen, während sie das Vermächtnis in Mamis Testament vorgelesen haben, meiner pflichtbewußten und treuen Dienerin, Pflegerin und Freundin schenke und vermache ich den gesamten Bestand, Wertpapiere, Pfandbriefe, Bargeld und Gott weiß was noch alles, meines Kontos bei Loeb, Rhoades für ihre jahrelange selbstlose und aufopferungsvolle Gesellschaft in meinen Diensten, seine Hände haben regelrecht gezittert, daß er nur ja jeden Penny kriegt, und wenn du ihre Gesichter hättest sehen können, er hatte sich drei raffgierige Anwälte vom Kardinal höchstpersönlich mitgebracht, damit auch ja kein einziger von diesen Peterspfennigen auf dem Weg in ihre Taschen verlorengeht, und du hättest ihre Gesichter sehen sollen, als Jerry aufgestanden ist und ihnen Bescheid gestoßen hat, erzähl du's ihnen, erzähl du's, Jerry. Der brillanteste Schachzug, den ihr euch vorstellen könnt, Mami hatte nämlich Streit mit Loeb, Rhoades und, aber erzähl du's ihnen.

–Ach was, brillant? Mit einem in seiner Bescheidenheit blendenden Lächeln, –alles ganz einfach, er hielt das Glas, das er mit einer Serviette poliert hatte, ans Licht, –die alte Dame hatte Streit mit ihrer Brokerfirma, sie hatte ihnen nämlich gesagt, sie sollten verkaufen, kaum daß es im Oktober zu diesem Börsenkrach kam, und die haben sich damit eine Woche Zeit gelassen, das hat sie ein paar tausend gekostet, also hat sie ihr Effektenkonto zu einem anderen Broker verlegt, so daß auf dem Konto, das im Testament genannt wird, nur noch ein paar hundert an verspäteten Zinszahlungen lagen, und als Testatserbin des beweglichen Restnachlasses geht deswegen alles auf dem neuen Konto unmittelbar an ...

–Mich! An mich, mein Gott, wenn ihr ihre Gesichter gesehen hättet, kein Tropfen Blut war mehr darin, sie haben dagestanden wie lebende Leichen, genau das sind sie natürlich auch, und diese kleine Wanze hat sich doch tatsächlich bekreuzigt, könnt ihr euch das vorstellen? Und Mary sitzt da ganz in Schwarz und fummelt an ihrem Rosenkranz, die Augen rot und verheult, aber das kam natürlich vom Gin, nicht mal eine Heilige hätte einen Tag mit Mami durchgestanden, ohne eine Flasche zu verputzen, das Waschen und die Bettpfannen und alles andere, hast du denn den Wein immer noch nicht auf?

–Trotzdem finde ich es ein bißchen hart, Trish, immerhin hat das arme Ding ...

–Wir haben ihr doch was gegeben, oder, Jerry? Tausend oder so? Mein Gott, Teen, schließlich ist sie ja keine Blutsverwandte oder so was, ich wollte bloß Gerechtigkeit, oder? Glaubst du etwa, das arme Ding hätte je einen Penny gesehen, wo diese kleine schwarze Wanze sie in den Klauen hat und ihr alle Naslang erzählen würde, daß sie eine Sünderin ist, obwohl sie in ihrem ganzen elenden Leben noch keinen einzigen unanständigen Antrag gekriegt hat, und das so lange, bis sie den letzten Cent aus ihr herausgequetscht hätten, den sie nicht schon aus Mami herausgequetscht haben? Das sind Monster, Teen, einer wie der andere, schlicht und einfach Monster, hast du die Kapern gefunden? Und die Limone? Sonst ist es nämlich völlig ungenießbar. Riecht es da nicht verbrannt?

–Du rauchst doch nicht schon wieder eine von diesen Dingern, Oscar?

–In der Küche, es sind diese Dinger, die ich in den Ofen getan hab, damit ...

–Meine armen Beignets!

–Lassen Sie sie gehen, alter Knabe. Lassen Sie sie gehen, so haben wir wenigstens mal Gelegenheit zum Reden. Ein Schlückchen Wein?

–Der ist mir zu süß. Er schmeckt mir nicht.

–Kein schlechter Jahrgang. Wenn man natürlich auf dem fünfundvierziger besteht, kommt man leicht auf zwölfhundert die Flasche. Wäre auch keiner von uns draufgekommen, daß wir mal Gelegenheit haben, uns einfach so zusammenzusetzen und miteinander zu plaudern, wie? Schönes Ding haben Sie da am Leibe.

–Was ist daran so schön?

–Schöner Schnitt, solches Kammgarn findet man heute nicht mehr.

–Ach so, das meinen Sie, ja, das stammt aus, habe ich in England schneidern lassen. Bei Thresher und Glenny.

–Unten in der Bond Street, aber die sind inzwischen auch pleite gegangen, wie? Dachten Sie, ich meine diesen Prozeß? Kann's Ihnen nicht verdenken, daß Sie sich aufregen, altes Haus, immer ärgerlich, einen Prozeß zu verlieren, stimmt's? Allerdings gut, daß Sie wieder auf den Beinen sind. Und Ihre Narbe ist auch schön verheilt, wie? Fällt kaum noch auf.

–Na ja, das ist, und wenn schon. Wollen Sie vielleicht darüber plaudern?

–Nein, nein, über Ihr Stück, endlich mal eine Gelegenheit, über Ihr ...

–Darüber haben wir doch schon geredet, oder? Sie haben hier gesessen und einen geschlagenen Tag lang nichts anderes getan, oder? Glauben Sie, ich habe Lust, hier herumzustehen und mir das alles noch mal anzuhören?

–Alles Schnee von gestern, alter Knabe, setzen Sie sich, nun setzen Sie sich doch.

–Wieso? Ich habe keine Lust, mich zu setzen, wieso soll ich mich hinsetzen und mit Ihnen über mein Stück reden? Oder über meine Narbe? Oder diese alberne Geschichte, die Sie da aufgetischt haben, von wegen dieser Ochse in dem Film wäre von einem Taxifahrer gebissen worden? Ihre Hand da unten, wie sie ihm die Hose aufknöpft, und das ganze widerliche Spektakel, mit dem diese großen Themen durch den Dreck gezogen werden, bloß damit man einen Vorwand hat, zu zeigen, wie sie die Beine breitmacht, und Blut und Eingeweide über die Leinwand zu kippen? Sie haben den Fall für Ihre, für diese Schweine doch gewonnen, um Ihren Ausdruck zu gebrauchen, Sie haben doch gewonnen, oder? Was wollen Sie denn noch?

–Natürlich habe ich gewonnen. Hören Sie, Sie haben da anscheinend was in die falsche ...

–Sie sind doch bezahlt worden, oder? Was verlangen Sie denn noch?

–Natürlich werde ich bezahlt, und fangen Sie jetzt bloß nicht wieder mit diesem Gekabbel von wegen Profi und Amateur an. So langsam verliere ich nämlich selber ein kleines bißchen die Geduld, alter Knabe, ich ...

–Sie verlieren, Sie? Verlieren die Geduld mit mir? Sie platzen hier herein und, verlieren die Geduld, wenn hier einer die Geduld verliert, dann ich mit diesem Getue von wegen alter Knabe und Ihrem ganzen, ich bin nicht alt, und ich bin kein, ich bin schon gar kein Knabe, soll ich vielleicht draußen Baseball spielen?

–Sie haben da leider was in die falsche Kehle gekriegt, ich wollte bloß über Ihr Stück reden. Ich will nicht über Ihren Prozeß reden. Wenn Sie über Ihren Prozeß reden wollen, dann besorgen Sie sich ein paar Winkeladvokaten auf Mandantensuche, die lassen sich dann Gründe für eine Unzuträglichkeitsklage einfallen, kommt jeden Tag vor, die bringen Sie in Rage wegen ein paar Ähnlichkeiten, und weil ihre Hände da unten seine Hose aufknöpfen, aber was hat das alles mit Ihrer Arbeit zu tun? Sie haben Ihr Stück, Sie haben immer noch Ihr Stück, oder? Ich werde dafür bezahlt, daß ich einen Fall gewinne, weil es mein Job ist zu gewinnen, wenn ich verliere, verliere ich meine Prämie und eine Chance auf eine Partnerschaft, und wenn ich dann noch ein paarmal verliere, fliege ich raus und darf Bleistifte verkaufen. Meine Mandanten haben nie behauptet, sie wären Künstler, oder? Wir können nicht alle Künstler sein, oder? Wir haben nicht alle die Begabung zum Dichter oder Schriftsteller, die meisten von uns müssen sich mit weltlicher Arbeit begnügen. Langweiliger, eintöniger Arbeit, die jeder tun kann, wenn er sich dahinterklemmt, also muß man sich einfach geschickter anstellen als die anderen. Kein Mensch kann ein besseres Gedicht als Endymion schreiben. So was gibt es einfach nicht. Es ist einmalig. Diese Stelle in Ihrem Prolog, als er ihr auf der Jagd zum erstenmal begegnet und der Fasan, den er angeschossen hat, in eine Mauer zu entkommen versucht, sich abmüht, vor dem, was da geschieht, zu fliehen, wer sonst hätte das schreiben können? Die Sprachmelodie, die qualvolle Poesie Ihrer Bilder, wir haben nun mal nicht alle Ihre Gaben, oder?

–Na ja, ich, das ist hier aber nicht die ...

–Gehen Sie noch einen Schritt weiter. Angenommen, Ihre Anwälte hätten recht und meine Mandanten hätten tatsächlich Ihre Arbeit gestohlen, angenommen, sie hätten Ihr Stück wirklich gesehen, es wirklich gelesen und Ihnen dann ein klares, reelles Angebot gemacht, zweihunderttausend für die Filmrechte. Haben sie je behauptet, sie wären Künstler? Glauben Sie, Sie würden zehn Drehbuchschreiber und zwanzig Umarbeitungen später auch nur ein Spürchen Ihrer Arbeit auf der Leinwand wiedererkennen? Ein Fitzelchen Ihres erhabenen sokratischen Dialogs über Gerechtigkeit? Ein Schnipselchen des düsteren lyrischen Monologs auf dem Schlachtfeld, mit dem Ihr zweiter Akt endet? Der Poesie in der erschütternden Schilderung von Zufall und Panik in der Schlacht? Nein, sie würden Ihnen die Schlacht zeigen. So sind Filme nun mal. Sie würden massenhaft Blut und Eingeweide über die Leinwand kippen. Sie würden ihre Hände da unten seine Hose aufknöpfen lassen. Mit anderen Worten, sie würden genau den Film drehen, den sie tatsächlich gedreht haben. Der einzige Unterschied wäre, daß Sie mit zweihunderttausend in der Tasche dastünden, die nicht für Anwaltsgebühren draufgehen.

–Aber das ist nicht mein, ich habe es nicht verkauft, die haben es gestohlen, hier haben ja wohl Sie etwas in die falsche Kehle gekriegt. Die haben es gestohlen und entweiht, genau darum geht es in diesem Prozeß, ich will nur ...

–Wir reden hier von der realen Welt da draußen, alter Junge, rot an Klau' und Zahn in ihrem Rasen, wir haben Ihnen doch eine zweite Chance gegeben, oder? Solche Fälle werden neun- von zehnmal außergerichtlich beigelegt, ich habe meine Mandanten ja sogar überredet, diesen namhaften Vergleich anzubieten, ungefähr die Summe, die fällig geworden wäre, wenn Sie schlicht die Rechte verkauft hätten, habe versucht, die Sache aus der Welt zu schaffen, alles mit Rücksicht auf ihre Schwester und Trishy, damit es sozusagen in der Familie bleibt, aber Ihre Leute haben abgelehnt. Treiben bloß Ihre Kosten hoch, gehen vor Gericht und treiben Ihre Kosten hoch, das ist ihr Geschäft, gewinnen oder verlieren. Unseres auch, wir treiben so lange Ihre Kosten hoch, bis Sie das Handtuch werfen, und meine Mandanten haben tiefe Taschen, daß Sie jetzt Berufung eingelegt haben, damit treiben Sie bloß Ihre Kosten noch ein Stückchen weiter hoch.

–Aber, wieso Berufung eingelegt? Ist denn jetzt Berufung eingelegt worden?

–Alles Routine, reine Spiegelfechterei. Ich bin deren Schriftsatz durchgegangen, die versuchen, aufgrund irgendeiner unbedeutenden formalen Geschichte eine Aufhebung zu erwirken, mündliche Verhandlung ein, zwei Tage später, aber es ist bloß eine Formalität, die beim Second Circuit vorgeschrieben ist. Treibt bloß Ihre Kosten hoch.

–Aber was denn, was für eine Formalität denn, die haben mir den Schriftsatz nicht …

–Ich will Ihre Zeit nicht damit verschwenden, altes Haus, Sie vor ein juristisches Fachbuch setzen, als würden Sie im Kursbuch Gesundheit Ihre Symptome nachschlagen und Ihrem Arzt dann die Diagnose verraten, überlassen Sie das den Profis. Dafür werden wir bezahlt, habe ich doch gerade gesagt, oder?

–Aber das ist genau meine …

–Momentchen, lassen Sie mich eben noch eine Verzichtserklärung abgeben, damit klar ist, daß ich noch nicht mal den Eindruck erwecken will, als würde ich Ihnen einen juristischen Rat geben. Dafür müßten Sie nämlich bezahlen. Sie glauben, ich wäre noch auf etwas anderes aus? Ich habe schon etwas anderes. Ich habe eine Chance bekommen, die ich sonst nicht bekommen hätte. Ich habe die Chance bekommen, Ihr Stück zu lesen. Wissen Sie noch, wie Conrad seine Aufgabe beschreibt, Gefühle zu wecken und vor allem die Augen zu öffnen? Und dann fügt er vielleicht noch dieses Quentchen Wahrheit hinzu, das ganz unverhofft kommt? Genau davon rede ich, genau das schenken Sie uns mit Ihrem Stück, alter Junge, genau das können von uns allen nur Sie. Vielleicht ist Ihnen gar nicht bewußt, wie viele von uns Sie um Ihre Gaben beneiden, sehen Sie sich doch die ganzen schlechten Gedichte und schlechten Bilder von Leuten an, die die Rechtschreibung nicht beherrschen und nicht zeichnen können, schlechte Bücher von irgendwem, nicht weil er schreiben will, Schriftsteller sein will, nein, irgendein millionenschwerer Wertpapierhändler, Autohersteller, General, aber er will unbedingt den Autor spielen, während die brillante Arbeit irgendeines wirklichen Schriftstellers irgendwo Staub ansetzt, ein Stück wie Ihres fordert es geradezu heraus, in Vergessenheit zu geraten, weil keiner den Grips hat, zu begreifen, was drinsteckt, zu sehen, was Sie da gesehen haben, und es auf die Bühne zu bringen, wo es hingehört.

–Na ja, es gibt da, also, ehrlich gesagt, gibt es einen Regisseur, einen sehr prominenten Regisseur, der interessiert ist.

–Hat er's gelesen?

–Na ja, er, nicht direkt, aber er hat sein Interesse zum Ausdruck gebracht, und es geht eigentlich nur darum, daß man sich mal zusammensetzt, er ...

–Na, hervorragend! Wieso haben Sie mir das nicht erzählt? Und er riß die Flasche zwischen ihnen vom Tisch hoch, –Hier. Darauf müssen wir anstoßen, schade, daß Ihnen der nicht schmeckt, er ist wirklich erstklassig. Wenn so jemand dahintersteht, dürfte es nicht schwer sein, Geldgeber dafür aufzutreiben, es gibt massenhaft Leute mit nichts zu tun und Geld, mit dem sie nichts anzufangen wissen, keinerlei eigene Leistung, also kaufen sie sich in die eines anderen ein, genau wie die Leute, die prozessieren, weil sie nicht wissen, wer sie sind, und sich erst dann wirklich vorkommen, erst dann eine Identität gewinnen, wenn sie ihren Namen auf einer Prozeßliste sehen. Ach übrigens, altes Haus, nur unter uns, falls Sie oder Ihre Schwester mal Zeit hätten, Trishy auf diesen Gebührenvorschuß anzusprechen, den die Kanzlei ihr in Rechnung gestellt hat, da kommen eine Menge Stunden zusammen, und die Partner liegen mir deswegen schon in den Ohren. Ich habe gehört, Sie hätten mit Ihren Leuten auch ein kleines Zahlungsproblem.

–Also, das ist, ich glaube, das liegt im Grunde bloß an der, an schlampigen Abrechnungsmethoden, könnte man vielleicht sagen, die haben nämlich ...

–Wundert mich gar nicht, ich habe diesen Schwarzen, mit dem die Sie abgespeist haben, schon als falschen Fuffziger erkannt, sowie Sie mit Ihrer Aussage angefangen haben, bin froh, daß Sie in der Berufung von jemand neuem vertreten werden. Das ist alles eine Frage der Gene, wie? Den Schwarzen fehlt ein Rechen-Gen, aber das wissen Sie, oder? Deswegen kommen sie auch nie auf einen grünen Zweig. Libanesen, Palästinenser, Pakistanis, waren die Araber nicht die Hauptstütze des afrikanischen Sklavenhandels? Überall auf dem Subkontinent Juden, bis zum Pazifik, Chinesen, Japaner, Koreaner, da finden Sie das Rechen-Gen. Die Russen haben es nicht, die können auch nicht rechnen, der einzige, der es konnte, war Tschitschikow, und das war vermutlich sowieso ein russischer Jude, wenn Sie, was ist denn nun los …

–Verfluchter Köter, nun sehen Sie sich, Christina? Christina!

–Bäh! Und das weiße Gewuschel wurde vom Stoß eines gewienerten Ferragamo-Halbschuhs und einem Spritzer Wein genau in die Rippen getroffen, –verdammt!

–Wo bleiben die denn, bringen die Teller her und nehmen den Korb mit in die Küche, Christina!

–Pookie? Ich habe Pookie kläffen hören …

–Sieh dir das an!

–Vorsicht, Trish, ich glaube, ihm ist ein kleines Malheur passiert.

–Von wegen klein! Das war kein Malheur, Christina, ich hab's gesehen, das hat er absichtlich gemacht, wo habt ihr denn so lange …

–Stellen Sie das alles einfach da hin, Lily, und holen Sie ein paar Papiertücher, nimmst du das bitte ab, Oscar? Wir haben das Essen auf Platten angerichtet, das Auge ißt schließlich mit, Vorsicht, Trish.

–Nein, sie haben die Täubchen weggelassen, dabei hab ich so gehofft, wir könnten sie flambieren, falls ihr Calvados habt, aber, och, guck mal! Diese mit Hühnermousse und schwarzen Trüffeln gefüllten Zucchiniblumen, sind die nicht exquisit, armer kleiner Pookie, hier …

–Herrgott, Trish, nun füttere ihn doch nicht noch mehr!

–Großes Thema, was Sie da in Ihrem Stück angeschnitten haben, wie? Kann man beim Theaterpublikum allerdings nicht allzu subtil vorgehen, muß man schon ganz direkt sein.

–Wollen Sie mir etwa schon wieder mit Ihrer engen, elitären Vorstellung vom Theaterpublikum kommen? Ich habe …

–Aber woher denn, nein, das Problem bei einem echten Ideenstück wie Ihrem ist, sobald Sie oben auf der Bühne für Klamauk sorgen, kann es leicht passieren, daß die Leute gar nicht mitkriegen, worum es eigentlich geht. Wo findet denn der eigentliche Bürgerkrieg statt, in Wirklichkeit tobt er doch in Ihrer Hauptfigur, oder? Reißt sie vom ersten Auftritt an schier in Stücke? Die Hälfte Ihrer Gleichung haben Sie schon im Prolog aufgemacht, wo die alte Frau von diesem weggelaufenen schwarzen Sklaven faselt, diesem John Israel, dem sie ihren ganzen Ballast von wegen immerwährende Gnade des Herrn und Schätze im Himmel aufgeladen hat, praktisch ein wandelnder Vorwurf, bis wir zu diesem, wie heißt er gleich, diesem Bruder von ihm im zweiten Akt kommen, der ihm bei der Flucht geholfen hat.

–Sie machen irgendwas Himmlisches mit Austern in Austerngelee mit Kaviar und einem Streifen Räucherlachs, haben wir das in der Küche stehenlassen? Könnten Sie mal nachsehen, wenn Sie gerade dort sind, meine Liebe?

–Das ist Will, ja, aber das passiert im ersten Akt, er ...

–Der edle Wilde und dieser ganze Kram, ja, ganz schön zähe Angelegenheit mit dem ganzen Rousseau, den Sie da reingepackt haben, und dann kommt noch der Major und zitiert Aristoteles über natürliche Sklaven, ziemlicher Stockfisch, der Mann.

–Aber das ist beabsichtigt, er ...

–Nein, nein, große Klasse, altes Haus, ganz große Klasse, selbstgefällig, borniert, der Trägheitszustand des Grundbesitzers, haargenau getroffen, seine ganze Welt fliegt um ihn herum in Stücke in dieser Passage, die Sie aus Der Staat geklaut haben, wo die, die ihr Geld nicht selbst verdient haben, sich nicht viel daraus machen, während die anderen es ernst nehmen?

–Genau, was ich vorhin gesagt habe, stimmt's, Teen, man hinterläßt nicht das Geld den Kindern, sondern die Kinder dem Geld, du brauchst dir doch nur meine Deedee anzusehen, mein Gott.

–Man sollte doch eigentlich meinen, daß so ein Zusammenbruch absehbar ist und man etwas dagegen tun kann, bevor es tatsächlich dazu kommt.

–Im Grunde war es ihre eigene Schuld, Teen, sie hat nie lernen müssen, sich um irgend etwas zu kümmern. Jerry sagt zwar, daß Geld für unterschiedliche Menschen ganz Unterschiedliches bedeutet, aber für sie bedeutet es überhaupt nichts. Hat uns Jerry das nicht gesagt, Pookie? Lauf schön da rüber und sag ihm, ich brauche noch ein bißchen Wein. Wenn man sich allerdings heutzutage so umsieht, ist es alles in den Händen genau der falschen Leute. Was riecht denn da so gräßlich?

–Harry würde dir vermutlich sagen, daß es nach Geld riecht, Trish. Harry hat Freud gelesen. Haben Sie die Papiertücher, Lily? Da drüben, unter dem Sideboard, kannst du ihr helfen, Oscar?

–Hör zu, Christina, wir sind nicht ihre ...

–Geben Sie mir mal die Tücher, alter Junge, Sie müssen sich ja nicht beide die Hände schmutzig machen, oder? meinte er, eine Armlänge weit unterm Sideboard, –für manche Leute ist es Guthaben, für andere eine Möglichkeit, noch mehr zu verdienen, Aktien von Pharmakonzernen zu kaufen, die Pharmariesen haben ja praktisch eine Lizenz zum Stehlen, behaupten, sie bräuchten die Profite für Forschung und Entwicklung, die Regierung setzt eine Höchstgrenze für ein Produkt, also modeln sie's ein bißchen um und bringen ein neues heraus, das nennt sich dann Forschung und Entwicklung. Manche benutzen es einfach dazu, Neid zu erzeugen, manche horten es als Bollwerk gegen den Tod selbst, lesen Sie Der Herr und sein Knecht von Tolstoi, aber sie hat recht, halten Sie's heutzutage mit Freud, ist es der reinste Durchfall. Rockstars, Sportler, Häusermakler, Aktienhändler, Arbitrageure und jede hergelaufene Berühmtheit, die fünf Millionen dafür kriegt, daß sie ein Buch schreibt, das von jemand anders geschrieben wird, ja, und wer noch? Er richtete sich auf, hielt das zusammengeknüllte Papiertuch von sich weg, –die Anwälte, die sie einschalten, um die Schweinerei wegzumachen. Geld ist zum Barometer der Unordnung geworden. Reichtum und Privilegien, so war es noch bei Ihrem Major da auf Quantness, stimmt's, Geld war das Barometer der Ordnung, ich gehe mir mal lieber die Hände waschen. Hier entlang, ja? Und dann die zweite rechts?

–Es ist bloß diese Gier überall, dieser Verbrecher von der Schusterwerkstatt zerrt mich vors Gericht für Kleinforderungen, bis Jerry ein paar Vertagungen erwirkt und er Geld verliert, weil er für jeden Gerichtstermin sein Geschäft zumachen muß, und wir schließlich durch Säumnis gewinnen, weil er eines Tages nicht erscheint. Ich fand das furchtbar clever, du nicht?

–Vielleicht ist es auch furchtbar teuer, hast du daran mal gedacht?

–Heutzutage kostet das Reichsein einfach viel mehr als früher, mein Gott, Teen, ich bin ja wohl der lebende Beweis, oder? Allein schon Deedee aus diesem neuesten Kuddelmuddel herauszuholen, kannst du dir vorstellen, was das bis jetzt gekostet hat?

–Na ja, ein Nervenzusammenbruch ist ein Nervenzusammenbruch, das kostet immer Geld, wer wüßte das besser als du, aber es geht doch schließlich um das Mädchen, Trish, oder? Das arme Mädchen, ganz gleich was es kostet?

–Es geht um das Auto, Teen, das Auto. Es war so ein Lamborghetti, oder wie die heißen, für den sie den Unterhalt von zwei vollen Monaten bezahlt hat, eins von diesen hochgezüchteten Dingern, bei denen man alle fünfzehn Kilometer das Öl wechseln muß, haben die mir gesagt, und ich habe gesagt, sie hat nie gelernt, sich um irgend etwas zu kümmern, oder? Also sind die Lager oder irgend so etwas verschmort, und es ist um vier Uhr morgens liegengeblieben, als sie von Diddys Hochzeit in Newport zurückgekommen ist, und sie hat es auf dem Merritt Parkway stehenlassen, wo dann ein Wagen voller ich sag lieber nicht was auf dem Weg zur Arbeit reingerasselt ist, so haben sie's jedenfalls der Polizei erzählt, aber bestimmt konnte man den Whisky einen Kilometer weit riechen, und das ganze Ding war völlig kaputt, die Ärmste hat gedacht, sie spart Geld, wenn sie keine Kaskoversicherung abschließt, das sind also schon mal achtzigtausend Dollar, die sie von diesem Blödmann, der ihr reingefahren ist, nie und nimmer wiederkriegt, meint jedenfalls Jerry, und selbst wenn sie sich's von seinem Gehalt holen könnte, würde das fünf Generationen dauern, und natürlich will die ganze Bande Beinbrüche und Gehirnerschütterungen und Gott weiß was noch alles erlitten haben, die behaupten sonstwas. Die Reichen werden nun mal immer angelogen, damit müssen wir leben.

–Na, freu dich doch wenigstens, daß es nicht dein Geld ist, oder? Dafür ist doch dieser Treuhandfonds von ihr da?

–Aber irgendwann kann man nicht mehr, Teen, man kann einfach nicht mehr. Jerry hat versucht, mit diesem Treuhandverwalter zu reden, den ihr dummer Vater in seinem Testament ernannt hat, weil sie in Princeton zusammen Baseball gespielt haben, und der will, daß sie den Fonds angreift und ein Stipendium stiftet, das nach ihrem Vater benannt ist, um Schwarze in die Baseball-Mannschaft zu bringen, und er stellt sich bei allem, was auch nur entfernt mit dem wirklichen Leben zu tun hat, fürchterlich an, genau das meine ich, wenn ich sage, man hinterläßt die Kinder dem Geld, gießt du mir noch ein bißchen Wein ein, wo du gerade da stehst, Oscar? Du kannst doch noch die andere Flasche aufmachen, Gott sei Dank habe ich Jerry, er ist so wahnsinnig fix, das Leben ist aber auch dermaßen voller Zufälle. Es ist so lustig, daß ihr zwei euch schon von diesem phantastischen Prozeß von dir kennt, da habt ihr bestimmt viel Gesprächsstoff.

–Ich weiß nicht recht, ob Oscar es lustig findet, Trish, er würde wahrscheinlich lieber über etwas anderes reden, weil ...

–Nein, hör doch mal, Christina, er hat mir gerade erzählt, daß die Berufung jetzt eingereicht worden ist, anscheinend hat Harry erfolgreich Druck auf Sam oder sonstwen ausgeübt, die nächsten ein, zwei Tage ist mündliche Verhandlung, und sie haben einen neuen Mann darauf angesetzt, ich muß ihm danken, ich muß Harry dafür danken, daß ...

–Armer Harry. Es macht ihn bestimmt fix und fertig, der enorme Druck, unter dem er ständig steht, es ist wirklich kein Wunder, hast du schon mit ihm geredet, Teen?

–Nein, er ist, jedesmal wenn ich anrufe, heißt es, er ist bei Gericht, aber was diesen Fall von Oscar angeht, verstehst du, glaube ich, nicht so ganz, was ...

–Verschone mich um Gottes willen mit den trostlosen Details, ich weiß, daß Jerry gewinnen wird, und dann können wir alle zusammen eine phantastische Party feiern, wo steckt er eigentlich, er ist doch nicht etwa draußen bei ihr in der Küche, oder? Vorhin habe ich sie gebeten, für diese köstlichen Kastanienmeringuen ein bißchen Sahne zu schlagen, für vierzig Dollar dürfte man zwar erwarten, daß sie einen Tupfer Schlagsahne dazutun, aber, ach, Jerry, da bist du ja, was bringst du denn da, um Gottes willen?

–Austern.

–Die hätte sie bestimmt auch selber bringen können. Warst du damit die ganze Zeit beschäftigt?

–Ich habe nachgedacht. Über unseren Major, altes Haus, ziemlicher Stockfisch, genau wie Sie gesagt haben, muß auch so sein, sämtliche aufgeblasenen Platitüden von Reichtum und Privilegien aufgrund von Land und beweglichem Vermögen, woraus sich ursprünglich auch das gesamte englische Recht ableitet, das gleiche, was Ihren Helden schier zerreißt, wenn er da draußen nach Gerechtigkeit heult, aber was ist denn nun mit Kane, dieser Figur Mister Kane. Selbst ein kleines bißchen spießig, wie?

–Eigentlich nicht, nein, gedacht ist es jedenfalls nicht so, er ...

–Ich rede nicht von seinen Ideen oder seinem Text, da braucht man kaum ein Wort zu ändern, nein, nein, ich meine seine Rolle, diese Dozentur in Philosophie und der ganze Kram. Ich habe mir gerade gedacht, daß man da ein kleines bißchen mehr Kontrast bräuchte, irgendwas anderes aus ihm machen sollte, irgendwas völlig Widersprüchliches, wie wär's zum Beispiel mit einem dieser fahrenden Händler, die damals durchs Land gezogen sind. Töpfe und Pfannen, Scheren, Handsägen, Wundermittelchen, eine Rolle Kattun für die Damen, Pflanzungen wie Ihr Quantness da waren meilenweit von allem weg, kleine Welten für sich, und er war die Außenwelt, er war eine echte Institution, weil sein eigentlicher Handelsartikel Nachrichten und Klatsch waren und er überall mit offenen Armen empfangen wurde, wo er mit dieser heiß ersehnten Ware auftauchte.

–Aber das habe ich eigentlich nicht ...

–Können Sie mir folgen? Wer kürzlich wegen eines Kartenspiels erschossen worden oder wegen einer im Suff herausgerutschten Beleidigung bei einem Duell umgekommen ist, wer seinen Aufseher mit seiner Frau im Bett erwischt und erschossen hat, der Baumwollpreis im Hafen von Beaufort, Preise auf einer Pferdeauktion, eine Sklavenauktion, und wessen Sklaven entlaufen sind, so wie Sie gleich im Prolog Ihren John Israel eingeführt haben? Er hatte in diesen finsteren Zeiten den Finger am Puls des Landes, Kriege und Kriegsgerüchte, er konnte überallhin und die Ohren aufsperren, auch an einen Ort wie Quantness, kein Mensch dachte sich was dabei, wenn er ihnen Appetit auf Skandale machte, kein Familiengeheimnis war vor ihm sicher, auch ihre nicht. So würde er ein bißchen glaubwürdiger, wie? Und neben Ihrem aufgeblasenen Major auch ein bißchen unterhaltsamer, paßt auch ganz hübsch, wenn er im zweiten Akt unversehens als Zigarrenvertreter oben im Norden auftaucht und zufällig Bixby trifft.

–Bagby! Wenn Sie Unterhaltung wollen, wenn das alles ist, was Sie wollen, Bagby ist als ...

–Bagby natürlich, ja, 'tschuldigung, alter Knabe, fabelhafte Figur, so was wie Ihr griechischer Chor, was? Der Verderber, der neue Mensch, der Geist des ungezügelten Kapitalismus mit seinem Nützlichkeitsprinzip gegen den überholten Eigentumsbegriff des Majors, der Triumph des völligen Mangels an Ehrlichkeit im Gegensatz zu Kane, der ihr einsamer Inbegriff ist, wie er da mit seinen Töpfen und Pfannen durch diese trostlose Landschaft scheppert, der entwurzelte wandernde Jude, der ...

–Halt, Moment, Moment, wie kommen Sie denn darauf, daß er Jude ist!

–Na, weil sie das waren, die meisten jedenfalls, oder? Der jüdische Händler, eine feste Einrichtung, machen Sie ihn zum Juden, und Sie haben das halbe Broadway-Publikum in der Tasche, vielleicht stauben Sie sogar einen Pulitzer-Preis ab.

–Einen Pu, großer Gott, damit ich für fünf Minuten berühmt bin, der Pulitzer-Preis ist ein Firlefanz aus der Journalistenschule, in den man am nächsten Tag den Fisch einwickelt, das ist nun wirklich der Pöbel, mit Literatur oder großem Theater hat das nichts zu tun, das ist das Gütesiegel der Mittelmäßigkeit, und es bleibt ewig an einem kleben, wie kommen Sie auf die Idee, ich wollte mit einem komischen Iren und einem jüdischen Händler, die schmutzige Witze erzählen, irgend so ein asthmatisches Broadway-Matineepublikum in die Tasche stecken und ...

–Wenn Sie doch bloß nicht streiten würden, kommst du an den Wein dran, Teen, die beiden sind ja offenbar zu sehr mit sich selbst beschäftigt. Und laß mich um Gottes willen was mit diesem ekelhaften Brei unternehmen, den sie aus dem Austerngelee gemacht haben, stell es auf den Boden, da müssen wir es wenigstens nicht ansehen, wenn sie da draußen immer noch die Sahne schlägt, macht sie noch Butter draus, willst du sie nicht mal rufen?

–Nicht doch, altes Haus, haben Sie noch ein Momentchen Geduld mit mir, will Ihnen doch keine Figur schmackhaft machen, die oben auf der Bühne herummarschiert, oj Gewalt murmelt und sich in der Nase bohrt, oder? Er kann doch genauso intelligent, genauso scharfsinnig und kultiviert sein, wie er's jetzt schon ist, genauso belesen, nur eben ohne diesen irgendwie steifen akademischen Lack, ein freier Geist, der den ganzen Tag mit scheppernden Töpfen und Pfannen hinter seinem Maultier in seinem Karren über diese Landstraßen zockelt und dabei die Aeneis liest und, ach übrigens, ich bin Ihre Aussage noch mal durchgegangen, Sie schreiben die Ilias da irgendeinem Griechen zu, von dem kein Mensch je gehört hat, mir schleierhaft, wieso ich Ihnen da kein Bein gestellt habe.

–Irgendeinem Griechen? Ich habe die Ilias überhaupt nicht erwähnt, glauben Sie vielleicht, mir würde ein solcher Fehler ...

–Wo es um Figuren unter aller Kritik wie Bagby geht?

–Nikochares, die Dilias, nicht die Ilias, die Dilias, Figuren unter unserem Niveau von Gültigkeit in der Dilias.

–Eins zu null für Sie, altes Haus, haben Sie mir diesmal ein Bein gestellt, Stenographinnen kriegt man heutzutage, man muß schon froh sein, wenn sie überhaupt von der Ilias gehört haben. Kommt aber Ihrer Sokrates-Parallele auch ein bißchen näher, oder? Ungezwungen, täuschend bescheiden, ein bißchen ungepflegt, frischen Sie seinen Text da und dort ein bißchen auf, und schon haben Sie Ihren ironischen, diskussionswütigen Juden mit seinem ganz eigenen Hunger nach intelligenten Gesprächen, nach dieser unaufhörlichen, unseligen Beschäftigung mit Ideen, während er da draußen in diesem geistigen Ödland seine Töpfe und Pfannen verhökert, fünf Cents, zehn Cents, schon wieder das Rechen-Gen, die zweite Hälfte Ihrer Gleichung, können Sie mir folgen?

–Nein.

–Aber klar können Sie. Das Ganze ist doch Ihr Werk, oder? Die Kräfte, die in dieser fürchterlichen Gleichung miteinander ringen, das trifft doch alles auch heute noch den Kern des Problems, Sie haben doch wohl Ihren Tocqueville gelesen? Am Anfang geben Sie mit dem Erscheinen dieses schwarzen entlaufenen Sklaven die linke Seite vor, dabei erscheint er noch nicht mal, wir bekommen ihn gar nicht zu sehen, brauchen wir auch nicht, den Unsichtbaren nennt ihn irgendwer, den Mann, der wie ein Geist das ganze Stück heimsucht, auch Ihre Hauptfigur mit diesem fadenscheinigen Vorwand aus dem Gesellschaftsvertrag, daß man die Menschen zwingt, frei zu sein, damit sie irgendwo zur Strecke gebracht und getötet werden können, ohne daß da draußen himmlische Heerscharen warten, von denen dieses vertrocknete alte Weib heult, das ihm beigebracht hat, in der Bibel zu lesen, darauf läuft es doch ungefähr hinaus, oder?

–Aber Sie können das nicht einfach als fadenscheinigen Vorwand, nein, die ganze vornehme Idee von Rousseau, daß das Leben, um gut zu sein, für alle Menschen gut sein muß, und ...

–Vornehme Idee! Das ist aber auch schon alles, diese pragmatische Vorstellung von Ideen als Instrumenten für Handlungsanleitungen, schon gut, ich nehm's zurück, er ist ein Instrumentalist, oder? Kommen wir zur rechten Seite Ihrer tödlichen Gleichung, wo Kane ihm mit seiner erbarmungslosen Logik von Gerechtigkeit zusetzt, seine ganzen hohlen, wohltönenden Ansprüche auf moralische Rechtschaffenheit zurechtrückt und ihn immer tiefer in sein Dilemma hineinführt, der typische schlaue jüdische Händler, der ihn mit viertausend Jahren christlicher Schuld erpreßt, er ist nicht einfach schlachtbereit, Ihr Held. Er ist das Schlachtfeld, da haben Sie Ihre tödliche Gleichung, der Schwarze auf der einen Seite und der Jude auf der anderen, sie fechten es bis heute aus, wohin wir auch schauen, können Sie mir folgen?

Mittlerweile rückwärts in eine Ecke gedrängt, als Silhouette vor dem Glas, das auf das fahle Lichtgeglitzer des Teiches hinausging, mit in den Taschen an seiner Seite zerstreut nach sonst etwas wühlenden Händen, in der einen ein Päckchen von veraltetem Design, antwortete er –nein ... riß es mit der anderen auf, –nein, das geht zu weit, ein Stück über den Bürgerkrieg, ich weiß gar nicht, wie wir da draufgekommen sind, jedenfalls geht es nicht um diese Auseinandersetzungen zwischen Schwarzen und Juden, die auf den Titelseiten ausgetragen werden, oder? Es ...

–Nicht um diese primitiven Straßenschlachten, die das Schlimmste in beiden zum Vorschein bringen, nein, auch nicht um die Juden von Hollywood, die Filme finanzieren, in denen Schwarze als Dschungeltiere vorgeführt werden, jüdische Ärzte, die schwarze

Babies mit Krankheitserregern infizieren, es geht nicht einmal um jüdische Ladenbesitzer, die mit ihrem Rechen-Gen Schwarze ausbeuten, die keins haben, nein, das ist ihnen ganz recht so, Ihren sauberen, weißen, christlichen Spießern, die sich in den Abendnachrichten ansehen, wie das Ganze explodiert, und sich um die Immobilienpreise zu Tode sorgen, wenn die Juden anrücken, und nach ihnen die Schwarzen und die ganze buntgescheckte Brut aus der Karibik, und schon ist das Viertel futsch, wie es so schön heißt. Drogen, Schießereien, sollen sie ruhig aufeinander losgehen, wir schalten die Nachrichten ab und setzen uns zu Tisch, geht uns schließlich nichts an, oder? Wie Ihr angeschossener Fasan, der den Kopf in die Steinmauer steckt, vor dem, was da geschieht, zu fliehen versucht? Das ist doch der hohle Kern dieser christlichen Heuchelei? Und die polierte Seide von Sulkas Schneiderkunst fuhr auf das schöne alte Kammgarn los und packte ein Handgelenk, –'tschuldigung ...

–Nein, ich mache das schon, sprudelte er hervor, dafür entschuldigt, daß er auf Abstand ging, um das aufgerissene Zigarettenpäckchen von den wenigen Quadratzentimetern Boden zwischen ihnen aufzuheben, und er fummelte, bloß damit seine zittrige Hand etwas zu tun bekam, im Hochkommen eine heraus, nur um sich jäh am Revers gepackt und rückwärts direkt ans Fenster gedrängt zu sehen.

–John Israel und Kane da draußen, die beiden Seiten Ihrer Gleichung, sie manipulieren die zutiefst heuchlerische Veranlagung Ihres Helden zu Schuldgefühlen, der Schwarze und der Jude stellen ihre sehr realen Benachteiligungen aus, sie appellieren nicht an sein Gewissen, sie kämpfen nicht einmal gegeneinander, um ihn am Gewissen zu packen, Oscar, sie kämpfen darum, wer von ihnen dieses gähnende, sentimentale, regelmäßig zur Kirche gehende, fähnchenschwenkende, leere Überbleibsel der Gründerväter ausfüllt, wer von ihnen schließlich das Gewissen dieses ausgelaugten, moralisch bankrotten Kadavers des weißen protestantischen Establishments *sein* wird, und das! Mit emphatischem Fingerstoß genau vor die bebende Brust, –das ist der Kern der Sache, der Kern des amerikanischen Dilemmas. 'tschuldigung, war keine Absicht, habe Ihnen doch nicht weh getan, alter Knabe, oder? Hier, brauchen Sie Feuer? Was rauchen Sie denn da, habe ich noch nie gesehen.

–Aus jetzt, Pookie, sitz, er tut dir nichts, sie spielen bloß, Jerry ist einfach so brillant, daß es manchmal mit ihm durchgeht, Teen, und die Leute wissen oft nicht recht, wie sie damit umgehen sollen, diese Mousse ist zu salzig, ich glaube, die kann ich nicht essen, du denn? Wenn du ihn vor Gericht erlebt hättest, mit diesen drei lebenden Leichen von Anwälten, die der Kardinal höchstpersönlich geschickt hat, kein Wunder bei dem Geld, um das es da ging, nicht mal ihre eigenen Argumente haben sie richtig kapiert, er hat erst aufstehen und sie ihnen erklären müssen, bevor er sie dann in der Luft zerrissen hat, meinst du, wir ...

–Momentchen, Trish. Oscar, was machst du da, du rauchst doch nicht etwa eine von diesen Dingern, oder?, als das Goldfeuerzeug vor seiner Nase aufflammte.

–Das sind Picayunes, sagte er und ließ die an die Brust gepreßte freie Hand sinken, um sich an der Fensterbank abzustützen, –eine alte Marke, wird wahrscheinlich gar nicht mehr hergestellt ... er brach mit einem Husten ab. Sie husteten beide.

–Kann die Dinger nicht rauchen, altes Haus, wollen Sie mal eine von denen probieren? Gefummel hinter dem Goldmonogramm, –macht ein alter Kubaner in Tampa für mich, dem ich mal die Einwanderungserlaubnis besorgt habe.

–Nicht hier drin! Wenn ihr beide rauchen wollt, dann macht das gefälligst draußen.

–Bißchen Luft schnappen, ja? Und er ging wie der klassische aristokratische Landgastgeber durch den Flur voran, –muß da ein ziemlich peinliches Geständnis machen, altes Haus, Sie gestatten? Er trat vor und klapperte mit der auf die Veranda gehenden Tür, –mir wirklich unangenehm, gerade jetzt, aber Ihr Stück da? Habe nie den letzten Akt gelesen. Nicht von Belang für die Streitfrage in Ihrer erweiterten Klage, als wir substantiiertes Klagevorbringen verlangt und Ihre Leute nur Akt eins und zwei und den Prolog vorgelegt haben, hätten natürlich nachhaken können, noch mal einen Aufschub erreichen, um ihre Kosten weiter hochzutreiben, aber ich habe meine Leute überreden können, Gnade walten zu lassen, habe mich immer gefragt, wie es ausgeht. Vorsicht, stolpern Sie nicht, lassen Sie das hier draußen mal lieber reparieren, sonst haben Sie irgendwann eine dicke Schadensersatzklage am …

–Soll das heißen, Sie haben es gar nicht fertiggelesen?

–Haben die Auflösung für den Film wahrscheinlich sowieso geändert, Sie sind doch nicht überrascht, oder? Er bot eine Zigarre an, –Habe immerhin die Epitasis durchbekommen, so heißt das doch? Er bot Feuer an, –das ist schließlich das wichtigste, oder?

–Aber so wie Sie eben geredet haben, dachte ich, Sie haben es gar nicht fertiggelesen? Wie können Sie sich dann hinstellen und das Ganze sezieren, das ganze Ding einfach so auseinandernehmen, wenn Sie nicht einmal, wir haben bei dieser Zeugenvernehmung doch über den Kriton geredet, oder? Im letzten Akt, und Sie haben nicht einmal gefragt, wie …

–Nein, nein, kann's Ihnen nicht verdenken, daß Sie sich ärgern, aber den Kern haben wir da drin doch erfaßt, oder? Im letzten Akt werden doch jedesmal bloß noch die Lücken gefüllt, und …

–Was meinen Sie denn, wie es ausgeht? Wie es endet?

–Aber das ist doch von vornherein klar, in Tod und Wahnsinn, alter Knabe. Wahnsinn und Tod.

Blauer Rauch hing ihnen in der Windstille nach, folgte ihren Schritten die Veranda hinab, von wo der Blick über den sich bis zur glatten Oberfläche des Teichs hinunterziehenden Rasen und das blattlose Filigran der Eichen vor dem Dunkel der hohen Tannen am anderen Ufer ging, verriet ihre Anwesenheit und gemahnte so an, war's nicht Blake? Die Natur ist öde, wo der Mensch nicht ist, –soll das ein Verweis auf King Lear sein?

–Wenn Sie so wollen. Nach einer wahren Geschichte aus Holinshed? Wie bei Ihrem Großvater, den Sie sich patentieren lassen wollten?

–Das ist doch lächerlich. Genau wie diese ganzen anderen Verdrehungen, um die Berufung meines Vaters ans Appellationsgericht zu hintertreiben mit diesem Gerede von wegen Wahnsinn in der Familie, und indem man eine Puppe von ihm verbrennt, das alles ist ihm völlig egal, aber eine Amtsanklage, dieses Gerede von wegen Amtsanklage, wenn es dazu käme, das würde ihn umbringen.

–Nie und nimmer, alter Knabe, keine Sorge. Das Verfahren ist dermaßen kompliziert, daß sie's in den letzten fünfzig Jahren erst einmal geschafft haben, einen Bundesrichter abzusägen, und zwar wegen Steuerbetrug, bei zwei anderen haben sie schließlich probiert, sich um Artikel 1 herumzumogeln, um sie abzusetzen, der eine steht gerade wegen Bestechlichkeit vor Gericht, der andere sitzt schon wegen Meineid, aber diese Pygmäen im Kongreß haben gar kein Interesse dran, sind ja nicht mal dieser elenden Waffenlobby gewachsen.

–Aber das ist doch gar nicht ...

–Kann nie eine gemeinsame Politik zustande kommen, oder? Bei jedem gemeinsamen Ziel, das man sich setzt, macht einem irgendeine spezielle Region oder Lobby oder Interessengruppe einen Strich durch die Rechnung, nur darum geht es in der amerikanischen Politik. Amerika ist kein Land, es ist ein Kontinent, acht bis zehn Millionen Italiener, Schweden, Polen, fünfzehn bis zwanzig Millionen Iren, dreißig Millionen Englischstämmige, fünfundzwanzig Millionen Deutsche, ebenso viele Schwarze, sechs Millionen Juden, Mexikaner, Ungarn, Norweger, dazu die hispanischen Horden, die in Scharen hereinströmen, das Ganze ist ein Schmelztiegel, in dem nichts zusammengeschmolzen ist, was will man da erwarten.

–Ich rede nicht von sechs Millionen Norwegern! Ich rede von vierzig bis fünfzig Millionen bibelhörigen Analphabeten und diesem Neandertaler im Senat, der da unten eine Amtsanklage gegen meinen Vater fordert, eine Puppe von ihm verbrennen, von Wahnsinn reden, daher kommt es doch, der Herr ist ein Kriegsmann, heißt es schon im zweiten Buch Mose, zweitausend Jahre Gemetzel, seit er gekommen ist, nicht Frieden zu senden, sondern das Schwert, von den Kreuzzügen bis hin zu Ihrem Gerichtssaal mit der kleinen schwarzen Wanze und seiner fötalen Persönlichkeit bis zu dem Jungen mit der Ketchupflasche, der Felsendom und der Tempelberg getränkt mit dem Blut von Moslems und Juden, und diese Moschee da in Uttar Pradesh mit Moslems und Hindus blutbesudelt, wo man sie auch findet, die wahren Gläubigen, die geoffenbarte Religion, daher kommt das alles, diese Unruhen in Bombay, bei denen der

Hindu-Mob Moslems aus den Häusern zerrt und umbringt? Die Männer zwingt, auf der Straße die Hose herunterzulassen, damit man sieht, ob sie beschnitten sind, sie lebendig verbrennt und singend um ihre brennenden Körper herumtanzt, wenn das kein Wahnsinn ist? Wenn das kein Wahnsinn ist!

–Na, und ob, alter Junge, und ob, das ganze Pantheon der …

–Und diese Geschichten, die ich als Kind über den Jagannath gehört habe, dieser riesengroße Wagen, den sie bei Prozessionen herumziehen, wo die Leute sich vor die Räder werfen, um sich zermalmen zu lassen?

–Alles Unsinn, mein Alter, typisch britische hanebüchene Gutenachtgeschichte. Jagannath ist ein guter Kerl, neunte Inkarnation Wischnus, er wohnt in einem Tempel an der Ostküste, in einer Stadt namens Puri, wo er jeden Sommer krank wird, sich erholt und auf Urlaub geht, und diese Pilger kommen zu Hunderttausenden an, um zu feiern, bauen einen riesigen Wagen, wo er obendrauf sitzt und Flöte spielt, und den ziehen sie dann anderthalb Kilometer die Straße runter zum Tempel seiner Tante, um bei der Dreieinigkeit mit viel Tamtam und Geschrei ein paar Jungpfadfinderpunkte zu machen, sämtliche Kastenschranken fallen, ein paar werden im Getümmel umgerissen und niedergetrampelt, auch nicht schlimmer als das Tohuwabohu nach einem Fußballspiel, oder? Dann kommen die britischen Herren und sehen, wie ihre kleinen braunen Brüder sich amüsieren, ein paar werden unter den Wagenrädern zerquetscht, und schon halten sie's für ein ekstatisches Menschenopfer an diese blutdürstige Gottheit, und wer einmal in Verruf kommt, na, Sie wissen schon. Des einen Religion ist des anderen Wahnsinn.

–Nennen Sie das etwa nicht Wahnsinn?

–Aber natürlich, lassen Sie mich ausreden. Natürlich ist es Wahnsinn, aber der Wahnsinn war zuerst da. Er ist ein Wesensmerkmal der menschlichen Existenz, je schlimmer die menschliche Existenz, desto größer der Wahnsinn, und Ihre geoffenbarte Religion kanalisiert den Wahnsinn schlicht und ergreifend, gibt ihm eine Form. Für diese im Sumpf der Armut steckenden, ungebildeten Horden gibt es nur zwei Dinge umsonst, nämlich Sex und Religion, und je ärmer und analphabetischer sie sind, desto mehr pflanzen sie sich fort und desto überladener werden ihre religiösen Pantheons und Rituale. Irgendein Filipino kreuzigt sich an Ostern, weil Jesus ihn dazu getrieben hat? Nein, nein, er ist von vornherein wahnsinnig, die Religion liefert dem nur ein Ventil, bringt es in eine Ordnung, Büßer, die sich mit Geißeln schlagen, bis das Blut in Strömen von Wahnsinn fließt, die in ganz Mexiko dicht unter der Oberfläche pulsieren, Sikhs, Irakis, Afghanen, das sind alles von vornherein komplett Wahnsinnige, die nach einem großen Ziel suchen, dem sie sich unterordnen können, irgendeinem System von Absoluten, in dem sie Zuflucht finden, das ist dann der wahre Gläubige, wie? Und je chaotischer die Zeiten, desto größer die Nachfrage nach diesen Absoluten, genau das gibt Dostojewskis Helden den Rest, stimmt's? Diese Panik angesichts der Erkenntnis, daß man in einem sinnlosen Universum lebt? Nehmen Sie den tiefen Kern von Wahnsinn bei den Deutschen, von Peter dem Einsiedler über Thomas Münzer bis hin zu den Todeslagern, die sie als Nationalismus zu verkleiden versuchen, genau wie dieses exquisite Destillat von totalem Wahnsinn, das nur in Japan vorkommt. Die Italiener kanalisieren ihre Abart via Vatikan in einem massiven Chaos aus Kriminalität und Opfer, die Russen ersäufen ihre in einem Meer von Wodka, und die Engländer transvestieren sich unter den Röcken der Anglikanischen Kirche, sonst wären sie genauso ungeniert wahnsinnig wie ihre Nachbarn auf der anderen Seite der Irischen See.

–Hat nichts mit Wahnsinn zu tun, nein, nicht mal mit Religion, die Kirche von England ist bloß ein Rahmen für das Sittenstück, das die herrschende Klasse zusammenhält, und das bei einem System sozialer Kasten, das ...

–Gilt doch für jede organisierte Religion, altes Haus, oder? Aber wenn Sie Snobismus vom Feinsten und einen echten Zug von Wahnsinn wollen, müssen Sie zu den Altkatholiken gehen, die Anglikaner sind bloß der Bankert, das perfide Albion und der ganze Kram, wollen Sie eine Kostprobe vom sozialen Kastensystem in all seiner Grausamkeit und Doppelzüngigkeit? Groß, groß war'n die Freuden, versuchen Sie mal, in einer englischen Public School unterzukommen, da haben Sie den blassen Nachwuchs dieses Systems, wie? Ihre bankrotte, protestantisch-episkopalische Zuflucht für alte Familien und altes Geld?

–Aber das sage ich ja! Großer Gott, sehen Sie sich doch Harrys Pop-und-Glow-Fall an, das hat nichts mit Wahnsinn oder Religion zu tun, die einzigen wahren Christen in diesem Land haben schwarze Gesichter, und damit unterstütze ich keineswegs Ihre Theorie, sie wären von vornherein wahnsinnig, wie man in Amerika als Schwarzer aufwachsen und geistig halbwegs gesund bleiben kann, ist mir sowieso schleierhaft.

–Bestreite ich doch überhaupt nicht, oder? Wie denn auch, wenn man sich ansieht, was von einem wahren Christen verlangt wird, gebt alles auf und folget mir? Sie hatten überhaupt nichts aufzugeben, dieses Liebe deinen Nächsten wie dich selbst ist für jeden anderen ein schlichtes Oxymoron, hat das ganze Land in eine Wiege der Heuchelei verwandelt.

–Na, wunderbar, und wenn der Zweig bricht, kracht das Ganze samt Baby herunter, genau davon rede …

–Sie reden von organisierter Religion, den etablierten Kirchen, den Episkopalen, Presbyterianern, Kongregationalisten, denen da draußen massenhaft die Kundschaft wegläuft und die im kläglichen Rest ihrer elitären, spirituellen, angebotsorientierten Ökonomie um Marktanteile kämpfen, aber das Blut der Märtyrer, war das nicht Tertullian? Der Same der Kirche? Da sind Ihre vierzig Millionen die Rettung, von Anfang an wahnsinnig und bereit, es zur Verteidigung des Rechts auf Leben zu vergießen, keine Verständigung mit blutendem Herzen wie bei den Katholiken, die sich im Beichtstuhl um das siebte Gebot herummogeln, bete ein paar Vaterunser und ein paar Ave Maria und gehe hin und sündige nicht mehr bis zum nächsten Mal, das soll mal eine im Islam versuchen, da wird sie gesteinigt, also gibt's kein nächstes Mal, stehlen Sie einen Laib Brot, und Sie werden einen Kopf kürzer gemacht. Wissen Sie noch, daß T. E. Lawrence seine Araber als ein Volk der Primärfarben bezeichnet hat, das alles schwarzweiß sicht? Entweder Wahrheit oder Unwahrheit? Er hat den Zweifel verachtet, ihn unsere moderne Dornenkrone genannt, unser zauderndes Gefolge feiner Schattierungen, der wahre Gläubige zieht in den Krieg, sagt der Koran.

Wendet euch gen Mekka, genau das, was die jungen Schwarzen machen, werfen die christlichen Namen ab, auf die sie getauft worden sind, und nennen sich Ali und Muhammad, da fällt mir ein, ich habe mal in Ihren Kratylos reingeschaut.

–Meinen was?

–Platos Dialog Kratylos, Sie haben doch wohl unser letztes Gespräch noch nicht vergessen? Als Sie gesagt haben, Sie würden Ihren Namen genausowenig ändern wie die Form Ihrer Nase? Kratylos behauptet, der Name eines Menschen läßt dessen innerstes Wesen erkennen, wenn nicht, ist es im Grunde gar kein Name, und selbst wenn, ist es wahrscheinlich der von jemand anders, der wirklich Anspruch auf die damit ausgedrückten Eigenschaften erheben kann, wie unser Freund Basie da, der ist Ihr perfekter Hermogenes, stimmt's? Sein fröhliches Da berufe ich mich auf den Fünften, und daß er Namen lediglich als etwas Zweckdienliches betrachtet? Das man nach Lust und Laune ändern kann?

–Können Sie ihm das verdenken? Wo sein eigener, wirklicher Name wahrscheinlich auf irgendeiner afrikanischen Savanne verlorengegangen ist, als die Sklavenhändler durchkamen, und was ist eigentlich mit Ihrem, würden Sie Ihren ändern?

–Wenn ich ganz ehrlich sein will, ich, in Südindien ist Pai ein alter Name, aber in England, ich habe Ihnen ja gesagt, wie grausam Schuljungen sind, und ich habe ihn gehaßt, brauche Ihnen nicht zu erzählen, wie sie mich genannt haben, ich habe mir geschworen, daß ich ihn ändere, wenn ich erwachsen bin, in der sechsten Klasse dort gab's die schönsten alten Namen, gingen zum Teil bis auf die Schlacht von Hastings zurück, und sogar der künftige Duke of Wellington wurde Waschlappen genannt, aber bei allem schuldigen Respekt, alter Knabe, ich traue Ihrem Plato nicht so recht, habe ich schon mal gesagt, was? Sehen Sie sich an, was er in puncto Sklaverei und Unterdrückung der Frau auf dem Kerbholz hat, dazu seine Sympathien für die andere Fakultät, man bekommt bei diesem Kratylos das Gefühl, das Ganze ist für ihn im Grunde nur ein Spiel, Pappfiguren, und ihre Argumente so voller Löcher, daß das Ganze in Konfusion endet und die Mängel seiner Methode ganz deutlich durchscheinen, Ihre Einlassung damals bei Ihrer Aussage, das

Ganze wäre eine Hommage? Aktuell und zeitlos zugleich? Letzten Endes ist er doch ein ziemlicher Diktator, ein Zensor, man kann ihm genausowenig trauen wie Ihrem Major, und der ist selber so eine Art Papp-Kratylos, wie? Würde seinen Namen genausowenig ändern wie Quantness, und je chaotischer die Verhältnisse werden, desto stärker klammert er sich daran, bis sie ihn vernichten.

–Das ist ja gerade der Witz, oder? Und dann gibt es noch Bagby, ist das ein Papp-Hermogenes? Er ist ein reiner Opportunist, würde von jetzt auf nachher seinen Namen ändern, genau wie Ihr Mandant Livingston, der sich in Siegal umbenannt hat, wahrscheinlich hieß er ursprünglich Siegal, und dann Kiester? Constantine Kiester, es ist einfach nur etwas Zweckdienliches, für Kratylos ist Sokrates im Dialog wirklich Sokrates, und der Name Kratylos ist das Wesen des Kratylos selbst, genau wie bei der Figur Kane in dem Stück, er ist der Kratylos des Stücks, und wie Sie auf die Idee kommen können, er wäre ein heruntergekommener Hausierer, der ...

–Er ist ein Freigeist, Oscar, hieß davor wahrscheinlich Kaminsky, entscheidend ist, er ist ein Freigeist. Das einzige, was ihm gehört, sind sein Maultier und seine Töpfe und Pfannen bis zu dem Tag, an dem er sie verkauft, und im Gegensatz zum Major mit seinen Sklaven, seinem Grundbesitz und seinen Illusionen von Beständigkeit kann er ...

–Er hieß davor nicht Kaminsky! Er ist der ...

–Er ist ein Freigeist! Genau wie unser Freund Basie, oder? Hat sich von diesen Illusionen von Absoluten befreit? Nimmt den Namen Basie an, weil ihm der Klang gefällt, auch wenn er jemand anderem gehört hat, der mehr Anspruch auf sein Wesen hat, der Mut, in einem kontingenten Universum zu leben, eine relative Welt zu akzeptieren, er hat die christlichen Fiktionen abgeschüttelt, die seine Vorfahren durch die Sklaverei gebracht, ihnen geholfen haben, ihre Menschlichkeit zu bewahren und sie in die Kraft zu verwandeln, diejenigen zu überleben, die sie dazu benutzten, sie zu unterwerfen, das Elend im Diesseits für Frieden und Gleichheit in einem eingebildeten Jenseits hinzunehmen, so wie sie das mit der alten Frau in Ihrem Stück hingekriegt haben, Sie wissen das alles besser als jeder andere, wie sie mit dem armen John Israel zu Füßen dasitzt, er ist meiner Obhut anvertraut und dieser ganze Kram, das haben Sie wirklich prima hingekriegt.

–Was soll das heißen, prima hingekriegt, sie ist eine fromme alte Christin, die verbittert ist durch die …

–Also, das ist jetzt aber komisch. Wissen Sie, daß ich sie als jammernde, habgierige alte Heuchlerin gelesen habe?

–Das habe ich aber nicht …

–Eine niederträchtige, verlogene alte Heuchlerin, haben Sie vielleicht besser gestaltet, als Ihnen bewußt ist, mein Alter.

–Nein, das habe ich aber nicht, hören Sie …

–Hören Sie!

–Oscar! Krachend sprang die Glastür auf, –wo steckst du?

–Wir, hier, was ist denn? Eilig liefen alle beide die Veranda entlang auf sie zu, –was …

–Beeil dich!

–Was ist denn passiert?

–Beeil dich einfach, ja? Und wieder im Haus angelangt –ich muß fahren, sobald wir, wir müssen fahren.

–Aber Christina, halt, Moment …

–Wo ist meine Handtasche, er hat einen Unfall gehabt, warum hat man mir das nicht gesagt, Lily? Mein Mantel, haben Sie meinen Mantel gesehen? Und meine Handtasche, jedesmal wenn ich angerufen habe, hieß es bloß, er ist bei Gericht, diese idiotische Sekretärin von ihm, warum habt ihr mir nichts gesagt!

–Mein Gott, Christina, was …

–Mein Gott, Oscar, nun hör schon auf, dumme Fragen zu stellen und, Lily, hilf Lily meine Handtasche suchen, ja? Anstatt hier herumzustehen wie ein, und schaff bloß diese Zigarre weg! Ein Pullover, dieser hellbraune Kaschmir, er liegt hier irgendwo, sitzen die ganze Zeit hier herum und reden von Gott weiß was, bis Trish schließlich irgendwann ganz beiläufig erwähnt, daß er, also wirklich, Trish, wirklich!

–Aber Teen, wir dachten, du weißt es, Teen, wir dachten, du weißt es.

–Wollten nicht neugierig sein, verstehen Sie, haben auf der Herfahrt darüber geredet, Trishy meinte, wir könnten Sie aufmuntern,

Sie ablenken, schwer bewundert, wie Sie damit umgehen, steife Oberlippe und der ganze Kram, geht schließlich nur Harry und Sie an, wollten nicht den Eindruck machen, wir würden uns in Ihre …

–Aber mein Gott, er ist, wo ist er eigentlich? Ist er, wie schlimm ist er …

–Ihm fehlt nichts, Teen, nicht daß du den Eindruck bekommst, er wäre in diesem wunderbaren Auto von euch zerschmettert worden, dieser Wagen mit dem wunderschönen dunkelgrünen …

–Kein Kratzer, keine Sorge, es ist alles …

–Ich mache mir doch keine Sorgen um einen Kratzer am Wagen, Herrgott, wenn Sie …

–Nein, Harry, sie meint Harry, er ist nicht verletzt, kleines Mißverständnis. Er hat keinen Unfall gehabt, sondern irgendeine Frau behauptet, er hätte einen verursacht, sie geschnitten und in einen Regenwasserkanal gedrängt, und seither versucht sie, ihn vor Gericht zu zerren. So ein kleiner Mercedes SL, sagt Harry, direkt vor ihm ausgeschert, ist nur zwanzig gefahren, und er hat noch versucht auszuweichen, aber ihr Freund hat sich seine Nummer gemerkt, Unfallflucht und so, gebrochenes Handgelenk, Schleudertrauma, die ganze Leier. Sie haben Harry wegen Trunkenheit am Steuer angezeigt, auf Drogen getestet, die Tranquilizer, die er nimmt, obwohl er sagt, er hätte die, die der psychiatrische Berater der Kanzlei ihm gegen den Streß verschrieben hat, gar nicht genommen, bloß ein bißchen Kodein gegen Zahnweh, aber …

–Ja, mein Gott, das ist doch deren Schuld! Daß er seit Gott weiß wann zwanzig Stunden pro Tag an diesem idiotischen Fall arbeitet, auf den sie ihn da angesetzt haben, er ißt und schläft kaum noch, was denken die …

–Nein, nein, sie stehen hinter ihm, versuchen die Sache außergerichtlich beizulegen, Bill Peyton redet persönlich mit dem Richter, ein ehemaliger Kommilitone von ihm in Yale, Sie müssen sich keine Sorgen machen, falls es zur Verhandlung kommt, unsere Sachverständigen sind schon dabei, ihre Verhältnisse unter die Lupe zu nehmen, bis zu den Ohren verschuldet, schlechte Beurteilung der Kreditfähigkeit, und ihr Freund hat gerade einen Entzug hinter sich, also …

–Nicht die Jacke, Lily, meinen beigefarbenen Mantel, habe ich gesagt, haben Sie meine Handtasche gefunden?

–Teen, ich hab solche Schuldgefühle, wir wollten dich nicht aufregen, wir dachten, du weißt es schon, und Harry fehlt doch nichts, das gibt halt jetzt wieder so ein ödes Gezerre mit Gerichten und Anwälten wie bei Mamis Testament und diesem widerlichen Kerl mit seiner fötalen Persönlichkeit, du kannst doch überhaupt nichts tun, bleib hier und ruh dich aus, Jerry kann sich um die ...

–Ich muß ihn sehen! Mein Gott, Trish, kannst du denn, was soll ich denn machen, den Zug nehmen? Ich fahre jetzt gleich mit dir zurück, das wird doch wohl gehen? Oscar, hast du meinen, was suchst du denn da drüben?

–Das Manuskript meines Stückes und meinen Mantel, der muß im ...

–Das darf doch wohl, dein Stück, wovon zum Kuckuck redest du eigentlich!

–Ich komme mit, in so einem großen, geräumigen Auto haben wir alle ...

–Was redest du denn da!

–Oscar, paß auf, wo du hintrittst, ich glaube, der Hund hat sich gerade erbrochen.

–Was? Ach so, nein, wenn ich gleich in der Stadt bin, Christina, ist es viel einfacher, sich mit diesem Regisseur kurzfristig zum Essen zu verabreden oder so, und die Berufungsverhandlung, wenn ich schon vor Ort bin, wollen sie vielleicht, daß ich gleich morgen aussage, und ...

–Nicht nötig, alter Knabe, würde bloß alles komplizieren, weitgehend festgelegtes Verfahren, das Ganze, massenhaft juristische Formalitäten, gar nichts, was Sie da ...

–Schluß jetzt! Schluß jetzt, Oscar, ich kann ja nicht mal, du bleibst hier, basta, bloß meinen Regenmantel, Lily, nehmen Sie die Jacke, behalten Sie sie, sie steht Ihnen, hilfst du ihr mal eben mit dem Pelzmantel? Und die, aber da springt sie dir ja förmlich ins Gesicht, meine Handtasche, Oscar, gib her, bitte beeil dich, Trish, ich nehme deinen Mantel, im Wagen brauchst du ihn doch sowieso nicht, Jerry?

–Komme schon, sollen wir nichts von dem Essen mitnehmen? Vorsicht mit dem Teller da auf dem Boden.

–Ich glaube, davon hat er diese Austern gefressen, meinen Sie …

–Was ist denn nun! zum Geklapper der Türen hinten im Flur.

–Aber …

–'tschuldigung, daß ich so weglaufe, hier … eine Hand wühlte hinterm Goldmonogramm, –wollen Sie? Mit scharfem Klaps auf die Schulter, unter dem er taumelte, wurden ihm zwei Zigarren hingestreckt, während draußen die Wagentüren knallten, –komme schon! Und kurz darauf entschwanden die Veranda, das stille Haus und die abgeknickten Äste hinter ihnen, während der Wagen beinahe geräuschlos die von Kratern übersäte Auffahrt entlangrauschte, –'tschuldigung, das dein Fuß da, Trishy?

–Dieser gräßliche Mantel, ich kann überhaupt nicht sehen, wo ich, hier, leg ihn dir über die Knie, Teen, eine Art Reisedecke, auf dem würden die Flecken, die dieser gräßliche Kerl gemacht hat, gar nicht auffallen, aber du müßtest mal den Chinchilla sehen, Bunker hat ihn mir geschenkt, ich glaube, er hat ihn irgendwie bei einer Wette gewonnen, er hat im Moment fürchterlichen Ärger, diese ekelhaften Nachbarn von ihm auf dem Land behaupten, sein Butler hätte eines von ihren Filipino-Hausmädchen vergewaltigt, die sind natürlich illegal hier, deshalb kann sie ihn nicht anzeigen, aber sie wollen, daß Bunker ihn rauswirft, und er gibt keinen Fingerbreit nach, Victor ist der beste Koch, den er je gehabt hat, und er will sich nicht wegen irgendeiner albernen Indiskretion von ihm trennen, schließlich kann er ja nicht ganz allein da draußen hocken und Backgammon spielen, oder? Er hat sich dort den großen alten Familiensitz in Georgia, wo er geboren wurde, aufs i-Tüpfelchen genau nachbauen lassen, damit sie die Möbel bei seinem Einzug exakt dahin stellen konnten, wo sie hingehören, aber manchmal fühlt er sich doch einsam, und …

–Hast du mit ihm gesprochen, Trish?

–Er ist in London, nein, er ist gestern mit der …

–Ich spreche nicht von …

–Er kommt morgen oder übermorgen wieder, er wollte sich nur für ein paar Anzüge Maß nehmen lassen, wieso?

–Ich spreche von Harry.

–Wer? Ach so, Harry, nein, bloß was Jerry mir gesagt hat, mach dir keine Sorgen um ihn, Teen, Jerry ist ja da und hat ein Auge auf alles, stimmt doch, Jerry, es war mir wirklich sehr unangenehm, einfach so von Oscar wegzugehen, ich bin nicht mal dazu gekommen, mich zu verabschieden, er hat so, aber eigentlich hat er ja schon immer ziemlich verloren gewirkt mit dieser Blondine da, du glaubst doch nicht, die beiden haben was miteinander, oder?

–Und ob, aber jetzt ...

–Na, das will ich auch hoffen, mein Gott, du nicht? Er braucht doch auch wirklich ein bißchen was in der Art, sie hat mich wahnsinnig stark an dieses Mädchen in der Schule mit dem phantastischen Busen erinnert, ich glaube, sie war Polin, ihr Vormund hat sie dann nach dieser unschönen Geschichte mit unserem Mister Jheejheeboy in Botanik heruntergenommen, wirst du den je vergessen, Teen? Er hatte Finger wie Samt, wie hieß sie doch gleich, diese schöne Rothaarige aus Grosse Pointe, ich war auf ihrer Beerdigung, Liz Dingsbums, die hat ihn doch dann geheiratet, Liz aua! Das war mein Fuß, Jerry, was machst du denn da unten?

–Wollte mir bloß das Telefon holen, rückst du mal ein Stück zur Seite?, während der Wagen von der Landstraße auf den offenen Highway vor ihnen einschwenkte, –besser so?

–Das war diese Grimes, Trish, sie waren Busenfreundinnen, und er hat diese Grimes geheiratet, weil er dachte, sie hat mehr Geld, ihr Vater hat ihn auszahlen müssen, damit die Ehe annulliert werden konnte.

–Edie, genau, Edie Grimes, als die beiden in der Waschküche beim Rauchen erwischt worden sind, weißt du noch, diese blasse weiße Haut und das rote Haar und die wunderbarsten Wangenknochen, Gott, was habe ich sie beneidet, ich könnte mir genausogut alles noch mal machen lassen, wenn ich wieder zum Umnähen gehe, natürlich sieht man bei der Entlassung aus wie eine Mumie mit zwei blauen Augen und muß sich eine Woche lang irgendwo verkriechen, wo kein Mensch sich mehr blicken läßt, Jackson Hole zum Beispiel, aber es geht einfach alle Welt zu ihm, Bunker sagt, daß man ihn deswegen auch auf sämtlichen großen Benefizveranstaltungen sieht, er wird natürlich immer von irgendwem eingeladen, er ist ein schrecklicher Nassauer, und als er dann auch auf meinen Winterpartys für Bunkers Klinik aufgetaucht ist, er hat so einen kleinen Smoking, wo die Hose über die Schuhe hängt, und besabbert förmlich sein kleines schwarzes Buch, Bunker sagt, er läßt keine dieser Veranstaltungen aus, um das Geschäft anzukurbeln, Geld und Titel liebt er über alles, das eine ohne das andere mag er nicht, keiner dieser normalen Restaurantgriechen, Bunker kann ihn nämlich nicht leiden, und Bunker ist immerhin der einzige Mensch, von dem man je gehört hat, daß er sich Debrett's Adelsregister zu Weihnachten wünscht, aber man muß eine Ewigkeit auf einen Termin warten, außer man ist eine alte Kundin wie Lettie Blanfors, die ist schon zu ihm gegangen, als er noch Proktologe war und überall nur die Nähmaschine hieß, so schnell hat er die Gründungsmitglieder für seinen Rosettenclub eingesammelt, bis ein Scheich und irgendein afrikanischer Präsident ihn vom Sterbebett aus wegen eines Kunstfehlers verklagt haben, und dann diese üble Geschichte nach der Beerdigung des Papstes, durch alle Zeitungen ist das gegangen, eine Art Doppelagent haben sie ihn genannt, damals habe ich ihn gerade kennengelernt, und zwar bei einer dieser gräßlichen Galaveranstaltungen, die Edie ständig gegeben hat, sie war übrigens auch bei der Beerdigung, hat einfach hinreißend ausgesehen, aber sie war mit diesem brutalen Kerl zusammen, mit dem Liz bei ihrem Tod verheiratet war, und das war natürlich er, er hat sie umgebracht, meine ich, aber das weißt du ja.

–Das war alles bloß Gerede, Trish, er ...

–Sie haben ihn doch an dem Morgen, wo sie tot auf dem Küchenboden lag, im Haus angetroffen, oder? Durch alle Zeitungen ist es gegangen, ich sehe die Schlagzeile noch vor mir, ERBIN IN NOBELVORORT ERSCHLAGEN, er hat versucht, es so hinzustellen, als hätte jemand in seiner Abwesenheit eingebrochen und sie ...

–Das ist Unsinn, Trish, viele haben das geglaubt, aber es ist Unsinn, so Zeug eben, das sie sich aus den Fingern saugen, um Zeitungen zu verkaufen, sie hatte schlicht und einfach einen Herzinfarkt, hat sich später herausgestellt, aber mit einer Geschichte über hohen Blutdruck und einen Herzinfarkt verkauft man keine Zeitungen, der stumpfe Gegenstand, der sie getroffen hat, war in Wirklichkeit die Tischkante, an der sie sich den Kopf gestoßen hat, als sie zusammenbrach, und außerdem hat nicht er sie dort gefunden, sondern das Hausmädchen. Auf dem Boden lagen überall Servietten und Silber aus der Küchenschublade, in der sie angeblich das Haushaltsgeld aufbewahrt hat, dann ist das Hausmädchen verschwunden und ein in Haiti eingelöster Scheck aufgetaucht, so war das, das ist in Wirklichkeit passiert, Harry hat es mir erzählt, aber so verkauft man nun mal keine Zeitungen.

–Also, wenn du ihn da draußen auf der Beerdigung gesehen hättest, Teen, ein knallharter Bursche, er hat wirklich so ausgesehen, als wäre der Tod etwas, was er jeden Tag zu sehen bekommt, aber sie stand ja immer auf die falschen Männer, zum Beispiel ihr buddhistischer Bruder, der bei einem Flugzeugabsturz ums Leben kam, und ihr Vater, ein richtiges Monster, kaum beachtet hat er sie, sie hat mir nämlich mal erzählt, wenn sie ihm Kontra gegeben hat, da hat er sie einfach wie Luft behandelt und demonstrativ angefangen, diese gräßlichen kleinen Jack-Daniel's-Terrier zu hätscheln ...

–Mein Gott, geht das denn nicht ein bißchen schneller? Ein Geschleiche ist das, würdest du dem Fahrer bitte sagen, er ...

–Pookie. Pookie? Sagst du Jerry bitte, er möchte einen Moment den Hörer hinlegen und dem Fahrer, mein Gott, wo ist er! Pookie? Nein! Pookie, wo, wir haben ihn vergessen! Sag ihm, Jerry, sag ihm, sag dem Fahrer, er soll zurückfahren!

–Nein! Nein, wir fahren nicht zurück, nein!

–Teen, das dauert nur ein paar Minuten, wir können ihn doch nicht so verlassen, wo sich niemand um ihn ...

–Trish, wir fahren nicht zurück! Oscar ist da, die beiden können ihn füttern.

–Aber der arme Kleine, Jerry, ruf ihn an. Leg auf und ruf Oscar an.

–Moment mal, Hallo? Bleiben Sie dran. Ich rede gerade mit meiner Sekretärin, Trish, sie liest mir einen Schriftsatz vor, ich kann jetzt nicht ...

–Wenn du meinst, daß das wichtiger ist als der arme Kleine, dann muß ich eben den Wagen noch mal hinschicken, sagst du dann bitte dem Fahrer, er soll sich beeilen? Eigentlich muß ich auch unbedingt nach Hause, ich fliege nämlich morgen nach Aspen, zu Letties Party, das habe ich vergessen, dir zu sagen, Jerry, du kannst doch eine Vertagung erreichen, oder?, mein Mädchen muß mir heute noch die Nägel machen, morgen früh gibt es nämlich eine wahnsinnige Hetzerei, und der Himmel weiß, in welcher Verfassung T. J. ist, ich habe vorhin nichts davon gesagt, Teen, aber ich glaube, er trinkt, schläfst du? Sie lehnte sich zurück, ein Knie vorgeschoben, damit die Hand darüber hinweggleiten konnte, um unter ihrem Rock zu verschwinden und dort zur Ruhe zu kommen, eingelullt vom Summen des Wagens und dem Summen der Stimme am Telefon, während die Felder einem Dorf Platz machten, dann Häusern, dann Dörfern und Häusern, die dichter zusammenrückten, und schließlich Städten und Häusern, die sich ganz offen in eintöniger Häßlichkeit paarten, in eintönigen Schichten von Fenstern und Fenstern übereinanderlegten und beim Eintauchen in den Tunnel mit einemmal weg waren, als sie vom plötzlichen –Wo sind wir? aufwachte.

–Gott sei Dank, ja. Wir sind da.

–Zuerst zu dir, Teen, Jerry? Sagst du's bitte dem Fahrer? Und als sie anhielten, –ruf mich an, Teen, ja?

–Danke, Trish, danke ... sie durchbrach die Kollision von Türsteher und Chauffeur, biß sich vor ihrem Spiegelbild im blanken Stahl des Fahrstuhls auf die Lippen, wühlte nach ihrem Schlüssel, gab es vor der Tür auf, drückte die Klingel, drückte noch einmal, –Harry?, als die Tür aufging, –na Gott sei Dank.

–Ach. Du bist es, sagte er, bückte sich nach dem zu Boden gefallenen Handtuch und tarnte die Abwehr ihrer Umarmung durch rasches Wiederumbinden, oder war es andersherum? Aber sie war schon an ihm vorbei wie am Standbild eines Nackten und füllte sich den Blick mit dem Licht und dem Zauber der Wohnung, grenzenloses Licht, am späten, fahlen Himmel verblassend, der wie ein ganz eigenes, gemütliches Firmament von aufflammenden Lichtern in den mit Fenstern versehenen Höhen nahegelegener Gebäude punktiert wurde. –Ich habe dich nicht erwartet.

–Das sehe ich. Du hättest mir wenigstens Bescheid geben können, oder? Sie drehte sich um, ließ den Regenmantel auf einen Stuhl fallen und schien dann erst ihren Blick zu konzentrieren und ihn wahrzunehmen, wie er da stand und das Handtuch an der Taille verknotete. –Hast du überhaupt eine Vorstellung, wie es da draußen war?

–Ja, aber, wie hast du überhaupt …

–Dein Freund Mister Mudpye ist mit Trish zu einer kleinen Landpartie herausgekommen, und denen habe ich es schließlich aus der Nase gezogen. Wir dachten, du weißt es, haben sie in einem fort geschnattert, wir dachten, du weißt es, das war vielleicht eine Geburt, was glaubst du wohl, wie dumm ich dagestanden habe? Ich habe hier angerufen, ich habe auf den Anrufbeantworter gesprochen, ich habe in deinem Büro angerufen, und deine idiotische Sekretärin hat mir immer nur gesagt, er ist bei Gericht, während ich da draußen ein absolutes Irrenhaus führe und beinahe selbst den Verstand verliere, weil ich nichts von dir höre, nachdem du so davongerast bist mit ein paar Drinks und diesen Tabletten, die du nimmst, ich habe gewußt, daß es passieren würde, ich habe gewußt, daß so etwas passieren würde, stimmt's?

–Da ist es doch gar nicht passiert, Christina, ich …

–So wie du davongerast bist und es mir überlassen hast, mit Oscar und diesem Kuddelmuddel fertig zu werden, in den du ihn hineingeritten hast, da mußte das früher oder später doch passieren, oder? Und du hast es nicht einmal für nötig gehalten, mich anzurufen? Einfach den Hörer abzunehmen und mich anzurufen?

–Hör mal, Christina, du hättest doch sowieso nichts machen können. Blöde Situation, in die ich mich da gebracht habe, überhaupt kein Grund, dich damit zu behelligen, wollte dich nicht aufregen, ich wußte doch, daß du da draußen alle Hände voll zu tun hast, du hättest doch sowieso nichts machen können.

–So, nicht aufregen wolltest du mich! Mein Gott, Harry, ich bin deine Frau, oder etwa nicht? Diese beiden Kindsköpfe mit ihrem Geplapper, wir dachten, du weißt es, während ich wie ein Idiot dabeistehe, erzählen mir, das Auto hätte keinen Kratzer abgekriegt, immerhin hättest du mit gebrochenem Hals im Krankenhaus liegen können, wie stehe ich denn jetzt da? Sie nahm Kissen vom Sofa, von den Sesseln, klopfte sie in Form und rückte sie zurecht, –ist dir eigentlich je der Gedanke gekommen, daß ich mir vielleicht schreckliche Sorgen darüber mache, in welchem Zustand du bist, nachdem ich Tag für Tag kein Wort von dir höre? Und nun knipste sie Lampen an, eine nach der anderen versetzten sie den Raum in kristallene Harmonie, während die Glasflächen, die sonst die Außenwelt hereinließen, sie plötzlich mit Spiegelbildern von weißen Wänden und schwarzem Onyx ausschlossen, Bildern von kanneliertem Glas, den Möbeln, den Lampen selbst und den –Pflanzen? Hast du mal daran gedacht, sie zu gießen? Hinüber zur Bar in der Ecke, um einen Krug zu holen, ehe er, vom plötzlichen Klingeln des Telefons abgelenkt, antworten konnte, –gehst du dran?

–Wahrscheinlich sowieso für mich, hallo? Ach so, hallo, wie ... ja, sie ist da, Oscar, gerade zur Tür hereingekommen. Wie geht's dir?

–Hier ... und sie hatte den Hörer am Ohr, –Oscar? Ja, natürlich, was hast du denn ... Das weiß ich! Wir waren schon fast in der Stadt, als wir es bemerkt haben, sie ... nein, wir konnten nicht umkehren! Sie schickt noch mal den Wagen hinaus, du kannst ihm ja ... ich weiß nicht, wann, mein Gott, du kannst ihm doch irgendwas zu fressen geben, es ist doch noch das ganze gekochte Huhn da, oder? Und sperr ihn einfach in die Küche, bis der ... na, dann wischst du es eben auf, aufwischen kannst du ja wohl, oder? Du hast was? Dann nimm ein Aspirin, nimm zwei Aspirin, Lily kann dir helfen, wenn sie noch da ist, oder? Was hat sie, in der Küche eine Maus gesehen? Mein Gott, Oscar, hör zu, ich bin fix und fertig! Ich habe da draußen tagelang für dich gekocht, Besorgungen gemacht, versucht, alles zusammen ... Da kann ich auch nichts machen, du weißt doch, daß ich hier alle Hände voll zu tun habe, ich kann's nicht ändern, ich kann nicht einmal darüber nachdenken, ich ... wem, Harry? Dem geht es gut. Er steht hier neben mir und sieht aus wie der beste Römer unter allen, während ich ... ja, mein Gott, dann geh halt zum Arzt, ich kann da gar nichts machen, oder? Ich muß jetzt auflegen.

–Hör mal, Christina, bevor du ...

–Ist irgendwas zu essen im Haus? Sie stand wieder an der Bar und füllte den Krug, –was ich heute in puncto Essen mitgemacht habe, spottet wirklich jeder Beschreibung, eine ganze Hälfte ungenießbarer Räucherlachs, dazu mit Gott weiß was gefüllte Zucchiniblumen, er wollte mit uns in die Stadt fahren, kannst du dir das vorstellen?

–Soll lieber warten, bis er wieder auf den Beinen ist, bevor er ...

–Wieder auf den Beinen, mein Gott, er ist unentwegt auf den Beinen, marschiert in einem von Vaters alten Anzügen herum, läßt sich einen Bart wachsen, raucht Zigarren, er nennt sich den letzten zivilisierten Menschen, er ist drauf und dran, in die Stadt zu fahren und für irgendeinen britischen Regisseur, den er aufgetan hat, eine Lesung seines Stücks zu veranstalten, außerdem hat er die sonderbare Vorstellung, er könnte morgen vor Gericht erscheinen und in seiner Berufungsverhandlung aussagen, ich habe doch gesagt, ich habe da draußen ein Irrenhaus geführt, oder?

–Aber was, Moment mal, was für eine Berufung denn?

–Seine Berufung, Harry, diese Berufung, die er dir zu verdanken hat, weil du deinen Freund Sam dazu gebracht hast, daß er mit Däumchendrehen aufhört und Oscars Kosten noch ein bißchen höher treibt, hat dein kleines Verkehrserlebnis dir denn komplett das Gedächtnis zerstört? Ich finde hier drüben bloß eine leere Whiskyflasche, dabei habe ich dich gefragt, ob etwas zu essen im Haus ist, oder?

–Ja, da ist, ich habe mir was Chinesisches kommen lassen, es ist noch was von dem Huhn mit Zitrone und ein paar kalte Nudeln da, aber Oscars Berufung, heißt das, sie ist eingereicht worden?

–Das habe ich doch gerade gesagt, oder? Du redest doch immer von Sprache, daß alles Sprache ist, mir kommt es so vor, als würde uns die Sprache nur auseinandertreiben, was glaubst du denn, was es heißt?

–Ich weiß nicht, das heißt, ich bin noch gar nicht dazu gekommen, mit ihm zu reden, das heißt mit Sam, das heißt also, der Circuit Court verhandelt schon über Oscars Berufung?

–Na, ruf ihn doch an. Ruf Sam an und sag ihm, daß du dich nicht mehr erinnern kannst, was du vor zehn Minuten gemacht hast, das ist alles, was noch da ist? Das Huhn mit Zitrone?

–Vielleicht gibt's noch ein paar Shrimps, diese Shrimps mit Sauce aus schwarzen Bohnen, hat Sam denn mit ihm geredet? Mit Oscar? Er will, daß Oscar in die Stadt kommt und bei der Berufungsverhandlung...

–Sam hat mit überhaupt niemandem geredet, Harry. Anscheinend hat irgendwer mit Sam geredet und ihm einen kräftigen Schubs gegeben, mehr weiß ich nicht, und mehr will ich auch nicht wissen. Wenn du die trostlosen Details wissen willst, kannst du sie bestimmt von deinem Kollegen in dieser sich freiwillig selbst kontrollierenden Verschwörung von dir erfahren. Willst du dir nicht mal was anziehen?

–Hör mal, Christina, erzähl mir doch einfach, was eigentlich los ist, ja? Wie ist er überhaupt dorthin gekommen?

–In einer riesigen grauen Limousine mit Telefon und getönten Scheiben, wie sie Trish benutzt pour épater les classes inférieures. Sie waren gerade vor Gericht gewesen und hatten irgendeinen armen Schuster und das jämmerliche Geschöpf vernichtet, das vierzig Jahre lang die Bettpfanne von Trishs Mutter geleert hat, und fanden, es wäre lustig, uns da draußen zu überraschen, ich muß schon sagen, Harry, schließlich bist du doch derjenige, der den Bonus dafür bekommt, daß er diese reiche Mandantin angeschleppt hat, damit du endlich Seniorpartner wirst, oder?

–Hör mal, so war das nicht, das weißt du doch, aber die ganze Sache ist äußerst unüblich, daß er da rausfährt und mit Oscar redet, solange die Berufung noch nicht entschieden ist, das ist einfach höchst unüblich.

–Er hat ja gar nicht gewußt, wohin er da fährt, Harry, bloß ein alter Schulfreund von ihr, er hat nicht gewußt, wo er ist, bis sie in die Auffahrt eingebogen sind, aber dann ging es ruckzuck, na, alter Knabe! Schön, daß Sie wieder auf den Beinen sind, ein bißchen zugenommen? Nie gedacht, daß wir mal Gelegenheit haben, uns zusammenzusetzen und nett zu unterhalten, großartiges Stück haben Sie da geschrieben, Zigarre?, während Oscar völlig konfus herumsteht. Sein Auto ist gerade gestohlen worden, die Anwälte, die er auf dem Streichholzbriefchen gefunden hat, lassen ihn sich selbst als Unfallopfer verklagen, und er hat gerade für irgendein blutdürstiges Hadassah-Publikum, das nach alttestamentarischem Mord giert, einen Vortrag über eine Bürgerkriegsschlacht geschrieben, während dein Mister Mudpye ihm erklärt, daß sein Stück in Wirklichkeit vom Krieg zwischen Schwarzen und Juden handelt, machen Sie sich nichts aus dem Prozeß, alles Schnee von gestern, altes Haus, immer ärgerlich, einen zu verlieren, trinken Sie doch nicht diese Plörre, wir haben ein bißchen Château Dingsbums mitgebracht, so süß, daß es einem den Magen umdreht, behandelt Lily wie die Putze und glotzt ihr dabei in den Ausschnitt, absolut widerlich war das alles.

–Um Lily würde ich mir keine Gedanken machen, Christina. Lily kann selbst auf sich aufpassen. Verlaß dich drauf.

–Immerhin haben wir sie bei uns aufgenommen, weil sie glaubt, ihr Mann wäre im Zusammenhang mit dieser idiotischen Scheidung hinter ihr her, dabei geistert sie die ganze Zeit durchs Haus und träumt davon, sich mit Daddy zu versöhnen, damit er ihr sein ganzes Geld hinterläßt und sie es für Kosmetika ausgeben kann, und ich bekoche die beiden, während der Gentleman-Dichter laut aus seinem Stück vorliest, mein Gott, das alles kommt mir so vor, als wäre es schon tausend Jahre her. Trish völlig hin und weg von diesem Menschen, und Oscar gehen seine Schmeicheleien runter wie Öl, während er in einem Blazer mit Monogramm herumwuselt, den sie ihm bei Sulka's gekauft hat, nennt sie Trishy, hat die Hand unter ihrem Rock und telefoniert dabei die ganze Fahrt in die Stadt über, er ist so dicht an ihrem Geld dran, daß er es schon schmecken kann, macht sich bei uns allen lieb Kind, damit wir diesem widerwärtigen Schauspiel unseren Segen geben, er ist schon dabei, dem Treuhandverwalter ihrer Tochter aufs Dach zu steigen, und du, du sollst dir keine Sorgen machen, er und die Kanzlei stehen hinter dir, während er Oscars Berufung mit einem Achselzucken abtut, bloß ein paar juristische Formalitäten, bleibt alles in der Familie, sagt Trish, wenn es vorbei ist, feiern wir eine phantastische Party, das arme Ding, sie hält ihn für den Größten. Er ist so fix, sagt sie, und erzählt uns, wie er den Nachlaßverwaltern ihrer Mutter deren eigene Argumente hätte erklären müssen, bevor er sie zerpflückt hat. Er ist so fix.

–O ja, fix ist er. Fix ist er schon.

–Was soll denn das heißen? Sie war auf dem Sofa nach hinten gesunken, schleuderte mit hängenden Schultern und auseinandergespreizten Knien, zwischen denen der volle Krug auf dem Boden stand, zuerst den einen, dann den anderen Schuh von sich, –offenbar der einzige, der in diesem Kuddelmuddel irgend etwas fertigkriegt, während ihr anderen bloß herumsitzt und ...

–Das heißt, daß er manchmal vielleicht ein bißchen zu fix ist, Christina, einer von denen, die ständig zeigen müssen, daß sie gewiefter sind als man selbst, auch wenn es um gar nichts geht, das macht ihn zwar zu einem guten Anwalt, aber man bekommt das Gefühl, er hat die Antwort schon parat, bevor er die Frage gehört hat, er geht immer den bequemen Weg, blickt nicht zurück, bestimmt selbst die Spielregeln, als wäre er der einzige Spieler. Er gewinnt lieber, als daß er recht hat.

–Dafür wird er schließlich bezahlt, oder? Dafür werdet ihr doch alle bezahlt? Nur darum geht es doch bei diesem ganzen verrückten Gewerbe? Wenn du aufhören würdest, ständig zurückzublicken, und anfangen, selbst mal den bequemen Weg zu gehen, würdest du es ja vielleicht schaffen, diesen absurden Fall, an dem du da arbeitest, endlich abzuschließen und wieder wie ein normaler Mensch zu leben, denk mal darüber nach, Harry.

–Meinst du, ich denke über irgendwas anderes nach?

–Genau das meine ich doch. Wenn du aufhören würdest, soviel darüber nachzudenken, ob du recht hast, kämst du vielleicht von diesem Episkopalen-Karussell herunter, auf das sie dich da gesetzt haben, und müßtest nicht mehr von Tabletten und Alkohol leben, während sie Sachverständige für Streßbewältigung vor Gericht zerren, weil du alte Damen von der Straße drängst, und wir könnten beide wieder wie normale Menschen leben. Ich bin ja schließlich deine Frau, oder? Wo willst du hin?

–Mir was anziehen, ich ...

–Rufst du Sam an?

–Den erreiche ich jetzt nicht mehr, ich versuche es morgen früh. Hast du ...

–Bloß ein paar juristische Formalitäten, mein Gott. Wirklich überzeugende Argumente, hat er getönt, unser Freund Mister Basie, egal ob wir gewinnen oder verlieren, am höheren Gericht packen wir sie, in der Berufung packen wir sie, es kommt mir vor, als wäre das hundert Jahre her ... Sie ließ sich in die Polster sinken, streckte langsam die Beine von sich, in einer Art Trägheit, die sich auch ihrer Stimme bemächtigte, –wie wir da am Fenster saßen und überm Teich die Sonne herauskam, wir spielen auf die Berufung, da kommt es drauf an, er war so selbstsicher, diese phantastische brodelnde Energie kurz vor dem Ausbruch, diese echte Kampfeslust, die er ausstrahlte, seine Haut schimmerte in der Sonne, und seine Hände, er hatte so bezwingende Hände, während eine der ihren sich hob, um an ihrer Schulter zu kratzen, und dann langsam herabsank und an ihrer Brust nestelte, –was meinst du, haben Schwarze viele Haare? Am Körper, meine ich?

–Habe ich ehrlich gesagt nie drüber nachgedacht, und ...

–Fuchtelt mir mit dieser Zeitung vor der Nase herum, Artikel über Ihre haarigen Ainu drin, von denen Sie neulich geredet haben, dachte, Sie haben ihn vielleicht übersehen? Ihre Hand war herabgefallen und strich an ihrem Schenkel entlang, –wäre mir normalerweise gar nicht aufgefallen, hat er gesagt, er konnte sich nicht erinnern, daß du je über die haarigen ...

–Hör zu, willst du jetzt was von diesem Huhn mit Zitrone oder ...

–Red keinen Unsinn.

Wiederbild auf Wiederbild in den verspiegelten Wänden des Schlafzimmers vergrößerte dessen Dimensionen, blitzte von der verspiegelten Badezimmertür, erfaßte ihre weit auseinandergestellten Fußsohlen auf dem Bett und die ungeduldige Hast, mit der ihr Arm seine Lippen an ihren Hals, ihre Brust quetschte, die Knie scharf angezogen, eingestemmt, unverblümt lüstern, keinen Aufschub duldend, zog sie die dicke Schwellung, die ihre Hand füllte, zur Mooskuppe hin, die sich hob, als sein Gewicht sich zum Eindringen herumwälzte, sich zurückzog, um in wütend hämmerndem Auf und Ab tiefer einzudringen, ihre Nägel krallten sich in das unersättliche Rasen seiner Lenden, des alles verschlingenden, dunklen und haarigen Paradoxons von Intimität, das sich mit jedem stummen Stoß dieses schlüpfrigen Verkehrs zu einer immer breiter werdenden Kluft auswuchs, die sie weiter voneinander entfernte in der hilflosen Gier unterschiedlicher Offenbarung, mit geschlossenen Augen und schlaffer, träger Zunge, während die ihre in ihre saturierten Tiefen diffundierte und seine nur keuchende ernste Konzentration auf die Explosion war, nach der sein Kopf an ihrer Schulter lag, mit geschlossenen Augen, die ihren weit geöffnet, und sie in flüchtiger Harmonie zurückkehrten in das, was noch übrig war vom Tag, vom Huhn mit Zitrone und den Shrimps in Sauce von schwarzen Bohnen, dem sinnlosen Geflimmer von Smokingjacketts und rückenfreien Kleidern an längst gestorbenen Schauspielern und Schauspielerinnen und den Papieren, Briefen, Schriftsätzen und Memoranden, –müssen die denn überall in der Wohnung herumliegen, Harry?, bis endlich die Lichter ausgingen.

Von Sonne erfüllter Himmel weckte sie, und sie fand auf einem gelben Schreibblock eine Notiz, daß er zu einem Termin mit dem psychiatrischen Berater der Kanzlei gegangen sei, weiß der Himmel, wozu das gut sein sollte, etwa um seinen Auftritt vor Gericht vorzubereiten? Und welchen überhaupt, den in eigener Sache oder den für die Kanzlei? Um sich tatsächlich mit der zerplitterten inneren Schale des Mannes zu befassen oder um sie weiter zu verschleiern, Kodein, Darvon, Valium verdrängten ihre Kosmetika vom Bord über dem Waschbecken im Badezimmer, wo der Spiegel ihren verblüfften Blick einfing, wie jemand auf der Straße ihre Aufmerksamkeit erregen mochte, so daß sie, wie eben jetzt, innehielt und sich zwecks genauerer Inaugenscheinnahme mit einem Stirnrunzeln vorbeugte, das sich in einem Lächeln verbarg, Auslöser eines erinnerungsseligen Gefühls von warmem Vertrauen, das in jenem verfluchten Moment des Erkennens zu spät von dem jähen Bewußtsein aufgehoben wurde, daß die Erinnerung selbst einen früheren Betrug verbarg, der sie entzaubert hatte, während sie aus der fremden Schar der Ruhestifter auf dem Bord die vertraute Gesichtslotion mit dem grünen Deckel und einen Wattebausch zum Einmassieren herausfischte, die masque adoucissant mit dem Golddeckel rettete, die en couche mince sur le visage et le cou aufgetragen wurde, wobei sie die tour des yeux ausließ und, zu ungeduldig, um sie fünfzehn Minuten agir zu lassen et retirer à l'eau tiède, den Waschlappen fallen ließ und eine cremig-haftende Grundierung mit Silberdeckel zur Hand nahm, um Schatten, Makel und Fältchen zu kaschieren, ein großartiger Schutzschild gegen die Elemente, aufgefrischt mit einem Aufheller auf die Lider und einem Strich mit dem Augenbrauenstift, weiß der Himmel, wem man in diesem schicken Viertel auf der Straße begegnete, wenn man bloß auf den Markt ging und bei der Reinigung vorbeischaute, falls nicht in diesem Moment das Telefon geklingelt hätte, und natürlich war es – Oscar? Wer sollte es zu dieser unchristlichen Zeit auch sonst sein, du ... also gut, Mittag, es ist Mittag! Ich habe dir doch gesagt, ich bin fix und fertig, oder? Daß ich das mit dem Hund auch nicht ändern kann, oder? Sie hat gesagt, sie schickt einen Wagen und läßt ihn ... na, wenn du ihm gekochtes Huhn gegeben und ihn in der Waschküche eingesperrt hast, warum rufst du mich dann an, falls du dich bloß über diese Schmerzen beklagen willst, da kann ich auch nichts ... Was heißt hier, und Harry, mein Gott, der hat außer deiner Berufung noch andere Sachen um die Ohren, er ... Nein, die heutige Morgenzeitung? Wieso sollten sie im Unterhaltungsteil sein Bild bringen, wenn sie das für einen Spaß halten, wegen eines Autounfalls vor Gericht zu stehen, dann ... Ja, gut, Wiederhören, ich schaue gleich danach ... Und sie fand sie, samt seinem Bild mit Seniorpartner William C. G. Peyton III, ordentlich gefaltet neben einer leeren Kaffeetasse.

> In dem langwierigen 700-Millionen-Dollar-Schadensersatzprozeß der Episkopalkirche gegen Pepsico Inc., den milliardenschweren internationalen Hersteller von Softdrinks und Schnellgerichten, sind Termine für die Schlußplädoyers vor dem Bundesberufungsgericht festgesetzt worden. Bei den Klagevorwürfen geht es um Warenzeichenverletzung und damit zusammenhängende, vom Lanham Act geregelte Fragen sowie um vorsätzliche, verleumderische Herabsetzung und Verächtlichmachung des guten Namens der Klägerin. Nach Abweisung der Klage durch den Federal District Court vor sechs Jahren ging die Klägerin in die Berufung und beauftragte nach einer ganzen

Reihe anderer Kanzleien schließlich Goldfarb, Goldfarb & Mintz, welche die in der ursprünglichen Klage geltend gemachte Forderung verdoppelten.

«Wir betrachten die Vorwürfe insgesamt und im Detail als unbegründet», sagte Harry Lutz von der Nobelkanzlei Swyne & Dour, derjenigen von siebzehn an dem Rechtsstreit beteiligten Kanzleien, die von den Beklagten mit der Leitung ihrer Verteidigung betraut wurde. «Bei einer fairen und gründlichen Erörterung vor Gericht sind wir, was den Ausgang angeht, zuversichtlich», so Mr. Lutz. Aus gut unterrichteten, beiden Prozeßparteien nahestehenden Kreisen verlautet, daß die Anwaltskosten bereits auf über 33 Millionen Dollar gestiegen sind.

–Irgendwann kann man nicht mehr, wiederholte sie später, –nicht bloß du, Harry. Sondern wir alle. Denk mal darüber nach.

–Darüber nachdenken! Du siehst es doch da in der Zeitung, oder? Wieviel auf dem Spiel steht? Daß es jetzt endgültig geklärt wird und ...

–Mein Gott, ich weiß, was auf dem Spiel steht, dein Bonus, dein Aufstieg zum Seniorpartner, noch eine Million Dollar für den guten alten Bill Peyton und ein Nervenzusammenbruch für alle anderen von uns? Dieser großartige psychiatrische Berater, zu dem sie dich da schicken, ist dem eigentlich mal der Gedanke gekommen, daß dieser Autounfall dich vielleicht auf etwas hinweisen will?

–Ja, natürlich, Streß, die ganze verdammte Geschichte, er hat ständig mit so was zu tun, er ...

–Harry?

–Seine ganze Praxis lebt davon, Anwälte unter Streß, die zweitausendfünfhundert Stunden pro Jahr abreißen, das ist nun mal in der Branche so, pro Jahr hören genauso viele auf, wie sich Studenten für Jura einschreiben, und solche Fälle, so ein Autounfall, der ...

–Harry! Ich rede nicht von deinem Autounfall, ich rede von uns anderen! Hat die Kanzlei etwa vor, uns alle zur psychiatrischen Beratung zu schicken? Oder in dieses Pflegeheim, wo sie einem das Saufen abgewöhnen? Sieh dir Oscar an, ist sein Fall für ihn nicht genauso wichtig wie dein Milliarden-Dollar-Mandant für deine

Kanzlei? Hast du herausgekriegt, was zum Kuckuck da eigentlich vor sich geht?

–Hör mal, Christina. Hör mal, wir haben vierhundertzwanzig Anwälte in der Kanzlei, einhundert Partner, glaubst du, das ist der einzige Fall, den wir bearbeiten? Das Gericht hat über Oscars Berufung verhandelt, mehr weiß ich auch nicht, Bill Peyton ist so verdammt beschäftigt mit diesem Fall in den Zeitungen, daß ich nicht mal weiß, wer plädiert hat, ich habe versucht, Sam zu erreichen, muß jemand von seinen Mitarbeitern gewesen sein, der Oscars Seite vertreten hat, aber es hieß, Sam wäre gerade zum Forellenangeln nach Norwegen geflogen, offenbar hatte kein Mensch dort einen blassen Schimmer von der Sache, da muß man sich Zeit lassen, das System braucht seine Zeit, wenn er damals das Vergleichsangebot angenommen hätte, wären wir alle ...

–Mein Gott, nun fang bloß nicht wieder damit an! Wo willst du denn jetzt hin?

–Mir was zu trinken holen.

–Forellenangeln in Norwegen. Du kannst mir auch was mitbringen.

–Alles ist so verdammt kompliziert, wohin man auch schaut, der Punkt ist nicht, daß alles, was schiefgehen kann, auch wirklich schiefgeht, sagte er und neigte großzügig die Flasche über zwei Gläser, –man wundert sich, daß auch nur die kleinste Kleinigkeit überhaupt klappt.

Und tatsächlich schaffte, innerhalb unerheblich weniger Tage, ausgehend von Ultima Thule, ein stattliches Aufgebot von Lastautos und Flugzeugen, von Förderbändern und Sortierern, fleißigen Händen und schlurrenden Füßen eine mit der passenden Aufschrift Ørret fiske i Surnadal, Norge versehene Ansichtskarte von einem entlegenen Pünktchen des Erdballs zu diesem, unter Millionen von Türen gerade zu dieser, und zwar für bloß vier Kronen, etwas mehr als der Preis der Zeitung, die an ebendiesem Morgen an ebendieser Tür folgendes brachte:

Tatamount, Va. In der bewegten Geschichte der unter dem Namen Zyklon Sieben berüchtigten Freiluftskulptur, die diesen schläfrigen ländlichen Weiler überragt, wo sie seit ihrer Enthüllung heftig umstritten ist, hat sich eine überraschende Entwicklung ergeben. Erstmals wurde die Öffentlichkeit auf das Gebilde aufmerksam, als zufällig ein kleiner Hund in dessen gezackten Tiefen steckenblieb, was zu einer Konfrontation zwischen der Gemeinde, die das Tier befreien wollte, und dem Künstler führte, der nachdrücklich auf der künstlerischen Integrität seines Werkes bestand. Im Gefolge stürmischer Demonstrationen von Parteigängern beider Seiten, überschattet vom Tod des Hundes, als das Gebilde vom Blitz getroffen wurde, erwirkte die Gemeinde gegen den Bildhauer, der auf der Ortsgebundenheit der Plastik beharrte, eine gerichtliche Verfügung, die ihre Entfernung anordnete. Nun trifft man sich wieder vor Gericht, allerdings unter umgekehrten Vorzeichen.

Der Bildhauer, Mr. R. Szyrk aus New York, verlangt nun, daß die Gemeinde den einmal eingeschlagenen Kurs beibehält und die Entfernung des Gebildes erlaubt, da es eine geschützte Aussage gemäß Erstem Verfassungszusatz darstelle und er demzufolge das verfassungsmäßige Recht habe, frei darüber zu verfügen. Die Gemeinde ihrerseits hat sich angesichts ihres noch nicht entschiedenen Antrags auf Zuerkennung von Denkmalschutz geweigert, das einzigartige Werk zu entfernen oder zu verändern, da es «Tatamount auf die Landkarte gebracht» und der chronisch darniederliegenden Region mit ihrer Arbeitslosenrate von neununddreißig Prozent bei Weißen und doppelt soviel bei Schwarzen sowie einer Analphabetenquote von insgesamt 74 Prozent bedeutende Fremdenverkehrseinnahmen und Arbeitsplätze beschert hat.

Da der Kläger seinen Wohnsitz außerhalb des Staates hat, wird der Fall vor dem Federal District Court von Richter Thomas Crease verhandelt, der im Zusammenhang mit den zahllosen, von Zyklon Sieben ausgelösten Gerichtsverfahren bereits Diffamierungen und Beschimpfungen ausgesetzt war und derzeit das Ernennungsverfahren für den U. S. Court of Appeals durchläuft. Senator Orney Bilk, ein Sohn des nahegelegenen Ortes Stinking Creek, setzt seiner Berufung heftigen Widerstand entgegen und soll eine Amtsklage gegen den Richter gefordert haben.

–Oscar, ich habe nein gesagt! Und sie verkleckerte durch einen Ruck an der Telefonschnur ihren Kaffee. –Ich habe gesagt, das kannst du dir aus dem Kopf schlagen! Und als sie es später, bei einem halb verzehrten Essen, rekapitulierte, –mein Gott, kannst du dir das vorstellen?

–Hört sich ganz so an, als wollte er sich von uns adoptieren lassen.

–Harry, mach bloß keine Witze darüber. Er hat in Vaters Bibliothek irgendein altes medizinisches Handbuch aufgetan und ist felsenfest davon überzeugt, Mudpye hätte ihm das Sternum gebrochen, als er ihn bei ihrem aberwitzigen Gespräch über Juden und Schwarze zwecks Unterstreichung in die Brust gestupst hat, und ihm außerdem mit einem Klaps auf den Rücken das Schulterblatt angeknackst, als wir gefahren sind, er …

–Irgendwelche Zeugen?

–Ja, natürlich, wir waren alle …

–Hört sich ganz so an, als würde er eine nagelneue Zivilklage auf die Beine stellen.

–Glaubst du vielleicht, daran hätte er nicht gedacht? Das ist doch vollkommen lächerlich.

–Das sind die meisten.

–Na, du mußt es ja wissen. Jedenfalls hat er Oscar ganz bestimmt nicht angegriffen, er ist zwar ein Widerling, aber das hat er nun wirklich am allerwenigsten gewollt, es ist einfach mit ihm durchgegangen.

–Spielt keine Rolle, Christina. Wenn er ihn am Revers packt, ist das eine Drohgebärde, muß überhaupt kein Wortwechsel stattfinden, ist trotzdem eine Tätlichkeit. Ihn stupsen, schlagen, ohne seine Zustimmung anfassen ist Körperverletzung.

–Ja, mein Gott, man bricht doch keinem die Knochen, wenn man ihn in die Brust knufft, oder? Ihm auf die Schulter klopft? Aber meinst du, er würde einem Arzt glauben, der ihm das sagt? Nein. Er hat da draußen einen angerufen, der ihn gefragt hat, ob er ein älterer Mensch ist, unter Osteoporose leidet, und das hat ihn natürlich nur noch darin bestärkt, hierher zu kommen und zu einem Facharzt zu gehen, den er dann vor Gericht präsentieren will, kannst du dir das vorstellen? Er würde hier auf der Couch schlafen, wäre uns überhaupt nicht im Weg, würde uns überhaupt keine Umstände machen, er würde seine Arbeit mitbringen, hat er gesagt, vielleicht ergäbe sich sogar eine Möglichkeit, Sir John zu sehen, ihn zu einem Drink zu uns einzuladen, um sein Stück durchzugehen und ihm die Wohnung hier zu zeigen, damit er sieht, daß wir keine Knicker sind, er würde uns überhaupt nicht stören, weil Lily sich um alles kümmern würde, was er braucht, und …

–Nein, hör mal, Christina, das ist absolut, wo soll sie überhaupt schlafen, das …

–Lily schläft da, wo sie auch im Moment schläft! Glaubst du, ich habe auch den Verstand verloren? Ich habe doch gerade gesagt, daß ich ihm erklärt habe, er kann sich diese schwachsinnige Idee aus dem Kopf schlagen, oder? Sie wären uns überhaupt nicht im Weg, hat er gesagt, würden zusammen in die Stadt fahren, wenn der Wagen kommt, um diesen ekelhaften Hund zu holen, den hat sie natürlich völlig vergessen, ich will gar nicht dran denken. Wie die beiden Tag für Tag da draußen hocken, gekochtes Huhn essen, Karten spielen, sich die Natursendung ansehen und auf den kalten grauen Teich hinausschauen, wo es jetzt täglich früher dunkel wird, während er vor lauter Warten auf das Ergebnis seiner Berufung nur noch ein Nervenbündel ist? Er hat ja sogar gesagt, er hätte versucht, seinen neuen Freund Jerry anzurufen, wenn du dir das vorstellen kannst, dabei ist er drauf und dran, ihn wegen seines gebrochenen Brustbeins zu verklagen, Gott sei Dank haben sie gesagt, er ist verreist, allerdings merkt es Oscar mittlerweile, wenn er angelogen wird, weil er es gar nicht mehr anders …

–Nein, nein, das stimmt, Christina, Mudpye richtet in Aspen ein neues Büro ein, viel Geld da draußen und die Kanzlei meint …

–Mein Gott.

–Was?

–Nichts. Forellenangeln in Norwegen, neue Mandantinnen

betatschen in Aspen, wer um Himmels willen hütet eigentlich den Laden?

–Kann dir nicht ganz folgen, Christina, was Oscars Berufung angeht, habe ich gehört, irgendein junger Anwalt ist am Foley Square erschienen und hat pro hac vice die Zulassung zum Second Circuit beantragt, muß aus einem anderen Staat sein, dann ist er in den siebzehnten Stock hochgefahren und hat die Berufung eingereicht, alles reine Formsache, nicht mal seinen Namen habe ich mitgekriegt. Offizielles Mitglied der Anwaltskammer irgendeines anderen Staates, nicht unser Bier, wo Oscar ihn her hat. Frag Oscar.

–Harry, er hat keinen Schimmer, du weißt doch, was er ...

–Hör mal, Christina, wenn er sich einen Anwalt von einem Streichholzbriefchen besorgt, dann kann es eben auch passieren, daß er an einen solchen Hai gerät, wie Lily ihn für seinen Autounfall besorgt hat, ein Anwalt muß seinen Mandanten kennen, das ist eine der grundlegenden Regeln in der ganzen ...

–Eurer ganzen sich freiwillig selbst kontrollierenden Verschwörung, mein Gott, fang bloß nicht schon wieder damit an. Mister Basie hat er doch auch gekannt, oder nicht? Und du siehst ja, was dabei heraus...

–Nein, nein, nun fang bitte nicht wieder davon an, frag ihn einfach ...

–Harry, bitte! Ich habe dir doch gerade erzählt, daß er da draußen kurz vor einem Schlaganfall steht, oder? Jedesmal wenn er aufschaut, glaubt er, diese Immobilienmaklerin guckt zum Fenster herein und verkauft uns das Haus unter den Füßen weg, während die Farbe abblättert und die Veranda einstürzt, er weiß nicht, wer sie geschickt hat, die Bank oder Vater, und er traut sich bei beiden nicht zu fragen. Höhepunkt seines Tages ist es, wenn er etwas in der Zeitung liest, was Vater noch mehr Ärger einbringt, ein Junge, der bei seiner Taufe ertrunken ist, und nun fängt auch noch dieser lächerliche Zyklon-Sieben-Kuddelmuddel wieder ganz von vorn an, er hat eine Menge am Hals, man kann die Schadenfreude in Oscars Stimme richtig hören, wenn er das sagt, Harry? Was ist denn?

–Hab bloß keinen Hunger.

–Wieso, schmeckt es, ist das Fleisch zu blutig? Sie hob den Blick von dem Teller vor ihm, –fühlst du dich, möchtest du etwas zu trinken?

–Ich hol mir schon was.

–Nein, ich mach das, bleib sitzen.

–Hab so das Gefühl, daß sie nicht hinter mir stehen, Christina.

–Wer, die Kanzlei? Dein Spezi William Peyton der Dritte und seine vierhundert Beutelschneider? Sie stellte heftig die Flasche ab, –in der Zeitung prangt doch für jedermann sichtbar sein Bild zusammen mit dir, sieht das vielleicht nicht so aus, als ob sie dich unterstützen? Daß du für die Kanzlei Erklärungen zu diesem monströsen Fall abgibst, den sie dir …

–Geht nicht um diesen Fall, nein, nein, sondern diese, diese unangenehme kleine Geschichte mit dem Autounfall, im Grunde alles Routine, sollen sich die Versicherungsfritzen darum kabbeln, aber ich hab einfach das Gefühl, wenn es kitzlig wird, von wegen Unfallflucht, hab einfach das Gefühl, sie ziehen sich zurück, das Gefühl, Bill Peyton will lieber nichts davon wissen, ich mache eine Bemerkung darüber, und er kommt mit einem Witz oder einem Film, den er gesehen hat, er, ich habe gestern mit ihm gegessen, und er …

–Möchtest du Eis? Sie stellte das Glas vor ihn hin, eine bloße Unterbrechung, –also ehrlich, Harry, ich finde, du übertreibst, machst aus einer Mücke einen Elefanten und fängst an, dir Sachen einzubilden, du kennst Bill Peyton schon seit tausend Jahren, du weißt doch, daß er kein …

–Dieses Glitzern in seinen Augen, nachdem er gestern beim Essen zwei Martini intus hatte, bilde ich mir jedenfalls nicht ein, Christina, ein paar Scotch, und er taut auf, entspannt sich, albert sogar ein bißchen herum, aber nach dem zweiten Gin-Martini bemerkst du auf einmal diesen Zug von echter Gemeinheit, hört sich an, als würde er bloß Spaß machen, dabei läßt er dir immer so viel Leine, daß er jederzeit ganz loslassen kann, wenn es dazu kommt, daß du …

–Ja, mein Gott, das hast du aber doch gewußt, oder? Daß er ohne eine kräftige Dosis dieser Altherrenverlogenheit niemals geschäftsführender Partner bei einer schicken alten exklusiven Nobelfirma wie Swyne & Dour geworden wäre? Daß er denkt, du denkst, wie er denken würde, also denkt er's zuerst, nämlich daß du sie vielleicht verklagst, weil sie dich so unter Druck gesetzt haben, daß du diesen Unfall gebaut hast? Schicken sie dich zu ihrem Psychiater, um deine Gesundheit zu erhalten? Um dich zu schützen? Oder um die Kanzlei gegen dich zu schützen, und zwar mit Hilfe eines Sachverständigen, der alles, was er aus dir herausgequetscht hat, dazu benutzt zu beweisen, daß du labil bist? Sie griff nach ihrem eigenen, schon halb geleerten Glas, –ich kann es nämlich nicht ertragen, mitanzusehen, was da mit dir passiert, deswegen bin ich auch so, deswegen klinge ich so schroff und gereizt und absolut schrecklich, ich schaue mich an und sehe jemanden, den ich nicht mag, weil ich es auch nicht ertragen kann, wie mich das verändert, ich bin immerhin deine Frau, oder? Mit einer Hand auf seinem Arm, so daß ein Zittern darüber hinlief, –ich liebe dich nämlich, Harry, ich liebe deine Hände und dein stures Gegen-dich-selbst-Anrennen, das mich wahnsinnig macht, wenn du im Gegensatz zu den anderen eben nicht den bequemen Weg gehst, und ich liebe deine Hände auf mir, und was sie machen, und den sturen steifen haarigen Ainu, der wie alles andere an dir ist, wenn ich mir so die Scherben meines absurden, sinnlosen Lebens ansehe, bevor wir uns kennenlernten, und was uns noch alles bevorsteht, die Sorge um Vater, um das Haus und um den armen Oscar da draußen, dessen ganzes Leben im Schoß der Götter liegt, und dein Lächeln, wenn du den Kopf schüttelst, so ein geduldiges, trauriges Lächeln, wenn du danach suchst, was richtig ist, das hast du doch mal gesagt, nicht bloß, was gerecht, sondern was richtig ist?

Er hatte nach ihrem Handgelenk gegriffen, setzte sein Glas ab und sagte –wohl eher im Schoß von Richter Bone, Christina, der ist schon seit Menschengedenken am Second Circuit, aus demselben Holz wie der alte Richter Crease, Dummheit ist ihm ein Greuel, ich habe selbst mal erlebt, wie er mit einer jungen Staatsanwältin Schlitten gefahren ist, hat sich im Lauf der Jahre einen Namen als ziemlicher Frauenfeind gemacht, deshalb kann ich für dieses Gänschen, an das Oscar in der ersten Instanz gekommen ist, nur hoffen, daß sie ihre Hausaufgaben gemacht hat, willst du noch einen? Und er leerte im Aufstehen sein Glas, ging mit beiden zur Quelle zurück und goß großzügig ein, –alles drin, sagte er und reichte ihr ihres, –es ist alles drin. Bißchen was von dem alten puritanischen Fremdenhaß hat er auch, man braucht sich bloß Mudpye mit seiner abgeguckten Studiker-Arroganz da oben vorzustellen, wie er sein Plädoyer halten will, und es ist alles drin.

–Also, wenn du ihn da draußen hättest hören können, Harry, er hat seine Hausaufgaben jedenfalls ganz bestimmt gemacht, wenn du darauf …

–Denkt er vielleicht, das denkt er vielleicht, aber ich glaube nicht, daß er je einen Fall vor dem Second Circuit Appeals Court vertreten hat. Marschiert wahrscheinlich mit einem zwanzigseitigen Schriftsatz da rein und will diesen drei alten Schwarzroben, die da oben sitzen und auf ihn herabsehen, und zwar buchstäblich herabsehen, jedes Wort seiner brillanten juristischen Analyse vorlesen, er steht an einem Pult unten im Saal, und die sitzen da oben auf ihren hochlehnigen Thronen hinter diesem hufeisenförmigen Tisch aus poliertem Mahagoni, höflich, entspannt, richtig bedrohlich, fast zwanglos, genau das ist das Eindrucksvolle daran. Er legt los mit irgendwas von wegen um diesen Fall vollständig verstehen zu können, und gleich fällt ihm einer ins Wort. Wir sind mit dem Fall vertraut, Herr Rechtsanwalt, möchten Sie Ihrem Schriftsatz noch irgend etwas hinzufügen? Euer Ehren, wenn ich bitte den Sachverhalt umreißen … Ich glaube, wir verstehen den Sachverhalt, Herr Rechtsanwalt. Hohes Gericht, das öffentliche Interesse an den weitreichenden kulturellen Implikationen dieses Falls, und jetzt meldet sich Bone, ich darf den Herrn Rechtsanwalt daran erinnern, daß wir hier sind, um dem öffentlichen Interesse zu dienen. Ihr Fall liegt so und so, stößt direkt zum Kern der Sache vor, faßt in ein paar Sätzen das Vorbringen zusammen und bittet den Herrn Rechtsanwalt, Platz zu nehmen, das arme Schwein hat sich für eine Galavorstellung präpariert, und der Saal, die ganze Atmosphäre ist auch wie im Theater, aber sie sind nicht zu einer Matinee da, und sein ganzer Starauftritt geht in die Binsen, noch ein paar Fragen, und dann fällt der Vorhang.

–Mein Gott, Harry, sag Oscar bloß nicht, mach Oscar bloß keine Hoffnungen, diese ganze zerbrechliche Schale, die er für den

Jemand, für den er sich mittlerweile hält, zusammengebastelt hat, aber plötzlich sehe ich hinter dem räudigen Bart und dem Zigarrenrauch das Gesicht des kleinen Jungen unten am Teich an dem Tag, als das kleine Kanu fertig wurde, tagelang hat er daran gewerkelt, von einer wunderschönen Weißbirke, die da stand, die Rinde abgeschält, und Vater, Vater hat sich das Ganze wie eine schreckliche offene Wunde ohne ein Wort angesehen, hat sich das im Schlamm versunkene Kanu angesehen und hat den armen Baum am nächsten Tag ohne ein Wort fällen lassen, spurlos verschwunden war er, er hat ihn nie wieder erwähnt, aber er hat es Oscar auch nie vergessen lassen, ein einziger Blick hat genügt, das Ganze hat einem schier das Herz zerrissen, und nun hat er es wieder getan. Oscar hat es wieder getan, sich in diesen Phantasien eingerichtet, daß er sein Stück produziert, wenn er diese Berufung gewinnt, und wenn er verliert, diese ganze verzweifelte Pose als Gentleman-Dichter, der letzte zivilisierte Mensch, dabei ist er in Wirklichkeit so grundverschieden von dem Jemand, für den er sich hält, und Gott allein weiß, wenn er verliert ...

–Nicht, wenn er verliert, Christina. Sondern wenn dieser Jemand, für den er sich hält, verliert, darum geht es doch bei der ganzen Sache, oder? Er schreibt aus irgendeiner Laune heraus ein Stück und erwartet, daß die Welt den roten Teppich für ihn ...

–Einer Laune! Wie kommst du denn bloß darauf, hast du vielleicht schon mal jemanden gesehen, dem es so tödlich ernst ...

–Bloß so ein Ausdruck, hört man manchmal in Fällen der Haftung für den Verrichtungsgehilfen, der Hausangestellte verletzt sich oder jemand anderen bei der Arbeit, wenn er etwas tut, wofür er nicht eingestellt wurde, keiner dem Dienstherrn geschuldeten Pflicht nachkommt, aus eigenem Antrieb einer Betätigung außerhalb seines Aufgabenbereichs nachgeht, wie zum Beispiel ...

–Harry?

–Oder wenn zum Beispiel ein Büroangestellter mit einem Gummiband Büroklammern verschießt, und einer verliert dabei ein Auge, dann sagt man, er hat aus einer Laune heraus gehandelt, keine Absicht, sich im Sinne des Betriebes seines Arbeitgebers zu betätigen, also ist der Arbeitgeber nicht haftbar, anders sieht es möglicherweise aus, wenn der von solchen Scherzen wußte und nicht versucht hat, sie abzu...

–Harry! Mein Gott, ich rede doch nicht vom Büroklammern-Verschießen, kannst du eigentlich auch mal etwas sagen, ohne dazu gleich einen ganzen juristischen Schriftsatz von dir zu geben? Und ein Schluck aus ihrem Glas ließ sie hustend abbrechen, –er, er hat immerhin ein, zwei Jahre daran geschrieben und ...

–Also gut, hör mal. Ich habe doch nur gemeint, daß Oscar hergeht und ein langatmiges Stück über seinen Großvater schreibt, ohne daß er einen Auftrag dazu hat, über jemanden, der Gerechtigkeit sucht, ohne daß er dafür bezahlt wird, oder? Es bringt ihm nichts ein, macht er also weiter? Schreibt er noch ein Stück? Und noch eins? Aber woher denn, er macht ein großes Tamtam um diese Eintagsfliege und läßt sich dann genau wie bei seinem kleinen Birkenkanu Jahr für Jahr davon auffressen, weil es bequemer ist, der Welt da draußen vorzuwerfen, daß sie den, für den er sich hält, ablehnt, ihr die ganze Arbeit vorzuwerfen, die er in ein Stück gesteckt hat, das im Grunde gar nicht von Gerechtigkeit handelt, und auch nicht von Ungerechtigkeit, sondern von Groll, von Anfang an ist da ein Groll, schon bei seinem kleinen Kanu, das im Schlamm versunken ist, ein Groll, der alles vergiftet, so daß er den gesichtslosen Ungeheuern da draußen die Schuld gibt, anstatt nach innen zu blicken auf die Ungeheuer, die wir nicht sehen wollen, weil wir uns nicht einzugestehen trauen, welchen Anteil wir selbst daran haben, wer wir wirklich sind, und wenn er gewinnt? Er hielt erneut inne, um nach der Flasche zu greifen, –wenn dieser Jemand, für den er sich hält, in der Berufung gewinnt? Man sieht es ja jeden Tag in den Schlagzeilen aus Washington, oder? Jemand wird auf frischer Tat dabei ertappt, wie er aus einer Laune heraus Beweise vernichtet, die Justiz behindert, einen Meineid leistet, und dann kommt er wegen irgendeiner Formalität davon, alle wissen, er ist schuldig, aber die Beweise reichen nicht, also kann er verkünden, daß seine Unschuld sich erwiesen hat, kann sich in die Flagge wickeln und ist ein Held, denn mittlerweile glaubt er es selbst, weil die Justiz den Jemand, für den er sich hält, ins Recht gesetzt hat, man kann ja auch fragen, wo das Christentum heute stünde, wenn Jesus zwischen zehn und zwanzig Jahre mit einem Straferlaß für gute Führung gekriegt hätte, und wenn er gewinnt? Wenn Oscar gewinnt und die ganze schräge Version dieses Jemand, für den er sich hält, ins Recht gesetzt wird, weil das Gesetz es zuläßt?

–Aber ich, aber nur darum geht es doch im Grunde beim Recht? Und sie richtete sich auf, wie um ihr leichtes Lallen zu verleugnen, und stellte ihr Glas geleert ab, –wenn sich alles nur noch um Gesetze, Gesetze und noch mal Gesetze dreht, und er etwas tut, was ihm keiner gesagt hat, womit ihn keiner beauftragt hat, und einer Laune folgt, denk doch mal darüber nach, Harry. Darum geht es doch letzten Endes beim Künstler?

–Ich habe darüber nachgedacht, murmelte er fast wie im Selbstgespräch, während er da stand und auf den Drink starrte, der langsam in seiner Hand kreiste wie die in seinem Gemurmel untergegangenen Worte –ich habe viel darüber nachgedacht, und dahinschmolz wie die feste Entschlossenheit, von der seine harten Züge stets gezeichnet gewesen zu sein schienen, als er jetzt zu ihr aufblickte, –komm ins Bett.

URTEIL
durch Wakefield, Schlotz und Bone,
Richter am Second Circuit Appeals Court

BONE, Richter

Mit der am United States District Court für den Southern District of New York eingereichten Klage gegen Erebus Entertainment, Inc. («Erebus»), dessen geschäftsführenden Direktor Ben B. F. Leva («B. F.») sowie Jonathan Livingston Siegal alias Constantine Kiester («Kiester») und andere eingereichten Klage hat der Kläger Oscar L. Crease («Crease») Schadensersatz geltend gemacht und neben anderen Klagebegehren Antrag auf Erlaß einer Unterlassungsverfügung gestellt. Anlaß der Klage waren vom Kläger, einem Historiker und aufstrebenden Dramatiker, behauptete Urheberrechtsverletzungen an dem von ihm verfaßten und für die Bühneninszenierung bzw. Fernsehbearbeitung geeigneten Schauspiel Einst am Antietam. Die Beklagten bestreiten eine Urheberrechtsverletzung, nicht jedoch Produktion und Verleih des laut Klagevorbringen die Urheberrechtsverletzungen konstituierenden Films mit dem Titel Das Blut im Rot-Weiß-Blau.

Gemäß 28 U. S. C. 1400 (a), wonach Zivilklagen, «die sich aus Bundesgesetzen über Urheberrechte ergeben ... in dem Gerichtsbezirk angestrengt werden [können], in dem der Beklagte oder sein Bevollmächtigter seinen Wohnsitz hat oder angetroffen werden kann», wurden Ladung und Klage dem als Bevollmächtigten für New York City benannten Rechtsvertreter der Beklagten in diesem Gerichtsbezirk zugestellt, wo sie geschäftlich tätig sind und «wo die Klage sich ergeben hat» (U. S. C. 1391 [a]); da mangelnde Zuständigkeit nicht geltend gemacht wurde, wurde auf die Einrede des unzulässigen Gerichtsstandes verzichtet. Noch vor Erreichen des Vorverfahrensstadiums beantragten die Beklagten Klageabweisung gemäß Artikel 12(b)(6) Fed.R.Civ.Pro., hilfsweise Urteil im abgekürzten Verfahren gemäß Artikel 56, und legten über ihren Sachvortrag hinaus beeidete Erklärungen sowie zusätzliche einschlägige Unterlagen vor, mit denen dargelegt wurde, daß keinerlei entscheidungserhebliche Frage strittig sei und angesichts dieses unstrittigen Sachverhalts eine Partei Anspruch auf Urteil gemäß dem Gesetz habe, aufgrund dessen der District Court dann dem Antrag der Beklagten auf Urteil im abgekürzten Verfahren folgte und entsprechend entschied. Gegen diese Entscheidung legt der Kläger Berufung ein.

Zum Verständnis der Streitfrage ist eine Beschreibung der öffentlich zugänglichen Informationen sowie des Stückes und des Films erforderlich. Aus von den Prozeßparteien vorgelegten Beweisstücken – im wesentlichen journalistische und andere, nach den tatsächlichen Ereignissen veröffentlichte Berichte – geht hervor, daß ein gewisser Thomas Crease, zu Beginn des Bürgerkrieges in Carolina wohnhaft, als Gemeiner in die Armee der Konföderierten eintrat und an der Schlacht von Ball's Bluff teilnahm, wo er leicht verwundet wurde. Er war Intestatserbe bedeutender Zechenbetriebe in Pennsylvania und erhielt, als er erfuhr, daß diese von der Unionsregierung beschlagnahmt zu werden drohten, die Erlaubnis der Südstaatenbehörden, zur Wahrung seiner Interessen in den Norden zu reisen, was er auch tat, nachdem er zuvor – eine nicht ungewöhnliche Praxis – einen Ersatzmann dingte, der seinen Platz in der Armee einnahm. Aufgrund bestimmter Verwicklungen im Norden war er gezwungen, auch für die Unionsarmee einen Ersatzmann zu stellen, und beide fielen am «blutigen Antietam». In späteren Jahren recherchierte Crease die Details der Schlacht und wurde, als er herausfand, daß die Regimenter, in denen die beiden dienten, sich an der «Bloody Lane» gegenübergestanden hatten, immer stärker von der Überzeugung heimgesucht, die beiden hätten einander umgebracht und er sei demzufolge auf abstruse Weise ein wandelnder Selbstmörder, worauf manche sein bisweilen sprunghaftes Verhalten in seinen späten Jahren als renommierter Jurist zurückführten. Für sein Stück verwendet der Autor lediglich die eben geschilderten, dürren Fakten; Episoden, Figuren, Kulisse, Ablauf der Ereignisse sowie die Ereignisse selbst sind sämtlich verändert, ausgeschmückt, ungeschminktes Plagiat klassischer Quellen oder Dutzendware.

Das Stück beginnt mit einer Szene zwischen dem Protagonisten, der Thomas heißt, und seiner Mutter, einer leidgeprüften, bibelgläubigen Frau, kaum noch von dieser Welt. Er ist gerade von heldenhaftem Einsatz auf der Seite der Konföderierten in der Schlacht bei Ball's Bluff nach Hause zurückgekehrt und erfährt, daß sein ihm entfremdeter Onkel, ein Zechenbaron aus dem Norden, ohne Testament gestorben ist, so daß er als einziger lebender Verwandter einen beträchtlichen Bergwerksbesitz in Pennsylvania erbt. Wie es scheint, ist Thomas einige Jahre zuvor, beim Tode seines Vaters auf einem untergeordneten Posten an der Gesandtschaft in Frankreich, nach Amerika zurückgekehrt, um ebendiesen Onkel, den Bruder seines Vaters, mit dem von seiner Mutter erhobenen schweren Vorwurf zu konfrontieren, er habe den Vater ein Menschenalter zuvor um das ihm Zustehende betrogen; Thomas hat die Sache seinerzeit in einer demütigenden Szene gegen einen Geldbetrag beigelegt, der kaum ausreicht, auf einer heruntergekommenen Farm in Carolina, die sein Onkel für eine uneinbringliche Schuld in Besitz genommen hat, eine kärgliche Existenz zu gründen. Die Farm grenzt an eine Pflanzung mit

Namen Quantness, wo Thomas eine weitere Demütigung widerfährt: Nachdem er sie bei seiner Ankunft im Einspänner fälschlich für die ihm gewährte Abfindung hält und «darauf zufährt, als ob ihm das alles gehört», wird ihm von einem schwarzen Haussklaven der Weg zu der ärmlichen Behausung gewiesen, wo die eingangs erwähnte Szene mit seiner Mutter spielt. Hier haben sie sich, Seite an Seite mit dem jungen Sklaven John Israel, dem Bibelschüler und Schützling seiner Mutter, in mühevoller Arbeit eine Existenz geschaffen, bis die Zufallsbegegnung mit Giulielma, der einsamen Tochter des Besitzers von Quantness – auch dies angesichts seiner bescheidenen Verhältnisse eine Demütigung –, zu einer in die Ehe mündenden Romanze erblüht, durch die er auf Quantness Fuß faßt. Dies alles wird im Dialog dargestellt und schließt mit Thomas' Bestürzung, als er erfährt, daß John Israel während seiner Abwesenheit «entlaufen» ist, und seiner trotzigen Entschlossenheit, in den Norden zu fahren und seinen Anspruch auf das, was ihm seiner Überzeugung nach von Rechts wegen zusteht, geltend zu machen.

In der nächsten Szene folgen wir Thomas zu den Hallen von Quantness, wo sein Schwiegervater, ein aufgeblasener Konföderierten-Major, gerade unter Erörterungen über den Krieg, die Baumwollpreise im Ausland, die Haltung Frankreichs und die Blockade der Union, die Sklaverei, Aristoteles und andere bedeutende Themen einen geheimnisvollen Besucher, Mr. Kane, herumführt. Es wird deutlich, daß Thomas' unerwartete Erbschaft in Verbindung mit seinen jüngsten Heldentaten auf dem Schlachtfeld seinen Wert als Schwiegersohn sehr gesteigert haben, zumal da wir in einem Aparte erfahren, daß Anteile an Quantness, deren Wert von der Baumwollernte abhängt, in die Hände von Nordstaaten-Bankiers gefallen sind und mit seiner Hilfe vielleicht zurückgewonnen werden können. In scharfem Gegensatz dazu steht die herablassende Art und Weise, wie der Major seinen eigenen Sohn William behandelt, dem aufgrund seiner Jugend und eines ausgeprägten Hinkens der Kriegsdienst erspart bleibt und dessen seinem Schwager entgegengebrachte Heldenverehrung das Täuschungsmanöver vorwegnimmt, durch das er, ohne Wissen von Thomas, an dessen Stelle in den Krieg zieht. Nach einer zärtlichen Szene zwischen Thomas und Giulielma, in der er sie bittet, ihn in den

Norden zu begleiten, führt ein Sturz vom Pferd etwas unmotiviert zu einer hitzigen Diskussion über Gerechtigkeit zwischen Thomas, William und Mr. Kane, bei der aus Buch I von Der Staat entnommene Teile platoschen Dialoges, durchsetzt mit nicht kenntlich gemachten Ansichten Albert Camus' über Gerechtigkeit sowie Rousseaus über absolute Freiheit, Verwendung finden, worauf Thomas abreist.

Der zweite Akt spielt im Norden, wo Thomas nach seiner Ankunft die Zechenbetriebe und die damit verbundenen Probleme übernommen hat. Als Folie dient ihm ein ungehobelter, auf joviale Weise korrupter Mann namens Bagby, der Zechenverwalter und Vertraute seines Onkels, der sich um des eigenen Vorteils willen für keinen Schwindel zu schade ist und sich über Thomas' Bemühungen, die streikenden Minenarbeiter anständig zu behandeln, lustig macht. Einer dramatischen Nachtszene, in der Thomas überfallen und beraubt wird, folgen humorvolle Szenen, die Bagby als Rekrutenwerber und Kriegsgewinnler zeigen; unerwartet taucht Mr. Kane auf und berichtet von Rückschlägen der Konföderierten, der schlechten Verfassung ihrer Truppen, der Gefangennahme des Majors; William ist Soldat geworden (wenngleich, ohne sich dessen bewußt zu sein, als Thomas' Ersatzmann), und die große Baumwollieferung, mit deren Erlös die vom Norden gehaltenen Anteile an Quantness hatten zurückgekauft werden sollen, wurde von den Franzosen als Bezahlung für ein dort gebautes Rammschiff beschlagnahmt, mit dem die Blokkade der Union durchbrochen werden soll. Während die Unionsarmee die Aushebung ankündigt, sieht sich Thomas mit der Verhaftung des durch die Grubenarbeit verrohten Mannes konfrontiert, der ihn beraubt hat: Unter hochtrabenden Erklärungen, sein Schicksal niemals dem Zufall überlassen zu wollen, und einer weiteren Dosis Plato über Gerechtigkeit im Gegensatz zum bloßen Anschein von Gerechtigkeit (Der Staat, Buch II, 359) – diesmal im anrüchigen Jargon Mr. Bagbys dargeboten, welcher letzterem das Wort redet – schickt Thomas den jungen Mann an seiner Stelle zur Armee und reist auf der Suche nach Gerechtigkeit einmal mehr nach Frankreich ab. Der Akt schließt mit einem höchst bühnenwirksamen Zwischenspiel, in dem Mr. Bagby bei Einbruch der Nacht am Rande des Schlachtfeldes am Antietam über die Gefallenen sinniert.

Der Rest des Stückes ist für den zur Entscheidung stehenden Rechtsstreit von geringerer Bedeutung. Bei Kriegsende hat Mr. Bagby das beherrschende Anteilspaket an Quantness erworben und ist mittlerweile Beamter in Washington, wohin Thomas, der die ganze Zeit an Bord des Rammschiffes Sphinx auf hoher See festgesessen hat, zurückkehrt, um von der Regierung Schadensersatz zu fordern. Bagby verlangt dafür, daß Thomas Papiere unterschreibt, die Mr. Kane belasten, der nahebei seiner Hinrichtung wegen Spionage entgegensieht; die dann folgende Gefängnisszene spiegelt nicht nur die letzten Tage des Sokrates, sondern plagiiert beinahe wortgetreu den Kriton. Thomas lehnt Bagbys Bedingung ab und wagt sich auf Quantness zurück, wo er vom Tod seiner beiden Ersatzleute – einer davon William – am blutigsten Tag des gesamten Bürgerkrieges erfährt; die Menschen in seiner Umgebung, das wird ihm nun bewußt, haben ihn nur benutzt, um ihr eigenes Schicksal zu verwirklichen, und ihn so um das seine gebracht, und die Schlußszene des Stückes trachtet nach den Höhen der griechischen Tragödie, wie sie C. M. Bowra (Die attische Tragödie, 101) formuliert, «weil er in seinem Kampf gegen unüberwindliche Widrigkeiten seinen ganzen Charakteradel zeigt und dennoch unterliegt».

Der Film beginnt mit einem altersschwachen Einspänner, der zwei stumme Reisende, eine ältere Frau und einen gutaussehenden, ernsthaften jungen Mann, durch diverse Schlechtwettergebiete und reizlose Landschaften befördert, um schließlich an einem Tor anzuhalten und einzubiegen, das ein Schild mit der Aufschrift Cross Creek trägt. Während der Mann im Stehen gebieterisch mit der Peitsche knallt, fahren sie die moosüberwucherte Einfahrt zu einem aufwendigen Vorkriegsanwesen hinauf, wo sie ein schwarzer Haussklave verächtlich ihrer Wege weist, und wir erhaschen einen Moment lang einen Blick auf eine hinreißend schöne junge Frau im Negligé, die hinter einem Vorhang hervor beobachtet, wie der Wagen die Auffahrt hinunter verschwindet. Als nächstes sehen wir ihn vor einem kleinen, stark reparaturbedürftigen Farmhaus vorfahren. Es folgt eine lange Montage, in der wir den jungen Mann hämmern, Holz spalten, Pfähle einschlagen und Tabak anpflanzen sehen, unterstützt von einem jungen Schwarzen, bei dem es sich offensichtlich um einen Sklaven handelt, der darüber hinaus gezeigt wird, wie er bei Lampenlicht zu Füßen der Frau sitzt und mit Hilfe der Bibel lesen und schreiben lernt. Bis hierher wird die ganze Geschichte pantomimisch, untermalt von Musikeffekten, erzählt; dies ändert sich am Tag der dramatischen, sexuell aufgeladenen Begegnung des jungen Mannes mit der hinreißenden jungen Frau, die wir in der Eröffnungsszene kurz zu Gesicht bekamen und nun ausführlich zu Pferde bewundern dürfen, als sie zur Jagd ausreitet; die Bekanntschaft der beiden reift rasch zu Liebe und Ehe, und er zieht nach Cross Creek zu ihrem eifersüchtigen, mißgünstigen Bruder Jake und ihrem eitlen, trunksüchtigen Vater, der mit dem Heraufdämmern des Bürgerkrieges zum Major aufsteigt; während der Bruder weinend zurückbleibt, stoßen die beiden zur Truppe. Als nächstes wird mit aller Drastik, die moderne Filmtechnik und Spezialeffekte hervorzubringen imstande sind, die Schlacht bei Ball's Bluff dargestellt, auf die hier nicht näher eingegangen werden muß, außer um festzuhalten, daß der Major sich offenbar tunlichst vom Kampfgeschehen fernhält, in das sich sein Schwiegersohn – der, wie wir inzwischen erfahren haben, Randal heißt – mit bewunderungswürdigem, um nicht zu sagen blutrünstigem Eifer stürzt. Nach seiner Heimkehr erfährt Randal von seiner Mutter vom Ableben seines Onkels, eines reichen Zechenbarons im Norden, den zu hassen sie ihn gelehrt hat, weil er seinen Vater um das Erbe betrogen habe, auf das er nun, als einziger lebender Verwandter, Anspruch erheben kann, was sie ihm eindringlich nahelegt – ebenso wie der Major, der, wie wir in einer hitzigen Szene zwischen Vater und Tochter erfahren, hohe Spielschulden angehäuft hat und das Glück seines Schwiegersohns als Ausweg sieht, während er im Verborgenen alle Hebel in Bewegung setzt, um der neuen konföderierten Aushebung dadurch Genüge zu tun, daß er seinen Sohn Jake anstelle von Randal zur Armee schickt. Randal läßt seine Frau auf deren eigenen Wunsch zurück und begibt sich in den Norden, um das Kohlenimperium zu übernehmen, wo er in Zusammenarbeit mit dem gerissenen Zechenverwalter Carlucci einen Streik der Minenarbeiter gegen ihre unmenschlichen Arbeitsbedingungen brutal unterdrückt und kurz darauf voller Verachtung einen davon als Ersatzmann schickt, als ihm die Einberufung durch die Unionsarmee droht. Da er trotz Herannahen des Krieges, der sowohl seine Frau als auch seine Mutter bedroht, nicht gewillt ist, sein neues Imperium durch die Rückkehr nach Cross Creek aufs Spiel zu setzen, befindet sich dort lediglich der Major, der sich mit Hilfe ungeheurer Mengen Alkohol von einer leichten Verwundung erholt, als unvermittelt ein Trupp Marodeure auftaucht, die ihn erschießen, nachdem sie ihn zuvor erbarmungslos gedemütigt, die ältere Frau über alle Maßen gequält und dann, in einer längeren, in der Darstellung von Grausamkeit geradezu schwelgenden und beinahe klinisch detaillierten Szene, die jüngere vergewaltigt haben. Dies alles dient jedoch nur der Einstimmung auf die nun folgenden Szenen, die mit der Schlacht am Antietam die blutigste Konfrontation des gesamten Bürgerkrieges darstellen und dabei jede nur denkbare filmische Möglichkeit ausschöpfen, sich an Blut und Gemetzel zu delektieren; die Sequenz schließt damit, daß Randal bei Einbruch der Nacht zum Gestöhne der Sterbenden wie ein Gespenst auf dem Schlachtfeld auftaucht, wo er unter den zwanzigtausend Toten und Verwundeten des Tages auf die Leichen seiner beiden Ersatzmänner stößt, die sich in tödlichem Griff umklammern. Der Rest des Films sucht lediglich plausibel zu machen, daß Randal schließlich Selbstmord begeht, als er auf bestimmte Briefe stößt, welche die Beklagten der Öffentlichkeit frei zugänglichen Quellen entnommen haben, was freilich mangels einer Parallele im Stück des Klägers hier nicht von Bedeutung ist.

Die Beklagten sind gewerbsmäßig mit der Herstellung von Unterhaltungsfilmen in Hollywood, Kalifornien, befaßt. Erebus steht seit fast zwanzig Jahren – ein in dieser wechselhaften Branche durchaus seltenes Phänomen – unter der Leitung von Studiochef B. F. Leva und ist für seine mit üppigen Budgets produzierten «Kassenschlager» bekannt. Kiester ist ein unabhängiger Produzent und Regisseur, dessen kürzlich in den Kinos gezeigter Afrika-Ausstattungsfilm Uruburu, der bestimmter Szenen wegen zu Recht das Etikett «Nichts für zarte Gemüter» erhielt, über dreihundert Millionen Dollar einspielte und ihm seinen besonderen Ruf im Filmgeschäft eintrug. Kiester bestreitet den in der Begründung des dritten Anspruchs des Klägers erhobenen Betrugsvorwurf, räumt jedoch ein, daß er seine Karriere als Fernsehproduzent in New York unter seinem Vornamen Jonathan Livingston begonnen, diesen später in Jonathan L. Siegal abgeändert und mit seinem Wechsel nach Hollywood den Namen Constantine Kiester angenommen hat. Der Kläger trägt vor, er habe dem Beklagten unter dem ersten Namen ein Manuskript seines Stückes zugesandt und es mit einem knappen Ablehnungsbrief zurückerhalten. Der Beklagte bestreitet jede Erinnerung an diesen Vorgang; ohnehin habe er das Manuskript niemals angefordert. Die Beklagten tragen weiter vor, sie seien angesichts des historischen Erfolges des Films Vom Winde verweht und angesichts der dazu von einem Konkurrenzstudio geplanten Fortsetzung zu dem Schluß gekommen, daß der Kinomarkt für eine spektakuläre Behandlung des Themas Bürgerkrieg reif sei, und hätten sich demzufolge nach einer Geschichte umgesehen, die einen passenden Stoff für einen damals gerade freien Schauspieler namens Bedford abgäbe. Zu diesem Zweck habe sich Kiester an einen früheren Schulkameraden namens John Knize gewandt, den er als Bürgerkriegs-«Fan» in Erinnerung gehabt habe; dieser habe die Idee zur Geschichte geliefert und sie auf Kiesters Bitte zu einem Treatment ausgearbeitet. Aufgrund dieses Treatments habe Kiester mit Erebus einen Vertrag über Produktion und Regie des Films abgeschlossen; die Abfassung des Drehbuchs habe er Knize übertragen und mit diesem zusammen Afhadi, Railswort, Schultz und Probidetz ausgesucht, damit sie ihn unterstützten, die ersten drei beim Szenario, der vierte bei der Produktion. Alle fünf wurden durch Befragung unter Eid einvernommen; alle bestreiten, jemals auf irgendeine Weise mit dem Stück in Berührung gekommen, davon erfahren, es gelesen oder benutzt zu haben; alle erklären übereinstimmend, sie hätten das Drehbuch aufgrund von gemeinfreiem Material verfaßt, das ihnen von Knize zur Verfügung gestellt worden sei. Demgegenüber verweist der Kläger auf die erhebliche Ähnlichkeit zwischen Passagen des Films und denjenigen Teilen des Stücks, die daran originell seien.

Indem der District Court im abgekürzten Verfahren zugunsten der Beklagten erkannte, hat er befunden, daß die der Geschichte zugrundeliegende zentrale Idee nicht hinreichend neu sei, um gemäß New Yorker Recht in der Sache ein schutzwürdiges «Eigentumsinteresse» gegen die Hersteller des Films wegen unlauteren Wettbewerbs, unbefugter Benutzung, widerrechtlicher Aneignung und unbefugter Geltendmachung von Eigentumsrechten zu begründen; ungeachtet der Behauptung des Klägers, er habe sein Stück dem Beklagten vorgelegt, gebe es keinerlei Beweise für eine Absicht des Beklagten, hinsichtlich des genannten Stückes einen Vertrag abzuschließen; die behauptete unbefugte Benutzung könne daher weder die Grundlage für eine Klage wegen Bruchs eines konkludent geschlossenen Vertrages, noch für eine Klage wegen ungerechtfertigter Bereicherung, noch für eine Klage wegen Betruges bilden, insofern die Beklagten sich nicht auf Kosten des Autors bereichert haben können, da es «dem vom Kläger vorgelegten Manuskript an der gemäß dem hier anzuwendenden Gesetz erforderlichen Neuheit mangelt» und es demzufolge nicht geschützt sei; um Eigentum, das ihm nicht gehöre, könne der Autor aber nicht betrogen werden.

Der Kläger trägt vor, das untere Gericht habe, indem es dem Antrag der Beklagten auf Erlaß eines Urteils im abgekürzten Verfahren stattgab, durch Irrtum hinsichtlich der anzuwendenden Bestimmungen rechtsfehlerhaft entschieden und hätte bei seiner Entscheidung auf andere Rechtsprinzipien abstellen müssen. Die Gerichte haben sich häufig mit der Frage auseinandergesetzt, ob Gesetze gegen den unlauteren Wettbewerb dem Urheberrecht hinreichend ähnlich sind, um vom Urheberrecht des Bundes verdrängt zu werden; dem halten die Beklagten entgegen, daß der Vorrang des Bundesrechts im Bereich des geistigen Eigentums kein absoluter sei. Gemäß dem Prinzip der vorbehaltenen Bundeszuständigkeit kann ein Bundesgericht jedoch dann die Gerichtsbarkeit über ein Einzelstaatsgesetz an sich ziehen, wenn sich, wie vom Supreme Court in der Sache United Mine Workers gegen Gibbs festgestellt, der Anspruch des Einzelstaatsgesetzes aus einem «gemeinsamen Kern von Tatbestandsmerkmalen» mit dem Anspruch des Bundesgesetzes ergibt; nach Ansicht des Klägers liegt bei seinen sämtlichen Ansprüchen, die sich aus der Benutzung seines Manuskripts durch die Beklagten ergeben, ein solcher gemeinsamer Kern vor. Sein Urheberrecht daran ist gemäß 17 U. S. C. 303, worin der Übergang zwischen dem Urheberrechtsgesetz von 1909 und dem von 1976 geregelt wird, unbestritten; da das Stück vor Inkrafttreten des Gesetzes von 1976 verfaßt, jedoch nie veröffentlicht wurde, steht ihm der entsprechende Schutz zu.

Vor dem District Court wurde sowohl die Frage der Originalität als auch die der Neuheit erörtert. Die Beklagten haben alle Ansprüche des Klägers unter Verweis auf mangelnde Neuheit zurückgewiesen. Das Gericht hat letztere bejaht, erstere jedoch verneint und befunden, daß die Klage auch dann erfolglos bliebe, wenn erstere zu bejahen wäre, da die Beklagten das Stück zwar möglicherweise verwendet, jedoch nur das nach dem Gesetz Zulässige daraus entnommen hätten, d. h. jene allgemeinen Themen, Motive oder Ideen, an denen es kein Urheberrecht geben könne; ohnehin sei, wenn sie denn kopiert hätten, von einer allgemein zulässigen Benutzung auszugehen, so daß, wie es das berühmte Diktum ausdrückt, das Gesetz zwar keine Anwendung finde, das Ergebnis jedoch das gleiche wäre, wenn es Anwendung fände. Sollte sich herausstellen, daß sich das erstinstanzliche Gericht auf oberflächliche Unterschiede oder bloße Verschleierung konzentriert und dabei Übereinstimmungen in Schauplatz, Motivik und ähnlichen einschlägigen Faktoren ignoriert hat, würde die Sache zur erneuten Verhandlung an den District Court zurückverwiesen; wäre der erstinstanzliche Richter darüber hinaus von einer Nachahmung ausgegangen und hätte es versäumt, der Frage nachzugehen, ob die Ähnlichkeiten zwischen den beiden Werken so beträchtlich sind, daß sie hinsichtlich einer etwaigen Urheberrechtsverletzung rechtserhebliche Fragen des Sachverhalts aufwerfen, und den Kläger dadurch seines Rechts auf eine mündliche Verhandlung beraubt, würde das einen Ermessensmißbrauch darstellen.

Wurde die Originalitäts- im Gegensatz zur Neuheitsschwelle von diesem Gericht bereits frühzeitig sehr niedrig angesetzt (s. Alfred Bell & Co. gegen Catalda Fine Arts, Inc. 191 F.2d 99, 2d Circ. 1951), so hält das Urheberrechtsgesetz von 1976 nun ausdrücklich fest, daß ein Urheberrecht an «originalen persönlichen Werken» besteht, und es ist Aufgabe des Gerichts, festzustellen, ob im vorliegenden Fall die Voraussetzung der Neuheit oder der Originalität gegeben ist.

In einer Berufungsverhandlung, die gewisse auffällige Ähnlichkeiten mit dem hier verhandelten Fall aufweist, erörterte Richter Learned Hand vor mehr als einer Generation die Frage der Neuheit und führte dabei einleitend aus: «Wir müssen uns vor Augen halten, daß es keinen Unterschied macht, inwieweit das Stück von gemeinfreien Werken vorweggenommen wurde, welche die Kläger nicht benutzt haben. Die Beklagten scheinen sich darüber nicht im klaren zu sein, da sie eine Vielzahl früherer Beispiele für die gleichen dramatischen Verwicklungen und Kunstgriffe angeführt haben, als müßte ein urheberrechtlich geschütztes Werk, wie ein Patent, nicht nur originell, sondern neu sein. Das freilich ist vom Gesetz nicht vorgesehen, wie schon im Falle von Kartenwerken oder Kompendien deutlich wird, bei denen spätere Werke zwangsläufig vorweggenommen werden. Zuweilen allerdings haben sich Gerichte bei der Behandlung der Frage, wieviel von der Substanz eines Werkes urheberrechtlich geschützt ist, einer Sprache bedient, welche die Vorstellung nahelegt, daß die Handlung eines Stückes, wenn sie alt ist, nicht urheberrechtlich geschützt sein kann» (Sheldon et al. gegen Metro-Goldwyn Pictures Corp. et al., 81 F.2d 49, hier: London gegen Biograph Co. (C. C. A.) 231 F.696). Im vorliegenden Fall haben die Berufungsbeklagten einen ähnlichen Kurs eingeschlagen, und der District Court hat sich ihnen angeschlossen, indem er einmal mehr das Gespenst der Neuheit heraufbeschwört und in seinen Ausführungen stark auf Zitate aus einem etwas neueren Fall abhebt, in dem der Richter befand, daß dies die «einzige entscheidungserhebliche Frage» sei, und dem Antrag der Beklagten auf Erlaß eines Urteils im abgekürzten Verfahren entsprach; das Urteil wurde von der Revisionsinstanz bestätigt, die ihre Entscheidung darauf beschränkte, ob es «keine relevante, entscheidungserhebliche Streitfrage» gebe, durch welche die Beklagten «von Rechts wegen Anspruch auf ein Urteil» haben (Fed. R. Civ. P.56(c). Murray gegen National Broadcasting Co. Inc., 671 F. Supp. 236 (S. D. N. Y. 1987), hier: Anderson gegen Liberty Lobby, Inc., 477 U. S. 242, 248–49 (1986)). Mit dieser Argumentation haben die Beklagten im vorliegenden Fall in einer Entscheidung Zuflucht gesucht und gefunden, die sich die Auffassung von Eigentumsrechten an einer Idee zu eigen macht und die Streitfrage damit jenen unzulässigen Einschränkungen unterwirft, unter der sie der District Court dann im Lichte der Entscheidung des New York Court of Appeals in der Sache Downey gegen General Foods Corp., 31 N.Y.2d 56, 334 N.Y.S.2d 874, 286 N.E.2d 257 (1972), bestätigt (1988), untersucht; er stellt dabei den allgemeinen Rechtssatz auf, daß «mangelnde Neuheit einer Idee zum

Wegfall jeder Klageberechtigung wegen unbefugter Benutzung [führt]», und gibt auf dieser Grundlage dem Antrag der Beklagten auf Erlaß eines Urteils im abgekürzten Verfahren statt. Indem der vorliegende Fall in das in der Auslegung dieses Gerichts noch strengere Prokrustesbett von *Murray* gezwängt wird, wird der Kläger außerstande gesetzt, der rechtserheblichen Frage der Urheberrechtsverletzung an einem urheberrechtlich geschützten Werk nachzugehen, worin Neuheit ein maßgeblicher, nicht aber der entscheidende Faktor ist, weshalb wir an dieser Stelle das abweichende Votum von Richter Pratt in *Murray* anführen können, der «überzeugt [ist], daß die Frage der Neuheit eine Sachverhaltsfrage darstellt, die weiterer Untersuchung und vollständiger Aufklärung durch einen Tatrichter unterliegt».

Bei seiner Entscheidung in der Sache Nichols gegen Universal Pictures Corporation (45 F.2d, 121) hat Richter Hand festgestellt, daß es «für jedweden Schutz literarischen Eigentums, ob gemäß Common Law oder Urheberrecht, natürlich unabdingbar [ist], daß das Recht nicht buchstabengetreu auf den Text beschränkt werden kann, andernfalls ein Plagiator schon bei unwesentlichen Veränderungen davonkäme ... Was Schauspiele angeht, kann der Plagiator eine einzelne Szene herausschneiden (Zitate ausgelassen), oder er kann sich einen Teil des Dialogs aneignen (Zitat ausgelassen). Dann stellt sich die Frage, ob der so übernommene Teil ‹wesentlich› ist und daher keine ‹allgemein zulässige Benutzung› des urheberrechtlich geschützten Werkes vorliegt; die gleiche Frage ergibt sich bei jedem anderen urheberrechtlich geschützten Werk (Zitate ausgelassen). Übernimmt der Plagiator dagegen keinen festen Bestandteil, sondern einen Abriß des Ganzen, so ist die Entscheidung schwieriger.» Darüber hinaus hat das Gericht in *Murray* zugestanden, «daß selbst neue und originelle Ideen in mehr oder weniger starkem Maße Elemente miteinander verbinden, die für sich genommen nicht neu sind. Originalität existiert nicht im luftleeren Raum.» Und, wie in Edwards & Deutsch Litographing Co. gegen Boormann, 7th Circ., 15 F.2d 35, 36, festgestellt, «Das benutzte Material ist sämtlich alt und gemeinfrei, aber die Auswahl, die Anordnung und Aufbereitung sind neu und nützlich und urheberrechtsfähig. Bei der Entscheidung über Urheberrechtsverletzungen liegt es nahe, als erstes die jeweiligen Produktionen selbst miteinander zu vergleichen. Das urheberrechtsfähige Merkmal der Produktion des Berufungsklägers ist eine bestimmte Konzeption, Aufbereitung und Kombination von Material; die bei der Produktion des Berufungsbeklagten festgestellte Identität von Konzeption, Aufbereitung und Kombination ähnlicher Materialien begründen nicht nur den Verdacht einer Nachahmung, sondern weisen sie zweifelsfrei nach» (s. Universal Pictures Co. gegen Harold Lloyd Corporation 162 F.2d 354).

Die Beklagten haben als Kulisse den gleichen Schauplatz, die jeweils gleiche unvollständige Familie mit ihrem Gegensatz von Privilegiertheit und Not, die gleichen Hauptrollen und die gleichen Beziehungen der Protagonisten untereinander gewählt. Sowohl Thomas als auch Randal werden von Empörung angetrieben; beide entkommen ihren erniedrigenden Lebensumständen durch die Heirat mit der Erbin der Nachbarplantage, deren Vater Major der Konföderierten ist und deren Bruder ohne ihr Wissen ihren Platz an der Front einnimmt; beide reisen in der gleichen Angelegenheit in den Norden und schikken als Ersatzmann einen Minenarbeiter zur Armee, der jeweils in der gleichen Schlacht das gleiche Schicksal erleidet; und beide sind schließlich mit einer grämlichen, verbitterten Mutter geschlagen, die, in Gestalt des ohne Testament verstorbenen Onkels, den Urheber des der Familie widerfahrenen Unrechts liefert. Die Unterschiede liegen nicht im Charakter, sondern sind eine Frage von Dimensionen, praktischen Gründen oder bloßer Verkleidung; so ist Thomas ein ehrgeiziger junger Mann mit geistigen Neigungen, der in einem inneren Konflikt befangen und sich der ethischen Feinheiten, um die es bei seiner Forderung nach Gerechtigkeit geht, wohl bewußt ist; Randal dagegen ist schlichter gestrickt, ein Zugeständnis an den leeren Blick des Kinopublikums und dessen inniger Vertrautheit mit einer Gier, die von keinerlei geistiger Bemühung, geschweige denn dem verwirrenden Dickicht sokratischen Dialogs getrübt ist. Wo das Stück erbauen will, möchte der Film unterhalten; so findet Giullelma, Thomas' rührende, verzweifelte Braut, auf der Leinwand ihr heißblütiges, vollbusiges Gegenstück, das genau jene Begierden wecken soll, die dann, in der Vergewaltigungsszene, ihre stellvertretende Befriedigung finden.

Ebenso wird das wohlwollende Bühnenporträt des Majors als eines vornehmen, wenn auch selbstsüchtigen Südstaatenaristokraten, wie er in der Literatur nicht unbekannt ist, zu dem eines intriganten, trunksüchtigen Landjunkers, wie wir ihn vom Fernsehschirm her kennen, und sein Sohn eine niederträchtige Figur voller Schwäche und Gehässigkeit, während er auf der Bühne als komplizierte Mischung verhinderter und nicht zu vereinbarender Liebesgefühle und Treuepflichten gezeichnet wird. Selbst die Rolle von Mr. Bagby, eine Studie in der ganz selbstverständlichen Korruption, welche die Rekonstruktion einleitete und heute in höchster Vollendung unter uns blüht, wird vom komischen Stereotyp eines Italieners übernommen, was vielleicht lediglich den heiterkeitsstiftenden Möglichkeiten, die jede Einwanderungswelle bietet, geschuldet ist – spielte die Geschichte in unserer Zeit, hieße er vermutlich Jimenez. Nur die Mutter ist in beiden Fassungen die gleiche durchweg unerfreuliche Erscheinung, obwohl die von ihr gleich zu Beginn des Stückes vermittelte Botschaft im Film erst später, wenn die beiden völlig getrennte Wege gehen, mit allem Nachdruck erfolgt. Der im Stück zu ihren Füßen sitzende Negerjunge ist im Film fast ganz verschwunden, besteht doch keinerlei Notwendigkeit, Rousseaus Ansichten über die Freiheit zu untersuchen; und Mr. Kane aus dem Stück fehlt im Film ganz und gar: Kriton würde sich darin ebensowenig heimisch fühlen wie Tut-ench-Amun.

Die Haupthandlung des Stückes setzt erst sehr viel später als die des Films ein, nämlich mit der Rückkehr des Helden aus der Schlacht und der Nachricht von seiner Erbschaft. Anstatt jedoch einen Unterschied zu markieren, spricht dies eher für inhaltliche Nähe, da sich der Anfangsdialog des Stückes, der die vorangegangenen Ereignisse rekapituliert, wie das für den Film verfaßte und darin umgesetzte Drehbuch liest. Dem freudlosen Bericht der Mutter von dem Ereignis genau entsprechend, erblicken wir auf der Leinwand den Helden, wie er die schäbige Equipage die Plantageneinfahrt hinauflenkt, «als ob ihm das alles gehört», nur um sich von einem herablassenden Schwarzen zu der heruntergekommenen Farm schicken lassen zu müssen, wo der Kampf der beiden gegen widrige Umstände in der nun folgenden Montage als längere, von Musik untermalte Pantomime der Entbehrung ohne Zuhilfenahme des gesprochenen Worts dargestellt wird.

Die erste Stimme, die wir hören, ist die der hinreißenden Erbin von nebenan, die den Helden bei der Jagd überrascht, obschon ihr Auftreten und ihr Verhalten in der Folge etwas anderes nahelegen. In bewußtem Gegensatz zu Thomas' poetischer Schilderung dieser Szene im Stück, wo seine Demütigung aufgrund des Jagenmüssens für die Tafel der eigenwilligen Einsamkeit des Mädchens gegenübersteht, macht sich der Mann auf der Leinwand das seinen niedrigen Stand kennzeichnende, braungebrannt-verschwitzte Erscheinungsbild zunutze und holt die Anmaßende so von ihrem scharrenden Hengst herunter, nur um sich gleich darauf aus seinem Overall geschält und, in der von ihrer hohen joyceschen Abkunft in den allgemeinen Wortschatz übergegangenen Formulierung, «zum Mann gemacht» zu sehen. Nach einer aufwendigen Hochzeit und seiner Installierung auf Cross Creek, bei der abstoßenden Verwandtschaft seiner Frau, ziehen über dem glücklichen Paar die Wolken des Krieges herauf und bereiten uns auf das gewaltige Leinwandspektakel der Schlacht von Ball's Bluff vor.

Wir können festhalten, daß bis zu dieser Stelle des Films die Haupthandlung des Stückes noch nicht einmal eingesetzt hat und von den Beklagten keinerlei Beweis für eine Verwendung von gemeinfreiem Material angetreten wurde; dennoch brauchen wir, wenn wir Film und Stück nebeneinanderhalten, nur so weit zu kommen, um hinsichtlich «der besonderen Konzeption, Aufbereitung und Kombination von Materialien» beim Produkt der Beklagten im Lichte von Nutt gegen National Institute Incorporated for the Improvement of Memory, 2d Circ., 31 F.2d 236, 238, sofort Zweifel zu hegen; dort nämlich hat das Gericht festgestellt, daß «Kopieren sich nicht auf buchstabengetreue Nachahmung beschränkt, sondern verschiedene Formen beinhaltet, in denen jedwede veröffentlichte Sache unter mehr oder weniger geringfügiger Abänderung übernommen, imitiert oder übertragen werden kann». Die Frage des Dialogs im Gegensatz zur dargestellten Handlung oder, wie im vorliegenden Fall behauptet, als Vorlage für eine solche Darstellung hat sich in Klagen wegen Urheberrechtsverletzung vielerlei Variationen erfreut; wir zitieren die Beschreibung der die Rechtsverletzung konstituierenden Szene durch den Autor in der Sache Chappell & Co. gegen Fields, 2d Circ., 210

F. 864, bei der «die Idee, daß B. absichtlich an das Gleis gefesselt wird, damit der Zug ihn überrollt, im Stück des Klägers durch den gemeinsamen Effekt von gesprochener Sprache und vollführten Bewegungen gemäß den Regieanweisungen vermittelt [wird]; im Stück des Beklagten dagegen wird die gleiche Idee einzig und allein durch die geäußerte Sprache vermittelt. Handlung, Erzählung, dramatischer Effekt, hervorgerufener Eindruck und Abfolge der Ereignisse sind in beiden Szenen identisch.» So «haben [wir] häufig entschieden, daß sich ein Stück plagiieren läßt, ohne den Dialog zu verwenden (Sheldon gegen Metro-Goldwyn Pictures, s. oben, Zitate ausgelassen). Wäre es nicht so, ließe sich eine Pantomime, bei der es keinerlei Dialoge gibt, nicht plagiieren; dennoch würde niemand der Pantomime die Bezeichnung Drama streitig machen. Die Sprache bildet nur einen kleinen Teil der Ausdrucksmittel des Dramatikers; er macht von allen Künsten Gebrauch und setzt sein Stück aus Worten, Gesten, Bühnenbild, Kostümen, ja sogar dem Aussehen der Schauspieler selbst zusammen.» Gerade wo die Berufungsbeklagten zu ihrer Verteidigung Richter Hand anführen, verleihen sie der Sache des Klägers um so mehr Schlüssigkeit, wenn sie, wie schon anderswo, «Abweichungen, Veränderungen, Auslassungen, Hinzufügungen und Varianten ... andere Figuren, andere Dialoge und andere Kostüme anführen, die benutzt wurden, um einen anderen Zweck zu erreichen. Der Nachweis solcher Unterschiede ist für die Frage der Urheberrechtsverletzung von Bedeutung, aber selbst, wenn er gelingt, unterliegt die streitige Rechtsfrage der Entscheidung des Tatrichters» (Pellegrini gegen Allegrini, D. C., 2 F.2d 610). Sofern der Erlaß eines Urteils im abgekürzten Verfahren durch den Nachweis erheblicher Unterschiede zwischen zwei Werken ausgeschlossen sein kann, weil dieser Nachweis eine mündliche Verhandlung zur Klärung der Frage erheblicher Ähnlichkeit erforderte, müssen wir, sollten wir dem Verfahren des erstinstanzlichen Gerichts folgen, das von einer Nachahmung ausging, entscheiden, ob es Unterschiede gibt, die nicht beträchtlich genug sind, um zeigen zu können, daß zwischen dem Stück und dem Film von Rechts wegen keine erhebliche Ähnlichkeit besteht. So hat das Gericht in der Sache Fleischer Studios, Inc. gegen Ralph A. Freundlich, Inc. 2d Circ., 73 F.2d 276, 278, Rev. abgel. 294 U. S. 717, 55 S.Ct 516, 79

L.Ed. 1250, befunden, Feststellungskriterium für eine Urheberrechtsverletzung sei, ob das Werk «für den durchschnittlichen Betrachter erkennbar der urheberrechtlich geschützten Quelle entnommen worden ist. Dann liegt eine Urheberrechtsverletzung vor ... Leichte Unterschiede und Varianten sind kein taugliches Verteidigungsmittel.» Wie im vorliegenden Fall «ist die Aufeinanderfolge dieser Details insoweit zweifellos unmittelbare Erscheinung des dramatischen Ausdrucks des Autors; sie nachzuahmen ist keine ‹zulässige Benutzung ...›. Überdies verkörpern diese Details in der gleichen Aufeinanderfolge mehr als die ‹Ideen› des Stücks; sie sind sein Gewand.» Siehe dazu auch Chicago Record-Herald C. gegen Tribune Association, 7th Circ., 275 F. 797, 799, wo es heißt, daß die unautorisierte Benutzung, Nachahmung oder Aneignung nicht durch die Einrede, daß sie «so geringfügig» sei, aufgehoben werden kann.

Ist schon diese Berufung auf Geringfügigkeit rechtlich unerheblich, so gilt dies auch für die von den Beklagten vorgelegte, umfangreiche Aufzählung von Auslassungen, Varianten und Begebenheiten, die sowohl dem Stück als auch dem gemeinfreien Material fremd sind. Der schlichte Händedruck, der sich auf der Leinwand in eine unter Stöhnen und Stoßseufzern geschlossene Bekanntschaft zwischen dem Paar verwandelt, ist schließlich – immer unter der Voraussetzung, daß zunächst die Rechte am Kontext des Händedrucks erworben wurden – nichts weiter als ein im vulgären Sinne klassischer, «hollywoodmäßiger» Gebrauch geistigen Eigentums, wie auch die vollkommen überflüssige Vergewaltigungsszene des Films lediglich ein Vorwand für die obligatorische Nacktheit ist, die vermutlich bei der siebenstelligen Gage der Hauptdarstellerin Berücksichtigung fand. «Die Begebenheit entsteht aus der Figur und ändert, wenn sie sich ereignet hat, diese Figur», schreibt der englische Romancier E. M. Foster, und «Figuren sollten, um echt zu sein, reibungslos funktionieren, die Handlung dagegen sollte Überraschung hervorrufen». So sehen wir im Stück Handlung aus Figuren hervorgehen, während die Figuren im Film bloße Marionetten der Handlung sind, und wenn die Beklagten ausgedehnte Dialogstellen des Stückes anführen, die im Film nicht vorkommen, so verschlägt das ebensowenig, wie wenn sie mit anklagendem Finger auf den Kläger deuten, weil dieser ungeniert Dialoge, ja ganze Szenen aus den Werken Platos abgeschrieben habe, denn, wie von Richter Hand in Sheldon gegen Metro-Goldwyn Pictures, s. oben, erhellt: «Geborgt darf das Werk in der Tat nicht sein, denn der Plagiator ist insoweit kein ‹Autor›; würde aber jemand, der das Werk nachweislich nicht gekannt hat, aufgrund eines phantastischen Zufalls Keats' Ode auf eine griechische Vase noch einmal verfassen, so wäre er ein ‹Autor›, und ließe er das Poem urheberrechtlich schützen, dürften andere es nicht kopieren, obwohl sie selbstverständlich das von Keats kopieren dürften. (Zitate ausgelassen.) Zwar geht ein Großteil des Films nicht auf das Stück zurück ... aber das ist ganz unwesentlich; es genügt, daß erhebliche Teile daraus entnommen wurden; kein Plagiator kann das Unrecht dadurch entschuldigen, daß er dartut, wieviel von seinem Werk kein Plagiat ist. Wir kommen nicht um die Überzeugung herum, daß, wenn der Film keine Urheberrechtsverletzung des Stückes darstellte, eine solche praktisch nur bei wörtlicher Übernahme des Dialogs vorliegen kann.»

Damit wird über allen Zweifel hinaus deutlich, daß der District Court dem Antrag der Beklagten auf Erlaß eines Urteils im abgekürzten Verfahren ermessensmißbräuchlich stattgab, indem er eine Klage abwies, die rechtserhebliche Fragen des Sachverhalts, darunter auch die der Neuheit, aufwarf. Auf sie wurde die Streitfrage im wesentlichen reduziert, wobei das Gericht, wie von den Beklagten in ihren Angaben über «zulässige Benutzung» vorgetragen, weitgehend auf Murray gegen National Broadcasting Company, s. oben, abstellte, ohne im vorliegenden Fall zu prüfen, ob sie das Stück tatsächlich benutzt haben oder nicht. Auch in diesem Zusammenhang erscheint uns Richter Pratts abweichendes Votum in *Murray* überzeugend, wenn er anmerkt, daß «es keinen Hinweis darauf [gibt], daß NBC irgend etwas von der Programmidee wußte, ehe Murray sie vorgelegt hat», und «obwohl die Idee des Klägers der Öffentlichkeit zugänglich war, auch keinen Hinweis darauf, daß die Beklagte ohne den Vorschlag des Klägers von der Idee erfahren oder sie entdeckt hätte; daher ‹war die Idee neu›, soweit es die Beklagte betraf».

Der vierte, fünfte, sechste und siebte Klagegrund beziehen sich auf die vom Kläger behauptete Verletzung seines urheberrechtlich geschützten Eigentums. Der vierte Klagegrund zielt auf ungerechtfertigte Bereicherung. In seinem fünften Klagegrund macht der Kläger Betrug und Verabredung zu einer Straftat zwischen den Beklagten Erebus und Kiester wegen der Nichterfüllungsklausel ihres Vertrages geltend. Der sechste Klagegrund erhebt den Vorwurf des nackten Diebstahls von Figuren und Sequenzen, die nicht in dem Material zu finden seien, das bei der Urkundenvorlage als gemeinfreies präsentiert wurde. Im siebten Klagegrund, der sich nur gegen Kiester und seinen Hauptautor Knize richtet, macht der Kläger wegen widerrechtlicher Verwendung und unbefugter Geltendmachung von Eigentumsrechten an urheberrechtlich geschütztem Material, das in bestimmten öffentlichen Einrichtungen deponiert ist, sowie an vor einigen Jahren unter Vorspiegelung falscher Tatsachen vom Kläger erhaltenem Material Irreführung, arglistige Täuschung und betrügerisches Verhalten geltend. Der achte Klagegrund richtet sich gegen das vom Produzenten zusammengestellte Team von Autoren, die als Mittäter im Sinne der Klage namhaft gemacht werden.

Der erste Klagegrund, mit dem der Kläger sein ursprüngliches und nach wie vor bestehendes Eigentumsinteresse an der Hauptfigur der Geschichte geltend macht, da sie seinem Großvater nachgestaltet sei, den er als kleines Kind tatsächlich noch gekannt hat und von dessen Papieren und Effekten sich einige in seinem Besitz befinden, wurde vom erstinstanzlichen Richter mit der Begründung abgewiesen, daß solche Gründe, selbst wenn sie justiziabel wären, mit dem Eintritt der Geschichte in den Bereich des Gemeinfreien durch Presseartikel um die Jahrhundertwende sowie spätere Publikationen in Western North Carolina Sketches und anderswo keinen Bestand mehr haben. Dem pflichten wir bei. Bei der Abweisung des zweiten Klagegrundes wegen Bruchs eines konkludent geschlossenen Vertrages zitiert der Richter Murray gegen National Broadcasting Co., s. oben, und hieraus Miller gegen Schloss, 218 N. Y. 400, 406, 407, 113 N. E. 337 (1916), wo es heißt, daß «ein konkludent geschlossener Vertrag *de facto* nicht vorliegen kann, wenn die Tatsachen mit seiner Existenz nicht vereinbar sind oder die ausdrückliche Erklärung der beschwerten Partei dem entgegensteht … Die Zustimmung der beschwerten Person ist erforderlich, und sofern sie sich nicht so verhalten hat, daß billigerweise auf ihre Zustimmung gefolgert werden kann, hat sie keinen Vertrag abgeschlossen»; wie in *Murray* «stützt der Sachverhalt nicht die Annahme einer Vertragsabsicht. Im Gegenteil, die Klage behauptet ja gerade, daß NBC den Vorschlag des Klägers [in diesem Falle das urheberrechtlich verletzte Werk] ausdrücklich zurückgewiesen hat.» Auch hier pflichten wir bei, ebenso wie bei der Abweisung des dritten Klagegrundes, der Betrug von seiten des Beklagten Kiester unterstellt, da dieser durch seine wiederholten Namenswechsel habe verschleiern wollen, daß er unter seiner ursprünglichen Identität Zugang zu dem Stück gehabt habe; das dritte Gegenvorbringen des Beklagten, in dem dieser für die Namenswechsel «berufliche Gründe» geltend macht – «Ich bin Jude, sowie ich in L.A. aus dem Flieger steige», um es mit seinen eigenen geschmacklosen Worten auszudrücken –, hat nach Auffassung des Gerichts den vulgären Klang der Wahrheit.

Der neunte Klagegrund enthält die Vorwürfe, «daß das betrügerische Verhalten der Beklagten, wie hierin dargetan, als vorsätzlich, mut- und böswillig anzusehen ist und eine grobe Verletzung der Rechte des Klägers darstellt, wodurch ihm eine seelische und berufliche Kränkung zugefügt wurde, so daß er Anspruch auf Ersatz des tatsächlichen Schadens sowie Schadensersatz in dreifacher Höhe oder Strafe einschließenden Schadensersatz, Festsetzung des aus der Rechtsverletzung erzielten Gewinns, Leistungen aus sämtlichen mit Das Blut im Rot-Weiß-Blau erzielten und vom Gericht treuhänderisch zu verwaltenden Gewinnen und Bruttoerträgen, ein Aufführungsverbot des Films, solange seine Urheberschaft daran nicht anerkannt wird, ferner Zinsen, Kosten und angemessene Anwaltshonorare hat». In seiner Erwiderung auf den Vorwurf der ungerechtfertigten Bereicherung auf Kosten eines möglichen Verkaufs oder einer möglichen Produktion des Stückes des Klägers hat der Beklagte in seinen mündlichen Ausführungen geltend gemacht, daß der Kläger nach Einreichen der Klage ein solches Angebot erhalten habe; da es diesbezüglich jedoch an eindeutigen Beweisen fehlt, müssen wir die Behauptung des Beklagten als bloßes Hörensagen verwerfen. Daß es sich um ein «einzigartiges künstlerisches Eigentum» handelt, daran kann es keinen Zweifel geben, da es ungeachtet und trotz der Zurückweisung der so begründeten Ansprüche des Klägers durch den District Court in der Rechtsbehelfsklausel der zwischen den Beklagten Erebus Entertainment Inc. und dem Produzenten und Regisseur Constantine Kiester geschlossenen Nutzungsvereinbarung so beschrieben wird; sie räumt Kiester das Recht ein, den Verlust dieses «einzigartigen künstlerischen Eigentums» dadurch zu verhindern, daß der Schutz dieser neuen Idee und dieses Eigentums vor Preisgabe bei einem Scheitern der Beziehungen mit Erebus garantiert wird. Daß deren bloßes Gerüst gemeinfrei ist, mag zugestanden sein, freilich nur unter Berücksichtigung des überzeugenden Arguments, daß es höchst unwahrscheinlich ist, daß die Beklagten, wenn der Kläger sie nicht vorgelegt hätte, je darauf gestoßen wären – sei es in Zeitungsartikeln in der Gastonia Tribune, Gastonia, North Carolina vom 4. Juni und 2. Juli 1903 sowie vom 14. Januar 1904 und in der Rutherfordian Sun vom 4. Juni 1903, sei es in der ein halbes Jahrhundert später erschienenen Zusammenfassung dieser Berichte in den schmalen, regional publizierten Western North Carolina Sketches. Doch selbst wenn es zu diesem ganz und gar unwahrscheinlichen Ereignis gekommen wäre, und unbeschadet dessen, was die Beklagten aus den verschiedenen, in einer Universitätsbibliothek befindlichen Papieren und Briefen, an denen der Kläger sein Urheberrecht ebenfalls hat feststellen lassen, für ihre Zwecke verwendet haben mögen, sind keinerlei Beweise dafür beigebracht worden, daß die dem Stück wie dem Film gemeinsame, freudlose Mutterfigur ebenfalls dem Bereich des Gemeinfreien entstammte; gleiches gilt für den ohne Testament verstorbenen Onkel (das Original des Protagonisten erbte von seinem reichen Großvater); das beengte, heruntergekommene Farmhaus neben der luxuriösen Plantage; den Major als deren Eigentümer; die Ehefrau als deren Erbin, ob unzüchtig oder nicht; den Ränke schmiedenden Schwager; den entlaufenen Sklaven und schließlich die intrigante irische Witzfigur und ihr italienisches Gegenstück; so stereotyp diese Rollen auch sein mögen, ihre entsprechenden Funktionen «in dieser Konzeption, Aufbereitung und Kombination ähnlicher Materialien» für zufällig zu halten strapaziert die Glaubwürdigkeit über alle Maßen. Wo also die Berufungsbeklagten auf der Einwendung der Gemeinfreiheit beharren und geltend machen, alles Material dieser Kategorie dürfe wiederholt verwendet werden, ohne daß damit Urheberrechte verletzt werden, wird dieser Anspruch in der Sache Fred Fisher, Inc. gegen Dillingham, D. C., 298 F. 145, 146, 150 wie folgt eingeschränkt: «Selbstverständlich darf jeder Nachfolgende sämtliche gemeinfreien Werke als Quellen für seine Kompositionen verwenden. Kein späteres Werk, und sei es originell, kann ihm das verwehren. Aber es gibt von Rechts oder Gesetzes wegen keinen Grund, warum er nicht gezwungen sein sollte, auf die früheren Werke selbst zurückzugreifen, oder warum er die Komposition eines anderen, der selbst nicht geborgt hat, benutzen dürfen sollte. Wenn er die Rechte der Öffentlichkeit beansprucht, soll er sie nutzen; er begeht in jedem Falle geistigen Diebstahl am Inhaber des Urheberrechts, ob dessen Originalwerk nun alt oder neu ist. Die Sorge des Beklagten, daß die Öffentlichkeit von der Benutzung von gemeinfreien Werken ausgeschlossen werden soll, ist unbegründet; davon kann keine Rede sein. Dieser Bereich steht allen offen, die ihn betreten; nicht aber denen, die in die geschlossenen Gefilde anderer eindringen.»

Um der Verantwortung zu entrinnen, beharren der Berufungsbeklagte Knize, und mit ihm die Drehbuchautoren Afhadi, Railswort, Schultz und Probidetz, darauf, sie seien insofern nicht als Urheberrechtsverletzer haftbar zu machen, als sie «nichts mit der Produktion, dem Verleih oder der Vorführung des inkriminierten Films zu tun» und keinerlei Gewinne hieraus empfangen hätten; sie stützen sich dabei auf Washingtonian Publishing Co. gegen Pearson, 78 U. S. App. D. C. 287, 140 F.2d 465, wonach Autoren nicht für Gewinne verantwortlich zu machen sind, die andere Urheberrechtsverletzer aus der Urheberrechtsverletzung ziehen, wobei hier nur von *Gewinnen* die Rede ist. Das Vorbringen, Knize habe nichts mit den Urheberrechtsverletzungen im Rahmen der öffentlichen Vorführung des inkriminierten Films zu tun und sei nicht dafür verantwortlich, ist rechtlich nicht schlüssig; gleiches gilt für das Vorbringen, er sei nicht für den *Schaden* haftbar, der dem Kläger aus seiner widerrechtlichen Aneignung des Eigentums des Klägers entstanden sei, und für seine Behauptung, ein bloßer Angestellter, Arbeiter oder Bediensteter sei nicht für den Schaden haftbar, der aus der Urheberrechtsverletzung seines Arbeitgebers entstehe; und es gilt schließlich für die äußerst praktischen Erinnerungslücken hinsichtlich der Frage, wer bei den

Besprechungen, in denen das Drehbuch ausgedacht und entwickelt wurde, jeweils was zu der Geschichte beitrug. Um erneut Sheldon gegen Metro-Goldwyn Pictures, s. oben, zu zitieren: «Wenn wir, wie geschehen, zu dem Schluß gelangen, daß die Beklagten das Stück insoweit verwendet haben, so heißt das nicht, daß wir ihre Zeugen des Meineides beschuldigen müssen. Bei derart vielen verwendeten Quellen kann es durchaus sein, daß sie ganz ehrlich nicht mehr wissen, was sie benutzt haben; kein Mensch kennt den Ursprung seiner Phantasien. Doch das unbewußte Plagiat ist genauso gerichtlich verfolgbar wie das vorsätzliche.»

Insofern die Frage der Neuheit als Voraussetzung zur Begründung eines Eigentumsrechts an einer Idee gemäß dem Gesetz des Staates New York gegen unlauteren Wettbewerb im vorliegenden Fall derartige Maßgeblichkeit hat gewinnen können, scheint sich das erstinstanzliche Gericht das ausschließliche Abstellen der Beklagten auf *Murray* vollständig zu eigen gemacht zu haben; offenbar haben sowohl der Richter als auch der Rechtsvertreter des Klägers dessen Unerheblichkeit übersehen. Das führt uns zu dem unausweichlichen Schluß, daß der Richter am District Court, indem er diese Verteidigung nicht als rechtlich vollkommen unbegründet erkannte, das Recht falsch verstanden, falsch ausgelegt und falsch angewandt hat. Er zwingt damit das Gericht, dieses frivole Vorbringen der Beklagten zu revidieren.

Das Urteil wird aufgehoben. Gegen den Film ergeht eine Unterlassungsverfügung nebst Schadensersatzurteil und Festlegung des durch die Rechtsverletzung erzielten Gewinns. Dem Kläger wird für dieses sowie für das erstinstanzliche Gericht ein Anwaltshonorar zuerkannt. Beide sind im Endurteil vom District Court festzulegen.

Urteil aufgehoben.

–Es ist einfach unbeschreiblich, Harry, kannst du mich verstehen? Sie drückte sich den Hörer fester ans Ohr, –ich komme hier an, und draußen auf der Veranda sind Leinen gespannt, an denen sich diese riesigen Garnituren Damenunterwäsche bauschen, Ilse hat ihre Schwester mitgebracht, man muß sie herumführen, bis man einen stabilen Stuhl gefunden hat, in der Küche ist schon einer unter ihr zusammengebrochen, als sie Kartoffeln schälen wollte, während Oscar durch die Gegend marschiert, sich über seinen neuen Bart streicht, mit einer Zigarre herumwedelt und Befehle erteilt, die arme Lily ist völlig mit den Nerven runter, im Moment ist er gerade draußen auf dem Rasen und spielt mit diesem gräßlichen Hund, überall liegen Reiseprospekte herum, er meint, wir sollten alle zusammen eine Reise auf dem Nil machen und Luxor besichtigen, das ganze Haus riecht nach Kohl und ... Ja, mein Gott, natürlich hat er es gelesen, er hat es tausendmal wiedergelesen, seit ich es ihm mitgebracht habe, samt den entsprechenden Gebärden, man könnte meinen, er wäre Hamlet, leckt sich bei jedem Satz die Lippen und brummelt immer wieder, Das Schauspiel sei die Schlinge, in die den König sein Gewissen bringe, er meint natürlich Vater, dem hab ich's gezeigt!, als hätte er das alles allein fertiggebracht, und dann kommt auch noch diese Kiste Forellen mit einem ... Forellen, eine Kiste tiefgefrorene norwegische Forellen mit einem albernen Brief, triefend von Glückwünschen, hocherfreut, daß wir diesen wegweisenden Fall zu einem erfolgreichen Abschluß bringen konnten, richtig widerlich ist das Ganze, aber jetzt denkt er natürlich nur noch an Geld, wie viele Millionen er kassiert, wenn sie ... ach so. Ja, gut, ich sage es ihm, weiß der Himmel, ob er sich beherrschen kann, heute morgen wollte er gleich los und sich ein neues Auto wie unseres kaufen, ich mußte ihm erst mal, Moment, bleib dran, da ist jemand an der Tür, Lily? Könnten Sie mal nachsehen, wer das, was? Was denn für Rechnungen, Harry, du hast doch gerade gesagt ... Wieso, was hat denn Trish damit zu tun, Bill Peyton kann ja wohl nicht dir die Schuld geben, wenn sie noch nicht einmal ihren Gebührenvorschuß bezahlt hat, oder? Sag ihm, er soll mit seinem brillanten Mister Mudpye reden, der hat sie doch durch sämtliche Gerichtssäle von hier bis ... ja natürlich hat das einen Schatten auf seine brillante Karriere dort geworfen, daß er die Berufung verloren hat, eigentlich hätte es eine richtige Sonnenfinsternis geben müssen, du warst doch derjenige, der gesagt hat, er ist zu fix, oder? Er geht immer den bequemen Weg? Bestimmt die Spielregeln, als wäre er der einzige Spieler? Hast du das eigentlich je Bill Peyton gesagt? Ja, mein Gott, Harry, so wie er den armen Oscar angeschmiert hat, ist mir seine brillante Karriere doch vollkommen egal! Aber deine ist es nicht, schließlich bin ich deine Frau, oder, Harry? Wann kommst du denn heute ... was für eine Besprechung denn, soll das etwas heißen, die Sache wird im allerletzten Moment abgeblasen, weil plötzlich jemand auf den glänzenden Einfall kommt, einen Vergleich abzuschließen, den man schon vor fünf Jahren hätte haben können, und für den ganzen Affentanz kommen dann die Steuerzahler ... Nun mach's aber mal halblang, Harry, ich bin ja nicht ganz doof. Eine deiner sogenannten Parteien setzt jedes Jahr Millionen an Anwalts- und Gerichtskosten als Betriebsausgabe ab, und die andere hat in ihrem ganzen Parasitenleben noch keine Steuern bezahlt, wer kommt also für die Differenz auf? Wer bezahlt für die Bomben und Schlachtschiffe und diese Affen, die nichts Besseres zu tun haben, als auf dem Mond Golf zu spielen und Schinkenbrot zu essen, während Leute auf der Straße schlafen müssen und, was ist denn, Lily?

–Das Aquarium, das Oscar bestellt hat, wird gerade geliefert, und die Männer wollen wissen, wo sie es ...

–Um Gottes willen bloß nicht hierher, sagen Sie ihnen, sie sollen es, Harry? Ich muß Schluß machen, sie liefern gerade ... nein, nicht noch mehr Fisch, nein, ein Aquarium, ohne das Oscar nicht mehr auskommen kann, paß bitte auf dich auf, Harry, bitte, was jetzt noch kommt, ist nämlich wirklich nicht mehr wichtig, es ist Quatsch, millionenschwerer Quatsch, weil ich, weil du wichtig bist, Harry, du bist mir wichtig, und das ist, ja, ich komme ja schon!

–Oscar will es, glaub ich, da drüben am Fenster haben, wo die ...

–Es kommt auf keinen Fall drüben ans Fenster! Meinetwegen sollen sie es, sagen Sie ihnen, sie sollen es in die Waschküche stellen, da ist es wenigstens warm, Oscar? Als die Tür hinten im Flur klapperte, –und laß um Gottes willen den Hund draußen, deine Fischfarm kommt mir nicht hier herein, sie kann nach unten in ...

–Nein, warte doch mal, Christina, die Fische haben es gern hell und ...

–Dann stell es in den Wintergarten! Und mach die Küchentur zu, hier riecht es wie in einer Mietskaserne in Minsk, man kommt sich ja vor wie in einer Szene aus, in Vaters altem Anzug herumzumarschieren und damit zu prahlen, daß du ihn drangekriegt hast, weil du glaubst, er hätte sich von dir abgewandt, wie einer dieser schrecklichen Karamasows, und sag Ilse, sie soll den Saum da festnähen, hinten hat er sich gelöst, oder such dir wenigstens eine Sicherheitsnadel, die paßt dann zu dem Zottelbart, mit dem du die Kriegsverletzung versteckst, auf die du immer so stolz warst, obwohl es ja gar nichts mehr zu verstecken gibt. Vielleicht könntest du dich ja jetzt mal rasieren und baden und ganz von vorn anfangen, ich glaube, du hast überhaupt nicht geschlafen, seit ich hier bin.

–Wie denn auch! Damit? Unter Gefuchtel mit den eselsohrigen Blättern, –Gott, was habe ich gewartet. So warten manche ihr ganzes Leben lang darauf, daß etwas passiert und alles verändert, und während sie noch warten, sterben sie.

–Warte mal lieber selbst noch, bevor du nach Luxor abdüst, das war nämlich Harry am Telefon. Er hat gesagt, daß zur Vollstrekkung des Urteils, mit dem du da herumfuchtelst, ein Hilfsrichter eingesetzt wird, der deine Schäden berechnet, also kauf dir lieber noch keine neuen Autos, du weißt nämlich nicht, was du am Ende herausbekommst. Da drüben hast du einen Stapel Rechnungen liegen, an denen ein Pferd ersticken würde, während wir hier sitzen und Corned beef und Kohl essen, als müßten wir von deinem großartigen Dozentengehalt leben, dabei kriegst du das nicht mal mehr.

–Dieses Gehalt! Dieses erbärmliche Gehalt Monat für Monat, bloß damit ich nicht vergesse, was Ungerechtigkeit wirklich heißt, das hier ist genausoviel wert wie alle Gehälter, die sie je gezahlt haben, Christina! Ich habe es verdient, oder nicht? Er klatschte sich die Blätter gegen die Handfläche, –wie ein Bettler hier draußen in dieser alten Bruchbude zu wohnen, wo es durch die Täfelung zieht, achte mal drauf, genau hier kannst du es spüren, die Veranda ist am Einstürzen und die Auffahrt draußen der reinste Hindernis-Parcours, und diese Rechnungen, jawohl, endlich aus den Schulden herauskommen und nie mehr welche machen müssen! Sich für etwas entscheiden können, anstatt zu Entscheidungen gezwungen zu sein, macht es das Auto noch so lange wie ein neuer Satz Reifen, nein, ein neues Auto, neue Reifen, alles neu! Mit zitternden Händen rollte er die Blätter zusammen, –alles ...

–Falls du es überhaupt so lange machst wie ein neues Gebiß und dir nach diesen Rechnungen, die du unbedingt bezahlen willst, überhaupt noch etwas bleibt, die Kiste Fisch da, vermutlich erwartet dein Freund Sam mit nächster Post einen Scheck.

–Schön, soll er haben, das geht mich …

–Mein Gott, Oscar, vor zehn Minuten warst du drauf und dran, ihn wegen Anwaltspflichtverletzung zu verklagen, und jetzt willst du ihm auf einmal Gott weiß wieviel bezahlen, bloß weil er dir eine Kiste toten Fisch schickt? Hast du etwa den Riesenkrach genau hier, wo du jetzt stehst, vergessen? Wie Harry versucht hat, ihm aus der Klemme zu helfen, und einen Unfall baut und die ganze Sache mich beinahe meine Ehe kostet, es war entweder Betrug oder Fahrlässigkeit, oder? Wenn das damals so war, dann ist es jetzt noch genauso, stimmt's? Und du erinnerst dich überhaupt nicht mehr daran?

–Ich erinnere mich daran, daß Harry gesagt hat, es hätte keinen Unterschied gemacht, wenn ich gewonnen hätte, und jetzt habe ich gewonnen, oder? Außerdem ist mir das …

–Egal, natürlich, es ist dir egal, bezahl ihn ruhig, ganz gleich was er …

–Aber das muß ich doch gar nicht! Das versuche ich dir doch die ganze Zeit zu erklären, Christina, die müssen, ich habe damit nichts mehr zu tun. Kiester und Erebus und die ganze Bande, die müssen ihn bezahlen, da im Urteil steht es doch, hast du das nicht gesehen? Hinweggeblätter über Kaffeeflecken, Teekleckse, weinbenetzte Deklinationen, –hier, ganz am Ende. Dem Kläger wird für dieses sowie für das erstinstanzliche Gericht ein Anwaltshonorar zuerkannt. Beide sind im Endurteil vom District Court, da, Rechnungen, Kosten und Auslagen, eidliche Zeugenvernehmungen, schlichtweg alles, je mehr, desto besser, Mietwagen, Flugzeuge, Mister Basie, der durchs Land fliegt und im Beverly Wilshire Lokalrunden ausgibt, einfach alles, da kommt ein schöner steuermindernder Verlust zusammen, hast du das nicht gesagt?

–Es ist widerlich. Das Ganze ist richtig widerlich.

–Aber wieso, was ist daran, wieso ist das widerlich, was …

–Daß er irgendwo im Gefängnis sitzt und für einen Dollar am Tag Besen bindet, das findest du in Ordnung?

–Ich habe nicht gesagt, daß das in Ordnung ist. Aber das ist eben das Risiko, das er eingegangen ist, oder? Wenn er für seine Zulassungsprüfung lügt, muß er damit rechnen, daß er früher oder später erwischt wird, oder? Das ist jedenfalls nicht mein …

–Er hat es für dich riskiert! Er hätte dir sagen können, du sollst deren Vergleichsvorschlag annehmen, oder? So wie ich es dir geraten habe, oder Harry, und du hättest es auch getan, aber er hat mehr Mumm gehabt als wir alle, dort hat er gesessen, während wir uns wie Memmen verhalten haben, heißt das etwa, Sie wollen verlieren, habe ich ihn gefragt? Ob wir gewinnen oder verlieren, und dann sein süßes Lächeln, ob wir gewinnen oder verlieren, in der Berufung packen wir sie.

–Und das haben wir dann ja auch, also ist es bloß gerecht, oder? Da in dem Urteil steht es doch, daß sowohl der Richter am District Court als auch der Rechtsvertreter des Klägers die Unerheblichkeit von deren Verteidigung übersehen haben. Da hat er gesessen, und die Uhr ist jede Minute mitgelaufen, so hat er seine Rechnungen hochgetrieben und …

–Ja glaubst du denn, davon hat er je einen Penny zu sehen gekriegt? Er steckt Gott weiß wo, während Sam das Geld beim Lachsfischen in Norwegen ausgibt, wer hat denn seine Rechnungen hochgetrieben, stundenlang hast du hier gesessen und ihm dein Stück vorgelesen und dann noch diese Bande aus deinem Hörsaal herzitiert, damit sie die Rollen herunterleiern? Mein Gott, was er alles mitgemacht hat, weil es ihm etwas bedeutet hat, Oscar, zugehört hat er dir, geredet hat er mit dir, er hat mehr daran geglaubt als wir alle zusam…

–Nein, hör mal, Christina, jetzt stellst du die ganze Sache aber auf den Kopf, du …

–Wie dein neuer Freund Jerry? Der die ganze Sache auf den Kopf stellt und dir erklärt, wovon dein Stück wirklich handelt? Schwarze und Juden und Gott weiß was noch, er bricht dir die Knochen, während der Mann, der sich wirklich für dich eingesetzt hat, im …

–Da kann ich doch nichts dafür! So funktioniert eben das ganze System, ich kann es auch nicht ändern, oder? Außerdem wissen wir gar nicht, ob er wirklich im Gefängnis sitzt und Besen bindet, das hat Harry bloß so gesagt, er setzt sich mittendrin ab, und du führst dich hier auf wie seine Hüterin, abgehauen ist er, auf der Flucht, er könnte sonstwo sein. Sonstwo.

–Auf der Flucht, gejagt, während Sam angeln geht und du den Nil hinaufschipperst, und das nach allem, was er für dich getan hat, denk mal darüber nach.

–Wieso! Ich kann's nicht ändern, wieso soll ich darüber nachdenken.

–Weil er dein Freund war!

–Aber, nein, hör mal, Christina, nun reg dich doch nicht so auf, ich ...

–Er war dein Freund, Oscar! Sie hatte irgendwo ein zusammengeknülltes Papiertaschentuch gefunden und räusperte sich, –so viele hast du davon weiß Gott nicht.

–Ich kann doch, ich kann auch nichts dafür, wenn die Leute zu so was imstande sind, ich ...

–Die Leute sind zu allem imstande. Sie schneuzte sich energisch, wandte sich ab, sah hinaus auf den Teich und fing sich mit einem Schniefen, –die Leute hängen auch lange Unterwäsche auf und verpesten dein Haus mit, ach, Lily. Würden Sie mir bitte sagen, auf wessen Mist das Corned beef mit Kohl gewachsen ist?

–Das war, das hat ihre Schwester, Ilses Schwester, das ist ein Essen, das sie gern kocht, sie wollte das Gefühl haben, nützlich zu sein, also ...

–Falls Sie auch das Gefühl haben wollen, nützlich zu sein, ich hätte gern einen Drink.

–Da wären die Weinkisten, die Oscar bestellt hat, möchten Sie ...

–Ich habe gesagt, einen Drink, Lily, es wird ja wohl Scotch im Haus sein, oder? Und gießen Sie sich auch einen ein, falls Sie immer noch glauben, Sie sehen in der Küche Mäuse, wahrscheinlich können Sie ihn gebrauchen.

Und es war, wie sie später sagte, –genug da, um eine Armee zu füttern oder wenigstens diese Bagage durch dic Nacht zu bringen, ja natürlich essen sie in der Küche, und wenn diese Frau hier Kartoffeln schälen und bei der Wäsche helfen soll, dann muß sie einfach lernen, wie man den Trockner bedient, draußen sah es aus wie ein

Beduinenlager, wo sie gerade die Zelte trockneten, ein Geflatter im auffrischenden Wind, der am grauen, von drohendem Schneefall schweren Himmel Möwen hierhin und dahin schleuderte, während sich hoch überm barschen Blaffen einer Flinte irgendwo hinterm Teich eine faserige Kette Wildgänse aufräufelte und dies alles schließlich der Dunkelheit wich und der Stille, die das Haus umhüllte, bis der Tag erwachte, im Osten Feuer machte wie unter einem Hexenkessel und das Tappen und Trappeln von Schritten auf kahlen Böden und der Treppe weckte, die seinen von Pantoffeln gedämpft, während er das Zimmer durchmaß, in der Hand die flekkigen, zu einem Stab gerollten Blätter, befrachtet mit der seinen Gang begleitenden, fiebernden Spannung, die auf alles gefaßt war, Triumph, Unglück oder schiere Belanglosigkeit, Vertrautes oder jäh Befremdliches wie die funkelnde Erscheinung eines Polizeiwagens, der dort vor seinen Augen in der Einfahrt stand.

–Oscar? ertönte von irgendwoher ihre Stimme, und sie wollte ihm, als sie hereinkam, schon den Flur entlang folgen, doch dann blieb sie stehen und blickte schräg auf die Veranda hinaus, gebannt vom Anblick der Uniform, den Stimmen, die ein Luftzug von der Tür herantrug, bis sie schließlich klappernd zufiel, –und? Was war denn?

–Ein Polizist.

–Das habe ich gesehen. Hat er Karten für den Polizeiball verkauft?

–Nein, nein, sie haben den Wagen gefunden, sie haben meinen Wagen gefunden, Christina. Die Versicherung hat ihn in Verwahrung genommen, die haben ihn auch geholt.

–Na, Gott sei Dank, ich hoffe, wir müssen uns nie mehr ...

–Ja, aber darum geht es jetzt nicht, der Polizei liegt eine Anzeige vor, daß der Wagen an einem Unfall beteiligt war, bei dem das Opfer schwer verletzt wurde, und jetzt wollen sie mir an den Kragen, weil ich der Besitzer bin und den Unfall nicht angezeigt habe, deswegen ...

–Ja, wer hat ihn denn angezeigt, wenn niemand ihn angezeigt hat?

–Ich, ich habe den Diebstahl angezeigt, aber der Unfall war da ...

–Ach, Lily, Gott sei Dank, würden Sie bitte eine Kanne Tee bringen? Ich weiß nicht, wieviel ich noch, nun mal ganz von vorne, Oscar. Als du im Krankenhaus warst und von deinem kleinen Mann im schwarzen Anzug phantasiert hast, der Botschaften für das Jenseits entgegengenommen hat und …

–Bitte sprich nicht davon, nein, ich hätte sterben können, ich will gar nicht daran denken, was wäre denn, wenn ich gestorben wäre, bevor das alles passiert ist! Er fuchtelte ihr mit dem zerfledderten Stab vor der Nase herum, –dann hätte ich nie …

–Na, das ist doch klar, wenn du gestorben wärst, wäre das alles nicht passiert.

–Genau das meine ich doch! Mein Werk, kein Mensch würde je davon hören, es würde einfach verschwinden, als hätte es nie existiert, als hätte ich nie gelebt.

–Wäre das so schlimm? Du würdest dann ja quietschfidel im Jenseits sitzen, oder? Und dieser ganze irdische Unsinn von wegen Autos und Prozesse und der Dummheit, die dir so zuwider ist …

–Darauf kommt es gar nicht an, sagte er, während er sich von ihr entfernte und dann, langsamer, wieder zurückkam, –oder vielleicht doch. Weil mein Werk, das würde ja trotzdem existieren, aber sein einziger Existenzanspruch läge in diesem betrügerischen Machwerk, dieser, dieser vulgären, grotesken Fälschung, und das Stück selbst, das unsterbliche Originalstück selbst würde niemals …

–Wäre das so schlimm? Sie klopfte Sofakissen in Form, stellte sie zurecht, –was willst du übrigens wegen deines gestohlenen Wagens und der …

–Christina, ich rede mit dir! Ich versuche hier, über etwas zu reden, was mir, kannst du denn nicht zuhören? Nicht mal für eine Minute?

–Ja, mein Gott, Oscar, die Welt ist nun mal so, oder? Schließlich bist du ja noch nicht im Jenseits, oder? Dieses Gerede von Unsterblichkeit, ich dachte, das wäre für dich immer ein monströser Witz gewesen, wenn ich an die Tirade neulich mit deinem neuen Freund Jerry denke, von wegen was zuerst da war, der Wahnsinn oder die Religion, und diese Verzückung über Gott und das Leben nach dem Tode, darum geht es ihnen doch? Den Scharen von Menschen, die sonntags in die Kirche laufen und unter der Woche in deine widerliche Kinofarce? Ist das …

–Ja, genau! Die Sonntagsmesse klopft für einen Tag in der Woche ihre Unsterblichkeit fest, damit sie den Rest dann für Schund vergeuden können, und andere verschwenden sie damit, daß sie wie eine Barriere gegen den Tod Geld anhäufen, während der Künstler jede Minute an seiner Unsterblichkeit arbeitet, mit allem, was er schafft, genau das ist sein Werk, seine Unsterblichkeit, und wenn ihm das gestohlen und in irgendein profanes Machwerk verwandelt wird, dann ist das die allerschlimmste, was sag ich, ein Sakrileg ist das, im Grunde ist es ein Sakrileg, oder? Deshalb habe ich mich im Grunde doch auch auf das alles eingelassen, oder?

–Also, ehrlich gesagt, Oscar, so wie du die ganze Zeit mit diesem Gerichtsurteil herumfuchtelst und es kaum erwarten kannst zu erfahren, wie hoch dein Schadensersatz ist, habe ich gedacht, daß es vielleicht eher mit Geld zu tun hat.

–Ja, natürlich! Weil das die einzige Sprache ist, die sie verstehen, das habe ich doch schon tausendmal gesagt, oder? Weil ich nur so recht bekommen kann?

–Vielleicht kannst du ihr erst mal mit dem Tablett helfen, stellen Sie's einfach da drüben hin, Lily. Ich habe vorhin das Telefon gehört, das war doch nicht Harry, oder?

–Dann hätte ich Ihnen Bescheid gesagt, nein, das war Daddy. Er hat gesagt, er müßte nach dem ganzen Ärger und so weiter seit dem tragischen Ereignis etwas sehr Wichtiges mit mir besprechen, also geht es wohl endlich darum, daß wir uns versöhnen, ich hab ja auch so darum gebetet.

–Sie? Gebetet?

–Nein, ich mein doch bloß, so richtig stark gehofft, verstehen Sie.

–Ich fürchte, ja, Sie und Oscar bekommen jetzt also beide recht und machen auch noch einen Schnitt dabei, darum geht es doch im Grunde, oder?

–Na ja, das, er hat bloß gesagt, sie kommen her, er und Mama, und müßten etwas sehr Wichtiges mit mir besprechen, und …

–Nein, nein, ich bin ganz Ihrer Meinung, mein Gott, schließlich gibt es nichts Wichtigeres als einen Dollar auf der Bank, damit die

Leute einen ernst nehmen, stimmt's, Oscar, das ist eine Sprache, die wir alle sprechen, aber hier wohnen können sie auf keinen Fall, das Ganze wird allmählich zur Menagerie, und dieser gräßliche kleine Hund, wo steckt er überhaupt?

–Ich glaube, unter der Couch im Wintergarten, wo ich schlafe, er kriecht immer gern unter irgendwas. Ich glaube, er hat Angst, daß man auf ihn drauftritt.

–Wenn ich mir die beiden so ansehe, kann ich ihm das nicht verdenken, was machen sie eigentlich im Moment da draußen?

–Ich glaube, da ist noch das ganze Corned beef übrig, und ...

–Nein! Morgen früh müssen wir als allererstes, wir brauchen etwas Anständiges zu essen im Haus, morgen früh müssen wir als allererstes einkaufen gehen.

Es war Harry. Am Telefon? Ja, als allererstes am Morgen, von ihrer Seite nur untermischt mit –mein Gott, alles? und –mir graut, wenn ich bloß daran denke, du hattest recht, Harry, ja, für wen er sich hält, es ist beinahe zum Fürchten, aber ... Ja, ich sage es ihm ... Ich sage es ihm, ja, ich hoffe nur, ich dringe zu ihm durch, weiß der Himmel, was er ... ja, es ist zum Fürchten ... und sie legte auf und hielt mit beiden Händen den Hörer unten, als könnte er wieder nach oben schießen, ehe sie ihre Stimme mit der Ruhe temperieren konnte, die ihren Blick auf den Teich hinaus erfüllte, wo Schwäne in gelassenem Zug die von der Nacht übriggebliebene Eishaut umschwammen, dann räusperte sie sich und rief –Oscar? Wartete und rief, wieder auf dem Sofa sitzend, erneut –Oscar?

–Ja, er kommt gleich, kam es von weit hinten im Flur, aus dem Wintergarten, –Moment noch, ich knöpf das eben wieder zu und bring deine Hose in Ordnung.

–Wo warst du denn? Als er, sich den Kragen zurechtzupfend, erschien.

–Bloß, ich war bloß in der Bibliothek und habe nach, du erinnerst dich doch an diesen Brief? Er hatte ihn sogar in der Hand, –von diesem Anwalt namens Preswig? Deswegen haben sie das Auto geholt, die Versicherung, weil wir sie als Unfallopfer verklagen, ich rufe ihn mal lieber an, damit er die Polizei anrufen kann, ehe sie mich verhaften.

–Bitte setz dich mal für einen Moment. Kein Mensch will dich verhaften.

–Ein Unfall mit Fahrerflucht, so hat es die Polizei ...

–Setzt du dich bitte mal? Aber er war schon am Telefon, holte tief Luft, brummelte, knallte schließlich den Hörer auf. –Und?

–Mister Preswig ist nicht mehr bei uns beschäftigt, haben sie gesagt, und das ausgerechnet, und diese Vorladung, die ich bekommen habe, wo ist die Vorladung, wenn jetzt nämlich die Versicherung die ...

–Oscar, hör zu! Sie haben deinen Schadensersatz festgelegt.

–Aber die Krankenhausrechnungen, und was ist mit dem Wagen, die ...

–Ich rede nicht von deinem Wagen. Ich rede von deiner unsterblichen Seele. Harry hat angerufen. Sie haben dir sämtliche Gewinne aus dem Film Das Blut im Rot-Weiß-Blau zugesprochen.

–Aber das, Christina, das sind ja Millionen.

–Hör mal zu, setz dich. Harry hat gesagt, daß die natürlich ...

–Aber das sind Millionen! Ich kann mich nicht setzen, nein, Lily? Das sind Millionen, Christina, diese Zeitungsausschnitte, als der Film anlief, wo sind die, weißt du nicht mehr, da waren doch die ganzen Einspielergebnisse aus der ersten, wo steckt sie denn? Lily!

–Hör um Gottes willen mit dem Gebrüll auf. Die Sache ist noch nicht ausgestanden, kannst du dich mal einen Moment hinsetzen, damit du das endlich kapierst? Harry hat gesagt, daß sie natürlich gegen die Entscheidung des Hilfsrichters Berufung einlegen werden, damit die zuerkannte Summe reduziert wird und ...

–Ja, genau, ruf Harry an, warum hast du mich nicht geholt? Ich rufe gleich Harry an und ...

–Er ist nicht da, Oscar, er hatte es eilig. Er mußte diesen Firmen-Hubschrauber nach Westchester erwischen, zu einer dieser endlosen Besprechungen, und jetzt ...

–Oscar? Bist du okay?

–Er ist nicht okay, Lily, er geht gleich an die Decke, und jetzt ...

–Aber das sind Millionen! Sämtliche Gewinne, das Gericht hat mir sämtliche Gewinne zugesprochen, selbst wenn sie es ein bißchen reduzieren, sind das immer noch Millionen, oder? Hab ich's nicht gesagt? Daß das die einzige Sprache ist, die sie verstehen? Wo ist denn nun das, wo ist mein, was habe ich eigentlich gesucht?

–Weiß der Himmel, die Vorladung vielleicht? Hast du mal in dem Kuddelmuddel auf dem Sideboard nachgesehen? Rechnungen, Zeugenerklärungen, Reiseprospekte, Hochglanzprospekte von Neuwagen und –was ist denn das?

–Ach so, das ist das kleine Päckchen, das gestern für Oscar gekommen ist, ich hab's einfach da hingelegt und vergessen, ihm ...

–Na, dann gib es mir! Aber sie hatte es schon aufgerissen. –Das ist meins, Christina, gib es her!

–Das darf ja wohl nicht wahr sein.

–Nein, hör mal, ich hab sie doch nur bestellt, weil ich wissen wollte, wie sie ...

–Das darf einfach nicht wahr sein. Hiawathas Zauberhandschuhe, hergestellt aus echtem, mein Gott, Oscar. Trag sie mit der Fellseite, da ist keine Fellseite, sie sind aus Kunststoff. Dein ganz persönliches Paar, sieh sie dir an, das sind Handschuhe für einen Sechsjährigen, und guck mal da. Ein kleines Liederbuch. Dein ganz persönliches Buch mit brandneuen Liedern, die du singst, wenn du Minjekawun anziehst und dich zur Schlacht mit dem Westwind aufmachst, mit dem mächt'gen Mudjekeewis, wenn den schroffen Fels du spaltest, an dem schwarzen Berge Wawbeek, ja, mein Gott, du bist doch keine sechs Jahre mehr, oder?

–Ich habe gesagt, das sind meine! Gib sie mir, jetzt kann ich endlich, hör zu. Jetzt kann ich endlich alles ein für allemal regeln, oder? So daß ich Vater nichts mehr schulde, ich kann das Haus hier selber kaufen, damit er es uns nicht mehr unter den Füßen wegverkaufen kann, eigentlich hat es ihm doch sowieso nie gehört, oder? Damit wir uns nicht mehr mit der Bank und der Hypothek herumschlagen müssen und die Veranda reparieren können, eine neue Einfahrt anlegen lassen und nicht ständig diese Immobilienmaklerin zum Fenster hereinglotzt, wenn wir gerade, hör zu. Hör zu, ruf sie an, sag ihr, ich will ein Angebot machen, wie heißt sie eigentlich, ich rufe sie selber an.

–Oscar, setz dich! Du rufst niemanden an, du kannst ja nicht mal ein Angebot für einen alten Schuh machen, ich habe dir doch gesagt, daß Harry gesagt hat, die Sache ist noch nicht ausgestanden, oder? Daß sie sich im Moment gerade überlegen, wie sie deinen Schadensersatz drücken können? Vater hat weiß Gott schon genug am Hals mit diesem Senatsausschuß und dem Kuddelmuddel an seinem Gericht mit diesem Fall von widerrechtlicher Tötung, anscheinend hat dir dieser verrückte Gerichtsschreiber von ihm eine Kopie seiner Rechtsbelehrung der Geschworenen geschickt, bloß um es allen Beteiligten noch schwerer zu machen, das scheint ja sein Hauptziel im Leben zu sein und, was ist denn nun schon wieder, Lily.

–Das ist doch da, wo Reverend Bobby Joe jetzt vor Gericht steht, deswegen kommt Daddy doch her, damit wir uns versöhnen können, ohne daß er dem Herrn Ersatz leistet und der dabei die Hand auf meiner …

–Seien Sie um Gottes willen still, sehen Sie lieber nach, ob die Post schon da war, ja? Und geben Sie ihm diese blöden Handschuhe und sein kleines Buch, falls er ein Klagelied für den mächt'gen Mudjekeewis singen will, wird er sie brauchen.

RECHTSBELEHRUNG DER GESCHWORENEN
in der Sache Fickert gegen Ude, U. S. District Court,
S. D. Va. Misc. 88687

CREASE, RICHTER AM U.S. DISTRICT COURT

Sie haben über eine Klage aufgrund angeblicher widerrechtlicher Tötung verhandelt, mit welcher der Kläger Earl Fickert aus Hog Corners, Mississippi, wegen des Todes seines minderjährigen Kindes Wayne Fickert am 25. Oktober 1985 Schadensersatz gegen den Beklagten Rev. Elton Ude, wohnhaft im Zuständigkeitsbereich des Gerichts, geltend macht.

Als Geschworenen, und damit Angehörigen des Gerichts, wurde Ihnen von beiden Prozeßparteien Beweismaterial vorgelegt; es ist nun Ihre Aufgabe, dieses Material auf seinen faktischen Gehalt zu sichten. Bei Ihren Beratungen werden Sie sich auch mit den einander zuweilen widersprechenden Aussagen der vielen Zeugen befassen, die Sie nach bestem Vermögen, von Vorurteilen und Gefühlen ungetrübt, zu bewerten haben.

Ihnen ist klar, daß es sich um eine Zivil- und nicht um eine Strafsache handelt. Mit anderen Worten, es handelt sich um eine Klage, die ein Bürger gegen einen anderen angestrengt hat, und daß es dabei um einen Todesfall geht, bedeutet nicht, daß der Beklagte, falls Sie gegen ihn erkennten, strafrechtlich zur Verantwortung gezogen würde und mit einer Gefängnisstrafe oder Schlimmerem zu rechnen hätte, sondern nur, daß er zur Schadensersatzleistung in Geld an den Kläger verpflichtet wäre. Bevor Sie sich zurückziehen, habe ich die Aufgabe, Sie bei Ihren Beratungen zu unterstützen, indem ich Sie auf die maßgeblichen rechtlichen Gesichtspunkte hinweise, von denen Sie sich, unter Ausschluß aller anderen Überlegungen, bei der Urteilsfindung leiten lassen müssen.

Aufgrund des unangefochtenen Beweismaterials besteht kein Zweifel, daß der Verstorbene durch Ertrinken zu Tode kam, nachdem er sich in die Hände des Beklagten begeben hatte, um sich von diesem zum Zwecke der Taufe im christlichen Glauben gemäß Brauch und Sitte in die fließenden Wasser des Pee Dee River eintauchen zu lassen; und daß er im Verlaufe dieser Prozedur plötzlich von der Strömung davongetragen wurde, wodurch er ums Leben kam.

Sie haben den recht detaillierten Bericht des Beklagten von dem tragischen Ereignis gehört und dürfen seine Aussage im Lichte der Aussagen anderer Zeugen und des sonstigen Beweismaterials überprüfen. Keinesfalls jedoch dürfen Sie sich von den emotionalen Ausbrüchen der diesem Verfahren beiwohnenden Zuschauer, insbesondere dem vom Sohn des Beklagten provozierten, der zur Räumung des Gerichtssaals führte, oder von irgendwelchen möglicherweise irgendwann aufgeschnappten Geschichten, Klatsch oder Andeutungen bezüglich angeblicher früherer Konflikte des Beklagten mit dem Gesetz in Ihren Beratungen beeinflussen lassen.

Wir wiederholen, dies ist kein Verfahren wegen Mordes oder auch nur Totschlags. Es wurden keinerlei Beweise vorgelegt, ja nicht einmal die Vermutung geäußert, daß von seiten des Beklagten eine Absicht bestand, dem Opfer der unglücklichen Episode Schaden zuzufügen. Sie sind also gehalten, zunächst die eigentliche Todesursache und dann deren Beziehung zur Möglichkeit eines fahrlässigen Verhaltens von seiten des Beklagten bei dem Ereignis festzustellen. So reicht beispielsweise die Aussage eines Zeugen, der die Sache mit den Worten ‹er ist eben einfach abgesoffen› zu vereinfachen bestrebt war, mit Sicherheit nicht aus. Zwar bestätigen die medizinischen Gutachten Ertrinken als unmittelbare Todesursache, zu fragen ist jedoch, ob es eine den Kausalzusammenhang unterbrechende Ursache außerhalb der Kontrolle des Beklagten gab, durch welche dies alles geschah.

Nehmen wir einmal an, Ihr nächster Nachbar entzündet bei starkem Wind ein Feuer, von dem Funken auf Ihr Grundstück fliegen und Ihr Haus in Brand setzen. Gewiß würden Sie das fahrlässig, um nicht zu sagen dumm nennen, insofern er es hätte besser wissen müssen. Angenommen jedoch, der Tag, an dem er sein Feuer entzündet, ist ruhig und windstill, und es kommt erst später ganz plötzlich ein starker Wind auf, der die Glut mit dem gleichen Ergebnis auf Ihr Grundstück trägt. Man bezeichnet dies als eine den Kausalzusammenhang unterbrechende Ursache, weil sie zwar auf eine Situation wirkt, die ihren Ursprung bei Ihrem Nachbarn hat, aber, so würde er gewiß argumentieren, mit einer Folge, die er nicht voraussehen konnte. Wie lange wohnt er schon dort, und wie vertraut ist er mit den Wechselfällen des Wetters, denen sie beide ausgesetzt sind und die am allerschönsten Tag aus heiterem Himmel stürmischen Wind bringen können? Mit anderen Worten, der gesetzliche Maßstab bezüglich Fahrlässigkeit beinhaltet die Vorstellung einer Gefahr für andere, die von einem vernünftigen Menschen vorauszusehen ist, denn wenn dieser einen aus seinen Handlungen hervorgehenden Schaden nicht absehen kann, so kann er auch nicht für eventuell daraus resultierende Personenschäden haftbar gemacht werden. Ist der Pee Dee River für ein plötzliches Anschwellen der Strömung an dieser speziellen Stelle oder zu bestimmten Jahres- oder Tageszeiten bekannt, das ausreichen könnte, einen vierzig Kilo schweren, um sich schlagenden Jungen mit sich fortzureißen? Oder handelte es sich um eine unerwartete Abweichung vom üblichen Strömungsverhalten des Flusses, die durch eine stromaufwärts hervorgerufene Überschwemmung oder sonst eine mögliche Kraft herbeigeführt worden sein könnte?

Diese Faktoren sind Teil des Ihnen vorliegenden Beweismaterials, zu dem auch die von einer veritablen Schar von Zeugen bestätigte Aussage des Beklagten gehört, der zufolge an dieser Stelle unzählige Taufen ohne schlimme Folgen stattgefunden hätten, und Sie werden angewiesen, die Aussage, welche den Tod einer unbeaufsichtigten Kuh, zweier Hunde und der Handvoll Schweine anführt, die Jesus laut Matthäus 8,32 als neuzeitliche Gastgeber für Dämonen gedient haben und in diesen Wassern zu Tode gestürzt sein sollen, als unerheblich außer acht zu lassen.

Zwar liegt die Beweislast für die Einhaltung des Sorgfaltsmaßstabes bei Fahrlässigkeit laut Gesetz beim Beklagten, sie kann aber auch noch auf anderen Füßen ruhen, und seien sie noch so klein: in diesem Falle denen des verblichenen kleinen Wayne, wie man ihn in der Gemeinde nannte. Inwieweit war er sich des Risikos bewußt, das die Zeremonie für ihn darstellte, und stimmte er, inwieweit er sich dessen nun bewußt oder nicht bewußt war, seiner Rolle darin aus freien Stücken zu? Es gibt ein Grundprinzip des Common Law, das mit den lateinischen Worten volenti non fit injuria ausgedrückt wird. Das heißt, dem Willigen geschieht kein Unrecht, und wenn man weiß, daß es Risiken gibt, so kann einen das Gesetz nicht vor der eigenen Torheit schützen, wenn man diese Risiken in Kauf nimmt. Aus den Beweisen und Zeugenaussagen geht hervor, daß der Verstorbene bereitwillig zustimmte, seine Rolle bei der tödlichen Prozedur zu übernehmen, daß er die Aussicht, im Dienste des Herrn getauft zu werden, begeistert, ja frohlockend begrüßte und diesen Augenblick der Verwandlung schon seit dem zarten Alter von vier Jahren herbeisehnte. Unter den gegebenen Umständen können wir seine eigene Aussage bezüglich seiner Bewußtheit oder Nichtbewußtheit eines eventuell für ihn bestehenden Risikos natürlich nicht mehr hören und lassen uns hier vom Gesetz leiten.

Gemäß der löblichen Doktrin, von der jene ehrwürdige christliche Glaubensgemeinschaft ihren Namen herleitet, wird die Taufe bis zu einem Alter hinausgeschoben, in dem der Täufling, wie man glaubt, die Tiefe seiner Verpflichtung begreifen kann – im Gegensatz zu jenen weitverbreiteten Kulten hauptsächlich ausländischen Ursprungs, worin Säuglinge, lange bevor sie entwöhnt sind, den Absichten des Herrn anheimgegeben werden. Rechtlich gesehen schwankt das Alter, in dem eine Person als risikoabschätzungsfähig gilt, von Gericht zu Gericht und wird häufig auf vierzehn festgesetzt; normalerweise ist dies jedoch eine Frage, die die Geschworenen zu entscheiden haben. Dabei müssen sie sich freilich darüber im klaren sein, daß der Betreffende, falls er das mit einer Handlung einhergehende Risiko verstehen kann und sich dennoch darauf einläßt, auch die Verantwortung für deren Folgen, in diesem Falle also seinen eigenen Tod, mitträgt. Man nennt dies Mitverschulden des Geschädigten, und es enthebt den Beklagten weitgehend seiner eigenen Schuld. Liegt andererseits jedoch eine Situation vor, die Elemente von Nötigung, mit anderen Worten Druck von seiten der Angehörigen, Freunde und Mitbürger, enthält, dem zu widerstehen der Minderjährige sich nicht in der Lage sieht, dann hat ihm der Beklagte im Effekt die Wahl zwischen zwei Übeln gelassen, so daß zwar sein Verhalten auf Zustimmung hindeuten, der Sachverhalt uns jedoch vom Gegenteil überzeugen kann. Infolgedessen weist das Gericht die Geschworenen an, festzustellen, daß der Verstorbene das Risiko nicht hat abschätzen können oder den Beklagten von der Pflicht entbunden hat, ihn zu beschützen.

Wir haben keinerlei Beweis dafür, daß der Beklagte bei der Wahrnehmung dieser ihm gesetzlich auferlegten Sorgfaltspflicht gegenüber dem Verstorbenen irgendeinen Aspekt der Situation wissentlich falsch dargestellt hat. Aufgrund der raschen Strömung und der Plötzlichkeit ihres Eintritts erkennen wir auch keinerlei Hinweis auf eine eindeutige letzte Möglichkeit einer eventuellen Rettung oder Selbstrettung des Verstorbenen. Es liegen nur widersprüchliche Zeugenaussagen darüber vor, ob der Beklagte wußte, daß der Junge nicht schwimmen konnte, und die Unterstellung, daß beim Verhalten des Beklagten Alkohol eine Rolle gespielt haben könnte, wurde aus dem Protokoll gestrichen. Es gibt bestimmte Dinge, die wir niemals wissen können, und Sie werden eindringlich aufgefordert, bei Ihren Beratungen die Worte eines hervorragenden Juristen einer vergangenen Epoche zu beherzigen. «Das Recht», schrieb Richter Holmes, «läßt die unendliche Vielfalt der Ausprägung von Temperament, Intellekt und Erziehung, durch die der innere Charakter einer gegebenen Tat bei unterschiedlichen Menschen so unterschiedlich ausfällt, außer Betracht. Es versucht nicht, den Menschen so zu sehen, wie Gott ihn sieht, und es hat dazu mehr als einen hinreichenden Grund.»

Bisher sind wir von der Prämisse ausgegangen, daß der Beklagte ganz allein gehandelt hat. Zugleich jedoch sind wir uns bewußt, daß er sich dem Gericht, dem Verstorbenen oder der Allgemeinheit niemals anders denn als williger und ergebener Diener eines höchst anspruchsvollen Herrn präsentiert hat, dem er sein Leben und seine Werke weiht. Man hält ihn allgemein für einen Menschen in den Diensten des Herrn und für einen fleißigen Mitarbeiter von ihm.

Wir müssen in der Geschichte des englischen Rechts, aus dem das unsrige hervorgegangen ist, weit zurückgehen, um auf jene Doktrin zu stoßen, die einem Herrn mit vom Diener verursachten Sach- und Personenschäden in Verbindung bringt und ihn auch dann dafür haftbar macht, wenn sie absichtlich zugefügt wurden, sofern dies im Rahmen der Beschäftigung geschieht. Zwar verfügen wir bezüglich der Bedingungen oder auch nur des bloßen Faktums des Dienstverhältnisses weder über eine unmittelbare Aussage des Dienstherrn des Beklagten noch über die Mittel, eine solche zu erhalten, doch ist die beeidete Aussage des Beklagten, wonach er in den Dienst des Herrn «berufen» worden sei, unbestritten. Anderswo soll er direkt mit seinem Dienstherrn gesprochen haben, und in zeitgenössischen Berichten von dem hier zur Verhandlung stehenden Ereignis wird er mit seiner Forderung nach der «Eröffnungssalve in Gottes immerwährendem Krieg gegen die Mächte des Aberglaubens und der Unwissenheit auf der ganzen Welt und anderswo» als «dynamischer Führer der Christlichen Wiedererweckung für die Menschen Amerikas» bezeichnet. Es kann kein Zweifel daran bestehen, daß er mit dem Einbringen eines neuen Schäfleins in die Herde vermittels der Taufzeremonie für seinen Herrn tätig war, ganz ähnlich wie ebendieser Herr ausweislich Lukas 2,49 mit zwölf Jahren im Tempel von Jerusalem zurückblieb und seine besorgten Eltern, als sie ihn schließlich fanden, mit den Worten tadelte: «Wisset ihr nicht, daß ich sein muß in dem, was meines Vaters ist?», und nicht, mit einem späteren englischen Juristen zu reden, «einer Laune folgte». So ist dieser Herr, selbst wenn es verläßliche Aussagen darüber gäbe, daß er sich kraft seiner Allwissenheit des Risikos bewußt gewesen sein muß und seinen Diener zur Sorgfalt angehalten hat, laut Gesetz gleichwohl überwiegend selbst für die Folgen der Ausführung des feierlichen Auftrages haftbar. Mit anderen Worten, der Herr kann die Verantwortung für die Handlungen des Dieners nicht an diesen delegieren, da er gemäß den Bedingungen ihrer Beziehung letztlich immer für den Schutz seines Dieners verantwortlich ist. Dies gilt um so mehr, wo das Werkzeug der drohenden Katastrophe der Kontrolle des Herrn untersteht, wie es bei Welle und Strömung des Pee Dee River für jemanden der Fall gewesen sein muß, der sich laut Matthäus 8,26, womit Sie gewiß alle vertraut sind, imstande gezeigt hatte, durch bloßes Schelten der Winde und des Sees ein großes Unwetter zu beenden und ein Schiff vor dem Untergang zu retten.

Ehe Sie Ihre Beratungen aufnehmen, muß ich Ihre Aufmerksamkeit erneut auf einen Punkt einer Zeugenaussage lenken, den Sie außer acht zu lassen haben. Es handelt sich um den leidenschaftlichen Versuch eines Zeugen, Satan der Einmischung in die Situation anzuklagen, und zwar aufgrund der Beweiskraft zeitgenössischer Berichte, in denen der Beklagte mit den Worten zitiert wird, «der große Täuscher Satan» lasse ihn zuweilen an den Absichten des Herrn zweifeln. Laut Beschluß eines District Court in Pennsylvania in einer früheren Sache, in welcher der Kläger Satan beschuldigte, seine Aussichten zu ruinieren, indem er ihm Hindernisse in den Weg lege, wurde die Klage mangels einer ladungsfähigen Adresse Satans im Gerichtsbezirk bzw. der vom U. S. Marshal zur Zustellung der Ladung benötigten Weisungen und mangels der notwendigen rechtlichen Voraussetzungen zur Führung eines Gruppenprozesses abgewiesen, da die Gruppe so zahlreich wäre, daß sie sich zu diesem Zweck gar nicht vollständig zusammenbringen ließe. Ich darf hinzufügen, daß diese Information für jeden von Ihnen nützlich sein könnte, der bei seinen Schwierigkeiten zu einer ähnlichen Einlassung Zuflucht zu nehmen erwägt, was der vom Sohn des Beklagten im Gerichtssaal provozierte Lärm, der diese Aussage begrüßte, als durchaus möglich erscheinen läßt.

Zwar sollte die Zuerkennung von Schadensersatz Ihr Urteil nicht bestimmen dürfen, aber Sie müssen darüber Bescheid wissen, wie dergleichen gesetzlich geregelt ist. Im allgemeinen basiert der dem gesetzlichen Begünstigten beim Tode eines Kindes zugesprochene Schadensersatz auf dessen Einkünften, Arbeitsleistungen und Beiträgen zum Zeitpunkt des Todes sowie – und dies ist problematischer – auf dem Verlust der voraussichtlichen wirtschaftlichen Vorteile, die von ihm zu erwarten gewesen wären, hätte sein Leben nicht geendet. Bestimmt wird dies von Faktoren wie Lebenserwartung, Gesundheitszustand, Gewohnheiten, Charakter und eventuell besonderer Begabung auf einträglichen Betätigungsfeldern. Es ist durchaus möglich, daß die Kosten für Aufzucht, Unterhalt und Ausbildung eines Kindes die erwarteten Vorteile übersteigen, so daß es in der Praxis wertlos ist. Da überdies Entschädigungen für gefühlsmäßige familiäre Beziehungen im allgemeinen verboten sind und die Hinterbliebenen keinen Schadensersatz für seelisches Leid und Kummer beanspruchen können, kann dem Verstorbenen sogar ein negativer Wert zukommen, so daß sich der Beklagte in Fällen eines Mitverschuldens des Geschädigten versucht fühlen könnte, den Spieß umzudrehen und selbst auf Erlangung von Schadensersatz zu klagen.

Die Zukunft eines jeden Sterblichen ist in undurchdringlichen Nebel gehüllt, zumal die eines Jungen, der des Lebens Reise gerade erst angetreten hat. So finden wir in den Annalen des Rechts etwa eine erhebliche Schadensersatzsumme für einen Siebenjährigen, dessen Begabung als Cartoonist zu den schönsten Hoffnungen berechtigte, oder für einen anderen, dessen verzehrender Ehrgeiz, Zahnarzt zu werden, fast mit Gewißheit auf ein eindrucksvolles späteres Einkommen schließen ließ. In einem Land, in dem ein Manager eine Million Dollar Jahresgehalt für die Leitung einer Automobilfirma bezieht, die im gleichen Jahr eine Milliarde Verlust macht, sind die Chancen gleichwohl schwer abzuschätzen. Der Verstorbene hätte eines Tages von seiner Berufung abgehen und sie wie Babbitt anderswo, im übel beleumdeten Reich des Immobilienhandels, finden, er hätte ein den Verlagen auf Gnade und Ungnade ausgelieferter Schriftsteller werden und in einem Dachkämmerchen verhungern oder gleich wieder damit aufhören können, er hätte auf See bleiben oder in den Krieg ziehen, zum Säufer werden und der Öffentlichkeit zur Last fallen können. Angesichts des uns vorliegenden Beweismaterials können wir hier nur spekulieren.

Das Einkommen des Verstorbenen zum Zeitpunkt des Todes wurde im wesentlichen mit Beerensammeln erzielt, und sein sparsam verwaltetes Vermögen belief sich auf $ 4.36, nachdem er sich eigens für die Taufzeremonie von seinen Ersparnissen neu eingekleidet hatte. Dieses irdische Vermögen untermauert allem Anschein nach die hier gemachte und Matthäus 6,19–21 zitierende Aussage, wonach ihm nicht daran lag, Schätze auf Erden zu sammeln, sondern eher «im Himmel, da sie weder Motten noch Rost fressen und da die Diebe nicht nach graben und stehlen. Denn wo euer Schatz ist, da ist auch euer Herz.» Laut Aussage des Beklagten aus dem Protokoll entsann er sich zum Zeitpunkt des Ereignisses «des Tages, an dem Wayne Fickert sich für Christus entschieden hat» und sah ihn «dereinst von der Christian Recovery Bible Mission hingehen und das Wort des Herrn in die entlegensten Winkel der Welt tragen». Dort hätte er, hoch im Himalaya, ein Priester werden können, der nichts weiter als eine Bettelschale begehrte; oder er hätte, im niederen städtischen Getöse, die Laufbahn eines Rabbi einschlagen und mit Hunderttausend pro Jahr rechnen können; aber der demütige Glaube seiner Väter, die zahlreich gewesen zu sein scheinen, versprach keine derartigen ökonomischen Vorteile, die zur Errechnung der Höhe des Schadensersatzes für die Hinterbliebenen herangezogen werden könnten, da Sie aus Ihren Beratungen etwaige Spekulationen über die riesigen Summen ausschließen müssen, die jene Diener des Herrn angesammelt haben, die sich derzeit in Haft befinden, weil sie Seine Vermögenswerte mit den ihren verwechselten, oder jene, die noch auf freiem Fuße sind, im Stil des Automobilmanagers leben und sich, wie der ältere John D. Rockefeller im Sonntagsschulunterricht, schlicht als Haushofmeister des Herrn betrachten.

Nach den gesetzlichen Bestimmungen des Staates South Carolina, die zu Zivilklagen wegen unerlaubter Handlungen bzw. Unterlassungen mit Todesfolge berechtigen, können mit einer solchen Klage – neben anderen Angehörigen, die hier nicht vertreten sind –

«ein oder beide Elternteile und, wo solche nicht vorhanden sind», die gesetzlichen Erben usw. Entschädigung geltend machen. Beide Elternteile sind Parteien dieses Verfahrens, der Vater Earl Fickert als Kläger, die Mutter Billye durch Klagebeitritt. Sie werden hiermit angewiesen, den Anspruch der letzteren wegen Mitverschuldens von ihrer Seite abzuweisen, insofern von einer Risikoübernahme aufgrund der Erteilung ihrer Zustimmung auszugehen ist, wie aus ihrer «tränenvollen Dankbarkeit, daß ihr Sohn getauft worden war und im Stand der Gnade von den wartenden Armen des Herrn empfangen wurde», hervorgeht; ferner wegen ihrer mehrfachen Wiederverheiratung seit dem Ereignis, insofern sie auf ihren Namen als Mutter des Jungen einzig und allein zu dem Zweck wieder Anspruch erhoben hat, sich an dieser Klage beteiligen zu können.

Schadensersatz geht an den ursprünglichen Kläger, dessen unflätige Aussage und profanes Verhalten während des gesamten Verfahrens keinen Zweifel daran lassen, daß die Zustimmung zur Taufe seines Sohnes, hätte er davon gewußt, das letzte gewesen sein muß, was ihm am Herzen lag, wenn von einem solchen überhaupt ausgegangen werden kann. Die Schadensersatzsumme wird nicht durch die üblichen Ansprüche auf Ersatz der ärztlichen und Beerdigungskosten gemindert, da erstere nicht anfielen und letztere, einschließlich der zu dem Anlaß gereichten Brathähnchen und Erfrischungen, von der versammelten Gemeinde des Beklagten übernommen wurden. Damit bleibt nur der Verlust der Kleidung des Jungen – ein blauer Anzug, weißes Hemd und Krawatte, erstanden bei J.C. Penney zu einem Preis von $ 18.76 –, die er unbedingt unter seinem Taufgewand tragen wollte, und in dieser Höhe, zuzüglich einer Zivilstrafe von einem Dollar, wird Schadensersatz zugebilligt.

–Schätze im Himmel zu sammeln! Hast du das gesehen, Christina? Er will partout mein Stück nicht lesen, aber klauen tut er daraus, er hat es direkt aus meinem Prolog abgeschrieben.

–Es besteht die entfernte Möglichkeit, daß er selbst die Bibel gelesen hat, Oscar. Immerhin hat er fünfundneunzig Jahre Zeit gehabt, sich durchzuackern, oder?

–Aber er, also gut, meinetwegen, vielleicht das Alte Testament, als letztes hat er Gott aus seinem Gerichtssaal hinausgeworfen, und was dann passiert ist, hast du ja gesehen, jetzt holt er Jesus zur Hintertür herein. Er kriegt ja nicht mal das Lukasevangelium zu Ende, oder? Nimmt die Geschworenen bei der Hand wie Kindergartenkinder auf einem Ausflug, bloß damit er mit dem Finger auf ihn zeigen kann. Herr und Diener, Herr und Knecht, damit will er sie bloß provozieren.

–Das hat er doch schon, Oscar, kam es vom Sofa, im flackernden Licht der stummen Mattscheibe, auf der eine langbeinige Blondine, die Linderung von Hämorrhoiden gefunden hatte, eine Landstraße entlangradelte und strahlend an ihnen vorbeifuhr, –Daddy hat doch gestern abend noch angerufen? Und gesagt, daß sie ohne Reverend Bobby Joe herkommen, weil dein Daddy ihn wegen Ungebühr vor Gericht für dreißig Tage ins Gefängnis gesteckt hat, weil er aufgesprungen ist und geschrien hat, der Herr Jesus soll kommen und …

–Ja mein Gott, Lily, Vater würde auch Jesus zu dreißig Tagen verdonnern, wenn er könnte, gucken Sie da eigentlich zu? Wenn nicht, schalten Sie's ab, was ist denn das da für ein Kuddelmuddel?

–Halt, warte mal, das sind Pflanzen für mein Aquarium.

–Dann schaff sie ins Haus und pflanze sie ein, und was ist mit diesem Stapel …

–Zuerst muß ich noch die Beleuchtung und die Belüftung einbauen und …

–Ich habe gefragt, was du mit diesem Stapel Post vorhast, sieh ihn dir doch an. Offenbar hat die ganze Welt von deinem riesigen Schadensersatz gehört.

–Ich habe ihn mir angesehen, Christina. Deswegen besorge ich mir auch eine Sekretärin.

–Das ist ja lächerlich, Lily kann schließlich lesen, oder? Und einen Umschlag aufmachen können Sie doch auch, oder, Lily? Und sie tat es selbst, –die National Speakers Association lädt Sie ein, sich unserem Team hervorragender Persönlichkeiten anzuschließen, die ständig für Vortragsveranstaltungen nachgefragt werden und, um Gottes willen, die Lektion hast du ja hoffentlich gelernt, was du brauchst, ist ein Papierkorb. Als Erfolgsmensch, der die schönen

Seiten des Lebens zu schätzen weiß, werden Sie eingeladen, Mitglied eines ausgewählten Kreises von ...

–Hörst du bitte auf, hier herumzustehen und Sachen zu zerreißen? Vielleicht ist ja etwas Wichtiges dabei.

–Eine vorab bewilligte großzügige Kreditlinie mit einem Vorrat Handichecks zu Ihrer bequemen Nutzung, brauchst du eine Sekretärin, bloß um Sachen wegzuwerfen? Was wir brauchen, ist eine Haushälterin, die beiden Trutschen in den Bus in die Bronx zu verfrachten war das glücklichste Ereignis meines Lebens, Sie wissen doch, wie man einen Hummer kocht, oder, Lily, nach dieser widerlichen Forelle haben wir uns etwas Zivilisiertes verdient, im Grunde brauchen wir eine Köchin. Also, mit weitausholender Gebärde der leeren Hand, –würdest du das alles bitte wegräumen, ehe ich den Verstand verliere? Das alles, ehe eine Flasche Chablis dem Hummer den Weg ebnete und Butter vom Daumen des Essers auf die weiße Tischdecke troff, ehe Beleuchtung und Belüftung installiert und die Pflanzen im Aquarium versenkt waren, ehe mit einer weiteren Lieferung noch mehr Rechnungen, Serienbriefe mit Einladungen und ein Manuskript mit unanständigem Titel von einem knospenden, nach Inszenierung lechzenden Dramatiker kamen und ehe mit einer dritten ein einsamer Engelfisch in kunststoffumkleideter Durchsichtigkeit eilends in sein neues Heim zwischen Wassergeist, Ludwigia und wogenden Seerosenwedeln spediert wurde, gehüllt in Schweigen und das unheimliche Licht, weder Tag noch Nacht, gespenstisch war der treffende Ausdruck, während seine Hand über ihre Brüste glitt, ob er ihn jetzt spüre? Im Flüsterton, den Knoten da? Anscheinend habe er sich nämlich bewegt, so wie seine Hand es, anderswo beschäftigt, tat und auch die ihre nun, die sich mit Vielversprechendem füllte, jäh eingelöst mit einem Keuchen und Erschauern und einem Stöhnen als Nachhall, ehe er schwankend von ihr aufstand und mit der Verstohlenheit eines Schuljungen im Dunkeln die Treppe ertastete, dies alles, ehe sich mit stöhnendem Nachhall im Kamin der Nachtwind erhob und einen neuen Tag heranwehte.

Tee und Toast, –und das da, sagte sie und hielt ihr einen undefinierbaren Fetzen hin, –das lag da drin auf dem Boden.

–Was ist das denn, Lily?
–Diese Handschuhe, er hat diese blöden Zauberhandschuhe zerkaut.
–Mein Gott, sagen Sie bloß Oscar nichts, den habe ich ja völlig vergessen. Wo steckt er überhaupt, haben Sie mal nach ihm gesucht?
–Normalerweise verkriecht er sich unter irgendwas. Pookie? folgte sie, unter Möbel lugend, ihrer Stimme den Flur entlang und weiter in die Küche, –da muß er erstickt sein, als sie ihn starr hinterm Herd entdeckte, –genau da, wo ich immer die Maus sehe. Dabei hat sie noch nicht mal angerufen.
–Das wird sie aber, Lily. Verlassen Sie sich drauf.
Und als sie es schließlich tat, –Wer? Nein, hier spricht Lily ... Ach so, Tag, klar erinnere ich mich, Sie waren doch neulich mit dem riesigen Picknickkorb und dem Mann mit der ... mit einem kleinen weißen Hund? Nein, ich ... ach. Ach so, ja, wenn Sie vielleicht in der Zeitung inserieren, dann ... Nein, ich hab bloß gedacht, wenn er viel wert ist, dann hat ihn vielleicht jemand entführt und ...
–Geben Sie mal her. Trish? Was ... ach. Nein, wie schade ... Nein, ich, aber er, er muß doch irgendwo sein, er ... und du hast ihn auch ganz bestimmt nicht nach Aspen mitgenommen? Vielleicht ist er ja dort bei Bunker, du solltest auf jeden Fall noch mal nachsehen, ehe du Privatdetektive einschaltest, er, möglicherweise hat er sich irgendwo verkrochen, vielleicht daß Jerry ... Ach. Ach du lieber Gott ... darüber, daß er seinen Job verliert, ja, aber wieso um Himmels willen ist er böse auf Oscar, immerhin ... Also, das ist das Lächerlichste, was ich je gehört habe, er hat schon ewig nicht mehr mit seinem Vater gesprochen und ... aber ... nein, aber ... Trish, das ist das Lächerlichste, was ich je gehört habe, das ist vollkommen paranoid, er ist ... Ich habe gesagt, er ist ganz schön verrückt, so wie er sich hier aufgespielt hat und Oscar dabei die Knochen gebrochen, du warst doch dabei, Trish, du hast daneben gestanden und ... Wer, Oscar? Jetzt mach aber mal ... Moment mal, Trish! Oscar ist zwar ein bißchen exzentrisch, aber daß du gleich einen Ausdruck wie ... Auf gar keinen Fall! Und ich will nichts mehr ... Doch, du findest ihn ganz bestimmt, guck einfach weiter unter

sämtliche Möbel! Und ihre Blicke trafen sich in dem Moment, in dem sie auflegte, und hielten einander stand, bis sie sagte, –was haben Sie damit gemacht?

–Ich hab ihn in den Teich geworfen.

Und sie saß einfach da und klopfte mit dem Fuß auf den Boden, bis die verkniffene Linie ihrer Lippen sich zu einem –Sieh an, da kommt der wahnsinnige Dichter höchstpersönlich, teilte.

–War der Anruf für mich?

–Nein.

–Hör mal, ich erwarte einen Anruf von ...

–Ich habe doch gerade gesagt, daß er nicht für dich war, oder? Mein Gott, Tag für Tag diesen Unsinn ertragen zu müssen, dein Freund Jerry glaubt an eine Verschwörung. Er glaubt, daß Vater den Schriftsatz für deine Berufung verfaßt hat, die Begründung war nämlich viel zu raffiniert und fundiert für den jungen Provinzanwalt, der beim Berufungsgericht erschienen ist, also hat er sich erkundigt und festgestellt, daß der Mann aus Vaters Gerichtsbezirk kommt, und damit wird die ganze Sache zur Verschwörung, so was nennt man ja wohl schlicht und ergreifend Paranoia, oder?

–Wieso, was heißt hier Verschwörung, er war doch hier, und wir haben über mein Stück geredet, und die ...

–Zwischen dir und Vater! Er glaubt, du denkst genauso, wie er denken würde, er hält dich für viel gerissener, als du's in Wirklichkeit bist, deswegen ist er auch so empört, weil du ihn reingelegt hast, weil du ihn drangekriegt hast, ihm vorgemacht, du hättest überhaupt keine Ahnung, dabei hättest du Vater längst um Hilfe gebeten und das Ganze wäre eine abgekartete Sache zwischen euch beiden.

–Aber ich, ich bin nie auf die Idee gekommen, ich ...

–Wieso eigentlich nicht! Statt dessen marschierst du hier herum mit deinen Zauberhandschuhen und dem ganzen, ich habe dir doch gesagt, du sollst ihn anrufen, oder?

–Aber ich verstehe immer noch nicht, was das, wieso hat er dich angerufen, wieso ruft Mudpye dich an und saugt sich so eine ...

–Hab ich das gesagt? Du hörst mir nicht zu, habe ich vielleicht gesagt, er hat mich angerufen? Trish hat mich angerufen, es war

Trish, konfuser denn je, quasselt drauflos mit ein, zwei Drinks im Bauch, weil der liebe Jerry die Berufung verloren hat und seine Prämie verliert und vielleicht auch seinen Job, ich mußte irgendwann auflegen, quasselt unentwegt von Berufung und Schriftsätzen, dabei kann sie einen Schriftsatz nicht von einem, von einer Banane unterscheiden, das ist doch alles Unsinn. Reiner Unsinn ist das alles.

–Aber vielleicht, hör mal, Christina, vielleicht könnte Harry feststellen, was da los ist, oder? Kannst du ihn nicht anrufen und …

–Mein Gott, glaubst du etwa, ich säße hier mit euch beiden, wenn er in der Stadt wäre? Er ist in einem Motel oben in Westchester und hockt auf diesen idiotischen Konferenzen herum, dabei tut er zwar rein gar nichts außer die Rechnung des Mandanten hochzutreiben und …

–Hör mal …

–mit Bill Peyton in der Cocktail Lounge bei irgendwelchen barbusigen …

–Hör mir endlich zu! Hörst du mir bitte mal zu? Verstehst du denn nicht, was da passiert ist? Er hat es von sich aus getan, verstehst du das denn nicht? Vater ist der Kragen geplatzt, als er das erstinstanzliche Urteil in die Finger bekommen hat, und mit dem Schriftsatz, in dem er deren Argumente zerpflückt hat, hat er dann irgendeinen dortigen Anwalt zum Berufungsgericht geschickt. Dazu hat er gar nicht, eine Verschwörung hat es dazu gar nicht gebraucht, er hat es einfach getan! Mein Gott, so ist er nun mal, oder? Er läßt sich nicht auf Verschwörungen ein, er muß sich mit keinem auf Verschwörungen einlassen, nicht mal mit mir, ich habe dir doch gesagt, er hat es gelesen, oder? Mein Stück, ich habe immer gewußt, daß er es tatsächlich gelesen hat, ohne mir etwas davon zu sagen, er hat mir nie irgendwas gesagt, nicht mal, als er wußte, daß ich zwischen den Sesselpolstern nach Kleingeld gewühlt habe, das ihm aus den Taschen gefallen ist, ich weiß, er hat's gewußt, aber er hat nie irgendwas gesagt, und das hat es noch schlimmer gemacht, ich habe bloß manchmal gesehen, wie er mich angeschaut hat, genau wie an dem schrecklichen Tag mit der Birke, und das hat es noch schlimmer gemacht, hör zu, hör zu, ich muß ihn anrufen, ich muß ihn unbedingt anrufen, ich habe ihm ganz fürchterlich …

–Oscar, warte doch mal, nun setz dich doch erst mal hin und überlege in Ruhe, bevor du irgend etwas tust. Aber er war schon aufgesprungen, drückte Tasten, warf den Hörer herunter, murmelte abgerissene Silben hinein, stand schließlich angespannt da und ließ die Schultern sinken, als er auflegte. –Setz dich doch erst mal hin und vergewissere dich, daß du die richtige Nummer hast, und versuche dabei …

–Natürlich war es die richtige Nummer, nach so vielen Jahren? Das war bloß so ein, sein Gerichtsschreiber ist krank, und das war irgendein Gerichtsdiener oder so was, er ist bei Gericht, er hat Verhandlung, sagt dieser Tagedieb und legt einfach auf, bevor ich Vater etwas ausrichten lassen kann, so war das immer. Selbst wenn ich ihm etwas habe bestellen lassen, wußte ich nie, ob es ihm auch ausgerichtet wurde, schon damals, als ich unentwegt angerufen habe, habe ich nie gewußt, ob er mich hört, und jetzt, und jetzt …

–Jetzt sitzt du bitte erst mal still und versuchst dich wieder einzukriegen, ja? Im Grunde sind das doch bloß Vermutungen von dir, oder? Warte doch erst mal, bis du feststellen kannst, was wirklich passiert ist, ja? Warte, bis Harry wieder Luft hat und sich die Zeit nehmen kann, alles zu klären, bevor du …

–Aber ich tue doch nichts anderes als warten! Ich warte auf Harry, auf Sam, ich dachte, es wäre einer von Sams Anwälten, aber dann sagt Harry, nein, nein, das ist doch das Schreckliche daran, ich habe immer nur gewartet! Mudpye und Harry und Sam und, jawohl, und Basie, und jeder einzelne mit irgendwelchen halbgaren Ideen, während Vater die ganze Zeit zu mir gehalten hat! Er hat an mich geglaubt, dabei hatte ich den Glauben an ihn längst verloren, und was ich alles gesagt habe, eine Menge am Hals, natürlich hat er eine Menge am Hals, und ich dachte schon, er wollte nichts mehr von mir wissen, weil ich es nicht wert war, daß er, ich war es nicht wert, ich war es nicht wert, stimmt doch? Das Gesicht plötzlich in den Händen vergraben, –Gott, ich, ich schäme mich so.

–Oscar … beide zugleich, aber er entwand sich den Händen, die ihn anfaßten, die eine am Handgelenk, die andere an der bebenden Schulter.

–Hört zu! Wir inszenieren es. Habe ich euch das schon gesagt?

Das habe ich euch noch gar nicht gesagt, oder, es stand gestern in der Zeitung, dieses Projekt von ihm ist ins Wasser gefallen, die Lästerschule, weil Nipples den englischen Schauspieler von der Londoner Inszenierung engagieren wollte, den sie drüben als herausragend und unvergeßlich bezeichnet haben, aber die amerikanische Schauspielergewerkschaft meint, er wäre nicht bekannt genug, um eine Arbeitserlaubnis am Broadway zu verdienen, und Nipples müßte einen amerikanischen Schauspieler einsetzen, deshalb hat er die Brocken hingeworfen, er hat die ganze Sache einfach abgeblasen, und das heißt, er ist frei! Das heißt, der bedeutendste Regisseur des gesamten englischsprachigen Theaters, und mit seinem Namen haben wir überhaupt keine Probleme, ein Theater zu mieten und das Stück zu inszenieren, ist das nicht eine hübsche Ironie? Daß Mudpye persönlich hierherkommt und mir erzählt, daß es auf die Bühne gehört, und zwar genauso, wie ich es geschrieben habe, ehe sie auf der Leinwand diese billige Parodie daraus gemacht haben?

–Billig? Und wie kommst du überhaupt auf die Idee, die Geldgeber dieser Wiederaufnahme eines englischen Klassikers würden ihr Geld in irgendeine Bürgerkriegsklamotte von jemandem stecken, von dem kein Mensch je...

–Wir brauchen sie gar nicht! Wir brauchen ihr Geld nicht, Christina, und nenn es gefälligst nicht Klamotte! Ich kann das Geld selbst aufbringen, oder? Wie oft habe ich davon geträumt, mit Vater zur Premiere zu gehen, wir haben doch mal davon geredet, weißt du noch? Als ich dir gesagt habe, warum ich es überhaupt geschrieben habe? Warum ich etwas tun wollte, was ihm gefällt, was ihn stolz auf mich macht, wenn wir bei der Premiere nebeneinander sitzen, wo ich es doch als Hommage auf unsere Geschichte geschrieben habe, und auf Großvater, der alles verkörpert, was wir, eben alles, und die ganze Zeit, die ganze Zeit hat er fester an mich geglaubt als ich selbst, und jetzt kann ich es wiedergutmachen, meine ganzen elenden Zweifel an ihm, das kann ich jetzt alles sühnen, die ganze großartige Inszenierung auf der Bühne, mit Quantness und dem Sternengeglitzer überm Schlachtfeld zu Bagbys Monolog am Ende des zweiten Akts, mit einer Giulielma, die keine Schlampe ist, sondern die Zu-Tode-Betrübte, als die ich sie gestaltet habe, alles,

alles so, wie ich es geschrieben habe, und die Gefängnisszene im letzten Akt, Kane im Gefängnis im letzten Akt, nicht irgendein jüdischer Hausierer, sondern das ganze erschütterte Menschheitsgewissen, der moralische Imperativ, so wie ich ihn gestaltet habe, bevor sie es gestohlen haben, sämtliche Profite! Das ist die Ironie daran, die köstliche Ironie, daß die Profite aus dieser widerwärtigen Farce das ganze echte Schauspiel von Gerechtigkeit und Krieg und Schicksalhaftigkeit und menschlicher Leidenschaft finanzieren, nicht die Leidenschaft einer Massenvergewaltigung oder …

–Wo wir gerade von köstlicher Ironie reden, wie sieht es eigentlich mit dem Essen aus.

–Was soll denn, Christina, ich rede hier von etwas Wichtigem!

–Ich auch, Oscar. Mein Gott, das artet ja zum Vortrag aus, ein Jammer, daß du den Film nicht selber sehen und dich diesem Team hervorragender Persönlichkeiten anschließen kannst, die ständig für Vortragsveranstaltungen nachgefragt werden, zum Beispiel von Frauenvereinen in Des Moines zum Thema Verfall von Sinneslust, Sprache und wahrer Leidenschaft in einem Film, den du noch nicht mal gesehen hast?

–Ich brauche ihn gar nicht zu sehen! Ich rede von der Leidenschaft von Ideen, nicht davon, wie ihre Hände ihm die Hose aufknöpfen und sie ihn zum Mann macht, von der Leidenschaft des ganzen Rätsels der menschlichen Existenz und …

–Das tun die auch, Oscar.

–Und wieso kann ich ihn nicht sehen, ich habe dir doch gesagt, ich besorge mir ein Auto, oder? Ein neues Auto, und wenn er hier draußen nicht läuft, können wir in die Stadt fahren und ihn uns dort ansehen, Harry ist nicht da, wir können alle bei euch wohnen, während ich bei John Nipples vorbeischaue und …

–Du kannst nicht dort wohnen, Oscar, Harry kann jeden Tag fertig sein, und den Film kannst du auch nicht sehen, genausowenig wie deine Frauen in Des Moines oder sonstwer.

–Wieso denn, es ist der größte Kassenerfolg seit …

–Die Unterlassungsverfügung gegen Vorführer, Verleiher, Kiester und die ganze Bagage, den Film zu zeigen, bis dieser Kuddelmuddel …

–Was für eine Verfügung, was …

–Deine Verfügung, Oscar. Außer sämtlichen Profiten hast du auch noch eine Verfügung gegen jede Vorführung gekriegt, bis dieser ganze Kuddelmuddel geklärt ist.

–Aber das, Moment mal, was ist dann, wenn er nirgendwo läuft, was ist dann mit meinen Profiten!

–Eben. Warum setzt du dich also nicht erst mal hin und kriegst dich wieder ein, ehe du in sämtliche Richtungen lospreschst und Theater mietest und neue Autos kaufst, anstatt dir darüber klarzuwerden, was du eigentlich tust, bring die Sache mit Vater in Ordnung. Davon redest du doch unentwegt, oder?

–Ja, und Oscar, es geht nämlich sowieso nicht ums Geld, es ist genau wie bei Daddy und mir, und daß er jetzt herkommt, damit wir uns versöhnen, wo alles total verfahren war vor lauter Mißverständnissen und alles immer nur noch schlimmer wurde wie bei dir und deinem Daddy, vielleicht daß er und Daddy sich ja sogar kennenlernen und wir alle miteinander diese wunderbare Versöh…

–Seien Sie endlich still, Lily! Nicht ums Geld, mein Gott, Sie sind genauso schlimm wie er, dieses ganze Händeringen und Tränenvergießen und Theatermachen von wegen Sühne und Sich-Versöhnen, während er dasteht und sämtliche Profite miteinander zu versöhnen versucht und Sie über die Versicherung für das Werkzeug des Todes am Tag des tragischen Ereignisses jammern, natürlich geht es ums Geld! Es geht um nichts anderes, es geht nie um etwas anderes, aber egal, wir haben doch noch dieses kleine Brathähnchen, oder? Das müßte allmählich mal in den Herd, wenn wir nicht alle verhungern wollen, während wir die Brosamen von Oscars köstlicher Unsterblichkeit, Schicksalhaftigkeit, Leidenschaft und dem Rätsel der menschlichen Existenz knabbern, wir brauchen unbedingt eine Köchin.

–Da, seht mal, seht doch mal!

–Mein Gott, Lily, was ist denn nun schon wieder?

–Nein, da draußen, Christina, sehen Sie doch mal. Es schneit.

Und wohin sie am nächsten Morgen sahen, war der zugefrorene Teich in einer makellos weißen Fläche unter bleiernem Himmel aufgegangen, ungestört vom Flug eines einzigen Vogels in der eisigen

Stille, die sich auf jedes Detail von Röhricht und Zweig herabgesenkt hatte, als wäre da draußen die Zeit selbst eingefroren und bedrohte das Geklapper von Teetassen und Besteck und die telefonische Belagerung, die bereits wieder eingesetzt hatte mit –ja, wann, dann sagen Sie mir doch einfach, wann ich ihn sprechen kann, und würden Sie ihm bitte ausrichten, daß ich angerufen habe? Er knallte den Hörer auf. –Sein Sekretär, ich glaube, er hatte getrunken.

–Um diese Zeit?

–Egal, um welche Zeit, wenn man vierzig Jahre für Vater arbeitet, kann man sich's schon angewöhnen. Ich frage ihn wegen meiner Berufung und wer diesen Anwalt mit dem Schriftsatz hierhergeschickt hat, und er kichert bloß, erzählt mir, daß Vater sich an diesem idiotischen Zyklon-Sieben-Fall krumm und bucklig arbeitet, und fragt, ob ich die Rechtsbelehrung der Geschworenen im Fall dieses ertrunkenen Jungen bekommen und ob ich in letzter Zeit irgendwelche guten Filme gesehen hätte, ich konnte noch nicht mal...

–Wie hieß doch gleich dieser Anwalt in deiner Unfallsache, dieser letzte Brief, den du gekriegt hast? unterbrach sie, ohne zuzuhören, durch Zeitungsgeraschel, –hast du das gelesen?

–Was. Er hieß Jack, Jack Soundso...

–Preswig? Sie hielt ihm die Blätter unter die Nase, –das interessiert dich vielleicht.

–Moment, ich brauche meine Brille.

–Du brauchst ein Taschentuch, ich glaube, bei dir ist eine Erkältung im Anzug. Dein Freund Mister Preswig wurde festgenommen, weil er mitten in der Nacht auf der Third Avenue, wo ein Mandant von ihm einen schweren Unfall hatte, ein einen Meter breites Schlagloch gegraben hat, vielleicht hat dir das Mädchen deshalb gesagt, daß er nicht mehr dort beschäftigt ist.

–Aber er, gestern haben sie mir doch noch eine Rechnung über sechzehnhun...

–Was hast du denn erwartet, ich denke, du verklagst den Fahrerflüchtigen, der dich angefahren hat, oder?

–Nein, ich verklage seine, das heißt meine, ich verklage die Versicherung des Wagenbesitzers, und die verklagen, glaube ich, den ursprünglichen Händler, und der verklagt den Hersteller, das steht alles in dem Brief, den ich zusammen mit der Rechnung bekommen habe, von wegen der Verschiebung meiner Ladung als Zeuge gegen die, ich rufe mal lieber dort an ... Und weiter ging die Belagerung, von –Mister Mohlenhoff? Hier spricht ... ach so, können Sie mir dann sagen, wann er wieder da ist? bis zu –Nipples, jawohl, ich versuche unentwegt, Sir John Nipples zu errei... können Sie mir dann wenigstens sagen, wann er wieder da ist? Und im Laufe des Tages wurde seine Stimme heiser, –können Sie dann einfach ausrichten, daß ich angerufen habe! Bis schließlich genau zur Essenszeit ein Rückruf kam, –jedesmal zur Essenszeit, hallo? Und als er sich kurz darauf zu ihnen an den Tisch setzte, –irgendein Idiot, der in unserer Gegend eine Umfrage macht und gehört hat, ich wäre Besitzer eines Hauses mit einer biologischen Klärgrube.

–Das Kalbfleisch ist ein bißchen trocken, Lily, meinen Sie, wir könnten noch etwas Wein haben?

–Ach so, da steht er, es wird so früh dunkel, man kommt sich vor, als äße man mitten in der Nacht, als sie im unheimlichen Licht des Aquariums hochfuhr und ihn mit einem –Was ist denn das! am Handgelenk packte. Das sei nichts weiter, sagte er ihr, bloß ein Specht draußen an den Schindeln. –Mir hat er jedenfalls angst gemacht. Warum mußt du hinterher eigentlich immer nach oben gehen, dieser blöde Fisch glotzt uns an, und dann noch dieses unheimliche Tap-tap-tap da draußen, wie die Polizei im Film, kurz bevor sie die Tür einschlagen, das macht mir alles angst, das könnte Al sein da draußen, warum kannst du eigentlich nicht hier unten schlafen, mittlerweile hat sie ja wohl mitgekriegt, was wir hier machen, oder? Kannst du denn nicht, nein hier, gib mir mal deine Hand. Da. Spürst du's?

–Ja, Herrgott noch mal, Lily, dann gehen Sie halt zum Arzt, tönte es ihr am nächsten Morgen über angebrannte Krusten des letzten Brotes und die Reste der Ingwermarmelade hinweg entgegen, –von einer Mammographie haben Sie ja wohl schon mal gehört, oder? Ist Oscar schon auf? Als ob das irgendeinen Unterschied gemacht hätte, da die Tage ineinanderliefen wie der schwindende Schnee, löchrig und von Kaninchenspuren zernarbt und dann völlig verschwunden nach einer Regennacht, die das vergilbte Gras des Rasens bloßlegte, auf dem sich ein Eichhörnchen zeigte, planlos scharrend, hoch aufgerichtet mit unschlüssig zitterndem Schweif und wieder fort auf seiner hektischen Suche, so daß sie nun auf den stillen Teich hinausblickte, an dessen gegenüberliegendem Ufer drei Weißwedelhirsche aus der Deckung brachen und wieder verschwanden, während ihre Finger sich auf dem Rücken ineinanderflochten, –es ist die Warterei, die Warterei, anfällig für jede, ob durch schiere Belanglosigkeit, Triumph oder Katastrophe sich ergebende Störung, die mit schwindendem Tageslicht so unvermittelt absonderlich wirkte wie die stille Erscheinung eines Autos, das da direkt vor ihren Augen tiefgrün in der Auffahrt stand, –mein Gott! Harry? Wo bist du.

–Er hat angerufen, während Sie oben waren und ein ...

–Er ist hier, Lily, wo ist er.

–Das kann nicht sein, er hat angerufen, während Sie oben waren und ein Bad genommen haben, und gesagt, er käme übermor...

–Er ist hier, unser Auto steht da draußen, sehen Sie das denn nicht? Gott, hoffentlich ist nichts passiert, er ...

–Aber das ist nicht Ihres. Es ist Oscars.

–Was ist Oscars?

–Das neue Auto da draußen, es ist geliefert worden, während Sie oben waren und ein ...

–Das kann nicht sein! Sie stützte sich an der Armlehne des Sofas ab, auf das sie sich schwer sinken ließ, –das ist das Lächerlichste, wo ist er.

–Er ist da drin, liegt mit seiner Erkältung flach, es ist praktisch eine Kehlkopfentzündung, er kann kaum ...

–Sagen Sie mir doch einfach, was hier eigentlich vorgeht! Er kann sich kein Auto kaufen, er hat gar nicht das Geld für so ein Auto, was heißt das, Harry hat angerufen, warum haben Sie mich nicht geholt?

–Weil er wahnsinnig in Eile war, ich soll Ihnen bloß ausrichten, daß er ...

–Er hat gesagt, er kommt her?

–Davon rede ich doch die ganze Zeit, hören Sie doch mal zu! Er kommt morgen mit irgendwas von wegen Oscars Berufung, was ihm vielleicht nicht schmecken wird, hat er gesagt, deswegen sollen wir nicht mit Oscar drüber reden, ehe er mit ihm gesprochen hat, damit er keine falschen Vorstellungen kriegt, wo doch der Film jetzt im Fernsehen kommt und alles.

–Was alles! Im Fernsehen, mein Gott, woher weiß er, wann?

–Das weiß ich nicht, das hat er nicht ...

–Vielleicht könnten Sie mal in der Zeitung nachsehen? Wo ist die Zeitung?

–Das weiß ich nicht, er hat bloß gesagt, man soll Oscar zurückhalten, bis ...

–Wovon denn, vom Kauf neuer Autos, für die er gar nicht, das Auto da draußen, wie will er das denn bezahlen, er kann ja nicht einmal ...

–Er hat nur gesagt, sie hätten bloß die Anzahlung gewollt, und dann war er da drin und hat im Abfall nach den Handichecks gesucht, die Sie weggeworfen haben.

–Wo ist die Zeitung? Der Film kommt doch nicht etwa heute abend, oder? Ihn zurückhalten, mein Gott, er weiß doch noch gar nichts davon, oder? Sagen Sie es ihm auf keinen Fall, wenn es nicht sein muß, sonst wird er vollends unerträglich.

–Wissen Sie, worauf ich einen Dollar mit Ihnen wette? Mit plötzlichem Absatzgeklapper Richtung Flur, womit sie Chancen und Risiko offenließ, so sicher war sie sich ihrer umgehenden Rückkehr, in der Hand als Trumpfkarte –die Zeitung, sehen Sie?, die es ausposaunte, die aufgeschlagene Seite mit Fernseh-Galapremiere, das großartige, aufwühlende Bürgerkriegsepos mit Robert Bredford und –sehen Sie? Er hat es schon gesehen.

–Was hat er gesagt, wann kommt es denn?

–Er schläft. Es kommt erst morgen.

–Gott sei Dank. Und wecken Sie ihn bloß nicht auf, sagte sie, die Stimme vor Erschöpfung schwindend, so wie draußen überm Teich der Tag verrann und die gleichen Worte über Nacht auf der Lauer lagen, um mit einem Panikanfall den neuen Tag anzugehen –wekken Sie ihn um Gottes willen nicht auf! Von ihrem Platz am Telefon aus, –Harry? Ich weiß nicht, was wir ihm sagen sollen, beeil dich einfach, sobald du kanst, ja, beeil dich einfach! Sie legte auf, –wo ist denn nun die Zeitung?

–Da wo wir sie gestern ...

–Die von heute! Die Zeitung von heute, ist sie schon gekommen? Mein Gott, Lily, stehen Sie hier nicht herum, ziehen Sie sich einen Mantel an und gehen Sie sie holen! Schnell! Und sie machte das aufklaffende Gewand, in dem sie geschlafen hatte, mit der gleichen unruhigen Heftigkeit zu, die sie gleich darauf der Zeitung zuwandte, als sie sie in Händen hielt, –die Seite mit den Nachrufen, Sie haben den Wirtschaftsteil da, schauen Sie mal im Inhaltsverzeichnis nach.

–Ist es das?

–Ja, geben Sie her, ja, sagte sie beinahe flüsternd, sank auf dem Sofa zurück, –das ist es, ihr Blick ebenso regungslos, wie die schwarzen Wörter zurückstarrten, THOMAS L. CREASE, 97, ALTGEDIENTER JURIST, und die schonungslose Endgültigkeit der fetten Buchstaben strafte das zögernde Gefolge feinerer Schattierungen in dem Halbtonkonterfei Lügen, das über ihre Schulter lugte, auf –Lily? Würden Sie, machen Sie bitte Tee, ja?

–Ich hab das Wasser schon aufgesetzt. Er sieht echt jung aus, was?

–Ja, mein Gott, das ist ein altes Bild, wahrscheinlich ist es vor Ihrer Geburt aufgenommen worden. Richter Thomas L. Crease, ein Veteran der Rechtsprechung, der er fast ein halbes Jahrhundert lang als Bundesrichter diente, und Sohn eines legendären Richters am Supreme Court, dem er in seiner Jugend als Gerichtsschreiber zur Seite stand, starb gestern in seinem Richterzimmer am hiesigen District Court. Er wurde siebenundneunzig Jahre alt und erlag nach den Worten seines Gerichtsschreibers, der in seiner letzten Stunde bei ihm war, einer massiven Herzattacke. Von seinen Kollegen wegen seines umfassenden Verständnisses und seiner strengen Auslegung des Verfassungsrechts ebenso hochgeschätzt wie wegen der geschliffenen Sprache, mit der dieser Idiot, warum hat er uns nicht angerufen! In seiner letzten Stunde bei ihm, er hätte gleich im Richterzimmer den Hörer abnehmen und uns anrufen können, oder?

Wie spät ist es jetzt, ich versuche, ihn zu erreichen, bevor wir Oscar wieder um die Beine haben, ich glaube nicht, daß wir es ihm unbedingt gleich sagen müssen, Lily. Zu seinem eigenen Besten, weiß der Himmel, in was für einem Zustand er ist, außerdem kommt ja Harry, ich denke, wir können so lange warten, bis ich mit diesem Gerichtsschreiber geredet habe, er hat sich wahrscheinlich erst mal hingesetzt und einen steifen Drink eingegossen, als es passiert ist, Gott sei Dank hat er nicht angerufen, er hätte bloß Oscar erreicht, und dann wären wir die ganze Nacht am Weinen und Jammern gewesen, früher oder später mußte es ja passieren, deswegen muß man nicht in Stücke gehen, immerhin war er fast hundert Jahre alt, oder? Wo wollen Sie hin, Sie wollen ihn doch nicht etwa wecken, oder?

–Nein, ich glaube, das Wasser für den Tee kocht ge...

–Versuchen Sie einfach, möglichst leise zu sein, ich möchte diesen Anruf erledigen und feststellen, was er da unten veranlaßt hat, ehe es mit ihm durchgeht und er ein Staatsbegräbnis aufzieht, und bringen Sie mir ein bißchen Toast, falls noch Brot da ist, ja? Und bis das Tablett unsicher klappernd den Flur entlang kam, hatte sie schon wieder aufgelegt und widmete sich erneut der Zeitung, –er geht natürlich nicht dran, aber hier am Schluß sieht es ohnehin wieder etwas beruhigender aus, Gott sei Dank. Seine Berufung an den U. S. Court of Appeals, die, wo steht es denn? Von seinen Kollegen als intransigent, ja sogar leicht exzentrisch angesehen, kollidierte sein glühendes Engagement für die Rechte des Ersten Verfassungszusatzes zuweilen mit einem ebenso ausgeprägten Sinn für den Schutz der Privatsphäre, der sich vom Richterstuhl herab in unbeherrschten Ausbrüchen wie etwa «Zum Teufel mit dem Informationsrecht der Öffentlichkeit!» niederschlug. Ausdruck fand dieses Temperament auch in der Gewohnheit des Richters, Erstentwürfe seiner Urteile zu vernichten, um sich nicht Sammlern und Biographen auszuliefern; er folgte darin Richter Holmes, mit dem er den Wunsch teilte, nur durch das Endprodukt bekannt zu sein: wie er dorthin gelangt sei, gehe nur ihn selbst etwas an. Dieser Anschauung blieb er bis zuletzt treu, indem er nach den Worten seines Gerichtsschreibers seine sofortige Einäscherung ohne alle Beisetzungsfeierlichkeiten verfügte und ein mit einem Kreuz oder sonst einem barbarischen Folterwerkzeug gekennzeichnetes Grab ausdrücklich verbot, na, Gott sei Dank, damit hätte sich das erledigt. Gibt es keinen Toast?

–Das Brot ist alle.

–Reichen Sie mir bitte meine Tasse, ich gehe nach oben und ziehe mich an, Sie ziehen sich lieber auch was über, ehe der, oh, gehen Sie bitte dran, und wenn es wieder Harry ist ...

–Hallo? Wer ... Ach so. Er ist es.

–Harry?

–Nein, dieser Gerichtsschreiber, er ...

–Geben Sie mal her. Hallo? Er schläft noch, hier spricht ... ja, Christina. Ich habe es gerade in der Zeitung gelesen, wieso haben Sie uns eigentlich nicht gestern angerufen, als es passiert ist, wir ... Ja, ich weiß, daß wir auch nichts hätten machen können, aber mein Gott! Daß wir so ganz zufällig in der Zeitung darauf stoßen wie jeder Hinz und ... Harry? Sie haben meinen Mann Harry angerufen? Wann war denn ... wann hat er Sie angerufen?

–Ich hab Oscar da drin gerade husten hören, ich glaube, er ist wach.

–Moment mal. Bringen Sie ihm irgendwas, Lily, hier, bringen Sie ihm die Tasse Tee da, und er soll im Bett bleiben, bis wir, hallo? Doch, das weiß ich, ja, ich weiß, daß das alles in der Zeitung steht. Um zu erfahren, daß es kein Begräbnis gibt, muß ich die Zeitung lesen wie Millionen andere ... Das glaube ich ohne weiteres, daß Sie viel um die Ohren haben, aber mein Gott, wir sind schließlich seine, was? Hierher? Wieso kommen Sie hierher, wir ... Sie? Er hat Sie zum Testamentsvollstrecker bestimmt? Aber, aber ... Ja, mein Gott, ich weiß, daß wir die nächsten Verwandten sind! Aber wieso, um Himmels willen, hat er Sie zum ... Na, wenn der Nachlaß so unkompliziert ist und Sie das Testament schon zur Bestätigung eingereicht haben, was haben wir dann noch ... was für Papiere zu unterschreiben, wir ... ich habe gesagt, ich weiß, daß wir die Hinterbliebenen sind! Mein Gott, Sie müssen uns doch nicht erzählen, daß wir die Begünstigten sind, natürlich sind wir die Begünstigten! Also ... wann denn, wann kommen Sie denn, wir können ... Nun seien Sie nicht albern, Sie können nicht mit dem Bus fahren, Sie können herfliegen und ... mit einem Flugzeug, Sie können mit einem Flugzeug herfliegen, oder? Wir schicken dann einen Wagen zum ... Na, hören Sie, viele Leute sind noch nie geflogen, die Wälder da unten müssen voll davon sein, Sie ... Ich weiß, daß der Bus billiger ist! Wir bezahlen Ihnen das Flugticket, schließlich sind wir keine armen Schlucker, oder? Sie können es ja mit dem Nachlaß verrechnen, immerhin sind Sie der Testamentsvollstrecker, oder? Wir lassen Sie mit dem Wagen vom Flughafen abholen und ... ja, ich weiß das zu schätzen, vielen Dank, ich weiß es zu schätzen, daß Sie das Geld des Nachlasses sparen wollen, aber das ist ja wohl kaum der ... Ganz gleich, was das für persönliche Effekten sind, Sie können sie bestimmt ins Flugzeug mitnehmen, und wenn nicht, dann können Sie sie später herschicken, aber bringen Sie bloß nicht so was wie seine ganzen alten Kleider mit, das letzte, was wir gebrauchen können, ist ein Schrank voller ... Na, wunderbar. Wenn es dort viele Bedürftige gibt, dann geben Sie ihnen, was immer Sie ... Und seine Bücher, ja, die können Sie doch einfach später herschicken, oder? Leute, die wahrscheinlich nie über die zweite Klasse hinausgekommen sind, falls sie überhaupt lesen können, haben dafür doch sowieso keine ... Nein, ich muß jetzt los, rufen Sie dann an? Wenn Sie Ihre Reisevorbereitungen getroffen haben, wir kümmern uns dann darum, daß jemand Sie vom Flughafen abholt. Gut, Lily? Lily!

–Er steht jetzt auf, ich konnte ihn nicht mehr ...

–Das hier hat bestimmt alles Zeit, bis Harry kommt und seinerseits seine schlechten Nachrichten losgeworden ist, das hat er doch gesagt, als er gestern angerufen hat?

–Nur irgendwas von wegen Oscars Berufung, was ihm vielleicht nicht schmecken wird, hat er gesagt, ehe er den ...

–Na, das ist natürlich das typische Zartgefühl des Anwalts, genausogut könnte er sagen, es schmeckt Ihnen vielleicht nicht, daß wir glauben, Sie haben Krebs, Gott sei Dank kommt er her, können Sie sich vorstellen, daß Vater diesen Gerichtsschreiber zu seinem Testamentsvollstrecker bestimmt hat? Den Bus will er nehmen, ganz bestimmt hatte er getrunken, oder er ist besonders beschränkt, erzählt mir, wir sind die Hinterbliebenen, das weiß schließlich alle Welt, immerhin steht es hier ganz am Ende, oder? Mit schwungvollem Ausbreiten der Zeitung, –Richter Crease war mit der Tochter eines wohlhabenden Architekten aus Long Island, der ehemaligen Winifred Riding, und nach deren frühem Tod mit einer Mrs. Mabel, einer Mrs.? Das ist meine Mutter, was heißt hier eine Mrs.! Er hinterläßt einen Sohn, Oscar L., Gott sei Dank haben sie nicht Oswald geschrieben, Oscar L. Crease, einen Historiker und Dramatiker, na, das müßte ihm doch gefallen, der auf Long Island wohnt, sowie eine Stieftochter, Christina Lutz aus Manhattan, und Lily, gehen Sie ans Telefon, wenn es klingelt, ehe er es tut, es könnte die Presse oder Gott weiß wer sein, und schaffen Sie das irgendwohin, wo man es nicht sieht, ja? Apropos Hinterbliebene, dafür haben wir nun wirklich noch reichlich Zeit, wenn wir diese Fernseh-Galapremiere heute abend halbwegs unbeschadet überstehen, wie spät ist es eigentlich? Ich hatte doch eine Tasse Tee, oder? Wo haben Sie die denn, ach, Oscar, hier, setz dich hierher, da ist ein Kissen. Du siehst ja fürchterlich aus.

–Ich fühle mich auch so! Meinst du, das ginge dir anders? Er brach in nicht enden wollendes Gehuste aus und griff nach der Armlehne des Sofas, auf das er sich unsicher sinken ließ. –Wo ist meine Zeitung.

–Die Zeitung ist hier, nur keine Aufregung. Heißen Tee, Lily, der hier ist mittlerweile bestimmt kalt, und ...

–Nicht die von heute, die von gestern! Ich habe sie hierhergelegt, diese Anzeige für den Film, wer hat sie da weggenommen?

–Ohne Milch, Lily, und geben Sie ein bißchen Whisky hinein, er steht gleich da drüben irgendwo, Oscar, die hast du doch bestimmt schon tausendmal gelesen, und Lily? Geben Sie in meinen auch ein bißchen, ja?

–Ein großartiges, aufwühlendes Epos, da ist es ja, die gehören alle erschossen. Habt ihr das gesehen? Keuchend, eine Hand auf die schwer atmende Brust gepreßt, –dieses ganze widerliche ...

–Versuch einfach, dich bis heute abend zu gedulden, bestimmt ist es viel schlimmer, als du dir vorstellen kannst. Harry kommt später, um dich ein bißchen aufzumuntern.

–Die vom Krieg überschattete Geschichte eines Mannes, der aus Liebe zu einer Frau vor seinem Schicksal flieht, mit der großartigen nordisch-eurasischen Entdeckung Anga Frika in ihrer ersten großen, nun sieh dir die an! Die vom Krieg überschattete, wieso kommt er her, ist irgend etwas passiert?

–Das wird er dir bestimmt sagen, wenn er da ist, nun hör um Gottes willen auf, dich zu quälen, und hier, hier ist die Zeitung von heute morgen, da kannst du alles über drei tote Teenager nach Drogenstreit lesen, während wir, nein, ich gehe dran, bleib sitzen! Und sie stand auf, ihr Griff nach dem Hörer ebenso widerwillig-gereizt wie ihr Ton, erst links, dann geradeaus, dann rechts durch das Tor und die vierte Einfahrt links, –irgendeine Frau wegen deiner Sekretärinnenstelle, hast du eine Anzeige in der Lokalzeitung aufgegeben?

–Das habe ich dir doch gesagt, oder? Die ganzen Briefe und Rechnungen und das Telefon ...

–Soll sie etwa deine Rechnungen bezahlen, und wie gedenkst du sie eigentlich zu bezahlen, du kannst ja wohl selbst telefonieren, oder?

–Ich brauche eine Sekretärin, um mit anderer Leute Sekretärinnen zu reden! Im Moment muß ich dringend mit ...

–Mit so einer Stimme solltest du mit überhaupt niemandem reden, du hörst dich an wie ein ...

–Eben, da hast du's! Genau das sage ich doch, oder? Das neuerliche Hustenspektakel ging in ein Pfeifen über, das ihn gegen die Polster drückte, wo er die drei toten Teenager nach Drogenstreit anfunkelte, bis eine auf ihrer Untertasse klappernde, dampfende Tasse Tee neben ihm herabschwebte, und wo war seine Brille? Unter Seitengeraschel vorbei an globalem Zwist von Londonderry bis Chandigarh, hob er die geleerte Tasse mit dem stummen Flehen des zahnlosen Tibeters, der ihm auf Seite sechzehn eine Bettelschale entgegenhielt, und weiter durch die selbstgefällige Schelte der redaktionellen Redoute bis zu der aus dem Zeitungswust gezischten Forderung nach dem –Wirtschaftsteil? Christina?

–Ich bin nicht taub, wozu brauchst du denn den Wirtschaftsteil?

–Ein Artikel über den Abriß eines Broadway-Theaters, um einen

Pizza-Palast zu bauen, da steht Fortsetzung auf Seite D sechzehn, das ist im Wirtschaftsteil, wo ist er?

–Weiß der Himmel, vielleicht haben sie vergessen, ihn einzulegen. Möchtest du ein Omelette zum Lunch?

–Ich will den Wirtschaftsteil!

–Ich habe ihn aber nicht! Hier, du kannst deine Post lesen, während ich mich fertig anziehe, eine nagelneue Anwaltskanzlei tritt in dein Leben. Würdest du Lily bitten, dir etwas zu richten, wenn du fertig bist? Und sie floh, ehe er den Umschlag aufreißen konnte, zur Treppe, außer Hörweite ihres ihr nachgeheulten Namens und eines fast einem Lachen ähnelnden Würgelauts, der noch nachhallte, als sie wieder herunterkam.

–Das ist, hier, hier, sieh dir das an, du wirst es nicht glauben.

–Mittlerweile glaube ich alles. Wen verklagst du denn jetzt?

–Nein, die verklagen mich! Die O'Neill-Erben, Christina, die Erben von Eugene O'Neill, sie verklagen mich wegen Verletzung des Urheberrechts an dieser ollen Kamelle Trauer muß Elektra tragen, ausgerechnet diese ...

–Ja, ja, schon gut, ich will wirklich nichts davon wissen. Denen wird der Film bestimmt gefallen.

–Nein, sie verklagen auch die Filmleute, sie verklagen uns alle, sie ...

–Ich habe gesagt, ich will nichts davon wissen! Wenn Harry herkommt, kannst du dich mit ihm darüber austauschen, wo ist denn Lily, wir müssen unbedingt einiges einkaufen. Hast du schon etwas gegessen? Wir brauchen Brot und, ja, und Whisky, wir brauchen auf jeden Fall noch mehr Scotch, bis das alles überstanden ist, Lily? Holen Sie bitte eine Decke oder so etwas, die man ihm überlegen kann, solange wir weg sind? Hören Sie mich? Und Popcorn für heute abend, es scheint die Sorte Film zu sein, zu der man Popcorn ißt.

–Warte mal, Christina? keuchte er Minuten später und zog sich die Steppdecke bis unters Kinn, –bringt ihr mir Eiscreme mit? Hast du gehört? Aber ob sie ihn nun gehört hatte oder nicht, er selbst hörte lediglich die Tür hinten im Flur klappernd zufallen und tastete zwischen den Polstern herum, um mit einem Knips die Mattscheibe zu beleben, mit Indianern, Kavallerie, dem Knallen von Schüssen; weißen Gesichtern, Rastalocken, dem Knallen von Schüssen; Bankwächtern, Männern mit Hüten, dem Knallen von Schüssen; Hubschraubern, brennendem Fusel, und er knipste das Krachen von Schüssen aus, während seine Augen sich flatternd schlossen und sein Mund aufklappte, nach Atem gierend, der allmählich flacher wurde, während seine Hand zuckte und still lag wie die Schatten, die die Sonne aus einem jähen Aufreißen der Wolken draußen über ihn legte, jäh wie der menschenförmige Schatten, der sich über ihn beugte, –He, wie ...

–Mir geht's gut. Hab ich dich geweckt?

–Ich, ich, ach. Ach, Harry.

–Hört sich an, als hättest du dir irgendwo eine kleine Erkältung eingefangen. Wo stecken denn alle?

–Wer? Ach so. Sie sind weggefahren. Reichst du mir mal eben diese, die Schachtel mit den Papiertüchern? Ein Husten bewirkte, daß er sich mühsam aufsetzte, –fürchterlich, wenn der Tag schon so anfängt.

–Allzu überrascht kannst du aber nicht sein, oder? Er hatte seinen Aktenkoffer neben einem Sessel abgestellt und war dabei, sich aus seinem Mantel zu schälen, –früher oder später passiert es halt, und es trifft jeden von uns, wie's so schön heißt, du nimmst es allerdings ziemlich gefaßt auf, wie?

–Das Atmen ist schon ein bißchen mühsam, aber am schlimmsten ist der Husten, mein Hals fühlt sich an wie ein Reibeisen.

–Ich habe eigentlich eher, hast du schon mit Christina gesprochen?

–Eine große Hilfe ist sie nicht gerade. Ich habe sie gebeten, mir Eiscreme mitzubringen, aber ich glaube, sie hat mich gar nicht gehört.

–Aber sie, ach so, ja, verstehe, ja, du hast die Zeitung noch gar nicht gelesen?

–Die von heute morgen? Die liegt da irgendwo, sie reißen das alte Century-Theater ab, um einen Pizza-Palast für die Barbaren zu bauen, die vor den Toren stehen, hör zu, Harry, ich muß mit dir reden, bevor die beiden zurückkommen und das Ganze hier zum

Zirkus wird, dieser Film? Du hast doch die Anzeige gesehen, oder? Das aufwühlende Bürgerkriegsepos und ihre große nordisch-eurasische Entdeckung mit der offenen Bluse? Heute abend, die Fernseh-Galapremiere, sie zeigen ihn heute abend, wieso dürfen die das, bist du dann noch da?

–Genau darüber wollte ich mit dir reden, Oscar, sie ...

–Aber wieso dürfen sie ihn im Fernsehen zeigen, die Kinos dürfen ihn doch auch nicht zeigen, da gibt es doch diese Verfügung, oder?

–Darüber wollte ich mit dir reden, sie ...

–Und der Brief da, wo ist er denn, die O'Neill-Erben wollen mich verklagen, sie verklagen auch das Studio, Kiester, uns alle, was haben die eigentlich gemacht? Gewartet, bis bei mir endlich Gewinne hereinkommen, und dann einen Prozeß angefangen? Das bedeutet doch Verwirkung, oder? Das mit der Verwirkung hast du mir doch erklärt?

–Hör zu, Oscar, darüber wollte ich unter anderem mit dir reden, ich ziehe mir nur eben den Mantel aus, ja? Und er ließ sich langsam in den Sessel sinken, –also ...

–Aber diese Verfügung, die dürfen ihn doch gar nicht ...

–Haben eine Aufhebung erwirkt, sobald das Berufungsgericht über die Entscheidung des Hilfsrichters zu den Profiten und zur Festlegung des aus der Rechtsverletzung erzielten Gewinns befunden hatte, jetzt dürfen sie ihn wieder zeigen, wo sie Lust haben. Diese einmalige Fernsehausstrahlung soll wahrscheinlich die Kinobesitzer wieder auf die Beine bringen, haben Schiß vor Prozessen wegen Vertragsbruch aufgrund dieser Kopplungsgeschäfte, Merchandising-Rechte, T-Shirts, Spiele, Nebenprodukte, Comic strips wie bei diesem Köter Spot und Zyklon Sieben, der Roman mit Anga Frikas Titten auf dem Umschlag steht wahrscheinlich schon auf sämtlichen Flughäfen in den Gestellen, Lesen Sie das Buch zum Film, und wenn es keinen Film gibt, sitzen die ganz schön ...

–Ja aber was, Moment mal, was denn für ein Buch, es gab doch überhaupt kein Buch.

–Verwertung als Roman nennt man das, Oscar, hör zu. Jemand schreibt einen Roman, und das Studio kauft die Rechte und läßt hintereinander ein Dutzend Drehbuchautoren ran, bis die Endfassung steht, nach der gedreht wird, dann zahlen sie irgendeinem Schreiberling achthundert Dollar dafür, daß er einen Roman daraus macht, der rechtzeitig zum Start des Films in den Gestellen steht, funktioniert so rum und so rum. Sehen Sie den Film zum Buch.

–Aber es gibt doch schon einen Roman, du hast doch gerade gesagt, sie kaufen die Rechte an einem Roman und ...

–Hat aber nichts mit dem zu tun, was du auf der Leinwand siehst, oder? Laß erst mal das Gekabbel zwischen Drehbuchautoren, Regisseur und Stars vorbei sein, und was am Ende dabei rauskommt, ist wahrscheinlich himmelweit vom Ausgangspunkt entfernt, wäre bloß verwirrend für den Mann am Flughafen, der nach Anga Frikas Titten guckt und ...

–Aber das Buch, das sie, was passiert mit dem Roman, den sie ursprünglich gekauft haben, um ...

–Kann man vergessen. Glaubst du etwa, irgendein Studio unterschreibt einen Vertrag mit einer Droit-morale-Klausel? Die Sache hier ist die, sie versuchen, ihre Verluste abzuschreiben, mit ihren Kopplungsgeschäften und Nebenprodukten wieder in die Gänge zu kommen, ihren Kapitalfluß wieder anzukurbeln, und genau darüber wollte ich mit dir reden, also ...

–Ja, ja, gut, das freut mich ja, ich hatte mir schon Sorgen gemacht, ich habe ja sogar, das neue Auto, das du da draußen gesehen hast, dafür habe ich gerade die erste Rate bezahlt, und ...

–Da steht kein neues Auto, Oscar, als ich hergekommen bin, habe ich nur ein altes braunes ...

–Aber ja, es steht da draußen, genauso eins wie eures, ein neuer, Moment mal, die haben es genommen. Die haben es genommen! Sie sind damit zum Einkaufen gefahren, sie haben mich nicht mal gefragt, ich bin noch nicht mal selbst damit gefahren, und sie nimmt es einfach, ohne zu fragen.

–Ein bißchen leichtsinnig, Oscar, ein Auto in der Preisklasse, da muß man ...

–Nein, sie wird schon vorsichtig fahren, aber fragen können hätte sie mich wenigstens, oder?

–Ich meine, sich überhaupt so eins zu kaufen, ich habe mit deiner

Freundin Lily gesprochen, als ich angerufen habe, und ihr gesagt, du solltest dich lieber etwas zurückhalten, bis du ...

–Ja! Ja, deswegen bin ich ja auch so erleichtert, aber die Hauptsache, hör zu. Mein Stück, das kann ich jetzt selbst produzieren, ist das nicht die allerschönste Ironie an der ganzen Sache? Daß dieser, wenn ich heute abend hier sitze und Popcorn esse und mir im Fernsehen diesen Schund ansehe, der mir dazu verhilft, mein Stück auf die Bühne zu bringen, wo es von Rechts wegen schon längst hingehört, jawohl, je mieser der Film ist, desto besser, je geschmackloser, vulgärer, blutiger, desto besser, das ist Gerechtigkeit, oder? Wenn es überhaupt so etwas wie poetische Gerechtigkeit gibt?

–Oscar, hör zu, genau darüber wollte ich mit dir ...

–Ja, aber das wichtigste, das allerwichtigste daran, Harry, hör zu. Der ganze Ärger und Schmerz und die jahrelangen Mißverständnisse mit Vater, das war hauptsächlich meine Schuld, ich habe nämlich nicht an ihn geglaubt, weil ich dachte, er glaubt auch nicht an mich und dieses Stück und alles, was damit zusammenhängt, dabei hat er die ganze Zeit hinter mir gestanden, das stimmt doch, oder? Daß er den Schriftsatz für die Berufung verfaßt hat?

–Kann gar nicht anders sein, das Ganze trägt eindeutig seine Handschrift, deswegen ist Mudpye ja auch die Wände hochgegangen, der kleine Scheißer hat damit gerechnet, daß er seine ausführliche supertolle mündliche Begründung los wird und diesen ausgebufften alten Hasen eine Lehrstunde über den Vorrang des Einzelstaatsrechts vor den Bundesgesetzen erteilt, und die haben ihm wahrscheinlich keine drei Minuten gegeben. Ein Blick auf den Berufungsschriftsatz, und die haben keine Sekunde dran gezweifelt, daß er von einem Kollegen kam, läßt sich natürlich nie beweisen, aber ich glaube, die wußten, von wem, hat Mudpye ruckzuck den Auftritt vermasselt und ihn voll auflaufen lassen, deswegen will er jetzt in der zweiten Runde Blut sehen. Ich hätte dich anrufen können, aber ich dachte, ich warte lieber, bis ich herkommen und das Ganze mit dir zusammen durchgehen kann, falls du Fragen hast, wird dir, fürchte ich, nicht besonders schmecken, was sie da bei der Revision der Entscheidung des Hilfsrichters über deinen Schadensersatz ausgebrütet haben.

–Wer? Sämtliche Gewinne, ja, wer sie?

–Das Berufungsgericht, Oscar, hör zu. Du verstehst doch, wie das ganze juristische Verfahren abläuft, oder? Er hatte eine Aktenmappe hervorgeholt, ließ das Köfferchen auf seinem Schoß zuschnappen, –hier hast du's, das ist dein Endurteil vom Second Circuit zur Frage der Festsetzung des aus der Rechtsverletzung erzielten Gewinns, die sie angeordnet haben, als sie den Spruch des District Court aufgehoben haben und das Ganze zur Festlegung der Schadensersatzsumme an den Hilfsrichter ging, hast du was dagegen, wenn ich das ausmache? Und schon stand er wieder im flakkernden Licht der stummen Mattscheibe, auf der ein dynamischer Mensch, augenscheinlich auf einem internationalen Flughafen, die Qualen der Diarrhöe floh, –hab dir ja gesagt, die würden im Gegenzug versuchen, deinen Schadensersatz zu drücken, oder? Und er setzte sich wieder, diesmal ans Fußende des Sofas, und klappte den Aktendeckel auf, –also, paß auf. Dir sind sämtliche Profite aus der öffentlichen Vorführung des Films Das Blut im Rot-Weiß-Blau zugesprochen worden, und die Frage ist, ob das korrekt war.

–Ja, natürlich war das korrekt, die haben meine Arbeit gestohlen und müssen mir als Schadensersatz ihre sämtlichen Profite geben, so einfach ist das, oder?

–Nein. Die bestehen darauf, daß die Profite hätten aufgeteilt werden müssen. Hier, daß der dem Autor eines urheberrechtlich geschützten Werkes zugesprochene Schadensersatz sich auf die Gewinne beschränken sollte, die sich aus dessen Ausbeutung ergeben; und daß die Beklagten, weil der Wert des betreffenden Films nur in sehr geringem Maße von den Teilen abhängt, welche sie laut rechtskräftigem Urteil plagiiert haben, auch nur einen entsprechend geringen Anteil der Profite ...

–Also, das ist ja wohl, das können sie doch nicht machen, das ist ja lächerlich, sie haben es gestohlen, oder?

–Die Sache ist die, Oscar, also gut, hör zu. Schreib ein Gedicht, irgendwer klaut es, veröffentlicht es anderswo mit seinem Namen drunter, schlichter Fall von Plagiat, die gleichen Worte auf ein Stück Papier gedruckt, bei einem Film ist das was anderes, die Profite kommen von den Leuten, die Eintritt dafür bezahlen, weil sie sich ein Vergnügen davon erhoffen. Dieses Vergnügen, dem sich unter anderem die weitere Popularität des Films verdankt, setzt sich aus vielen Faktoren zusammen: den Schauspielern, der Arbeit des Produzenten und des Regisseurs, der Geschichte, der Szenerie und den Kostümen. Die Faszination und die Hoffnung, die das Publikum zunächst anziehen, werden im wesentlichen durch Werbung sowie durch den Ruf der Stars und der Filmgesellschaft geweckt. Diese Faktoren haben keine allen gemeinsame Maßeinheit und sind daher inkommensurabel; insofern unterscheidet sich die Situation nicht vom üblichen Fall einer Urheberrechtsverletzung, bei der das plagiierte Material mit gemeinfreiem Material vermischt wird. Normalerweise versuchen sie dann einfach nur, die Nettogewinne so niedrig wie möglich auszuweisen, diesmal aber sagt das Gericht, daß es, ganz gleich in welch geringem Maße der Wert des Films laut Behauptung der Beklagten von dem gestohlenen Material abhängt, hier steht's, daß es dem Urheberrechtsverletzer obliegt, das von den verschiedenen Faktoren dazu Beigetragene, welches er miteinander vermengt hat, voneinander zu trennen. Deine Berufung hat diesen Punkt nicht erwähnt, und hier, das Gericht ist sua sponte zu der Entscheidung gelangt, daß dem Kläger sämtliche Profite zustehen, und die haben beantragt, das abzuändern, damit sie den Wert ihres eigenen Beitrags nachweisen können, rutsch mal ein Stück, damit ich mein Jackett ausziehen kann, ja?

–Ihr eigener Beitrag! Von krampfartigem Husten geschüttelt, –nichts als ein Haufen, ein Haufen ...

–Hier geht es um Gewinnfestsetzung bei Patenten, wo der Rechtsverletzer die Profite aus seinem eigenen Beitrag gesondert nachweisen muß, und dem Rechtsverletzer sämtliche Profite abzuerkennen ebenso unbillig wäre wie dem Patentinhaber oder Urheber jeden Schadensersatz zu verweigern, weil er seinen eigenen Beitrag nicht gesondert nachweisen kann, deshalb erlegt das Gericht denen die Beweislast auf, verstehst du? Er blätterte durch die Seiten, –worum es bei der ganzen Sache geht?

–Nein.

–Also gut, paß auf. Die beanspruchen alles von A bis Z, und manches wird ihnen zugestanden und manches nicht. Da unten zum Beispiel, wo es darum geht, ob die Profite aus dem Verleih außerhalb der Vereinigten Staaten auch dazugehören, da verfügt das Gericht, daß der Kläger, das bist du, daß der Kläger einen billigkeitsrechtlichen Anspruch auf die Negative hatte, sobald sie hierzulande angefertigt worden waren, was einen Rechtsverstoß darstellte, so daß sie sich nach dem Gesetz wie Treuhänder behandeln lassen müssen. Hier hat der Hilfsrichter die Produktionskosten als Berechnungsgrundlage für die Verleihkosten benutzt, die die Beklagten als allgemeine Geschäftsunkosten geltend gemacht haben und auf ihre anderen Filme zu verteilen versuchen, und das Gericht folgt dem Hilfsrichter, genau wie hier, wo sie allgemeine Geschäftsunkosten des Studios in Höhe von fünf Millionen Dollar für angekaufte Geschichten oder Drehbücher nicht anerkennen, die Mißerfolge waren oder gar nicht produziert wurden, läßt du mich mal eben aufstehen? Er rückte von dem brodelnden Atem ab, der sich mit seinem vermischte, –bißchen früh für einen Drink, aber die Fahrt hierher dauert ganz schön, Sekunde, ja? Du kannst das ja inzwischen fertig lesen.

–Harry? als er, Eis in einem Glas schwenkend, zurückkam, stehenblieb und sich die Krawatte lockerte, –hör mal, ich kann das alles nicht lesen, Nichtanerkennung von Zinsen für ein Darlehen an Erebus von einer ihrer Tochtergesellschaften, wo der Hilfsrichter nur die Zinsen auf die Investitionen in das zur Herstellung des Films benutzte Inventar in die allgemeinen Geschäftsunkosten einbezogen hat? Daß allgemeine Unkosten, die nicht bei der Herstellung der Rechtsverletzung anfallen, nicht zugunsten des Rechtsverletzers zu Buche schlagen sollten, und dann diese zulässigen Unkosten für nicht verwendete Continuities und für Filme, die zwar gemacht, aber nicht gezeigt wurden, und die anderen, und das da. Das da, Harry? Anwaltskosten? Wo der Hilfsrichter nur die Anwaltskosten anerkennt, die sich unmittelbar aus dem, aber das bin ja ich! Das heißt, das seid ihr, deine Kanzlei, die sie gegen mich verteidigt, obwohl sie mein Stück …

–Nein, paß auf, Oscar, eine Menge Anwaltskosten gehen für …

–Nein, hör zu, Harry, das ist Mudpye, der auch noch Geld dafür kriegt, daß er hier sitzt und mir bei dieser Zeugenvernehmung die

Worte im Mund herumdreht, und da soll ich ihm Hunderttausende dafür bezahlen, daß er mir die Gurgel durchschneidet, während die ...

–So funktioniert das nicht, Oscar, er schlägt wahrscheinlich so mit hundertachtzig pro Stunde zu Buche, aber die Kanzlei berechnet denen für ...

–Genau, für die Vernichtung von allem, was mir, für meine Vernichtung!

–Nein, hör zu, Oscar, paß auf, bei so einem Unternehmen fallen alle möglichen Anwaltskosten an, Werkverträge, Mietverträge, Versicherung, alles bloß die Grundbestandteile der Industrie, es ist ja keine Kunstform, sondern eine Industrie, soviel ist dir mittlerweile ja wohl klar, oder? Und er setzte sich, in sicherer Entfernung, wieder in den Sessel. –Hier steht es ja auch. Sie können nur geltend machen, was sie für die Herstellung des Films gekauft und bezahlt haben, nicht aber ihre in die Nutzung des Gestohlenen investierte Arbeit, und genau da schützt dich das Gericht, aber die Schlacht am Antietam Creek haben sie ja nicht gestohlen, oder? Tausende von Statisten, die ganzen Spezialeffekte, was glaubst du wohl, wie viele Millionen sie dafür ...

–Und ob sie sie mir gestohlen haben! Genau wie Ball's Bluff, beide kommen in meinem Stück vor, und die ...

–Das haben wir doch schon ganz am Anfang besprochen, oder? Daß du den Bürgerkrieg nicht urheberrechtlich schützen lassen kannst? Du zeigst die Schlacht von Ball's Bluff in deinem Stück ja nicht, oder? Die Figuren reden bloß darüber, und Antietam zeigst du auch nicht, das passiert hinter den Kulissen, verstehst du, was ich meine? Die Grundzüge der Handlung, das generelle Gerüst, das war alles schon gemeinfrei, oder? Ein Mann stellt Ersatzleute für beide Seiten des Bürgerkrieges, beide fallen in derselben Schlacht, und er verliert den Halt, weil er sich als eine Art moralischer Selbstmörder fühlt, der ...

–Na ja, er, nein, nein, er verliert eigentlich nicht den Halt, sondern ...

–Aber welcher Anteil der Bruttoeinnahmen des Films könnte deinem Stück zugeschrieben werden, das versucht das Gericht hier auseinanderzuklamüsern. Die Sachverständigengutachten von Produzenten und Kinobesitzern bewegen sich zwischen fünf und zwölf Prozent, einer hat sogar gesagt, überhaupt nichts. Ein Renner, ein Bestseller, das wäre was anderes gewesen, aber dein Stück, Oscar, dein Stück ist einfach nicht in dieser Preisklasse.

–Preisklasse! Wie kannst du nur, hör zu. Wie komme ich dabei weg, mehr will ich gar nicht wissen. Sag mir einfach, wie ich dabei wegkomme.

–Da steht es irgendwo, lies den letzten Abschnitt vor der …

–Sag's mir einfach!

–Zwanzig Prozent, Oscar. Ein Fünftel der Nettogewinne.

–Zwan, zwanzig Prozent der …

–Der Nettogewinne.

–Der Nettogewinne.

–Ein Fünftel der Nettogewinne aus dem Film, hör zu, wahrscheinlich führen sie sowieso zweimal Buch, einmal für die Börsenaufsicht, die Steuer und die Aktionäre und einmal gemäß der fünfzigseitigen Definition von Nettogewinn in ihrem Standardvertrag, du wirst also keine Millionen nach Hause tragen, aber der eigentliche Witz daran ist, der ganze Witz daran ist, wo wir jetzt stehen, das haben wir dir alles von vornherein zu erklären versucht, oder? Ich muß es dir nicht vorbeten, du weißt es selber, du weißt es besser als wir Normalsterbliche, warum du mit allen Mitteln dagegen vorgegangen bist, während wir Normalsterbliche bloß kräftig schlucken und uns nach einem zusätzlichen Dollar umsehen, um uns unterhalten und davon ablenken zu lassen, deswegen gehen die Leute doch ins Kino, oder? Um Anga Frika dabei zuzugucken, wie sie uns ihre nordisch-eurasischen Titten zeigt, nicht wegen irgendwelcher moralinsaurer Grübeleien über Fragen, auf die es sowieso keine Antworten gibt. Darum geht es nämlich bei diesem Verfahren und überhaupt bei der ganzen Juristerei, um Fragen, auf die es tatsächlich Antworten gibt, man sichtet das ganze Beweismaterial, bis man die richtigen gefunden hat.

–Die richtigen! Ein Fünftel der, wie kannst du da von richtigen sprechen! Wir haben doch gewonnen, oder? Wir haben die Berufung gewonnen?

–Die richtigen im Rahmen der Gesetze, Oscar. Die Berufung gewonnen, ganz recht, sie haben aus deinem Werk gestohlen. Die Frage ist jetzt, wieviel haben sie gestohlen, und wieviel von dem, was sie gestohlen haben, ist im Verhältnis zu ihrem eigenen Beitrag in den Film eingeflossen, das haben wir doch gerade alles besprochen, oder? Hör zu. Das Blut im Rot-Weiß-Blau ist ein Spektakel, ein Neunzig-Millionen-Dollar-Spektakel, ein Kassenschlager, nenn es, wie du willst, je geschmackloser, vulgärer und blutiger, desto besser, das hast du doch gerade selbst gesagt, oder? Und genau deshalb strömen die Leute scharenweise ins Kino. Weil die Anzeige, die du mir gerade gezeigt hast, weil die vierzig Millionen Dollar teure Werbung ihnen genau das verspricht. Die Stars, die bisherigen Erfolge des Studios, der Produzent, der Regisseur, von dem Uruburu stammt, wo einer das Gesicht mit dem Vorschlaghammer eingeschlagen kriegt? Ein Kassenmagnet wie Bredford, dazu die sensationelle Anga Frika mit Titten, wie sie kein Mensch je gesehen hat? Deswegen kriegt sie auch einen Vertrag mit garantierten drei Millionen Dollar netto, während Bredford vorneweg vierundzwanzig Millionen einsackt und Kiester so um die sechs, ganz egal, was für ein Film, könnte genausogut ein Film über die Borgias mit ihr als Lukrezia und Bredford in der Rolle des Michelangelo sein, oder Salomo und die Königin von Saba, die Französische Revolution, Zwei Titten im Dreivierteltakt, deswegen bezeichnen die von ihnen benannten Sachverständigen sie auch als die entscheidenden Faktoren für den Erfolg des Films.

–Ja aber die, was denn für Sachverständige, woher haben die denn …

–Hab ich dir doch gerade gesagt, Produzenten und Kinobesitzer, hier ist das Zitat, Artikel 70, Absatz 35, U. S. Code, 35 U. S. C. A., daß eine Stellungnahme oder ein Sachverständigengutachten sachkundig sein und ohne jede Rücksicht darauf erstattet werden sollte, wo jeweils die Beweislast liegen mag, und dann heißt es weiter, daß das Gericht berechtigt ist, bei seinen Urteilen auf solche…

–Aber das sind doch die, die behaupten, mein Stück hätte nur fünf oder zehn Prozent zu dem Film beigetragen, und einer hat sogar gesagt, überhaupt nichts, weil es kein Broadway-Hit war? Produzenten und Kinobesitzer, ja was erwartest du denn von denen, die gehören doch zu dieser, die stehen doch von vornherein auf der anderen Seite, die gehören doch zur gleichen Schlangengrube wie das Studio und Kiester und …

–Deswegen sind sie ja auch Sachverständige, Oscar, hör zu, hier wird das Problem verdeutlicht. Die Kläger, das bist du, die Kläger haben keine Zeugen zur Widerlegung dieser Aussagen benannt, und falls dieses Versäumnis auf die beherrschende Position der Beklagten innerhalb der Industrie zurückzuführen ist, so sind sie den Beweis dafür schuldig geblieben. Wir müssen deshalb annehmen, daß die Aussagen ein im wesentlichen zutreffendes Bild vermitteln, aber hier, paß auf, laut Urheberrechtsgesetz hast du immer noch einen Vorteil, weil es das Gericht ermächtigt, dir unbeschadet tatsächlich erlittener Schäden oder entgangener Gewinne Schadensersatz zuzusprechen, wie es hier heißt. Wenn es deine Aufgabe wäre, tatsächlich erlittene finanzielle Schäden nachzuweisen, könntest du einpacken, wenn du auseinanderklamüsern müßtest, wer was zu dem Film beigetragen hat, wärst du völlig aufgeschmissen und bekämst keinen Penny, deswegen liegt die Beweislast beim Rechtsverletzer, und genau darum geht es hier, bei diesen Sachverständigen und dem ganzen Kram. Stars, Produzenten, Regisseur, Nebenrollen, Statisten, Kulissen und Drehorte, Set-Designer, Kinematographen, Spezialeffekte, Komponist, Kostüme, immerhin ist es ein Kostümfilm, oder?, Make-up, Friseusen, entscheidend ist, daß es für alle diese Dienstleistungen einen angemessenen, feststehenden Marktwert gibt, und die Geschichte ist bloß ein weiteres Element, das sich über zehn Autoren und zwanzig Versionen des Drehbuchs entwickeln kann, und das Originalkonzept, die Idee zur Geschichte, das bleibt dabei auf der Strecke. Einer von den Sachverständigen hier bezeichnet es als banal, ein anderer sagt, es sei schwach, also versuchen sie, einen Preis dafür festzusetzen, für deinen Beitrag, den angemessenen Marktwert für …

–Wie für die Friseuse.

–Wie für die Friseuse, hör zu. Die kriegen tausend Ideen am Tag zu sehen, sogar gute Ideen ergeben nicht immer gute Filme, sie kaufen eine und setzen Millionen darauf, weil sie sich einen großen

Erfolg erhoffen, und der hängt von der Entwicklung und Ausführung des Endprodukts ab, alles andere sind Waren und Dienstleistungen.

–Wie die Friseuse.

–Also gut, paß auf, die ...

–Wie die, nein, nein, das ist ungeheuerlich. Ein Skandal ist das, Harry, Waren und Dienstleistungen, wo ein Theater, wo einer der bedeutendsten Theaterregisseure, die es gibt, sich für die Geschichte als Theaterstück interessiert? Sir John Nipples, dadurch bekommt es doch einen echten Wert, oder? Sogar Mudpye hat das gesagt, was für ein großer Bühnenerfolg es unter der Regie von Sir John Nip...

–Das hast du Mudpye erzählt? Daß er sich dafür interessiert?

–Na ja, ich, mehr oder weniger, ja, bloß, daß er es lesen wollte und ...

–Und damit kannst du deinen Anspruch auf Schadensersatz wegen Zunichtemachung anderer kommerzieller Möglichkeiten in den Kamin schreiben, Herrgott noch mal, Oscar, das hast du Mudpye erzählt? Ich habe dir doch gesagt, daß er Blut sehen will, oder? Und du servierst ihm das auf dem silbernen Tablett? Was hast du ihm noch erzählt, du hast doch nicht etwa wirklich eine Klage wegen tätlichen Angriffs gegen ihn angestrengt, oder?

–Noch nicht, nein, noch nicht, aber jetzt bin ich ...

–Hör zu, ich will dir hier keinen juristischen Rat geben, bloß einen freundlichen Tip: Vergiß es. Weil wir's eben von Sachverständigen hatten, er würde den gesamten Ärztebund aufmarschieren lassen, und die würden dich dann zur Schnecke machen, das einzige, was er hier tätlich angreift, ist deine Brieftasche. Sie haben dir zweihunderttausend Dollar für einen Vergleich geboten, oder? Und du hast abgelehnt? Das ist die Zahl, die sie jetzt als Schätzungsgrundlage für ihren Kaufpreis verwenden.

–Aber das ist doch kein, es hat nie einen Kaufpreis gegeben, sie haben es gestohlen, sie haben ja nicht mal versucht, es zu kaufen, sie ...

–Das weiß ich! Und er war wieder auf den Beinen, klapperte mit den nackten Eiswürfeln in seinem Glas, –hör zu, ich habe dir doch gerade erklärt, daß dich das Urheberrecht hier begünstigt, oder? Weil es das Gericht ermächtigt, dir unbeschadet tatsächlich erlittener Schäden oder entgangener Gewinne Schadensersatz zuzuerkennen? Genau darum geht es bei diesem einen Fünftel des Nettogewinns, das Gericht ignoriert den angemessenen Marktwert, den sie für Dienstleistungen wie die Friseuse geltend machen, und räumt dir die Möglichkeit ein, an einen bestimmten Prozentsatz von deren Nettogewinnen heranzukommen.

–Wo Bredford wieviel kriegt, hast du gesagt? Fünfundzwanzig Millionen? Und Kiester noch mal sechs?

–Vorneweg, Oscar, ich habe gesagt, vorneweg, die haben Bruttobeteiligungsverträge, Prozentsatz der Bruttoeinnahmen, die von den Kinos, Fernsehanstalten, Kabel, Video, aus dem Auslandsverkauf hereinkommen, ihr Netto ergibt sich aus einer Aufwands- und Ertragsrechnung, nachdem sie ihre Ausgaben, den Verleih, die Werbung und so weiter …

–Harry?

–Und da kommt ein bißchen was von ihrer kreativen Buchführung zum Tragen, zum Beispiel die zwanzig Prozent Tantiemen an den Verleiher, der schon eine Tochtergesellschaft von ihnen ist, und die Zinsen auf …

–Harry, hör zu!

–Ja, klar, aber ich sitze hier auf dem trockenen, Sekunde, ja? Und er verschwand, mit den Eiswürfeln klappernd, die wieder wohlbehalten schwammen, als er zurückkam, vor der keuchenden Gestalt auf dem Sofa stehenblieb und fast seufzend sagte, –so, was denn.

–In diesem Urteil, hier in diesem Urteil steht Bone, Richter Bone, das ist der, der meiner Berufung stattgegeben hat, oder? Er hat mir sämtliche Profite zugesprochen, und jetzt hat er's auf den Kopf gestellt mit diesem einen Fünftel von den …

–Die Festsetzung des aus der Rechtsverletzung erzielten Gewinns war Sache des Hilfsrichters, Oscar, das haben wir doch gerade besprochen, hier, die haben mit Hilfe dieser ganzen Beweismittel, in denen ihr Beitrag von deinem getrennt wird, Reduzierung des dir zugebilligten Schadensersatzes beantragt, und Bones Gericht hat das Urteil aufgehoben, das von der Annahme ausging, daß, paß auf.

Du hast wegen Urheberrechtsverletzung geklagt, weil sie dein Stück für ihren Film gestohlen haben, und damit unterstellt, daß dein gesamtes Stück dein Beitrag zu deren Bruttoeinnahmen war, aber sie ...

–Aber sie haben es gestohlen! Da im ursprünglichen Urteil steht es doch, oder? Da werden das Stück und der Film Szene für Szene miteinander verglichen, und der ...

–Sie haben dein Stück gestohlen, aber sie haben nicht alles davon verwendet, nur darum geht es bei dieser Aufteilerei der einzelnen Beiträge, begreifst du das denn nicht! Er trank mit der einen Hand das Glas halb leer und gestikulierte mit der anderen, –müssen wir das alles noch mal durchkauen? Die Trennung des plagiierten Materials von dem, was sie im Laufe des ganzen Entwicklungsprozesses an gemeinfreiem Material damit vermischt haben, zehn bis zwanzig Überarbeitungen des Drehbuchs und dein letzter Akt, sie behaupten, von deinem letzten Akt hätten sie überhaupt nichts verwendet, damit fällt schon mal ein Drittel deines Beitrages weg.

–Na wenigstens hat Vater es gelesen, wenigstens hat er die Möglichkeit, irgendwann das Original zu sehen, falls ich es schaffe, und wenn das ganze Fünftel vom schäbigen Rest ihrer Beute dabei draufgeht, das ist nämlich das Eigentliche, das eigentlich Wichtige.

–Ja, vielleicht, Oscar ... und seine Hand senkte sich sanft auf die herabhängende Schulter vor ihm auf dem Sofa und drückte, als hinten im Flur klappernd die Tür aufsprang, plötzlich kräftig zu, ehe er zurücktrat und sein Glas leerte, –vielleicht.

–Harry, da bist du ja! Hilfst du Lily eben mit den Sachen hier? Und als er näher kam und ihre innige Umarmung in die Länge zog, –hast du mit ihm geredet?

–Bloß über diese Entscheidung in seinem Verfahren, ich ...

–Ach so. Ich dachte, du erledigst das vielleicht, solange wir weg sind. Oscar? Sie löste sich von ihm, –wie geht es dir?

–Ich finde, es ist nicht meine Sache, mit der Tür ins Haus zu fallen, ohne ...

–Mir geht es gut, Christina. Du hast meinen Wagen genommen. Wieso hast du meinen Wagen genommen, ohne es mir zu sagen, ohne mich überhaupt zu fragen?

–Mein Gott, Oscar, es gibt Schlimmeres, glaub mir. Holen Sie ihm bitte noch ein paar Papiertaschentücher, Lily? Und nehmen Sie ihm die Steppdecke weg, er sieht aus wie einer dieser Obdachlosen, die auf Lüftungsgittern schlafen, vielleicht kannst du dir ja endlich diese gräßliche Karikatur von einem Bart abrasieren und noch mal ganz von vorn anfangen. Harry hat dich offenbar nicht groß aufgeheitert, du siehst aus wie der Zorn Gottes. Ich habe dir Eis mitgebracht.

–Nein, Harry hat mich nicht aufgeheitert, Christina. Möchtest du wissen, was er mir erzählt hat?

–Nein. Schau ihn dir doch an, er hat ja selber nicht viel Grund zur Heiterkeit, du siehst fix und fertig aus, Harry, haben Bill Peyton und seine Bande endlich losgelassen, was von dir noch übrig ist, damit du wieder wie ein Mensch leben kannst?

–Der ganze Fall ist weitgehend abgeschlossen, ja, die Buchhalter feilschen noch ein bißchen miteinander, aber meine Arbeit daran ist erledigt, bis die ...

–Na, Gott sei Dank, hast du schon etwas gegessen? Sie war schon halb aus dem Mantel geschlüpft und zog ihn plötzlich wieder an, als hätte sie ein Frösteln überlaufen, –Oscar? Mit einem Blick auf ihn herab, –du hast doch auch noch nicht gegessen, oder? Und sie zog den Mantel langsam wieder aus, –ich dachte, bevor wir uns unterhalten, möchtest du vielleicht, ich dachte, wir möchten vielleicht alle etwas essen, ich bin jedenfalls völlig ausgehungert, ich habe seit dem Tee heute morgen nichts mehr zu mir genommen, du doch auch nicht, soll ich dir ein Omelette machen oder, oder ein ...

–Eis.

–Wirklich nur Eis? Möchtest du denn nicht, wo willst du denn hin? Während er unsicher aufstand und die Steppdecke Richtung Flur schleifte, –möchtest du denn nicht etwas ...

–Eis! Ich gehe jetzt ins Bad, und dann gehe ich da rein und lege mich hin.

–Ja, gut, Lily kann es dir dann bringen, ja, Lily? Und sie sah ihm nach, bis er fort war, –mein Gott, ich weiß nicht, wie ich es ihm, es wird so schwierig, Harry, ich weiß einfach ...

–Und du, und du, Christina! Mit plötzlich um sie gelegtem und sie an sich ziehendem Arm, –Gott, du hast es nicht leicht hier, Moment, ich hole dir ein Taschentuch, Sekunde, du bist phantastisch, für dich ist es genauso schlimm.

–Huch, Verzeihung, ich wollte nicht …

–Nein, kommen Sie ruhig rein, Lily, kommen Sie rein, bringen Sie ihm ein bißchen Eis, sind Sie so nett? Sie wischte sich die Augen und machte sich los, um sich kräftig zu schneuzen, –und dann können wir, und dann können Sie mir helfen, etwas zum, in der Küche, dann können Sie mir in der Küche helfen und, wie spät ist es eigentlich? Ich glaube, ich hole mir etwas zu trinken.

Noch am Vorabend seines Todes hatte Richter Crease sein letztes Urteil in einem den Ersten Verfassungszusatz berührenden Rechtsstreit verkündet, bei dem es um die unter dem Titel Zyklon Sieben zu Berühmtheit gelangte Freiluft-Stahlskulptur –das hast du alles gelesen, Christina? fragte er, als sie wieder erschien und sich neben ihn setzte, das Gesicht über das mit beiden Händen festgehaltene Glas gesenkt.

–Ich weiß nicht, teilweise, ich weiß nicht mehr, was ich alles gelesen habe.

–Komme selber auch erst jetzt dazu, es ganz zu lesen, ich fand, ich sollte bei Oscar nicht gleich mit der Tür ins Haus fallen, ehe wir uns zusammengesetzt und das Ganze …

–Nun sitzen wir ja zusammen, Harry, früher oder später muß er es ja doch erfahren, oder? Wenn du doch bloß was essen würdest, und sie war ebenso abrupt wieder aufgesprungen, –ich gehe nach oben und lege mich hin, und sie ließ ihn da sitzen, wie er den Drink anstarrte, den sie unberührt hatte stehenlassen, was essen? Ja was denn, während er sich mühte, einen Tag wiederherzustellen, der dabei war, völlig außer Form zu geraten, und während selbst die von der Jahreszeit verschobene Sonne, die in den Wolken draußen kam und ging, den Überblick darüber verlor, und er griff nach dem Glas und lehnte sich in die Polster zurück, da bricht man sich einen ab, um hierherzukommen, und dann verschwinden einfach alle, und er führte das Glas schlicht deshalb an die Lippen, weil er es in der Hand hatte, gefangen von den Worten des Nachrufes, die schlicht deshalb gelesen zu werden verlangten, weil sie da vor ihm prangten, und erlag nach den Worten seines Sekretärs, der in seiner letzten Stunde bei ihm war, einer massiven Herzattacke. Von seinen Kollegen wegen seines umfassenden Verständnisses und seiner strengen Auslegung des Verfassungsrechts ebenso hochgeschätzt wie wegen der geschliffenen Sprache, in der er seine Urteile abfaßte, war Richter Crease ein Jurist in der Tradition von Richter Oliver Wendell Holmes Jr., den er in seinen Entscheidungen häufig zitierte und mit dem sein Vater am Supreme Court gewirkt hatte, wo die beiden häufig im Konflikt miteinander lagen: Forderungen des älteren Crease nach Gerechtigkeit prallten auf Holmes' Überzeugtheit von der Vernunft und Zweckmäßigkeit des Common Law, das ganz unsentimental und ohne Rücksicht auf Härten Verhaltensmaßregeln setze. Ihre Differenzen freilich blieben zweitrangig gegenüber dem Band der Freundschaft, das der gemeinsame Dienst im Bürgerkrieg zwischen ihnen schmiedete, welcher erst kürzlich den Hintergrund eines populären Films bildete, der auf den Jugenderlebnissen von Richter Crease in diesem historischen Konflikt basieren soll. Noch am Vorabend seines Todes, er hob das Glas zu einem weiteren tiefen Schluck, während sich Stille auf die Schatten um ihn legte wie die dem Rechtsverletzer auferlegte Last, seinen eigenen Beitrag vom gemeinfreien Material zu trennen, und er sich schwächlich mühte, die vor seinen Augen schwebenden Worte von der sinnlichen Wärme zu scheiden, die seine schwindende Konzentration streifte, noch am Vorabend seines Todes ...

–Er sieht echt jung aus, wie?

–Was? Er fuhr fast senkrecht hoch und goß sich den Drink auf die Hand und die Bügelfalte seiner Hose.

–Huch, Verzeihung! Ich hab nicht gewußt, daß Sie schlafen, Verzeihung, Moment, und ehe er austrinken konnte, und sei es nur, um den Drink loszuwerden, kniete sie schon mit einem Papiertuch neben ihm und tupfte an seinem Handrücken herum.

–Ich weiß, das ist dieses alte Bild von ihm, wahrscheinlich noch vor meiner Geburt aufgenommen, plapperte sie weiter und stellte das geleerte Glas beiseite, um an seinem Unterarm herumzutupfen, wobei sich ihr warmes Knie achtlos an seins drückte, –wenn einer so stirbt, bin ich immer ganz baff, wie die von der Zeitung sich hinsetzen und praktisch über Nacht so einen langen Artikel über ihn schreiben können, wo alles drinsteht, ich bräuchte dazu einen Monat.

–Funktioniert ein bißchen anders, sagte er ihr und ließ das zunächst heftig weggezogene Knie wieder zurückgleiten, so daß es an ihrem ruhte und ihre weichen Schenkel an seinem, während er in die Polster zurücksank und sich räusperte, das Gemisch von frischem Seifenduft und Schweiß aus der achtlos geknöpften Bluse tief einatmete, wahrscheinlich hatten sie auch den Nachruf schon vor ihrer Geburt verfaßt, bei jedem halbwegs Vielversprechenden oder Prominenten ist er lange vorher fix und fertig und wird im Archiv auf dem neuesten Stand gehalten, fuhr er kurzatmig fort, das Archiv, so nennt man das, wo die Akten für den Tag geführt werden, an dem der Tod kommt und sie dann bloß noch den Anfang einzusetzen brauchen, nach langer Krankheit, bei einem Flugzeugunglück, im warmen Schimmer gedämpfter Lampen und gesenkter Stimmen im Beerdigungsinstitut, wo man sich kondolierte und miteinander verabredete, zum Essen, auf einen Drink, irgend etwas Positives, um die Wirklichkeit zu leugnen und auszulöschen, die sie, in jeder Hinsicht zutiefst uneins, zusammengebracht hatte, irgendwo auf einer Couch, in einem Bett, und es war kein mystisches Zusammentreffen von Eros und Tod, als sie sich tiefer über ihn beugte, um sich mit dem feuchten Tuch über den Fleck auf seiner Hose herzumachen, und seine Hand ihre Schulter streifte, als wäre, daß sie weiter herabglitt und einen Knopf löste, das Natürlichste von der Welt, daß sie sich um ihn wand und seinen Lippen die bloße Brust bot, drauf und dran, mit einem neuen Leben das Gleichgewicht der Natur wiederherzustellen, einfach Teil der natürlichen Ordnung der Dinge, daß ihre Hand, die eifrig an der feuchten Falte herumrubbelte, knapp eine Handbreit abirrte, seine Hose öffnete und den pulsierenden Quell ihrer Erlösung freilegte, der schon gehorsam aus seinem Nest hervorschaute, um das Naturgesetz in all seiner Zweckmäßigkeit ganz unsentimental und ohne Rücksicht auf Härten wieder ins Lot zu bringen.

Er schreckte aus dem Schlaf hoch, als eine Stimme sagte –weckt ihn ja nicht auf, der Ärmste ist völlig fertig, hat er eigentlich irgendwas gegessen? Die Lichter gingen an wie eine wirbelnde Galaxie, legten sich über die Dunkelheit, die sich auf ihn herabgesenkt hatte, während er sich unter der Last abmühte, den Beitrag der plagiierten Wärme ihres Schenkels und des noch in der Luft hängenden, schweißdurchsetzten Seifendufts von seinem eigenen zu trennen, und unerfüllte Ruhe eingekehrt war, wo er sich im Aufsetzen die Hose zurechtrückte.

–Harry?

–Ach, Oscar, ja, was …

–Ich habe über das nachgedacht, was du vorhin gesagt hast, daß das Gericht es denen überläßt, ihren Beitrag von meinem zu trennen? Von meinem Stück? Die Steppdecke hinter sich herschleifend, kam er vorbeigeschlurft und zog sie über sich, als er in einen Sessel sackte –und daß sie den letzten Akt gar nicht verwendet hätten? Ein Drittel, hast du gesagt, damit fällt ein Drittel meines Beitrages weg, aber es ist kein Drittel, es ist ein sehr kurzer Akt, bloß die Auflösung, bloß drei Szenen, drei ganz kurze Szenen, und wenn sie ihn nicht verwendet haben, Mudpye hat gesagt, er hätte ihn nicht mal gelesen, hast du das gewußt? Habe ich dir das erzählt?

–Basie hat ihn wahrscheinlich nicht herausgegeben, man gibt sowenig wie möglich her, und wenn sie nicht danach fragen, ist er auch nicht verpflichtet, ihn herauszugeben, wahrscheinlich haben sie gewußt, daß sie sich mit dem, was ihre Autoren als Schluß zusammenphantasiert haben, auf sicherem Boden bewegen.

–Zusammenphantasiert! Was hätten sie denn, von dem, was angeblich gemeinfrei war, haben sie sich genommen, was sie wollten, aber wo haben sie wohl sonst noch gesucht, die Briefe und Papiere bei dieser jämmerlichen historischen Gesellschaft da unten, die mich verklagen, die sind nicht gemeinfrei, oder? Basie hat gesagt, er hätte versucht, das Urheberrecht daran registrieren zu lassen, aber das hatte Vater schon getan, Vater war ihm zuvorgekommen.

–Dann gehören sie dir, Oscar, das Urheberrecht ist nach der Erbfolge erster Ordnung auf dich übergegangen, genau wie bei allem anderen …

–Ja, aber erst einmal hat Vater …

–Wollte ich ja sagen, ich wollte sagen, wird auf dich übergehen, der Titel wird auf dich übergehen, wenn er, wahrscheinlich auf dich und Christina, wenn ihr beide die gesetzlichen Begün...

–Wenn sie nämlich weder das noch irgendwas von meinem letzten Akt verwendet haben, wie wollen sie dann überhaupt einen Sinn in die Geschichte kriegen, das Ganze ist doch auf den letzten Akt hin strukturiert, das ist doch bei jedem Theaterstück so, oder?

–Kann ich dir auch nicht helfen, Oscar, ich habe deren Beweisanträge nicht gesehen, bloß das, was im Urteil steht. Die ganzen Spezialeffekte, vielleicht hört es mit einer allgemeinen Himmelfahrt auf, wo alle in den Wolken vor den Herrn hintreten, wenn die Trompete zur Wiederkunft bläst, während wir heute abend davorsitzen und in einem Schauer von Feuer und Schwefel Popcorn futtern, langsam Zeit für die Nachrichten, oder? Hast du was dagegen, wenn ich das anschalte? Er war aufgetanden und hatte das Zimmer schon halb durchquert, –hast du Christina gesehen?

–Die machen irgendwas in der Küche, Harry, hör zu, die behaupten, sie hätten den letzten Akt nie gelesen, aber wenn wir heute abend in dem Film Sachen sehen, die ...

–Nein, bleib sitzen, ich sehe nur eben nach, was die da draußen vorhaben, plötzlich richtig Kohldampf, soll ich dir auch was mitbringen? Dies schon in sicherer Entfernung von dem Hustenanfall, den er hinter sich ließ, wo die Mattscheibe mit einem krachenden Jamjam! zum Leben erwachte, eine mit Erdnußbutter bekrönte, in Ahornsirup getränkte Waffel, dazu Musikgeplärr, das ihn den ganzen Weg bis zu dem von Röstbrotscheiben und zerrissenen Brötchen, Käsekanten, zerlaufener Butter, Marmelade, klitischigen Omeletteresten und einer Spur von verschüttetem Zucker oder vielleicht auch Salz, leeren Tassen, Gläsern, Safttüten, einer Ölsardinenbüchse und durchweichten Teebeuteln, Olivensteinen, zerknüllten Servietten, Löffeln und einem butterverschmierten Tranchiermesser verheerten Küchentisch verfolgte, an dem die beiden saßen und seine überflüssige Frage –Seid ihr am Essen? mit einer ebenso sinnlosen Antwort bedachten.

–Ach, Harry, bist du wach? Er möchte vielleicht einen Happen essen, Lily.

–Will er das Omelette oder soll ich ihm ein neues machen?

–Heißen Tee, er sieht aus, als könnte er welchen brauchen.

–Oder vielleicht will er Suppe, da wär noch eine Dose Tomatensuppe?, beider leerer Blick auf ihn gerichtet, der sich zwischen sie gesetzt hatte und auf irgend etwas herumkaute.

–Ich kann noch nicht mal ans Abendessen denken, ich glaube, im Moment liegt sowieso niemandem dran. Ist Oscar wach, Harry?

–Der ist da drin und guckt die Nachrichten, hörst du das denn nicht? brummelte er zum fernen Hall von Schüssen und griff nach einer zweiten Röstbrotscheibe.

–Hast du ihm schon etwas gesagt? Früher oder später mußte es ja schließlich passieren, er war fast hundert, dazu noch das Gequalme und die Trinkerei, wenn du doch auch bloß mehr auf dich aufpassen würdest, Harry, du hast abgenommen. Du solltest wirklich mal darauf achten, daß du am Tag drei vollständige Mahlzeiten bekommst, nimmst du eigentlich immer noch diese Tabletten? Ja? Er nickte, während er das letzte kalte Omelettefitzelchen auflöffelte, –es weiß nämlich nur der Himmel, was heute abend, ach, Lily! Wir haben das Popcorn vergessen.

–Ich räume hier sowieso mal lieber erst auf, bevor wir, was war denn das?

–Was war denn das!

–Christina, Harry, Christina, schnell! Kommt schnell her!

–Mein Gott, ich habe es gewußt! Stühle scharrten, Röstbrot, Tasse und Tranchiermesser landeten auf dem Boden, –ich habe es gewußt!

–Da! Die lodernde Puppe schwang näher heran, in einem von Scheinwerfern erleuchteten Getümmel fliegender Steine und Bierflaschen, Sterne, Balken und Streifen getrennt, Schilder und Transparente geschwenkt und zertrampelt, hoch droben GOTT IST RICHTER und das ANKLAGEN an der Robe schwelend, –wieso bringen die, guckt mal!

–Es mußte früher oder später passieren, Oscar, immerhin war er fast ...

–Was mußte! Wieso bringen die das alles noch mal! Die ...

–So ist das eben bei den Medien, Oscar, Bilder machen die Nachrichten aus, bringt keinen Spaß, einen alten Richter zu zeigen, der ein wegweisendes Urteil schreibt, aber sie haben einen Vorwand, ihr altes Band voller Aufruhr und Krawall aus dem Archiv zu kramen, brennende Kreuze, brennende Flaggen, Geschichten am Kochen halten, und schon haben sie ihren Sonderbericht, denen ist jeder Vorwand recht, um die Flammen von Haß und …

–Was für ein Vorwand denn, ich habe nicht gehört, worum …

–Er ist gestorben, Oscar.

–Aber das wollten wir, mein Gott, wir dachten doch, du weißt es schon.

–Vater? Gestorben? Die Mattscheibe hatte sich beruhigt und führte einen neuen Gebißreiniger und -aufheller vor, –Lily? Hast du gesagt, er, er ist gestorben?

–Wir dachten, sie hätten es, du hättest es gerade in den Nachrichten da gehört, Oscar, wir …

–Aber er, woher wißt ihr das? Die Stimme fast zu einem Flüstern abgesenkt, den Blick starr auf ein neues Shampoo gegen Juckreiz gerichtet, –woher wißt ihr das!

–Es stand in der Zeitung, Oscar, wir wollten einfach nicht gleich, Lily, holen Sie ihm bitte irgend etwas? Etwas zu trinken oder, früher oder später mußte es doch passieren, schließlich war er fast hundert und, oder vielleicht ein Glas Wein, Lily?

–Es stand nicht in der Zeitung! Ich habe die Zeitung gelesen, und es stand nicht drin!

–In der, die ich mitgebracht habe, Oscar, war vielleicht eine, wahrscheinlich eine spätere Ausgabe, ich dachte, du willst vermutlich erst mal diese Geschichte mit deiner Berufung vom Tisch haben, ehe du …

–Und wo ist die? Die Zeitung, wo ist sie!

–Ich hole sie dir, Oscar, hier, der ganze lange Artikel da, schau. Er sieht echt jung aus auf dem Bild, wie?

–Lily, hören Sie um Himmels willen, tun Sie einfach, worum ich Sie gebeten habe, und ein paar Gläser, bringen Sie noch ein paar Gläser mit, ja? Mit heftiger Gebärde auf die blutige Nachlese und die weinenden Mütter dreier bei einem Drogenstreit erschossener Teenager, –und machen Sie das Ding aus!

–Schön langen Nachruf hat er allerdings gekriegt, hab gar nicht gewußt, daß er bei deinem Großvater am High Court Gerichtsschreiber war, Oscar, da hat er wahrscheinlich seine ganzen …

–Da haben sie wahrscheinlich ihren ganzen Blödsinn von wegen Wahnsinn her und, hast du das alles gelesen? Genau wie das, was wir gerade gesehen haben, eine lange, hervorragende Laufbahn, aber sie reiten statt dessen auf dieser lächerlichen Krawallszene da unten herum, noch am Vorabend seines Todes hatte Richter Crease sein letztes Urteil in einem den Ersten Verfassungszusatz berührenden Rechtsstreit verkündet, bei dem es um die unter dem Titel Zyklon Sieben zu Berühmtheit gelangte Freiluft-Stahlskulptur ging, durch welche seine lange, hervorragende Laufbahn als Bundesrichter zuletzt von öffentlichen, aus unterschiedlichsten Motiven um sein Gericht entfachten Auseinandersetzungen überschattet wurde: in jüngster Zeit etwa aus Anlaß der stark beachteten «Spot-Entscheidung» und eines damit zusammenhängenden und unlängst entschiedenen Falles, bei dem es um Warenzeichenverletzung durch einen Hersteller neuartiger Handschuhe ging. Mehrfach Opfer von Verleumdungskampagnen, sah sich Richter Crease bei Ausschreitungen, die in der Verbrennung seiner Puppe gipfelten, als unamerikanischer Atheist diffamiert. Diese Ereignisse hatten bislang seine Berufung an den U. S. Court of Appeals blockiert, die angesichts seines fortgeschrittenen Alters allgemein als politische Zwischenlösung betrachtet und gestern vormittag vom Rechtsausschuß des Senats gebilligt wurde – freilich erst nach dem abrupten Zusammenbruch der heftigen Opposition unter Führung von Senator Orney Bilk, der sogar so weit gegangen war, die Amtsenthebung des Richters zu fordern. Heute um einen Kommentar gebeten, sagte Senator Bilk, nein, nun hör dir das an! Hast du das gelesen?

–Guter Nachruf, was?, bin nicht ganz damit fertig geworden, aber …

–Hör dir das an! Angespornt von Äußerungen seiner Wähler, die aufgrund der Handhabung eines kürzlich entschiedenen Falls von widerrechtlicher Tötung respektvolle Zuneigung für Richter Crease erkennen lassen, erklärte Senator Bilk: «Insofern Richter Thomas Crease die höchsten Ideale unseres großartigen amerikanischen Rechtssystems verkörperte, stehen wir für immer in seiner

Schuld, und wie vor ihm schon sein berühmter Vater, so hat nun auch er Unsterblichkeit erlangt», hast du, Gott! Hast du das gelesen, Harry? Hast du das gesehen?

–Geben Sie ihm einfach das Glas, Lily, und, Moment, vielleicht bringen Sie lieber gleich noch eine Flasche.

–Christina, hast du das gehört! So hat nun auch er, das ist ja widerlich.

–Ja mein Gott, es stimmt doch, oder? Immerhin war er wirklich ein bedeutender ...

–Aber daß so jemand, daß diese glorreichen Worte von einem Schandmaul wie Bilk, der hat doch nie etwas Anständiges, der hat doch noch nie im Leben die Wahrheit gesagt, was er alles an miesen Gemeinheiten über Vater, über Großvater, über uns alle verbreitet hat, und jetzt besitzt er die, die dreiste Unverschämtheit, sich in einem solchen Moment zu unterstehen, das, das ist widerlich, er gehört erschossen.

–Politik, Oscar, bloß Politik, er sieht, woher der Wind weht und hängt sein Mäntelchen danach, ziemlich verblüffende Kehrtwende, aber die Leute haben ein kurzes Gedächtnis, das erste, was ein Politiker lernt, man muß ihnen ständig was Neues bieten, da unten sind demnächst Wahlen, vergiß das nicht, und das ist alles, was ihn ...

–Nicht vergessen! Als ob ich das, hör zu. Hör zu, du weißt doch, was er tun wird, wenn wir ihn nicht dran hindern? Das Begräbnis, Harry, Vaters Begräbnis, er wird zum Begräbnis kommen und es für sich vereinnahmen, begraben will ich Caesarn, der Scheißkerl wird sich mit der amerikanischen Flagge und der Südstaatenfahne dort aufbauen und eine Tirade über die heiligen Rechte dieser Bande ehrbarer Bürger vom Stapel lassen, Schwarze wie Weiße unterm glorreichen Dach der US-Verfassung, die er ...

–Oscar?

–Unterbrich mich nicht, Christina, hör zu! Gott sei Dank habe ich daran gedacht, die christlichen Werte unserer großen Republik, die Vater bis zum allerletzten Atemzug, den Gott ihm schenkte, mit seinem Leben verteidigte, und nun hat er Unsterblichkeit erlangt, wenn wir ihn nicht aufhalten, wir müssen etwas unternehmen, ehe es zu spät ist, ruf dort an, ruf die ...

–Oscar! Nun hör mir doch mal zu! Es findet überhaupt keins statt, sitz still und versuch dich zu beruhigen, es findet überhaupt kein Begräbnis statt, und damit hat sich das erledigt, wenn du jetzt vielleicht …

–Was heißt hier, wer hat das gesagt! Er war ein bedeutender Mann, ein großer Mann, natürlich bekommt er ein, eigentlich müßte er nach so einer Laufbahn ein Staatsbegräbnis bekommen, er wird in die Geschichte eingehen, glaubst du nicht, daß es in der Anwaltschaft bedeutende Menschen gibt, denen es genau wie mir ein Bedürfnis ist, ihm ihren Tribut zu zollen? Das ist das mindeste, was ich ihm schulde, oder? Oder? Und du willst hier sitzenbleiben und beschließt einfach, daß er kein Begräbnis bekommt, bloß weil du …

–Was! Weil ich was! Weil er nicht mein leiblicher Vater war? Weil, weil ich hierhergekommen bin wie ein, weil meine Mutter mich hierhergeschleppt hat wie ein Waisenkind, das niemals …

–Oscar, bist du jetzt still! Sie regt sich doch schon genug auf, siehst du das denn nicht? Außerdem hat nicht sie es beschlossen, sondern er, dein Daddy, da in diesem Ding, das du gerade liest, steht es, vielleicht liest du das erst mal, bevor du anfängst, hier herumzuschreien und allen Leuten Vorwürfe zu machen, na los, lies es! Aber sie schnappte es ihm weg, –da, da irgendwo steht es, wo es heißt, hier, indem er nach den Worten seines Gerichtsschreibers seine sofortige Einäscherung ohne alle Beisetzungsfeierlichkeiten verfügte und ein mit einem Kreuz, gib ihr ein paar Papiertaschentücher, wo du gerade stehst, ja?

–Ich, es tut mir leid, ich wollte dich nicht, wenn du mir gesagt hättest, es tut mir wirklich …

–Dazu hast du auch allen Grund, Oscar, allen Grund, sie …

–Nein, es, es geht schon wieder, Lily, es geht schon, danke, ich hätte es Oscar wirklich erklären sollen, er ist Vaters Testamentsvollstrecker, dieser Gerichtsschreiber meine ich, Vater hat ihn zu seinem Testamentsvollstrecker bestimmt, er erfüllt also nur Vaters Wünsche und …

–Aber kein Begräbnis, das ist doch nicht, ist das richtig, Harry? Harry?

–Was? Ach so, das Begräbnis, ja, eigentlich glaube ich nicht, daß das bindend ist, in einem Testament bringt das lediglich die Wünsche des Verstorbenen zum Ausdruck, meinetwegen eine Wikingerbestattung, er möchte in einem brennenden Schiff dem Meer übergeben oder mit einer Rakete ins All geschossen werden oder überhaupt nichts, aber seine Wünsche enden mit ihm, was anderes, wenn er ein Haus oder ein Diamantarmband vererbt, aber so sind die Hinterbliebenen an gar nichts gebunden, außer an ihre eigenen gefühlsmäßigen oder was immer sie sonst beschließen, kein Begräbnis, aber sie können die sterblichen Überreste mit einer Rakete ins All schießen oder was immer sie sonst …

–Na bitte, da hast du's! Siehst du, Christina, wir können machen, was immer wir, Christina? Wir können immer noch, wenn es noch nicht zu spät ist, können wir es immer noch machen, ich rufe ihn an, wir können immer noch …

–Oscar, bitte, setz dich bitte einfach hin und versuch dich zu beruhigen, ja? Sie räusperte sich, schneuzte sich in eine Handvoll Papiertaschentücher, –es ist bestimmt schon zu spät. Bestimmt hat er Vaters Anweisungen umgehend befolgt, so wie er es da unten dreißig Jahre lang getan hat.

–Ja, aber Harry hat doch gerade gesagt, er hätte uns fragen müssen, oder? Er ist Gerichtsschreiber, er müßte das doch wissen, er muß doch wissen, daß solche Wünsche für die Hinterbliebenen nicht bindend sind, er ist ja nicht einmal, er ist bloß Schreiber, Gerichtsschreiber, er hatte kein Recht, so was zu tun, ohne uns zu fragen, wir könnten, er ist Gerichtsschreiber, er müßte doch wissen, daß wir ihn wahrscheinlich verklagen könnten, wenn wir …

–Oscar, hör um der Liebe Christi willen auf, vom Leute-Verklagen zu reden, ja? Siehst du denn nicht, wohin dich das gebracht hat? Wohin, Lily, wo wollen Sie hin?

–Ich mache Ihnen Tee.

–Ich glaube, ich möchte einen Drink, ich …

–Ich habe gesagt, ich mache Ihnen heißen Tee, ja? Und weg war sie.

–Sieh's doch mal so, Oscar. Wenn du meinst, daß dein Senator Bilk das Ganze zur Jahrmarktsveranstaltung machen würde, dann war dir der alte Richter ein ganzes Ende voraus, genau so was hat er nämlich geahnt, daher wahrscheinlich auch diese Verfügung, mußt du ihm schon zugestehen, oder? Zu dem großen Staatsbegräbnis, das du da im Auge hast, käme vielleicht sogar ein Richter vom High Court, aber außerdem kämen noch Bilk und das andere Politikerpack, dazu die Medien, die gemäß Erstem Verfassungszusatz ihr Recht ausüben, das Ganze in ein öffentliches Spektakel zu verwandeln, und zwar mit ein paar Steinen und Bierdosen aus ihrem Archiv als Gratiszugabe zur Unterhaltung, genau das ist nämlich ihr Geschäft, nicht Information, sondern Unterhaltung. Darüber haben wir doch vorhin geredet, oder? Worum es bei deinem Prozeß gegen diese Filmfritzen geht? Worum es im Grunde in diesem ganzen Land geht? Daß es da zig Millionen mit ihren Süßigkeiten und Bierdosen und diesem unerschöpflichen Appetit auf Unterhaltung gibt? Ganz gleich was sie in die Finger kriegen, Brot und Spiele im wahrsten Sinne des Wortes, das ...

–Schon gut, Harry, bitte, das reicht jetzt, bitte. Es reicht.

–Na schön, Christina, aber, Harry, hör zu, daß er diesen Gerichtsschreiber als Testamentsvollstrecker benannt hat, er gehört ja nicht mal zur Familie, außerdem trinkt er und ...

–Kann benennen, wen er will, Oscar, jeden, bei dem er sich darauf verläßt, daß er die Bestimmungen seines Testaments wortgetreu befolgt und es durch das Bestätigungsverfahren ...

–Verlassen hat er sich schon auf ihn, Vater hat sich schon auf ihn verlassen, aber was ist mit uns, wir kennen ihn ja nicht mal, außerdem trinkt er und ...

–In einem Punkt ist das Recht absolut unmißverständlich, ein Testamentsvollstrecker, der sich bei einem krummen Ding erwischen läßt, hat wirklich Ärger am Hals, und wenn einer das weiß, dann dein Gerichtsschreiber da.

–Ja aber, und müssen wir ihn auch bezahlen?

–Wird aus dem Nachlaß bezahlt, ich kenne die Gesetze da unten nicht, möglicherweise bis zu drei Prozent, es sei denn, er verzichtet darauf oder ...

–Ach, Lily, Gott sei Dank, stellen Sie die Tasse einfach da hin, Oscar? Würdest du das Ganze einfach mal ein Weilchen ruhen lassen? Der Nachlaß ist unkompliziert, ein ganz unkompliziertes Testament, wir beide sind die Begünstigten, davon sind wir doch auch immer ausgegangen, oder? Und so wie du über Vater gedacht hast, von wegen er hätte zu dir gehalten und so weiter, müßtest du da nicht der allererste sein, der seine Wünsche respektiert? Und ihn so abtreten läßt, wie er wollte, anstatt eine Wikingerbestattung und Gott weiß was noch alles zu veranstalten?

–Das hatte ich doch gar nicht vor, Christina, eine Wikingerbestattung, ich dachte bloß, er hätte doch mich zum Testamentsvollstrecker machen können, oder? Wenn er diesem Gerichtsschreiber da unten mit einem Drink in der Hand mehr vertraut hat als …

–Ja, mein Gott, du trinkst doch auch, oder? Schau dir doch nur mal die Flasche da an, die vor ein paar Minuten noch voll war.

–Ja, meinetwegen, aber, aber er hätte doch Harry benennen können, oder? Harry ist Anwalt, diese drei Prozent, einfach damit diese drei Prozent in der Familie bleiben, oder?

–Nein, Moment, Christina, hör zu, Oscar. Wenn man da unten jemand hat, der die Gerichte kennt, die Staatsgesetze kennt, so einer kriegt das Testament mit Drinks in beiden Händen durchs Bestätigungsverfahren, bei so einem unkomplizierten Nachlaß, ein paar Dokumente, da erledigt der die ganze Geschichte ohne viel …

–Woher wißt ihr das eigentlich, ihr sagt die ganze Zeit, es ist ein unkomplizierter Nachlaß, woher wißt ihr das, vielleicht gibt es ja einiges, wovon wir gar nichts …

–Keine Bange, ich habe ihn gebeten, eine Kopie des Testaments zu schicken und …

–Heißt das, du hast mit ihm geredet?

–Wir haben beide mit ihm geredet, Oscar. Harry hat ihn gleich als erstes angerufen, und ich habe später mit ihm geredet, er bringt ein paar Papiere und Vaters persönliche Habe mit, und das ist auch schon so ziemlich alles, also …

–Aber warum habt ihr mir das nicht gesagt!

–Nun haben sie's dir ja gesagt, oder? Also ehrlich, du machst noch alle wahnsinnig, Oscar, den ganzen Tag hat sie dich behandelt wie ein rohes Ei, sind Sie okay, Christina? Möchten Sie sich vor dem Film noch ein bißchen hinlegen?

–Du lieber Gott, das auch noch!

–Halt, Moment, es ist gleich soweit! Mach schon mal an, er kommt gleich nach den Nachrichten, ich muß eben noch mal verschwinden, mach an! Er hievte sich hoch, verschwand und überließ sie dem Anblick einer mit untadeliger, von einer sanften Brise über Phantombrüsten bewegter Wäsche bekleideten Dame, die nach einem geglückten Versuch mit einem über Nacht wirkenden Abführmittel heiter auf die beschauliche Landschaft eines ländlichen Morgens hinauslächelte, und sie hatten sich alle in unterschiedlich starkem Unbehagen eingerichtet, als er wiederauftauchte und die Zuflucht des Sofas wiedergewann, auf dem er sich mühsam niederließ, Nachäffung des sich windenden Arthritikers auf der Mattscheibe, der vor einem Floridaprospekt eine ausgiebige Massage mit durchwärmender Salbe über sich ergehen ließ, endlich keine Schmerzen mehr, da plötzlich erbebte das Zimmer von Kanonendonner und die Mattscheibe von einem Getümmel vorwärtsstürzender Pferde, flammender Raketen, der Südstaatenflagge und Horden von Männern –Guckt mal! während sich

Das Blut im Rot-Weiß-Blau

vor ihnen entfaltete, in Flammen aufging, abgelöst von der grellen Parade aus amtlichen Schreiben, Dokumenten, Dekreten hervorspringender Namen, einer immer abscheulicher als der andere, bis der Rauch sich endlich verzog, die Musik erstarb und das Zimmer nun vom Klipp-klapp eines Pferdewagens widerhallte, der sich über eine Auffahrt mit schlaff herabhängendem Louisianamoos dem Säulenvorbau eines Vorkriegsanwesens näherte, gesehen aus der Perspektive eines imposanten Schwarzen in Livree, –da ist er! Das ist dieser, dieser Button, dieser Freund von Basie, dessen Brauen sich hochmütig wölbten, während in einem altersschwachen Einspänner eine betagte Frau und ein gutaussehender, ernsthafter junger Mann, der im Stehen gebieterisch mit der Peitsche knallte, herankamen, um nach nicht zu hörendem Wortwechsel verächtlich ihrer Wege gewiesen zu werden, von einer hinreißend schönen jungen Frau im Negligé hinter einem Vorhang hervor beobachtet, –da ist sie! zischte er beider Rückzug die Auffahrt entlang hinterher, als sie vor einem kleinen, arg reparaturbedürftigen Farmhaus vorfuhren und eine den alkoholisierten Beliebigkeiten von Stephen Foster entlehnte Melange düsterer Akkorde herabtroff, die den Ton einer langen Montage aus Hämmern, Holzspalten, Stangenzaun-Bauen vorgab, in der das klapprige Pferd die Zugriemen des Einspänners gegen den Pflug eintauschte, in glühender Sonne Reihen von Tabakblättern, Getreide auf dem Halm, Rinnsale von Schweiß, die auf weißer Stirn Mannhaftigkeit suggerierten und Knechtschaft auf der des Schwarzen, der bei Lampenschein zu Füßen der alten Frau kniete und mit schwarzem Finger auf weißer Seite den Seligpreisungen von Matthäus 5 folgte, zur plagiierten Melodie eines noch zu komponierenden Gospelsongs und zu einem vom Sofa aus naheliegenden entgeisterten Schnaufen und gereizten Fauchen, das sich auf den Flügeln des Jagdvogels erhob, der, von einer Schrotladung zu Boden geschleudert, wie rasend durch das braune Gras trippelte und vor dem, was da geschah, auf einen Spalt in einer Steinmauer zufloh, Hufgetrappel, Krachen im Unterholz, Jagdmusik! Mit Hörnern und Hunden weck ich den Tag, Zieh hinauf in mein Waldland zu fröhlicher Jagd, mit stürmischem Busen und Flammenhaar, wo Mars zerstört und ich bewahr, Nimm mich, nimm mich, nur nicht zag, Venus kommt nicht jeden Tag, Starruhm im Wert von drei Millionen Dollar, in Stiefel aus feinstem Kalbsleder geschnürt, die köperumhüllten, weit gespreizten Schenkel im Herrensitz auf dem scharrenden Hengst, so dräute sie über ihm, er erhob einen Sterblichen in den Himmel, sie holt' einen Engel herab, knöpfte vorn seinen Overall auf, Von ros'ger Anmut licht, zeigt' er sein ehrliches Gesicht, vermischte die seinen niedrigen Stand kennzeichnende Verschwitztheit mit der ihre offenen Brüste beperlenden, von hochmögendem Sport erzeugten Hitze, Nun laß die Oboen Atem schöpfen, er kommt, er kommt, was hier ein Kichern hervorrief und dort ein empörtes Schnaufen über –diese plumpe, vulgäre, habt ihr das gesehen! Diese Szene, die ich in aller klassischen Schlichtheit geschrieben habe, wird hier völlig verhunzt, durch den Schmutz gezogen, und zwar auf die vulgärste, plumpste, ausnahmslos alles, von Anfang an, mein ganzer Prolog, von Anfang an haben sie den Text für ihr Drehbuch verwendet, hast du das gesehen, Harry?

–Was? Er räusperte sich, wandte die Augen von den lüsternen Schwellungen der achtlos zugeknöpften Augenweide nahebei, die ebenso unerreichbar waren wie jene auf der Mattscheibe, von denen sein Blick beim Klang dieses Kicherns abgeirrt war, –ach so. Satire, Oscar, einfach eine satirische Darstellung des Genres, meinst du nicht? Die klagenden Oboentöne hatten einer frenetischen Stimme Platz gemacht, Ankündigung einer längst vergessenen Filmdiva, die ihre wenigen Zuschauer mit blitzendem Gebiß anknirschte und ihnen verriet, wie sie es am Verrutschen hinderte.

–Wir haben das Popcorn vergessen.

–Ist noch Eis da?

–Darauf reden sie sich immer heraus, Harry, erst vermurksen sie etwas gründlich, und dann tun sie so, als hätten sie es absichtlich gemacht, und nennen es Satire.

–Noch Wein? Eine sehr lust'ge Zeit voll Tanzen, Trinken, Lachen, Zechen, Possenmachen, die etwas später mit der Hochzeit auf Cross Creek anhebt, wo bald darauf das munt're Grün durchs Waldland zieht, ist rasch dahin; Waffen und Ehre entflammen das Gemüt des Kriegers und entfachen Männerzorn. Fülle, Friede, Freude flieh'n; Blast die Trompete, Rührt die Trommel, Blast Reveille, Blast, Blast, –zu laut, machst du mal ein bißchen leiser?, während das säkulare Maskenspiel der alten Ordnung mit den bombastischen Worten eines Kommandanten der Union und Freundes der Dichtkunst zu Ende ging, der hoch auf einem Felsvorsprung über dem Potomac mit «Ich gratuliere Ihnen zur Aussicht auf eine Schlacht, Sir» einem Offizier die Hand schüttelte, unverkleidete Kunst aus Brust und Markigkeit hatte roher Muskelkraft Platz gemacht und jene süßen Perlen der Erhitztheit scharfem Schweiß, der gestriegelte Hengst auf den Waldwegen einem unten am Ufer im Schlamm feststeckenden Karrengaul und jener eine Schrotflintenknall dem Krachen von Handfeuerwaffen vom höhergelegenen Waldgelände aus, durch Geschützqualm, der sich wie ein Sargtuch über seine unerfahrenen Regimenter breitete, und mit einem Hornsignal, das, Anklang an Sir Walter Scott, tausend Männer wert war, ging der Freund der Dichtkunst, eine Rebellenkugel im Herzen, zu Boden, seine Aussicht auf eine Schlacht ins Gegenteil verkehrt von wilder Flucht den Steilhang hinab zu vier kleinen Booten, die sie über den breiten Fluß zurückbringen sollten, der von den Kugeln, die auf den geräumten Höhen abgefeuert wurden, wie unter einem Hagelschauer schäumte, und von den tausend Mann blieben neunhundert im Feld, am dunklen Ufer von Virginia gefallen, ertrunken oder in Gefangenschaft geraten.

–Gott!

–Oscar? Fehlt dir was?

–Das war phantastisch! japste er und rappelte sich hoch, um sein leergetrunkenes Glas zu füllen, –genau, ja, genau so war das! Als wäre er selbst dort gewesen an jenem Tag Ende Oktober achtzehn einundsechzig, ein Knabe, der jubelte, als der Freund der Dichtkunst sich mit den Worten «Ihr wollt doch kämpfen, Jungs, oder?» den 20. Massachussetts zuwandte, –als ob sie wirklich dort gewesen wären, sie müssen dort gewesen sein, sie müssen es direkt beim echten Ball's Bluff gefilmt haben, das war raffiniert, es aus der Perspektive der Union zu zeigen, raffiniert war das, wie ganz am Ende dieser große Prahm umkippt und die ertrinkenden Soldaten zusammengeschossen werden, habt ihr das gesehen ganz am Ende? Der Verwundete, der am Ufer zurückbleibt? Er füllte sich das Glas nach, –das war Holmes, das könnte der junge Oliver Wendell Holmes gewesen sein, oder? er war Leutnant bei den 20. Massachussetts, bei Ball's Bluff verwundet, ganz genau so, oder? Er japste, hielt inne, um Luft zu holen, –am Ufer zurückgelassen worden, ganz genau so, oder? Er prostete der Mattscheibe zu, wo soeben mit der rücksichtslosen Selbstvergessenheit eines betrunkenen Fahrers ein Auto um eine Kurve schleuderte, verbunden mit der Ermahnung, sich eins zu kaufen.

–Du bist ja richtig mitgegangen, Oscar, ich dachte, du …

–Na ja, die Schlacht, die Schlacht haben sie, das war raffiniert, die Konföderierten hat man kaum richtig gesehen, bloß ein, zwei Fahnen und ihre Gestalten durch die Bäume und den Qualm hindurch, außer diesen, diesen lächerlichen Major zu Pferd mit dem schnellen Schluck aus der Reiseflasche und den, und unseren Helden, den, der meinen Thomas spielt, als er getroffen wird, diese Knattercharge, die Großvater spielt, dabei ist er doppelt …

–Ach was, Oscar, er spielt nicht deinen Thomas, von deinem Großvater hat er nie gehört, er …

–Jedenfalls ist er zu alt, und zwar mindestens um das Doppelte! Und schauspielern kann er auch nicht, er ist so hölzern wie ein, nicht mal schauspielern kann er, der reinste Stock, steht einfach da und leiert seinen Text herunter, in seinem Gesicht spielt sich rein gar nichts ab, es ist bloß ein Gesicht, und er, da! Schau mal, schau ihn an mit seiner Narbe, da fängt es eigentlich erst an, da beginnt mein Stück, wenn er mit seiner Kriegsverletzung nach Hause kommt, das ist die erste Zeile des Prologs, oder? Und er hob die Hand und strich sich damit über die stoppelige Wange, –wo ihn ein Taxifahrer gebissen hat? Und die Stimme ist genauso leblos wie er selbst, nun hört euch das an.

–Ja wie denn, wenn du ständig dazwischenredest, wie soll man denn da …

–Man muß auch gar nicht! Er hob die Flasche, –guckt ihn euch doch an! Er goß sich den letzten Rest ein, –eigentlich muß er kochen vor Aufregung und Empörung, dieser Brief, den seine Mutter ihm gerade gegeben hat, eigentlich muß er über den Tod seines Onkels frohlocken, der ihn gedemütigt und seinen Vater betrogen hat, und jetzt gehört alles ihm, das ist die Rache für die ständigen Demütigungen seit seiner Geburt, und er spielt die Rolle wie ein, wie hat Vater immer gesagt? Und dann stieß er ihm eine nasse Socke in den Rücken! Kein Wunder, daß Vater sich darüber geärgert hat, daß Großvater von diesem grämlichen Sauertopf, Gott, wenn Vater das nur hätte sehen können. Wenn er hätte sehen können, was ich dort gesehen habe.

–Besser wird es jedenfalls nicht, schließlich hast du ja die Kritiken gelesen, müssen wir das eigentlich alles über uns ergehen lassen? Wir können genausogut abschalten, es gibt überhaupt keinen Grund, hier Zustände zu kriegen, weil …

–Ich kriege keine Zustände! und er sank, Verwünschungen brummelnd, zurück, trank sein Glas leer und japste von der Anstrengung, die Zerrbilder der Geschöpfe seiner Phantasie vor seinen Augen abzuwehren, die schmal wurden angesichts der salbungsvollen Falschheit, mit der der Major das von der Narbe gezeichnete, hölzerne Gegenstück seines Helden umarmte, ihn drängte, in den Norden zu gehen, zu beanspruchen, was nun von Rechts wegen ihm gehörte, und die heruntergekommene Plantage von der Last der Spielschulden zu befreien, die im Erdgeschoß bei einem heftigen Wortwechsel mit seinem lahmenden, schnüffelnden Sohn ans Licht gekommen waren, der bald darauf als Ersatzmann für den Missetäter zu namenlosen Schlachtfeldern verfrachtet wurde, anderen als dem bereits gezeigten, wo soeben unter prächtigem Betthimmel nur dem Tapferen gebührt' die Schöne, mit stürmischen Brüsten und Flammenhaar, die schimmernden, weit gespreizten Schenkel im Herrensitz auf dem, was nun, in ros'ger Anmut licht, von Rechts wegen ihr gehörte.

–Oscar, wo willst du hin? Anstelle einer Antwort schwenkte er die leere Weinflasche in Richtung Mattscheibe, zu einer Frau hin, die im Herrensitz auf einem technischen Wunderwerk saß und in nur drei Wochen 118 Pfund abgenommen hatte, –Lily? Das schafft er nie, holen Sie noch eine? Und in den verblüfften Blick hinein, den sie damit hervorrief, –nur zu, mittlerweile hat er es ja vermutlich wirklich verdient, mein Gott.

Ein leichtes Glissando begrüßte sie bei ihrer Rückkehr mit der Androhung komischer Erleichterung vor der öden Kulisse eines Zechenschachts im Norden, während sie sich auf die Armlehne des Sofas hockte und ungeschickt mit dem Korkenzieher hantierte. –Gib mal her! Seine Ungeduld galt weniger ihr und der Flasche, die er am Hals packte, als der Gestalt, die nun in gekonnter Parodie des Zechendirektors die Mattscheibe füllte, Bagbys serviler irischer Tonfall ersetzt durch die unverhohlene List des alten Kalabrien, mit der er dem neuen Herrn abwechselnd Vorhaltungen machte, schmeichelte und herablassend kam, mal um sich über seine irrigen Vorstellungen von fairem Umgang mit den Grubenarbeitern, mal um sich über den Nutzen der Einflußnahme zum eigenen Fortkommen zu verbreiten, unterbrochen von einem höchst effektvollen Zwischenspiel von Straßenraub und Brandstiftung, und hier setzte das spielerische Glissando wieder ein, neue komische Möglichkeiten ergaben sich mit dem Aufmarsch kleiner Gauner, Säufer, vor Ehefrauen und Gläubigern Geflüchteter und eines Paars von Chippewa-Indianern, die vom Zechendirektor flüchtig befragt, geprügelt, eingeschüchtert, bezahlt und als Rekruten für die Unionsarmee gekeilt wurden, als er gerade einmal nicht damit beschäftigt war, für die patriotische Sache Vorräte an Wurmmittel, Ziersäbeln, Bruchbändern und mit Sand versetztem Maultierfutter aufzutreiben.

–Oscar, Vorsicht, du kleckerst gleich.

–Was? Erschrocken blickte er hoch, richtete die Flasche an einem Polster neben sich auf und sank brummelnd zurück, –hör zu! Seine Gereiztheit entzündete sich an ihrer abrupten Störung der unfreiwilligen Aufhebung des Zweifels, die sich seiner allmählich bemächtigt zu haben schien, der blanke Hohn seiner Abwehr erodiert von der vor seinen Augen ins Kraut schießenden Entweihung, die seine zur Unterwerfung unter diese Version seiner Geschöpfe genötigten Sinne gefangennahm, bis endlich der von der kunstvoll erdachten Handlung verlangte Aushebungsbefehl, der das schändliche Gegenstück seines widerstrebenden Helden in die fatale Entscheidung verstrickte, einen Unglücksraben aus der Zeche als Ersatzmann zur Armee zu schicken, nurmehr ein möglicherweise ergebenes, ja sogar zufriedenes Schnaufen hervorrief, zufrieden ob dieser selbst jetzt noch bestehenden flüchtigen Parallele zu seinem eigenen, im Schwinden begriffenen Beitrag, der sich nach einem weiteren Schluck aus dem Glas vollends vor seinen Augen auflöste und in den Dunst eines ländlichen Morgens überging, wo ein von einer zarten Brise über einer entblößten Schulter bewegter Vorhang verbürgte Erleichterung nach einem geglückten Versuch mit einem über Nacht wirkenden Abführmittel hätte signalisieren können, wäre da nicht unheilschwangeres Cellogeburbel und das Strotzen hauchdünn verhüllter, jäh und prächtig echter Brüste gewesen, als sie sich einen Umhang um die Schultern warf und aufschrie.

–Harry? Bist du wach?

–Jetzt kommt es, Oscar, worauf du gewartet hast, zwei Titten im ...

–Lily, wo wollen Sie hin?

–Den Teil kenn ich schon.

–Sehen Sie mal nach, ob noch Saft da ist, ja? Und in einem Tumult von zerbrochenem Geschirr und blankgezogenen Klingen, brüllendem Gelächter und verzweifeltem Geschrei, zertrampelter hauchdünner Gaze, zerrissener Kleidung für Ober- und Unterleib, rackernden Hinterteilen und verschlungenen Gliedmaßen, Geheul voller Qual und Triumph und einem einzelnen Schuß, bewahrheitete sich alles. –Mein Gott! flüsterte sie, während das Stilleben aus welken, eine Bibel umklammernden Händen, einer blutgetränkten, einen blicklosen Augapfel krönenden Majorskokarde und den schwach sich hebenden und senkenden Brüsten geschändeter Nacktheit vor den sprühenden Avancen eines ehemaligen Filmstars verblaßte, der, nicht länger von Inkontinenz behindert, mit einem Tennisschläger ein aktives Leben führte, und sie erwachten von Gläsergeklirr auf einem Küchentablett.

–Oscar? Möchtest du was von dem Saft da? Er leckte sich die Lippen, dazu animiert, sich aus der neben ihn gebetteten Flasche sein Weinglas zu füllen.

–Ich finde wirklich, wir haben genug gesehen, meinst du nicht?

–Nein! japste er, nach Atem ringend, und hob unsicher das Glas, –Antietam kommt noch, die Schlacht am Antietam.

–Ich glaube, ich gehe schlafen, ich bin fix und fertig. Harry?

–Da hat sie sich ihre drei Millionen wirklich verdient, was?

Ein durch Matsch schleuderndes Freizeitfahrzeug, ein Mann mit Kreuzschmerzen, das klapprige Paar auf einem Bett, das sich auf Knopfdruck wellte und wogte, und die scharfen Töne eines Signalhorns, die im Halbdunkel durch das plötzlich anschwellende Grollen von Geschützfeuer schnitten, ließen ihn wie einen Kavalleristen senkrecht hochfahren, –da! Er spritzte sich den Wein aufs Knie, –schau, da! Das ist Hooker, der auf dem Pferd ist Joe Hooker da oben auf dem Kamm mit seinem 1. Korps, er blickt Richtung Süden auf die, siehst du das? Den kleinen weißen Fleck, die Dunker-Kirche, eigentlich kannst du sie noch gar nicht sehen, es ist erst halb sechs in der Frühe, sie ist über anderthalb Kilometer weit weg, da wo die Feuerblitze von Jacksons Artillerie herkommen, jetzt greift Stuart ein, Jeb Stuarts reitende Artillerie, von einem Hügel unten an der Hagerstown Road aus beschießen sie uns hier oben auf dem Kamm, und da drüben, das große Farmhaus da, das ist Millers Farmhaus, wo die, was machst du denn da?

–Ich stelle es leiser, Oscar, es wird immer lauter und ...

–Natürlich wird es immer lauter! Die Artillerie der Union bereitet Hookers Angriff vor, er schickt Ricketts Division auf seiner linken Seite durch die East Woods und die von Doubleday die Hagerstown Road hinunter, mit Meade in der Mitte, jetzt kannst du sie sehen, seine Schützenlinien, wie sie den Hang hinunter aufs Maisfeld und Millers Farm zukommen, jetzt ist es hell genug, da schau! Im Maisfeld, schau! Bajonette schimmern durch die Blätter, wo die Rebellen bloß darauf warten, daß, jetzt geht's los! Es geht los! Zusammengehauen, die Schützenlinien vom Maisfeld und von Millers Farm aus zusammengeschossen, so viel Qualm, daß man kaum sehen kann, wo die, wo die, da sind sie, ja, da sind sie! Sechs Batterien, guck dir die Pferde an, sechs Gespanne ziehen sie im Galopp heran, und die Hornsignale, die wissen, was sie bedeuten, diese alten Militärpferde, die wissen, was sie bedeuten, guck dir das an, sechsunddreißig Geschütze in einer Reihe beschießen das Maisfeld mit Kartätschen, und dieses Bum! Bum! in der Ferne, McClellans weittragende Geschütze am anderen Ufer des Antietam, toll ist das, Kreuzfeuer reißt das Maisfeld in Stücke, Rebellen werden niedergemäht, reihenweise zusammengeschossen, jetzt kommen wir, Meade im Mittelabschnitt und Ricketts Infanterie aus den East Woods, Qualm so dicht, daß man kaum, guck mal! Hast du ihn gesehen? Hast du ihn gesehen? Den Ersatzmann aus der Zeche, bloß eine Sekunde lang? Er müßte zu einem von Meades Pennsylvania-Regimentern gehören, oder? Gott, ist das toll! japste er, beugte sich schwer atmend vor und packte die Sofakante, während das Gemetzel noch lauter wurde, –was? Ich kann dich nicht verstehen!

–Weil du die Flasche um, Vorsicht! Sie bückte sich neben ihm und fing die herunterfallende Flasche auf, –hör doch endlich auf, so auf und ab zu hüpfen, du ...

–Her damit, gib her! Er füllte sein Glas, trank es aus und füllte es erneut zu den Schreien und Schüssen aus dem Maisfeld, –da! Eine Schulter abgerissen, –Obacht! Zu spät, der Junge in Zimtbraun voll in den offenen Mund getroffen, bloße Kinder, bloße Kinder in Homespun und Blau in schreiender Raserei aus Bajonetten und Granatfeuer, –unglaublich, es ist unglaublich, sieh dir das an! Das halbe Regiment aus zehn Metern Entfernung ausgelöscht, wir nehmen das Maisfeld ein, da ist Meade, da ist Meade, mittendrin, da ist Meade, guck mal die Fahnen, Kriegsfahnen, das 6. Wisconsin, Pennsylvania-Regimenter und dreihundert Mann vom 12. Massachusetts, schon jetzt zweihundert Tote und Verwundete! Wir haben es fast geschafft, die Dunker-Kirche, Georgia-Boys versuchen über den Zaun zu kommen, pffft! Abgeknallt wie Wäsche auf der Leine, hör mal! Der Kampfschrei der Rebellen, hör dir das an, der Gegenangriff von Hoods Division, durch Mark und Bein geht einem das, sie kommen durch! Schlagen uns zurück, sie schlagen uns zurück, A. P. Hill kommt von den East Woods heran, das heißt D. H., D. H. Hills Division mitten hinein ins, ui! Batterie B, sechs alte Messinggeschütze, das ist Batterie B, hält genau drauf, sieh dir das an! Doppelsalven von Kartätschen treffen sie aus zwanzig Meter Entfernung, die ganze Kolonne der Rebellen in Stücke geschossen, überall Blut, überall Blut, das da ist Mansfield, der weiße Zottelbart, das muß General Mansfield sein, Hooker schickt ihn mit seinem 12. Korps in die Schlacht, er reitet die Gefechtslinie ab, schwenkt dabei seinen Hut, hör mal, wie sie jubeln, gleich wird er, ja, er ist getroffen, das Pferd liegt am Boden, und Mansfield ist in den Bauch getroffen worden, Gott, schafft ihn vom Schlachtfeld!

–Autsch!

–Was ist denn …

–Du hast mich getroffen, Oscar, kannst du denn nicht …

–Keine Absicht! Obacht! Hooker, sein Fuß ist zerschmettert, er reitet nach hinten, neuntausend Mann ins Gefecht geführt, zweitausendfünfhundert Gefallene und Verwundete, und die Hälfte von Lees Kräften tot oder verwundet, wo ist der, wo sind wir denn jetzt, wo ist mein Glas.

–Es ist leer, wieso versuchst du nicht einfach mal …

–Na, dann füll es! Signalflaggen werden geschwenkt, wo sind wir, der Fluß da unten, das ist der Antietam, da unten, ja, wir sind hier oben bei McClellan, der den ganzen Laden schmeißt, da ist er, der mit dem Fernrohr, da ist er, Hookers 1. Korps aufgerieben, sein ganzer rechter Flügel zusammengebrochen, wo bleibt Sumner, er schickt Sumners 2. Korps in die Schlacht, um Lees Flanke aufzurollen, und nun guck dir an, was für einen Mist er baut, achtzehntausend Mann, er hat drei Divisionen, man kann sich nicht entschließen, man verzettelt sich, und Sedgwicks Division wird von drei Seiten angegriffen, Rebellenbrigaden wie aus heiterem Himmel, machen das halbe 34. New York nieder, zwei Drittel der Neunundfünfzigsten ausradiert, es hätte schon dort zu Ende sein können, wenn er Lees Flanke durchbrochen hätte, aber bloß ein Drittel seiner Kräfte greifen in die Schlacht ein und lassen zweitausend Tote und Verwundete in den West Woods zurück, während das 20. Massachusetts mit, guck mal, guck mal, das ist Holmes! Schon wieder verwundet, ja, derselbe Mann, oder? Der bei Ball's Bluff am Ufer zurückgelassen wurde? Man kann kaum erkennen, was, schrecklich, sich das Ganze auf diesem winzigen Bildschirm anzusehen, eigentlich müßte er so groß sein wie das Zimmer hier, im Theater müßte man es sehen, nun schau dir das an, angeblich blicken wir über 400 Quadratkilometer hinweg, in kaum vier Stunden zwölftausend Tote und Verwundete, dabei ist es noch nicht mal zehn Uhr morgens.

–Ich bin jedenfalls echt froh, daß es vorbei ist, Oscar, du schwitzt ja richtig und ...

–Von wegen vorbei! Es müßte vorbei sein, aber es ist nicht vorbei, wenn sie dort Lees Flanke durchbrochen hätten, dann wäre der ganze Krieg vorbei gewesen, aber das Schlimmste kommt noch, jetzt gleich, du hast es doch gesehen, schau sie dir an! Wie sie den Hang hinuntermarschieren, Bajonette blitzen in der Sonne, direkt auf D. H. Hills Regimenter zu, die sich im Hohlweg versteckt haben, ich dachte, du hättest es gesehen, die Bloody Lane, du hast gesagt, du hättest es gesehen!

–An der Stelle hab ich die Augen zugemacht.

–Na schön, mach ruhig, mach ruhig, ich erzähle dir, was jetzt gleich passiert, jetzt gleich, da! Das Krachen von Schüssen erfüllte den Hohlweg von einem Ende zum anderen, –die ganze erste Reihe der Union zusammengeschossen, Gott, sieh sie dir an! Er hatte ein Kissen gepackt und klopfte es heftig, –McClellans weittragende Geschütze zerschmettern die Artillerie der Rebellen, die Beine des Kanoniers in Stücke wamm!, die Pferde, Granaten reißen die Artilleriepferde in Stücke, Gott, ist das schrecklich, unten im Hohlweg alles voller Qualm, man kann nicht mal erkennen, was sie, sie haben sie aufgehalten! Wir haben ihren Vormarsch aufgehalten, die ganze nein, sieh nicht hin, sieh nicht hin, aufeinandergestapelte Arme und Beine, auf Stroh gebettete Männer, sie haben die Scheune zum Feldlazarett umfunktioniert, blutbesudelte Feldärzte, und Arme und Beine aufeinandergeschichtet wie mein Glas, wo ist mein Glas! Er gluckste, hustete, füllte es nach, quetschte das Kissen auf seinem Schoß, –na endlich! Endlich kommt Sumners Dritte Division, um French zu entsetzen, Gott, es geht weiter, es geht weiter, D. H. Hill bricht durch die Lücke, da ist es passiert, da ist es passiert, die ganze Gefechtslinie der Konföderierten bricht zusammen, wieso kann er nicht seine Reserven schicken und der ganzen Sache ein Ende machen! McClellan hat zehntausend Mann da oben, bring sie schon! Bring sie schon! Er klopfte auf das Kissen, –er tut's nicht, Lees Linien sind total zerfetzt, McClellan könnte ohne weiteres durchbrechen, aber er glaubt immer noch, er wäre zahlenmäßig unterlegen, siebzigtausend Mann gegen Lees vierzigtausend, es ist kurz vor Mittag, er könnte in diesem Moment den Krieg beenden, Porters gesamtes 5. Korps hockt den ganzen Tag oben auf einem Hügel und spielt Karten, und sie schicken es nicht ins Gefecht! Er sank nach Atem ringend zurück und wischte sich mit der Hand über die Stirn, –von jetzt an geht alles schief, alles schief, da kommt Burnside, an zwei oder drei Stellen könnte er den Fluß überqueren, aber er will unbedingt die kleine Brücke, der Schwachkopf. Du Schwachkopf! schrie er plötzlich auf und sank, Verwünschungen brummelnd, erneut zurück, während zwei Regimenter unter schwerem Beschuß auf die Brücke zustürmten, seine Augen wurden glasig, als die Brücke von einem Getümmel von Männern und Pferden, Karren und Wagen verschlungen wurde, die alle gleichzeitig hinüberwollten, dazu heftiges Feuer auf der Straße nach Sharpsburg, –er könnte es immer noch schaffen, zwölftausend Mann, was ist bloß los mit dem Kerl! Eine unsichere Hand hielt das leere Glas, die andere wühlte zwischen den Polstern, während sein Atem flacher wurde und die Schultern sich geschlagen senkten.

–Sie ist leer, Oscar, nun laß doch …

–Na dann, dann hol noch eine! japste er, –keinen einzigen Schuß abgegeben, ein Drittel seiner Armee hat keinen einzigen Schuß abgegeben, alles verschenkt, Lee zieht sich zurück, am Potomac hätte er ihm den Rückzug abschneiden können, keinen einzigen Schuß abgegeben. Harry? Sein Blick trübte sich, –wo ist Harry?

–Da, Oscar, ich glaube, er ist eingeschlafen, bist du okay?

–Keinen einzigen Schuß abgegeben, murmelte er, während das Blut Maisblätter und Leichen bespritzte und in gellendem Schrei aufgerissene Münder, zerschmetterte Gliedmaßen und das letzte Sonnenlicht reflektierende Geschütze an ihnen vorüberzogen, im Hohlweg Zwielicht in Blutlachen funkelte, den letzten Schimmer von Raserei in den zum ersterbenden Himmel emporgerichteten Augen der Pferde einfing in der Stille, die das Dunkel einhüllte, so wie die sich herabsenkende Dunkelheit die mit leisem Stöhnen verbürgte Stille umgab, die von einem Kreischen zerrissen wurde, als ein Feuer, und noch eins, und noch eins das Dunkel zerriß und die aufgetriebenen Bäuche der Pferde platzen ließ, und mit dem vorsichtigen Schritt der Beerdigungstrupps erhob sich das Stöhnen im Maisfeld, in den East Woods, den West Woods, bei Millers Farm, Roulettes und Pipers und der Dunker-Kirche, und, langsam und vorsichtig wie ihr Schritt, in jenen unpassierbaren, letzten heftigen Umarmungen im Hohlweg, –Harry? Bist du okay? Mit so etwas wie Panik, –was ist denn das? Was ist das!, als mit schrecklicher Langsamkeit eine Gestalt auftauchte und, die bleiche Narbe bläulich auf der bleichen Wange, brütend auf zwei blutbesudelte Gesichter herabstarrte, die in dieser letzten Agonie inniger miteinander verschwistert waren als im Leben, jammerten, wimmerten, sich hierhergeschleppt hatten, die von der Arbeit unter Tage rollenden Augen nun weit aufgerissen und leer, –guck mal!, während die Erscheinung verblaßte, –guck mal …

–Ist ja gruselig.

–Lily?

–Huch! Haben Sie mich erschreckt, ich dachte, Sie wären oben und schlafen.

–Schlafen? Bei dem Krach hier? Und sie drehte den Ton ab und brachte damit eine schwüle Blondine zum Schweigen, die sich an einem schimmernden Kotflügel entlangstreichelte, als handelte es sich um einen kräftigen Oberschenkel. –Oscar? Was nuschelt er denn da?

–Er hat gerade den ganzen Krieg noch mal geführt.

–Und das hier sind die Gefallenen? Sie fing an, die leeren Flaschen einzusammeln, –Harry? Sie setzte sich auf die Armlehne seines Sessels, strich ihm über die Stirn, –möchtest du jetzt mit nach oben kommen? Aber noch immer rührte sich keiner von ihnen, als still die Sonne aufging und die zerschrammten Säulen überflutete, wo ein von sanfter Brise hinter zerbrochener Scheibe bewegter Vorhang einen flüchtigen Blick auf kahle Tische und leere Stühle freigab, zwischen denen sich Schatten bewegten, als ein schicker Vierspänner die überwucherte Einfahrt zwischen dem Louisianamoos heraufkam, eine einsame Gestalt die Treppe hinaufstieg, an die Tür hämmerte und unter ihren leeren Blicken durch die zerbrochene Scheibe rotes, zerwühltes Haar über einem in durchscheinender Schönheit erstarrten Gesicht und ein von dem narbigen, kalkweißen Antlitz beschütztes, offenes Mieder dem pompösen Auftritt des Besuchers entgegentraten, so daß ihr ein –Was ist das denn! entfuhr, während sich über den breiten Rasen verschwommen eine langsam deutlicher werdende, schwarze Gestalt näherte und sie den Ton wieder aufdrehte, gerade als von irgendwo ein Schuß fiel und von nirgendwo ein sanftes Gewoge einsetzte, bei dem es sich allem Anschein nach um eine symphonische Verschandelung von Swing Low, Sweet Chariot handelte, zu der langsam der Abspann auf die leere Mattscheibe kroch. –Oscar?

–Was ist passiert! Er rappelte sich hoch, glotzte den durchlaufenden Abspann an, Spezialeffekte, technische Beratung, Kostüme, Pferdepfleger …

–Weiß der Himmel, helfen Sie mir mal eben mit ihm, Lily?

–Harry, guck mal! Da ist sie, die Friseuse, da ist sie!

–Was? Was?

–Nein, fassen Sie ihn am Arm, helfen Sie mir einfach, ihn den Flur hinunterzuschaffen.

–Keinen einzigen Schuß abgegeben.

–Sein Hemd ist ja klatschnaß, wir können ihn dann in der Bibliothek zudecken, okay?

–Eine nasse Socke in den Rücken gestoßen.

–Und holen Sie ein feuchtes Tuch, um ihm das Gesicht abzuwischen, heute hatte er nun wirklich einen langen Tag, mein Gott.

Weit draußen auf der Stille des Teichs bildeten ein paar Schwäne, fünf oder sechs, ein Dickicht von Weiß, so still, als wären sie dort im Eis festgefroren, unter einer Morgensonne, die so bleich war, daß sie wie ein bloßes Manifest der Kälte wirkte, das nur deren Sichtbarmachung diente, als hier, am nähergelegenen Ufer, ein Schwarm Wildenten auftauchte, die strahlend grünen Köpfe und Hälse von einer Lumineszenz, die angesichts der knauserigen Sonne ganz allein ihnen selbst entspringen mußte, in orangebeiniger Paradeordnung vorbei an unscheinbaren, wie welke Vegetationsbüschel gezausten und gegen die Kälte aufgeplusterten Weibchen in stummer Würde, die jäh entweiht wurde, als sie sich vom Fenster abwandte, geschändet und profaniert auf der stummen Mattscheibe, wo eine schwarze, gerupfte Zeichentrickente eine Stange mit der Aufschrift Dynamit in die Deckung des Zeichentrickjägers schleuderte. –Lily? Habe ich das gestern abend nicht ausgemacht, als ich zu Bett gegangen bin? und sie tat es jetzt, –ah, gut, Sie haben Tee gemacht. Ich dachte, Harry wäre hier unten.

–Er ist in der Küche und macht Kaffee.

–Jedenfalls vielen Dank, daß Sie da drin saubergemacht haben, mir hat schon davor gegraut. Und fürs Aufräumen hier drin, mein Gott, das war vielleicht eine Nacht.

–Ich dachte, das wären Sie gewesen.

–Aber ich bin doch gerade erst aufgestanden. Sie haben doch Oscar nicht geweckt, oder?

–Da drin ist er jedenfalls nicht.

–In der Bibliothek? Und auch nicht in Ihrem, ja wo zum Kuckuck ist er denn dann, nein, stellen Sie das Tablett einfach da am Fenster ab. Spazierengegangen kann er jedenfalls nicht sein, er würde sich ja eine Lungenentzündung holen, nach gestern abend muß er sich doch fühlen wie der Zorn Gottes, Sie glauben doch nicht, daß er, ach, Harry. Hast du ihn gesehen?

–Wen?

–Wen wohl? Was glaubst du denn, den Mann im Mond?

–Meinst du Oscar? Seine Tasse balancierend, setzt er sich vorsichtig hin, –hab ich nicht gesehen, hab keine Menschenseele gesehen.

–Du bist schon seit Stunden auf, oder? Es ist fast Mittag, und du sitzt hier und guckst dir die Samstagmorgen-Zeichentrickfilme an?

–Wenn du's genau wissen willst, ich ...

–Aber du hast den Kuddelmuddel in der Küche aufgeräumt, das war lieb von dir.

–Hab nichts angefaßt, Christina, wenn du's genau wissen willst, ich ...

–Mein Gott! Tee ergoß sich über das Tablett, –es ist weg! Schau mal, sein Auto ist weg, schau doch mal!, als gäbe es etwas zu sehen anstatt nicht zu sehen.

–Vielleicht ist er, ist er ja bloß die Zeitung holen gefahren oder so was?

–Die Zeitung ist hier, bin gerade damit fertig geworden, er muß sie reingeholt haben.

–Natürlich ist er nicht die Zeitung holen gefahren oder so was! Er ist ja nicht mal, haben Sie denn nichts gehört? Haben Sie ihn denn nicht gehört?

–Ich halte mir immer das Kissen über den Kopf, wenn dieser verrückte Specht loslegt, außerdem wird dieser gruselige Fisch ganz ...

–Schluß jetzt, alle beide, er könnte sonstwo hingefahren sein, mein Gott, bei der Verfassung, in der er gestern abend war, wäre er imstande und, er könnte hundert Meilen von hier sein, er könnte sonstwo sein.

–Bloß die Schlachtszene, Christina, die hat ihn in Fahrt gebracht, ein, zwei Flaschen Wein, ich würde mir keine Sorgen machen, daß ihm ...

–So wie er überall dagegengehauen hat, ich hab sogar einen blauen Fleck am Knie, mit den Armen gefuchtelt wie Al, wenn er sich mit seinem Sixpack die Redskins anguckt und bring ihn schon! Bring ihn schon! brüllt und dazu mit den Armen fuchtelt, daß ...

–Lily, können Sie denn nicht mal still sein! Keine Sorgen machen, es ist eiskalt da draußen, immerhin könnte er irgendwo im Gefängnis sitzen, er könnte einen Unfall gehabt haben und im Krankenhaus liegen, oder? Darüber weißt du doch am besten Bescheid, oder, Harry? Kann er das Ding überhaupt fahren? Ist er eigentlich mal mit unserem gefahren?

–Hör zu, Christina, ruf die Polizei an, dann mußt du eine Anzeige unterschreiben, und wenn sie ihn auflesen, nehmen sie ihn fest, und wenn du anfängst, Krankenhäuser anzurufen, kriegst du bloß die üblichen besoffenen ...

–Ja, was sollen wir denn tun, hier herumsitzen? Einfach hier herumsitzen, bis irgendein Krankenhaus in Georgia uns anruft?

–Oder die Polizei in Hoboken, oder er kommt zur Tür reinspaziert, setz dich hin und trink Kaffee, hör zu, das Zeug war noch warm, als ich runtergekommen bin, weit kann er also nicht sein, wenn wir nichts hören, bevor ich los muß, können wir uns immer noch Sorgen machen.

–Wo willst du denn hin?

–Mir noch Kaffee holen.

–Wann du los mußt, meine ich! Wieso mußt du überhaupt los?

–Wollte ich dir gerade sagen. Ich habe vorhin mit Bill Peyton geredet, er will sich mit mir zusammensetzen und ein paar Sachen durchsprechen, bevor er ...

–Bill Peyton, Bill Peyton! Es ist Samstag, Harry, es ist Samstag, wieso mußt du samstags zu Bill Peyton!

–Verreist morgen, in Aspen ist irgendwas passiert, was er ausbügeln muß, und ich glaube, er will über die Senior-Partnerschaft reden, bevor er fliegt.

–Nach Aspen, wenn Oscar vielleicht irgendwo im Graben liegt und verblutet? Wenn sie dich zum Seniorpartner machen wollen, soll er dir deine Urkunde schicken, dann kann er zum Skifahren nach Aspen fliegen und ein paar barbusige Kellnerinnen ausbügeln, darum geht es doch im Grunde, oder?

–Nicht so einfach, Christina, hör zu, setz dich, bleib ganz ruhig, wenn irgendwer verblutet, kann ich sofort absagen. Folgendes Problem, die ganze Szene stellt sich im Moment so dar wie eine Seefahrt durch die Straße von Messina, zwischen Scylla und Charybdis. Früher, wenn du da Partner oder Seniorpartner bei einer feinen alten angesehenen Nobelkanzlei geworden bist, hattest du ausgesorgt, heute hast du die Höhle des Seeungeheuers auf der einen und einen Strudel auf der anderen Seite, Haftung als Partner heißt, man ist mit an Bord und riskiert, von diesen Monsterprozessen und Regierungskontrolleuren aufgefressen zu werden oder im Meer der Arbeitslosigkeit abzusaufen und zu ertrinken.

–Mein Gott, Harry, sie können dich doch nicht rauswerfen, du hast mal gesagt …

–Wir reden vom Absaufen, wenn das ganze Schiff untergeht, Christina, in den letzten paar Jahren sind acht oder zehn Topkanzleien untergegangen, und ein Dutzend weitere stehen auf der Kippe, kleine Kanzleien verschwinden, wo du hinguckst, Expartner sitzen auf der Straße, obwohl sie sich für die Kanzlei aufgerieben haben in Ängsten und Monsterprozessen, die irgendein ehrwürdiger alter Seniorpartner angestrengt hat, der vierhundertfünfzig die Stunde für schlechte Entscheidungen berechnet, mit denen sie nichts zu tun hatten, während er übers ganze Jahr zweitausendfünfhundert Stunden einreicht und ungefähr ein Drittel von der Million einsackt, die er in die Firma einbringt, damit sie Unkosten und Prämien auf den Rest der dreihundert Millionen zahlen können, die von ihren ganzen anderen Mandanten hereinkommen, und dann setzen sich die Seniorpartner unter den Weihnachtsbaum und teilen sich die Gewinne.

–Wie kommst du denn auf die Idee, Swyne und, wo willst du hin.

–Hab ich doch gesagt, noch Kaffee machen.

–Lily kann noch Kaffee machen, und Lily? Noch Tee, und wenn Sie das Tablett hier saubermachen könnten? Wie kommst du eigentlich auf die Idee, sie können dir die Schuld geben, wenn der alte Kahn sinkt, schließlich bist du nicht Chef von General Motors, oder?

–Du verstehst nicht, Christina, hör zu, das ist es doch gerade. Du bist nicht durch beschränkte Haftung geschützt wie bei einer Körperschaft, nach den staatlichen Vorschriften für solche Partnerschaften hängst du voll mit drin, die Kanzlei haftet heißt du selber haftest, Versicherungsschutz ist ungefähr so, wie wenn man einem ertrinkenden Matrosen einen Rettungsring hinwirft, eine Kanzlei mit zweihundert Anwälten zu fünf- bis sechstausend pro Kopf zahlt schon über eine Million bloß für Prämien. Diese ganzen Massenentlassungen vor einer Weile, da haben Kanzleien wie unsere die Leute direkt von der Uni eingestellt, weil sie fettgeworden sind an diesen milliardenschweren Fusionen und Übernahmen, irrwitzigen Immobiliengeschäften, schicken Büroräumen und Computernetzwerken für diese multinationalen Mandanten, und über Nacht ist es vorbei mit der ganzen Herrlichkeit, die Regierungskontrolleure schreiten ein, erwischen irgendein monströses Kreditinstitut beim Frisieren der Bücher, und wir sind mit von der Partie, weil wir den Laden beraten haben, und schon gehen die Einnahmen und der erstklassige Ruf den Bach runter, man zahlt Strafen und Vergleiche in diesen Prozessen, die das Justizministerium und ein paar tausend wütende Investoren angestrengt haben, und ehe man sich's versieht, zahlt ...

–Harry?

–Zahlt man diese Ansprüche auf eine Million, fünf Millionen Dollar aus der eigenen Tasche, zehn Millionen Deckungssumme, aber man hat ja ständig seinen Selbstbehalt erhöht, um die Prämien noch aufbringen zu können, zwanzig Prozent sind sie letztes Jahr hochgegangen, und dieses Jahr wahrscheinlich noch mal zwanzig bis dreißig, und Anwaltskosten siehst du null, wenn du dich gegen diese Klagen wegen Anwaltspflichtverletzung wehrst, die sich wie Unkraut vermehren, egal wo du ...

–Harry! Wieso erzählst du mir denn das alles von wegen Millionen an Selbstbehalt und Gott weiß was noch, ich kann ja nicht mal ...

–Hab ich dir doch gerade erklärt, Christina! Die Kanzlei haftet heißt die Partner haften, wenn eine große Kanzlei verklagt wird, heißt das, du bist nicht nur für deine eigene Arbeit verantwortlich, sondern du hast auch noch die von anderen Partnern am Hals, die du wahrscheinlich noch nicht mal persönlich kennst.

–Also das ist ja wohl das lächer, das hast du mir aber nie gesagt, ich weiß ja nicht mal ...

–Wollte dich nicht damit belasten, im Grunde willst du es jetzt doch auch nicht so genau wissen, oder? Ich versuche dir zu erklären, daß man alles riskiert, was man hat, Wohnung, Pensionsansprüche, Prämie, Gewinnanteile, schlichtweg alles, was einem gehört, deswegen gehören unserem Freund Sam auch nur die Klamotten, die er am Leib trägt, Stadthaus, Autos, Segelboot, der Sommersitz, den sie gerade drüben in Southampton bauen, hat er alles auf seine Frau überschrieben.

–Entzückend, Harry, einfach entzückend.

–Was heißt hier entzückend, was soll er denn sonst …

–Ich rede von unserem Freund Sam, Harry! Ich rede von diesen Klagen wegen Anwaltspflichtverletzung, die sich wie Unkraut vermehren, du stellst dich hier hin und redest es Oscar aus, wegen Anwaltspflichtverletzung zu klagen, weil du dir um Sam Sorgen machst, um Sam und diese ganze widerwärtige, sich selbst kontrollierende Verschwörung, hat er das damals gemacht?

–Was gemacht, ich verstehe nicht …

–Alles auf seine Frau überschrieben, damit er Oscar nichts geben muß, außer das Hemd, das er am Leib trägt, und eine Kiste mit totem Fisch, wie kannst du mir so etwas erzählen!

–Ich rede nicht von Sam, ich rede von uns, wenn alles schiefgeht, könnten wir genau in die gleiche …

–Wir? Du möchtest alles auf mich überschreiben, hat das Ganze damit angefangen?

–Es hat damit angefangen, daß ich mich mit Bill Peyton zusammensetzen will, oder? Es hat damit angefangen, ich sage dir, womit es angefangen hat, es hat angefangen, als ich erfahren habe, daß Mudpye eine Partnerschaft abgelehnt hat, erst bringt er sich fast um dafür, dann bieten sie's ihm an, und er lehnt ab, kriegt Bedenken und lehnt ab. Und weil ich mich für die Seniorpartnerschaft fast umbringe, habe ich jetzt auch ein paar Bedenken und sage Bill Peyton, ich möchte die Bilanzen der Kanzlei sehen, Bankkredite, Pensionsverpflichtungen, Versicherung, problematische Mandanten, nimm bloß mal deine Freundin Trish, wahrscheinlich steht sie mittlerweile mit ein paar Hunderttausend in der Kreide und hat noch keinen Dime bezahlt, was will sie eigentlich? Warten, bis die Kanzlei sie verklagt?

–Die sollen nur warten, bis sie die Kanzlei verklagt.

–Das ist überhaupt nicht komisch, Christina, hör zu, ich habe sie angeschleppt und ...

–Mein Gott, ich weiß, daß das nicht komisch ist! Und jetzt hörst du mal zu, Harry, du hast sie angeschleppt, und alles, was deine feinen, ehrwürdigen, alten Seniorpartner sehen konnten, waren Dollarzeichen, sie haben doch gewußt, daß sie eine problematische Mandantin ist, Bill Peyton hat es gewußt, jeder weiß es, sie würde die Königin von England verklagen, wenn es ihr einfiele, und du willst mit Bill Peyton über Bankkredite und Bilanzen und diese Millionen von Selbstbehalt bei dieser Versicherung reden, die sie für dich abgeschlossen haben? Und du glaubst, du kannst ihm ...

–Nicht für mich, Christina, nein, für die Kanzlei, ich habe eine halbe Million dort, aber das ist bloß Lebensversicherung, diese zehn Millionen, von denen ich rede, sind die Kanzlei, Haftung für die ...

–Für die Kanzlei, während die Kanzlei dir den letzten Tropfen Blut aussaugt und du Tabletten schluckst, trinkst, Autounfälle hast, mein Gott, müssen wir das alles denn noch mal durchkauen? Du riskierst alles, was dir gehört, wenn Bill Peyton ein krummes Ding dreht, und du glaubst, du kannst ihm trauen, wenn du mit ihm über Bankkredite, Bilanzen und Gott weiß was noch alles redest, du glaubst, du kannst auch nur einem von ihnen trauen? Alles, die ganze Sache, die ganze Atmosphäre dort ist Mißtrauen, jeder Atemzug, den du machst, nein, stellen Sie's dahin, Lily, geben Sie ihm seinen Kaffee, er kann ihn gebrauchen, nichts als Mißtrauen, Mißtrauen, Mißtrauen, haben Sie Zucker mitgebracht?

–Genau darum geht es doch, Christina, wenn hier nicht alles, was du siehst, von Mißtrauen zerfressen wäre, gäbe es nicht einen Anwalt auf fünfhundert Leute, größtenteils können sie sich sowieso keinen leisten, das ganze Land hat seinen Ursprung in Konkurrenz, Rivalität, verarsche deinen Nachbarn, die ganze Gesellschaft basiert auf einer Kultur der Gegnerschaft, genau darum geht es in Amerika, wenn du dich mal mit dialektischem Materialismus befassen willst, angeblich eine marxistische Theorie, aber wir sind ...

–Ich will mich mit überhaupt nichts Dialektischem befassen, Harry, mein Gott, wir wissen doch, daß die Leute zu allem imstande sind und, hör mal. Hör mal!, während die Glastüren sich klappernd schlossen, –na, Gott sei Dank, Lily, helfen Sie ihm bitte, gib ihm deinen Sessel, Harry, gib ihm deinen Kaffee, er ist weiß wie ein Laken, mein Gott, ohne Mantel, nun sieh ihn dir an, wahrscheinlich hat er sich eine Lungenentzündung geholt, kannst du mir verraten? Was jemanden, der seine fünf Sinne beisammen hat, bei diesem Wetter in aller Herrgottsfrühe aus dem Haus treibt, kannst du mir das verraten?

–Ich bin ein bißchen herumgefahren, Christina. Ich hatte Lust, ein bißchen herumzufahren. Weißt du, was die Männer auf den Bäumen am Ende unserer Einfahrt machen?

–Männer auf den Bäumen, ziehen Sie ihm bitte die Decke über die Knie, Lily? Er zittert ja, natürlich geht es ihm absolut scheußlich, wahrscheinlich erinnert er sich an überhaupt nichts.

–Aber ja, und ob, an jede Einzelheit, es war toll! Er beugte sich vor, kleckerte dabei Kaffee auf die Decke, –wie Hooker die sechs Geschützbatterien heranführt? Und seine Offiziere mit blitzendem Säbel vorneweg reiten und die Feuerlinie aufstellen, phantastisch war das, wie sämtliche Geschütze auf einmal das Feuer eröffnen und das Maisfeld umpflügen, die im Qualm schimmernden Bajonette und der grüne Mais über und über mit Blut bespritzt, die Hälfte ihrer Kräfte haben sie verloren, die Konföderierten haben die Hälfte ihrer Kräfte verloren, toll war das.

–Während wir hier den Verstand verlieren vor lauter Sorge, daß du irgendwo im Gefängnis sitzt oder in einem Graben liegst und dir eine Lungenentzündung holst, sitzt du jetzt endlich still und trinkst deinen Kaffee? Wo willst du hin? Lily kann ihn dir holen.

–Muß mal wohin, wo Lily nicht für mich gehen kann. Hooker hat über zweitausend Tote und Verwundete gehabt, zwei Stunden lang haben sie keine Sekunde aufgehört, zweitausendfünfhundert Tote und Verwundete in diesem blutigen Maisfeld, nicht eine Sekunde haben sie aufgehört.

–Mein Gott, nun seht ihn euch an, vier Liter Wein, und er ist immer noch nicht nüchtern, wenn er so gefahren ist, wie er geht, haben wir Glück, daß er noch lebt, wieso er überhaupt aufgestanden ist und zum Herumfahren den blauen Anzug und eine Krawatte angezogen hat, er sieht aus, als hätte er über Nacht zehn Pfund abgenommen, er ist weiß wie ein Laken.

–Weil er sich rasiert hat, Christina. Weil er sich rasiert hat.

–Na, kein Wunder, daß er merkwürdig aussieht, Gott sei Dank hat er sich wenigstens von dieser albernen Karikatur eines Bartes getrennt, er sieht aus wie ein Schuljunge auf dem Weg zu einer Beerdigung, dazu sind sie schließlich da, oder? Dazu sind Beerdigungen doch da? Die Stimme jäh in einen Tonfall übergegangen, der so vage war wie die Schritte, die sie ziellos ans Fenster führten, –die ganze Verletztheit und Wut und Überwindung dieser elenden Schuldgefühle, dazu sind Beerdigungen doch da? Daß man diese ganzen wirren Gefühle einfach zu einem Knäuel zusammenrollt und, und einfach das klaffende Loch damit füllt, das Vater in unserem Leben hinterlassen hat? Ist doch kein Wunder, daß er wie betäubt wirkt und von Blut im Mais und Männern auf den Bäumen faselt, wo er ihm das vorenthält, es ist wie eine letzte Ohrfeige zum Abschied, daß Vater ihm das verweigert.

–Bißchen übertrieben, Christina, der Alte ist wahrscheinlich gar nicht auf die Idee gekommen, so wie er über diese Gefühlsduselei und das heuchlerische Geschwafel von wegen die Auferstehung und das Leben dachte, wahrscheinlich wollte er einfach nur allen die Peinlichkeit erspa...

–Harry, er hat in seinem ganzen Leben keinem Menschen irgend etwas erspart! Er war der, der selbstsüchtigste Mensch, den es je gab, das Recht war das einzig Lebendige für ihn, Menschen waren darin nur Schachfiguren, du brauchst doch bloß uns anzugucken! Guck dir doch den armen Oscar an mit seinem ganzen, das geht alles auf diese ganze traurige Geschichte mit seiner Mutter zurück, es war einfach kaltherzig, Vater war immer kaltherzig, bis ganz zum Schluß, ohne jeden Abschied einfach so seine Einäscherung zu verfügen? Ein Schauder lief ihr über die Schultern, als sie auf die gefrorene Stille des Teichs hinausstarrte, die genügte, wenn er zweimal hätte untergehen müssen, dieses Gedicht über Feuer und Eis, von wem war das doch gleich, Yeats? Daß Eis ein großartiger Zerstörer sei? Aber er hatte sich für Feuer entschieden, und dann noch irgendwas über das Verlangen? Oder den Haß?

–Was? Was hast du gesagt?

–Nichts, gar nichts, ich habe nur, nichts.

–Sauberer Abgang, Christina, eigentlich gar nicht so seltsam, oder? Weg mit der Poesie und ab ins Krematorium, wenn es mal soweit ist, hoffe ich, daß du mir auch diesen Gefallen tust.

–Mach bloß keine Witze darüber! Seine ganze Welt stürzt um ihn herum zusammen und, Oscar? Geht's dir gut?

–Er hat aber zuletzt gelacht, oder? Er war in der Tür stehengeblieben und machte sich die Hose zu, –er hat's ihm gezeigt.

–Wovon redest du eigentlich?

–Von Bilk, diesem Neandertaler-Senator Bilk, Vater ist ihm mit der Amtsenthebung zuvorgekommen, oder? Hat ihm das Schienbein einer Katze in den Rücken gestoßen, weißt du noch, Harry?

–Oscar, setz dich einfach hin, hast du schon etwas gegessen?

–Welcher Vater wäre euch denn lieber, wir haben doch gerade gesehen, wie Holmes einen Schuß in den Hals bekam, als das 20. Massachusetts von drei Seiten angegriffen wurde, oder? Bloß damit dieser selbstgefällige Despot sich auf Kosten seines Sohnes bei Tisch brüsten konnte, du hast das doch auch gelesen, Harry, oder? Meine Suche nach «The Captain»? Dieses eigennützige Stück sentimentaler Humanismus auf Kosten seines Sohnes, das er im Atlantic veröffentlicht hat, noch ehe das Blut auf dem Haufen amputierter Gliedmaßen trocken war, er war begeistert davon, Doktor Oliver Wendell Holmes, er war von Anfang bis Ende begeistert davon.

–Wir müssen jetzt einfach etwas essen, wo steckt denn Lily?

–Muß jetzt los, Christina, ich esse dann später etwas, wenn ich, ich dachte, du kommst mit.

–Du siehst doch, daß ich nicht kann, oder? Schließlich kommt dieser Gerichtsschreiber und bringt Gott weiß was zum Unterschreiben mit, ich weiß kaum, wo mir der Kopf steht.

–Hat ja keine Eile, oder? Ich bringe das mit Bill Peyton hinter mich, dann können wir sämtliche Fragen klären, aber es sieht ja alles ganz einfach aus, Tod und Steuer, immer das gleiche, was die Leute ihr Leben lang auszutricksen versuchen, das Haus geht an dich und Oscar, dazu was sonst noch zum Nachlaß gehört, es sei denn, es gibt irgendwelche exzentrischen Vermächtnisse, wir hatten mal einen Mandanten, der alles dem Kampf gegen die Beschneidung vermacht hat, aber ...

–Harry? Weißt du eigentlich, wie es ausgegangen ist?

–Wahrscheinlich mit einem schönen Kontostand auf irgendeiner Bank, Oscar, das Gehalt eines Bundesrichters liegt bei über Hunderttausend pro Jahr, und Ausgaben hatte er ja wohl keine, außer für Whisky und Zigaretten. Er war aufgestanden und schlüpfte in sein Jackett, –ganz schöne Ironie, was? Ein Bundesrichter kriegt Hunderttausend, dabei gibt's scharenweise Topanwälte, die eine halbe bis eine ganze Million dafür abstauben, daß sie ihn anbrüllen, vor ihrem Mandanten dicktun, der jede Menge auf dem Kerbholz hat, aber er kassiert immer, ob er gewinnt oder verliert.

–Nein, nein, ich habe das nicht ganz begriffen. Das ganze Geschrei und Gestöhne und die Leichenhaufen in der Bloody Lane mit diesem komischen Gespenst, das da knöcheltief in Blutlachen steht und auf die beiden toten Ersatzleute hinabschaut? Das ist nämlich der entscheidende Punkt, Großvater ist nie auf dem Schlachtfeld aufgetaucht, das ist es doch gerade, es ist Bagby, der am Ende des zweiten Akts über die beiden Leichen stolpert, aber was passiert denn? Ich bin da durcheinandergekommen, wie geht der Film eigentlich aus? Taucht ganz am Ende John Israel auf Quantness auf? Ich bin da nämlich durcheinandergekommen und ...

–Also, ehrlich gesagt, Oscar, ich bin eingedöst, ziemlich anstrengender Tag für uns alle, und ich ...

–Die ganze Szene mit Kane im Gefängnis, das stammt direkt aus dem Kriton in meinem letzten Akt, ich hole es eben, dann kannst du es lesen, ich hole es eben.

–Geht im Moment nicht, ich muß los. Wo ist Christina?

–Aber, na schön, du mußt ja nicht. Schon gut, Harry, du mußt nicht, eigentlich ist es ja auch nicht wichtig, oder? Er ließ sich unsicher aufs Sofa sinken, –ich dachte nur, eigentlich verpaßt du ja auch nichts, aber, nein, ist schon gut.

–So habe ich es nicht gemeint, Oscar, hör zu.

–Nein, nein, schon gut, eigentlich ist es ja auch nicht wichtig, die ganzen Ideen, die ich hatte, stören einfach, das Ganze ist irgendwie steif und altmodisch, Figuren halten Reden und, und diese Ideen, die einfach stören, da liegt das Problem, aber es ist nicht wichtig.

–Hör zu, ich will es erst lesen, wenn ich mich voll darauf konzentrieren kann, das wollte ich damit sagen, ich muß zuerst ein paar Sachen klären, damit wir uns Zeit nehmen und zusammensetzen und es richtig machen können, verstehst du?

–Ich dachte nur einfach, daß ich vielleicht, ich dachte, wo es weder einen Trauergottesdienst, noch einen Stein oder sonst irgend etwas gibt, könnte ich vielleicht immer noch versuchen, es ...

–Also, was das angeht, hindert dich nichts daran, einen Stein oder ein Denkmal für ihn aufzustellen, oder? Warum nicht gleich da draußen auf deinem Grundstück, mit Blick auf den Teich, wenn du willst? Viel sinnvoller als in einer Reihe mit einem Haufen Kreuzen und steinerner Engel, im übrigen kannst du jederzeit eine Trauerfeier beliebiger Couleur abhalten, in diesen weltlich gesinnten Zeiten tun die meisten zivilisierten Menschen das doch sowieso, oder?

–Aber ein Fünftel vom Nettogewinn, mit einem Fünftel vom Nettogewinn könnte man wahrscheinlich ohnehin keine große Produktion auf die Beine stellen, vor allem, wenn man gar nicht weiß, wieviel es letztlich eigentlich ist, oder?

–Hab ich dir doch zu erklären versucht, Oscar, deswegen steht das Wörtchen «unbeschadet» da drin, sorgt für eine halbwegs faire Regelung, damit der Richter die Befugnis hat, unbeschadet tatsächlich erlittener Schäden Schadensersatz zuzusprechen, wenn bei deren kreativer Buchführung ein Fünftel von gar nichts herauskommt, aber ich verstehe nicht, was das mit ...

–Schon gut, Harry, nein, schon gut, ich dachte nur, vielleicht als eine Art Gedenkfeier, weil er es ja gar nicht mehr sehen würde, er könnte es ja gar nicht mehr so sehen, wie ich es immer erhofft habe, aber ich dachte, ich könnte damit eine Art Wiedergutmachung leisten für das, was ich ...

–Oscar, kapierst du denn nicht! Ein jähes Bücken, fast ein Schlag auf die Schulter, und er kauerte vor ihm, –das hast du doch längst! Er hat es gelesen, oder? Hat zu dir gehalten? Ist dir mit diesem Schriftsatz beigesprungen, den er für deine Berufung aufgesetzt hat? Hat getan, was er tun mußte, so wie du getan hast, was du tun mußtest, willst du etwa für den Rest deines Lebens diese Schuldgefühle mit dir herumschleppen? Von denen er dich zu befreien versucht hat, als er noch am Leben war, und durch seinen Tod ist es jetzt endlich gelungen, du bist frei! Nur darum geht es doch, darum geht es, wenn ein Vater stirbt, egal welcher, meiner war ein, während meines Studiums ist er gestorben, während meines Studiums, jawohl, er hatte ein kleines Geschäft, hat Matratzen hergestellt, ständig in den roten Zahlen, Schulden und der Bankrott haben ihm das Genick gebrochen, durchs College und durchs Studium hat er mich gebracht, wo die Leute scharenweise versagen und das Handtuch werfen, er hatte Angst, ich würde glauben, er hätte versagt, Angst, er würde mich enttäuschen, wenn er mich nicht unterstützen könnte, das war das Schlimmste daran, meine größte Angst war nämlich, ihn zu enttäuschen, falls ich tatsächlich versagte, umgebracht haben wir uns vor lauter Angst, einander zu enttäuschen, kapierst du das denn nicht?

–Ja, aber, aber mein Vater war ...

–Es sind alles Väter! Mein Examen hat er gar nicht mehr erlebt, sogar damals bin ich mir vorgekommen, als hätte ich ihn irgendwie im Stich gelassen, daß ich Partner geworden bin, hat er nicht erlebt, und ich bin mir vorgekommen, als könnte ich es ihm nie wiedergutmachen, bis mir endlich klargeworden ist, daß ich nie mehr Angst haben mußte, ihn zu enttäuschen, nur noch mich selbst, und damit war ich frei! Konnte gewinnen oder verlieren, das Handtuch werfen, versagen, den ganzen Bettel hinschmeißen, wenn mir gerade danach war, für die Präsidentschaft kandidieren oder wegen Mordes an den Galgen kommen, man ist befreit! Mittlerweile über ihn gebeugt, beide Hände auf seinen Schultern, schüttelte er ihn beinahe, –du bist frei! Das jahrelange Vor-Gericht-Stehen und Angsthaben vor Enttäuschung, Verrat und Verurteilung, er ist tot, Oscar! Der Richter ist tot!

–Harry, was, alles in Ordnung?

–Was? Er richtete sich heftig auf, –aber ja, bestens, Christina, ja, alles bestens.

–Er sieht mir aber nicht gerade ...

–Nein, nein, alles bestens, oder, Oscar? Er stand vor ihm und rieb sich die Hände wie ein Boxtrainer, der nach der letzten Runde den ramponierten Koloß mustert, –ihm geht's bestens.

–Ich habe dir so was wie ein Sandwich für die Fahrt in die Stadt gemacht, und tust du mir bitte einen Gefallen, Harry? Gehst du zum Zahnarzt und unternimmst endlich etwas wegen dieses Zahns? Du bist die halbe Nacht herumgegeistert, ich bin schier wahnsinnig geworden, wenn du's schon nicht für dich selbst tust, tust du's dann wenigstens für mich?

–Ich versuche es bei erster Gelegenheit einzuschieben, Christina, will mich eben noch von Lily verabschieden, wo ist sie, in der Küche? Und schon war er den Flur entlanggegangen und kam nach kurzem Blick zurück direkt auf den Schrank zu, –kleines bißchen gegen die Zahnschmerzen, Sie haben doch nichts dagegen, Lily?

–Ach was. Sind Sie okay? Ganz dicht bei ihm, rückwärts gegen die Spüle gedrängt, sah sie zu, wie er die Flasche einen Moment länger kippte, sah zu, wie er sie austrank, sich räusperte, sie anblickte.

–Muß Ihnen für alles danken, Lily, einfach großartig, wie Sie das alles ertragen haben und, und passen Sie auf ihn auf, auf beide, ja? Sein plötzlich um sie geschlungener Arm drückte sie fest an ihn, eine Hand streckte sich aus, wie um Halt zu finden, weil ihn schwindelte von dem Duft nach Seife und Schweiß, der ihre Stirn beperlte, wo er sie küßte, und auch ihre Oberlippe, die er küßte, ehe er die Hand wegnahm, die kurz an ihrer Brust verweilte, wie um die Erinnerung daran zu bewahren, während er Atem holend zurückwich, –und Sie selbst auch, passen Sie auf sich auf, ja? Er ließ sie, nun ihrerseits Atem holend, mit rotem Kopf stehen, eilte den Flur entlang, nahm sich kaum Zeit, die hängenden Schultern auf dem Sofa zu umarmen, packte Aktenkoffer und Mantel und am Handgelenk seine Frau, und schon waren sie zur Tür hinaus, die klappernd hinter ihnen zufiel, zu erneuter heftiger Umarmung draußen auf der Treppe, wie auf der Flucht vor etwas, dessen Nähe Unbehagen bereitete, und ohne Blick zurück zu dem trostlosen Winken einer Hand am Fenster, die immer noch da war, als sie wieder hereinkam.

–Mein Gott, ist das kalt! Sie rieb mahlend eine Hand in der anderen und schnüffelte, wie um einen flüchtigen Duft dingfest zu machen, der verflogen war, ehe sie ihn erhaschen konnte. –Tja. Du hast also heute morgen hier drin aufgeräumt. Das war sehr aufmerksam.

–Was?

–Und die Küche. Davor hat mir schlicht und einfach gegraut.

–Aber, aber Christina? Er drehte sich um und blickte besorgt an ihr vorbei. –Wo ist der Hund!

–Ach so, der, mein Gott, Oscar, der ist doch schon eine Ewigkeit nicht mehr da.

–Ja, aber wo ist er?

–Ach, Lily? Oscar fragt gerade nach dem Hund, haben Sie ihn gesehen?

–Vielleicht hat ihn jemand gestohlen, oder, nein, vielleicht sind sie einfach gekommen und …

–Jedenfalls können wir alle tief aufatmen, ich gehe mal lieber fürs Abendessen einkaufen, ehe es dunkel wird, Oscar? Willst du fahren? Aber er hatte sich wieder zum Fenster gedreht, und ein Schauer schien ihn zu überlaufen, wie er da so eingerahmt vor dem schwindenden Licht stand. –Egal, Lily? Vielleicht können Sie ihm seine Natursendung anmachen und, und ihm einfach Gesellschaft leisten?

–Es ist Samstag.

–Na ja, du kannst doch, sie kann dir doch Suppe machen, solange ich weg bin, Oscar, versuch dich zu beruhigen, wir können es nicht ändern.

–Ganz plötzlich, es ist einfach seltsam, daß er ganz plötzlich nicht mehr da ist.

–Ja natürlich, es ist für uns alle seltsam und schwierig, aber wir müssen uns einfach damit abfinden, oder? Es ist nun mal so, daß die Leute, es bleibt eben keinem erspart, oder? Früher oder später, es mußte doch früher oder später passieren, oder? Und bei fast hundert Jahren kannst du nun wirklich nicht …

–Ich habe von Harry geredet. Ich, ich habe bloß gemeint, daß man jemanden zum Reden hat. Halt! Rühr dich nicht!

–Mein Gott, was ist denn nun schon wieder.

–Guck mal! Nein, sei still, guck mal! Da unten, am gefrorenen Rand des Teichs, wo gemächlich drei Rothirsche auftauchten und an Trieben im toten Gras knabberten, die weißen Schwänze aufzuckend, als hinter ihnen ein vierter zum Vorschein kam, der um so größer wirkte, als er, vor jedweder Bewegung, jedweder Bedrohung um sie herum auf der Hut, das Geweih hob und mit angezogenem Vorderbein und verächtlichem Blick direkt zu ihm hin stehenblieb, –guck mal! hauchte er erneut, –wie, wie elegant!

–Wo ist mein, Lily? Haben Sie meinen beigen Mantel gesehen? Ihre Absätze klackten durchs Zimmer, –ich versuche, Scholle zu bekommen, wenn sie noch offen haben, oder Flunder? Und setzen Sie bitte Kartoffeln auf? Absatzgeklapper den Flur entlang, –mir ist nämlich durchaus auch danach, ein bißchen herumzufahren.

Und hier hinter ihm, –Oscar? Eine zögernde Hand an seinem Ärmel, während das Absatzgeklapper mit dem Geklapper der Tür am Ende des Flurs verstummte, –möchtest du mit hineinkommen und dich hinlegen? Aber er stand so starr wie die leere Einöde, auf die er hinausblickte, allein gelassen mit dem, was vom Tage übrig war, der schließlich mit dem Aufflammen von Lichtern vollends verging, Lichtern an den Treppen, in den Fluren, in der Küche, Weißwein, weiße Flunder und Salzkartoffeln auf klappernden weißen Porzellantellern am Küchentisch, gefolgt von Geschirrgeklapper an der Spüle, und endlich Stille, welche die Dunkelheit in eine andere Dimension ausdehnte, mit einsickernder Dämmerung grau wurde und vom Klingeln des Telefons erschüttert wurde.

–Er ist es.

–Gott, es ist Harry, ich hab's gewußt!

–An diesem Telefon draußen am Highway, nein. Es ist dieser Gerichtsschreiber.

–Das ist doch nicht zu fassen! Dennoch in einem Gewuschel von Mänteln, –nein, ich fahre schon, wecken Sie Oscar, ja? Oder nein, lieber nicht, es ist ja noch nicht mal hell, aber ein bißchen Tee, wenn ich wieder da bin, und drehen Sie die Heizung auf, er wird halb erfroren sein. Nicht zu fassen! Kurz darauf aber dennoch das Aufheulen des Wagens, und fort war sie.

–Was ist denn los?

–Es ist dieser Gerichtsschreiber, Oscar, sie fährt ihn holen. Bist du okay? Er setzte sich schwerfällig hin, zog sich den Quilt über die Knie, nippte Tee, als sie ihn brachte, rappelte sich hoch, als sie hervorsprudelte –da sind sie.

–Lily? Können Sie uns mal eben helfen? Und bringen Sie ihm heißen Tee, er ist halb erfroren, ein Lastwagen hat ihn vom Flugplatz aus mitgenommen, weiß der Himmel, wie er uns gefunden hat, hilfst du uns mal, Oscar? Gib ihm deinen Quilt und, warte mal, zieh den großen da rein, vorsicht, die Schnur reißt gleich, ich glaube, er muß mal ins Bad, zeigst du ihm eben, wo es ist? Sie stieß mit dem Fuß eine alte Reisetasche schräg vor sich her, –nimmst du mir das bitte ab, und würde jemand die Heizung aufdrehen? Als er, die aufklaffende Hose zuknöpfend, zurückgekommen war, um sich in einem Sessel niederzulassen, befanden sie sich in jeweils unterschiedlichen Stadien hastigen Halbbekleidetseins, wie bei einer verderbten Version des Weihnachtsmorgens, Dämmerung stahl sich durch die vereisten Scheiben, und knackend umhüllte die aufsteigende Hitze die abgenützte Erscheinung eines früheren oder, schlimmer noch, künftigen Weihnachten, in einem Mantel mit Biberpelzkragen auf die Erde gekommen, nachdem er den sternenklaren Himmel durchmessen, wo er sich auf der fliegenden Toilette eingeschlossen und so die Gratisverpflegung verpaßt hatte, die nun durch eilends herangeschafften Tee mit Röstbrot ersetzt wurde, als er sich vorbeugte, um die vergilbte, alte, grobkörnige Reisetasche zu öffnen, ihre Gesichter die alternder Kinder in jenem Augenblick, wo Rudimente heftiger Vorfreude verschwanden, während er eine in einer oft geflickten Socke steckende Flasche hervorholte, um den Trunk zu veredeln, der heiter macht, doch nicht berauscht, und dabei einen Filzpantoffel mit hervorzerrte und eine Kaffeedose über den Boden auf den schmucklosen Kamin zurollen ließ. Er hätte sie nicht mitzubringen brauchen, –Kaffee haben wir nun wirklich reichlich, möchten Sie lieber Kaffee? Kaffee? Nein, das sei die Asche, sagte er ihr, sie hatten ihm eine Hundert-Dollar-Urne andrehen wollen, die den Richter rasend gemacht hätte, die ganze Einäscherung war schon vor zwanzig Jahren festgelegt, bezahlt, unterschrieben, gesiegelt und begeben worden, –aber, mein Gott! Sie hielt sie auf Armeslänge von sich, –was sollen wir denn damit anfangen? Sie stellte die Dose auf den Kaminsims. Also, um feines Geschirr zu machen, gebe es nichts Besseres als Menschenasche, bei diesem vornehmen englischen Porzellan verfeuerten und vermahlten sie Tierknochen, aber er kannte einen Mann, der hatte sich mit der Asche seiner Frau eine Anrichteplatte machen lassen, und jedesmal wenn er sich zum Essen hinsetzte und das Tischgebet sprach, wurde er, –Oscar, kannst du denn nicht mal was tun? Wir können, wir können ihn doch in der Bibliothek unterbringen, nimmst du mal seine Sachen? Und mit einer Gebärde zum Kaminsims hin, –und das da, nimmst du das um Gottes willen auch mit? Womit sie aus den Nebeln von Erinnerung zutage förderte, daß es irgendwo, in China oder sonstwo, heiße, der Tod eines großen Mannes sei so, wie wenn eine ganze Bibliothek niederbrennt, er hatte genau nach Anweisung gleich als erstes sämtliche Papiere des Richters verbrannt, aber wenn man bedachte, daß alles, was sich da fast ein Jahrhundert lang angesammelt hatte, ohne je zu Papier gebracht worden zu sein, jetzt für immer und ewig da oben in der Kaffeedose verschwunden war, ob mit einem schönen Feuer im Kamin nicht gleich alles viel freundlicher aussehe? –Bitte! Können wir nicht aufhören, von Feuer zu reden, ehe er das ganze, Lily, helfen Sie mir bitte in der Küche, wenn Sie sich angezogen haben, ich gehe auch rasch nach oben und ziehe mir was über. Und dort, ein paar Minuten später, vor einer leimigen, auf dem Herd blubbernden Masse, –um Gottes willen, was ist denn das?

–Das ist dieser alte Vanillepudding, den wir gekriegt haben, als Ihre Freundin mit dem …

–Irgendwas Heißes, ja, noch ein paar Schlucke aus der Flasche, die er in diese alte Socke eingewickelt hat, und wir können zerlassenes Schinkenfett darüberkippen, ohne daß er den Unterschied merkt, allerdings heißt das wohl, daß wir einen Schinken kaufen müssen.

–Wie lange bleibt er denn?

–Tja, für eine Nacht werden wir ihn schon unterbringen müssen, oder? Nach so einer Reise rechnet er bestimmt damit, daß er, ach, Oscar. Was geht denn da drin vor?

–Er sieht sich im Fernsehen Zeichentrickfilme an, Christina, hör zu. Dir ist doch klar, daß das Vaters Mantel ist, den er da anhat?

–Wieso, willst du ihn etwa haben? Und diese ramponierte alte Reisetasche, die hat doch auch Vater gehört, oder? Gott weiß, was er sonst noch da drin hat, ich glaube, ich rieche irgendwas Angebranntes. Wenn einer schon Menschenasche als Gastgeschenk mitbringt, vielleicht hat er vor, Weihnachten an einem prasselnden Kaminfeuer zu verbringen, er redet ja von nichts anderem mehr, riecht ihr denn nichts? Knochen und Papiere und Bibliotheken verbrennen, das ist doch schon, nein! Nein, er raucht da drin, Oscar, geh rein und verbiete es ihm! Das ist ein Pyromane, geh da rein und verbiete es ihm, bevor er das Haus niederbrennt, ja? Lily, ich gehe hintenrum nach oben und lege mich hin, bis wir einkaufen gehen können, wenn er Hunger bekommt, können Sie ihm ja was von Ihrem Pudding geben, und fangen Sie schon mal einen Einkaufszettel an, ja? Schinken, schreiben Sie Schinken auf, und, und Grits, ißt man dort nicht Grits?

–Was ist das denn?

–Weiß der Himmel, schreiben Sie's einfach auf, ja? Und sie streifte sich die Schuhe ab, um sich ebenso verstohlen die dunkle Treppe hinaufzutasten, wie sie, als die leere Küche von hellem Tageslicht durchflutet wurde, wieder herunterkam, den Flur entlang und, nach leisem Klopfen an der Tür des Wintergartens, vorneweg durch die Butler's Pantry und den Lieferanteneingang nach hinten hinausging, um, ein bloßes Murmeln, den Wagen zu starten und Haus und öden Herd hinter sich zu lassen.

–Wo seid ihr gewesen?

–Na, wo wohl, Oscar, das da soll er tragen, Lily, es ist schwer, da ist der Schinken drin. Hilfst du ihr bitte mal?

–Ihr wart über drei, sich einfach so davonzuschleichen, ohne mir Bescheid zu sagen, man braucht doch nicht drei Stunden, um einen Schinken zu kaufen. Wieso habt ihr überhaupt einen Schinken gekauft, ich mag keinen Schinken, ich habe Schinken noch nie gemocht, und ich mag es auch nicht, wenn …

–Bringst du's jetzt endlich hinein? Oder möchtest du hier draußen in der Kälte stehenbleiben und Gedichte aufsagen, es ist Sonntag, Oscar. Wir mußten fünfundzwanzig Kilometer Highway bis zu diesem widerwärtigen Einkaufszentrum fahren, um etwas zu finden, was offen hatte, und dort haben dann sämtliche aufgeschwemmten einheimischen Fettklöße bergeweise ungenießbaren Fraß herumgeschoben, wohin man auch, Moment, halten Sie mal eben die Tür auf, Lily? Die Tüte da ist am Platzen, sehen Sie mal nach, was er verloren hat? Und in der Küche angekommen, –stell einfach alles da drüben hin.

–Was ist denn das?

–Kannst du das Etikett nicht lesen? Da steht Tater Skins, oder?

–Und Black Bean Nacho Chips, Fried Hog Rinds, warum habt ihr denn, Weizenkleie? Ißt hier irgendwer Weizenkleie?

–Für Grits, Oscar, es gab keine Grits, deshalb ...

–Aber Grits sind aus Mais, Grits werden aus gemahlenem Mais gemacht.

–Na, großartig! Wir gießen ausgelassenes Schinkenfett darüber, mehr braucht er nicht, mein Gott, Oscar, wir können doch wenigstens versuchen, es ihm ein bißchen gemütlich zu machen, ohne gleich das Haus anzuzünden, oder? Er raucht doch nicht etwa da drin?

–Nein, er hat bloß ein paar Päckchen Picayunes von Vater mitgebracht, weil er dachte, sie schmecken mir vielleicht. Er möchte wissen, was wir hier eigentlich machen, wenn wir uns amüsieren wollen. Er findet es hier öde. Er sagt, wenn wir einen Billardtisch in die Bibliothek stellen, zeigt er mir ein paar Tricks.

–Einen Billard, ja, mein Gott, wie lange will er eigentlich bleiben! Er wollte doch nur ein paar Papiere und solche Sachen mitbringen, die wir unterschreiben müssen, oder? Wegen des Testaments? Vater hat doch wohl mehr als ein paar Päckchen Picayunes hinterlassen, oder?

–Er hat Vaters Urteil in dieser Geschichte mit Spotskin und Hiawathas Zauberhandschuhen mitgebracht, möchtest du wissen, wie der kleine James B. wegen der Tantiemen seinen Vater als Vormund verklagt und wie ein örtliches Gericht seinen Anwalt J. Harret Ruth als Pfleger eingesetzt hat? Oder was für einen überwältigenden Erfolg sein Vater mit seinem Schrottplatz-Themenpark The American

Way hatte, bis sich ein Dreijähriger in einem altmodischen Eisschrank eingesperrt hat? Wie der kleine James B. vor den Wink County Court zitiert wurde, weil sein Mastiff und seine Salukis sich gerauft haben und die Nacht entstellten mit ihrem Geheul? Er hat auch seine letzte Entscheidung zum Ersten Verfassungszusatz in Sachen Zyklon Sieben mitgebracht, wo Szyrk und die Gemeinde die Positionen vertauscht hatten, bis zwei kleine Kinder mit einem Pickup dagegengefahren sind, kurz bevor er hierher kam, und ...

–Bitte! Ich will nichts davon wissen, du bist doch derjenige, der sich nach jemandem gesehnt hat, mit dem er reden kann, oder?

–Ich habe aber nicht gesagt, jemandem, dem ich zuhören kann, oder? Ich habe versucht, mit ihm über den Film zu reden, darüber, wie die ganze Sache endet, und er hat gesagt, bei Appomattox, er dachte, ich meine den Krieg, und als ich ihm gesagt habe, der Krieg hätte schon dort am Antietam enden können, wenn McClellan seine Reserven in die Schlacht geschickt hätte oder Burnside die Überquerung dieser Brücke nicht dermaßen vermasselt hätte und kurz vor Sharpsburg stehengeblieben wäre, als Lees Linien zerschlagen waren, oder wenn sie Lee an diesem Abend, als er bei Boetler's Ford den Potomac überquerte, den Rückzug abgeschnitten hätten, dann hätten wir ...

–Lily, machen Sie bitte den Backofen an? Vermutlich müssen wir das Ding backen, ich habe noch nie einen gemacht, wahrscheinlich steht es auf der Folie, weiß der Himmel, wie lange das dauert.

–Er ißt normalerweise so um halb fünf, Christina, er hat gesagt ...

–Um halb fünf! Wir sind doch hier kein Pflegeheim, du kannst ihm einen schönen Teller Tater Skins richten und versuchen, die ganze Geschichte mit Vater zu klären, deswegen ist er doch gekommen, oder?

–Aber das versuche ich dir doch gerade zu erklären, er hat schließlich zugegeben, daß er nicht weiß, wie der Film endet, er hat gesagt, Vater ist nach dieser großen Schlachtszene aufgestanden und hinausgegangen, als dieses unheimliche Gespenst auftaucht, das über den beiden Leichen in der Bloody Lane brütet und angeblich Großvater darstellt, und als ich gesagt habe, daß Vater vielleicht deshalb böse auf mich ist, weil er glaubt, ich hätte das Drehbuch geschrieben, wie von der Zeitung behauptet, und damit die Familie und Großvater ausgebeutet, und ihn gebeten habe, meinen letzten Akt zu lesen, hat er gesagt, er ...

–Mein Gott, gib mir einfach die Tüte Tater Skins und eine Serviette, muß ich das denn auch noch selber machen, so wie alles andere hier? Und über die Schulter, schon im Flur, –Lily, wir essen dann zur gewohnten Zeit, wenn er es bis zum Tisch schafft, schieben Sie den Schinken ein, wenn der Ofen heiß ist, und lesen Sie dann das Rezept, und ein paar Süßkartoffeln mit dazu, die sind in der Tüte auf dem Boden.

*Backofen auf 180 °C vorheizen, Schinken auf Rost einschieben, Garzeit ½ Stunde pro Pfund; 1 Stunde vor Ende der Garzeit herausnehmen, Schwarte abschneiden, Schinken diagonal einschneiden, mit Nelken bestreuen und mit 1 ¼ Tassen braunem Zucker, 1 TL Senfpulver, 2 EL Essig glasieren, mit Ananasscheiben garniert servieren.*

–Was ist denn mit dem Fett?

–Da war keins, da war bloß so ein, ausgesehen hat's wie ein kleines Stück Teer unten in der Fettpfanne, das habe ich weggekippt.

–Na, irgendwas müssen wir jedenfalls essen, gehen Sie ihn bitte holen, Lily? Und du kannst schon mal anfangen, das Ding da aufzuschneiden, schließlich hat es keinen Sinn, es da hineinzuschleppen, das reicht ja für eine Armee, gibst du mir bitte ein Glas? Und wo ist der Scotch, ich frage nur, weil ich mich aus naheliegenden Gründen nicht traue, ihn mit zu Tisch zu nehmen, Gott, wenn bloß Harry hier wäre, schneid dich nicht. Hat sie das Silber aufgedeckt? Und sieh um Gottes willen zu, daß der Wein an deinem Ende des Tisches bleibt, wir gießen ihn besser in eine Karaffe, der bloße Anblick einer Flasche könnte schon, ach, Lily. Sind wir soweit?

–Er schläft.

–Na, dann wecken Sie ihn.

–Ich kann nicht. Ich hab ihn ein bißchen gestupst, und er hat bloß so komisch gestöhnt, mit der leeren Tüte Tater Skins in der Hand, er sieht so komisch gelb aus.

–Sie glauben doch nicht, er hat einen Schlaganfall oder so was gehabt? Haben Sie ihm den Puls gefühlt? Oscar, sieh mal nach.

–Nein, ich hab bloß, ich wollte ihn nicht anfassen, es ist irgendwie gruselig, er ...

–Seien Sie nicht albern, Oscar, leg das Messer hin und tu etwas.

–Ich gehe nicht da rein und fühle ihm den Puls, Christina. Warum hast du ihm auch die ganze Tüte Tater Skins gegeben, kein Wunder, daß er gelb geworden ist, du kannst die Teller hineintragen, Lily, ich bringe dann den ...

–Wieso soll sie denn die Teller hineintragen, wir können doch hierbleiben und in Ruhe und Frieden essen, oder? Wie bin ich bloß auf die Idee gekommen, ich könnte mich mit ihm da drin zusammensetzen und diese Papiere durchgehen, die wir für Vaters Nachlaß unterschreiben müssen, jedesmal wenn er in dieser gräßlichen Reisetasche danach wühlt, findet er irgendwas anderes, haben wir eigentlich kein Gemüse gemacht? Ich dachte, wir hätten Erbsen, seine Rechtsbelehrung der Geschworenen im Fall dieses armen ertrunkenen Kindes, mit der er Jesus zur Hintertür hereingelassen hat, nachdem er gerade Gott aus dem Gerichtssaal hinausgeworfen hatte, als dieser ekelhafte Hund umkam? Harry dachte noch, sie würden fuchsteufelswild, als er Jesus praktisch des Totschlags bezichtigte, statt dessen haben sie sein Loblied gesungen, weil er angeblich ihre Intelligenz respektiert hat, dabei haben sie von dem, was er gesagt hat, kaum ein Wort verstanden, er brauchte nur ein, zwei lateinische Sätze einzustreuen, und schon haben sie gedacht, er redet in Zungen, Jesus hat doch englisch geredet, oder? Ihre Stimme hob sich zur nasalen Sprachmelodie des fernen Stinking Creek, –steht doch schon in der Bibel, wo er die Teufel in die Schweineherde geschickt hat, und die sind dann runter in den See und ertrunken, so wie damals die Schweine vom alten Jim Harps in den Pee Dee gerast und ersoffen sind, wo der Mann vom County gesagt hat, sie hätten wahrscheinlich das Schweinefieber gehabt, haben Sie eigentlich die Süßkartoffeln herausgenommen? Sie sind wahrscheinlich völlig verbrutzelt, nicht daß es jetzt noch darauf ankommt, gießen Sie bitte Wein ein, Lily? Ihre Sprache hat er gesprochen mit dieser Geschichte vom Funkenflug, der das Nachbarhaus angesteckt hat, das gleiche wie beim alten Frank Dingsbums, hat mit Abfall ein Feuer gemacht, und vom Funkenflug ist Goodys Maisspeicher bis auf die Grundmauern abgebrannt, keinen roten Heller wollt er ihm zahlen, ich kann das unmöglich alles essen, Oscar, hier, leg das zurück. Gefallen hat ihnen auch, wie er den Katholiken eins übergebraten hat, weil sie ihre Kleinen taufen, eh sie noch richtig von der Titte weg sind, ich bitte dich, ihre Intelligenz respektiert? Bloß gut, daß ein feiner Mann wie der Richter den Prozeß geführt hat, hätte er da unten am Wink County Court stattgefunden, mit irgendwelchen Geschworenen aus Tatamount und Stinking Creek, wo alle wissen, daß Billye Fickert mit diesem Düngemittelvertreter zusammengezogen ist, bevor sie Hoddy Coops geheiratet hat, nachdem Earl nach Mississippi abgehauen ist, wie sie ihn aus der Stadt gejagt haben, weil er Lauge in Hoddys Brunnen gekippt hat, also solche Geschworene, die hätten alles verschenkt, kannst du mir verraten, wie Vater das dreißig Jahre lang ausgehalten hat? Kannst du mir das verraten?

–Nein, Moment mal, Christina, das ist doch Unsinn, alles jemandem zu schenken, der ...

–Aber genau das sage ich doch! Alles ist Unsinn, schon daß er diesen, diesen brabbelnden Spinner zum Testamentsvollstrecker bestimmt hat? Ja, glaubst du etwa, es ist vielleicht nichts dran? An diesem Gerede von wegen Wahnsinn in der Familie, wenn dieser widerwärtige Senator Bilk sich traut, ein Amtsenthebungsverfahren zu fordern? Am einen Tag verbrennen sie da unten seine Puppe, und am nächsten ist er dann auf einmal ein bedeutender Mann, wenn Bilk merkt, daß der Wind sich gedreht hat und die Funken seines brennenden Abfalls Goodys Maisspeicher in Brand setzen, also schnappt er sich Vaters Geist für seinen Wahlkampf, während dessen Gerichtsschreiber da drin sitzt, Tater Skins mampft und mir eine saftige Geschichte über die alte Fettbacke erzählen wollte, als ich es schließlich aufgegeben habe, du kannst es morgen früh noch mal probieren, mir fehlt dazu einfach die Kraft.

–Halt, Moment, möchten Sie denn nicht ...

–Ich bin fix und fertig, Lily, ich bringe keinen Bissen mehr hinunter, geben Sie mir einfach mein Glas, ich gehe hintenrum nach oben, und wenn Harry anruft? Während sie sich schon die Schuhe abstreifte, –weckt mich dann bitte jemand?

–Ich habe überhaupt nicht gewußt, daß es da hinten eine Treppe gibt.

–Du hast ja auch nie Dienstboten gehabt, ach so, und Oscar? Sie blieb im Halbdunkel stehen, –achte um Gottes willen darauf, daß er keine Zigaretten hat, wenn du ihn zum Schlafen in der Bibliothek unterbringst, sonst brennt er sie noch nieder und erzählt uns dann, es wäre genauso, wie wenn ein großer Mann stirbt.

–Ist ja gruselig, flüsterte sie zum leiser werdenden Knarren lange nicht begangener Tritt- und Setzstufen die dunkle Treppe hinauf, in Angriff genommen, als Dunkelheit durch die Küche und über die kahlen Dielen der Flure sänftete, das zögernde Öffnen einer Badezimmertür und das unstete Getröpfel, das folgte, das Schlurfen von Filzpantoffeln und das ferne Klappern eines heruntergefallenen Löffels, bei dem sie sich das Kissen über den Kopf zog, bis endlich das unheimliche Licht des Aquariums einem frühlingshaft milden Tag, mit dem der Wintergarten wieder in seine Rechte trat, und dem Dröhnen heiseren Gelächters hinten im Flur wich.

–Um Himmels willen, was ist denn das?

–Er guckt sich da drin eine Game-Show an.

–Um diese Zeit? Oscar, bring ihm Kaffee, und sieh zu, daß er anfängt, diese Papiere auszugraben, die wir unterschreiben sollen, ehe er wieder diese scheußliche grüne Socke in die Finger kriegt, Lily? Was ist denn das für eine Schweinerei auf dem Herd?

–Er muß sich Weizenkleie gemacht haben, als er heute nacht auf war.

–Und der Schinken, haben wir den Schinken draußen stehenlassen? Das sieht ja aus, als wäre jemand mit einer Axt darüber hergefallen.

–Vielleicht waren das die Mäuse, die ich ...

–Lily, es gibt hier keine Mäuse, verdammt noch mal, Sie sehen bloß Schatten, haben Sie ihn denn da draußen gehört?

–Vielleicht hat er das Licht nicht angemacht, ich hab jedenfalls so Geräusche und ein Geschlurfe im Flur gehört, und dann hat die Badezimmertür gequietscht, und jedesmal, wenn er drin war, dieses

Tröpfel, tröpfel, tröpfel, er hat die Tür nämlich offengelassen, richtig gruselig war das.

–Also, das ist schon mehr als gruselig, sobald Oscar die Papiere zum Unterschreiben ausgegraben hat, fahren wir ihn zum Flughafen, schließlich können wir hier nicht wie Geiseln zusammengedrängt in der Küche hausen, während er da drinsitzt, wie eine aufgewärmte Leiche aussieht, die Socke auf dem Schoß wiegt, sich Game-Shows ansieht und, Harry hat nicht angerufen, oder?

–Das war Reverend Bobby Joe wegen Daddy, er ist da unten doch gerade aus dem Gefängnis entlassen worden? Sie schepperte mit der Pfanne im Ausguß, scheuerte den Bratensatz ab, murmelte, –die hätten ihn gleich dabehalten sollen.

–Ihr Daddy steckt ja voller Überraschungen, die Süßkartoffeln können Sie auch gleich wegwerfen, sie sind völlig verbrutzelt.

–Doch nicht er, nein, Reverend Bobby Joe war im Gefängnis, weil er bei dem Prozeß von dem ertrunkenen Jungen rumgebrüllt hat, wie Daddy hierherkommen wollte, damit wir uns versöhnen? Und jetzt kann er nicht kommen, weil er zu dieser großen Operation ins Krankenhaus muß, wo Reverend Bobby Joe ihm diesen ganzen geistlichen Trost spendet, damit er mit dem Herrn ins reine kommt, falls der Herr ihn zu sich ruft, und falls ich hinfahre und …

–Ja, schön, bis dahin können Sie ja mal da reingehen und nachsehen, ob Oscar weiterkommt, ehe der Herr uns alle zu sich ruft, man sollte doch meinen, er kann einfach den Hörer abnehmen und mir sagen, was los ist, schließlich bin ich seine Frau oder? Fährt wie ein Verrückter von hier weg zu einem Showdown mit Bill Peyton, mit Bill Peyton ist überhaupt kein Showdown möglich, haben wir schon wieder keine Milch mehr? Deswegen ist er ja deren geschäftsführender Gesellschafter, klopft einem auf den Rücken, erzählt einem einen Witz, man geht zu einem Plauderstündchen mit dem Psychiater der Kanzlei, und plötzlich wird einem klar, daß er einem von der Brücke da oben beide Enden des Taus zugeworfen hat und zum Abschied winkt, während man selber nicht winkt, sondern absäuft, wo wollen Sie hin.

–Nachsehen, ob Oscar …

–Lassen Sie nur, ich mache es selbst, so wie alles andere hier, und diese Krümel und Gott weiß was noch alles unterm Tisch, wenn Sie auffegen? Schon war sie zur Tür hinaus und mit –Oscar? den Flur entlang, –wo steckst du denn! Aber vor ihr zeichnete sich nur die einsame Gestalt im Heiligenschein der Mattscheibe ab, soeben in Anspruch genommen von einer mit schimmerndem Gebiß knirschenden Frau und ihrem Geheimnis, wie sie es am Verrutschen hinderte, dem wie auf Stichwort das grimassierende Einsetzen eines echten folgte, so daß sie wie angewurzelt stehenblieb. –Aber, aber wo ist denn Oscar? Daraufhin hob sich eine Hand und ließ von einer Generation Picayunes fleckige Finger Richtung Teich, Richtung Meer wedeln, zu müder Wellen unnütz' Branden, wo Hoffnung Narrheit, mochte Angst wohl Lüge sein, ob man das Ding ausmachen und endlich zur Sache kommen könne? Womit sie die Nebel weiß Gott welchen vergessenen Monologs zerteilte, der noch auf seinen Lippen nachzitterte, und ihn dazu brachte, daß er sich ächzend zu der aufklaffenden Reisetasche vorbeugte und ihr ein Bündel Briefe in verblaßter Handschrift gab, mit Bindfaden verschnürt, den sie zusammen mit der leeren Black-Bean-Nacho-Chips-Tüte vom Boden beiseite legte, er habe doch Papiere mitgebracht, die sie unterschreiben mußten, oder? Ihre freie Hand kritzelte eine ausladende Unterschrift in die Luft, ja, aber Moment, diese Briefe? Der Richter hatte sie diesen alten Tanten von der historischen Gesellschaft abgejagt, ihnen mit der ewigen Verdammnis gedroht, falls sie sie nicht herausrücken, als irgendein Schwarzer da unten auftauchte und versuchte, Urheberrechtsschutz dafür in Anspruch zu nehmen, man hätte sie vielleicht mit den anderen Papieren des Richters verbrennen sollen, aber sobald der Richter selbst verbrannt worden war, gehörten sie ja von Rechts wegen nicht mehr ihm, sondern den Hinterbliebenen, er hatte das entsprechende Gesetz nachgeschlagen, hier in 17 U. S. Code (201) (d) (1) stand es, daß Urheberrechte testamentarisch vermacht oder als persönliches Eigentum vererbt werden konnten, und wenn er sie verbrannt hätte, könnten sie sie ja nicht mehr urheberrechtlich schützen lassen, oder? Hier in Artikel 203 (a) (2) (c) stand es, daß die Rechte des Urhebers in jedem Falle zu gleichen Teilen auf die Kinder und Kindeskinder übergehen und nach der Erbfolge erster

Ordnung ausgeübt wurden, er dachte bloß, er sollte das erklären, er wollte seine Pflicht als Testamentsvollstrecker nämlich buchstabengetreu erfüllen, die alten Tanten hatten schon einen Außenstehenden darin lesen lassen, obwohl sie gar kein Recht dazu hatten, da hatte ihnen der Richter aber ganz schön den Marsch geblasen und –Bitte! flehte sie ihn an, während sie schon halb durchs Zimmer gegangen war, um das Päckchen auf den Haufen Rechnungen und Prospekte, Drohungen und Hochglanzverheißungen von Aussichten auf weitere Drohungen zu legen, die sich auf dem Sideboard stapelten, –Sie, danke, Sie, danke, daß Sie sich solche Mühe gemacht haben, aber, ja, aber was sollen wir denn nun unterschreiben, damit wir es hinter uns bringen und Sie wieder in Ihr, wieder nach Hause fahren können, wir können Sie zum Flughafen fahren oder wo immer Sie, oder zum Bus, falls Sie ...

–Christina?

–Ja, mein Gott, Oscar, wo warst du denn! Ich dachte, du, wer ist das?

–Das ist Mrs., diese Immobilienmaklerin, Christina, sie hat einen Interessenten im Wagen sitzen, und ich habe ihr zu erklären versucht, daß da ein Mißverständnis vorliegt, als ich sie angerufen habe, haben wir nämlich ...

–Das ist ja lächerlich, wieso hast du sie überhaupt hereingelassen?

–Ich dachte, es wäre jemand, der sich auf meine Anzeige wegen einer Sekretärin bewirbt und ...

–Ich habe doch gerade gesagt, lächerlich, oder? Und sie wandte sich mit –wie kommen Sie auf die Idee, daß das Haus hier zum Verkauf steht? der Frau zu.

–Na, ich war doch schon mal hier, wissen Sie, und als Ihr Mann angerufen hat, dachte ich, ich könnte als erstes ...

–Er ist nicht mein Mann! Und als zweites können Sie gleich wieder gehen.

–Aber nicht doch, ich habe reichlich Zeit, und es ist so ein schöner Tag. Sie haben doch nichts dagegen, wenn ich mich ein bißchen umsehe, oder? Ihr Lächeln machte ihr Lippenstiftflecken auf die Zähne, –so ein bezauberndes Grundstück, und sehen Sie sich nur die Aussicht an! Sie schleuderte eine Handvoll roter Fingernägel in Richtung Teich, als wäre sie schon mitten im Verkaufsgespräch, –aber vielleicht wollen Sie ja nur vermieten? Dann müßten Sie nämlich noch einiges an Arbeit investieren, erstens die vordere Veranda, das ist ja richtiggehend gefährlich, und ein neuer Anstrich, um alles aufzuhellen, ein bißchen düster hier drin, aber ...

–Es ist nicht zu vermieten! Und jetzt ...

–Aber ich verstehe vollkommen, und bei einem Verkauf müßten Sie sich darum überhaupt nicht kümmern, Käufer haben immer ihre eigenen Ideen, Sie würden bloß Ihr Geld hinauswerfen, und daß Ihnen das passiert, würde ich niemals zulassen, oder?

–Weiß der Himmel, was Sie alles zulassen würden, Oscar, du hast das alles angefangen, also unternimm gefälligst etwas!

–Ja, als wir telefoniert haben, habe ich doch zu erklären versucht, daß wir bloß so eine Art Schätzung wollen, weil das Anwesen meinem Vater gehört und ...

–Und das ist Dad? Rot an Zahn und Klaue stieß sie auf ihn herab, wie er da im Lehnstuhl kauerte, den in eine oft geflickte braune Socke eingemummelten Lebensretter auf dem Schoß in Bereitschaft, –das, das hätte ich gleich wissen, ja, es ist, die Nase? Sie wich argwöhnisch zurück, –ich würde sagen, ich würde sagen, etwas über drei Millionen? Dann, wieder in Sicherheit, –ja, sagen wir drei Komma zwei Millionen, bei dieser weiten Aussicht auf den Teich und die Schwäne, nun sehen Sie sich das an! Wo die Feuchtgebiete jetzt alle geschützt sind, finden Sie so was nicht mehr, dieses sechzehnhundert Quadratmeter große Grundstück gleich auf der anderen Seite Ihrer Einfahrt, das gerade für zwei Komma sechs Millionen weggegangen ist und überhaupt keine Aussicht hat, kannten Sie die Leute eigentlich?

–Nein, wieso um alles in der Welt sollte jemand zweieinhalb Millionen dafür bezahlen, das Haus ist doch das reinste Rattennest.

–Aber doch nicht für das Haus, das reißen sie ruckzuck ab, sondern für das Grundstück, das ist eine ziemlich exklusive Gegend hier, noch dazu direkt am Teich, auch wenn es dort nur eine winzige Bucht gibt, wo sie wegen der 50-Meter-Schutzzone die Bäume nicht fällen dürfen, und selbst wenn sie dürften, würden sie bloß ein

Stück Watt sehen, aber alles andere kommt weg, muß auch für das Haus, das dieser berühmte postmoderne Architekt für sie geplant hat, eine richtige Sehenswürdigkeit, sie sind natürlich sehr wohlhabend, ich glaube, sie haben es mit Parkhäusern verdient und …

–Aber das waren wahrscheinlich die Männer, die ich da auf den Bäumen gesehen habe, Christina, das müssen Bauinspektoren gewesen sein und …

–Das hört sich alles absolut widerlich an, man wird doch nicht wohlhabend, indem man Parkhäuser baut, sondern man wird schlicht und einfach reich, das ist ein erheblicher Unterschied, alles in Sichtweite abzuhacken, um hier draußen eine Sehenswürdigkeit zu bauen, richtig ekelhaft hört sich das an, Sie finden doch allein hinaus, ja?

–Aber sie wollen alles landschaftlich gestalten, ich habe gehört, sie haben eine Million bloß für Landschaftsgestaltung vorgesehen, das müßte den Immobilienpreisen hier einen richtigen Schub geben und, ach!, es war riesig nett, mit Ihnen zu reden, jetzt hätte ich doch fast meinen armen Kunden draußen im Wagen vergessen, Sie haben doch nichts dagegen, daß ich ihn kurz hereinhole, damit er Ihre herrliche Aussicht bewundern kann? Es ist so ein schöner Tag und …

–Ich habe sehr wohl etwas dagegen! Oscar, bringst du sie jetzt um Himmels willen endlich zur Tür?

–Aber nicht doch, nicht doch, ich finde schon allein hinaus, dann also ein andermal? So nett, Sie kennenzulernen, meine Nummer haben Sie ja, ach ja, da fällt mir gerade ein, Sie müssen unbedingt etwas wegen Ihrer Auffahrt da draußen unternehmen, ich wäre beinahe mit einem Hirsch zusammengestoßen, der mir vors Auto gelaufen ist, eine Pest sind diese Viecher, nagen alles an, was sie zu Gesicht bekommen, bis kein Baum mehr übrig ist.

–Also, wo war ich denn gerade! Sie hielt die Fingerspitzen an die Schläfen gedrückt, bis die Tür am Ende des Flurs klappernd zufiel, –mein Gott, so ein schöner Tag! Bloß die Stimme dieses gräßlichen Weibs aus dem Kopf kriegen, wo war ich denn nun?

–Ich dachte, du wolltest dich um diese Papiere kümmern, die wir unterschreiben sollen, und …

–Ich dachte, deswegen hätte ich dich vor einer Stunde da reingeschickt, setzt du dich jetzt bitte mit ihm hin und erledigst das, bis ich wieder da bin? Ich mache einen Spaziergang.

So ein schöner Tag! War es zumindest gewesen, bis die Stimme dieses gräßlichen Weibs es zum bloßen Epitheton hatte verkümmern lassen, und sie schüttelte den Kopf, wie um ihn von dem mißtönenden Nachhall von Worten zu befreien, die alles, was um sie her lag, verstellten, als sie den Rasen hinab auf den Teich, die Schwäne zukam, sieh nur! Aber schon waren sie nurmehr eine weiße, übers Wasser gezogene Spur, wie sie selbst geflohen, um ihre Gelassenheit vor einer groben Heimsuchung zu retten, während sie zu dem schmalen Strand hinabstieg und sich nun langsamer ihren Weg suchte, als der Sandstreifen Röhricht Platz machte, schlammigen Untiefen, abgestandenen Pfützen, wo jäh die Krähen in wütendes Geschrei ausbrachen, das ihr eigenes übertönte, da ein weiterer Schritt etwas zertreten hätte, was einmal so etwas wie ein Gesicht gewesen war und nun mit hervorstehenden Zähnen aus leergepickten Augenhöhlen nach oben starrte, und sie taumelte zurück, um den Fuß von der Pfote zu nehmen, die sich leise regte auf dem stillen Stauwasser, verlor beinahe wieder das Gleichgewicht, von ihren Handflächen blind gemacht, ihrer Sehkraft wie ihres Atems beraubt, nach dem sie rang, während sie sich auf den festen Kamm der Straße zurückzog, die sie wegführte, vorbei an den stummen, für den Winter verrammelten Klötzen und zu den Dünen, wo sie weit über den Strand bis zu der Rinne hinblickte, durch die still das Meer hereinflutete, den Teich brackig machte, und bei jedem Schritt und jeder wirren Metapher setzte ihr eine steife Brise zu, als sie denselben langen Weg unter den malträtierten Kiefern zurückging, auf dem der mißtönende Nachhall von einer Million Dollar bloß für Landschaftsgestaltung lag, die Treppe der gefährlichen Veranda hinaufklapperte, die Tür hinter ihr zufiel und vom anderen Ende des Flurs her ihr Name an ihr Ohr schlug, –Bist du das, Christina? Da war ein Anruf für dich, es war …

–Harry? Wann kommt er denn?

–Nein, nein, Lily hat gesagt, es war jemand aus seinem Büro, es hieß, es wäre dringend und …

–Na, wenn es so dringend ist, hätte er dann nicht einfach den Hörer abnehmen und mich selber anrufen können? Nein, nein, ich habe dir ja gesagt, was dringend ist, oder? Diesen Kram da zu unterschreiben und dann dieses Memento mori mit seiner grünen Socke loszuwerden, hast du deswegen irgend etwas unternommen?

–Ja, mittlerweile ist es eine braune Socke, er hat gesagt, das beste Mittel gegen einen Kater wäre …

–Ich, erzähl mir bloß nichts von einem Kater! Bloß, Tee, heißen Tee.

–Sie bringt dir welchen, hör zu, wir haben nur ein Papier zu unterschreiben, Christina, mehr nicht, und zwar eine Verzichts- und Einverständniserklärung, nach der wir das Testament nicht anfechten, damit es gerichtlich bestätigt werden kann, mehr hat er nicht mitgebracht.

–Das darf doch wohl nicht wahr sein! Er kommt den ganzen Weg hierher, bloß um, ja hätte er das denn nicht schicken können? Sie rückten näher zusammen, –schlicht und einfach mit der Post schikken? Sie ließ sich, aller Kraft beraubt, aufs Sofa sinken, –ach, Lily, Gott sei Dank, bringen Sie mir Tee, ja?

–Sind Sie okay? Sie sehen echt blaß aus.

–Ich bin, bitte, bringen Sie mir einfach etwas zu trinken.

–Da war ein Anruf für Sie, es hieß, Sie sollten sofort hinkommen, hat sich angehört, als wäre es echt was Ernstes, es …

–Schon gut, ich rufe an! Tun Sie jetzt bitte, worum ich Sie gebeten habe? Sie war wieder aufgestanden und ging zum Telefon, Mister Lutz? Also gut, dann Mister Peyton? Verreist? Beide? Ja, wer hatte denn dann, –wie bitte? Ich habe doch gesagt, ich bin seine Frau, oder? Das ist ja lächerlich, wieso wissen Sie nicht, wie Sie zu erreichen sind! Sie knallte schließlich den Hörer auf, –mein Gott, so ein Durcheinander hat man noch nicht erlebt, alle hören sich an, als hätten sie eine Heidenangst, wirklich kein Wunder, daß Harry glaubt, das ganze Schiff geht vielleicht unter. Rauscht in die Stadt, um Bill Peyton wegen Pensionen und Bilanzen zur Rede zu stellen, wenn sie ihn rausekeln wollen, wieso kann er mich dann nicht einfach anrufen? Erneutes Bearbeiten des Telefons, –siehst du? Er geht nicht dran, dann werde ich wohl oder übel in die Stadt fahren müssen, erst macht er uns alle wahnsinnig, und dann steht er wahrscheinlich nackt mit einem Handtuch um den Bauch und einem Drink in der Hand da, so wie beim letztenmal, wollte mich halt nicht beunruhigen, blöde Situation, in die er sich da gebracht hat, kein Grund, mich damit zu behelligen, ich hätte ohnehin nichts machen können, wo ich doch alle Hände voll zu tun habe mit diesem Irrenhaus hier, suchen Sie bitte meinen Pullover, Lily? Ich dachte, Sie wollten Tee machen, den beigefarbenen, Oscar, steh hier nicht herum, nun hat er dieses idiotische Papier zum Unterschreiben ja gefunden, oder? Also, wo ist es?

–Beim Testament, er möchte, daß wir das Testament lesen, ehe wir unterschreiben, damit wir auch wirklich ver...

–Aber ich dachte, es ist schon bestätigt, wieso um Himmels willen sollten wir es überhaupt anfechten, wenn wir die einzigen Begünstigten sind, zu gleichen Teilen und Erbfolge erster Ordnung und der ganze Unsinn?

–Es ist ein Vermächtnis für ihn drin, Christina, ein Vermächtnis über fünfhundert Dollar, und er hat wohl Angst, wir könnten ...

–Und deswegen ist er den ganzen Weg hierhergekommen? Mein Gott, ich habe noch nie so einen elenden, wo ist ein Stift, können wir diese lächerliche Geschichte jetzt endlich hinter uns bringen?

–Wenn es von einem Zeugen unterschrieben wird und ...

–Lily kann ja wohl ihren Namen schreiben, oder? Hat er einen Stift? Und sie stand über ihm, während er tief zwischen abgetragenen Kammgarnfalten wühlte, an einen Fall da unten erinnert, wo es um einen alten Nachtwächter ging, der nicht schreiben konnte und seine Rentenschecks mit seinem Daumenabdruck unterschrieb, bis jemandem auffiel, daß er über hundertzehn Jahre alt sein mußte und die Schecks immer noch eingelöst wurden, und als man nachforschte, fand man seinen Daumen in einer Flasche Formaldehyd auf einem Küchenregal neben den eingemachten grünen Tomaten und –nun geben Sie mir schon den Stift!

–Aber Christina, warte mal, du willst doch nicht etwa meinen Wagen nehmen? Immer einen Schritt hinter ihr den Flur entlang, –du kannst uns doch nicht einfach hierlassen, du kannst doch warten, bis er anruft, oder? Und an der Tür, –du benutzt das nur! Du benutzt das nur als Vorwand, um zu verschwinden und uns hier mit diesem …

–Genau.

*Nennen Sie drei afrikanische Länder, die mit K anfangen.*

–Bei so was müßtest du auch mal mitmachen, Oscar.

–Bei was! blaffte er über das Gejohle hinweg, mit dem das Studiopublikum Kamerun begrüßte.

–Er ist schon bei fast viertausend Dollar, man kann sich sein Thema selber aussuchen, und du könntest …

–Hör zu, wir haben hier schon genug Game-Show, sie ist gerade mit meinem Wagen weggefahren, wie sollen wir ihn denn von hier wegschaffen, ich weiß nicht, wann sie zurückkommt, wir müssen etwas zu essen einkaufen und …

–Möchtest du ein Schinkensandwich?

*Welche afrikanische Antilopenart ist nach einem amerikanischen Auto benannt?* Und weiter ging das Getöse, gespickt mit anschaulichen Schilderungen von Kreuzschmerzen und Abführmitteln, arthritischen Fingern und übersäuertem Magen, Inkontinenz und Hämorrhoiden, die sämtlich ein zufriedenes, sich in die Zugehörigkeit zu dieser geriatrischen Bruderschaft auf Lehnsesseln, Liegestühlen und elektrisch verstellbaren Matratzen im ganzen Lande schickendes Stöhnen hervorriefen, Gebißgeknirsch auf Black Bean Nacho Chips und Tater Skins, dazu ein weiterer Schluck aus der braunen Socke, während der Nachmittag den Morgen verdrängte und die Eroberung von Afrika unter Mitnahme von achtzehntausend Dollar längst dem endlosen Krieg zwischen dem Reich der Tiere und dem Reich der Pflanzen in der Natursendung Platz gemacht hatte, wo ein von einer Raupe attackiertes Kartoffelblatt bei seinem Angreifer eine Magenverstimmung mit tödlichem Ausgang verursachte und ein Rülpsen des einsamen Zuschauers unterbrochen wurde von Vorschlägen für seine Abreise per Bus? Oder Flugzeug? Er habe doch bestimmt ein Rückflugticket?, während große Riesenbastkäfer, die in der mächtigen Goldkiefer emsig Unterkünfte bohrten, um Eier für eine neue Generation abzulegen, von einer verderbenbringenden Harzausscheidung angegriffen wurden, die die winzige Kinderstube verschlang, sie könnten sogar ein Taxi bestellen, das ihn zum Flughafen bringen würde, solange noch schönes Wetter sei, über Nacht könne es umschlagen und ein Unwetter geben, einen Schneesturm, und dann säßen sie hier fest mit dem Schinken, dessen Aroma soeben heranwehte, um mit seiner Aufdringlichkeit einer Prärietabakpflanze Gewicht zu verleihen, die den Heißhunger eines Eselhasen mit heftigem Durchfall vergalt, sie habe die Dose Maiscreme neben dem Kochbuch gefunden, dort stehe auch, wie man die Schinkenkroketten mache, die es zum Abendessen gab, als Dunkelheit hereingebrochen und der Wilde Pastinak, dessen blühende Dolden seine Hauptfeinde mit Gift überschwemmten, von Kroaten abschlachtenden Serben in den Abendnachrichten verdrängt worden war.

–Na, er ist doch tot, oder? sagte sie, als er den Rest seiner Krokette in den Abfall kratzte und dabei entsetzt nach Luft schnappte. –Er hat oben im Aquarium getrieben, da hab ich ihn weggeschmissen. Meinst du, ich soll da runterfahren, Oscar? Ich hab versucht, Mama anzurufen, bevor sie ihn operieren, aber sie waren total mit dieser geistlichen Beratung beschäftigt, falls der Herr ihn zu sich ruft, und jetzt weiß ich nicht recht, was ich machen soll. Meinst du, du solltest mal da reingehen und ihm den Puls fühlen? Wo er jetzt die Dose mit der Asche aufs Regal zu dem Bild von deinem Großvater in diesem schwarzen Kitteldings getan hat, können wir die Krokette und alles genausogut für ihn stehenlassen, wenn er heute nacht aufsteht, möchtest du den Wein noch austrinken? Er steht ungefähr fünfmal auf, und dann hört man dieses Tröpfel, Tröpfel, Tröpfel da drin, kann er nicht wenigstens die Badezimmertür zumachen und alles auf einen Sitz erledigen so wie alle anderen auch? Alte Männer, er nuschelte irgendwas von alten Männern und kippte den letzten Rest Wein hinunter, eine Drüse namens Prostata, die bei Männern im Alter anschwellen und den Harnfluß von der Blase unterbrechen kann, und –genau das hat Daddy! Sie war wieder zu Atem gekommen, –diese Operation, wo sie in ihn reingucken und es unterbrechen, deswegen hab ich ja auch Angst, meinst du, ich soll runterfahren? Eine ziemlich alltägliche Operation, nach allem, was er wisse, die eigentliche Gefahr sei

Krebs, wenn sie da reinguckten und –Krebs finden? Und was ist mit mir! fragte sie später nach und drückte dort im Halbdunkel seine Hand an ihre Brust, –spürst du das? Ist es größer geworden? Na? Immerhin hatte man ihr gesagt, sie solle sich röntgen lassen, oder? Eine Mammographie machen? –Morgen fahr ich hin, wenn sie morgen das Auto zurückbringt, fahr ich hin.

–Sie hat noch nicht mal angerufen, oder? Seine Hand erwärmte sich für ihre Aufgabe, wechselte zur benachbarten Brust über, –ich weiß nicht, wann sie zurückkommt, sie hat diesen Anruf bloß als Vorwand benutzt, um von hier wegzukommen, von diesem Irrenhaus, hat sie's genannt, bloß ein Vorwand war das, Harry wartet garantiert schon mit einem Handtuch um den Bauch und einem Drink in der Hand, und im Moment amüsieren sie sich wahrscheinlich prächtig in irgendeinem schicken...

–Hör mal! Sie bremste seine Hand, die ihren Oberschenkel umrundete, bis das Geschlurfe von Filzpantoffeln im Flur vorüber war, –nein, irgendwas stimmt da nicht, Oscar, so wie die sich bei dem Anruf angehört haben, machst du bitte das Licht im Aquarium aus?, während das leise Tröpfelgeräusch zu ihnen drang, –gruselig ist das.

Dichter, von sporadischem Gewehrfeuer durchdrungener Nebel weckte den Tag, versetzte den Schläfer in ein konfuses Zwischenreich mit einer flüchtigen weißen Scheibe hoch droben, die Sonne oder Mond hätte sein können, ein Zwischenreich, das den überm Teich gestaltlos verhüllten Tag verwischte, das gegenüberliegende Ufer verdeckte und mit der Historie als Spektakel kollidierte wie die Schrotschüsse mit Hookers vorbereitenden Salven auf Jacksons zwei Divisionen beidseits des Hagerstown Pike, wo das Schlachten bis zum späten Vormittag beendet, der Angriff zurückgeschlagen und der Nebel von der Sonne weggebrannt worden war, so wie nun auch hier bei Toastbrotkanten und noch mehr Tee, veredelt durch das heutige, in eine oft geflickte schwarze Socke eingemummelte Mittel gegen Kater, und alles ein hoffnungsloser Wirrwarr, weil es an einem Rezept fehlte, die Zutaten zu einem großen Ganzen zusammenzufügen, das den Gesamtverlauf dieser nur aus Taktik ohne jede Strategie bestehenden Schlacht erhellt hätte, so daß einem nichts anderes übrigblieb, als sich in der Historie als Game-Show sein Thema selbst auszusuchen.

*Welcher berühmte Bürgerkriegsgeneral wurde von seinen eigenen Leuten erschossen?* beschwor jäh die als Theater kostümierte Historie herauf: Wir sprechen von General Jackson, Sir! lärmte es durch den Kuddelmuddel aus zerstörten Hoffnungen und hehren Absichten, Historie als Wahnsinn, der gottgetriebene Mann, der keinen Zweifel kennt und handelt, aber ihn bewundern? Wie er bei Einbruch der Dämmerung mit himmelwärts weisender Hand vorwärtsreitet, um das Unternehmen zu organisieren, mit dem er bei Chancellorsville, in einem der brillantesten Manöver der Historie als Krieg, die Flanke der Union aufrollte und im Sieg den Tod fand, während sein durch den Verlust der göttlich sanktionierten Kühnheit seines rechten Arms geschwächter kommandierender General die Schlächterei, deren Sinnlosigkeit ins Auge sprang, noch um zwei Jahre verlängerte und sich in Gestalt seines Generals Ewell mit dem Krieg als Wahnsinn abfand, es war doch General Ewell? Der sich für einen Vogel hielt? Vogellaute von sich gab und Vogelfutter aß?

*Welche drei berühmten lebenden oder toten Männer heißen mit Vornamen Rudolph?*

Hitler? –Großer Gott! murmelte er und zog sich verstohlen von dem einsamen Zuschauer zurück, der da in einer Streu aus Röstbrotkrümeln und glänzenden Einwickelpapierchen vor der Mattscheibe thronte, und noch mal –Großer Gott!, als er in die Küche platzte, –kann es soviel Dummheit wirklich geben?

–Du hast doch gesagt, du wolltest jemand zum Reden?

–Ich habe doch nicht ihn gemeint, sondern, ich meine schon ihn, ja, das hat doch ein Blinder gesehen, daß der ganze Krieg verloren war, als Lee Jackson verloren hatte, aber er wollte sich nicht damit abfinden, er hat die Schlächterei noch ganze zwei Jahre weitergeführt, halb verhungerte Kinder ohne Schuhe in ihren ersten langen Hosen, bei Vicksburg, Chattanooga, in der «Wilderness» in Stücke gerissen, und der alte Schwachkopf da drin mit seinen gebratenen Speckschwarten faselt von der edlen Sache, Eitelkeit war das, nichts als Eitelkeit, du brauchst dir nur Gettysburg anzusehen. Lee hätte Meade bei Gettysburg kriegen können, aber er war überfordert, glaubst du vielleicht, Pickett hätte diesen unsinnigen Angriff geführt, wenn Jackson dagewesen wäre, der seine Befehle direkt vom Allmächtigen bekam?

–Ich weiß nicht, Oscar, aber wir haben kein Brot mehr.

–Hast du nachgesehen? Irgendwas muß doch noch dasein.

–Da ist noch dieses Glas Oliven.

–Wir hungern ihn aus, murmelte er, ließ sich schwer auf einen Holzstuhl sinken, griff nach der Weinflasche auf dem kahlen Küchentisch und hielt sich wie an einem Pfosten daran fest, –er will noch mehr Tater Skins, wenn wir einkaufen gehen, wie stellt er sich das eigentlich vor mit dem, gibst du mir bitte ein Glas? Ich hätte nie gedacht, daß jemand so egoistisch sein kann, nicht mal Christina, ich kann sie nicht mal erreichen. Als ich dort angerufen habe, hat sich irgendein gräßliches Weib gemeldet, das behauptet hat, sie wäre Harrys Schwester, ich wußte gar nicht, daß er eine hat, und als ich gefragt habe, wo Christina ist, hat sie gesagt, das wüßte sie nicht und es sei ihr auch völlig egal, und dann hat sie aufgelegt, was ist eigentlich mit dem Auto von deiner Freundin, von dieser Rothaarigen?

–Er hat sie abgeschoben, deswegen braucht sie es jetzt selber wieder, von ihr hat er auch nur das gewollt, was er von mir schon gekriegt hat, aber Moment mal! Du kannst doch ein Taxi bestellen, oder?

–Um Tater Skins einzukaufen? Er kleckerte Wein auf ihre Hand, wo sie das Glas abgestellt hatte, –wir können ja nicht mal …

–Wir können ihn ja meinetwegen aushungern, Oscar, aber was ist mit uns, soll ich hier herumsitzen und Weizenkleie mampfen, während du von dem ganzen Wein weiße Mäuse siehst?

Während er sich zu einer nachmittäglichen Rasur unsicher übers Becken beugte, kam es oben wie unten zur äußersten Konfusion kollidierender Reiche, als er nach einem Handtuch griff und ebensowenig wie damals bei jener Abschweifung, da er in hohen Prachten auf einem mit Schuhcremedosen übersäten Bett neben ihr lag, ahnte, daß er in ebendiesem Augenblick, so wirklich wie nur etwas, hier im Wintergarten nackt in den Schrottplatz der Phantasie eintrat, wo Schlaf das sanfte Auf und Ab ihres Bauches und das

Herabsinken einer schweifenden Hand bestimmte, die müßig den warmen, sich über der Schamhöhle wölbenden Kamm kratzte, der dicht mit Haaren besetzt war wie eine sterbliche Gorgo, hingespreizt für das freche Vorschnellen einer Zunge im Rasierspiegel, als er sich, um in einer Schublade nach einem sauberen Hemd zu suchen, umwandte, weg von den klebrigen Vorgängen in jenem venerischen Sumpf, wo Dionaea muscipula, an die legendäre Vagina dentata gemahnend, die stacheligen Ränder von Schamlippen schloß, während er den Reißverschluß seiner Hose über deren nichtsahnendem Bewohner zuzog, ein leises Wimmern und Hervorspitzeln ihrer Zunge als einziges Anzeichen seines Besuches, leckte sie sich die Lippen, ihre Hand hob sich, knetete sanft ihre Brust, und sie drehte sich auf die Seite, wo die Zeit über sie hinwegging, ununterbrochen und ungehört wie seine Schritte die Treppe hinunter, ihr Gesicht noch immer im Kissen vergraben, als sein Aufheulen durch den Flur auf sie eingellte, so daß sie hochfuhr und schrie –Ich komme!, wohin er wie zu Stein erstarrt mit vor Grauen stierem Blick auf die Mattscheibe glotzte, fünfzig, hundert von ihnen wanden sich ineinander verknäuelt, mit runden, nichts widerspiegelnden Augen, im Gezüngel dieser Paarungswut auf der Suche nach dem duftenden Weibchen unter ihnen, das ihn am steifen Arm packte, und er stolperte neben ihr her den Flur entlang in die Küche, wo beide keuchend stehenblieben und ein Vorwurf ihr mit einem –na, bitte! Hab ich's dir nicht gesagt? Genau so wird es kommen!, jäh wieder zu Atem verhalf.

–Wieso, wovon redest du eigentlich!

–Von deiner Natursendung da drin, nur daß du sie das nächste Mal wirklich sehen wirst!, während sie die Flasche aus seiner Reichweite schob, –und Oscar? Mittlerweile wieder ganz bei Atem, –ich brauche Geld.

–Du lieber Gott, als ob ich keins …

–Ich muß da runterfahren, Oscar. Ich hab nämlich die ganze Zeit an den armen Daddy denken müssen, wie er da unten so ganz allein ist, nur mit Mama und seiner großen Operation, wo man nicht weiß, was passieren kann, und wenn es zur Tragödie kommt und wir hätten nie die Chance gehabt, uns zu versöhnen so wie du und dein Daddy, würd ich mir das nie verzeihen. Möchtest du Kaffee?

–Nein. Doch! Also ausgerechnet, was heißt hier Tragödie, das ist eine Routineoperation, wird ständig gemacht, es gibt überhaupt keinen Grund, warum du, nein, nein, der einzige Grund, warum du fahren willst, bloß ein Vorwand ist das, genau wie bei Christina, bloß ein Vorwand, um mich mit diesem, diesem, mit ihm da drin allein ...

–Na, was soll ich denn auch hier? Was soll ich überhaupt hier! Gruselig ist das. Damals, wie du so allein warst, bin ich hergekommen, weil ich dir helfen und vor Al abhauen wollte, aber das kann ich auch da unten, oder? Was soll ich denn machen, du mußt schon selber da reingehen und mit ihm reden und seinen Kram packen und ihn nach Hause schicken, wenn du damit warten willst, bis sie wieder da ist, das mit dem Testament von deinem Daddy und so weiter, weshalb er hergekommen ist, das habt ihr ja nun erledigt, oder? Und mein armer Daddy da unten, bei dem weiß ich nicht mal, ob er überhaupt eins gemacht hat, wo's doch immer nur Bobbie hieß, alles war für Bobbie, und dieser ganze Versicherungskuddelmuddel mit diesem Porsche, den er ihm gekauft hat, jetzt hat er keinen Bobbie mehr bei dieser großen Operation, wo der Herr ihn vielleicht zu sich ruft, da muß ich doch an seiner Seite sein, oder? Immerhin bin ich doch seine Tochter?

–Du hast so lange gewartet, nun kannst du auch noch warten, bis sie wieder da ist, oder? Und wir hier draußen mit allem fertig sind?

–Ich hab's dir doch gerade gesagt, Oscar, mit dem da drin kannst du ganz schnell fertig sein. Du hast gesagt, du glaubst, sie amüsiert sich irgendwo mit Harry, wieso sollte sie sich dann beeilen, wieder in dieses Irrenhaus zu kommen, so hat sie's doch genannt, und ich brauche Geld, ich gehe jetzt rein und packe.

–Halt, warte, warte doch mal! Aber sie war schon fort, und er saß brummelnd vor seinem Kaffee, wühlte schließlich in Taschen, barg eine Picayune aus einem zerknüllten Päckchen, stand auf, zündete sie am Herd an, um sie ohne erkennbaren Genuß zu paffen, bis eine ferne Fanfare ihn ans vordere Ende des Flurs rief, zu einer ganz neuen Konfusion von Reichen, welche die Enthüllungen der Natursendung ablöste, wo der lebhafte, konfuse Aufruhr, in dem sich der Wust männlicher, rotgestreifter Vipernattern wand, von einem

Witzbold unter ihnen ausgelöst worden war, der, um ihr rasendes Werben anzulocken, weiblichen Duft verströmte, und damit seine eigenen Chancen steigerte, sich von hinten an den wahren Jakob heranzuschlängeln, als sie den Schwanz hob, und damit den Vorhang zu der pikanten Geschichte, die da unten die Runde machte und die Alte Fettbacke aus dem Rennen beförderte, offenbar war irgendein Homo aufgetaucht, der behauptete, sie hätten damals, als der Senator noch drüben in Fort Bragg Soldat war, auf dem Rücksitz eines grünen Chevy fünf-, sechsmal für fünf Dollar pro Stoß Sex miteinander gehabt, und Bilk regt sich natürlich mächtig auf und bestreitet die Sache, aber dieser Homo hat alles haarklein parat, Zeit, Ort, Autokennzeichen und so fort, hat sich damals Daisy genannt, mit literweise Parfüm und einer blonden Perücke als Mädchen verkleidet und überall Lippenstift auf Orneys Unterhosen gemacht, dieses Unschuldslamm, mußte allerdings zugeben, daß er sich an Daisy erinnert, hatte bei seinen Kumpels mit ihr angegeben, überhaupt keine Ahnung gehabt, bis dieser Homo verhaftet wird, hatte solche schwarzen Röcke an wie ein Priester, der's auf Meßdiener abgesehen hat, taucht auf einmal bei der Alten Fettbacke auf und verlangt von ihm, daß er ihn da raushaut, sonst –Hören Sie zu! Ich will jetzt nichts davon wissen, ich muß mit Ihnen reden!, sonst erfährt die ganze Welt, wie –Hören Sie zu! Was war denn das! Und schon war er wieder am anderen Ende des Flurs, wo sie in der Küche zitternd vor den in Pfützen liegenden Scherben der auf dem Boden zerschmetterten Teekanne stand. –Halb so schlimm, mach doch Licht, bevor du in die, was tust du denn da!

–Das! Ein Teller wurde ihm vor die Füße geschmettert, –und das! aber er hatte ihre Hand und mit ihr die Teetasse gepackt, –ich hab's dir doch gesagt, hab ich's dir nicht gesagt?

–Aber wer?, und er bugsierte sie, einen Arm um ihre bebenden Schultern, zu einem Stuhl, wo sie die Ellbogen auf den Tisch stemmte und ein Geschirrtuch ihr Schluchzen erstickte, –was ist denn passiert?

–Es ist Daddy!

–Aber, Moment mal, warte, versuch doch, dich, du hättest doch ohnehin nichts tun können, versuch doch einfach, dich ...

–Ich hab Mama angerufen, um ihr zu sagen, daß ich komme, und, und, und …

–Nun versuch doch, beruhige dich doch, du hättest doch ohnehin nichts tun können, oder? Seine Hand an ihrer Schulter griff fester zu, und er zog sie, neben ihr stehend, eng an sich, –du hast doch gewußt, daß es eine schwere Operation ist, und …

–Ich hätte hinfahren sollen! Ich hätte hinfahren sollen, solange noch Zeit dazu war, ich hab's dir gesagt, oder? Wo ich noch mit ihm hätten reden und mich versöhnen können, bevor es zu spät war?

–Aber das ist doch illusorisch, hör zu. Wenn die Ärzte sagen, daß eine Operation nötig ist, dann kannst du es ihnen nicht ausreden, und du solltest es auch gar nicht, weil du, du darfst dir keine Schuld geben, solltest gar nicht erst damit anfangen, weil sie, weil sie ja deswegen vorgenommen wurde, um sein Leben zu retten, deswegen wurde die Operation ja vorgenommen, und wenn er gestorben ist, während sie …

–Wenn wer gestorben ist.

–Na, dein Vater, du …

–Ich hab gerade erst mit ihm geredet.

–Ja, ich, ich weiß, ich weiß und, und er hat dich ganz bestimmt verstanden, meinst du nicht? Eine Hand strich ihr unsicher über die Schläfe, –bestimmt hat er …

–Herrgott noch mal, Oscar, wovon redest du denn! Sie entwand sich ihm, wischte sich die Tränen ab und starrte ihn an, –wer sagt denn, daß er tot ist! Ich habe doch gesagt, ich habe gerade erst mit ihm geredet, oder?

–Aber, aber ich dachte …

–Und er hat mich verdammt gut verstanden, genau wie sie, genau wie Mama! Ich hab ihr gesagt, ich rufe an, um ihr zu sagen, daß ich mir solche Sorgen um Daddy mache und daß ich runterfahre, also holt sie auch noch Daddy ans Telefon, und ich erzähle beiden, wie sie mir fehlen und daß mir endlich klargeworden ist, wie egoistisch ich war, und daß ich runterkomme, damit wir zusammensein und uns total versöhnen können, so wie es früher war, weil ich doch ihre einzige Tochter bin, jetzt wo Bobbie nicht mehr bei ihnen ist in der

Stunde ihrer Not, da werden sie auf einmal ganz rührselig, von wegen wie glücklich sie sind, daß der Herr mir endlich die Augen geöffnet hat über meinen Egoismus und meine Undankbarkeit, wo sie doch soviel für mich getan haben und, und da oben im Schrank, gib mir bitte einen Whisky, er ist da oben im Schrank, ja?

–Ja, gleich, aber ...

–Nun mach schon! Also, wie glücklich sie meinetwegen sind, daß ich es endlich eingesehen habe, und ich müßte nicht runterkommen und bräuchte mir keine Sorgen zu machen, weil Bobbie im Geist bei ihnen ist zur Rechten des Herrn, wo er darauf wartet, daß sie zu ihm kommen, und wie glücklich es mich machen wird zu erfahren, daß sie eben ein neues Testament aufgesetzt haben, in dem sie alles Reverend Bobby Joes Kirche vermachen, damit sie auch die Gewißheit haben, daß sie im Jenseits mit Bobbie zusammenkommen und nein, tu kein Wasser rein! Gib's mir so, und ob ich bitte mit Reverend Bobby Joe reden würde, der die ganze Zeit bei ihnen ist und ihnen diesen geistlichen Trost aus dem reichen Gnadenschatz des Herrn spendet, und mir will er auch gleich welchen spenden, der Schmierlappen, der hinterfotzige, umbringen könnt ich ihn! Sie trank in einem Zug aus und knallte das Glas auf den Tisch zurück. –Ich könnt ihn umbringen.

–Nein, hör doch mal zu, dein Daddy ist ja nicht, er lebt ja noch, oder? Er strich ihr erneut mit der Hand übers Haar, –sobald er die Operation hinter sich hat, im großen und ganzen ist das ein Routineeingriff, sie können ihre Meinung ja immer noch ändern, wenn er sich von den ...

–Laß mich doch zufrieden! Sie packte sein Handgelenk mit einer Kraft, die ihn beinahe in die Knie zwang, –ihre Meinung ändern, sie haben doch gar keine eigene Meinung mehr, glaubst du vielleicht, sie würden sich sonst Eintrittskarten fürs Jenseits kaufen, um dort mit Bobbie zusammenzusein? Ich hätte große Lust, Bobbie zu sagen, was ich, wo ist er? Wo ist er, Oscar, dein kleiner Mann im schwarzen Anzug, du kannst doch noch mal in dieses Krankenhaus gehen und ihm eine Botschaft für drüben mitgeben, damit Bobbie erfährt, was ich von dieser ganzen Schweinerei halte!

–Nein, beruhige dich, so beruhige dich doch, er hat die Botschaften doch sowieso nicht selbst überbracht, er hat bloß nach unheilbaren Fällen gesucht, die sie für einen überbringen, möchtest du Kaffee? Ich habe gerade Spaghetti im Schrank gesehen, ich gehe mal lieber rein und sehe nach, ob der alte...

–Dann soll er sie überbringen! Er soll die Botschaft überbringen, er ist doch sowieso schon auf dem Weg dahin, oder? Für Mama und Daddy kann er auch gleich eine mitnehmen, wenn sie dort auftauchen, erzählen mir, sie bräuchten dort drüben kein Geld, wo ich es hier drüben so dringend brauche, falls er nicht schon dort ist, fühl ihm mal lieber zuerst den Puls, guckt sich da drin mit dieser schwarzen Socke auf dem Schoß Schlangen im Fernsehen an und bringt uns diese Asche mit, er ist der Bote, stimmt's? Ich geh rein und leg mich hin.

Er saß da und starrte die Flasche an, sein Blick so leer wie das Glas, das sie mit ihren fiebrigen Phantastereien zurückgelassen hatte, die er mit plötzlichem Griff danach auswischte, um sich einen Drink einzugießen, in einem Zug hinunterzustürzen und einen zweiten folgen zu lassen, worauf er sich vernebelt mit dem Rauch einer Picayune erhob und den Flur entlangstahl, durchs dunkle Eingangsloch der Bibliothek in die Kälte dahinter, wo nichts sich regte außer dem unverwüstlichen Flüchtling vor Mundgeruch, der nach wie vor mit einem Bambusrechen, hergestellt in einem chinesischen Gefängnis, welkes Laub häufte und, als er das Unbesetztsein des Sessels begriffen und beendet hatte, dem erfrischenden Blutbad der Abendnachrichten Platz machte, wo jede Unterbrechung zwecks Linderung von Sodbrennen, Rückenschmerzen, schlechtem Atem und Zahnfleischbluten einen weiteren Raubzug in die Küche, eine weitere Autoverfolgungsjagd, weitere Zermürbung mit Gewehrfeuer hervorrief, während Fakt sich mit Fiktion vermischte, bis er sich endlich hochrappelte und unsicher den Flur entlangtapste, dorthin, wo sie lag, die Lippen wie in Verzückung geteilt, einen Arm zur Seite geworfen und die stillen Brüste unbeschützt, als er sich sinken ließ, um Schuhe und Hose auszuziehen und sich neben ihr breitzumachen, sein schwerer Atem unterbrochen von einem Husten, dem der ihre mit einem Ächzen antwortete, das in eine Stille überging, ebenso ununterbrochen wie das lange, langsame Fortschreiten der Nacht, die das Haus einhüllte, so daß der Lichtstrahl dort draußen, als er kam, die Dunkelheit eher zu bestätigen als aufzuheben schien, während das dumpfe Pochen des sich nähernden Wagens, als es abrupt verstummte, um so tiefere Lautlosigkeit hinterließ. –Was ist das! Er stützte sich auf einen Ellbogen, –hör doch mal! Er packte sie an der Schulter, ließ sich zurücksinken, bis Türgeklapper ihn vollends hochfahren ließ, –da draußen ist jemand!

Eines nach dem anderen gingen im Flur die Lichter an, und aus dem Höhlendunkel hinter ihm kam –Oscar? Wer ist es denn?

–Es ist bloß Christina, rief er zurück, sah ihr zu, wie sie sich setzte, ihren Mantel aufknöpfte, ihn durchs Zimmer wie über eine große Entfernung hinweg einfach anschaute, mit den Händen ein zerlesenes Buch umklammernd, das einzige, was sie mitgebracht hatte.

–Kalt ist es hier drin, sagte sie schließlich.

–Ja natürlich ist es kalt, Christina, es ist mitten in der Nacht, was hast du denn er...

–Zieh dir lieber eine Hose an, bevor du dich noch mal erkältest und, ach Lily. Entschuldigung, ich habe Sie geweckt, nicht?

–Natürlich hast du sie geweckt, du hast uns beide geweckt, es ist mitten in ...

–Sie sehen nicht gut aus, Lily. Fehlt Ihnen etwas?

–Sie hat schlimme Nachrichten bekommen, Christina, sie hat eine schlimme Enttäuschung erlebt, du siehst doch, daß sie geweint hat, oder?

–Nein, ich bin okay, ich hab bloß, möchten Sie Tee oder irgendwas? Sie sehen ganz erfroren aus.

–Ich habe ein bißchen Hunger.

–Wir haben alle Hunger, Christina, wir konnten ohne Auto nämlich nicht einkaufen gehen, oder? Einfach so von hier wegzufahren, ohne auch nur, ohne auch nur anzurufen, wir wußten nicht mal, wann du wiederkommst, wir haben nur eine Schachtel Spaghetti da, schließlich können wir mitten in der Nacht nicht einkaufen, oder? Ich habe versucht, dich anzurufen, und du hast nicht einmal auf die Nachricht reagiert, die ich dir auf den Anrufbeantworter gesprochen habe, ich habe nur irgendeine Frau erreicht, die behauptet hat, sie wäre Harrys Schwester, was hatte sie überhaupt dort zu suchen, sie hat mitten im Satz aufgelegt, ich wußte ja nicht mal, daß er eine hat.

–Sie heißt Masha. Er hat zwei.

–Hat sie dir ausgerichtet, daß ich angerufen habe? Du hast doch gewußt, was hier draußen los ist, du hättest doch anrufen können, oder? Bloß um uns zu sagen, wann du wiederkommst, damit wir nicht, damit wir Bescheid wissen. Oder ihn bitten, daß er anruft. Einfach Harry bitten, daß er anruft, oder?

–Harry ist tot, Oscar.

–Na, wenn er, wenn das alles, was? Moment, was hast du gesagt?

–Ich möchte es lieber nicht noch mal sagen.

–Aber, Moment. Nein, das, Moment, warte mal, Christina, so hab ich's doch nicht, nein! Unterbrochen von einer plötzlichen Bewegung und einem Schrei von solcher Qual hinter ihm, daß er zum Stehen gebracht wurde, als wäre sein Blut gefroren.

–O Gott. Nun geh schon und kümmere dich um sie, ja?

–Aber ...

–Geh und hilf ihr! Sie schlug die Hände vors Gesicht, –und zieh dir um Gottes willen eine Hose an, Oscar!

Als er, an seinen Kleidern nestelnd, wieder hereinkam, stand sie am Fenster und starrte hinaus auf den stumpfen Glanz weit überm Tisch, und er zögerte und setzte sich aufs Sofa. –Was ist passiert?, und kurz darauf drehte sie sich, in ein Papiertaschentuch schniefend, um.

–Hast du hier drin geraucht?

–Großer Gott, Christina, ich habe dich gefragt, was passiert ist!

–Und ich habe dir gesagt, ich möchte es lieber nicht wiederholen, oder? Sie schneuzte sich kräftig, –machst du hier drin bitte die Heizung an? Es ist grabeskalt.

–Ja aber, wie ist er denn, du weißt doch, was ich meine! Wir haben uns Sorgen um dich gemacht, ich habe angerufen und bloß diese Schwester, diese Masha, erreicht, und sie hat mitten im Satz aufgelegt, was geht da eigentlich vor, würdest du mir das bitte sagen?

–Sie ist widerlich, sie sind es beide, die andere ist ein zickiges kleines Ding namens Norrie, schnüffelt in der ganzen Wohnung hinter Türen und Pflanzen herum, bis ich sie schließlich gefragt habe, was sie eigentlich sucht, bloß dieses Bild, das ich dir geschenkt habe, Christina, ich dachte, du hättest es vielleicht irgendwo aufgehängt? Ein absolut schauderhaftes Ding von einem Sonnenuntergang, das sie selbst gemalt und uns zur Hochzeit geschenkt hat, weil das viel persönlicher ist, als wenn man einen Haufen Geld für irgendeinen alten Rembrandt ausgibt, und jetzt will sie es zurückhaben, kannst du dir das vorstellen? Wir haben immer eine herzliche, freundschaftliche Beziehung zu dir gewollt, seit du zur Familie gehörst, aber du warst immer so distanziert, bloß weil wir sie nie zum Essen eingeladen haben, mein Gott, zur Familie gehören!, dabei gucken sie mich beide an, als hätte ich ihn vergiftet, Harry konnte sie auch nicht ausstehen, das eine Mal, als er Mashas Mann Leo begegnet ist, hat der gleich versucht, ihn in ein windiges Immobiliengeschäft hineinzuziehen, er ist ein Miethai in Cleveland, behängt sie wie wahnsinnig mit Schmuck, an ihr sieht er bloß nach Talmi aus, angemalt wie eine Zweidollar-Nutte, wahrscheinlich durchwühlt sie dort gerade meine Kosmetika, sie ist ...

–Aber wieso sind sie, was haben sie dort zu suchen! Du bist doch nicht etwa einfach gegangen und hast sie in eurer ...

–Das habe ich dir doch gerade gesagt, oder? Ich konnte ihren Anblick nicht mehr ertragen, wie sie, diese fiesen kleinen Blicke zwischen ihnen, ihr habt doch keine Probleme gehabt, du und Harry, oder, Christina? Sie ist hinterhältig wie eine Schlange, diese Masha, beide machen sie mir Vorwürfe, als wären sie zu zehnt, versuchen mich in die Ecke zu treiben, die Wohnung aus lauter Glas und Spiegeln und Chrom, die so, so phantastisch war, wenn Harry und ich, wenn ich nach Hause kam und er stand da mit einem Handtuch um den Bauch und das Licht und, und ich mußte raus da, ich mußte einfach raus!

–Aber sie, ist das alles, was du mitgebracht hast? Das Buch da? Warum hast du denn ...

–Ich weiß nicht, warum ich es mitgebracht habe! Ich hab es halt da liegen sehen und, und ...

–Oscar, laß sie in Ruhe!

–Aber ich will doch nur wissen, warum ...

–Hör auf jetzt! Tee schwappte über in der Hast, mit der sie das Zimmer durchquerte, wo sie ihre Hände ineinander verschränkten, so daß die ramponierte Ausgabe von Harte Zeiten zu Boden fiel.

–Gott, Lily, danke, ich, ich bin einfach fix und fertig, ich ...

–Hören Sie! Sie lauschten mit angehaltenem Atem dem Schlurfen von Filzpantoffeln weit hinten im Flur und, während sie langsam niedersanken, einem fernen Getröpfel.

–Mein Gott, ist das, ist er etwa immer noch hier?

–Er ist immer noch hier! Ich hab's dir ja gesagt, Oscar, oder etwa nicht? zischte sie, –er ist es! Er hat es ins Haus gebracht mit dieser Asche und seiner schwarzen Socke und den Schlangen, er ist es, flüsterte sie.

–Lily, hör zu, du bist einfach durcheinander, wir haben jetzt den Wagen wieder, und wenn es soweit ist, können wir alles erledigen, aber es ist immer noch mitten in der ...

–Oscar, schau doch aus dem Fenster, es ist nicht mitten in der Nacht! Schaff ihn hier raus! Er ist, ich hab's dir gesagt, er ist der Bote, er kann es woanders hinbringen, bevor er uns alle ins Jenseits mitnimmt, such seine Klamotten zusammen, schaff ihn in den Wagen und schaff ihn weg von hier, er hat schon genug angerichtet, oder? Schau sie dir an, schau dir Christina doch an, sie geht vor deinen Augen kaputt, während du dasitzt und blöde Fragen stellst, ziehst du dich jetzt endlich an und ihn auch, solange er noch laufen kann? Trinken Sie das, solange es noch heiß ist, Christina, und dann gehen Sie nach oben und legen Sie sich hin, ich gehe mir das Gesicht waschen.

Nun da Dämmerung durch die vereisten Scheiben hereinbrach und knackende Hitze aufstieg, knöpfte er sich im Hervorkommen die klaffende Hose zu wie die abgenützte Erscheinung eines alten, ertappten St. Nikolaus, der letzte der Weisen aus dem Morgenland, umringt von Kindheit, die sich in aller Illusion beraubten Gesichtern verriet, während sie die geplünderte Reisetasche Richtung Flur stieß, –und hol ihm den Mantel, Oscar, den mit dem Pelzkragen.

–Aber der Mantel hat ...

–Mach schon! Nun scheuchte sie ihn vor sich her, –Christina? Stecken die Schlüssel?

–Ja, aber lassen Sie das doch Oscar machen, er kann den ...

–Er kann hierbleiben, vielleicht brauchen Sie ihn ja, kann ich Ihren Mantel nehmen?

–Ja, hier, aber, nein, ich muß einfach schlafen, nehmen Sie ihn um Gottes willen mit, und Lily? Kaufen Sie etwas zum Essen?

Und während die Tür klappernd hinter ihnen zufiel, –nimm seinen Arm, setz ihn hinten rein, da hinten kann er schlafen, oder? Und mit Blick auf das ungeschickte Hantieren an der Bremse und am Zündschloß, –mein Gott, gib her, laß mich fahren, sonst kommen wir nie hin.

–Aber wo, wohin fahren wir denn? fragte er und klammerte sich am Armaturenbrett fest, während sie die von Schlaglöchern übersäte Fahrbahn entlangschlingerten.

–Zum Flughafen, was hast du denn gedacht, du hast doch gesagt, er hat ein Rückflugticket, oder?, als sie auf die Landstraße einschwenkten, –und mach ein bißchen Musik an, ja? Falls er zu quatschen anfängt?, und so donnerten sie zu den düsteren Klängen von Verklärte Nacht auf den leeren Highway hinaus, bis sie mit dem Finger nach dem Knopf stach und sie in Lärm hüllte, der besser zur Geschwindigkeit des Wagens paßte.

–Was hast du gegen das Stück?

–Gruselig war das! blaffte sie zurück, die Zähne so fest zusammengebissen, wie ihre Hände das Lenkrad umklammerten, überstürzt, als sei sie auf der Flucht vor der hinter ihnen aufgehenden Sonne, zu Bläsergeplärr und hämmerndem Baß und fast menschlich klingende Schreie ausstoßenden Stimmen, die sie dahintrugen, unterwegs noch aufgelockert von der üblichen Ergänzung um Einkaufsvorschläge, Sturmfenster- und Gebrauchtwagenangebote, Fernsehreparatur und Klärgrubenregenerierung, zu der beschilderten Ausfahrt Richtung Westen, wo –schau da, der Hauptterminal, murmelte sie ihm zu, mit seinen Lichtern alles strahlend hell erleuchtete, –bleib du hier bei ihm, ich gehe mal rein und gucke alles aus, ja? Und sie fegte an den Bordstein heran, schnitt dabei eine überlange Limousine mit diesem dunkelgrünen Statussymbol einer aufwendigen Lebenshaltung, dem sie mit dem verächtlichen Kopfhochwerfen der blonden, begüterten Klasse entstieg, nur um drinnen, unter den durcheinanderwimmelnden Aspiranten auf die Touristenklasse, wieder von ihrer eigenen vereinnahmt zu werden, wo sie sich von einer Schlange zur nächsten drückte, es bei der Information probierte, schließlich vor der Snack Bar die Waffen streckte und dort im Näherkommen von den freundlichen Avancen eines großen, unansehnlichen Hundes bedroht wurde.

–Pookie, aus! In einem Wust von Nerz, –Platz jetzt, willst du wohl, mein Gott, Sie sind das! Dieser herrliche Tag auf dem Land damals, Lily war der Name, nicht? Pookie, aus, sehen Sie, er erinnert sich an Sie, ist ja wirklich süß, an mich scheint er sich nämlich nicht zu erinnern, er kann sich nicht mal an seinen eigenen Namen erinnern, Platz jetzt! Mit vergeblichem Zerren an der geflochtenen Leine, –er will sich bei Ihnen bedanken, genau!

–Bei mir? Sie raffte ihren Rock vor der triefenden Schnauze, –aber …

–Sie müssen mich ja für einen richtigen Trampel halten, daß ich nie angerufen und mich selbst für Ihren phantastischen Einfall bedankt habe, ich habe Anzeigen aufgegeben, so wie Sie's vorgeschlagen haben, und eine Belohnung angeboten oder eigentlich eher ein Lösegeld, und dann ist ein höchst abstoßender junger Mann an meiner Tür aufgetaucht, völlig unrasiert, in Kleidern, die so aussahen, als ob er auf Lüftungsgittern schläft, vielleicht ist das ja auch die neueste Mode, ich bin da nicht mehr so auf dem laufenden, und ich habe ihn kaum erkannt, Pookie, meine ich, er hatte ihn an einem Seil, und ich konnte nicht klar denken, am Abend vorher war ich nämlich auf einer Party bei irgendwelchen Tibetern und habe Yak-Milch getrunken, und irgendwie kam er mir ein ganzes Ende größer vor, als ich ihn in Erinnerung hatte, weiß der Himmel, womit sie ihn gefüttert haben, er ist ja wirklich ziemlich riesig, aber er bellt und kläfft Gott sei Dank nicht mehr so wie vorher, und der junge Mann war mit meinen fünfhundert Dollar offenbar auch ganz zufrieden, allerdings hat Pookie keinen Pieps von sich gegeben, als wir zwei Abende später beraubt worden sind, aber nun sagen Sie mir doch mal, wie geht's Ihnen allen, wie geht's Oscar.

–Er ist okay, er sitzt da draußen in …

–Draußen auf dem Land, ach, ich weiß, es gibt einem den Glauben an die Menschheit wieder, wenn man keinen Menschen sehen muß, ich habe Bunker geholfen, seinen Landsitz zu renovieren, und ich kann Ihnen gar nicht sagen, was die Kreativität schon für einen Auftrieb bekommt, wenn man bloß Schonbezüge aussucht, natürlich herrscht dort das reinste Chaos, weil sie den Boden herausgerissen haben, um die neue Bar einzubauen, wo der Platz dahinter für seinen Barmann gut dreißig Zentimeter tiefer gesetzt wird, weil Bunker es nicht ertragen kann, ständig zu ihm aufzublicken, und er richtet dort eine komplette Schreinerwerkstatt ein, wo sein Mädchen für alles die Möbel reparieren kann, die auf seinen Parties zu Bruch gehen, und zwar ohne das Gefeilsche und die saftigen Preise, die einem diese Restaurateure zumuten, Pookie! Platz! Würden Sie der lieben Teen bitte sagen, daß ich sie deshalb nicht angerufen habe? Ich habe wirklich alle Hände voll zu tun mit diesen Dekorateuren und Polsterern und Gott weiß was noch alles, seit wir geheiratet haben, und ich hoffe, sie war nicht gekränkt, weil sie nicht eingeladen war, immerhin heiratet man nur einmal zum viertenmal, aber Bunkers Anwälte wollten es wegen seiner Steuern noch dieses Jahr über die Bühne kriegen, weil ich doch diese phantastischen Verluste gemacht habe, wohin man auch guckt, halten Sie ihn bitte mal einen Moment? Und sie drückte ihr die Leine in die Hand und wühlte in ihrer Handtasche.

–Aber ich muß …

–Ach, ich weiß, es ist da vorne links, ist es nicht gräßlich, es überfällt einen jedesmal in der Öffentlichkeit, so wie dieses Gottweißwas, das man sich überall holen kann.

–Platz, hör auf! Hör auf!

–Pookie, aus! Ich muß bloß mein Ticket finden, damit ich weiß, wo ich überhaupt hinfliege, es war einfach keine Sekunde Zeit, um ihn kastrieren zu lassen, sagen Sie Teen bitte, daß ich deshalb nicht angerufen habe? Ich hatte nämlich gerade ein Bild von ihrem Vater in der Zeitung gesehen, von dem alten Richter, ich weiß nicht mehr, worum es ging, ich glaube, er hatte irgendwas furchtbar Wichtiges getan, und ich habe mich natürlich nicht getraut, den lieben Larry anzurufen, wo ich doch gerade dabei bin, seine alberne Kanzlei zu verklagen, einfach abscheulich haben die sich aufgeführt wegen dieser Rechnungen, und ich kann mir nicht helfen, aber so ganz schuldlos ist Larry, so heißt er doch? Weil er mich doch überhaupt erst mit ihnen zusammengebracht hat, aber ich habe kein Wort gesagt, sonst regt sich Teen womöglich noch auf, jedesmal wenn ich versuche, ihn anzurufen, heißt es, er ist außer Haus oder bei Gericht, ich weiß natürlich, daß er mir einfach aus dem Weg gehen will, wenn die mir sagen, er ist nicht da, aber sie werden ja wohl nicht erwarten, daß ich ihnen glaube, oder?

–Autsch! Doch, diesmal können Sie ihnen wohl glauben ...

–Pookie, aus! Ein Fächer von Tickets flatterte in ihrer einen Hand, während sie mit der anderen an der Leine ruckte, –neun Zehntel des Rechts sind schließlich reine Selbsterhaltung, oder? Und sie blieb, das Ticket umklammernd, mit einem –mein Gott, Rio? zurück.

Draußen am Bordstein blickte der Polizist, der sich vor der allein auf dem Vordersitz zusammengekauerten, traurigen Gestalt aufgebaut hatte, scharf von seinem Strafzettelblock auf, der ungeordneten Attacke aus blondem Haar und lose flatterndem Mantel entgegen, während sie den kurzen Moment innehielt, den sie brauchte, um die Situation zu erfassen, dann mit –Officer! auf ihn zustürzte, dabei aufs Geratewohl den Bürgersteig entlang auf einen Mann deutete, der gerade dabei sein mochte, vor den Agonien der Diarrhöe in ein gekacheltes Refugium zu fliehen, –er hat meine Handtasche gestohlen!, und sich, nach Aufnahme der Verfolgung, wieder dem Wagen zuwandte. –Wo ist er?

–Weg. Ich habe ihm gesagt, wir würden warten, bis sein ... aber sie war schon auf die andere Seite des Wagens gegangen.

–Wir warten auf gar nichts! Dies zum Quietschen der Bremsen eines Taxis hinter ihnen, als sie in den Verkehrsstrom hinausschoß, der zum Highway führte, mitten in die aufgehende Sonne hinein.

–Du fährst zu schnell. Was hat dich denn da drin so lange aufgehalten?

–Eine Frau mit einem Hund.

–Aber wieso hat ...

–Das hab ich dir doch gesagt! Sie vollführten zum Plärren von Hupen einen Schlenker, als sie nach der Sonnenblende griff, –eine Verrückte mit einem Hund!

–Ich dachte, du wolltest dich wegen seines Fluges erkundigen, ich mußte hier draußen bei ihm sitzen, während er …

–Was ist denn das?, als ihr das Glitzern von etwas Goldenem, das in seiner Hand auf- und zuklappte, ins Auge fiel.

–Das? Das ist die Uhr meines Großvaters, er hatte sie in der Tasche, hätte beinahe vergessen, sie mir zu geben. Ich mußte hier draußen bei ihm sitzen und die ganze Geschichte noch mal über mich ergehen lassen, daß Vater wütend wurde, als er das erstinstanzliche Urteil gelesen hat, wo sich diese dumme Richterin von Mudpye hat drankriegen lassen, und wie blöde wir waren, daß wir nicht gemerkt haben, welche Falle sie uns damit stellen, daß sie uns statt in Kalifornien hier am District Court haben klagen lassen, wo Bundesrecht nicht anwendbar ist und nach New Yorker Recht verhandelt wird, und daß wir dann noch nicht mal in die Berufung gegangen sind, was für Schwachköpfe denn meine Anwälte überhaupt seien? Dieser alte Knacker hat versucht, sie ausfindig zu machen, aber es hieß nur, mein Anwalt sei angeln gegangen, und von dem Schwarzen, der da unten aufgetaucht ist, um das Urheberrecht auf diese Familienbriefe registrieren zu lassen, hätten sie nichts gewußt, also hat Vater sich hingesetzt und es selbst gemacht. Er kannte Richter Bone, hat gewußt, daß der die Sache sofort durchschauen würde, aber er hat sich hingesetzt und höchstpersönlich den Berufungsschriftsatz verfaßt, und dann diesen Jungspund von Anwalt damit hierhergeschickt, typisch Vater. Wenn man etwas richtig gemacht haben will, dann macht man es selbst, er hätte mich doch anrufen können, oder? Bei allem, was ich durchgemacht habe? Vielleicht hat er ja gedacht, ich bin ein, ich wäre ein verdammter Dummkopf, gesagt hat er's jedenfalls, ich wäre bloß ein verdammter Dummkopf, aber nicht käuflich, daß ich mit dem Drehbuch für diesen Film die Familie und Großvater verraten hätte, er hat gewußt, daß sie das bloß benutzen, um seine Berufung an den Circuit Court zu verhindern mit dem Wahnsinn und den ganzen anderen Unterstellungen, und dann, als ich gesagt habe, Vater hat mich ja vielleicht für einen verdammten Dummkopf gehalten, aber, aber immerhin hat er zu mir gestanden, oder? Er ließ das Uhrgehäuse auf- und kräftig wieder zuschnappen, hielt es ganz fest, –da hat er mir gesagt, daß ich Vater etwas bedeutet habe, daß ich ihm immerhin so viel bedeutet habe, daß er …

–Ist sie aus Gold?

–Ob sie, was? Ist was aus Gold?

Erneut machte der Wagen einen Schlenker, als sie den Blick senkte, die Hände ums Lenkrad gekrampft, der ihre Lippe beperlende Schweiß in der Sonne glänzend. –Du könntest sie verkaufen, sagte sie. –Du könntest sie verkaufen und etwas dafür kaufen.

–Sie verkaufen! Seine Hand schloß sich noch fester, als versuchte man, ihm die Uhr zu entwinden, –sie hat meinem, ich habe dir doch gesagt, sie hat meinem Großvater gehört, ich habe sie immer, wenn er seine Abendkleidung anzog, durfte ich sie immer aus seinem Anzug in die schwarze Weste mit den wattierten Knöpfen tun und, und, verkaufen? Wodurch könnte ich sie denn je ersetzen! Das einzige, was mir von dieser ganzen schrecklichen, von dieser ganzen traurigen Geschichte geblieben ist, der einzige, dem ich je wirklich etwas bedeutet habe und …

–Du könntest mir eine schöne Uhr kaufen, sagte sie mit einer Stimme so hart und flach wie die Straße vor ihnen.

–Dir? stieß er hervor, –dir was?

–Mit einem goldenen Armband.

–Wie kannst du nur etwas, ich habe noch nie etwas dermaßen, dermaßen Gefühlloses und Ego…

–Und Egoistisches! Wenn du jemand Gefühllosen und Egoistischen hören willst, Oscar, dann hör dir mal lieber selber zu. Du kannst nämlich über gar nichts anderes reden als über dich selber, Herrgott noch mal! Dich und deinen Vater, der ist tot, und deinen Großvater, der ist auch tot, und wie übel man dir mitgespielt hat bei deinem Stück über diesen Krieg, der vor tausend Jahren stattgefunden hat, wie eine Krankheit ist das, wo jeder dich pflegt, bis wir uns alle anstecken und das ganze Haus einem vorkommt, wie wenn man in einem Krankenhaus aus der Vergangenheit lebt, es ist die Vergangenheit, das alles ist die Vergangenheit! Das alles ist …

–Um Gottes willen, hör zu, fahr langsamer, du bist zu schnell, wir …

–Einfach alles! Und sie hielt, noch beschleunigend, auf einen weißen Kombi mit vier Nonnen und dem Kennzeichen AVE MARIA zu, der vor ihnen dahinschlich, –und du sitzt hier, als würdest du gleich losheulen, und hältst dich an dieser alten Uhr fest wie an einem Talisman, und dann diese Asche, die du da in dieser Kaffeedose aufbewahrst? Das alles, das hätte man alles gleich ins Grab tun sollen, da gehört es nämlich hin, zusammen mit diesem Boten, den hätten wir in den Flieger ins Jenseits setzen sollen, bevor es zu spät war.

–Wen, was heißt hier zu spät, wir sind ihn doch los, oder?

–Ich meine doch, Herrgott noch mal, Oscar, was glaubst du denn, wen ich meine! Die Sonne glänzte auf ihrer zitternden Lippe, ihrem freien Hals, als sie zum Rückspiegel aufblickte und vorpreschte, –was glaubst du denn, verdammt noch mal!

–Nein, aber, ja, aber hör mal, wir wissen doch gar nicht, was passiert ist, das hat sie uns ja nicht gesagt, oder? Vielleicht hat sie, vielleicht liegt da ein Mißverständnis vor, sie hat doch nur über seine Schwestern geredet, wie gräßlich Harrys Schwestern sind, als ich sie gefragt habe, sie würde die beiden doch nicht einfach so in ihrer Wohnung allein lassen, wenn er, wenn so etwas passiert wäre, oder? Wo sie doch nur darüber reden konnte, wie diese Masha ihre Kosmetika benutzt und Vorsicht! Beide Hände griffen nach dem Armaturenbrett, –du fährst zu dicht auf! Du, hör zu, soll nicht lieber ich fahren? Du bist …

–Hast du sie gesehen, Oscar? Hast du sie dir mal angesehen? Richtig angesehen, meine ich? Wie sie da reinkam wie so ein Zombie und da saß und uns angestarrt hat, weißt du denn nicht, wie jemand aussieht, der unter Schock steht? Gehst du eigentlich nie ins Kino? Sieh doch mal mich an, siehst du mich eigentlich jemals an? Ihr Blick huschte wieder zum Rückspiegel, während der Verkehr mit dem Ende der Ausbaustrecke dichter wurde und vor ihnen, hinter ihnen, auf sie zu und als verschwommenes Flitzen an ihnen vorbeiströmte, –ja? Wo Daddy jetzt diese große Krebsoperation hat und dieser Schmierlappen Reverend Bobby Joe mich um den letzten

Cent bescheißt, dabei hab ich selber Krebs hier in der Brust, die für dich bloß ein Spielzeug ist, wie soll ich das denn bezahlen, wenn ich welchen hab! Die Augen nun unverwandt auf dem Rückspiegel, –der Dreckskerl, der elende.

–Gott, Lily, hör zu, fahr langsamer, du …

–Wo Al da draußen in der Gegend herumläuft und diesen Scheißkerl Kevin abknallen will, der meine Freundin aus der Fernvermittlung vögelt, nun guck dir den an! Der Dreckskerl hinter mir versucht ständig, mich zu überholen, guck ihn dir an! Die Hände am Lenkrad weiß um die Knöchel, –guck ihn dir an, den Dreckskerl. Schnall dich an.

–Na, dann laß ihn doch um Himmels willen überholen! Seine Hand klammerte sich am Armaturenbrett fest, als er sich nach dem Sonnenglast auf der Windschutzscheibe und den geblähten Nüstern der Schnauze des zum Greifen nahen BMW umdrehte –laß ihn doch!, und die von hinten nahende Erscheinung nach einer ebenso winzigen Drehbewegung am Steuer, wie sie zum Geradehängen eines Bildes, zum Zurechtrücken einer Teetasse erforderlich gewesen wäre, aus dem Blickfeld ausscherte und mit reißendem Krachen verschwand, während sie in die Ausfahrt abbog.

–Sag jetzt bloß nichts! Ihre Stimme von heiserer Ruhe, ehe Worte den ihn in der Kehle würgenden Laut formen konnten, Geglitzer von Schweiß auf ihrer Stirn und ihren Lippen, die so fest zusammengepreßt waren, wie ihre Hände das Steuer umklammert hielten, als sie den Wagen, nun im Tempo einer Fahrt am Sonntagnachmittag, an braunen Rasenstücken und Chic's Auto Body vorbeisteuerte, vorbei an Maschendraht, Pfosten und Querhölzern, Dunkin' Donuts, Fred's Foto und den Wimpeln einer Gebrauchtwagenausstellung, um unauffällig zwischen den Einkaufswagen anzuhalten, die überall auf dem R.-Dan-Snively-Gedächtnisparkplatz herumstanden.

–Was machen wir denn hier?

–Sie hat gesagt, wir sollen was zum Essen mitbringen, oder? Gib mir Geld.

–Aber das hat doch Zeit, bis wir …

–Nun gib mir schon Geld! Und er sah ihrem energischen Gang

Richtung automatische Tür nach, die Uhr feucht im Griff seiner Hand, zusammengesackt in der Stille, die schließlich von fernem Sirenengeheul durchbrochen wurde, das näher kam, aus sämtlichen Richtungen kam, und er schloß die Augen zum Reifenquietschen eines Krankenwagens, riß sie verwirrt vom Geraschel von Einkaufstüten und dem Zuknallen der Wagentür wieder auf, während sie neben ihm einstieg und sich wieder auf die Straße zurückfädelte, vorbei an Jim's Place, Chips'n Grooms, Laundr-o-Mat, Biggie's Hideaway, rosa Flamingos und einer Plastikmadonna im diskreten Blau einer hochkant gestellten Badewanne auf braunen Rasenstükken, bis er gefahrlos fragen konnte –Soll ich nicht fahren?, ihres verächtlichen Schweigens gewiß, mit dem sie kühn in den Verkehrsstrom auf dem Highway glitt, wie von einem fernen Echo verfolgt vom Heulen eines Krankenwagens, aus dem sich gleich darauf, im Sichtbarwerden, ein Gewitter blitzender Lichter entlud, als er wie eine Furie auf sie zuhielt und in einem Tumult von Licht und Lärm an ihnen vorbeigellte, –Gott! Glaubst du, jemand ist ...

–Sag bloß nichts, hab ich gesagt, Oscar. Greif mal in die Tüte da hinten rein. Sie selbst streckte blind die Hand aus, um mit einem Anfangsakkord von Bruckner das Radio zum Leben zu erwecken, dann entgegenzunehmen, was er ihr gab, und mit den Zähnen die Zellophanverpackung aufzureißen, –die Sonne hat mich geblendet, okay? sagte sie, biß, den Blick stur geradeaus gerichtet, in das Hostess Twinkie und kaute zum Höhenflug der neunten Symphonie, die sie trotz ihrer Unvollendetheit die ganze Strecke zur Landstraße abseits des Highway, zur Nebenstraße, zum Tor und vorbei an ZUTRITT FÜR FREMDE VERBOTEN begleitete, ohne daß ein weiteres Wort zwischen ihnen fiel, bis sie sich, als sie mit leeren Händen die Verandatreppe hinaufstieg, zu ihm umdrehte und sagte –und bring die Zeitung mit, ja?, zugleich mit dem Fuß darauf deutete und die Tür für ihn offenhielt, während er sich hinter ihr mit den Lebensmitteln abmühte.

–Was heißt hier, sie hat sie zufällig bemerkt!

–Ach! Ich dachte, Sie sind oben und schlafen.

–Ich telefoniere mit diesen, diesen Aasgeiern, machen Sie Tee, sind Sie so nett, Lily? Ich habe gesagt, was heißt hier, sie hat sie zufällig bemerkt, sie hätte sie gar nicht bemerken können, wenn sie nicht seine Hemdenschublade durchwühlt hätte, oder? Was hat sie ... ja, mein Gott, wenn sie meint, sie würden Leo stehen, kann sie ihm ja welche kaufen, oder? Und sag ihr, daß ich jede einzelne von Harrys Krawatten kenne und nicht ... Nein! Mein Gott, das ist immerhin Kaschmir, woher willst du denn wissen, daß sie Oscar nicht passen, du bist ihm doch nie begegnet? Natürlich bin ich ganz plötzlich gegangen, ich dachte, ihr beide wärt gleich hinter mir, was hat sie ... Na, und ob ich etwas dagegen habe, Norrie! Schließlich gibt es überall in der Stadt Hotels, oder? Was hat sie ... das weiß ich nicht! Ich weiß nicht, ob ich es behalten will oder nicht, und außerdem geht euch das gar nichts an, oder? Wer? Wer hat, was ... sie hat doch überhaupt kein Recht, das alles mit ihm zu besprechen, hol sie mal ans Telefon, wo ist sie, sie ... na, dann hol sie aus dem Badezimmer! Wie kommt sie denn darauf, daß ich meine Kosmetika nicht mehr brauche, schließlich lebe ich noch, oder? Nun hol sie schon, Masha? Was hat ... Nein, sie hat mir gerade erzählt, Bill Peyton hätte angerufen, was hat er ... Verdammt noch mal, Masha, er hat überhaupt kein Recht, mit dir darüber zu sprechen! Du hast doch überhaupt keine Ahnung von Harrys Gesundheit oder seiner ... weil ich das entschieden habe! Er hat es so gewollt, und ich habe es entschieden, mein Gott, ich bin seine Frau, oder? Es war sein ... nein, ich habe die Zeitung noch nicht gelesen, und mir paßt die Unterstellung nicht, ich hätte ... natürlich hatte er eins, natürlich kenne ich es, wir haben es nämlich zusammen aufgesetzt und wieso! Was glauben die denn, was drinsteht! Sag Leo und deinem Vater, sie können es lesen, wenn es gerichtlich bestätigt ist und zur öffentlichen Urkunde wird, die jeder lesen kann, und jetzt möchte ich ... Nein. Nein, ich möchte, daß ihr beide geht, und seht zu, daß die Tür hinter euch ins Schloß fällt, und traut euch ja nicht ... was? Hallo? Dieses Miststück! Sie knallte den Hörer auf und fixierte ihn grimmig. –Was ist das alles?

–Bloß Lebensmittel, wir haben unterwegs angehalten und ...

–Du willst sie ja wohl nicht mitten im Wohnzimmer stehen lassen, oder?

–Nein, nein, ich habe sie bloß kurz abgestellt, um ...

–Du siehst grauenhaft aus, Oscar. Hast du etwas getrunken?

–Ob ich, jetzt? Aber es ist doch noch …
–Wo habt ihr denn gesteckt, um Himmels willen.
–Na ja, wir, du weißt doch, daß wir ihn zum Flughafen gebracht haben und …
–Dieses Miststück! Sie hat gerade zufällig die Hemden von Turnbull and Asser bemerkt, als sie jede Schublade in der Wohnung durchwühlt hat, sie kann Leo doch selber welche kaufen, oder? Wie ich denn dazu käme, einfach so wegzugehen und sie dort allein zu lassen, dabei habe ich gedacht, sie wären direkt hinter mir, ob ich etwas dagegen hätte, wenn Masha dort übernachtet, sie käme so selten nach New York und möchte noch ein paar Einkäufe machen, mein Gott, gibt es denn in Cleveland keine Geschäfte?
–Es ist furchtbar heiß hier drin, Christina, Sie haben doch nichts dagegen, wenn ich die Heizung ein bißchen …
–Gott sei Dank, Lily, hier, stellen Sie ihn hierher, ja? Und während sie die Tasse zitternd abstellte, –Sie sehen blaß aus, fehlt Ihnen etwas?
–Ich bin bloß, ich bin okay.
–Er schmeckt ein wenig, haben Sie etwas hineingetan?
–Ein bißchen Whisky.
–Es ist wohl nur die Erleichterung, Christina, daß wir ihn los sind, es war eine ziemliche, eine ziemliche Erleichterung, daß der Tag nicht mehr mit einer Game-Show anfängt, wir haben nämlich …
–Wovon redest du denn, um Himmels willen, ist das die Zeitung? Die von heute?
–Ich habe sie gerade reingeholt, ja, sie …
–Na, gib schon her! Und habe ich dich nicht gebeten, die verdammten Lebensmittel hier rauszuschaffen? Sie raschelte sich durch die Seiten, –im Vermischten, wo ist es denn, diese zuckersüße Stimme von ihr, als hätte er gerade einen Orden verliehen bekommen, hast du schon die Morgenzeitung gelesen? Mit diesem spitzen Unterton, als wüßten wir im Grunde beide, daß ich ihn wegen der Versicherung vergiftet und dann habe einäschern lassen, um die Spuren zu, nein. Mein, mein Gott, nein! Die Zeitung glitt herab, und die Teetasse zerklirrte auf dem Boden, ehe sie bei ihr waren.

–Christina, lassen Sie mich eben mal …

–Es geht schon wieder! Sie riß sich los, richtete sich auf, strich die Seite glatt, –es ist das, es ist bloß das Bild, ich habe es noch nie gesehen, er sieht aus, er sieht beinahe aus wie jemand, den ich nie, den ich nie … Sie räusperte sich heftig, –na bitte, seht ihr? Das ist in Bachrach, damals als er Partner wurde, haben sie sie nach Bachrach geschickt, damit sie, um ihre Mandanten zu beeindrucken, Entschuldigung, Lily, haben Sie meine Tasche gesehen? Da sind Papiertaschentücher drin.

–Hör doch mal, Christina, du mußt das doch jetzt nicht lesen, du …

–Wieso kann ich das jetzt nicht lesen! Immerhin bin ich, diese Geier haben es doch auch gelesen, oder? Alle Welt hat es gelesen? Prominentes Mitglied der Anwaltschaft von New York und Seniorpartner der angesehenen Kanzlei Swyne und schon haben sie sich reingemogelt, das ist Bill Peyton, der die Kanzlei gleich in die erste Zeile mogelt, die Todesursache wurde nicht bekanntgegeben, wenngleich er in letzter Zeit gesundheitlich nicht auf der Höhe gewesen sein soll, woher haben die das? Woher um Himmels willen haben die das?

–Nein, hör mal, Christina, versuch doch …

–Haben sie etwa hier angerufen? Haben sie mich angerufen? Ich bin schließlich seine Frau, oder? Wenigstens sein Alter haben sie richtig angegeben, Mister Lutz wurde in Chicago geboren, wo sein Vater, ein Pionier der Textilindustrie, Blutsauger käme eher hin, der in der Einrichtungsbranche ein Vermögen machte, die Erwartung hegte, daß sein Sohn in seine Fußstapfen treten würde und wo haben sie denn das ausgebuddelt, ein Betragen, das zur Relegation aus mehreren Elitecolleges führte, und ein kurzer Abstecher in die Theologie in Verbindung mit seinem verzehrenden Interesse für die Dichtkunst, die sein Vater als brotlosen Beruf für «Memmen» verdammte, führten zwischen den beiden zum unversöhnlichen Bruch, der niemals mein Gott, das hat er mir nie erzählt, daß sie sich deswegen zerstritten haben, lassen Sie nur, Lily, ich wische das nachher auf.

–Bleiben Sie sitzen. Nehmen Sie einfach den Fuß hoch.

–Sein Interesse an der Rechtswissenschaft durch ein Gefühl von Ungerechtigkeit geweckt, das er später seiner Dickens-Lektüre zuschrieb, die er in der Absicht aufnahm, Romancier zu werden, wenn du dir das vorstellen kannst, Harry als Romancier?

–Das ist überhaupt nicht seltsam, Christina, jeder junge …

–Nimm mal den Fuß da weg, Oscar.

–Nachdem er sein selbstfinanziertes Jurastudium abgeschlossen und bei einer Reihe kleinerer Kanzleien als Pflichtverteidiger tätig gewesen war, in zunehmendem Maße seine Illusionen über das Recht als Instrument der Gerechtigkeit und, das sieht ihm schon ähnlicher, ja, und betrachtete es nurmehr als Mittel, einer außer Rand und Band geratenen Welt, wie sie Dickens dargestellt hat, eine Ordnung aufzuzwingen, das sieht Harry ähnlicher, genauso hat er es wahrgenommen, womit sein rascher Aufstieg in der komplexen Sphäre des Wirtschaftsrechts seinen Anfang nahm, wo seine Begabung für …

–Halt, Moment mal, Christina, der ganze Abschnitt über das selbstfinanzierte Jurastudium und seinen Vater …

–Und wären Sie so nett, mir noch eine Tasse zu bringen, Lily, wo Sie gerade draußen sind, diesmal passe ich besser auf, zu seiner erst kürzlich erfolgten Berufung zum jüngsten Seniorpartner in der hundertjährigen Geschichte der Nobelkanzlei Swyne und hier kommt natürlich Bill Peyton, ein bißchen Werbung für die Kanzlei, so wie dieser Jahrmarktsschreier da mit seinem Mittel gegen Sodbrennen dazwischenblökt, deren geschäftsführender Gesellschafter William T. B. Peyton seine jüngsten erfolgreichen Bemühungen zur Beendigung der juristischen Auseinandersetzungen zwischen Pepsi-Cola und der Episcopal Church of America, deren Kosten im Laufe von zehn Jahren auf mehrere zehn Millionen Dollar angestiegen sind, als die brillanteste Anwendung fundamentaler verfassungsrechtlicher Prinzipien in dem langewährenden Konflikt zwischen dem Amerika des freien Unternehmertums und die Tabletten, der Whisky, die Termine beim Psychiater der Kanzlei als Zugabe, davon sagt er kein Wort, was? Bloß was sie von seinem Lebenslauf abgeschrieben haben, und eine hübsche Werbeanzeige für diese Nobelverschwörung von Langfingern?

–Aber alles andere stimmt doch überhaupt nicht, das mit dem unversöhnlichen Bruch mit seinem Vater und dem selbstfinanzierten Studium der …

–Theologie, doch, doch, er hat mir tatsächlich mal erzählt, er hätte eine Phase durchgemacht, in der er nach einfachen Antworten gesucht hätte, um ihn trauern seine Frau Christina, zwei Aasgeier, Eleanor Lutz aus New Rochelle und Mirian …

–Christina, hör zu, das ist nicht …

–Also gut, Schwestern! Eleanor Lutz aus New Rochelle und Marian Ragow aus Cleveland; sowie sein Vater Stanley Lutz aus Lake Forrest, Illinois, verlangt von mir Einsicht in Harrys Testament, als hätte er ihnen auch nur einen Dime hinterlassen, und diese zickige Norrie will wissen, ob ich vorhabe, das Penthouse zu behalten, während Masha überall herumschnüffelt und andeutet, meine Neigung zum Luxus hätte ihn in den …

–Christina, hör zu! Daß sein Vater um ihn trauert, das stimmt doch alles nicht, sein Vater ist schon seit Jahren tot, er ist gestorben, als Harry noch studiert hat, er …

–Das ist ja lächerlich, wie kommst du denn auf die Idee?

–Er hat es mir erzählt, Harry hat es mir erzählt, als wir uns das letzte Mal unterhalten haben, wir haben davon geredet, wie Väter und Söhne einander enttäuschen, und er hat mir von den Schulden und den Pleiten seines Vaters erzählt, und wie er sich krummgelegt hätte, um ihn durchs Studium zu bringen, von seiner Angst, ihn zu enttäuschen, wenn er es nicht schafft, und daß er sein Examen nicht mehr erlebt hätte, sein Vater hat nicht mehr erlebt, wie er Partner wurde, und daß er immer noch das Gefühl hatte, er hätte ihn im Stich gelassen, er …

–Da mußt du ihn mißverstanden haben, Oscar, mein Gott, sie waren einander doch schon seit Jahren entfremdet, sein Vater lebt da draußen wie ein Fürst, er hat nie weniger als eine Million pro Jahr verdient, und als wir geheiratet haben, sind postwendend diese zwei Aasgeier angerückt wie ein, Regan und Goneril in Reinkultur, haben den Alten aufgehetzt, damit sie das Erbe nur durch zwei und nicht durch drei teilen müssen, sind ihm um den Bart gegangen, während ich als Schlange im Paradies herhalten mußte, das habe ich dir ja gesagt, oder? Daß sie hinterhältig wie eine Schlange ist, diese Masha? Eine gespaltene Zunge, wie sie im Buch steht, fragt mich doch tatsächlich, ob Harry und ich Probleme gehabt hätten, und redet mit Bill Peyton, als wären wir schon auf dem Weg zum Scheidungsrichter gewesen, das weiß ich ganz genau, versucht, diese ganze Geschichte mit der Einäscherung in ein billiges Mordkomplott umzudeuten, und zwar einzig und allein deshalb, weil man ihr nicht Bescheid gesagt hat. Weil ich es einfach gemacht habe, ohne mich mit ihnen zu besprechen, dabei bin ich die nächste Verwandte, oder? Was, was geht die das überhaupt an, verdammt!

–Aber warum hast du denn nicht …

–Weil er es so gewollt hat! Weil da irgend etwas schiefgelaufen ist, alles war so wirr und konfus, und sie haben mich angerufen wegen der, seine Frau als nächste Verwandte wegen der Beseitigung des, weil sie wissen wollten, was sie mit den sterblichen Überresten machen sollen, ich habe ja nicht gewußt, daß sie so fix damit sind, außerdem wollte er es so, du hast es doch selbst gehört, oder? Ein sauberer Abgang, als er über Vater geredet hat? Hier hat er gestanden, weg mit der ganzen Poesie und ab ins Krematorium, wenn es soweit ist, ich hoffe du tust mir auch diesen Gefallen, wenn es soweit, und jetzt war es soweit! Nein, nein, schon der Gedanke, daß er leergepumpt und aufgebahrt wird, verkleidet wie so ein, daß er ganz allein daliegt mit geschlossenen Augen und diese beiden Aasgeier noch eine Woche später über ihm lauern, noch einen Monat später, wenn ihm schon die Haut vom …

–Christina, bitte, du machst es doch nur noch …

–Dieses, dieses wunderbare Gesicht und die, die leeren Augenhöhlen, die hinausstarren auf das, mein Gott, ich bin, ich war doch seine Frau, oder?

–Christina nicht, setz dich doch, was machst du denn! Aber sie war schon am Telefon, schneuzte sich kräftig die Nase.

–Wenn die glauben, sie könnten deswegen so etwas wie einen Prozeß anstrengen, davon haben sie nämlich geredet, diese Schlange Masha, ich weiß, daß sie darüber mit ihm geredet hat und, hallo? Erneut scharfes Räuspern, –Mister Peyton bitte, hier spricht … hallo? Nicht an seinem Schreibtisch, ja wo denn dann? Hier spricht

Christina Lutz, ich ... meine Nummer hinterlassen, er hat meine Nummer, richten Sie ihm aus, er ... Er weiß verdammt genau, in welcher Angelegenheit! Richten Sie ihm aus, er soll mich anrufen! Und sie stand da, hielt den Hörer schräg wie eine geleerte Tasse und starrte auf den Teich hinaus.

–Aber er, wieso hätte er mir das denn alles erzählen sollen, Christina, wieso hätte er mich denn belügen sollen?

Sie starrte noch ein paar Augenblicke länger auf den Teich hinaus, ehe sie sich zu ihm umdrehte, wie er da saß, mit hängenden Schultern, die Uhr fest in der Hand. –Ich denke, ich denke, er wollte dir einfach helfen, Oscar. Er hat, Harry hat dich furchtbar gern gehabt, das weißt du doch, oder? sagte sie, während sie zu ihm herüberkam und ihm die Hand auf die hängende Schulter legte, –einfach versucht, dir über eine schlimme Zeit hinwegzuhelfen, das war alles, er hat es gut mit dir gemeint, er wußte, was du durchmachst, ich glaube, er hat dich bewundert, er hat wirklich bewundert, was du zu tun versucht hast, weil er es selbst mal versucht hatte, jedenfalls hat er das immer gesagt, über das Scheitern bei etwas Lohnendem, weil es nichts Schlimmeres für einen Menschen gäbe, als bei etwas zu scheitern, was von vornherein nicht lohnt, bloß weil es dabei Geld zu verdienen gab, es ging immer ums Geld ...

–Christina? Sie sollten das trinken und dann oben ein bißchen schlafen, und Oscar? Sie betrachtete die beiden, wie sie im Rückspiegel die Autos auf dem Highway betrachtet, hörte sich alles an, wie sie sich das Sirenengeheul angehört hatte, ohne mit der Wimper zu zucken, –warum gehst du nicht rein und legst dich ein Weilchen hin, ich lüfte solange das Bad und die Bibliothek aus, ich komme dann später wieder, ich fahre in die Stadt und lasse mich endlich röntgen, in Ordnung? Die gleiche distanzierte Ruhe verhärtete später, vor dem flammenden Scheiterhaufen aus Autos in den Abendnachrichten und dem lodernden Bild in der nächsten Morgenzeitung, ihre Stimme, ehe er das Stocken in seiner Kehle zu Worten formen konnte, –sag jetzt bloß nichts, Oscar.

–Aber ich wollte doch nur ...

–Ja, mein Gott, Lily, sehen Sie sich doch an, wer da draußen mit hundertzwanzig Stundenkilometern über die Highways bratzt, entsetzlich ist nicht diese Massenkarambolage, sondern daß es nicht alle fünf Minuten dazu kommt, die Hälfte davon sind doch funktionale Analphabeten, und die andere Hälfte sind Tattergreise, Arthritiker, unter Schlaflosigkeit Leidende, mit Drogen und Beruhigungsmitteln vollgepumpt, mit entsetzlichen Kopfschmerzen, Krämpfen, Diarrhöe, Frustration und schlichter Wut, sie versuchen etwas zu beweisen, bloß erstaunlich, daß überhaupt noch jemand am Leben bleibt, Oscar, du siehst aus wie Buttermilch und Spucke, was wolltest du denn sagen?

–Nur daß er heute morgen angerufen hat, Bill Peyton hat angerufen, als du noch geschlafen hast, um dir zu sagen, daß die Versicherungsleute wahrscheinlich mit dir reden wollen, sie hätten nach Harrys Krankenpapieren und seiner psychiatrischen Beurteilung gefragt und wollten das ganze ...

–Und was soll ich tun! Die leere Tasse knallte heftig auf die Untertasse, –ihnen sagen, daß Harry entspannt war? Heiter? Glücklich verheiratet? Keine Geldsorgen, nur ab und zu ein Bier, hat nie eine Adresse vergessen oder seine Schlüssel in der Tür stecken lassen, hat seine Arbeit und seine Kollegen geliebt, der Kanzlei treu ergeben und bereit, mit dem sinkenden Schiff unterzugehen?

–So war das nicht, nein, nein, er hat sich wirklich besorgt angehört, sie täten alles in ihrer Macht Stehende, um den Anspruch durchzudrücken, die Versicherung gehört zu ihren Mandanten, sie haben sogar einen Gesellschafter im Aufsichtsrat, aber es sei nun mal eine stark an Vorschriften gebundene Branche, wo es diese ganzen rechtlichen Zwänge gebe, und deshalb dürfe es keinerlei Grund zum Zweifel bezüglich einer unzulässigen Auszahlung geben, falls sie glauben, falls irgendwer glaubt, es wäre, er hätte es absichtlich getan, falls ein Aktionär versucht, sie wegen ...

–Also, das ist ja wohl, das ist lächerlich, schlicht und einfach lächerlich, die haben Angst davor, daß ich sie verklage, weil sie ihn so unter Stress gesetzt haben, ihn in den Wahnsinn getrieben mit seinem Arbeitspensum und diesen Drohungen, ihn für ihre eigenen idiotischen Fehler haftbar zu machen, und allem anderen, das würde nämlich gar kein gutes Licht auf die Kanzlei und deren ganze elende, sich selbst regulierende Verschwörung werfen, nein. Nein, die werden ihren bezahlten Psychiater da oben hinstellen, und der wird schwören, daß Harry labil war, und er wird den Unfall anführen, bei dem Harry diese verrückte Schlampe in den Rinnstein gedrückt hat, um zu beweisen, daß Harry eine selbstzerstörerische Persönlichkeit mit einem Hang zu Autounfällen war und ich die Einäscherung angeordnet habe, um das Beweismaterial zu vernichten, ich habe es dir ja gesagt, oder? Daß Bill Peyton und Masha irgendwas aushecken? Du hast mich doch mit ihr telefonieren hören, was hatte sie denn in seiner Hemdenschublade herumzuwühlen, wo er sein Bargeld aufbewahrt hat, oder im Badezimmer in meinen Kosmetika herumzuschnüffeln, nein, wahrscheinlich hat sie die Hausapotheke durchwühlt und nach Harrys Tabletten gesucht, die würde schlichtweg alles tun, wenn sie mich dadurch um die halbe Million Lebensversicherung brächte, mehr hat er mir nämlich nicht hinterlassen, ich habe dir ja gesagt, sie ist hinterhältig wie eine Schlange.

–Wenn du doch bloß aufhören würdest, dauernd von Schlangen zu reden.

–Im Grunde geht es nämlich gar nicht um das Geld, sondern um das, was recht ist. Einfach um das, was recht ist, so hat es Harry immer, das hat ihn umgebracht.

–Christina? Seine verwirrte Stimme ein Widerhall seines unentschiedenen Ringens, stand er halb auf, als hätte er ihr mit so etwas wie einer unbestimmten Umarmung beispringen können, ja müssen, um sie aus der Verzweiflung zu erlösen, die sich wie ein Leichentuch mit ihrem Schweigen herabgesenkt hatte, während sie dort, ganz allein, mit den Händen die Augen bedeckte, bis sie sie schließlich jäh sinken ließ und ihn einem derart leeren Blick aussetzte, daß er zurücksank und so von der in ihrer Stimme aufgehenden Leere verschont blieb.

–Wo ist sie hin?

–Lily? Nun selbst erlöst, –in die Küche? Von dieser Ablenkung befeuert, –ich glaube, sie ist in die Küche gegangen, ja, sie …

–Ich hätte nie gedacht, daß sie es sich so zu Herzen nimmt, du etwa? Sie sieht aus, als wäre sie von einem Zug überfahren worden.

–Was denn für, ach so. Sie ist durcheinander, ja, sie ist ziemlich durcheinander, seit wir, seit sie diese schlechten Nachrichten bekommen hat, ihre ganzen Hoffnungen auf Versöhnung mit diesem Dummkopf von Vater, er hat ihr gerade gesagt, daß er sein ganzes Geld dieser albernen Kirche hinterläßt, damit er im Jenseits mit Bobbie wiedervereinigt wird, ihm steht nämlich eine schwere Operation bevor, und falls der Herr ihn mittendrin ins Jenseits abberuft, will er ...

–Oscar! Das Geklapper eines Tabletts unterbrach ihn mit –hör gefälligst auf, vom Jenseits zu reden. Hier. Ich habe Eier gemacht.

–Das ist aber nett, Lily, wo sind denn Ihre?

–Ich habe schon gegessen. Oscar, ich brauche dreißig Dollar.

–Du brauchst, ja wofür denn, was ...

–Mein Gott, Oscar, nun gib sie ihr schon! Was geht das dich an, geben Sie mir mal meine Handtasche, Lily, sie liegt da auf dem Sideboard.

–Ich muß denen das Röntgen bezahlen, sonst sagen sie mir nicht, was sie da gefunden haben.

–Weiß der Himmel, was sie für dreißig Dollar finden, wo haben sie die denn gefunden?

–Ich hab da neulich diesen Laden oben am Highway gesehen, gleich neben dem Chinarestaurant. Da ist jetzt ein neues Schild im Schaufenster, da steht Schnelle Ärztliche Versorgung drauf, da bin ich einfach reingegangen. Paßfotos und Chiropraktik machen sie dort auch.

–Hört sich eher nach einer billigen Tombola an, wenn Sie gewartet hätten, hätten wir in ein richtiges Krankenhaus gehen können und hier, nehmen Sie mal lieber fünfzig mit, für alle Fälle.

–Das ist ja das Problem, daß ich gewartet habe, die haben gesagt, ich hätte vielleicht schon zu lange gewartet und man müßte jetzt eine Biopsie machen. Das machen sie dort auch, brauchen Sie irgendwas? Schon war sie den Flur entlang verschwunden, ohne eine Antwort abzuwarten, erschien jedoch postwendend wieder. –Oscar? Komm mal lieber her.

Rot, gelb, rot blitzende Lichter tauchten zwischen den kahlen, die Auffahrt säumenden Bäumen auf wie das blinde Ende eines fremdartigen Dschagannath, der unaufhaltsam ins Freie gewalzt kam, eine Riesenfigur aus Spiritus Mundi, deren schwerfällige Schenkel, deren Eisenknochen vom Knirschen einer Gangschaltung krampfhaft schauderten, während ein Sattelschlepper Gestalt annahm, auf dem Rücken einen nackten Fahrgast als fröhlichen Reiter wie einen verwundeten Avatara der Automobilgottheit, der einen Genesungsbesuch zelebrierte.

–Halt! Mit den Armen fuchtelnd, stürmte er hinunter –was machen Sie denn da?, wo zwei Männer ausgestiegen waren und bereits die Ketten lösten, –doch nicht da, nein, da können Sie ihn nicht lassen, stellen Sie ihn, stellen Sie ihn einfach, stellen Sie ihn woanders ...

–Sie können ihn da drüben zwischen die Bäume stellen, Oscar, damit ich noch rauskomme.

–Da drüben! Stellen Sie ihn unter die Bäume da, damit wir hinauskommen!, und wieder setzte sich das Ding schwerfällig in Bewegung, rasselte mit seinen Ketten, ließ seine Stahlschienen herab und setzte den roten Sosumi mit einer Winde in ein Felsenmispelgebüsch.

–Christina! kam er durch den Flur gestampft, –hast du das gesehen?, und weiter in die Küche, –wo steckst du denn! Mit einem flüchtigen Blick in den unaufgeräumten Wintergarten, –Christina? wieder zurück beim stummen Telefon, dessen Hörer er abnahm, gleich wieder auflegte und dazu murmelte –Mohlenhoff, Schriek Mohlenhoff und, nein, Prestig?, während er in dem Durcheinander auf dem Sideboard wühlte, Umschläge, Rechnungen, Prospekte, Aktenhefter, die unter seinen Händen durcheinanderquollen, dazu immer noch murmelnd, –wig, jawohl, Preswig?, innehalten aber ließ ihn ein anderer, dessen Wiederkehr seine Lippen stumm mitformten, Lepidus, Shea & –noch nicht mal geöffnet! flüsterte er, klopfte sich die Taschen nach seiner Brille ab, ließ sich, als er sie fand, langsam aufs Sofa sinken und riß ihn auf wie jemand, der Appetit hat, blätterte jede Seite rascher um, als wollte er den Geschmack der vorangegangenen tilgen, befeuchtete sich die Lippen gegen die beißende Schärfe jedes Abschnitts, nach deren letztem er dasaß, den brennenden Mund weit offen, nur um wie zur Kühlung in tiefen Zügen Atem zu holen und wieder mit dem ersten pikanten Häppchen anzufangen, wobei er nun jeden Gang langsamer nachschmeckte und die mit Zahlen gewürzten ihm den Atem verschlugen, bis er schließlich so leer, wie er sich gesetzt hatte, aufstand, im Zimmer hin und her zu gehen begann und sich die zusammengerollten Blätter wie die Speisekarte einer Barmecidenmahlzeit an den Oberschenkel klopfte, während er am Fenster stand und mit leerem Blick auf den Teich hinausstarrte.

–Na? Was gedenkst du deswegen zu unternehmen?

–Was? Er drehte sich um, wie von hinten angefaßt, –weswegen! Ich habe dich gerufen, wo warst du denn?

–Du brauchst dich nicht gleich aufzuregen, ich war ein bißchen frische Luft schnappen, und ich will diesen alten Wagen nicht auf dem Grundstück stehen haben, hier sieht es so schon schäbig genug aus. Was gedenkst du deswegen zu unternehmen?

–Du solltest nicht so aus dem Haus gehen, du hast bloß einen Pullover an, du holst dir noch eine Lungenentzündung, Christina, ich rege mich über ganz was anderes auf, sieh dir das an! Er schwenkte die Blätter, den aufgerissenen Umschlag, –wann ist das gekommen, ich habe es gerade zufällig auf dem Stapel da drüben gefunden, hätte mir das nicht jemand sagen können?

–Ich bin nicht deine Sekretärin, Oscar, genausowenig wie Lily, ist dir vielleicht schon mal der Gedanke gekommen, daß wir eventuell andere Sachen um die Ohren haben? Und sie setzte sich, die Stimme matt vor Überdruß, die Augen mit stumpfem Blick auf ihn gerichtet, –wenn es so wichtig ist ...

–Und ob! Es ist mein, es ist das, was sie mir in meinem Prozeß abschließend zuerkannt haben, nun sieh dir das an!

–Ich habe es gesehen, Oscar, ich habe dir doch gerade gesagt, ich will es nicht auf dem Grundstück stehen haben.

–Wieso denn auf dem, doch nicht das, Christina, mein Stück! Mein großer Prozeß gegen Kiester und Das Blut im, nein, nein, du machst nur faule Witze, stimmt's, du weißt ganz genau, wovon ich rede, du versuchst bloß, es schlechtzumachen, stimmt's?

–Sei nicht albern, nein, ich hatte es völlig vergessen.

–Vergessen! Wie kann man so etwas denn, na bitte. Na bitte, du machst dich bloß lustig darüber, als wäre es irgend so ein blöder Fall von Verschuldensunabhängigkeit, ein Fall von, völlig vergessen! Er fuchtelte mit den Blättern vor ihr herum, –sieh dir das an, eine Farce ist das, sie drehen einen Film, der eine vulgäre Farce ist, und jetzt machen sie auch noch das ganze gerichtliche Verfahren zur Farce, lies das!

–Ich will es nicht lesen, Oscar.

–Dann laß es halt! Sie haben dreihundertsiebzig Millionen Dollar eingenommen, hier steht es, in der sogenannten Gewinnfestsetzung des Hilfsrichters, und sie behaupten, der Film hätte achtzehn Millionen Verlust gemacht, wie ist das denn möglich! Dreihundertsiebzig Millionen Dollar Bruttoeinnahmen, und ich sollte sämtliche Gewinne bekommen, bis sie durchgedrückt haben, daß mein Anteil auf das reduziert wird, was sie mir gestohlen haben, weil wir nicht zur Stelle waren, um das anzufechten, Sam war nämlich angeln gegangen, und Basie war irgendwo damit beschäftigt, Besen zu binden. Kreative Buchführung hat Harry das genannt, sämtliche Profite, und plötzlich berechnen sie für das, was sie gestohlen haben, den angemessenen Marktwert und nennen es Waren und Dienstleistungen, zusammen mit der Friseuse unter ferner liefen, und sie beschließen, daß ich ein Fünftel des Marktwertes bekomme, weil der Rest gemeinfrei ist und der Erfolg des Films sich allem möglichen verdankt, bloß nicht dem Schöpfer der Idee, die von vornherein schwach war, und mein Anspruch darauf steht sowieso auf wackligen Beinen, meinen letzten Akt haben sie nämlich nicht gestohlen, sondern der Drehbuchautor hat die ganze Auflösung der Geschichte nach historischen Quellen gestaltet, die er nach eigener Aussage irgendwo ausgegraben hat. Und hier in der Gewinnfestsetzung des Hilfsrichters steht, daß sie eine Quote von zwei Komma fünf zwischen Bruttoeinnahmen und Kosten zugrunde legen, was immer das heißt, sieben Millionen für Kiester und wie viele Millionen für diese Knattercharge Bredford, noch mal drei Millionen für Anga Frikas Titten und weitere vierzig Millionen, um dafür zu werben? Kein Wunder, daß sie achtzehn Millionen Verlust gemacht haben.

–Dann brauchst du mich ja wohl kaum, um das Ganze lächerlich zu machen, ich dachte, du hättest irgendeinen Schadensersatz zugesprochen bekommen.

–Hab ich auch! Unterm Strich kriege ich, sieh dir das, es sind nicht mal zweihunderttausend, es reicht nicht mal für die Anwaltskosten, Harry hat bloß versucht, mich aufzuheitern mit seinem ganzen Gerede von der Ermessensfreiheit des Gerichts, mir unbeschadet tatsächlich erlittener Schäden oder erzielter Gewinne Schadensersatz zuzusprechen, was soll ich denn jetzt machen, ich kann Harry ja schlecht fragen, oder?

–Nein, das kannst du nicht, Oscar.

–Aber, nein, so habe ich das doch nicht ...

–Was hast du nicht so gemeint! Gibst ihm die Schuld, als hätte er, als würde er Urlaub auf den Bermudas machen? Gibst Sam die Schuld, weil er angeln gegangen ist, und Basie, weil er irgendwo im Gefängnis sitzt und Besen bindet? Mein Gott, denk doch mal darüber nach! Du hast doch gesagt, sie haben brutto dreihundertsiebzig Millionen Dollar eingenommen? Und du hast gedacht, du würdest sämtliche Gewinne bekommen? Und das haben sie dann auf ein Fünftel reduziert, und ihre kreative Buchführung weist nach, daß sie achtzehn Millionen Verlust gemacht haben? Wenn sie deinen Schadensersatz nach tatsächlichen Schäden und Gewinnen berechnet hätten, dann hättest du zwanzig Prozent von gar nichts, stimmt's? Du hättest ein Fünftel von minus achtzehn Millionen, ist es das, was du willst? Du würdest ihnen dreieinhalb Millionen Dollar schulden, ist es das, was du willst?

–Aber das ist doch absurd, Christina, verrückt ist das, das ...

–Denk mal drüber nach! Mein Gott, du kannst noch froh sein, wenn dir so viel übrigbleibt, daß du dir eine letzte Flasche von deinem Pinot Grigio kaufen kannst, hörst du jetzt endlich auf, mit diesen Blättern herumzufuchteln und über Geld zu weinen, ist das alles, woran du denken kannst? Wo wir, wo es Dinge gibt, die wirklich zum Weinen sind?

–Warte doch mal, Christina? Und diesmal stand er mit ausgebreiteten Armen auf, doch auch sie war aufgestanden und wandte ihm mit ihrem energischen Schritt Richtung Fenster den Rücken zu, –entschuldige bitte, so habe ich es doch nicht ...

–Wir werden doch nicht hungern, oder? fragte sie von dort aus und starrte dabei auf den stillen Teich, –schließlich sind wir ja keine armen Schlucker.

–Du jedenfalls nicht. Bei dem, was Harry hinterlassen hat, und dieser Lebensversicherung, ich glaube, die wird nicht mal besteuert, und es ist mehr als doppelt soviel wie mein erbärmlicher Schadensersatz, und das bei diesen Anwaltskosten und diesen ganzen Arztrechnungen, die ...

–Das glaube ich erst, wenn ich es sehe, von Bill Peyton gibt's höchstens eine Einladung zum Mittagessen, bei dem Masha dann in die Suppe spuckt, außerdem glaube ich das auch erst, wenn ich es schmecken kann.

–Aber ich habe dir doch erzählt, was er am Telefon gesagt hat, oder? Er scheint sich wirklich darüber aufzuregen, Christina. Sie üben soviel Druck wie möglich aus, um zu einer Regelung zu kommen, und sie haben auch den entsprechenden Einfluß, so eine alteingesessene Kanzlei mit ihrem ganzen Prestige hat wirklich den entsprechenden Einfluß, und es kostet sie noch nicht mal was aus der eigenen Tasche, oder? Vorhin hast du gesagt, sie hätten Angst vor allem, was ein schlechtes Licht auf das Image der Kanzlei wirft, und das schützen sie damit natürlich auch, oder? So wie Harry immer davon gesprochen hat, die Kanzlei zu schützen? Nur darum geht es, selbst wenn er nur mit dem Kleingeld in der Tasche gestorben wäre, außerdem hast du das Penthouse, immerhin hast du ja auch noch das Penthouse in der Stadt, oder?

–Ich weiß nicht, was ich habe, Oscar! Sie drehte sich endlich zu ihm um, –mein Gott, du hörst dich an wie diese schwachköpfige Norrie, von wegen ob ich das Penthouse behalte. Harry hat das alles erledigt, die Hypothek, die Finanzierung, ich weiß nur, daß wir es zu einem Spitzenpreis gekauft haben, und er ist ganz bestimmt nicht nur mit dem Kleingeld in der Tasche gestorben! Und wenn er erst Seniorpartner gewesen wäre, mein Gott, wenn sie ihn vor ein, zwei Jahren dazu gemacht hätten, wie es sich gehört, dann hätte er vier-, fünfhundert Dollar die Stunde berechnet und mit den anderen Seniorpartnern unterm Christbaum gesessen und sich die Gewinne von den Millionen geteilt, die von sämtlichen anderen Fällen der Kanzlei hereinströmen, mit denen er nichts zu tun hatte, und wir wären …

–Zum Beispiel von meinem.

–Was heißt hier von meinem, er wäre …

–Ich habe gesagt, von meinem, Christina! Ich habe gesagt, er würde sich mit den anderen das Blutgeld teilen, das diese Filmgesellschaft ihnen dafür bezahlt hat, daß sie mein Werk stehlen, meine Anwaltskosten in die Höhe treiben und alles zunichte machen, was ich …

–Oscar, das ist doch lächerlich, Harry hatte doch überhaupt keine Ahnung, daß sie seine Kanzlei engagieren würden, um ihr …

–Das hast du aber gerade gesagt! Daß er sich mit den anderen die Gewinne daraus teilen würde, daß mir nur zwanzig Prozent von gar nichts bleiben, von denen ich mir eine letzte Flasche Pinot Grigio kaufen kann, während du in einem Penthouse sitzt und …

–Oscar, jetzt reicht es aber! Mein Gott, so funktioniert diese ganze wunderbare, sich selbst regulierende Verschwörung nun mal, er konnte da gar nichts machen, und außerdem sitzt kein Mensch in einem Penthouse, sondern wir sitzen hier, und wir sind ja schließlich keine armen Schlucker, oder? Immerhin gibt es noch Vaters Nachlaß, wenn dieser Clown so lange nüchtern bleiben kann, daß er das geregelt kriegt, er hat Harry erzählt, es dürften über fünf Millionen sein, fünfeinhalb, wir werden also nicht hungern müssen.

–Ja, aber das sind, das schließt das Haus mit ein, sein Nachlaß steckt größtenteils in diesem Besitz, Christina. Was noch auf diesem Treuhandkonto in Maryland liegt, jetzt wo Vater nichts mehr davon ausgibt, wird alles für Instandhaltung und Steuern hier draufgehen, wie es meine Mutter gewollt hat, damit mir auf jeden Fall immer das …

–Immer was, Oscar! Die jäh zur Seite geworfenen Arme umfaßten Balken und Sparren, Herd und Antrittspfosten, Flügelfenster und dunkles Tafelwerk, –fängst du schon wieder damit an?

Er war aufs Sofa niedergesunken und starrte sie an wie ein Kind, –wieso, was …

–Das alles hier! Dieser Besitz und das alte Haus, in das meine Mutter mich gezerrt hat wie ein Waisenkind, und dieses Auseinanderklamüsern, was dir gehört und was mir! Mein Versicherungsanspruch und dein alberner Schadensersatz, mein Bankkonto und das Treuhandkonto deiner Mutter, mein Penthouse und das Haus hier, das dir gehört, weil es ihr gehört hat, Winifred Riding, Tochter eines reichen Architekten und Landbesitzers aus Long Island, als sie deinen Vater geheiratet hat, mein Gott, Oscar, das ist hundert Jahre her! Deine geheiligte Mutter ist Geschichte, das ist alles bloß Geschichte! Und sie wandte sich wieder dem Fenster zu, sah auf den Teich hinaus, –so wie wir als Kinder gespielt haben, am Gestad' des Gitche Gumee? Leis' von dieser grimmen Kälte, diesem eisig kalten Winter, zog der Schwan, der Mahnahbezee, Mahng der Taucher, flügelrauschend, und der Reiher, der Shuh-shuh-gah, –deine ganze Empörung über Vater, und wie ihr euch gestritten habt, seit wir Kinder waren? Erinnerung an seine Jugend voller Leidenschaft, an die liebliche Wenonah, die sich bückte nach den Lilien, als draußen eine Wagentür zuknallte und im Flur die Glastür klapperte, kurz darauf Klackklack von Schritten, unstet wie die Minnehaha, deren Sinn mal Licht mal Schatten, die bald froh bald finster blickte, was Nokomis er gestanden, war sein Streit mit Mudjekeewis, nicht ein Wort von Laughing Water.

–Ich schwör's, ich bring ihn um! platzte sie zu ihnen herein und riß sich dabei den Mantel vom Leib, –Oscar? Ich brauche demnächst siebenhundert Dollar.

–Ja, aber Moment mal, ich ...

–Wofür denn, um Himmels willen, Lily. Es ist doch hoffentlich kein ...

–Ich bring ihn um, ich schwör's! Diese Implantate, die er eingesetzt hat, davon ist eins geplatzt, haben die gesagt, das war dieser Knoten, haben die gesagt, und wenn ich es nicht rausnehmen lasse, dann läuft dieses Silikongelee in meinem Körper sonstwohin, wissen Sie, was mich das gekostet hat? Oder vielmehr Al, der wollte, daß ich große habe, immer ging's nur nach Al, damit er Telefon damit spielen kann, hat er mal gesagt, was es kostet, war ihm egal, deswegen hat er mir diesen schicken Doktor Kissinger besorgt, derselbe, über den Sie neulich geredet haben? Mit Ihrer Freundin, die mit diesem Mister Mudpye hier war, der mir dauernd vorne reingeguckt hat, ich hab sie übrigens gerade am Flughafen getroffen, ich soll Ihnen ausrichten, daß sie geheiratet hat.

–Na, wundern tut mich das nicht, die Leute sind schließlich zu allem imstande, aber …

–Du brauchst sie mir natürlich nur zu leihen, Oscar, ich kann sie dir nämlich zurückzahlen, weil ich ihn nämlich verklage, ich spüre immer noch seine schmierigen Hände auf ihnen, ich verklage ihn auf alles, was er hat, dann kann mir auch Daddys Geld egal sein, wenn der Herr ihn ruft und dieser Reverend Bobby Joe es in seine schleimigen Finger kriegt, den verklage ich nämlich auch.

–Ja, aber mein Gott, Lily, nun können Sie doch wenigstens froh sein, daß es kein Krebs ist, Sie …

–Wieso soll ich froh sein, wenn es welcher wäre, wen sollte ich denn dann verklagen? Oscar? Sie wandte sich mit verschränkten Armen zu ihm, die kleinen Fäuste gegen die Hüften gedrückt, –was ist los, bist du sauer auf mich oder was? Noch nicht mal meine Eier hast du gegessen.

–Er regt sich über etwas anderes auf, Lily, er hat in dem Kuddelmuddel da drüben auf dem Sideboard einen Brief gefunden, den ihm unverschämterweise niemand gegeben hat, und …

–Wer soll ihn ihm denn geben, irgendeine Sekretärin? Und schon stand sie drüben und scharrte den Haufen zusammen, –willst du mir helfen, das aufzuräumen?

–Später, ja, es ist höchste Zeit. Mir ist, als zieht es hier, steht vielleicht irgendwo etwas offen?

–Jetzt. Ich meine jetzt. Ich habe dir doch gesagt, daß ich dieses muffelige Bad und die Bibliothek auslüfte, oder? Und diese Laken, die gehören in die Wäsche, willst du das aufheben, Oscar? Wo du eingeladen wirst, dich diesem Zirkel hervorragender Amerikaner anzuschließen, die in der National Speakers Association die drängenden Probleme des Tages diskutieren?

–Nein, aber …

–Oder dieses Camping-Ausrüstung-und-Gartenmöbel-Dings? Das da ist deine Ladung zur mündlichen Verhandlung in einer Produkthaftungsklage von Ace Fidelity Worldwide gegen Sosumi Motors betreffend Personenschäden …

–Die ist verschoben worden, nein, leg das, leg das irgendwo …
–Es liegt schon irgendwo, das ist ja das Problem.
–Da ist irgendwo ein blauer Ordner, leg es …
–Das da? Mahnung. Mahnung. Mahnung?
–Das sind, ja, das sind bloß Rechnungen, leg sie …
–Die Collegeverwaltung setzt dich davon in Kenntnis, daß gegen dein Gehalt ein Pfändungsbeschluß in Höhe …
–Was gedenkst du denn deswegen zu unternehmen, Oscar, hast du mal dort angerufen?
–Nein, das ist dieser Unfallgeier, der …
–Und den Schmierlappen, den verklag ich auch, falls Al ihn nicht vorher erwischt, Tulpenzwiebeln? Bootsausrüstung? Luxor, fährst du nach Luxor?
–Mein Gott, Lily, werfen Sie das doch einfach alles weg, das …
–Moment, was ist das?
–Hobbytime?
–Ja, nein, heb das auf, da geht es um mein Aquarium, heb das auf, gib her.
–Ach du meine Güte, ja natürlich, das …
–Das kannst du zu der Asche da drin legen, hebst du die etwa auch auf?
–Großer Gott, ja!
–Von Schriek Mohlenhoff & Shransky, steht Kostennote drauf.
–Das ist eine Rechnung, leg die einfach zu den, von denen gibt es aber noch eine, die ich nicht finden kann, jemand namens Preswig, ich muß ihn anrufen, er …
–Warum nennen sie's dann nicht einfach Rechnung, möchtest du das hier aufheben? Gerichtsurteil in Sachen James B., minderjährig, gegen Spotskin?
–Ja, heb das auf, ja, das ist Vaters Entscheidung in der …
–Ladies Historic Preservation Society, das kann weg, Sehr geehrter Herr Doktor Crease, das kann auch weg, Ich hab Dich auf dem Kieker, dieser Schmierlappen Mickey Mouse, war ich vielleicht blöd. Der geschäftsführende Vorstand hat Sie für einen biographischen Eintrag in den exklusiven neuen Band Fünftausend Bedeutende Amerikaner ausgewählt?

–Nein, hör auf, wirf das weg, das ist …

–Hier ist noch ein Haufen echt alter Briefe, mit so einer schmuddeligen Schnur zusammengebunden, wirf sie …

–Nein, Moment, Lily, das habe ich ganz vergessen, Oscar, das sind diese alten Briefe, die Vater dieser windigen historischen Gesellschaft abgeluchst hat, unser charmanter Besucher hat sie in einem seiner halbwegs nüchternen Momente zusammen mit seinen diversen Flaschen und muffeligen Socken aus dieser alten Reisetasche gewühlt, war ganz wild darauf, mir einen juristischen Vortrag zu halten, U. S. Code hier und Erbfolge erster Ordnung da, und wie er sie zusammen mit Vaters anderen Papieren vor dem Ofen gerettet hat, dabei war er hier drauf und dran, mit seinen scheußlichen Picayunes das Haus niederzubrennen.

–Oscar? Das Päckchen kam durch die Luft gesegelt, –du kannst sie da drin zu deiner Asche legen, und das, Hiawathas Zauberliederbuch? Und irgendein alter Brief von deiner Ace-Versicherungsgesellschaft, brauchst du den? Oscar?

–Mein Gott, geben Sie ihn ihm schon, Oscar, ruf dort an und stell fest, wer den Wagen da draußen abgeladen hat, ich habe dir gesagt, ich will ihn nicht auf dem Grundstück haben, oder? Rufst du bitte dort an? Jetzt gleich? Und Lily, das reicht jetzt wirklich erst einmal, werfen Sie den Rest einfach weg und lassen Sie uns verschnaufen.

–Ich gehe in den Keller und mache die Wäsche, möchten Sie Ihre Laken von oben herunterholen?

–Es reicht jetzt, habe ich gesagt! Mein Gott, wir sind doch alle fix und fertig, mir ist immer noch ganz schwindelig von diesen gräßlichen Stimmen von Harrys Schwestern und seiner ganzen, und, und, sein Nachruf in der Zeitung wie etwas, was man rein zufällig in der Zeitung liest, und morgen gibt es eine neue Zeitung, und kein Mensch, und Oscar, sehen Sie ihn sich doch an, wie er da sitzt mit einem Haufen Abfall auf dem Schoß, seine kühnsten Hoffnungen auf Schadensersatz vom Berufungsgericht allesamt in Wohlgefallen aufgelöst, aufgelöst in der kreativen Buchführung irgendeines Buchhalters, mein Gott, können wir denn nicht einfach, können wir die Wäsche denn nicht morgen machen und einfach aufhören und, und eine Tasse Tee trinken und erst einmal verschnaufen?

–Wir tun hier doch nichts anderes, Christina! Wir sitzen herum und trinken Tee und verschnaufen, das mit Harry können Sie nicht mehr ändern, oder? Und Oscar kann nichts an der miesen Entschädigung ändern, die er für sein Stück gekriegt hat, oder? Und ich kann nichts daran ändern, daß Daddy mich enterbt wie so ein Waisenkind, bis er ins Jenseits kommt, oder? Und meine Brüste erst machen lassen, wenn ich irgendwie zu Geld komme, um es zu bezahlen, oder? Mir kommt das alles vor wie so ein verrücktes Halloween, wo wir alle hier herumsitzen und auf die Dunkelheit warten, umzingelt von diesen Geistern aufs Abendessen warten, uns in einen Haufen Mumien verwandeln und auf die Abendnachrichten warten, und dabei gibt es lauter Sachen, an denen wir nichts ändern können, und deshalb muß man etwas ändern, wo man etwas ändern kann, zum Beispiel mit der Wäsche, Oscar? Holst du bitte einen Papierkorb für den ganzen Mist da drüben, den du wegwirfst, und bringst einen Besen mit, damit man hier auffegen kann?

–Ja, aber Moment, Lily, eines können Sie ja nun ganz bestimmt sofort ändern, nämlich für diese Geschichte mit Ihren Implantaten in ein richtiges Krankenhaus gehen, mein Gott, so etwas wie Geld darf dabei doch kein Hinderungsgrund sein? Ich kann Ihnen sofort einen Scheck ausschreiben, oder?

–So hab ich das nicht gemeint, Christina. Ich meine, ich hab nicht gemeint, daß Sie es bezahlen sollen, schließlich war es mein eigener blöder Fehler, oder? Daß ich das mit mir hab machen lassen? Bloß damit Al sein Vergnügen ...

–Seien Sie nicht albern. Sie können doch nicht warten, bis Sie Doktor Kissinger verklagt haben, während dieses Gel sonstwohin läuft und jede Ritze und Spalte in Ihrem Körper verstopft, weiß der Himmel, was da alles passieren kann.

–Die haben gesagt, diese eine Frau hätte ihre Haare und ihr Gedächtnis verloren und wäre so ausgemergelt, daß sie kaum mehr was machen kann.

–Mein Gott, so können wir Sie nun wirklich nicht im Haus herumlaufen lassen, jetzt trinken wir erst mal Tee, während Oscar seinen Anruf erledigt, ehe es dunkel wird und wir ans Abendessen denken können.

–Gefrorene Fischfrikadellen? Dazu noch gefriergetrocknet, was war das denn, *Packungsinhalt einfach in eine Tasse Wasser geben, Wasser unter gelegentlichem Umrühren zum Kochen bringen und bei mittlerer Hitze zwei Minuten köcheln lassen. Für dickere Sauce weniger, für dünnere Sauce mehr Wasser hinzufügen, kochend heiß zu Ihrem Lieblingsfisch, Fleisch- oder sonstigen Gericht servieren. Noch delikater schmeckt es, wenn Sie die Sauce mit geriebenem Parmesan bestreuen und nach Geschmack würzen,* das Ganze unmittelbar nach dem Augenschmaus von Sikhs, die Hindus töteten, Hindus, die Moslems töteten, Drusen, die Maroniten töteten, Juden, die Araber töteten, Araber, die Christen töteten und, noch delikater, Christen, die einander töteten, alles nach Geschmack gewürzt und kochend heiß serviert von dem flott gekleideten Sprecher in den Abendnachrichten, aber tiefgefrorene Fischfrikadellen? –weil sie billig waren, sagte sie beim Tellerabkratzen, und später, in dem diesigen Licht, das sich über das Zimmer, die dunklen Fensterflügel und den kalten Herd gesenkt hatte, die einzige Bewegung ein sich auf der stummen Mattscheibe küssendes Flüchtlingspaar zum unbestimmten Blubbern von Verdauungssäften, –wissen Sie, was ich hier einfach nicht kapiere? Da hocken wir die ganze Zeit in diesem Haus aufeinander, und ich sehe Sie nie lesen. Da drin in der Bibliothek stehen jede Menge Bücher, und Sie reden ständig von diesen Ideen und Menschen aus Büchern, und trotzdem liest hier jeder nur die Zeitung und Rechnungen und das Kreuzworträtsel und diese Postwurfsendungen und guckt fern, aber Bücher? Daß mal einer ein Buch liest?

–Ja, wir, früher, Lily, früher, früher haben wir viel gemacht. Wir haben hier oben Klavier gespielt, Stücke zu vier Händen, diese kleine Mozartsonate, die Sonate in D? Ihre Stimme nahm etwas beinahe verzweifelt Eifriges an, –es hat jedesmal keine drei Takte gedauert, und er hatte das G erniedrigt, was, Oscar? So lange ist das schon her.

–Nein, nein, jedesmal wenn wir es gespielt haben, hast du das A nicht im Takt gespielt, Christina, daran kann ich mich noch erinnern. Wir mußten immer wieder von vorn anfangen, weil du das A nicht im Takt gespielt hast.

–Mein Gott, es ist doch auch passiert, wenn wir die Plätze getauscht haben, oder? Weil du die Seite nicht so schnell umdrehen konntest, daß wir Anschluß an die nächste Phrase gefunden haben?

–Weil du immer die Oberstimme spielen wolltest, weil du angeblich die stärkere Pianistin warst, deshalb hast du immer die Oberstimme genommen, weil du gesagt hast, sie ist schwieriger, dabei ist sie bloß durchdringender, das ist alles, Christina. Du hast sie genommen, weil sie dominiert, die Oberstimme dominiert immer, deshalb hast du sie genommen.

–Das lag an den Pedalen, Oscar, weil die Unterstimme immer die Pedale übernimmt, und damals, als wir noch Unterricht hatten, wolltest du immer ...

–Stimmt überhaupt nicht, Christina. So war das überhaupt nicht.

–Ich habe so was noch nie gesehen, wenn ich euch doch bloß mal spielen sehen könnte.

–Hören, Lily, uns hören, aber das Musikzimmer ist ja nun abgeschlossen wie alle anderen, um Heizkosten zu sparen, und weiß der Himmel, wann das Klavier zuletzt gestimmt worden ist, bei der Feuchtigkeit da draußen ist der Resonanzboden wahrscheinlich völlig verzogen und, und das ist alles schon so lange her. Als wir noch alles gelesen haben, manchmal haben wir sogar Shakespeare laut gelesen, aber Oscar wollte nie zu einer Aufführung gehen, stimmt's, Oscar, er wollte es immer nur lesen. Vor kurzem kam mal Heinrich der Fünfte im Fernsehen, und er hat schon nach fünf Minuten geifernd ausgemacht.

–Weil alles auf der Seite steht! brach es plötzlich aus ihm hervor, –so ist das schon immer gewesen, die stummen, schönen Worte, die sich als Gesamtheit von der Seite lösen, damit man innehält und ihnen zuhört, sie, sie nachschmeckt, ohne daß so ein eitler Schwachkopf im Kostüm da oben herumstolziert, der bloß davon ablenkt! Noch einmal stürmt, noch einmal, liebe Freunde, Gott, da läuft es einem kalt den Rücken hinunter, oder? Christina?, aber sie war verstummt, die Hände immer noch vors Gesicht gewölbt, so daß nur ihre kalten Augen zu sehen waren, die irgendwo in die Vergangenheit, nach innen blickten, und sie schauderte.

In der Nacht ein leises Gefühl von Harry.

Als sie am nächsten Morgen aufstanden, war sie fort: auf dem Küchentisch die Morgenzeitung, kaltgewordener Tee in einer Tasse, sogar ein paar Briefe, schon recht hoch am Himmel eine bleiche Sonne und nun am Ende des Flurs das Geklapper einer Tür.

–Oscar? Hier draußen ist dieser kleine Mann im schwarzen Anzug, er will dich sprechen.

–Halt, Moment! Laß ihn nicht …

–Frank Gribble, Ace Worldwide Fidelity, darf ich hereinkommen? Sie erinnern sich doch an mich, Mister Crease? Wir haben Ihre Nachricht erhalten, ja, danke für Ihren Anruf. Wie geht's uns denn. Darf ich mich setzen? Schon saß er und strich auf dem Schoß eine Aktenmappe aus Plastik glatt, –ich hoffe, Ihre Schmerzen gehören restlos der Vergangenheit an? Er hatte einen gelben Schreibblock hervorgeholt, –also. Wir wollen nicht allzu viel von Ihrer kostbaren Zeit in Anspruch nehmen, Mister Crease. Bloß ein, zwei Papiere für Sie zu unterschreiben, und wir können die ganze Episode abschließen, eine Menge Wasser ist den Bach hinuntergeflossen, aber die Mühlen der Götter, wie es so schön heißt, nicht? Also. Würden Sie mich bitte auf den neuesten Stand bringen?

–Ich glaube, das letzte, was ich, ich habe hier irgendwo einen Brief von meinem Anwalt, der …

–Ein gewisser Mister Preswig, ja, ich habe hier eine Mitteilung von ihm, aber er ist doch aus der Geschichte ausgeschieden, glaube ich? Er griff in die Aktenmappe und brachte Papiere zum Vorschein, –soweit wir informiert sind, hat er anderswo Beschäftigung gefunden, und deshalb dachte ich mir, es ist vielleicht am zweckmäßigsten, wenn ich einfach bei Ihnen vorbeischaue, damit wir alles in Ruhe besprechen können, und zwar ohne die ganzen Scherereien und Kosten weiterer juristischer Auseinandersetzungen, die ja doch nur dazu angetan sind, noch mehr Verwirrung zu stiften, wie es so schön heißt, und Ihnen den kostspieligen Ärger ersparen, vor Gericht zu gehen?

–Richtig, ja, unbedingt, ich …

–Unbedingt, ja, ja, darüber sind wir uns also einig, schließlich reicht unsere Bekanntschaft ja auch bis zu meinem Besuch im Krankenhaus zurück, ehe die Anwälte sich eingemischt haben, und zwar schlicht um sich die Taschen zu füllen, wie es so schön heißt. Das heißt, wie es bei uns so schön heißt, was nichts anderes heißt, als daß man Ihnen kaum einen Vorwurf daraus machen kann, daß Sie die großzügige Deckungssumme Ihrer Fahrzeughalterversicherung ausgeschlagen haben, die zum Schutz von Menschen wie Sie gegen den heftigen Widerstand der mächtigen Lobby der Prozeßanwälte durchgesetzt wurde, Anwälte wie der, der ursprünglich Ihren Fall übernommen hat.

–Ja, der gehört erschossen, der ...

–Ich fürchte, das würde nur zu neuen Komplikationen führen, die von Ihrer Versicherung nicht gedeckt sind, doch nun zurück zu unserem Problem. Als er in Ihrem Namen die Deckung durch Ihre Halterversicherung ausgeschlagen hat, blieb uns nur der Ausweg, als Versicherer des Fahrzeughalters Haftungsfreiheit zu beanspruchen, und Sie möchten nun Schadensersatz aufgrund Ihres Versicherungsschutzes als Unfallopfer erlangen?

–Ja, mehr oder weniger.

–Ja. Dieser in Ihrem Namen gestellte Antrag möchte sicherstellen, daß die Kontroverse im streitigen Verfahren verhandelt wird, da das Gericht nicht befugt ist, ohne Erscheinen streitender Parteien ein Urteil zu fällen, ob es sich dabei nun um, ich habe hier einige Notizen von unserer Rechtsabteilung, wenn ich vielleicht darauf zurückgreifen dürfte? Er brachte ein paar Blätter zum Vorschein, leckte sich den Daumen an, –ob es sich dabei nun um natürliche oder juristische Personen handelt, genau, wobei Sie als Kläger, der Personenschäden geltend macht, als natürliche Person gelten.

–Ja, was soll ich denn sonst ...

–Natürlich, ja, als in das Verfahren eingeführte Partei, offenbar haben sie sie hier unter verschiedenen Kategorien aufgelistet, notwendige Parteien, unmittelbare Parteien, richtige Parteien, unverzichtbare Parteien, wobei unverzichtbare Parteien natürlich notwendige Parteien sind, die entweder als Beklagte oder als Kläger an einem Rechtsstreit teilnehmen müssen, und unverzichtbar sind die, die in einen Rechtsstreit einbezogen werden müssen, damit er überhaupt stattfinden kann, und beides bedeutet Parteien, die einem

Verfahren beitreten sollten, obwohl es eine gewisse Uneinigkeit über das Ausmaß einer solchen Verpflichtung gibt, wie sie durch das Wort sollten ausgedrückt wird.

–Mister Gribble, ich denke …

–Ganz Ihrer Meinung, ja, Worte schaffen immer solche Probleme, nicht wahr, dabei geht es weniger um ihre eigentliche Bedeutung als vielmehr um ihre Interpretation, nehmen Sie bloß mal das Wort sollten hier, ich benutze es selbst recht häufig, ohne richtig darüber nachzudenken, was …

–Mister Gribble, hören Sie zu! Ich bin sehr beschäftigt, können wir dieses Gerede über Parteien nicht abkürzen und zur Sache kommen?

–Aber deswegen bin ich ja den ganzen Weg hierhergekommen, um mit Ihnen zu sprechen, Mister Crease, es war furchtbar schwierig, das Haus hier zu finden, aber wir möchten sichergehen, daß Ihre gesetzlichen Rechte gewahrt sind, ehe Sie in Ihrem Streben nach Gerechtigkeit etwas unterschreiben, diesen Ausdruck haben Sie, glaube ich, selbst gebraucht, als wir uns das letzte Mal …

–Bevor ich was unterschreibe?

–Ja, dazu kommen wir gleich, aber können wir zuerst das Problem klären, wie jemand in ein und demselben Rechtsstreit sowohl Kläger als auch Beklagter sein kann? Er leckte sich erneut den Daumen, raschelte mit Seiten, –daß er in der einen Eigenschaft klagt und in der anderen beklagt wird, wirft gewisse Probleme auf, wenn Sie mir folgen können.

–Aber ich bin das Opfer, das haben Sie doch selbst gesagt, oder? Daß ich als Opfer klage?

–Natürlich, ja, und das bedeutet, Sie müssen den Beklagten finden, der sich einer Fahrlässigkeit als unmittelbarer Ursache Ihrer Verletzungen schuldig gemacht hat, aber das wiederum heißt, daß der Beklagte, da er nur im Umfang seiner dem Kläger geschuldeten Sorgfaltspflicht haftet, selbst bei nachgewiesener Fahrlässigkeit diese Pflicht nicht verletzt hat, wenn er gar keine schuldet, und deswegen auch nicht haftet, also würden Sie in diesem Fall wohl den Standpunkt vertreten, daß Sie sich selbst eine gewisse Sorgfaltspflicht schulden?

–Na sicher, darum geht es doch bei der ganzen …

–Bekleiden Sie zufällig irgendwo ein öffentliches Amt, Mister Crease? Erneutes Daumenanlecken, Umblättern.

–Ein was? Großer Gott, nein, wieso?

–Weil diese Bestimmung sich offenbar auf natürliche Personen beschränkt, und als Person könnten Sie sich einer Klage gegen sich selbst als Amtsträger anschließen, hier wird es nämlich ein bißchen kompliziert. Da steht es, ob es sich nun um eine Klage aus unerlaubter Handlung oder eine Klage aus einem Vertrag handelt, da sehen Sie's, die Vorschrift, daß ein und dieselbe Person nicht zugleich Kläger und Beklagter sein kann, gilt nicht, sofern sie nicht auf den Rechtsstreit einer Partei gegen sich selbst hinausläuft. In einfachen Worten könnte man beinahe sagen, es handelt sich um einen Prozeß zwischen dem, der Sie sind, und dem, für den Sie sich halten, wobei sich nur die Frage stellt, welcher von beiden der Kläger und welcher der Beklag…

–Na ja, ich, wo ist denn meine Brille, geben Sie mal her! Und er griff nach den raschelnden Blättern. –Kennen Sie Montaigne?

–Leider nein, ist das jemand, den Sie …

–Wo er sagt, es sei eine schwierige Aufgabe, immer derselbe Mensch zu sein? Er schlug eine Seite um, –und daß es zwischen uns und uns selbst ebenso viele Unterschiede gebe wie zwischen uns und anderen Menschen, hier zitieren sie praktisch Montaigne, oder? Da die Annahme gilt, die eine gerichtliche Entscheidung ermöglicht, wird, obwohl Kläger und Beklagter denselben Namen führen, unterstellt, daß es sich um verschiedene Menschen handelt.

–Ich verstehe, was Sie meinen, Mister Crease, aber Ihren Freund als dritte Partei einzuführen, kann die Dinge nur noch mehr komplizieren, es sei denn, er könnte dem Verfahren als unmittelbare Partei beitreten, indem er Fahrlässigkeit als unmittelbare Ursache Ihrer …

–Wessen Fahrlässigkeit denn, darum geht es doch hier, oder? Ich bin das Opfer, oder?

–Ja, ja, natürlich, aber ich glaube, Sie werden da drin auch etwas über Mitverschulden des Geschädigten finden, das geklärt werden muß. Wenn die Verletzungen des Klägers mit gleicher Wahrscheinlichkeit durch sein eigenes Fehlverhalten verursacht worden sind, und daß Sie vor dem Fahrzeug gestanden haben, Mister Crease, daß Sie direkt vor dem Fahrzeug gestanden haben, und zwar bei geöffneter Haube, so daß Ihre Sicht behindert war, als Sie sich an den Kabeln zu schaffen machten, um den Motor anzulassen, könnte man sehr wohl als Fehl...

–Halt, Moment, Moment mal, der Ausdruck zu schaffen machen gefällt mir hier überhaupt nicht. Ich habe schlicht und einfach, Moment, hier steht's, Mitverschulden des Geschädigten ist niemals ein Einwand gegenüber strenger Haftung, oft wird jedoch gegenteilig entschieden? Die wollen beides, wie?, wenn bewiesen werden kann, daß der Benutzer trotz einer bekannten, unverhältnismäßigen Gefahr in seinem Tun fortfuhr, ich habe schlicht und einfach versucht, den verdammten Wagen anzulassen, ja? Oder das hier? Indem er das Produkt in keiner anderen Absicht benutzte als der, sich selbst zu verletzen, halten Sie mich für verrückt?

–Ich glaube nein, nein, ich glaube nicht, daß wir so vorgehen sollten, Mister Crease, ich glaube nicht, daß Ihr Versicherungsschutz sich auch darauf erstreckt und ...

–Also gut, hören Sie zu, hier steht es, hören Sie zu, daß ein schadenstiftendes Kraftfahrzeug als Partei in einen Rechtsstreit gegen den Fahrer des Fahrzeugs eingeführt werden kann.

–Aber soweit ich informiert bin, gab es doch gar keinen Fahrer?

–Ich war der Fahrer, ich bin bloß nicht gefahren, wie denn auch, ohne es anzulassen?

–Ich verstehe, was Sie meinen, ja, aber wir sollten wahrscheinlich einen Anwalt beiziehen, der uns bei diesen diffizilen Unterschei...

–Ach was, wir brauchen keinen, Sie haben es doch gerade selbst gesagt, oder? Hier steht doch alles, sogar die Belegstelle, Brown gegen Quinn 220 S. C. 426, 68 SE.2d 326, und das schadenstiftende Kraftfahrzeug, das steht direkt hier vor der Tür, haben Sie das denn nicht gesehen?

–Doch, schon, aber das Auto zu verklagen wäre ja nun nicht gerade die ...

–Wir verklagen doch nicht das Auto! Wir führen das verdammte Ding bloß als Partei in den Rechtsstreit ein, als notwendige, unverzichtbare, unmittelbare, richtige juristische Person, möchten Sie Kaffee oder sonst etwas? Tee? Lily, bist du da draußen?

–Nein, nein, danke, ich weiß, wie beschäftigt Sie sind, ich wollte eigentlich gar nicht soviel von Ihrer kostbaren Zeit in Anspruch nehmen, Mister Crease, aber es erschien uns nur recht und billig, Ihnen die ganze Bandbreite der juristischen Komplikationen vor Augen zu führen, die in einem langwierigen, kostspieligen Prozeß auf Sie zukommen könnten, den wir Ihnen zu vermeiden helfen wollen, und natürlich ist unter den gegebenen Umständen die Möglichkeit nicht auszuschließen, daß Ihre Klage als Opfer erfolglos bleibt, sofern Sie als Partei, die einem Rechtsstreit beitreten sollte, da ist schon wieder dieses sollte, wären Sie so freundlich, mir die Papiere wiederzugeben?

–Und wären Sie so freundlich, Mister Gribble, wären Sie zunächst so freundlich, mir zu sagen, was ich unterschreiben soll?

–Aber gewiß, ich, ja natürlich, ich habe es gleich hier irgendwo, es ist bloß eine Freistellungserklärung, die uns allen eine Menge ...

–Das ist alles?

–Die Freistellungserklärung, ja, ja, und dann ist da noch eine eidesstattliche Versicherung in Zusammenhang mit Ihrem ...

–Hören Sie, was hat es eigentlich mit dieser Vorladung als Zeuge auf sich, die ich zusammen mit Firmen überall auf der Welt bekommen habe, und dieser Verschiebung, die ...

–Genau dazu wollte ich gerade kommen, ja, ja, anstatt Sie den zermürbenden Kreuzverhören zu unterziehen, denen Sie bei einem solchen Prozeß ausgesetzt wären, enthebt Sie diese schlichte eidesstattliche Versicherung aller weiteren Verpflichtungen, und wir können die ganze Angelegenheit abschließen, hier bitte. Sie stellt einfach fest, daß Sie durch das Produkt, in diesem Falle also das schadenstiftende Kraftfahrzeug, verletzt worden sind, daß es zu Ihrer Verletzung kam, weil das Produkt mit Mängeln behaftet war, und daß diese Mängel bereits bestanden, als es aus dem Besitz des Beklagten in Ihren überging.

–Welches Beklagten? Ach, Lily, bringst du mir bitte irgendwas? Bloß ein Glas Wein oder so?

–Ich wollte eigentlich nicht mehr von Ihrer kostbaren Zeit in Anspruch nehmen, indem ich auf alle diese Details eingehe, Mister Crease, aber sehen Sie, Sie sind nur ein Teil des größeren Geschehens, das außer Kontrolle zu geraten droht und sich noch Jahre hinziehen kann, und zwar mit einer ganzen Reihe von Beklagten. Als Ihr zweiter Anwalt, Mister Preswig, Ihren Klageantrag als Opfer gegen den Fahrzeughalter eingereicht hat, kam dadurch Ace Worldwide Fidelity als sein beziehungsweise Ihr Versicherer ins Spiel, und damit hätte es auch schon sein Bewenden haben können.

–Und warum hat es nicht?

–Weil sich die Haftung auf jeden erstreckt, der das Produkt verkauft, bis hin zum Hersteller einschließlich der Fabrikanten der von anderen gelieferten Teile, da es ja unter dem Namen des Herstellers vertrieben wird, können Sie mir soweit folgen? Unsere Rechtsabteilung hat den Mann ausfindig gemacht, von dem Sie es gekauft haben. Er ist inzwischen bei der Navy und hat den Händler verklagt, von dem er es als Neuwagen gekauft hat, der Händler wiederum hat Klage gegen den Großhändler erhoben, der wiederum gerichtlich gegen den Hersteller vorgeht, und der verklagt den Monteur der mangelhaften Teile, deren Fabrikanten, wie Sie aus Ihrer Zeugenvorladung in dem Prozeß ersehen haben, den der Monteur gegen sie angestrengt hat, überall auf der Welt sitzen, aber egal. Wie man Ihnen mitgeteilt hat, ist die mündliche Verhandlung vertagt worden, weil diese Einzelteilfabrikanten im Ausland offenbar weitgehend Tochtergesellschaften amerikanischer Firmen oder Joint-ventures mit ihnen sind, und das muß alles erst geklärt werden, bevor die Sache vor den Supreme Court kommen kann, wohin sie allem Anschein nach unterwegs ist.

–Großer Gott! Das Glas in der freien Hand, sank er nach hinten, –hast du das alles gehört, Lily?

–Jedenfalls genug.

–Moment, setz dich, hör zu. Das Ganze kommt mir vor wie ein, es kommt mir vor wie Der Herr der schickt den Jockel aus. Würden Sie mir bitte erklären, warum Sie mir dieses ganze verrückte Geschwätz von unverzichtbaren Parteien und juristischen Personen und nun auch noch diese globale Schnitzeljagd zumuten, die Sie als das große Geschehen bezeichnen?

–Ja, ja, natürlich, Mr. Crease. Ich dachte, es wäre nützlich, sich die Vielzahl komplexer Probleme und zeitaufwendiger, kostspieliger Verfahren vor Augen zu halten, die sich in Ihrem aufgrund Ihres kleinen Abenteuers geschwächten Zustand zweifellos als strapaziös erweisen würden und die Ihnen von den Schultern genommen wären, wenn Sie diese Papiere unterschreiben, dann liegt die ganze Angelegenheit nämlich hinter Ihnen, so daß Sie sich wieder Ihrer bedeutenden Arbeit zuwenden und nachts zudem noch mit dem befriedigenden Gefühl einschlafen können, sozusagen auf Jahre hinaus viele Menschen in Lohn und Brot zu setzen, hier habe ich einen Stift und ...

–Moment, was reden Sie denn da von wegen in Lohn und Brot setzen?

–Bloß ein Scherz, ja, ja, eine Redewendung, wie es so schön heißt, ich meine natürlich die Juristen, Anwälte hier und im Ausland, Pita-Brot, Bagels, Baguettes, ein paar Kindern finanziert es vielleicht sogar das College, wenn die ...

–Halt, Moment mal, Oscar, was ist eigentlich mit unserem Lohn und Brot, Mister Dribble?

–Wie bitte?

–Was ist mit den Arztrechnungen und dem Krankenhaus oder auch bloß dem Stuhl da drüben, mit dem er hat herumfahren müssen?

–Ja, ja, aber Sie beide verstehen sicherlich, daß Ace Worldwide bereits erhebliche Kosten auf sich genommen hat und mit weiteren finanziellen Opfern rechnen muß, und das alles in unserem Bemühen, Mister Crease von den unerträglichen Belastungen zu befreien, die ich Ihnen gerade in aller Ausführlichkeit dargelegt habe und die sämtlich mit einem Federstrich aus der Welt geschafft wären, ja, ja, hier habe ich eine, unterschreiben Sie hier unten und Ihre Tochter als Zeugin hinter ...

–Sie ist nicht meine Tochter! Und würden Sie endlich mit diesem ständigen ja, ja aufhören?

–Ja, ach so, Entschuldigung, ja, das ist bloß so eine Gewohnheit, als ich zu Worldwide gekommen bin, hat man uns diesen wunderbaren Dale-Carnegie-Kurs bezahlt, als Gelehrter sind Sie doch bestimmt mit seiner Arbeit vertraut? Wo er davon spricht, die

Methode zu benutzen, die der griechische Philosoph Socarides vervollkommnet hat, um von seinen Gesprächspartnern die Antwort ja, ja ...

–Großer Gott. Hören Sie, warum ausgerechnet ich, Mister Gribble, erklären Sie mir das bitte?

–Aber Sie haben die ganze Sache schließlich in Gang gebracht, Mister Crease, wir anderen sind nur dazu da, die Scherben zusammenzu...

–Und wenn er diesen Kram nicht unterschreibt?

–Ja, wie gesagt, dann müßten wir die Dinge einfach ihren mühsamen Gang durch die Instanzen gehen lassen, und ich muß Sie darauf hinweisen, daß die anderen Parteien, speziell der Hersteller, sehr tiefe Taschen haben.

–Sie aber auch, Mister Dribble, also was ist nun mit den Arztrechnungen und allem anderen?

–Ich bespreche das gern mit meiner Geschäftsstelle, wenn ich die Freistellungserklärung und die eidesstattliche Versicherung unterschrieben zurückbringe, ja, ja, ich halte es für sehr wahrscheinlich, daß man dort bereit ist, eine Art freiwilligen Beitrag zu den ...

–Sie können das gleich hier besprechen. Ich rede doch nicht von irgendeinem freiwilligen Beitrag, ich rede von den Arztrechnungen und dem Krankenhaus und der Therapeutin und seinem Einkommensverlust, was ist eigentlich mit seinem Einkommensverlust, ich rede von allem, und von dem Stuhl da drüben auch, sonst bringen Sie nämlich bloß Ihren Hut und Ihren Hintern in Ihre Geschäftsstelle zurück.

–Ich, äh, ja, ich glaube nicht, daß ich einen Hut dabei hatte, oder? Über die Plastikmappe auf seinem Schoß gebeugt, –wo Sie gerade davon sprechen, ja, ja, möglicherweise habe ich sogar zufällig etwas bei mir, das, wir sprechen von einer Zusatzvereinbarung, die sich sozusagen mit diesen unvorhergesehenen Ausgaben beschäftigt, wenn Sie darauf bestehen, das alles schwarz auf ...

–Und ob ich darauf bestehe! Hier, Oscar, lies das.

–Obwohl es in der vertrauensvollen Atmosphäre, die normalerweise zwischen uns und unseren Versicherungsnehmern herrscht, kaum notwendig ...

–Liest du es, Oscar?

–Ja, aber, hier steht, erklären sich bereit, Ausgaben für ordnungsgemäß belegte, allgemeine ärztliche und klinische Betreuung zu übernehmen, sofern sie unmittelbar ...

–Halt, Moment mal, schreib sämtliche rein. Schreib sämtliche Ausgaben rein, streich diesen Mist von wegen allgemeine und schreib sämtliche ärztliche und, Moment noch, schreib zahnärztliche dazu, schreib ...

–Also, ich glaube kaum, daß ...

–Glauben Sie etwa, Sie werden so schlimm angefahren, ohne daß es Ihnen praktisch sämtliche Zähne ausschlägt? Sie hören doch, wie er redet, oder?

–Ja, ich, ja, aber ich dachte, das ist vielleicht der Wein, er ...

–Wollen Sie nun, daß er diesen Kram unterschreibt, oder nicht? Moment noch, was steht da über seinen Einkommensverlust?

–Ich glaube, die äh, ich glaube, der Regelsatz liegt bei achtzig Prozent, maximal eintausend Dollar monatlich, aber, ach so, Moment, ich habe hier irgendwo einen Fotoapparat, um zu doku-, um unseren Prüfern einen Beleg für die laut Forderung dauerhafte schwere Entstellung zu liefern, die den natürlichen Ausdruck in solchem Maße beeinträchtigt, daß sie Aufmerksamkeit erregt, das bezieht sich meiner Erinnerung nach auf eine Narbe im Gesicht, die, wären Sie vielleicht so nett, den Kopf hierher zu drehen, Mister Crease? Es tut mir leid, aber ich kann nicht die geringste Spur von einer ...

–Woher wollen Sie denn wissen, wie sein natürlicher Ausdruck aussieht, wollen Sie, daß wir den Kram hier unterschreiben? Schreib einfach tausend Dollar monatlich rein, mach schon und unterschreib, Oscar.

–Es ist nicht ganz vorschriftsmäßig, aber ...

–Und Sie auch, Sie unterschreiben auch, wir unterschreiben alle, wie sieht's mit Kopien aus?

–Kopien?

–Na, sag ich doch! Damit jeder eine Kopie bekommt! Hektisches Hantieren mit Stift und Papier, bis sie alle einen Moment zurücksanken und ihre Blicke zur Ruhe kamen, der ihre auf der zusammengesackten Gestalt auf dem Sofa, der seine auf dem Boden und der dritte in ihrem Ausschnitt, bis sie die Bluse vorn zusammenraffte.

–Ja, ich wollte, ich gehe dann wohl besser, ja, es war mir ein Vergnügen, Sie beide kennenzulernen und Gelegenheit gehabt zu haben, Ihnen nach bester Tradition von Ace Worldwide zu Diensten gewesen zu sein, die stets den Kunden, ich hatte doch keinen Hut dabei, oder?

–Moment noch.

–Aber, nein, aber bitte, nun haben wir doch alles geklärt, oder? Er stopfte die zurückeroberten Papiere wieder dorthin, woher sie gekommen waren, –von dieser Katastrophe auf dem Highway, in der Nähe des Flughafens, gehen massenhaft Schadensmeldungen ein, und ich bin weit im Rückstand, Sie haben ja meine Telefon...

–Es geht nur um diese eine Frage, wo mein Bruder bei diesem Autounfall umgekommen ist.

–Ach so, ich, aha, und, und er war auch bei uns versichert?

–Nein, es geht bloß um diese Frage, er ist in einem Auto umgekommen, wo mein Daddy ihm das Geld dafür gegeben hat, und wie es dann zur Tragödie kommt, funkt auf einmal dieser Reverend dazwischen und nennt es das Werkzeug des Todes und bequatscht Daddy, daß er das ganze Versicherungsgeld von Bobbie dem Herrn gibt, damit es gereinigt wird und er und Mama im Jenseits garantiert mit Bobbie vereinigt werden, wenn sie selber dorthin kommen, dabei müßte ich es eigentlich hier im Diesseits kriegen, ich kann es nämlich gut gebrauchen, immerhin bin ich seine Tochter, oder?

–Ich verstehe, ja, aber Ihr Daddy hat natürlich das Recht, über sein Geld so zu verfügen, wie er es für richtig hält, das heißt, wenn Sie seine Frau wären, hätten Sie Anspruch auf ein Drittel, in manchen Staaten sogar auf die Hälfte, aber ...

–Wie kann ich denn seine Frau sein, schließlich hat er ja schon Mama, oder? Und deswegen will ich ihn verklagen.

–Aber ich glaube nicht, daß Sie damit Erfolg hätten, das wollte ich damit sagen, es sei denn, Sie könnten ihn für geschäftsunfähig erklären lassen, es ist keineswegs ungewöhnlich, daß Kinder aus dem Testament ihrer Eltern gestrichen werden, und außerdem würde sein Testament natürlich sowieso erst dann in Kraft treten, wenn er entschlafen wäre, weil er …

–Ich meine doch nicht Daddy verklagen, sondern diesen Reverend! Daddy hat doch jetzt diese große Operation, und wenn der Herr ihn mittendrin zu sich ruft, was dann? Wenn er da drüben auftaucht und sich nicht mit Bobbie vereinigen kann oder ihn im Gewühl vielleicht gar nicht mal findet, was dann?

–Ich glaube, was sie hier sagt, geht eher in Richtung einer Klage wegen Berufspflichtverletzung, Mister Gribble.

–Aber, ich verstehe. Dürfte ich vielleicht eine andere Betrachtungsweise vorschlagen? Seine Stimme nahm plötzlich ein weicheres, fast intimes Timbre an, –wenn ich Ihre kostbare Zeit noch ein wenig länger in Anspruch nehmen darf? Während er sich wieder setzte und ein gesondertes Fach der Aktenmappe auf seinem Schoß aufnestelte. –Ihre Gefühle sind natürlich vollkommen verständlich, aber haben Sie schon einmal überlegt, sie gegen den geistlichen Trost abzuwägen, den Sie daraus schöpfen könnten, daß Sie diese Mittel in einer uneigennützigen Geste der Liebe für Ihren heimgegangenen Bruder dem Dienst des Herrn weihen?

–Sie machen wohl Witze? Und noch eins, mal angenommen, Daddy ist geschlechtsunfähig, kommt aber sowieso nicht dorthin, weil er, wenn er hinkommt, merkt, daß es gar kein Jenseits gibt, dann hat er den Reverend ja schon bezahlt, oder? Und das soll keine Berufspflichtverletzung sein?

–Aber bei einer solchen Klage könnte sich ein, wie gesagt, ich bin kein Rechtsexperte, aber ich denke, wenn Ihr Daddy als Kläger vom Jenseits aus gegen den Reverend klagt, würde sich das Problem des Gerichtsstandes stellen, und …

–Ich rede davon, daß ich ihn hier im Diesseits verklage, wo er sich das Geld unter den Nagel reißt, das eigentlich mir zusteht, und zwar ohne Gegenleistung.

–Können Sie denn wirklich beweisen, daß er keine Gegenleistung erbringt?

–Kann er beweisen, daß er eine erbringt?

–Das hört sich schon eher nach Vertragsbruch an, was, Gribble? und das Glas senkte sich, geleert. –Mehr Wein ist nicht da?

–Steht direkt neben deinem Fuß, Oscar. Also, kann er?

–Nun ja, aber zunächst einmal, Miss äh Lily, wenn Sie gestatten? Er war dabei, in flammenden Farben lodernde und in celestem Blau strahlende Broschüren und Traktate hervorzuziehen, –zumindest weiß ich aus meiner langen Erfahrung in der Autohaftpflicht, daß bei einem solchen Rechtsstreit die Glaubwürdigkeit der Vertragsparteien von wesentlicher Bedeutung ist. Natürlich haben wir Gottes eigenes, unanfechtbares Wort darauf, daß das Himmelreich, das Sie Jenseits nennen, tatsächlich existiert, und nach den Worten des Johannes, Kapitel drei, Vers sechzehn, die Sie gewiß schon seit Ihrer Kindheit auswendig kennen, wo haben wir es denn jetzt, ah ja, hier. Also hat Gott die Welt geliebt, daß er seinen eigenen Sohn gab, auf daß alle, die an ihn glauben, nicht verloren werden, sondern das ewige Leben haben. Also, angenommen Ihr Daddy ...

–Sie sind doch nicht etwa Mormone, Gribble? Die stapeln sie im Jenseits nämlich wie Brennholz, versuchen Sie da mal, im Gewühle ein Gesicht zu finden, die haben da irgendwo im Westen einen ganzen Berg ausgehöhlt, voller Stammbäume, die bis auf Methusa...

–Ich bin kein, nein, ich bin kein Mormone, Mister Crease, aber ich gehöre in der Tat einem ernsthaften Bibelkreis der Pfingstbewegung an, ehrlich gesagt wollte ich Sie gerade fragen, ob Sie nicht einmal einen Abend zu uns kommen möchten, ich glaube, Ihre Diskussionsbeiträge wären äußerst ...

–Wir führen unsere Diskussionen hier, holst du noch ein Glas für Mister Gribble, Lily? Wenn er die Unfehlbarkeit der Schrift predigt, kann er wohl ein Schlückchen Wein für seinen Magen vertragen?

–Nein danke, nein, nein, wir predigen nie, sondern ich gebe lediglich zu bedenken, daß, falls Ihr Daddy vor Zeugen aufgestanden ist und seinen Glauben an das Bekenntnis bekundet hat, wie es die schlichten Worte dieses Evangeliums so wunderschön ausdrücken, und falls er dann im Laufe der Ereignisse im Jenseits eintreffen sollte oder tatsächlich eintrifft und Ihren Bruder dann nicht finden kann? wandte er sich ihr mit wachsender Gier zu und leckte sich die Lippen, während sein Blick leicht nach unten abglitt, –ist es dann nicht durchaus möglich, daß Bobbie, weil er kein ähnliches Glaubensbekenntnis abgelegt hat, woanders hingekommen ist?

–Sehr gut, Mister Gribble, obwohl wir natürlich beide wissen, daß Johannes von allen Evangelisten im allgemeinen als der am wenigsten verläßliche gilt.

–Vielleicht bei gewissen unbedeutenden historischen Details, aber …

–Aber hier bietet er nun mal einen Vertrag auf das ewige Leben, da müssen wir ihn ja wohl als interessierte Partei bezeichnen? Wenn er im Namen des Herrn diese Immunität gegen den Tod zusagt, es sei denn, Bobbie hier ist seinen Glaubensanforderungen nicht gerecht geworden und sein Immunsystem bricht zusammen, dann käme es zur Klageabweisung wegen Versäumnis des Klägers, so heißt das, glaube ich, und man würde ihn aus dem Gerichtssaal werfen.

–So gesehen, hat er, glaube ich, sehr hübsch erklärt, was ich meine, finden Sie nicht? Ihren zufrieden, ja listig glitzernden Blick vor Augen, schlug er einen in seiner bemühten Leichtigkeit fast gönnerhaften Ton an, –immerhin können Sie Ihre Klage wegen Vertragsbruch ja wohl kaum gegen Gott erheben, indem Sie ihn als juristische Person und seinen eingeborenen Sohn als notwendige Partei benennen, oder? Und er war plötzlich damit beschäftigt, einen Ordner aufzuklappen, der von Strichmännchen, die in einen flammenden Abgrund purzelten, überquoll –ich möchte Ihnen zeigen, wie ein Künstler …

–Nein, hier auf Erden, Mister Gribble, sie redet davon, diesen windigen Reverend da unten aufgrund abweichender Gliedstaatenzugehörigkeit vor dem Bundesgericht eines Nachbarbezirks zu verklagen, jammerschade, daß mein Vater nicht mehr Richter ist, wenn sie ihn als Amtsträger verklagt, wäre seine Kirche auch noch haftbar, oder? Er füllte sein Glas nach, –wenn Sie eine schöne Parallele zu Ihrer Schrift hier auf Erden wollen, brauchen Sie bloß AIDS zu nehmen.

–Aber das ist doch nicht, jetzt geraten Sie aber ein bißchen in die Irre, glaube ich, Menschen, die an AIDS sterben, sind doch nicht …

–Aber darum geht es doch gerade, Gribble, sie sterben nicht an AIDS, sie sterben an irgendeinem hundsnormalen altmodischen Bazillus, zum Beispiel an Lungenentzündung oder Tuberkulose, weil ihr Immunsystem zusammengebrochen ist, genau das gleiche, wie wenn einem der Glaube fehlt oder abhanden gekommen ist, oder? Ein erworbenes Immunschwächesyndrom, und beides endet mit dem Tod, Ihr Immunsystem bricht zusammen, und dann funkt irgendein Bazillus wie dieser Reverend dazwischen und besorgt den Rest.

–Ich finde Ihre, äh, Ihre Parallele wirklich sehr weit hergeholt, Menschen, die an schrecklichen Krankheiten wie Krebs sterben und ...

–Das sind doch alles nur Metaphern, Gribble, das sind alles Metaphern! Es gibt doch überhaupt keinen Krebsbazillus, oder? Nein, nein, Krebs ist ein Ausdruck des wildgewordenen Lebens, die lebenden Zellen geraten in ihrem Überschwang plötzlich außer Rand und Band, vervielfältigen sich wie verrückt und amüsieren sich köstlich dabei, das sind alles Metaphern für die Wirklichkeit hier auf Erden, Leute mit der Veteranenkrankheit, wie wir das genannt haben, ziehen darauf herum, obwohl ihre Zeit längst abgelaufen ist und ...

–Mein Gott, was ist denn hier los?

–Christina! Ich habe dich gar nicht kommen hören, wo hast du denn gesteckt, setz dich zu uns, wir reden gerade darüber, ob Lilys Daddy Bobbie über den Weg laufen wird, wenn er ins Jenseits kommt, und ...

–Wenn er Harry über den Weg läuft, wird ihn das auf die rechte Bahn bringen, Lily, würden Sie mir bitte das Päckchen abnehmen? Vorsicht, es kann kleckern.

–Oder Vater! Wenn er Vater über den Weg läuft, wird er ...

–Ich sollte jetzt wohl besser gehen, ist das mein Mantel? Er war aufgestanden und schob Papiere, Ordner, Traktate zusammen, –und ich möchte mich dafür bedanken, daß Sie ...

–Lily, seien Sie so nett und begleiten Sie den armen Mann zur Tür, wer immer das ist, und du beruhige dich um Gottes willen, Oscar.

–Wo hast du denn gesteckt? Als du das letzte Mal meinen Wagen genommen hast, hast du nicht mal ...

–Das ist mein Wagen, Oscar, deinen habe ich, hallo? Sie war

schon wieder am Telefon, –ja, geben Sie mir bitte Mister Peyton, Gott, was für ein Tag, nun sieh dir das da draußen an, vor einer Stunde hat noch die Sonne, hallo? Na schön, dann passen Sie mal auf, richten Sie ihm bitte … Hier ist Christina Lutz, jetzt hören Sie mal zu. Ich habe ihm gerade etwas sehr Wichtiges zugeschickt, bitte sorgen Sie dafür, daß er es bekommt, es steht groß und deutlich dringend und persönlich drauf, sobald er kommt, verstehen … Er weiß, in welcher Angelegenheit! Richten Sie ihm bitte aus, er möchte mich auf dem Land anrufen, sobald er, wie bitte? Was heißt hier welches Land, dieses Land! Er hat die Nummer und … Lutz! Christina Lutz, Lutz, Lutz! Mrs. Harry Lu… genau. Schön, daß Sie die Zeitungen lesen, mein Gott! Sie knallte den Hörer auf, –ausgerechnet dieses, sie hat dieses hübsche Bild von ihm in der Zeitung gesehen, habe ich es dir nicht gesagt? In die Neuigkeiten von gestern wickelt man heute den Fisch ein, wo ist denn Lily, ich habe uns nach diesen grauenhaften Fischfrikadellen von gestern einen schönen Heilbutt besorgt, du glaubst doch nicht etwa, daß es Schnee gibt, oder? Siehst du dir mal die Wolken da an? Der Wind hätte mich fast von der Straße gepustet, als ich, ach, Lily? Wer war denn das, um Gottes willen?

–Der! Wollte wissen, ob ich nicht mal kurz mit ihm zu einem Gebetsfrühstück abdüsen kann, und du sollst wegen der Veranda da draußen deine Hausbesitzerpolice erneuern, und dabei verrenkt er sich, bis er mir direkt vorne reingucken kann und …

–Ich fahre Sie gleich nach dem Mittagessen hin, es ist alles arrangiert, ich habe eine wunderbare Fischsuppe bekommen, habe ich sie Ihnen gegeben, als ich gekommen bin? Sie sollten wohl lieber nicht soviel essen, bevor Sie unters Messer kommen, ich habe mich auf Bunker berufen, diesen abgelegten Freund von Trish, und Sie werden eingeschoben, es hat nämlich gerade jemand abgesagt, Sie können meinen Plaid-Bademantel und ein Nachthemd haben, ich nehme mal an, Sie haben keinen, jedenfalls habe ich Sie nie in etwas anderem als, was macht denn die Flasche da? Oscar? Vor deinen Füßen?

–Halt, hör erst mal zu, Christina, ehe du anfängst …

–Holen Sie mir bitte ein Glas, ja? Wie spät ist es eigentlich? Das möchte ich sehen, wie sie sich da rauswinden, ich werde Doktor Chichester als Zeugen aufrufen und ihr kostbares Nobelimage kurz und klein schlagen.

–Hör doch mal zu, Christina, wir wissen doch gar nicht, wer ...

–Natürlich nicht, ich habe es ja auch nicht gewußt, kein Mensch hat es gewußt, bis heute morgen seine Rechnung kam, Harry hat immer gesagt, wenn man zu ihm geht, liegt die Rechnung schon im Briefkasten, bevor man wieder zu Hause ist, Gott sei Dank hat er diesmal eine Kopie hierher geschickt, er ist Zahnarzt, Oscar, er war seit Jahren Harrys Zahnarzt, danke, Lily, gießen Sie einfach ein, ja? Erinnerst du dich noch an den Tag, an dem es passiert ist? Wie wir die Nacht davor nicht schlafen konnten, weil dieser Zahn uns beide wahnsinnig gemacht hat, und wie er dann von hier weggefahren ist? Und ich ihm gesagt habe, er soll ihn um Gottes willen behandeln lassen, und er meinte, er würde versuchen, es einzuschieben? Würdest du dir einen Zahn ausbohren und provisorisch überkronen lassen, wenn du wüßtest, daß du morgen nicht mehr am Leben bist? Ja? Sie hatte sich vor dem Fenster aufgebaut, den Mantel aufgerissen, als wollte sie dem Wind trotzen, der die Kiefernzweige draußen schüttelte und zwei schwarze Krähen über einen grauen, finster mit Schnee drohenden Himmel schleuderte, ein kurzes Gestöber, das mit ihrem Lunch vorüber war, als das Auto die Einfahrt hinunter verschwand und er zurückblieb und ihm nachstarrte, als kämen sie vielleicht nie mehr wieder, –ich konnte sie ja wohl schlecht wie so eine Art Findling einfach an der Tür abliefern, oder? sagte sie, als sie es dann doch tat, –du hättest mir hier draußen wenigstens ein Licht anmachen können, oder? Gab es irgendwelche Anrufe? Nein, keine. Und was hatte er gemacht? Eigentlich nichts, bloß, nichts. Die funkelnde Brandung ergoß sich über einen Bilderbuchstrand, vor dem ein Kreuzfahrtschiff in den azurblauen Wassern lag, wo Schwarze in makelloser Livree goldbraungebrannten Blondinen, die auf der stummen Mattscheibe die Nacht durchtanzten, exotische Drinks servierten, –du kannst doch hier nicht Tag für Tag bloß auf und ab gehen und über deinen albernen Schadensersatz brummeln, das ist jetzt vorbei, oder? Du hast etwas bekommen, oder? Du kannst deinem Freund Sam sagen, daß du deren

Auslagen bezahlst, sie sind auf dieser idiotischen Rechnung von ihnen alle separat aufgeführt, oder? Basies Lokalrunden und ein Vermögen in Briefmarken, und auf den Rest kann er warten, bis er schwarz wird, sie hat mir erzählt, du hättest mit diesem Idioten von der Versicherung das mit deinen Arztrechnungen geklärt, sogar ein paar neue Zähne, mein Gott, ich bin ja wirklich gespannt, ob Bill Peyton dieser großartigen Versicherung Harrys Zahnarztrechnung in den Hals stopft und sie zum Ausspucken bringt, die Ärmste hat sich furchtbar aufgeregt, als die Klinik Vorauszahlung verlangt hat, ganze fünfzehnhundert, sie hat mit siebenhundert gerechnet, kein Mensch hatte ihr was vom Operationssaal und vom Anästhesisten und den ganzen anderen Aasgeiern mit ihren Gratis-Zahnbürsten und der gedruckten Speisekarte gesagt, als ich diesen schönen Heilbutt besorgt habe, habe ich gar nicht daran gedacht, daß sie nicht da sein würde, um beim Abendessen zu helfen, weiß der Himmel, was wir dazu essen, ich glaube, es sind noch ein paar Kapern da, ich dünste ihn einfach in Butter, dazu vielleicht eine weiße Sauce?, und was von deinem Weißwein hier und Kartoffeln, das Ganze, nachdem in den Abendnachrichten weltweit der letzte Schuß verklungen war, in der Grabesstille der Küche auf weißen Porzellantellern serviert, die in der Spüle zurückblieben, als sie hinter ihnen die Lichter ausmachte und durch den Flur voranging, um eine als Nonne verkleidete, berühmte Schauspielerin mit –das willst du dir ja wohl nicht ansehen, oder? mitten in ihren Gebeten zu unterbrechen und auf dem Weg zur Treppe im Vorbeigehen auszuknipsen, –ich bin nämlich einfach fix und fertig, ich gehe ins Bett und lese noch ein bißchen, und Oscar? Dieser Haufen Papiere und diese Briefe, die du aufheben wolltest, als sie versucht hat aufzuräumen, die hast du einfach wieder auf das Sideboard gelegt, machst du jetzt endlich etwas damit? Wirf sie weg oder leg sie wieder zu dem Kuddelmuddel in der Bibliothek, wo sie hingehören. Und wo bis weit in die Nacht eine Leselampe brannte.

Toast, aber keine Butter, Tee, aber keine Milch darin, beides für die weiße Sauce am Vorabend verbraucht, Oscar?, aber keine Antwort, als sie ans Telefon und, später als erwartet, in der Stadt zur Klinik hetzte, nur um dort auf einem weißen Flur in einen Vorbeimarsch von Buntgeschecktem zu geraten, das auch nicht übler dran zu sein schien als alles, worum man auf der Straße einen Bogen machen würde, bis ein vertrauter beigefarbener Mantel auf sie zueilte, –nichts wie weg hier, ehe sie uns noch einen Tag berechnen, um fünf haben sie mich heute morgen geweckt, ich hab noch nichts gegessen, außer ein paar aua!, als sie um eine Ecke bogen, und noch einmal, als sie endlich die löchrige Einfahrt hinaufholperten, –nein, ich bin okay, sie tun nur ein bißchen weh, das ist alles, ihre Absätze klapperten die Treppe hinauf und den kahlen Flur entlang, in dem die Leere widerhallte, die wie ein plötzlicher Frosthauch das Haus durchdrang, –Oscar? Wo steckst du?

–Oscar? Weiß der Himmel, es sind noch ein paar Dosensuppen da, die ich gestern mitgebracht habe, setzen Sie sich doch. Oscar? Er wird doch wohl nicht weggegangen sein, wahrscheinlich ist er in der Küche. Französische Zwiebelsuppe oder Tomatensuppe. Lily?

–Er ist hier drin, Christina.

–Wo hier drin, fragen Sie ihn, ob er ...

–In der Bibliothek. Er sitzt einfach nur da. Er hat mich ganz starr angeguckt, als hätte er mich noch nie gesehen, nicht mal bewegt hat er sich, richtig gruselig ist das.

–Seien Sie nicht albern, er kann ja wohl nicht schon so früh getrunken haben, oder? Oscar?, als sie zusammen an der Tür anlangten, –was ist denn? Du siehst aus, als hättest du die ganze Nacht so dagesessen, was ist denn los? Gibst du mir bitte Antwort? Sie stand nun neben ihm, schüttelte ihn an der Schulter und wollte gerade die Papiere festhalten, die von seinem Schoß glitten, als ihr Handgelenk mit solcher Gewalt gepackt wurde, daß sie beinahe auf ihn fiel, –mein Gott! Sie machte sich los, während er sich langsam vorbeugte, um die Blätter Brief für Brief wieder aufzuheben, –was soll denn das! Nun stand er mühsam auf, die Papiere zusammengeknüllt in einer Hand, während er die andere ausstreckte, um die Leselampe zu löschen.

–Es ist eine Farce, Christina. Es ist bloß eine Farce.

–Ja natürlich ist es das! Was denn! Sie folgte ihm nach draußen, –was ist eine Farce?

Er war bis ans andere Ende des Flurs gekommen und vors Fenster getreten, wo er stehenblieb und auf den Teich hinausblickte, ehe er leise sagte, –man hat mich mein Leben lang belogen.

–Aber was ... Sie brach ab und setzte sich langsam, beide setzten sich stumm und betrachteten ihn, eine gerahmte Silhouette vor dem Himmel, wie er sich erschüttert mit übertriebener Geste gegen sie wandte, als wären soeben die Rampenlichter angegangen.

–Als wir wie Bettler auf der Suche nach einem neuen Exil aus Frankreich zurückkamen und du mich zu ihm geschickt hast? Seine Stimme zitterte vor Entrüstung, –Du schneist hier so herein in deinem feinen französischen Aufzug und forderst dein Recht, hat er zu mir gesagt, als ich ihn um das Geld bat, das er meinem Vater schuldete, dabei hatte ich den Morgen damit zugebracht, durchgescheuerte Manschetten zu kürzen und den Saum am Rock meines Vaters umzustecken, um mich angemessen zu präsentieren, fünfhundert Dollar! Empörtes Japsen, das in brummelndes Gemurmel überging, –mir Schätze im Himmel zu sammeln, Thomas, denn du strebst hienieden, mit scharfem Atemholen, –nur nach Gerechtigkeit! Als Farce, ja, man muß es als Farce spielen, nichts anderes ist es nämlich!

–Oscar, was ist denn passiert, ich verstehe nicht ...

–Das habe ich dir doch gerade gesagt, oder? Daß man mich mein Leben lang belogen hat? Nein, nein, mit diesem tragischen Pathos von John Dryden habe ich mich um hundert Jahre vergriffen, blast die Trompete! Rührt die Trommel!, dabei war es die ganze Zeit eine Farce, Sir John hätte das begriffen, wenn er es nur gelesen hätte, wenn ich es ihm nur hätte vorlegen können, er hätte es als Farce inszeniert, als seine Lästerschule ins Wasser fiel, mit Sir Lucius O'Trigger, genau. Mit Sir Lucius O'Trigger als Thomas, nach einer wahren Geschichte, nein, hier habt ihr die wahre Geschichte! Er streckte ihnen die zerknüllten Briefe entgegen, von denen einer, noch zitternd, herunterfiel, gefolgt von einem zweiten, –diese Briefe, diese verdammten Briefe, auf denen die alten Ladies von der historischen Gesellschaft da unten gesessen haben, bis Vater sie in die Hand bekommen hat, da steht die wahre Geschichte drin, die ganze traurige, elende, jämmerliche wahre Geschichte. Mir Schätze im Himmel sammeln, da sie weder Motten noch Rost fressen und da die Diebe nicht nach graben noch stehlen, sie hat die ganze Zeit gelogen! Es steht alles hier in diesen Briefen, Gejammer, Gebettel, gebrochene Versprechen und noch mehr Versprechen, kein Wunder, daß sie sie versteckt haben, sie hatte nämlich den falschen Bruder geheiratet, sie hatte den Säufer geheiratet. Großvaters Vater, der charmante, schwache, leichtsinnige Dandy, wie es in einem davon heißt, einem von den Briefen, hier, alles verspielt und am Suff gestorben, als Diplomatenlakei in dem Botschaftsjob, den sein Bruder ihm als letzten Ausweg beschafft hatte, Gott, was für Worte ich ihnen in den Mund gelegt habe! Als mein Vater auf einem Auslandsposten starb, wo er nichts bekam, keine Beförderungen, wo man ihn versauern ließ, bis es vorbei war, und wir zurückkehren und von seinem Bruder erbetteln mußten, was in Wirklichkeit ihm gehörte? Wie findest du das als Farce! Diese widerwärtige alte Heuchlerin hat gelogen wie gedruckt und Großvater gegen seinen Onkel aufgehetzt, der gearbeitet und sich als Zechenbesitzer nach oben gekämpft hatte, dein Onkel hat noch nie etwas verschenkt, sagt sie, kein Lächeln, keinen Penny, dabei liegt sein eigener Bruder in fremder Erde begraben. Die einzige Zeile von mir, die stimmt, als Thomas zu ihr sagt, es ist, als liebtest du die Ungerechtigkeit, die einzige Zeile von mir, die stimmt, wenn auch aus lauter falschen Gründen, hier in einem dieser Briefe steht es nämlich alles, wie Großvater hereinstürmt und seine Rechte fordert, obwohl ihm sein Onkel nicht das geringste schuldete, aber vielleicht hat er seine Dreistigkeit bewundert, vielleicht hat er in diesem zornigen jungen Mann seinen eigenen ungestümen, unbeugsamen Willen erkannt und beschlossen, ihm eine Chance zu geben, diese heruntergekommene Farm und dreihundert Dollar, eine winzige Chance, nur um zu sehen, was er daraus machen würde, und das in dem Bewußtsein, daß diese widerwärtige Alte ihn belogen hatte, um ihren Taugenichts von Ehemann und sich selbst zu schützen, weil sie ihn überhaupt je geheiratet hatte, das ist die wahre Geschichte! Und Vater hat es gewußt. Vater hat es die ganze Zeit gewußt, daß man seinen Vater belogen hatte, und daher kam das alles, der Kriegsheld und die bedeutende Karriere als Richter am High Court, neben Richter Holmes, weil man ihn belogen hatte, genau wie mich, genau wie mich.

–Oscar …

–Genau wie man mich mein Leben lang belogen hat.

–Oscar, begreifst du denn nicht? Begreifst du denn nicht, daß Vater nur seinen Vater geschützt hat? Weil er wußte, wie du deinen Großvater vergötterst und wie dein Großvater dich geliebt hat, das hat er zu schützen versucht, oder? Zu deinem eigenen Besten, mein Gott, Vater hat doch zu dir gehalten, oder? Bei dieser Berufung, als er alles zusammengeschrieben und dann jemand hierhergeschickt hat, um deine Berufung für dich zu gewinnen, er hat zu dir gehalten, hat hinter dir gestanden, an dich geglaubt, das ist dir doch neulich auch klargeworden, als du gesagt hast, du hättest deinen Glauben an ihn verloren? Begreifst du das denn nicht?

–Nein, flüsterte er und bückte sich, um die Briefe aufzuheben, die plötzlich heruntergefallen waren, sie mit beiden Händen zu zerknüllen, sich aufzurichten, langsam durchs Zimmer zu gehen und sie allesamt in den leeren Kamin zu werfen. –Nein, ich habe dir das nie erzählt, neulich, als wir ihn zum Flughafen gebracht haben, als wir diesen Gerichtsschreiber zum Flughafen gebracht haben und wir im Wagen saßen und er in einer seiner Taschen Großvaters Uhr gefunden hat, die er mir zu geben vergessen hatte, da habe ich so etwas Ähnliches zu ihm gesagt, daß Vater mit seiner Liebe für mich zu mir gehalten hat, daß er sie auf diese Weise gezeigt hat, ohne etwas dafür zu verlangen, und er hat gekichert. Er hat bloß gekichert, als wäre das alles, als wäre das alles bloß eine Farce, nein, nein, hat er gesagt, so was war dem Richter immer völlig egal, diese ganze Rührseligkeit oder dieses Drehbuch, das Sie geschrieben haben, er hat gewußt, daß man das bloß benutzt, um ihn vom Circuit Court fernzuhalten, er hat Ihnen das nicht übelgenommen, er hat Sie vielleicht für einen Dummkopf gehalten, aber nicht für käuflich, und den Berufungsschriftsatz hat er nicht aus Liebe zu irgendwem verfaßt, weder zu Ihnen noch zu sonstwem. Sondern aus Liebe zum Recht. Als er dieses Urteil in die Finger bekommen hat, ist er furchtbar wütend geworden. Er hat sich verhalten, als wäre der Mensch, der ihm in seinem Leben am nächsten stand, vergewaltigt worden, als wäre er auf den am Boden liegenden Leib des Rechts gestoßen, der von einer Horde Barbaren zerrissen und geschändet worden war, was haben Sie sich eigentlich dabei gedacht? Was war eigentlich mit Ihren Anwälten los, daß sie da nicht nachgefaßt haben, daß sie eine dermaßen plumpe Falle übersehen haben, die man Ihnen gestellt hat, damit diese neue Richterin hineinplumpst, ans Telefon hat er mich gescheucht, und dann hat er mir den Hörer aus der Hand gerissen, wollte den Anwalt ausfindig machen, der Ihren Fall dort bearbeitet hat, der ist nicht mehr bei uns beschäftigt, hieß es, genau dasselbe hatten sie mir auch schon gesagt, wo er sich aufhält, ist uns nicht bekannt, und dann haben sie aufgelegt. Wenn man was richtig gemacht haben will, macht man es selber, so war er, Ihr Vater, zwei Nächte hat er mich durcharbeiten und sämtliche einschlägigen Belegstellen raussuchen lassen, und zur Sicherheit noch hundert dazu, und dann hat er den Berufungsschriftsatz damit verarztet wie mit Verbandzeug, überall wo er eine Schramme hatte, dieser Leib, der ihm lieber war als sein eigenes Leben oder Ihres oder sonst eins, diese Liebe, die er für das Recht und die Sprache empfand, sosehr er sie beide manchmal auch gezwiebelt hat, denn wenn man's recht bedenkt, ist das Recht schließlich nur Sprache, und ich kann immer noch seine Whiskyfahne und den Zigarrenrauch riechen und seine krächzende Stimme hören, wie wir dort zusammen in dem Wagen eingeschlossen waren, und was kann man Besseres lieben, um sich durch die Nächte zu helfen.

Sie räusperte sich endlich, nahm die Schultern zurück und richtete sich auf, räusperte sich scharf, als wäre der Atem, den sie tief einzog, wie durch eine Art Übertragung der seine und könnte ihn aufrichten, ihm die Stimme für die Worte klären, um sie von einem Bann zu befreien, den sie am Ende schwächlich mit ihrer eigenen zu brechen sich bemühte, indem sie sagte –Oscar, das ist jetzt alles Geschichte. Das ist alles bloß Geschichte.

–Man hat mich mein Leben lang belogen.

–Oscar? Weißt du noch, dieser Laden oben am Highway, wo ich zuerst war, da wo es zwischen diesen leeren Schaufenstern diese schnelle ärztliche Versorgung gibt?

–Ich brauche keine schnelle ärztliche …

–Das meine ich doch auch gar nicht, aber da ist jetzt direkt nebendran ein neuer Laden, so eine Art Zoogeschäft, wo es Vögel und

Kanarien und alle möglichen Fische fürs Aquarium gibt, steht auf dem Schild, hast du Lust, dir das mal anzugucken?

Er starrte sie einen Moment lang an, dann sagte er –ich lege mich ein bißchen hin. Ich gehe in die Bibliothek und lege mich ein bißchen hin.

–Hast du schon etwas gegessen, Oscar? Oder vielleicht einen Teller Suppe? Aber er war schon an ihnen vorbei, –Lily, was haben Sie vor?

–Ich wollte sowieso da hin.

–Dann bringen Sie doch gleich Milch und Butter mit, ja? Lily? Fehlt Ihnen auch nichts? Soll ich nicht lieber ...

–Nein, ich bin okay. Ich dachte halt, das bringt ihn auf andere Gedanken, wissen Sie? Und sie griff sich den Mantel, stürzte den Flur entlang und hinaus in die Winde, deren Raublust, von einem Blick auf sie entfacht, ihr Blondhaar flattern ließ, Röcke, Äste, Zweige ebenso arg- wie absichtslos hoch und seitwärts schleuderte, bis sie das Haus selbst zu entdecken und sich zusammenzutun schienen, um mit Macht herunterprasselnde Regenströme zu mobilisieren, an denen die Vermenschlichung der Natur für jeden zuschanden wurde, der drinnen kauerte, ob er nun darum kämpfte, von etwas erlöst zu werden, was im Schlaf nicht zu ändern war, oder etwas änderte, was zu ändern war, etwa das Geschirr im Ausguß spülte oder eine Dose Suppe öffnete, begleitet vom Ächzen der Scharniere eines losgerissenen Fensterladens, vom Klappern einer irgendwo zuschlagenden Tür, von Absätzen den Flur entlang und –ich bin's.

–Mein Gott, Sie sind ja tropfnaß.

–Was haben Sie denn erwartet? Sie hielt eine Pergaminhülle hoch, –gucken Sie mal.

–Was ist das, ich kann nichts erkennen.

–Das sind diese Guppys, die sind echt winzig, deswegen kosten sie auch nur fünfzehn Cents pro Stück, da hab ich zehn genommen.

–Mein Gott.

–Es ist doch wenigstens mal ein Anfang, oder? Minuten später war sie wieder da, die Hände voll mit vergilbten Wasserfarnen, durchweichten Ludwigia und trübseligen Teichrosenwedeln, von denen es überall auf den Küchenboden tropfte, ob sie das alles denn nicht woanders machen könne? Es im Badezimmer loswerden?, als ein Eimer algengetrübtes Wasser vorbeikam, es einfach die Toilette hinunterspülen?, und sie leitete die nachfolgenden um, vorbei an der Tür zur Bibliothek, unter der er schließlich auftauchte, stehenblieb und ihrem Vorbeimarsch zusah wie der Augenzeuge einer unterhaltsamen Episode von Flutkatastrophenhilfe, die zwischen jene von etwas intimerer Natur in den Abendnachrichten eingeschoben war, bis sie einen vor ihn hinstellte und sagte, –willst du mir helfen, Oscar?

–Und Lily? Dies aus der Küche, –die Milch? Und die Butter? Aber die hatte sie auf dieser anspruchsvollen Mission, die ihn auf andere Gedanken bringen sollte, vergessen, und gab es noch irgendwo einen Eimer?, während die Kübelparade umschwenkte und mit jedem frischen Liter neue Lebenszuversicht für die glotzäugigen Bewohner schuf, wo ihr riesiger neuer Hauswirt widerstrebend grundlegende Funktionen wie Licht und Belüftung, ausgeglichenen pH-Wert, Filtration und eine angenehme Temperatur wiederherstellte, das Ganze bestreut mit Krill und Daphnia, die auf sie herniederschwebten wie das Manna in der Wüste, bis eine weitere Fahrt zum Highway hinauf eine Kohorte türkis, rot und kobaltblau schimmernder Diskusfische brachte, die wie die Ägypter herannahten, ehe grüne Fächerkorallen, Rasierpinsel und ein frischer Baldachin von Wasserfarnen das gelobte Land in einer zehn Jahrhunderte alten Version mit Kreuzfahrerschloß verhießen, das seine Plastikzinnen zwischen den braungetüpfelten jungen Blättern des Amazonaspfeilkrauts emporreckte, –damit sie sich da drin verstecken können, wenn sie wollen, ist das nicht süß?

Süß oder nicht, –weiß der Himmel, ob es ihn auf andere Gedanken bringt, er schleicht jedenfalls durchs Haus, als könnte er seine Gedanken überhaupt nicht mehr zusammenhalten, wenn man ihn etwas fragt, nuschelt er bloß vor sich hin. Heute morgen stand etwas in der Zeitung, wovon ich dachte, es würde ihn amüsieren, nämlich daß dieser widerliche Senator Bilk sich für seinen Wahlkampf jetzt um die Unterstützung des Schwulenverbandes bemüht, nachdem sein Abenteuer mit diesem Transvestiten herausgekommen ist. Und daß dieser Abgeordnete aus Iowa, der mit ihm zusammen Vater aus dem Amt jagen wollte, zurücktritt, und zwar im Zusammenhang mit Vorwürfen, er wäre praktisch ein Analphabet, kann nichts als seinen Namen schreiben und lesen wie ein Zweijähriger, seine treuen Mitarbeiter haben ihm durch sieben volle Legislaturperioden geholfen, bis jemand was gemerkt hat, und jetzt will er sich als politischer Berater betätigen, mein Gott, Harry wäre begeistert gewesen, das ist doch beinahe wie bei Dickens, aber Oscar hat bloß gemuffelt, ob die Post schon gekommen wäre, ist sie eigentlich schon gekommen? Ich habe bloß einen Brief gesehen, in dem steht, daß sie seinen Wagen wieder in Besitz nehmen, weil er die Raten nicht bezahlt hat, aber mein Gott, wir brauchen ja auch nicht unbedingt zwei genau gleiche, oder? Ich habe ihm gesagt, ich habe seinen in der Stadt gelassen, als ich mit Harry hierhergefahren bin, erinnern Sie mich daran, daß ich bei der Werkstatt anrufe und ihnen sage, sie sollen jemand damit herschicken, sie können ihn wieder in Besitz nehmen und diesen roten Schandfleck da draußen, mit dem alles angefangen hat, gleich mitnehmen, wenn sie schon dabei sind, hier sieht es so schon schäbig genug aus, oder nicht?

–Ich glaube, da draußen klopft jemand.

–Na, dann soll Oscar aufmachen, wo steckt er denn?

–Ich glaube, er ist da drin und guckt sich eine Game-Show an.

–Wenn das schon wieder so eine Eilnachnahme von lebenden Barrakudas ist, dann wimmeln Sie ihn bitte ab, ja? Statt dessen balancierte sie das knollige Rosa einer Topfamaryllis, als sie kurz darauf wiederkam, –für uns? Wer um Himmels willen soll uns denn, geben Sie mir mal bitte den Brief, der da dranklebt, ja? Sie riß ihn auf, –mein Gott. Wirklich und wahrhaftig von Bill Peyton? Hat mit Harrys Zahnarzt gesprochen, und dessen Rechnung gibt den Ausschlag, die Versicherung zahlt, und ich halte Sie auf dem laufenden, tausend Dank, Bill. Na, Gott sei Dank. Eigentlich ist sie ziemlich scheußlich, oder?, während sie die dicken Blätter freischnippelte, –aber sie sind ziemlich teuer, und das ist natürlich typisch Bill Peyton, schickt einem die grauenhafteste Pflanze in der ganzen Christenheit, dabei ist sie das noch nicht mal, sie kommt nämlich aus Afrika, glaube ich, und das gehört ja wohl kaum zur Christenheit, aber wahrscheinlich war es sowieso seine unterbelichtete Sekretärin, die schickt so was jeden Tag an deren schicke Mandanten, und wenn man natürlich mal einen Moment überlegt?, wozu ihr ein weiteres Schnippen der Schere Gelegenheit gab, –dann ist es die erste zivilisierte Geste, die ich je bei ihm erlebt habe, aber im Grunde beißt er einfach nur in den sauren Apfel, weil er vor meinem Prozeß Angst hat. Dieser Zahnarzttermin von Harry läßt ihnen nämlich überhaupt keine Handhabe mehr, und daran kann er nicht das geringste ändern, selbst wenn er wollte, wovon habe ich denn gerade geredet? Seit ich aufgewacht bin, beschäftigt mich irgendwas, was mich schon den ganzen Tag verrückt macht, weil mir einfach nicht einfallen will, was.

–Wir müssen fürs Abendessen einkaufen.

–Also, das hat mich nun ganz bestimmt nicht geweckt, das Geld, das ich in die Handtuchschublade gelegt habe, haben Sie ja wohl noch nicht aufgebraucht, oder?

–Wie denn? Das ist ja ein ganzes Bündel Hundertdollarscheine, und gebraucht habe ich nur was für Lebensmittel und für seine Fische.

–Gott sei Dank hatte ich meine fünf Sinne beisammen, als diese beiden Aasgeier jede Schublade in der Wohnung durchwühlt haben, diese Masha hat sich durch seine Turnbull-and-Asser-Hemden geschnüffelt, wo er immer so viel Bargeld aufbewahrt hat, daß er nicht alle zehn Minuten einen Scheck einlösen mußte, wenn sie da vor mir drangekommen wäre, wäre ich schlicht und einfach gestorben. Was meinen Sie, was er zum Abendessen will?

–Oscar? Das ist ihm egal, ich hab ihn schon gefragt, und er hat bloß gesagt, er ißt das, was wir essen.

–Na ja, er ißt ja ohnehin so gut wie gar nichts, also spielt es im Grunde wirklich keine Rolle. Meinen Sie, er mag Fisch?

–Fragen Sie ihn mal, und er wird bloß sagen, Hauptsache große.

–So wie Al.

–Wie, was?

–Nein, Entschuldigung, Lily, das war gemein, ich wollte einen Scherz machen, aber ...

–Nein, ich meine doch für sein Aquarium da drin, aber was ich

Ihnen noch gar nicht erzählt habe, vorhin habe ich doch meine Freundin von der Fernvermittlung angerufen? Und die hat mir erzählt, Al hätte rausgekriegt, daß sie diese Frau geschnappt haben, die unten in Palm Beach meine Handtasche mit meinen ganzen Karten und dem Ausweis und allem geklaut hat, und jetzt halten sie sie wegen dieser Ehebruchsklage fest, die er gegen diesen Scheißkerl Kevin angestrengt hat. Hoffentlich ist sie schwarz.

–Wie können Sie nur so etwas sagen!

–Ich hätt's nicht sagen sollen, ich hab bloß gerade gedacht, das würde diesen Scheißkerl Kevin richtig treffen, weil er sie nämlich nicht mag. Er hat Vorurteile.

–Das ist noch lange kein Grund, mein Gott, Moment mal. Das war's, das war der Traum, der mich geweckt hat, da habe ich angefangen, das Ganze, Moment, warten Sie auf mich, ich muß mit Oscar reden, ehe wir fahren.

–Ich tue das Zeug in den Trockner, solange Sie ...

–Oscar? Sie stürmte den Flur entlang, –Oscar, hör mal! Sie platzte zu ihm herein, der tief im Sofa versunken war und auf etwas herumkaute, –machst du mal das Ding aus? Ich will mit dir reden.

–Ich will das aber sehen, sagte er, ohne den Blick von einem Tigerquerzahnmolch zu heben, der einen anderen Tigerquerzahnmolch verspeiste, den er gerade getötet hatte.

–Ich bin heute morgen von einem Traum über Mister Basie aufgewacht, ich weiß nicht mal mehr, worum es ging, aber als ich aufgewacht bin, mußte ich daran denken, daß dieser Gerichtsschreiber dir erzählt hat, wie wütend Vater wegen der Falle wurde, die Mudpye der Richterin gestellt hat, und wie dumm deine Anwälte waren, daß sie nichts gemerkt und nicht einmal nachgefaßt haben, weißt du noch? fragte sie über den Vorschlag hinweg, daß die eigenen Artgenossen unter Umständen die nahrhaftesten Mahlzeiten abgeben, –daß es hieß, dein Anwalt wäre verschwunden und, hörst du mir eigentlich zu? Wenn das Nahrungsmittelangebot zur Neige geht und man nur seine Artgenossen um sich hat, warum dann hungern?, –begreifst du denn nicht, was passiert ist? Daß es in Wirklichkeit Basie war, der die Falle gestellt hat? Wie er mit laufender Uhr hier saß und immer wieder gesagt hat, in der Berufung packen wir sie, und daß der Second Circuit gern die Urteile von District-Richtern aufhebt, um sie auf Zack zu halten, hat er das nicht gesagt? Und wie Harry gesagt hat, Richter Bone vom Berufungsgericht wäre ein verknöcherter alter Frauenfeind, und er hätte ihn mal mit einer smarten jungen Anwältin Schlitten fahren sehen, genau wie diese neue Richterin, um ihr eine Lektion zu erteilen, meinst du nicht, Basie hat das auch gewußt? Mittlerweile bewachte ein Dreistachliger Stichling lauernd befruchtete Eier, während seine Gefährtin auf der Mattscheibe herumschwamm, Nester zerstörte, Eier fraß und neue Paarungsmöglichkeiten ausbaldowerte, –will Sie nicht mit den juristischen Feinheiten langweilen, hat Basie gesagt, in der Berufung packen wir sie, weißt du nicht mehr? Er hat gewußt, daß Mudpye ein fixer Bursche ist, zu fix, hat Harry gesagt, manchmal hätte er die Antwort schon vor der Frage gekannt, und das hat Basie gewußt. Er hat gewußt, daß Mudpye seine Hausaufgaben gemacht hatte, daß er eitel und von sich eingenommen war, immerhin ist er hergegangen und hat Trish geheiratet?, und bei dem Geld, das die anderen hinter sich hatten, war ihm klar, daß er deinen Prozeß verlieren kann, wenn er es auf ihre Weise spielt, siehst du das denn nicht? Was er in diesem Moment sah, waren zwei Eichelspechte, die sich ein Nest teilten, in dem einer ein Ei legte und der andere es auffraß, –anstatt also das Risiko einzugehen, den Prozeß zu verlieren, selbst wenn er den Irrtum ans Licht brachte, damit wäre es nämlich vorbei gewesen, man kann einen Rechtsstreit immer verlieren, weißt du noch?, anstatt also dieses Risiko einzugehen, hat er ihn durchgehen lassen, er hat deren Irrtum absichtlich durchgehen lassen, damit er die Berufung damit begründen konnte, das war die eigentliche Falle! Das war die Falle, die er ihnen allen gestellt hat, und sie sind prompt hineingetappt, siehst du es jetzt? Doch was er jetzt sah, war das Männchen der australischen Rotrükkenspinne, das dem Weibchen in den Rachen sprang, und dies mitten in der Kopulation, die es unverdrossen fortsetzte, während sie an seinem Abdomen kaute und er den letzten Rest Twinkie mampfte, –also! Nach einer wahren Geschichte, Oscar, da hast du die wahre Geschichte, das weiß ich ganz genau! Er hat sich das für die Berufung aufgehoben, weil er wußte, daß er sie gewinnen konnte, und dann hat sich alles in Wohlgefallen aufgelöst, als er nicht erscheinen und sich selbst darum kümmern konnte, weil er irgendwo Besen gebunden hat oder Gott weiß wo auf der Flucht war, hast du eigentlich gehört, was ich gesagt habe, Oscar? Daß er nicht nur raffiniert und Anwalt und ein wirklich anständiger Mensch war, hast du gehört, was ich gesagt habe?

–Können wir, Christina?

–Was? Ach so. Es hat doch sowieso keinen Sinn, mein Gott, Oscar, denk doch wenigstens mal darüber nach, ja? Er war nicht bloß ein gewiefter Anwalt und ein gutherziger Mann, ein echter Mann, sondern er war unser Freund! Sie griff sich ihren Mantel, strebte der Tür zu, –denk mal darüber nach! und ließ ihn in den Wirren der Schlacht zwischen den berüchtigten Totengräberkäfern um die Leiche einer Maus zurück, die das siegreiche Paar als Nahrung für seine Jungen sauber auskratzte und einbalsamierte, um sodann die frischgeschlüpften Jungen zu fressen und den Überlebenden auf diese Weise genügend Nahrung für eine robuste neue Generation zu sichern, die das Ganze noch mal von vorn anfangen konnte, was eine Benommenheit hervorrief, die anhielt, bis er, als lauten Schrei, seinen Namen nebst einem Schlag an die Tür hörte.

–Mister Crease?, als er sie schließlich aufbekam, überschwenglich begrüßt von –Jack Preswig, Ihr Freund, einen Fuß in der Tür, die sich schütternd vor ihm schloß, –halt, Moment, warten Sie doch mal, darf ich hereinkommen?, den Fuß energischer dazwischengeklemmt, –also gut, aber ich will Ihnen das eben erklären, ich bin jetzt in einer anderen Branche, Mister Crease, und ich glaube, Sie können mich gebrauchen, kostet Sie keinen Penny, ich will Ihnen das eben erklären. Ich bin nicht mehr in der Juristerei, bloß damit Sie beruhigt sind, nichts als ein Kampf aller gegen alle, dachte, ich höre lieber auf, solange ich noch einen Funken Anstand in mir habe. Der größte Schwindel, der je erfunden wurde, ein regelrechter Sumpf menschlicher Gier, man lernt die Menschen von einer Seite kennen, daß man sich für die ganze Menschheit schämt, das kann ich Ihnen sagen, Ihre besten Freunde fressen Sie bei lebendigem Leibe, und irgendwann konnte ich mir im Spiegel nicht mehr ins Gesicht sehen, deswegen bin ich ausgestiegen, habe ein paar Kontakte gehalten, weil man ohne sie aufgeschmissen ist, und darüber habe ich auch von dem Problem erfahren, das Sie haben. Ich habe die alte Rostbeule da draußen im Unkraut stehen sehen, aber ich habe gehört, das neue Auto, das Sie geleast haben, steht zur Wiederinbesitznahme an, weil Sie die Raten nicht zahlen können, und ich glaube, ich kann Ihnen eine Menge Kopfschmerzen ersparen, ich will Ihnen das eben erklären, Mister Crease, kostet Sie keinen Penny. Wenn die Bank und die Kredithaie und die Versicherung hinter Ihnen her sind, machen sie Hackfleisch aus Ihnen, vernichten Ihre Kreditwürdigkeit, Berufsaussichten, Pfandrechte, Vollstrekkung, alles, was nicht niet- und nagelfest ist, das sind Kannibalen, Mister Crease, das sind alles Kannibalen, und wir arbeiten folgendermaßen. Es handelt sich um einen dunkelgrünen Jaguar XJ6, fünf neunundvierzig pro Monat bei einer Laufzeit von dreißig Monaten, richtig?, hab die Einzelheiten alle hier, Sie lassen ihn einfach mit griffbereiten Schlüsseln da draußen in der Auffahrt stehen, wachen eines Morgens auf, und er ist weg, dann rufen Sie die Polizei und melden ihn als gestohlen, und schon sind Sie aus dem Schneider. Was?, hab Sie nicht verstanden, was?

–Verschwinden Sie.

–Sie müssen überhaupt nichts bezahlen, nein, da müssen Sie mich mißverstanden haben, es kostet Sie keinen Penny, das ist ja das Schöne daran. Die anderen zahlen, ich habe doch gerade gesagt, das sind alles Kannibalen, oder? Alles die gleiche Sorte, sollen sie sich ruhig gegenseitig ans Leder, Sie zeigen einfach den Diebstahl an, ich erledige den Papierkram, und Sie müssen nie mehr einen Gedanken daran, wer ist denn das? Etwa auch Ihrer?, als ein kleiner schwarzer Wagen vorfuhr, –doch nicht die Dame des Hauses?, denn schon erklomm die massige Gestalt die Treppe, rot an Zahn und Klaue und mit einem Lächeln und Händewedeln, wie sie vierzig Jahre zuvor einem Cheerleader gehört haben mochten.

–Ich hoffe, Sie zeigen diesem Herrn hier nicht das Anwesen, Mister Crease? Wir möchten auf keinen Fall, daß Sie eine übereilte Entscheidung treffen, die Sie später vielleicht bereuen. In meinem Wagen wartet ein Gentleman, der bereit ist, ein sehr lukratives Angebot zu machen. Er ist mit der bezaubernden kleinen Familie befreundet, die Sie demnächst gleich oben an der Einfahrt zu Nachbarn bekommen, ich glaube, sie wollen noch diese Woche anfangen, das Grundstück auszulichten, und er möchte sich hier so bald wie möglich niederlassen, er fliegt heute abend noch an die Küste und …

–Was bietet er denn?

–Er stellt sich einen Betrag von um die, wer sind Sie eigentlich? Wer ist dieser Herr, Mister Crease?

–Mein Name ist Preswig, Gnädigste. Jack Preswig, ich bin Anwalt, ich habe Mister Crease schon in anderen Rechtsangelegenheiten vertreten, und wir haben soeben ein Geschäft besprochen, das ihm einen bedeutenden Gewinn einbringen wird, wie lautet denn nun das Angebot Ihres Kunden?

–Er ist ein vielbeschäftigter Mann und möchte keine Zeit damit verschwenden, mit Dritten zu feilschen, deshalb fasse ich mich kurz, er muß heute abend noch zu einer sehr wichtigen Konferenz an die Küste fliegen, und er …

–Wie lautet sein Angebot?

–Ich weiß, es liegt etwas unter dem Betrag, über den wir bei meinem letzten Besuch gesprochen haben, als ich Ihre bezaubernde Frau und diesen netten alten Herrn kennengelernt habe, Ihr Vater, nicht wahr? Aber mein Kunde ist ein vielbeschäftigter Mann, er wickelt jeden Tag Geschäfte in Millionenhöhe ab, sein Name sagt Ihnen bestimmt etwas, wenn Sie ihn sehen, und er bietet hier und jetzt zwei Komma sieben Millionen.

–Das ist ja wohl nicht Ihr Ernst, Gnädigste, oder habe ich das möglicherweise mißverstanden? Sie müssen einen anderen Besitz von Mister Crease meinen, und nicht dieses herrliche Anwesen hier vor unseren Augen? Ich habe einen Mandanten, oder vielmehr drei Mandanten, die sich hier in der Gegend umsehen und ohne weiteres fünf Millionen dafür hinlegen würden, und eine Nachbarschaft mit diesem Prestigewert ist noch mal gut eine Million wert. Sie haben doch das Schild vorn am Tor gesehen, Zutritt für Fremde verboten? Diese ganzen exklusiven Enklaven sind vergeben, hier geht es nicht um die Sorte von Parzellen, mit der Sie es normalerweise zu tun haben, das Haus ist schon seit Generationen im Familienbesitz, und es handelt sich eindeutig nicht um einen Notverkauf, Mister Crease ist ganz bestimmt nicht auf das Geld angewiesen, aber ich glaube nicht, daß er ein Angebot von weniger als ...

–Entschuldigen Sie, Mister Crease, ich möchte hinzufügen, daß mein Kunde ...

–Ein Angebot von weniger als fünf Millionen kann er wirklich nicht ...

–Mein Kunde, Mister Crease, ist bereit ...

–Fünf Komma sechs Millionen.

–Mister Crease, mein Kunde ist bereit, hier und jetzt einen Scheck auszustellen. Es geht kein Tag mit Banken, Hypotheken und diesen albernen zeitaufwendigen Details verloren, seine Anwälte kümmern sich um die Versicherung gegen Rechtsmängel bei Grundstückserwerb und die üblichen Formalitäten, und ich denke, wir können praktisch über Nacht zu einem Abschluß kommen, ich glaube, ich habe schon erwähnt, daß er ein vielbeschäftigter Mann ist, er hat heute abend noch ein Arbeitsessen mit ein paar Topmanagern an der Küste und ...

–Hören wir auf, weiter Mister Creases kostbare Zeit zu vergeuden, indem wir hier draußen in der Kälte herumstehen, Gnädigste. Er wird eine lachhafte Summe wie Ihre zwei Komma sieben Millionen keinen Moment auch nur in Erwägung ziehen. Für weniger als zehn könnten Sie so ein Haus heute gar nicht mehr bauen, Sie brauchen sich nur den sanften Schwung dieser Schieferdächer anzusehen, das ist alles Handarbeit, jede einzelne Schieferplatte, solche Handwerksarbeit kriegen Sie heute nicht mehr, das ist ja praktisch ein Baudenkmal, zwei Komma sieben Millionen? Das ist mehr als lachhaft, Gnädigste, das ist eine Beleidigung, gehen Sie zu Ihrem Kunden und sagen Sie ihm, Mister Crease faßt das als schwere Beleidigung auf. Wenn er ein ernsthaftes Angebot machen will, können wir Ihnen noch einen Moment Zeit lassen, um seinen Höchstpreis zu erfragen, ich bin selbst ein vielbeschäftigter Mann, wenn Sie sich also bitte beeilen würden? Und er sah im Näherrücken ihren unbeholfenen Bemühungen zu, ebendies die mehrstufige Treppe hinunter zu tun, zwängte energischer den Fuß in die Tür und meinte –ich sag's Ihnen, Mister Crease, ein Riesenglück, daß ich gerade hier bin, eine Bande sind diese Immobilienmakler, daß man sich für die ganze Menschheit schämt, ein regelrechter Sumpf menschlicher Gier, das Ganze ist der größte Schwindel, der je erfunden wurde, keinen Deut besser als die Versicherungsmafia, nichts als ein Kampf aller gegen alle, ich muß gleich los, ein Großauftrag gleich hier in der Nähe, aber lassen Sie sich ja nicht auf weniger als fünf Millionen ein, wenn er es wirklich will, nimmt er es auch, sie hat ihm bloß erzählt, daß sie glaubt, sie könnte Sie auf vier Millionen herunterhandeln, zu dem Preis ist das geschenkt, das sind allesamt Kannibalen, keine Ahnung, wie die sich im Spiegel ins Gesicht sehen kann, wie meinen Sie?

–Gehen Sie bitte.

–Ach, Mister Crease, Mister Crease? erneuerte sie ihren Angriff die Treppe hinauf, ohne Atem zu holen, –ich habe wunderbare Neuigkeiten für Sie. Ich habe ihn auf Ihre ursprüngliche Forderung von drei Komma zwei Millionen heraufhandeln können, die Hälfte jetzt gleich, und den Rest bei Abschluß, er wartet schon mit dem Scheckheft in der Hand und ...

–Wo haben Sie denn das mit der ursprünglichen Forderung von drei Komma zwei Millionen her?

–Das haben wir bei einer früheren Gelegenheit als angemessenen Marktpreis diskutiert, Mister Prestig, ich fürchte, Sie sind mit dem Immobilienmarkt in dieser Gegend nicht sonderlich vertraut, und die Flaute, in der wir uns ...

–Sie sprechen von Eigentumswohnungen und Wohnsiedlungen, Gnädigste, bei solchen Anwesen hier gibt es keine Flaute, schauen Sie sich doch die Aussicht an, so etwas wie mit diesen geschützten Feuchtgebieten gibt es heutzutage nicht mehr, allein die Ungestörtheit ist ein paar Millionen wert, weil sie für Geld nicht zu kaufen ist, ich habe zu tun, ich muß los, aber ich übernehme gern Ihren Vertragsabschluß, wenn die beiden einen vernünftigen Betrag nennen, Mister Crease, hier meine Karte, wie Sie sehen, habe ich eine neue Nummer, und er drehte sich halb, um den Fuß zurückzuziehen und sich einen Hundertdollarschein in die Brusttasche zu schieben, –schön, daß wir uns in der anderen Sache einig geworden sind, überlassen Sie den Rest einfach mir, ich melde mich wieder.

–Endlich! Jetzt können wir uns unterhalten, Mister Crease, wenn ich das sagen darf, ich kann es nicht leiden, wenn ein Gentleman wie Sie so tyrannisiert wird. Anwälte müssen anscheinend immer alles komplizieren, und manche scheuen wirklich vor nichts zurück, wenn sie …

–Gehen Sie jetzt bitte?

–Ja, dauert keine Minute mehr, jetzt wo er sich nicht mehr einmischt. Ich bestreite natürlich keinen Moment den Wert des Grundstücks und der Lage in dieser exklusiven Gegend, weil mein Kunde im Grunde nur daran interessiert ist, da kann Ihr Mister Prestig noch soviel von Schieferdächern und Baudenkmälern reden, aber das Haus ist alt und in schlechtem Zustand, schon die Veranda, auf der wir gerade stehen, kann uns jeden Moment auf den Kopf fallen, aber das ist unwichtig, weil er sowieso vorhat, das ganze Ding abzureißen und von Grund auf neu zu bauen, und zwar mit diesem berühmten postmodernen Architekten, der das Haus an der Ecke macht, bis hin zu den Teppichen und den Bilderrahmen, ein richtiges Prunkstück wird das, er hat das Scheckheft schon in der Hand, Mister Crease, solche Angebote kommen vielleicht nie wieder, schon gar nicht von diesen Phantasiemandanten, die angeblich ohne weiteres fünf Millionen hinlegen würden, Sie in Wirklichkeit aber sofort herunterhandeln, kaum daß Sie …

–Hauen Sie ab.

–Aber, was? Sie trat zur Seite, als er an ihr vorbei zur Vorderkante der Veranda schritt, wo er stehenblieb und sich die Hose zu öffnen begann …

–Haben Sie nicht verstanden? Er hielt inne, während seine Hand tief in seiner Unterwäsche wühlte. –Wenn Sie nicht sofort abhauen, schmeiße ich Sie die Treppe da runter, verstanden? Und wenn ich Ihr angemaltes Schweinegesicht noch mal auf diesem Grundstück sehe, dann, dann mache ich Hackfleisch aus Ihnen.

–Ich, mein Gott! Sie bekam das Geländer zu fassen, während er sich umdrehte, ohne ihr überstürztes Gekraxel die Treppe hinunter und das Aufheulen ihres Wagens zu beachten, der mit einem Schlenker einem auf der Einfahrt entgegenkommenden auswich.

–Wer war denn das, um Himmels willen?

–Irgendeine Verrückte. Haben wir Milch vergessen?, während sie zum Stehen kamen, zum Schweigen gebracht von dem Anblick, wie er am Ende der Veranda stand und einen gebogenen, dampfenden Strahl auf das welke Gras davor richtete.

–Oscar!, ohne daß er beim Zuknallen der Tür auch nur den Blick hob, –hör auf! Mein Gott, das hat er nicht mehr gemacht, seit er acht Jahre alt war, Oscar!, während sie zusammen die Treppe erreichten, –hör auf, hab ich gesagt! Er hat immer versucht, auf diese Weise seinen Namen in den Schnee zu schreiben, komm sofort herein, es ist kalt hier draußen! Kannst du mir verraten, was hier eigentlich vorgeht? Sie trat von hinten auf ihn zu, –wer war diese Frau! Aber er spazierte, während er sich die Hose schloß, wieder hinein und ließ sie draußen in der Kälte stehen, wo sie die Lebensmitteltüten die Treppe hinaufgereicht bekam und sie den Flur entlang bis in die stille Küche schaffte: Butter, Austernpilze, Brokkoli, Feta-Käse, Pesto, die Ellbogen auf den Tisch gestützt und das Gesicht in den Händen vergraben, eingelegter Ingwer? Ponentine-Olivenaufstrich?

–Was ist denn das alles für Zeug, sonnengetrocknete Tomaten? Ungesalzene Pinienkerne?

–Weiß der Himmel, Lily, ich habe einfach genommen, was mir vor Augen kam, ich dachte, wir könnten ihn wieder fürs Essen interessieren, ich muß an den Tag gedacht haben, als Mister Basie hier war und es diese Karotten nach spanischer Art gab, ich weiß gar nicht, wo mir der Kopf steht. Dieser Auftritt auf der Veranda eben gerade, er muß wieder getrunken haben, wo steckt er denn?

–Er ist da drin bei seinen Fischen.

–Der Himmel sei uns gnädig. Na, wenigstens machen die keinen Krach.

Sowenig wie das auf dem vereisten Teich lodernde, schreiende Rot des Sonnenuntergangs oder das donnernde Purpur, mit dem sie über einer durch blattlose Bäume zum Ozean hin ins Riesenhafte vergrößerten Landschaft aufging, wo in Schar'n die Wildgans Wawa, wo Kahgahgee Rabenkönig mit der Bande schwarzer Räuber oder wo die Kayoshk, Möwen, mit Geschrei sich hoben von den Nestern in den Marschen, und der Mama, der Spechtvogel, thronte hoch zwischen den Ästen der schwermüt'gen Kiefernbäume jenseits, wo der Teich zu Ende, hob sich weder Ugudwash, der Sonnfisch, noch der gelbe Barsch, der Sahwa, wie ein Sonnenstrahl im Wasser, herverbannt, zu Wind und Welle, Tag und Nacht und Zeitenlauf, aus dem Reich des Diskusfisches mit dem Tag aus Halogen, leiser Pumpe, Netzstromfilter, Temperatur- und pH-Ausgleich und der ausgeklügelten Belüftung, satt von Ährenfisch und Flocken, Vitaminen, Krill und Rindsherz in spezieller Spinatmischung für verstärkten Pep und Glanz, schwarze Würmer spie der Spender, als mit einer Bande Neuankömmlinge (Lebendlieferung garantiert, Luftfrachtsendung zu dreißig Dollar) ein chinesischer Algenfresser, eine Prachtschmerle, ein Betamännchen, zwei schwarze Zahnkarpfen, vier Neonfische und ein paar Schwarzrock-Tetrasalmler kamen, die zwischen den frischgesetzten Wedeln des madegassischen Lippenfarns umherschwammen.

Wo steckte er denn nun? Er mußte irgendwohin gefahren sein, weil der Wagen nicht in der Einfahrt stand, was neuerliches Gemurre über das letzte Mal auslöste, als das passiert war und man die Krankenhäuser, die Polizei in Hoboken anrufen wollte, war es nicht so gewesen? Weil er vielleicht irgendwo in einem Graben lag, aber da kam er schon zur Tür herein, steifgefroren bis zu den Kiemen, wahrscheinlich waren wieder diese verdammten Fische daran schuld, wahrscheinlich war er in dem Laden oben am Highway gewesen, um ihnen etwas zum Lunch zu besorgen, –die Viecher fressen uns die Haare vom Kopf, mein Gott, muß denn diese Schweinerei im Kühlschrank sein? Gehacktes Rinderherz und junge Salzkrebse zwischen dem eingelegten Ingwer und den sonnengetrockneten Tomaten, außerdem hat er rote Mückenlarven und Krabbenfleisch und Medikamente gegen Parasiten- und Pilzbefall direkt neben dem Feta-Käse und dem Ponentine-Olivenaufstrich stehen, der Gott weiß wieviel gekostet hat, und was ist das da auf dem Bord über der Spüle, dieser Plastikbehälter, auf dem der Kohlsalat steht, irgendwas schwimmt da drin, werfen Sie das bitte weg? Ich muß mir das jetzt schon eine Woche ansehen.

–Nein, nicht! Das ist von mir, Christina, das sind meine Gelimplantate.

–Was haben die denn hier zu suchen, Herrgott noch mal, heben Sie die etwa als Souvenirs auf?

–Die haben mir gesagt, ich soll sie als Beweismittel aufheben, als ich dort war, um mir die Fäden ziehen zu lassen, ich habe Ihnen doch gesagt, daß ich diesen Schmierlappen verklagen will? Die stellen doch im Moment diese große Gruppenklage gegen ihn und einen ganzen Haufen Ärzte und diese Firma zusammen, die das Gel herstellt, falls mir die Haare ausfallen und ich das Gedächtnis verliere wie diese andere Frau, ich hab mich nicht getraut, es Ihnen zu sagen, Christina, da ist noch was, was ich mich nicht getraut hab, Ihnen zu sagen, Christina. Als Sie denen im Krankenhaus die fünfzehnhundert Dollar bezahlt haben, hab ich gedacht, das wär für alles, aber die haben gesagt, das wär bloß fürs Zimmer, den Operationssaal, den Anästhesisten, die Miete für den Fernseher und die Gratis-Zahnbürste, aber der Arzt geht extra. Der Arzt, der sie rausgenommen hat, geht extra.

–Was heißt das, er geht extra?

–Fünfzehnhundert Dollar, aber ...

–Schön. Wenn Sie Ihren großen Prozeß gegen den Arzt, der sie eingesetzt hat, gewonnen haben, können Sie den Arzt bezahlen, der sie herausgenommen hat, und jetzt wollen wir nicht mehr davon reden, ich möchte nämlich, hören Sie. Haben Sie das gehört?

–Das sind diese großen Laster ganz am Ende der Einfahrt, Sie kennen doch das kleine Haus, das da zwischen den Bäumen stand? Das ist jetzt weg. Einfach so, über Nacht, das ganze Haus, es ...

–Nicht die Laster, nein, das ist, hören Sie doch mal. Das ist Oscar! Er ist, ich habe feuchte Hände, sehen Sie doch mal nach, was nun schon wieder los ist, und Lily? Fragen Sie ihn bitte, ob er etwas gegessen hat? Aber sie war schon weg, so daß nur das ferne Rumpeln der Lastwagen zu hören war, bis ihre Absätze wieder den Flur entlangklapperten.

–Er ruft die Polizei an, Christina. Weil er einen Autodiebstahl anzeigen möchte.

–Ich bringe ihn um!, flüsterte sie und verdrehte das Geschirrtuch in ihren Händen wie einen Hals, –er ist, nein, seien Sie still! Ich habe Ihnen doch gesagt, Sie sollen mich daran erinnern, daß ich die

Werkstatt anrufe, damit sie seinen Wagen herbringen, oder? Sie schleuderte es auf den Boden, –wo steckt er. Oscar? Und durch die Tür –wo steckt er denn! Den Hörer nun selbst zitternd in der Hand, tippte sie eine Nummer, die Stimme zu tödlicher Ruhe gesenkt, als sie fortfuhr –Carlos oder José, einer kann ihn doch herfahren, oder? Jetzt gleich? Oder heute abend? Mein Gott, das ist ja nun, also gut, ich beschreibe Ihnen den Weg, notieren Sie sich das bitte?

–Ich mache Tee, wenn Sie fertig sind, in Ordnung? Und als sie ihn brachte, –wieso sind Sie denn so sauer auf Oscar?

–Weil er, weil ich es eben bin! Wo steckt er denn!

–Wieso geben Sie ihm denn die Schuld! Er versucht doch nur zu helfen, oder? Wir lassen die Schlüssel doch immer stecken? Er kann doch nun wirklich nichts dafür, wenn jemand den Wagen klaut!

–Weil ich, weil er mich wahnsinnig macht, Lily, alles geht mir, diese Lastwagen da draußen, noch ehe es hell ist, und wenn ich dann herunterkomme, sitzt er schon da mit seiner Schüssel Getreideflocken, er ißt ja kaum noch etwas anderes, das einzige, was er haben wollte, als ich das letzte Mal einkaufen gefahren bin, war Erdnußbutter und noch eine Schachtel von dem Zeug, ich versuche, mit ihm zu reden, ich frage ihn, ob er Tee oder Toast möchte, und er schaufelt es bloß weiter in sich hinein, setzt seine Brille auf und liest die Rückseite der Schachtel, bis er mich dann endlich fragt, ob irgendwelche Post gekommen ist, es herrscht praktisch noch Dämmerung, und er will wissen, ob Post gekommen ist! Und in die Küche zurückgekehrt, –haben Sie seine Neuesten schon gesehen?

–Nein, aber Augenblick, ich hab vergessen ...

–Diese winzigen Seepferdchen, die er sich hat schicken lassen und die zu den Fenstern dieses idiotischen Schlosses herein- und herauswandern, so wie er selbst wie ein Verlorener durchs Haus wandert, weiß der Himmel, was er nach diesem Ding, das gestern für ihn gekommen ist, erwartet, haben Sie das gesehen? Sie griff hinter die Flockenschachtel, –von der Saint Pancras School, Sehr geehrter Herr Professor Crease, ich dachte schon, Sie bitten ihn, einen Vortrag über den ...

–Augenblick, Christina, da ist ein ...

–Können Sie sich das vorstellen? Ihr Kollege Doktor J. Madhar

Pai hat Sie in seiner Bewerbung, mit der er als Psychologischer Berater und Senior Proctor der sechsten Klasse um Aufnahme in unseren Lehrkörper nachsucht, als Referenz benannt. Da zu seinen Aufgaben außerdem die Betreuung des Sportprogramms der Schule, des Gottesdienstbesuchs sowie sämtliche disziplinarischen …

–Augenblick mal, Christina, da ist ein …

–Eigenschaften wie Charakterstärke und Führungskraft unter Einschluß traditioneller Werte, wie sie am besten auf den Sportplätzen von Saint Pancras verkörpert werden, wo es weniger auf den Sieg als vielmehr auf die Einstellung zum Spiel ankommt. Für eine unvoreingenommene Einschätzung seiner diesbezüglichen Eignung sowie seiner Fähigkeit, eine aktive Rolle in unserer lebendigen akademischen Gemeinschaft zu übernehmen, wären wir Ihnen sehr verbunden. Ihre Auskünfte werden selbstverständlich streng vertraulich, mein Gott, die Leute sind wirklich zu allem imstande, allein schon der Gedanke, daß Trish auf den lebendigen Sportplätzen von …

–Hören Sie doch mal zu, Christina, gestern ist was per Einschreiben gekommen, ich habe es da über die Spüle gelegt und vergessen, es Ihnen …

–Na, Gott sei Dank. Allmählich habe ich wirklich schon geglaubt, Bill Peyton erwartet von mir, daß ich bis ans Ende meiner Tage diese gammelige Amaryllis anstarre, werfen Sie sie bitte weg, ja? Sie riß den Umschlag auf, kaum daß sie ihn in der Hand hatte, –sie sieht aus wie die Eingeweide eines, ach du lieber Gott.

–Was steht denn …

–Seien Sie mal still! Sie blätterte einmal um, blätterte noch einmal um, –wo steckt er?

–Oscar? Wahrscheinlich wieder in seinem alten Zimmer oben unterm Dach bei seiner Steinesammlung, gestern nacht hat er sogar dort geschlafen, haben Sie das gewußt? Er war …

–Na, dann rufen Sie ihn! Sie blätterte jede Seite langsamer um als die vorangegangene, bis sie sich plötzlich hochrappelte und den Flur entlang zur Treppe stürmte, –Oscar!, wo es beinahe zum Zusammenprall kam, –setz dich. Sei einfach still und hör dir das an, setzt du dich bitte? Sie tat es selbst und holte Atem, –dieser, dieser unerträgliche Gerichtsschreiber, mein Gott, ein einfacher Nachlaß! Er hat die Schlußabrechnung von Vaters Nachlaß zusammengehauen, und zwar auf unserem Rücken, würde ich sagen, siehst du dir das mal an? Aber sie machte keine Anstalten, es herzugeben, hielt erneut inne, um Atem zu schöpfen, der ihr schwand angesichts des Saldos der Hauptsumme (Aufstellung der Vermögenswerte auf Seite 3) von insgesamt $5 694 500, abzüglich folgender Posten: Bundessteuern $ 2 065 000; Steuern des Staates New York (nur Standort des Hauses, abzüglich Hypothek) $ 284 500; Honorar des Testamentsvollstreckers, Gerichtskosten, Registrierung und Anwaltskosten $ 100 000; persönliches Legat $ 500, womit den Testatserben des Restnachlasses zu gleichen Teilen die Summe von $ 3 199 500 verbleibt, –ja mein Gott, Oscar, was starrst du mich denn so an, weißt du eigentlich, was das bedeutet? Das bedeutet das Haus. Das bedeutet, daß diese Schatzanweisungen und Pfandbriefe und das Geld und alles andere komplett für Steuern und das Honorar dieses betrunkenen Dummkopfs draufgehen, der den Rest seinen Kumpanen bei Gericht weiterreicht, das Haus ist nämlich der größte Posten des Nachlasses, drei Komma zwei Millionen! Schätzwert des Anwesens drei Komma zwei Millionen, und die fünfhundert Dollar, die er davon abgezweigt hat, hat er wahrscheinlich schon bis auf den letzten Cent vertrunken, sitzt da unten auf hunderttausend als Honorar für die Vollstreckung, mein Gott, hunderttausend, dafür? Sie war plötzlich aufgesprungen und fuchtelte mit den Papieren herum, –und was hat er da unten aus Jux und Tollerei hingekritzelt?, während sie nach dem Hörer griff, –erinnert ihn an den alten Richter Holmes, schreibt er, der hat den größten Teil seines Nachlasses dem U. S. Schatzamt hinterlassen, wir tun doch praktisch dasselbe, verdammt!, und Zahlen tippte, –wir geben dem Finanzamt zwei Millionen Dollar, dabei kracht die Veranda zusammen, und es ist kein Pfennig da, um Farbe zu kaufen oder auch nur die Einfahrt instand setzen zu lassen, hallo? Ja, Bill Peyton, bitte, was glauben die denn, wie wir uns ein Dach über dem Kopf leisten können, wenn sie, wer? Wer sind Sie denn, ich, was? Sie fauchte ihren Namen, –und wer sind Sie! Lenny was? Ja, ja, sagen Sie ihm, ich habe seine wunderschöne Pflanze bekommen, aber wann will er mir denn nun endlich ... ich habe gefragt, wann! Und sie klopfte mit dem Fuß auf den Boden, bis sie schließlich mit einem hervorgewürgten –Danke auflegte. –Irgendein Kriecher namens Lenny hat mir erzählt, es steht ganz oben auf Bill Peytons Tagesordnung, er will in ein, zwei Tagen mit ein paar Papieren von Harry herkommen, die wir seiner Meinung nach gern aufheben möchten, also, wenn er sich traut, hier ohne den Scheck der Versicherung aufzutauchen, dann, ich trinke erst mal was.

–Was soll ich ...

–Fragen Sie mich nicht, Lily, machen Sie, was Sie wollen! Zum Abendessen gibt's diese Flunder, ich gehe rein und trinke etwas, wo ist er denn nun schon wieder hin?, aber sie stürmte an dem mit Decken verhängten, schummrigen Zimmer vorbei, ohne einen Blick hinein zu der in der Leichenblässe der Halogenlampe sich abzeichnenden Gestalt, die über den Blättern des Amazonas-Pfeilkrauts einen Teelöffel mit Gott weiß was abklopfte, das sich auf dem madegassischen Lippenfarn absetzte, wo sich das jüngste Kontingent von Einwanderern seit seiner Ankunft erheblich ausgedünnt zu haben schien, während ein glitzernder, türkisfarbener Diskusfisch vorbeischwamm, dem ein Fetzen Schwarzrock aus dem Maul hing, und die Seepferdchen, die sonst mit der ganzen kleinmaßstäbigen Rechtschaffenheit der Ritter von König Richard Löwenherz an den Schloßmauern vorüberglitten, als er die Belagerung von Akkon aufhob, nur damit es ein Jahrhundert später wieder den schimmernden Reihen der Sarazenen anheimfiel, womit der letzte Kreuzzug und damit auch das Königreich Jerusalem endete, im Augenblick nirgendwo zu sehen waren.

–Er hat gesagt, er hat keinen Hunger. Im Moment sitzt er mit einem Erdnußbuttersandwich da drin und guckt sich irgendeinen Krimi an.

–Also, ich bin einfach fix und fertig, es ist schon seit Stunden dunkel, ich gehe schlafen, sobald wir fertig sind. Können Sie mir verraten, was diese aufgehängten Decken im Wintergarten zu bedeuten haben?

–Ich kann bei diesem gruseligen Licht da drin nicht schlafen, als wäre es ständig Tag, auch mitten in der Nacht.

Tag für Nacht, guter Cop, böser Cop, Undercover-Schnüffler spürt Serienmörder auf, Inzestopfer sucht Rache, Heavy-Metal-Star im Blutrausch, und die Mattscheibe flackerte von einem umgekippten Polizeiwagen, dessen blitzende Lichter in die Spätnachrichten übergingen, Spion in Führungsebene der Drogenmafia, und die Tür eingeschlagen: Polizei! Keine Bewegung!

–Ja, mein Gott, wo steckt er denn, ich dachte, er wäre hier unten.

–Nein, das ist echt, Christina, da draußen ist wer!, während das rote und blaue Licht über die Wände zuckte und das Gehämmere an die Tür weiterging.

–Na, dann machen Sie auf!

–Mrs. Crease? Wir haben Ihren Wagen gefunden, würden Sie bitte herauskommen und ihn identifizieren?

–Aber wer, wie spät ist es denn? Sie starrte den Polizisten an, der halb so alt war wie sie und vom Gewicht der um seine Hüfte geschnallten Hardware niedergedrückt wurde, –ich bin ja noch gar nicht wach, ich kann da jetzt nicht hinausgehen, ich bin ja noch gar nicht angezogen.

–Wir haben Pedro hier aufgegabelt, wie er damit in der Gegend rumgefahren ist, er sagt, er hätte sich verfahren, aber er spricht nicht viel Englisch, hat ihn wahrscheinlich bloß genommen, um ein bißchen auf den Putz zu hauen. Haben Sie die Schlüssel stecken lassen?

–Ich habe, was denn für ein Pedro, das heißt, ja, es ist unser Wagen, ich kann es von hier erkennen, aber wer ist denn Pedro?

–Hab bloß einen von unseren Hispanics gemeint, wahrscheinlich einer von denen, die auf dem Grundstück vorn neben der Einfahrt arbeiten, und der hat den Wagen zufällig gesehen, im Moment wird er gerade auf Drogen und Alkohol gecheckt. Sie können am Morgen in die Stadt kommen und eine Anzeige unterschreiben.

–Ja, in Ordnung, ich, wie spät ist es denn, ich bin noch gar nicht richtig wach.

–Zwanzig nach eins, Mrs. Crease, lassen Sie sich ruhig Zeit. Der läuft nicht weg.

–Ja, ich, gute Nacht und vielen Dank.

Am anderen Morgen kam sie schon beim ersten Rumpeln der

Lastwagen auf dem Grundstück an der Ecke der Einfahrt herunter, das sich mit der Ankunft von Schaufelbaggern und Bulldozern zu dumpfem, vom plötzlichen Gekreisch einer Kettensäge durchdrungenem Brüllen steigerte, –ja, hörst du das denn nicht, Oscar? Das ist doch ein Lärm, um Tote aufzuwecken! Hörst du überhaupt irgend etwas in diesem Kämmerchen unterm Dach? Weiß der Himmel, wieso du da oben schlafen willst, du wirst noch erfrieren, hast du den Krach gestern nacht gehört, als die Polizei den Wagen zurückgebracht hat? Ich war noch gar nicht richtig wach, ich wußte überhaupt nicht, was eigentlich vorgeht, das Ganze ist wie ein wilder Traum, wo willst du denn hin? Meinst du, du könntest deine Sachen wegräumen, wenn du hier drin fertig bist? Wenn du dich schon nicht wie der letzte zivilisierte Mensch mit uns an einen Tisch setzen willst, könntest du dann wenigstens dein Geschirr in die Spüle stellen und die Brotreste und leeren Milchtüten wegwerfen?, und sie tat es selbst, während ihre Stimme ihm zur Tür hinaus folgte, ehe sie die verkleckerte Milch wegwischte, den Boden fegte, Tee kochte und dann dasaß und die Rückseite der Flockenschachtel anstarrte.

–Sind Sie okay?

–Ich bin nicht okay, Lily, nichts ist okay, hören Sie sich das mal an! Sie haben doch gesagt, daß niemand hier im Haus liest, wollen Sie wissen, was er gerade liest? Großes Gewinnspiel. Offizielles Anmeldeformular. Als Gewinner des großen Preises machen Sie mit Ihrer ganzen Familie Ferien voller Spaß in Disney World. Gewinner des zweiten Preises bekommen ein komplettes Familien-Fahrradzubehör. Je öfter Sie ankreuzen, desto größer Ihre Gewinnchancen, was suchen Sie denn?

–Ich brauche bloß Geld für diese Lieferung da draußen, sagte sie und wühlte in der Handtuchschublade. –Er hat gerade noch ein paar Fische bekommen.

–Kann er die denn nicht selbst bezahlen?

–Weiß ich nicht, er hat gesagt, er hat zwischen den Polstern von diesem großen Sessel einen Quarter und einen Penny gefunden, von damals, als Harry hier war, aber ...

–Das ist ja lächerlich, Sie haben doch auch den Hundertdollarschein gesehen, der aus der Brusttasche dieses alten Jacketts herausschaut, das er anhat, oder? Weiß der Himmel, wo er ihn herhat, als ich ihn gefragt habe, hat er gesagt, er wüßte auch ein paar Rätsel, was ist um so schwerer zu fangen, je schneller man läuft? Was kann laufen, aber nicht gehen, wo steckt er denn im Moment?

–Er ist draußen und guckt dem Mann zu, der sich das Auto anguckt, vielleicht gehen Sie besser raus und ...

–Ach du lieber Gott, das habe ich ja völlig vergessen, ist das die Polizei?, und bis sie draußen war, lief schon der Motor, während sie mit den Armen fuchtelnd herunterkam, –Moment mal! Wer sind Sie, was machen Sie denn da! Mrs. Crease, richtig? Er sei gekommen, um das Auto wieder in Besitz zu nehmen, sie seien ja ordnungsgemäß benachrichtigt worden, –aber das geht nicht, nein, das ist mein, Oscar, komm her! Fabrikat, Modell, Kennzeichen, Aufkleber der technischen Untersuchung bei Zulassung, das stimme alles überein, tue ihm leid, daß er ihr Unannehmlichkeiten mache, und er kurbelte das Fenster hoch, während der Wagen anfuhr, aber er tue nur seine Arbeit, –du lieber Himmel, du lieber Himmel.

–Christina, was ist denn passiert! Wer war das!

–Du lieber Himmel!, flüsterte sie, während sie langsam die Treppe heraufkam, –was hab ich da bloß gemacht, was hab ich da bloß gemacht, ich muß nicht ganz gescheit gewesen sein! Sie bewegte sich plötzlich schnell den Flur entlang, –Schnell! und hielt, den Hörer in der Hand, den Apparat schräg, um die dort aufgeklebte Nummer entziffern zu können, –hallo, ja, hallo, hallo. Gestern nacht, Sie haben gestern nacht einen gestohlenen Wagen hierhergebracht, ich dachte, es wäre mein Wagen, der gestohlen worden war, aber der Mann, der ihn gefahren hat, der Mann, den Sie festgenommen haben, das ist ... Crease, ja, richtig, aber der Mann, den Sie ... er hat was? Ja, aber wo, wo haben Sie ihn denn hingebracht, er ist doch ... du lieber Himmel. Aber was passiert denn nun mit ihm! Du lieber Himmel, flüsterte sie und legte endlich auf.

–Nein. Nein, nein, nein. Pedro, bloß einer von unseren Hispanics, ich habe mir nichts dabei gedacht, ich habe mir überhaupt nichts dabei gedacht! Das war einer von den Jungs von der Werkstatt, das war Oscars Wagen, und José oder Carlos hat ihn hierhergefahren, und ich habe mir überhaupt nichts …

–Aber wieso haben Sie das denen nicht einfach gesagt, wieso …

–Weil er weg ist! Weil seine Papiere nicht in Ordnung waren, da haben sie die Einwanderungsbehörde angerufen, und die sind gekommen und haben ihn mitgenommen, sie haben bloß ihre Arbeit getan, alle haben bloß ihre Arbeit getan, wahrscheinlich schieben sie ihn ab, weil, weil er bloß seine Arbeit getan hat?

–Moment mal, Christina, vielleicht können Sie ja …

–Ich kann überhaupt nichts machen, verdammt! Früher hätte ich einfach den Hörer abnehmen und Harry anrufen können! Er hätte gewußt, was man machen kann, er hätte genau gewußt, was man machen kann, und wo ist er jetzt! Sie rappelte sich unsicher hoch, echote –wo ist er jetzt!, und griff nach oben, um das Schränkchen zu öffnen.

–Ich finde, Sie sollten jetzt nichts trinken, Christina, es ist noch früh und …

–Es ist mir egal, was Sie finden, Lily. Es ist mir egal, ob es noch früh ist. Es ist mir egal, ob es Tag oder Nacht ist, es ist mir, Gott, hört das denn nie auf!, beim Gekreisch einer Kettensäge, –tun bloß ihre Arbeit wie diese Verrückten da draußen, die der Erde die Eingeweide herausreißen und alles Lebendige fällen, und wo ist er jetzt!, mit ihrem Glas den Flur entlang, während die Lastwagen weiter zwischen den Bäumen hindurchrumpelten, die ihnen noch im Weg standen, draußen hinterm Teich, auf den sie eine volle Minute hinausstarrte, wie er von einem Richtung Meer blasenden Westwind gekräuselt wurde, ehe sie ihren Drink hinunterkippte und –hören Sie doch mal …

–Bloß diese Laster und …

–Nein, hören Sie doch mal! Hören Sie das denn nicht? Brüchiges Klavierspiel von weither, das G schon nach drei Takten erniedrigt, während sie den Atem anhielt, bis, verspätet, das A kam und das Ganze von vorn anfing, –er ist da oben, Lily! Er ist oben im Musikzimmer, holen Sie ihn, mein Gott, er friert sich ja zu Tode, gehen Sie ihn holen!, und sie stellte ihr geleertes Glas ab, um die Tür aufmachen zu gehen.

–Mrs. Lutz? Tag. Ich bin Lenny.

–Was sind Sie?

–Lenny Wu? Ich bin neu bei Swyne & Dour, Mrs. Lutz. Mr. Peyton mußte verreisen und hat mich damit betraut, Ihnen das hier zu bringen, weil es ganz oben auf seiner Tagesordnung stand, als ich Sie angerufen habe, wissen Sie noch? Darf ich hereinkommen?

–Ach so, richtig, kommen Sie herein, ja, kommen Sie herein, ich habe gar nicht, ja, kommen Sie bitte herein! Und sie ging ihm voran ins Zimmer, wo er seinen Mantel auszog, sich setzte und die Messingverschlüsse eines nagelneuen, mit Monogramm versehenen Attachékoffers aus Kalbsleder aufschnappen ließ. –Kann ich Ihnen etwas anbieten? Tee oder …

–Nein. Nein danke, Mrs. Lutz, ich hoffe, ich komme nicht ungelegen, ich hatte ein bißchen Schwierigkeiten, das Haus zu finden, aber …

–Aber nicht doch, nein, bitte! Ich bin Ihnen sehr dankbar, daß Sie den ganzen Weg hergekommen sind, um mir den …

–Es ist mir eine Ehre, das versichere ich Ihnen, Mrs. Lutz. Mr. Peyton läßt vielmals um Entschuldigung dafür bitten, daß er nicht selbst kommen kann. Wie Sie sicher wissen, war er Ihrem Gatten als Kollege wie als Freund tief verbunden, und der Verlust ist ein schrecklicher Schlag für die gesamte Kanzlei, insofern er sie nicht nur eines brillanten juristischen Kopfes beraubt, sondern auch im Hinblick auf ihr bleibendes Renommee als integre, an den höchsten Maßstäben von …

–Das Image der Firma ist mir durchaus gegenwärtig, danke schön, wenn wir jetzt …

–Aber gewiß doch, Mrs. Lutz! Angesichts dessen kam Mr. Peyton, als er den Schreibtisch Ihres Gatten aufräumte, der Gedanke, daß Sie vielleicht gern seine Papiere aufheben würden, die so etwas wie ein Denkmal seiner Tätigkeit und seiner bedeutenden Stellung innerhalb der Anwaltschaft darstellen. Gewiß haben Sie Ihre eigenen wunderbaren Erinnerungen an Ihre Ehe mit einem so brillanten juristischen Kopf, aber wir dachten …

–Bitte. Ich war nicht mit einem juristischen Kopf verheiratet, obwohl ich sagen muß, daß es mir manchmal so vorkam, sondern mit einem Mann. Und wenn es Ihnen nicht allzuviel ausmacht, würde ich jetzt gern ...

–Verzeihung, Mrs. Lutz! Ich wollte nicht, nicht aufdringlich erscheinen, sondern nur meine Bewunderung für seinen, für die brillante Art ausdrücken, wie Ihr Gatte im Gerichtssaal einige der bedeutendsten Siege der Kanzlei errungen hat, besonders diesen hier, den ich, ich hoffe doch, Sie verstehen das?, während er in dem Stapel Papiere, den er durchwühlte, Zuflucht vor ihrem stumpfen Blick zu suchen schien, –den Sie ganz bestimmt aufheben möchten, besonders dieser hier reicht im Grunde allein schon aus, um ihn in den Annalen der Auslegung des Ersten Verfassungszusatzes unsterblich zu machen, solange es einen, der Fall, den er bei seinem, seinem Hinscheiden gerade zu einem triumphalen Abschluß gebracht hatte, bestimmt sind Sie vertraut damit, der Pop-und-Glow-Fall, wie die Presse ihn genannt hat?

–Mein Gott, ja, aber fangen Sie jetzt bloß ...

–Nein, ich habe es bestimmt hier irgendwo, bloß das vulgäre Kürzel, mit dem sie einen Hunderte von Millionen schweren, wegweisenden Fall auf das erbärmliche Niveau der Öffentlichkeit herabzerrt, der es Freude macht, alles zu trivialisieren, was sie nicht begreift, sie behandelt ja auch einen anderen wegweisenden Fall, der den Kern unserer verfassungsmäßigen Rechte berührt, hier in seinem Schriftsatz wird er irgendwo zitiert, ich habe es bestimmt hier irgend, wo er Carson gegen Here's-Johnny-Toilettencontainer zitiert und das als Jux behandelt wird, so wie sie der Sache Episcopal Church of America gegen Pepsico das Etikett Pop und Glow aufgepappt haben, dabei geht es hier um eine Auseinandersetzung mit der Ausschlußklausel des Ersten Verfassungszusatzes, bei der eine Bresche in die Mauer zwischen Kirche und, ich weiß, daß Sie das unbedingt lesen wollen, Mrs. Lutz, es ist brillant, das heißt, natürlich nur, sofern, sofern Sie es nicht vielleicht schon gelesen haben?

–Mein Gott, nein, aber ...

–Ja, ich habe es bestimmt gleich gefunden, bloß eine Sekunde, während er die Papierstapel durchblätterte und sie zu seinen Füßen auf dem Boden zu stapeln begann, –die Behauptung, daß die Beklagten mit der Erfindung des Markennamens Pepsi-Cola vorsätzlich ein offenkundiges und eine Rechtsverletzung darstellendes Anagramm des Wortes Episcopal geschaffen hätten; sie hätten damit von einer unterbewußten Begriffsvermischung beim Verbraucher profitieren und so den Wert ihrer weltweit vergebenen Abfüllkonzessionen erhöhen und ihre Marketing-Fähigkeiten verbessern wollen, insofern sie sich den historischen Erfolg der Klägerin beim Absatz ihrer im Laufe der Jahrhunderte verfeinerten geistlichen Ware zunutze machten; dies stelle eine Verunglimpfung des hohen Ansehens der Kirche dar, da es ihr gewinnsüchtige Motive unterstelle, die sich in nichts von den Werbekampagnen für ein Erfrischungsgetränk unterschieden, welche, Sie sehen, ich kenne seinen Schriftsatz praktisch auswendig, es ist der am schlüssigsten …

–Ich verstehe, ja, aber ich möchte jetzt wirklich …

–Ach so, Moment noch, hier habe ich noch etwas, worauf ich Sie ganz besonders hinweisen soll, und er fuchtelte mit einer Handvoll neuer Papiere vor ihr herum, –die Klage dieser Frau und ihrer Versicherungsanwälte gegen den Nachlaß Ihres Mannes wegen eines Autounfalls, bei dem er angeblich den Unfallort verlassen hat, nachdem er …

–Bitte legen Sie das, legen Sie das einfach irgendwohin und …

–Ich weiß, daß Sie damit vertraut sind, Mrs. Lutz, ich wollte nur sagen, daß die Kanzlei Ihnen selbstverständlich ihre Dienste zur Verfü…

–Bitte! Würden Sie jetzt endlich mit der …

–Natürlich, ja, Entschuldigung, wie gesagt, ich habe es bestimmt gleich gefunden, es ist der am schlüssigsten begründete Schriftsatz, der mir untergekommen ist, seit wir im letzten Jahr an der Universität Cardozos Urteil in der Sache Palsgraf gegen Long Island Railroad gelesen haben, wo Ihr Gatte das Vorbringen der Klägerin zusammenfaßt und den von der Kirche angestrengten Prozeß als eine Geste der Verzweiflung beschreibt, mit der sie sich angesichts schwindender Einkünfte und Mitgliederzahlen über Wasser zu halten versucht, zumal sie ja auch homosexuelle Priester willkommen heißt und Frauen ordiniert und damit genau das gleiche weltweite Publikum markentreuer Konsumenten anspricht, das, das hat eindeutig die Grundlage für die endgültige Lösung des Falls geschaffen, es gibt kaum ein Argument, das er nicht, ich kann das unmöglich liegengelassen haben, ich habe es doch noch gelesen, kurz bevor ich vom Büro weggefahren bin, aber falls doch, kann ich es Ihnen ja zuschicken, oder?, während der Stapel zu seinen Füßen anwuchs. –Die überzeugende Parallele, die er zwischen den aggressiven neuen Marketingstrategien für New Coke, die auf Classic Coke zurückgreifen mußten, ja sogar lokale Ärgernisse wie R. C. Cola zitierten, und der römisch-katholischen Kampagne zur Wiedergewinnung der Gläubigen aus der Entfremdung zieht, die durch die Verzweiflungstat des Zweiten Vatikanischen Konzils verursacht wurde, als man die Maßstäbe senkte, um die Masse anzusprechen, indem man die Messe im jeweiligen Jargon las, das gleiche wie wenn man den Orthodoxen erlaubt, ein Essen dadurch koscher zu machen, daß man einen Telefonhörer mit der Stimme eines Rabbis in der Leitung darüberhält, sehen Sie, ich bin katholisch erzogen worden, Mrs. Lutz, deswegen rührt das an einer speziellen Saite meines, ach so, Moment, ja, ganz anderes Thema, aber das ist wichtig, möglicherweise haben Sie schon davon gehört? Er sprang auf und wedelte mit dem einschüchternden Dokument herum, –es betrifft die Klage wegen Urheberrechtsverletzung gegen Ihren Ga-, ich meine natürlich Ihren Bruder, den die Erben von Eugene O'Neill wegen angeblicher ...

–Ich habe davon gehört, ja, und ich will nicht noch einmal davon hören! Würden Sie jetzt bitte einfach ...

–Ich wollte Sie nicht ablenken, Mrs. Lutz, Entschuldigung, man hat mir gesagt, ich soll es mitnehmen, damit er es sofort lesen kann, wenn Sie vielleicht so nett wären, es ihm auszuhändigen? Er begann im Zimmer auf und ab zu schnüren, als ginge er ungern das Risiko ein, es ihr auszuhändigen, –da er als Mitbeklagter in der Klage genannt wird, die dieselben Erben gegen unseren Mandanten angestrengt haben, möchte unsere Kanzlei, ungeachtet dessen, daß sich unser Mandant in dem der Klage zugrundeliegenden Rechtsstreit gegen ihn durchgesetzt hat, aus Entgegenkommen ihre Dienste in dieser Sache anbieten, die sich zu einem recht langwierigen Verfahren von so großer Bedeutung für alle Beteiligten auszudehnen verspricht, daß seine Bearbeitung durch einen unserer Seniorpartner gerechtfertigt erscheint, falls er, das heißt, sofern er sich nicht schon anderweitig juristisch vertreten läßt? Sein Auf-und-ab-Schnüren grenzte mittlerweile an ein Tänzeln, als er jäh stehenblieb und sagte –ich, entschuldigen Sie bitte, Mrs. Lutz, ich, gibt es vielleicht eine Toilette, die ich benutzen dürfte?, worauf sie ebenso jäh aufsprang, ihn den Flur entlangscheuchte und dann eilends in die Küche ging, wo sie sich einen Moment lang an der Spüle festhielt, ehe sie nach der Flasche und dem Glas griff, es in einem Zug leertrank und mit einem großen Schluck Wasser wieder zu Atem kam, bevor sie zurückkehrte, um mit halbwegs wiedergewonnener Fassung der vollständigen Entspanntheit gegenüberzutreten, mit der er im Sessel lehnte und die leere Hand zur Wand hin bewegte, –ich habe es da auf das Sideboard gelegt, Mrs. Lutz. Ich wollte nur noch hinzufügen, welch tiefempfundenes Bedauern in der gesamten Kanzlei darüber herrscht, daß Ihr Gatte das glückliche Ergebnis seines bedeutenden Wirkens nicht mehr erleben durfte, das aus der Sackgasse heraus und zu einer gütlichen Regelung zwischen den Parteien führte. Angefangen bei den Seniorpartnern stimmen alle darin überein, daß seine unermüdlichen Anstrengungen den Grundstein dafür gelegt haben, daß die Kanzlei nunmehr die komplizierten Bedingungen der Fusion in Angriff nehmen kann, über die im Augenblick zwischen den Marketing- und den evangelikalen Ressorts verhandelt wird, aber wie gesagt, die Presse neigt nun einmal dazu, Ereignisse von großer Tragweite in einen Jux zu verwandeln, mit dem sie an die abgestumpften Instinkte ihrer Leser appelliert, falls Sie also irgend etwas darüber lesen, daß geplant sei, den Soft Drink beim Abendmahl einzusetzen, dann handelt es sich um eine reine …

–Ach, Lily, kommen Sie herein, ja, Gott sei Dank. Setzen Sie sich doch, wir sind, dieses Jüngelchen hier kommt von Harrys Büro, um uns seine …

–Entschuldigen Sie bitte, ja, angenehm, ich habe Mrs. Lutz gerade von meiner Bewunderung dafür erzählt, wie ihr Gatte seinen letzten Fall abgewickelt hat, dabei bleibt wohl nur noch ein Aspekt zu klären, nämlich welche Wirkung die Fusion im Nahen Osten und bei Cola-Fans jüdischen Glaubens hat, aber man hofft, daß sie die Vergangenheit ruhen lassen, und hat bereits Fühler zu den Juden für Jesus ausgestreckt, die, aber ich fürchte, ich könnte immer so weiterreden und ...

–Daß Sie das könnten, fürchte ich auch, aber Sie werden nicht. Ich möchte wissen, was mit Harrys Lebensversicherung ist.

–Ach so, ja, richtig, ich kenne leider nicht alle Einzelheiten, aber ich habe Mr. Peyton davon reden hören, er war ausgesprochen dankbar dafür, daß Sie die Zahnarztrechnung Ihres Mannes vorgelegt haben, das hat die Sache sofort geklärt, und die ganze Angelegenheit ist jetzt geregelt.

–Na, und wo ist der Scheck?

–Der Scheck?

–Der Scheck über eine halbe Million Dollar für Harrys Lebensversicherung!

–Aber, aber der ist vermutlich von der Kanzlei vereinnahmt worden, unsere Buchhaltung ist manchmal ein bißchen langsam, wenn es ...

–Was soll das heißen, von der Kanzlei vereinnahmt! Ich bin seine Frau, seine, ich bin seine Witwe, oder? Er hat mir gesagt, er hat eine Lebensversicherungspolice über eine halbe Million Dollar und ich bin ...

–Aber Sie, ich fürchte, Sie verstehen nicht, Mrs. Lutz. Die Versicherungssumme wurde an die Kanzlei als Begünstigte ausgezahlt, da die Kanzlei die Police besaß und sämtliche Prämien bezahlt hatte, und zwar angesichts seines, seines Wertes als Partner für das Renommee der Kanzlei innerhalb der Anwaltschaft und, ja, und der Tragödie seines Ablebens am Vorabend seiner ...

–Wo ist der Scheck!

–Ich glaube, Sie gehen jetzt wohl lieber, Mister ...

–Aber ich, mir war nicht klar, daß es da ein Mißverständnis hinsichtlich der, ich kann Ihnen gar nicht sagen, wie leid mir das tut, ich habe mich so darauf gefreut, Sie kennenzulernen, Mrs. Lutz, und wir wollten Ihnen noch einmal versichern, daß die Kanzlei Ihnen bei diesen schwebenden Verfahren, die ich angesprochen habe, gern zu Diensten ...

–Ist das Ihr Mantel?

–Danke, ja, aber, aber trotz dieser kleinen Enttäuschung wollte ich mich bei Mrs. Lutz für ihre, für meine große Bewunderung für ihren Ga-, für Harry, ich sage lieber Harry, jeder hat ihn Harry genannt, sogar die Sekretärinnen und die, ich bin neu dort und kann nicht behaupten, daß ich ihn gut kannte, aber jedesmal wenn ich die hochgewachsene Patriziergestalt den Flur entlangkommen sah, hat er mir ein Lächeln der Ermuti...

–Harry?

–Ja, jeder hat ihn Har...

–Mein Gott, Harry? Sie sah ihn scharf an, –hochgewachsene Patriziergestalt, er war stämmig, mit schwarzem Haar, er war nicht größer als Sie!

–Er, ach, ich, äh, bitte nochmals um Entschuldigung, Mrs. Lutz, er, nein. Nein, das ist nicht der Harry, den ich kannte.

–Der, was haben Sie gesagt?

–Er, daß er, ich habe gesagt, ich bitte um Entschuldigung, Mrs. Lutz. Das ist nicht der Harry, den ich kannte.

–Lily, so tun Sie doch etwas!

–Ich hab gesagt, Sie gehen lieber, oder? Raus, hab ich gesagt! Sie knallte ihm den offenen Aktenkoffer hin, –raus jetzt! Hauen Sie ab! Christina? Sind Sie okay? Soll ich Ihnen etwas zu trinken holen?

Zum Geklapper der Türen, das vom anderen Ende des Flurs zu ihnen drang, würgte sie ein Flüstern hervor, reglos bis auf das Zittern einer Hand, die jäh von der anderen gepackt und festgehalten wurde, bis sie damit nach oben langte, um nach dem Glas vor ihrer Nase zu greifen. –Er hat es die ganze Zeit gewußt, stimmt's? brach es plötzlich aus ihr hervor, nachdem sie mit Hilfe des Drinks ihre Stimme wiedergefunden hatte, –eine Tablette und ein Scotch und eine Tablette, direkt vor meinen Augen hat er sich kaputtgemacht, er hat genau gewußt, was er da macht. Verheiratet mit einem so brillanten juristischen Kopf, ja, und wo ist er jetzt! Sie starrte unverwandt die Papierstapel an, die in wirren Haufen neben dem leeren Sessel lagen. –Was machen Sie denn da?

–Diese ganzen Papiere, soll ich die in die Bibliothek zu den ...

–Verbrennen Sie sie.

–Aber ich dachte, Sie wollten sie vielleicht zusammen mit den anderen Sachen da drin aufhe...

–Ich habe gesagt, verbrennen Sie sie!, ein Ausbruch, der sie aufspringen ließ, und sie drehte sich um und starrte auf den Teich hinaus, dessen Oberfläche der Westwind in Wellen zum Ozean hin riß, so daß es die braunen Halme am vereisten Rand flachlegte, während sie das leere Glas auf der Fensterbank abstellte. –Was ist das da auf dem Boden unterm Sideboard, dieser Umschlag, er liegt da schon seit Tagen.

–Das ist sein letzter Akt, den hat er davor gelesen und ...

–Vor was! Machen Sie irgendwas damit, ja? Sammelt sich seinen Schatz im Himmel, wo Motten danach graben und stehlen, mein Gott, das nenne ich Rundumversorgung, ich habe gerade die Rechnung für die Einäscherung bekommen, die haben keine Zeit verschwendet, zwölfhunderteinundsiebzig Dollar und fünfzig Cents, dazu noch hundertneunundfünfzig Krematoriumsgebühren, wohin sie die sterblichen Überreste schicken sollen, mein Gott, das Bücherregal da mit Vater und der Asche seines bleibenden Denkmals für seine herausragende Stellung in der Anwaltschaft, ich habe gesagt, Sie sollen sie verbrennen, oder? Ich dachte, Sie wollten mir etwas zu trinken holen.

–Aber Christina, Sie haben doch gerade ...

–Haben Sie verstanden! Und Streichhölzer? Doch als der blasse Drink kam, stand sie am Kamin und betrachtete die an den Rändern schon brennenden Blätter, –die für Feuer sind? Doch müßt' er zweimal untergehen, wär Eis, weg mit der Poesie und ab ins Krematorium, und dann noch irgendwas von wegen Verlangen? Oder Haß?

–Das ist Frost, Christina.

–Was? Sie fuhr heftig herum, –mein Gott, Oscar, wo hast du denn gesteckt!

–Du hast gedacht, es wäre von Yeats, Christina. Es ist aber von Robert Frost. Mal heißt's, die Welt vergeht in Feuer, mal heißt's, in Eis. Nach allem, was ...

–Das ist mir völlig egal, von wem es ist, wie lange stehst du denn schon hier! Der Sessel verhinderte, daß sie aus dem Gleichgewicht kam, –und was ist das Ding da?

–Weißt du noch? Das Kanu, das ich aus der Birke unten am Teich gebaut habe? Das habe ich gerade oben bei meinen ...

–Gib das her! Los, schmeiß es weg, ja? Sie warf den Arm Richtung Kamin, während er es fester an sich drückte, sich langsam hinsetzte und sie anstarrte, wie sie gebückt die schwelenden Blätter anschürte, –zu diesem Kuddelmuddel aus der Vergangenheit, wo es hingehört! Ihn in den Annalen der Auslegung des Ersten Verfassungszusatzes unsterblich gemacht, er hat die ganze Zeit gewußt, was er tut, unser Testament aufgesetzt, das alles dem Überlebenden vermacht, eine Hypothek auf ein Penthouse, das verkauft werden muß, um sie zu bezahlen, und ein halbes Dutzend Eier im ...

–Christina?

–Eine Tablette und ein Drink und eine Tablette, vor meinen Augen hat er sich kaputtgemacht, er hat gewußt, was er tut, eine halbe Million Dollar, um das Image der Kanzlei zu stützen, während ich von einem halben Dutzend ...

–Aber Christina? Wenn du gestorben wärst, Christina? Seine Stimme plötzlich so schwerfällig wie seine Logik, –und ihr alles dem jeweils anderen vermacht habt, wenn du dann zuerst gestorben wärst? Dann würde dieses Haus jetzt zur Hälfte Harry gehören, es würde zur Hälfte mir gehören und ...

–Oscar, mein Gott, sei doch nicht so morbid! Ich bin nicht gestorben, sondern er, und hör auf, mich so anzusehen, Lily, holen Sie mal die Serviette da und wischen Sie ihm das Kinn ab, er sieht aus wie ein Schwachsinniger, Harry ist gestorben, und ich stehe hier vor dir mit meinem, wo bleibt eigentlich der Drink, lassen Sie nur, ich hole ihn mir selbst!

–Aber wenn du gestorben wärst, Christina! echote es ihrem Absatzgeklapper durch den Flur hinterher, –dann stünde er jetzt hier vor mir mit seinem, er würde mir mit dem Blutgeld von seinem Senior-Partner-Anteil meine Hälfte abkaufen, weil ich seine Hälfte ja nicht kaufen kann, oder? Damit er es an irgendeinen Westküsten-Millionär verkaufen kann, der es dann abreißt, um ein Prunkstück wie diesen Alptraum dort an der Ecke zu bauen, wo das Gekreisch der Kettensäge ihn aufspringen und ans Fenster eilen ließ, wo er das wracke Kanu an sich drückte und sich mit den trockenen Servietten das Kinn wischte, wo sie sich mit in die beperlte Stirn fallendem Wust nachlässig gekämmter Haare dicht neben ihn stellte, das Perlen auf ihren Lippen ohne jede Spur von Lippenstift, an ihn gepreßt mit dem Duft aus ihrer nachlässig zugeknöpften Bluse, sein Leben lang hatte man ihn belogen, gerade als er mit einer aus Lüge hervorgegangenen Farce zu triumphieren schien, in einem Kampf zum Beweis seines Mutes durch den alten Herrn zurückgetrieben bis an die entlegenste Grenze der Welt, aus seiner Zuflucht als unsterbliches Opfer, das sein Reich mit ihm teilen sollte, Herrscher des Nordwestwindes, des Landwindes, des Keewaydin, der nun auf der Teichoberfläche drehte und die gelben Halme duckte, wo vor langer Zeit die Birke in der Morgenbrise rauschte, abwarf ihre weiße Hülle, während sie sich an ihn drückte unterm Dach der Kiefernbäume, auf dem Bett aus Schierlingszweigen, wo das Eichhorn Adjidaumo, auf der Lauer in den Eichen, gier'gen Auges ihnen zusah, sah ihn Laughing Water ficken, und Wabasso das Kaninchen, aufrecht auf den Hinterläufen, sah ihn Minnehaha ficken, während lieblich Vögel sangen, wo Gerumpel von Maschinen auslöscht' der Fasanen Trommeln und der Reiher, der Shuh-shuh-gah, aus der Heimstatt in den Sümpfen, hob die Stimme voller Klage beim Geheul der Kettensägen, dem Gekreisch der Hackmaschinen für das Prunkstück an der Ecke, das der baumlosen Landschaft eine ganz neue Ordnung von Waldfreunden verhieß, in der Thumper das Kaninchen und Flower der Skunk das gezierte Bambi in seine ausgeplünderte Umwelt einführen und es in Sicherheits- und praktischen Fragen unterweisen würden, drunt' am schimmernd Großen Wasser, am Gestad' des Gitchee Gumee, wo Nokomis, tief bekümmert, am Kamin trank ihren Whisky, nicht ein Wort von Laughing Water, die zurückgeblieben war am Fenster, von der kleinen Ella Cinders, der zum Spiel nur Mäuse blieben, während er den Rücken wandte, selig mit dem Birkenkanu, ganz allein ging Hiawatha.

Eine seltsame Düsterkeit hatte sich über den Teich gelegt, und der breite Rasen senkte sich ins Wasser, als träte es über die Ufer, ohne daß auch nur ein Wölkchen am Himmel den plötzlichen Lichtwechsel erklärte, in dem die gegenüberliegende Seite zu einem trübe grauen Streifen wurde und der Mittelgrund heranzunahen und zurückzutreten, der ganze Teich sich zu heben schien, während er vom Fuße des Rasens weg in anschwellender Woge zur anderen Seite ebbte, wie von einer großen Schaukelwelle heimgesucht, von einer Katastrophe in der Unterwelt gewiegt, wankend, während die Woge wiederkehrte und sich zurückzog in wuchtigem, ununterbrochenem Rhythmus wie bei einer gigantischen, hin- und hergekippten Schale und sie sich, von einem Schwindelgefühl überschwemmt, mit einer Hand an der Fensterbank festhielt, plötzlich ihre Bluse am Hals zusammenraffte, sich abwandte und in der Rauchwolke, die vom Kamin her auf sie zuquoll, nach Luft schnappte. –Christina? Sie blieb einen Moment still stehen, bis ein Husten sie schüttelte und sie mit vom Rauch tränenden Augen nach irgend etwas, ganz gleich was, suchte, um den schwelenden Haufen anzuschüren, nach dem Umschlag griff, sich bückte und ihn, zu einem Stab gerollt, in die Glut stieß, eine blaue Flamme hervorlockte, die am Rand entlangkroch und gelb aufflackerte, während sie mit leeren Händen vor dem Feuer zurückwich, in den Rauch und die Stille, die nur irgendwo vom Geräusch von Schritten und dem plötzlichen Ausruf –Christina? unterbrochen wurde, um dann mit dem Krachen einer Tür endgültig zu enden.

–Oscar, hör auf!, wo er hinter ihr hervorgestürzt war, –hör auf! Hör auf, ich krieg, nein, hör auf, mich zu kitzeln, ich krieg keine Luft! Ich krieg keine, Lily! Lily, kommen Sie schnell! Ich krieg keine, Lily, Hilfe!